JOHANN GOTTFRIED HERDER

Ideen zur Philosophie der Geschichte der Menschheit

Mit einem Vorwort von Gerhart Schmidt

fourier

Diese Textausgabe der »Ideen zur Philosophie der Geschichte der Menschheit« wurde nach der von Bernhard Suphan herausgegebenen historisch-kritischen Ausgabe (Berlin, 1877–1913) bearbeitet, lediglich Orthographie und Interpunktion wurden nach neueren Ausgaben leicht verändert, um eine bessere Lesbarkeit zu ermöglichen.

Fourier Verlag, Wiesbaden

1. Auflage 1985
Gesamtherstellung: Carl Ueberreuter Druckerei Ges. m. b. H., 2100 Korneuburg
ISBN 3-921 695-97-X

INHALT

ZWEITER TEIL

DRITTER TEIL

VIERTER TEIL

EINLEITUNG

von Gerhart Schmidt

1. Humanität

Die ausgebreitete Fülle von Herders Schriften ist verwirrend. Die Gedanken strömen zusammen aus einer Vielfalt thematischer Bereiche, aus Religion, Geschichte, Politik, Sprache, Literatur, Erziehung. Trotzdem wäre es ungerecht, von Vielwisserei zu sprechen; denn die Mannigfaltigkeit der Gegenstände, zu denen Herder sich geäußert hat, ist zurückbezogen auf ein einheitliches Grundthema, auf den Menschen. Der Mensch stand auch im Mittelpunkt des praktischen Interesses Herders, – nicht der Mensch im allgemeinen, sondern der jeweilige, konkrete Mensch seines Zeitalters: als Schriftsteller, Prediger, Erzieher sprach und dachte er für ihn. Herder schrieb und handelte ad hominem. Getragen wird dieses Interesse von einem Begriff des Menschen, den Herder entworfen und entwickelt hat. Die letzte, endgültige Stufe dieser Entwicklung wird bezeichnet durch den Gedanken der *Humanität*. Dieser wird weitläufig exponiert in den »Ideen zur Philosophie der Geschichte der Menschheit« (1784–1791). Die »Ideen« gelten nicht ohne Grund als das klassische Werk und das Hauptwerk Herders. Im Zentrum dieser Geschichtsphilosophie steht der Begriff der Humanität. Dem Begriff der Humanität eignet eine gewisse Unschärfe; er bringt den Interpreten in Verlegenheit. Zweifellos ist damit ein positiver Wert, etwas Edles, Gutes, Klassisches und an sich Ehrwürdiges gemeint, vielleicht gar ein Ideal.

Wir sind jedenfalls geneigt, mit dem Wort *Humanität* die Vorstellung der Menschlichkeit oder Menschenfreundlichkeit zu verbinden. Doch in den »Briefen zur Beförderung der Humanität« (1793–1797) wehrt Herder diese Bedeutung als zu eng und zu speziell ab (XVII 137, 152). Schon der römische Kompilator Gellius hatte sich gegen die Ineinssetzung von humanitas und φιλανθρωπια verwahrt, um dann humanitas auf die Bedeutung von παιδεια festzulegen.[1] Aber auch dieses *humanistische* Ideal, welches noch die Humanitätsidee der harmonischen Persönlichkeitsentfaltung bestimmt, vermag den Herderschen Begriff nicht zu füllen. Die Barbaren oder das ungebildete Volk sind nämlich von der Humanität nicht ausgeschlossen. Der Mensch, nur sofern er Mensch ist, besitzt diese Humanität. Humanität ist nichts anderes als eine Sublimation seiner höheren Sinne (Gehör und Gesicht); »der künstliche Instinkt, der ihm angebildet werden soll, ist Vernunft, Humanität, menschliche Lebensweise, die kein Tier hat und lernt«. Der Mensch muß diese Humanität »lernen«,

1 Noct. Att. XIII, 17, 1.

da sie zunächst noch unentfaltet in ihm liegt. Aber damit treten keineswegs innerhalb des Menschen Unterschiede auf, und es zeichnet sich nicht ein Mensch vor dem andern aus; der Mensch unterscheidet sich bloß vom Tier. Für den Menschen selbst bleibt die Anwendung des Humanitätsgedankens unbestimmt. »Was also jeder Mensch ist und sein kann, das muß Zweck des Menchengeschlechts sein; und was ist dies? Humanität und Glückseligkeit auf dieser Stelle, in diesem Grade, als dies und kein anderes Glied der Kette von Bildung, die durchs ganze Geschlecht reicht«.

Die Humanität stößt jede positive Bestimmtheit von sich ab; sie ist abstrakt und allgemein, sie gleitet über die Unebenheiten der Faktizität hinweg. Der Genius der Humanität »zieht palingenetisch in Völkern, Generationen und Geschlechtern weiter«. Der Begriff hat auch, klassenlogisch betrachtet, keinen eigenen Umfang, nicht einmal einen sehr großen; sein Horizont verschwimmt undeutlich, während alle möglichen Inhalte in ihn eingehen können. Humanität bezeichnet weder einen deskriptiv erfaßbaren empirischen Charakter am Menschen, noch schließt er eine empirische Bestimmtheit formell aus. Humanität ist kein Ideal, und doch klingt das Wort pathetisch. Der Begriff der Humanität weist weder in logischer noch in ethischer Hinsicht eine Spannung gegen das Menschsein auf, sondern er bezeichnet dieses Menschsein selbst in vollendeter Tautologie. Humanität ist die nichtssagende Versicherung, daß der Mensch Mensch sei und nichts anderes. Es erscheint hier dieselbe begriffliche Verlegenheit, welche sich verrät in dem Satz des Demokrit (B 165 Diels): »Mensch ist, was wir alle wissen.« Demokrit hat dabei offenbar auf das wohlbekannte, vertraute Aussehen des Menschen verwiesen.[2] Herder verfährt entsprechend, indem er die Humanität veranschaulicht durch den »aufrechten Gang« des Menschen.

In der Tautologie wird das Subjekt des Satzes durch das Prädikat leer repetiert; die Besonderheit des Subjekts wird nur formal zur abstrakten Allgemeinheit erhoben. »Humanität«, vom Menschen ausgesagt, ist ein tautologisches Prädikat. Immerhin scheint sich mit dieser Tautologie ein Vorteil zu verbinden: wenn das Wort Humanität nichtssagend ist, so sind immerhin die inhaltlichen Vorurteile ausgeschlossen, welche sonst den Begriff des Menschen belasten. Der Begriff der Humanität ist ganz elastisch, er folgt den unvorhersehbaren Wandlungen des Menschen überallhin. Wird also damit nicht wenigstens die Unbefangenheit des echten Historikers, jene *Herodotische* Unbefangenheit, welche Herder so sehr liebte, gesichert? Nun, die Humanitätsidee ist als Begriff des Menschen keineswegs unbedenklich. In ihr wird nämlich das Wesen des Menschen, als eine bestehende, aber uns unbekannte Besonderheit, der Form nach antizipiert. Wir wissen schon zum voraus, daß der Mensch etwas ist, und nur durch dieses Vorwissen ist die empirische Anthropologie in den Stand gesetzt, mehr über den Menschen auszusagen. Die Gleichgültigkeit der Tautologie gegen jeden Inhalt gestattet eine thematische Beliebigkeit, welche der ältere Herder ausgenützt hat. Es ist daher möglich, die ganze Anthropologie Herders vom Humanitätsbegriff aus naiv darzustellen, d. h. so, daß nach der logischen Valenz des Begriffs nicht mehr gefragt wird. Logisch aber besagt das Prädikat Humanität, daß der Mensch etwas sei, etwas Besonderes; es wird unterstellt, daß der Mensch der Form nach verfaßt sein soll, daß er durch ein Eidos geprägt sei. Der Mensch ist nicht Tier, denn er hat ein anderes Eidos als das Tier; was beim Tier die Tierheit, beim Pferd die Pferdheit, beim Stein die Steinheit ist, das ist beim Menschen die

2 Vgl. die von Diels herangezogene Stelle Aristoteles de partt.anim., 640 b 29.

Humanität. Humanität ist das Gattungswesen des Menschen, oder vielmehr das X für dieses einstweilen noch unbekannte Gattungswesen; der Mensch wird anderem natürlich Seienden gleichgestellt.

Damit ist eine tiefgreifende Nivellierung des Menschen vollzogen. Als Naturwesen ist der Mensch ruhiges Sein, er ist schon in sich vollkommen. Eine Entwicklung kann nur zufällig an ihm geschehen. Es fehlen dem Begriff der Humanität die Voraussetzungen für das Begreifen einer echten geschichtlichen Bewegung. Dennoch hat Herder schließlich die Humanität als »Zweck des Menschengeschlechts« vorgestellt. Doch den Anstoß dazu gab Kants Geschichtsphilosophie, die, in Verbindung mit den von Kant verfaßten Rezensionen der ersten zehn Bücher der »Ideen«, ihre Wirkung auf Herder nicht verfehlte. Für Kant ist Subjekt der Geschichte die Menschheit als Gattung im strengen Sinne, d. h. als »das *Ganze* einer ins Unendliche (Unbestimmbare) gehenden Reihe von Zeugungen«.[3] Herder versucht daraufhin seinerseits, den Humanitätsbegriff theologisch zu fassen (im 1. Kapitel des Neunten Buches) und möchte jetzt Kant den leeren »idealischen Begriff« von einem allgemeinen Menschenwesen in Analogie zur »Tierheit, Steinheit, Metallheit im allgemeinen« unterschieben. Herder übernimmt Lessings Metapher von der »Erziehung des Menschengeschlechts« und macht eben dadurch die Fragwürdigkeit seiner Theologie evident; denn diese Erziehung hat keinen Erzieher und keinen Zögling, sie hebt nur ab auf die Korrelation von Erziehen und Erzogenwerden, die nun einmal unter Menschen üblich ist. Daraus läßt sich niemals eine Kontinuität im geschichtlich-dynamischen Sinne ablesen. Wenn es einen »Zweck des Menschengeschlechts« gibt, dann besteht er jedenfalls nicht in der Humanität. Diese ist ganz neutral, sie ist nur der Deckmantel für alle möglichen Separatzwecke.

Der Mensch hat Humanität. Er ist, was er ist, er ist nur etwas Menschliches. Alle Ziele und Zwecke, die er sich vornehmen mag, sind schon in der Humanität vorgesehen; es sind menschliche Zwecke und keine transzendenten Ideale. Die Humanität wirft also den Menschen nicht auf sich selbst zurück, sie verweist ihm nicht das Titanische. Sie hat keinen tragischen Sinn wie der Delphische Spruch. Sie meint auch nicht hämisch, wie Mephistopheles: »Du bleibst doch immer, was du bist.« Die Idee der Humanität vertritt einen lächelnden Positivismus. »Laßt uns also, solange wir hier leben, auf nichts als auf den mittelmäßigen Erdeverstand und auf die noch viel zweideutigere Menschentugend rechnen.« Nicht ohne Grund besteht Herder auf der Mittelmäßigkeit des Menschen. Humanität ist also Glückseligkeit und bezeichnet das Dasein eines Menschentums, dem Enthusiasmus, Schmerz und Wollust echten Schaffens, die Höhe sittlicher Bewährung erspart bleiben. Es geht hier um mehr als nur um eine falsche Psychologie. Der Eudämonismus ist deutlich gegen Kants praktische Philosophie gerichtet. Die Humanität wird gegen Kant ins Feld geführt – um die prinzipielle Unzulänglichkeit dieses Scheinbegriffs in bezug auf die Probleme der Moralität schlagend zu erweisen! Herder parodiert im dritten Teil der »Ideen« von 1787 – Kants »Grundlegung zur Metaphysik der Sitten« war zwei Jahre zuvor erschienen – den kategorischen Imperativ der Pflicht: »›Der Mensch sei Mensch! er bilde sich seinen Zustand nach dem, was er für das Beste erkennt.‹« Dies Beste hat nicht bloß das relative Gutsein eines Mittels, es ist an sich gut: wir lesen den *kategorischen* Imperativ der Humanität. Die Humanität soll unmittelbar »Glückseligkeit« sein; es besteht also keinerlei sittliche Spannung

3 II. Rezension von Herders Ideen, Akademie-Ausgabe VIII, 65.

zwischen Eudämonie und Humanität, so daß nicht einmal eine eudämonistische Ethik zustandekommt. Kant nennt seinen kategorischen Imperativ einen »synthetisch-praktischen Satz a priori«. Herders Imperativ ist weder synthetisch noch praktisch, und a priori ist er in einem fatalen Sinne; er ist eine moralische Tautologie, welche die Moralität als eine überflüssige Mühe erscheinen läßt. Die Freiheit des Willens wird nicht boshafterweise negiert wie im dogmatischen Determinismus, sondern sie ist von vornherein sinnlos. Wozu überhaupt Freiheit? Der Mensch hat ja, was er braucht, er hat Glückseligkeit, Humanität. Der Mensch gleicht dem Hund, der seine Leine im Maul trägt.

So ist Freiheit (im Vierten Buch der »Ideen«) nicht das radikale, uneingeschränkte Sein des Menschen, sondern ein Teil der Humanität, eine bloße Ausstattung des aufrechtgehenden Tieres. »Der Mensch ist ... zur Freiheit *organisiert*«, und wie zur Freiheit, so auch zur Vernunft und zur Sprache. Bei der Sprache fühlt sich Herder allerdings nicht ganz sicher; er findet die Sprache als ein solches Ausstattungsstück des Menschen immerhin »sonderbar«. Doch das ist alles, was übriggeblieben ist von der genialen Sprachphilosophie der Straßburger Zeit. Für den Herder der »Ideen« sind Vernunft und Sprache nicht einmal, wie in der gedankenlosesten Schultradition, die Wesensattribute des Menschen. Der unabdingbare Charakter dieses Lebewesens ist statt dessen als sichtbarer Ausdruck seiner gesamten »Organisation«, also der Humanität, der bereits zitierte »aufrechte Gang«.

Der Begriff der Humanität ist ein Scheinbegriff, ein tautologisches Prädikat seines Subjekts, und antizipiert ein gegebenes stabiles oder labiles Wesen des Menschen, welches nachträglich empirisch zu finden ist. Herder wird damit zum Urheber eines *leichten* Begriffs vom Menschen, der in vollendeter Gleichgültigkeit eine Erörterung des menschlichen Wesens umgeht. Dieser Begriff macht es überflüssig, eine Definition des Menschen (wie animal rationale oder homo faber) zu entwerfen und sie mit den Phänomenen zu vergleichen; unlösbare Widersprüche sind ja das Ergebnis solcher Versuche. Solche Begriffsbestimmungen sind auf eine unproblematische Weise bereits enthalten in der »Humanität«. »Mensch ist, was wir alle wissen«, man wird den Menschen nicht verfehlen können. Es ist dem »Philosophen der Geschichte« möglich, den Menschen einfach aufzufinden und in seinem jeweiligen »Klima« (ein Lieblingswort Herders) zu beschreiben, nicht anders als etwa ein Entomolog in seinem beschränkten Forschungsgebiet sich seiner Insekten zu versichern weiß. Der leichte Begriff des Menschen ist fruchtbar geworden für die positive Anthropologie der folgenden Zeit, für Ethnologie, Anthropogeographie, Gesellschaftswissenschaft.

Anders steht es freilich um die genuine Erfassung geschichtlichen Lebens, welche in der *Historie* versucht wird. Ist nicht die Geschichte ein aufdringlicher Beweis a posteriori dafür, daß der Mensch keine Verfassung hat, daß Klimata und Kulturstufen nicht gleichgültige und automatische Medien sind, in denen der homo sapiens sich entwickelt, sondern daß der Mensch zu solcher Faktizität sich immer *verhält* und ihr geschichtliches Leben mitteilt? Auch die Erstarrung, jede Art von Byzantinismus ist noch geschichtliches Leben. Durch den Begriff der Humanität werden zwar einige einseitige Geschichtsdeutungen ausgeschlossen, also theologisch-eschatologische, moralisch-rationalistische und nihilistische Auffassungen. Aber es gibt jetzt nur die tautologische Bewegung des Menschen zu sich selbst, und der Historie bleibt nur die ständig wiederholte Versicherung der Humanität jedes Zeitalters und jeder Kultur. Der Mensch ist nicht für sich selbst Geschichtswesen, sondern nur für den Historiker. »Geschichte« ist nur Historie, denn sie ist dem tatsächlichen Geschehen selbst äußerlich. Die Geschichtsbetrachtung der »Ideen« ist eigentümlich *defizient.* Das Schwanken Herders zwischen pantheistischen und theistischen Formeln im Gesamtbegriff der Geschichte weist hin auf eine Lücke. In den »Ideen« ist der Begriff der Geschichte verstümmelt.

2. Geschichte

Aber Herder hatte ein tiefes Wissen vom Sein der Geschichte, ein Wissen, das sich nicht im »historischen Sinn« erschöpft, wie Stadelmann will. Wir müssen zurückgreifen auf seine in Bückeburg entstandene und zehn Jahre vor dem ersten Teil der Ideen erschienene Schrift »Auch eine Philosophie der Geschichte zur Bildung der Menschheit. Beitrag zu vielen Beiträgen des Jahrhunderts«. Die Philosophie der Geschichte war eine Modeangelegenheit jener Zeit. Hat also Herder jene Beiträge um den seinen vermehren wollen? In der Vorrede zu den »Ideen« sucht Herder dies glaubhaft zu machen; jenes »Auch« hätte eine »Note der Bescheidenheit« sein sollen. Das klingt nicht überzeugend. Herders »Beitrag« ist nicht ein Beitrag *neben* den andern, sondern *gegen* die andern. Niemand wird die polemische Schärfe des Haupttitels überhören. Die Betonung gilt dabei dem Wort »Philosophie«. Herder versucht auch eine »Philosophie« der Geschichte, aber eine solche, in der nicht wie bei Voltaire auf der einen, oder wie beim aufklärerischen Rationalismus eines Iselin auf der andern Seite das Sein der Geschichte verkümmert und verkürzt wird. »Philosophie« wird hier auf eine Stufe gestellt mit Aufklärung und Bildung; alle diese Namen erhalten eine abschätzige Bedeutung.

Herders Geschichtsphilosophie nimmt die konkrete Situation seines Jahrhunderts zum Ausgangspunkt. In dieser Weise verfährt die Geschichtsphilosophie gewöhnlich auch sonst. Sie versucht aus einer Notlage heraus eine Entzifferung des geschichtlichen Ganges und dann eine Überhöhung dieses Geschehens zu visionärer Eindringlichkeit. Diese Geschichtsphilosophie beginnt nach Ernest Renan schon mit dem Buch Daniel (aus dem Zeitalter des Hellenismus). Aber während nun die ältere Geschichtsphilosophie die Sittenverderbnis oder die Häresie oder die Gleichgültigkeit gegenüber der Religion geißelte, zählt für Herder ein ganz anderes Argument. Er wendet sich gegen die *Oberflächlichkeit* seiner Zeitgenossen, er übt Zeitkritik im modernen Sinne: sie ist seit Herder nicht mehr verstummt. Oberflächlich ist für Herder nicht das genießerische Dahinleben, sondern eine besondere Ausprägung des Reflektierens über Geschichte. Herder setzt darum nicht der geläufigen Geschichtsphilosophie eine eigene entgegen, die richtiger oder origineller wäre – es handelt sich nicht um die übliche Gelehrtenpolemik –, sondern er faßt die Geschichtsphilosophie seiner Zeit selbst als ein geschichtsphilosophisches Problem auf.

In der Philosophie der Geschichte wird das Bewußtsein der Geschichte zum Selbstbewußtsein erhoben. Auch die einfache Historie enthält geschichtliches Selbstbewußtsein, eine prinzipielle Trennung von der Geschichtsphilosophie ist daher nicht möglich. Das Selbstbewußtsein der Aufklärer ist ein Zusehen der äußerlichen Reflexion. Die Betrachtung gilt als entrückt aus dem geschichtlichen Bedingungszuzusammenhang. Darauf beruht die Seichtigkeit der Aufklärer – sie ist Ungeschichtlichkeit. Herder rührt hier an das Problem von Nutzen und Nachteil der Historie für das Leben. Historie ist nicht bloß das Wissen von der Geschichte, so daß im Wissen das Sein einfach intentional gegeben wäre. Historie ist Wissen des *geschichtlichen* Menschen um *seine* Geschichte. Die Historie ist also selbst geschichtlich, und die Geschichte ist historisch, sofern im Sein des geschichtlichen Menschen immer schon ein Wissen als Selbstverhältnis liegt. Damit ist für Herder das Programm der Aufklärung gerichtet: sie ist ein bloßes Moment, ein Splitter der Geschichte, sie verdankt sich einem Schicksal, auf welches sie keinen Einfluß hatte (vgl. V 530ff.); nichts berechtigt sie dazu, die ganze Geschichte auf sich als Endzweck zuzustellen (V 557 ff.). Keine Epoche hat einen Vorrang vor der andern. Die Wertung fällt auf die wertende Gegenwart zurück. Die Geschichte kennt keine allgemeingültigen Maßstäbe. »Machtsprüche Lobes und Tadels, die wir aus einem aufgefundenen Lieblingsvolke des Altertums, in das wir uns vergafften, auf alle Welt schütten, – welches Rechtes seid ihr!« (V 507) Der Wert der Geschichte ist unabwertbar. Was geschichtlich ist, gewesen ist, hat absoluten Wert. Es gibt keine Instanz außerhalb der Geschichte, welche über geschichtliches Dasein zu Gericht sitzen könnte; denn alle Instanzen sind geschichtlich, und die Geschichte ist sich selbst Richterin und Vollstreckerin ihres Urteils. »Die Weltgeschichte ist das Weltgericht« (Schiller, Resignation).

Darum unternimmt nun Herder seine berühmt gewordene Apologie des Mittelalters, er ruft jene verlästerte Zeit angeblicher Barbarei zum Zeugen auf gegen den ungeschichtlichen Bildungsmenschen der Aufklärung. Aber das ist nur die eine Konsequenz. Die zweite, wichtigere, wird meist übersehen. Herder sieht sich gezwungen, sein eigenes Zeitalter in Schutz zu nehmen gegen das vernichtende Urteil, das er gegen es ausspricht. Seine Erkenntnis richtet sich gegen ihn selbst. Er ist sich der Krankhaftigkeit der »fremden Wunschwanderungen und ausländischen Hoffnungsfahrten« (V 510) bewußt, er legt sich nicht fest auf einen naiven romantischen Pessimismus. Wie schon im Reisejournal gibt er sich einen Ruck und setzt den Eigenwert seines Jahrhunderts auseinander (V 561ff., 573ff.). Freilich will es ihm damit nicht recht glücken. Die Verteidigung bleibt matt, und die Sarkasmen über sein Zeitalter (V 545ff.) lesen sich weit besser.

Das Wissen um Geschichte ist in den geschichtlichen Menschen gebannt; die Erkenntnis ist zusätzlich durch Individuelles belastet. Was wird damit aus dem objektiven Wissen? Es erscheint ein eigentümlich erschwertes transzendentalphilosophisches Problem: wie ist Wissen von Geschichte überhaupt möglich? – Herder scheint sich zunächst nicht darum zu kümmern. Die Schrift beginnt ohne Umschweife mit der Erzählung der geschichtlichen Anfänge, d. h. der *Vorgeschichte* der Menschheit, indem einfach der Bericht der Genesis zugrunde gelegt wird. Das Leben der Menschen jener Vorzeit war ungeschichtlich, gewissermaßen *vegetativ*. »Jenes erste, stille, ewige Baum- und Patriarchenleben« war weder dem Wirbel der Geschichte noch auch der Härte der Natur preisgegeben, es stand »ein erwählter Garten Gottes zur Erziehung der ersten, zartesten Menschengewächse« zur Verfügung (V 478ff.). Die *Geschichte* jener Zeit existiert nur für uns, die wir vom Fortgang wissen, nicht für jene Menschen selbst. Zur Vorgeschichte haben wir daher eine solche Distanz, daß unser Wissen sich auf sie wie auf eine Sache einfach beziehen kann. Es ist hier eine Art von Objektivität möglich. Der *Ursprung* des Menschengeschlechts ist also für die Geschichtsbetrachtung leicht, schwierig wird erst die eigentlich geschichtliche Zeit. Sie ist spätestens mit dem Auftreten von mittelbaren Geschichtsquellen, also von Historiographie, anzusetzen.

Aber hier hilft sich Herder mit einer Fiktion. Er überdehnt die »Vorgeschichte« der Menschheit bis in die geschichtliche Zeit hinein und bringt so die Darstellung der ganzen vorchristlichen Antike noch unter Dach und Fach. Gewissermaßen spielerisch bedient er sich dabei der Analogie mit den Lebensaltern, die er auf die ganze Ge-

schichte anwendet, obwohl sie nur für das Begreifen der Geschichte eines Volkes oder einer Kultur sinnvoll ist. Die Römer vertreten das Mannesalter. Aber Herder führt die Analogie nicht weiter, denn was würde folgen? Greisenalter und Tod? Die Geschichte rechtfertigt keine derartige Spekulation. – Mit dem Eintritt des Christentums in die Geschichte ist die Lebensalteranalogie ebenso hinfällig wie die Fiktion der Vorgeschichte. Mit dem Eintritt des Christentums ist der Anfang *unserer* Geschichte bezeichnet, die uns angeht und zu der wir uns nicht gleichgültig abwägend verhalten können. Die Betrachtung kommt an einen kritischen Punkt. Bevor Herder seine Gedanken über das Mittelalter mitteilt, prüft er grundsätzliche Fragen der historischen Wahrheit und des geschichtlichen Seins (V 501 ff.). Auf diesen zwölf Seiten drängt sich eine Ontologie der Geschichte zusammen, eine Philosophie der Geschichte im strengen Sinne, in der das Wesen der Geschichte selbst thematisch wird.
Die Darstellung der »Ideen« folgt ebenso der natürlichen Chronologie wie die der Bückeburger Kampfschrift. Auch in den »Ideen« wird die große Zäsur des Jahres Null besonders vermerkt, gewissermaßen gefeiert. An »derselben« Stelle steht hier als 15. Buch eine breite Erörterung der Humanität. Den Exkurs verdanken wir aber nicht einer Beunruhigung durch das Problem der Geschichte, sondern Herder gönnt sich an der Wende der Zeit, gewissermaßen befriedigt durch das geleistete Werk, einen Umblick über die weiten Horizonte der Geschichte. Im Jugendwerk ist die Fortsetzung der bisherigen Erzählung einfach nicht möglich, die neue Zeit verlangt gebieterisch eine neue Historie; im Werk der »Reifezeit« (Kühnemann) kann die Wanderung durch die Zeiten nach der Rast leichthin fortgesetzt werden. Es ist dabei von untergeordneter Bedeutung, daß der »Klassiker« das Mittelalter nunmehr verurteilt und daß er sich sogar auf weite Strecken mit seinem früheren Gegner Iselin trifft.
Wir wenden uns jenem philosophischen Exkurs zu, dessen Tragweite bisher nicht erkannt worden ist und der deshalb so gut wie unbeachtet blieb. Herder fragt nach dem Wesen der Geschichte. Aber er sieht sich hier ganz allein. Die Philosophen schweigen, keiner hat noch das Wesen der Geschichte bedacht. Die Philosophie kann nur ihr allgemeinstes Gedankengerüst zur Verfügung stellen. Sie ist Herder gegenwärtig als metaphysische Tradition: nicht als eingelerntes begriffliches Wissen (man weiß ja, wie Herder gelesen hat!), sondern in Denkformen, die so selbstverständlich geworden sind, daß sie gar nicht mehr als gewordene Gestalten bewußt werden. Unser ganzer Lebensvollzug, bis hinab zum trivialsten Geschwätz, steht im Bannkreis philosophischer Traditionen. – Die Vorrede zu Kants »Grundlegung zur Metaphysik der Sitten« beginnt mit den Sätzen: »Die alte griechische Philosophie teilte sich in drei Wissenschaften ab: die *Physik*, die *Ethik* und die *Logik*. Diese Einteilung ist der Natur der Sache vollkommen angemessen . . .« Diese Einteilung ist stoischen Ursprungs. Man kann gegen sie Bedenken haben, wenn sie dogmatisch gehandhabt wird, wenn man sie etwa als philosophische Grundlegung von Gebieten auffaßt, die sich dann ins Positiv-Wissenschaftliche verlaufen. Die Geschichte kommt dann vor in der Ethik, etwa als Gesellschaftswissenschaft. Aber diese Wissenschaftsdoktrin vergißt, daß die Einteilung der Philosophie die innere Artikulation der Metaphysik selbst ist und daß diese an das Sein des Seienden rückgebunden bleibt. Die Metaphysik betrachtet das Seiende als solches und das, was ihm an sich zukommt. Das Seiende als solches ist an sich *wahr*, es öffnet sich, aber nicht *für* jemanden, denn das »für« ist bereits eine Weise des Sich-Öffnens. Das Seiende als solches ist an sich *eines*, es durchherrscht die Mannigfaltigkeit bewegter Gestalten. Das Seiende als solches ist

an sich *gut*, *weil* es ist, weil es gründet in dem, was der Zug, das Ziehen in jeder Erziehung ist. Jegliches Seiende ist eines, wahr, gut. Herders Erörterung des Wesens der Geschichte ist gebannt in den allgemeinen transzendentalen Fragehorizont der Metaphysik. Die Geschichte ist Seiendes, sie ist zu betrachten als logisches, physisches, ethisches Sein. Aber die Geschichte ist nicht schlichtes Seiendes: jede Betrachtungsweise wird aporetisch.

Die Logik der Geschichte würden wir wohl bestimmter fassen als Gnoseologie. Aber darin liegt die Versuchung, hier ein Spezialproblem zu sehen, das sich isoliert und methodisch erledigen ließe. Die Erkenntnis der Geschichte, die Wahrheit der Historie sind von der Transzendentalität des Seienden als solchen umgriffen und gehalten, sie verdanken sich der Einheit von ἀληθεια und νους. Das logische Problem kann daher ebensogut im Sinne der griechischen Philosophie formuliert werden als das der Wahrheit der Geschichte. Die Geschichte ist nicht beliebig Seiendes. Die logische Aporie tritt bei Herder sogleich auf als *Unerschöpflichkeit individuellen Seins.* »Niemand in der Welt fühlt die Schwäche des allgemeinen Charakterisierens mehr als ich. Man malet ein ganzes Volk, Zeitalter, Erdstrich – *wen* hat man gemalt? . . . wen hat das schildernde Wort getroffen? – Endlich man faßt sie doch in Nichts, als ein allgemeines Wort zusammen, wo jeder vielleicht denkt und fühlt, was er will – unvollkommenes Mittel der Schilderung! wie kann man mißverstanden werden! – Wer bemerkt hat, was es für eine unaussprechliche Sache mit der Eigenheit eines Menschen sei, das Unterscheidende unterscheidend sagen zu können? . . .« (V 501 f.). Hierher gehört auch Herders Auseinandersetzung mit Montesquieux' »Esprit des lois« (V 565 ff.; vgl. IV 418 f.). Der Apparat der allgemeinen Begriffe verbraucht sich am geschichtlich Individuellen, ohne irgend durchzudringen. Wie ist Wissen von der Geschichte überhaupt möglich? Für die Tradition, also aristotelisch, ist *Wissen* Subsumtion des Besonderen unter ein Allgemeines durch Vermittlung der spezifischen Differenz, welche den Charakter der »Ursache« hat. Nun beweist schon jedes faktisch Seiende gegenüber dem Allgemeinen eine unüberwindliche Härte. Seine Wahrheit, Entdecktheit bleibt partiell und ist mit Verschlossenheit immer verbunden. Die Tatsachenwahrheiten sind ohnmächtig gegen »die unergreifliche Basis der Realität, den nie aufgehenden Rest, das, was sich mit der größten Anstrengung nicht in Verstand auflösen läßt, sondern ewig im Grunde bleibt«.[4] Diese Grundrealität ist nicht bloße Hyle (die im Grunde genommen ein Gedankending ist), sondern das im Erscheinen sich zurückhaltende Unwesen. Dennoch ist die Wahrheit von Fakten als *faktische* Wahrheit nicht angreifbar. Die Weise der Wahrheit des natürlichen Seins ist die Gegenständlichkeit. Der Gegenstand zeichnet sich in ein Netz von apriorischen Möglichkeiten, von Begriffen und Schematen ein.

Das geschichtlich Seiende ist aber nicht nur in Raum und Zeit individuiert, sondern zusätzlich in einer Dimension des Sinnes. Wenn der Kopf eines Königs in den Sand rollt, so ist dies nicht nur die Ortsbewegung eines kleinen Körpers, sondern ein weltbewegendes Geschehen. Man sagt nun, der erklärende Erkenntnisbezug, der bei Naturdingen und -vorgängen wohl angebracht sei, würde für solches höher organisierte Seiende – für Seelisches oder für geschichtliches Sein – nicht zureichen. Das erklärende Erkennen müsse durch das *Verstehen* ersetzt werden. In der Tat, Herder spricht sich für das Verstehen aus. Aber besagt die Unterscheidung von Erklären und Verstehen, daß der Mensch glücklicherweise mit zwei Erkenntnisinstrumenten aus-

4 Schelling, Unters. ü. d. Wesen der menschl. Freiheit, WW I, VII S. 360.

gestattet sei, die er zweckmäßig einsetzt: dem exakten quantitativen Bestimmen und dem weniger exakten, gefühlsmäßigen, dafür universaleren Verstehen? Es ist zu beachten, daß im Verstehen die theoretische Distanz zum Gegenstand aufgegeben wird. »Verstehen ist nicht die Leistung eines Subjekts, das einem Vorgang mit der Absicht einer möglichst getreuen und erschöpfenden Festlegung des Befundes *gegenübersteht* – Verstehen ist die innere Bewegtheit eines Wesens, das mit allen Fasern seiner Existenz, nehmend und gebend, getrieben und treibend, in dem Lebensprozeß mitten inne steht, den es im Vollzuge selbst und im Interesse des Vollzuges ins Bewußtsein heben möchte.«[5] Hier ist das Verstehen von jeder objektiven Erkenntnis deutlich geschieden. Auch »verstehen« wir unmittelbar, was »das Verstehen« ist und sein soll. Aber damit ist noch nicht klargelegt, ob und wie das Verstehen *Wahrheit* ist, es scheint vielmehr, als sei das Verstehen einer Rechtfertigung aus dem Begriff weder fähig noch bedürftig. Das Verstehen ist nicht *irgendwie* wahr, d. h. »subjektiv« oder »ästhetisch«, sondern es ist wahr oder unwahr. Das Problem von Wahrheit und Unwahrheit ist *transzendentalphilosophisch*. Die transzendentale Frage kann nicht mit dem Hinweis auf die Inkompetenz der bloß theoretischen Vernunft übersprungen werden.

Das *individuierte* Naturding ist als Seiendes transcendentale verum, denn »die Bedingungen der Möglichkeit der Erfahrung sind Bedingungen der Möglichkeit der Gegenstände der Erfahrung« (Kant). Das *individuelle* Sein der Geschichte springt aber aus dem gegenständlichen Bezug heraus. Das bedeutet nicht, daß ein gegenständlich erkennendes Subjekt nun einfach ohne Gegenstand bleibt; die »Bedingungen der Möglichkeit der Erfahrung« werden nicht leer gelassen und beiseite geschoben, so daß das Erwachen dunkler sympathetischer Kräfte möglich wäre. Denn die subjektiven Bedingungen der Erkenntnis haben sich selbst gewandelt. Die Ungegenständlichkeit geschichtlichen Daseins läßt auch die Bedingungen der Möglichkeit der Erfahrung sich verflüssigen, der apriorische Erwartungshorizont wird abgebaut. Es heißt, die Geschichte sei durch und durch Faktizität; eine Philosophie der Geschichte sei schon deswegen fragwürdig, weil sie von vornherein ganz der Empirie ausgeliefert ist. Aber das besagt nicht die Entmachtung der theoretischen Vernunft und die Usurpation ihres Thrones durch einen illegitimen Sprößling. Was ist in der Geschichte und für die Geschichte überhaupt »Möglichkeit«? Die Zeit der Geschichte ist keine bloße Verlaufsform, sondern lückenloses Ineinanderwirken von Geschehnissen, Projekten, Meditationen. Die Historie selbst gehört in diese fließende, lebendige Einheit hinein. Wie ist es möglich, sich in den Geist der Zeiten zu versetzen? ist die Historie nur eben eine schlichte Möglichkeit? Herder zerstört diese Illusion: ». . . aber zwischen dieser und dem ganzen Gefühl des Seins, der Existenz in solchem Charakter – Kluft! Fehlte es dir also auch an Nichts, als an Zeit, an Gelegenheit, deine Anlagen zum Morgenländer, zum Griechen, zum Römer in Fertigkeiten und gediegene Triebe zu verwandeln – Kluft! nur von Trieben und Fertigkeiten ist die Rede.« (V 503 f.). Die »Kluft« ist nicht objektivierende Distanz, sondern *wirkliche* Diskrepanz, die sich aus dem Fehlen eines Möglichkeitsspielraumes für das historische Erkennen ergibt. Die ruhige Entfaltung solcher Möglichkeiten wäre eben nur in der Natur möglich, nicht in der Geschichte. Die Geschichte kennt kein bloß Mögliches, dieses ist immer hineingetragen durch ein äußerliches Raisonnement. Geschichte ist gediegene Wirklichkeit, und wirklich ist das, was wirkt. Die geschichtliche Indivi-

5 Theodor Litt, Kant und Herder (1930) S. 270.

dualität ist solche konkrete Fülle, welche Vorzeichnungen durch generelle Möglichkeiten ausschließt. Und die generellen Möglichkeiten gibt es als solche nicht mehr. Das Allgemeine, welches sonst die Wahrheit ist, in die sich die Dinge öffnen, tritt als besonderte Existenz in die Geschichte ein und hat ein Dasein in der *Sprache*. Was wird damit aus der »Erkenntnis«? Der Mechanismus der Subsumtion versagt. Es kann nicht einmal aus einem jeweiligen, nur für den einzelnen Fall gültigen Erkenntnisbezug zwischen diesem Wort und jener Sache ein objektives Ergebnis vom Rang der bloßen Meinung gerettet werden, da damit immer noch die Gegenständlichkeit vorausgesetzt würde. Aber die Erkenntnis bricht nicht zusammen. *Die Sprache* ist die Wahrheit der Geschichte in der Geschichte, sie ist die Offenheit der Geschichte für sich selbst. Das Generelle ist eine Besonderheit der Sprache; doch die Sprache ist selbst kein generelles Moment des Menschen überhaupt, sondern sie ist geschichtliche Individualität in Nation und Epoche. Die Nationalsprache scheint die logische Universalität einzuengen; aber eine konkrete Sprache ist prinzipiell übersetzbar. Anderseits *bedingt* die Konkretheit der Sprache das in ihr ausgedrückte Allgemeine und macht es mißdeutbar. »Wen hat das schildernde Wort getroffen? – Endlich man faßt sie [d. i. die geschichtliche Individualität] doch in Nichts, als ein allgemeines Wort zusammen, wo jeder vielleicht denkt und fühlt, was er will«, und daher muß man »Ein Wort finden, in seiner Fülle sich alles denken – oder man lieset – *ein Wort*« (V 502). Der skeptische Vorbehalt gilt der Historie. Aber die Sprache vermag die Historie zu tragen: »... gehe in das Zeitalter, in die Himmelsgegend, die ganze Geschichte, fühle dich in alles hinein – nun allein bist du auf dem Wege, das Wort zu verstehen« (V 503), zu verstehen nicht wie der geschichtslose Bildungsmensch, der, weil er selbst keinen Standort und keinen Charakter mehr hat, »Landschaften und Religionen anempfindet« oder »sich auf die Seelen-Anschnüffelei verlegt«.[6] Historie ist Wissen des geschichtlichen Menschen um seine Geschichte: dieser geschichtliche Mensch pflegt nicht die Tugend einer wohlwollenden Humanität (die Herder später vom Leser seiner »Ideen« fordert), sondern er steht mitten inne im Kampf der geschichtlichen Mächte. Der fatale Begriff der Humanität isoliert den Menschen der Historie von dem Menschen der Geschichte, er vertritt den Dogmatismus der Gegenständlichkeit. Das Verstehen oder die Einfühlung weiß darum, daß die Geschichte ihren Sinn in sich selbst trägt. Die theoretische Distanz ist aufgehoben, die Fragwürdigkeit des transcendentale verum »Geschichte« wird ernst genommen. Wie ist Wissen von Geschichte überhaupt möglich? Die Logik der Geschichte ist aporetisch. Es gibt keine dialektische Bewegung des Allgemeinen neben oder über der geschichtlichen Wirklichkeit: was vernünftig ist, ist wirklich – aber der Satz ist für Herder nicht umkehrbar. Die Geschichte ist *irrational*.
Die zweite Betrachtung gilt der *Physik der Geschichte*. Die Wortzusammenstellung ist befremdend. Aber »Physik« im griechischen Sinne ist nicht Naturwissenschaft im Gegensatz zu der Geisteswissenschaft, der wir die Geschichte zuzurechnen pflegen. Die älteste griechische Philosophie ist überhaupt physische Philosophie als Denken des Ganzen der Welt. In der metaphysischen Lehre wird die Physis zwar eingeschränkt, für die Stoiker wird sie einfach zum Bereich. Aber noch ist die Physik nicht Naturwissenschaft, da so ausgesprochen »geisteswissenschaftliche« Disziplinen wie Psychologie und Theologie zur Physik gehören. – Die monumentale Physik Platons ist der Dialog Timaios. Der Kosmos ist dort die Versammlung des Werdenden, sich Be-

6 Nietzsche (gegen Renan und Sainte-Beuve), WW Bd. XIV S. 179, vgl. S. 196.

wegenden. Für Aristoteles ist die Physik dann in erster Linie die Lehre von der Bewegung. Der Ausdruck »Physik der Geschichte« ist damit gerechtfertigt: die Geschichte wird betrachtet als Werden.
Herder wendet sich polemisch gegen zwei Auffassungen von der Bewegung der Geschichte, welche er in der Geschichtsphilosophie der Aufklärung vorfand. Die Bewegung der Geschichte ist weder sinnloses Chaos noch vernunftgemäßer Fortschritt. Voltaire und die rationalistische Aufklärung, vor allem Iselin, fälschen die Geschichte (vgl. V 511 f.). Was Herder sieht, ist »wahrhaftig Fortgang, fortgehende Entwicklung, wenn auch kein einziges dabei gewönne! ... Schauplatz einer leitenden Absicht auf Erden! wenn wir gleich nicht die letzte Absicht sehen sollten, Schauplatz der Gottheit, wenn gleich nur durch Öffnungen und Trümmern einzelner Szenen« (V 513). Die Rede von der Gottheit fügt sich gut in die Topoi der traditionellen Physik; sonst scheint Herders Aussage widerspruchsvoll und verwirrend. Aber es handelt sich nicht um ein Kompromiß zwischen jenen beiden »leichten« Geschichtsdeutungen. Herder versucht eine neue Konzeption des geschichtlichen Werdens. Für die Tradition ist die Bewegung nicht seiend, sondern nur »werdend«, die vollendete Bewegung ist erloschen, *war* Bewegung. Das Werden ist nicht Sein, sondern »Werden zum Sein«. Für Aristoteles ist die Bewegung Bewegung eines Seienden von einem Ausgangspunkt zu einem entgegengesetzten Endpunkt in einer begrenzten Zeit. Die Bewegung ist daher notwendig partiell und wird vom begrenzenden Unbewegten her begriffen. Was wird damit aus der Geschichte? Die theologische Deutung drängt sich auf. Gott steht außerhalb der Geschichte. Diese ist vielleicht alles Geschehen, aber als Geschehen teilhaft. Ihre Bewegung verläuft nach der Vorsehung Gottes, welche Anfang und Ende weiß. – Oder es bleibt eine zweite, untheologische Deutung: die Geschichte hat einen Endzweck, auf den sie – »asymptotisch« wie bei Kant oder wie immer – zusteuert; von diesem Telos aus wird der geschichtliche Prozeß begriffen, er ist ein bloßer Umweg für die Verwirklichung einer Möglichkeit oder Anlage seines Substrats, der Menschheit. Der Gang der Geschichte ist undramatisch, er ist bloße Folge einer Präformation.
Auch Herder spricht in seiner Schrift gelegentlich von der göttlichen Vorsehung. Aber der rationale, theologische Inhalt des Wortes wird dann vernachlässigt. Es gibt keinen Gott außerhalb der Geschichte, ebensowenig wie eine von außen in die Geschichte eintretende Offenbarung: das Christentum ist eine geschichtliche Macht und weiter nichts, seine Wirklichkeit ist allein in der Geschichte anzutreffen. »Was wär' ein Gott, der nur von außen stieße, / Im Kreis das All am Finger laufen ließe!« Für Goethe ist die Natur das Allumfassende und Allerhaltende, – für Herder ist es die Geschichte. Herder lehrt einen Geschichtspantheismus. Die Geschichte ist daher nicht ein unbestimmtes Fluktuieren, das an festen Endpunkten gehalten und durch diese äußerlich bestimmt wird, sofern sie ist das unteilbare Ganze Einer Entwicklung. Jedes Einzelne ist darin zum bloßen Moment oder Fragment herabgedrückt. Die Geschichte ist nicht Geschehen in der Welt, sondern *das Geschehen der Welt*. Platon stellt den allgemeinen Satz auf, daß, »wie jedes Werden eines andern Seins wegen wird, so das ganze Werden um des Seins willen geschieht« (Phil. 54 C). Dieser despotische Gedanke der platonischen Physik wird von Herders Geschichtsbegriff in Frage gestellt. Die Geschichte ist in der Abfolge ihrer Gestalten nicht Werden zum Sein, sondern Werden des Seins; nicht als Heranwachsen, sondern als inneres Leben. »... alles ist großes Schicksal, von Menschen unüberdacht, ungehofft, unbewürkt« (V 531). *Das Sein* ist nichts anderes als die ganze Geschichte, das ganze Werden, und

dies ganze Werden hat die Dignität des Seins – »oder ist's nicht eben Gottheit, die so allergossen, einförmig und unsichtbar durch alle ihre Werke würkt?« (V 521). Das geschichtliche Werden ist der zerstückte Gott, und dieser ist nicht der Autor jenes Dramas, sondern der Held. »Weil eine Gestalt der Menschheit und ein Erdstrich es nicht fassen konnte, ward's verteilt in tausend Gestalten, wandelt – ein ewiger Proteus! – durch alle Weltteile und Jahrhunderte hin ...« (V 511).

Die Geschichte ist das Sein. Sie ist nicht in der Zeit, sondern Zeit ist die Weise ihrer Lebendigkeit. Ob die Geschichte zeitlich unendlich sei oder ob sie angefangen habe und zu Ende gehen werde, ist nunmehr eine müßige und einfältige Frage, welche keiner Antwort bedarf. Auch ist es nicht mehr möglich, die Geschichte einfach kausal zu begreifen. Sie ist kein Chaos, kein wirres Geschiebe blinder (effizienter) Kausalität, das planlos irgendwelche Resultate auswirft. Sie ist ebensowenig ein in sich zweckvolles Gespinst, das an einem Endzweck befestigt ist. Gegen die Geschichtsteleologie macht Herder das »blinde Schicksal« geltend (V 530); dem Skeptizismus, der sich damit abfindet, »ein Gewirre von Szenen, Völkern, Zeitläuften« zu konstatieren, empfiehlt er, die Geschichte wirklich zu *lesen* und sie erst einmal sehen zu lernen (V 504 f.). Das Canevas, das unserm Geschichtsphilosophen sich zeigt, ist ein konditionales, aber *unendlich* verstrebtes und *unendlich* lebendiges (ein Leibnizischer Gedanke!) Gewebe: »... was ist Mittel? was ist Zweck? nicht alles Mittel zu Millionen Zwecken? nicht alles Zweck von Millionen Mitteln?« (V 559). *Die Teleologie hebt sich hier selbst auf.* Die klassische Ontologie der Bewegung und des Werdens zeigt sich als unzulänglich für das Begreifen der Geschichte. Wir sind wieder in der Weglosigkeit angelangt. Die physische Betrachtung der Geschichte ist aporetisch.

Die »Ethik« der Geschichte läßt als Ergebnis dieser Geschichtsphilosophie den Begriff des Menschen hervortreten. Ethik ist die Philosophie vom Umkreis des Menschlichen.[7] Der Mensch ist das Lieblingsthema Herders. Wir sind hier nicht auf den herausgehobenen Abschnitt beschränkt, denn das ganze Buch ist ethisch. Es ist ausgesprochen ad hominem verfaßt, es verfolgt einen paränetischen oder, wie Stadelmann formulierte, pädagogischen Zweck. Herder hält seinem Jahrhundert eine Buß- und Strafpredigt, die freilich ganz profan bleibt. Er ruft die Geschichte zum Zeugen auf gegen den ungeschichtlichen Bildungsmenschen. Der rohe, in Unwissenheit und Aberglauben verstrickte Mensch besitzt gerade die geschichtliche Fülle, welche dem nervösen und blasierten Menschen der Aufklärung abgeht (V 526 f.). Dieser hat daher kein Recht, gegen jenen aufzutreten. »Machtsprüche Lobes und Tadels, ... welches Rechtes seid ihr!« Zur Ethik der Geschichte gehört das Problem der historischen Wertung. Herders Vorbehalte in dieser Beziehung deuten voraus auf die ethische Aporie. Die Geschichte versagt sich der traditionellen Ethik.

»Lob und Tadel« sind für Aristoteles die einfachen ethischen Symptome. Wenn eine Handlung oder ein Charakter gelobt oder getadelt wird, so ist das nicht bloße Meinung, sondern die Kundgabe eines unmittelbaren, sicheren Wissens vom Range der ethischen Allgemeinheit. Die historische Wertung aber, wie sie die Aufklärung handhabt, ist würdelos. Tadel und Lob bekunden hier die *Gemeinheit* eines aufgeblähten Zeitalters. Das geschichtliche Sein stößt sich von der einfachen Wertung ab.

Es gibt keinen allgemeinen Maßstab der Beurteilung. Die sittlichen Ideale sind in der Geschichte nicht absolut, sondern der Wandlung unterworfen. Das konsequente Anstreben eines Ideals wird durch den Gang der Geschichte grundsätzlich vereitelt.

7 Vgl. Aristoteles, Eth. Nic. 1181b15.

Die restlose Realisierung der Tugend ist nicht nur unerreichbar, sie ist nicht einmal wünschenswert. Der vollkommene Tugendbold müßte aus der Geschichte ausscheiden. Der Mensch ist nicht allein mit seiner praktischen Vernunft und einer gleichgültigen oder feindlichen Welt, er muß sich geschichtlich mit an sich sittlichen Mächten auseinandersetzen, mit Staat, Sitte, Religion. Die moralische Freiheit gerät durch die Geschichte in Gefangenschaft. Herder hat dies am Beispiel des Christentums verdeutlicht. Das Christentum hat den Charakter des Ideals, es ist »die lauterste Philosophie der Sittenlehre, die reinste Theorie der Wahrheiten und Pflichten, von allen Gesetzen und kleinen Landesverfassungen unabhängig, kurz, wenn man will, der menschenliebendste Deismus« (V 519). Aber das Christentum wurde *geschichtlich*, wurde zum »historischen Eräugnisse«, es brach sich im Medium nationaler Eigenarten, mischte sich mit »irdischern Materien«, bedingte und wurde bedingt: und nun formte sich durch dieses »Ferment«, mit dem der Strom der Geschichte versetzt wurde, der »gotische Geist«, der Geist des Mittelalters. Dieser Geist einer Zeit ist die an sich sittliche Darstellung und Erscheinung des geschichtlichen Menschentums, gegen welche jede personalistische Ethik, jede Sollensethik, jede materiale Wertethik blind ist.
Die Geschichte hat daher nicht einen einfachen, ihr übergelagerten *Sinn*. »Der Sinn« der Geschichte ist in sich vielfältig, er konkretisiert sich zur geschichtlichen Individualität.[8] Der Gang der Geschichte hat eine sakrale Weihe. Jenes »es« der physischen Betrachtung, das als ein ewiger Proteus durch alle Weltteile und Jahrhunderte hinwandelt (s. o.) ist *das Gute*. Die Eudämonie der Geschichte ist die jedes ihrer Momente, so hat jede Nation den Mittelpunkt der Glückseligkeit in sich. – Aber ließe sich das nicht ebensogut vom Begriff der Humanität aus fassen? Es scheint gar, daß der moralischen und kulturellen Indifferenz dieses Begriffs die Bückeburger Schrift mehr gerecht werde als die »Ideen«, in denen das Mittelalter als roh, ungebildet und barbarisch verurteilt wird.
Aber der Mensch ist in »Auch eine Philosophie der Geschichte« anders begriffen. Die Menschen sind keine im Raum der Geschichte verteilten Humanitätsatome, sie sind nicht eingezwängt in eine vorgegebene Verfassung, sie bleiben nicht in der tautologischen Bewegung eines Eidos. Sie haben teil am Schöpferischen der Geschichte. Sie halten sich aus in die Zeit, und dieses Sich-Aushalten ist Freiheit und Selbstbestimmung. Die Freiheit ist dem Menschen nicht anerschaffen, sondern sie gilt als das Innerste des menschlichen Schaffens. Aber die Freiheit ist nicht Subjektivität der Willkür. Sie verhält sich nicht einfach indifferent oder negativ zum Gegebenen, denn sie weiß es als das Geschaffene, mit dem sie sich sittlich auseinandersetzen muß. Die Freiheit ist als Tätigkeit Selbstbindung. – Bei den Ägyptern treten für Herder erstmals Gesetze und Polizei, Techne und Industrie auf. Es sind dies nicht bloße Erfindungen; denn alle Erfindungen stehen schon im Raum der Techne, die Techne selbst kann also nicht erfunden worden sein. Es sind vielmehr Grundphänomene des menschlichen Selbstverhältnisses, in denen der Mensch, indem er ausgreift, eigentümlich auf sich rückbezogen bleibt. Das Gerüst dieser Einrichtungen bleibt stehen, und zwar nicht in der einfachen Weise der Substantialität, sondern als die Negativität der Form, welche den Inhalt von sich abstößt. Die Form tritt deshalb auf die Seite der Freiheit, der Inhalt aber wird in den Gang der Geschichte hinausgerissen. Indem der Mensch sich zu dem Geschaffenen wieder frei verhält, ist dieses dazu be-

8 Vgl. Litt. Die Befreiung des geschichtl. Bewußtseins durch Herder (1942), S. 162 ff.

stimmt, erhalten, überlebt und zerstört zu werden. Der Mechanismus des geschichtlichen Werdens hat nicht den untragischen Rhythmus einer natürlichen Entwicklung. Der Mensch will und muß nicht ein fremdes und blindes Schicksal leben, sondern seine eigene Geschichte. Die Geschichte ist Verhängnis und Stolz des Menschen. Die Ethik ist die Philosophie vom Umkreis des Menschlichen. Aber Herder stellt die Frage nach dem Menschen selbst. *Der Mensch* ist nicht nur etwas Menschliches! Herders Frage überfordert die Ethik grundsätzlich; darum versagt hier die ethische Betrachtungsweise und wird aporetisch. Was der Mensch *ist,* könnte schließlich die Geschichte lehren. Aber die Geschichte widersteht dem Begriff, und so ist der Mensch sich selbst ein Rätsel. Das ethische Wissen des Menschen von sich erweist sich vor der Geschichte als Täuschung.

3. Sprache

Wir versuchten darzustellen, wie sich Herder in der kleinen Bückeburger Schrift gegen eine übermächtige metaphysische Tradition stemmt. Freilich droht dieser Grundton im mächtigen Gewitter der Zeitkritik überhört zu werden. Herder selbst war sich über den Charakter seiner damals entstandenen Werke im klaren: »Die Lampe meines Geistes brennt von gar zu nassem Feuer: sie hat immer Öl der Leidenschaft nötig, und das ist so grob und wässerig, – daher denn Alles, was ich schreibe und denke, dampft.«[9] *Die Polemik* war für Herder das Vehikel seines Denkens.[10] Sie erleichterte ihm wesentlich sein Unternehmen, in der Geschichtsphilosophie den Begriff des Menschen herauszuarbeiten. Die Polemik war gegen neuere Versuche gerichtet und griff die Tradition in ihrer leichtesten und oberflächlichsten Gestalt an: als Rationalismus. Dieser Vorteil der polemischen Methode schlägt zum Nachteil aus, sobald es sich um klare Abgrenzungen handelt. Herder scheint dann nur eine bessere Metaphysik gegen eine schlechtere zu verteidigen: den Glauben gegen die Ratio, den Pantheismus gegen den Materialismus. Ferner macht sein Ungestüm eine gewisse Einseitigkeit unvermeidlich: die menschliche Theorie und Praxis wird nach Vernunft und Freiheit hin verkürzt, das Problem der Wahrheit und der Sittlichkeit kommt nicht in seiner ganzen Tiefe zur Sprache. Die Geschichtsphilosophie hat das Wissen Herders vom Begriff des Menschen nicht voll ausgetragen.
Herder ist kein Philosoph, der sich um die strenge begriffliche Fassung seiner Gedanken Mühe gegeben hätte. Es ist müßig, ihn deswegen zu loben oder herabzusetzen. Die Interpretation muß freilich eigenartige Wege gehen, um eine begriffliche Fassung gewissermaßen nachzuholen. Wir sehen uns gezwungen, den Richtungssinn der Entwicklung seiner Gedanken der Chronologie entgegenzudrehen, sein Werk von hinten nach vorn zu lesen. Die offen gebliebenen Fragen der Geschichtsphilosophie, oder vielmehr ihr Ungefragtes und Ungesagtes leiten uns zurück zu seiner noch 1770 in Straßburg niedergeschriebenen Preisschrift, der »Abhandlung über den Ursprung der Sprache«. Die allgemeine Auffassung geht dahin, daß es sich bei dieser Schrift eben »nur um Sprachphilosophie« handle, daß sie ein Kuriosum sei, ein theoretisches Parergon des Zeitalters, welches sich in der Gesellschaft der halb-philosophischen Versuche eines Rousseau, Mendelssohn, Hamann, bestenfalls Lessing sehr

9 Brief an v. Hahn, zitiert bei R. Haym, Herder . . . Bd. I, 2 (1880) S. 684.
10 Salmony, Die Philosophie des jungen Herder (1949) S. 4, sieht in der Polemik Herders *Methode.*

wohl befinde. Dies ist ein gründliches Mißverständnis. Herders »Abhandlung über den Ursprung der Sprache« ist das bedeutendste philosophische Werk, das nach Leibnizens Monadologie und vor Kants Kritik der reinen Vernunft abgefaßt worden ist. Die eigentlichen »Nachbarn« Herders sind Leibniz und Kant.

Die Schrift über den Ursprung der Sprache ist ein philosophisches Werk. Sie ist so wenig bloß »Sprachphilosophie«, wie das besprochene Bückeburger Opusculum bloß »Geschichtsphilosophie« ist. Solche unbestimmten allgemeinen Namen, welche die Vorstellung von speziellen Disziplinen einer allgemeinen Wissenschaft »Philosophie« erwecken, sind überhaupt irreführend – um so mehr sind sie es bei Herder. Wenn Sprachphilosophie eine Darstellung der Sprache, Geschichtsphilosophie eine Darstellung der Geschichte in philosophischer Manier wären (die über mangelhafte Sachkenntnis durch schwungvolle Intuitionen hinweghilft), dann müßte die hier versuchte hermeneutische Verknüpfung beider Stellen als willkürlich und abenteuerlich erscheinen. Immerhin ist bereits *der Mensch* als das Grundthema Herders kenntlich gemacht worden. Man könnte also mit mehr Recht von *Sprachanthropologie* und *Geschichtsanthropologie* sprechen. Aber diese Anthropologie kann wieder als eine spezielle Philosophie mißdeutet werden, welche das von der positiven Wissenschaft übriggelassene Rudiment Mensch unwissenschaftlich zu behandeln hätte. Es ist also grundsätzlich zu erinnern, daß solche Termini nur als Ausdruck einer begrifflichen Verlegenheit gefaßt werden dürfen.

Die Aufgabe der Berliner Akademie lautet naiv genug: »En supposant les hommes abandonnés à leurs facultés naturelles, sont-ils en état d'inventer le langage? et par quels moyens parviendront-ils d'eux-mêmes à cette invention?« Herder übernimmt äußerlich diese Gliederung und überschreibt die zwei Teile seiner Preisschrift mit je einer Frage der Akademie. Er übersetzt den Wortlaut, und dabei erfährt die zweite Frage eine scheinbar nur leichte Abänderung: statt nach *den Mitteln* fragt Herder nach *dem Wege*, auf welchem »der Mensch sich am füglichsten hat Sprache erfinden können und müssen« (V 91). Damit ist eine Gliederung des Problems selbst erzielt. Jener Weg ist *die Geschichte*, die Geschichte des Menschen. Der erste Teil der Preisschrift wird vom *Ursprung der Sprache* handeln, der zweite vom *Fortgang der Sprache*. Der zweite Teil steht uns jetzt näher, da er die Sprache im Zusammenhang mit der Geschichte betrachtet.

Das Zusammentreffen von Geschichte und Sprache läßt sich durch den Ausdruck »Sprachgeschichte« bezeichnen. Aber die Geschichte bleibt hier in die Sprache einbezogen, so daß der wesentliche Zusammenhang beider Stellen nicht berührt wird. Herder dagegen vernachlässigt die Entwicklungshistorie der einzelnen, jeweiligen Sprache, um die ganze Tatsache Sprache zu der ganzen Tatsache Geschichte in Beziehung zu setzen. Der Mensch ist ebensosehr Sprachgeschöpf wie Geschichtswesen, er ist das eine auf Grund des andern. Die Sprache ist mehr als nur die treue Begleiterin des Menschen durch die Geschichte, weil Geschichte mehr ist als eine Abfolge von Daten. Für den Zweck seines geplanten Geschichtsunterrichts hatte Herder diesen Begriff von Geschichte destruiert: es bleibt »keine Reihe von Königen, Schlachten, Kriegen, Gesetzen oder elenden Charakteren«, sondern es geht »alles nur aufs Ganze der Menschheit und ihrer Zustände, der Völkerwanderungen und Einrichtungen, Religionen und Gesetze und Denkarten, Sprachen und Künste«.[11] Weltgeschichte ist Kulturgeschichte im weitesten Sinne und daher mit der Weltgeschichte

11 Journal meiner Reise (1769), IV 379.

der Sprache kongruent. Die Analogie der Lebensalter paßt ebensogut wie auf die Geschichte überhaupt auf die Geschichte der Sprache, wie der »Roman« von den Lebensaltern einer Sprache« zeigt.[12] Bedeutsamer ist, daß Geschichte und Sprache wesensgleichen Mißdeutungen ausgesetzt sind: was für die Geschichte die rationalistische Geschichtsphilosophie, das ist für die Sprache in ihrer geschichtlichen Lebendigkeit *die Grammatik*. Herder setzt sich gegen die normative Grammatik zur Wehr und begründet die Idee einer deskriptiven, vergleichenden Sprachwissenschaft (vgl. V 82ff., 108ff.).

Das Problem der Wechselbeziehung von Geschichte und Sprache wird brennend in bezug auf die Anfänge der Menschheit. War die Geschichte früher oder die Sprache? welches Moment ist grundlegend, welches abkünftig? Herder beginnt den zweiten Teil der »Abhandlung« mit einer Erörterung dieses genetischen Zusammenhangs. Das erhoffte Resultat bleibt aus. Es ist nicht möglich, in der Geschichte zurücktastend den Finger schließlich auf den Punkt der Genese der Sprache zu legen. Die adamitische Sprache mag immer mit der adamitischen Geschichte zusammentreffen; aber Herder führt aus, daß *der Mensch* immer sowohl Sprachgeschöpf als auch Geschichtswesen war. Die Geburt der Sprache ist eben kein Ereignis in der Geschichte oder am Rande der Geschichte, sie ist geschichtlich unbegreiflich. Überdies wäre eine historische Erklärung der Entstehung der Sprache um so fragwürdiger, als Herder die Anfänge der Menschheit mythologisch begriff, im Sinne einer quasi-objektiven Vorgeschichte. Die Geschichtlichkeit der Sprache liegt also allein in deren Fortgang. Diese »Fortbildung«, wie Herder sich meist ausdrückt, ist kein zweckmäßiges, technisches Handhaben der einmal gefundenen oder erfundenen Sprache; sie ist der Sprache wesentlich, sie ist ihr eigentliches Leben. Die echte Geschichtlichkeit der Sprache verträgt sich von vornherein nicht mit dem instrumentalen oder technischen Charakter, den man der Sprache oft zuschrieb.

Die Geschichtlichkeit der Sprache ist primär in der Tatsache ausgeprägt, *daß es viele Sprachen gibt*. Die Sprache ist kein abstraktes Wesen, das einem Allgemeinen, eben dem Menschen überhaupt, an sich und in idealer Weise zukäme und somit einfach in die Definition des Animal rationale hineingehörte, sondern sie ist *unmittelbar* gebunden an geschichtliche Existenz: an das geschichtliche Individuum und an die geschichtlich daseiende Nation. Herder scheint das Faktum der Nationalsprachen etwas umständlich herzuleiten. Der Mensch, welcher Sprache hat, ist nämlich »*Erdbewohner*«. »Und ist das, so wird auch seine Sprache Sprache der Erde. Eine neue in jeder neuen Welt, Nationalsprache in jeder Nation ... – die Sprache wird ein Proteus auf der runden Oberfläche der Erde.« (V 127; vgl. I 2). Aber was heißt hier »Erde«? *Erde* ist hier nicht wie in den »Ideen« einer der mittleren Planeten«, *Erde* ist überhaupt kein Objekt in der Natur. Auch das eine der vier Elemente ist nicht gemeint. Die Erde ist ausschließlich *der Ort der Geschichte*, und die Geschichte ist *die Zeit der Erde*. Der Mensch *bewohnt* die Erde nicht als einen ihm zugewiesenen und für ihn geeigneten Raum, in dem es aus diesem Grund unter anderm auch noch Menschen gibt, sondern *er nimmt sie ganz ein*. Oder, anders ausgedrückt, die Erde ist nichts als Koexistenz der *Menschen* und desjenigen Mehr an Mächten und Kräften, welches die Beziehungen der Menschen unter sich ausmacht. Die Erde ist eine Raum-Metapher, in welcher die Kontinuität und Gediegenheit der – Leibnizisch gesprochen – Monadenwelt oder des »monde moral« gedacht ist. Deswegen ist *die Sprache* in ihrer

12 Über die neuere deutsche Literatur, 1. Aufl., I 151ff.

Geschichtlichkeit »Sprache der Erde«; wir könnten auch schreiben: Sprache der geschichtlichen Menschheit. Der Begriff der Erde bezeichnet prägnant die Kongruenz von Geschichte und Sprache. Der bei Herder so oft wiederkehrende Vergleich mit dem Proteus ist mehr als eine bloße Lieblingsmetapher. Der Proteus der Geschichte – der zerstückte Gott – und der Proteus der Erde – die Sprache in ihrer Mannigfaltigkeit – sind spekulativ identisch. Die eigentliche, volle Wirklichkeit ist das jeweilige Zusammenfallen des transzendental Guten und des transzendental Wahren: im konkreten Menschen, in der konkreten Familie, im konkreten Volk, im konkreten Ganzen der Menschheit aller Zeiten. So fällt die Sprache nicht außerhalb des Menschen in eine Sphäre unbedingter, idealer Existenz; und die Geschichte ist nicht der diesseitig-zufällige Geschehensablauf einer jenseitigen Notwendigkeit. Die Sprache ist auch nicht das »jedesmalige Sprechen« (W. v. Humboldt) eines einzelnen Menschen zu einer bestimmten Zeit; die Geschichte ist auch nicht Meinung eines je Einzelnen über ein Geschehen, das nicht an sich geschichtlich wäre. Denn Sprache und Geschichte sind als die vermittelnde Bewegung jener Extreme aufzufassen, als Individuation und Zerstückung idealer Ganzheit, als Aufheben des Zufälligen und Sammlung des Besonderen ins Allgemeine und Gültige.

Zwischen Geschichte und Sprache besteht also mehr als ein tatsächlicher, besteht ein wesensnotwendiger Zusammenhang. Die Notwendigkeit ist aber eigentümlich verdeckt, weil sie nicht den Charakter der Allgemeinheit hat. Dem Schein der nur faktischen Zusammengehörigkeit ist immer noch vor dem Irrtum der generellen Beziehung der Vorzug zu geben. Indes verrät sich in der Faktizität der Sprache bzw. der Sprachen die Bevorzugung des Geschichtlichen. Die Sprache wird nicht an ihr selbst gesehen, sondern eben nur als geschichtliche Erscheinung. Aus dieser Hinsicht kann jedoch nie begriffen werden, wie Sprache überhaupt möglich ist. Die Formulierung der Preisaufgabe ist naiv, weil sie sich von vornherein auf eine zu findende *historische* Erklärung für den Grund und die Möglichkeit der Sprache festlegt. In der Überschrift des ersten Teiles wird die Preisfrage kritiklos übersetzt. Aber der eigene Gedanke Herders erscheint dafür im Titel des ganzen Werkes; das Wort vom »Ursprung der Sprache« trifft in die Herzmitte des Problems. Dieses Problem ist Thema des ersten Teiles.

Es ist nicht einfach, sich auch nur über die äußerlich-phänomenale Bedeutung des Wortes Ursprung klar zu werden. Der Ursprung eines Flusses ist seine Quelle. Für den Geologen ist die Quelle nur das Hervortreten unterirdisch gesammelten Wassers, aber die *Erscheinung* wird anders aufgefaßt. Für das naive Zusehen und in der Wahrheit ihres Begriffs ist die Quelle unablässiges Hervorströmen aus einem Punkt. Wohl ist der Fels da, der den tragenden Grund abgibt für die Unerschöpflichkeit der Quelle. Aber der Fels *erklärt* nicht die Quelle, er ist nicht ihre Ursache. Der Grundsatz des »ex nihilo nihil fit« scheint außer Kraft gesetzt. Der Ursprung ist Geheimnis. Wer den Ursprung *erklären* will, der muß ihn als Ursprung negieren. So verfährt die Geologie mit der Quelle oder die Embryologie mit der Geburt. Die Wissenschaft darf nicht beim Anschein stehen bleiben, sie darf sich nichts vormachen lassen; und das mit Recht, da sie sich mit Seiendem befaßt, welches immer auf anderes Seiendes zurückgeht, aus ihm entstanden ist.

Die Rede vom Ursprung oder der Quelle wird in der Philosophie zur klug gewählten Metapher für ein grundsätzlich anderes Verhältnis als das der ontischen Produktion. »Quelle« dient der deutschen Philosophie, nach der Anregung von Chr. Wolff, als Übersetzung von *principium*. Die Übersetzung engt die Bedeutung von *principium*

offensichtlich ein. Das ist aber keine Willkür, sondern es hängt damit zusammen, daß für die Metaphysik der Neuzeit der Schwerpunkt der Metaphysik sich auf das »transcendentale verum« verlagert. Die ἀρχη ist bei Aristoteles dreifach bestimmt, als das Woher des Seins oder der Existenz, des Werdens und des Wissens (Metaphysik V, 1). Die Transzendentalität des Seins und seiner ἀρχη erscheint in den Hinsichten des Guten (als Frage nach dem Grund aller Dinge), des Einen (als Frage nach dem Anfang der Welt) und des Wahren (als Frage nach dem Ursprung der Erkenntnis). Diese dritte Fragerichtung faßt Kant entschieden als *die transzendentale Hinsicht* schlechthin. Während die beiden andern Fragerichtungen im Dogmatismus der überlieferten Metaphysik stecken bleiben, sammelt sich die transzendentale Frage nach dem Ursprung des Erkennens zur kritischen Besinnung. »Die transzendentale Philosophie betrachtet nicht die Gegenstände, sondern das menschliche Gemüt nach den Quellen, woraus in ihm die Erkenntnis a priori abstammt, und den Grenzen«.[13]
In Herders »Metakritik« wird trotz der peinlichen und Herders wegen bedauerlichen polemischen Verkrampfung deutlich, welches Anliegen Herder im Gegensatz zu Kant und doch auf demselben Grunde mit diesem beschäftigte. Für Herder ist das Apriori *die Sprache.* Damit ist der Ort der Frage nach dem Ursprung der Sprache genauer bestimmt.

Die positive Anthropologie der »Ideen« steht auf einer Stufe mit jeder »wissenschaftlichen« Lehre vom Menschen, welche voraussetzt, daß der Mensch objektiv betrachtet und bestimmt werden könne. Der Ursprung der Sprache muß bei solcher Betrachtung *erklärt* werden, das heißt, die Ursprünglichkeit der Sprache müßte negiert und das Phänomen der Sprache auf ein anderes Seiendes oder auf eine andere Funktion zurückgeführt werden. Aber jene Behauptung, die Sprache gründe in der Organisation des Menschen, ist eine Tautologie und ein unfreiwilliges Eingeständnis dafür, daß der Ursprung der Sprache nicht aufgeklärt werden kann, daß die Sprache unerklärlich ist. Unerklärlich wird aber damit das Menschsein als solches. Es tritt die paradoxe Grundstellung zutage, daß nur in der Sprache des Menschen der Mensch zur Sprache kommen kann. Eine Aufhellung des Menschen durch die Sprache ist nur möglich durch den Rückgang in die Bedingungen der Möglichkeit der menschlichen Sprache. Das Problem des Ursprungs der Sprache ist daher das Problem einer transzendentalen Anthropologie. – Die starke Problemspannung nötigt uns dazu, die Darstellung enger als bisher an den Text anzuschließen.

Der erste Teil der »Abhandlung« beginnt mit einer herausfordernden Paradoxie: »Schon als Tier, hat der Mensch Sprache.« Ist der Mensch Tier? Hat das Tier Sprache? So wie Herder die Fragen versteht, sind sie beide zu bejahen! Denn Sprache bedeutet hier bloß »Sprache der Natur«, d. i. »Geschrei, Töne, wilde, unartikulierte Laute.« Der Mensch gibt ebenso Laute von sich wie das Tier. Die Stimme unterscheidet den Menschen wohl qualitativ vom Tier – er ist daran kenntlich – aber keineswegs grundsätzlich. Der Mensch ist also dem Begriffe nach auf seinen physiologischen Bestand reduziert. Damit ist der einleitenden Behauptung nicht nur jede Schärfe genommen, sie ist noch dazu vollends trivial geworden. Aber *hat* das Tier wirklich Sprache, und sei es auch nur als Stimme?

»Sprache hat allein der Mensch unter allen Lebewesen. Die Stimme freilich, als das Anzeichen für Lustvolles und Schmerzhaftes, kommt auch den andern Tieren zu ...« Aristoteles (Politik I, 2) unterscheidet hier streng: die Stimme ist ein Attribut, eine

13 Handschr. Nachlaß, Refl. Nr. 4873 zu Baumgartens Metaphysica (Ak.-Ag. XVIII 16).

Ausstattung des Tieres und auch des Menschen, sofern er Naturwesen ist; aber die Sprache des Menschen ist nicht mehr als einfache Mitgift der Natur zu begreifen, sie ist durch das »hat« zunächst als *Habitus* charakterisiert. Den Habitus setzt Aristoteles deutlich ab von der »bloßen Natur« des Menschen. Er ist weder einfaches Beeindrucktsein eines Lebenszentrums, noch eine natürliche Veranlagung, welche für eine solche Affektion die Grundlage schafft, sondern er ist das ausdrückliche ethische Verhältnis zu beidem (Eth. Nic. II, 4). Hegels »Wissenschaft der Logik« läßt für den Habitus folgende Auszeichnung zu. Der Habitus ist weder ein bloßes Quale, noch ist er zu verwechseln mit der Eigenschaft, die selbständigem Sein inhäriert und daher als *diese* Eigenschaft für das Ding zufällig ist, als Eigenschaft überhaupt aber notwendig für die Dingheit. Er ist auch nicht »die Aktuosität der Substanz«, welche *Macht*, d. h. als Möglichkeit unmittelbar Wirklichkeit ist und so »ruhiges Hervorgehen ihrer selbst«. Er ist aber Spontaneität und Vernünftigkeit des *Zweckes* als des »konkreten Allgemeinen, das in ihm selbst das Moment der Besonderheit und Äußerlichkeit hat«. – Der Habitus gehört allein zum Menschen als dem Wesen der Freiheit.
Daß der Mensch Sprache hat, ist also ein längst gesicherter philosophischer Gedanke. Aber Herder meint in seinem Satz nicht den λογος, sondern die φωνη. Er weicht also von Aristoteles und der Tradition ab. Nicht daß der Ausdruck »Sprache« in einer ungewohnten Bedeutung verstanden wird, nicht daß der Mensch mit dem Tier ineins gesetzt wird, macht die Paradoxie des Satzes aus, sondern daß das Verbum »haben« im Zusammenhang mit einer bloß natürlichen Funktion und doch in bezug auf den Menschen genannt wird. Im Haben ist ein Selbstverhältnis angezeigt, welches dem Tier nicht möglich ist und welches nicht auf natürliche Fähigkeiten paßt. (Grammatikalisch ist das Haben, um das es sich hier handelt, daran kenntlich, daß ihm das regierte Substantiv ohne Artikel folgt.) Herders Satz ist also folgendermaßen zu paraphrasieren: »Schon als Tier (hat) der Mensch ›Sprache‹ – aber erst als Mensch *hat* der Mensch ›Sprache‹.« Schon die bloße Stimme ist beim Menschen als Menschen nicht mehr tierisch, sondern durchaus menschlich.
Hypothetisch ist der Mensch trotzdem zum Tier gemacht worden. Diese scheinbare Nivellierung des Menschen hat den Sinn (wie die nächsten Sätze Herders zeigen), seine monadische Diskretheit aufzuheben. Der Mensch steht im Ganzen der Natur, zwar nicht *wie* alle andern Wesen der Natur, aber doch *mit* ihnen. »So wenig hat uns die Natur als abgesonderte Steinfelsen [Felsblöcke sind nicht abgesondert im Sinne des monadischen Fürsichseins – der Ausdruck ist nur bildlich zu verstehen!], als egoistische Monaden geschaffen!« Natur ist aber hier nicht einfach die Summe aller daseienden Dinge oder Erscheinungen, sondern sie ist wirklich *schaffende Natur*, Natura naturans. Dabei ist der Mensch kein schlichtes Ens creatum, kein übersichtliches Seinsgefüge, denn er kann »ich« sagen. Aber die Macht der schaffenden Natur erstreckt sich soweit, daß auch noch der Mensch als Wesen der Freiheit von ihr hervorgebracht werden konnte. Es mag dahingestellt bleiben, ob damit der Begriff des Schaffens nicht ganz inhaltsleer und wertlos geworden ist. (Das Sich-selber-Schaffen des Menschen ist jedenfalls nicht »Natur«.) Der Mensch ist also mit allen andern Wesen *verschwistert*, in dieser physischen Einheit hebt sich das ausschließende Fürsichsein auf. Die Einheit wird Ausdruck als die *Symphonie aller Stimmen* der Natur. Der Grund der Lautäußerungen ist Leidenschaft, d. h. Pathos. Die Laute werden daher »mitfühlend vernommen«, der pathetische Laut erweckt Sympathie; das Naturwesen »steht mit der ganzen Natur im Bunde«. Ohne die harte Idealität des Zeichens zu durchlaufen, stellt sich bereits eine Verständigung her. Das Sich-Kund-

geben verdient also Sprache genannt zu werden, freilich nur Natursprache, nicht »künstliche Sprache« – nur sympathetische Sprache, nicht symbolische Sprache.
Die symbolische Sprache aber, die eigentlich menschliche Sprache, ist nicht etwas schlechthin anderes als die sympathetische Sprache der Natur. Beide sind durch das artikulierte Sprechen vermittelt. Aber das ist noch eine oberflächlich aufgefaßte Beziehung. Ist die Mannigfaltigkeit der Naturlaute nur der *Rohstoff*, der durch die Artikulation bearbeitet wird, so daß aus dem so gewonnenen, aufbereiteten Material der phonetische Bau einer Sprache aufgeführt werden kann? Verfügt die innere Sprache frei über die äußere? Es ist noch nicht ausgemacht, wer hier der Herr und wer der Knecht ist. Nietzsche hat in der Urfassung seiner »Geburt der Tragödie« das sinnliche Lautphänomen der Sprache auf den *dionysischen Urgrund* zurückgeführt. »Insofern jener Urgrund in allen Menschen derselbe ist, ist auch der *Tonuntergrund* der allgemeine und über die Verschiedenheit der Sprachen hinaus verständliche. An ihm entwickelt sich nun die ... Gebärdensymbolik«, der Bereich des Vokalischen und Konsonantischen, der artikulierten, einzelnen Sprache, welche an sich schon etwas Gestaltetes ist.[14] Hiermit ist das klar ausgesprochen, was Herder eigentlich vorschwebte. Die Vermittlung durch die Artikulation ist elastisch, und die »Natursprache« kontinuiert sich in die »künstliche Sprache«. *Die Rede spricht daher bereits in ihrer sinnlichen Gestalt*, sie ist schon als Lauterscheinung »gestimmt«, wie wir sagen würden. Und hier gelingt Herder, als ein Parergon und wie so oft getragen vom Vehikel der Polemik, der großartige programmatische Entwurf einer echten Lautlehre, einer Phonetik, welche die Lautgestalt vom Buchstaben losgelöst betrachtet. Die Sprache ist »lebendigtönend« und daher »unschreibbar«. (Selbst die heute eingeführten Lautschriftsysteme sind weit davon entfernt, die konkreten, sinnlichen Lautgestalten erschöpfend darzustellen.)
Die Natursprache macht sich auch unmittelbar in der eigentlichen Sprache bemerkbar, nämlich als *Interjektion*. Die Natursprache interjiziert sich der Rede, und zwar um so häufiger und stärker, je ursprünglicher die Sprache ist. Damit ist zugleich gesagt, daß die symbolische Sprache sich von dem sympathetischen Grunde immer mehr löst, sich vergeistigt und zivilisiert; der *Ursprung* der Sprache ist pathetisch. Ursprünglich ist aber nicht nur die Sprache primitiver Völker, sondern auch die erste Sprache des Kindes. Die *Dichtung* vermag nur deswegen unsere Seele zu rühren, ja aufzuwühlen, weil sie jene vergessenen Urtöne wieder hervorholt und wirken läßt. »Das Wort ist weg, und der Ton der Empfindung tönet. Dunkles Gefühl übermannet uns: der Leichtsinnige [der das Sinnliche zu leicht genommen hat?] grauset und zittert – nicht über Gedanken, sondern über Silben, über Töne der Kindheit ...« Die Dichtung ist deshalb nicht »naturalistisch« in einem üblichen Sinne, sondern sie schließt sich in freier Weise zusammen mit der schaffenden Natur; das dichterische Schaffen wiederholt in sich die schöpferische Natura naturans, und darin liegt die einzig statthafte Weise der »Nachahmung«. –
Den bisher besprochenen Seiten (V 5–17) folgt so etwas wie ein Widerruf: es sei natürlich unmöglich, aus solchem Geschrei der Empfindungen den Ursprung der Sprache zu erklären. Aber es ist ausgeschlossen, daß Herder den ersten Abschnitt nur geschrieben hat, um ihn nun zu widerlegen; es war ihm dort Ernst mit jeder Zeile. Zweifellos wollte er die erschreckten Gemüter der Herren Akademiker – handelte es sich doch um eine Preisschrift – etwas besänftigen. Aber ein Widerspruch

14 Socrates und die griechische Tragödie, hg. v. H. J. Mette (1933) S. 38.

liegt nicht vor. Herder stellt keineswegs das zuvor Gesagte zur Diskussion, sondern er polemisiert jetzt bereits gegen die Sprachursprungs-Hypothese des Franzosen Condillac. Damit beginnt eine Reihe von Kontroversen.

Herder hat in seiner Abhandlung die Literatur seiner Zeit zu dem Thema herangezogen und sich mit ihr auseinandergesetzt. Diese Literatur, Rousseaus »Discours sur les fondements et l'origine de l'inégalité parmi les hommes« nicht ausgenommen, ist für uns belanglos oder, anders ausgedrückt, nur historisch wichtig. Wir finden die Hypothesen nicht originell. Aber die Abkünftigkeit der »Lösungen« des Sprachursprungsproblems macht in unserem Falle gerade ihre Bedeutung aus. Herder hat mit sicherm Instinkt die drei Autoren angezogen, welche die drei diesbezüglichen Theorien des Altertums wieder aufgenommen und aufgefrischt haben. Die Polemik der Preisschrift ist weit wichtiger als es den Anschein hat, da sie den entscheidenden Bruch mit der Tradition anzeigt. Die traditionellen Ansichten über den Ursprung der Sprache gelangen gar nicht in die Dimension des Problems vom Ursprung, welche tranzendentalphilosophisch ist. Sie wollen in rationalistischer Weise den Ursprung der Sprache *aufklären*. Die Sprache wird nicht in ihrer Ursprünglichkeit begriffen, sondern sie gilt als ein umrissenes Faktum. Die verschiedenen Hypothesen fixieren willkürlich die abstrakten Unterschiede des Menschseins, der Sprache, der Vernunft und der Sozialität und differieren dann durch die Behauptungen über die Priorität der künstlich herauspräparierten Elemente. Es wird eine geschichtliche Bewegung konstruiert, in der die von uns vorgefundene Einheit erst entstehen sollte.

Condillac macht seine Anleihe bei Epikur[15]: die Sprache sei beim Tier genauso vorhanden wie beim Menschen, das Problem wird überhaupt geleugnet. *Rousseau* wärmt die Ansicht des Demokrit auf, derzufolge die Menschen, um sich besser verständigen zu können, durch willkürliche Übereinkunft das künstliche Mittel der Sprache geschaffen hätten.[16] Daß der Urmensch ungesellig sei und daß die Sozialität als sein peccatum originale gelten müsse, ist eine Neuerung Rousseaus, die aber nicht ins Gewicht fällt. Die Abkünftigkeit der beiden Lösungsversuche liegt auf der Hand und ist auch vermerkt worden. Anders steht es mit der dritten Hypothese, der unbedeutendsten, wie wir meinen sollten: *Süßmilchs* Behauptung, daß der Urheber der Sprache nicht der Mensch sei, sondern Gott. Auch diese Auffassung hat ihre Vorgänger, aber diese gehören der neuesten Zeit (vor Herder) an. Wir sind geneigt, sie geringzuschätzen als einen Fall der »philosophie paresseuse« (Leibniz): Gott ist die Ursache von allem, warum sollte er nicht auch die Ursache der Sprache sein? aber was Ursache von allem ist, ist schließlich gar nicht mehr Ursache, und man muß wiederum die eigentliche, spezifische Ursache ermitteln. Die Auffassung braucht also nicht ernst genommen zu werden. Um so mehr muß es befremden, daß Herder der Auseinandersetzung mit ihr den breitesten Raum gönnt. Hat er blindlings den unwürdigsten Gegner bekämpft?

Die doxographische Betrachtungsweise der Philosophiehistorie läßt sich leicht täuschen und ablenken durch eine neue Formulierung, weil sie deren begriffliche Provenienz nicht erkennt. Die Formel vom göttlichen Ursprung der Sprache scheint neu

15 Siehe Diog.L. X, 75–76.

16 Für Demokrit wichtiger als Diels, Vorsokr. 68 B 26 (aus Proklus) die demokritische Darstellung der Urgeschichte bei Diodor I, 8 (Vorsokr. 68 B 5). Zur Abhängigkeit von Demokrit s.: K. Reinhardt, Hekataios von Abdera und Demokrit, Hermes 47 (1912) S. 492 ff.

und wird daher als eine besondere Möglichkeit registriert. Aber »Gott« ist kein echter Begriff, sondern ein Deckname, unter dem mancherlei Begriffe ihr Unwesen treiben. Hinter dem Gott, der die Sprache erfunden haben soll, steckt *der stoische Begriff der Physis*, welche an sich Logos ist. Damit schließt auch die Süßmilch'sche Hypothese an die antike Tradition an: sie repräsentiert sogar die kräftigste aller Traditionen, die Sprachtheorie der alten Stoa. Die Sprache ist für die Stoiker (als Urheber der Lehre dürfte wohl Chrysippos gelten) in ihrem Ursprung sowohl θεσει, sofern die Nomina *gesetzt* sind von Namengebern, als auch φυσει, sofern die Dinge selbst bestimmend sind für ihre Benennung, da der oder die Namengeber (ὀνοματοθετης, der Begriff stammt aus Platons Kratylos) die reine, trübungslose Vermittlung zwischen Ding und Name ist (nach Ammonios). Ein solcher ausgezeichneter Namengeber, bei dem »die logische Natur unvermischt der Seele einwohnt, ohne daß noch Schwäche, Krankheit, Affekt sich eingeschlichen hätten«, ist für den Juden Philon von Alexandrien der Adam der Schöpfungsgeschichte.[17] Entscheidend ist eine von Pohlenz[18] herangezogene Stelle aus Dionys v. Halikarnaß: für die Klangmalerei der Dichter sei der bedeutsame Grund und die Lehrerin eben jene *Physis*, die uns zur Nachahmung (der Dinge) und zur Setzung von Nominen anleite. Der Ursprung der Sprache ist geradezu als *Unterricht* des Menschen durch die Physis – als »göttlicher Unterricht«! – zu verstehen. Damit haben wir die vieldeutige Formel eingeholt, deren sich Süßmilch bedient.

Der Rationalismus der Aufklärung ist der Stoa, vor allem der römischen Stoa, vielfach verpflichtet. Die Bewegung des »Sturm und Drang«, deren Wortführer und geistiges Haupt Herder ist, macht daher Front gegen den Stoizismus, an dem sie ihren eigentlichen, gefährlichsten Gegner hat. (Die Spannung gegen den Stoizismus läßt beim späteren Herder bezeichnenderweise nach, ja es findet ein Einlenken in die stoische Tradition statt. Dies ist wieder ein mittelbarer Beweis für den hohen Rang der Philosophie des jungen Herder.) Die Polemik gegen Süßmilch ist nicht nebensächlich, wie es scheint, sondern sie steht in einem großen Zusammenhang. Die stoische Sprachtheorie ist auch dort betroffen, wo Herder, immer gegen Süßmilch gerichtet, die dogmatische Unterscheidung von innerer und äußerer Sprache angreift, wo er die »Buchstabenhypothese« Süßmilchs, die Behauptung der Adäquatheit von Laut und Buchstabe verwirft, um zur Konzeption einer echten Phonetik durchzudringen, wo er den Glauben an die acht Redeteile der Syntax und die Leugnung der Synonymie als eine Naivität bloßstellt.

Rousseau und Condillac gelangen wie ihre antiken Vorläufer nicht aus dem Bannkreis des stoischen Sprachrationalismus heraus, sie bleiben also immer noch schwächer als Süßmilch. Erst Herder wird es gelingen, den Bann zu brechen. Die stärkste Bastion dieses Gegners aber hält noch stand: es ist der Begriff der Vernunft. Herder muß gewissermaßen selbst zu Fuß weiterkämpfen, um den Gegner ganz zu besiegen, – er muß in die Begriffswelt des Rationalismus selbst eindringen. Der erste Abschnitt der »Abhandlung«, ein intuitiv verfaßtes Sturm-und-Drang-Stück, bedarf notwendig der Ergänzung. Die Ergänzung steht nicht im Widerspruch zum Vorhergehenden. Unsere Interpretation hat gezeigt, daß der Anfang der Preisschrift den Menschen mit dem Tier nicht auf eine Stufe stellt, daß aber die sympathetische Sprache des Menschen mit der symbolischen innig zusammenhängen muß. Nunmehr wird *das*

17 De opificio mundi 150, Cohn u. Wendland I S. 52.
18 Die Stoa (1948/49), I 40 ff, II 24.

Problem der symbolischen Sprache in den Vordergrund treten. Wir betrachten den Rest des ersten Teiles der Preisschrift (V 22–90).

Die Tatsache Mensch wird wieder einmal versuchsweise *zoologisch* bestimmt. In einem oberflächlichen Hinsehen auf biologische Befunde gelangt Herder zur Aufstellung eines allgemeinen Gesetzes: die Intensität von »Empfindsamkeit [d. i. Sinnenschärfe], Fähigkeiten und Kunsttrieben der Tiere« ist umgekehrt proportional »der Größe und Mannigfaltigkeit ihres Wirkungskreises«. Die Größe der »Sphäre der Tiere« und die Feinheit ihres spezifischen verfertigenden Tuns und ihrer Kunstwerke, wie z. B. Termitenhaufen, Spinngewebe, Vogelnester, bilden ein konstantes Produkt. Also die höher organisierten Tiere sind nicht mehr so »spezialisiert«. Dafür tritt bei ihnen eine andere spezifische Erscheinung auf: die schon früher genannte »Natursprache«. Dieses Übergehen zu etwas ganz Neuem – denn das Wiehern des Pferdes ist ja kein »Kunstwerk« – ist nicht ausreichend begründet; es verbirgt sich dahinter wieder ein bestimmter Gedanke, der sich noch herausstellen wird. Jedenfalls *vertritt* die Tierstimme irgendwie die Kunstfähigkeit, obgleich sie eine Luxusausstattung zu sein scheint.

Diese ganze Zoologie ist nur dazu bestimmt, auf den Menschen angewendet zu werden. Der Mensch ist das höchst organisierte Tier, seine Sphäre ist größer als die aller Tiere. Oder vielmehr, sie ist größer als jede Größe, sie ist unendlich. Der Mensch hat als Sphäre, statt einer Sphäre, *Welt*. Auf der andern Seite fällt bei ihm das letzte Rudiment von tierischer, instinkthafter Kunstfertigkeit weg, denn sogar der Tierlaut fehlt ihm: »... aber wie spricht der Mensch von Natur? Gar nicht, so wie er wenig oder nichts durch völligen Instinkt als Tier *tut*.« Der Mensch ist daher *Grenzfall* des oben aufgestellten Gesetzes, das Produkt bekommt den Wert von Null mal unendlich, alle Maßstäbe verschwinden. *Ontisch* gesehen ist der Mensch zwar »das verwaisteste Kind der Natur« – aber diese Natur ist schließlich nur ein Moment der *Welt*, welcher der Mensch angehört. »Bei dem Menschen ist alles in dem größten Mißverhältnis«, deswegen weil für ihn die ontischen Verhältnisse nicht mehr gelten.

Der Mensch hat daher nicht einfach einige Fähigkeiten weniger und dafür einige »Vermögen« mehr als die höheren Säugetiere. Nicht anders als in der nicht gekrönten Preisschrift »Vom Erkennen und Empfinden der menschlichen Seele« (die dritte und endgültige Fassung stammt aus dem Jahre 1778) bekämpft und verwirft Herder hier die Vermögenspsychologie; nur geschieht es hier in einer begründeten und philosophischen Weise, während die Schrift aus der Weimarer Zeit mit Behauptungen und Versicherungen sich begnügt und sich im *ontischen* Bereich herumtreibt. Die Vernunft ist nicht Vermögen als ein Attribut des Menschen. Sie ist auch nicht ein bloßer Habitus, oder vielmehr sie ist noch nicht einmal Habitus. Die Vernunft des Menschen ist »die ganze Disposition seiner Kräfte«, »die ganze Haushaltung seiner sinnlichen und erkennenden, seiner erkennenden und wollenden Natur«. Herder benennt sie neu mit dem Wort *»Besonnenheit«*.

Es ist sehr wahrscheinlich, daß dieses Wort von Herder geprägt worden ist; die üblichen Handbücher geben keine befriedigende Auskunft. Was heißt »Besonnenheit?« Wir sind unwillkürlich beeinflußt durch die Platon-Übersetzung Schleiermachers, in der »Besonnenheit« das Äquivalent für σωφροσυνη ist. Es ist notwendig, sich diese Beeinflussung vor Augen zu halten, um sie auszuschalten; dann erst können wir den Zugang zu Herders Begriff finden. Herders »Besonnenheit« ist uns bereits begegnet, und zwar als der zentrale Begriff der »Ideen«: als *Humanität*. Obwohl der Begriff in den »Ideen« verkümmert und zur Tautologie entartet ist, läßt sich noch

erkennen, daß er keine »Tugend« meint, daß vielmehr der Mensch, sofern er Mensch ist, an ihr teilhat. Der Begriff der Besonnenheit aber ist nicht tautologisch. Bereits das richtig aufgefaßte Wort weist uns auf die Wahrheit des Begriffs hin: *Besonnenheit ist das Bei-den-Sinnen-Sein des Menschen.* Der Mensch ist bei den Sinnen als Ich, als das Ich-denke, welches alle meine Vorstellungen muß begleiten können (Kant). Die Besonnenheit ist aber auch *praktisch*, sie ist dann einfache *Freiheit* als reine Beziehung des Ich auf sich, also nicht entschiedener Habitus als Konkret-Allgemeines in der Vernünftigkeit des Zweckes, sondern solche Allgemeinheit, welche den oder die Habitus erst möglich macht. *Die Besonnenheit ist der Selbstbegriff und die Selbstgestaltung des Menschen.* Es ist deutlich, daß in ihr theoretische und praktische Vernunft noch vereinigt sind. Der Mensch *hat* nicht Besonnenheit, er *ist* Besonnenheit. Damit ist seine radikale Verschiedenheit vom Tier begrifflich gedacht.
»Der Mensch, in den Zustand der Besonnenheit gesetzt, der ihm eigen ist, und diese Besonnenheit ... zum erstenmal frei würkend, hat Sprache erfunden ... Erfindung der Sprache ist ihm also so natürlich, als er ein Mensch ist!« Die Allgemeinheit der Besonnenheit ist synthetisches Prinzip und hat die Weise der Selbstbestimmung. Sie ist Trichotomie: ihre synthetische Einheit ist »1. Bedingung, 2. ein Bedingtes, 3. der Begriff, der aus der Vereinigung des Bedingten mit seiner Bedingung entspringt«.[19] Für Aristoteles (Eth. Nic. VI) gliedert sich der dianoetische Bereich der Seele in die Grundweisen, Habitus, des Praktischen, des Theoretischen und des Poietischen. *Das Poietische* macht Kant zum Thema seiner »Kritik der Urteilskraft« und bestimmt es dort als Vermittlung zwischen dem Theoretischen und Praktischen. Die *Urteilskraft* ist das Verbindende zwischen (theoretischem) Verstand und (praktischer) Vernunft, und die Poiesis als Zweckmäßigkeit ist der nicht objektive Reflex der Urteilskraft in den Erscheinungen (die Urteilskraft ist daher *reflektierend).* Damit läßt sich der allgemeine Ort von Herders Begriff »Erfindung der Sprache« bestimmen. Die Sprache ist die Selbstsetzung der Besonnenheit als Vermittlung. Sie ist nicht eine Erfindung neben andern, sondern sie begründet überhaupt die τεχνη, sie macht erst alle Erfindungen möglich. Ihr Seinscharakter ist transzendental. Die Sprache ist selbst der poietische Habitus, der zwischen dem theoretischen und dem praktischen vermittelt. So wie die »Sphäre der Tiere« beim Menschen *Welt* wird, so ist die Kunstfertigkeit der Tiere beim Menschen *Sprache.* Welt und Sprache sind transzendental, sie gehen über jede Sphäre und jedes Tun hinaus und sind einander so zugeordnet, daß in ihnen das »Wesen« des Menschen (der Mensch ist *Grenzfall!*) aufgeht und offen bleibt.
Sprache ist die jedes verfertigende Tun unterlaufende und zugleich überholende Ur-Poiesis des Menschen. Da für Herder die Poiesis weniger Techne als *Poesie* ist, *so ist der Mensch Dichter der Sprache, und der Dichter ist der eigentliche, ursprüng-Mensch,* der Sprache immer erfindet, der sie umschafft und neu schafft und sich in echter, »eigentlicher« Weise zu Raum und Zeit, zum Ganzen der Welt verhält. Herders Begriff der Dichtung, der schon lange erkannt ist[20], ist damit in den philosophischen Zusammenhang eingestellt, in den er gehört. Die Dichtung ist eine Wesensnotwendigkeit der Sprache, sie ist nichts Zufälliges. Die Sprache gehört zur »Weltlichkeit« des Menschen. Sie ist dasjenige seiner Erga, welches (um an den berühmten Gedanken Wilhelm von Humboldts zu erinnern) Energeia ist. Sprache ist

19 Kant, Kritik der Urteilskraft. Ak.-Ag. V 197.
20 Vgl. R. Haym, a. a. O. I, 1 S. 237.

Leben; ihre Materie sind Laute des Gefühls, welche unmittelbar die Zeuge- und Werdelust der schöpferischen Natur in das Wort hineintragen, wofern dieses Wort in echter, erlebter Weise, also dichterisch ausgesprochen und vernommen wird. Sprache ist *Geist*; sie *vermittelt* nicht nur zwischen Theorie und Praxis, sie umfängt beide. Hinabreichend in den Grund des Gefühls und hinaufreichend in die Helligkeit des Denkens erhebt sie sich (als Dichtung) zum Rang der höchsten Weisheit.

Das letzte und tiefste Wort von Herders Anthropologie ist damit ausgesprochen: der Mensch ist Dichter. Die begriffliche Unschärfe des Herderschen Denkens trägt die Schuld dafür, daß Herder diese Höhe seiner Philosophie nicht zu halten vermochte, daß er seinen Gedanken buchstäblich vergaß. Der törichte Wunsch, »Klassiker« zu werden, hat den Verfall mit verschuldet. Die Dunkelheit dieser Anthropologie aber hat darin ihren Grund und ihr Recht, daß dem Menschen kein einfaches Wesen zukommt, keine bestimmte Verfassung. Der Mensch weiß zwar um sich, aber er ist sich dabei selbst undurchsichtig. »Mensch ist, was niemand weiß«, so müßte der Satz des Demokrit umgeschrieben werden.

Für den Stoizismus des »Verteidigers des göttlichen Ursprunges der Sprache« ist der Mensch eigentlich bloß ein Prioritätsfrage nach dem Schema, ob das Ei früher gewesen sei oder die Henne. Die Sprache würde, als ein von Gott geschaffenes Organon, den Gebrauch der Vernunft überhaupt erst verstatten. Aber Herder hält »den ewigen Kreisel an«, »besieht ihn recht« und entscheidet, daß die Vernunft nur durch Sprache, die Sprache nur durch Vernunft möglich sei (wobei erst »Vernunft« als theoretische Vernunft selbst ein Habitus, dann Vernunft qua »Besonnenheit« das schlechthin Allgemeine ist – es entsteht also kein Circulus vitiosus). Die Sprache ist als »poetische Vernunft« schließlich selbst Besonnenheit, da sie die theoretische, praktische und technische Vernunft vermittelnd durchgreift.

Die »Erfindung der Sprache« wird von Herder noch etwas bestimmter gefaßt. Die Besonnenheit des Menschen, das Bei-den-Sinnen-Sein der ursprünglich-synthetischen Einheit der Apperzeption läßt die Seele frei für das *Vorstellen*. Der Mensch kann »auf *einem* Bilde freiwillig verweilen, es in helle, ruhigere Obacht nehmen und sich Merkmale absondern«, zum Beispiel im Hinblick auf jenes Lamm, das der Löwe zerreißen, der Schafmann bespringen will, ohne es objektivieren zu können. Des Menschen »besonnen sich übende Seele sucht ein Merkmal, – das Schaf blöket! sie hat Merkmal gefunden.... und was war das anders als ein innerliches Merkwort? Der Schall des Blökens von einer menschlichen Seele, als Kennzeichen des Schafs, wahrgenommen, ward, kraft dieser Besinnung, Name des Schafs«, das Blöken »war gefaßtes Zeichen, .. Wort«. Es ist irrig, hier an die Lehre von der Onomatopöie zu denken, durch welche Sein und Sosein der Sprache niemals verständlich gemacht werden kann. Herder sagt nirgends, daß das Wort eine physische Nachbildung des Tierlauts sei. Die Onomatopöie ist nicht mehr als eine gelegentliche, empirische Möglichkeit faktischer Sprachen und gehört als solche in die Sprachwissenschaft, nicht in die Philosophie der Sprache.

Der natürliche Laut einer Tierspezies vertritt nach Ansicht Herders, wie wir oben sahen, die eingeschränkte Kunstfertigkeit niederer Tierarten. An beidem aber ist das Tier kenntlich, als an seinem eigensten Ergon. Das Blöken des Schafs ist nicht irgendeine Eigenschaft dieses Tieres, die als Accidens der Substanz zuerkannt wird. Sondern *das ganze Schaf blökt*, das Blöken *ist* das Schaf, oder es ist Symbol des Schafs. Das Merkmal ist also kein analytischer, abstrakter Charakter, von dem aus auf eine empirisch bekannte Dingeinheit zurück*geschlossen* werden müßte, sondern es ist

Symbol der Gattungsallgemeinheit des Schafs für die Allgemeinheit des Begriffs. Die Erkenntnis erfolgt also *unmittelbar*, gewissermaßen »ästhetisch«. Der symbolhafte Tierlaut könnte als ein »Eidolon« dieses Tieres begriffen werden. Aber es ist hier von großer Bedeutung, daß dieses Eidolon nicht visuell ist, sondern auditiv. Herder widmet den ganzen dritten Abschnitt des ersten Teiles der Preisschrift dem Versuch einer Umwertung der Sinnlichkeit. Das Gehör ist der mittlere Sinn, ihm fällt daher die eigentliche Erkenntnis zu, während Gesicht und Getast (»Gefühl«) in ihrer schroffen Gegensätzlichkeit unfruchtbar sind und erst in der Vermittlung des Gehörs wahre Erkenntnis werden. Das Gesicht als der »sonnenhafte«, vom Platonismus bevorzugte Sinn wird entthront. Der Mensch *hört und spricht*, er wird der Dolmetsch der Natur; er verhält sich auch dort auditiv, wo er eigentlich bloß sieht oder tastet – die »Synästhesie« ist möglich, weil der Grundwert aller Sinnesaffektion das Gefühl ist, das reine, unverfälschte Pathos. Die Seele »griff und bekam vielleicht das Wort eines nachbarlichen Sinnes, dessen Gefühl mit diesem zusammenfloß – so wurden für alle und selbst für den kältesten Sinn [d. i. das Gesicht!] Worte.« Der Mechanismus der Sprache ist *Metapher*. (Hierin ist Herder übrigens nicht originell, er bewegt sich im Fahrwasser der stoischen »Etymologie«.)
Die Sprache ist kein Anhängsel des Menschen. Weder kann er über sie verfügen, noch hängt er mit ihr als mit seiner Differentia specifica auf allgemeine, abstrakte, tote Weise zusammen. Die Sprache ist keine Erfindung, wie die Akademie naiverweise meinte, weder eines Menschen noch eines Gottes. Sind doch alle Erfindungen erst auf Grund der Sprache möglich und können nur durch die Sprache verwertet, weitergegeben und gelehrt werden. Die Sprache ist nicht entstanden als ein geschichtliches Ereignis, denn alle Geschichte, alle Tradition wird erst durch die Sprache möglich. Sie ist auch nicht in »vorgeschichtlicher« Zeit geworden, denn sie ist unaufhörliche, ewige Schöpfung, so zwar daß alle »Ewigkeiten« immer noch Schöpfungen der Sprache sind. Mensch und Sprache können nicht abstrakt-begrifflich gegeneinander ausgespielt werden, weil die Sprache alle begrifflichen Unterscheidungen umgreift. In der Sprache ist der Mensch mit der Welt zusammengeschlossen.

Neudruck eines geringfügig veränderten Aufsatzes aus »Zeitschrift für philosophische Forschung« VIII (1954) S. 499 ff. Herders »Ideen« werden nach der vorliegenden Ausgabe, die übrigen Schriften nach der Ausgabe von Suphan (1877–1913) zitiert; die römischen Ziffern bezeichnen die Bandzahl.

ERSTER TEIL

Quem te Deus esse
Jussit et humana qua parte locatus es in re
Disce — *Pers.*

VORREDE

Als ich vor zehn Jahren die kleine Schrift »*Auch eine Philosophie der Geschichte zur Bildung der Menschheit*« herausgab, sollte das *Auch* dieses Titels wohl nichts weniger als ein anch'io son pittore [auch ich bin ein Maler] sagen. Es sollte vielmehr, wie auch der Zusatz »*Beitrag zu vielen Beiträgen des Jahrhunderts*« und das untergesetzte Motto zeigte, eine Note der Bescheidenheit sein, daß der Verfasser diese Schrift für nichts minder als für eine vollständige Philosophie der Geschichte unsres Geschlechts gebe, sondern daß er neben so vielen gebahnten Wegen, die man immer und immer betrat, auch auf einen kleinen Fußsteg wiese, den man zur Seite liegen ließ und der doch auch vielleicht eines Ideenganges wert wäre. Die hie und da im Buch zitierten Schriften zeigen gnugsam, welches die betretnen und ausgetretnen Wege waren, von denen der Verfasser ablenken wollte; und so sollte sein Versuch nichts als ein fliegendes Blatt, ein *Beitrag zu Beiträgen* sein, welches auch seine Gestalt weiset.
Die Schrift war bald vergriffen, und ich ward zu einer neuen Ausgabe derselben ermuntert; unmöglich aber konnte diese neue Ausgabe sich jetzt in ihrer alten Gestalt vors Auge des Publikums wagen. Ich hatte es bemerkt, daß einige Gedanken meines Werkchens, auch ohne mich zu nennen, in andre Bücher übergegangen und in einem Umfange angewandt waren, an den ich nicht gedacht hatte. Das bescheidne »Auch« war vergessen; und doch war mir es nie eingefallen, mit den wenigen allegorischen Worten: *Kindheit*, *Jugend*, das *männliche*, das *hohe Alter* unseres Geschlechts, deren Verfolg nur auf wenige Völker der Erde angewandt und anwendbar war, eine Heerstraße auszuzeichnen, auf der man auch nur die *Geschichte der Kultur*, geschweige die *Philosophie der ganzen Menschengeschichte* mit sicherm Fuße ausmessen könnte. Welches Volk der Erde ists, das nicht einige Kultur habe? und wie sehr käme der Plan der Vorsehung zu kurz, wenn zu dem, was *wir* Kultur nennen und oft nur verfeinte Schwachheit nennen sollten, jedes Individuum des Menschengeschlechts geschaffen wäre? Nichts ist unbestimmter als dieses Wort, und nichts ist trüglicher als die Anwendung desselben auf ganze Völker und Zeiten. Wie wenige sind in einem kultivierten Volk kultiviert? und worin ist dieser Vorzug zu setzen? und wie fern trägt er zu ihrer Glückseligkeit bei? zur Glückseligkeit einzelner Menschen nämlich, denn daß das Abstraktum ganzer Staaten glücklich sein könne, wenn alle einzelne Glieder in ihm leiden, ist Widerspruch oder vielmehr nur ein Scheinwort, das sich auf den ersten Blick als ein solches bloßgiebet.

Also mußte viel tiefer angefangen und der Kreis der Ideen viel weiter gezogen werden, wenn die Schrift einigermaßen ihres Titels wert sein sollte. Was ist Glückseligkeit der Menschen? und wiefern findet sie auf unsrer Erde statt? wiefern findet sie, bei der großen Verschiedenheit aller Erdwesen und am meisten der Menschen, allenthalben statt, unter jeder Verfassung, in jedem Klima, bei allen Revolutionen der Umstände, Lebensalter und Zeiten? Gibt es einen Maßstab dieser verschiednen Zustände, und hat die Vorsehung aufs Wohlsein ihrer Geschöpfe in allen diesen Situationen als auf ihren letzten und Hauptendzweck gerechnet? Alle diese Fragen mußten untersucht, sie mußten durch den wilden Lauf der Zeiten und Verfassungen verfolgt und berechnet werden, ehe ein allgemeines Resultat fürs Ganze der Menschheit herausgebracht werden konnte. Hier war also ein weites Feld zu durchlaufen und in einer großen Tiefe zu graben. Gelesen hatte ich so ziemlich alles, was darüber geschrieben war, und von meiner Jugend an war jedes neue Buch, das über die Geschichte der Menschheit erschien und worin ich Beiträge zu meiner großen Aufgabe hoffte, wie ein gefundener Schatz. Ich freuete mich, daß in den neuern Jahren diese Philosophie mehr empor kam und nutzte jede Beihilfe, die mir das Glück verschaffte.

Ein Autor, der sein Buch darstellt, gibt, wenn dies Gedanken enthält, die er, wo nicht erfand (denn wie weniges läßt sich in unsrer Zeit eigentliches Neues erfinden?), so doch wenigstens *fand* und sich eigen machte, ja, in denen er jahrelang wie im Eigentum seines Geistes und Herzens lebte: ein Autor dieser Art, sage ich, gibt mit seinem Buch, es möge dies schlecht oder gut sein, gewissermaßen einen Teil seiner Seele dem Publikum preis. Er offenbaret nicht nur, womit sich sein Geist in gewissen Zeiträumen und Angelegenheiten beschäftigte, was er für Zweifel und Auflösungen im Gange seines Lebens fand, mit denen er sich bekümmerte oder aufhalf; sondern er rechnet auch (denn was in der Welt hätte es sonst für Reiz, Autor zu werden und die Angelegenheiten seiner Brust einer wilden Menge mitzuteilen?), er rechnet auf einige, vielleicht wenige, gleichgestimmte Seelen, denen im Labyrinth ihrer Jahre diese oder ähnliche Ideen wichtig wurden. Mit ihnen bespricht er sich unsichtbar und teilt ihnen seine Empfindungen mit, wie er, wenn sie weiter vorgedrungen sind, ihre besseren Gedanken und Belehrungen erwartet. Dies unsichtbare Kommerzium der Geister und Herzen ist die einzige und größeste Wohltat der Buchdruckerei, die sonst den schriftstellerischen Nationen ebensoviel Schaden als Nutzen gebracht hätte. Der Verfasser dachte sich in den Kreis derer, die wirklich ein Interesse daran finden, worüber er schrieb, und bei denen er also ihre teilnehmenden, ihre bessern Gedanken hervorlocken wollte. Dies ist der schönste Wert der Schriftstellerei, und ein gutgesinneter Mensch wird sich viel mehr über das freuen, was er erweckte, als was er sagte. Wer daran denkt, wie gelegen ihm selbst zuweilen dies oder jenes Buch, ja auch nur dieser oder jener Gedanke eines Buches kam, welche Freude es ihm verschaffte, einen andern von ihm entfernten und doch in seiner Tätigkeit ihm nahen Geist auf seiner eignen oder einer bessern Spur zu finden, wie uns oft Ein solcher Gedanke jahrelang beschäftigt und weiterführet, der wird einem Schriftsteller, der zu ihm spricht und ihm sein Inneres mitteilet, nicht als einen Lohndiener, sondern als einen Freund betrachten, der auch mit unvollendeten Gedanken zutraulich hervortritt, damit der erfahrnere Leser mit ihm denke und sein Unvollkommenes der Vollkommenheit näherführe.

Bei einem Thema wie das meinige: »*Geschichte der Menschheit, Philosophie ihrer Geschichte*« ist, wie ich glaube, eine solche *Humanität* des Lesers eine angenehme

und erste Pflicht. Der da schrieb, war Mensch, und du bist Mensch, der du liesest. Er konnte irren und hat vielleicht geirret, du hast Kenntnisse, die jener nicht hat und haben konnte; gebrauche also, was du kannst, und siehe seinen guten Willen an; laß es aber nicht beim Tadel, sondern beßre und baue weiter. Mit schwacher Hand legte er einige Grundsteine zu einem Gebäude, das nur Jahrhunderte vollführen können, vollführen werden; glücklich, wenn alsdenn diese Steine mit Erde bedeckt und wie der, der sie dahin trug, vergessen sein werden, wenn über ihnen oder gar auf einem andern Platze nur das schönere Gebäude selbst dastehet.
Doch ich habe mich unvermerkt zu weit von *dem* entfernt, worauf ich anfangs ausging; es sollte nämlich die Geschichte sein, wie ich zur Bearbeitung dieser Materie gekommen und unter ganz andern Beschäftigungen und Pflichten auf sie zurückgekommen bin. Schon in ziemlich frühen Jahren, da die Auen der Wissenschaften noch in alle dem Morgenschmuck vor mir lagen, von dem uns die Mittagssonne unsres Lebens so viel entziehet, kam mir oft der Gedanke ein: *ob denn, da Alles in der Welt seine Philosophie und Wissenschaft habe, nicht auch das, was uns am nächsten angeht, die Geschichte der Menschheit im Ganzen und Großen eine Philosophie und Wissenschaft haben sollte?* Alles erinnert mich daran, Metaphysik und Moral, Physik und Naturgeschichte, die Religion endlich am meisten. Der Gott, der in der Natur alles nach Maß, Zahl und Gewicht geordnet, der darnach das Wesen der Dinge, ihre Gestalt und Verknüpfung, ihren Lauf und ihre Erhaltung eingerichtet hat, so daß vom großen Weltgebäude bis zum Staubkorn, von der Kraft, die Erden und Sonnen hält, bis zum Faden eines Spinnegewebes nur Eine Weisheit, Güte und Macht herrschet, Er, der auch im menschlichen Körper und in den Kräften der menschlichen Seele alles so wunderbar und göttlich überdacht hat, daß, wenn wir dem *Alleinweisen* nur fernher nachzudenken wagen, wir uns in einem Abgrunde seiner Gedanken verlieren; wie, sprach ich zu mir, dieser Gott sollte in der Bestimmung und Einrichtung unsres Geschlechts im ganzen von seiner Weisheit und Güte ablassen und hier keinen Plan haben? Oder er sollte uns denselben verbergen wollen, da er uns in der niedrigern Schöpfung, die uns weniger angeht, so viel von den Gesetzen seines ewigen Entwurfs zeigte? Was ist das menschliche Geschlecht im ganzen als eine Herde ohne Hirten? oder wie jener klagende Weise sagt: *»Lässest du sie gehen wie Fische im Meer und wie Gewürm, das keinen Herren hat?«* – Oder hatten sie nicht nötig, den Plan zu wissen? Ich glaube es wohl; denn welcher Mensch übersiehet nur den kleinen Entwurf seines eignen Lebens? und doch siehet er, so weit er sehen soll, und weiß gnug, um seine Schritte zu leiten; indessen wird nicht auch eben dieses Nichtwissen zum Vorwande großer Mißbräuche? Wie viele sind, die, weil sie keinen Plan sehen, es geradezu leugnen, daß irgendein Plan sei, oder die wenigstens mit scheuem Zittern daran denken und zweifelnd glauben und glaubend zweifeln. Sie wehren sich mit Macht, das menschliche Geschlecht nicht als einen Ameishaufen zu betrachten, wo der Fuß eines Stärkern, der unförmlicherweise selbst Ameise ist, Tausende zertritt, Tausende in ihren klein-großen Unternehmungen zernichtet, ja wo endlich die zwei größten Tyrannen der Erde, der Zufall und die Zeit, den ganzen Haufen ohne Spur fortführen und den leeren Platz einer andern fleißigen Zunft überlassen, die auch so fortgeführt werden wird, ohne daß eine Spur bleibe. – Der stolze Mensch wehret sich, sein Geschlecht als eine solche Brut der Erde und als einen Raub der alles-zerstörenden Verwesung zu betrachten; und dennoch dringen Geschichte und Erfahrung ihm nicht dieses Bild auf? Was ist denn Ganzes auf der Erde vollführt? was ist auf ihr Ganzes? Sind also die Zeiten nicht geordnet, wie die Räume geordnet

sind? und beide sind ja die Zwillinge Eines Schicksals. Jene sind voll Weisheit; diese voll scheinbarer Unordnung; und doch ist offenbar der Mensch dazu geschaffen, daß er Ordnung suchen, daß er einen Fleck der Zeiten übersehen, daß die Nachwelt auf die Vergangenheit bauen soll: denn dazu hat er Erinnerung und Gedächtnis. Und macht nun nicht eben dies Bauen der Zeiten aufeinander das Ganze unsres Geschlechts zum unförmlichen Riesengebäude, wo einer abträgt, was der andre anlegte, wo stehen bleibt, was nie hätte gebauet werden sollen, und in Jahrhunderten endlich alles Ein Schutt wird, unter dem, je brüchiger er ist, die zaghaften Menschen desto zuversichtlicher wohnen? – Ich will die Reihe solcher Zweifel nicht fortsetzen und die Widersprüche des Menschen mit sich selbst, untereinander und gegen die ganze andre Schöpfung nicht verfolgen. Gnug, ich suchte nach *einer Philosophie der Geschichte der Menschheit*, wo ich suchen konnte.

Ob ich sie gefunden habe? darüber mag dieses Werk, aber noch nicht sein erster Teil entscheiden. Dieser enthält nur die Grundlage, teils im allgemeinen Überblick unsrer Wohnstätte, teils im Durchgange der Organisationen, die unter und mit uns das Licht dieser Sonne genießen. Niemanden, hoffe ich, wird dieser Gang zu fern hergeholt und zu lang dünken: denn da, um das Schicksal der Menschheit aus dem Buch der Schöpfung zu lesen, es keinen andern als ihn gibt, so kann man ihn nicht sorgsam, nicht vielbetrachtend gnug gehen. Wer bloß metaphysische Spekulationen will, hat sie auf kürzerm Wege; ich glaube aber, daß sie, abgetrennt von Erfahrungen und Analogien der Natur, eine Luftfahrt sind, die selten zum Ziel führet. Gang Gottes in der Natur, die Gedanken, die der Ewige uns in der Reihe seiner Werke tätlich dargelegt hat: sie sind das heilige Buch, an dessen Charakteren ich zwar minder als ein Lehrling, aber wenigstens mit Treue und Eifer buchstabiert habe und buchstabieren werde. Wäre ich so glücklich, nur Einem meiner Leser etwas von dem süßen Eindruck mitzuteilen, den ich über die ewige Weisheit und Güte des unerforschten Schöpfers in seinen Werken mit einem Zutrauen empfunden habe, dem ich keinen Namen weiß: so wäre dieser Eindruck von Zuversicht das sichere Band, mit welchem wir uns im Verfolg des Werks auch in die Labyrinthe der Menschengeschichte wagen könnten. Überall hat mich die große Analogie der Natur auf Wahrheiten der Religion geführt, die ich nur mit Mühe unterdrücken mußte, weil ich sie mir selbst nicht zum voraus rauben und Schritt vor Schritt nur dem Licht treu bleiben wollte, das mir von der verborgenen Gegenwart des Urhebers in seinen Werken allenthalben zustrahlet. Es wird ein um so größeres Vergnügen für meine Leser und für mich sein, wenn wir, unsern Weg verfolgend, dies dunkelstrahlende Licht zuletzt als Flamme und Sonne werden aufgehen sehen.

Niemand irre sich daher auch daran, daß ich zuweilen den Namen der Natur personifiziert gebrauche. Die Natur ist kein selbständiges Wesen, sondern *Gott ist alles in seinen Werken:* indessen wollte ich diesen hochheiligen Namen, den kein erkenntliches Geschöpf ohne die tiefste Ehrfurcht nennen sollte, durch einen öftern Gebrauch, bei dem ich ihm nicht immer Heiligkeit gnug verschaffen konnte, wenigstens nicht mißbrauchen. Wem der Name »Natur« durch manche Schriften unsres Zeitalters sinnlos und niedrig geworden ist, der denke sich statt dessen *jene allmächtige Kraft, Güte und Weisheit* und nenne in seiner Seele das unsichtbare Wesen, das keine Erdensprache zu nennen vermag.

Ein Gleiches ists, wenn ich von den *organischen Kräften* der Schöpfung rede; ich glaube nicht, daß man sie für qualitates occultas [verborgene Eigenschaften] ansehen werde, da wir ihre offenbaren Wirkungen vor uns sehen, und ich ihnen keinen

bestimmtern, reinern Namen zu geben wußte. Ich behalte mir über sie und über manche andre Materien, die ich nur winkend anzeigen mußte, künftig eine weitere Erörterung vor.
Und freue mich dagegen, daß meine Schülerarbeit in Zeiten trifft, da in so manchen einzelnen Wissenschaften und Kenntnissen, aus denen ich schöpfen mußte, Meisterhände arbeiten und sammeln. Von diesen bin ich gewiß, daß sie den exoterischen Versuch eines Fremdlings in ihren Künsten nicht verachten, sondern verbessern werden: denn ich habe es immer bemerkt, daß, je reeller und gründlicher eine Wissenschaft ist, desto weniger herrscht eitler Zank unter denen, die sie anbauen und lieben. Sie überlassen das Wortgezänk den Wortgelehrten. In den meisten Stücken zeigt mein Buch, daß man anjetzt noch keine Philosophie der menschlichen Geschichte schreiben könne, daß man sie aber vielleicht am Ende unsres Jahrhunderts oder Jahrtausends schreiben werde.
Und so lege ich, großes Wesen, du unsichtbarer hoher Genius unsers Geschlechts, das unvollkommenste Werk, das ein Sterblicher schrieb und in dem er dir nachzusinnen, nachzugehen wagte, zu deinen Füßen. Seine Blätter mögen verwehn und seine Charaktere zerstieben: auch die Formen und Formeln werden zerstieben, in denen ich deine Spur sah und für meine Menschenbrüder auszudrücken strebte; aber deine Gedanken werden bleiben, und du wirst sie deinem Geschlecht von Stufe zu Stufe mehr enthüllen und in herrlichern Gestalten darlegen. Glücklich, wenn alsdenn diese Blätter im Strom der Vergessenheit untergegangen sind und dafür hellere Gedanken in den Seelen der Menschen leben.

Weimar, den 23. April 1784

Herder

ERSTES BUCH

I.

Unsre Erde ist ein Stern unter Sternen

Vom Himmel muß unsre Philosophie der Geschichte des menschlichen Geschlechts anfangen, wenn sie einigermaßen diesen Namen verdienen soll. Denn da unser Wohnplatz, die Erde, nichts durch sich selbst ist, sondern von himmlischen, durch unser ganzes Weltall sich erstreckenden Kräften ihre Beschaffenheit und Gestalt, ihr Vermögen zur Organisation und Erhaltung der Geschöpfe empfängt, so muß man sie zuvörderst nicht allein und einsam, sondern im Chor der Welten betrachten, unter die sie gesetzt ist. Mit unsichtbaren, ewigen Banden ist sie an ihren Mittelpunkt, die Sonne gebunden, von der sie Licht, Wärme, Leben und Gedeihen erhält. Ohne diese könnten wir uns unser Planetensystem nicht denken, sowenig ein Zirkel ohne Mittelpunkt stattfindet; mit ihr und den wohltätigen Anziehungskräften, womit sie und alle Materie das ewige Wesen begabt hat, sehen wir in ihrem Reich nach einfachen schönen und herrlichen Gesetzen Planeten sich bilden, sich um ihre Achse und um einen gemeinschaftlichen Mittelpunkt in Räumen, die mit ihrer Größe und Dichtigkeit im Verhältnis sind, munter und unablässig umherdrehn; ja nach eben diesen Gesetzen sich um einige derselben Monde bilden und von ihnen festgehalten werden. Nichts gibt einen so erhabnen Blick als diese Einbildung des großen Weltgebäudes; und der menschliche Verstand hat vielleicht nie einen weitern Flug gewagt und zum Teil glücklich vollendet, als da er in *Kopernikus*, *Kepler*, *Newton*, *Huygens* und *Kant** die einfachen, ewigen und vollkommenen Gesetze der Bildung und Bewegung der Planeten aussann und feststellte.

Mich dünkt, es ist *Hemsterhuis*, der es beklagt, daß dies erhabne Lehrgebäude auf den ganzen Kreis unsrer Begriffe die Wirkung nicht tue, die es, wenn es zu den Zeiten der Griechen mit mathematischer Genauigkeit festgestellt wäre, auf den gesamten menschlichen Verstand würde getan haben. Wir begnügen uns meistens, die Erde als ein Staubkorn anzusehen, das in jenem großen Abgrunde schwimmt, wo Erden um die Sonne, wo diese Sonne mit tausend andern um ihren Mittelpunkt und vielleicht mehrere solche Sonnensysteme in zerstreuten Räumen des Himmels ihre

* *Kants Allgemeine Naturgeschichte und Theorie des Himmels*, Königsberg und Leipzig 1755. Eine Schrift, die unbekannter geblieben ist, als ihr Inhalt verdiente. *Lambert* in seinen *Kosmologischen Briefen* hat, ohne sie zu kennen, einige mit ihr ähnliche Gedanken geäußert, und *Bode* in seiner *Kenntnis des Himmels* hat einige Mutmaßungen mit rühmlicher Erwähnung gebrauchet.

Bahnen vollenden, bis endlich die Einbildungskraft sowohl als der Verstand in diesem Meer der Unermeßlichkeit und ewigen Größe sich verliert und nirgend Ausgang und Ende findet. Allein das bloße Erstaunen, das uns vernichtigt, ist wohl kaum die edelste und bleibendste Wirkung. Der in sich selbst überall allgnugsamen Natur ist das Staubkorn so wert als ein unermeßliches Ganze. Sie bestimmte Punkte des Raums und des Daseins, wo Welten sich bilden sollten, und in jedem dieser Punkte ist sie mit ihrer unzertrennlichen Fülle von Macht, Weisheit und Güte so ganz, als ob keine andre Punkte der Bildung, keine andre Weltatomen wären. Wenn ich also das große Himmelsbuch aufschlage und diesen unermeßlichen Palast, den allein und überall nur die Gottheit zu erfüllen vermag, vor mir sehe, so schließe ich, so ungeteilt als ich kann, vom Ganzen aufs Einzelne, vom Einzelnen aufs Ganze. Es war nur *eine* Kraft, die die glänzende Sonne schuf und mein Staubkorn an ihr erhält; nur *eine* Kraft, die eine Milchstraße von Sonnen sich vielleicht um den Sirius bewegen läßt und die in Gesetzen der Schwere auf meinem Erdkörper wirket. Da ich nun sehe, daß der Raum, den diese Erde in unserm Sonnentempel einnimmt, die Stelle, die sie mit ihrem Umlauf bezeichnet, ihre Größe, ihre Masse, nebst allem, was davon abhängt, durch Gesetze bestimmt ist, die im Unermeßlichen wirken, so werde ich, wenn ich nicht gegen das Unendliche rasen will, nicht nur auf dieser Stelle zufrieden sein und mich freuen, daß ich auf ihr ins harmoniereiche Chor zahlloser Wesen getreten, sondern es wird auch mein erhabenstes Geschäft sein, zu fragen, was ich auf dieser Stelle sein soll und vermutlich nur auf ihr sein kann? Fände ich auch in dem, was mir das Eingeschränkteste und Widrigste scheint, nicht nur Spuren jener großen bildenden Kraft, sondern auch offenbaren Zusammenhang des Kleinsten mit dem Entwurf des Schöpfers ins Ungemessene hinaus, so wird es die schönste Eigenschaft meiner Gott nachahmenden Vernunft sein, diesem Plan nachzugehen und mich der himmlischen Vernunft zu fügen. Auf der Erde werde ich also keine Engel des Himmels suchen, deren keinen mein Auge je gesehen hat; aber Erdbewohner, Menschen, werde ich auf ihr finden wollen und mit allem vorlieb nehmen, was die große Mutter hervorbringt, trägt, nährt, duldet und zuletzt liebreich in ihren Schoß aufnimmt. Ihre Schwestern, andre Erden mögen sich andrer, auch vielleicht herrlicherer Geschöpfe rühmen und freuen können; gnug, auf ihr lebt, was auf ihr leben kann. Mein Auge ist für den Sonnenstrahl in dieser und keiner andern Sonnenentfernung, mein Ohr für diese Luft, mein Körper für diese Erdmasse, alle meine Sinnen aus dieser und für diese Erdorganisation gebildet: dem gemäß wirken auch meine Seelenkräfte; der ganze Raum und Wirkungskreis meines Geschlechts ist also so fest bestimmt und umschrieben als die Masse und Bahn der Erde, auf der ich mich ausleben soll: daher auch in vielen Sprachen der Mensch von seiner Mutter Erde den Namen führet. Je in einen größern Chor der Harmonie, Güte und Weisheit aber diese meine Mutter gehört, je fester und herrlicher die Gesetze sind, auf der ihr und aller Welten Dasein ruhet, je mehr ich bemerke, daß in ihnen Alles aus Einem folgt und Eins zu Allem dienet: desto fester finde ich auch mein Schicksal nicht an den Erdenstaub, sondern an die unsichtbaren Gesetze geknüpft, die den Erdenstaub regieren. Die Kraft, die in mir denkt und wirkt, ist ihrer Natur nach eine so ewige Kraft als jene, die Sonnen und Sterne zusammenhält: ihr Werkzeug kann sich abreiben, die Sphäre ihrer Wirkung kann sich ändern, wie Erden sich abreiben und Sterne ihren Platz ändern; die Gesetze aber, durch die sie da ist und in andern Erscheinungen wiederkommt, ändern sich nie. Ihre Natur ist ewig wie der Verstand Gottes, und die Stützen meines Daseins (nicht meiner körperlichen Erscheinung) sind so fest als die Pfeiler des Weltalls. Denn alles Dasein ist sich gleich, ein unteilbarer Begriff; im Größesten sowohl als im Kleinsten auf einerlei Gesetze gegründet. Der Bau des Weltgebäudes sichert also den Kern meines Daseins, mein inneres Leben, auf Ewigkeiten hin. Wo und wer ich sein werde, werde ich sein, der ich jetzt bin, eine Kraft im System aller Kräfte, ein Wesen in der unabsehlichen Harmonie einer *Welt Gottes.*

II.

Unsre Erde ist einer der mittleren Planeten

Die Erde hat zwei Planeten, den Merkur und die Venus unter sich; den Mars (und wenn vielleicht über ihm noch einer versteckt ist), den Jupiter, Saturn, Uranus über sich; und was für andre noch da sein mögen, bis sich der regelmäßige Wirkungskreis der Sonne verliert und die exzentrische Bahn des letzten Planeten in die wilde Ellipse der Kometenbahnen hinüberspringet. Sie ist also ein Mittelgeschöpf, so wie der Stelle nach, so auch an Größe, an Verhältnis und Dauer ihres Umschwungs um sich und ihres Umlaufs um die Sonne; jedes Äußerste, das Größeste und Kleinste, das Schnellste und Langsamste ist zu beiden Seiten von ihr entfernet. So wie nun unsre Erde zur astronomischen Übersicht des Ganzen vor andern Planeten eine bequeme Stelle hat*, so wäre es schön, wenn wir nur einige Glieder dieses erhabnen Sternenverhältnisses näher kennten. Eine Reise in den Jupiter, die Venus, oder auch nur in unsern Mond würde uns über die Bildung unsrer Erde, die doch mit ihnen nach einerlei Gesetzen entstanden ist, über das Verhältnis unsrer Erdegeschlechter zu den Organisationen andrer Weltkörper von einer höhern oder von einer tiefern Art, vielleicht gar über unsre zukünftige Bestimmung so manchen Aufschluß geben, daß wir nun kühner aus der Beschaffenheit von zwei oder drei Gliedern auf den Fortgang der ganzen Kette schließen könnten. Die einschränkende, festbestimmende Natur hat uns diese Aussicht versaget. Wir sehen den Mond an, betrachten seine ungeheuren Klüfte und Berge; den Jupiter und bemerken seine wilden Revolutionen und Streifen; wir sehen den Ring des Saturns, das rötliche Licht des Mars, das sanftere Licht der Venus; und rätseln daraus, was wir glücklich oder unglücklich daraus zu ersehen meinen. In den Entfernungen der Planeten herrscht Proportion; auch auf die Dichtigkeit ihrer Masse hat man wahrscheinliche Schlüsse gefolgert, und damit ihren Schwung, ihren Umlauf in Verbindung zu bringen gesucht; alles aber nur mathematisch, nicht physisch, weil uns außer unsrer Erde ein zweites Glied der Vergleichung fehlet. Das Verhältnis ihrer Größe, ihres Schwunges, ihres Umlaufs z. B. zu ihrem Sonnenwinkel hat noch keine Formel gefunden, die auch hier alles aus einem und demselben kosmogonischen Gesetz erkläre. Noch weniger ist uns bekannt, wie weit ein jeder Planet in seiner Bildung fortgerückt sei, und am wenigsten wissen wir von der Organisation und dem Schicksal seiner Bewohner. Was *Kircher* und *Swedenborg* davon geträumt, was *Fontenelle* darüber gescherzt, was *Huygens, Lambert* und *Kant* davon, jeder auf seine Weise, gemutmaßt haben, sind Erweise, daß wir davon nichts wissen können, nichts wissen sollen. Wir mögen mit unsrer Schätzung herauf- oder herabsteigen, wir mögen die vollkommenern Ge-

* Kästners Lob der Sternkunst: Hamb. Magaz. T. I. S. 206 u. f.

schöpfe der Sonne nah oder ihr fern setzen; so bleibt alles ein Traum, der durch den Mangel der Fortschreitung in der Verschiedenheit der Planeten beinah Schritt vor Schritt gestört wird und uns zuletzt nur das Resultat gibt, daß überall wie hier Einheit und Mannigfaltigkeit herrsche, daß aber unser Maß des Verstandes, sowie unser Winkel des Anblicks, uns zur Schätzung des Fort- oder Zurückganges durchaus keinen Maßstab gebe. Wir sind nicht im Mittelpunkt, sondern im Gedränge; wir schiffen wie andre Erden im Strom umher und haben kein Maß der Vergleichung.
Dürfen und sollen wir indes aus unserm Standpunkt zur Sonne, dem Quell alles Lichts und Lebens in unsrer Schöpfung vor- und rückwärts schließen, so ist unsrer Erde das zweideutige goldne Los der Mittelmäßigkeit zuteil worden, die wir wenigstens zu unserm Trost als eine glückliche Mitte träumen mögen. Wenn Merkur den Schwung um seine Achse, mithin seine Tag- und Nachtrevolution vielleicht in 6 Stunden, sein Jahr in 88 Tagen vollbringt und sechsmal stärker von der Sonne erleuchtet wird als wir; wenn Jupiter dagegen seine weite Bahn um die Sonne in 11 Jahren und 313 Tagen vollendet, und dennoch seine Tag- und Nachtzeit in weniger als 10 Stunden zurücklegt; wenn der alte Saturn, dem das Licht der Sonne hundertmal schwächer scheinet, kaum in 30 Jahren um die Sonne kommt und abermals sich vielleicht in 7 Stunden um seine Achse drehet: so sind wir mittlere Planeten, Erde, Mars und Venus, von mittlerer Natur. Unser Tag ist wenig voneinander, von den Tagen der andern aber so sehr verschieden als umgekehrt unsre Jahre. Auch der Tag der Venus ist beinah 24 Stunden, des Mars nicht 25 lang. Das Jahr der ersten ist von 224, des letzten von 1 Jahr und 322 Tagen, ob er gleich 3½mal kleiner als die Erde und um mehr als die Hälfte von der Sonne entfernt ist. Weiterhin gehen die Verhältnisse der Größe, des Umschwungs, der Entfernung kühn auseinander. Auf einen der drei Mittelplaneten hat uns also die Natur gesetzt, auf denen auch ein mittleres Verhältnis und eine abgewognere Proportion so wie der Zeiten und Räume, so vielleicht auch der Bildung ihrer Geschöpfe zu herrschen scheinet. Das Verhältnis unsrer Materie zu unserm Geist ist vielleicht so aufwiegend gegeneinander als die Länge unsrer Tage und Nächte. Unsre Gedankenschnelligkeit ist vielleicht im Maß des Umschwunges unsres Planeten um sich selbst und um die Sonne zu der Schnelligkeit oder Langsamkeit andrer Sterne, so wie unsre Sinne offenbar im Verhältnis der Feinheit von Organisation stehen, die auf unsrer Erde fortkommen konnte und sollte. Zu beiden Seiten hinaus gibt es wahrscheinlich die größesten Divergenzen. Lasset uns also, so lange wir hier leben, auf nichts als auf den mittelmäßigen Erdeverstand und auf die noch viel zweideutigere Menschentugend rechnen. Wenn wir mit Augen des Merkurs in die Sonne sehen und auf seinen Flügeln um sie fliegen könnten; wenn uns mit der Raschheit des Saturns und Jupiters um sich selbst zugleich ihre Langsamkeit, ihr weiter großer Umfang gegeben wäre, oder wenn wir auf dem Haar der Kometen, der größesten Wärme und Kälte gleich empfängig, durch die weiten Regionen des Himmels schiffen könnten: denn dürften wir von einem andern, weitern oder engern, als dem proportionierten Mittelgleise menschlicher Gedanken und Kräfte reden. Nun aber, wo und wie wir sind, wollen wir diesem milde proportionierten Gleise treu bleiben; es ist unserer Lebensdauer wahrscheinlich gerade gerecht.
Es ist eine Aussicht, die auch die Seele des trägsten Menschen erwecken kann, wenn wir uns einst auf irgendeine Weise im allgemeinen Genuß dieser uns jetzt versagten Reichtümer der bildenden Natur gedenken: wenn wir uns vorstellen, daß vielleicht, nachdem wir zur Summe der Organisation unsres Planeten gelangt sind, ein

Wandelgang auf mehr als *einem* andern Stern das Los und der Fortschritt unsres Schicksals sein könnte, oder daß es endlich vielleicht gar unsre Bestimmung wäre, mit allen zur Reife gelangten Geschöpfen so vieler und verschiedener Schwesterwelten Umgang zu pflegen. Wie bei uns unsere Gedanken und Kräfte offenbar nur aus unsrer Erdorganisation keimen und sich so lange zu verändern und zu verwandeln streben, bis sie etwa zu der Reinigkeit und Feinheit gediehen sind, die diese unsre Schöpfung gewähren kann, so wird's wenn die Analogie unsre Führerin sein darf, auf andern Sternen nicht anders sein; und welche reiche Harmonie lässet sich gedenken, wenn so verschieden gebildete Wesen alle zu *einem* Ziel wallen* und sich einander ihre Empfindungen und Erfahrungen mitteilen. Unser Verstand ist nur ein Verstand der Erde, aus Sinnlichkeiten, die uns hier umgeben, allmählich gebildet: so ist's auch mit den Trieben und Neigungen unsres Herzens; eine andre Welt kennet ihre äußerlichen Hilfsmittel und Hindernisse wahrscheinlich nicht. Aber die letzten Resultate derselben sollte sie nicht kennen? Gewiß! alle Radien streben auch hier zum Mittelpunkt des Kreises. Der reine Verstand kann überall nur Verstand sein, von welchen Sinnlichkeiten er auch abgezogen worden; die Energie des Herzens wird überall dieselbe Tüchtigkeit, d. i. Tugend sein, an welchen Gegenständen sie sich auch geübet habe. Also ringet wahrscheinlich auch hier die größeste Mannigfaltigkeit zur Einheit, und die allumfassende Natur wird ein Ziel haben, wo sie die edelste Bestrebungen so vielartiger Geschöpfe vereinige und die Blüten aller Welt gleichsam in einen Garten sammle. Was physisch vereinigt ist, warum sollte es nicht auch geistig und moralisch vereinigt sein, da Geist und Moralität auch Physik sind und denselben Gesetzen, die doch zuletzt alle vom Sonnensystem abhangen, nur in einer höhern Ordnung dienen? Wäre es mir also erlaubt, die allgemeine Beschaffenheit der mancherlei Planeten auch in der Organisation und im Leben ihrer Bewohner mit den verschiednen Farben eines Sonnenstrahls oder mit den verschiednen Tönen einer Tonleiter zu vergleichen, so würde ich sagen, daß sich vielleicht das Licht der *einen* Sonne des Wahren und Guten auch auf jeden Planeten verschieden breche; so daß sich noch keiner derselben ihres ganzen Genusses rühmen könnte. Nur weil *eine* Sonne sie alle erleuchtet und sie alle auf *einem* Plan der Bildung schweben: so ist zu hoffen, sie kommen alle, jeder auf seinem Wege, der Vollkommenheit näher und vereinigen sich einst vielleicht, nach mancherlei Wandelgängen, in *einer* Schule des Guten und Schönen. Jetzt wollen wir nur Menschen sein, d. i. *ein* Ton, *eine* Farbe in der Harmonie unsrer Sterne. Wenn das Licht, das wir genießen, auch der milden grünen Farbe zu vergleichen wäre, so lasset sie uns nicht für das reine Sonnenlicht, unsern Verstand und Willen nicht für die Handhaben des Universum halten: denn wir sind offenbar mit unsrer ganzen Erde nur ein kleiner Bruch des Ganzen.

* Von der Sonne als einem vielleicht bewohnbaren Körper s. Bodens Gedanken über die Natur der Sonne in den Beschäft. der Berlinischen Gesellsch. naturforschender Freunde. B. 2 S. 225.

III.

Unsre Erde ist vielerlei Revolutionen durchgegangen, bis sie das, was sie jetzt ist, worden

Den Beweis dieses Satzes giebet sie selbst, auch schon durch das, was sie auf und unter ihrer Oberfläche (denn weiter sind die Menschen nicht gekommen) zeiget. Das Wasser hat überschwemmt und Erdlagen, Berge, Täler gebildet; das Feuer hat gewütet, Erdrinden zersprengt, Berge emporgehoben und die geschmolznen Eingeweide des Innern hervorgeschüttet; die Luft, in der Erde eingeschlossen, hat Höhlen gewölbt und den Ausbruch jener mächtigen Elemente befördert; Winde haben auf ihrer Oberfläche getobet und eine noch mächtigere Ursache hat sogar ihre Zonen verändert. Vieles hievon ist in Zeiten geschehen, da es schon organisierte und lebendige Kreaturen gab; ja hie und da scheint es mehr als einmal, hier schneller, dort langsamer geschehen zu sein, wie fast allenthalben und in so großer Höhe und Tiefe die versteinten Tiere und Gewächse zeigen. Viele dieser Revolutionen gehen eine schon gebildete Erde an und können also vielleicht als zufällig betrachtet werden; andre scheinen der Erde wesentlich zu sein und haben sie ursprünglich selbst gebildet. Weder über jene noch über diese (sie sind aber schwer zu trennen) haben wir bisher eine vollständige Theorie; schwerlich können wir sie auch über jene haben, weil sie gleichsam historischer Natur sind und von zu viel kleinen Lokalursachen abhängen mögen. Über diese aber, über die ersten wesentlichen Revolutionen unsrer Erde wünschte ich, daß ich eine Theorie erlebte. Ich hoffe, ich werde es: denn obgleich die Bemerkungen aus verschiedenen Weltteilen lange noch nicht vielseitig und genau genug sind, so scheinen mir doch sowohl die Grundsätze und Bemerkungen der allgemeinen Physik, als die Erfahrungen der Chemie und des Bergbaues dem Punkt nahe, wo vielleicht *ein* glücklicher Blick mehrere Wissenschaften vereinigt und also eine durch die andre erkläret. Gewiß ist *Buffon* nur der *Descartes* dieser Art mit seinen kühnen Hypothesen, den bald ein *Kepler* und *Newton* durch rein zusammenstimmende Tatsachen übertreffen und widerlegen möge. Die neuen Entdeckungen, die man über Wärme, Luft, Feuer und ihre mancherlei Wirkungen auf die Bestandteile, auf Komposition und Dekomposition unsrer Erdwesen gemacht hat, die simpeln Grundsätze, auf die die elektrische, zum Teil auch die magnetische Materie gebracht ist, scheinen mir dazu wo nicht nahe, so doch entferntere Vorschritte zu sein, daß vielleicht mit der Zeit durch *einen* neuen Mittelbegriff es einem glücklichen Geist gelingen wird, unsre Geogonie so einfach zu erklären, als Kepler und Newton das Sonnengebäude darstellten. Es wäre schön, wenn hiemit manche als qualitates occultae bisher angenommene Naturkräfte auf erwiesene physische Wesen reduziert werden könnten.

Wie dem auch sei, so ist wohl unleugbar, daß die Natur auch hier ihren großen Schritt gehalten und die größeste Mannigfaltigkeit aus einer ins Unendliche fortgehenden Simplizität gewähret habe. Eh unsre Luft, unser Wasser, unsre Erde hervorgebracht werden konnte, waren mancherlei einander auflösende, niederschlagende stamina nötig; und die vielfachen Gattungen der Erde, der Gesteine, der Krystallisationen, gar der Organisation in Muscheln, Pflanzen, Tieren, zuletzt im Menschen, wieviel Auflösungen und Revolutionen des einen in das andre setzen die voraus! Da die Natur nun allenthalben auch jetzt noch alles aus dem Feinsten, Kleinesten hervorbringt und, indem sie auf unser Zeitmaß gar nicht rechnet, die reichste Fülle

mit der engsten Sparsamkeit mitteilet: so scheint dieses auch, selbst nach der Mosaischen Tradition, ihr Gang gewesen zu sein, da sie zur Bildung oder vielmehr zu Ausbildung und Entwicklung der Geschöpfe den ersten Grund legte. Die Masse wirkender Kräfte und Elemente, aus der die Erde ward, enthielt wahrscheinlich als Chaos alles, was auf ihr werden sollte und konnte. In periodischen Zeiträumen entwickelte sich aus geistigen und körperlichen staminibus die Luft, das Feuer, das Wasser, die Erde. Mancherlei Verbindungen des Wassers, der Luft, des Lichts mußten vorhergegangen sein, ehe der Same der ersten Pflanzenorganisation, etwa das Moos, hervorgehen konnte. Viele Pflanzen mußten hervorgegangen und gestorben sein, ehe eine Tierorganisation ward; auch bei dieser gingen Insekten, Vögel, Wasser- und Nachttiere den gebildetern Tieren der Erde und des Tages vor; bis endlich nach allen die Krone der Organisation unsrer Erde, der Mensch auftrat, *Mikrokosmus*. Er, der Sohn aller Elemente und Wesen, ihr erlesenster Inbegriff und gleichsam die Blüte der Erdenschöpfung, konnte nicht anders als das letzte Schoßkind der Natur sein, zu dessen Bildung und Empfang viele Entwicklungen und Revolutionen vorhergegangen sein mußten.
Indessen war's ebenso natürlich, daß auch er noch viele erlebte, und da die Natur nie von ihrem Werk abläßt, noch weniger einem Zärtlinge zugut dasselbe vernachlässigt oder verspätet: so mußte die Austrocknung und Fortbildung der Erde, ihr innerer Brand, Überschwemmungen und was sonst daraus folgte, noch lange und oft fortdauren, auch da Menschen auf Erden lebten. Selbst die älteste Schrifttradition weiß noch von Revolutionen dieser Art, und wir werden späterhin sehen, was diese fürchterlichen Erscheinungen der ersten Zeit beinah aufs ganze menschliche Geschlecht für starke Wirkungen gemacht haben. Jetzt sind Umwälzungen dieser ungeheuren Gattung seltner, weil die Erde ausgebildet oder vielmehr alt ist; nie aber können und werden sie unserm Geschlecht und Wohnplatz ganz fremde werden. Es war ein unphilosophisches Geschrei, das *Voltaire* bei Lissabons Sturz anhub, da er beinah lästernd die Gottheit deswegen anklagte. Sind wir uns selbst nicht und alle das Unsre, selbst unsern Wohnplatz, die Erde, den Elementen schuldig? Wenn diese, nach immer fortwirkenden Naturgesetzen, periodisch aufwachen und das Ihre zurücke fordern, wenn Feuer und Wasser, Luft und Wind, die unsre Erde bewohnbar und fruchtbar gemacht haben, in ihrem Lauf fortgehn und sie zerstören; wenn die Sonne, die uns so lang als Mutter erwärmte, die alles Lebende auferzog und an goldenen Seilen um ihr erfreuendes Antlitz lenkte, wenn sie die alternde Kraft der Erde, die sich nicht mehr zu halten und fortzutreiben vermag, nun endlich in ihren brennenden Schoß zöge; was geschähe anders, als was nach ewigen Gesetzen der Weisheit und Ordnung geschehen mußte? Sobald in einer Natur voll veränderlicher Dinge Gang sein muß, sobald muß auch Untergang sein; scheinbarer Untergang nämlich, eine Abwechslung von Gestalten und Formen. Nie aber trifft dieser das Innere der Natur, die, über allen Ruin erhaben, immer als Phönix aus ihrer Asche ersteht und mit jungen Kräften blühet. Schon die Bildung unsres Wohnhauses und aller Stoffe, die es hergeben konnte, muß uns also auf die Hinfälligkeit und Abwechselung aller Menschengeschichte bereiten; mit jeder nähern Ansicht erblicken wir diese mehr und mehr.

IV.

Unsre Erde ist eine Kugel, die sich um sich selbst und gegen die Sonne in schiefer Richtung beweget

Wie der Zirkel die vollkommenste Figur ist, indem er unter allen Gestalten die größeste Fläche in der leichtesten Konstruktion einschließt und bei der schönsten Einfalt die reichste Mannigfaltigkeit mit sich führet: so ist unsre Erde, so sind alle Planeten und Sonnen als Kugelgestalten, mithin als Entwürfe der einfachsten Fülle, des bescheidensten Reichtums aus den Händen der Natur geworfen. Erstaunen muß man über die Vielheit der Abänderungen, die auf unsrer Erde wirklich sind; noch mehr erstaunen aber über die Einheit, der diese unbegreifliche Mannigfaltigkeit dienet. Es ist ein Zeichen der tiefen nordischen Barbarei, in der wir die Unsrigen erziehen, daß wir ihnen nicht von Jugend auf einen tiefen Eindruck dieser Schöne, der Einheit und Mannigfaltigkeit auf unsrer Erde, geben. Ich wünschte, mein Buch erreichte nur einige Striche zur Darstellung dieser großen Aussicht, die mich seit meiner frühesten Selbstbildung erfaßt hat und mich zuerst auf das weite Meer freier Begriffe führte. Sie ist mir auch so lang heilig, als ich diesen alles umwölbenden Himmel über und diese alles fassende, sich selbst umkreisende Erde unter mir sehe.

Unbegreiflich ist's, wie Menschen so lange den Schatten ihrer Erde im Monde sehen konnten, ohne zugleich es tief zu fühlen, daß alles auf ihr Umkreis, Rad und Veränderung sei. Wer, der diese Figur je beherzigt hätte, wäre hingegangen, die ganze Welt zu *einem* Wortglauben in Philosophie und Religion zu bekehren, oder sie dafür mit dumpfem, aber heiligem Eifer zu morden? Alles ist auf unsrer Erde Abwechselung einer Kugel: kein Punkt dem andern gleich, kein Hemisphär dem andern gleich, Ost und West so sehr einander entgegen als Nord und Süd. Es ist eingeschränkt, diese Abwechselung bloß der Breite nach berechnen zu wollen, etwa weil die Länge weniger ins Auge fällt, und nach einem alten ptolemäischen Fachwerk von Klimaten auch die Menschengeschichte zu teilen. Den Alten war die Erde minder bekannt; jetzt kann sie uns zu allgemeiner Übersicht und Schätzung mehr bekannt sein als allein durch nord- und südliche Grade.

Alles ist auf der Erde Veränderung: hier gilt kein Einschnitt, keine notdürftige Abteilung eines Globus oder einer Karte. Wie sich die Kugel dreht, drehen sich auch auf ihr die Köpfe, wie die Klimaten; Sitten und Religionen, wie die Herzen und Kleider. Es ist eine unsägliche Weisheit darin, nicht, daß alles so vielfach, sondern daß auf der runden Erde alles noch so ziemlich unison geschaffen und gestimmt ist. In diesem Gesetz: viel mit Einem zu tun und die größeste Mannigfaltigkeit an ein zwangloses Einerlei zu knüpfen, liegt eben der Apfel der Schönheit.

Ein sanftes Gewicht knüpfte die Natur an unsern Fuß, um uns diese Einheit und Stetigkeit zu geben: es heißt in der Körperwelt Schwere, in der Geisterwelt Trägheit. Wie alles zum Mittelpunkt drängt und nichts von der Erde hinweg kann, ohne daß es je von unserm Willen abhange, ob wir darauf leben und sterben wollen, so ziehet die Natur auch unsern Geist von Kindheit auf mit starken Fesseln, jeden an sein Eigentum, d. i. an seine Erde (denn was hätten wir endlich anders zum Eigentum als diese?). Jeder liebet sein Land, seine Sitten, seine Sprache, sein Weib, seine Kinder, nicht weil sie die besten auf der Welt, sondern weil sie die bewährten Seinigen sind und er in ihnen sich und seine Mühe selbst liebet. So gewöhnet sich jeder auch an die schlechteste Speise, an die härteste Lebensart, an die roheste Sitte des rauhesten Klima und findet zuletzt in ihm Behaglichkeit und Ruhe. Selbst die Zugvögel nisten, wo sie geboren sind, und das schlechteste, rauheste Vaterland hat oft für den Menschenstamm, der sich daran gewöhnte, die ziehendsten Fesseln.

Fragen wir also: „Wo ist das Vaterland der Menschen? Wo ist der Mittelpunkt der Erde?", so wird überall die Antwort sein können: „Hier, wo du stehest!" es sei nahe dem beeisten Pol oder gerade unter der brennenden Mittagssonne. Überall, wo Menschen leben können, leben Menschen, und sie können fast überall leben. Da die große Mutter auf unsrer Erde kein ewiges Einerlei hervorbringen konnte noch mochte, so war kein andres Mittel, als daß sie das ungeheuerste Vielerei hervortrieb und den Menschen aus einem Stoff webte, dies große Vielerlei zu ertragen. Späterhin werden wir eine schöne Stufenleiter finden, wie sich, nachdem die Kunst der Organisation in einem Geschöpf zunimmt, auch die Fähigkeit desselben vermehret, mancherlei Zustände auszudauern und sich nach jedem derselben zu bilden. Unter allen diesen veränderlichen, ziehbaren, empfänglichen Geschöpfen ist der Mensch das empfänglichste: die ganze Erde ist für ihn gemacht, er für die ganze Erde.

Lasset uns also, wenn wir über die Geschichte unsres Geschlechts philosophieren wollen, so viel möglich alle enge Gedankenformen, die aus der Bildung *eines* Erdstrichs, wohl gar nur *einer* Schule genommen sind, verleugnen. Nicht, was der Mensch bei uns ist, oder gar was er nach den Begriffen irgend eines Träumers sein soll, sondern was er überall auf der Erde und doch zugleich in jeglichem Strich besonders ist, d. i., wozu ihn irgend nur die reiche Mannigfaltigkeit der Zufälle in den Händen der Natur bilden konnte, das lasset uns auch als Absicht der Natur betrachten. Wir wollen keine Lieblingsgestalt, keine Lieblingsgegend für ihn suchen und finden; wo er ist, ist er der Herr und Diener der Natur, ihr liebstes Kind und vielleicht zugleich ihr aufs härteste gehaltner Sklave. Vorteile und Nachteile, Krankheiten und Übel, sowie neue Arten des Genusses, der Fülle, des Segens erwarten überall seiner, und nachdem die Würfel dieser Umstände und Beschaffenheiten fallen, nachdem wird er werden.

Durch eine leichte für uns noch unerklärbare Ursache hat die Natur diese Mannigfaltigkeit der Geschöpfe auf Erden nicht nur befördert, sondern auch eingeschränkt und festgestellet: es ist der *Winkel unsrer Erdachse zum Sonnenäquator*. In den Gesetzen der Kugelbewegung liegt er nicht: Jupiter hat ihn nicht; dieser stehet senkrecht auf der Bahn zur Sonne. Mars hat ihn wenig, die Venus dagegen ungeheuer spitz, und auch der Saturn mit seinem Ringe und seinen Monden drückt sich seitwärts nieder. Welche unendliche Verschiedenheit der Jahreszeiten und Sonnenwirkung wird dadurch in unserm Sternensystem veranlaßt! Unsre Erde ist auch hier ein geschontes Kind, eine mittlere Gesellin: der Winkel, mit dem sie eingesenkt ist, beträgt noch nicht 24 Grade. Ob sie ihn von jeher gehabt, davon darf jetzt noch keine Frage sein; gnug, sie hat ihn. Der unnatürliche, wenigstens uns unerklärliche Winkel ist ihr eigen geworden und hat sich seit Jahrtausenden nicht verändert; er scheinet auch zu dem, was jetzt die Erde und auf ihr das Menschengeschlecht sein soll, notwendig. Mit ihm nämlich, mit dieser schiefen Richtung zur Ekliptik werden bestimmt abwechselnde Zonen, die die ganze Erde bewohnbar machen, vom Pol bis zum Äquator, vom Äquator wieder zum Pol hin. Die Erde muß sich regelmäßig beugen, damit auch Gegenden, die sonst in kimmerischer Kälte und Finsternis lägen, den Strahl der Sonne sehn und zur Organisation geschickt werden. Da uns nun die lange Erdgeschichte zeigt, daß auf alle Revolutionen des menschlichen Verstandes und seiner Wirkungen das Verhältnis der Zonen viel Einfluß gehabt (denn weder aus dem kältesten noch heißesten Erdgürtel sind jemals die Wirkungen aufs Ganze erfolgt, die die gemäßigte Zone hervorbrachte), so sehen wir abermals, mit welchem feinen Zuge der Finger der Allmacht alle Umwälzungen und Schattierungen auf der Erde umschrieben und bezirkt hat. Nur eine kleine andre Richtung der Erde zur Sonne und alles auf ihr wäre anders.

Abgemeßne Mannigfaltigkeit also ist auch hier das Gesetz der bildenden Kunst des Weltschöpfers. Es war ihm nicht gnug, daß die Erde in Licht und Schatten, daß das menschliche Leben in Tag und Nacht verteilt würde; auch das Jahr unsers Geschlechts sollte abwechseln und nur einige Tage erließ er uns am Herbst und Winter. Hiernach wurde auch die Länge und Kürze des menschlichen Lebens, mithin das Maß unsrer Kräfte, die Revolutionen des menschlichen Alters, die Abwechselungen unsrer Geschäfte, Phänomene und Gedanken, die Nichtigkeit oder Dauer unsrer Entschlüsse und Taten bestimmt: denn alles dies, werden wir sehen, ist zuletzt an dies einfache Gesetz der Tages- und Jahreszeiten gebunden. Lebte der Mensch länger, wäre die Kraft, der Zweck, der Genuß seines Lebens weniger wechselnd und zerstreut, eilte nicht die Natur so periodisch mit ihm, wie sie mit allen Erscheinungen der Jahreszeiten um ihn eilet, so fände freilich zwar weder die große Extension des Menschenreichs auf der Erde, und noch weniger das Gewirre von Szenen statt, das uns jetzt die Geschichte darbeut: auf einem schmaleren Kreise der Bewohnung aber wirkte wahrscheinlich unsre Lebenskraft inniger, stärker, fester. Jetzt ist der Inhalt des Predigerbuchs das Symbol unserer Erde: alles hat seine Zeit, Winter und Sommer, Herbst und Frühling, Jugend und Alter, Wirken und Ruhe. Unter unsrer schräge gehenden Sonne ist alles Tun der Menschen Jahresperiode.

V.

Unsre Erde ist mit einem Dunstkreise umhüllet und ist im Konflikt mehrerer himmlischen Sterne

Reine Luft zu atmen, sind wir nicht fähig, da wir eine so zusammengesetzte Organisation sind, ein Inbegriff fast aller Organisationen der Erde, deren erste Bestandteile vielleicht alle aus der Luft niedergeschlagen wurden und durch Übergänge aus dem Unsichtbaren ins Sichtbare traten. Wahrscheinlich war, als unsre Erde ward, die Luft das Zeughaus der Kräfte und Stoffe ihrer Bildung, und ist sie es nicht noch? Wie manche einst unbekannte Dinge sind in den neuern Jahren entdeckt worden, die alle im Medium der Luft wirken. Die elektrische Materie und der magnetische Strom, das Brennbare und die Luftsäure, erkältende Salze und vielleicht Lichtteile, die die Sonne nur anregt: lauter mächtige Prinzipien der Naturwirkungen auf der Erde; und wie manche andre werden noch entdeckt werden! Die Luft beschwängert und löset auf, sie sauget ein, macht Gärungen und schlägt nieder. Sie scheint also die Mutter der Erdgeschöpfe, sowie der Erde selbst zu sein; das allgemeine Vehikel der Dinge, die sie in ihren Schoß ziehet und aus ihrem Schoß forttreibt.

Es bedarf keiner Demonstration, daß auch in die feinsten und geistigsten Bestimmungen aller Erdgeschöpfe die Atmosphäre mit einfließe und wirke; mit und unter der Sonne ist sie gleichsam die Mitregentin der Erde, wie sie einst ihre Bildnerin gewesen. Welch ein allgemeiner Unterschied würde sich ereignen, wenn unsre Luft eine andre Elastizität und Schwere, andre Reinigkeit und Dichtigkeit gehabt, wenn sie ein andres Wasser, eine andre Erde niedergeschlagen hätte und in andern Einflüssen auf die Organisation der Körper wirkte! Gewiß ist dieses der Fall auf andern Planeten, die sich in andern Luftregionen gebildet haben; daher auch jeder Schluß von Substanzen und Erscheinungen unsrer Erde auf die Eigenschaften jener so mißlich ist. Auf dieser war Prometheus Schöpfer: er formte aus niedergeschlagnem weichen Ton und holte aus der Höhe so viel lichte Funken und geistige Kräfte, als er in dieser Sonnenentfernung und in einer spezifisch so und nicht anders schweren Masse habhaft werden konnte.

Auch die Verschiedenheit der Menschen, so wie aller Produkte der Erdkugel muß sich also nach der spezifischen Verschiedenheit des Mediums richten, in dem wir wie im Organ der Gottheit leben. Hier kommt es nicht bloß auf Einteilung der Zonen nach Hitze und Kälte, nicht bloß auf Leichtigkeit und Schwere des drückenden Luftkörpers, sondern unendlich mehr auf die mancherlei wirksamen geistigen Kräfte an, die in ihr treiben, ja deren Inbegriff eben vielleicht alle ihre Eigenschaften und Phänomene ausmacht. Wie der elektrische und magnetische Strom unsre Erde umfließt, welche Dünste und Dämpfe hier oder dort aufsteigen, wohin sie treiben, worin sie sich verwandeln, was sie für Organisationen gebären, wie lange sie diese erhalten, wie sie sie auflösen: das alles gibt sichtbare Schlüsse auf die Beschaffenheit und Geschichte jeglicher Menschenart; denn der Mensch ist ja, wie alles andre, ein Zögling der Luft, und im ganzen Kreise seines Daseins aller Erdorganisationen Bruder.

Mich dünkt, wir gehen einer neuen Welt von Kenntnissen entgegen, wenn sich die Beobachtungen, die *Boyle*, *Bœrhaave*, *Hales*, *Gravesand*, *Franklin*, *Priestley*, *Black*, *Crawford*, *Wilson*, *Achard* u. a. über Hitze und Kälte, Elektrizität und Luftarten samt andern chemischen Wesen und ihren Einflüssen ins Erd- und Pflanzenreich, in Tiere und Menschen gemacht haben, zu *einem* Natursystem sammlen werden. Würden mit der Zeit diese Beobachtungen so vielfach und allgemein als die zunehmende Erkenntnis mehrerer Erdstriche und Erdprodukte zuläßt, bis das wachsende Studium der Natur gleichsam eine allverbreitete freie Akademie stiftete, die sich mit verteilter Aufmerksamkeit, aber in *einem* Geist des Wahren, Sichern, Nützlichen und Schönen die Einflüsse dieser Wesen hie und da, auf dies und jenes bemerkte, so werden wir endlich eine geographische Aerologie erhalten und dies große Treibhaus der Natur in tausend Veränderungen nach einerlei Grundgesetzen wirken sehen. Die Bildung der Menschen an Körper und Geist wird sich mit daraus erklären, zu deren Gemälde uns jetzt nur einzelne, jedoch zum Teil sehr deutliche Schattenzüge gegeben sind.

Aber die Erde ist nicht allein da im Universum; auch auf ihre Atmosphäre, auf dies große Behältnis wirkender Kräfte wirken andre Himmelswesen. Die Sonne, der ewige Feuerball, regt sie mit seinen Strahlen; der Mond, dieser drückende schwere Körper, der vielleicht gar in ihrer Atmosphäre hangt, drückt sie jetzt mit seinem kalten und finstern, jetzt mit seinem von der Sonne erwärmten Antlitz. Bald ist er vor, bald hinter ihr; jetzt ist sie der Sonne näher, jetzt ferner. Andre Himmelskörper nahen sich ihr, drängen auf ihre Bahn und modifizieren ihre Kräfte. Das ganze Himmelssystem ist ein Streben gleich- oder ungleichartiger, aber mit großer Stärke getriebner Kugeln gegeneinander; und nur die *eine* große Idee der Allmacht ist's, die dies Getriebe gegeneinander wog und ihnen in ihrem Kampf beistehet. Der menschliche Verstand hat auch hier im weitesten Labyrinth strebender Kräfte einen Faden gefunden und beinah Wunderdinge geleistet, zu denen ihm der so unregelmäßige, von zwei entgegengesetzten Druckwerken getriebne und glücklicherweise uns so nahe Mond die größeste Förderung gab. Werden einst alle diese Bemerkungen und ihre Resultate auf die Veränderungen unsrer Luftkugel angewandt werden, wie sie bei der Ebbe und Flut schon angewandt sind; wird ein vieljähriger Fleiß an verschiednen Orten der Erde mit der Hilfe zarter Werkzeuge, die zum Teil schon erfunden sind, fortfahren, die Revolutionen dieses himmlischen Meers nach Zeiten und Lagen zu ordnen und zu einem Ganzen zu bilden: so wird, dünkt mich, die *Astrologie* aufs neue in der ruhmwürdigsten nützlichsten Gestalt unter unsern Wissenschaften erscheinen, und was *Toaldo* anfing, wozu *de Luc*, *Lambert*, *Tobias*, *Mayer*, *Böckmann* u. a. Grundsätze oder Beihilfe gaben, das wird vielleicht (und gewiß mit großem Blick auf Geographie und Geschichte der Menschheit) ein *Gatterer* vollenden.

Gnug, wir werden und wachsen, wir wallen und streben unter oder in einem Meer zum Teil bemerkter, zum Teil geahnter Himmelskräfte. Wenn Luft und Witterung so vieles über uns und die ganze Erde vermögen: so war's auch vielleicht im Größern hier *ein* elektrischer Funke, der in diesem menschlichen Geschöpf reiner traf, dort eine Portion entzündbaren Zunders, die sich in jenem gewaltiger ballte; hier eine Masse mehrerer Kälte und Heiterkeit, dort ein sanftes, milderndes flüssiges Wesen, was uns die größesten Perioden und Revolutionen der Menschheit bestimmt und geändert hat. Nur der allgegenwärtige Blick, unter dem nach ewigen Gesetzen sich auch dieser Teig bildet; nur er ist's, der in dieser physischen Kräftewelt jedem Punkt des Elements, jedem springenden Funken und Ätherstrahl seine Stelle, seine Zeit, seinen Wirkungskreis zeichnet, um ihn mit andern entgegengesetzten Kräften zu mischen und zu mildern.

VI.

Der Planet, den wir bewohnen, ist ein Erdgebirge, das über die Wasserfläche hervorragt

Der simple Anblick einer Weltkarte bestätigt dieses. Ketten von Gebirgen sind's, die das feste Land nicht nur durchschneiden, sondern die auch offenbar als das Gerippe dastehn, an und zu dem sich das Land gebildet hat. In Amerika läuft das Gebirge längst dem westlichen Ufer durch den Isthmus hinauf. Es geht quer hin, wie sich das Land ziehet: wo es mehr in die Mitte tritt, wird auch das Land breiter, bis es sich über Neumexiko in unbekannten Gegenden verlieret. Wahrscheinlich geht es auch hier nicht nur höher hinauf bis zu den Eliasbergen fort, sondern hängt auch in der Breite mit mehreren, insonderheit den Blauen Bergen zusammen, so wie in Südamerika, wo das Land breiter wird, auch Berge sich nörd- und östlich hinziehn. Amerika ist also, selbst seiner Figur nach, ein Erdstrich, an seine Berge gehängt und gleichsam an ihren Fuß ebner oder schroffer hinangebildet.

Die drei andern Weltteile geben einen zusammengesetztern Anblick, weil ihr großer Umfang im Grunde nur *ein* Weltteil ist; indessen ist's auch bei ihnen ohne Mühe kennbar, daß der Erdrücken Asiens der Stamm der Gebirge sei, die sich über diesen Weltteil und über Europa, vielleicht auch über Afrika, wenigstens über seinen obern Teil, verbreiten. Der Atlas ist eine Fortstreckung der asiatischen Gebirge, die in der Mitte des Landes nur eine größere Höhe gewinnen und sich durch die Bergreihen am Nil wahrscheinlich mit den Mondsgebirgen binden. Ob diese Mondsgebirge der

Höhe und Breite nach ein wirklicher Erdrücken sein, muß die Zukunft lehren. Die Größe des Landes und einige zerstückte Nachrichten sollten es zu vermuten geben; indessen scheint eben auch die proportionierte Wenigkeit und Kleinheit der Flüsse dieses Erdstrichs, die uns bekannt sind, noch nicht eben dafür zu entscheiden, daß seine Höhe ein wahrer Erdgürtel sei, wie der asiatische Ural oder die amerikanischen Cordilleras. Gnug, auch in diesen Weltteilen ist offenbar das Land den Gebirgen angebildet. Alle seine Strecken laufen parallel den Ästen der Berge; wo diese sich breiten und verästigen, breiten sich auch die Länder. Dies gilt bis auf Vorgebirge, Inseln und Halbinseln: das Land streckt seine Arme und Glieder, wie sich das Gerippe der Gebirge streckt; es ist also nur eine mannigfaltige, in mancherlei Schichten und Erdlagen an sie angebildete Masse, die endlich bewohnbar worden.
Auf die Fortleitung der ersten Gebirge kam's also an, wie die Erde als festes Land dastehen sollte; sie scheinen gleichsam der alte Kern und die Strebepfeiler der Erde zu sein, auf welche Wasser und Luft nur ihre Last ablegten, bis endlich eine Pflanzstätte der Organisation herabgedachet und geebnet ward. Aus dem Umschwung einer Kugel sind diese ältesten Gebirgketten nicht zu erklären; sie sind nicht in der Gegend des Äquators, wo der Kugelschwung am größesten war; sie laufen demselben auch nicht einmal parallel, vielmehr geht die amerikanische Bergreihe gerade durch den Äquator. Wir dürfen also von diesen mathematischen Bezirkungen hier kein Licht fordern, da überhaupt auch die höchsten Berge und Bergreihen gegen die Masse der Kugel in ihrer Bewegung ein unbedeutendes Nichts sind. Ich halte es also auch nicht für gut, in Namen der Gebirgketten Ähnlichkeit mit dem Äquator und den Meridianen zu substituieren, da zwischen beiden kein wahrer Zusammenhang stattfindet und die Begriffe damit eher irregeführt würden. Auf ihre ursprüngliche Gestalt, Erzeugung und Fortstreckung, auf ihre Höhe und Breite, kurz, auf ein *physisches Naturgesetz* kommt es an, das uns ihre Bildung und mit derselben auch die Bildung des festen Landes erkläre. Ob sich nun ein solches physisches Naturgesetz finden ließe, ob sie als Strahlen aus einem Punkt, oder als Äste aus einem Stamm, oder als winklige Hufeisen dastehn und was sie, da sie als nackte Gebirge, als ein Gerippe der Erde hervorragten, für eine Bildungsregel hatten: dies ist die wichtige, bisher noch unaufgelösete Frage, der ich eine gnugtuende Auflösung wünschte. Wohlverstanden nämlich, daß ich hier nicht von herangeschwemmten Bergen, sondern vom ersten Grund- und Urgebirge der Erde rede.
Gnug, wie sich die Gebirge zogen, streckten sich auch die Länder. Asien ward zuerst bewohnbar, weil es die höchsten und breitesten Bergketten und auf seinem Rücken eine Ebne besaß, die nie das Meer erreicht hat. Hier war also nach aller Wahrscheinlichkeit irgend in einem glückseligen Tal am Fuß und im Busen der Gebirge der erste erlesene Wohnsitz der Menschen. Von da breiteten sie sich südlich in die schönen und fruchtbaren Ebnen längst den Strömen hinab; nordwärts bildeten sich härtere Stämme, die zwischen Flüssen und Bergen umherzogen und sich mit der Zeit westwärts bis nach Europa drängten. Ein Zug folgte dem andern: ein Volk drängte das andre, bis sie abermals an ein Meer, die Ostsee, kamen, zum Teil herübergingen, zum Teil sich brachen und das südliche Europa besetzten. Dies hatte von Asien aus südwärts schon andre Züge von Völkern und Kolonien erhalten; und so wurde durch verschiedne, zuweilen sich entgegengesetzte Menschenströme dieser Winkel der Erde so dicht bevölkert, als er bevölkert ist. Mehr als ein gedrängtes Volk zog sich zuletzt in die Gebirge und ließ seinen Überwindern die Plänen und offene Felder; daher wir beinah auf der ganzen Erde die ältesten Reste von Nationen und Sprachen entweder

in Bergen oder in den Ecken und Winkeln des Landes antreffen. Es gibt fast keine Insel, keinen Erdstrich, wo nicht ein fremdes späteres Volk die Ebnen bewohnt und rauhe ältere Nationen sich in die Berge versteckt haben. Von diesen Bergen, auf denen sie ihre härtere Lebensart fortsetzten, sind sodenn oft in spätern Zeiten Revolutionen bewirkt worden, die die Ebnen mehr oder minder umkehrten. Indien, Persien, China, selbst die westlichen asiatischen Länder, ja das durch Künste und Erdabteilungen wohl verwahrte Europa wurden mehr als einmal von den Völkern der Gebirge in umwälzenden Heeren heimgesucht; und was auf dem großen Schauplatz der Nationen geschah, erfolgte in kleinern Bezirken nicht minder. Die Maratten in Südasien, auf mehr als *einer* Insel ein wildes Gebirgvolk; in Europa hie und da Reste von alten tapfern Bergbewohnern streiften umher, und wenn sie nicht Überwinder werden konnten, wurden sie Räuber. Kurz, die großen Bergstrecken der Erde scheinen so wie der erste Wohnsitz, so auch die Werkstätte der Revolutionen und der Erhaltung des menschlichen Geschlechts zu sein. Wie sie der Erde Wasser verleihen, verliehen sie ihr auch Völker; wie sich auf ihnen Quellen erzeugen, springt auch auf ihnen der Geist des Muts und der Freiheit, wenn die mildere Ebene unterm Joch der Gesetze, der Künste und Laster erliegt. Noch jetzt ist die Höhe Asiens der Tummelplatz von großenteils wilden Völkern; und wer weiß, zu welchen Überschwemmungen und Erfrischungen künftiger Jahrhunderte sie da sind?
Von Afrika wissen wir zuwenig, um über das Treiben und Drängen der Völker daselbst zu urteilen. Die obern Gegenden sind, auch dem Menschenstamm nach, gewiß aus Asien besetzt; und Ägypten hat seine Kultur wahrscheinlich nicht vom höhern Erdrücken seines festen Landes, sondern von Asien aus erhalten. Wohl aber ist's von Äthiopiern überschwemmt worden, und auf mehr als einer Küste (weiter kennen wir ja das Land nicht) hört man von herabdrängenden wilden Völkern der Höhe des Erdteils. Die Gagas sind als die eigentlichsten Menschenfresser berühmt; die Kaffern und die Völker über Monomotapa sollen ihnen an Wildheit nicht nachgeben. Kurz, an den Mondsbergen, die die weiten Strecken des innern Landes einnehmen, scheint auch hier, wie allenthalben, die ursprüngliche Rauheit dieses Erdgeschlechts zu wohnen.
Wie alt oder jung die Bewohnung Amerikas sein möge, so hat sich gerade am Fuß der höchsten Cordilleras der gebildetste Staat dieses Weltteils gefunden, Peru; aber nur am Fuß des Berges im gemäßigten schönen Tal Quito. Längs der Bergstrecke von Chile bis zu den Patagonen strecken sich die wilden Völker hinab. Die andern Bergketten und überhaupt das ganze Land im Innern ist uns zuwenig bekannt; indes bekannt gnug, um überall den Satz bestätigt zu finden, daß auf und zwischen den Bergen alte Sitte, originale Wildheit und Freiheit wohne. Die meisten dieser Völker sind von den Spaniern noch nicht bezwungen, und sie mußten ihnen selbst den Namen los bravos geben. Die kalten Gegenden von Nordamerika sowie die von Asien sind dem Klima und der Lebensart ihrer Völker nach für eine weite große Berghöhe zu halten.
So hat also die Natur mit den Bergreihen, die sie zog, wie mit den Strömen, die sie herunterrinnen ließ, gleichsam den rohen, aber festen Grundriß aller Menschengeschichte und ihrer Revolutionen entworfen. Wie Völker hie und da durchbrachen und weiteres Land entdeckten; wie sie längst den Strömen fortzogen und an fruchtbaren Örtern Hütten, Dörfer und Städte bauten; wie sie sich zwischen Bergen und Wüsten, etwa einen Strom in der Mitte, gleichsam verschanzten und diesen von der Natur und ihrer Gewohnheit abgezirkelten Erdstrich nun das *Ihre* nannten; wie

hieraus nach der Beschaffenheit der Gegend verschiedne Lebensarten, zuletzt Reiche entstanden, bis das menschliche Geschlecht endlich Ufer fand und an dem meistens unfruchtbarern Ufer auf der See gehen und aus ihr Nahrung gewinnen lernte – das alles gehört so sehr zur natürlich fortschreitenden Geschichte des Menschengeschlechts als zur Naturgeschichte der Erde. Eine andere Höhe war's, die Jagdnationen erzog, die also Wildheit unterhielt und nötig machte; eine andre, mehr ausgebreitet und milde, die Hirtenvölkern ein Feld gab und ihnen friedliche Tiere zugesellte; eine andre, die den Ackerbau leicht und notwendig machte; noch eine andre, die aufs Schwimmen und den Fischfang stieß, endlich und zuletzt gar zum Handel führte – lauter Perioden und Zustände der Menschheit, die der Bau unsrer Erde in seiner natürlichen Verschiedenheit und Abwechselung notwendig machte. In manchen Erdstrichen haben sich daher die Sitten und Lebensarten Jahrtausende erhalten; in andern sind sie, meistens durch äußere Ursachen, verändert worden, aber immer nach Proportion des Landes, von dem die Veränderung kam, sowie dessen, in dem sie geschah und auf das sie wirkte. Meere, Bergketten und Ströme sind die natürlichsten Abscheidungen, so der Länder, so auch der Völker, Lebensarten, Sprachen und Reiche; ja auch in den größesten Revolutionen menschlicher Dinge sind sie die Direktionslinien oder die Grenzen der Weltgeschichte gewesen. Liefen die Berge, flössen die Ströme, uferte das Meer anders, wie unendlich anders hätte man sich auf diesem Tummelplatz von Nationen umhergeworfen!

Ich will nur einige Worte über die Ufer des Meers sagen: Sein Schauplatz ist so weit, als mannigfaltig und groß die Aussicht des festen Landes. Was ist's, das Asien so zusammenhängend an Sitten und Vorurteilen, ja recht eigentlich zum ersten Erziehungshause und Bildungsplatz der Völker gemacht hat? Zuerst und vorzüglich, daß es solch eine große Strecke festen Landes ist, in welchem Völker sich nicht nur leicht fortbreiten, sondern auch lange und immer zusammenhangen mußten, sie mochten wollen oder nicht. Das große Gebirge trennt Nord- und Südasien, sonst aber trennet diese weiten Strecken kein Meer; der einzige Kaspische See ist als ein Rest des alten Weltmeers am Fuß des Kaukasus stehengeblieben. Hier fand also die Tradition so leicht ihren Weg und konnte durch neue Traditionen aus derselben oder einer andern Gegend verstärkt werden. Hier wurzelte also alles so tief, Religion, Vateransehen, Despotismus! Je näher nach Asien, desto mehr sind diese Dinge als alte ewige Sitte zu Hause, und ohngeachtet aller Verschiedenheiten einzelner Staaten sind sie über das ganze Südasien gebreitet. Das nördliche, das durch hohe Bergmauern von jenem geschieden ist, hat sich in seinen vielen Nationen anders, aber, trotz aller Verschiedenheit der Völker unter sich, auf einen ebenso einförmigen Fuß gebildet. Der ungeheuerste Strich der Erde, die Tartarei, wimmelt von Nationen verschiedner Abkunft, die doch beinahe alle auf *einer* Stufe der Kultur stehen; denn kein Meer trennt sie; sie tummeln sich alle umher auf einer großen, nordwärts hinabgesenkten Tafel.

Dagegen, was macht das kleine Rote Meer für Unterscheidung! Die Abessinier sind ein arabischer Völkerstamm, die Ägypter ein asiatisches Volk; und welch eine andre Welt von Sitten und Lebensweise errichtete sich unter ihnen! An den untersten Ecken von Asien zeigt sich ein gleiches. Der kleine Persische Meerbusen, wie sehr trennt er Arabien und Persien! Der kleine Malayische Sinus, wie sehr unterscheidet er die Malayen und Kambojer voneinander! Bei Afrika ist's offenbar, daß die Sitten seiner Einwohner weniger verschieden sind, weil diese durch keine Meere und Meerbusen, sondern vielleicht nur durch die Wüsten voneinander getrennt werden. Auch fremde Nationen haben daher weniger auf dasselbe wirken können, und uns, die wir

alles durchkrochen haben, ist dieser ungeheure Erdteil so gut als unbekannt; bloß und allein, weil er keine tiefe Einschnitte des Meers hat und sich wie ein unzugangbares Goldland mit *einer* stumpfen Strecke ausbreitet. Amerika ist vielleicht auch deswegen voll so viel kleiner Nationen, weil es nord- und südlich mit Flüssen, Seen und Bergen durchschnitten und zerhackt ist. Seiner Lage nach ist's von außen das zugangbarste Land, da es aus zwei Halbinseln bestehet, die nur durch einen engen Isthmus zusammenhangen, an dem die tiefe Einbucht noch einen Archipelagus von Inseln bildet. Es ist also gleichsam ganz Ufer; und daher auch der Besitz fast aller europäischen Seemächte, sowie im Kriege immer der Apfel des Spiels. Günstig ist diese Lage für uns europäische Räuber; ungünstig war seine innere Durchschnittenheit für die Bildung der alten Einwohner. Sie lebten voneinander durch Seen und Ströme, durch plötzlich abbrechende Höhen und Tiefen zu sehr gesondert, als daß die Kultur *eines* Erdstrichs oder *das alte Wort* der Tradition ihrer Väter sich, wie in dem breiten Asien, hätte befestigen und ausbreiten mögen.
Warum zeichnet sich Europa durch seine Verschiedenheit von Nationen, durch seine Vielgewandtheit von Sitten und Künsten, am meisten aber durch die Wirksamkeit aus, die es auf alle Teile der Welt gehabt hat? Ich weiß wohl, daß es einen Zusammenfluß von Ursachen gibt, den wir hier nicht auseinanderleiten können; physisch aber ist's unleugbar, daß sein durchschnittenes, vielgestaltiges Land mit dazu eine veranlassende und fördernde Ursache gewesen. Als auf verschiednen Wegen und zu verschiednen Zeiten sich die Völker Asiens hieher zogen: welche Buchten und Busen, wie viele und verschieden laufende Ströme, welche Abwechselung kleiner Bergreihen fanden sie hier! Sie konnten zusammen sein und sich trennen, aufeinander wirken und wieder in Friede leben; der vielgegliederte kleine Weltteil ward also der Markt und das Gedränge aller Erdvölker im Kleinen. Das einzige Mittelländische Meer, wie sehr ist es die Bestimmerin des ganzen Europa worden! so daß man beinah sagen kann, daß dies Meer allein den Über- und Fortgang aller alten und mittlern Kultur gemacht habe. Die Ostsee stehet ihm weit nach, weil sie nördlicher, zwischen härtern Nationen und unfruchtbarern Ländern, gleichsam auf einer Nebenstraße des Weltmarkts, liegt; indessen ist auch sie dem ganzen Nordeuropa das Auge. Ohne sie wären die meisten ihr angrenzenden Länder barbarisch, kalt und unbewohnbar. Ein gleiches ist's mit dem Einschnitt zwischen Spanien und Frankreich, mit dem Kanal zwischen diesem und England, mit der Gestalt Englands, Italiens, des alten Griechenlandes. Man ändere die Grenzen dieser Länder, nehme hier eine Meerenge weg, schließe dort eine Straße zu; und die Bildung und Verwüstung der Welt, das Schicksal ganzer Völker und Weltteile geht Jahrhunderte durch auf einem andern Wege.
Zweitens. Fragt man also, warum es außer unsern vier Weltteilen keinen fünften Weltteil in jenem ungeheuren Meer gibt, in dem man ihn so lange für gewiß gehalten, so ist die Antwort anjetzt durch Tatsachen ziemlich entschieden: weil es in dieser Meerestiefe kein so hohes Urgebirge gab, an dem sich ein großes festes Land bilden konnte. Die asiatischen Gebirge schneiden sich in Ceylon mit dem Adamsberge, auf Sumatra und Borneo mit den Bergstrecken aus Malakka und Siam ab, so wie die afrikanischen am Vorgebirge der Guten Hoffnung und die amerikanischen am Feuerlande. Nun geht der Granit, die Grundsäule des festen Landes, in die Tiefe nieder und kommt, hohen Strecken nach, nirgend mehr überm Meer zum Vorschein. Das große Neuholland hat keine Gebirgkette der ersten Gattung; die Philippinen, Molukken und die andern hin und wieder zerstreueten Inseln sind alle nur vulkanischer Art, und viele derselben haben noch bis jetzt Vulkane. Hier konnten also zwar

der Schwefel und die Kiese ihr Werk verrichten und den Gewürzgarten der Welt hinaufbauen helfen, den sie mit ihrer unterirdischen Glut als ein Treibhaus der Natur wahrscheinlich mit unterhalten. Auch die Korallentiere tun, was sie können*, und bringen, in Jahrtausenden vielleicht, die Inselchen hervor, die als Punkte im Weltmeer liegen; weiter aber erstreckten sich die Kräfte dieser südlichen Weltgegend nicht. Die Natur hatte diese ungeheuren Strecken zur großen Wasserkluft bestimmt; denn auch sie war dem bewohnten Lande unentbehrlich. Entdecket sich einst das physische Bildungsgesetz der Urgebirge unsrer Erde, mithin auch der Gestalt des festen Landes, so wird sich in ihm auch die Ursache zeigen, warum der Südpol keine solche Gebirge, folglich auch keinen fünften Weltteil haben konnte. Wenn er da wäre, müßte er nicht auch nach der jetzigen Beschaffenheit der Erdatmosphäre unbewohnt liegen und wie die Eisschollen und das Sandwichsland den Seehunden und Pinguins zum Erbeigentum dienen?

Drittens. Da wir hier die Erde als einen Schauplatz der Menschengeschichte betrachten, so ergibt sich aus dem, was gesagt ist, augenscheinlich, wie besser es war, daß der Schöpfer die Bildung der Berge nicht von der Kugelbewegung abhangen ließ, sondern ein andres von uns noch unentdecktes Gesetz für sie feststellte. Wäre der Äquator und die größeste Bewegung der Erde unter ihm an der Entstehung der Berge Ursach, so hätte sich das feste Land auch in seiner größten Breite unter ihm fortstrecken und den heißen Weltgürtel einnehmen müssen, den jetzt größtenteils das Meer kühlet. Hier wäre also der Mittelpunkt des menschlichen Geschlechts gewesen, gerade in der trägsten Gegend für körperliche und Seelenkräfte; wenn anders die jetzige Beschaffenheit der gesamten Erdnatur noch stattfinden sollte. Unter dem Brande der Sonne, den heftigsten Explosionen der elektrischen Materie, der Winde und allen kontrastierenden Abwechselungen der Witterung hätte unser Geschlecht seine Geburts- und erste Bildungsstätte nehmen und sich sodenn in die kalte Südzone, die dicht an den heißen Erdstrich grenzt, sowie in die nordlichen Gegenden verbreiten müssen; der Vater der Welt wählte unserm Ursprunge eine bessere Bildungsstätte. In den gemäßigten Erdstrich rückte er den Hauptstamm der Gebirge der Alten Welt, an dessen Fuß die wohlgebildetsten Menschenvölker wohnen. Hier gab er ihm eine mildere Gegend, mithin eine sanftere Natur, eine vielseitigere Erziehungsschule, und ließ sie von da, festgebildet und wohlgestärkt, nach und nach in die heißern und kältern Regionen wandern. Dort konnten die ersten Geschlechter zuerst ruhig wohnen, mit den Gebirgen und Strömen sich sodenn allmählich herabziehn und härterer Gegenden gewohnt werden. Jeder bearbeitete seinen kleinen Umkreis und nutzte ihn, als ob er das Universum wäre. Glück und Unglück breiteten sich nicht so unaufhaltsam weiter, als wenn *eine* wahrscheinlich höhere Bergkette unter dem Äquator die ganze Nord- und Südwelt hätte beherrschen sollen. So hat der Schöpfer der Welt es immer besser geordnet, als wir ihm vorschreiben mögen; auch die unregelmäßige Gestalt unserer Erde erreichte Zwecke, die eine größere Regelmäßigkeit nicht würde erreicht haben.

* S. *Forsters* Bemerkungen. S. 126 u. f.

VII.

Durch die Strecken der Gebirge wurden unsre beiden Hemisphäre ein Schauplatz der sonderbarsten Verschiedenheit und Abwechslung

Ich verfolge auch hier noch den Anblick der allgemeinen Weltkarte. In Asien streckt sich das Gebirge in der größesten Breite des Landes fort und ohngefähr in der Mitte ist sein Knote; wer sollte denken, daß es auf dem untern Hemisphär gerade anders, in die größeste Länge sich strecken würde? Und doch ist's also. Schon dies macht eine gänzliche Verschiedenheit beider Weltteile. Die hohen Striche Siberiens, die nicht nur den kalten Nord- und Nordostwinden ausgesetzt, sondern auch durch die mit ewigem Schnee bedeckten Urgebirge vom erwärmenden Südwinde abgeschnitten sind, mußten also (zumal da ihr öfters salziger Boden dazukam) auch noch in manchen südlichen Strichen so erstarrend kalt werden, als wir sie aus Beschreibungen kennen; bis hie und da andre Reihen dieser Berge sie vor den schärfern Winden schützten und mildere Talgegenden bilden konnten. Unmittelbar unter diesem Gebirge aber, in der Mitte Asiens, welche schöne Gegenden breiteten sich nieder! Sie waren durch jene Mauern vor den erstarrenden Winden des Nords gedeckt und bekamen von ihnen nur kühlende Lüfte. Die Natur änderte daher auch südlich den Lauf der Gebirge und ließ sie auf den beiden Halbinseln Indostans, Malakka, Ceylon u. f. längs hinablaufen. Hiemit gab sie beiden Seiten dieser Länder entgegengesetzte Jahrszeiten, regelmäßige Abwechslungen und machte sie auch dadurch zu den glücklichsten Erdstrichen der Welt. In Afrika kennen wir die innern Gebirgreihen zuwenig; indessen wissen wir, daß auch dieser Weltteil in die Länge und Breite durchschnitten, wahrscheinlich also in seiner Mitte gleichfalls sehr abgekühlt ist. In Amerika dagegen wie anders! Nördlich streichen die kalten Nord- und Nordostwinde lange Strecken hinab, ohne daß ein Gebirge sie bräche. Sie kommen aus dem großen Eisrevier her, das sich bisher aller Durchfahrt widersetzt hat, und das der eigentliche noch unbekannte Eiswinkel der Welt zu nennen wäre. Sodenn streichen sie über große Erdstriche erfrornen Landes hin, und erst unter den Blauen Gebirgen wird das Land milder. Noch immer aber mit so plötzlichen Abwechselungen der Hitze und Kälte als in keinem andern Lande: wahrscheinlich, weil es dieser ganzen Nordhalbinsel an einer zusammenhängenden festen Gebirgmauer fehlet, Winde und Witterung zu lenken und ihnen ihre bestimmtere Herrschaft zu geben. – Im untern Südamerika gegenteils wehen die Winde vom Eise des Südpols und finden abermals statt eines Sturmdachs, das sie bräche, vielmehr eine Bergkette, die sie von Süd gen Nord hinaufleitet. Die Einwohner der mittlern Gegenden, so glückliche Erdstriche es von Natur sind, müssen also oft zwischen diesen beiden einander entgegengesetzten Kräften in einer nassen heißen Trägheit schmachten, wenn nicht kleinere Winde von den Bergen oder dem Meere her ihr Land erfrischen und kühlen.

Setzen wir nun die steile Höhe des Landes und seines einförmigen Bergrückens hinzu, so wird uns die Verschiedenheit beider Weltteile noch auffallender und klarer. Die Cordilleras sind die höchsten Gebirge der Welt; die Alpen der Schweiz sind beinah nur ihre Hälfte. An ihrem Fuß ziehen sich die Sierras in langen Reihen hinab, die gegen die Meeresfläche und die tiefen Talabgründe selbst noch hohe Gebirge sind*;

* S. *Ulloas* Nachrichten von Amerika Leipzig 1780, *mit J. G. Schneiders* schätzbaren Zusätzen, die den Wert des Werks um die Hälfte vermehren.

nur über sie zu reisen, gibt Symptome der Übelkeit und plötzlichen Entkräftung an Menschen und Tieren, die bei den höchsten Gebirgen der Alten Welt eine unbekannte Erscheinung sind. Erst an ihrem Fuß fängt das eigentliche Land an; und dieses an den meisten Orten wie eben, wie plötzlich verlassen von den Gebirgen! Am östlichen Fuß der Cordilleras breitet sich die große Ebne des Amazonenstroms, die einzige in ihrer Art, fort; wie die peruanischen Bergstrecken gleichfalls die einzigen ihrer Art bleiben. Auf tausend Fuß hat jener Strom, der zuletzt ein Meer wird, noch nicht 2/5 Zoll Fall, und man kann eine Erdstrecke von Deutschlands größester Länge durchreisen, ohne sich einen Fuß hoch über die Meeresfläche zu erheben*. Die Berge Maldonado am Platastrom sind gegen die Cordilleras auch von keinem Belang; und so ist das ganze östliche Südamerika als eine große Erdenfläche anzusehen, die jahrtausendelang Überschwemmungen, Morästen und allen Unbequemlichkeiten des niedrigsten Landes der Erde ausgesetzt sein mußte und es zum Teil noch ist. Der Riese und der Zwerg stehn hier also nebeneinander, die wildeste Höhe neben der tiefsten Tiefe, deren ein Erdenland fähig ist. Im südlichen Nordamerika ist's nicht anders. Louisiana ist so seicht wie der Meeresboden, der zu ihm führet, und diese seichte Ebne geht weit ins Land hinauf. Die großen Seen, die ungeheuren Wasserfälle, die schneidende Kälte Kanadas u. f. zeigen, daß auch der nordliche Erdstrich hoch sein müsse, und daß sich hier abermals, obwohl in einem kleinern Grad, Extreme gesellen. Was dies alles auf Früchte, Tiere und Menschen für Wirkungen habe, wird die Folge zeigen.

Anders ging die Natur auf unserm obern Hemisphär zu Werk, auf dem sie Menschen und Tieren ihren ersten Wohnsitz bereiten wollte. Lang und breit zog sie die Gebirge auseinander und leitete sie in mehreren Ästen fort, so daß alle drei Weltteile zusammenhangen konnten und ohngeachtet der Verschiedenheit von Erdstrichen und Ländern allenthalben ein sanfterer Übergang ward. Hier durfte kein Weltstrich in äonenlanger Überschwemmung liegen, noch sich auf ihm jene Heere von Insekten, Amphibien, zähen Landtieren und andrer Meeresbrut bilden, die Amerika bevölkert haben. Die einzige Wüste Kobi ausgenommen (die Mondgebirge kennen wir noch nicht) und es heben sich keine so breite Strecken wüster Erdhöhen in die Wolken, um in ihren Klüften Ungeheuer hervorzubringen und zu nähren. Die elektrische Sonne konnte hier aus einem trocknern, sanfter gemischten Erdreich feinere Gewürze, mildere Speisen, eine reifere Organisation befördern auch an Menschen und allen Tieren.

Es wäre schön, wenn wir eine Bergkarte oder vielmehr einen Bergatlas hätten, auf dem diese Grundsäulen der Erde in den mancherlei Rücksichten aufgenommen und bemerkt wären, wie sie die Geschichte des Menschengeschlechts fordert. Von vielen Gegenden ist die Ordnung und Höhe der Berge ziemlich genau bestimmt; die Erhebung des Landes über die Meeresfläche, die Beschaffenheit des Bodens auf seiner Oberfläche, der Fall der Ströme, die Richtungen der Winde, die Abweichungen der Magnetnadel, die Grade der Hitze und Wärme sind an andern bemerkt worden, und einiges davon ist auch schon auf einzelnen Karten bezeichnet. Wenn mehrere dieser Bemerkungen, die jetzt in Abhandlungen und Reisebeschreibungen zerstreut liegen, genau gesammlet und auch auf Karten zusammengetragen würden: welche schöne und unterrichtende *physische Geographie der Erde* würde damit in *einem* Über-

* S. *Leiste*, Beschreibung des Portugiesischen Amerika vom Cudena, Braunschw. 1780. S. 79/80.

blicke auch der Natur- und Geschichtforscher der Menschheit haben! der reichste Beitrag zu *Varenius*, *Lulofs* und *Bergmanns* vortrefflichen Werken. Wir sind aber auch hier nur im Anfange: die *Ferber*, *Pallas*, *Saussure*, *Soulavie* u. a. sammeln in einzelnen Erdstrecken zu der reichen Ernte von Aufschlüssen, die wahrscheinlich einst die peruanischen Gebirge (vielleicht die interessantsten Gegenden der Welt für die größere Naturgeschichte) zur Einheit und Gewißheit bringen werden.

ZWEITES BUCH

I.

Unser Erdball ist eine große Werkstätte zur Organisation sehr verschiedenartiger Wesen

So sehr uns in den Eingeweiden der Erde alles noch als Chaos, als Trümmer vorkommt, weil wir die erste Konstruktion des Ganzen nicht zu übersehen vermögen: so nehmen wir doch, selbst in dem, was uns das Kleinste und Roheste dünkt, ein sehr bestimmtes *Dasein*, eine *Gestaltung* und *Bildung* nach ewigen Gesetzen wahr, die keine Willkür der Menschen verändert. Wir bemerken diese Gesetze und Formen; ihre innern Kräfte aber kennen wir nicht, und was man in einigen allgemeinen Worten z. E. Zusammenhang, Ausdehnung, Affinität, Schwere dabei bezeichnet, soll uns nur mit äußern Verhältnissen bekanntmachen, ohne uns dem innern Wesen im mindesten näher zu führen.

Was indes jeder Stein- und Erdart verliehen ist, ist gewiß ein allgemeines Gesetz aller Geschöpfe unsrer Erde: dieses ist *Bildung*, bestimmte *Gestalt*, eignes *Dasein*. Keinem Wesen kann dies genommen werden; denn alle seine Eigenschaften und Wirkungen sind darauf gegründet. Die unermeßliche Kette reicht vom Schöpfer hinab bis zum Keim eines Sandkörnchens, da auch dieses seine bestimmte Gestalt hat, in der es sich oft der schönsten Kristallisation nähert. Auch die vermischtesten Wesen folgen in ihren Teilen demselben Gesetz; nur weil so viel und mancherlei Kräfte in ihnen wirken und endlich ein Ganzes zusammengebracht werden sollte, das mit den verschiedensten Bestandteilen dennoch einer allgemeinen Einheit diene; so wurden Übergänge, Vermischungen und mancherlei divergierende Formen. Sobald der Kern unsrer Erde, der Granit, da war, war auch das Licht da, das in den dicken Dünsten unsres Erdchaos vielleicht noch als Feuer wirkte; es war eine gröbere mächtigere Luft, als wir jetzt genießen, es war ein vermischteres schwangeres Wasser da, auf ihn zu wirken. Die andringende Säure lösete ihn auf und führte ihn zu andern Steinarten über; der ungeheure Sand unsers Erdkörpers ist vielleicht nur die Asche dieses verwitterten Körpers. Das Brennbare der Luft beförderte vielleicht den Kiesel zur Kalkerde, und in dieser organisierten sich die ersten Lebendigen des Meers, die Schalengeschöpfe, da in der ganzen Natur die Materie früher als die organisierte lebendige Form scheinet. Noch eine gewaltigere und reinere Wirkung des Feuers und der Kälte ward zur Kristallisation erfordert, die nicht mehr die Muschelform, in die der Kiesel springt, sondern schon eckigte geometrische Winkel liebet. Auch diese ändern sich nach den Bestandteilen eines jeden Geschöpfs, bis sie sich in Halbmetallen und Metallen zuletzt der Pflanzensprossung nähern. Die Chemie, die in den neuen Zeiten so eifrig geübt wird, öffnet dem Liebhaber hier im unterirdischen Reich der

Natur eine mannigfaltige zweite Schöpfung; und vielleicht enthält diese nicht bloß die Materie, sondern auch die Grundgesetze und den Schlüssel zu alle dem, was über der Erde gebildet worden. Immer und überall sehen wir, daß die Natur zerstören muß, indem sie wieder aufbauet, daß sie trennen muß, indem sie neu vereinet. Von einfachen Gesetzen, so wie von groben Gestalten schreitet sie ins Zusammengesetztere, Künstliche, Feine; und hätten wir einen Sinn, die Urgestalten und ersten Keime der Dinge zu sehen, so würden wir vielleicht im kleinsten Punkt die Progression der ganzen Schöpfung gewahr werden. –

Da indes Betrachtungen dieser Art hier nicht unser Zweck sind, so lasset uns nur eins, die überdachte Mischung betrachten, durch die unsre Erde zur Organisation unsrer Pflanzen, mithin auch der Tiere und Menschen fähig ward. Wären auf ihr andre Metalle zerstreut gewesen, wie jetzt das Eisen ist, das sich allenthalben, auch in Wasser, Erde, Pflanzen, Tieren und Menschen findet; hätten sich die Erdharze, die Schwefel in der Menge auf ihr gefunden, in der sich jetzt der Sand, der Ton, und endlich die gute fruchtbare Erde findet: welch andre Geschöpfe hätten auf ihr leben müssen! Geschöpfe, in denen auch eine schärfere Temperatur herrschte, statt daß jetzt der Vater der Welt die Bestandteile unsrer nährenden Pflanzen zu mildern Salzen und Ölen machte. Hiezu bereitet sich allmählich der lose Sand, der feste Ton, der moosige Torf; ja selbst die wilde Eisenerde und der harte Fels muß sich dazu bequemen. Dieser verwittert mit der Zeit und gibt trocknen Bäumen, wenigstens dem dürren Moose Raum; jene war unter den Metallen nicht nur die gesundeste, sondern auch die lenkbarste zur Vegetation und Nahrung. Luft und Tau, Regen und Schnee, Wasser und Winde düngen die Erde natürlich; die ihr zugemischten kalischen Kalkarten helfen ihrer Fruchtbarkeit künstlich auf, und am meisten befördert diese der Tod der Pflanzen und Tiere. Heilsame Mutter, wie haushälterisch und ersetzend war dein Zirkel! Aller Tod wird neues Leben: die verwesende Fäulung selbst bereitet Gesundheit und frische Kräfte.

Es ist eine alte Klage, daß der Mensch, statt den Boden der Erde zu bauen, in ihre Eingeweide gedrungen ist und mit dem Schaden seiner Gesundheit und Ruhe unter giftigen Dünsten daselbst die Metalle aufsucht, die seiner Pracht und Eitelkeit, seiner Habgier und Herrschsucht dienen. Daß vieles hierin wahr sei, bezeugen die Folgen, die diese Dinge auf der Oberfläche der Erde hervorgebracht haben, und noch mehr die blassen Gesichter, die als eingekerkerte Mumien in diesen Reichen des Pluto wühlen. Warum ist die Luft in ihnen so anders, die, indem sie die Metalle nährt, Menschen und Tiere tötet? Warum belegte der Schöpfer unsre Erde nicht mit Gold und Diamanten, statt daß er jetzt allen ihren Wesen Gesetze gab, sie tot und lebend mit fruchtbarer Erde zu bereichern? Ohne Zweifel, weil wir vom Golde nicht essen konnten, und weil die kleinste genießbare Pflanze nicht nur für uns nützlicher, sondern auch in ihrer Art organischer und edler ist als der teureste Kiesel, der Diamant, Smaragd, Amethyst und Saphir genannt wird. – Indessen muß man auch hiebei nichts übertreiben. In den verschiednen Perioden der Menschheit, die ihr Schöpfer voraussah, und die er selbst nach dem Bau unsrer Erde zu befördern scheinet, lag auch der Zustand, da der Mensch unter sich graben und über sich fliegen lernte. Verschiedne Metalle legte er ihm sogar gediegen nahe dem Auge vor: die Ströme mußten den Grund der Erde entblößen und ihm ihre Schätze zeigen. Auch die rohesten Nationen haben die Nützlichkeit des Kupfers erkannt, und der Gebrauch des Eisens, das mit seinen magnetischen Kräften den ganzen Erdkörper zu regieren scheinet, hat unser Geschlecht beinah allein von einer Stufe der Lebensart zur andern erhoben.

Wenn der Mensch sein Wohnhaus nützen sollte, so mußte er's auch kennenlernen; und unsre Meisterin hat die Schranken enge gnug bestimmt, in denen wir ihr nachforschen, nachschaffen, bilden und verwandeln können.
Indessen ist's wahr, daß wir vorzüglich bestimmt sind, auf der Oberfläche unsrer Erde als Würmer umherzukriechen, uns anzubauen und auf ihr unser kurzes Leben zu durchleben. Wie klein der große Mensch im Gebiet der Natur sei, sehen wir aus der dünnen Schichte der fruchtbaren Erde, die doch eigentlich allein sein Reich ist. Einige Schuhe tiefer, und er gräbt Sachen hervor, auf denen nichts wächset, und die Jahre und Jahreszeiten erfordern, damit auf ihnen nur schlechtes Gras gedeihe. Tiefer hinab: und er findet oft, wo er sie nicht suchte, seine fruchtbare Erde wieder, die einst die Oberfläche der Welt war; die wandelnde Natur hat sie in ihren fortgehenden Perioden nicht geschonet. Muscheln und Schnecken liegen auf den Bergen; Fische und Landtiere liegen versteint in Schiefern; versteinte Hölzer und Abdrücke von Blumen, oft beinah anderthalbtausend Fuß tief. Nicht auf dem Boden deiner Erde wandelst du, armer Mensch, sondern auf einem Dach deines Hauses, das durch viel Überschwemmungen erst zu dem werden konnte, was es dir jetzt ist. Da wächst für dich einiges Gras, einige Bäume, deren Mutter dir gleichsam der Zufall heranschwemmte und von denen du als eine Ephemere lebest.

II.

Das Pflanzenreich unserer Erde in Beziehung auf die Menschengeschichte

Das Gewächsreich ist eine höhere Art der Organisation als alle Gebilde der Erde und hat einen so weiten Umfang, daß es sich sowohl in diesen verliert als in mancherlei Sprossen und Ähnlichkeiten dem Tierreich nähert. Die Pflanze hat eine Art Leben und Lebensalter, sie hat Geschlechter und Befruchtung, Geburt und Tod. Die Oberfläche der Erde war eher für sie als für Tiere und Menschen da; überall drängt sie sich diesen beiden vor und hängt sich in Grasarten, Schimmel und Moosen schon an jene kahlen Felsen an, die noch keinem Fuß eines Lebendigen Wohnung gewähren. Wo nur ein Körnchen lockere Erde ihren Samen aufnehmen kann, und ein Blick der Sonne ihn erwärmt, gehet sie auf und stirbt in einem fruchtbaren Tode, indem ihr Staub andern Gewächsen zur bessern Mutterhülle dienet. So werden Felsen begraset und beblümt; so werden Moräste mit der Zeit zu einer Kräuter- und Blumenwüste. Die verwesete wilde Pflanzenschöpfung ist das immer fortwirkende Treibhaus der Natur zur Organisation der Geschöpfe und zur weitern Kultur der Erde.

•

Es fällt in die Augen, daß das menschliche Leben, sofern es Vegetation ist, auch das Schicksal der Pflanzen habe. Wie sie, wird Mensch und Tier aus einem Samen geboren, der auch als Keim eines künftigen Baums eine Mutterhülle fordert. Sein erstes Gebilde entwickelt sich pflanzenartig im Mutterleibe; ja auch außer demselben ist unser Fiberngebäude in seinen ersten Sprossen und Kräften nicht fast der Sensitiva ähnlich? Unsre Lebensalter sind die Lebensalter der Pflanze: wir gehen auf, wachsen, blühen, blühen ab und sterben. Ohn unsern Willen werden wir hervorgerufen, und niemand wird gefragt, welches Geschlechts er sein, von welchen Eltern er entsprießen, auf welchem Boden er dürftig oder üppig fortkommen, durch welchen Zufall endlich von innen oder von außen er untergehen wolle. In alle diesem muß der Mensch höhern Gesetzen folgen, über die er sowenig als die Pflanze Aufschluß erhält, ja denen er beinah wider Willen mit seinen stärksten Trieben dienet. Solange der Mensch wächst und der Saft in ihm grünet, wie weit und fröhlich dünkt ihm die Welt! Er streckt seine Äste umher und glaubt, zum Himmel zu wachsen. So lockt die Natur ihn ins Leben hinein, bis er sich mit raschen Kräften, mit unermüdeter Tätigkeit alle die Fertigkeiten erwarb, die sich auf dem Felde oder Gartenbeet, auf den sie ihn gesetzt hat, diesmal an ihm ausbilden wollte. Nachdem er ihre Zwecke erreicht hat, verläßt sie ihn allmählich. In der Blütenzeit des Frühlings und unsrer Jugend, mit welchen Reichtümern ist allenthalben die Natur beladen! Man glaubt, sie wolle mit dieser Blumenwelt eine neue Schöpfung besamen. Einige Monate nachher, wie ist alles so anders! Die meisten Blüten sind abgefallen; wenige dürre Früchte gedeihen. Mit Mühe und Arbeit des Baumes reifen sie; und sogleich gehen die Blätter ans Verwelken. Der Baum schüttet sein mattes Haar den geliebten Kindern, die ihn verlassen haben, nach: entblättert steht er da; der Sturm raubt ihm seine dürren Äste, bis er endlich ganz zu Boden sinket und sich das wenige Brennbare in ihm zur Seele der Natur auflöset. – Ist's mit dem Menschen, als Pflanze betrachtet, anders? Welche Unermeßlichkeit von Hoffnungen, Aussichten, Wirkungstrieben füllt dunkel oder lebhaft seine jugendliche Seele! Alles trauet er sich zu; und eben weil ers sich zutrauet, gelingt's ihm; denn das Glück ist die Braut der Jugend. Wenige Jahre weiter, und es verändert sich alles um ihn, bloß weil *er* sich verändert. Das wenigste hat er ausgerichtet, was er ausrichten wollte, und glücklich, wenn er es nicht mehr und jetzt zu unrechter Zeit ausrichten will, sondern sich friedlich selbst verlebet. Im Auge eines höhern Wesens mögen unsre Wirkungen auf der Erde so wichtig, wenigstens gewiß so bestimmt und umschrieben sein als die Taten und Unternehmungen eines Baums. Er entwickelt, was er entwickeln kann, und macht sich, dessen er habhaft werden mag, Meister. Er treibt Sprossen und Keime, gebiert Früchte und säet junge Bäume; niemals aber kommt er von der Stelle, auf die ihn die Natur gestellt hat, und er kann sich keine einzige der Kräfte, die nicht in ihn gelegt sind, nehmen.

Insonderheit, dünkt mich, demütiget es den Menschen, daß er mit den süßen Trieben, die er Liebe nennt, und in die er so viel Willkür setzt, beinahe ebenso blind wie die Pflanze den Gesetzen der Natur dienet. Auch die Distel, sagt man, ist schön, wenn sie blühet; und die Blüte, wissen wir, ist bei den Pflanzen die Zeit der Liebe. Der Kelch ist das Bett, die Krone sein Vorhang, die andern Teile der Blume sind Werkzeuge der Fortpflanzung, die die Natur bei diesen unschuldigen Geschöpfen offen dargelegt und mit aller Pracht geschmückt hat. Den Blumenkelch der Liebe machte sie zu einem Salomonischen Brautbett, zu einem Kelch der Anmut auch für andre Geschöpfe. Warum tat sie dies alles und knüpfte auch bei Menschen ins Band der Liebe die schönsten Reize, die sich in ihrem Gürtel der Schönheit fanden? Ihr großer Zweck sollte erreicht werden, nicht der kleine Zweck des sinnlichen Geschöpfes allein, das sie so schön ausschmückte; dieser Zweck ist *Fortpflanzung, Erhaltung der Geschlechter*. Die Natur braucht Keime, sie braucht unendlich viel Keime, weil sie nach ihrem großen Gange tausend Zwecke auf einmal befördert. Sie mußte also auch auf Verlust rechnen, weil alles zusammengedrängt ist und nichts eine Stelle findet, sich ganz auszuwickeln. Aber damit ihr bei dieser scheinbaren Verschwendung dennoch das Wesentliche und die erste Frische der Lebenskraft nimmer fehlte, mit der sie allen Fällen und Unfällen im Lauf so zusammengedrängter Wesen vorkommen mußte, machte sie die Zeit der Liebe zur Zeit der Jugend und zündete ihre Flamme mit dem feinsten und wirksamsten Feuer an, das sie zwischen Himmel und Erde finden konnte. Unbekannte Triebe erwachen, von denen die Kindheit nichts wußte. Das Auge des Jünglings belebt sich, seine Stimme sinkt, die Wange des Mädchens färbt sich: zwei Geschöpfe verlangen nach einander und wissen nicht, was sie verlangen; sie schmachten nach Einigung, die ihnen doch die zertrennende Natur versagt hat, und schwimmen in einem Meer der Täuschung. Süßgetäuschte Geschöpfe, genießet eurer Zeit; wisset aber, daß ihr damit nicht eure kleinen Träume, sondern, angenehm gezwungen, die größte Aussicht der Natur befördert. Im ersten Paar *einer* Gattung wollte sie sie alle, Geschlechter auf Geschlechter, pflanzen; sie wählte also fortsprießende Keime aus den frischesten Augenblicken des Lebens, des Wohlgefallens aneinander; und indem sie einem lebendigen Wesen etwas von seinem Dasein raubt, wollte sie es ihm wenigstens auf die sanfteste Art rauben. Sobald sie das Geschlecht gesichert hat, läßt sie allmählich das Individuum sinken. Kaum ist die Zeit der Begattung vorüber, so verliert der Hirsch sein prächtiges Geweih, die Vögel ihren Gesang und viel von ihrer Schönheit, die Fische ihren Wohlgeschmack, und die Pflanzen ihre beste Farbe. Dem Schmetterlinge entfallen die Flügel, und der Atem gehet ihm aus; ungeschwächt und allein kann er ein halbes Jahr leben. Solange die junge Pflanze keine Blume trägt, widersteht sie der Kälte des Winters, und die zu frühe tragen, verderben zuerst. Die Musa hat oft hundert Jahre erlebt; sobald sie aber einmal die Blüte entfaltet hat, so wird keine Erfahrung, keine Kunst hindern, daß nicht der prächtige Stamm im folgenden Jahr den Untergang leide. Die Schirmpalme wächst 35 Jahr zu einer Höhe von 70 Schuhen, hierauf in 4 Monaten noch 30 Schuh; nun blühet sie, bringt Früchte und stirbt in demselben Jahr. Das ist der Gang der Natur bei Entwicklung der Wesen auseinander; der Strom geht fort, indes sich eine Welle in der andern verlieret.

•

Bei der Verbreitung und Ausartung der Pflanzen ist eine Ähnlichkeit kenntlich, die sich auch auf die Geschöpfe über ihnen anwenden läßt und zu Aussichten und Gesetzen der Natur vorbereitet. Jede Pflanze fordert ihr Klima, zu dem nicht die Beschaffenheit der Erde und des Bodens allein, sondern auch die Höhe des Erdstrichs, die Eigenheit der Luft, des Wassers, der Wärme gehöret. Unter der Erde lag alles noch durcheinander, und obwohl auch hier jede Stein-, Kristall- und Metallart ihre Beschaffenheit von dem Lande nimmt, in dem sie wuchs, und hiernach die eigensten Verschiedenheiten giebet, so ist man doch in diesem Reich des Pluto noch lange nicht zu der *allgemeinen geographischen Übersicht* und zu den ordnenden Grundsätzen gekommen als im schönen Reich der Flora. Die *botanische Philosophie**, die Pflanzen nach der Höhe und Beschaffenheit des Bodens, der Luft, des Wassers, der Wärme

* Linnei philosoph. botanica ist für mehrere Wissenschaften ein klassisches Muster; hätten wir eine philosophia anthropologica dieser Art, mit der Kürze und vielseitigen Genauigkeit geschrieben, so wäre ein Leitfaden da, dem jede hinzukommende Bemerkung folgen könnte. Der Abt Soulavie hat in seiner Hist. naturelle de la France méridionale (P. II. T. I.) einen *Entwurf zur allgemeinen physischen Geographie des Pflanzenreichs* gegeben, und verspricht ihn auch über *Tiere* und *Menschen*.

ordnet, ist also eine augenscheinliche Leiterin zu einer ähnlichen Philosophie in Ordnung der Tiere und Menschen.

Alle Pflanzen wachsen hin und wieder wild in der Welt; auch unsre Kunstgewächse sind aus dem Schoß der freien Natur, wo sie in ihrem Himmelsstrich in größester Vollkommenheit wachsen. Mit den Tieren und Menschen ist's nicht anders; denn jede Menschenart organisiert sich in ihrem Erdstrich zu der ihr natürlichsten Weise. Jede Erde, jede Gebirgart, jeder ähnliche Luftstrich, sowie ein gleicher Grad der Hitze und Kälte ernähret seine Pflanzen. Auf den lappländischen Felsen, den Alpen, den Pyrenäen wachsen der Entfernung ohngeachtet dieselben oder ähnliche Kräuter; Nordamerika und die hohen Strecken der Tatarei erziehen gleiche Kinder. Auf solchen Erdhöhen, wo der Wind die Gewächse unsanft beweget und ihr Sommer kürzer dauert, bleiben sie zwar klein; sie sind hingegen voll unzähliger Samenkörner: da, wenn man sie in Gärten verpflanzt, sie höher wachsen und größere Blätter, aber weniger Frucht tragen. Jedermann siehet die durchscheinende Ähnlichkeit zu Tieren und Menschen. Alle Gewächse lieben die freie Luft: sie neigen sich in den Treibhäusern zu der Gegend des Lichts, wenn sie auch durch ein Loch hinausdringen sollten. In einer eingeschlossenen Wärme werden sie schlanker und rankichter, aber zugleich bleicher, fruchtloser, und lassen nachher, zu plötzlich an die Sonne versetzt, die Blätter sinken. Ob es mit den Menschen und Tieren einer verzärtelnden oder zwangvollen Kultur anders wäre? Mannigfaltigkeit des Erdreichs und der Luft macht Spielarten an Pflanzen, wie an Tieren und Menschen; und je mehr jene an Sachen der Zierde, an Form der Blätter, an Zahl der Blumenstiele gewinnen, desto mehr verlieren sie an Kraft der Selbstfortpflanzung. Ob es bei Tieren und Menschen (die größere Stärke ihrer vielfachern Natur abgerechnet) anders wäre? Gewächse, die in warmen Ländern zur Baumesgröße wachsen, bleiben in kalten Gegenden kleine Krüppel. Diese Pflanze ist für das Meer, jene für den Sumpf, diese für Quellen und Seen geschaffen; die eine liebt den Schnee, die andre den überschwemmenden Regen der heißen Zone; und alles dies charakterisiert ihre Gestalt, ihre Bildung. Bereitet uns dieses alles nicht vor, auch in Ansehung des organischen Gebäudes der Menschheit, sofern wir Pflanzen sind, dieselbe Varietäten zu erwarten?

Insonderheit ist es angenehm, die eigne Art zu bemerken, mit der die Gewächse sich nach der Jahreszeit, ja gar nach der Stunde des Tages richten und sich nur allmählich zu einem fremden Klima gewöhnen. Näher am Pol verspäten sie sich im Wachsen und reifen desto schneller, weil der Sommer später kommt und stärker wirket. Pflanzen, die in den südlichen Weltteilen gewachsen, nach Europa gebracht wurden, reiften das erste Jahr später, weil sie noch die Sonne ihres Klima erwarteten, den folgenden Sommer allmählich geschwinder, weil sie sich schon zu diesem Luftstrich gewöhnten. In der künstlichen Wärme des Treibhauses hielt jede noch die Zeit ihres Vaterlandes, wenn sie auch 50 Jahr in Europa gewesen war. Die Pflanzen vom Kap blüheten im Winter, weil alsdenn in ihrem Vaterlande Sommerzeit ist. Die Wunderblume blühet in der Nacht; vermutlich (sagt Linneus), weil sodenn in Amerika, ihrem Vaterlande, Tageszeit ist. So hält jede ihre Zeit, selbst ihre Stunde des Tages, da sie sich schließet und auftut. »Diese Dinge«, sagt der botanische Philosoph*, »scheinen zu weisen, daß etwas mehr zu ihrem Wachstum gehöre als Wärme und Wasser«; und gewiß hat man auch bei der organischen Verschiedenheit des

* S. Abhandl. der schwed. Akad. der Wiss. B. I, S. 6 u. f.

Menschengeschlechts und bei seiner Gewöhnung an fremde Klimate auf etwas mehr und anderes als auf Hitze und Kälte zu merken, zumal wenn man von einem andern Hemisphär redet.

•

Endlich, wie die Pflanze sich zum Menschenreich geselle, welch ein Feld von Merkwürdigkeiten wäre dieses, wenn wir ihm nachgehen könnten! Man hat die schöne Erfahrung gemacht*, daß die Gewächse zwar so wenig als wir von reiner Luft leben können, daß aber gerade das, was sie einsaugen, das Brennbare sei, was Tiere tötet und in allen animalischen Körpern die Fäulnis befördert. Man hat bemerkt, daß sie dies nützliche Geschäft, die Luft zu reinigen, nicht mittelst der Wärme, sondern des Lichts tun, das sie, selbst bis auf die kalten Mondesstrahlen, einsaugen. Heilsame Kinder der Erde! Was uns zerstört, was wir verpestet ausatmen, ziehet ihr an euch; das zarteste Medium muß es mit euch vereinigen, und ihr gebet es rein wieder. Ihr erhaltet die Gesundheit der Geschöpfe, die euch vernichten; und wenn ihr sterbt, seid ihr noch wohltätig: ihr macht die Erde gesunder und zu neuen Geschöpfen eurer Art fruchtbar.

Wenn die Gewächse zu nichts als hiezu dienten, wie schön verflochten wäre ihr stilles Dasein ins Reich der Tiere und Menschen! Nun aber, da sie zugleich die reichste Speise der tierischen Schöpfung sind und es insonderheit in der Geschichte der Lebensarten des Menschengeschlechts so viel darauf ankam, was jedes Volk in seinem Erdstrich für Pflanzen und Tiere vor sich fand, die ihm zur Nahrung dienen konnten; wie mannigfaltig und neu verflicht sich damit die Geschichte der Naturreiche. Die ruhigsten und, wenn man sagen darf, die menschlichsten Tiere leben von Pflanzen; an Nationen, die eben diese Speise wenigstens öfters genießen, hat man eben diese gesunde Ruhe und heitre Sorglosigkeit bemerket. Alle fleischfressenden Tiere sind ihrer Natur nach wilder; der Mensch, der zwischen ihnen steht, *muß*, wenigstens dem Bau seiner Zähne nach, kein fleischfressendes Tier sein. Ein Teil der Erdnationen lebt großenteils noch von Milch und Gewächsen; in früheren Zeiten haben mehrere davon gelebet; und welchen Reichtum hat ihnen auch die Natur im Mark, im Saft, in den Früchten, ja gar in den Rinden und Zweigen ihrer Erdgewächse beschieden, wo oft *ein* Baum eine ganze Familie nähret! Wunderbar ist jedem Erdstrich das Seine gegeben, nicht nur in dem, was es gewährt, sondern auch in dem, was es an sich ziehet und wegnimmt. Denn da die Pflanzen von dem Brennbaren der Luft, mithin zum Teil von den für uns schädlichsten Dünsten leben: so organisieret sich auch ihr Gegengift nach der Eigenheit eines jeden Landes und sie bereiten für den immer zur Fäulnis gehenden animalischen Körper überall die Arzneien, die eben für die Krankheiten dieses Erdstrichs sind. Der Mensch wird sich also so wenig zu beschweren haben, daß es auch giftige Pflanzen in der Natur gebe, da diese eigentlich nur abgeleitete Kanäle des Gifts, also die wohltätigsten zur Gesundheit der ganzen Gegend sind und in seinen Händen, zum Teil schon in den Händen der Natur, die wirksamsten Gegengifte werden. Selten hat man eine Gewächs- und Tierart dieses oder jenes Erdstrichs ausgerottet, ohne nicht bald die offenbarsten Nachteile für die Bewohnbarkeit des Ganzen zu erfahren; und hat die Natur endlich nicht jeder Tierart und an seinem Teil auch dem Menschen Sinne und Organe gnug verliehen, Pflanzen, die für ihn dienen, auszusuchen und die schädlichen zu verwerfen?

* *Ingenhouß*, Versuche mit den Pflanzen, Leipz. 1780. S. 49.

Es müßte ein angenehmer Lustgang unter Bäumen und Pflanzen sein, wenn man diese großen Naturgesetze der Nützlichkeit und Einwirkung derselben ins Menschen- und Tierreich durch die verschiednen Striche unsrer Erde verfolgte; wir müssen uns begnügen, auf dem ungemessen weiten Felde künftig bei Gelegenheit nur einige einzelne Blumen zu brechen und den Wunsch einer *allgemeinen botanischen Geographie für die Menschengeschichte* einem eignen Liebhaber und Kenner empfehlen.

III.

Das Reich der Tiere in Beziehung auf die Menschengeschichte

Der Menschen ältere Brüder sind die Tiere. Ehe jene da waren, waren diese, und auch in jedem einzelnen Lande fanden die Ankömmlinge des Menschengeschlechts die Gegend, wenigstens in einigen Elementen, schon besetzt; denn wovon sollte außer den Pflanzen sonst der Ankömmling leben? Jede Geschichte des Menschen also, die ihn außer diesem Verhältnis betrachtet, muß mangelhaft und einseitig werden. Freilich ist die Erde dem Menschen gegeben; aber nicht ihm allein, nicht ihm zuvörderst; in jedem Element machten ihm die Tiere seine Alleinherrschaft streitig. Dies Geschlecht mußte er zähmen; mit jenem lange kämpfen. Einige entronnen seiner Herrschaft; mit andern lebet er in ewigem Kriege. Kurz, so viel Geschicklichkeit, Klugheit, Herz und Macht jede Art äußerte, so weit nahm sie Besitz auf der Erde.
Es gehört also noch nicht hieher: ob der Mensch Vernunft, und ob die Tiere keine Vernunft haben? Haben sie diese nicht, so besitzen sie etwas anders zu ihrem Vorteil; denn gewiß hat die Natur keines ihrer Kinder verwahrloset. Verließe sie ein Geschöpf, wer sollte sich sein annehmen, da die ganze Schöpfung in einem Kriege ist und die entgegengesetztesten Kräfte einander so naheliegen? Der gottgleiche Mensch wird hier von Schlangen, dort vom Ungeziefer verfolgt; hier vom Tiger, dort vom Haifisch verschlungen. Alles ist im Streit gegeneinander, weil alles selbst bedrängt ist; es muß sich seiner Haut wehren und für sein Leben sorgen.
Warum tat die Natur dies? Warum drängte sie so die Geschöpfe aufeinander? Weil sie im kleinsten Raum die größeste und vielfachste Anzahl der Lebenden schaffen wollte, wo also auch eins das andre überwältigt und nur durch das Gleichgewicht der Kräfte Friede wird in der Schöpfung. Jede Gattung sorgt für sich, als ob sie die einige wäre; ihr zur Seite steht aber eine andre da, die sie einschränkt, und nur in diesem Verhältnis entgegengesetzter Arten fand die Schöpferin das Mittel zur Erhaltung des Ganzen. Sie wog die Kräfte, sie zählte die Glieder, sie bestimmte die Triebe der Gattungen gegeneinander, und ließ übrigens die Erde tragen, was sie zu tragen vermochte.
Es kümmert mich also nicht, ob große Tiergattungen untergegangen sind. Ging der Mammut unter, so gingen auch Riesen unter; es war ein anderes Verhältnis zwischen den Geschlechtern. Wie es jetzt ist, sehen wir das offenbare Gleichgewicht, nicht nur im Ganzen der Erde, sondern auch selbst in einzelnen Weltteilen und Ländern. Die Kultur kann Tiere verdrängen, sie kann sie aber schwerlich ausrotten, wenigstens hat sie dies Werk noch in keinem großen Erdteil vollendet; und muß sie statt der verdrängeten wilden nicht in einem größeren Maß zahmere Tiere nähren? Noch ist also, bei der gegenwärtigen Beschaffenheit unsrer Erde, keine Gattung ausgegangen; ob ich gleich nicht zweifle, daß, da diese anders war, auch andre Tiergattungen haben sein können und, wenn sie sich einmal durch Kunst oder Natur

völlig ändern sollte, auch ein andres Verhältnis der lebendigen Geschlechter sein werde.
Kurz, der Mensch trat auf eine bewohnte Erde: alle Elemente, Sümpfe und Ströme, Sand und Luft waren mit Geschöpfen erfüllt oder fülleten sich mit Geschöpfen; und er mußte sich durch seine Götterkunst der List und Macht einen Platz seiner Herrschaft auswirken. Wie er dies getan habe, ist die Geschichte seiner Kultur, an der die rohesten Völker Anteil nehmen, der interessanteste Teil der Geschichte der Menschheit. Hier bemerke ich nur eins, daß die Menschen, indem sie sich allmählich die Herrschaft über die Tiere erwarben, das meiste von Tieren selbst lernten. Diese waren die lebendigen Funken des göttlichen Verstandes, von denen der Mensch in Absicht auf Speise, Lebensart, Kleidung, Geschicklichkeit, Kunst, Triebe in einem größern oder kleinern Kreise die Strahlen auf sich zusammenlenkte. Je mehr, je heller er dieses tat, je klügere Tiere er vor sich fand, je mehr er sie zu sich gewöhnte und im Kriege oder Frieden vertraut mit ihnen lebte, desto mehr gewann auch seine Bildung; und die *Geschichte seiner Kultur* wird sonach einem großen Teil nach *zoologisch* und *geographisch.*

•

Zweitens. Da die Varietät der Klimate und Länder, der Steine und Pflanzen auf unsrer Erde so groß ist, wie größer wird die Verschiedenheit ihrer eigentlichen lebendigen Bewohner! Nur schränke man diese nicht auf die Erde ein; denn auch die Luft, das Wasser, selbst die innern Teile der Pflanzen und Tiere wimmeln von Leben. Zahlloses Heer, für das die Welt gemacht ist, wie für den Menschen! Rege Oberfläche der Erde, auf der alles, so tief und weit die Sonne reicht, genießt, wirkt und lebet.
Ich will mich in die allgemeinen Sätze nicht einlassen, daß jedes Tier sein Element, sein Klima, seinen eigentümlichen Wohnplatz habe, daß einige sich wenig, andre mehr, und wenige Gattungen sich beinah so weit verbreitet haben, als sich der Mensch verbreitete; wir haben hierüber ein sehr durchdachtes und mit wissenschaftlichem Fleiß gesammletes Buch: Zimmermanns »*Geographische Geschichte des Menschen und der allgemein verbreiteten vierfüßigen Tiere*«*. Was ich hier auszeichne, sind einige besondre Bemerkungen, die wir auch bei der Menschengeschichte bestätigt finden werden.
1. Auch die Gattungen, die fast überall auf der Erde leben, gestalten sich beinah in jedem Klima anders. Der Hund ist in Lappland häßlich und klein; in Sibirien wird er wohlgestalter, hat aber noch steife Ohren und keine beträchtliche Größe; in den Gegenden, wo die schönsten Menschen leben, sagt Buffon, findet man auch die schönsten und größesten Hunde. Zwischen den Wendezirkeln verliert er seine Stimme, und im Stande der Wildheit wird er dem Jackal ähnlich. Der Ochs in Madagaskar trägt einen Höcker, 50 Pfund schwer, der in weitern Gegenden allmählich abnimmt, und so variiert dieses Geschlecht an Farbe, Größe, Stärke, Mut beinah nach allen Gegenden der Erde. Ein europäisches Schaf bekam am Vorgebirge der Guten Hoffnung einen Schwanz von 19 Pfunden, in Island treibt es bis 5 Hörner, im Oxfordschen in England wächst es bis zur Größe eines Esels, und in der Türkei ist es getigert. So gehen die Verschiedenheiten bei allen Tieren fort und sollte sich der Mensch, der in seinem Muskeln- und Nervengebäude großenteils auch ein Tier ist,

* Leipz. 1778–1783, 3 Bände, mit einer genauen und feinen zoologischen Weltkarte.

nicht mit den Klimaten verändern? Nach der Analogie der Natur wäre es ein Wunder, wenn er unverändert bliebe.
2. Alle gezähmten Tiere sind ehemals wild gewesen, und von den meisten hat man noch, insonderheit in den asiatischen Gebirgen, ihre wilden Urbilder gefunden, gerade an dem Ort, wo, wenigstens von unsrer obern Erdkugel wahrscheinlich das Vaterland der Menschen und ihrer Kultur war. Je weiter von dieser Gegend, insonderheit wo der Übergang schwerer war, mindern sich die Gattungen der gezähmten Tiere, bis endlich in Neuguinea, Neuseeland und den Inseln des Südmeers das Schwein, der Hund und die Katze ihr ganzer Tierreichtum waren.
3. Amerika hatte größtenteils seine eignen Tiere, völlig seinem Erdstrich gemäß, wie die Bildung desselben aus lange überschwemmten Tiefen und ungeheuren Höhen sie haben mußte. Wenige große Landtiere hatte es und noch weniger die zähmbar oder gezähmt waren; desto mehr Gattungen von Fledermäusen, Gürteltieren, Ratten, Mäusen, den Unau, das Ai, Heere von Insekten, Amphibien, Kröten, Eidechsen u. f. Jedermann begreift, was dies auf die Geschichte der Menschen für Einfluß haben werde.
4. In Gegenden, wo die Kräfte der Natur am wirksamsten sind, wo sich die Hitze der Sonne mit regelmäßigen Winden, starken Überschwemmungen, gewaltigen Ausbrüchen der elektrischen Materie, kurz, mit allem in der Natur vereinet, was Leben wirkt und lebendig heißet: in ihnen gibt es auch die ausgebildetsten, stärksten, größesten, mutvollsten Tiere sowie die würzreicheste Pflanzenschöpfung. Afrika hat seine Herden von Elefanten, Zebras, Hirschen, Affen, Büffeln; die Löwen, Tiger, der Krokodil, das Flußpferd erscheinen in ihm in voller Rüstung, die höchsten Bäume heben sich in die Luft und prangen mit den saftreichsten, nützlichsten Früchten. Die Reichtümer Asiens im Pflanzen- und Tierreich kennet ein jeder; sie treffen am meisten auf die Gegenden, wo die elektrische Kraft der Sonne, der Luft, der Erde im größesten Strom ist. Wo diese hingegen entweder an sich schwächer und unregelmäßiger wirket, wie in den kalten Ländern, oder wo sie im Wasser, in laugenhaften Salzen, in feuchten Harzen zurückgetrieben oder festgehalten wird, da scheinen sich auch nimmer jene Geschöpfe zu entwickeln, zu deren Bildung das ganze Spiel der Elektrizität gehöret. Träge Wärme, mit Feuchtigkeit gemischt, bringt Heere von Insekten und Amphibien hervor; keine jener Wundergestalten der alten Welt, die ganz von regem Feuer durchglüht sind. Die Muskelkraft eines Löwen, der Sprung und Blick eines Tigers, die feine Verständigkeit des Elefanten, das sanfte Wesen der Gazelle, die verschmitzte Bosheit eines afrikanischen oder asiatischen Affen sind keinem Tier der Neuen Welt eigen. Mit Mühe haben sich diese gleichsam aus dem warmen Schlamm losgewunden; diesem fehlt's an Zähnen, jenem an Füßen und Klauen, einem dritten am Schwanz und den meisten an Größe, Mut und Schnellkraft. Auf den Gebirgen werden sie belebterer Art; sie reichen aber auch nicht an die Tiere der Alten Welt, und die meisten zeigen, daß ihnen in ihrem zähen oder schuppenartigen Wesen der elektrische Strom fehlet.
5. Endlich wird es, was wir bei den Pflanzen bemerkten, bei den Tieren vielleicht noch sonderbarere Erscheinungen geben, nämlich ihre oft widersinnige Art und ihr langsames Gewöhnen an ein fremdes, zumal antipodisches Klima. Der amerikanische Bär, den Linné beschrieben*, hielt auch in Schweden die amerikanische Tag- und Nachtzeit. Er schlief von Mitternacht bis zu Mittag und spazierte vom Mittage bis zu Mitternacht, als ob es sein amerikanischer Tag wäre; mit seinen übrigen Instinkten

* Abhandl. der schwed. Akad. der Wissensch. B. 9. S. 300.

erhielt er sich auch seines Vaterlandes Zeitmaß. Sollte diese Bemerkung nicht mehrerer aus andern Strichen der Erde, aus der öst- und südlichen Halbsphäre wert sein? Und wenn diese Verschiedenheit von Tieren gilt, sollte das Menschengeschlecht, seinem eigentümlichen Charakter unbeschadet, ganz leer davon ausgehn?

IV.

Der Mensch ist ein Mittelgeschöpf unter den Tieren der Erde

Als Linneus die Arten der säugenden Tiere auf 230 brachte, unter denen er schon die säugenden Wassertiere mit begriff, zählte er der Vögel 946, der Amphibien 292, der Fische 404, der Insekten 3060, der Gewürme 1205 Arten; offenbar also waren die Landtiere die mindesten, und die Amphibien, die ihnen am nächsten kommen, folgten nach ihnen. In der Luft, im Wasser, in den Morästen, im Sande vermehrten sich die Geschlechter und Arten; und ich glaube, daß sie sich bei weitern Entdekkungen immer ungefähr in dem nämlichen Verhältnis vermehren werden. Wenn nach Linneus' Tode die Arten der Säugetiere bis auf 450 gewachsen, so rechnet Buffon auf 2000 Vögel, und Forster allein entdeckte auf einigen Inseln des Südmeers in einem kurzen Aufenthalt 109 neue Arten derselben, wo es durchaus keine neuzuentdeckende Landtiere gab. Gehet dieses Verhältnis fort und es werden künftig mehr neue Insekten, Vögel, Gewürme als völlig neue Gattungen der Landtiere bekannt werden, so viel ihrer auch in dem noch undurchreiseten Afrika sein mögen, so können wir nach aller Wahrscheinlichkeit den Satz annehmen: *Die Klassen der Geschöpfe erweitern sich, je mehr sie sich vom Menschen entfernen; je näher ihm, desto weniger werden die Gattungen der sogenannten vollkommenern Tiere.*

2. Nun ist unleugbar, daß bei aller Verschiedenheit der lebendigen Erdwesen überall eine gewisse Einförmigkeit des Baues, und gleichsam *Eine Hauptform* zu herrschen scheine, die in der reichsten Verschiedenheit wechselt. Der ähnliche Knochenbau der Landtiere fällt in die Augen: Kopf, Rumpf, Hände und Füße sind überall die Hauptteile; selbst die vornehmsten Glieder derselben sind nach *einem* Prototyp gebildet und gleichsam nur unendlich variieret. Der innere Bau der Tiere macht die Sache noch augenscheinlicher und manche rohe Gestalten sind im Inwendigen der Hauptteile dem Menschen sehr ähnlich. Die Amphibien gehen von diesem Hauptbilde schon mehr ab; Vögel, Fische, Insekten, Wassergeschöpfe noch mehr, welche letzte sich in die Pflanzen- oder Steinschöpfung verlieren. Weiter reicht unser Auge nicht; indessen machen diese Übergänge es nicht unwahrscheinlich, daß in den Seegeschöpfen, Pflanzen, ja vielleicht gar in den totgenannten Wesen eine und dieselbe Anlage der Organisation, nur unendlich roher und verworrener, herrschen möge. Im Blick des ewigen Wesens, der alles in *einem* Zusammenhange siehet, hat vielleicht die Gestalt des Eisteilchens, wie es sich erzeugt, und der Schneeflocke, die sich an ihm bildet, noch immer ein analoges Verhältnis mit der Bildung des Embryons im Mutterleibe. – Wir können also das zweite Hauptgesetz annehmen: *daß, je näher dem Menschen, auch alle Geschöpfe in der Hauptform mehr oder minder Ähnlichkeit mit ihm haben, und daß die Natur bei der unendlichen Varietät, die sie liebet, allen Lebendigen unserer Erde nach Einem Hauptplasma der Organisation gebildet zu haben scheine.*

3. Es erhellet also von selbst, daß, da diese Hauptform nach Geschlechtern, Arten,

Bestimmungen, Elementen immer variiert werden mußte, *ein Exemplar das andre erkläre.* Was die Natur bei diesem Geschöpf als Nebenwerk hinwarf, führte sie bei dem andern gleichsam als Hauptwerk aus; sie setzte es ins Licht, vergrößerte es und ließ die andern Teile, obwohl immer noch in der überdachtesten Harmonie, diesem Teil jetzt dienen. Anderswo herrschen wiederum diese dienenden Teile, und alle Wesen der organischen Schöpfung erscheinen also als disiecti membra poëtae. Wer sie studieren will, muß eins im andern studieren; wo dieser Teil verhüllt und vernachlässigt erscheinet, weiset er auf ein andres Geschöpf, wo ihn die Natur ausgebildet und offen darlegte. Auch dieser Satz findet seine Bestätigung in allen Phänomenen divergierender Wesen.

4. Der Mensch endlich scheint unter den Erdtieren das feine Mittelgeschöpf zu sein, in dem sich, soviel es die Einzelnheit seiner Bestimmung zuließ, die meisten und feinsten Strahlen ihm ähnlicher Gestalten sammlen. Alles in gleichem Maß konnte er nicht in sich fassen; er mußte also diesem Geschöpf an Feinheit eines Sinnes, jenem an Muskelkraft, einem dritten an Elastizität der Fibern nachstehn; soviel sich aber vereinigen ließ, ward in ihm vereinigt. Mit allen Landtieren hat er Teile, Triebe, Sinnen, Fähigkeiten, Künste gemein; wo nicht ererbet, so doch erlernt, wo nicht ausgebildet, so doch in der Anlage. Man könnte, wenn man die ihm nahen Tierarten mit ihm vergleicht, beinah kühn werden zu sagen: sie sein gebrochene und durch katoptrische Spiegel auseinandergeworfne Strahlen seines Bildes. Und so können wir den vierten Satz annehmen: *daß der Mensch ein Mittelgeschöpf unter den Tieren, d. i. die ausgearbeitete Form sei, in der sich die Züge aller Gattungen um ihn her im feinsten Inbegriff sammeln.*

Ich hoffe nicht, daß die Ähnlichkeit, auf die ich zwischen Menschen und Tieren zeige, mit jenen Spielen der Einbildung werde verwechselt werden, da man bei Pflanzen und sogar bei Steinen äußere Glieder des menschlichen Körpers aufhaschte und darauf Systeme baute. Jeder Vernünftige belacht diese Spiele, da gerade mit der äußern Gestalt die bildende Natur innere Ähnlichkeiten des Baues verdeckte und verlarvte. Wie manche Tiere, die uns von außen so unähnlich scheinen, sind uns im innern, im Knochenbau, in den vornehmsten Lebens- und Empfindungsteilen, ja in den Lebensverrichtungen selbst auf die auffallendste Weise ähnlich! Man gehe die Zergliederungen *Daubentons*, *Perraults*, *Pallas* und andrer Akademisten durch, und der Augenschein zeiget es deutlich. Die Naturgeschichte für Jünglinge und Kinder muß sich, um dem Auge und Gedächtnis zu Hilfe zu kommen, an einzelnen Unterscheidungen der äußern Gestalt begnügen; die männliche und philosophische Naturgeschichte suchet den Bau des Tiers von innen und außen, um ihn mit seiner Lebensweise zu vergleichen und den Charakter und Standort des Geschöpfs zu finden. Bei den Pflanzen hat man diese Methode die *natürliche* genannt, und auch bei den Tieren muß die *vergleichende Anatomie* Schritt vor Schritt zu ihr führen. Mit ihr bekommt der Mensch natürlicher Weise *an sich selbst* einen Leitfaden, der ihn durchs große Labyrinth der lebendigen Schöpfung begleite, und wenn man bei irgendeiner Methode sagen kann, daß unser Geist dem durchdenkenden, vielumfassenden Verstande *Gottes* nachzudenken wage, so ist's bei dieser. Bei jeder Abweichung von der Regel, die uns der oberste Künstler als ein Gesetz Polyklets im *Menschen* darstellte, werden wir auf eine Ursache geführt, warum er hier abwich, zu welchem Zweck er dort anders formte; und so wird uns Erde, Luft, Wasser, selbst die tiefste Tiefe der belebten Schöpfung ein Vorratshaus seiner Gedanken, seiner Erfindungen nach und zu *einem Hauptbilde der Kunst und Weisheit.*

Ohne den Orden Benedikts wäre vielleicht der größeste Teil der Schriften des Altertums für uns verloren; und wenn es auf heilige Äbte, Bischöfe, Kardinäle und Päpste ankommt, so füllet die Zahl derer, die aus ihm hervorgegangen sind, mit dem, was sie veranstalteten, selbst eine Bibliothek. Der einzige *Gregor der Große*, ein Benediktiner, tat mehr als zehn geist- und weltliche Regenten tun konnten; auch die Erhaltung der alten Kirchenmusik, die soviel Wirkung auf die Gemüter der Menschen gehabt hat, sind wir diesem Orden schuldig.
Weiter schreiten wir nicht. Um von dem zu reden, was unter den Barbaren das Christentum wirkte, müssen wir diese erst selbst ins Auge nehmen, wie sie in großen Zügen nacheinander ins Römische Reich einziehn, Reiche stiften, meistens von Rom aus gefirmelt werden, und was zur Geschichte der Menschheit daraus ferner folget.

DRITTES BUCH

I.

Vergleichung des Baues der Pflanzen und Tiere in Rücksicht auf die Organisation des Menschen

Das erste Merkmal, wodurch sich unsern Augen ein Tier unterscheidet, ist der Mund. Die Pflanze ist, wenn ich so sagen darf, noch ganz Mund: sie saugt mit Wurzeln, Blättern und Röhren; sie liegt noch wie ein unentwickeltes Kind in ihrer Mutter Schoß und an ihren Brüsten. Sobald sich das Geschöpf zum Tier organisieret, wird an ihm, selbst ehe noch ein Haupt unterscheidbar ist, der Mund merklich. Die Arme des Polypen sind Mäuler; in Würmern, wo man noch wenig innere Teile unterscheidet, sind Speisekanäle sichtbar; ja bei manchen Schaltieren liegt der Zugang derselben, als ob er noch Wurzel wäre, am Unterteil des Tieres. Diesen Kanal also bildete die Natur an ihren Lebendigen zuerst aus und erhält ihn bis zum organisiertesten Wesen. Die Insekten sind im Zustande der Larven fast nichts als Mund, Magen und Eingeweide; die Gestalt der Fische und Amphibien, endlich sogar der Vögel und Landtiere ist auch in ihrer horizontalen Lage dazu gebildet. Nur je höher hinauf, desto vielfach geordneter werden die Teile. Die Öffnung enget sich, Magen und Eingeweide nehmen einen tiefern Platz; endlich bei der aufgerichteten Stellung des Menschen tritt auch äußerlich der Mund, der am Kopf des Tiers noch immer der vorstehende Teil war, unter die höhere Organisation des Antlitzes zurück: edlere Teile erfüllen die Brust; und die Werkzeuge der Nahrung sind in die niedere Region hinab geordnet. Das edlere Geschöpf soll nicht mehr dem Bauch allein dienen, dessen Herrschaft in allen Klassen seiner untern Brüder auch nach Teilen des Körpers und nach Verrichtungen des Lebens so weit und groß war.
Das erste Hauptgesetz also, dem irgend der Trieb eines Lebendigen dienet, ist *Nahrung*. Die Tiere haben ihn mit der Pflanze gemein; denn auch die Teile ihres Baues, die Speise einsaugen und ausarbeiten, bereiten Säfte und sind ihrem Gewebe nach pflanzenartig. Bloß die feinere Organisation, in welche die Natur sie setzte, die mehrere Mischung, Läuterung und Ausarbeitung der Lebenssäfte, nur diese befördert nach Klassen und Arten allmählich den feinern Strom, der die edlern Teile befeuchtet, je mehr die Natur jene niedrigern einschränkte. Stolzer Mensch, blicke auf die erste notdürftige Anlage deiner Mitgeschöpfe zurück, du trägst sie noch mit dir; du bist ein Speisekanal wie deine niedrigern Brüder.
Nur unendlich hat uns die Natur gegen sie veredelt. Die Zähne, die bei Insekten und andern Tieren Hände sein müssen, den Raub zu halten und zu zerreißen, die Kiefer, die bei Fischen und Raubtieren mit wunderbarer Macht wirken, wie edel sind sie bei dem Menschen zurückgesetzt und ihre ihnen noch einwohnende Stärke gezäh-

met*! Die vielen Magen der niedrigern Geschöpfe sind bei ihm und einigen Landtieren, die sich von innen seiner Gestalt nähern, in einen zusammengepreßt, und sein Mund endlich ist durch das reineste Göttergeschenk, die Rede, geheiligt. Würmer, Insekten, Fische, die mehresten Amphibien sind stumm mit dem Munde; auch der Vogel tönet nur mit der Kehle; jedes der Landtiere hat wenige herrschende Schälle, so viel zur Haushaltung seines Geschlechts gehören; der Mensch allein besitzt wahre Sprachorgane mit den Werkzeugen des Geschmacks und der Speise, also das Edelste mit den Zeichen der niedrigsten Notdurft zusammengeordnet. Womit er Speise für den niedrigen Leib verarbeitet, verarbeitet er auch in Worten die Nahrung der Gedanken.

Der zweite Beruf der Geschöpfe ist *Fortpflanzung:* die Bestimmung dazu ist schon im Bau der Pflanzen sichtbar. Wem dienen Wurzel und Stamm, Äste und Blätter? Wem hat die Natur den obersten oder doch den ausgesuchtesten Platz eingeräumet? Der *Blüte*, der *Krone*; und wir sahen, sie sind die Zeugungsteile der Pflanze. Sie also sind zum schönsten Hauptteil dieses Geschöpfs gemacht; auf ihre Ausbildung ist das Leben, das Geschäft, das Vergnügen der Pflanze, ja selbst die einzige scheinbar willkürliche Bewegung derselben berechnet; es ist diese nämlich der sogenannte *Schlaf der Pflanzen.* Gewächse, deren Samenbehältnisse hinlänglich gesichert sind, schlafen nicht; eine Pflanze nach der Befruchtung schläft auch nicht mehr. Sie schloß sich also nur *mütterlich* zu, die innern Teile der Blume gegen die rauhe Witterung zu bewahren; und so ist alles bei ihr, wie auf Nahrung und Wachstum, so auch auf Fortpflanzung und Befruchtung gerechnet; eines andern Zwecks der Tätigkeit war sie nicht fähig.

Nicht also bei den Tieren. Die Werkzeuge der Fortpflanzung sind ihnen nicht zur Krone gemacht (nur einige der niedrigsten Geschöpfe haben diese Teile dem Haupt nahe), sie sind vielmehr, auch der Bestimmung des Geschöpfs nach, edlern Gliedern untergeordnet. Herz und Lunge nehmen die Brust ein; das Haupt ist feinern Sinnen geweiht, und überhaupt ist dem ganzen Bau nach das Fiberngewebe mit seiner saftreichen Blumenkraft dem reizbaren Triebwerk der Muskeln und dem empfindenden Nervengebäude unterworfen. Die Ökonomie des Lebens dieser Geschöpfe soll offenbar dem Geist ihres Baues folgen. Freiwillige Bewegung, wirksame Tätigkeit, Empfindungen und Triebe machen das Hauptgeschäft des Tieres aus, je mehr sich seine Organisation hebet. Bei den meisten Gattungen ist die Begierde des Geschlechts nur auf kleine Zeit eingeschränkt; die übrige leben sie freier von diesem Triebe als manche niedrige Menschen, die gern in den Zustand der Pflanze zurückkehren möchten. Sie haben natürlich auch das Schicksal der Pflanzen; alle edlern Triebe, die Muskeln-, Empfindungs-, Geistes- und Willenskraft ermattet; sie leben ein Pflanzenleben und sterben eines frühzeitigen Pflanzentodes.

Was unter den Tieren der Pflanze am nächsten kommt, bleibt wie in der Ökonomie des Baues, so auch im Zweck seiner Bestimmung dem angeführten Bildungsprincipium treu: es sind Zoophyten und Insekten. Der Polyp ist seinem Bau nach nichts als eine belebte organische Röhre junger Polypen; das Korallengewächs ein organisches Haus eigner Seetiere; das Insekt endlich, das weit über jenen steht, weil es schon in einem feinern Medium lebet, zeiget dennoch in seiner Organisation sowohl als in seinem Leben die nahe Grenze jener Pflanzenbestimmung. Sein Kopf ist klein und ohne Gehirn; selbst zu einigen notdürftigen Sinnen war in ihm nicht Raum, daher

* Man sehe von der Kraft dieser Teile Hallers Element. Physiol. T. VI. p. 14. 15.

es sie auf Fühlhörnern vor sich her träget. Seine Brust ist klein; daher ihnen die Lunge und vielen auch das kleinste Analogon des Herzens fehlet. Der Hinterleib aber, in seinem pflanzenartigen Ringen, wie groß und weit ist er! Er ist noch der herrschende Teil des Tiers*, so wie die Hauptbestimmung desselben Nahrung und zahlreiche Fortpflanzung.

Bei Tieren edlerer Art legte die Natur, wie gesagt worden, die Werkzeuge der Fortpflanzung, als ob sie sich ihrer zu schämen anfinge, tiefer hinab; sie gab einem Teil mehrere, sogar die ungleichen Verrichtungen und gewann damit in der weitern Brust zu edlern Teilen Raum. Selbst die Nerven, die zu jenen Teilen führen mußten, ließ sie weit vom Haupt aus niedrigen Stämmen entspringen und entnahm sie mit ihren Muskeln und Fibern großenteils dem Willen der Seele. Pflanzenartig wird hier der Saft der Fortpflanzung bereitet und auch die junge Frucht noch als Pflanze genähret. Pflanzenartig blühet die Kraft dieser Teile und Triebe zuerst ab, wenn das Herz noch, und vielleicht rascher schlägt und der Kopf heller denket. Das Wachstum des menschlichen Körpers in seinen Teilen geschieht, nach *Martinets* feiner Bemerkung**, minder in den obern als untern Teilen des Körpers; gleich als ob der Mensch ein Baum wäre, der unten auf seinem Stamm wüchse. Kurz, so verschlungen der Bau unseres Körpers ist, so ist offenbar, daß die Teile, die bloß zur animalischen Nahrung und Fortpflanzung dienen, auch ihrer Organisation nach mitnichten die herrschenden Teile der Bestimmung eines Tiers, geschweige des Menschen werden sollten und werden konnten.

Und welche wählte denn die Natur zu diesen? Lasset uns ihrem Bau von innen und außen folgen.

•

Durch die Reihen aller lebendigen Erdwesen erstrecket sich die Ordnung, daß

1. Tiere mit *einer* Höhle und *einer* Kammer des Herzens, wie die Amphibien und Fische, auch kälteres Blut; daß
2. die mit *einer* Kammer ohne Höhle gar nur einen weißen Saft statt des Blutes haben, wie die Insekten und Würmer; daß aber
3. Tiere mit vierfachigem Herzen warmblütige Geschöpfe sind, wie Vögel und Säugetiere.

Gleichergestalt ist's bemerkt, daß

1. jenen Tieren zum Atemholen und zur Bewirkung des Blutumlaufs die Lunge fehle; daß aber
2. die Tiere mit vierfachem Herzen Lungen haben.

Es ist unglaublich, was aus diesen simpeln Unterschieden für große Veränderungen zur Veredlung der Wesen folgen.

Zuerst. Die Bildung des Herzens, auch in seiner unvollkommensten Gestalt, fordert einen *organischen Bau mehrerer innern Teile,* zu dem sich keine Pflanze erhebet. Auch in Insekten und Würmern sieht man schon Adern und andre Absondrungswerkzeuge,

* Viele dieser Geschöpfe holen noch durch ihn Odem; auf ihm läuft – statt des Herzens – die Pulsader hinab; sie bohren sich mit demselben ein u. f.

** S. *Martinets* Katechismus der Natur T. 1. S. 316, wo durch eine Kupfertafel das Wachstum nach Jahren gezeigt wird.

zum Teil selbst Muskeln und Nerven, die bei den Pflanzen noch durch Röhren und bei den Pflanzentieren durch ein Gebäude, das jenen ähnlich ist, ersetzt wurden. In dem vollkommenern Geschöpf ward also eine *feinere Ausarbeitung des Safts*, von dem es lebet, mithin auch der *Wärme*, durch die es lebt, befördert; und so sprosset der Baum des Lebens vom pflanzenartigen zum weißen Saft der Tiere, sodenn zum röteren Blut und endlich zur vollkommenern Wärme organischer Wesen. Je mehr diese wächst, desto mehr sehen wir auch die innere Organisation sich absetzen, sich vervielfältigen und den Kreislauf vollkommener werden, durch dessen Bewegung jene innere Wärme wahrscheinlich allein entstehen konnte. Nur *ein* Principium des Lebens scheint in der Natur zu herrschen: dies ist der *ätherische oder elektrische Strom*, der in den Röhren der Pflanze, in den Adern und Muskeln des Tiers, endlich gar im Nervengebäude immer feiner und feiner verarbeitet wird, und zuletzt alle die wunderbaren Triebe und Seelenkräfte anfacht, über deren Wirkung wir bei Tieren und Menschen staunen. Das Wachstum der Pflanzen, ob ihr Lebenssaft gleich viel organischer und feiner ist als die elektrische Kraft, die sich in der toten Natur äußert, wird durch die Elektrizität befördert. Noch auf Tiere und Menschen hat jener Strom Wirkung; und nicht nur auf die gröbern Teile ihrer Maschinen etwa, sondern selbst, wo diese zunächst an die Seele grenzen. Die Nerven, von einem Wesen belebt, dessen Gesetze beinahe schon über die Materie hinaus sind, da es mit einer Art Allgegenwart wirket, sind noch von der elektrischen Kraft im Körper berührbar. Kurz, die Natur gab ihren lebendigen Kindern das Beste, was sie ihnen geben konnte, eine *organische Ähnlichkeit ihrer eignen schaffenden Kraft, belebende Wärme*. Durch solche und solche Organe erzeuget sich das Geschöpf aus dem toten Pflanzenleben lebendigen Reiz und aus der Summe dieses, durch feinere Kanäle geläutert, das Medium der Empfindung, Das Resultat der Reize wird Trieb; das Resultat der Empfindungen Gedanke: ein ewiger Fortgang von organischer Schöpfung, der in jedes lebendige Geschöpf gelegt ward. Mit der organischen Wärme desselben (nicht eben wie sie für unsre groben Kunstwerkzeuge von außen fühlbar ist) nimmt auch die Vollkommenheit seiner Gattung, wahrscheinlich also auch seine Fähigkeit zu einem feinern Gefühl des Wohlseins zu, in dessen alles durchgehendem Strom die allerwärmende, allbelebende, allgenießende Mutter sich selbst fühlet.

Zweitens. Je vielfacher die innere Organisation des Geschöpfs zur feinern Lebenswärme ward, desto mehr, sehen wir, wird dasselbe fähig, *Lebendige zu empfangen und zu gebären*. Abermals eine Sprosse desselben großen Lebensbaumes durch alle Gattungen der Geschöpfe*.

Es ist bekannt, daß die meisten Pflanzen sich selbst begatten und daß auch, wo die Glieder des Geschlechts geteilt sind, sich viel Androgynen und Polygamen finden. Gleichergestalt ist's bemerkt, daß bei den niedrigern Arten der Tiere, den Pflanzengeschöpfen, Schnecken, Insekten, entweder die tierischen Zeugungsteile noch fehlen, und das Geschöpf wie Pflanze nur fortzusprossen scheinet, oder daß es unter ihnen Hermaphroditen, Androgynen und mehrere Anomalien gebe, die hier aufzuzählen nicht der Ort ist. Je vielfacher die Organisation des Tiers wird, desto bestimmter gehen die Geschlechter auseinander. Hier konnte sich die Natur nicht mehr an organischen Keimen begnügen; die Formung eines in seinen Teilen so vielartigen und

* Man wende nicht ein, daß auch Polypen, einige Schnecken und sogar die Blattläuse Lebendige gebären; auf diese Weise gebiert auch die Pflanze Lebendige, indem sie Keime treibt. Hier ist von lebendiggebärenden säugenden Tieren die Rede.

vielgestalteten Wesens wäre übel daran gewesen, wenn der Zufall das Werk gehabt hätte, mit organischen Formen zu spielen. Also schied die weise Mutter und trennete die Geschlechter. Sie wußte aber eine Organisation zu finden, wo sich zwei Geschöpfe zu einem vereinten und in ihrer Mitte ein Drittes würde, der Abdruck ihrer Beider im Augenblick der innigsten organischen Lebenswärme.

In dieser empfangen, wird das neue Wesen allein auch durch sie fortgebildet. Mütterliche Wärme umfängt es und bildet es aus. Noch atmet seine Lunge nicht und seine größere Brustdrüse sauget; selbst beim Menschen scheint die rechte Herzkammer noch zu fehlen, und statt des Bluts fließet ein weißer Saft durch seine Adern. Je mehr indes die mütterliche Wärme auch seine innere Wärme anfacht, desto mehr bildet sich das Herz, das Blut rötet sich und gewinnet, ob es gleich die Lunge noch nicht berühren kann, energischen Kreislauf. In lauten Pulsschlägen reget sich das Geschöpf und tritt endlich vollkommen gebildet auf die Welt, begabt mit allen Trieben der Selbstbewegung und Empfindung, zu denen es nur in einem lebendigen Geschöpf dieser Art organisiert werden konnte. Sogleich reichen ihm Luft, Milch, Nahrungsmittel, selbst der Schmerz und jedes Bedürfnis Anlässe dar, auf tausend Wegen Wärme einzusaugen und sie durch Fibern, Muskeln und Nerven zu dem Wesen zu verarbeiten, das keine niedrigere Organisation erarbeiten kann. Es wächst bis zu den Jahren, da es im Überfluß seiner Lebenswärme sich fortzubilden, zu vervielfältigen strebt, und der organische Lebenszirkel also von neuem anfängt. –

So ging die Natur bei den Geschöpfen zu Werk, die sie Lebendige gebären lassen konnte; nicht aber alle konnten dies. Die Tiere kälteren Blutes nicht; ihnen muß also die Sonne zu Hilfe kommen und ihre Mitmutter werden. Sie brütet das Ungeborne hervor; ein klarer Beweis, daß alle organische Wärme in der Schöpfung *eins* sei, nur durch zahllose Kanäle feiner und feiner hinaufgeläutert. Selbst die Vögel, die wärmeren Blutes sind als die Erdentiere, konnten, vielleicht teils ihres kältern Elements, teils ihrer Lebensart und ganzen Bestimmung wegen, nicht Lebendige gebären. Die Natur verschonte diese leichten flüchtigen Geschöpfe, ihre Jungen bis zur lebendigen Geburt zu tragen, wie sie sie auch mit der Mühe des Säugens verschonte. Sobald der Vogel aber, wenn auch nur in einer häßlichen Mittelgattung, die Erde betritt, säugt er. Sobald das Meertier warmes Blut und Organisation gnug hat, ein Lebendiges zu gebären, ward ihm auch die Mühe aufgelegt, es zu säugen.

Wie sehr trug die Natur hierdurch zur Vervollkommnung der Gattungen bei. Der flüchtige Vogel kann nur brüten; und wie schöne Triebe beider Geschlechter entstehen schon aus dieser kleinen Haushaltung! Die eheliche Liebe bauet, die mütterliche Liebe erwärmet das Nest; die väterliche versorget es und hilft es mit erwärmen. Wie verteidigt eine Vogelmutter ihre Jungen! Wie keusch ist in den Geschlechtern, die zur Ehe gemacht sind, ihre eheliche Liebe! – Bei den Tieren der Erde sollte dies Band wo möglich noch stärker werden; darum bekam die Mutter ihr Lebendiggebornes an die Brust, es mit den zärtesten Teilen ihrer selbst zu nähren. Nur ein grob organisiertes Schwein ist's, das seine eigne Jungen frißt; nur kalte Amphibien sind's, die ihre Eier dem Sande oder Morast geben. Mit Zärtlichkeit sorgen alle säugende Geschlechter für ihre Jungen; die Liebe des Affen ist zum Sprichwort geworden, und vielleicht gibt keine andre Gattung ihm nach. Selbst Seegeschöpfe nehmen daran teil, und der Manati ist bis zum Fabelhaften ein Bild der ehelichen und mütterlichen Liebe. Zärtliche Haushälterin der Welt, an so einfache organische Bande knüpftest du die notwendigsten Beziehungen, sowie die schönsten Triebe deiner Kinder. Auf eine Höhle der Herzmuskel, auf eine atmende Lunge kam's an, daß das Geschöpf mit stärkerer und feinerer Wärme lebte, daß es Lebendige gebar und säugte, daß es zu feineren als den Fortpflanzungstrieben, zur Haushaltung und Zärtlichkeit für die Jungen, ja in einigen Geschlechtern gar zur ehelichen Liebe gewöhnt ward. In der größern Wärme des Bluts, diesem Strom der allgemeinen Weltseele, zündetest du die Fackel an, mit der du auch die feinsten Regungen des menschlichen Herzens erwärmest.

Endlich sollte ich noch vom Haupt, als der höchsten Region der Tieresbildung reden; es gehören aber hierzu zuvörderst andere Betrachtungen als über ihre äußern Formen und Glieder.

II.

Vergleichung der mancherlei organischen Kräfte, die im Tier wirken

Der unsterbliche *Haller* hat die verschiednen Kräfte, die sich im Tierkörper physiologisch äußern, nämlich die Elastizität der Faser, die Reizbarkeit des Muskels, endlich die Empfindung des Nervengebäudes mit einer Genauigkeit unterschieden, die im ganzen nicht nur unwiderlegbar bleiben, sondern noch die reichste Anwendung, auch bei andern als menschlichen Körpern, zur physiologischen Seelenlehre gewähren dürfte.

Nun lasse ich's dahingestellet sein, ob nicht diese drei allerdings so verschiednen Erscheinungen im Grunde ein und dieselbe Kraft sein könnten, die sich in der Faser anders, anders im Muskel, anders im Nervengebäude offenbaret. Da alles in der Natur verknüpft und diese drei Wirkungen im belebten Körper so innig und vielfach verbunden sind, so läßt sich daran kaum zweifeln. Elastizität und Reizbarkeit grenzen aneinander, wie Fiber und Muskel zusammengrenzen. So wie dieser nur ein verflochtnes Kunstgebilde jener ist, so ist auch die Reizbarkeit wahrscheinlich nichts als eine auf innige Art unendlich vermehrte Schnellkraft, die in dieser organischen Verschlingung vieler Teile sich aus dem toten Fiberngefühl zur ersten Stufe des tierischen Selbstreizes erhoben. Die Empfindsamkeit des Nervensystems wird sodenn die dritte höhere Art derselben Kraft sein, ein Resultat aller jener organischen Kräfte; da der ganze Kreislauf des Bluts und aller ihm untergeordneten Gefäße dazu zu gehören scheint, das Gehirn als die Wurzel der Nerven mit dem feinen Saft zu befeuchten, der sich, als Medium der Empfindung betrachtet, über Muskel- und Faserkräfte so sehr erhebet.

Doch dem sei wie ihm wolle; unendlich ist die Weisheit des Schöpfers, mit der er in den verschiednen Organisationen der Tierkörper diese Kräfte verband und die niedern allmählich den höhern unterordnen wollte. Das Grundgewebe von allem auch in unserm Bau sind Fibern: auf ihnen blühet der Mensch. Die lymphatischen und Milchgefäße bereiten Saft für die ganze Maschine. Die Muskelkräfte bewegen diese nicht bloß zu Wirkungen nach außen, sondern ein Muskel, das Herz, wird das erste Triebwerk des Blutes, eines Saftes aus so vielen Säften, der nicht nur den ganzen Körper erwärmet, sondern auch zum Haupt steigt und von da durch neue Zubereitungen die Nerven belebet. Wie ein himmlisches Gewächs breiten sich diese aus ihrer obern Wurzel nieder; und wie sie sich breiten, wie fein sie sind, zu welchen Teilen sie verwandt werden, mit welchem Grad des Reizes hier oder da ein Muskel verschlungen sei, welchen Saft die pflanzenartigen Gefäße bereiten, welche Temperatur im ganzen Verhältnis dieser Teile gegeneinander herrsche, auf welche Sinnen es falle, zu welcher Lebensart es wirke, in welchen Bau, in welche Gestalt es organisiert sei – wenn die genaue Untersuchung dieser Dinge in einzelnen, zumal dem Menschen nahen Geschöpfen nicht Aufschlüsse über ihren Instinkt und Charakter, über das Verhältnis der Gattungen gegeneinander, zuletzt und am meisten über die Ursachen des Vorzuges der Menschen vor den Tieren gäbe, so wüßte ich nicht, woher man physische Aufschlüsse nehmen sollte. Und glücklicherweise gehen jetzt die *Camper*, *Wrisberg*, *Wolf*, *Sömmerings* und soviel andre forschende Zergliederer auf diesem geistigen physiologischen Wege der Vergleichung mehrerer Geschlechter in den Kräften der Werkzeuge ihres organischen Lebens. –

Ich setze meinem Zweck gemäß einige Hauptgrundsätze voraus, die die folgenden Betrachtungen über die inwohnenden organischen Kräfte verschiedner Wesen und zuletzt des Menschen einleiten mögen; denn ohne sie ist keine gründliche Übersicht der Menschennatur in ihren Mängeln und Vollkommenheiten möglich.

•

1. *Wo Wirkung in der Natur ist, muß wirkende Kraft sein; wo Reiz sich in Bestrebungen oder gar in Krämpfen zeigt, da muß auch Reiz von innen gefühlt werden.* Sollten diese Sätze nicht gelten, so hört aller Zusammenhang der Bemerkungen, alle Analogie der Natur auf.

2. *Niemand mag eine Grenze ziehen, wo eine augenscheinliche Wirkung Beweis eine inwohnenden Kraft sein könne und wo sie es nicht mehr sein soll.* Denen mit uns lebenden Tieren trauen wir Gefühl und Gedanken zu, weil wir ihre tägliche Gewohnheit vor uns sehen; andre können hievon deswegen nicht ausgeschlossen sein, weil *wir* sie nicht nahe und innig genug kennen, oder weil uns ihre Werke zu kunstreich dünken; denn unsre Unwissenheit oder Kunstlosigkeit ist kein absoluter Maßstab aller Kunstideen und Kunstgefühle der belebten Schöpfung.

3. Also: *Wo Kunst geübt wird, ist ein Kunstsinn, der sie übet*, und wo ein Geschöpf durch Taten zeigt, daß es Begebenheiten der Natur zuvor wisse, indem es ihnen zu entgehen trachtet, da muß es einen innern Sinn, ein Organ, ein Medium dieser Voraussicht haben; wir mögen's begreifen können oder nicht. Die Kräfte der Natur werden deshalb nicht verändert.

4. *Es mögen viel Medien in der Schöpfung sein, von denen wir nicht das mindeste wissen, weil wir kein Organ zu ihnen haben;* ja es müssen derselben viel sein, da wir fast bei jedem Geschöpf Wirkungen sehen, die wir uns aus unsrer Organisation nicht zu erklären vermögen.

5. Die Schöpfung ist unendlich größer, in der Millionen Geschöpfe, jedes von besonderem Sinn und Triebe eine eigne Welt genießet, ein eignes Werk treibet; als eine andre Wüste, die der unachtsame Mensch allein mit seinen fünf stumpfen Sinnen betasten soll.

6. Wer einiges Gefühl für die Hoheit und Macht der sinn- und kunst- und lebenreichen Natur hat, wird dankbar annehmen, was seine Organisation in sich schließt; ihr aber deswegen den Geist aller ihrer übrigen Werke nicht ins Gesicht leugnen. Die ganze Schöpfung sollte durchgenossen, durchgefühlt, durcharbeitet werden; auf jedem neuen Punkt also mußten Geschöpfe sein, sie zu genießen, Organe, sie zu empfinden, Kräfte, sie dieser Stelle gemäß zu beleben. Der Kaiman und der Kolibri, der Kondor und die Pipa, was haben sie miteinander gemein? Und jedes ist für sein Element organisiert, jedes lebt und webt in seinem Elemente. Kein Punkt der Schöp-

fung ist ohne Genuß, ohne Organ, ohne Bewohner: *jedes Geschöpf hat also seine eigne, eine neue Welt.*
Unendlichkeit umfaßt mich, wenn ich, umringt von tausend Proben dieser Art und ergriffen von ihren Gefühlen, Natur, in deinen heiligen Tempel trete. Kein Geschöpf bist du vorbeigegangen; du teiltest dich ihm ganz mit, so ganz, wie es dich in seiner Organisation fassen konnte. Jedes deiner Werke machtest du eins und vollkommen und nur sich selbst gleich. Da arbeitetest es von innen heraus, und wo du versagen mußtest, erstattest du, wie die Mutter aller Dinge erstatten konnte. – Lasset uns einige dieser abgewogenen Verhältnisse der verschiednen wirkenden Kräfte in mancherlei Organisationen bemerken; wir bahnen uns damit den Weg zum physiologischen Standort des Menschen.

1. Die Pflanze ist zur Vegetation und Fruchtbringung da: ein untergeordneter Zweck, wie es uns scheint; aber im Ganzen der Schöpfung zu jedem andern die Grundlage. Ihn also vollführt sie ganz und wirkt um so unablässiger auf denselben, je weniger sie in andre Zwecke verteilt ist. Wo sie kann, ist sie im ganzen Keim da und treibt neue Schößlinge und Knospen: ein Zweig vom Baume stellet den ganzen Baum dar. Wir rufen also sogleich einen der vorigen Sätze hier zu Hilfe und haben das Recht, nach aller Analogie der Natur zu sagen: *Wo Wirkung ist, muß Kraft, wo neues Leben ist, muß ein Principium des neuen Lebens sein*, und in jedem pflanzenartigen Geschöpf muß dieses sich in der größesten Wirksamkeit finden. Die Theorie der Keime, die man zur Erklärung der Vegetation angenommen hat, erkläret eigentlich nichts: denn der Keim ist schon ein Gebilde, und wo dieses ist, muß eine organische Kraft sein, die es bildet. Im ersten Samenkorn der Schöpfung hat kein Zergliederer alle künftige Keime entdeckt; sie werden uns nicht eher sichtbar, als bis die Pflanze zu ihrer eignen völligen Kraft gelangt ist, und wir haben durch alle Erfahrungen kein Recht, sie etwas anderm als der *organischen Kraft* der Pflanze selbst zuzuschreiben, die auf sie mit stiller Intensität wirket. Die Natur gewährte diesem Geschöpf, was sie ihm gewähren konnte, und erstattete das Vielfache, das sie ihm entziehen mußte, durch die Innigkeit der *einen* Kraft, die in ihm wirket. Was sollte die Pflanze mit Kräften der Tierbewegung, da sie nicht von ihrer Stelle kann? Warum sollte sie andre Pflanzen um sich her erkennen können, da dies Erkenntnis ihr Qual wäre? Aber die Luft, das Licht, ihren Saft der Nahrung ziehet sie an und genießt sie pflanzenartig; den Trieb zu wachsen, zu blühen und sich fortzupflanzen, übt sie so treu und unablässig, als ihn kein andres Geschöpfe übet.
2. Der Übergang von der Pflanze zu den vielen bisher entdeckten Pflanzentieren stellet dies noch deutlicher dar. Die Nahrungsteile sind bei ihnen schon gesondert: sie haben ein Analogon tierischer Sinne und willkürlicher Bewegung; ihre vornehmste *organische Kraft* ist indessen noch Nahrung und Fortpflanzung. Der Polyp ist kein Magazin von Keimen, die in ihm, etwa für das grausame Messer des Philosophen, präformiert lägen; sondern wie die Pflanze selbst *organisches Leben* war, ist auch *er organisches Leben*. Er schießt Abschößlinge wie sie, und das Messer des Zergliederers kann diese Kräfte nur wecken, nur reizen. Wie ein gereizter oder zerschnittener Muskel mehr Kraft äußert, so äußert ein gequälter Polyp alles, was er kann, um sich zu erstatten und zu ergänzen. Er treibt Glieder, solange seine Kraft es vermag, und das Werkzeug der Kunst seine Natur nur nicht ganz zerstörte. An einigen Teilen, in einigen Richtungen, wenn die Teile zu klein, wenn seine Kräfte zu matt werden, kann er's nicht mehr; welches alles nicht stattfände, wenn in jedem Punkt

der präformierte Keim bereit läge. Mächtige organische Kräfte sind's, die wir in ihm wie im Triebwerk der Gewächse, ja noch tiefer hinab in schwächern, dunklern Anfängen wirken sehen.

3. Die Schalentiere sind organische Geschöpfe voll so viel Lebens, als sich in diesem Element, in diesem Gehäuse nur sammlen und organisieren konnte. *Wir* müssen es Gefühl nennen, weil wir kein andres Wort haben; es ist aber Schnecken- oder Meeresgefühl, ein Chaos der dunkelsten Lebenskräfte, unentwickelt bis auf wenige Glieder. Siehe die feinen Fühlhörner, den Muskel, der den Sehnerven vertritt, den offnen Mund, den Anfang des schlagenden Herzens und, welch ein Wunder! die sonderbaren Reproduktionskräfte! Das Tier erstattet sich Kopf, Hörner, Kinnlade, Augen; es bauet nicht nur seine künstliche Schale und reibt sie ab, sondern erzeugt auch lebendige Wesen mit eben der künstlichen Schale, und manche Geschlechter sind zugleich Mann und Weib. In ihm liegt also eine Welt von *organischen Kräften*, vermöge deren das Geschöpf auf seiner Stufe vermag, was keins von ausgewickelten Gliedern vermochte und in denen das zähe Schleimgebilde um so inniger und unablässiger wirket.

4. Das Insekt, ein so kunstreiches Geschöpf in seinen Wirkungen, ist gerade so kunstreich in seinem Bau; seine organische Kräfte sind demselben, sogar einzelnen Teilen nach, gleichförmig. Noch fand sich an ihm zu wenigem Gehirn und nur zu äußerst feinen Nerven Raum; seine Muskeln sind noch so zart, daß harte Decken sie von außen bepanzern müssen, und zum Kreislauf der größern Landtiere war in seiner Organisation keine Stelle. Sehet aber seinen Kopf, seine Augen, seine Fühlhörner, seine Füße, seine Schilde, seine Flügel; bemerket die ungeheuren Lasten, die ein Käfer, eine Fliege, eine Ameise trägt; die Macht, die eine erzürnte Wespe beweiset; sehet die fünftausend Muskeln, die *Lyonet* in der Weidenraupe gezählt hat, da der mächtige Mensch deren kaum fünftehalbhundert besitzet; betrachtet endlich die Kunstwerke, die sie mit ihren Sinnen und Gliedern vornehmen und schließet auf eine organische Fülle von Kräften, die in jedem ihrer Teile *einwohnend* wirken. Wer kann den ausgerissenen zitternden Fuß einer Spinne, einer Fliege sehen, ohne wahrzunehmen, wieviel Kraft des lebendigen Reizes in ihm sei, auch abgetrennt von seinem Körper? Der Kopf des Tiers war noch zu klein, um alle Lebensreize in sich zu versammeln; die reiche Natur verbreitet diese also in alle, auch die feinsten Glieder. Seine Fühlhörner sind Sinne, seine feinen Füße Muskeln und Arme, jeder Nervenknote ein kleines Gehirn, jede reizbare Faser beinahe ein schlagendes Herz; und so konnten die feinen Kunstwerke vollbracht werden, zu denen manche dieser Gattungen ganz gebauet sind und zu welchen sie Organisation und Bedürfnis treibet. Welche feine Elastizität hat der Faden einer Spinne, einer Seidenraupe, und die Künstlerin zog ihn aus sich selbst zum offenbaren Erweise, daß sie selbst ganz Elastizität und Reiz, also auch in ihren Trieben und Kunstwerken eine wahre Künstlerin sei, eine in dieser Organisation wirkende *kleine Weltseele.*

5. Bei den Tieren von kaltem Blut ist noch dieselbe *Übermacht des Reizes sichtbar.* Lange und heftig regt sich die Schildkröte noch, nachdem sie ihr Haupt verloren; der abgerissene Kopf einer Natter biß nach 3, 8, 12 Tagen tödlich. Der zusammengezogene Kinnbacken eines toten Krokodils konnte einem Unvorsichtigen den Finger abbeißen; so wie unter den Insekten der ausgerissene Stachel einer Biene zu stechen strebet. – Siehe den Frosch in seiner Begattung; Füße und Glieder können ihm abgerissen werden, ehe er von seinem Gegenstande abläßt. Siehe den gequälten Salamander; Hände, Finger, Füße, Schenkel kann er verlieren und er erstattet sie sich

wieder. So groß, und wenn ich sagen darf, so allgnugsam sind die *organischen Lebenskräfte* in diesen Tieren von kaltem Blut; und kurz, je roher ein Geschöpf ist, d. i. je minder die organische Macht seiner Reize und Muskeln zu feinen Nervenkräften hinaufgeläutert und einem größern Gehirn untergeordnet worden, desto mehr zeigen sie sich in einer verbreiteten, das Leben haltenden oder erstattenden *organischen Allmacht.*

6. Selbst bei Tieren von wärmerem Blut hat man bemerkt, daß in Verbindung mit den Nerven ihr Fleisch sich träger bewege und ihr Eingeweide dagegen heftigere Wirkungen des Reizes zeige, wenn das Tier tot ist. Im Tode werden die Zuckungen stärker, in dem Maß, als die Empfindung abnimmt, und ein Muskel, der seine Reizbarkeit bereits verloren, erlangt solche wieder, wenn man ihn in Stücke zerschneidet. Je nervenreicher also das Geschöpf ist, desto mehr scheint's von der zähen Lebenskraft zu verlieren, die nur mit Mühe abstirbt. Die Reproduktionskräfte einzelner, geschweige so vielartiger Glieder, als Haupt, Hände, Füße sind, verlieren sich bei den sogenannten vollkommenern Geschöpfen; kaum daß sich bei ihnen in gewissen Jahren noch ein Zahn ersetzt oder ein Beinbruch und eine Wunde ergänzt. Dagegen steigen die Empfindungen und Vorstellungen in diesen Klassen so merklich, bis sie sich endlich im Menschen auf die für eine Erdorganisation feineste und höchste Weise zur Vernunft sammeln.

•

Dürfen wir aus diesen Induktionen, die noch viel mehr ins einzelne geleitet werden könnten, einige Resultate sammlen, so wären es folgende:

1. Bei jedem lebendigen Geschöpf scheint der Zirkel organischer Kräfte ganz und vollkommen; nur, er ist bei jedem anders modifiziert und verteilet. Bei diesem liegt er noch *der Vegetation* nahe und ist daher für die Fortpflanzung und Wiedererstattung seiner selbst so mächtig; bei andern nehmen diese Kräfte ab, je mehr sie in künstlichere Glieder, feinere Werkzeuge und Sinnen verteilt werden.

2. Über den mächtigen Kräften der Vegetation fangen die *lebendigen Muskelreize* zu wirken an. Sie sind mit jenen Kräften des wachsenden, sprossenden, sich wiederherstellenden animalischen Fiberngebäudes nahe verwandt; nur, sie erscheinen in einer künstlich verschlungenen Form, zu einem eingeschränkteren, bestimmteren Zweck der Lebenswirkung. Jeder Muskel steht schon mit vielen andern im wechselseitigen Spiel; er wird also auch nicht die Kräfte der Fiber allein, sondern die seinigen erweisen, lebendigen Reiz in wirkender Bewegung. Der Krampffisch erstattet nicht wie die Eidechse, der Frosch, der Polyp, seine Glieder; auch bei denen sich reproduzierenden Tieren erstatten sich die Teile, in denen Muskelkräfte zusammengedrungen sind, nicht so wie die gleichsam absprossenden Glieder; der Krebs kann seine Füße, aber nicht seinen Schwanz neu treiben. In künstlich verschlungenen Bewegungskräften hört also allmählich das Gebiet des vegetierenden Organismus auf, oder vielmehr, es wird in einer künstlichern Form festgehalten und auf die Zwecke der zusammengesetzteren Organisation im Ganzen verwendet.

3. Je mehr die Muskelkräfte in das Gebiet der Nerven treten, desto mehr werden auch sie in dieser Organisation gefangen und zu *Zwecken der Empfindung* überwältigt. Je mehr und feinere Nerven ein Tier hat, je mehr diese einander vielfach begegnen, künstlich verstärken und zu edlen Teilen und Sinnen verwandt werden, je größer und feiner endlich der Sammelplatz aller Empfindungen, das Gehirn, ist: desto verständiger und feiner wird die Gattung dieser Organisationen. Wo gegenteils

bei Tieren der Reiz die Empfindung, die Muskelkräfte das Nervengebäude überwinden, wo dies auf niedrige Verrichtungen und Triebe verbraucht wird und insonderheit der erste und beschwerlichste aller Triebe, der Hunger, noch der herrschendste sein mußte, da wird, nach unserm Maßstabe, die Gattung teils unförmlicher im Bau, teils in ihrer Lebensweise gröber. –

Wer würde sich nicht freuen, wenn ein philosophischer Zergliederer* es übernähme, eine vergleichende Physiologie mehrerer, insonderheit dem Menschen naher Tiere, nach diesen durch Erfahrungen unterschiednen und festgestellten Kräften im Verhältnis der ganzen Organisation des Geschöpfs zu geben? Die Natur stellet uns ihr Werk hin; von außen eine verhüllete Gestalt, ein überdecktes Behältnis innerer Kräfte. Wir sehen seine Lebensweise, wir erraten aus der Physiognomie seines Angesichts und aus dem Verhältnis seiner Teile vielleicht etwas von dem, was im Innern vorgeht; hier aber, im Innern sind uns die Werkzeuge und Massen organischer Kräfte selbst vorgelegt, und je näher am Menschen, desto mehr haben wir ein Mittel der Vergleichung. Ich wage es, da ich kein Zergliederer bin, den Wahrnehmungen großer Zergliederer in ein paar Beispielen zu folgen: sie bereiten uns zum Bau und zur physiologischen Natur des Menschen vor.

III.

Beispiele vom physiologischen Bau einiger Tiere

Der *Elefant***, so unförmlich er scheinet, gibt physiologische Gründe genug von seinem, dem Menschen so ähnlichen Vorzuge vor allen lebenden Tieren. Zwar ist sein Gehirn der Größe des Tiers nach nicht übermäßig; die Höhlen desselben aber und sein ganzer Bau ist dem menschlichen sehr ähnlich. »Ich war erstaunt«, sagt *Camper*, »eine solche Ähnlichkeit zwischen der glandula pinealis, den nates und testes dieses Tiers mit denen in unserm Gehirn zu finden; wenn irgendwo ein sensorium commune statthaben kann, so muß es hier gesucht werden.« Die Hirnschale ist im Verhältnis des Kopfes klein, weil die Nasenhöhle weit oberhalb dem Gehirn läuft und nicht nur die Stirn-, sondern auch andre Höhlen *** mit Luft anfüllet: denn um die schweren Kinnladen zu bewegen, wurden starke Muskeln und große Oberflächen erfordert, die die bildende Mutter also, um dem Geschöpf eine untragbare Schwere zu ersparen, mit Luft anfüllte. Das große Gehirn liegt nicht oberhalb dem kleinen und drücket dasselbe nicht durch seine Schwere; die trennende Membrane steht senkrecht. Die zahlreichen Nerven des Tiers wenden sich großenteils zu den feinern Sinnen, und der Rüssel allein empfängt derselben soviel als sein ganzer ungeheurer Körper. Die Muskeln, die ihn bewegen, entspringen an der Stirn; er ist ganz ohne Knorpel, das Werkzeug eines zarten Gefühls, eines feinen Geruchs und der leichtesten Bewegung. In ihm also vereinigen sich mehrere Sinne und berichtigen ein-

* Außer andern bekannten Werken finde ich in des ältern *Alexander Monro* Works, Edinb. 1781, einen Essai on Comparative Anatomy, der eine Übersetzung, so wie die schönen Tierskelette in Cheselden's Osteography, Lond. 1783, einen Nachstich verdienten, der aber in Deutschland schwerlich an die genaue Pracht des Originals kommen dürfte.

** Nach *Buffon*, *Daubenton*, *Camper* und zum Teil *Zimmermanns* Beschreibung eines ungebornen Elefanten.

*** Die Trommeln und Höhlen der processus mammillares u. f.

ander. Das geistvolle Auge des Elefanten (das auch am untern Augenlide, dem Menschen und sonst keinem Tier gleich, Haare und eine zarte Muskelbewegung hat) hat also die feinern fühlenden Sinne zu Nachbarn, und diese sind vom Geschmack, der sonst das Tier hinreißt, gesondert. Was bei andern, zumal fleischfressenden Tieren, der herrschende Teil des Gesichts zu sein pflegt, der Mund, ist hier unter die hervorragende Stirn, unter den erhöheten Rüssel tief heruntergesetzt und beinah verborgen. Noch kleiner ist seine Zunge: die Waffen der Verteidigung, die er im Munde trägt, sind von den Werkzeugen der Nahrung unterschieden; zur wilden Freßgier ist er also nicht gebildet. Sein Magen ist einfach und klein, so groß die Eingeweide sein mußten; ihn kann also wahrscheinlich nicht, wie das Raubtier, der wütende Hunger quälen. Friedlich und reinlich lieset er die Kräuter, und weil Geruch und Mund voneinander getrennt sind, brauchet er dazu mehr Behutsamkeit und Zeit. Zu eben der Behutsamkeit hat ihn die Natur im Trinken und in seinem ganzen schweren Körperbau gebildet, so daß diese ihn eben aus dem Grunde bis zur Begattung begleitet. Kein Trieb des Geschlechts verwildert ihn; denn die Elefantin trägt neun Monate, wie der Mensch, und säuget ihr Junges an Vorderbrüsten. Dem Menschen Gleich sind die Verhältnisse seiner Lebensalter, zu wachsen, zu blühn, zu sterben. Wie edel hat die Natur die tierischen Schneidezähne in Hauzähne verwandelt und wie fein muß das Organ seines Gehörs sein, da er die menschliche Rede in feinen Unterscheidungen des Befehls und der Affekten verstehet! Seine Ohren sind größer als bei einem andern Tier, dabei dünne und nach allen Seiten gebreitet; ihre Öffnung liegt hoch und der ganze, dennoch kleine Hinterkopf des Tiers ist eine Höhle des Widerhalls, mit Luft erfüllet. So wußte die Natur die Schwere des Geschöpfs zu erleichtern und die stärkste Muskelkraft mit der feinsten Ökonomie der Nerven zu paaren; ein König der Tiere an weiser Ruhe und verständiger Sinnesreinheit.
Der *Löwe* dagegen*, welch ein andrer König der Tiere! Auf Muskeln hat es die Natur bei ihm gerichtet; auf Sanftmut und feine Verständigkeit nicht. Sein Gehirn machte sie klein und seine Nerven so schwach, als es dem Verhältnis nach selbst die Nerven der Katze nicht sind; die Muskeln dagegen dick und stark und setzte sie an ihren Knochen in eine solche Lage, daß aus ihnen zwar nicht die vielfachste und feinste Bewegung, aber desto mehr Kraft entstehen sollte. Ein eigner großer Muskel, der den Hals erhebt, ein Muskel des Vorderfußes, der zum Festhalten dient, ein Fußgelenk dicht an der Klaue; diese groß und krumm, daß ihre Spitze nie stumpf werden kann, weil sie nie die Erde berührt; solche wurden des Löwen Gaben. Sein Magen ist lang und stark gebogen; das Reiben desselben und also sein Hunger muß fürchterlich sein. Klein ist sein Herz, aber zart und weit die Höhlen desselben; viel länger und weiter als beim Menschen. Auch die Wände seines Herzens sind doppelt so dünn und die Pulsadern doppelt so klein, daß das Blut des Löwen, sobald es aus dem Herzen tritt, schon viermal und in den Zweigen der 15. Abteilung hundertmal schneller läuft als im Menschen. Das Herz des Elefanten dagegen schlägt ruhig, beinah wie bei kaltblütigen Tieren. Auch die Galle des Löwen ist groß und schwärzlich. Seine breite Zunge lauft vorn rund zu, mit Stacheln besetzt, die, anderthalb Zoll lang, mitten auf dem Vorderteil liegen und ihre Spitzen hinterwärts richten. Daher sein gefährliches Lecken der Haut, das sogleich Blut hervortreibt und bei dem ihn

* Insonderheit nach *Wolfs* vortrefflicher Beschreibung in den Nov. Commentar. Acad. Scient. Petrop. T. XV. XVI., nach deren Art ich die physiologisch-anatomische Beschreibung mehrerer Tiere wünschte.

Blutdurst befällt; wütender Durst auch nach dem Blut seines Wohltäters und Freundes. Ein Löwe, der einmal Menschenblut gekostet hat, läßt nicht leicht von dieser Beute, weil sein durchfurchter Gaum nach dieser Erquickung lechzet. Dabei gebiert die Löwin mehrere Junge, die langsam wachsen; sie muß sie also lange nähren, und ihr mütterlicher Trieb nebst eignem Hunger reizt ihre Raubgier. Da die Zunge des Löwen scharf leckt und sein heißer Hunger ein Durst ist, so ist's natürlich, daß ihn faules Aas nicht reize. Das eigne Würgen und Aussaugen des frischen Bluts ist sein Königsgeschmack, und sein befremdendes Anstaunen oft seine ganze Königsgroßmut. Leise ist sein Schlaf, weil sein Blut warm und schnell ist; feige wird er, wenn er satt ist, weil er faulen Vorrat nicht brauchen kann, auch nicht an ihn denket, und ihn also nur der gegenwärtige Hunger zur Tapferkeit treibet. Wohltätig hat die Natur seine Sinne gestumpft; sein Gesicht fürchtet das Feuer, da es auch den Glanz der Sonne nicht erträgt; er wittert nicht scharf, weil er auch der Lage seiner Muskeln nach nur zum mächtigen Sprunge, nicht zum Lauf gemacht ist, und keine Fäulung ihn reizt. Die überdeckte, gefurchte Stirn ist klein gegen den Unterteil des Gesichts, die Raubknochen und Freßmuskeln. Plump und lang ist seine Nase, eisern sein Nakken und Vorderfuß, ansehnlich seine Mähne und Schweifmuskeln; der Hinterleib hingegen ist schwächer und feiner. Die Natur hatte ihre furchtbare Kräfte verbraucht und machte ihn im Geschlecht, auch sonst, wenn ihn sein Blutdurst nicht quält, zu einem sanften und edlen Tier. So physiologisch ist also auch dieses Geschöpfs Art und Seele.

Ein drittes Beispiel mag der *Unau* sein, dem Ansehen nach das letzte und ungebildetste der vierfüßigen Tiere; ein Klumpe des Schlammes, der sich zur tierischen Organisation erhoben. Klein ist sein Kopf und rund, auch alle Glieder desselben rund und dick, unausgebildet und wulstig. Sein Hals ist ungelenk, gleichsam ein Stück mit dem Kopf. Die Haare desselben begegnen sich mit dem Rückenhaar, als ob die Natur das Tier in zweierlei Richtungen formiert habe, ungewiß, welche sie wählen sollte. Sie wählte endlich den Bauch und Hintern zum Hauptteil, dem auch in der Stellung, Gestalt und ganzen Lebensweise der elende Kopf nur dienet. Der Wurf liegt am After; Magen und Gedärm füllen sein Inneres; Herz, Lunge, Leber sind schlecht gebildet, und die Galle scheint ihm noch gar zu fehlen. Sein Blut ist so kalt, daß es an die Amphibien grenzet; daher sein ausgerissenes Herz und sein Eingeweide noch lange schlägt und das Tier, auch ohne Herz, die Beine zuckt, als ob es in einem Schlummer läge. Auch hier bemerken wir also die Kompensation der Natur, daß, wo sie empfindsame Nerven, selbst rege Muskelkräfte versagen mußte, sie desto inniger den zähen Reiz ausbreitete und mitteilte. Dies vornehme Tier also mag unglücklicher scheinen, als es ist. Es liebt die Wärme, es liebt die schlaffe Ruhe und befindet sich in beiden schlammartig wohl. Wenn es nicht Wärme hat, schläft es; ja als ob ihm auch das Liegen schmerzte, hängt es sich mit der Kralle an den Baum, frißt mit der andern Kralle und genießt wie ein hangender Sack im warmen Sonnenschein sein raupenartiges Leben. Die Unförmlichkeit seiner Füße ist auch Wohltat. Das weiche Tier darf sich vermittelst ihres sonderbaren Baues nicht einmal auf die Ballen, sondern nur auf die Konvexität der Klaue wie auf Räder des Wagens stützen, und schiebet sich also langsam und gemächlich weiter. Seine sechsundvierzig Rippen, dergleichen kein andres vierfüßiges Tier hat, sind ein langes Gewölbe seines Speisemagazins und, wenn ich so sagen darf, die zu Wirbeln verhärteten Ringe eines fressenden Blättersacks, einer Raupe.

Gnug der Beispiele. Es erhellet, wohin der Begriff einer Tierseele und eines Tierinstinkts zu setzen sei, wenn wir der Physiologie und Erfahrung folgen. Jene nämlich ist die *Summe und das Resultat aller in einer Organisation wirkenden lebendigen Kräfte. Dieser ist die Richtung, die die Natur jenen sämtlichen Kräften dadurch gab, daß sie sie in eine solche und keine andre Temperatur stellte: daß sie sie zu diesem und keinem andern Bau organisierte.*

IV.

Von den Trieben der Tiere

Wir haben über die Triebe der Tiere ein vortreffliches Buch des seligen *Reimarus**, das, so wie sein andres über die natürliche Religion, ein bleibendes Denkmal seines forschenden Geistes und seiner gründlichen Wahrheitsliebe sein wird. Nach gelehrten und ordnungsvollen Betrachtungen über die mancherlei Arten der tierischen Triebe sucht er dieselben aus Vorzügen ihres Mechanismus, ihrer Sinne und ihrer inneren Empfindung zu erklären; glaubt aber noch, insonderheit bei den Kunsttrieben, besondere *determinierte Naturkräfte* und *natürlich angeborne Fertigkeiten* annehmen zu müssen, die weiter keine Erklärung leiden. Ich glaube das Letzte nicht; denn die Zusammensetzung der ganzen Maschine mit solchen und keinen andern Kräften, Sinnen, Vorstellungen und Empfindungen, kurz, die *Organisation des Geschöpfs selbst war die gewisseste Richtung*, *die vollkommenste Determination*, die die Natur ihrem Werk eindrücken konnte.

Als der Schöpfer die Pflanze baute und dieselbe mit solchen Teilen, mit solchen Anziehungs- und Verwandlungskräften des Lichts, der Luft und andrer feinen Wesen, die sich aus Luft und Wasser zu ihr drängen, begabte; da er sie endlich in ihr Element pflanzte, wo jeder Teil die ihm wesentlichen Kräfte natürlich äußert: so hatte er, dünkt mich, keinen neuen und blinden Trieb zur Vegetation dem Geschöpf anzuschaffen nötig. Jeder Teil mit seiner lebendigen Kraft tut das Seine, und so wird bei der ganzen Erscheinung das Resultat von Kräften sichtbar, das sich in solcher und keiner andern Zuammensetzung offenbaren konnte. Wirkende Kräfte der Natur sind alle, jede in ihrer Art, lebendig: in ihrem Innern muß ein Etwas sein, das ihren Wirkungen von außen entspricht; wie es auch *Leibniz* annahm und uns die ganze Analogie zu lehren scheinet. Daß wir für diesen innern Zustand der Pflanze oder der noch unter ihr wirkenden Kräfte keinen Namen haben, ist Mangel unsrer Sprache; denn Empfindung wird allerdings nur von dem innern Zustande gebraucht, den uns das Nervensystem gewähret. Ein dunkles Analogon indessen mag da sein, und wenn es nicht da wäre, so würde uns ein neuer Trieb, eine dem Ganzen zugegebene Kraft der Vegetation nichts lehren.

Zwei Triebe der Natur werden also schon bei der Pflanze sichtbar, der Trieb der Nahrung und Fortpflanzung; und das Resultat derselben sind Kunstwerke, an welche schwerlich das Geschäft irgendeines lebendigen Kunstinsekts reichet: es ist der Keim

* *Reimarus* Allgem. Betrachtungen über die Triebe der Tiere, Hamb. 1773. Im gleichen Angefangene Betrachtungen über die besonderen Arten der tierischen Kunsttriebe, denen auch I. A. H. *Reimarus* reiche und schöne Abhandlung über die Natur der Pflanzentiere beigefügt ist.

und die Blume. Sobald die Natur die Pflanze oder den Stein ins Tierreich überführet, zeigt sie uns deutlicher, was es mit den Trieben organischer Kräfte sei. Der Polyp scheint wie die Pflanze zu blühen und ist Tier; er sucht und genießet seine Speise tierartig, er treibt Schößlinge, und es sind lebendige Tiere; er erstattet sich, wo er erstatten kann – das größeste Kunstwerk, das je ein Geschöpf vollführte. Gehet etwas über die Künstlichkeit eines Schneckenhauses? Die Zelle der Biene muß ihm nachstehn; das Gespinst der Raupe und des Seidenwurms muß der künstlichen Blume weichen. Und wodurch arbeitete die Natur jenes aus? Durch innere organische Kräfte, die, noch wenig in Glieder geteilt, in einem Klumpen lagen und deren Windungen sich meistens dem Gange der Sonne gemäß dies regelmäßige Gebilde formten. Teile von innen heraus gaben die Grundlage her, wie die Spinne den Faden aus ihrem Unterteile ziehet, und die Luft mußte nur härtere oder gröbere Teile hinzubilden. Mich dünkt, diese Übergänge lehren uns gnugsam, worauf alle, auch die Kunsttriebe des künstlichsten Tiers beruhen, nämlich auf *organischen Kräften, die in dieser und keiner andern Masse, nach solchen und keinen andern Gliedern wirken.* Ob mit mehr oder weniger Empfindung, kommt auf die Nerven des Geschöpfs an; es gibt aber außer diesen noch regsame Muskelkräfte und Fibern voll wachsenden und sich wiederherstellenden Pflanzenlebens, welche zwei von den Nerven unabhängige Gattungen der Kräfte dem Geschöpf gnugsam ersetzen, was ihm an Gehirn und Nerven abgeht.

Und so führet uns die Natur selbst auf die Kunsttriebe, die man vorzüglich einigen Insekten zu geben gewohnt ist; aus keiner andern Ursache, als weil uns ihr Kunstwerk enger ins Auge fällt und wir dasselbe schon mit unsern Werken vergleichen. Je mehr die Werkzeuge in einem Geschöpf zerlegt sind, je lebendiger und feiner seine Reize werden, desto weniger kann es uns fremde dünken, Wirkungen wahrzunehmen, zu denen Tiere von gröberm Bau und von einer stumpferen Reizbarkeit einzelner Teile nicht mehr tüchtig sind, soviel andre Vorzüge sie übrigens haben mögen. Eben die Kleinheit des Geschöpfs und seine Feinheit wirkte zur Kunst; da diese nichts anders sein kann als das Resultat aller seiner Empfindungen, Tätigkeiten und Reize.

Beispiele werden auch hier das Beste sagen; und der treue Fleiß eines *Swammerdam*, *Réaumur*, *Lyonnet*, *Rösels* u. a. haben uns die Beispiele aufs Schönste vors Auge gemalet. Das Einspinnen der Raupe, was ist es anders, als was soviel andre Geschöpfe unkünstlicher tun, indem sie sich häuten. Die Schlange wirft ihre Haut ab, der Vogel seine Federn, viele Landtiere ändern ihre Haare: sie verjüngen sich damit und erstatten ihre Kräfte. Die Raupe verjünget sich auch, nur auf eine härtere, feinere, künstlichere Weise: sie streift ihre Dornhülle ab, daß einige ihrer Füße daran hangenbleiben, und tritt durch langsame und schnellere Übergänge in einen ganz neuen Zustand. Kräfte hiezu verlieh ihr ihr erstes Lebensalter, da sie als Raupe nur der Nahrung diente; jetzt soll sie auch der Erhaltung ihres Geschlechts dienen, und zur Gestalt hiezu arbeiten ihre Ringe und gebären sich ihre Glieder. Die Natur hat also bei der Organisation dieses Geschöpfs Lebensalter und Triebe nur weiter auseinandergelegt und läßt sich dieselbe in eignen Übergängen organisch bereiten – dem Geschöpf so unwillkürlich als der Schlange, wenn sie sich häutet.

Das Gewebe der Spinne, was ist's anders als der Spinne *verlängertes Selbst*, ihren Raub zu erhalten? Wie der Polyp die Arme ausstreckt, ihn zu fassen, wie sie die Krallen bekam, ihn festzuhalten, so erhielt sie auch die Warzen, zwischen welchen sie das Gespinst hervorzieht, den Raub zu erjagen. Sie bekam diesen Saft ungefähr zu so vielen Gespinsten, als auf ihr Leben hinreichen, und ist sie darin unglücklich, so muß sie entweder zu gewaltsamen Mitteln Zuflucht nehmen oder sterben. Der ihren ganzen Körper und alle demselben einwohnende Kräfte organisierte, bildete sie also zu diesem Gewebe *organisch.*

Die Republik der Biene sagt nichts anders. Die verschiedenen Gattungen derselben sind jede zu ihrem Zweck gebildet, und sie sind in Gemeinschaft, weil keine Gattung ohne die andre leben könnte. Die Arbeitsbienen sind zum Honigsammlen und zum Bau der Zellen organisieret. Sie sammlen jenen, wie jedes Tier seine Speise sucht, ja, wenn es seine Lebensart fordert, sie sich zum Vorrat zusammenträgt und ordnet. Sie bauen die Zellen, wie soviel andre Tiere sich ihre Wohnungen bauen, jedes auf seine Weise. Sie nähren, da sie geschlechtslos sind, die Jungen des Bienenstocks, wie andre ihre eignen Jungen nähren, und töten die Drohnen, wie jedes Tier ein andres tötet, das ihm seinen Vorrat raubt und seinem Hause zur Last fällt. Wie dies alles nicht ohne Sinn und Gefühl geschehen kann, so ist es indessen doch nur Bienensinn, Bienengefühl; weder der bloße Mechanismus, den *Buffon,* noch die entwickelte mathematisch-politische Vernunft, die andre ihnen angedichtet haben. Ihre Seele ist in diese Organisation eingeschlossen und mit ihr innig verwebet. Sie wirkt also derselben gemäß: künstlich und fein, aber enge und in einem sehr kleinen Kreise. Der Bienenstock ist ihre Welt, und das Geschäft desselben hat der Schöpfer noch durch eine dreifache Organisation dreifach verteilet.

Auch das Wort *Fertigkeit* müssen wir uns also nicht irre machen lassen, wenn wir diese organische Kunst bei manchen Geschöpfen sogleich nach ihrer Geburt bemerken. Unsre Fertigkeit entstehet aus Übungen; die ihrige nicht. Ist ihre Organisation ausgebildet, so sind auch die Kräfte derselben in vollem Spiel. Wer hat die größeste Fertigkeit auf der Welt? Der fallende Stein, die blühende Blume: er fällt, sie blühet *ihrer Natur nach.* Der Kristall schießt fertiger und regelmäßiger zusammen, als die Biene bauet und als die Spine webet. In jenem ist es nur noch organischer blinder Trieb, der nie fehlen kann; in diesen ist er schon zum Gebrauch mehrerer Werkzeuge und Glieder hinauforganisiert, und diese können fehlen. Das gesunde, mächtige Zusammenstimmen derselben zu *einem* Zweck macht *Fertigkeit,* sobald das ausgebildete Geschöpf da ist.

Wir sehen also auch, warum, je höher die Geschöpfe steigen, der unaufhaltbare Trieb sowie die irrtumfreie Fertigkeit abnehme. Je mehr nämlich das *eine* organische Principium der Natur, das wir jetzt *bildend,* jetzt *treibend,* jetzt *empfindend,* jetzt *künstlich bauend* nennen, und im Grunde nur eine und dieselbe organische Kraft ist, in mehr Werkzeuge und verschiedenartige Glieder verteilt ist, je mehr es in jedem derselben eine eigne Welt hat, also auch eignen Hindernissen und Irrungen ausgesetzt ist, desto schwächer wird der Trieb, desto mehr kommt er unter den Befehl der Willkür, mithin auch des Irrtums. Die verschiedenen Empfindungen wollen gegeneinander gewogen und dann erst miteinander vereinigt sein; lebe wohl also, hinreißender Instinkt, unfehlbarer Führer! Der dunkle Reiz, der in einem gewissen Kreise, abgeschlossen von allem andern, eine Art Allwissenheit und Allmacht in sich schloß, ist jetzt in Äste und Zweige gesondert. Das des Lernens fähige Geschöpf muß lernen, weil es weniger von Natur weiß, es muß sich üben, weil es weniger von Natur kann; es hat aber auch durch seine Fortrückung, durch die Verfeinerung und Verteilung seiner Kräfte neue Mittel der Wirksamkeit, mehrere und feinere Werkzeuge erhalten, die Empfindungen gegeneinander zu bestimmen und die bessere zu wählen. Was ihm an Intensität des Triebes abgeht, hat es durch Ausbreitung und feinere Zusammenstimmung ersetzt bekommen; es ist eines feinern Selbstgenusses, eines freiern und vielfachern Gebrauchs seiner Kräfte und Glieder fähig worden, und alle dies, weil, wenn ich so sagen darf, seine organische Seele in ihren Werkzeugen vielfacher und feiner auseinandergelegt ist. Lasset uns einige wunderbar schöne und weise Gesetze dieser allmählichen Fortbildung der Geschöpfe betrachten, wie der Schöpfer sie Schritt vor Schritt immer mehr an eine *Verbindung mehrerer Begriffe* oder Gefühle, sowie an einen *eignen freiern Gebrauch mehrerer Sinne und Glieder* gewöhnte.

V.

Fortbildung der Geschöpfe zu einer Verbindung mehrerer Begriffe und zu einem eignen freiern Gebrauch der Sinne und Glieder

1. In der toten Natur liegt alles noch in *einem* dunkeln, aber mächtigen Triebe. Die Teile dringen mit innigen Kräften zusammen; jedes Geschöpf sucht *Gestalt zu gewinnen und formt sich.* In diesem Trieb ist noch alles verschlossen; er durchdringt aber auch das ganze Wesen unzerstörbar. Die kleinsten Teile der Kristalle und Salze sind Kristalle und Salze; ihre bildende Kraft wirkt in der kleinsten Partikel wie im Ganzen unzerteilbar von außen, von innen unzerstörbar.
2. Die Pflanze ward in Röhren und andern Teilen auseinandergeleitet; ihr Trieb fängt an, diesen Teilen nach sich zu modifizieren, ob er wohl im Ganzen noch einartig wirket. Wurzel, Stamm, Äste saugen, aber auf verschiedne Art, durch verschiedne Gänge, verschiedne Wesen. Der Trieb des Ganzen modifiziert sich also mit ihnen, bleibt aber noch im ganzen eins und dasselbe; denn die *Fortpflanzung ist nur Efflorescens des Wachstums*; beide Triebe sind der Natur des Geschöpfs nach unabtrennbar.
3. Im Pflanzentier fängt die Natur an, einzelne Werkzeuge, mithin auch ihre inwohnenden Kräfte unvermerkt zu sondern; die Werkzeuge der Nahrung werden sichtbar, die Frucht löset sich schon im Mutterleibe los, ob sie gleich noch als Pflanze in ihm genährt wird. Viele Polypen sprossen aus *einem* Stamm: die Natur hat sie an Ort und Stelle gesetzt und mit einer eignen Bewegbarkeit noch verschonet; auch die Schnecke hat noch einen breiten Fuß, mit dem sie an ihrem Hause haftet. Noch mehr liegen die Sinne dieser Geschöpfe ungeschieden und dunkel ineinander, ihr Trieb wirkt langsam und innig; die Begattung der Schnecke dauert viele Tage. So hat die Natur diese Anfänge der lebendigen Organisation, soviel sie konnte, mit dem Vielfachen verschont, das Vielfache aber dafür in eine dunkle einfache Regung tiefer gehüllt und fester verbunden. Das zähe Leben der Schnecke ist beinah unzerstörbar.
4. Als sie höher hinaufschritt, beobachtete sie eben die weise Vorsicht, das Geschöpf an ein Vielfaches abgetrenneter Sinne und Triebe nur allmählich zu gewöhnen. Das Insekt konnte auf einmal nicht alles üben, was es üben sollte; es muß also *seine Gestalt und sein Wesen verändern*, um jetzt als Raupe dem Triebe der Nahrung, jetzt als Zwiefalter der Fortpflanzung gnug zu tun: beider Triebe war es in einer Gestalt nicht fähig. *Eine* Art Bienen konnte nicht alles ausrichten, was der Genuß und die Fortpflanzung dieses Geschlechts forderte; also teilte die Natur und machte diese zu Arbeitern, jene zu Fortpflanzern, diese zur Gebärerin; alles durch eine kleine Abänderung der Organisation, wodurch die Kräfte des ganzen Geschöpfs eine andre Richtung bekamen. *Was sie in Einem Modell nicht ausführen konnte, legte sie in drei Modellen, die alle zusammengehören, gebrochen auseinander.* So lehrte sie also ihr

Bienenwerk die Biene in drei Geschlechtern, wie sie den Schmetterling und andre Insekten ihren Beruf in zwo verschiednen Gestalten lehrte.

5. Je höher sie schritt, je mehr sie den Gebrauch mehrerer Sinne, mithin die Willkür zunehmen lassen wollte, desto mehr *tat sie unnötige Glieder weg und simplifizierte den Bau von innen und außen.* Mit der Haut der Raupe gingen Füße weg, die der Schmetterling nicht mehr bedurfte; die vielen Füße der Insekten, ihre mehreren und vielfachern Augen, ihre Fühlhörner und mancherlei andre kleine Rüstwerkzeuge verlieren sich bei den höhern Geschöpfen. Bei jenen war im Kopf wenig Gehirn; dies lag im Rückenmark längs hinunter und jedes Nervenknötchen war ein neuer Mittelpunkt der Empfindung. Die Seele des kleinen Kunstgeschöpfs war also in sein ganzes Wesen gebreitet. Je mehr das Geschöpf an Willkür und Verstandesähnlichkeit wachsen soll, desto größer und hirnreicher wird der Kopf: die drei Hauptteile des Leibes treten in mehrere Proportion gegeneinander, da sie bei Insekten, Würmern u. f. noch gar verhältnislos waren. Mit welchen großen mächtigen Schwänzen schleppen sich noch die Amphibien ans Land; ihre Füße stehn unförmlich auseinander. In Landtieren hebt die Natur das Geschöpf; die Füße werden höher und rücken mehr zusammen. Der Schwanz mit seinen fortgesetzten Rückenwirbeln schmälert und kürzt sich; er verliert die groben Muskelkräfte des Krokodils und wird biegsamer, feiner, bis er sich bei edlern Tieren gar nur in einen haarigen Schweif ändert und die Natur ihn zuletzt, indem sie sich der aufrechten Gestalt nähert, gar wegwirft. Sie hat das Mark desselben höher hinaufgeleitet und an edlere Teile verwendet.

6. Indem die bildende Künstlerin also die *Proportion des Landtiers* fand, die beste, darin diese Geschöpfe *gewisse Sinnen und Kräfte gemeinschaftlich üben und zu Einer Form der Gedanken und Empfindungen vereinigen lernten:* so änderte sich zwar nach der Bestimmung und Lebensart jedweder Gattung auch die Bildung derselben und schuf aus eben den Teilen und Gliedern jedem Geschlecht seine eigne Harmonie des Ganzen, mithin auch seine eigne von allen andern Geschlechtern organisch verschiedne Seele; sie behielt indes doch unter allen eine gewisse Ähnlichkeit bei und schien *einen* Hauptzweck zu verfolgen. Dieser Hauptzweck ist offenbar, sich der organischen Form zu nähern, in der die meiste Vereinigung klarer Begriffe, der vielartigste und freieste Gebrauch verschiedner Sinne und Glieder stattfände; und eben dies macht die mehr oder mindere Menschenähnlichkeit der Tiere. Sie ist kein Spiel der Willkür, sondern ein Resultat der mancherlei Formen, die zu dem Zweck, wozu sie die Natur verbinden wollte, nämlich zu einer Übung der Gedanken, Sinne, Kräfte und Begierden in diesem Verhältnis, zu solchen und keinen andern Zwecken nicht anders als also verbunden werden konnten. Die Teile jedes Tiers stehen auf seiner Stufe in der engsten Proportion untereinander; und ich glaube, alle Formen sind erschöpft, in denen nur ein lebendiges Geschöpf auf unsrer Erde fortkommen konnte. Dem Tier ward ein vierfüßiger Gang; denn als Menschenhände konnte es noch nicht seine Vorfüße gebrauchen; durch den vierfüßigen Gang aber ward ihm sein Stand, sein Lauf, sein Sprung und der Gebrauch aller seiner Tiersinne am leichtsten. Noch hängt sein Kopf zur Erde; denn von der Erde sucht's Nahrung. Der Geruch ist bei den meisten herrschend; denn er muß den Instinkt wecken oder ihn leiten. Bei diesem ist das Gehör, bei jenem das Auge scharf; und so hat die Natur nicht nur bei der vierfüßigen Tierbildung überhaupt, sondern bei der Bildung jedes Geschlechts besonders die Proportion der Kräfte und Sinne gewählt, die sich in dieser Organisation am besten zusammen üben konnten. Darnach verlängte oder kürzte sie die Glieder, darnach stärkte oder schwächte sie die Kräfte: jedes Geschöpf ist ein Zähler

zu dem großen Nenner, der die Natur selbst ist; denn auch der Mensch ist ja nur ein Bruch des Ganzen, eine Proportion von Kräften, die sich in dieser und keiner andern Organisation durch die gemeinschaftliche Beihilfe vieler Glieder zu *einem* Ganzen bilden sollte.

7. Notwendig mußte also in einer so durchdachten Erdorganisation *keine Kraft die andre, kein Trieb den andern stören;* und unendlich schön ist die Sorgfalt, die die Natur hier verwandte. Die meisten Tiere haben ihr *bestimmtes Klima*, und es ist gerade das, wo ihre Nahrung und Erziehung ihnen am leichtesten wird. Hätte die Natur sie in dieser Erträglichkeit vieler Erdstriche unbestimmter gebildet, in welche Not und Verwilderung wäre manche Gattung geraten, bis sie ihren Untergang gefunden hätte! Wir sehen dies noch an den bildsamen Geschlechtern, die dem Menschen in alle Länder gefolgt sind; sie haben sich mit jeder Gegend anders gebildet, und der wilde Hund ist das fürchterlichste Raubtier worden, eben weil er verwildert ist. Noch mehr hätte der *Trieb der Fortpflanzung* das Geschöpf verwirren müssen, wenn er unbestimmt gelassen wäre; nun aber legte die bildende Mutter auch diesen in Fesseln. Er wacht nur zu bestimmter Zeit auf, wenn die organische Wärme des Tiers am höchsten steiget, und da diese durch physische Revolutionen des Wachstums, der Jahrszeit, der reichsten Nahrung bewirkt wird und die gütige Vorsorgerin die Zeit des Tragens auch hiernach bestimmte, so ward für alt und jung gesorget. Das Junge kommt auf die Welt, wenn es für sich fortkommen kann, oder es darf in einem Ei die böse Jahrszeit überdauern, bis eine freundlichere Sonne es aufweckt; das Alte fühlet nur denn den Trieb, wenn dieser es in nichts anderm störet. Auch das Verhältnis der beiden Geschlechter in der Stärke und Dauer dieses Triebes ist darnach eingerichtet.

Über allen Ausdruck ist die wohltätige Mutterliebe, mit der auf diese Weise die Natur jedes lebendige Geschöpf zu Tätigkeiten, Gedanken und Tugenden, der Fassung seiner Organisation gemäß, gleichsam erziehet und tätig gewöhnet. Sie dachte ihm vor, da sie diese Kräfte in solche und keine andre Organisation setze, und nötigte das Geschöpf nun, in dieser Organisation zu sehen, zu begehren, zu handeln, wie sie ihm vorgedacht hatte und in den Schranken dieser Organisation Bedürfnis, Kräfte und Raum gab.

Keine Tugend, kein Trieb ist im menschlichen Herzen, von dem sich nicht hie und da ein Analogon in der Tierwelt fände und zu dem also die bildende Mutter das Tier organisch *gewöhnet.* Es muß für sich sorgen, es muß die Seinigen lieben lernen; Not und die Jahrszeit zwingen es zur Gesellschaft, wenn auch nur zur geselligen Reise. Dieses Geschöpf zwingt der Trieb zur Liebe, bei jenem macht das Bedürfnis gar Ehe, eine Art Republik, eine gesellige Ordnung. Wie dunkel dies alles geschehe, wie kurz manches daure, so ist doch der Eindruck davon in der Natur des Tiers da, und wir sehen, er ist mächtig da, er kommt wieder, ja er ist in diesem Geschöpf unwidertreiblich, unauslöschlich. Je dunkler, desto inniger wirkt alles; je weniger Gedanken sie verbinden, je seltener sie Triebe üben, desto stärker sind die Triebe, desto vollendeter wirken sie. Überall also liegen Vorbilder der menschlichen Handlungsweisen, in denen das Tier geübt wird; und sie, da wir ihr Nervengebäude, ihren uns ähnlichen Bau, ihre uns ähnlichen Bedürfnisse und Lebensarten vor uns sehen, sie dennoch als Maschinen betrachten zu wollen, ist eine Sünde wider die Natur wie irgend eine.

Es ist daher auch nicht zu verwundern, daß, je menschenähnlicher ein Geschlecht wird, desto mehr seine mechanische Kunst abnehme; denn offenbar stehet ein solches schon in einem vorübenden Kreise menschlicher Gedanken. Der Biber, der noch eine Wasserratte ist, bauet künstlich. Der Fuchs, der Hamster und ähnliche Tiere haben ihre unterirdische Kunstwerkstätte; der Hund, das Pferd, das Kamel, der Elefant bedürfen dieser kleinen Künste nicht mehr; sie haben menschenähnliche Gedanken, sie üben sich, von der bildenden Natur gezwungen, in menschenähnlichen Trieben.

VI.

Organischer Unterschied der Tiere und Menschen

Man hat unserm Geschlecht ein sehr unwahres Lob gemacht, wenn man behauptete, daß sich jede Kraft und Fähigkeit aller andern Geschlechter dem höchsten Grad nach in ihm finde. Das Lob ist unerweislich und sich selbst widersprechend; denn offenbar hübe sodenn eine Kraft die andre auf, und das Geschöpf hätte ganz und gar keinen Genuß seines Wesens. Wie bestehet es zusammen, daß der Mensch wie die Blume blühen, wie die Spinne tasten, wie die Biene bauen, wie der Schmetterling saugen könnte, und zugleich die Muskelkraft des Löwen, den Rüssel des Elefanten, die Kunst des Bibers besäße? Und besitzet, ja begreift er nur *eine* dieser Kräfte mit der Innigkeit, mit der sie das Geschöpf genießet und übet?

Von der andern Seite hat man ihn, ich will nicht sagen zum Tier erniedrigen, sondern ihm einen Charakter seines Geschlechts gar absprechen und ihn zu einem ausgearteten Tier machen wollen, das, indem es höhern Vollkommenheiten nachgestrebt, ganz und gar die Eigenheit seiner Gattung verloren. Dies ist nun offenbar auch gegen die Wahrheit und Evidenz seiner Naturgeschichte. Augenscheinlich hat er Eigenschaften, die kein Tier hat, und hat Wirkungen hervorgebracht, die im Guten und Bösen ihm eigen bleiben. Kein Tier frißt seinesgleichen aus Leckerei; kein Tier mordet sein Geschlecht auf den Befehl eines Dritten mit kaltem Blut. Kein Tier hat Sprache, wie der Mensch sie hat, noch weniger Schrift, Tradition, Religion, willkürliche Gesetze und Rechte. Kein Tier endlich hat auch nur die Bildung, die Kleidung, die Wohnung, die Künste, die unbestimmte Lebensart, die ungebundnen Triebe, die flatterhaften Meinungen, womit sich beinahe jedes Individuum der Menschen auszeichnet. Wir untersuchen noch nicht, ob alle dies zum Vorteil oder Schaden unsrer Gattung sei; gnug, es ist der Charakter unsrer Gattung. Da jedes Tier der Art seines Geschlechts im ganzen treu bleibt, und wir allein nicht die Notwendigkeit, sondern die Willkür zu unsrer Göttin erwählt haben, so muß dieser Unterschied als Tatsache untersucht werden; denn solche ist er unleugbar. Die andre Frage, wie der Mensch dazu gekommen, ob dieser Unterschied ihm ursprünglich sei oder ob er angenommen und affektiert worden, ist von einer andern, nämlich von bloß historischer Art; und auch hier müßte die Perfektibilität oder Korruptibilität, in der es ihm bisher noch kein Tier nachgetan hat, doch auch zum auszeichnenden Charakter seiner Gattung gehört haben. Wir setzen also alle Metaphysik beiseite und halten uns an Physiologie und Erfahrung.

1. *Die Gestalt des Menschen ist aufrecht; er ist hierin einzig auf der Erde.* Denn ob der Bär gleich einen breiten Fuß hat und sich im Kampf aufwärts richtet; obgleich der Affe und Pygmäe zuweilen aufrecht gehen oder laufen, so ist doch seinem Geschlecht allein dieser Gang beständig und natürlich. Sein Fuß ist fester und breiter,

er hat einen längern großen Zeh, da der Affe nur einen Daumen hat; auch seine Ferse ist zum Fußblatt gezogen. Zu dieser Stellung sind alle dahin wirkende Muskeln bequemt. Die Wade ist vergrößert, das Becken zurück-, die Hüften auseinandergezogen, der Rücken ist weniger gekrümmt, die Brust erweitert; er hat Schlüsselbeine und Schultern, an den Händen feinfühlende Finger, der hinsinkende Kopf ist auf den Muskeln des Halses zur Krone des Gebäudes erhoben; der Mensch ist ἄνθρωπος, ein über sich, ein weit um sich schauendes Geschöpf.

Nun muß es zugegeben werden, daß dieser Gang dem Menschen nicht so wesentlich sei, daß etwa jeder andre ihm so unmöglich wie das Fliegen würde. Nicht nur Kinder zeigen das Gegenteil, sondern die Menschen, die unter die Tiere gerieten, haben's durch Erfahrung bewiesen. Elf bis zwölf Personen * dieser Art sind bekannt, und obwohl nicht alle hinlänglich beobachtet und beschrieben worden, so ergeben doch einige Beispiele deutlich, daß der biegsamen Natur des Menschen auch der für ihn ungemäßeste Gang nicht ganz unmöglich werde. Sein Kopf sowohl als sein Unterleib liegen mehr vorwärts; der Körper kann also auch vorwärts fallen, wie der Kopf im Schlummer sinket. Kein toter Körper kann aufrecht stehen, und nur durch eine zahllose Menge angestrengter Tätigkeiten wird unser künstliche Stand und Gang möglich.

Also ist eben auch begreiflich, daß mit dem tierartigen Gange viele Glieder des menschlichen Körpers ihre Gestalt und Verhältnis zueinander ändern müssen, wie abermals das Beispiel der verwilderten Menschen zeiget. Der irländische Knabe, den *Tulpius* beschrieben, hatte eine flache Stirn, ein erhöhtes Hinterhaupt, eine weite blökende Kehle, eine dicke an den Gaum gewachsene Zunge, eine stark einwärts gezogene Herzgrube; gerade wie es der vierfüßige Gang geben mußte. Das niederländische Mädchen, die noch aufrecht ging, und bei der sich die weibliche Natur so weit erhalten hatte, daß sie sich mit einer Strohschürze deckte, hatte eine braune, rauche, dicke Haut, ein langes und dickes Haar. Das Mädchen, das zu Songi in Champagne gefangen ward, hatte ein schwarzes Ansehen, starke Finger, lange Nägel; und besonders waren die Daumen so stark und verlängert, daß sie sich damit wie ein Eichhörnchen von Baum zu Baum schwang. Ihr schneller Lauf war kein Gehen, sondern ein fliegendes Trippeln und Fortgleiten, wobei an den Füßen fast gar keine Bewegung zu unterscheiden war. Der Ton ihrer Stimme war fein und schwach, ihr Geschrei durchdringend und erschrecklich. Sie hatte ungewöhnliche Leichtigkeit und Stärke, und war von ihrer vorigen Nahrung, des blutigen und rohen Fleisches, der Fische, der Blätter und Wurzeln so schwer zu entwöhnen, daß sie nicht nur zu entfliehen suchte, sondern auch in eine tödliche Krankheit fiel, aus der sie nur durch Saugen des warmen Bluts, das sie wie ein Balsam durchdrang, zurückgebracht werden konnte. Ihre Zähne und Nägel fielen aus, da sie sich zu unsern Speisen gewöhnen sollte; unerträgliche Schmerzen zogen ihr Magen und Eingeweide, besonders die Gurgel zusammen, die lechzend und ausgetrocknet war. Lauter Erweise, wie sehr sich die biegsame menschliche Natur, selbst da sie von Menschen geboren und eine Zeitlang unter ihnen erzogen worden, in wenigen Jahren zu der niedrigen Tierart gewöhnen konnte, unter die sie ein unglücklicher Zufall setzte.

Nun könnte ich auch den häßlichen Traum ausmalen, was aus der Menschheit hätte werden müssen, wenn sie, zu diesem Lose verdammt, in einem vierfüßigen Mutterleibe zu einem Tierfötus gebildet wäre; welche Kräfte sich damit hätten stärken und

* Sie stehen in *Linneus' Natursystem*, in *Martinis* Nachtrage zu *Buffon* und andern Orten.

schwächen, welches der Gang der Menschentiere, ihre Erziehung, ihre Lebensart, ihr Gliederbau hätte sein müssen u. f. f. Aber fliehe, unseliges und abscheuliches Bild; häßliche Unnatur des natürlichen Menschen! Du bist weder in der Natur da; noch sollst du durch einen Strich meiner Farben vorgestellt werden. Denn:

2. *Der aufrechte Gang des Menschen ist ihm einzig natürlich; ja er ist die Organisation zum ganzen Beruf seiner Gattung und sein unterscheidender Charakter.*

Kein Volk der Erde hat man vierfüßig gefunden; auch die wildesten haben aufrechten Gang, so sehr sich manche an Bildung und Lebensart den Tieren nähern. Selbst die *Unfühlbaren* des Diodors samt andern Fabelgeschöpfen alter und mittlerer Schriftsteller gehen auf zwei Beinen; und ich begreife nicht, wie das Menschengeschlecht, wenn es je diese niedrige Lebensweise als Natur gehabt hätte, sich zu einer andern so zwang-, so kunstvollen jemals würde erhoben haben. Welche Mühe kostete es, die Verwilderten, die man fand, zu unsrer Lebensart und Nahrung zu gewöhnen! Und sie waren nur verwildert, nur wenige Jahre unter diesen Unvernünftigen gewesen. Das eskimoische Mädchen hatte sogar noch Begriffe ihres vorigen Zustandes, Reste der Sprache und Instinkte zu ihrem Vaterlande; und doch lag ihre Vernunft in Tierheit gefangen; sie hatte von ihren Reisen, von ihrem ganzen wilden Zustande keine Erinnerung. Die andern besaßen nicht nur keine Sprache, sondern waren zum Teil auch auf immer zur menschlichen Sprache verwahrloset. – Und das Menschentier sollte, wenn es äonenlang in diesem niedrigen Zustande gewesen, ja im Mutterleibe schon durch den vierfüßigen Gang zu demselben nach ganz andern Verhältnissen wäre gebildet worden, ihn freiwillig verlassen und sich aufrecht erhoben haben? Aus Kraft des Tiers, die ihn ewig herabzog, sollte er sich zum Menschen gemacht und menschliche Sprache erfunden haben, ehe er ein Mensch war? Wäre der Mensch ein vierfüßiges Tier, wäre er's jahrtausendelang gewesen; er wäre es sicher noch, und nur ein Wunder der neuen Schöpfung hätte ihn zu dem, was er jetzt ist, und wie wir ihn, aller Geschichte und Erfahrung nach, allein kennen, umgebildet.

Warum wollen wir also unerwiesne, ja völlig widersprechende *Paradoxa* annehmen, da der Bau des Menschen, die Geschichte seines Geschlechts und endlich, wie mich dünkt, die ganze Analogie der Organisation unsrer Erde uns auf etwas andres führet? Kein Geschöpf, das wir kennen, ist aus seiner ursprünglichen Organisation gegangen und hat sich ihr zuwider eine andre bereitet; da es ja nur mit den Kräften wirkte, die in seiner Organisation lagen, und die Natur Wege gnug wußte, ein jedes der Lebendigen auf dem Standpunkt festzuhalten, den sie ihm anwies. Beim Menschen ist auf die Gestalt, die er jetzt hat, alles eingerichtet; aus ihr ist in seiner Geschichte alles, ohne sie nichts erklärlich, und da auf diese, als auf die erhabne Göttergestalt und künstlichste Hauptschönheit der Erde, auch alle Formen der Tierbildung zu konvergieren scheinen, und ohne jene, sowie ohne das Reich des Menschen, die Erde ihres Schmucks und ihrer herrschenden Krone beraubt bliebe; warum wollten wir dies Diadem unsrer Erwählung in den Staub werfen und gerade den Mittelpunkt des Kreises nicht sehen wollen, in welchem alle Radien zusammenzulaufen scheinen? Als die bildende Mutter ihre Werke vollbracht und alle Formen erschöpft hatte, die auf dieser Erde möglich waren, stand sie still und übersann ihre Werke; und als sie sah, daß bei ihnen allen der Erde noch ihre vornehmste Zierde, ihr Regent und zweiter Schöpfer fehlte, siehe, da ging sie mit sich zu Rat, drängte die Gestalten zusammen und formte aus allen ihr Hauptgebilde, die menschliche Schönheit. Mütterlich bot sie ihrem letzten künstlichen Geschöpf die Hand und sprach: »Steh auf von der Erde! Dir selbst überlassen, wärest du Tier wie andre Tiere; aber durch meine besondre Huld und Liebe *gehe aufrecht* und werde der Gott der Tiere!« Lasset uns bei diesem heiligen Kunstwerk, der Wohltat, durch die unser Geschlecht ein Menschengeschlecht ward, mit dankbarem Blick verweilen; mit Verwundrung werden wir sehen, welche neue Organisation von Kräften in der aufrechten Gestalt der Menschheit anfange und wie allein durch sie der Mensch ein *Mensch* ward.

VIERTES BUCH

I.

Der Mensch ist zur Vernunftfähigkeit organisieret

Der Orang-Utan ist im Innern und Äußern dem Menschen ähnlich. Sein Gehirn hat die Gestalt des unsern; er hat eine breite Brust, platte Schultern, ein ähnliches Gesicht, einen ähnlich gestalteten Schädel; Herz, Lunge, Leber, Milz, Magen, Eingeweide sind wie bei dem Menschen. *Tyson** hat 48 Stücke angegeben, in denen er mehr unserm Geschlecht als den Affenarten gleichet; und die Verrichtungen, die man von ihm erzählt, selbst seine Torheiten, Laster, vielleicht auch gar die periodische Krankheit machen ihn dem Menschen ähnlich.

Allerdings muß also auch in seinem Innern, in den Wirkungen seiner Seele, etwas Menschenähnliches sein, und die Philosophen, die ihn unter die kleinen Kunsttiere erniedrigen wollen, verfehlen, wie mich dünkt, das Mittel der Vergleichung. Der Biber bauet, aber instinktmäßig; seine ganze Maschine ist dazu eingerichtet, sonst aber kann er nichts; er ist des Umganges der Menschen, der Teilnehmung an unsern Gedanken und Leidenschaften nicht fähig. Der Affe dagegen hat keinen determinierten Instinkt mehr; seine Denkungskraft steht dicht am Rande der Vernunft, am armen Rande der Nachahmung. Er ahmt alles nach und muß also zu tausend Kombinationen sinnlicher Ideen in seinem Gehirn geschickt sein, deren kein Tier fähig ist; denn weder der weise Elefant, noch der gelehrige Hund tut, was er zu tun vermag; *er will sich vervollkommen.* Aber er kann nicht; die Tür ist zugeschlossen, die Verknüpfung fremder Ideen zu den seinen und gleichsam die Besitznehmung des Nachgeahmten ist seinem Gehirn unmöglich. Das Affenweib, das *Bontius* beschrieben, besaß Schamhaftigkeit und bedeckte sich mit der Hand, wenn ein Fremder hinzutrat; sie seufzte, weinte und schien menschliche Handlungen zu verrichten. Die Affen, die *Battel* beschrieben, gehen in Gesellschaft aus, bewaffnen sich mit Prügeln und verjagen den Elefanten aus ihren Bezirken; sie greifen Neger an und setzen sich um ihr Feuer, haben aber nicht den Verstand, es zu unterhalten. Der Affe des *de la Brosse* setzte sich zu Tisch, bediente sich des Messers und der Gabel, zürnte, trauerte, hatte alle menschliche Affekten. Die Liebe der Mutter zu den Kindern, ihre Auferziehung und Gewöhnung zu den Kunstgriffen und Schelmereien der Affenlebensart, die Ordnung in ihrer Republik und auf ihren Märschen, die Strafen, die sie ihren Staatsverbrechern antun, selbst ihre possierliche List und Bosheit nebst einer Reihe andrer unleugbarer Züge sind Beweise gnug, daß sie auch in ihrem Innern so men-

* Tysons Anatomy of a Pygmie Compared with that of a Monkey, an Ape, and a Man. Lond. 1699, pag. 92–94.

schenähnliche Geschöpfe sind, wie ihr Äußeres zeiget. *Buffon* verschwendet den Strom seiner Beredsamkeit umsonst, wenn er die Gleichförmigkeit des Organismus der Natur von innen und außen bei Gelegenheit dieser Tiere bestreitet; die Fakta, die er von ihnen selbst gesammlet hat, widerlegen ihn gnugsam, und der gleichförmige Organismus der Natur von innen und außen, wenn man ihn recht bestimmt, bleibt in allen Bildungen der Lebendigen unverkennbar.

Was fehlte also dem menschenähnlichen Geschöpf, daß es kein Mensch ward? Etwa nur die Sprache? Aber man hat sich bei mehrern Mühe gegeben, sie zu erziehen, und wenn sie derselben fähig wären, hätten sie, die alles nachahmen, diese gewiß zuerst nachgeahmt und auf keine Instruktion gewartet. Oder liegt's allein an ihren Organen? Auch nicht; denn ob sie gleich den Inhalt der menschlichen Sprache fassen, so hat noch kein Affe, da er doch immer gestikulieret, sich ein Vermögen erworben, mit seinem Herrn pantomimisch zu sprechen und durch Gebärdungen menschlich zu diskurieren. Also muß es schlechthin an etwas anderm liegen, das dem Traurigen zur Menschenvernunft die Tür schloß und ihm vielleicht das dunkle Gefühl ließ, so nahe zu sein und nicht hineinzugehören.

Was war dies Etwas? Es ist sonderbar, daß der Zergliederung nach beinahe aller Unterschied an *Teilen des Ganges* zu liegen scheinet. Der Affe ist gebildet, daß er etwa aufrecht gehen kann, und ist dadurch dem Menschen ähnlicher als seine Brüder; er ist aber nicht ganz dazu gebildet, und dieser Unterschied scheint ihm alles zu rauben. Lasset uns diesen Anblick verfolgen, und die Natur selbst wird uns auf die Wege führen, auf denen wir die erste Anlage zur menschlichen Würde zu suchen haben.

Der Orang-Utan* hat lange Arme, große Hände, kurze Schenkel, große Füße mit langen Zehen; der Daum seiner Hand aber, der große Zeh seines Fußes ist klein; *Buffon* und schon *Tyson* vor ihm nennet das Affengeschlecht also vierhändig; und ihm fehlt mit diesen kleinen Gliedern offenbar die Basis zum festen Stande des Menschen. Sein Hinterleib ist hager, sein Knie breiter als beim Menschen und nicht so tief; die Knie bewegende Muskeln sitzen tiefer im Schenkelbein, daher er nie ganz aufrecht stehen kann, sondern immer mit eingebogenen Knien gleichsam nur stehen lernet. Der Kopf des Schenkelknochen hängt in seiner Pfanne ohne Band, die Knochen des Beckens stehen wie bei vierfüßigen Tieren, die fünf letzten Halswirbel haben lange spitzige Fortsätze, die die Zurückbeugung des Kopfs hindern; er ist also durchaus nicht zur aufrechten Stellung geschaffen, und fürchterlich sind die Folgen, die daraus sprießen. Sein Hals wird kurz und lang die Schlüsselbeine, so daß der Kopf zwischen den Schultern zu stecken scheinet**. Sonach bekommt dieser ein größeres Vorderteil, hervorragende Kinnladen, eine platte Nase, die Augen stehen dicht aneinander, der Augapfel wird klein, daß man kein Weißes um den Stern sieht. Der Mund dagegen wird groß, der Bauch dick, die Brüste lang, der Rücken wie gebrechlich; die Ohren treten tierartig empor, die Augenhöhlen kommen dicht aneinander, die Gelenkflächen des Kopfs stehen nicht mehr in der Mitte seiner Grundfläche wie beim Menschen, sondern hinterwärts, wie beim Tier; der Oberkiefer dagegen rückt

* *S. Campers* Kort Berigt wegens de Ontleding van verschiedene Orang-Outangs. Amsterd. 1780. Ich kenne diesen Bericht nur aus dem reichen Auszuge der *Göttingischen gelehrten Anzeigen* (Zugabe St. 29. 1780), und es ist zu hoffen, daß es nebst der Abhandlung Über die Sprachwerkzeuge der Affen aus den Transaktionen in die Sammlung kleiner Schriften dieses berühmten Zergliederers (Leipzig, 1781) werde eingerückt werden.

** Man sehe die Abbildung der traurigen Figur bei *Tyson* von vorn und hinten.

vorwärts, und das eingeschobne eigne Zwischenbein des Affen (Os intermaxillare) ist der letzte Abschnitt vom Menschenantlitz*. Denn nun, nach dieser Formung des Kopfs unten hervor, hinten hinweg, nach dieser Stellung desselben auf dem Halse, nach dem ganzen Zuge des Rückenwirbels jenen gemäß, blieb der Affe – immer nur ein Tier, so menschenähnlich er übrigens sein mochte.
Um uns zu diesem Schluß vorzubereiten, so lasset uns an Menschengesichter denken, die auch nur in der weitesten Ferne ans Tier zu grenzen scheinen. Was macht sie tierisch? Was gibt ihnen diesen entehrenden groben Anblick? Der hervorgerückte Kiefer, der zurückgeschobne Kopf, kurz, die entfernteste Ähnlichkeit mit der Organisation zum vierfüßigen Gange. Sobald der Schwerpunkt verändert wird, auf dem der Menschenschädel in seiner erhabnen Wölbung ruhet, so scheinet der Kopf am Rücken fest, das Gebiß der Zähne tritt hervor, die Nase breitet sich platt und tierisch. Oben treten die Augenhöhlen näher zusammen, die Stirn geht zurück und bekommt von beiden Seiten den tödlichen Druck des Affenschädels. Der Kopf wird oben und hinten spitz, die Vertiefung der Hirnschale bekommt eine kleinere Weite – und das alles, weil die Richtung der Form verrückt scheint, die schöne freie Bildung des Haupts zum aufrechten Gange des Menschen.
Rücket diesen Punkt anders, und die ganze Formung wird schön und edel. Gedankenreich tritt die Stirn hervor, und der Schädel wölbet sich mit erhabner ruhiger Würde. Die breite Tiernase zieht sich zusammen und organisiert sich höher und feiner; der zurückgetretene Mund kann schöner bedeckt werden, und so formt sich die Lippe des Menschen, die der klügste Affe entbehret. Nun tritt das Kinn herab, um ein gerade herabgesenktes schönes Oval zu ründen; sanft geht die Wange hinan, das Auge blickt unter der vorragenden Stirn wie aus einem heiligen Gedankentempel. Und wodurch dies alles? Durch die Formung des Kopfs zur *aufrechten Gestalt*, durch die innere und äußere Organisation desselben zum *perpendikularen Schwerpunkt***. Wer Zweifel hierüber hat, sehe Menschen- und Affenschädel, und es wird ihm kein Schatten eines Zweifels mehr bleiben.
Alle äußere Form der Natur ist Darstellung ihres inneren Werks; und so treten wir, große Mutter, vor das Allerheiligste deiner Erdenschöpfung, die Werkstätte des menschlichen Verstandes.

•

Man hat sich viel Mühe gegeben, die Größe des Gehirns beim Menschen mit der Gehirnmasse andrer Tiergattungen zu vergleichen und daher Tier und Gehirn gegeneinander zu wägen. Aus drei Ursachen kann dies Wägen und diese Zahlbestimmung keine reinen Resultate geben.
1. Weil das eine Glied des Verhältnisses, die Masse des Körpers, zu unbestimmt ist und zu dem andern fein bestimmten Gliede, dem Gehirn selbst, keine reine Proportion gewähret. Wie verschiedenartig sind die Dinge, die in einem Körper wiegen! Und

* Eine Abbildung dieses Beins siehe bei *Blumenbach* De generis humani varietate nativa Tab. I. fig. 2. Indessen scheinen nicht alle Affen dies Os intermaxillare in gleichem Grad zu haben, da *Tyson* in seinem Zergliederungsbericht, daß es nicht dagewesen, deutlich bemerket.

** Die Abhandlung *Daubentons:* Sur les différences de la situation du grand trou occipital dans l'homme et dans les animaux in den Mém. de l'Acad. de Paris 1764, die ich bei *Blumenbach* angeführt gefunden, habe ich bisher nicht gelesen; ich weiß also auch nicht, wohin sein Gedanke gehet, oder wie weit er ihn führet. Meine Meinung ist aus vorliegenden Tier- und Menschenschädeln geschöpfet.

wie verschieden kann das Verhältnis sein, das die Natur unter ihnen feststellte! Sie wußte dem Elefanten seinen schweren Körper, selbst sein schweres Haupt durch Luft zu erleichtern, und ohngeachtet seines nicht übergroßen Gehirnes ist er der Weiseste der Tiere. Was wiegt im Körper des Tiers am meisten? Die Knochen, und mit ihnen hat das Gehirn kein unmittelbares Verhältnis.

2. Ohnstreitig kommt viel darauf an, wozu das Gehirn für den Körper gebraucht werde, wohin und zu welchen Lebensverrichtungen es seine Nerven sende. Wenn man also Gehirn und Nervengebäude gegeneinander wöge, so gäbe es schon ein feineres und dennoch kein reines Verhältnis; denn das Gewicht beider zeigt doch nie weder die Feinheit der Nerven, noch die Absicht ihrer Wege.

3. Also käme zuletzt alles auf die *feinere Ausarbeitung*, auf die *proportionierte Lage der Teile gegeneinander*, und, wie es scheint, am meisten *auf den weiten und freien Sammelplatz* an, die Eindrücke und Empfindungen aller Nerven mit der größesten Kraft, mit der schärfsten Wahrheit, endlich auch mit dem freiesten Spiel der Mannigfaltigkeit zu verknüpfen und zu dem unbekannten göttlichen Eins, das wir *Gedanke* nennen, energisch zu vereinen; wovon uns die Größe des Gehirns an sich nichts saget.

Indessen sind diese berechnenden Erfahrungen * schätzbar und geben, zwar nicht die letzten, aber sehr belehrende und weiterhinleitende Resultate, deren ich einige, um auch hier die aufsteigende Einförmigkeit des Ganges der Natur zu zeigen, anzuführen wage.

1. In den kleinern Tieren, bei denen der Kreislauf und die organische Wärme noch unvollkommen ist, findet sich auch ein kleineres Gehirn und wenigere Nerven. Die Natur hat ihnen, wie wir schon bemerkt haben, an innigem oder fein verbreitetem Reiz ersetzt, was sie ihnen an Empfindung versagen mußte; denn wahrscheinlich konnte der ausarbeitende Organismus dieser Geschöpfe ein größeres Gehirn weder hervorbringen noch ertragen.

2. In den Tieren von wärmerm Blut wächst auch die Masse des Gehirns in dem Verhältnis, wie ihre künstlichere Organisation wächset; zugleich treten hier aber auch andre Rücksichten ein, die insonderheit das Verhältnis der Nerven und Muskelkräfte gegeneinander zu bestimmen scheinet. In Raubtieren ist das Gehirn kleiner; bei ihnen herrschen Muskelkräfte, und auch ihre Nerven sind großenteils Dienerinnen desselben und des tierischen Reizes. Bei grasfressenden ruhigen Tieren wird das Gehirn größer, obwohl es auch bei ihnen sich größtenteils noch in Nerven der Sinne zu verbrauchen scheinet. Die Vögel haben viel Gehirn; denn sie mußten in ihrem kältern Element wärmeres Blut haben. Der Kreislauf ist auch zusammengedrängter in ihrem meistens kleineren Körper; und so füllet bei dem verliebten Sperlinge das Gehirn den ganzen Kopf und ist $1/5$ vom Gewicht seines Körpers.

3. Bei jungen Geschöpfen ist das Gehirn größer als bei Erwachsenen; offenbar weil es flüssiger und zarter ist, also auch einen größern Raum einnimmt, deswegen aber kein größeres Gewicht gibt. In ihm ist noch der Vorrat jener zarten Befeuchtung zu allen Lebensverrichtungen und innern Wirkungen, durch welche das Geschöpf sich in seinen jüngern Jahren Fertigkeiten bilden und also viel aufwenden soll. Mit den Jahren wird es trockner und fester; denn die Fertigkeiten sind gebildet da, und der

* In *Hallers* größerer Physiologie ist deren eine Menge gesammelt; es wäre zu wünschen, daß Herr Prof. *Wrisberg* seine reichen Erfahrungen, auf welche er sich in den Anmerkungen zu *Hallers* kleinerer Physiologie bezieht, bekanntmachte; denn daß die *spezifische Schwere* des Gehirns, die er untersucht hat, ein feinerer Maßstab sei, als der bei den vorhergehenden Berechnungen gebraucht worden, wird sich bald ergeben.

Mensch sowohl als das Tier ist nicht mehr so leichter, so anmutiger, so flüchtiger Eindrücke fähig. Kurz, die Größe des Gehirns bei einem Geschöpf scheint eine notwendige Mitbedingung, nicht aber die einzige, nicht die erste Bedingung zu sein zu seiner größern Fähigkeit und Verstandesübung. Unter allen Tieren hat der Mensch, wie schon die Alten wußten, verhältnismäßig das größeste Gehirn, worin ihm aber der Affe nichts nachgibt; ja das Pferd wird hierin übertroffen vom Esel.

•

Also muß etwas anders hinzukommen ,das die feinere Denkungsart des Geschöpfs physiologisch fördert; und was könnte dies, nach dem Stufengange von Organisationen, den uns die Natur vors Auge gelegt hat, anders sein, als der *Bau des Gehirns* selbst, die vollkommenere *Ausarbeitung* seiner Teile und Säfte, endlich die schönere *Lage und Proportion* desselben zur Empfängnis geistiger Empfindungen und Ideen in der glücklichsten Lebenswärme. Lasset uns ihr Buch aufschlagen, die feinsten Blätter, die sie je geschrieben, die Gehirntafeln selbst; denn da der Zweck ihrer Organisationen auf Empfindung, auf Wohlsein, auf Glückseligkeit eines Geschöpfs geht, so muß das *Haupt* endlich das sicherste Archiv werden, in dem wir ihre Gedanken finden:

1. In Geschöpfen, bei denen das Gehirn kaum anfängt, erscheinet es noch sehr einfach: es ist wie eine Knospe oder ein Paar Knospen des fortsprießenden Rückenmarkes, die nur den nötigsten Sinnen Nerven erteilen. Bei Fischen und Vögeln, die nach *Willis* Bemerkung im ganzen Bau des Gehirns Ähnlichkeit haben, nimmt die Zahl der Erhöhungen bis zu fünf und mehreren zu; sie sondern sich auch deutlicher auseinander. In den Tieren von wärmerem Blut endlich unterscheidet sich das kleine und große Gehirn kenntlich; die Flügel des letzten breiten sich der Organisation des Geschöpfs zufolge auseinander, und die einzelnen Teile treten zu eben dem Zweck in Verhältnis. Die Natur hat also, so wie bei der ganzen Bildung ihrer Geschlechter, so auch bei dem Inbegriff und Ziel derselben, dem Gehirn, nur einen *Haupttypus*, auf den sie es vom niedrigsten Wurm und Insekt anlegt, den sie bei allen Gattungen nach der verschiednen äußern Organisation des Geschöpfs im Kleinen zwar verändert, aber verändernd fortführt, vergrößert, ausbildet und beim Menschen zuletzt aufs künstlichste vollendet. Sie kommt mit dem kleinen Hirn eher zustande als mit dem großen, da jenes seinem Ursprunge nach dem Rückenmark näher und verwandter, also auch bei mehreren Gattungen gleichförmiger ist, bei denen die Gestalt des großen Gehirns noch sehr variieret. Es ist dieses auch nicht zu verwundern, da vom kleinern Gehirn so wichtige Nerven für die tierische Organisation entspringen, so daß die Natur in Ausbildung der edelsten Gedankenkräfte ihren Weg von dem Rücken nach den vordern Teilen nehmen mußte.

2. Bei dem größern Gehirn zeiget sich die mehrere Ausarbeitung seiner Flügel in den edlern Teilen auf mehr als eine Weise. Nicht nur sind seine Furchen künstlicher und tiefer, und der Mensch hat derselben mehrere und mannigfaltere als irgendein anderes Geschöpf; nicht nur ist die Rinde des Hirns beim Menschen der zarteste und feinste Teil seiner Glieder, der sich ausdunstend bis auf $^1/_{25}$ verliert, sondern auch der Schatz, den diese Rinde bedecket und durchflicht, das Mark des Gehirns, ist bei den edlern Tieren und am meisten beim Menschen in seinen Teilen unterschiedner, bestimmter und vergleichungsweise größer als bei allen andern Geschöpfen. Beim Menschen überwiegt das große Gehirn das kleine um ein vieles, und das größere Gewicht desselben zeigt seine innere Fülle und mehrere Ausarbeitung.

3. Nun zeigen alle bisherigen Erfahrungen, die der gelehrteste Physiolog aller Nationen, *Haller*, gesammlet, wie wenig sich das *unteilbare Werk der Ideenbildung* in einzelnen materiellen Teilen des Gehirns materiell und zerstreut aufsuchen lasse; ja mich dünkt, wenn alle diese Erfahrungen auch nicht vorhanden wären, hätte man aus der Beschaffenheit der Ideenbildung selbst darauf kommen müssen. Was ist's, daß wir die Kraft unsres Denkens nach ihren verschiednen Verhältnissen bald Einbildungskraft und Gedächtnis, bald Witz und Verstand nennen? daß wir die Triebe, zu begehren, vom reinen Willen absondern und endlich gar Empfindungs- und Bewegungskräfte teilen? Die mindeste genauere Überlegung zeigt, daß diese Fähigkeiten nicht örtlich voneinander getrennt sein können, als ob in dieser Gegend des Gehirns der Verstand, in jener das Gedächtnis und die Einbildungskraft, in einer andern die Leidenschaften und sinnlichen Kräfte wohnen; denn der Gedanke unsrer Seele ist ungeteilt, und jede dieser Wirkungen ist eine Frucht der Gedanken. Es wird daher beinah ungereimt, abstrahierte Verhältnisse als einen Körper zergliedern zu wollen und, wie Medea die Glieder ihres Bruders hinwarf, die Seele auseinanderzuwerfen. Entgehet uns bei dem gröbsten Sinn das Material der Empfindung, das vom Nervensaft (wenn dieser auch da wäre) ein so verschiednes Ding ist, wieviel weniger wird uns die geistige Verbindung aller Sinne und Empfindungen empfindbar werden, daß wir dieselbe nicht nur sehen und hören, sondern auch in den verschiedenen Teilen des Gehirns so willkürlich erwecken könnten, als ob wir ein Klavichord spielten. Der Gedanke, dieses auch nur zu erwarten, ist mir fremde.

4. Noch fremder wird er mir, wenn ich den Bau des Gehirns und seiner Nerven betrachte. Wie anders ist hier die Haushaltung der Natur, als wie sich unsre abstrahierte Psychologie die Sinne und Kräfte der Seele denket! Wer würde aus der Metaphysik erraten, daß die Nerven der Sinne also entstehen, sich also trennen und verbinden? Und doch sind dies die einzigen Gegenden des Gehirns, die wir in ihren organischen Zwecken kennen, weil uns ihre Wirkung vors Auge gelegt ist. Also bleibt uns nichts übrig, als diese heilige Werkstätte der Ideen, das innere Gehirn, wo sich die Sinne einander nähern, als die Gebärmutter anzusehen, in denen sich die Frucht der Gedanken unsichtbar und unzerteilt bildet. Ist jene gesund und frisch und gewährt der Frucht nicht nur die gehörige Geistes- und Lebenswärme, sondern auch den geräumigen Ort, die schickliche Stätte, auf welcher die Empfindungen der Sinne und des ganzen Körpers von der unsichtbaren organischen Kraft, die hier alles durchwebt, erfasset und, wenn ich metaphorisch reden darf, in den *lichten Punkt* vereinigt werden können, der höhere *Besinnung* heißt, so wird, wenn äußere Umstände des Unterrichts und der Ideenwirkung dazukommen, das feinorganisierte Geschöpf der Vernunft fähig. Ist dieses nicht, fehlen dem Gehirn wesentliche Teile oder feinere Säfte; nehmen gröbere Sinne den Platz ein, oder findet es sich endlich in einer verschobenen, zusammengedrückten Lage, was wird die Folge sein, als daß jene feine Zusammenstrahlung der Ideen nicht stattfinde, daß das Geschöpf ein Knecht der Sinne bleibe?

5. Die Bildung der verschiednen Tiergehirne scheint dies augenscheinlich darzulegen, und eben hieraus, verglichen mit der äußern Organisation und Lebensweise des Tieres, wird man sich Rechenschaft geben können, warum die Natur, die überall auf *einen* Typus ausging, ihn nicht allenthalben erreichen konnte und jetzt so, jetzt anders abwechseln mußte. Der Hauptsinn vieler Geschöpfe ist der Geruch; er ist ihnen der notwendigste zur Unterhaltung und ihres Instinkts Führer. Nun siehe, wie sich im Gesicht des Tiers die Nase hervordrängt: so drängen sich auch im Gehirn

desselben die Geruchnerven hervor, als ob zu ihnen allein der Vorderteil des Hauptes gemacht wäre. Breit, hohl und markig gehen sie daher, daß sie fortgesetzte Gehirnkammern scheinen; bei manchen Gattungen gehen die Stirnhöhlen weit herauf, um vielleicht auch den Sinn des Geruchs zu verstärken, und so, wenn ich so sagen darf, ist ein großer Teil der Tierseele *geruchartig*. Die Sehnerven folgen, da nach dem Geruch dieser Sinn dem Geschöpf der nötigste war; sie gelangen schon mehr zur mittlern Region des Gehirns, wie sie auch einem feineren Sinne dienen. Die andern Nerven, die ich nicht hererzählen will, folgen in der Maße, wie die äußere und innere Organisation einen Zusammenhang der Teile fordert, so daß z. B. die Nerven und Muskeln der Teile des Hinterhaupts den Mund, die Kinnbacken u. f. stützen und beseelen. Sie schließen also gleichsam das Antlitz und machen das äußere Gebilde so zu einem Ganzen, wie es nach dem Verhältnis innerer Kräfte das Innere war; nur berechne man dieses nicht bloß auf das Gesicht, sondern auf den ganzen Körper. Es ist sehr angenehm, die verschiednen Verhältnisse verschiedner Gestalten vergleichend durchzugehn und die innern Gewichte zu betrachten, die die Natur für jedes Geschöpf aufhing. Wo sie versagte, erstattete sie; wo sie verwirren mußte, verwirrete sie weise, d. i. der äußern Organisation des Geschöpfs und seiner ganzen Lebensweise harmonisch. Sie hatte aber immer ihren Typus im Auge und wich ungern von ihm ab, weil ein gewisses *analoges Empfinden und Erkennen* der Hauptzweck war, zu dem sie alle Erdorganisationen bilden wollte. Bei Vögeln, Fischen und den verschiedensten Landtieren ist dies in einer fortgehenden Analogie zu zeigen.

6. Und so kommen wir auf den Vorzug des Menschen in seiner Gehirnbildung. Wovon hängt er ab? Offenbar von seiner *vollkommnern Organisation im Ganzen* und zuletzt von seiner *aufrechten Stellung*. Jedes Tiergehirn ist nach der Bildung seines Kopfs, oder vielmehr diese nach ihm, geformt, weil die Natur von innen aus wirket. Zu welchem Gange, zu welchem Verhältnis der Teile gegeneinander, zu welchem *Habitus* endlich sie das Geschöpf bestimmte, darnach mischte und ordnete sie auch seine organischen Kräfte. Und so ward das Gehirn groß oder klein, breit oder schmal, schwer oder leicht, viel- oder einartig, nachdem seine Kräfte waren und in welchem Verhältnis sie gegeneinander wirkten. Darnach wurden auch die Sinne des Geschöpfs stark oder schwach, herrschend oder dienend. Höhlen und Muskeln des Vorder- und Hinterhaupts bildeten sich, nachdem die Lymphe gravitierte, kurz, nach dem *Winkel der organischen Hauptrichtung*. Von zahlreichen Proben, die hierüber aus Gattungen und Geschlechtern angeführt werden könnten, führe ich nur zwei oder drei an. Was bildet den organischen Unterschied unsers Haupts vom Kopf des Affen? Der Winkel seiner Hauptrichtung. Der Affe hat alle Teile des Gehirns, die der Mensch hat; er hat sie aber nach der Gestalt seines Schädels in einer zurückgedrückten Lage, und diese hat er, weil sein Kopf unter einem andern Winkel geformt und er nicht zum aufrechten Gange gemacht ist. Sofort wirkten alle organischen Kräfte anders; der Kopf ward nicht so hoch, nicht so breit, nicht so lang wie der unsre; die niedern Sinne traten mit dem Unterteil des Gesichts hervor, und es ward ein Tiergesicht, so wie sein zurückgeschobnes Gehirn immer nur ein Tiergehirn blieb, wenn er auch alle Teile des menschlichen Gehirns hätte; er hat sie in andrer Lage, in anderm Verhältnis. Die parisischen Zergliederer fanden in ihren Affen die Vorderteile menschenähnlich; die innern aber von dem kleinen Gehirn alle im Verhältnis tiefer; die Zirbeldrüse war konisch, ihre Spitze nach dem Hinterhaupt gekehrt u. f. – lauter Verhältnisse aus diesem Winkel der Hauptrichtung zu seinem Gange,

zu seiner Gestalt und Lebensweise. Der Affe, den *Blumenbach** zergliederte, war noch tierischer, wahrscheinlich weil er von einer niedrigern Art war, daher sein größeres Cerebellum, daher die andern fehlende Unterschiede in den wichtigsten Regionen. Beim Orang-Utan fallen diese weg, weil sein Haupt minder zurückgebogen, sein Gehirn minder zurückgedrückt ist; indessen noch zurückgedrückt gnug, wenn man es mit dem hoch- und rund- und freigewölbten menschlichen Gehirn vergleicht, der einzigen schönen Kammer der vernünftigen Ideenbildung. Warum hat das Pferd kein Wundernetz (Rete mirabile) gleich andern Tieren? Weil sein Haupt emporsteht, und sich die Hauptader schon einigermaßen dem Menschen ähnlich ohne diese Versiegungen wie bei hangenden Tierhäuptern erhebet. Es ward also auch ein edleres, rasches, mutiges Tier, von vieler Wärme, von wenigem Schlaf; dahingegen bei Geschöpfen, denen ihr Haupt niedersank, die Natur im Bau des Gehirns so viel andre Anstalten vorzukehren hatte, sogar, daß sie die Hauptteile desselben mit einer beinern Wand unterschied. Alles kam also auf die *Richtung* an, nach und zu der sie das Haupt der Organisation des ganzen Körpers gemäß formte. Ich schweige von mehrern Beispielen, mit dem Wunsch, daß forschende Zergliederer, insonderheit bei menschenähnlichen Tieren, auf dies innere Verhältnis der Teile *nach der Lage gegeneinander und nach der Richtung des Haupts in seiner Organisation zum Ganzen* Rücksicht nehmen möchten; hier, glaube ich, wohnt der Unterschied einer Organisation zu diesem oder jenem Instinkt, zur Wirkung einer Tier- oder Menschenseele, denn jedes Geschöpf ist in allen seinen Teilen ein lebendig zusammenwirkendes Ganze.

7. Selbst der Winkel der menschlichen Wohlgestalt oder Mißbildung scheinet sich aus diesem einfachen und allgemeinen Gesetz der Bildung des Haupts zum aufrechten Gange bestimmen zu lassen; denn da diese Form des Kopfs, diese Ausbreitung des Gehirns in seine weiten und schönen Hemisphäre, mithin die innere Bildung zur Vernunft und Freiheit nur auf einer aufrechten Gestalt möglich war, wie das Verhältnis und die Gravitation dieser Teile selbst, die Proportion ihrer Wärme und die Art ihres Blutumlaufs zeiget; so konnte auch aus diesem innern Verhältnis nichts anders als die menschliche Wohlgestalt werden. Warum neiget sich die griechische Form des Oberhaupts so angenehm vor? Weil sie den weitesten Raum eines freien Gehirns umschließt, ja auch schöne, gesunde Stirnhöhlen verrät, also einen Tempel *jugendlich-schöner und reiner Menschengedanken.* Das Hinterhaupt dagegen ist klein; denn das tierische Cerebellum soll nicht überwiegen. So ist's mit den andern Teilen des Gesichts; sie zeigen als sinnliche Organe die schönste Proportion der sinnlichen Kräfte des Gehirns an, und jede Abweichung davon ist tierisch. Ich bin gewiß, daß wir über die Zusammenstimmung dieser Teile einst noch eine so schöne Wissenschaft haben werden, als uns die bloß erratende Phyiognomik schwerlich allein gewähren kann. Im Innern liegt der Grund des Äußern, weil durch organische Kräfte alles von innen heraus gebildet ward und jedes Geschöpf eine so ganze Form der Natur ist, als ob sie nichts anders geschaffen hätte.

Blick also auf gen Himmel, o Mensch, und erfreue dich schaudernd deines unermeßlichen Vorzugs, den der Schöpfer der Welt an ein so einfaches Prinzipium, deine aufrechte Gestalt knüpfte. Gingest du wie ein Tier gebückt, wäre dein Haupt in eben der gefräßigen Richtung für Mund und Nase geformt und darnach der Gliederbau geordnet: wo bliebe deine höhere Geistekraft, das Bild der Gottheit, unsichtbar in dich gesenket? Selbst die Elenden, die unter die Tiere gerieten, verloren es: wie sich

* Blumenbach. De varietat. nativ. gen. hum. p. 32.

ihr Haupt mißbildete, verwilderten auch die inneren Kräfte; gröbere Sinnen zogen das Geschöpf zur Erde nieder. Nun aber durch die Bildung deiner Glieder zum aufrechten Gange bekam das Haupt seine schöne Stellung und Richtung; mithin gewann das Hirn, dies zarte ätherische Himmelsgewächs, völligen Raum, sich umherzubreiten und seine Zweige abwärts zu versenden. Gedankenreich wölbte sich die Stirn, die tierischen Organe traten zurück, es ward eine menschliche Bildung. Je mehr sich der Schädel hob, desto tiefer trat das Gehör hinab, es fügte sich mit dem Gesicht freundschaftlicher zusammen, und beide Sinne bekamen einen innern Zutritt zur heiligen Kammer der Ideenbildung. Das kleinere Gehirn, die sprossende Blüte des Rückens und der sinnlichen Lebenskräfte, trat, da es bei den Tieren herrschender war, mit dem andern Gehirn in ein untergeordnetes milderes Verhältnis. Die Strahlen der wunderbar schönen gestreiften Körper wurden bei dem Menschen gezeichneter und feiner; ein Fingerzeig auf das unendlich feinere Licht, das in dieser mittlern Region zusammen- und auseinanderstrahlet. So ward, wenn ich in einem Bilde reden darf, die Blume gebildet, die auf dem verlängerten Rückenmark nur emporsproßte, sich aber vornweg zu einem Gewächs voll ätherischer Kräfte wölbet, das nur auf diesem emporstrebenden Baum erzeugt werden konnte.

Denn ferner: Die ganze Proportion der organischen Kräfte eines Tiers ist der Vernunft noch nicht günstig. In seiner Bildung herrschen Muskelkräfte und sinnliche Lebensreize, die nach dem Zweck des Geschöpfs in jede Organisation eigen verteilt sind und den herrschenden *Instinkt* jedweder Gattung bilden. Mit der aufrechten Gestalt des Menschen stand ein Baum da, dessen Kräfte so proportioniert sind, daß sie dem Gehirn, als ihrer Blume und Krone, die feinsten und reichsten Säfte geben sollten. Mit jedem Aderschlag erhebt sich mehr als der sechste Teil des Blutes im menschlichen Körper allein zum Haupt; der Hauptstrom desselben erhebt sich gerade und krümmet sich sanft und teilt sich allmählich, also daß auch die entferntesten Teile des Haupts von seinem und seiner Brüder Strömen Nahrung und Wärme erhalten. Die Natur bot alle ihre Kunst auf, die Gefäße desselben zu verstärken, seine Macht zu schwächen und zu verfeinern, es lange im Gehirn zu halten und, wenn es sein Werk getan hat, es sanft vom Haupt zurückzuleiten. Es entsprang aus Stämmen, die, dem Herzen nahe, noch mit aller Kraft der ersten Bewegung wirken, und vom ersten Lebensanfange an arbeitet die ganze Gewalt des jungen Herzens auf diese, die empfindlichsten und edelsten Teile. Die äußern Glieder bleiben noch ungeformt, damit zuerst nur das Haupt und die innern Teile aufs zarteste bereitet werden. Mit Verwundern sieht man nicht nur das gewaltige Übermaß derselben, sondern auch ihre feine Struktur in den einzelnen Sinnen des Ungebornen, als ob die große Künstlerin denselben allein zum Gehirn und zu den Kräften innerer Bewegung erschaffen wollte, bis sie allmählich auch die andern Glieder als Werkzeuge und Darstellung des Innern nachholet. Schon also im Mutterleibe wird der Mensch zur aufrechten Stellung und zu allem, was von ihr abhängt, gebildet. In keinem hangenden Tierleibe wird er getragen; ihm ist eine künstlichere Formungsstätte bereitet, die auf ihrer Basis ruhet. Da sitzt der kleine Schlafende, und das Blut dringt zu seinem Haupt, bis dieses durch seine eigne Schwere sinket. Kurz, der Mensch ist, was er sein soll (und dazu wirken alle Teile), ein aufstrebender Baum, gekrönt mit der schönsten Krone einer *feinern Gedankenbildung.*

II.

Zurücksicht von der Organisation des menschlichen Haupts auf die niedern Geschöpfe, die sich seiner Bildung nähern

Ist unser Weg bisher richtig gewesen, so muß, da die Natur immer gleichförmig wirkt, auch bei niedrigern Geschöpfen dieselbe Analogie im Verhältnis ihres Haupts zu dem gesamten Gliederbau herrschen, und sie herrscht auf die augenscheinlichste Weise. Wie die Pflanze darauf arbeitet, das Kunstwerk der Blume, als des Geschöpfs Krone, hervorzutreiben, so arbeitet der ganze Gliederbau in den lebendigen Geschöpfen, um das Haupt als seine Krone zu nähren. Man sollte sagen, daß der Reihe der Geschöpfe nach die Natur allen ihren Organismus anwende, immer mehr und ein feineres Gehirn zu bereiten, mithin dem Geschöpf einen freiern Mittelpunkt von Empfindungen und Gedanken zu sammeln. Je weiter sie hinaufrückt, desto mehr treibt sie ihr Werk, soviel sie nämlich tun kann, ohne das Haupt des Geschöpfs zu beschweren und seine sinnlichen Lebensverrichtungen zu stören. Lasset uns einige Glieder dieser hinaufsteigenden organischen Empfindungskette, auch in der *äußern Form und Richtung ihres Haupts*, bemerken.

1. In Tieren, wo das Haupt mit dem Körper noch horizontal liegt, findet die wenigste Ausarbeitung des Gehirns statt; die Natur hat ihre Reize und Triebe tiefer umher verbreitet. Würmer und Pflanzentiere, Insekten, Fische, Amphibien sind dergleichen. In den untersten Gliedern der organischen Kette ist kaum noch ein Haupt sichtbar, in andern kommt's wie ein Auge hervor. Klein ist's in den Insekten; in den Fischen ist Haupt und Körper noch eins, und in den Amphibien behält es größtenteils noch seine Horizontallage mit dem ganzen kriechenden Körper. Je mehr es sich losmacht und hebet, desto mehr erwacht das Geschöpf aus seiner tierischen Dumpfheit; um so mehr tritt auch das Gebiß zurück und scheinet nicht mehr die ganze vorgestreckte Kraft des horizontalen Körpers. Man vergleiche den Haifisch, der gleichsam ganz Rachen und Gebiß ist, oder den verschlingenden schleichenden Krokodil mit feinern Organisationen, und man wird durch zahlreiche Beispiele auf den Satz geführet werden, daß: *je mehr das Haupt und der Körper eines Tiers eine ungetrennte horizontale Linie sind, desto weniger ist bei ihm zum erhöhetern Gehirn Raum, desto mehr ist sein hervorspringender, ungelenkiger Rachen das Ziel seiner Wirkung.*

2. Je vollkommener das Tier wird, desto mehr kommt's gleichsam von der Erde herauf; es bekommt höhere Füße, die Wirbel seines Halses gliedern sich nach der Organisation seines Baues, und nach dem Ganzen bekommt der Kopf *Stellung und Richtung*. Auch hier vergleiche man die Panzer- und Beuteltiere, den Igel, die Ratte, den Vielfraß und andre niedrige Geschlechter mit den edleren Tieren. Bei jenen sind die Füße kurz, der Kopf steckt zwischen den Schultern, der Mund stehet lang und vorwärts; bei diesen wird Gang und Kopf leichter, der Hals gegliederter, der Mund kürzer; natürlicherweise bekommt auch das Hirn dadurch einen höhern, weitern Raum. Man kann also den zweiten Satz annehmen, daß: *je mehr sich der Körper zu heben und sich das Haupt vom Gerippe hinaufwärts loszugliedern strebt, desto feiner wird des Geschöpfs Bildung*. Nur muß dieser Satz, so wie der vorige, nicht nach einzelnen Gliedern, sondern nach dem ganzen Verhältnis und Bau des Tiers verstanden werden.

3. Je mehr an dem erhöhetern Kopf die Unterteile des Gesichts abnehmen oder zurückgedränget werden, desto edler wird die Richtung desselben, desto verständiger sein Antlitz. Man vergleiche den Wolf und den Hund, die Katze und den Löwen, das

Nashorn und den Elefanten, das Roß und das Flußpferd. Je breiter, gröber und herabziehender gegenteils die Unterteile des Gesichts sind, desto weniger bekommt der Kopf, Schädel und der Oberteil des Gesichts Antlitz. Hiernach unterscheiden sich nicht nur die Tierarten überhaupt, sondern auch eine und dieselbe nach Klimaten. Man betrachte den weißen nordischen Bär und den Bär wärmerer Länder, oder die verschiednen Gattungen der Hunde, Hirsche, Rehe; kurz, *je weniger das Tier gleichsam Kinnbacke und je mehr es Kopf ist, desto vernunftähnlicher wird seine Bildung.* Um sich diese Ansicht klarer zu machen, ziehe man vom letzten Halswirbel des Tiergerippes Linien zur höchsten Scheitelhöhe, zum vordersten Stirnbein und zum äußersten Punkt der Oberkinnlade: so wird man in den mancherlei Winkeln nach Geschlechtern und Arten die mannigfaltige Verschiedenheit sehen, zugleich aber auch innewerden, daß alles dies ursprünglich vom mehr oder minder *horizontalen Gange* herrühre und diesem diene.

Ich begegne mich hier mit dem feinen Verhältnis, das *Camper* über die Bildung der Affen und Menschen und unter diesen der verschiednen Nationalbildungen gegeben hat*, indem er nämlich eine gerade Linie durch die Höhlen des Ohrs bis zum Boden der Nase und eine andere von der höchsten Hervorragung des Stirnbeins bis auf den am meisten hervorragenden Teil der Oberkinnlade im schärfsten Profil ziehet. Er meint in diesem Winkel nicht nur den Unterschied der Tiere, sondern auch der verschiednen Nationen zu finden und glaubt, die Natur habe sich dieses Winkels bedient, alle Verschiedenheiten der Tiere zu bestimmen und sie gleichsam stufenweise bis zum Schönsten der schönen Menschen zu erheben. „Die Vögel beschreiben die kleinsten Winkel, und diese Winkel werden größer, je nachdem sich das Tier der menschlichen Gestalt nähert. Die Affenköpfe steigen von 42 bis zu 50 Graden; der letzte ist dem Menschen ähnlich. Der Neger und Kalmücke haben 70, der Europäer 80 Grade, und die Griechen haben ihr Ideal von 90 bis zu 100 Graden verschönert. Was über diese Linie fällt, wird ein Ungeheuer; sie ist also das Höchste, wozu die Alten die Schönheit ihrer Köpfe gebracht haben." So frappant diese Bemerkung ist, so sehr freuet es mich, sie, wie ich glaube, auf ihren physischen Grund zurückführen zu können; es ist dieser nämlich das *Verhältnis des Geschöpfs zur horizontalen und perpendikularen Kopfstellung und Bildung*, von der am Ende die glückliche Lage des Gehirns, sowie die Schönheit und Proportion aller Gesichtsteile abhängt. Wenn man das *Campersche* Verhältnis also vollständig machen und zugleich seinen Grund erweisen will, so darf man nur statt des Ohrs den letzten Halswirbel zum Punkt nehmen und von ihm zum letzten Punkt des Hinterhaupts, zum obersten des Scheitels, zum vordersten der Stirn, zum hervorspringendsten des Kinnbeins Linien ziehen; so wird nicht nur die Varietät der Kopfbildung selbst, sondern auch der Grund derselben sichtbar, daß alles von der *Formung und Richtung dieser Teile zum horizontalen und perpendikularen Gange*, mithin zum ganzen Habitus des Geschöpfs abhange und hiernach, zufolge eines einfachen Bildungsprincipium, in die größeste Mannigfaltigkeit Einheit gebracht werden möge.

O daß ein zweiter *Galen* in unsern Tagen das Buch des Alten von den Teilen des menschlichen Körpers insonderheit zu dem Zweck erneute, damit die Vollkommenheit unsrer Gestalt im aufrechten Gange nach allen Proportionen und Wirkungen offenbar würde! Daß er in fortgehender Vergleichung mit denen uns nächsten Tieren

* S. *Campers* kleinere Schriften T. I. S. 15 u. f. Ich wünschte, daß die Abhandlung vollständig und auch die zwei Kupfertafeln dazu bekannt gemacht würden.

den Menschen vom ersten Anfange seiner Sichtbarkeit in seinen tierischen und geistigen Verrichtungen, in der feinern Proportion aller Teile zueinander, zuletzt den ganzen sprossenden Baum bis zu seiner Krone, dem Gehirn, verfolgte und durch Vergleichungen zeigte, wie eine solche nur hier sprossen konnte. Die aufgerichtete Gestalt ist die schönste und natürlichste für alle Gewächse der Erde. Wie der Baum aufwärts wächst, wie die Pflanze aufwärts blühet, so sollte man auch vermuten, daß jedes edlere Geschöpf diesen Wuchs, diese Stellung haben, und nicht wie ein hingestrecktes, auf vier Stützen geschlagenes Gerippe sich herschleppen sollte. Aber das Tier mußte in diesen früheren Perioden seiner Niedergeschlagenheit noch animalische Kräfte ausarbeiten und sich mit Sinnen und Trieben üben lernen, ehe es zu unsrer, der freiesten und vollkommensten Stellung gelangen konnte. Allmählich nahet es sich derselben: der kriechende Wurm erhebt, soviel er kann, vom Staube sein Haupt und das Seetier schleichet gebückt ans Ufer. Mit hohem Halse stehet der stolze Hirsch, das edle Roß da, und dem gezähmten Tier werden schon seine Triebe gedämpft; seine Seele wird mit Vorideen genährt, die es zwar noch nicht fassen kann, die es aber auf Glauben annimmt und sich gleichsam blind zu ihnen gewöhnet. Ein Wink der fortbildenden Natur in ihrem unsichtbaren organischen Reich, und der tierisch-hinabgezwungene Körper richtet sich auf: der Baum seines Rückens sproßt gerader und effloresziert feiner; die Brust hat sich gewölbet, die Hüften geschlossen, der Hals erhoben, die Sinne sind schöner geordnet und strahlen zusammen ins hellere Bewußtsein, ja zuletzt in *einen* Gottesgedanken. Und das alles, wodurch anders als vielleicht, wenn die organischen Kräfte sattsam geübt sind, durch *ein* Machtwort der Schöpfung: *Geschöpf, steh auf von der Erde!*

III.

Der Mensch ist zu feinern Sinnen, zur Kunst und zur Sprache organisieret

Nahe dem Boden hatten alle Sinnen des Menschen nur einen kleinen Umfang, und die niedrigen drängeten sich den edlern vor, wie das Beispiel der verwilderten Menschen zeiget. Geruch und Geschmack waren, wie bei dem Tier, ihre ziehenden Führer. -- Über die Erde und Kräuter erhoben, herrschet der Geruch nicht mehr, sondern das Auge; es hat ein weiteres Reich um sich und übet sich von Kindheit auf in der feinsten Geometrie der Linien und Farben. Das Ohr, unter den hervortretenden Schädel tief hinuntergesetzt, gelangt näher zur innern Kammer der Ideensammlung, da es bei dem Tier lauschend hinaufsteht und bei vielen auch seiner äußern Gestalt nach zugespitzt horchet.

Mit dem aufgerichteten Gange wurde der Mensch ein Kunstgeschöpf; denn durch ihn, die erste und schwerste Kunst, die ein Mensch lernet, wird er eingeweihet, alle zu lernen und gleichsam eine lebendige Kunst zu werden. Siehe das Tier! Es hat zum Teil schon Finger wie der Mensch; nur sind sie hier in einen Huf, dort in eine Klaue oder in ein ander Gebilde eingeschlossen und durch Schwielen verderbet. Durch die Bildung zum aufrechten Gange bekam der Mensch freie und künstliche Hände, Werkzeuge der feinsten Hantierungen und eines immerwährenden Tastens nach neuen klaren Ideen. *Helvétius* hat sofern recht, daß die Hand dem Menschen ein großes Hilfsmittel seiner Vernunft gewesen; denn was ist nicht schon der Rüssel dem Elefanten? Ja dieses zarte Gefühl der Hände ist in seinen Körper verbreitet, und bei verstümmelten Menschen haben die Zehen des Fußes oft Kunststücke geübet, die die Hand nicht üben konnte. Der kleine Daum, der große Zeh, die auch der Struktur ihrer Muskeln nach so besonders gebildet sind, ob sie uns gleich verachtete Glieder scheinen, sind uns die notwendigsten Kunstgehilfen zum Stehen, Gehen, Fassen und allen Verrichtungen der kunstarbeitenden Seele.

Man hat so oft gesagt, daß der Mensch wehrlos erschaffen worden und daß es einer seiner unterscheidenden Geschlechtscharaktere sei, nichts zu vermögen. Es ist nicht also; er hat Waffen der Verteidigung wie alle Geschöpfe. Schon der Affe führt den Prügel und wehret sich mit Sand und Steinen, er klettert und rettet sich vor den Schlangen, seinen ärgsten Feinden, er deckt Häuser ab und kann Menschen morden. Das wilde Mädchen zu *Songi* schlug ihre Mitschwester mit der Keule vor den Kopf, und ersetzte mit Klettern und Laufen, was ihr an Stärke abging. Also auch der verwilderte Mensch ist seiner Organisation nach nicht ohne Verteidigung; und aufgerichtet, kultiviert – welch Tier hat das vielarmige Werkzeug der Kunst, was er in seinem Arm, in seiner Hand, in der Geschlankigkeit seines Leibes, in allen seinen Kräften besitzet? Kunst ist das stärkste Gewehr, und er ist ganz Kunst, ganz und gar organisierte Waffe. Nur zum Angriff fehlen ihm Klauen und Zähne; denn er sollte ein friedliches sanftmütiges Geschöpf sein; zum Menschenfressen ist er nicht gebildet.

Welche Tiefen von Kunstgefühl liegen in einem jeden Menschensinn verborgen, die hie und da meistens nur Not, Mangel, Krankheit, das Fehlen eines andern Sinnes, Mißgeburt oder ein Zufall entdecket, und die uns ahnen lassen, was für andre für diese Welt unaufgeschlossene Sinne in uns liegen mögen. Wenn einige Blinde das Gefühl, das Gehör, die zählende Vernunft, das Gedächtnis bis zu einem Grad erheben konnten, der Menschen von gewöhnlichen Sinnen fabelhaft dünket: so mögen unentdeckte Welten der Mannigfaltigkeit und Feinheit auch in andern Sinnen ruhen, die wir in unsrer vielorganisierten Maschine nur nicht entwickeln. Das Auge, das Ohr! Zu welchen Feinheiten ist der Mensch schon durch sie gelangt, und wird in einem höhern Zustande gewiß weiter gelangen, da, wie *Berkeley* sagt, das Licht eine Sprache Gottes ist, die unser feinster Sinn in tausend Gestalten und Farben unablässig nur buchstabieret. Der Wohllaut, den das menschliche Ohr empfindet und den die Kunst nur entwickelt, ist die feinste Meßkunst, die die Seele durch den Sinn dunkel ausübet; so wie sie durchs Auge, indem der Lichtstrahl auf ihm spielet, die feinste Geometrie beweiset. Unendlich werden wir uns wundern, wenn wir in unserm Dasein einen Schritt weiter alle das mit klarem Blick sehn, was wir in unsrer vielorganisierten göttlichen Maschine mit Sinnen und Kräften dunkel übten, und in welchem sich seiner Organisation gemäß das Tier schon vorzuüben scheinet.

Indessen wären alle diese Kunstwerkzeuge, Gehirn, Sinne und Hand auch in der aufrechten Gestalt unwirksam geblieben, wenn uns der Schöpfer nicht eine Triebfeder gegeben hätte, die sie alle in Bewegung setzte; es war *das göttliche Geschenk der Rede*. Nur durch die Rede wird die schlummernde Vernunft erweckt, oder vielmehr die nackte Fähigkeit, die durch sich selbst ewig tot geblieben wäre, wird durch die Sprache lebendige Kraft und Wirkung. Nur durch die Rede wird Auge und Ohr, ja das Gefühl aller Sinne eins und vereinigt sich durch sie zum schaffenden Gedanken, dem das Kunstwerk der Hände und andrer Glieder nur gehorchet. Das Beispiel der Taub- und Stummgebornen zeigt, wie wenig der Mensch auch mitten unter Menschen ohne Sprache zu Ideen der Vernunft gelange und in welcher tierischen Wildheit alle seine Triebe bleiben. Er ahmt nach, was sein Auge sieht, Gutes und Böses;

und er ahmt es schlechter als der Affe nach, weil das innere Kriterium der Unterscheidung, ja selbst die Sympathie mit seinem Geschlecht ihm fehlet. Man hat Beispiele*, daß ein Taub- und Stummgborner seinen Bruder mordete, da er ein Schwein morden sah, und wühlte bloß der Nachahmung wegen mit kalter Freude in den Eingeweiden desselben; schrecklicher Beweis, wie wenig die gepriesene menschliche Vernunft und das Gefühl unserer Gattung *durch sich selbst* vermöge. Man kann und muß also die feinen Sprachwerkzeuge als das Steuerruder unsrer Vernunft und die Rede als den Himmelsfunken ansehen, der unsre Sinnen und Gedanken allmählich in Flammen brachte.

Bei den Tieren sehen wir Voranstalten zur Rede, und die Natur arbeitet auch hier von unten herauf, um diese Kunst endlich im Menschen zu vollenden. Zum Werk des Atemholens wird die ganze Brust mit ihren Knochen, Bändern und Muskeln, das Zwerchfell und sogar Teile des Unterleibes, des Nackens, des Halses und der Oberarme erfordert; zu diesem großen Werk also bauete die Natur die ganze Säule der Rückenwirbel mit ihren Bändern und Rippen, Muskeln und Adern; sie gab den Teilen der Brust die Festigkeit und Beweglichkeit, die zu ihm gehören, und ging von den niedrigern Geschöpfen immer höher, eine vollkommenere Lunge und Luftröhre zu bilden. Begierig zieht das neugeborne Tier den ersten Atemzug in sich, ja es dränget sich nach demselben, als ob es ihn nicht erwarten könnte. Wunderbar viel Teile sind zu diesem Werk geschaffen: denn fast alle Teile des Körpers haben zu ihrem wirksamen Gedeihen Luft nötig. Indessen so sehr sich alles nach diesem lebendigen Gottesatem drängt, so hat nicht jedes Geschöpf Stimme und Sprache, die am Ende durch kleine Werkzeuge, den Kopf der Luftröhre, einige Knorpel und Muskeln, endlich durch das einfache *Glied der Zunge* befördert werden. In der schlichtesten Gestalt erscheint diese Tausendkünstlerin aller göttlichen Gedanken und Worte, die mit ein wenig Luft durch eine enge Spalte nicht nur das ganze Reich der Ideen des Menschen in Bewegung gesetzt, sondern auch alles ausgerichtet hat, was Menschen auf der Erde getan haben. Unendlich schön ists, den Stufengang zu bemerken, auf dem die Natur vom stummen Fisch, Wurm und Insekt das Geschöpf allmählich zum Schall und zur Stimme hinaufführdert. Der Vogel freuet sich seines Gesanges als des künstlichsten Geschäfts und zugleich des herrlichsten Vorzugs, den ihm der Schöpfer gegeben; das Tier, das Stimme hat, ruft sie zu Hilfe, sobald es Neigungen fühlet, und der innere Zustand seines Wesens freudig oder leidend hinaus will. Es gestikuliert wenig; und nur die Tiere sprechen durch Zeichen, denen vergleichungsweise der lebendige Laut versagt ist. Die Zunge einiger ist schon gemacht, menschliche Worte nachsprechen zu können, deren Sinn sie doch nicht begreifen; die Organisation von außen, insonderheit unter der Zucht des Menschen, eilt dem innern Vermögen gleichsam zum voraus. Hier aber schloß sich die Tür, und dem menschenähnlichsten Affen ist die Rede durch eigne Seitensäcke, die die Natur an seine Luftröhre hing, gleichsam absichtlich und gewaltsam versagt.**

Warum tat dies der Vater der menschlichen Rede? Warum wollte er das Geschöpf, das alles nachahmt, gerade dies Kriterium der Menschheit nicht nachahmen lassen, und versperrte ihm dazu durch eigne Hindernisse den Weg unerbittlich? Man gehe

* In *Sacks* Verteidigtem Glauben der Christen erinnere ich mich, einen solchen Fall erzählt gefunden zu haben; mehrere dergleichen sind mir aus andern Schriften erinnerlich.

** S. *Campers* Abhandlung von den Sprachwerkzeugen der Affen, Philosoph. Transactions 1779. Vol. I.

in Häuser der Wahnsinnigen und höre ihr Geschwätz, man höre die Rede mancher Mißgebornen und äußerst Einfältigen, und man wird sich selbst die Ursache sagen. Wie wehe tut uns ihre Sprache und das entweihete Geschenk der menschlichen Rede! Und wie entweiheter würde sie im Munde des lüsternen, groben, tierischen Affen werden, wenn er menschliche Worte, wie ich nicht zweifle, mit halber Menschenvernunft nachäffen könnte. Ein abscheuliches Gewebe menschenähnlicher Töne und Affengedanken – nein, die göttliche Rede sollte dazu nicht erniedrigt werden, und der Affe ward stumm, stummer als andre Tiere, wo ein jedes bis zum Frosch und zur Eidechse hinunter seinen eignen Schall hat.

Aber den Menschen baute die Natur zur Sprache; auch zu ihr ist er aufgerichtet und an eine emporstrebende Säule seine Brust gewölbet. Menschen, die unter die Tiere gerieten, verloren nicht nur die Rede selbst, sondern zum Teil auch die Fähigkeit zu derselben; ein offenbares Kennzeichen, daß ihre Kehle mißgebildet worden, und daß nur im aufrechten Gange wahre menschliche Sprache stattfindet. Denn obgleich mehrere Tiere menschenähnliche Sprachorgane haben, so ist doch auch in der Nachahmung keines derselben des *fortgehenden* Stromes der Rede aus unsrer erhabnen, freien, menschlichen Brust, aus unserm engern und künstlich verschlossenen Munde fähig. Hingegen der Mensch kann nicht nur alle Schälle und Töne derselben nachahmen, und ist, wie *Monboddo* sagt, der Mock-bird unter den Geschöpfen der Erde; sondern ein Gott hat ihn auch die Kunst gelehrt, Ideen in Töne zu prägen, Gestalten durch Laute zu bezeichnen und die Erde zu beherrschen durch das Wort seines Mundes. Von der Sprache also fängt seine Vernunft und Kultur an; denn nur durch sie beherrschet er auch sich selbst und wird des Nachsinnens und Wählens, dazu er durch seine Organisation nur fähig war, mächtig. Höhere Geschöpfe mögen und müssen es sein, deren Vernunft durch das Auge erwacht, weil ihnen ein gesehenes Merkmal schon genug ist, Ideen zu bilden und sie unterscheidend zu fixieren; der Mensch der Erde ist noch ein Zögling des Ohrs, durch welches er die Sprache des Lichts allmählich erst verstehen lernet. Der Unterschied der Dinge muß ihm durch Beihilfe eines andern erst in die Seele gerufen werden, da er denn, vielleicht zuerst atmend und keuchend, dann schallend und sangbar seine Gedanken mitteilen lernte. Ausdrückend ist also der Name der Morgenländer, mit dem sie die Tiere die *Stummen der Erde* nennen; nur mit der Organisation zur Rede empfing der Mensch den Atem der Gottheit, den Samen der Vernunft und ewigen Vervollkommnung, einen Nachhall jener schaffenden Stimme zu Beherrschung der Erde, kurz die *göttliche Ideenkunst*, die Mutter aller Künste.

IV.

Der Mensch ist zu feinern Trieben, mithin zur Freiheit organisieret

Man spricht sichs einander nach, daß der Mensch ohne Instinkt sei, und daß dies instinktlose Wesen den Charakter seines Geschlechts ausmache; er hat alle Instinkte, die ein Erdetier um ihn besitzet; nur er hat sie alle seiner Organisation nach zu einem feinern Verhältnis gemildert.

Das Kind im Mutterleibe scheint alle Zustände durchgehen zu müssen, die einem Erdgeschöpfe zukommen können. Es schwimmt im Wasser, es liegt mit offnem Munde; sein Kiefer ist groß, eh eine Lippe ihn bedecken kann, die sich nur spät bildet; sobald es auf die Welt kommt, schnappt es nach Luft, und Saugen ist seine ungelernte erste Verrichtung. Das ganze Werk der Verdauung und Nahrung, des Hungers und Dursts geht instinktmäßig oder durch noch dunklere Triebe seinen Gang fort. Die Muskeln- und Zeugungskräfte streben eben also zur Entwicklung, und ein Mensch darf nur durch Affekt oder Krankheit wahnsinnig sein, so siehet man bei ihm alle tierischen Triebe. Not und Gefahr entwickeln bei Menschen, ja bei ganzen Nationen, die animalisch leben, auch tierische Geschicklichkeiten, Sinnen und Kräfte.

Also sind dem Menschen die Triebe nicht sowohl geraubt, als bei ihm *unterdrückt* und unter die Herrschaft der Nerven und der feinern Sinne *geordnet*. Ohne sie könnte auch das Geschöpf, das noch großenteils Tier ist, gar nicht leben.

Und wie werden sie unterdrückt: Wie bringt die Natur sie unter die Herrschaft der Nerven? Lasset uns ihren Gang von Kindheit auf betrachten; er zeiget uns das, was man oft so töricht als menschliche Schwachheit bejammert hat, von einer ganz andern Seite.

Das menschliche Kind kommt schwächer auf die Welt als keins der Tiere; offenbar weil es zu einer Proportion gebildet ist, die im Mutterleibe nicht ausgebildet werden konnte. Das vierfüßige Tier nahm in seiner Mutter vierfüßige Gestalt an und gewann, ob es gleich anfangs ebenso unproportioniert am Kopf ist wie der Mensch, zuletzt völliges Verhältnis; oder bei nervenreichen Tieren, die ihre Jungen schwach gebären, erstattet sich doch das Verhältnis der Kräfte in einigen Wochen und Tagen. Der Mensch allein bleibt lange schwach; denn sein Gliederbau ist, wenn ich so sagen darf, dem *Haupt zuerschaffen* worden, das übermäßig groß im Mutterleibe zuerst ausgebildet ward und also auf die Welt tritt. Die andern Glieder, die zu ihrem Wachstum irdische Nahrungsmittel, Luft und Bewegung brauchen, kommen ihm lange nicht nach, ob sie gleich durch alle Jahre der Kindheit und Jugend zu ihm und nicht das Haupt verhältnismäßig zu ihnen wächset. Das schwache Kind ist also, wenn man will, ein Invalide seiner obern Kräfte, und die Natur bildet diese unablässig und am frühesten weiter. Ehe das Kind gehen lernt, lernt es sehen, hören, greifen und die feinste Mechanik und Meßkunst dieser Sinne üben. Es übt sie so instinktmäßig als das Tier, nur auf eine feinere Weise. Nicht durch angeborne Fertigkeiten und Künste; denn alle Kunstfertigkeiten der Tiere sind Folgen gröberer Reize; und wären diese von Kindheit an herrschend da, so bliebe der Mensch ein Tier, so würde er, da er schon alles kann, ehe ers lernte, nichts Menschliches lernen. Entweder mußte ihm also die Vernunft als Instinkt angeboren werden, welches sogleich als Widerspruch erhellen wird, oder er mußte, wie es jetzt ist, schwach auf die Welt kommen, um *Vernunft zu lernen.*

Von Kindheit auf lernet er diese und wird, wie zum künstlichen Gange, so auch zu ihr, zur Freiheit und menschlichen Sprache durch Kunst gebildet. Der Säugling wird an die Brust der Mutter über ihrem Herzen gelegt; die Frucht ihres Leibes wird der Zögling ihrer Arme. Seine feinsten Sinne, Auge und Ohr, erwachen zuerst und werden durch Gestalten und Töne geleitet; wohl ihm, wenn sie glücklich geleitet werden. Allmählich entfaltet sich sein Gesicht und hangt am Auge der Menschen um ihn her, wie sein Ohr an der Sprache der Menschen hangt und durch ihre Hilfe die ersten Begriffe unterscheiden lernet. Und so lernt seine Hand allmählich greifen; nun erst streben seine Glieder nach eigner Übung. Er war zuerst ein Lehrling der zwei feinsten Sinne; denn der künstliche Instinkt, der ihm angebildet werden soll, ist *Vernunft*, *Humanität*, *menschliche Lebensweise*, die kein Tier hat und lernet.

Auch die gezähmten Tiere nehmen nur tierisch einiges von Menschen an, aber sie werden nicht Menschen.
Hieraus erhellet, was menschliche Vernunft sei: ein Name, der in den neuern Schriften so oft als ein angebornes Automat gebraucht wird und als solches nichts als Mißdeutung giebet. Theoretisch und praktisch ist Vernunft nichts als etwas *Vernommenes*, eine gelernte Proportion und Richtung der Ideen und Kräfte, zu welcher der Mensch nach seiner Organisation und Lebensweise gebildet worden. Eine Vernunft der Engel kennen wir nicht, so wenig als wir den innern Zustand eines tiefern Geschöpfs unter uns innig einsehn; die Vernunft des Menschen ist *menschlich.* Von Kindheit auf vergleicht er Ideen und Eindrücke seiner zumal feinern Sinne nach der Feinheit und Wahrheit, in der sie ihm diese gewähren, nach der Anzahl, die er empfängt, und nach der innern Schnellkraft, mit der er sie verbinden lernet. Das hieraus entstandne Eins ist sein Gedanke, und die mancherlei Verknüpfungen dieser Gedanken und Empfindungen zu Urteilen von dem, was wahr und falsch, gut und böse, Glück und Unglück ist, das ist seine Vernunft, das fortgehende Werk der Bildung des menschlichen Lebens. Sie ist ihm nicht angeboren, sondern er hat sie erlangt; und nachdem die Eindrücke waren, die er erlangte, die Vorbilder, denen er folgte, nachdem in innere Kraft und Energie war, mit der er diese mancherlei Eindrücke zur Proportion seines Innersten verband, nachdem ist auch seine Vernunft reich oder arm, krank oder gesund, verwachsen oder wohlerzogen wie sein Körper. Täuschte uns die Natur mit Empfindungen der Sinne, so müßten wir uns ihr zur Folge täuschen lassen; nur so viele Menschen einerlei Sinne hätten, so viele täuschten sich gleichförmig. Täuschen uns Menschen, und wir haben nicht Kraft oder Organ, die Täuschung einzusehen und die Eindrücke zur bessern Proportion zu sammlen, so wird unsre Vernunft krüppelhaft und oft krüppelhaft fürs ganze Leben. Eben weil der Mensch alles lernen muß, ja weil es sein Instinkt und Beruf ist, alles wie seinen geraden Gang zu lernen, so lernt er auch nur durch Fallen gehen und kömmt oft nur durch Irren zur Wahrheit; indessen sich das Tier auf seinem vierfüßigen Gang sicher fortträgt; denn die stärker ausgedruckte Proportion seiner Sinne und Triebe sind seine Führer. Der Mensch hat den Königsvorzug, mit hohem Haupt aufgerichtet weit umher zu schauen, freilich also auch vieles dunkel und falsch zu sehen, oft sogar seine Schritte zu vergessen und erst durch Straucheln erinnert zu werden, auf welcher engen Basis das ganze Kopf- und Herzensgebäude seiner Begriffe und Urteile ruhe; indessen ist und bleibt er seiner hohen *Verstandesbestimmung* nach, was kein anderes Erdengeschöpf ist, ein Göttersohn, ein König der Erde.
Um die Hoheit dieser Bestimmung zu fühlen, lasset uns bedenken, was in den großen Gaben *Vernunft* und *Freiheit* liegt und wieviel die Natur gleichsam wagte, da sie dieselbe einer so schwachen, vielfach gemischten Erdorganisation, als der Mensch ist, anvertraute. Das Tier ist nur ein gebückter Sklave; wenngleich einige edlere derselben ihr Haupt emporheben oder wenigstens mit vorgerecktem Halse sich nach Freiheit sehnen. Ihre noch nicht zur Vernunft gereifte Seele muß notdürftigen Trieben dienen und in diesem Dienst sich erst zum eignen Gebrauch der Sinne und Neigungen von fern bereiten. Der Mensch ist der erste *Freigelassene* der Schöpfung; er stehet aufrecht. Die Waage des Guten und Bösen, des Falschen und Wahren hängt in ihm; er kann forschen, er soll wählen. Wie die Natur ihm zwo freie Hände zu Werkzeugen gab und ein überblickendes Auge, seinen Gang zu leiten, so hat er auch in sich die Macht, nicht nur die Gewichte zu stellen, sondern auch, wenn ich so sagen darf, *selbst Gewicht zu sein* auf der Waage. Er kann dem trüglichsten Irrtum

Schein geben und ein freiwillig Betrogener werden; er kann die Ketten, die ihn seiner Natur entgegen fesseln, mit der Zeit lieben lernen und sie mit mancherlei Blumen bekränzen. Wie es also mit der getäuschten Vernunft ging, gehets auch mit der mißbrauchten oder gefesselten Freiheit; sie ist bei den meisten das Verhältnis der Kräfte und Triebe, wie Bequemlichkeit oder Gewohnheit sie festgestellet haben. Selten blickt der Mensch über diese hinaus und kann oft, wenn niedrige Triebe ihn fesseln und abscheuliche Gewohnheiten ihn binden, ärger als ein Tier werden.
Indessen ist er auch seiner Freiheit nach und selbst im ärgsten Mißbrauch derselben ein König. Er darf doch wählen, wenn er auch das Schlechteste wählte; er kann über sich gebieten, wenn er sich auch zum Niedrigsten aus eigner Wahl bestimmte. Vor dem Allsehenden, der diese Kräfte in ihn legte, ist freilich sowohl seine Vernunft als seine Freiheit begrenzt, und sie ist glücklich begrenzt, weil, der die Quelle schuf, auch jeden Ausfluß derselben kennen, vorhersehen und so zu lenken wissen mußte, daß der ausschweifendste Bach seinen Händen nimmer entrann; in der Sache selbst aber und in der Natur des Menschen wird dadurch nichts geändert. Er ist und bleibt für sich ein freies Geschöpf, obwohl die allumfassende Güte ihn auch in seinen Torheiten umfasset und diese zu seinem und dem allgemeinen Besten lenket. Wie kein getriebenes Geschoß der Atmosphäre entfliehen kann, aber auch, wenn es zurückfällt, nach einen und denselben Naturgesetzen wirket: so ist der Mensch im Irrtum und in der Wahrheit, im Fallen und Wiederaufstehen Mensch, zwar ein schwaches Kind, aber doch ein Freigeborner; wenn noch nicht vernünftig, so doch einer bessern Vernunft fähig; wenn noch nicht zur Humanität gebildet, so doch zu ihr bildbar. Der Menschenfresser in Neuseeland und *Fenelon*, der verworfene *Pescheräh* und *Newton* sind Geschöpfe einer und derselben Gattung.
Nun scheinet es zwar, daß auf unsrer Erde alle ihr mögliche Verschiedenheit auch im Gebrauch dieser Gaben stattfinden sollte; und es wird ein Stufengang sichtbar vom Menschen, der zunächst ans Tier grenzt, bis zum reinsten Genius im Menschenbilde. Wir dürfen uns auch hierüber nicht wundern, da wir die große Gradation der Tiere unter uns sehen, und welch einen langen Weg die Natur nehmen mußte, um die kleine aufsprossende Blüte von Vernunft und Freiheit in uns organisierend vorzubereiten. Es scheint, daß auf unsrer Erde alles sein sollte, was ihr möglich war, und nur denn werden wir uns die Ordnung und Weisheit dieser reichen Fülle gnugsam erklären können, wenn wir, einen Schritt weiter, den Zweck übersehen, wozu so mancherlei in diesem großen Garten der Natur sprossen mußte. Hier sehen wir meistens nur Gesetze der Notdurft obwalten; denn die ganze Erde auch in ihren wildesten Entlegenheiten sollte bewohnt werden; und nur der, der sie so fern streckte, weiß die Ursache, warum er auch Pescherähs und Neuseeländer in dieser seiner Welt zuließ. Dem größesten Verächter des Menschengeschlechts ists indessen unleugbar, daß, in so viel wilde Ranken Vernunft und Freiheit unter den Kindern der Erde aufgeschossen sind, diese edlen Gewächse unter dem Lichte der himmlischen Sonne auch schöne Früchte getragen haben. Fast unglaublich wäre es, wenn es uns die Geschichte nicht sagte, in welche Höhen sich der menschliche *Verstand* gewagt und der schaffenden, erhaltenden Gottheit nicht nur nachzuspähen, sondern auch ordnend nachzufolgen bemüht hat. Im Chaos der Wesen, das ihm die Sinne zeigen, hat er Einheit und Verstand, Gesetze der Ordnung und Schönheit gesucht und gefunden. Die verborgensten Kräfte, die er von innen gar nicht kennet, hat er in ihrem äußern Gange belauscht, und der Bewegung, der Zahl, dem Maß, dem Leben, sogar dem Dasein nachgespürt, wo er dieselbe im Himmel und auf Erden nur

wirken sah. Alle seine Versuche hierüber, selbst wo er irrte oder nur träumen konnte, sind Beweise seiner Majestät, einer gottähnlichen Kraft und Hoheit. Das Wesen, das Alles schuf, hat wirklich einen Strahl seines Lichts, einen Abdruck der ihm eigensten Kräfte in unsre schwache Organisation gelegt, und so niedrig der Mensch ist, kann er zu sich sagen: „Ich habe etwas mit Gott gemein; ich besitze Fähigkeiten, die der Erhabenste, den ich in seinen Werken kenne, auch haben muß; denn er hat sie rings um mich offenbaret." Augenscheinlich war diese *Ähnlichkeit mit ihm selbst* die Summe aller seiner Erdeschöpfung. Er konnte auf diesem Schauplatz nicht höher hinauf; er unterließ aber auch nicht, bis zu ihr hinaufzusteigen und die Reihe seiner Organisationen zu diesem höchsten Punkt hinaufzuführen. Deswegen ward auch der Gang zu ihm bei aller Verschiedenheit der Gestalten so einförmig.

Gleicherweise hat auch die *Freiheit* im Menschengebilde edle Früchte getragen und sich sowohl in dem, was sie verschmähte, als was sie unternahm, ruhmwürdig gezeiget. Daß Menschen dem unsteten Zuge blinder Triebe entsagten und freiwillig den *Bund der Ehe*, einer geselligen Freundschaft, Unterstützung und Treue auf *Leben und Tod* knüpften; daß sie ihrem eignen Willen entsagten und *Gesetze* über sich herrschen lassen wollten, also den immer unvollkommenen Versuch einer *Regierung durch Menschen über Menschen* feststellten und ihn mit eigenem Blut und Leben schützten; daß edle Männer für ihr *Vaterland* sich hingaben und nicht nur in einem stürmischen Augenblick ihr Leben, sondern, was weit edler ist, die ganze Mühe ihres Lebens durch lange Nächte und Tage, durch Lebensjahre und Lebensalter unverdrossen für nichts hielten, um einer blinden, undankbaren Menge, wenigstens nach ihrer Meinung, Wohlsein und Ruhe zu schenken; daß endlich gotterfüllete Weise aus edlem Durst für die *Wahrheit*, *Freiheit* und *Glückseligkeit* unsers Geschlechts Schmach und Verfolgung, Armut und Not willig übernahmen und an dem Gedanken festhielten, daß sie ihren Brüdern das edelste Gut, dessen sie fähig wären, verschafft oder befördert hätten; wenn dieses alles nicht große Menschentugenden und die kraftvollesten Bestrebungen der *Selbstbestimmung* sind, die in uns lieget, so kenne ich keine andre. Zwar waren nur immer wenige, die hierin dem großen Haufen vorgingen und ihm als Ärzte heilsam aufzwangen, was dieser noch nicht selbst zu erwählen wußte; eben diese wenigen aber waren die Blüte des Menschengeschlechts, unsterbliche freie Göttersöhne auf Erden. Ihre einzelnen Namen gelten statt Millionen.

V.

Der Mensch ist zur zartesten Gesundheit, zugleich aber zur stärksten Dauer, mithin zur Ausbreitung über die Erde organisieret

Mit dem aufgerichteten Gange gewann der Mensch eine Zartheit, Wärme und Stärke, die kein Tier erlangen konnte. Im Stande der Wildheit wäre er großenteils, insonderheit auf dem Rücken mit Haaren bedecket; und das wäre denn die Decke, über deren Entziehung der ältere Plinius die Natur so jammernd anklagt. Die wohltätige Mutter hat dem Menschen eine schönere Hülle gegeben, seine zarte und doch so harte Haut, die den Unfällen jeder Jahreszeit, den Abwechslungen jedes Klima zu widerstehen vermag, wenn einige Kunst, die diesem Geschöpf zweite Natur ist, Hilfe leistet.

Und zu dieser sollte ihn nicht nur die nackte Dürftigkeit, sondern etwas Menschlicheres und Schöneres, die holde *Scham* leiten. Was auch einige Philosophen sagen mögen, so ist sie dem Menschen, ja schon ein dunkles Analogon derselben einigen Tierarten, natürlich; denn auch die Äffin bedecket sich, und der Elefant suchet zur Begattung einsame dunkle Wälder. Wir kennen beinah keine noch so tierische Nation* auf der Erde, die nicht, zumal bei den Weibern, von den Jahren an, da die Triebe erwachen, die Bedeckung liebe; zumal auch die empfindliche Zartheit dieser Teile und andre Umstände eine Hülle fordern. Noch ehe der Mensch also seine andern Glieder gegen die Wut der Elemente, gegen den Stich der Insekten durch Kleider oder Salben zu schützen suchte, führte ihn eine Art *sinnlicher Ökonomie* des schnellesten und notwendigsten Triebes auf die Verhüllung. Unter allen edlern Tieren will das Weib gesuchet sein und bietet sich nicht dar; sie erfüllet damit unwissend Absichten der Natur, und bei den Menschen ist das zartere Weib auch die weise Bewahrerin der holdseligen Scham, die bei der aufrechten Gestalt sich gar bald entwikkeln mußte. –

Also bekam der Mensch Kleidung, und sobald er diese und einige andre Kunst hatte, war er vermögend, jedes Klima der Erde auszudauern und in Besitz zu nehmen. Wenige Tiere, fast der Hund allein, haben ihm in alle Gegenden nachfolgen können; und doch mit welcher Veränderung ihrer Gestalt, mit welcher Abartung ihres angebornen Temperamentes! Der Mensch allein hat sich am wenigsten und in wesentlichen Teilen gar nicht verändert. Man erstaunt, wie ganz und einförmig sich seine Natur erhalten, wenn man die Abänderungen seiner wandernden Mitbrüder unter den Tieren siehet. Seine zarte Natur ist so bestimmt, so vollkommen organisiert, daß er auf einer höchsten Stufe stehet, und wenige Varietäten, die nicht einmal Anomalien zu nennen sind, sich an ihm möglich fanden.

Wodurch nun dieses? Abermals durch seine aufrechte Gestalt, durch nichts anders. Gingen wir, wie Bär und Affe, auf allen Vieren, so lasset uns nicht zweifeln, daß auch die Menschenrassen (wenn mir das unedle Wort erlaubt ist) ihr eingeschränkteres Vaterland haben und nie verlassen würden. Der Menschenbär würde sein kaltes, der Menschenaffe sein warmes Vaterland lieben; so wie wir noch gewahr werden, daß je tierischer eine Nation ist, desto mehr ist sie mit Banden des Leibes und der Seele an ihr Land und Klima befestigt.

Als die Natur den Menschen erhob, erhob sie ihn zur Herrschaft über die Erde. Seine aufrechte Gestalt gab ihm mit einem feiner organisierten Bau auch einen künstlichern Blutumlauf, eine vielartigere Mischung der Lebenssäfte, also auch jene *innigere, festere Temperatur der Lebenswärme*, mit der er allein ein Bewohner Sibiriens und Afrikas sein konnte. Nur durch seinen aufgerichteten, künstlichern, organischen Bau ward er vermögend, eine Hitze und Kälte zu ertragen, die kein andres Erdengeschöpf umfasset, und sich dennoch nur im kleinsten Maß zu verändern.

Nun ward mit diesem zartern Bau und mit allem, was daraus folgte, auch freilich einer Reihe von Krankheiten die Tür geöffnet, von denen das Tier nichts weiß, und die *Moskati*** beredt herzählet. Das Blut, das seinen Kreislauf in einer aufrechten

* Mir sind nur zwei ganz nackte Nationen bekannt, die aber auch in einer tierischen Wildheit leben, die *Pescherähs* an der äußersten Spitze von Südamerika, ein Auswurf andrer Nationen, und ein wildes Volk bei *Arakan* und *Pegu*, das mir in den dortigen Gegenden noch ein Rätsel ist, ob ichs gleich in einer der neuesten Reisen (Mackintosh travels T. I. p. 341. Lond. 1782) bestätigt finde.

** Vom körperlichen wesentlichen Unterschiede der Tiere und Menschen. Göttingen 1771.

Maschine verrichtet, das Herz, das in eine schiefe Lage gedrängt ist, die Eingeweide, die in einem stehenden Behältnis ihr Werk treiben; allerdings sind diese Teile bei uns mehreren Gefahren der Zerrüttung ausgesetzt als in einem tierischen Körper. Insonderheit, scheint es, muß das weibliche Geschlecht seine größere Zartheit auch teurer als wir erkaufen. – – Indessen ist auch hierin die Wohltat der Natur tausendfach ersetzend und mildernd; denn unsre Gesundheit, unser Wohlsein, alle Empfindungen und Reize unsres Wesens sind geistiger und feiner. Kein Tier genießt einen einzigen Augenblick menschlicher Gesundheit und Freude; es kostet keinen Tropfen des Nektarstroms, den der Mensch trinkt; ja, auch bloß körperlich betrachtet, sind seine Krankheiten zwar weniger an der Zahl, weil sein Körperbau gröber ist, aber dafür desto fortwirkender und fester. Sein Zellengewebe, seine Nervenhäute, seine Arterien, Knochen, sein Gehirn sogar ist härter als das unsre; daher auch alle Landtiere rings um den Menschen (vielleicht den einzigen Elefanten ausgenommen, der in seinen Lebensperioden uns nahe kommt) kürzer als der Mensch leben und des Todes der Natur, d. i. an einem verhärtenden Alter, viel früher als er sterben. Ihn hat also die Natur zum längsten und dabei zum gesundesten, freudenreichsten Leben bestimmt, das eine Erdorganisation fassen konnte. Nichts hilft sich vielartiger und leichter als die vielartige, menschliche Natur; und es haben alle Ausschweifungen des Wahnsinns und der Laster, deren freilich kein Tier fähig ist, dazu gehört, unsre Maschine in dem Maß, wie sie in manchen Ständen geschwächt und verdorben ist, zu schwächen und zu verderben. Wohltätig hatte die Natur jedem Klima die Kräuter gegeben, die seinen Krankheiten dienen, und nur die Verwirrung aller Klimate hat aus Europa den Pfuhl von Übeln machen können, den kein Volk, das der Natur gemäß lebet, bei sich findet. Indessen auch für diese selbsterrungenen Übel hat sie uns ein selbsterrungenes Gute gegeben, das einzige, dessen wir dafür wert waren, den *Arzt*, der, wenn er der Natur folget, ihr aufhilft, und wenn er ihr nicht folgen darf oder kann, den Kranken wenigstens wissenschaftlich begräbet.

Und o welche mütterliche Sorgfalt und Weisheit der göttlichen Haushaltung wars, die auch die Lebensalter und die Dauer unsres Geschlechts bestimmte! Alle lebendigen Erdgeschöpfe, die sich bald zu vollenden haben, wachsen auch bald; sie werden früh reif und sind schnell am Ziel des Lebens. Der Mensch, wie ein Baum des Himmels aufrecht gepflanzt, wächset langsam. Er bleibt gleich dem Elefanten am längsten im Mutterleibe; die Jahre seiner Jugend dauren lange, unvergleichbar länger als irgend eines Tieres. Die glückliche Zeit also, zu lernen, zu wachsen, sich seines Lebens zu freuen und es auf die unschuldigste Weise zu genießen, zog die Natur so lange, als sie ziehen konnte. Manche Tiere sind in wenigen Jahren, Tagen, ja beinah schon im Augenblick der Geburt ausgebildet; sie sind aber auch desto unvollkommener und sterben desto früher. Der Mensch muß am längsten lernen, weil er am meisten zu lernen hat, da bei ihm alles auf eigenerlangte Fertigkeit, Vernunft und Kunst ankommt. Würde nachher auch durch das unnennbare Heer der Zufälle und Gefahren sein Leben abgekürzet: so hat er doch seine sorgenfreie lange Jugend genossen, da mit seinem Körper und Geist auch die Welt um ihn her wuchs, da mit seinem langsam heraufsteigenden, immer erweiterten Gesichtskreise auch der Kreis seiner Hoffnungen sich weitete, und sein jugendlich edles Herz in rascher Neugier, in ungeduldiger Schwärmerei für alles Große, Gute und Schöne immer heftiger schlagen lernte. Die Blüte des Geschlechtstriebes entwickelt sich bei einem gesunden, ungereizten Menschen später als bei irgend einem Tier; denn er soll lange leben und den edelsten Saft seiner Seelen- und Leibeskräfte nicht zu früh verschwenden. Das Insekt, das der Liebe früh dienet, stirbt auch früh, alle keuschen einpaarigen Tiergeschlechter leben länger, als die ohne Ehe leben. Der lüsterne Hahn stirbt bald; die treue Waldtaube kann 50 Jahre leben. Für den Liebling der Natur hienieden ist also auch die Ehe geordnet; und die ersten frischesten Jahre seines Lebens soll er gar als eine eingehüllete Knospe der Unschuld sich selbst leben. Es folgen darauf lange Jahre der männlichen und heitersten Kräfte, in denen seine Vernunft reift, die bei dem Menschen sogar mit den Zeugungskräften in ein den Tieren unbekanntes hohes Alter hinauf grünet, bis endlich der sanfte Tod kommt und den fallenden Staub sowohl als den eingeschlossenen Geist von der ihnen selbst fremden Zusammenfügung erlöset. Die Natur hat also an die brechliche Hütte des menschlichen Leibes alle Kunst verwandt, die ein Gebilde der Erde fassen konnte; und selbst in dem, was das Leben kürzt und schwächet, hat sie wenigstens den *kürzern* mit dem *empfindlichern* Genuß, die *aufreibende* mit der *inniger gefühlten* Kraft vergolten.

VI.

Zur Humanität und Religion ist der Mensch gebildet

Ich wünschte, daß ich in das Wort *Humanität* alles fassen könnte, was ich bisher über des Menschen edle Bildung zur Vernunft und Freiheit, zu feinern Sinnen und Trieben, zur zartesten und stärksten Gesundheit, zur Erfüllung und Beherrschung der Erde gesagt habe; denn der Mensch hat kein edleres Wort für seine Bestimmung, als er selbst ist, in dem das Bild des Schöpfers unsrer Erde, wie es hier sichtbar werden konnte, abgedruckt lebet. Um seine edelsten Pflichten zu entwickeln, dürfen wir nur seine Gestalt zeichnen.

1. Alle Triebe eines lebendigen Wesens lassen sich auf die *Erhaltung sein selbst* und auf eine *Teilnehmung* oder *Mitteilung* an andre zurückführen; das organische Gebäude des Menschen gibt, wenn eine höhere Leitung dazukommt, diesen Neigungen die erlesenste Ordnung. Wie die gerade Linie die festeste ist, so hat auch der Mensch zur Beschützung seiner von außen den kleinsten Umfang, von innen die vielartigste Schnellkraft. Er stehet auf der kleinsten Basis und kann also am leichtesten seine Glieder decken; der Punkt seiner Schwere fällt zwischen die lenksamsten und stärksten Hüften, die ein Erdengeschöpf hat, und wo kein Tier die regsame Stärke des Menschen beweiset. Seine gedrücktere eherne Brust und die Werkzeuge der Arme eben an dieser Stellung geben ihm von oben den weitesten Umkreis der Verteidigung, sein Herz zu bewahren und seine edelsten Lebensteile vom Haupt bis zu den Knien hinab zu schirmen. Es ist keine Fabel, daß Menschen mit Löwen gestritten und sie übermannt haben; der Afrikaner nimmt es mit mehr als einem auf, wenn er Behutsamkeit, List und Gewalt verbindet. Indessen ists wahr, daß der Bau des Menschen vorzüglich auf die Verteidigung, nicht auf den Angriff gerichtet ist; in diesem muß ihm die Kunst zu Hilfe kommen, in jener aber ist er von Natur das kräftigste Geschöpf der Erde. Seine Gestalt selbst lehret ihn also *Friedlichkeit*, nicht räuberische Mordverwüstung, der Humanität erstes Merkmal.

2. Unter den Trieben, die sich auf andre beziehen, ist der *Geschlechtstrieb* der mächtigste; auch er ist beim Menschen dem Bau der Humanität zugeordnet. Was bei dem vierfüßigen Tier, selbst bei dem schamhaften Elefanten Begattung ist, ist bei ihm,

seinem Bau nach, Kuß und Umarmung. Kein Tier hat die menschliche Lippe, deren feine Oberrinne bei der Frucht des Mutterleibes im Antlitz am spätesten gebildet wird, gleichsam die letzte Bezeichnung des Fingers der Liebe, daß diese Lippe sich schön und verstandreich schließen sollte. Von keinem Tier also gilt der schamhafte Ausdruck der alten Sprache, daß es sein Weib *erkenne*. Die alte Fabel sagt, daß beide Geschlechter einst wie Blumen eine Androgyne gewesen, aber geteilt worden; sie wollte mit dieser und andern sinnreichen Dichtungen als Fabel den Vorzug der menschlichen Liebe vor den Tieren verhüllet sagen. Auch daß der menschliche Trieb nicht wie bei diesen schlechthin einer Jahrszeit unterworfen ist (obwohl über die Revolutionen hiezu im menschlichen Körper noch keine tüchtige Betrachtungen angestellet worden), zeigt offenbar, daß er nicht von der Notwendigkeit, sondern vom Liebreiz abhangen, der Vernunft unterworfen bleiben und einer freiwilligen Mäßigung so überlassen werden sollte, wie alles, was der Mensch um und an sich träget. Auch die Liebe sollte bei dem Menschen *human* sein, dazu bestimmte die Natur außer seiner Gestalt auch die spätere Entwicklung, die Dauer und das Verhältnis des Triebes in beiden Geschlechtern; ja sie brachte diesen unter das Gesetz eines *gemeinschaftlichen freiwilligen Bundes* und der freundschaftlichsten Mitteilung zweener Wesen, die sich durchs ganze Leben zu Einem vereint fühlen.

3. Da außer der mitteilenden Liebe alle anderen zärtlichen Affekte sich mit der *Teilnehmung* begnügen, so hat die Natur den Menschen unter allen Lebendigen zum *teilnehmendsten* geschaffen, weil sie ihn gleichsam aus allem geformt und jedem Reich der Schöpfung in dem Verhältnis ähnlich organisiert hat, als er mit demselben mitfühlen sollte. Sein Fiberngebäude ist so elastisch fein und zart, und sein Nervengebäude so verschlungen in alle Teile seines vibrierenden Wesens, daß er als ein Analogon der alles durchfühlenden Gottheit sich beinah in jedes Geschöpf setzen und gerade in dem Maß mit ihm empfinden kann, als das Geschöpf es bedarf, und sein Ganzes es ohne eigene Zerrüttung, ja selbst mit Gefahr derselben leidet. Auch an einem Baum nimmt unsre Maschine Teil, sofern sie ein wachsender grünender Baum ist; und es gibt Menschen, die den Sturz oder die Verstümmelung desselben in seiner grünenden Jugendgestalt körperlich nicht ertragen. Seine verdorrete Krone tut uns leid; wir trauren um eine verwelkende liebe Blume. Auch das Krümmen des zerquetschten Wurms ist einem zarten Menschen nicht gleichgültig; und je vollkommener das Tier ist, je mehr es in seiner Organisation uns nahe kommt, desto mehr Sympathie erregt es in seinem Leiden. Es haben harte Nerven dazu gehört, ein Geschöpf lebendig zu öffnen und in seinen Zuckungen zu behorchen; nur der unersättliche Durst nach Ruhm und Wissenschaft konnte allmählich dies organische Mitgefühl betäuben. Zärtere Weiber können sogar die Zergliederung eines toten nicht ertragen; sie empfinden Schmerz in jedem Gliede, das vor ihren Augen gewaltsam zerstört wird, besonders je zarter und edler die Teile selbst werden. Ein durchwühltes Eingeweide erregt Grauen und Abscheu; ein zerschnittenes Herz, eine zerspaltne Lunge, ein zerstörtes Gehirn schneidet und sticht mit dem Messer in unsre eignen Glieder. Am Leichnam eines geliebten Toten nehmen wir noch in seinem Grabe teil; wir fühlen die kalte Höhle, die er nicht mehr fühlet, und Schauder überläuft uns, wenn wir sein Gebein nur berühren. So sympathetisch webte die allgemeine Mutter, die alles aus sich nahm und mit allem in der innigsten Sympathie mitfühlet, den menschlichen Körper. Sein vibrierendes Fibernsystem, sein teilnehmendes Nervengebäude hat des Aufrufs der Vernunft nicht nötig; es kommt ihr zuvor, ja es setzet sich ihr oft mächtig und widersinnig entgegen. Der Umgang mit Wahnsinnigen, an denen wir teil-

nehmen, erregt selbst Wahnsinn, und desto eher, je mehr sich der Mensch davor fürchtet.

Sonderbar ists, daß das Gehör so viel mehr als das Gesicht beiträgt, dies Mitgefühl zu erwecken und zu verstärken. Der Seufzer eines Tiers, das ausgestoßne Geschrei seines leidenden Körpers zieht alle ihm ähnlichen herbei, die, wie oft bemerkt ist, traurig um den Winselnden stehn und ihm gern helfen möchten. Auch bei den Menschen erregt das Gemälde des Schmerzes eher Schrecken und Grausen als zärtliche Mitempfindung; sobald uns aber nur ein Ton des Leidenden ruft, so verlieren wir die Fassung und eilen zu ihm: es geht uns ein Stich durch die Seele. Ists, weil der Ton das Gemälde des Auges zum lebendigen Wesen macht, also alle Erinnerungen eigner und fremder Gefühle zurückbringt und auf einen Punkt vereinet? Oder gibt es, wie ich glaube, noch eine tiefere organische Ursache? Gnug, die Erfahrung ist wahr und sie zeigt beim Menschen den Grund seines größern Mitgefühls durch *Stimme und Sprache*. An dem, was nicht seufzen kann, nehmen wir weniger teil, weil es ein lungenloses, ein unvollkommeneres Geschöpf ist, uns minder gleich organisieret. Einige Taub- und Stummgeborne haben entsetzliche Beispiele vom Mangel des Mitgefühls und der Teilnehmung an Menschen und Tieren gegeben; und wir werden bei wilden Völkerschaften noch Proben gnug davon bemerken. Indessen auch bei ihnen noch ist das Gesetz der Natur nicht verkennbar. Die Väter, die, von Not und Hunger gezwungen, ihre Kinder dem Tode opfern, weihen sie im Mutterleibe demselben, ehe sie ihr Auge gesehen, ehe sie ihre Stimme gehört haben, und manche Kindermörderin bekannte, daß ihr nichts so schwer geworden und so lang im Gedächtnis geblieben sei als der erste weinende Laut, die flehende Stimme des Kindes.

4. Schön ist die Kette, an der die allfühlende Mutter die Mitempfindungen ihrer Kinder hält und sie von Gliede zu Gliede hinaufbildet. Wo das Geschöpf noch stumpf und roh ist, kaum für sich zu sorgen, da ward ihm auch die Sorge für seine Kinder nicht anvertrauet. Die Vögel brüten und erziehn ihre Jungen mit Mutterliebe; der sinnlose Strauß dagegen gibt seine Eier dem Sande. »Er vergisset«, sagt jenes alte Buch von ihm, »daß eine Klaue sie zertrete oder ein wildes Tier sie verderbe; denn Gott hat ihm die Weisheit genommen und hat ihm keinen Verstand mitgeteilet«. Durch eine und dieselbe organische Ursache, dadurch das Geschöpf mehr Gehirn empfängt, empfängt es auch mehr Wärme, gebiert Lebendige oder brütet sie aus, säugt und bekommt mütterliche Liebe. Das lebendig geborne Geschöpf ist gleichsam ein Knäuel der Nerven des mütterlichen Wesens; das selbstgesäugte Kind ist eine Sprosse der Mutterpflanze, die sie als einen Teil von sich nähret. – Auf dies innigste Mitgefühl sind in der Haushaltung des Tiers alle die zarten Triebe gebauet, dazu die Natur sein Geschlecht veredeln konnte.

Bei dem Menschen ist die Mutterliebe höherer Art, eine Sprosse der Humanität seiner aufgerichteten Bildung. Unter dem Auge der Mutter liegt der Säugling auf ihrem Schoß und trinkt die zarteste und feinste Speise; eine tierische und selbst den Körper verunstaltende Art ists, wenn Völker, von Not gezwungen, ihre Kinder auf dem Rücken säugen. Den größten Unmenschen zähmt die väterliche und häusliche Liebe; denn auch eine Löwenmutter ist gegen ihre Jungen freundlich. Im väterlichen Hause entstand die erste Gesellschaft, durch Bande des Bluts, des Zutrauens und der Liebe verbunden. Also auch um die Wildheit der Menschen zu brechen und sie zum häuslichen Umgange zu gewöhnen, sollte die Kindheit unsres Geschlechts lange Jahre dauren; die Natur zwang und hielt es durch zarte Bande zusammen, daß es sich nicht wie die bald ausgebildeten Tiere zerstreuen und vergessen konnte. Nun ward der

Vater der Erzieher seines Sohns, wie die Mutter seine Säugerin gewesen war; und so ward ein neues Glied der Humanität geknüpfet. Hier lag nämlich der Grund zu einer notwendigen *menschlichen Gesellschaft*, ohne die kein Mensch aufwachsen, keine Mehrheit von Menschen sein könnte. Der Mensch ist also zur Gesellschaft *geboren*; das sagt ihm das Mitgefühl seiner Eltern, das sagen ihm die Jahre seiner langen Kindheit.

5. Da aber das bloße Mitgefühl des Menschen sich nicht über alles verbreiten und bei ihm als einem eingeschränkten, vielorganisierten Wesen in allem, was fern von ihm lag, nur ein dunkler, oft unkräftiger Führer sein konnte: so hatte die richtig leitende Mutter seine vielfachen und leise verwebten Äste unter eine untrüglichere Richtschnur zusammengeordnet: Dies ist die *Regel der Gerechtigkeit und Wahrheit.* Aufrichtig ist der Mensch geschaffen und wie in seiner Gestalt alles dem Haupt dienet, wie seine zwei Augen nur eine Sache sehen, seine zwei Ohren nur einen Schall hören, wie die Natur im ganzen Äußern der Bekleidung überall Symmetrie mit Einheit verband und die Einheit in die Mitte setzte, daß das Zwiefache allenthalben nur auf sie weise, so wurde auch im Innern das große Gesetz der Billigkeit und des Gleichgewichts des Menschen Richtschnur: *Was du willst, daß andre dir nicht tun sollen, tue ihnen auch nicht; was jene dir tun sollen, tue du auch ihnen.* Diese unwidersprechliche Regel ist auch in die Brust des Unmenschen geschrieben; denn wenn er andre frißt, erwartet er nichts, als von ihnen gefressen zu werden. Es ist die Regel des Wahren und Falschen, des Idem und Idem, auf den Bau aller seiner Sinne, ja ich möchte sagen, auf die aufrechte Gestalt des Menschen selbst gegründet. Sähen wir schief, oder fiele das Licht also, so hätten wir von keiner geraden Linie Begriff. Wäre unsre Organisation ohne Einheit, unsre Gedanken ohne Besonnenheit, so schweiften wir auch in unsern Handlungen in regellosen Krümmen einher, und das menschliche Leben hätte weder Vernunft noch Zweck. Das Gesetz der Billigkeit und Wahrheit macht treue Gesellen und Brüder; ja, wenn es Platz gewinnt, macht es aus Feinden selbst Freunde. Den ich an meine Brust drücke, drückt auch mich an seine Brust; für den ich mein Leben aufopfere, der opfert es auch für mich auf. Gleichförmigkeit der Gesinnungen also, Einheit des Zwecks bei verschiedenen Menschen, gleichförmige Treue bei Einem Bunde hat alles *Menschen-*, *Völker- und Tierrecht* gestiftet; denn auch Tiere, die in Gesellschaft leben, befolgen der Billigkeit Gesetz, und Menschen, die durch List oder Stärke davon weichen, sind die *inhumansten* Geschöpfe, wenn es auch Könige und Monarchen der Welt wären. Ohne strenge Billigkeit und Wahrheit ist keine Vernunft, keine Humanität denkbar.

6. Die aufrechte und schöne Gestalt des Menschen bildete denselben zur *Wohlanständigkeit;* denn diese ist der Wahrheit und Billigkeit schöne Dienerin und Freundin. Wohlanständigkeit des Körpers ist, daß er stehe, wie er soll, wie ihn Gott gemacht hat; wahre Schönheit ist nichts als die angenehme Form der innern Vollkommenheit und Gesundheit. Man denke sich das Gottesgebilde des Menschen durch Nachlässigkeit und falsche Kunst verunziert; das schöne Haar ausgerissen oder in Klumpen verwandelt, Nase und Ohr durchbohrt und herabgezwungen, den Hals und die übrigen Teile des Körpers an sich selbst oder durch Kleider verderbet; man denke sich dies, und wer wird, selbst wenn die eigensinnigste Mode Gebieterin wäre, hier noch Wohlanständigkeit des geraden und schönen menschlichen Körpers finden? Mit Sitten und Gebärden ist es nicht anders; nicht anders mit Gebräuchen, Künsten und der menschlichen Sprache. Durch alle diese Stücke geht also ein und dieselbe *Humanität* durch, die wenige Völker auf der Erde getroffen und hundert durch Barbarei und falsche

Künste verunziert haben. Dieser Humanität nachzuforschen, ist die echte *menschliche Philosophie*, die jener Weise vom Himmel rief, und die sich im Umgange wie in der Politik, in Wissenschaften wie in allen Künsten offenbaret.

Endlich ist die *Religion* die höchste Humanität des Menschen, und man verwundre sich nicht, daß ich sie hieher rechne. Wenn des Menschen vorzüglichste Gabe Verstand ist, so ists das Geschäft des Verstandes, den Zusammenhang zwischen Ursache und Wirkung aufzuspähen und denselben, wo er ihn nicht gewahr wird, zu ahnen. Der menschliche Verstand tut dieses in allen Sachen, Hantierungen und Künsten; denn auch, wo er einer *angenommenen* Fertigkeit folget, mußte ein früherer Verstand den Zusammenhang zwischen Ursache und Wirkung festgesetzt und also diese Kunst eingeführt haben. Nun sehen wir in den Werken der Natur eigentlich keine Ursache im Innersten ein; wir kennen uns selbst nicht und wissen nicht, wie irgend etwas in uns wirket. Also ist auch bei allen Wirkungen außer uns alles nur Traum, nur Vermutung und Name; indessen ein wahrer Traum, sobald wir oft und beständig einerlei Wirkungen mit einerlei Ursachen verknüpft sehen. Dies ist der Gang der Philosophie, und die erste und letzte Philosophie ist immer Religion gewesen. Auch die wildesten Völker haben sich darin geübt; denn kein Volk der Erde ist völlig ohne sie, so wenig als ohne menschliche Vernunftfähigkeit und Gestalt, ohne Sprache und Ehe, ohne einige menschliche Sitten und Gebräuche gefunden worden. Sie glaubten, wo sie keinen sichtbaren Urheber sahen, an unsichtbare Urheber, und forschten also immer doch, so dunkel es war, Ursachen der Dinge nach. Freilich hielten sie sich mehr an die Begebenheiten als an die Wesen der Natur; mehr an ihre fürchterliche und vorübergehende als an die erfreuende und daurende Seite; auch kamen sie selten so weit, alle Ursachen unter eine zu ordnen. Indessen war auch dieser erste Versuch Religion; und es heißt nichts gesagt, daß *Furcht* bei den meisten ihre Götter erfunden. Die Furcht als solche erfindet nichts: sie weckt bloß den Verstand, zu mutmaßen und wahr oder falsch zu ahnen. Sobald der Mensch also seinen Verstand in der leichtesten Anregung brauchen lernte, d. i. sobald er die Welt anders als ein Tier ansah, mußte er unsichtbare mächtigere Wesen vermuten, die ihm helfen oder ihm schaden. Diese suchte er sich zu Freunden zu machen oder zu erhalten, und so ward die Religion, wahr oder falsch, recht oder irre geführt, die Belehrerin der Menschen, die ratgebende Trösterin ihres so dunkeln, so gefahr- und labyrinthvollen Lebens.

Nein, du hast dich deinen Geschöpfen nicht unbezeugt gelassen, du ewige Quelle alles Lebens, aller Wesen und Formen! Das gebückte Tier empfindet dunkel deine Macht und Güte, indem es seiner Organisation nach Kräfte und Neigungen übt; ihm ist der Mensch die sichtbare Gottheit der Erde. Aber den Menschen erhobst du, daß er selbst, ohne daß ers weiß und will, Ursachen der Dinge nachspähe, ihren Zusammenhang errate, und *dich* also finde, du großer Zusammenhang aller Dinge, Wesen der Wesen! Das Innere deiner Natur erkennet er nicht, da er keine Kraft Eines Dinges von innen einsieht; ja wenn er dich gestalten wollte, hat er geirret und muß irren; denn du bist gestaltlos, obwohl die erste einzige Ursache aller Gestalten. Indessen ist auch jeder falsche Schimmer von dir dennoch Licht, und jeder trügliche Altar, den er dir baute, ein untrügliches Denkmal nicht nur deines Daseins, sondern auch der Macht des Menschen, dich zu erkennen und anzubeten. Religion ist also, auch schon als Verstandesübung betrachtet, die höchste Humanität, die erhabenste Blüte der menschlichen Seele.

Aber sie ist mehr als dies: eine Übung des menschlichen Herzens und die reinste Richtung seiner Fähigkeiten und Kräfte. Wenn der Mensch zur Freiheit erschaffen ist und auf der Erde kein Gesetz hat, als das er sich selbst auflegt, so muß er das verwildertste Geschöpf werden, wenn er nicht bald das Gesetz Gottes in der Natur erkennet und der Vollkommenheit des Vaters als Kind nachstrebet. Tiere sind geborne Knechte im großen Hause der irdischen Haushaltung; sklavische Furcht vor Gesetzen und Strafen ist auch das gewisseste Merkmal tierischer Menschen. Der wahre Mensch ist frei und gehorcht aus Güte und Liebe: denn alle Gesetze der Natur, wo er sie einsiehet, sind gut, und wo er sie nicht einsiehet, lernt er ihnen mit kindlicher Einfalt folgen. Gehest du nicht willig, sagten die Weisen, so mußt du gehen; die Regel der Natur ändert sich deinetwegen nicht; je mehr du aber die Vollkommenheit, Güte und Schönheit derselben erkennest, desto mehr wird auch diese lebendige Form dich zum *Nachbilde der Gottheit* in deinem irdischen Leben bilden. Wahre Religion also ist ein kindlicher Gottesdienst, eine Nachahmung des Höchsten und Schönsten im menschlichen Bilde, mithin die innigste Zufriedenheit, die wirksamste Güte und Menschenliebe.

Und so siehet man auch, warum in allen Religionen der Erde mehr oder minder Menschenähnlichkeit Gottes habe stattfinden müssen, entweder daß man den Menschen zu Gott erhob, oder den Vater der Welt zum Menschengebilde hinabzog. Eine höhere Gestalt als die unsre kennen wir nicht; und was den Menschen rühren und menschlich machen soll, muß menschlich gedacht und empfunden sein. Eine sinnliche Nation veredelte also die Menschengestalt zur göttlichen Schönheit; andre, die geistiger dachten, brachten Vollkommenheiten des Unsichtbaren in Symbole fürs menschliche Auge. Selbst da die Gottheit sich uns offenbaren wollte, sprach und handelte sie unter uns, jedem Zeitraum angemessen, *menschlich.* Nichts hat unsre Gestalt und Natur so sehr veredelt als die Religion; bloß und allein, weil sie sie auf ihre reinste Bestimmung zurückführte.

Daß mit der Religion also auch Hoffnung und Glaube der Unsterblichkeit verbunden war und durch sie unter den Menschen gegründet wurde, ist abermals Natur der Sache, vom Begriff Gottes und der Menschheit beinah unzertrennlich. Wie? wir sind Kinder des Ewigen, den wir hier nachahmend erkennen und lieben lernen sollen, zu dessen Erkenntnis wir durch alles erweckt, zu dessen Nachahmung wir durch Liebe und Leid gezwungen werden, und wir erkennen ihn noch so dunkel, wir ahmen ihm so schwach und kindisch nach, ja wir sehen die Gründe, warum wir ihn in dieser Organisation nicht anders erkennen und nachahmen können. Und es sollte für uns keine andre möglich, für unsre gewisseste beste Anlage sollte kein Fortgang wirklich sein? Denn eben diese unsre edelsten Kräfte sind so wenig für diese Welt, sie streben über dieselbe hinüber, weil hier alles der Notdurft dienet. Und doch fühlen wir unsern edlern Teil beständig im Kampf mit dieser Notdurft; gerade das, was der Zweck der Organisation im Menschen scheinet, findet auf der Erde zwar seine Geburts-, aber nichts weniger als seine Vollendungsstätte. Riß also die Gottheit den Faden ab und brachte mit allen Zubereitungen aufs Menschengebilde endlich ein unreifes Geschöpf zustande, das mit seiner ganzen Bestimmung getäuscht ward? Alles auf der Erde ist Stückwerk, und soll es ewig und ewig ein unvollkommenes Stückwerk, so wie das Menschengeschlecht eine bloße Schattenherde, die sich mit Träumen jagt, bleiben? Hier knüpfte die Religion alle Mängel und Hoffnungen unsres Geschlechts zum *Glauben* zusammen und wand der Humanität eine *unsterbliche* Krone.

VII.

Der Mensch ist zur Hoffnung der Unsterblichkeit gebildet

Man erwarte hier keine metaphysischen Beweise von der Unsterblichkeit der Seele aus ihrer einfachen Natur, aus ihrem Spiritualismus u. f. Die Physik kennet diese einfache Natur nicht und könnte vielmehr Zweifel gegen sie erregen, da wir unsre Seele nur in einem zusammengesetzten Organismus durch Wirkungen kennen, die aus einer Mannigfaltigkeit von Reizen und Empfindungen zu entsprießen scheinen. Der allgemeinste Gedanke ist nur das Resultat unzähliger einzelner Wahrnehmungen, und die Regentin unsers Körpers wirkt auf das zahllose Heer untergeordneter Kräfte, als ob sie ihnen allen auch dem Ort nach gegenwärtig wäre. – –

Auch *Bonnets* sogenannte Philosophie der Keime kann hier unsre Führerin nicht sein; denn sie ist in Absicht auf den Übergang zu einem neuen Dasein teils unerwiesen, teils nicht zu ihm gehörig. Niemand hat in unserm Gehirn ein geistliches Gehirn, den Keim zu einem neuen Dasein entdeckt; auch das kleinste Analogon dazu ist im Bau desselben nicht sichtbar. Das Gehirn des Toten bleibt uns; und wenn die Knospe unsrer Unsterblichkeit nicht andre Kräfte hätte, so läge sie verdorret im Staube. Ja diese Philosophie ist, wie mich dünkt, auch hieher ganz ungehörig, da wir hier nicht von Absprossung eines Geschöpfs in junge Geschöpfe seiner Art, sondern von Aufsprossung des absterbenden Geschöpfs in ein neues Dasein reden; vielmehr setzte sie, wenn sie auch nur in der irdischen Generation ausschließend wahr wäre und alle Hoffnung auf ihr beruhete, dieser Hoffnung unüberwindliche Zweifel entgegen. Ist es ewig bestimmt, daß die Blume nur Blume, das Tier nur Tier sein soll, und vom Anfange der Schöpfung her in präformierten Keimen alles mechanische dalag: so lebe wohl, du zauberische Hoffnung eines höchsten Daseins! Zum gegenwärtigen und zu keinem höhern Dasein lag ich ewig im Keim präformieret; was aus mir sprossen sollte, sind die präformierten Keime meiner Kinder, und wenn der Baum stirbt, ist alle Philosophie der Keime mit ihm gestorben.

Wollen wir uns also in dieser wichtigen Frage nicht mit süßen Worten täuschen, so müssen wir tiefer und weiter her anfangen und auf die gesamte *Analogie der Natur* merken. Ins innere Reich ihrer Kräfte schauen wir nicht; es ist also so vergebens als unnot, innere wesentliche *Aufschlüsse* von ihr, über welchen Zustand es auch sei, zu begehren. Aber die Wirkungen und Formen ihrer Kräfte liegen vor uns; sie also können wir vergleichen und etwa aus dem Gange der Natur hienieden, aus ihrer gesamten herrschenden Ähnlichkeit *Hoffnungen* sammeln.

FÜNFTES BUCH

I.

In der Schöpfung unsrer Erde herrscht eine Reihe aufsteigender Formen und Kräfte

1. Vom Stein zum Kristall, vom Kristall zu den Metallen, von diesen zur Pflanzenschöpfung, von den Pflanzen zum Tier, von diesen zum Menschen sahen wir die *Form der Organisation steigen*, mit ihr auch die Kräfte und Triebe des Geschöpfs vielartiger werden, und sich endlich alle in der Gestalt des Menschen, sofern diese sie fassen konnte, vereinen. Bei dem Menschen stand die Reihe still; wir kennen kein Geschöpf über ihm, das vielartiger und künstlicher organisiert sei; er scheint das höchste, wozu eine Erdorganisation gebildet werden konnte.

2. Durch diese Reihen von Wesen bemerkten wir, soweit es die einzelne Bestimmung des Geschöpfs zuließ, eine *herrschende Ähnlichkeit der Hauptform*, die, auf eine unzählbare Weise abwechselnd, sich immer mehr der Menschengestalt nahte. In der ungebildeten Tiefe, im Reich der Pflanzen und Pflanzentiere war sie noch unkenntlich; mit dem Organismus vollkommenerer Wesen ward sie deutlicher, die Anzahl der Gattungen ward geringer, sie verlor und vereinigte sich zuletzt im *Menschen.*

3. Wie die Gestalten sahen wir auch die *Kräfte und Triebe sich ihm nähern.* Von der Nahrung und Fortpflanzung der Gewächse stieg der Trieb zum Kunstwerk der Insekten, zur Haus- und Muttersorge der Vögel und Landtiere, endlich gar zu menschenähnlichen Gedanken und zu eignen selbsterworbnen Fertigkeiten, bis sich zuletzt alles in der *Vernunftfähigkeit, Freiheit und Humanität* des Menschen vereinet.

4. Bei jedem Geschöpf war nach den Zwecken der Natur, die es zu befördern hatte, auch seine *Lebensdauer* eingerichtet. Die Pflanze verblühete bald; der Baum mußte sich langsam auswachsen. Das Insekt, das seine Kunstfertigkeit auf die Welt mitbrachte und sich früh und zahlreich fortpflanzte, ging bald von dannen; Tiere, die langsamer wuchsen, die auf einmal weniger gebaren, oder die gar ein Leben der vernunftähnlichen Haushaltung führen sollten, denen ward auch ein längeres und dem Menschen vergleichungsweise das längste Leben. Doch rechnete die Natur hiebei nicht nur aufs einzelne Geschöpf, sondern auch auf die Erhaltung des ganzen Geschlechtes und der Geschlechter, die über ihm standen. Die untern Reiche waren also nicht nur stark besetzt, sondern, wo es der Zweck des Geschöpfs zuließ, daurete auch ihr Leben länger. Das Meer, der unerschöpfliche Lebensquell, erhält seine Bewohner, die von zäher Lebenskraft sind, am längsten; und die Amphibien, halbe Wasserbewohner, nähern sich ihnen an Länge des Lebens. Die Bewohner der Luft, weniger beschwert von der Erdenahrung, die die Landtiere allmählich verhärtet, leben im ganzen länger als diese; Luft und Wasser scheinen also das große *Vorratshaus der*

Lebendigen, die nachher in schnellern Übergängen die Erde aufreibt und verzehret.
5. Je organisierter ein Geschöpf ist, *desto mehr ist sein Bau zusammengesetzt aus den niedrigen Reichen.* Unter der Erde fängt diese Vielartigkeit an, und sie wächst hinauf durch Pflanzen, Tiere bis zum vielartigsten Geschöpf, dem Menschen. Sein Blut und seine vielnamigen Bestandteile sind ein Kompendium der Welt; Kalk und Erde, Salze und Säuren, Öl und Wasser, Kräfte der Vegetation, der Reize, der Empfindungen sind in ihm organisch vereint und ineinander verwebet.

Entweder müssen wir diese Dinge als Spiele der Natur ansehen (und sinnlos spielte die verstandreiche Natur nie) oder wir werden darauf gestoßen, auch ein *Reich unsichtbarer Kräfte* anzunehmen, das in eben demselben *genauen Zusammenhange und dichten Übergange* steht, als wir in den äußern Bildungen wahrnehmen. Je mehr wir die Natur kennen lernen, desto mehr bemerken wir diese *inwohnenden Kräfte* auch sogar in den niedrigsten Geschöpfen, Moosen, Schwämmen u. dgl. In einem Tier, das sich beinahe unerschöpflich reproduziert, in der Muskel, die sich vielartig und lebhaft durch eignen Reiz beweget, sind sie unleugbar, und so ist alles voll organisch wirkender Allmacht. Wir wissen nicht, wo diese anfängt, noch wo sie aufhöret; denn wo Wirkung in der Schöpfung ist, ist Kraft, wo Leben sich äußert, ist inneres Leben. Es herrscht also allerdings nicht nur ein *Zusammenhang*, sondern auch eine *aufsteigende Reihe von Kräften* im unsichtbaren Reich der Schöpfung, da wir diese in ihrem sichtbaren Reich, in organisierten Formen vor uns wirken sehen.

Ja unendlich inniger, steter und fortgehender muß dieser unsichtbare Zusammenhang sein, als in unserm stumpfen Sinne die Reihe äußerer Formen zeiget. Denn was ist eine Organisation als eine Masse unendlich vieler zusammengedrängter Kräfte, deren größter Teil eben des Zusammenhanges wegen von andern Kräften eingeschränkt, unterdrückt oder wenigstens unsern Augen so versteckt wird, daß wir die einzelnen Wassertropfen nur in der dunklen Gestalt der Wolke, d. i. nicht die einzelnen Wesen selbst, sondern nur das Gebilde sehen, das sich zur Notdurft des Ganzen so und nicht anders organisieren mußte. Die wahre Stufenleiter der Geschöpfe, welch ein andres Reich muß sie im Auge des Allwissenden sein, als von dem die Menschen reden! Wir ordnen Formen, die wir nicht durchschauen und klassifizieren wie Kinder nach einzelnen Gliedmaßen oder nach andern Zeichen. Der oberste Haushalter siehet und hält die Kette aller aufeinanderdringenden Kräfte.

Was dies für die Unsterblichkeit der Seele tue? Alles; und nicht für die Unsterblichkeit unsrer Seele allein, sondern für die Fortdauer aller wirkenden und lebendigen Kräfte der Weltschöpfung. Keine Kraft kann untergehn; denn was hieße es, eine Kraft gehe unter? Wir haben in der Natur davon kein Beispiel, ja, in unsrer Seele nicht einmal einen Begriff. Ist es Widerspruch, daß Etwas Nichts sei oder werde, so ist es noch mehr Widerspruch, daß ein lebendiges, wirkendes Etwas, in dem der Schöpfer selbst gegenwärtig ist, in dem sich seine Gotteskraft *einwohnend* offenbaret, sich in ein Nichts verkehre. Das Werkzeug kann durch äußerliche Umstände zerrüttet werden; so wenig aber auch in diesem sich nur ein Atom vernichtet oder verlieret, um so weniger die unsichtbare Kraft, die auch in diesem Atome wirket. Da wir nun bei allen Organisationen wahrnehmen, daß ihre wirkenden Kräfte so weise gewählt, so künstlich geordnet, so genau auf ihre gemeinschaftliche Dauer und auf die Ausbildung der Hauptkraft berechnet sein; so wäre es Unsinn, von der Natur zu glauben, daß in dem Augenblicke, da eine Kombination derselben, d. i. ein äußerlicher Zustand aufhört, sie nicht nur plötzlich von der Weisheit und Sorgfalt abließe, dadurch sie allein göttliche Natur ist, sondern dieselbe auch *gegen sich* kehrte, um mit ihrer ganzen Allmacht (denn minder gehörte dazu nicht) nur einen Teil ihres lebendigen Zusammenhanges, in dem sie selbst *ewig-tätig* lebet, zu vernichten. Was der Allbelebende ins Leben rief, lebet; was wirkt, wirkt in seinem ewigen Zusammenhange ewig.

Da diese Prinzipien weiter auseinanderzusetzen, hier nicht der Ort ist, so lasset uns sie bloß in Beispielen zeigen. Die Blume, die ausgeblühet hat, zerfällt; d. i. dies Werkzeug ist nicht weiter geschickt, daß die vegetierende Kraft in ihm fortwirke; der Baum, der sich satt an Früchten getragen, stirbt; die Maschine ist hinfällig worden und das Zusammengesetzte geht auseinander. Hieraus folget aber im mindesten nicht, daß die Kraft, die diese Teile belebte, die vegetieren und sich so mächtig fortpflanzen konnte, mit dieser Dekomposition gestorben sei, sie, die über tausend Kräfte, die sie anzog, in dieser Organisation herrschte. Jedem Atom der zerlegten Maschine bleibt ja seine untere Kraft; wieviel mehr muß sie der mächtigern bleiben, die in dieser Formung jene alle zu Einem Zwecke regierte und in ihren engen Grenzen mit allmächtigen Natureigenschaften wirkte. Der Faden der Gedanken zerreißt, wenn man es sich als *natürlich* denket, daß dies Geschöpf jetzt in jedem seiner Glieder die mächtige, sich selbst erstattende, reizbare Selbsttätigkeit haben soll, wie sie sich uns vor Augen äußert; daß aber den Augenblick darauf alle diese Kräfte, die lebendigen Erweise einer inwohnenden organischen Allmacht, aus dem Zusammenhange der Wesen, aus dem Reich der Realität so hinweg sein sollen, als wären sie nie darinnen gewesen.

Und bei der reinsten und tätigsten Kraft, die wir auf Erden kennen, sollte dieser Gedankenwiderspruch stattfinden, bei der menschlichen Seele? Sie, die über alle Vermögen niedrigerer Organisationen so weit hinaufgerückt ist, daß sie nicht nur mit einer Art Allgegenwart und Allmacht tausend organische Kräfte meines Körpers als Königin beherrschet; sondern auch (Wunder aller Wunder!) in sich selbst zu blicken und sich zu beherrschen vermag. Nichts geht hienieden über die Feinheit, Schnelle und Wirksamkeit eines menschlichen Gedanken; nichts über die Energie, Reinheit und Wärme eines menschlichen Willens. Mit allem, was der Mensch denkt, ahmet er der ordnenden, mit allem, was er will und tut, der schaffenden Gottheit nach; er möge so unvernünftig denken, als er wolle. Die Ähnlichkeit liegt in der Sache selbst: sie ist im Wesen seiner Seele gegründet. Die Kraft, die Gott erkennen, ihn lieben und nachahmen kann, ja die nach dem Wesen ihrer Vernunft ihn gleichsam wider Willen erkennen und nachahmen muß, indem sie auch bei Irrtümern und Fehlern nur durch Trug und Schwachheit fehlte; sie, die mächtigste Regentin der Erde, sollte untergehen, weil ein äußerer Zustand der Zusammensetzung sich ändert und einige niedere Untertanen von ihr weichen? Die Künstlerin wäre nicht mehr, weil ihr das Werkzeug aus der Hand fällt? Wo bliebe hier aller Zusammenhang der Gedanken? –

II.

Keine Kraft der Natur ist ohne Organ; das Organ ist aber nie die Kraft selbst, die mittelst jenem wirket

Priestley und andre haben den Spiritualisten vorgerückt, daß man in der ganzen Natur keinen reinen Geist kenne und daß man auch den innern Zustand der Materie lange nicht gnug einsehe, um ihr das Denken oder andere geistige Kräfte abzusprechen; mich dünkt, sie haben in beidem recht. Einen Geist, der ohne und außer aller Materie wirkt, kennen wir nicht; und in dieser sehen wir so viele geistähnliche Kräfte, daß mir ein völliger *Gegensatz* und *Widerspruch* dieser beiden allerdings sehr verschiednen Wesen des Geistes und der Materie, wo nicht selbst widersprechend, so doch wenigstens ganz unerwiesen scheinet. Wie können zwei Wesen gemeinschaftlich und innig harmonisch wirken, die, völlig ungleichartig, einander wesentlich entgegen wären? Und wie können *wir* dies behaupten, da uns weder Geist noch Materie im Innern bekannt ist?

Wo wir eine Kraft wirken sehen, wirkt sie allerdings in einem Organ und diesem harmonisch; ohne dasselbe wird sie unsern Sinnen wenigstens nicht sichtbar; mit ihm aber ist sie zugleich da, und wenn wir der durchgehenden Analogie der Natur glauben dürfen, so hat sie sich dasselbe *zugebildet*. Präformierte Keime, die seit der Schöpfung bereitlagen, hat kein Auge gesehen; was wir vom ersten Augenblick des Werdens eines Geschöpfs bemerken, sind wirkende *organische Kräfte*. Hat ein einzelnes Wesen diese in sich, so erzeugt es selbst; sind die Geschlechter geteilt, so muß jedes derselben zur Organisation des Abkömmlings beitragen, und zwar nach der Verschiedenheit des Baues auf eine verschiedene Weise. Geschöpfe von Pflanzennatur, deren Kräfte noch einartig, aber desto inniger wirken, haben nur einen leisen Hauch der Berührung nötig, ihr Selbsterzeugtes zu beleben; auch in Tieren, wo der lebendige Reiz und ein zähes Leben durch alle Glieder herrschet, mithin fast alles Produktions- und Reproduktionskraft ist, bedarf die Frucht der Belebung oft nur außer Mutterleibe. Je vielartiger der Organisation nach die Geschöpfe werden, desto unkenntlicher wird das, was man bei jenen den Keim nannte; es ist *organische Materie*, zu der lebendige Kräfte kommen müssen, sie erst zur Gestalt des künftigen Geschöpfs zu bilden. Welche Auswirkungen gehen im Ei eines Vogels vor, ehe die Frucht Gestalt gewinnt und sich diese vollendet! Die organische Kraft muß zerrütten, indem sie ordnet; sie zieht Teile zusammen und treibt sie auseinander, ja es scheint, als ob mehrere Kräfte im Wettstreit wären und zuerst eine Mißgeburt bilden wollten, bis sie in ihr Gleichgewicht treten und das Geschöpf das wird, was es seiner Gattung nach sein soll. Siehet man diese Wandlungen, diese lebendigen Wirkungen sowohl im Ei des Vogels als im Mutterleibe des Tiers, das Lebendige gebäret, so dünkt mich, spricht man uneigentlich, wenn man von Keimen, die nur entwickelt würden, oder von einer *Epigenesis* redet, nach der die Glieder von außen zuwüchsen. *Bildung* (genesis) ists, eine Wirkung innerer Kräfte, denen die Natur eine Masse vorbereitet hatte, die sie sich zubilden, in der sie sich sichtbar machen sollten. Dies ist die Erfahrung der Natur; dies bestätigen die Perioden der Bildung in den verschiedenen Gattungen von mehr oder minder organischer Vielartigkeit und Fülle von Lebenskräften; nur hieraus lassen sich die Mißbildungen der Geschöpfe durch Krankheit, Zufall oder durch die Vermischung verschiedner Gattungen erklären, und es ist dieser Weg der einzige, den uns in allen ihren Werken die kraft- und lebenreiche Natur durch eine fortgehende Analogie gleichsam aufdringt.

Man würde mich unrecht verstehen, wenn man mir die Meinung zuschriebe, als ob, wie einige sich ausgedrückt haben, unsere *vernünftige Seele* sich ihren Körper im Mutterleibe, und zwar durch Vernunft gebauet habe. Wir haben gesehen, wie spät die Gabe der Vernunft in uns angebauet werde und daß wir zwar fähig zu ihr auf der Welt erscheinen, sie aber weder eigenmächtig besitzen noch erobern mögen. Und wie wäre ein solches Gebilde auch für die reifste Vernunft des Menschen möglich, da wir dasselbe in keinem Teile weder von innen noch außen begreifen und selbst der größeste Teil der Lebensverrichtungen in uns ohne das Bewußtsein und den Willen der Seele fortgeht? Nicht unsre Vernunft wars, die den Leib bildete, sondern der Finger der Gottheit, organische Kräfte. Sie hatte der Ewige auf dem großen Gange der Natur so weit hinaufgeführt, daß sie jetzt, von seiner Hand gebunden, in einer kleinen Welt organischer Materie, die er ausgesondert und zur Bildung des jungen Wesens sogar eigen umhüllt hatte, ihre Schöpfungsstätte fanden. Harmonisch vereinigten sie sich mit ihrem Gebilde, in welchem sie auch, solange es dauert, ihm harmonisch wirken; bis, wenn dies abgebraucht ist, der Schöpfer sie von ihrem Dienst abruft und ihnen eine andre Wirkungsstätte bereitet.

Wollen wir also dem Gange der Natur folgen, so ist offenbar:

1. *Daß Kraft und Organ zwar innigst verbunden, nicht aber eins und dasselbe sei.* Die Materie unsres Körpers war da; aber gestalt- und leblos, ehe sie die organischen Kräfte bildeten und belebten.

2. *Jede Kraft wirkt ihrem Organ harmonisch;* denn sie hat sich dasselbe zur Offenbarung ihres Wesens nur zugebildet, sie assimilierte die Teile, die der Allmächtige ihr zuführte und in deren Hülle er sie gleichsam einwies.

3. Wenn die Hülle wegfällt, *so bleibt die Kraft, die voraus,* obwohl in einem niedrigern Zustande und ebenfalls organisch, *dennoch vor dieser Hülle schon existierte.* Wars möglich, daß sie aus ihrem vorigen in diesen Zustand übergehen konnte: so ist ihr auch bei dieser Enthüllung ein neuer Übergang möglich. Fürs Medium wird der sorgen, der sie, und zwar viel unvollkommener, hieher brachte.

Und sollte uns die sich immer gleiche Natur nicht schon einen Wink über das Medium gegeben haben, in dem alle Kräfte der Schöpfung wirken? In den tiefsten Abgründen des Werdens, wo wir keimendes Leben sehen, werden wir das unerforschte und so wirksame Element gewahr, das wir mit dem unvollkommenen Namen *Licht, Äther, Lebenswärme* benennen, und das vielleicht das Sensorium des Allerschaffenden ist, dadurch er alles belebet, alles erwärmet. In tausend und Millionen Organe ausgegossen, läutert sich dieser himmliche Feuerstrom immer feiner und feiner; durch sein Vehikulum wirken vielleicht alle Kräfte hienieden, und das Wunder der irdischen Schöpfung , die Generation, ist von ihm unabtrennlich. Vielleicht ward unser Körpergebäude auch eben deswegen aufgerichtet, daß wir selbst unsern gröbern Teilen nach von diesem elektrischen Strome mehr an uns ziehen, mehr in uns verarbeiten könnten; und in den feinern Kräften ist zwar nicht die grobe elektrische Materie, aber etwas von unsrer Organisation selbst Verarbeitetes, unendlich Feineres und dennoch ihr Ähnliches das Werkzeug der körperlichen und Geistesempfindung. Entweder hat die Wirkung meiner Seele kein Analogon hienieden; und sodenn ist's weder zu begreifen, wie sie auf den Körper wirke, noch wie andre Gegenstände auf sie zu wirken vermögen; oder es ist dieser unsichtbare himmlische Licht- und Feuergeist, der alles Lebendige durchfließt und alle Kräfte der Natur vereinigt. In der menschlischen Organisation hat er die Feinheit erreicht, die ihm ein Erdenbau gewähren konnte; vermittelst seiner wirkte die Seele in ihren Organen beinah allmächtig und strahlte in sich selbst zurück mit einem Bewußtsein, das ihr Innerstes reget. Vermittelst seiner füllete sich der Geist mit edler Wärme und wußte sich durch freie Selbstbestimmung gleichsam aus dem Körper, ja aus der Welt zu setzen und sie zu lenken. Er hat also Macht über dasselbe gewonnen, und wenn seine Stunde schlägt, wenn seine äußere Maschine aufgelöset wird, was ist natürlicher, als daß nach innigen, ewig fortwirkenden Gesetzen der Natur er das, was seiner Art geworden und mit ihm innig vereint ist, nach sich ziehe? Er tritt in sein Medium über, und dies ziehet ihn – oder vielmehr du ziehest und leitest uns, allverbreitete bildende Gotteskraft, du Seele und Mutter aller lebendigen Wesen, du leitest und bildest uns zu unsrer neuen Bestimmung sanft hinüber!

Und so wird, dünkt mich, die Nichtigkeit der Schlüsse sichtbar, mit denen die Materialisten unsre Unsterblichkeit niedergeworfen zu haben meinen. Lasset es sein, daß wir unsre Seele als einen reinen Geist nicht kennen; wir wollen sie auch als solchen nicht kennen lernen. Lasset es sein, daß sie nur als eine organische Kraft wirke; sie soll auch nicht anders wirken dürfen, ja, ich setze noch dazu, sie hat erst in diesem ihrem Zustande mit einem menschlichen Gehirn denken, mit menschlichen Nerven empfinden gelernt und sich einige Vernuft und Humanität angebildet. Lasset es endlich sein, daß sie mit allen Kräften der Materie, des Reizes, der Bewegung, des Lebens ursprünglich eins sei und nur auf einer höhern Stufe in einer ausgebildetern feinern Organisation wirke; hat man denn je auch nur Eine Kraft der Bewegung und des Reizes untergehen sehen? Und sind diese niedern Kräfte mit ihren Organen eins und dasselbe? Der nun eine unzählbare Menge derselben in meinen Körper führte und jeder ihr Gebilde anwies, der meine Seele über sie setzte und ihr ihre Kunstwerkstätte und an den Nerven die Bande anwies, dadurch sie alle jene Kräfte lenket: wird ihm im großen Zusammenhange der Natur ein Medium fehlen, sie hinauszuführen? Und muß er es nicht tun, da er sie eben so wunderbar, offenbar zu einer höhern Bildung, in dies organische Haus führte?

III.

Aller Zusammenhang der Kräfte und Formen ist weder Rückgang noch Stillstand, sondern Fortschreitung

Die Sache scheinet durch sich klar; denn wie eine lebendige Kraft der Natur, ohne daß eine feindliche Übermacht sie einschränkte und zurückstieße, stillstehen oder zurückgehen könne, ist nicht begreiflich. Sie wirkte als ein Organ der göttlichen Macht, als eine tätig gewordene Idee seines ewig daurenden Entwurfs der Schöpfung; und so mußten sich wirkend ihre Kräfte mehren. Auch alle Abweichungen müssen sie wieder zur rechten Bahn lenken; da die oberste Güte Mittel gnug hat, die zurückprallende Kugel, ehe sie sinkt, durch einen neuen Anstoß, durch eine neue Erweckung wieder zum Ziel zu führen. Doch die Metaphysik bleibe beiseite; wir wollen Analogien der Natur betrachten.

Nichts in ihr steht still; alles strebt und rückt weiter. Könnten wir die erste Periode der Schöpfung durchsehn, wie ein Reich der Natur auf das andre gebauet ward: welche Progression fortstrebender Kräfte würde sich in jeder Entwicklung zeigen! Warum tragen wir und alle Tiere Kalkerde in unsern Gebeinen? Weil sie einer der letzten Übergänge gröberer Erdbildungen war, der seiner innern Gestaltung nach schon einer lebendigen Organisation zum Knochengebäude dienen konnte. So ists mit allen übrigen Bestandteilen unsres Körpers.

Als die Tore der Schöpfung geschlossen wurden, standen die einmal erwählten Organisationen als bestimmte Wege und Pforten da, auf denen sich künftig in den Grenzen der Natur die niedern Kräfte aufschwingen und weiterbilden sollten. Neue Gestalten erzeugeten sich nicht mehr; es wandeln und verwandeln sich aber durch dieselbe untere Kräfte, und was Organisation heißt, ist eigentlich nur *eine Leiterin derselben zu einer höhern Bildung*.

Das erste Geschöpf, das ans Licht tritt und unter dem Strahl der Sonne sich als eine Königin des unterirdischen Reichs zeigt, ist die Pflanze. Was sind ihre Bestandteile? Salz, Öl, Eisen, Schwefel, und was sonst an feinern Kräften das Unterirdische zu ihr hinaufzuläutern vermochte. Wie kam sie zu diesen Teilen? Durch innere organische Kraft, durch welche sie unter Beihilfe der Elemente jene sich eigen zu machen strebet. Und was tut sie mit ihnen? Sie ziehet sie an sich, verarbeitet sie in ihr Wesen und läutert sie weiter. Giftige und gesunde Pflanzen sind also nichts als Leiterinnen der gröbern zu feinern Teilen, das ganze Kunstwerk des Gewächses ist, Niedriges zu Höherem hinaufzubilden.

Über der Pflanze stehet das Tier und zehrt von ihren Säften. Der einzige Elefant ist ein Grab von Millionen Kräutern; aber er ist ein lebendiges, auswirkendes Grab, er animalisiert sie zu Teilen sein selbst: die niedern Kräfte gehen in feinere Formen des Lebens über. So ists mit allen fleischfressenden Tieren: die Natur hat die Übergänge rasch gemacht, gleich als ob sie sich vor allem langsamen Tode fürchtete. Darum verkürzte sie und beschleunigte die Wege der Transformation in höhere Lebensformen. Unter allen Tieren ist das Geschöpf der feinsten Organe, der Mensch, der größeste Mörder. Er kann beinahe alles, was an lebendiger Organisation nur nicht zu tief unter ihm steht, in seine Natur verwandeln.

Warum wählte der Schöpfer diese dem äußern Anblick nach zerstörende Einrichtung seiner lebendigen Reiche? Waren es feindliche Mächte, die sich ins Werk teilten und ein Geschlecht dem andern zur Beute machten? Oder war es Ohnmacht des Schöpfers, der seine Kinder nicht anders zu erhalten wußte? Nehmet die äußere Hülle weg und es ist kein Tod in der Schöpfung; jede Zerstörung ist Übergang zum höhern Leben, und der weise Vater machte diesen so früh, so rasch, so vielfach, als es die Erhaltung der Geschlechter und der Selbstgenuß des Geschöpfs, das sich seiner Hülle freuen und sie womöglich auswirken sollte, nur gestatten konnte. Durch tausend gewaltsame Tode kam er dem langsamen Ersterben vor und beförderte den Keim der blühenden Kraft zu höhern Organen. Das *Wachstum* eines Geschöpfs, was ists anders als die stete Bemühung desselben, mehrere organische Kräfte mit seiner Natur zu verbinden? Hierauf sind seine Lebensalter eingerichtet, und sobald es dies Geschäft nicht mehr kann, muß es abnehmen und sterben. Die Natur dankt die Maschine ab, die sie zu ihrem Zweck der gesunden Assimilation, der muntern Verarbeitung nicht mehr tüchtig findet.

Worauf beruhet die Kunst des *Arztes*, als eine Dienerin der Natur zu sein und den tausendfach arbeitenden Kräften unsrer Organisation zu Hilfe zu eilen? Verlorne Kräfte ersetzt sie, matte stärkt, überwiegende schwächt und bändigt sie; wodurch? durch Herbeiführung und Assimilation solcher oder entgegengesetzter *Kräfte aus den niedern Reichen.*

Nichts anders sagt uns die *Erzeugung* aller lebendigen Wesen; denn so tief ihr Geheimnis liege, so ists offenbar, daß organische Kräfte im Geschöpf zur größesten Wirksamkeit aufblühten und jetzt zu neuen Bildungen streben. Da jeder Organismus das Vermögen hat, niedere Kräfte sich selbst zu assimilieren, so hat er auch das Vermögen, sich, gestärkt durch jene, in der Blüte des Lebens fortzubilden und den Abdruck sein selbst mit allen in ihm wirkenden Kräften an seiner Statt der Welt zu geben.

So gehet der Stufengang der Ausarbeitung durch die niedrige Natur, und sollte er bei der edelsten und mächtigsten stillstehen oder zurückgehen müssen? Was das Tier zu seiner Nahrung bedarf, sind nur pflanzenartige Kräfte, damit es pflanzenartige

Teile belebe; der Saft der Muskeln und Nerven dient nicht mehr zur Nahrung irgend eines Erdwesens. Selbst das Blut ist nur Raubtieren eine Erquickung; und bei Nationen, die durch Leidenschaft oder Notdurft dazu gezwungen wurden, hat man auch Neigungen des Tiers bemerket, zu dessen lebendiger Speise sie sich grausam entschlossen. Also ist das Reich der Gedanken und Reize, wie es auch seine Natur fordert, hier ohne sichtbaren Fort- und Übergang, und die Bildung der Nationen hat es zu einem ersten Gesetze des menschlichen Gefühls gemacht, jedes Tier, das noch lebet in seinem Blut, zur Speise nicht zu begehren. Offenbar sind alle diese Kräfte von geistiger Art; daher man vielleicht mancher Hypothesen über den Nervensaft als über ein *tastbares* Vehikulum der Empfindungen hätte überhoben sein mögen. Der Nervensaft, wenn er da ist, erhält die Nerven und das Gehirn gesund, so daß sie ohne ihn nur unbrauchbare Stricke und Gefäße wären; sein Nutze ist also körperlich, und die Wirkung der Seele nach ihren Empfindungen und Kräften ist, was für Organe sie auch gebrauchen möge, überall *geistig*.

Und wohin kehren nun diese geistigen Kräfte, die allem Sinn der Menschen entgehen? Weise hat die Natur hier einen Vorhang vorgezogen und läßt uns, die wir hiezu keine Sinne haben, in das geistige Reich ihrer Verwandlungen und Übergänge nicht hineinschauen; wahrscheinlich würde sich auch der Blick dahin mit unsrer Existenz auf Erden und alle den sinnlichen Empfindungen, denen wir noch unterworfen sind, nicht vertragen. Sie legte uns also nur Übergänge aus den niedern Reichen und in den höhern nur aufsteigende Formen dar; ihre tausend unsichtbare Wege der Überleitung behielt sie sich selbst vor; und so ward das Reich der Ungebornen, die große ὑλη oder der Hades, in welchen kein menschliches Auge reichet. Zwar scheinet diesem Untergange die bestimmte Form entgegenzustehen, der jede Gattung treu bleibt und in welcher sich auch das kleinste Gebein nicht verändert; allein auch hievon ist der Grund sichtbar, da jedes Geschöpf nur *durch Geschöpfe seiner Gattung* organisiert werden kann und darf. Die feste ordnungsreiche Mutter hat also die Wege genau bestimmt, auf denen eine organische Kraft, sie sei herrschend oder dienend, zur sichtbaren Wirksamkeit gelangen sollte, und so kann ihren einmal bestimmten Formen nichts entschlüpfen. Im Menschenreich z. B. herrscht die größeste Mannigfaltigkeit von Neigungen und Anlagen, die wir oft als wunderbar und widernatürlich anstaunen, aber nicht begreifen. Da nun auch diese nicht ohne organische Gründe sein können, so ließe sich, wenn uns über dies Dunkle der Schöpfungsstätte einige Vermutung vergönnt ist, das Menschengeschlecht als *der große Zusammenfluß niederer organischer Kräfte* ansehen, die in ihm zur Bildung der Humanität kommen sollten.

Aber nun weiter? Der Mensch hat hier das Bild der Gottheit getragen und der feinsten Organisation genossen, die ihm die Erde geben konnte; soll er rückwärtsgehen und wieder Stamm, Pflanze, Elefant werden? Oder stehet bei ihm das Rad der Schöpfung still und hat kein andres Rad, worin es greife? Das Letzte lässet sich nicht gedenken, da im Reich der obersten Güte und Weisheit alles verbunden ist und in ewigem Zusammenhange Kraft in Kraft wirket. Schauen wir nun zurück und sehen, wie hinter uns alles aufs Menschengebilde zu reifen scheint und sich im Menschen wiederum von dem, was er sein soll und worauf er absichtlich gebildet worden, nur die erste Knospe und Anlage findet; so müßte aller Zusammenhang, alle Absicht der Natur ein Traum sein, oder auch er rückt (auf welchen Wegen und Gängen es nun auch sein möge), auch er rückt weiter. Lasset uns sehen, wie die ganze Anlage der Menschennatur uns darauf weise.

IV.

Das Reich der Menschenorganisation ist ein System geistiger Kräfte

Der vornehmste Zweifel, den man sich gegen die Unsterblichkeit organischer Kräfte zu machen pflegt, ist von den Werkzeugen hergenommen, durch die sie wirken; und ich darf behaupten, daß gerade die Beleuchtung dieses Zweifels uns das größeste Licht nicht nur der Hoffnung, sondern der Zuversicht ewiger Fortwirkung anzünde. Keine Blume blühet durch den äußerlichen Staub, den groben Bestandteil ihres Baues; viel weniger reproduziert sich durch denselben ein immer neu wachsendes Tier, und noch weniger kann durch die Bestandteile, in die ein Hirn aufgelöset wird, eine innige Kraft so vieler mit ihr verbundener Kräfte, als unsre Seele ist, denken. Selbst die Physiologie überzeugt uns davon. Das äußerliche Bild, das sich im Auge malet, kommt nicht in unser Gehirn; der Schall, der sich in unserm Ohre bricht, kommt nicht mechanisch als solcher in unsre Seele. Kein Nerve liegt ausgespannt da, daß er bis zu einem Punkt der Vereinigung vibriere; bei einigen Tieren kommen nicht einmal die Nerven beider Augen und bei keinem Geschöpf die Nerven aller Sinne so zusammen, daß ein sichtbarer Punkt sie vereine. Noch weniger gilt dieses von den Nerven des gesamten Körpers, in dessen kleinstem Gliede sich doch die Seele gegenwärtig fühlt und in ihm wirket. Also ist's eine schwache unphysiologische Vorstellung, sich das Gehirn als einen Selbstdenker, den Nervensaft als einen Selbstempfinder zu denken; vielmehr sind es allen Erfahrungen zufolge *eigne psychologische Gesetze*, nach denen die Seele ihre Verrichtungen vornimmt und ihre Begriffe verbindet. Daß es jedesmal ihrem Organ gemäß und demselben harmonisch geschehe, daß, wenn das Werkzeug nichts taugt, auch die Künstlerin nichts tun könne u. f., das alles leidet keinen Zweifel, ändert aber auch nichts im Begriff der Sache. Die *Art*, mit der die Seele wirkt, das *Wesen ihrer Begriffe* kommt hier in Betrachtung. Und da ists

1. unleugbar, daß *der Gedanke*, ja die Wahrnehmung, damit sich die Seele einen äußern Gegenstand vorstellt, ganz *ein andres Ding sei, als was ihr der Sinn zuführet.* Wir nennen es ein Bild; es ist aber nicht das Bild, d. i. der lichte Punkt, der aufs Auge gemalt wird und der das Gehirn gar nicht erreichet; das Bild der Seele ist ein geistiges, von ihr selbst bei Veranlassung der Sinne geschaffenes Wesen. Sie ruft aus dem Chaos der Dinge, die sie umgeben, eine Gestalt hervor, an die sie sich mit Aufmerksamkeit heftet, und so schafft sie durch innere Macht aus dem Vielen ein Eins, das ihr allein zugehöret. Dies kann sie sich wieder herstellen, auch wenn es nicht mehr da ist; der Traum und die Dichtung können es nach ganz andern Gesetzen verbinden, als unter welchen es der Sinn darstellte, und tun dies wirklich. Die Rasereien der Kranken, die man so oft als Zeugen der Materialität der Seele anführt, sind eben von ihrer Immaterialität Zeugen. Man behorche den Wahnsinnigen und bemerke den Gang, den seine Seele nimmt. Er geht von der Idee aus, die ihn zu tief rührte, die also sein Werkzeug zerrüttete und den Zusammenhang mit andern Sensationen störte. Auf sie beziehet er nun alles, weil sie die herrschende ist und er von derselben nicht loskann; zu ihr schafft er sich eine eigne Welt, einen eignen Zusammenhang der Gedanken, und jeder seiner Irrgänge in der Ideenverbindung ist im höchsten Maß *geistig*. Nicht wie die Fächer des Gehirns liegen, kombiniert er, selbst nicht einmal wie ihm die Sensationen erscheinen, sondern wie andre Ideen mit seiner Idee verwandt sind, und wie er jene zu dieser nur hinüber zu zwingen vermochte. Auf demselben Wege gehn alle Assoziationen unsrer Gedanken; sie gehören einem

Wesen zu, das aus eigner Energie und oft mit einer sonderbaren Idiosynkrasie Erinnerungen aufruft und nach innerer Liebe oder Abneigung, nicht nach einer äußern Mechanik, Ideen bindet. Ich wünschte, daß hierüber aufrichtige Menschen das Protokoll ihres Herzens, und scharfsinnige Beobachter, insonderheit Ärzte, die Eigenheiten bekannt machten, die sie an ihren Kranken bemerkten; und ich bin überzeugt, es wären lauter Belege von Wirkungen eines zwar organischen, aber dennoch eigenmächtigen, nach Gesetzen geistiger Verbindung wirkenden Wesens.

2. *Die künstliche Bildung unsrer Ideen von Kindheit* auf erweiset dasselbe und der *langsame Gang*, auf welchem die Seele nicht nur spät ihrer selbst bewußt wird, sondern auch mit Mühe ihre Sinne brauchen lernet. Mehr als ein Psycholog hat die Kunststücke bemerkt, mit denen ein Kind von Farbe, Gestalt, Größe, Entfernung Begriff erhält und durch die es *sehen lernet*. Der körperliche Sinn lernt nichts, denn das Bild malet sich den ersten Tag aufs Auge, wie es sich den letzten des Lebens malen wird; aber die Seele durch den Sinn lernt messen, vergleichen, geistig empfinden. Hiezu hilft ihr das Ohr, und die Sprache ist doch gewiß ein geistiges, nicht körperliches Mittel der Ideenbildung. Nur ein Sinnloser kann Schall und Wort für einerlei nehmen; und wie diese beide verschieden sind, ists Körper und Seele, Organ und Kraft. Das Wort erinnert an die Idee und bringt sie aus einem andern Geist zu uns herüber; aber es ist sie nicht selbst, und ebensowenig ist das materielle Organ Gedanke. Wie der Leib durch Speise zunimmt, nimmt unser Geist durch Ideen zu, ja wir bemerken bei ihm eben die Gesetze der *Assimilation*, des *Wachstums* und der *Hervorbringung*, nur nicht auf eine körperliche, sondern eine ihm eigne Weise. Auch er kann sich mit Nahrung überfüllen, daß er sich dieselbe nicht zuzueignen und in sich zu verwandeln vermag; auch er hat eine Symmetrie seiner geistigen Kräfte, von welcher jede Abweichung Krankheit, entweder Schwachheit oder Fieber, d. i. Verrückung wird; auch er endlich treibet dieses Geschäft seines innern Lebens mit einer genialischen Kraft, in welcher sich Liebe und Haß, Abneigung gegen das mit ihm Ungleichartige, Zuneigung zu dem, was seiner Natur ist, wie beim irdischen Leben äußert. Kurz, es wird in uns (ohne Schwärmerei zu reden) ein *innerer geistiger Mensch* gebildet, der seiner eignen Natur ist und den Körper nur als Werkzeug gebrauchet, ja, der seiner eignen Natur zufolge auch bei den ärgsten Zerrüttungen der Organe handelt. Je mehr die Seele durch Krankheit oder gewaltsame Zustände der Leidenschaften von ihrem Körper getrennt und gleichsam gezwungen ist, in ihrer eignen Ideenwelt zu wandeln; desto sonderbarere Erscheinungen bemerken wir von ihrer eignen Macht und Energie in der Ideenschöpfung oder Ideenverbindung. Aus Verzweiflung irret sie jetzt in den Szenen ihres vorigen Lebens umher, und da sie von ihrer Natur und ihrem Werk, Ideen zu bilden, nicht ablassen kann, bereitet sie sich jetzt eine neue *wilde Schöpfung*.

3. Das hellere *Bewußtsein*, dieser große Vorzug der menschlichen Seele, ist derselben *auf eine geistige Weise, und zwar durch die Humanität allmählich erst zugebildet worden*. Ein Kind hat noch wenig Bewußtsein, ob seine Seele gleich sich unablässig übt, zu demselben zu gelangen und sich seiner selbst durch alle Sinnen zu vergewissern. Alle sein Streben nach Begriffen hat den Zweck, sich in der Welt Gottes gleichsam zu besinnen und seines Daseins mit menschlicher Energie froh zu werden. Das Tier geht noch im dunkeln Traum umher; sein Bewußtsein ist in so viel Reize des Körpers verbreitet und von ihnen mächtig umhüllet, daß das helle Erwachen zu einer fortwirkenden Gedankenübung seiner Organisation nicht möglich war. Auch der Mensch ist sich seines *sinnlichen* Zustandes nur durch Sinne bewußt, und sobald

diese leiden, ists gar kein Wunder, daß ihn eine herrschende Idee auch aus seiner eignen Anerkennung hinreißen kann und er mit sich selbst ein trauriges oder fröhliches Drama spielet. Aber auch dies Hinreißen in ein Land lebhafter Ideen zeigt eine innere Energie, bei der sich die Kraft seines Bewußtseins, seiner Selbstbestimmung oft auf den irrigsten Wegen äußert. Nichts gewährt dem Menschen ein so eignes Gefühl seines Daseins als Erkenntnis, Erkenntnis einer Wahrheit, die wir selbst errungen haben, die unsrer innersten Natur ist und bei der uns oft alle Sichtbarkeit schwindet. Der Mensch vergißt sich selbst; er verliert das Maß der Zeit und seiner sinnlichen Kräfte, wenn ihn ein hoher Gedanke aufruft und er denselben verfolget. Die scheußlichsten Qualen des Körpers haben durch eine einzige lebendige Idee unterdrückt werden können, die damals in der Seele herrschte. Menschen, die von einem Affekt, insonderheit von dem lebhaftesten reinsten Affekt unter allen, der Liebe Gottes, ergriffen wurden, haben Leben und Tod nicht geachtet und sich in diesem Abgrunde aller Ideen wie im Himmel gefühlet. Das gemeinste Werk wird uns schwer, sobald es nur der Körper verrichtet; aber die Liebe macht uns das schwerste Geschäft leicht, sie gibt uns zur langwierigsten, entferntesten Bemühung Flügel. Räume und Zeiten verschwinden ihr: sie ist immer auf ihrem Punkt, in ihrem eignen Ideenlande. – Diese Natur des Geistes äußert sich auch bei den wildesten Völkern; gleichviel, wofür sie kämpfen: sie kämpfen im Drang der Ideen. Auch der Menschenfresser im Durst seiner Rache und Kühnheit strebt, wiewohl auf eine abscheuliche Art, nach dem Genuß eines *Geistes*.

4. Alle Zustände, Krankheiten und Eigenheiten des Organs also können uns nie irre machen, die Kraft, die in ihnen wirkt, *primitiv* zu fühlen. Das Gedächtnis z. B. ist nach der verschiednen Organisation der Menschen verschieden; bei diesen formt und erhält es sich durch Bilder, bei jenen durch Zeichen der Abstraktion, Worte oder gar Zahlen. In der Jugend, wenn das Gehirn weich ist, ist es lebhaft; im Alter, wenn sich das Gehirn härtet, wird es träge und hält an alten Ideen. So ists mit den übrigen Kräften der Seele; welches alles nicht anders sein kann, sobald eine Kraft organisch wirket. Bemerket indes auch hier die *Gesetze der Aufbewahrung und Erneurung der Ideen;* sie sind allesamt nicht körperlich, sondern geistig. Es hat Menschen gegeben, die das Gedächtnis gewisser Jahre, ja gewisser Teile der Rede, der Namen, Substantiven, sogar einzelner Buchstaben und Merkzeichen verloren; das Gedächtnis der vorigen Jahre, die Erinnerung andrer Teile der Rede und der freie Gebrauch derselben blieb ihnen; die Seele war nur an dem einen Gliede gefesselt, da das Organ litt. Wäre der Zusammenhang ihrer geistigen Ideen materiell, so müßte sie diesen Erscheinungen nach entweder im Gehirn umherrücken und für gewisse Jahre, für Substantiven und Namen eigne Protokolle führen; oder sind die Ideen mit dem Gehirn verhärtet, so müßten sie alle verhärtet sein, und doch ist bei den Alten eben das Andenken der Jugend noch so lebhaft. Zu einer Zeit, da sie ihrem Organ gemäß nicht mehr rasch verbinden oder flüchtig durchdenken kann, hält sie sich desto fester an das erworbne Gut ihrer schönern Jahre, über das sie wie über ihr Eigentum waltet. Unmittelbar vor dem Tode und in allen Zuständen, da sie sich vom Körper weniger gefesselt fühlt, erwacht dies Andenken mit aller Lebhaftigkeit der Jugendfreude, und die Glückseligkeit der Alten, die Freude der Sterbenden beruhet größtenteils darauf. Vom Anfange des Lebens an scheint unsre Seele nur Ein Werk zu haben, *inwendige Gestalt, Form der Humanität* zu gewinnen, und sich in ihr wie der Körper in der seinigen gesund und froh zu fühlen. Auf dies Werk arbeitet sie so unablässig und mit solcher Sympathie aller Kräfte, als der Körper nur immerdar für seine Gesundheit

arbeiten kann, der, wenn ein Teil leidet, es sogleich ganz fühlt und Säfte anwendet, wie er sie kann, den Bruch zu ersetzen und die Wunde zu heilen. Gleicherweise arbeitet die Seele auf ihre immer hinfällige und oft falsche Gesundheit, jetzt durch gute, jetzt durch trügliche Mittel, sich zu beruhigen und fortzuwirken. Wunderbar ist die Kunst, die sie dabei anwendet, und unermeßlich der Vorrat von Hilfs- und Heilmitteln, den sie sich zu verschaffen weiß. Wenn einst die *Semiotik der Seele* studiert werden wird wie die Semiotik des Körpers, wird man in allen Krankheiten derselben ihre so eigne geistige Natur erkennen, daß die Schlüsse der Materialisten wie Nebel vor der Sonne verschwinden werden. Ja wer von diesem *innern Leben seines Selbst* überzeugt ist, dem werden alle äußern Zustände, in welchen sich der Körper wie alle Materie unablässig verändert, mit der Zeit nur Übergänge, die sein Wesen nicht angehn: er schreitet aus dieser Welt in jene so unvermerkt, wie er aus Nacht in Tag und aus einem Lebensalter ins andre schreitet.
Jeden Tag hat uns der Schöpfer eine eigne Erfahrung gegeben, wie wenig Alles in unsrer Maschine von uns und voneinander unabtrennlich sei. Es ist des Todes Bruder, der balsamische Schlaf. Er scheidet die wichtigsten Verrichtungen unsres Lebens mit dem Finger seiner sanften Berührung; Nerven und Muskeln ruhen, die sinnlichen Empfindungen hören auf; und dennoch denkt die Seele fort in ihrem eignen Lande. Sie ist nicht abgetrennter vom Körper als sie wachend war, wie die dem Traum oft eingemischte Empfindungen beweisen; und dennoch wirkt sie nach eignen Gesetzen auch im tiefsten Schlaf fort, von dessen Träumen wir keine Erinnerung haben, wenn nicht ein plötzliches Erwecken uns davon überzeuget. Mehrere Personen haben bemerkt, daß ihre Seele bei ruhigen Träumen sogar dieselbe Ideenreihe, unterschieden vom wachenden Zustande, unverrückt fortsetze und immer in einer meistens jugendlichen, lebhaften und schönern Welt wandle. Die Empfindungen des Traums sind uns lebhafter, seine Affekten feuriger, die Verbindungen der Gedanken und Möglichkeiten in ihm werden leichter, unser Blick ist heiterer, das Licht, das uns umglänzt, ist schöner. Wenn wir gesund schlafen, wird unser Gang oft ein Flug, unsre Gestalt ist größer, unser Entschluß kräftiger, unsre Tätigkeit freier. Und obwohl dies alles vom Körper abhängt, weil jeder kleinste Zustand unsrer Seele notwendig ihm harmonisch sein muß, solange ihre Kräfte ihm so innig einverleibt wirken; so zeigt doch die ganze gewiß sonderbare Erfahrung des Schlafes und Traums, die uns ins größte Erstaunen setzen würde, wenn wir nicht daran gewöhnt wären, daß nicht jeder Teil unsers Körpers auf gleiche Art zu uns gehöre, ja daß gewisse Organe unsrer Maschine abgespannet werden können, und die oberste Kraft wirke aus bloßen Erinnerungen idealischer, lebhafter, freier. Da nun alle Ursachen, die uns den Schlaf bringen, und alle seine körperlichen Symptome nicht bloß einer Redeart nach, sondern physiologisch und wirklich ein *Analogon des Todes* sind; warum sollten es nicht auch seine geistigen Symptome sein? Und so bleibt uns, wenn uns der Todesschlaf aus Krankheit oder Mattigkeit befällt, Hoffnung, daß auch er wie der Schlaf nur das Fieber des Lebens kühle, die zu einförmig und lang fortgesetzte Bewegung sanft umlenke, manche für dies Leben unheilbaren Wunden heile und die Seele zu einem frohen Erwachen, zum Genuß eines neuen Jugendmorgens bereite. Wie im Traum meine Gedanken in die Jugend zurückkehren, wie ich in ihm, nur halb entfesselt von einigen Organen, aber zurückgedrängter in mich selbst, mich freier und tätiger fühle; so wirst auch du, erquickender Todestraum, die Jugend meines Lebens, die schönsten und kräftigsten Augenblicke meines Daseins mir schmeichelnd zurückführen, bis ich erwache in ihrem – oder vielmehr im schönern Bilde einer himmlischen Jugend.

V.

Unsre Humanität ist nur Vorübung, die Knospe zu einer zukünftigen Blume

Wir sahen, daß der Zweck unsres jetzigen Daseins auf Bildung der *Humanität* gerichtet sei, und alle niedrigen Bedürfnisse der Erde nur dienen und selbst zu ihr führen sollen. Unsre Vernunftfähigkeit soll zur Vernunft, unsre feinern Sinne zur Kunst, unsre Triebe zur echten Freiheit und Schöne, unsre Bewegungskräfte zur Menschenliebe gebildet werden; entweder wissen wir nichts von unsrer Bestimmung und die Gottheit täuschte uns mit allen ihren Anlagen von innen und außen (welche Lästerung auch nicht einmal einen Sinn hat), oder wir können dieses Zwecks so sicher sein als Gottes und unsers Daseins.

Und wie selten wird dieser ewige, dieser unendliche Zweck hier erreicht! Bei ganzen Völkern liegt die Vernunft unter der Tierheit gefangen, das Wahre wird auf den irresten Wegen gesucht, und die Schönheit und Aufrichtigkeit, zu der uns Gott erschuf, durch Vernachlässigung und Ruchlosigkeit verderbet. Bei wenigen Menschen ist die gottähnliche Humanität im reinen und weiten Umfange des Worts eigentliches *Studium des Lebens;* die meisten fangen nur spät an, daran zu denken, und auch bei den Besten ziehen niedrige Triebe den erhabenen Menschen zum Tier hinunter. Wer unter den Sterblichen kann sagen, daß er das reine Bild der Menschheit, das in ihm liegt, erreiche oder erreicht habe?

Entweder irrete sich also der Schöpfer mit dem Ziel, das er uns vorsteckte, und mit der Organisation, die er zu Erreichung desselben so künstlich zusammengeleitet hat, oder dieser Zweck geht über unser Dasein hinaus und die Erde ist nur ein *Übungsplatz, eine Vorbereitungsstätte.* Auf ihr mußte freilich noch viel Niedriges dem Erhabensten zugesellet werden, und der Mensch im Ganzen ist nur eine kleine Stufe über das Tier erhoben. Ja auch unter den Menschen selbst mußte die größeste Verschiedenheit stattfinden, da alles auf der Erde so vielartig ist und in manchen Gegenden und Zuständen unser Geschlecht so tief unter dem Joch des Klimas und der Notdurft lieget. Der Entwurf der bildenden Vorsehung mußte also alle diese Stufen, diese Zonen, diese Abartungen mit einem Blick umfaßt haben und den Menschen in ihnen allen weiterzuführen wissen, wie er die niedrigen Kräfte allmählich und ihnen unbewußt höher führet. Es ist befremdend und doch unleugbar, daß unter allen Erdbewohnern das menschliche Geschlecht dem Ziel seiner Bestimmung am meisten fern bleibt. Jedes Tier erreicht, was es in seiner Organisation erreichen soll; der einzige Mensch erreichts nicht, eben weil sein Ziel so hoch, so weit, so unendlich ist, und er auf unsrer Erde so tief, so spät, mit so viel Hindernissen von außen und innen anfängt. Dem Tier ist die Muttergabe der Natur, sein Instinkt, der sichre Führer; es ist noch als Knecht im Hause des obersten Vaters und muß gehorchen. Der Mensch ist schon als Kind in demselben und soll außer einigen notdürftigen Trieben alles, was zur Vernunft und Humanität gehört, erst *lernen.* Er lernets also unvollkommen, weil er mit dem Samen des Verstandes und der Tugend auch Vorurteile und üble Sitten erbet und in seinem Gange zur Wahrheit und Seelenfreiheit mit Ketten beschwert ist, die vom Anfange seines Geschlechts herreichen. Die Fußtapfen, die göttliche Menschen vor und um ihn gezeichnet, sind mit so viel andern verwirrt und zusammengetreten, in denen Tiere und Räuber wandelten, und leider oft wirksamer waren als jene wenige erwählte, große und gute Menschen! Man würde also (wie es auch viele getan haben) die Vorsehung anklagen müssen, daß sie den Menschen so nah ans Tier grenzen lassen, und ihm, da er dennoch nicht Tier sein sollte, *den* Grad von Licht, Festigkeit und Sicherheit versagt habe, der seiner Vernunft statt des Instinkts hätte dienen können; oder dieser dürftige Anfang ist eben seines unendlichen Fortganges Zeuge. Der Mensch soll sich nämlich diesen Grad des Lichts und der Sicherheit durch Übung selbst erwerben, damit er unter der Leitung seines Vaters ein *edler Freier* durch eigne Bemühung werde, und er *wirds werden.* Auch der Menschenähnliche wird Mensch sein; auch die durch Kälte und Sonnenbrand erstarrte und verdorrte Knospe der Humanität wird aufblühen zu ihrer wahren Gestalt, zu ihrer eigentlichen und ganzen Schönheit.

Und so können wir auch leicht ahnen, was aus unsrer Menschheit allein in jene Welt übergehen kann; es ist eben diese *gottähnliche Humanität*, die verschlossene Knospe der wahren Gestalt der Menschheit. Alles Notdürftige dieser Erde ist nur für sie; wir lassen den Kalk unsrer Gebeine den Steinen und geben den Elementen das Ihrige wieder. Alle sinnlichen Triebe, in denen wir wie die Tiere der irdischen Haushaltung dienten, haben ihr Werk vollbracht; sie sollten bei dem Menschen die Veranlassung edlerer Gesinnungen und Bemühungen werden, und damit ist ihr Werk vollendet. Das Bedürfnis der Nahrung sollte ihn zur Arbeit, zur Gesellschaft, zum Gehorsam gegen Gesetze und Einrichtungen erwecken und ihn unter ein heilsames, der Erde unentbehrliches Joch fesseln. Der Trieb der Geschlechter sollte Geselligkeit, väterliche, eheliche, kindliche Liebe auch in die harte Brust des Unmenschen pflanzen und schwere, langwierige Bemühungen für sein Geschlecht ihm angenehm machen, weil er sie ja für die Seinen, für sein Fleisch und Blut übernehme. Solche Absicht hatte die Natur bei allen Bedürfnissen der Erde; jedes derselben sollte eine Mutterhülle sein, in der ein Keim der Humanität sproßte. Glücklich, wenn er gesproßt ist, er wird unter dem Strahl einer schönern Sonne Blüte werden. Wahrheit, Schönheit und Liebe waren das Ziel, nach dem der Mensch in jeder seiner Bemühungen, auch ihm selbst unbewußt und oft auf so unrechten Wegen, strebte; das Labyrinth wird sich entwirren, die verführenden Zaubergestalten werden schwinden, und ein jeder wird, fern oder nahe, nicht nur den Mittelpunkt *sehn*, zu dem sein Weg geht, sondern du wirst ihn auch, mütterliche Vorsehung, unter der Gestalt des Genius und Freundes, dessen er bedarf, mit verzeihender sanfter Hand selbst zu ihm leiten.*

Also auch die Gestalt jener Welt hat uns der gute Schöpfer verborgen, um weder unser schwaches Gehirn zu betäuben, noch zu ihr eine falsche Vorliebe zu reizen. Wenn wir indes den Gang der Natur bei den Geschlechtern unter uns betrachten und bemerken, wie die Bildnerin Schritt vor Schritt das Unedlere wegwirft und die Notdurft mildert, wie sie dagegen das Geistige anbauet, das Feine feiner ausführt und das Schönere schöner belebet, so können wir ihrer unsichtbaren Künstlerhand gewiß zutrauen, daß auch die *Effloreszenz unsrer Knospe der Humanität* in jenem Dasein gewiß in einer Gestalt erscheinen werde, die eigentlich die wahre *göttliche Menschengestalt* ist, und die kein Erdensinn sich in ihrer Herrlichkeit und Schöne zu dichten vermöchte. Vergeblich ists also auch, daß wir dichten; und ob ich wohl überzeugt bin, daß, da alle Zustände der Schöpfung aufs Genaueste zusammenhangen, auch die organische Kraft unsrer Seele in ihren reinsten und geistigen Übungen selbst den Grund

* Auf welchen Wegen dies geschehen werde – welche Philosophie der Erde wäre es, die hierüber Gewißheit gebe? Wir werden im Verfolg des Werks auf die Systeme der Völker von der Seelenwanderung und andern Reinigungen kommen und ihren Ursprung und Zweck entwickeln. Ihre Erörterung gehört noch nicht hierher.

zu ihrer künftigen Erscheinung lege, oder daß sie wenigstens, ihr selbst unwissend, das Gewebe anspinne, das ihr so lange zur Bekleidung dienen wird, bis der Strahl einer schönern Sonne ihre tiefsten, ihr selbst hier verborgnen Kräfte wecket: so wäre es doch Kühnheit, dem Schöpfer Bildungsgesetze zu einer Welt vorzuzeichnen, deren Verrichtungen uns noch so wenig bekannt sind. Gnug, daß alle Verwandlungen, die wir in den niedrigen Reichen der Natur bemerken, *Vervollkommungen* sind, und daß wir also wenigstens Winke dahin haben, wohin wir höherer Ursachen wegen zu schauen unfähig waren. Die Blume erscheint unserm Auge als ein Samensprößchen, sodenn als Keim; der Keim wird Knospe, und nun erst gehet das Blumengewächs hervor, das seine Lebensalter in dieser Ökonomie der Erde anfängt. Ähnliche Auswirkungen und Verwandlungen gibt es bei mehrern Geschöpfen, unter denen der Schmetterling ein bekanntes Sinnbild geworden. Siehe, da kriecht die häßliche, einem groben Nahrungstriebe dienende Raupe; ihre Stunde kommt, und Mattigkeit des Todes befällt sie; sie stemmet sich an, sie windet sich ein, sie hat das Gespinst zu ihrem Totengewande sowie zum Teil die Organe ihres neuen Daseins schon in sich. Nun arbeiten die Ringe, nun streben die inwendigen organischen Kräfte. Langsam geht die Verwandlung zuerst und scheint Zerstörung; zehn Füße bleiben an der abgestreiften Haut und das neue Geschöpf ist noch unförmlich in seinen Gliedern. Allmählich bilden sich diese und treten in Ordnung, das Geschöpf aber erwacht nicht eher, bis es ganz da ist; nun dränget es sich ans Licht, und schnell geschiehet die letzte Ausbildung. Wenige Minuten, und die zarten Flügel werden fünfmal größer, als sie noch eben unter der Todeshülle waren; sie sind mit elastischer Kraft und mit allem Glanz der Strahlen begabt, der unter dieser Sonne nur stattfand, zahlreich und groß, um das Geschöpf wie auf Schwingen des Zephyrs zu tragen. Sein ganzer Bau ist verändert; statt der groben Blätter, zu denen es vorhin gebildet war, genießt es jetzt Nektartau vom goldnen Kelch der Blumen. Seine Bestimmung ist verändert; statt des groben Nahrungstriebes dient es einem feinern, der Liebe. Wer würde in der Raupengestalt den künftigen Schmetterling ahnen? Wer würde in beiden ein und dasselbe Geschöpf erkennen, wenn es uns die Erfahrung nicht zeigte? Und beide Existenzen sind nur Lebensalter eines und desselben Wesens auf einer und derselben Erde, wo der organische Kreis gleichartig wieder anfängt; wie schöne Ausbildungen müssen im Schoß der Natur ruhn, wo ihr organischer Zirkel weiter ist, und die Lebensalter, die sie ausbildet, mehr als Eine Welt umfassen! Hoffe also, o Mensch, und weissage nicht! Der Preis ist dir vorgesteckt, um den kämpfe! Wirf ab, was unmenschlich ist, strebe nach Wahrheit, Güte und gottähnlicher Schönheit; so kannst du deines Ziels nicht verfehlen!

Und so zeigt uns die Natur auch in diesen Analogien *werdender*, d. i. übergehender Geschöpfe, warum sie den Todesschlummer in ihr Reich der Gestalten einwebte. Er ist die wohltätige Betäubung, die ein Wesen umhüllet, in dem jetzt die organischen Kräfte zur neuen Ausbildung streben. Das Geschöpf selbst mit seinem wenigern oder mehrern Bewußtsein ist nicht stark gnug, ihren Kampf zu übersehn oder zu regieren; es entschlummert also und erwacht nur, wenn es ausgebildet da ist. Auch der Todesschlaf ist also eine väterliche milde Schonung; er ist ein heilsames Opium, unter dessen Wirkung die Natur ihre Kräfte sammlet und der entschlummerte Kranke geneset.

VI.

Der jetzige Zustand der Menschen ist wahrscheinlich das verbindende Mittelglied zweier Welten

Alles ist in der Natur verbunden; ein Zustand strebt zum andern und bereitet ihn vor. Wenn also der Mensch die Kette der Erdorganisation als ihr höchstes und letztes Glied schloß, so fängt er auch eben dadurch die Kette einer höhern Gattung von Geschöpfen als ihr niedrigstes Glied an; und so ist er wahrscheinlich der Mittelring zwischen zwei ineinandergreifenden Systemen der Schöpfung. Auf der Erde kann er in keine Organisation mehr übergehen, oder er müßte rückwärts und sich im Kreise umhertaumeln; stillstehen kann er nicht, da keine lebendige Kraft im Reich der wirksamsten Güte ruhet; also muß ihm eine Stufe bevorstehn, die so dicht an ihm und doch über ihm so erhaben ist, als er, mit dem edelsten Vorzuge geschmückt, ans Tier grenzet. Diese Aussicht, die auf allen Gesetzen der Natur ruhet, gibt uns allein den Schlüssel seiner wunderbaren Erscheinung, mithin die einzige *Philosophie der Menschengeschichte*. Denn nun wird

1. Der sonderbare *Widerspruch* klar, in dem sich der Mensch zeiget. Als Tier dienet er der Erde und hangt an ihr als seiner Wohnstätte; als Mensch hat er den Samen der Unsterblichkeit in sich, der einen andern Pflanzgarten fordert. Als Tier kann er seine Bedürfnisse befriedigen, und Menschen, die mit ihnen zufrieden sind, befinden sich sehr wohl hienieden. Sobald er irgendeine edlere Anlage verfolgt, findet er überall Unvollkommenheiten und Stückwerk; das Edelste ist auf der Erde nie ausgeführt worden, das Reinste hat selten Bestand und Dauer gewonnen; für die Kräfte unsres Geistes und Herzens ist dieser Schauplatz immer nur eine Übungs- und Prüfungsstätte. Die Geschichte unsers Geschlechts mit ihren Versuchen, Schicksalen, Unternehmungen und Revolutionen beweiset dies sattsam. Hie und da kam ein Weiser, ein Guter und streuete Gedanken, Ratschläge und Taten in die Flut der Zeiten; einige Wellen kreiseten sich umher, aber der Strom riß sie hin und nahm ihre Spur weg; das Kleinod ihrer edlen Absichten sank zu Grunde. Narren herrschten über die Ratschläge der Weisen und Verschwender erbten die Schätze des Geistes ihrer sammlenden Eltern. Sowenig das Leben des Menschen hienieden auf eine Ewigkeit berechnet ist, sowenig ist die runde, sich immer bewegende Erde eine Werkstätte bleibender Kunstwerke, ein Garten ewiger Pflanzen, ein Luftschloß ewiger Wohnung. Wir kommen und gehen, jeder Augenblick bringt Tausende her und nimmt Tausende hinweg von der Erde; sie ist eine Herberge für Wandrer, ein Irrstern, auf dem Zugvögel ankommen und Zugvögel wegeilen. Das Tier lebt sich aus, und wenn es auch höhern Zwecken zufolge sich den Jahren nach nicht auslebet, so ist doch sein innerer Zweck erreicht, seine Geschicklichkeiten sind da, und es ist, was es sein soll. Der Mensch allein ist im Widerspruch mit sich und mit der Erde; denn das ausgebildetste Geschöpf unter allen ihren Organisationen ist zugleich das unausgebildetste in seiner eignen neuen Anlage, auch wenn er lebenssatt aus der Welt wandert. Die Ursache ist offenbar die, daß sein Zustand, der letzte für diese Erde, zugleich der erste für ein andres Dasein ist, gegen den er wie ein Kind in den ersten Übungen hier erscheinet. Er stellet also zwo Welten auf einmal dar, und das macht die anscheinende Duplizität seines Wesens.

2. Sofort wird klar, welcher Teil bei den meisten hienieden der herrschende sein werde. Der größte Teil des Menschen ist Tier; zur Humanität hat er bloß die Fähig-

keit auf die Welt gebracht, und sie muß ihm durch Mühe und Fleiß erst angebildet werden. Wie wenigen ist es nun auf die rechte Weise angebildet worden! Und auch bei den besten, wie fein und zart ist die in ihnen aufgepflanzte göttliche Blume! Lebenslang will das Tier über den Menschen herrschen, und die meisten lassen es nach Gefallen über sich regieren. Es ziehet also unaufhörlich nieder, wenn der Geist hinauf, wenn das Herz in einen freien Kreis will; und da für ein sinnliches Geschöpf die Gegenwart immer lebhafter ist als die Entfernung, und das Sichtbare mächtiger auf dasselbe wirkt als das Unsichtbare, so ist leicht zu erachten, wohin die Waage der beiden Gewichte überschlagen werde. Wie wenig reiner Freuden, wie wenig reiner Erkenntnis und Tugend ist der Mensch fähig! Und wenn er ihrer fähig wäre, wie wenig ist er an sie gewöhnt! Die edelsten Verbindungen hienieden werden von niedrigen Trieben, wie die Schiffahrt des Lebens von widrigen Winden gestört, und der Schöpfer, barmherzigstrenge, hat beide Verwirrungen ineinander geordnet, um eine durch die andre zu zähmen und die Sprosse der Unsterblichkeit mehr durch rauhe Winde als durch schmeichelnde Weste in uns zu erziehen. Ein vielversuchter Mensch hat viel gelernet; ein träger und müßiger weiß nicht, was in ihm liegt, noch weniger weiß er mit selbstgefühlter Freude, was er kann und vermag. Das Leben ist also ein Kampf, und die Blume der reinen, unsterblichen Humanität eine schwer errungene Krone. Den Läufern steht das Ziel am Ende; den Kämpfern um die Tugend wird der Kranz im Tode.

3. Wenn höhere Geschöpfe also auf uns blicken, so mögen sie uns, wie wir die *Mittelgattungen*, betrachten, mit denen die Natur aus einem Element ins andre übergehet. Der Strauß schwingt matt seine Flügel nur zum Lauf, nicht zum Fluge; sein schwerer Körper zieht ihn zum Boden. Indessen auch für ihn und für jedes Mittelgeschöpf hat die organisierende Mutter gesorget; auch sie sind in sich vollkommen und scheinen nur unserm Auge unförmlich. So ists auch mit der Menschennatur hienieden: ihr Unförmliches fällt einem Erdengeist schwer auf; ein höherer Geist aber, der in das Inwendige blickt und schon mehrere Glieder der Kette siehet, die füreinander gemacht sind, kann uns zwar bemitleiden, aber nicht verachten. Er siehet, warum Menschen in so vielerlei Zuständen aus der Welt gehen müssen, jung und alt, töricht und weise, als Greise, die zum zweiten Mal Kinder wurden, oder gar als Ungeborne. Wahnsinn und Mißgestalten, alle Stufen der Kultur, alle Verirrungen der Menschheit umfaßte die allmächtige Güte, und hat Balsam gnug in ihren Schätzen, auch die Wunden, die nur der Tod lindern konnte, zu heilen. Da wahrscheinlich der künftige Zustand so aus dem jetzigen hervorsproßt, wie der unsre aus dem Zustande niedrigerer Organisationen: so ist ohne Zweifel auch das Geschäft desselben näher mit unserm jetzigen Dasein verknüpft, als wir denken. Der höhere Garten blühet nur durch die Pflanzen, die hier keimten und unter einer rauhen Hülle die ersten Sprößchen trieben. Ist nun, wie wir gesehen haben, Geselligkeit, Freundschaft, wirksame Teilnehmung beinahe der Hauptzweck, worauf die Humanität in ihrer ganzen Geschichte der Menschheit angelegt ist, so muß diese schönste Blüte des menschlichen Lebens notwendig dort zu der erquickenden Gestalt, zu der umschattenden Höhe gelangen, nach der in allen Verbindungen der Erde unser Herz vergebens dürstet. Unsre Brüder der höhern Stufe lieben uns daher gewiß mehr und reiner, als wir sie suchen und lieben können; denn sie übersehen unsern Zustand klarer; der Augenblick der Zeit ist ihnen vorüber, alle Disharmonien sind aufgelöset, und sie erziehen an uns vielleicht unsichtbar ihres Glückes Teilnehmer, ihres Geschäfts Brüder. Nur Einen Schritt weiter, und der gedrückte Geist kann freier atmen,

das verwundete Herz ist genesen; sie sehen den Schritt herannahn und helfen dem Gleitenden mächtig hinüber.

4. Ich kann mir also auch nicht vorstellen, daß, da wir eine Mittelgattung von zwo Klassen und gewissermaßen die Teilnehmer beider sind, der künftige Zustand von dem jetzigen so fern und ihm so ganz unmitteilbar sein sollte, als das Tier im Menschen gern glauben möchte; vielmehr werden mir in der Geschichte unsres Geschlechts manche Schritte und Erfolge ohne höhere Einwirkung unbegreiflich. Daß z. B. der Mensch sich selbst auf den Weg der Kultur gebracht und ohne höhere Anleitung sich Sprache und die erste Wissenschaft erfunden, scheinet mir unerklärlich und immer unerklärlicher, je einen längern rohen Tierzustand man bei ihm voraussetzt. Eine göttliche Haushaltung hat gewiß über dem menschlichen Geschlecht von seiner Entstehung an gewaltet und hat es auf die ihm leichteste Weise zu seiner Bahn geführet. Je mehr aber die menschlichen Kräfte selbst in Übung waren, desto weniger bedurften sie teils dieser höhern Beihilfe, aber desto minder wurden sie ihrer fähig, obwohl auch in spätern Zeiten die größesten Wirkungen auf der Erde durch unerklärliche Umstände entstanden sind oder mit ihnen begleitet gewesen. Selbst Krankheiten waren dazu oft Werkzeuge; denn wenn das Organ aus seiner Proportion mit andern gesetzt und also für den gewöhnlichen Kreis des Erdelebens unbrauchbar worden ist, so scheints natürlich, daß die innere rastlose Kraft sich nach andern Seiten des Weltalls kehre und vielleicht Eindrücke empfange, deren eine ungestörte Organisation nicht fähig war, deren sie aber auch nicht bedurfte. Wie dem aber auch sei, so ists gewiß ein wohltätiger Schleier, der diese und jene Welt absondert, und nicht ohne Ursach ists so still und stumm um das Grab eines Toten. Der gewöhnliche Mensch auf dem Gange seines Lebens wird von Eindrücken entfernt, deren ein einziger den ganzen Kreis seiner Ideen zerrütten und ihn für diese Welt unbrauchbar machen würde. Kein nachahmender Affe höherer Wesen sollte der zur Freiheit erschaffene Mensch sein, sondern auch, wo er geleitet wird, im glücklichen Wahn stehen, daß er selbst handle. Zu seiner Beruhigung und zu dem edlen Stolz, auf dem seine Bestimmung liegt, ward ihm der Anblick edlerer Wesen entzogen; denn wahrscheinlich würden wir uns selbst verachten, wenn wir diese kennten. Der Mensch also soll in seinen künftigen Zustand nicht hineinschauen, sondern sich hineinglauben.

5. So viel ist gewiß, daß in jeder seiner Kräfte eine Unendlichkeit liegt, die hier nur nicht entwickelt werden kann, weil sie von andern Kräften, von Sinnen und Trieben des Tiers unterdrückt wird und zum Verhältnis des Erdelebens gleichsam in Banden lieget. Einzelne Beispiele des Gedächtnisses, der Einbildungskraft, ja gar der Vorhersagung und Ahnung haben Wunderdinge entdeckt von dem verborgenen Schatz, der in menschlichen Seelen ruhet; ja sogar die Sinne sind davon nicht ausgeschlossen. Daß meistens Krankheiten und gegenseitige Mängel diese Schätze zeigten, ändert in der Natur der Sache nichts, da eben diese Disproportion erfordert wurde, dem Einen Gewicht seine Freiheit zu geben und die Macht desselben zu zeigen. Der Ausdruck *Leibniz*, daß die Seele ein Spiegel des Weltalls sei, enthält vielleicht eine tiefere Wahrheit, als die man aus ihm zu entwickeln pfleget; denn auch die Kräfte eines Weltalls scheinen in ihr verborgen, und sie bedarf nur einer Organisation oder einer Reihe von Organisationen, diese in Tätigkeit und Übung setzen zu dürfen. Der Allgütige wird ihr diese Organisationen nicht versagen, und er gängelt sie als ein Kind, sie zur Fülle des wachsenden Genusses im Wahn eigen erworbener Kräfte und Sinne allmählich zu bereiten. Schon in ihren gegenwärtigen Fesseln sind ihr *Raum* und *Zeit* leere Worte; sie messen und bezeichnen Verhältnisse des Körpers, nicht aber ihres innern

Vermögens, das über Raum und Zeit hinaus ist, wenn es in seiner vollen innigen Freude wirket. Um Ort und Stunde deines künftigen Daseins gib dir also keine Mühe; die Sonne, die deinem Tage leuchtet, misset dir deine Wohnung und dein Erdengeschäft und verdunkelt dir solange alle himmlischen Sterne. Sobald sie untergeht, erscheint die Welt in ihrer größern Gestalt; die heilige Nacht, in der du einst eingewickelt lagest und einst eingewickelt liegen wirst, bedeckt deine Erde mit Schatten und schlägt dir dafür am Himmel die glänzenden Bücher der Unsterblichkeit auf. Da sind Wohnungen, Welten und Räume –

In voller Jugend glänzen sie,
Da schon Jahrtausende vergangen;
Der Zeiten Wechsel raubet nie
Das Licht von ihren Wangen.

Hier aber unter unserm Blick
Verfällt, vergeht, verschwindet alles:
Der Erde Pracht, der Erde Glück
Droht eine Zeit des Falles.

Sie selbst wird nicht mehr sein, wenn du noch sein wirst und in andern Wohnplätzen und Organisationen *Gott* und seine Schöpfung genießest. Du hast auf ihr viel Gutes genossen. Du gelangtest auf ihr zu der Organisation, in der du als ein Sohn des Himmels um dich her und über dich schauen lerntest. Suche sie also vergnügt zu verlassen und segne ihr als der Aue nach, wo du als ein Kind der Unsterblichkeit spieltest, und als der Schule nach, wo du durch Leid und Freude zum Mannesalter erzogen wurdest. Du hast weiter kein Anrecht an sie, sie hat kein Anrecht an dich; mit dem Hut der Freiheit gekrönt und mit dem Gurt des Himmels gegürtet, setze fröhlich deinen Wanderstab weiter.

Wie also die Blume dastand und in aufgerichteter Gestalt das Reich der unterirdischen, noch unbelebten Schöpfung schloß, um sich im Gebiet der Sonne des ersten Lebens zu freuen, so stehet über allen zur Erde Gebückten der Mensch wieder aufrecht da. Mit erhabnem Blick und aufgehobnen Händen stehet er da als ein Sohn des Hauses, den Ruf seines Vaters erwartend.

ZWEITER TEIL

Homo sum, humani nihil a me alienum
esse puto *Terent.*

SECHSTES BUCH

Wir haben bisher die Erde als einen Wohnplatz des Menschengeschlechts überhaupt betrachtet und sodann die Stelle zu bemerken gesucht, die der Mensch in der Reihe der Lebendigen auf ihr einnimmt. Lasset uns jetzt, nachdem wir die Idee seiner Natur überhaupt festgestellt haben, die verschiednen Erscheinungen betrachten, in denen er sich auf diesem runden Schauplatz zeiget.
Aber wer gibt uns einen Leitfaden in diesem Labyrinth? Welchen sichern Fußtritten dürfen wir folgen? Wenigstens soll kein trügendes Prachtkleid einer angemaßten Allwissenheit die Mängel verhüllen, die der Geschichtsschreiber der Menschheit und noch vielmehr der Philosoph dieser Geschichte notwendig mit sich träget; denn nur der Genius unsres Geschlechts übersiehet desselben ganze Geschichte. Wir fangen von den Verschiedenheiten in der Organisation der Völker an, wenn auch aus keinem andern Grunde, so daher, weil man sogar schon in den Lehrbüchern der Naturgeschichte diese Verschiedenheiten bemerket.

I.

Organisation der Völker in der Nähe des Nordpols

Noch ist es keinem Seefahrer gelungen, auf der Achse unsrer Erde zu stehn * und vielleicht vom Nordpol her einigen nähern Aufschluß der Konstruktion ihres Ganzen zu holen; indessen sind wir schon weit über die bewohnbare Erde hinübergelangt und haben Gegenden beschrieben, die man den kalten und nackten Eisthron der Natur nennen möchte. Hier sind die Wunderdinge unsrer Erdschöpfung gesehen, die kein Anwohner des Äquators glauben würde, jene ungeheuren Massen schöngefärbter Eisklumpen, jene prächtigen Nordlichter, wunderbare Täuschungen des Auges durch die Luft und bei der großen Kälte von oben die oft warmen Erdklüfte.** In steilen zerfallnen Felsen scheint sich der hervorgehende Granit viel weiter hinauf zu er-

* Die Hoffnungen unsers Landsmanns, *Samuel Engels*, hierüber sind bekannt, und einer der neuesten Abenteurer nach Norden, *Pagès*, scheint die geglaubte Unmöglichkeit derselben abermals zu vermindern.

** S. *Phipps* Reisen, *Cranz* Geschichte von Grönland, u. f.

strecken, als ers beim Südpol tun konnte, so wie überhaupt dem größten Teil nach die bewohnbare Erde auf dem nordlichen Hemisphär ruhet. Und da das Meer der erste Wohnplatz der Lebendigen war, so kann man das nordliche Meer mit der großen Fülle seiner Bewohner noch jetzt als eine Gebärmutter des Lebens und die Ufer desselben als den Rand betrachten, auf dem sich in Moosen, Insekten und Würmern die Organisation der Erdgeschöpfe anfängt. Seevögel begrüßen das Land, das noch weniges eignes Gefieder nähret; Meertiere und Amphibien kriechen hervor, um sich am seltnen Strahl der ländlichen Sonne zu wärmen. Mitten im regsten Getümmel des Wassers zeigt sich gleichsam die Grenze der lebendigen Erdeschöpfung.
Und wie hat sich die Organisation des Menschen auf dieser Grenze erhalten? Alles, was die Kälte an ihm tun konnte, war, daß sie seinen Körper etwas zusammendrückte und den Umlauf seines Bluts gleichsam verengte. Der Grönländer bleibt meistens unter fünf Fuß, und die Eskimos, seine Brüder, werden kleiner, je weiter nach Norden sie wohnen.* Da aber die Lebenskraft von innen heraus wirkt, so ersetzte sie ihm an warmer und zäher Dichtigkeit, was sie ihm an emporstrebender Länge nicht geben konnte. Sein Kopf ward im Verhältnis des Körpers groß, das Gesicht breit und platt, weil die Natur, die nur in der Mäßigung und Mitte zwischen zwei Extremen schön wirket, hier noch kein sanftes Oval ründen und insonderheit die Zierde des Gesichts und, wenn ich so sagen darf, den Balken der Waage, die Nase, noch nicht hervortreten lassen konnte. Da die Backen die größere Breite des Gesichts einnahmen, so ward der Mund klein und rund, die Haare blieben sträubig, weil, weiche und seidene Haare zu bilden, es an feinem, emporgetriebenen Saft fehlte; das Auge blieb unbeseelt. Gleichergestalt formten sich starke Schultern und breite Glieder, der Leib ward blutreich und fleischig, nur Hände und Füße blieben klein und zart, gleichsam die Sprossen und äußersten Teile der Bildung. Wie die äußere Gestalt, so verhält sich auch von innen die Reizbarkeit und Ökonomie der Säfte. Das Blut fließt träger und das Herz schlägt matter; daher hier der schwächere Geschlechtstrieb, dessen Reize mit der zunehmenden Wärme anderer Länder so ungeheuer wachsen. Spät erwachet derselbe; die Unverheirateten leben züchtig, und die Weiber müssen zur beschwerlichen Ehe fast gezwungen werden. Sie gebären weniger, so daß sie die vielgebärenden lüsternen Europäer mit den Hunden vergleichen; in ihrer Ehe sowie in ihrer ganzen Lebensart herrscht eine stille Sittsamkeit, ein zähes Einhalten der Affekten. Unfühlbar für jene Reizungen, mit denen ein wärmeres Klima auch flüchtigere Lebensgeister bildet, leben und sterben sie still und verträglich, gleichgültig-vergnügt und nur aus Notdurft tätig. Der Vater erzieht seinen Sohn mit und zu jener gefaßten Gleichgültigkeit, die sie für die Tugend und Glückseligkeit des Lebens achten, und die Mutter säugt ihr Kind lange und mit aller tiefen zähen Liebe der Muttertiere. Was ihnen die Natur an Reiz und Elastizität der Fibern versagt hat, hat sie ihnen an nachhaltender, daurender Stärke gegeben und sie mit jener wärmenden Fettigkeit, mit jenem Reichtum an Blut, der ihren Aushauch selbst in eingeschloßnen Gebäuden erstickend warm macht, umkleidet.
Mich dünkt, es ist niemand, der hierbei nicht die einförmige Hand der organisierenden Schöpferin, die in allen ihren Werken gleichartig wirkt, gewahr werde. Wenn die menschliche Länge zurückbleibt, so bleibt es in jenen Gegenden die Vegetation noch viel mehr: wenige, kleine Bäume wachsen, Moose und Gesträuche kriechen an der Erde. Selbst die mit Eisen beschlagene Meßstange kürzete sich im Frost;

* S. *Cranz*, *Ellis*, *Egede*, *Roger Curtis* Nachricht von der Küste Labrador, u. f.

und es sollte sich nicht die menschliche Fiber kürzen trotz ihres inwohnenden organischen Lebens? Dies kann aber nur zurückgedrängt und gleichsam in einen kleinern Kreis der Bildung eingeschlossen werden; abermals eine Analogie der Wirkung bei allen Organisationen. Die äußern Glieder der Seetiere und andern Geschöpfe der kalten Zone sind klein und zart; die Natur hielt, so viel möglich, alles zusammen in der Region der innern Wärme; die Vögel daselbst wurden mit dichten Federn, die Tiere mit einer sie umhüllenden Fettigkeit belegt, wie hier der Mensch mit seiner blutreichen, wärmenden Hülle. Auch von außen hat ihnen, und zwar aus einem und ebendemselben Principium aller Organisationen auf der Erde, die Natur das versagen müssen, was dieser Komplexion nicht diente. Würze würden ihren zur innern Fäulung geneigten Körper hinrichten, wie das ihnen zugebrachte Tollwasser, der Branntwein, sie viele hingerichtet hat; das Klima hat sie ihnen also versagt und zwingt sie dagegen in ihrem dürftigen Aufenthalt und bei der großen Liebe zur Ruhe, die ihr innerer Bau befördert, von außen zu Tätigkeit und Leibesbewegung, auf welche alle ihre Gesetze und Einrichtungen gebauet sind. Die wenigen Kräuter, die hier wachsen, sind blutreinigend und also gerade für ihr Bedürfnis; die äußere Luft ist in hohem Grade dephlogistisiert*, so daß sie selbst bei toten Köpern der Fäulung widerstehet und ein langes Leben fördert. Gifttragende Tiere duldet die trockne Kälte nicht, und gegen die beschwerlichen Insekten schützt sie ihre Unempfindlichkeit, der Rauch und der lange Winter. So entschädigt die Natur und wirkt harmonisch in allem, was sie wirket.

Es wird nicht nötig sein, nach Beschreibung dieser ersten Nation uns bei denen ihr ähnlichen ebenso ausführlich zu verweilen. Die *Eskimos* in Amerika sind, wie an Sitten und Sprache, so auch an Gestalt der Grönländer Brüder. Nur da diese Elenden als bärtige Fremdlinge von den unbärtigen Amerikanern hoch hinaufgedrängt sind, so müssen sie größtenteils auch flüchtiger und mühseliger leben; ja, sie werden, hartes Schicksal, zu Winters Zeit in ihren Höhlen oft gezwungen, vom Saugen ihres eignen Blutes sich zu nähern.** Hier und an einigen anderen Orten der Erde sitzt die harte Notwendigkeit auf dem höchsten Thron, so daß der Mensch beinah die Lebensart des Bärs ergreifen mußte. Und dennoch hat er sich überall als Mensch erhalten; denn auch in Zügen der scheinbar größesten Inhumanität dieser Völker ist, wenn man sie näher erwägt, Humanität sichtbar. Die Natur wollte versuchen, welcher gewaltsamen Zustände unser Geschlecht fähig wäre, und es hat seine Probe bestanden. Die *Lappen* bewohnen vergleichungsweise schon einen mildern Erdstrich, wie sie auch ein milderes Volk sind.*** Die Größe der menschlichen Gestalt nimmt zu, die runde Plattigkeit des Gesichts nimmt ab, die Backen senken sich, das Auge wird dunkelgrau, die schwarzen stracken Haare färben sich gelbbraun; mit seiner äußern Bildung tut sich auch die innere Organisation des Menschen voneinander wie die Knospe, die sich dem Strahl der milderen Sonne entfaltet.**** Der Berglappe weidet schon sein Rentier, welches weder der Grönländer noch Eskimo tun konnten; er

* S. *Wilsons* Beobachtungen über den Einfluß des Klima auf Pflanzen und Tiere. Leipz. 81. Cranz Histor. von Grönland. Th. 2 S. 275.

** S. *Roger Curtis* Nachricht von Labrador in Forster und Sprengels Beiträgen zur Völkerkunde. Th. I. S. 105 u. f.

*** Bekanntermaßen fand *Sajnovics* die lappländische der ungarischen Sprache ähnlich. S. Sajnovic. demonstratio, idioma Ungaror. et Lappon. idem esse, Havn. 1770.

**** S. von den Lappen *Höchström*, *Leem*, *Klingstedt*, *Georgi* Beschreibung der Nationen des russischen Reichs u. f.

gewinnet an ihm Speise und Kleid, Haus und Decke, Bequemlichkeit und Vergnügen, da der Grönländer am Rande der Erde dies alles meistens im Meere suchen mußte. Der Mensch bekommt also schon ein Landtier zu seinem Freunde und Diener, bei dem er Künste und eine häuslichere Lebensart lernet. Es gewöhnet seine Füße zum Lauf, seine Arme zur künstlichen Fahrt, sein Gemüt zur Liebe des Besitzes und eines festern Eigentums, so wie es ihn auch bei der Liebe zur Freiheit erhält und sein Ohr zu der scheuen Sorgsamkeit gewöhnet, die wir bei mehrern Völkern dieses Zustandes bemerken werden. Schüchtern wie sein Tier horcht der Lappländer und fährt beim kleinsten Geräusche auf; er liebt seine Lebensart und blickt, wenn die Sonne wiederkehrt, zu den Bergen hinauf, wie sein Rentier dahin blickt; er spricht mit ihm, und es versteht ihn; er sorgt für dasselbe wie für seinen Reichtum und sein Hausgesinde. Mit dem ersten zähmbaren Landtier also, das die Natur diesen Gegenden geben konnte, gab sie dem Menschen auch einen Handleiter zur menschlichern Lebensweise.

Über die Völker am Eismeer im weiten russischen Reich haben wir außer so vielen neuern, allgemein bekannten Reisen, die sie beschreiben, selbst eine Sammlung von Gemälden derselben, deren Anblick mehr sagt, als meine Beschreibung sagen könnte.* So vermischt und verdrängt manche dieser Völker wohnen, so sehen wir auch die von der verschiedensten Abkunft unter Ein Joch der nordischen Bildung gedruckt und gleichsam an Eine Kette des Nordpols geschmiedet. Der *Samojede* hat das runde, breite, platte Gesicht, das schwarze, sträubige Haar, die untersetzte, blutreiche Statur der nördlichen Bildung; nur seine Lippe wird aufgeworfner, die Nase offner und breiter, der Bart vermindert sich, und wir werden östlich hin auf einem ungeheuren Erdstrich ihn immer mehr vermindert sehen. Der Samojede ist also gleichsam der Neger unter den Nordländern, und seine große Reizbarkeit der Nerven, die frühe Mannbarkeit der Samojedinnen im elften, zwölften Jahr**, ja, wenn die Nachricht wahr ist, der schwarze Ring um ihre Brüste nebst andern Umständen macht ihn, so kalt er wohne, dem Neger noch gleicher. Indessen ist er trotz seiner feinen und hitzigen Natur, die er wahrscheinlich als Nationalcharakter mitbrachte und die selbst vom Klima nicht hat bemeistert werden können, doch im Ganzen seiner Bildung ein Nordländer. Die *Tungusen****, die südlicher wohnen, ähneln schon dem mongolischen Völkerstamm, von dem sie dennoch in Sprache und Geschlecht so getrennt sind wie der Samojede und Ostjak von den Lappen und Grönländern; ihr Körper wird wohlgewachsen und geschlanker, ihr Auge auf mongolische Art klein, die Lippe dünn, das Haar weicher; das Gesicht indessen behält noch seine platte Nordbildung. Ein gleiches ists mit den Jakuten und Jukagiren, die in die tatarische, wie jene in die mongolische Bildung überzugehen scheinen, ja mit den tatarischen Stämmen selbst. Am Schwarzen und Kaspischen Meere, am Kaukasus und Ural, also zum Teil in den gemäßigtsten Erdstrichen der Welt geht die Bildung der Tataren ins Schönere über. Ihre Gestalt wird schlank und hager; der Kopf zieht sich aus der plumpen Ründe in ein schöneres Oval, die Farbe wird frisch, wohlgegliedert und trocken tritt die Nase hervor, das Auge wird lebhaft, das Haar dunkelbraun, der Gang munter,

* *Georgi* Beschreibung der Nationen des russischen Reichs, Petersburg 1776.

** S. *Klingstedt* Mémoires sur les Samojedes et sur les Lappons.

*** S. über all diese Nationen *Georgi* Beschreib. der Nat. des russ. Reichs, *Pallas,* des ältern *Gmelins Reisen* u. f. Aus *Pallas* Reisen und *Georgis* Bemerkungen sind die *Merkwürdigkeiten* der verschiednen Völker herausgehoben und besonders herausgegeben. Frkf. u. Leipz. 1773-77.

die Miene gefälligbescheiden und schüchtern; je näher also den Gegenden, wo die Fülle der Natur in lebendigen Wesen zunimmt, wird auch die Menschenorganisation verhältnismäßiger und feiner. Je nördlicher herauf oder je weiter in die kalmükkischen Steppen hinein, desto mehr platten oder verwildern sich die Gesichtszüge auf nordische oder kalmückische Weise. Allerdings kommt hiebei auch vieles auf die Lebensart des Volks, auf die Beschaffenheit seines Bodens, auf seine Abkunft und Mischung mit andern an. Die Gebirgtataren erhalten ihre Züge reiner, als die in Steppen und Ebnen wohnen; Völkerschaften, die den Dörfern und Städten nahe sind, mildern und mischen auch mehr ihre Sitten und Züge. Je weniger ein Volk verdrängt wird, je mehr es seiner einfachen, rauhen Lebensart treu bleiben muß, desto mehr erhält es auch seine Bildung. Man wird also, da auf dieser großen, zum Meer abhangenden Tafel der Tatarei so viele Streifereien und Umwälzungen vorgegangen sind, die mehr ineinander gemengt haben, als Gebirge, Wüsten und Ströme absondern konnten, auch die Ausnahmen von der Regel bemerken; und sodann bestätigen diese auch die Regel, denn unter die nordische, tatarische und mongolische Bildung ist alles geteilet.

II.

Organisation der Völker um den asiatischen Rücken der Erde

Da viele Wahrscheinlichkeiten es geben, daß um diesen Erdrücken das menschliche Geschlecht seinen ersten Wohnplatz gefunden, so ist man geneigt, auf demselben auch die schönste Menschengattung zu suchen; wie sehr trügt uns aber diese Erwartung! Die Bildung der Kalmücken und Mongolen ist bekannt; sie hat nebst der mittlern Größe wenigstens in Resten das platte Gesicht, den dünnen Bart, die braune Farbe des nördlichen Klimas, zeichnet sich aber dabei durch die gegen die Nase schief ablaufenden, flach aufgefüllten Augenwinkel, durch schmale, schwarze, wenig gebogne Augbrauen, durch eine kleine, platte, gegen die Stirn zu breite Nase, durch abstehende große Ohren, krumme Schenkel und Beine und das weiße, starke Gebiß aus*, das nebst der ganzen Gesichtsbildung ein Raubtier unter den Menschen zu charakterisieren scheinet. Woher nun diese Bildung? Die gebognen Knie und Beine finden am ersten ihren Grund in der Lebensweise des Volkes. Von Kindheit auf rutschen sie auf ihren Beinen oder hangen auf dem Pferde; in Sitzen oder Reiten teilt sich ihr Leben, und die einzige Stellung, die dem menschlichen Fuß seine gerade schöne Gestalt gibt, der Gang, ist ihnen bis auf wenige Schritte sogar fremde. Sollte nun nicht auch mehreres von ihrer Lebensart in ihre Bildung übergegangen sein? Das abstehende tierische Ohr, das gleichsam immer lauscht und horchet, das kleine scharfe Auge, das in der weitesten Ferne den kleinsten Rauch oder Staub gewahr wird, der weiße hervorbleckende, knochenbenagende Zahn, der dicke Hals und die zurückgebogene Stellung ihres Kopfs auf demselben: sind diese Züge nicht gleichsam zur Bestandheit gediehene Gebärden und Charaktere ihrer Lebensweise? Setzen wir

* S. Pallas Sammlungen über die mongolischen Völkerschaften, T. I. S. 98. 171. u. f. *Georgi* Beschreib. der Nat. des russ. Reichs T. 4 Petersb. 1780. *Schnitschers* Nachricht von den ajukischen Kalmücken in *Müllers* Sammlung zur russ. Gesch. B. 4 St. 4. *Schlözers* Auszug aus Schobers Memorabilibus Russico-Asiatic. in der Müllerschen Samml. B. 7. St. I. u. f.

nun noch hinzu, daß, wie *Pallas* sagt, ihre Kinder oft bis ins zehnte Jahr im Gesicht unförmlich, aufgedunsen und von einem kakochymischen Ansehen sind, bis sie durch das Auswachsen wohlgebildeter werden; bemerken wir, daß große Strecken von ihren Gegenden keinen Regen, wenig oder wenigstens kein reines Wasser haben, und daß ihnen von Kindheit auf das Baden beinah eine ganz fremde Sache werde; denken wir uns die Salzseen, den Salzboden, die Salzmoräste, an denen sie wohnen, deren kalischen Geschmack sie auch in Speisen und sogar in dem Strom von Teewasser lieben, mit dem sie täglich ihre Verdauung schwächen; fügen wir auf der Erdhöhe, die sie bewohnen, die feinere Luft, die trocknen Winde, die kalischen Ausdünstungen, den langen Winter im Anblick des Schnees und im Rauch ihrer Hütte und noch eine Reihe kleinerer Umstände hinzu; sollte es nicht wahrscheinlich sein, daß vor Jahrtausenden schon, da vielleicht einige dieser Ursachen noch viel stärker wirkten, eben hieraus ihre Bildung entstanden und zur erblichen Natur übergegangen wäre? Nichts erquickt unsern Körper mehr und macht ihn gleichsam sprossender und fester als das Waschen und Baden im Wasser, zumal mit Gehen, Laufen, Ringen und andrer Leibesübung verbunden. Nichts schwächt den Körper mehr als das warme Getränk, das sie ohne Maß in sich schlürfen und das sie überdem noch mit zusammenziehenden kalischen Salzen würzen. Daher, wie schon *Pallas* angemerkt hat, die schwächliche, weibische Gestalt der Mongolen und Buräten, daß fünf und sechs derselben mit allen Kräften nicht ausrichten, was ein Russe zu tun vermag; daher ihr besonders leichter Körper, mit dem sie auf ihren kleinen Pferden gleichsam nur fliegen und schweben; daher endlich auch die Kakochymie, die auf ihre Kinder übergehen konnte. Selbst einige angrenzende tatarische Stämme werden mit Zügen der mongolischen Bildung geboren, die sie aber verwachsen; daher wahrscheinlich einige Ursachen klimatisch sein müssen, die mehr oder minder durch Lebensart und Abstammung in den Gliederbau des Volks eingepfropft und vererbt sind. Wenn Russen oder Tataren sich mit den Mongolen mischen, sollen schöne Kinder geboren werden; so wie es denn auch unter ihnen, nur auf mongolische Weise, sehr zarte und proportionierte Gestalten geben soll.* Auch hier ist sich also die Natur in ihrer Organisation treu geblieben; nomadische Völker unter diesem Himmel, auf diesem Erdstrich, bei solcher Lebensweise mußten zu solchen leichten Raubgeiern werden.

Und weit umher erstrecken sich Züge ihrer Bildung; denn wohin sind diese Raubvögel nicht geflogen? Mehr als einmal hat über einem Weltteil ihr siegender Zug geschwebet. In vielen Ländern Asiens haben sich also Mongolen niedergelassen und ihre Bildung durch die Züge andrer Völker veredelt. Ja, früher als diese Kriegsüberschwemmungen waren jene uralten Wanderungen von diesem frühbewohnten höchsten Rücken der Erde in viele umliegende Länder. Vielleicht also schon daher trägt die östliche Weltgegend bis zu den Kamtschadalen hinauf, sowie über Tibet hin längs der Halbinsel jenseits des Ganges Züge mongolischer Bildung. Lasset uns diesen Erdstrich übersehen, der uns manches Sonderbare zeiget.

Die meisten Künsteleien der Chinesen an ihrem Körper betreffen mongolische Züge. Bei jenen Völkern bemerkten wir die ungestalten Füße und Ohren; wahrscheinlich gab, da eine falsche Kultur dazu kam, eine ähnliche Ungestalt zu jenem widernatürlichen Fußzwange, zu jenen abscheulichen Verzerrungen der Ohren, die vielen Völkern dieses Erdstrichs gewöhnlich sind, Anlaß. Man schämte sich seiner Bildung und

* *Pallas* in den Sammlungen zur Gesch. der mongol. Völkerschaften, Reisen T. I. S. 304. II u. f.

wollte verändern; traf aber auf Teile, die, da sie der Veränderung nachgaben, sich als die häßlichste Schönheit zuletzt vererbten. Die *Chinesen* tragen, sofern es die große Verschiedenheit ihrer Provinzen und ihrer Lebensart zuläßt, offenbar noch Züge der östlichen Bildung, die auf der mongolischen Erdhöhe nur am stärksten ins Auge fällt. Das breite Gesicht, die kleinen schwarzen Augen, die stumpfe Nase, der dünne Bart hat sich in einem andern Lande nur zu einer weichern, rundern Gestalt klimatisieret; und der chinesische Geschmack scheint ebensosehr eine Folge übelgeordneter Organe, wie ihre Regierungsform und Weisheit Despotismus und Rohigkeit mit sich träget. Die *Japanesen*, ein Volk von chinesischer Kultur, wahrscheinlich aber von mongolischer Herkunft *, sind fast durchgehends übel gewachsen, von dickem Kopf, kleinen Augen, stumpfen Nasen, platten Backen, fast ohne Bart und meistens von schiefen Beinen; ihre Regierungsform und Weisheit ist voll gewaltsamen Zwanges, nur ihrem Lande durchaus bequemet. Eine dritte Art Despotismus herrscht im *Tibet*, dessen Gottesdienst sich weit hinan in die barbarischen Steppen ziehet.

Die östliche Bildung ** ziehet sich mit den Gebirgen auf die Halbinsel jenseits des Ganges herunter, wo mit den Bergen sich auch wahrscheinlich die Völker hinab erstreckten. Das Königreich Assam, das an die Tatarei grenzt, bezeichnet sich, wenn man den Berichten der Reisenden *** trauen darf, insonderheit nördlich durch seine häufigen Kröpfe und platte Nasen. Der unförmliche Schmuck an den verlängerten Ohren, die grobe Nahrung und Nacktheit in einem so milden Erdstrich sind Charaktere der Barbarei eines rohen Volkes. Die Arrakaner mit weit offnen Nasen, einer flachen Stirn, kleinen Augen und bis zu den Schultern hinabgezwängten Ohren zeigen eben diese Mißbildung des östlichen Erdstrichs.**** Die Barmen in Ava und Pegu hassen den Bart bis auf sein kleinstes Haar *****, wie ihn die Tibetaner und andre höhere Nationen hassen; sie wollen von ihrer tatarischen Unbärtigkeit auch durch eine reichere Natur nicht weggebracht sein. So gehets, jedoch nach der Verschiedenheit, der Klimate und Völker, bis in die Inseln herunter.

Nordwärts hinauf nicht anders bis zu den Koräken und Kamtschadalen am Ufer der östlichen Welt. Die Sprache der letzten soll mit der chinesisch-mongolischen noch einige Ähnlichkeit haben, ob sie gleich in alten Zeiten von diesen Völkern getrennt sein müssen, da sie den Gebrauch des Eisens noch nicht kannten, ihre Bildung verleugnet noch nicht ihren Weltstrich.****** Schwarz ist ihr Haar, ihr Gesicht breit und flach, Nase und Augen tief eingedrückt; und ihren Geistescharakter, eine scheinbare Anomalie in diesem kalten unwirtbaren Klima, werden wir dennoch demselben angemessen finden. Die Koräken, die Tschuchtschi, die Kurilen und weitern östlichen Insulaner endlich ******* sind, wie mich dünkt, allmähliche Übergänge aus der mongolischen in die amerikanische Form; und wenn wir die nordwestlichen Enden dieses

* Allgem. Samml. der Reisen T. II S. 595. *Charlevoix*. Von den Chinesen s. *Olof Toree* Reise nach Surate und China. S. 68 S. Allgem. Reisen T. 6. S. 130.

** Die älteren Nachrichten beschreiben die Tibetaner als ungestalt. S. Allgem. Reisen B. 7. S. 382. Nach neuern (*Pallas* Nord. Beitr. B. 4. S. 280) wird dieses gemildert, welche Milderung auch die Lage ihres Erdstrichs zu begünstigen scheinet. Wahrscheinlich sind es ein roher Übergang zur indostanischen Bildung.

*** S. Allgem. Reisen B. 10. S. 557, aus *Tavernier*.

**** Allgem. Reisen B. 10. S. 67, aus *Ovington*.

***** S. *Marsden* Beschreibung von Sumatra S. 62. Allgem. Reisen T. II. T. 487 u. f.

****** Allgem. Reisen T. 20. S. 289, aus *Steller*.

******* S. *Georgi* Beschr. der Nat. des russ. Reichs A. 3.

Weltteils, die uns größtenteils noch unbekannt sind, wenn wir den innern Teil von Jedso und die große Strecke über Neumexiko hin, die uns noch so leer wie das innere Afrika ist, werden kennenlernen, so dünkt mich, werden wir der letzten Reise *Cooks* zufolge* ziemlich offenbare Schattierungen sich ineinander verlieren sehen.

Solch einen weiten Strich hat die zum Teil verzerrte, überall aber mehr oder minder unbärtige östliche Bildung; und daß sie nicht Abstammung von Einem Volk sei, zeigen die macherlei Sprachen und Sitten der Nationen. Was wäre also ihre Ursache? Was z. B. hat so verschiedne Völker bewaffnet, gegen den Bart zu streiten, oder sich die Ohren zu zerren, oder sich die Nase und Lippen zu durchbohren? Mich dünkt, eine ursprüngliche Umförmlichkeit muß zum Grunde gelegen haben, die nachher eine barbarische Kunst zu Hilfe rief und endlich eine alte Sitte der Väter wurde. Die Abartung der Tiere zeigt sich, ehe sie die Gestalt ergreift, an Haar und Ohren; weiter hinab an den Füßen, so wie sie auch im Gesicht zuerst das Kreuz desselben, das Profil ändert. Wenn die Genealogie der Völker, die Beschaffenheit dieser weitentlegnen Erdstriche und Länder, am meisten aber die Abweichungen der innern Physiologie der Völkerschaften mehr untersucht sein werden, so werden wir auch hierüber nähere Aufschlüsse erhalten. Und sollte der der Wissenschaften und Nationen kundige *Pallas* nicht der erste sein, der uns hierüber ein spicilegium anthropologicum gäbe?

III.

Organisation des Erdstrichs schöngebildeter Völker

Mitten im Schoß der höchsten Gebirge liegt das Königreich *Kaschmir*, verborgen wie ein Paradies der Welt. Fruchtbare und schöne Hügel sind mit höhern und höhern Bergen umschlossen, deren letzte sich, mit ewigem Schnee bedeckt, zu den Wolken erheben. Hier rinnen schöne Bäche und Ströme; das Erdreich schmückt sich mit gesunden Kräutern und Früchten; Inseln und Gärten stehen in erquickendem Grün; mit Viehweiden ist alles überdeckt; giftige und wilde Tiere sind aus diesem Paradiese verbannet. Man könnte, wie *Bernier* sagt, diese die unschuldigen Berge nennen, auf denen Milch und Honig fließt, und die Menschengattung daselbst ist der Natur nicht unwert. Die Kaschmiren werden für die geistreichsten und witzigsten Indier gehalten, zur Poesie und Wissenschaft, zu Hantierungen und Künsten gleich geschickt, die wohlgebildetsten Menschen, und ihre Weiber oft Muster der Schönheit.**

•

Wie glücklich könnte Indostan sein, wenn nicht Menschenhände sich vereinigt hätten, den Garten der Natur zu verwüsten und die unschuldigste der Menschengestalten mit Aberglauben und Unterdrückung zu quälen! Die *Hindus* sind der sanftmütigste Stamm der Menschen. Kein Lebendiges beleidigen sie gern; sie ehren, was Leben

* S. *Ellis* Nachricht von der *Cookschen* dritten Reise S. 114. Tagebuch der Entdeckungsreise übers. von *Forster* S. 231. Womit man die ältern Nachrichten von den Inseln zwischen Asien und Amerika zu vergleichen hat. S. Neue Nachricht von den neuentdeckten Inseln. Hamb. und Leipz. S. 1776. Die Nachrichten in *Pallas* Nordischen Beiträgen, Müllers russischen Sammlungen, den Beiträgen zur Völker- und Länderkunde u. f.

** Allgem. Reisen T. II. S. 116. 117, aus *Bernier*.

bringt, und nähren sich mit der unschuldigsten Speise, der Milch, dem Reis, den Baumfrüchten, den gesunden Kräutern, die ihnen ihr Mutterland darbeut. »Ihre Gestalt«, sagt ein neuer Reisender*, »ist gerade, schlank und schön, ihre Glieder feinproportioniert, ihre Finger lang und zarttastend, ihr Gesicht offen und gefällig, die Füße desselben sind bei dem weiblichen Geschlecht die zartesten Linien der Schönheit, bei dem männlichen einer männlich-sanften Seele. Ihr Gang und ihr ganzes Tragen des Körpers ist im höchsten Grad anmutig und reizend.« Die Beine und Schenkel, die in allen nordöstlichen Ländern litten oder affenartig verkürzt waren, verlängern sich hier und tragen eine sprießende Menschenschönheit. Selbst die mongolische Bildung, die sich mit diesem Geschlecht vermählte, hat sich in Würde und Freundlichkeit verwandelt. Und wie die Leibesgestalt, ist auch die ursprüngliche Gestalt ihres Geistes; ja, sofern man sie ohne den Druck des Aberglaubens oder der Sklaverei betrachtet, ihre Lebensweise. Mäßigkeit und Ruhe, ein sanftes Gefühl und eine stille Tiefe der Seele bezeichnen ihre Arbeit und ihren Genuß, ihre Sittenlehre und Mythologie, ihre Künste und selbst ihre Duldsamkeit unter dem äußersten Joch der Menschheit. Glückliche Lämmer, warum konntet ihr nicht auf eurer Aue der Natur ungestört und sorglos weiden?

•

Die alten *Perser* waren ein häßliches Volk von den Gebirgen, wie noch ihre Reste, die Gauren, zeigen.** Da aber schwerlich ein Land in Asien so vielen Einbrüchen ausgesetzt ist als Persien, und gerade unter dem Abhange wohlgebildeter Völker lag, so hat sich hier eine Bildung zusammengesetzt, die bei den edleren Persern Würde und Schönheit verbindet. Hier liegt Tschirkassien, die Mutter der Schönheit; zur andern Seite des Kaspischen Meeres wohnen tatarische Stämme, die sich in ihrem schönen Klima auch schon zur Wohlgestalt gebildet und häufig hinabgebreitet haben. Zur Rechten liegt Indien, und sowohl aus ihm als aus Tschirkassien haben erkaufte Mädchen das Geblüt der Perser verschönet. Ihre Gemütsart ist diesem Veredlungsplatz des menschlichen Geschlechts gemäß worden; denn jener leichte und durchdringende Verstand, jene fruchtbare und lebhafte Einbildungskraft der Perser samt ihrem biegsamen höflichen Wesen, ihrem Hange zur Eitelkeit, zur Pracht und zur Freude, ja zur romantischen Liebe, sind vielleicht die erlesensten Eigenschaften zum Gleichgewicht der Neigungen und Züge. Statt jener barbarischen Zieraten, mit denen ungestalte Nationen die Ungestalt ihres Körpers bedecken wollten und vermehrten, kamen hier schönere Gewohnheiten auf, die Wohlgestalt des Körpers zu erheben. Der wasserlose Mongole mußte unrein leben; der weiche Indier badet; der wollüstige Perser salbet. Der Mongole klebte auf seinen Fersen oder hing auf seinem Pferde; der sanfte Indier ruhet; der romantische Perser teilt seine Zeit in Ergötzungen und Spiele. Er färbt seine Augenbrauen: er kleidet sich in eine den Wuchs erhebende Kleidung. Schöne Wohlgestalt, sanftes Gleichgewicht der Neigungen und Seelenkräfte, warum konntest du dich nicht dem ganzen Erdball mitteilen?

* Mackintosh travels Vol. I. p. 321.

** Chardin Voyages en Perse Vol. III. Chap. XI. seq. In le Brun (Bruyns) Vogages en Perse T. I. Chap. 42n, 86–88. stehen Perser, die man mit denen darauf folgenden Schwarzen n. 86. 90., den rohen SamojeVden Chap. 2. n. 7. 8., dem wilden Süd-Neger n. 197. und dem sanften Benjanen n. 109 vergleichen mag.

Daß einige *tatarische* Stämme ursprünglich zu den schöngebildeten Völkern der Erde gehören und nur in den Nordländern oder auf den Steppen verwildert sind, haben wir bereits bemerket; beide Seiten des Kaspischen Meeres zeigen diese schönere Bildung. Die Usbekerinnen werden groß, wohlgebildet und angenehm beschrieben *; sie ziehen mit ihren Männern ins Gefecht; ihr Auge, sagt die Beschreibung, ist groß, schwarz und lebhaft, das Haar schwarz und fein; die Bildung des Mannes hat Ansehen und eine Art feiner Würde. Ein gleiches Lob wird den Buckkaren gegeben, und die Schönheit der Tschirkasserinnen, der schwarzseidne Faden ihres Augenbraus, ihr feuriges schwarzes Auge, die glatte Stirn, der kleine Mund, das geründete Kinn, sind weit umher bekannt und gepriesen.** Man sollte glauben, daß in diesen Gegenden die Zunge der Waage menschlicher Bildung in der Mitte geschwebet und ihre Schalen nach Griechenland und Indien öst- und westlich fortgebreitet habe. Glücklich für uns, daß Europa diesem Mittelpunkt schöner Formen nicht so gar fern lag und daß manche Völker, die diesen Weltteil bewohnen, die Gegenden zwischen dem Schwarzen und Kaspischen Meer auch entweder innegehabt oder langsam durchzogen haben. Wenigstens sind wir also keine Antipoden des Landes der Schönheit.

Alle Völker, die sich auf diesen Erdstrich schöner Menschenbildung drängten und auf ihm verweilten, haben ihre Züge gemildert. Die *Türken*, ursprünglich ein häßliches Volk, veredelten sich zu einer ansehnlichern Gestalt, da ihnen als Überwindern weiter Gegenden jede Nachbarschaft schöner Geschlechter zu Dienst stand; auch die Gebote des Korans, der ihnen das Waschen, die Reinigkeit, die Mäßigung anbefahl und dagegen wollüstige Ruhe und Liebe erlaubte, haben wahrscheinlich dazu beigetragen. Die *Ebräer*, deren Väter ebenfalls aus der Höhe Asiens kamen und die lange Zeit, bald ins dürre Ägypten, bald in die Arabische Wüste verschlagen, nomadisch umherzogen; ob sie gleich auch in ihrem engen Lande unter dem drückenden Joch des Gesetzes sich nie zu einem Ideal erheben konnten, das freiere Tätigkeit und mehrere Wollust des Lebens fordert: so tragen sie dennoch auch jetzt in ihrer weiten Zerstreuung und langen, tiefen Verworfenheit das Gepräge der asiatischen Bildung. Auch die harten *Araber* gehen nicht leer aus; denn obgleich ihre Halbinsel mehr zum Lande der Freiheit als der Schönheit von der Natur gebildet worden und weder die Wüste, noch das Nomadenleben die besten Pflegerinnen der Wohlgestalt sein können, so ist doch dieses harte und tapfere zugleich ein wohlgebildetes Volk, dessen weite Wirkung auf drei Weltteile wir in der Folge sehen werden.***

•

Endlich fand an den Küsten des Mittelländischen Meeres **** die menschliche Wohlgestalt eine Stelle, wo sie sich mit dem Geist vermählen und in allen Reizen irdischer und himmlischer Schönheit nicht nur dem Auge, sondern auch der Seele sichtbar werden konnte; es ist das dreifache Griechenland in Asien und auf den Inseln, in Grācia selbst und auf den Küsten der weitern Abendländer. Laue Westwinde fächelten das Gewächs, das von der Höhe Asiens allmählich her verpflanzt war, und durch-

* Allgem. Reisen T. 7. S. 316–18.

** S. einige Gemälde bei le Brun, Voyages au Levant T. I. Chap. X. n. 34–37.

*** Gemälde von ihnen s. bei *Niebuhr* T. 2. Le Brun voyages au Levant n. 90. 92.

**** Gemälde s. bei Le Brun Voyage au Levant Chap. 7. n. 17–20. in Choiseul-Gouffiier Voyage pittoresque u. f. Die Denkmäler der alten griechischen Kunst gehen über alle diese Gemälde.

hauchten es mit Leben; Zeiten und Schicksale kamen hinzu, den Saft desselben höher zu treiben und ihm die Krone zu geben, die noch jedermann in jenen Idealen Griechischer Kunst und Weisheit mit Freuden anstaunet. Hier wurden Gestalten gedacht und geschaffen, wie sie kein Liebhaber tschirkassischer Schönen, kein Künstler aus Indien oder Kaschmire entwerfen können. Die menschliche Gestalt ging in den Olympus und bekleidete sich mit göttlicher Schönheit.

Weiterhin nach Europa verirre ich mich nicht. Es ist so formenreich und gemischt; es hat durch seine Kunst und Kultur so vielfach die Natur verändert, daß ich über seine durcheinandergemengte, feine Nationen nichts Allgemeines zu sagen wage. Vielmehr sehe ich vom letzten Ufer des Erdstrichs, den wir durchgegangen sind, nochmals zurück, und nach einer oder zwo Bemerkungen gehen wir in das schwarze Afrika über.

Zuerst fällt jedermann ins Auge, daß der Strich der wohlgebildetsten Völker ein Mittelstrich der Erde sei, der wie die Schönheit selbst zwischen zweien Äußersten lieget. Er hat nicht die zusammendrückende Kälte der Samojeden, noch die dörrenden Salzwinde der Mongolen; und auf der andern Seite ist ihm die brennende Hitze der afrikanischen Sandwüsten, sowie die feuchten und gewaltsamen Abwechselungen des amerikanischen Klima ebenso fremde. Weder auf dem Gipfel der Erdhöhe liegt er, noch auf dem Abhange zum Pol hin; vielmehr schützen ihn auf der einen Seite die hohen Mauern der tatarischen und mongolischen Gebirge, da auf der andern ihn der Wind des Meeres kühlet. Regelmäßig wechseln seine Jahrszeiten ab, aber noch ohne die Gewaltsamkeit, die unter dem Äquator herrschet; und da schon Hippokrates bemerkt hat, daß eine sanfte Regelmäßigkeit der Jahrszeiten auch auf das Gleichgewicht der Neigungen großen Einfluß zeiget, so hat sie solchen in den Spiegel und Abdruck unsrer Seele nicht minder. Die räuberischen Turkumannen, die auf den Bergen oder in der Wüste umherschweifen, bleiben auch im schönsten Klima ein häßliches Volk; ließen sie sich zur Ruhe nieder und teilten ihr Leben in einen sanftern Genuß und in eine Tätigkeit, die sie mit andern gebildetern Nationen verbände, sie würden, wie an der Sitte derselben, so mit der Zeit auch an den Zügen ihrer Bildung Anteil nehmen. Die Schönheit der Welt ist nur für den ruhigen Genuß geschaffen; mittelst seiner allein teilt sie sich dem Menschen mit und verkörpert sich in ihm.

Zweitens. Ersprießlich ists für das Menschengeschlecht gewesen, daß es in diesen Gegenden der Wohlgestalt nicht nur anfing, sondern daß auch von hier aus die Kultur am wohltätigsten auf andre Nationen gewirkt hat. Wenn die Gottheit nicht unsre ganze Erde zum Sitz der Schönheit machen konnte, so ließ sie wenigstens durch die Pforte der Schönheit das Menschengeschlecht hinauftreten und mit lang eingeprägten Zügen derselben die Völker nur erst allmählich andre Gegenden suchen. Auch war es ein und dasselbe Prinzipium der Natur, das eben die wohlgebildeten Nationen zugleich zu den wohltätigsten Wirkerinnen auf andre machte; sie gab ihnen nämlich die Munterkeit, die Elastizität des Geistes, die sowohl zu ihrer Leibesgestalt als zu dieser wohltätigen Wirkung auf andre Nationen gehörte. Die Tungusen und Eskimos sitzen ewig in ihren Höhlen und haben sich weder in Liebe noch Leid um entfernte Völker bekümmert. Der Neger hat für die Europäer nichts erfunden; er hat sich nie in den Sinn kommen lassen, Europa weder zu beglücken, noch zu bekriegen. Aus den Gegenden schöngebildeter Völker haben wir unsre Religion, Kunst, Wissenschaft, die ganze Gestalt unsrer Kultur und Humanität, so viel oder wenig wir deren an uns haben. In diesem Erdstrich ist alles erfunden, alles durchdacht und wenigstens in Kinderproben ausgeführt, was die Menschheit verschönern und bilden konnte. Die

Geschichte der Kultur wird dieses unwidersprechlich dartun, und mich dünkt, es beweisets unsre eigne Erfahrung. Wir nordischen Europäer wären noch Barbaren, wenn nicht ein gütiger Hauch des Schicksals uns wenigstens Blüten vom Geist dieser Völker herübergeweht hätte, um durch Einimpfung des schönen Zweiges in wilde Stämme mit der Zeit den unsern zu veredeln.

IV.

Organisation der afrikanischen Völker

Billig müssen wir, wenn wir zum Lande der Schwarzen übergehn, unsre stolzen Vorurteile verleugnen und die Organisation ihres Erdstrichs so unparteiisch betrachten, als ob sie die einzige in der Welt wäre. Mit eben dem Recht, mit dem wir den Neger für einen verfluchten Sohn des Chams und für ein Ebenbild des Unholds halten, kann er seine grausamen Räuber für Albinos und weiße Satane erklären, die nur aus Schwachheit der Natur so entartet sind, wie dem Nordpol nahe mehrere Tiere in Weiß ausarten. »Ich«, könnte er sagen, »ich, der Schwarze, bin Urmensch. Mich hat der Quell des Lebens, die Sonne, am stärksten getränkt, bei mir und überall um mich her hat er am lebendigsten, am tiefsten gewirket. Sehet mein gold-, mein fruchtreiches Land, meine himmelhohen Bäume, meine kräftigen Tiere! Alle Elemente wimmeln bei mir von Leben, und ich ward der Mittelpunkt dieser Lebenswirkung.« So könnte der Neger sagen, und wir wollen also mit Bescheidenheit auf sein ihm eigentümliches Erdreich treten.
Sogleich beim Isthmus stößet uns eine sonderbare Nation auf, die Ägypter. Groß, stark, fett von Leibe (mit welcher Fettigkeit sie der Nil segnen soll), dabei von grobem Knochengebilde und gelbbraun; indessen sind sie gesund und fruchtbar, leben lange und sind mäßig. Jetzt faul, einst waren sie arbeitsam und fleißig; offenbar hat auch ein Volk von diesen Knochen und dieser Bildung * dazu gehört, daß alle die gepriesnen Künste und Anstalten der alten Ägypter zustande kommen konnten. Eine feinere Nation hätte sich dazu schwerlich bequemet.
Die Einwohner Nubiens und der weiter hinaufliegenden innern Gegenden von Afrika kennen wir noch wenig; wenn indessen den vorläufigen Nachrichten *Bruce* ** zu trauen ist, so wohnen auf dieser ganzen Erdhöhe keine Negergeschlechter, die er nur den öst- und westlichen Küsten dieses Weltteils als den niedrigsten und heißesten Gegenden zueignet. Selbst unter dem Äquator, sagt er, gebe es auf dieser sehr gemäßigten und regenhaften Erdhöhe nur weiße oder gelbbraune Menschen. So merkwürdig dieses Faktum wäre, den Ursprung der Negerschwärze zu erklären, so zeigt, woran uns beinahe noch mehr gelegen ist, auch die Form der Nationen dieser Gegenden eine allmähliche Fortrückung zur Negerbildung. Wir wissen, daß die Abessinier ursprünglich arabischer Herkunft sind, und beide Reiche auch oft und lange

* S. die Statuten ihrer alten Kunst, ihre Mumien und die Zeichnungen derselben auf den Mumienkasten.

** Buffon Suppléments à l'historie naturelle. T. IV. p. 495. 4. *Lobo* sagt wenigstens, daß auch die Schwarzen daselbst weder häßlich noch dumm, sondern geistig, zart und von gutem Geschmack sind. (Relation historique d'Abissinie p. 85.) Da alle Nachrichten aus diesen Gegenden alt und ungewiß sind, so wäre die Ausgabe von *Bruce* Reisen, wenn er solche bis nach Abessinien getan hat, sehr zu wünschen.

verbunden gewesen; indessen wenn wir nach den Bildnissen derselben bei Ludolf* u. a. urteilen dürfen, welche härtere Gesichtszüge erscheinen hier als in der arabischen und weitern asiatischen Gestalt! Sie nähert sich der Negerform, obwohl noch von fern; und die großen Abwechselungen des Landes an hohen Bergen und den angenehmsten Ebnen, die Abwechselungen des Klimas mit Sturmwinden, Hitze. Kälte und der schönsten Zeit, nebst noch einer Reihe andrer Ursachen scheinen diese hart zusammengesetzten Züge zu erklären. In einem verschiednen Weltteil mußte sich auch eine verschiedne Menschengestalt erzeugen, deren Charakter viel sinnliche Lebenskraft, eine große Dauer, aber auch ein Übergang zum Äußersten in der Bildung, welches allemal tierisch ist, zu sein scheinet. Die Kultur und Regierungsform der Abessinier ist ihrer Gestalt sowohl als der Beschaffenheit ihres Landes gemäß ein rohes Gemisch von Christen- und Heidentum, von freier Sorglosigkeit und von barbarischem Despotismus.

Auf der andern Seite von Afrika kennen wir die *Berbers* oder *Brebers* gleichergestalt zu wenig, um von ihnen urteilen zu können. Ihr Aufenthalt auf den Atlasgebirgen und ihre harte, muntre Lebensweise hat ihnen die wohlgewachsne, leichte und hurtige Gestalt erhalten, die sie auch von den Arabern unterscheidet.** Sie sind also noch nichts minder als ein Volk von Negerbildung, so wenig es die Mauren sind: denn diese letzten sind mit andern Völkern vermischte arabische Geschlechter. »Ein schönes Volk, sagt ein neuer Beobachter***, von feinen Gesichtszügen, länglich runden Gesichten, schönen großen feurigen Augen, länglichten und nicht breiten, nicht platten Nasen, von schönem, etwas in Locken fallenden, schwarzen Haar, also auch mitten in Afrika eine asiatische Bildung.

Vom Gambia und Senegastrom fangen eigentlich die Negergeschlechter an, doch auch hier noch mit allmählichen Übergängen.**** Die *Jalofer* oder *Wulufs* haben noch nicht die platten Nasen und dicken Lippen der gemeinen Negers; sie sowohl als die kleinern, behendern *Fulis*, die nach einigen Beschreibungen in Freude, Tanz und in der glücklichsten Ordnung leben, sind in ihrem schönen Gliederbau, in ihrem schlichten, nur wenig wolligen Haar, in ihren offnen länglichen Gesichtern noch Bilder der Schönheit gegen jene *Mandigoer* und die weiter hinab wohnenden Negervölker. Jenseits des Senegas also fangen erst die dicken Lippen und platten Nasen der Negergestalt an, die sich mit noch ungezählten Varietäten kleiner Völkerschaften über Guinea, Loango, Kongo, Angola tief hinab verbreiten. Auf Kongo und Angola z. E. fällt die Schwärze in die Olivenfarbe; das krause Haar wird rötlich, die Augäpfel werden grün, das Aufgeworfene der Lippen mindert sich, und die Statur wird kleiner. An der gegenseitgen Küste Zanguebar findet sich eben diese Olivenfarbe, nur bei einer größern Gestalt und regelmäßigern Bildung, wieder. Die Hottentotten und Kaffern endlich sind Rückgänge der Neger – in eine andre Bildung. Die Nase jener fängt an, etwas von der gequetschten Plattigkeit, die Lippe von ihrer geschwollnen Dicke zu verlieren, das Haar ist die Mitte zwischen der Wolle der Neger und dem Haar andrer Völker; ihre Farbe ist gelbbraun, ihr Wuchs wie der meisten Europäer, nur mit kleineren Händen und Füßen.***** Kennten wir nun noch die

* Ludolf hist. Aethiop. hin und wieder.

** *Höst* Nachrichten von Marokko S. 141 vgl. mit 132 u. f.

*** *Schotts* Nachrichten über den Zustand vom Senega in den Beiträg. z. Völker- und Länderkunde. T. I. S. 47.

**** S. *Schotts* Nachr. vom Senega S. 50. Allgem. Reisen T. 3–5.

***** *Sparrmanns* Reisen S. 172.

zahlreichen Völkerschaften, die über ihren dürren Gegenden im Innersten von Afrika bis nach Abessinien hinauf wohnen, und bei welchen nach manchen Anzeigen an den Grenzen Fruchtbarkeit des Landes, Schönheit, Stärke, Kultur und Kunst zunehmen sollen: so könnten wir die Schattierungen des Völkergemäldes in diesem großen Weltteil vollenden und würden vielleicht nirgend eine Lücke finden.
Aber wie arm sind wir überhaupt an geltenden Nachrichten aus diesem Strich der Erde! Kaum die Küsten des Landes kennen wir und auch diese oft nicht weiter, als die europäischen Kanonen reichen. Das Innere von Afrika hat von neuern Europäern niemand durchreiset, wie es doch die arabischen Karawanen so oft tun*; was wir von ihm wissen, sind Sagen aus dem Munde der Schwarzen oder ziemlich alte Nachrichten einiger glücklichen oder unglücklichen Abenteurer.** – Zudem scheint auch bei den Nationen, die wir schon kennen könnten, das Auge der Europäer viel zu tyrannisch-sorglos zu sein, um bei schwarzen elenden Sklaven Unterschiede der Nationalbildung ausforschen zu wollen. Man betrachtet sie wie Vieh und bemerkt sie im Kauf nur nach den Zähnen. Ein herrnhutischer Missionarius *** hat aus einem andern Weltteil her uns sorgfältigere Unterscheidungen von Völkerschaften der Neger gegeben als so manche afrikanische Reisende, die an die Küsten streiften. Welch ein Glück wäre es für Natur- und Menschenkunde, wenn eine Gesellschaft Menschen von *Forsters* Geist, von *Sparrmanns* Geduld und von den Kenntnissen beider dies unentdeckte Land durchzögen! Die Nachrichten, die man von den menschenfresserischen Jagas und Anziken gibt, sind gewiß übertrieben, wenn man sie auf alle Völker des innern Afrika verbreitet. Die Jagas scheinen eine verbündete Räubernation, gleichsam ein künstliches Volk zu sein, das als ein Gemenge und Auswurf mehrerer Völker Freibeuter auf dem festen Lande macht und zu dem Ende in rohen grausamen Gewohnheiten lebet.**** Die Anziken sind Gebirgsvölker, vielleicht die Mongolen und Kalmücken dieser Gegend; wie manche glückliche und ruhige Nation aber mag am Fuß der Mondgebirge wohnen! Europa ist nicht wert, ihr Glück zu sehen, da es sich an diesem Weltteil unverzeihlich versündigt hat und noch immer versündigt. Die ruhig handelnden Araber durchziehen das Land und haben weit umher Kolonien gepflanzt.
Doch ich vergesse, daß ich von der Bildung der Neger als von einer Organisation der Menschheit zu reden hatte; und wie gut wäre es, wenn die Naturlehre auf alle Varietäten unsres Geschlechts so viel Aufmerksamkeit verwendet hätte als auf diese! Ich setze einige Resultate ihrer Beobachtungen her.
1. Die schwarze Farbe der Neger ist nicht wunderbarer in ihrer Art als die weiße, braune, gelbe, rötliche andrer Nationen. Weder das Blut, noch das Gehirn, noch der Same der Neger ist schwarz, sondern das Netz unter der Oberhaut, das wir alle haben, und das auch bei uns, wenigstens an einigen Teilen und unter manchen Umständen, mehr oder minder gefärbt ist. *Camper* hat dies erwiesen *****, und nach ihm haben wir alle die Anlage, Neger zu werden. Selbst bei den kalten Samojeden ist

* S. *Schotts* Nachrichten vom Senega S. 49. 50.

** *Zimmermanns* Vergleichung der bekannten und unbekannten Teile, eine Abhandlung voll Gelehrsamkeit und Urteil, in der Geogr. Gesch. des Menschen B. 3. S. 104 u. f.

*** *Oldendorps* Missionsgeschichte aus St. Thomas S. 270 u. f.

**** S. *Proyarts* Geschichte von Loango Kakongo u. f. Leipz. 1770. Dieser deutschen Übersetzung ist eine gelehrte Sammlung der Nachrichten über die Jagas beigefüget.

***** Siehe Campers kleine Schriften T. I. S. 24 u. f.

der Streif um die Brüste der Weiber bemerkt worden; der Keim der Negerschwärze konnte in ihrem Klima bloß nicht weiter entwickelt werden.

2. Es kommt also nur auf die Ursache an, die ihn hier entwickeln konnte, und da zeigt die Analogie sogleich abermals, daß Luft und Sonne einen großen Anteil daran haben müssen. Denn was macht uns braun? Was unterscheidet beinahe in jedem Lande die beiden Geschlechter? Was hat die portugiesischen Stämme, die jahrhundertelang in Afrika gewohnt haben, den Negern an Farbe so ähnlich gemacht? Ja, was unterscheidet in Afrika die Negerstämme selbst so gewaltig? Das Klima im weitesten Verstande des Wortes, so daß auch Lebensart und Nahrungsmittel darunter gehören. Genau in der Gegend, wo der Ostwind über das ganze feste Land hin die größte Hitze bringt, wohnen die schwärzesten Negerstämme; wo die Hitze abnimmt, oder wo Seewinde sie kühlen, bleichet sich auch die Schwärze ins Gelbe. Auf kühlen Höhen wohnen weiße oder weißliche Völker; in niedern, eingeschlossenen Gegenden kocht auch die Sonne mehr das Öl aus, das unter der Oberhaut den schwarzen Schein gibt. Erwägen wir nun, daß diese Schwarzen jahrtausendelang in ihrem Weltteil gewohnt, ja durch ihre Lebensart sich demselben ganz einverleibet haben; bedenken wir, daß manche Umstände, die jetzt weniger wirken, in frühern Zeitaltern, da alle Elemente noch in ihrer ersten rohen Stärke waren, auch stärker gewirkt haben müssen, und daß in Jahrtausenden gleichsam das ganze Rad der Zufälle umläuft, das jetzt oder dann alles entwickelt, was auf der Erde entwickelt werden kann; so wird uns die Kleinigkeit nicht wundern, daß die Haut einiger Nationen geschwärzt sei. Die Natur hat mit ihren fortgehenden, geheimen Wirkungen andre, viel größere Abartungen bewirkt als diese.

3. Und wie bewirkte sie diese kleine Veränderung? Mich dünkt, die Sache selbst zeigets. Es ist ein Öl, womit sie diese Netzhaut färbte; der Schweiß der Neger und selbst der Europäer in diesen Gegenden färbet sich oft gelb; die Haut der Schwarzen ist ein dicker, weicher Sammet, nicht so gespannt und trocken wie die Haut der Weißen; also hat die Sonnenwärme ein Öl aus ihrem Innern gekocht, das so weit hervortrat, als es konnte, das ihre Haut erweichte und das Netz unter derselben färbte. Die meisten Krankheiten dieses Erdstrichs sind gallenartig; man lese die Beschreibung derselben*, und die gelbe oder schwarze Farbe wird uns physiologisch und pathologisch nicht fremde dünken.

4. Das Wollenhaar der Neger erläutert sich eben daher. Da die Haare nur vom feinen Saft der Haut leben und sogar widernatürlich in der Fettigkeit sich erzeugen, so krümmen sie sich nach der Menge ihres Nahrungssaftes und sterben, wo dieser fehlet. Bei der gröbern Organisation der Tiere wird also in Ländern, wo ihre Natur leidet, mithin den zuströmenden Saft nicht verarbeiten kann, aus der Wolle ein sträubiges Haar; die feinere Organisation des Menschen, die für alle Klimate sein sollte, konnte umgekehrt durch den Überfluß dieses Öls, das die Haut feuchtet, das Haar zur Wolle verändern.

5. Ein mehreres aber als dies alles will die eigne Bildung der Glieder des menschlichen Körpers sagen; und mich dünkt, auch diese ist in der afrikanischen Organisation erklärlich. Die Lippen, die Brüste und die Geschlechtsglieder stehen so manchen physiologischen Erweisen nach in einem genauen Verhältnis, und da die Natur diese Völker, denen sie edlere Gaben entziehen mußte, dem einfachen Principium ihrer

* S. *Schotts* Observations on the Synochus atrabiliosa, im Auszuge: Götting. Magaz. Jahr 3. St. 6. S. 729 u. f.

bildenden Kunst zufolge mit einem desto reichern Maß des sinnlichen Genusses auszustatten hatte, so mußte sich dieses physiologisch zeigen. Die aufgeworfne Lippe wird auch bei weißen Menschen in der Physiognomik für das Zeichen eines sehr sinnlichen, so wie ein feiner Purpurfaden derselben für das Merkmal eines feinen und kalten Geschmackes gehalten, andre Erfahrungen zu geschweigen; was Wunder also, daß bei diesen Nationen, denen der sinnliche Trieb eine der Hauptglückseligkeiten ihres Lebens ist, sich auch von demselben äußere Merkmale zeigen? Ein Negerkind wird weiß geboren; die Haut um die Nägel, die Brustwarzen und die Geschlechtsteile färben sich zuerst, so wie der Anlage nach sich eben dieser Konsensus der Glieder unter andern Völkern findet. Hundert Kinder sind dem Neger eine Kleinigkeit, und jener Alte bedauerte mit Tränen, daß er deren nur siebenzig habe.

6. Mit dieser ölreichen Organisation zur sinnlichen Wollust mußte sich auch das Profil und der ganze Bau des Körpers ändern. Trat der Mund hervor, so ward eben dadurch die Nase stumpf und klein, die Stirn wich zurück, und das Gesicht bekam von fern die Ähnlichkeit der Konformation zum Affenschädel. Hiernach richtete sich die Stellung des Halses, der Übergang zum Hinterkopf, der ganze elastische Bau des Körpers, der bis auf Nase und Haut zum tierischen sinnlichen Genuß gemacht ist.* Wie in diesem Weltteil, als im Mutterlande der Sonnenwärme, die saftreichsten höchsten Bäume sich erzeugen, wie in ihm Herden der größesten, muntersten, kräftigsten Tiere und insonderheit die ungeheure Menge Affen ihr Spiel haben, so daß in Luft und Strömen, im Meer und im Sande alles von Leben und Fruchtbarkeit wimmelt: so konnte auch die sich organisierende menschliche Natur ihrem animalischen Teil nach nicht anders als diesem überall einfachen Principium der bildenden Kräfte folgen. Die feinere Geistigkeit, die dem Geschöpf unter dieser glühenden Sonne, in dieser von Leidenschaften kochenden Brust versagt werden mußte, ward ihm durch einen Fibernbau, der an jene Gefühle nicht denken ließ, erstattet. Lasset uns also den Neger, da ihm in der Organisation seines Klimas kein edleres Geschenk werden konnte, bedauern, aber nicht verachten; und die Mutter ehren, die auch beraubend zu erstatten weiß. Sorglos verlebt er sein Leben in einem Lande, das ihm mit überfließender Freigebigkeit seine Nahrung darbietet. Sein schlanker Körper plätschert im Wasser, als ob er fürs Wasser gemacht sei; er klettert und läuft, als ob jedes seine Lustübung wäre; und ebenso gesund und stark, als er munter und leicht ist, erträgt er durch seine andre Konstitution alle Unfälle und Krankheiten seines Klimas, unter denen so viele Europäer erliegen. Was sollte ihm das quälende Gefühl höherer Freuden, für die er nicht gemacht war? Der Stoff dazu war in ihm da: aber die Natur wendete die Hand und erschuf das daraus, was er für sein Land und für die Glückseligkeit seines Lebens nötiger brauchte. Sie hätte kein Afrika schaffen müssen, oder in Afrika mußten auch Neger wohnen.

* Daß der Neger die Mittelpunkte der Bewegung näher beisammen habe, folglich auch elastischer im Körper sei als der Europäer, soll *Camper* in den *Harlemschen Actis* erwiesen haben.

V.

Organisation der Menschen in den Inseln des heißen Erdstrichs

Nichts ist schwerer unter gewissen Hauptzügen zu charakterisieren als die im Schoß des Ozeans zerstreueten Länder. Denn da sie voneinander entfernt sind und meistens von verschiednen Ankömmlingen aus nähern und entferntern Gegenden später oder früher bewohnt wurden, und jede derselben gewissermaßen eine eigne Welt ausmacht: so stellen sie in der Kunde der Nationen dem Geist ein so buntes Gemälde dar, als sie dem Auge auf der Landkarte geben. Indessen lassen sich doch auch hier in dem, was Organisation der Natur ist, nie die Hauptzüge verleugnen.

1. Auf den meisten der asiatischen Inseln gibts eine Art Negergeschlechter, die die ältesten Einwohner des Landes zu sein scheinen.* Sie sind, obgleich nach der Verschiedenheit der Gegend, in der sie leben, mehr oder minder schwarz von Farbe, mit krausem wolligen Haar; hie und da kommen auch die aufgeworfnen Lippen, die flache Nase, die weißen Zähne zum Vorschein, und, was merkwürdig ist, findet sich auch mit dieser Bildung das Temperament der Neger wieder. Eben die rohe, gesunde Stärke, der gedankenlose Sinn, die geschwätzige Wollust, die wir bei den Schwarzen des festen Landes wahrnahmen, zeigt sich auch bei den Negrillos auf den Inseln, nur allenthalben gemäß ihrem Klima und ihrer Lebensweise. Viele dieser Völker stehen noch auf der untersten Stufe der Ausbildung, weil sie von spätern Ankömmlingen, die jetzt die Ufer und Ebnen bewohnen, auf die Gebirge gedrängt sind, daher man auch wenig treue und sichre Nachricht von denselben besitzet.**

Woher nun diese Ähnlichkeit der Negerbildung auf so entfernten Inseln? Gewiß nicht, weil Afrikaner, zumal in so frühen Zeiten, Kolonien hierher sandten, sondern weil die Natur überall gleichförmig wirket. Auch dies ist die Gegend des heißesten Klimas, nur von der Meeresluft gekühlt; warum sollte es also nicht auch Negrillos der Inseln geben können, wie es Neger des festen Landes gab? Zumal sie als die ersten Einwohner der Inseln auch das tiefste Gepräge der bildenden Natur dieses Erdstrichs an sich tragen müssen. Hieher gehören also die Igolotes auf den Philippinen und ähnliche Schwarzen auf den meisten andern Inseln; auch die Wilden, die *Dampier* auf der westlichen Seite von Neuholland als einen der elendesten Menschenstämme beschreibet, gehören hieher, wie es scheint, die unterste Klasse dieser Bildung auf einer der wüstesten Strecken der Erde.

2. In spätern Zeiten haben sich auf diesen Inseln andre Völker niedergelassen, die also auch eine weniger auffallende Bildung zeigen. Hierher gehören nach *Forster**** die *Badschu* auf Borneo, die *Alfuhri* auf einigen der Molukken, die *Subados* auf Magindano, die Einwohner der Diebsinseln, der Karolinen und der weitern südlichen im Stillen Meer. Sie sollen große Übereinstimmung in der Sprache, Farbe, Bildung und Sitten haben: ihr Haar ist lang und schlicht, und aus den neuern Reisen ist bekannt, zu welcher reizvollen Schönheit sich diese Menschengestalt auf Otaheiti und andern nahegelegnen Inseln vervollkommet habe. Indessen ist diese Schönheit noch

* *Sprengels* Geschichte der Philippinen, *Forsters* Nachr. von Borneo u. a. Inseln in den Beiträgen zur Völker- und Länderkunde T. 2. S. 57. 237 u. f. Allgem. Reisen T. II. S. 393. *Le Gentils* Reisen in *Ebelings* Samml. T. 4. S. 70.

** S. Reisen um die Welt T. I. S. 554. Leipz. 1775.

*** Beitr. zur Völkerkunde T. 2. S. 238.

ganz sinnlich, und in der etwas stumpfen Nase der Otahiterinnen scheinet der letzte Druck oder Eindruck des formenden Klimas merkbar.
3. Noch spätere Ankömmlinge auf vielen dieser Inseln sind Malayen, Araber, Chinesen, Japanesen u.f., die also auch von ihren Stämmen noch deutlichere Spuren an sich tragen. Kurz man kann diesen Sund von Inseln als einen Sammelplatz von Formen ansehen, die sich nach dem Charakter, den sie an sich trugen, nach dem Lande, das sie bewohnten, nach der Zeit und Lebensweise, in der sie daselbst waren, sehr verschieden ausgebildet haben, so daß man oft in der größten Nähe die sonderbarste Verschiedenheit antrifft. Die Neuholländer, die *Dampier* sah, und die Einwohner der Insel Mallikollo scheinen von der gröbsten Bildung zu sein, über die sich die Einwohner der Neuen Hebriden, die Neukaledonier, Neuseeländer u. f. allmählich heben. Der Ulysses dieser Gegenden, *Reinhold Forster**, hat uns die Arten und Abarten des Menschengeschlechts daselbst so gelehrt und verstandreich geschildert, daß wir ähnliche Beiträge zur *philosophisch-physischen Geographie* auch über andre Striche der Erde als Grundsteine zur Geschichte der Menschheit zu wünschen haben. Ich wende mich also zum letzten und schwersten Weltteil.

VI.

Organisation der Amerikaner

Es ist bekannt, daß Amerika durch alle Himmelsstriche läuft und nicht nur Wärme und Kälte in den höchsten Graden, sondern auch die schnellesten Abwechselungen der Witterung, die höchsten und steilsten Höhen mit den weitesten und flachsten Ebnen verbindet. Es ist ferner bekannt, daß, da dieser langgestreckte Weltteil bei großen Buchten zur rechten Seite eine Kette von Gebirgen hat, die von Süden nach Norden streicht, daher das Klima desselben sowie seine lebendigen Produkte mit der Alten Welt wenig Ähnliches haben. Alles dies macht uns auch auf die Menschengattung daselbst als auf die Geburt eines entgegengesetzten Hemisphärs aufmerksam. Auf der andern Seite aber gibt es eben auch die Lage von Amerika, daß dieser ungeheure, von der andern Welt so weit getrennete Erdstrich nicht eben von vielen Seiten her bevölkert sein kann. Von Afrika, Europa und dem südlichen Asien scheiden ihn weite Meere und Winde; nur *ein* Übergang aus der Alten Welt ist ihm nahe geworden an seiner nordwestlichen Seite. Die vorige Erwartung einer großen Vielförmigkeit wird also hiedurch gewissermaßen vermindert; denn wenn die ersten und meisten Einwohner aus einer und derselben Gegend kamen und sich vielleicht nur mit wenigen Vermischungen andrer Ankömmlinge allmählich herunterzogen und endlich das ganze Land füllten, so wird trotz aller Klimate die Bildung und der Charakter der Einwohner eine Einförmigkeit zeigen, die nur wenig Ausnahmen leidet. Und dies ists, was so viele Nachrichten von Nord- und Südamerika sagen, daß nämlich ohngeachtet der großen Verschiedenheit der Himmelsstriche und Völker, die sich oft auch durch gewaltsame Kunst voneinander zu trennen suchten, auf der Bildung des Menschengeschlechts im Ganzen ein Gepräge der Einförmigkeit liege, die selbst nicht im Negerlande stattfindet. Die Organisation der Amerikaner ist also gewissermaßen eine reinere Aufgabe als die Bildung irgendeines andern gemischteren Erdstrichs;

* *Forsters* Bemerkungen auf seiner Reise um die Welt. Berl. 1783. Hauptst. 6.

und die Auflösung des Problems kann nirgend als von der Seite des wahrscheinlichen Überganges selbst anfangen.

Die Nationen, an die *Cook* in Amerika streifte *, waren von der mittlern Größe bis zu sechs Fuß. Ihre Farbe geht ins Kupferrote, die Form ihres Gesichts ins Viereckte, mit ziemlich vorragenden Backenbeinen und wenig Bart. Das Haar ist lang und schwarz, der Bau der Glieder stark und nur die Füße unförmlich. Wer nun die Nationen im östlichen Asien und auf den nahegelegenen Inseln innehat, der wird Zug für Zug den allmählichen Übergang bemerken. Ich schließe diesen nicht auf Eine Nation ein; denn wahrscheinlich gingen mehrere, auch von verschiednen Stämmen hinüber; nur östliche Völker warens, wie ihre Bildung, selbst ihre Unförmlichkeit, am meisten aber ihr Putz und ihre willkürlichen Sitten beweisen. Werden wir einst die ganze nordwestliche Küste von Amerika, die wir jetzt nur in ein paar Anfurten kennen, übersehen und von den Einwohnern daselbst so treue Gemälde haben, als *Cook* z. B. uns vom Anführer in Unalaska u. f. gegeben, so wird sich mehreres erklären. Es wird sich ergeben, ob tiefer hinab auf der großen Küste, die wir noch nicht kennen, auch Japaner und Chinesen übergegangen, und was es mit dem Märchen von einer gesitteten bärtigen Nation auf dieser Westseite für Bewandtnis habe. Freilich wären die Spanier von Mexiko aus die nächsten zu diesen schätzbaren Entdeckungen, wenn sie mit den zwei größesten Seenationen Europas, den Engländern und Franzosen, den rühmlichen Eroberungsgeist für die Wissenschaften teilten. Möge indes wenigstens *Laxmanns* Reise auf die nördliche Küste und die Bemühungen der Engländer von Kanada aus uns viel Neues und Gutes lehren.
Es ist sonderbar, daß sich so viele Nachrichten damit tragen, wie die westlichsten Nationen in Nordamerika zugleich die gesittetsten sein sollen. Die *Assinipuelen* hat man wegen ihrer großen, starken, behenden Gestalt und die *Christinohs* wegen ihrer gesprächigen Munterkeit gerühmet.** Wir kennen indes diese Nationen und überhaupt alle Savanner nur als Märchen; von den Nadowessiern an geht eigentlich die gewissere Nachricht. Mit ihnen so wie mit den Tschiwipäern und Winobagiern hat uns *Carver****, mit den Tscherakis, Tschikasahs und Muskogen *Adair*****, mit den sogenannten fünf Nationen *Colden, Rogers, Timberlake*, mit denen nach Norden hinauf die französischen Missionare bekannt gemacht, und bei allen Verschiedenheiten derselben, wem ist nicht ein Eindruck geblieben von einer herrschenden Bildung wie von Einem Hauptcharakter? Dieser bestehet nämlich in der gesunden und gehaltnen Stärke, in dem barbarisch-stolzen Freiheit- und Kriegsmut, der ihre Lebensart und ihr Hauswesen, ihre Erziehung und Regierung, ihre Geschäfte und Gebräuche zu Kriegs- und Friedenszeiten bildet. In Lastern und Tugenden ein einziger Charakter auf unsrer runden Erde!
Und wie kamen sie zu diesem Charakter? Mich dünkt, auch hier erklärt ihr allmählicher Übergang aus Nordasien und die Beschaffenheit dieser neuen Weltgegend sehr vieles. Als rohe und harte Nationen kamen sie herüber; zwischen Stürmen und Gebirgen waren sie gebildet; als sie nun die Küste überstanden hatten und das große, freie, schönere Land vor sich fanden, mußte sich nicht auch ihr Charakter mit der Zeit zu diesem Lande bilden? Zwischen großen Seen und Strömen, in diesen Wäl-

* *W. Ellis* Nachr. von *Cooks* dritter Reise S. 114 f.
** Allgem. Reisen T. 16. S. 646.
*** *Ebelings* Samml. von Reisebeschr. T. I. Hamb. 1780.
**** *Adair* Gesch. nordamerik. Indian. Bresl. 1782.

dern, auf diesen Wiesen formten sich andre Nationen als dort auf jenem rauhen und kalten Abhange zum Meer. Wie Seen, Gebirge und Ströme sich teilten, teilten sich die Völkerschaften: Stämme mit Stämmen gerieten in heftige Kriege, daher auch bei denen sonst gleichmütigsten Nationen jener Kriegshaß der Völker untereinander ein herrschender Zug wurde. Zu kriegerischen Stämmen bildeten sie sich also und verleibten sich allen Gegenständen des Landes ein, das ihnen ihr *großer Geist* gegeben. Sie haben die Schamanenreligion der Nordasiaten, aber auf amerikanische Weise. Ihre gesunde Luft, das Grün ihrer Wiesen und Wälder, das erquickende Wasser ihrer Seen und Ströme begeisterte sie mit dem Hauch der Freiheit und des Eigentums in diesem Lande. Von welchem Haufen elender Russen haben sich alle Siberische Nationen bis nach Kamtschatka hin unterjochen lassen! Diese festere Barbaren wichen zwar, aber sie dieneten nie.
Wie ihr Charakter, so lässet sich auch ihr sonderbarer Geschmack an der Verkünstelung ihres Körpers aus diesem Ursprunge erklären. Alle Nationen in Amerika vertilgen den Bart; sie müssen also ursprünglich aus Gegenden sein, die wenig Bart zeugten, daher sie von der Sitte ihrer Väter nicht abweichen wollten. Der östliche Teil von Asien ist diese Gegend. Auch in einem Klima also, das reichern Saft zu ihm hervortreiben mochte, hasseten sie denselben und hassen ihn noch, daher sie ihn von Kindheit auf ausraufen. Die Völker des asiatischen Nordens hatten runde Köpfe, und östlicher ging die Form ins Viereckte über; was war natürlicher, als daß sie auch von dieser Väterbildung nicht ablassen wollten und also ihr Gesicht formten? Wahrscheinlich füchteten sie das sanftere Oval als eine weibische Bildung; sie blieben also auch durch gewaltsame Kunst beim zusammengedrückten Kriegsgesicht ihrer Väter. Die nordischen Kugelköpfe formten es rund, wie die Bildung des höheren Nordens war; andre formten es viereckt oder drückten den Kopf zwischen die Schultern, damit das neue Klima weder ihre Länge noch Gestalt verändern möchte. Kein andrer Erdstrich als das östliche Asien zeigt Proben solcher gewaltsamen Verzierungen, und, wie wir sahen, wahrscheinlich auch in der nämlichen Absicht, das Ansehen des Stammes in fernen Gegenden zu erhalten; selbst dieser Geist der Verzierung ging also vielleicht schon mit hinüber.
Endlich kann uns am wenigsten die kupferrote Farbe der Amerikaner irren; denn die Farbe der Geschlechter fiel schon im östlichen Asien ins braunrote, und wahrscheinlich wars die Luft eines andern Weltteils, die Salben und andre Dinge, die hier die Farbe erhöhten. Ich wundre mich so wenig, daß der Neger schwarz und der Amerikaner rot ist, da sie als so verschiedne Geschlechter in so verschiednen Himmelsstrichen jahrtausendelang gewohnt haben, daß ich mich vielmehr wundern würde, wenn auf einer runden Erde alles schneeweiß oder braun wäre. Sehen wir nicht bei der gröbern Organisation der Tiere sich in verschiednen Gegenden der Welt sogar feste Teile verändern? Und was hat mehr zu sagen, eine Veränderung der Glieder des Körpers in ihrer ganzen Proportion und Haltung, oder ein etwas mehr und anders gefärbtes Netz unter der Haut?
Lasset uns nach dieser Voreinleitung die Völker Amerikas hinunterbegleiten und sehen, wie sich die Einförmigkeit ihres ursprünglichen Charakters ins Mannigfaltige mischt und doch nie verlieret.

•

Die nördlichsten Amerikaner werden als klein und stark beschrieben, in der Mitte des Landes wohnen die größesten und schönsten Stämme; die untersten im flachen

Florida müssen jenen schon an Stärke und Mut weichen. »Auffallend ist es«, sagt *Georg Forster**, »daß bei aller charakteristischen Verschiedenheit der mancherlei Nordamerikaner, die im *Cookschen* Werk abgebildet sind, doch im Ganzen ein allgemeiner Charakter im Gesicht herrschet, der mir bekannt war, und den ich, wie ich mich recht erinnerte, auch wirklich im Pescheräh im Feuerlande gesehen hatte.«
Von Neu-Mexiko wissen wir wenig. Die Spanier fanden die Einwohner dieses Landes wohlgekleidet, fleißig, sauber, ihre Ländereien gut bearbeitet, ihre Städte von Stein gebauet. Arme Nationen, was seid ihr jetzt, wenn ihr euch nicht wie die los bravos gentes auf die Gebirge gerettet habet? Die Apalachen bewiesen sich als ein kühnes schnelles Volk, dem die Spanier nichts anhaben konnten. Und wie vorzüglich spricht *Pagès*** von den Chaktas, Adaisses und Tegas!
Mexiko ist jetzt ein trauriges Bild von dem, was es unter seinen Königen war; kaum der zehnte Teil seiner Einwohner ist übrig.*** Und wie ist ihr Charakter durch die ungerechteste der Unterdrückungen verändert! Auf der ganzen Erde, glaube ich, gibts keinen tiefern, gehaltnern Haß, als den der leidende Amerikaner gegen seinen Unterdrücker, den Spanier nähret; denn so sehr *Pagès* z. E.**** die mehrere Milde rühmt, die jetzt die Spanier gegen ihre Unterdrückten beweisen, so kann er doch auf andern Blättern die Traurigkeit der Unterjochten und die Wildheit, mit der die freien Völker verfolgt werden, nicht verbergen. Die Bildung der Mexikaner wird stark olivenfarb, schön und angenehm beschrieben; ihr Auge ist groß, lebhaft, funkelnd, ihre Sinne frisch, ihre Beine munter; nur ihre Seele ist ermattet durch Knechtschaft.
In der Mitte von Amerika, wo von nasser Hitze alles erliegt und die Europäer das elendste Leben führen, erlag doch die biegsame Natur der Amerikaner nicht. *Waffer******, der, den Seeräubern entflohen, sich eine Zeitlang unter den Wilden in Terra firma aufhielt, beschreibt seine gute Aufnahme unter ihnen nebst ihrer Gestalt und Lebensweise also: »Die Größe der Männer war 5 bis 6 Fuß, von starken Knochen, breiter Brust, schönem Verhältnis; kein Krüppel und Unförmlicher war unter ihnen. Sie sind geschmeidig, lebhaft und schnelle Läufer. Ihre Augen lebhaft grau, ihr Gesicht rund, die Lippen dünn, der Mund klein, das Kinn wohlgebildet. Ihr Haar ist lang und schwarz; das Kämmen desselben ist ihr öfteres Vergnügen. Ihre Zähne sind weiß und wohlgesetzt; sie schmücken und malen sich wie die meisten Indianer.« – Sind das die Leute, die man uns als ein entnervtes, unreifes Gewächs der Menschheit hat vorstellen wollen? Und diese wohnten in der entnervendsten Gegend des Isthmus.
Fermin, ein treuer Naturforscher, beschreibt die Indier in Surinam als wohlgebildete und so reinliche Menschen, als es irgend auf Erden gebe.****** »Sie baden sich, sobald sie aufstehn, und ihre Weiber reiben sich mit Öl, teils zur Erhaltung der Haut, teils gegen den Stich der Moskitos. Sie sind von einer Zimmetfarbe, welche ins Rötliche fällt, werden aber so weiß als wir geboren. Kein Hinkender oder Verwachsner ist unter ihnen. Ihre langen pechschwarzen Haare werden erst im höchsten Alter weiß. Sie haben schwarze Augen, ein scharfes Gesicht, wenig oder keinen Bart, dessen ge-

* Götting. Magazin 1783. S. 929.
** Pagès Voyage autour du monde. Par. 1783. p. 17. 18. 26. 40. 52. 54 etc.
*** Storia antica del Messico: Auszug in den Götting. gelehrten Anzeigen 1781. Zugabe 35. 36 und ein reicherer im Kielschen Magazin Bd. 2. St. 1. S. 38 f.
**** S. 88 u. f.
***** Allgem. Reisen T. 15. S. 263 u. f.
****** *Fermins* Beschreib. von Surinam T. I. S. 39. 41.

ringstem Merkmal sie durch Ausreißen zuvorkommen. Ihre weißen schönen Zähne bleiben bis ins höchste Alter gesund, und auch ihre Weiber, so zärtlich sie zu sein scheinen, sind von starker Gesundheit.« Man lese *Bankrofts* Beschreibung * von den tapfern Kariben, den trägen Worrows, den ernsthaften Accawaws, den geselligen Arrowauks u. f.; mich dünkt, so wird man die Vorurteile von der schwachen Gestalt und dem nichtswürdigen Charakter dieser Indianer selbst in der heißesten Weltgegend aufgeben.

Gehen wir südlich in die ungezählten Völkerschaften Brasiliens hinunter, welche Menge von Nationen, Sprachen und Charakteren findet man hier, die indes alte und neue Reisende ziemlich gleichartig beschrieben haben.** »Nie grauet ihr Haar«, sagt *Lery*, »sie sind stets munter und lustig, wie ihre Gefilde immer grünen.« Die tapfern Tapinambos zogen sich, um dem Joch der Portugiesen zu entkommen, in die undurchsuchten und unabsehlichen Wälder wie mehrere streitbare Nationen. Andre, die die Missionen in Paraguay an sich zu ziehen wußten, mußten mit ihrem folgsamen Charakter fast bis zu Kindern ausarten; auch dieses aber war Natur der Sache, und weder sie, noch ihre mutigen Nachbarn können deswegen für keinen Abschaum der Menschheit gelten.***

Aber wir nähern uns dem Thron der Natur und der ärgsten Tyrannei, dem silber- und greuelreichen Peru. Hier sind die armen Indianer wohl aufs tiefste unterdrückt, und wer sie unterdrückt, sind Pfaffen und unter den Weibern weibisch gewordne Europäer. Alle Kräfte dieser zarten, einst so glücklichen Kinder der Natur, als sie unter ihren Inkas lebten, sind jetzt in das einige Vermögen zusammengedrängt, mit verhaltnem Haß zu leiden und zu dulden. »Beim ersten Anblick«, sagt der Gouverneur in Brasilien, *Pinto* ****, »scheint ein Südamerikaner sanftmütig und harmlos; betrachtet man ihn genauer, so entdeckt man in seinem Gesichte etwas Wildes, Argwöhnisches, Düsteres, Verdrießliches.« Ob sich nicht alles dieses aus dem Schicksal des Volks erklären ließe? Sanftmütig und harmlos waren sie, da ihr zu ihnen kamet und das ungebildete Wilde in den gutartigen Geschöpfen zu dem, was in ihm lag, hättet veredeln sollen. Jetzt, könnet ihr etwas anders erwarten, als daß sie argwöhnisch und düster den tiefsten Verdruß unauslöschlich in ihrem Herzen nähren? Es ist der in sich gekrümmte Wurm, der uns häßlich vorkommt, weil wir ihn mit unserm Fuß zertreten. In Peru ist der Negersklave ein herrliches Geschöpf gegen den unterdrückten Armen, dem das Land zugehöret.

Doch nicht allenthalben ists ihnen entrissen, und glücklicherweise sind die Cordilleras und die Wüsten in Chile da, die so viel tapfern Nationen noch Freiheit geben. Da sind z. E. die unüberwundnen Malochen, die Puelchen und Arauker und die patagonischen Tehuelhets oder das große südliche Volk, sechs Fuß hoch, groß und stark. »Ihre Gestalt ist nicht unangenehm, sie haben ein rundes, etwas flaches Gesicht, lebhafte Augen, weiße Zähne und ein langes schwarzes Haar.« – »Ich sah einige«, sagt *Commerson* *****, »mit einem nicht sehr dichten, aber langhaarigen Knebelbart; ihre

* *Bankrofts* Naturgesch. von Guiana Br. 3.

** *Acunja*, *Gumilla*, *Lery*, *Marggraf*, *Condamine* u. f.

*** *Dobritzhofer* Gesch. der Abiponer, Wien 1783. Beschreibungen mehrerer Völker sehe man in des *P. Gumilla* Orinoco illustrado u. f.

**** *Robertsons* Gesch. von Amerika. B. I. S. 537.

***** Journal encyclop. 1772. Mehrere Zeugnisse gegeneinandergehalten s. in *Zimmermanns* Geschichte der Menschheit, T. I. S. 59. und *Robertsons* Gesch. von Amerika T. I. S. 540.

Haut ist erzfärbig wie bei den meisten Amerikanern. Sie irren in den weiten Ebenen des südlichen Amerikas herum, mit Weib und Kindern beständig zu Pferde, und folgen dem Wildpret.« *Falkner* und *Vidaure** haben uns von ihnen die beste Nachricht gegeben, und hinter ihnen ist nichts übrig als der arme kalte Rand der Erde, das Feuerland und in ihm die Pescherähs, vielleicht die niedrigste Gattung der Menschen.** Klein und häßlich und von unerträglichem Geruch; sie nähren sich mit Muscheln, kleiden sich in Seehundfelle, frieren jahrüber im entsetzlichsten Winter; und ob sie gleich Wälder gnug haben, so mangelts ihnen doch sowohl an dichten Häusern als an wärmendem Feuer. Gut, daß die schonende Natur gegen den Südpol die Erde hier schon aufhören ließ; tiefer hinab, welche armselige Bilder der Menschheit hätten ihr Leben im gefühlraubenden Frost dahingeträumet!

•

Dies wären also einige Hauptzüge von Völkern aus Amerika; und was folgte aus ihnen fürs Ganze?
Zuerst, daß man so selten als möglich von Nationen eines Weltteils, der sich durch alle Zonen erstrecket, ins Allgemeine hin reden sollte. Wer da sagt, Amerika sei warm, gesund, naß, niedrig, fruchtbar, der hat recht; und ein andrer, der das Gegenteil sagt, hat auch recht, nämlich für andre Jahrszeiten und Örter. Ein Gleiches ists mit den Nationen; denn es sind Menschen eines ganzen Hemisphärs in allen Zonen. Oben und unten sind Zwerge und nahe bei den Zwergen Riesen; in der Mitte wohnen mittelmäßige, wohl- und minder wohlgebildete Völker, sanft und kriegerisch, träge und munter, von allerlei Lebensarten und von allen Charakteren.
Zweitens. Indessen hindert nichts, daß dieser vielästige Menschenstamm mit allen seinen Zweigen nicht aus Einer Wurzel entstanden sein könne, folglich auch Einartigkeit in seinen Früchten zeige. Und dies ists, was man mit der herrschenden Gesichtsbildung und Gestalt der Amerikaner sagen wollte.*** *Ulloa* bemerkt in der mittlern Gegend besonders die kleine mit Haaren bewachsne Stirn, kleine Augen, eine dünne, nach der Oberlippe gekrümmte Nase, ein breites Gesicht, große Ohren, wohlgemachte Schenkel, kleine Füße, eine untersetzte Gestalt; und diese Züge gehen über Mexiko hinüber. *Pinto* setzt hinzu, daß die Nase etwas flach, das Gesicht rund, die Augen schwarz oder kastanienbraun, klein, aber scharf, und die Ohren vom Gesicht sehr entfernt sein****; welches sich ebenfalls in Abbildungen sehr entlegener Völker zeiget. Diese Hauptphysiognomie, die sich nach Zonen und Völkern in feinern verändert, scheint wie ein Familienzug auch in den verschiedensten noch kennbar und weiset allerdings auf einen ziemlich einförmigen Ursprung. Wären Völker aus allen Weltteilen zu sehr verschiednen Zeiten nach Amerika gekommen, mochten sie sich vermischen oder unvermischt bleiben, so hätte die Diversität der Menschengattung allerdings größer sein müssen. Blaue Augen und blonde Haare findet man im ganzen Weltteil nicht; die blauäugigen Cesaren in Chili und die Akansas in Florida sind in der neuern Zeit verschwunden.
Drittens. Soll man nach dieser Gestalt einen gewissen Haupt- und mittlern Charakter der Amerikaner angeben, so scheints Gutherzigkeit und kindliche Unschuld zu sein,

* *Falkners* Beschreib. von Patagonien, Gotha 1775. *Vidaure* Gesch. des Königr. *Chili* in der *Ebelingschen* Samml. von Reisen. T. 4. S. 108.

** S. *Forsters* Reisen T. 2. S. 392. *Cavendish*, *Bougainville* u. a.

*** *Robertsons* Gesch. von Amerika. T. I. S. 539.

**** Ebendas. S. 537.

die auch ihre alten Einrichtungen, ihre Geschicklichkeiten und wenigen Künste, am meisten ihr erstes Betragen gegen die Europäer beweisen. Aus einem barbarischen Lande entsprossen und ununterstützt von irgendeiner Beihilfe der kultivierten Welt, gingen sie selbst, so weit sie kamen, und liefern auch hier in ihren schwachen Anfängen der Kultur ein sehr lehrreiches Gemälde der Menschheit.

VII.

Schluß

Es wäre schön, wenn ich jetzt durch eine Zauberrute alle bisher gegebenen unbestimmten Wortbeschreibungen* in Gemälde verwandeln und dem Menschen von seinen Mitbrüdern auf der Erde eine Galerie gezeichneter Formen und Gestalten geben könnte. Aber wie weit sind wir noch von der Erfüllung dieses anthropologischen Wunsches! Jahrhundertelang hat man die Erde mit Schwert und Kreuz, mit Korallen und Branntweinfässern durchzogen; an die friedliche Reißfeder dachte man nicht, und auch dem großen Heere der Reisenden ists kaum eingefallen, daß man mit Worten keine Gestalt male, am wenigsten die feinste, verschiedenste, immer abweichende aller Gestalten. Lange ging man aufs Wunderbare hinaus und dichtete; nachher wollte man hie und da, selbst wo man Zeichnungen gab, verschönern, ohne zu bedenken, daß kein wahrer Zoolog verschönere, wenn er fremde Tiergestalten malet. Und verdiente etwa die menschliche Natur allein jene genaue Aufmerksamkeit nicht, mit der man Tiere und Pflanzen zeichnet? Indes, da in den neuesten Zeiten der edle Bemerkungsgeist auch für unser Geschlecht wirklich schon erwacht ist und man von einigen, wiewohl nur von wenigen Nationen Abbildungen hat, gegen die in älteren Zeiten *de Bry*, *Bruyn*, geschweige die Missionare nicht bestehen**: so wäre es ein schönes Geschenk, wenn jemand, der es kann, die hie und da zerstreueten treuen Gemälde der Verschiedenheit unsres Geschlechts sammlete und damit den Grund zu einer sprechenden *Naturlehre und Physiognomik der Menschheit* legte. Philosophischer könnte die Kunst schwerlich angewandt werden, und eine anthropologische Karte der Erde, wie *Zimmermann* eine zoologische versucht hat, auf der nichts angedeutet werden müßte, als was Diversität der Menschheit ist, diese aber auch in allen Erscheinungen und Rücksichten, eine solche würde das philanthropische Werk krönen.

* Wer mehrere Nachrichten von einzelnen Zügen begehret, wird solche in *Buffons* Naturgeschichte, Band 6. Mart. Ausg. und in *Blumenbachs* gelehrter Schrift De varietate gen. humani finden.

** Nicht als ob ich die Bemühungen dieser Männer nicht schätzte; indessen dünken mich Bruyns (le Brun) Abbildungen sehr französisch und derer *de Bry* Gemälde, die nachher in schlechtern Nachstichen beinah in alle späteren Bücher übergangen sind, nicht authentisch. Nach *Forsters* Zeugnis hat auch *Hodges* noch die otahitischen Gemälde idealisieret. Indessen wäre es zu wünschen, daß nach den Anfängen, die wir hatten, die genaue und gleichsam naturhistorische Kunst in Abbildung der Menschengeschlechter für alle Gegenden der Welt ununterbrochen dauren möge. *Niebuhr*, *Parkinson*, *Cook*, *Höst*, *Georgi*, *Marion* u. a. rechne ich zu diesen Anfängen; die letzte Reise *Cooks* scheint nach dem Ruhm, den man ihren Gemälden gibt, eine neue höhere Periode anzufangen, der ich in andern Weltteilen die Fortsetzung und eine gemeinnützigere Bekanntmachung wünsche.

SIEBENTES BUCH

Das bisher entworfene Gemälde der Nationen soll nichts als der Vorgrund sein, über welchem wir einige Bemerkungen weiter auszeichnen, sowie auch die Gruppen desselben nichts sein wollen, als was die templa des Augurs am Himmel waren, bezirkte Räume für unsern Blick, Hilfsmittel für unser Gedächtnis. Lasset uns sehen, was sich in ihnen zur Philosophie unsres Geschlechts darbeut.

I.

In so verschiedenen Formen das Menschengeschlecht auf der Erde erscheint, so ists doch überall ein und dieselbe Menschengattung

Sind in der Natur keine zwei Blätter eines Baums einander gleich, so sinds noch weniger zwei Menschengesichte und zwei menschliche Organisationen. Welcher unendlichen Verschiedenheit ist unser kunstreicher Bau fähig! Seine festen Teile lösen sich in so feine, vielfach verschlungene Fibern auf, daß sie kein Auge verfolgen mag; diese werden von einem Leim gebunden, dessen zarte Mischung aller berechnenden Kunst entweichet; und noch sind diese Teile das wenigste, was wir an uns haben, sie sind nichts als Gefäße, Hüllen und Träger des in viel größerer Menge vorhandenen vielartigen, vielbegeisterten Safts, durch den wir genießen und leben. »Kein Mensch«, sagte *Haller**, »ist im innern Bau dem andern ganz ähnlich: er unterscheidet sich im Lauf seiner Nerven und Adern in Millionen von Millionen Fällen, daß man fast nicht imstande ist, aus den Verschiedenheiten dieser feinen Teile das auszufinden, worin sie übereinkommen.« Findet nun schon das Auge des Zergliederers diese zahllose Verschiedenheit, welche größere muß in den unsichtbaren Kräften einer so künstlichen Organisation wohnen! So daß jeder Mensch zuletzt eine Welt wird; zwar eine ähnliche Erscheinung von außen, im Innern aber ein eignes Wesen, mit jedem andern unausmeßbar.

Und da der Mensch keine unabhängige Substanz ist, sondern mit allen Elementen der Natur in Verbindung stehet; er lebt vom Hauch der Luft wie von den verschiedensten Kindern der Erde, den Speisen und Getränken; er verarbeitet Feuer, wie er

* Vorrede zu Buffons Allgem. Nat. Gesch. T. 3.

das Licht einsaugt und die Luft verpestet; wachend und schlafend, in Ruhe und in Bewegung, trägt er zur Veränderung des Universums bei, und sollte er von demselben nicht verändert werden? Es ist viel zu wenig, wenn man ihn dem saugenden Schwamm, dem glimmenden Zunder vergleicht; eine zahllose Harmonie, ein lebendiges Selbst ist er, auf welches die Harmonie aller ihn umgebenden Kräfte wirket. Der ganze Lebenslauf eines Menschen ist Verwandlung; alle seine Lebensalter sind Fabeln derselben, und so ist das ganze Geschlecht in einer fortgehenden Metamorphose. Blüten fallen ab und welken; andre sprießen hervor und knospen; der ungeheure Baum trägt auf einmal alle Jahrszeiten auf seinem Haupte. Hat sich nun nach dem Kalkül der Ausdünstung allein ein achtzigjähriger Mann wenigstens vierundzwanzigmal am ganzen Körper erneuet*; wer mag den Wechsel der Materie und ihrer Formen durch das ganze Menschenreich auf der Erde in allen Ursachen der Veränderung verfolgen, da kein Punkt auf unsrer vielartigen Kugel, da keine Welle im Strom der Zeit einer andern gleich ist? Die Bewohner Deutschlands waren vor wenigen Jahrhunderten Patagonen und sie sinds nicht mehr; die Bewohner künftiger Klimate werden uns nicht gleichen. Steigen wir nun in jene Zeiten hinauf, da alles auf der Erde so anders gewesen zu sein scheinet, in jene Zeit z. E., da die Elefanten in Siberien und Nordamerika lebten, da die großen Tiere vorhanden waren, deren Gebeine sich am Ohiostrom finden u. f.; wenn damals Menschen in diesen Gegenden lebten, wie andre Menschen warens, als die jetzt daselbst leben! Und so wird die Menschengeschichte zuletzt ein Schauplatz von Verwandlungen, den nur der übersiehet, der selbst alle diese Gebilde durchhaucht und sich in ihnen allen freuet und fühlet. Er führet auf und zerstöret, verfeint Gestalten und ändert sie ab, nachdem er die Welt um sie her verwandelt. Der Wandrer auf der Erde, die schnell vorübergehende Ephemere, kann nichts als die Wunder dieses großen Geistes auf einem schmalen Streif anstaunen, sich der Gestalt freuen, die ihm im Chor der andern ward, anbeten und mit dieser Gestalt verschwinden. »Auch ich war in Arkadien!« ist die Grabschrift aller Lebendigen in der sich immer verwandelnden, wiedergebärenden Schöpfung.

Da indessen der menschliche Verstand in aller Vielartigkeit Einheit sucht und der göttliche Verstand, sein Vorbild, mit dem zahllosesten Mancherlei auf der Erde überall Einheit vermählt hat, so dürfen wir auch hier aus dem ungeheuren Reich der Veränderungen auf den einfachsten Satz zurückkehren: *nur ein und dieselbe Gattung ist das Menschengeschlecht auf der Erde.*

Wie viele Fabeln der Alten von menschlichen Ungeheuern und Mißgestalten haben sich durch das Licht der Geschichte bereits verloren! Und wo irgend die Sage noch Reste davon wiederholet, bin ich gewiß, daß auch diese bei hellerm Licht der Untersuchung sich zur schönern Wahrheit aufklären werden. Den Orang-Utan kennet man jetzt und weiß, daß er weder zur Menschheit, noch zur Sprache ein Recht hat; durch eine sorgfältigere Nachricht von den Orang-Kubub oder Orang-Guhu** auf Borneo,

* Nach *Bernoulli* s. Haller. Physiol. T. VIII. L. 30, wo man einen Wald von Bemerkungen über die Veränderungen des menschlichen Lebens findet.

** Noch *Marsden* denkt an dieselbe in seiner Beschreibung von Sumatra; aber auch nur aus Sagen. Über die geschwänzten Menschen hat *Monboddo* in seinem Werk vom Ursprung und Fortgange der Sprache (T. I. S. 219 u. f.) alle Traditionen zusammengetrieben, deren er habhaft werden konnte. Hr. Prof. *Blumenbach* (De gener. hum. varietate) hat gezeigt, auch welcher Quelle sich die Abbildungen des geschwänzten Waldmenschen fortgeerbt haben.

Sumatra und den Nikobar-Inseln werden sich auch die geschwänzten Waldmenschen verlieren. Die Menschen mit den verkehrten Füßen auf Malakka*, die wahrscheinlich rachitische Zwergnation auf Madagaskar, die weiblich gekleideten Männer in Florida u. f. verdienen eine gleiche Berichtigung, wie solche bisher schon die Albinos, die Dondos, die Patagonen, die Schürzen der Hottentottinnen** erhalten haben. Männer, denen es gelingt, Mängel aus der Schöpfung, Lügen aus unserm Gedächtnis und Entehrungen aus unsrer Natur zu vertreiben, sind im Reich der Wahrheit das, was die Heroen der Fabel für die erste Welt waren; sie vermindern die Ungeheuer auf Erden.

Auch die Angrenzung der Menschen an die Affen wünschte ich nie so weit getrieben, daß, indem man eine Leiter der Dinge sucht, man die wirklichen Sprossen und Zwischenräume verkenne, ohne die keine Leiter stattfindet. Was z. E. könnte wohl der rachitische Satyr in der Gestalt des Kamtschadalen, der kleine Sylvan in der Größe des Grönländers oder der Pongo beim Patagonen erklären, da alle diese Bildungen aus der Natur des Menschen folgen, auch wenn kein Affe auf Erden wäre? Und ginge man gar noch weiter, gewisse Unförmlichkeiten unsres Geschlechts genetisch von Affen herzuleiten, so dünkt mich, diese Vermutung sei ebenso unwahrscheinlich als entehrend. Die meisten dieser scheinbaren Affenähnlichkeiten sind in Ländern, in denen es nie Affen gegeben, wie der zurückgehende Schädel der Kalmücken und Mallikolesen, die abstehenden Ohren der Pevas und Amikuanes, die schmalen Hände einiger Wilden in Karolina u. f. zeigen. Auch sind diese Dinge, sobald man über den ersten spielenden Trug des Auges hinweg ist, so wenig wirklich affenartig, daß ja Kalmücke und Neger völlige Menschen auch der Bildung des Hauptes nach bleiben, und der Mallikolese Fähigkeiten äußert, die manche andre Nationen nicht haben. Wahrlich, Affe und Mensch sind nie ein und dieselbe Gattung gewesen, und ich wünschte jeden kleinen Rest der Sage berichtigt, daß sie irgendwo auf der Erde in gewöhnlicher fruchtbarer Gemeinschaft leben. Jedem Geschlecht hat die Natur gnug getan und sein eignes Erbe gegeben.*** Den Affen hat sie in soviel Gattungen und Spielarten verteilt und diese so weit verbreitet, als sie sie verbreiten konnte; du aber, Mensch, ehre dich selbst! Weder der Pongo, noch der Longimanus ist dein Bruder; aber wohl der Amerikaner, der Neger. Ihn also sollst du nicht unterdrücken, nicht morden, nicht stehlen; denn er ist ein Mensch, wie du bist; mit dem Affen darfst du keine Brüderschaft eingehn.

Endlich wünschte ich auch die Unterscheidungen, die man aus rühmlichem Eifer für die überschauende Wissenschaft dem Menschengeschlecht zwischengeschoben hat, nicht über die Grenzen erweitert. So haben einige z. B. vier oder fünf Abteilungen desselben, die ursprünglich nach Gegenden oder gar nach Farben gemacht waren, *Rassen* zu nennen gewaget; ich sehe keine Ursache dieser Benennung. Rasse leitet auf eine Verschiedenheit der Abstammung, die hier entweder gar nicht stattfindet, oder in jedem dieser Weltstriche unter jeder dieser Farben die verschiedensten Rassen begreift. Denn jedes Volk ist Volk; es hat seine Nationalbildung wie seine Sprache;

* Noch *Sonnerat* denkt ihrer (Voyage aux Indes T. II. p. 103); aber auch nur aus Sagen. Die Zwerge auf Madagaskar sind nach *Flacourt* aus *Commerson* erneuert. von neuern Reisenden aber verworfen worden. Über die Hermaphroditen in Florida s. *Heyne* kritische Abhandlungen in den Comment. Societat. Reg. Goetting. per ann. 1778. p. 993.

** S. *Sparrmanns* Reisen, S. 177.

*** In den Auszügen aus dem Tagebuch eines neuen Reisenden nach Asien (Leipz. 1784) S. 256 wird dieses noch behauptet, aber wiederum nur aus Sagen.

zwar hat der Himmelsstrich über alle bald ein Gepräge, bald nur einen linden Schleier gebreitet, der aber das ursprüngliche Stammgebilde der Nation nicht zerstöret. Bis auf Familien sogar verbreitet sich dieses und seine Übergänge sind so wandelbar als unmerklich. Kurz, weder vier oder fünf Rassen, noch ausschließende Varietäten gibt es auf der Erde. Die Farben verlieren sich ineinander; die Bildungen dienen dem genetischen Charakter; und im ganzen wird zuletzt alles nur Schattierung eines und desselben großen Gemäldes, das sich durch alle Räume und Zeiten der Erde verbreitet. Es gehöret also auch nicht sowohl in die systematische Naturgeschichte als in die physisch-geographische Geschichte der Menschheit.

II.

Das Eine Menschengeschlecht hat sich allenthalben auf der Erde klimatisieret

Sehet jene Heuschrecken der Erde, die Kalmücken und Mongolen; sie gehören in keinen andern Weltstrich als in ihre Steppen, auf ihre Berge.* Auf seinem kleinen Pferde durchfliegt der leichte Mann ungeheure Strecken und Wüsten; er weiß, dem Roß Kräfte zu geben, wenn es erliegt, und wenn er verschmachtet, muß eine geöffnete Ader am Halse des Pferdes ihm Kräfte geben. Kein Regen fällt auf manche dieser Gegenden, die nur der Tau erquickt und eine noch unerschöpfte Fruchtbarkeit der Erde mit neuem Grün bekleidet; manche weite Strecke kennt keinen Baum, keine süße Quelle. Da ziehen nun diese wilden und unter sich selbst die geordnetsten Stämme im hohen Grase umher und weiden ihre Herden; die Mitgenossen ihrer Lebensart, die Pferde, kennen ihre Stimme und leben wie sie in Friede. Mit gedankenloser Gleichgültigkeit sitzt der müßige Kalmücke da und überblickt seinen ewig heitern Himmel und durchhorcht seine unabsehbare Einöde. In jedem andern Strich der Erde sind die Mongolen verartet und veredelt; in ihrem Lande sind sie, was sie seit Jahrtausenden waren, und werden es bleiben, solange sich ihr Erdstrich nicht durch Natur oder durch Kunst ändert.

Der Araber in der Wüste **; er gehört in dieselbe mit seinem edlen Roß, mit seinem geduldigen, aushaltenden Kamel. Wie der Mongole auf seiner Erdhöhe, in seiner Steppe umherzog, ziehet der wohlgebildetere Beduin auf seiner weiten asiatisch-afrikanischen Wüste umher, auch ein Nomade, nur seiner Gegend. Mit ihr ist seine einfache Kleidung, seine Lebensweise, seine Sitte und Charakter harmonisch, und nach Jahrtausenden noch erhält sein Gezelt die Weise der Väter. Liebhaber der Freiheit, verachten sie Reichtümer und Wollüste, sind leicht im Lauf, fertig auf ihren Rossen, die sie wie ihresgleichen pflegen, und ebenso fertig, zu schwingen die Lanze. Ihre Gestalt ist hager und nervicht, ihre Farbe braun, ihre Knochen stark; unermüdlich, Beschwerden zu ertragen, und durch die Wüste zusammengeknüpft, stehen sie alle für Einen, kühn und unternehmend, treu ihrem Wort, gastfreundlich und edel. Die gefahrvolle Lebensart hat sie zur Behutsamkeit und zum scheuen Argwohn, die einsame Wüste zum Gefühl der Rache, der Freundschaft, des Enthusiasmus und

* Nach einzelnen Gegenden s. *Pallas* und andere obengenannte. Von der Lebensart einer Kalmückenhorde am Jaik würde *G. Opitzens* Leben und Gefangenschaft unter ihnen ein sehr malerisches Gemälde sein, wenn es nicht mit so vielen Anmerkungen des Herausgebers verziert und romantisiert wäre.

** Außer den ältern zahlreichen Reisen nach Arabien s. Voyages de Pagès T. II. p. 62—87.

des Stolzes gebildet. Wo sich ein Araber zeige, am Euphrat oder am Nil, am Libanon oder am Senega, selbst bis in Zanguebar und auf den indischen Meeren, zeiget er sich, wenn nicht ein fremdes Klima ihn in Kolonien langsam veränderte, noch in seinem ursprünglichen arabischen Charakter.
Der Kalifornier am Rande der Welt, in seinem unfruchtbaren Lande, bei seiner dürftigen Lebensart, bei seinem wechselnden Klima, er klagt nie über Hitze und Kälte, er entgeht dem Hunger, wenn auch auf die schwerste Weise, er lebt in seinem Lande glücklich. »Gott allein weiß«, sagt ein Missionar*, »wieviel tausend Meilen ein Kalifornier, der achtzig Jahre alt worden, in seinem Leben herumgeirret hat, bis er sein Grab findet. Viele von ihnen ändern ihr Nachtquartier vielleicht hundertmal in einem Jahre, daß sie kaum dreimal nacheinander auf dem nämlichen Platz und in der nämlichen Gegend schlafen. Sie werfen sich nieder, wo sie die Nacht überfällt, ohn alle Sorge wegen schädlichen Ungeziefers oder Unsauberkeit des Erdbodens. Ihre schwarzbraune Haut ist ihnen statt des Rockes und Mantels. Ihre Hausgeräte sind Bogen und Pfeil, ein Stein statt des Messers, ein Bein oder spitziges Holz, Wurzeln auszugraben, eine Schildkrötschale statt der Kinderwiege, ein Darm oder eine Blase, Wasser zu holen, und endlich, wenn das Glück gut ist, ein aus Aloegarn wie ein Fischernetz gestrickter Sack, ihren Proviant und ihre Lumpen umherzuschleppen. Sie essen Wurzeln und allerlei kleine Samen, sogar von dürrem Heu, die sie mit Mühe sammeln und bei Hungersnot selbst sogar wieder aus ihrem Kot auflesen. Alles, was Fleisch ist und nur Gleichheit mit demselben hat, bis auf Fledermäuse, Raupen und Würmer, ist ihre festliche Speise, und sogar die Blätter einiger Stauden, einiges junge Holz und Geschoß, Leder, Riemen und weiche Beine sind von ihren Lebensmitteln nicht ausgeschlossen, wenn sie die Not dazu treibet. Und dennoch sind diese Armseligen gesund; sie werden alt und stark, so daß es ein Wunder ist, wenn einer unter ihnen und dieses gar spät, grau wird. Sie sind allezeit wohlgemutet; ein ewiges Lachen und Scherzen regiert unter ihnen; wohlgestalt, flink und gelenkig; sie können mit den zwei vordern Zehen Steine und andre Dinge vom Boden aufheben, gehen bis ins höchste Alter kerzengerade; ihre Kinder stehen und gehen, ehe sie ein Jahr alt sind. Des Schwätzens müde, legen sie sich nieder und schlafen, bis sie der Hunger oder die Lust zum Essen aufweckt; sobald sie erwacht sind, geht das Lachen, Schwätzen und Scherzen wiederum an; sie setzen es fort auf ihren Wegen, bis endlich der abgelebte Kalifornier seinen Tod mit gleichgültiger Ruhe erwartet«. »Die in Europa wohnen«, fährt der erwähnte Missionar fort, »können zwar die Kalifornier ihrer Glückseligkeit halber beneiden, aber keine solche in Kalifornien genießen, als etwa durch eine vollkommene Gleichgültigkeit, viel oder wenig auf dieser Welt zu besitzen und sich dem Willen Gottes in allen Zufällen des Lebens zu unterwerfen.«
So könnte ich fortfahren und von mehrern Nationen der verschiedensten Erdstriche, von den Kamtschadalen bis zu den Feuerländern klimatische Gemälde liefern, wozu aber diese abgekürzten Versuche, da bei allen Reisenden, die treu sahen oder menschlich teilnahmen, jeder kleine Zug ihrer Beschreibung klimatisch malet. In Indien, auf diesem großen Marktplatz handelnder Völker, ist der Araber und Chinese, der Türke und Perser, der Christ und Jude, der Malaie und Neger, der Japaner und Gentu kennbar**; auch auf der fernsten Küste trägt jeder den Charakter seines Erd-

* Nachrichten von Kalifornien, Mannh. 1773 hin und wieder.
** S. Mackintosh travels T. II. p. 27.

strichs und seiner Lebensweise mit sich. Aus dem Staube aller vier Weltteile, sagt die alte biblische Tradition, ward Adam gebildet, und es durchhauchten ihn Kräfte und Geister der weiten Erde. Wohin seit Jahrtausenden seine Söhne zogen und sich einwohnten, da wurzelten sie als Bäume und gaben dem Klima gemäß Blätter und Früchte. – Lasset uns einige Folgen hieraus ziehen, die manche sonst auffallende Sonderbarkeit der Menschengeschichte zu erklären scheinen.

•

Zuerst erhellet, warum alle ihrem Lande zugebildete sinnliche Völker dem Boden desselben so treu sind und sich von ihm unabtrennlich fühlen. Die Beschaffenheit ihres Körpers und ihrer Lebensweise, alle Freuden und Geschäfte, an die sie von Kindheit auf gewöhnt wurden, der ganze Gesichtskreis ihrer Seele ist klimatisch. Raubet man ihnen ihr Land, so hat man ihnen alles geraubet.

»Von dem betrübten Schicksal der sechs Grönländer«, erzählet *Cranz**, »die man auf der ersten Reise nach Dänemark brachte, hat man angemerkt, daß sie ohnerachtet aller freundlichen Behandlung und guten Versorgung mit Stockfisch und Tran dennoch oft mit betrübten Blicken und unter jämmerlichem Seufzen gen Norden nach ihrem Vaterlande gesehen und endlich in ihren Kajaken die Flucht ergriffen haben. Durch einen starken Wind wurden sie an das Ufer von Schonen geworfen und nach Kopenhagen zurückgebracht, worauf zween von ihnen vor Betrübnis starben. Von den übrigen sind ihrer zween nochmals entflohen, und ist nur der eine wieder eingeholt worden, welcher, sooft er ein kleines Kind an der Mutter Halse gesehen, bitterlich geweinet (woraus man geschlossen, daß er Frau und Kinder haben müsse, denn man konnte nicht mit ihnen sprechen, noch sie zur Taufe präparieren). Die zween letzten haben zehn bis zwölf Jahre in Dänemark gelebt und sind bei Koldingen zum Perlenfischen gebraucht, aber im Winter so stark angestrengt worden, daß der eine darüber gestorben, der letzte nochmals entflohen und erst dreißig bis vierzig Meilen weit vom Lande eingeholt worden, worauf er ebenfalls aus Betrübnis sein Leben geendet.«

Alle Zeugen von menschlicher Empfindung können die verzweifelnde Wehmut nicht ausdrücken, mit welcher ein erkaufter oder erstohlner Negersklave die Küste seines Vaterlandes verläßt, um sie nie wieder zu erblicken in seinem Leben. »Man muß genaue Aufsicht haben«, sagt *Römer***, »daß die Sklaven weder im Fort noch auf dem Schiff Messer in die Hände bekommen; bei der Überfahrt nach Westindien hat man gnug zu tun, sie bei guter Laune zu erhalten. Deshalb ist man mit europäischen Leiern versehen; man nimmt auch Trommeln und Pfeifen mit und läßt sie tanzen, versichert sie, daß sie nach einem schönen Lande geführt werden, wo sie viel Frauen, gute Speisen erhalten sollen und dergleichen. Und dennoch hat man betrübte Beispiele erlebt, daß die Schiffleute von ihnen überfallen und ermordet worden, da sie denn nachher das Schiff ans Land treiben lassen.« – Und wieviel traurigere Beispiele hat man erlebt vom verzweifelnden Selbstmorde dieser unglücklichen Geraubten! *Sparrmann* erzählt*** aus dem Munde eines Besitzers solcher Sklaven, daß sie des Nachts in eine Art von Raserei verfallen, die sie antreibt an irgend jemand oder gar an sich

* Gesch. von Grönland, S. 355.

** *Römers* Nachrichten von der Küste Guinea, S. 279.

*** *Sparrmanns* Reisen S. 73. Der menschenfreundliche Reisende hat viele traurige Nachrichten von der Behandlung und dem Fange der Sklaven eingestreuet. s. S. 195. 612 u. f.

selbst einen Mord zu begehen, »denn das schwermütige Andenken an den schmerzhaften Verlust ihres Vaterlandes und ihrer Freiheit erwacht am meisten des Nachts, wenn das Geräusch des Tages es nicht zu zerstreuen vermag.« – Und was für Recht hattet ihr Unmenschen, euch dem Lande dieser Unglücklichen nur zu nahen, geschweige es ihnen und sie dem Lande durch Diebstahl, List und Grausamkeit zu entreißen? Seit Jahrtausenden ist dieser Weltteil der ihre, so wie sie ihm zugehören; ihre Väter hatten ihn um den höchsten und schwersten Preis erkauft, um ihre Negergestalt und Negerfarbe. Bildend hatte die afrikanische Sonne sie zu Kindern angenommen und ihr Siegel auf sie gepräget; wohin ihr sie führt, zeihet euch dieses als Menschendiebe, als Räuber.
Zweitens. Grausam also sind die Kriege der Wilden um ihr Land und um die ihnen entrissenen oder beschimpften und gequälten Söhne desselben, ihre Mitbrüder. Daher z. B. der verhaltne Haß der Amerikaner gegen die Europäer, auch wenn diese leidlich mit ihnen umgehn; sie fühlens unvertilgbar: »Ihr gehört nicht hierher! das Land ist unser.« Daher die Verrätereien aller sogenannten Wilden, auch wenn sie von der Höflichkeit der Europäer ganz besänftigt schienen. Im ersten Augenblick, da sie zu ihrem angeerbten Nationalgefühle erwachten, brach die Flamme aus, die sich mit Mühe so lang unter der Asche gehalten hatte; grausam wütete sie umher und ruhete oft nicht eher, bis die Zähne der Eingebornen der Ausländer Fleisch fraßen. Uns scheint dieses abscheulich, worüber auch wohl kein Zweifel bleibt; indessen waren die Europäer die ersten, die sie zu dieser Untat zwangen: denn warum kamen sie zu ihrem Lande? Warum führten sie sich in demselben als fordernde, gewalttätige, übermächtige Despoten auf?* Jahrtausende waren sich die Einwohner desselben das Universum; von ihren Vätern hatten sie es geerbt und von ihnen zugleich die grausame Sitte geerbt, was ihnen ihr Land, was sie dem Lande entreißen oder darin beeinträchtigen will, auf die grausamste Weise zu vernichten. Feind und Fremder ist ihnen also eins; sie sind wie die Muscipula, die, in ihren Boden gewurzelt, jedes Insekt ergreift, das sich ihr nahet; das Recht, ungebetne oder beleidigende Gäste zu verzehren, ist die Akzise ihres Landes, ein so zyklopisches Regal als irgendeines in Europa.
Endlich erinnere ich noch an jene freudigen Szenen, wenn ein also entfremdeter Sohn der Natur etwa wieder die Küste seines Vaterlandes erblickte und dem Schoß seiner Muttererde wieder geschenkt ward. Als der foleiische edle Priester Job-Ben-Salomon** wieder nach Afrika kam, empfing ihn jeder Fuli mit brüderlicher Inbrunst »ihn, den zweiten Menschen ihres Landes, der je aus der Sklaverei zurückgekehrt wäre«. Und wie sehnte sich dieser dahin! Wie wenig fülleten alle Freundschaften und Ehrenbezeugungen Englands, die er als ein aufgeklärter, wohldenkender Mann dankbar erkannte, sein Herz aus! Er war nicht eher ruhig, als bis er des Schiffes gewiß war, das ihn zurückführen sollte. Und diese Sehnsucht hängt nicht am Stande, noch an den Bequemlichkeiten des Geburtslandes. Der Hottentotte Koree legte seinen metallnen Harnisch und alle seine europäischen Vorzüge ab, zurückkehrend zur harten Lebensart der Seinen.*** Fast aus jedem Erdstrich sind Proben der Art

* S. des unglücklichen *Marions* Voyage à la mer du Sud, Anmerk. des Herausgebers. *Reinhold Forsters* Vorrede zum Tagebuch der letzten Cookschen Reise, Berlin 1781, und die Nachrichten vom Betragen der Europäer selbst.

** Allgemeine Reisen T. 3 S. 127 u. f.

*** Allgem. Reisen T. 5. S. 145. Andre Beispiele s. bei *Rousseau* in den Anm. zum Discours sur l'inégalité parmi les hommes.

vorhanden, und die unfreundlichsten Länder ziehen ihre Eingebornen mit den stärksten Banden. Eben die überwundnen Beschwerlichkeiten, zu denen Körper und Seele von Jugend auf gebildet worden, sinds, die den Eingebornen die klimatische Vaterlandsliebe einflößen, von welcher der Bewohner einer völkerbedrängten fruchtbaren Ebene schon weniger und der Einwohner einer europäischen Hauptstadt beinahe nichts mehr empfindet. – Doch es ist Zeit, das Wort Klima näher zu untersuchen, und da einige in der Philosophie der Menschengeschichte so viel darauf gebauet, andre hingegen seinen Einfluß beinah ganz bestritten haben, so wollen auch wir nur Probleme geben.

III.

Was ist Klima und welche Wirkung hats auf die Bildung des Menschen an Körper und Seele?

Die beiden festesten Punkte unsrer Kugel sind die Pole; ohne sie war kein Umschwung, ja wahrscheinlich keine Kugel selbst möglich. Wüßten wir nun die Genesis der Pole und kennten die Gesetze und Wirkungen des Magnetismus unsrer Erde auf ihre verschiedne Körper: sollten wir damit nicht den Grundfaden gefunden haben, den die Natur in Bildung der Wesen nachher mit anderen höheren Kräften mannigfaltig durchwebte? Da uns aber ohngeachtet so zahlreicher und schöner Versuche hiervon im großen ganzen noch wenig bekannt ist*: so sind wir auch in Betracht der Basis aller Klimate nach der Weltgegend des Pols hin noch im dunkeln. Vielleicht, daß einst der Magnet im Reich der physischen Kräfte wird, was er uns ebenso unerwartet auf Meer und Erde schon ward –

Der Umschwung unsrer Kugel um sich und um die Sonne bietet uns eine nähere Bezeichnung der Klimate dar; aber auch hier ist die Anwendung selbst allgemein anerkannter Gesetze schwer und trüglich. Die Zonen der Alten haben sich durch die neuere Kenntnis fremder Weltteile nicht bestätigt, wie sie denn auch, physisch betrachtet, auf Unkunde derselben gebauet waren. Ein gleiches ists mit der Hitze und Kälte, nach der Menge der Sonnenstrahlen und dem Winkel ihres Auffalls berechnet. Als mathematische Aufgabe ist ihre Wirkung mit genauem Fleiß bestimmt worden; der Mathematiker selbst aber würde es für einen Mißbrauch seiner Regel ansehen, wenn der philosophische Geschichtsschreiber des Klimas darauf Schlüsse ohne Ausnahmen baute.** Hier gibt die Nähe des Meers, dort ein Wind, hier die Höhe oder Tiefe des Landes, an einem vierten Ort nachbarliche Berge, am fünften Regen und Dünste dem allgemeinen Gesetz eine so neue Lokalbestimmung, daß oft die nachbarlichsten Orte das gegenseitigste Klima empfinden. Überdem ist aus neueren Erfahrungen klar, daß jedes lebendige Wesen eine eigne Art hat, Wärme zu empfangen und von sich zu treiben, ja daß, je organischer der Bau eines Geschöpfs wird und je mehr es eigne tätige Lebenskraft äußert, um so mehr auch ein Vermögen äußert, relative Wärme und Kälte zu erzeugen.*** Die alten Sätze, daß der Mensch

* S. *Brugmann* über Magnetismus: Satz 24–31.

** S. *Kästners* Erläuterung der Halleyischen Methode, die Wärme zu berechnen, Hamb. Magaz. S. 429 u. f.

*** S. *Crells* Versuche über das Vermögen der Pflanzen und Tiere, Wärme zu erzeugen und zu vernichten. Helmst. 1778. *Crawfords* Versuche über das Vermögen der Tiere, Kälte hervorzubringen. Philos. transact. Vol. 71. P. 2 XXXI.

nur in einem Klima leben könne, das die Hitze des Bluts nicht übersteiget, sind durch Erfahrungen widerlegt; die neuern Systeme hingegen vom Ursprung und der Wirkung animalischer Wärme sind lange noch nicht zu der Vollkommenheit gediehen, daß man auf irgendeine Weise an eine Klimatologie nur des menschlichen Baues, geschweige aller menschlichen Seelenvermögen und ihres so willkürlichen Gebrauchs denken könnte. Freilich weiß jedermann, daß Wärme die Fibern ausdehne und erschlaffe, daß sie die Säfte verdünne und die Ausdünstung fördere, daß sie also auch die festen Teile mit der Zeit schwammig und locker zu machen vermöge u. f.; das Gesetz im ganzen bleibt sicher *, auch hat man aus ihm und seinem Gegensatze, der Kälte, mancherlei physiologische Phänomene schön erklärt **; allgemeine Folgerungen aber, die man aus einem solchen Principium, oder gar nur aus einem Teil derselben, der Erschlaffung, der Ausdünstung z. E. auf ganze Völker und Weltgegenden, ja auf die feinsten Verrichtungen des menschlichen Geistes und die zufälligsten Einrichtungen der Gesellschaft machen wollte: je scharfsinniger und systematischer der Kopf ist, der diese Folgerungen durchdenkt und reihet, desto gewagter sind sie. Sie werden beinah Schritt vor Schritt durch Beispiele aus der Geschichte, oder selbst durch physiologische Gründe widerlegt, weil immer zuviel und zum Teil gegenseitige Kräfte nebeneinander wirken. Selbst dem großen *Montesquieu* hat man den Vorwurf gemacht, daß er seinen klimatischen Geist der Gesetze auf das trügliche Experiment einer Schöpszunge gebauet habe. – Freilich sind wir ein bildsamer Ton in der Hand des Klimas; aber die Finger desselben bilden so mannigfalt, auch sind die Gesetze, die ihm entgegenwirken, so vielfach, daß vielleicht nur der Genius des Menschengeschlechts das Verhältnis aller dieser Kräfte in eine Gleichung zu bringen vermöchte.

Nicht Hitze und Kälte ists allein, was aus der Luft auf uns wirket; vielmehr ist sie nach den neuern Bemerkungen ein großes Vorratshaus andrer Kräfte, die schädlich und günstig sich mit uns verbinden. In ihr wirkt der elektrische Feuerstrom, dies mächtige und in seinen animalischen Einflüssen uns noch fast unbekannte Wesen; denn so wenig wir die innern Gesetze seiner Natur kennen, so wenig wissen wir, wie der menschliche Körper es aufnimmt und verarbeitet. Wir leben vom Hauch der Luft; allein der Balsam in ihr, unsre Lebensspeise, ist uns ein Geheimnis. Fügen wir nun die mancherlei, beinah unnennbaren Lokalbeschaffenheiten ihrer Bestandteile nach den Ausdünstungen aller Körper ihres Gebietes hinzu; erinnern wir uns der Beispiele, wie oft durch einen unsichtbaren, bösen, Samen, dem der Arzt nur den Namen eines Miasma zu geben wußte, die sonderbarsten, oft fürchterliche und in Jahrtausenden unaustilgbare Dinge entstanden sind, denken wir an das geheime Gift, das uns die Blattern, die Pest, die Lustseuche, die mit manchem Zeitalter verschwindenden Krankheiten gebracht hat, und erinnern uns, wie wenig wir, nicht etwa den *Hermattan* und *Sammiel*, den *Sirokko* und den Nordostwind der Tatarei, sondern nur die Beschaffenheit und Wirkung unsrer Winde kennen; wieviel mangelnde Vorarbeiten werden wir inne, ehe wir an eine physiologisch-pathologische, geschweige an eine Klimatologie aller menschlichen Denk- und Empfindungskräfte kommen können. Auch hier indessen bleibt jedem scharfsinnigen Versuche sein Kranz, und die Nachwelt wird unsrer Zeit edle Kränze zu reichen haben.***

* S. *Gaubius* Pathologie, Kap. V. X etc., eine Logik aller Pathologien.

** S. *Montesquieu, Castillon, Falconer;* eine Menge schlechterer Schriften, Esprit des nations, Physique de l'historie etc. zu geschweigen.

*** S. *Gmelin* Über die neuern Entdeckungen in der Lehre von der Luft. Berl. 1784.

Endlich die Höhe oder Tiefe eines Erdstrichs, die Beschaffenheit desselben und seiner Produkte, die Speisen und Getränke, die der Mensch genießt, die Lebensweise, der er folgt, die Arbeit, die er verrichtet, Kleidung, gewohnte Stellungen sogar, Vergnügen und Künste nebst einem Heer andrer Umstände, die in ihrer lebendigen Verbindung viel wirken, alle sie gehören zum Gemälde des vielverändernden Klimas. Welche Menschenhand vermag nun dieses Chaos von Ursachen und Folgen zu einer Welt zu ordnen, in der jedem einzelnen Dinge, jeder einzelnen Gegend sein Recht geschehe, und keins zuviel oder zuwenig erhalte? Das einzige und beste ist, daß man nach *Hippokrates* Weise * mit seiner scharfsehenden Einfalt einzelne Gegenden klimatisch bemerke und sodann langsam, langsam allgemeine Schlüsse folgere. Naturbeschreiber und Ärzte sind hier physicians, Schüler der Natur und des Philosophen Lehrer, denen wir schon manchen Beitrag einzelner Gegenden zur allgemeinen Lehre der Klimate und ihrer Einwirkung auf den Menschen auch für die Nachwelt zu danken haben. – Da hier aber von keinen speziellen Bemerkungen die Rede sein kann, so wollen wir nur in einigen allgemeinen Anmerkungen unsern Gang verfolgen.

1. *Da unsre Erde eine Kugel und das feste Land ein Gebirge über dem Meer ist, so wird durch vielerlei Ursachen auf ihr eine klimatische Gemeinschaft befördert, die zum Leben der Lebendigen gehöret.* Nicht nur Tag und Nacht und der Reihentanz abwechselnder Jahreszeiten verändern das Klima eines jeden Erdstrichs periodisch, sondern der Streit der Elemente, die Gegenwirkung der Erde und des Meers, die Lage der Berge und Ebnen, die periodischen Winde, die aus der Bewegung der Kugel, aus der Veränderung der Jahres- und Tageszeiten und aus so viel kleinern Ursachen entspringen, unterhalten diese gesundheitbringende Vermählung der Elemente, ohne welche alles in Schlummer und Verwesung sänke. Es ist eine Atmosphäre, die uns umgibt, ein elektrisches Meer, in dem wir leben; beide aber (und wahrscheinlich der magnetische Strom mit ihnen) sind in einer ewigen Bewegung. Das Meer dunstet aus; die Berge ziehen an und gießen Regen und Ströme zu beiden Seiten hinunter. So lösen die Winde einander ab; so erfüllen Jahre oder Jahrreihen die Summe ihrer klimatischen Tage. So heben und tragen einander die verschiednen Gegenden und Zeiten; alles auf unsrer Kugel steht in gemeinsamer Verbindung. Wäre die Erde platt, oder hätte sie die Winkelgestalt, von der die Chinesen träumten, freilich so könnte sie in ihren Ecken die klimatischen Ungestalten nähren, von denen jetzt ihr regelmäßiger Bau und seine mitteilende Bewegung nichts weiß. Um den Thron Jupiters tanzen ihre Horen im Reihentanz, und was sich unter ihren Füßen bildet, ist zwar nur eine unvollkommene Vollkommenheit, weil alles auf die Vereinigung verschiedenartiger Dinge gebauet ist; aber durch eine innre Liebe und Vermählung miteinander wird allenthalben das Kind der Natur geboren, sinnliche Regelmäßigkeit und Schönheit.

2. *Das bewohnbare Land unsrer Erde ist in Gegenden zusammengedrängt, wo die meisten lebendigen Wesen in der ihnen gnügsamsten Form wirken; diese Lage der Weltteile hat Einfluß auf ihrer aller Klima.* Warum fängt im südlichen Hemisphär die Kälte schon so nahe der Linie an? Der Naturphilosoph antwortet: »Weil daselbst so wenig Land ist, daher die kalten Winde und Eisschollen des Südpols weit hinaufströmen.« Wir sehen also unser Schicksal, wenn das ganze feste Land der Erde

* S. Hippocrat. De aëre, locis et aquis, vorzüglich den zweiten Teil der Abhandlung. Für mich der Hauptschriftsteller über das Klima.

in Inseln umhergeworfen wäre. Jetzt wärmen sich drei zusammenhangende Weltteile aneinander; das vierte, das ihnen entfernt liegt, ist aus dieser Ursache kälter, und im Südmeer fängt bald jenseits der Linie mit dem Mangel des Landes auch Mißgestalt und Verartung an. Wenigere Geschlechter vollkommenerer Landtiere sollten also daselbst leben; das Südhemisphär war zum großen Wasserbehältnis unsrer Kugel bestimmt, damit das Nordhemisphär ein besseres Klima genösse. Auch geographisch und klimatisch sollte das Menschengeschlecht ein zusammenwohnendes, nachbarliches Volk sein, das, so wie Pest, Krankeiten und klimatische Laster, auch klimatische Wärme und andre Wohltaten einander schenkte.

3. *Durch den Bau der Erde an die Gebirge ward nicht nur für das große Mancherlei der Lebendigen das Klima derselben zahllos verändert, sondern auch die Ausartung des Menschengeschlechts verhütet, wie sie verhütet werden konnte.* Berge waren der Erde nötig; aber nur einen Bergrücken der Mongolen und Tibetaner gibts auf derselben; die hohen Cordilleras und so viel andre ihrer Brüder sind unbewohnbar. Auch öde Wüsten wurden durch den Bau der Erde an die Gebirge selten, denn die Berge stehn wie Ableiter des Himmels da und gießen ihr Füllhorn aus in befruchtenden Strömen. Die öden Ufer endlich, der kalte oder feuchte Meeresabhang ist allenthalben nur später entstandenes Land, welches also auch die Menschheit erst später und schon wohlgenährt an Kräften beziehen durfte. Das Tal Quito war gewiß eher bewohnt als das Feuerland, Kaschmir eher als Neuholland oder Nova-Zembla. Die mittlere größeste Breite der Erde, das Land der schönsten Klimate zwischen Meer und Gebirgen war das Erziehungshaus unsres Geschlechts, und ist noch jetzt der bewohnteste Teil der Erde. –

Nun ist keine Frage, daß, wie das Klima ein Inbegriff von Kräften und Einflüssen ist, zu dem die Pflanze wie das Tier beiträgt, und der allen Lebendigen in einem wechselseitigen Zusammenhange dienet, der Mensch auch darin zum Herrn der Erde gesetzt sei, daß er es durch Kunst ändre. Seitdem er das Feuer vom Himmel stahl und seine Faust das Eisen lenkte, seitdem er Tiere und seine Mitbrüder selbst zusammenzwang und sie sowohl als die Pflanze zu seinem Dienst erzog, hat er auf mancherlei Weise zur Veränderung desselben mitgewirket. Europa war vormals ein feuchter Wald, und andre jetzt kultivierte Gegenden warens nicht minder; es ist gelichtet und mit dem Klima haben sich die Einwohner selbst geändert. Ohne Polizei und Kunst wäre Ägypten ein Schlamm des Nils worden; es ist ihm abgewonnen, und sowohl hier als im weitern Asien hinauf hat die lebendige Schöpfung sich dem künstlichen Klima bequemet. Wir können also das Menschengeschlecht als eine Schar kühner, obwohl kleiner Riesen betrachten, die allmählich von den Bergen herabstiegen, die Erde zu unterjochen und das Klima mit ihrer schwachen Faust zu verändern. Wie weit sie es darin gebracht haben mögen, wird uns die Zukunft lehren.

4. Ists endlich erlaubt, über eine Sache, die so ganz auf einzelnen Fällen des Orts und der Geschichte ruhet, etwas Allgemeines zu sagen, so setze ich verändert einige Kautelen her, die *Baco* zu seiner Geschichte der Revolutionen giebet.* Die Wirkung des Klimas erstreckt sich zwar auf Körper allerlei Art, vorzüglich aber auf die zärtern, die Feuchtigkeiten, die Luft und den Äther. Sie verbreitet sich viel mehr auf die Massen der Dinge als auf die Individuen; doch auch auf diese durch jene. Sie geht nicht auf Zeitpunkte, sondern herrscht in Zeiträumen, wo sie oft spät und sodann

* Baco De augm. scient. I. 3.

vielleicht durch geringe Umstände offenbar wird. Endlich, das Klima zwinget nicht, sondern es neiget; es gibt die unmerkliche Disposition, die man bei eingewurzelten Völkern im ganzen Gemälde der Sitten und Lebensweise zwar bemerken, aber sehr schwer, insonderheit abgetrennt, zeichnen kann. Vielleicht findet sich einmal ein eigner Reisender, der ohne Vorurteile und Übertreibungen für den *Geist des Klimas* reiset. Unsre Pflicht ist jetzt, vielmehr die lebendigen Kräfte zu bemerken, für die jedes Klima geschaffen ist, und die schon durch ihr Dasein es mannigfalt modifizieren und ändern.

IV.

Die genetische Kraft ist die Mutter aller Bildungen auf der Erde, der das Klima feindlich oder freundlich nur zuwirket

Wer zum erstenmal das Wunder der Schöpfung eines lebendigen Wesens sähe, wie würde er staunen!* Aus Kügelchen, zwischen welchen Säfte schießen, wird ein lebender Punkt und aus dem Punkt erzeugt sich ein Geschöpf der Erde. Bald wird das Herz sichtbar und fängt an, so schwach und unvollkommen es sei, zu schlagen; das Blut, das vor dem Herzen da war, fängt an, sich zu röten; bald erscheinet das Haupt; bald zeigen sich Augen, Mund, Sinne und Glieder. Noch ist keine Brust da, und schon ist Bewegung in ihren innern Teilen; noch sind die Eingeweide nicht gebildet und das Tier öffnet den Schnabel. Das kleine Gehirn ist außerhalb dem Kopfe, das Herz noch außer der Brust, wie ein Spinnengewebe sind Rippen und Beine; bald zeigen sich Flügel, Füße, Zehen, Hüften, und nun wird das Lebendige weiter genähret. Was bloß war, bedecket sich: die Brust, das Hirn schließen sich zu; Magen und Eingeweide hangen noch hinunter. Auch diese bilden sich endlich, je mehr die Materie verzehrt wird; die Häute ziehen sich zusammen und hinauf; der Unterleib schließt sich, das Tier ist bereitet. Es schwimmt jetzt nicht mehr, sondern es liegt; bald wachet, bald schläft es; es regt sich, es schläft, es ruft, es suchet Ausgang und kommt, in allen Teilen ganz und völlig, ans Licht der Welt. Wie würde der, der dies Wunder zum ersten Mal sähe, es nennen? Da ist, würde er sagen, eine *lebendige, organische Kraft;* ich weiß nicht, woher sie gekommen, noch was sie in ihrem Innern sei; aber daß sie da sei, daß sie lebe, daß sie organische Teile sich aus dem Chaos einer homogenen Materie zueigne, das sehe ich, das ist unleugbar.
Bemerkte er ferner und sähe, daß jeder dieser organischen Teile gleichsam actu, in eigner Wirkung gebildet werde: das Herz erzeuge sich nicht anders als durch eine Zusammenströmung der Kanäle, die schon vor ihm waren; sobald der Magen sichtbar werde, habe er Materie der Verdauung in sich. So alle Adern, alle Gefäße, das Enthaltne war vor dem Enthaltenden, das Flüssige vor dem Festen, der Geist vor dem Körper da, in welchen jener sich nur kleidet. Bemerkte er dies**, was würde er sagen als, daß die unsichtbare Kraft nicht willkürlich bilde, sondern daß sie sich ihrer innern Natur nach gleichsam nur *offenbare*. Sie wird in einer ihr zugehörigen Masse sichtbar und muß, wie und woher es auch sei, den *Typus ihrer Erscheinung in ihr selbst* haben. Das neue Geschöpf ist nichts als eine wirklich gewordene Idee der schaffenden Natur, die immer nur tätig denket.
Führe er fort und bemerkte, daß, was diese Schöpfung befördert, mütterliche oder

* S. Harvey De generat. animal. c. f. Wolffs Theor. generat. u. f.
** Wolffs Theor. generat. S. 169. b. 180–216.

Sonnenwärme sei, daß das Ei der Mutter aber aller vorhandenen Materie und Wärme ungeachtet ohne Belebung des Vaters keine lebendige Frucht gebe: was würde er mutmaßen als, das Principium der Wärme könne mit dem Principium des Lebens, das es befördert, zwar verwandt sein, eigentlich aber müsse in der Vereinigung zweier lebendigen Wesen die Ursache liegen, die diese organische Kraft in Wirksamkeit setzt, dem toten Chaos der Materie lebendige Form zu geben. So sind wir, so sind alle lebenden Wesen gebildet; jedes nach der Art seiner Organisation; alle aber nach dem unverkennbaren Gesetze Einer Analogie, die durch alles Lebendige unsrer Erde herrschet.

Endlich, wenn er erführe, daß diese lebendige Kraft das ausgebildete Geschöpf nicht verlasse, sondern sich in ihm *tätig zu offenbaren fortfahre*, zwar nicht mehr schaffend, denn es ist zu erschaffen, aber erhaltend, belebend, nährend. Sobald es auf die Welt tritt, verrichtet es alle Lebensverrichtungen, zu welchen, ja zum Teil in welchen es gebildet ward: der Mund öffnet sich, wie Öffnung seine erste Gebärde war, und die Lunge schöpft Atem; die Stimme ruft, der Magen verdauet, die Lippen saugen; es wächst, es lebt, alle innern und äußern Teile kommen einander zu Hilfe; in einer gemeinschaftlichen Tätigkeit und Mitleidenheit ziehen sie an, werfen aus, verwandeln in sich, helfen einander in Schmerzen und Krankheit auf tausendfältig-wunderbare, unerforschte Weise. Was würde, was könnte jeder, der dies zuerst bemerkte, sagen als: die eingeborne, genetische Lebenskraft ist in dem Geschöpf, das durch sie gebildet worden, in allen Teilen und in jedem derselben nach seiner Weise, d. i. organisch noch *einwohnend*. Allenthalben ist sie ihm aufs vielartigste gegenwärtig, da es nur durch sie ein lebendiges Ganze ist, was sich erhält, wächst und wirket.

Und diese Lebenskraft haben wir alle in uns: in Gesundheit und Krankheit stehet sie uns bei, assimiliert gleichartige Teile, sondert die fremden ab, stößt die feindlichen weg, sie ermattet endlich im Alter und lebt in einigen Teilen noch nach dem Tode. Das Vernunftvermögen unsrer Seele ist sie nicht; denn dieses hat sich den Körper, den es nicht kennet und ihn nur als ein unvollkommenes, fremdes Werkzeug seiner Gedanken braucht, gewiß nicht selbst gebildet. Verbunden ist es indes mit jener Lebenskraft, wie alle Kräfte der Natur in Verbindung stehen; denn auch das geistige Denken hangt von der Organisation und Gesundheit des Körpers ab, und alle Begierden und Triebe unsres Herzens sind von der animalischen Wärme untrennbar. – Alle dies sind Fakta der Natur, die keine Hypothese umstoßen, kein scholastisches Wort vernichten kann: ihre Anerkennung ist die älteste Philosophie der Erde, wie sie auch wahrscheinlich die letzte sein wird*. So gewiß ichs weiß, daß ich denke, und kenne doch meine denkende Kraft nicht, so gewiß empfinde und sehe ichs, daß ich lebe, wenn ich gleich auch nie weiß, was Lebenskraft sei. Angeboren, organisch, genetisch ist dies Vermögen: es ist der Grund meiner Naturkräfte, der innere Genius meines Daseins. Aus keiner andern Ursache ist der Mensch das vollkommenste Wesen der Erdeschöpfung, als weil die feinsten organischen Kräfte, die wir kennen, bei ihm in den feinsten Werkzeugen der Organisation einwohnend wirken. Er ist die vollkommenste animalische Pflanze, ein eingeborner Genius in einer menschlichen Bildung.

* *Hippokrates*, *Aristoteles*, *Galen*, *Harvey*, *Boyle*, *Stahl*, *Glisson*, *Gaubius*, *Albin* und so viel andre der größten Beobachter oder Weltweisen des menschlichen Geschlechts haben, gezwungen von Erfahrungen, dies tätige Lebensprincipium angenommen und nur mit mancherlei Namen benannt oder einige derselben es von angrenzenden Kräften nicht gnug gesondert.

Sind unsre Grundsätze bisher richtig gewesen, wie sie sich denn auf unstreitige Erfahrungen gründen, so kann auch keine Verartung unsres Geschlechts vorgehen ohne eigentlich durch diese organischen Kräfte. Wie auch das Klima wirke, jeder Mensch, jedes Tier, jede Pflanze hat ihr eignes Klima, denn alle äußern Einwirkungen nimmt jedes nach seiner Weise auf und verarbeitet sie organisch. Auch in der kleinsten Fiber leidet der Mensch nicht wie ein Stein, nicht wie eine Wasserblase. Lasset uns einige Stufen oder Schattierungen dieser Verartung bemerken.

Die erste Stufe der Verartung des menschlichen Geschlechts zeiget sich in den äußern Teilen; nicht als ob diese für sich litten oder wirkten, sondern weil die uns einwohnende Kraft von innen heraus wirket. Durch den wunderbarsten Mechanismus strebt sie, aus dem Körper zu treiben, was ihr hinderlich und fremd ist; die ersten Veränderungen ihres organischen Baues müssen also an den Grenzen ihres Reichs sichtbar werden, und so betreffen die auffallendsten Varietäten des Menschengeschlechts nichts als Haut und Haare. Die Natur schützte ihr inneres wesentliches Gebilde und schaffte die beschwerende Materie so weit hinaus, als sie es zu tun vermochte.

Griff die verändernde äußere Macht weiter, so zeigen sich ihre Wirkungen auf keinen andern Wegen, als auf denen die lebendige Kraft selbst wirket, *auf den Wegen der Nahrung und Fortpflanzung*. Der Neger wird weiß geboren; die Teile, die sich bei ihm zuerst schwärzen, sind ein offenbares Kennzeichen, daß das Miasma seiner Veränderung, das die äußere Luft nur entwickelt, genetisch wirke. Nun zeigen uns die Jahre der Mannbarkeit sowohl als eine Schar von Erfahrungen an Kranken, welch ein weites Reich die Kräfte der Nahrung und Fortpflanzung im menschlichen Körper haben. Die entferntesten Glieder stehn durch sie miteinander in Verbindung; und eben diese Glieder sinds, die bei der Verartung der Völker auch gemeinschaftlich leiden. Außer der Haut und den Geschlechtsteilen sind daher Ohren, Hals und die Stimme, die Nase, die Lippen, das Haupt u. f. genau die Region, in welcher sich die meisten Veränderungen zeigen.

Endlich, da die Lebenskraft alle Teile zur Gemeinschaft bindet und die Organisation ein vielverschlungener Kreis ist, der eigentlich nirgend Anfang und Ende findet, so wird begreiflich, daß die innigste Hauptveränderung zuletzt *auch in den festesten Teilen* sichtbar werden müsse, die vermöge der innern leidenden Kraft vom Schädel bis zum Fuße in ein andres Verhältnis treten. Schwer gehet die Natur an diese Verwandlung; auch bei Mißgeburten, wo sie in ihrem Kunstwerk gewaltsam gestört wird, hat sie wunderbare Wege der Erstattung, wie ein geschlagner Feldherr eben im Rückzuge die meiste Weisheit zeiget. Indessen zeigen die verschiednen Bildungen der Völker, daß auch diese, die schwerste Verwandlung beim Menschengebilde möglich war; denn eben die tausendfache Zusammensetzung und feine Beweglichkeit unsrer Maschine samt den unnennbar-mannigfaltigen Mächten, die auf sie wirken, machten sie möglich. Aber auch diese schwere Verwandlung ward nur von innenheraus bewirket. Jahrhundertelang haben Nationen ihre Köpfe geformt, ihre Nasen durchbohrt, ihre Füße gezwungen, ihre Ohren verlängert; die Natur blieb auf ihrem Wege, und wenn sie eine Zeitlang folgen, wenn sie den verzerreten Gliedern Säfte zuführen mußte, wohin sie nicht wollte, sobald sie konnte, ging sie ins Freie wieder und vollendete ihren vollkommenern Typus. Ganz anders, sobald die Mißbildung genetisch war und auf Wegen der Natur wirkte; hier vererbten sich Mißbildungen,

* S. 126 des vorhergehenden sechsten Buchs.

selbst an einzelnen Gliedern. Sage man nicht, daß Kunst oder die Sonne des Negers Nase geplattet habe. Da die Bildung dieses Teils mit der Konformation des ganzen Schädels, des Kinns, des Halses, des Rückens zusammenhängt, und das sprossende Rückenmark gleichsam der Stamm des Baums ist, an dem sich die Brust und alle Glieder bilden, so zeigt die vergleichende Anatomie gnugsam*, daß die Verartung die ganze Gestalt angegriffen und sich keiner dieser festen Teile ändern konnte, ohne daß das Ganze verändert wurde. Eben daher gehet die Negergestalt auch erblich über und kann nur genetisch zurückverändert werden. Setzet den Mohren nach Europa, er bleibt, was er ist; verheiratet ihn aber mit einer Weißen, und eine Generation wird verändern, was Jahrhunderte hindurch das bleichende Klima nicht würde getan haben. So ists mit den Bildungen aller Völker; die Weltgegend verändert sie äußerst langsam; durch die Vermischung mit fremden Nationen verschwinden in wenigen Geschlechtern alle mongolischen, chinesischen, amerikanischen Züge.
Gefällt es meinen Lesern, auf diesem Wege fortzugehen, so lasset uns ihn noch einige Schritte verfolgen.
1. Jedem Bemerkenden muß es aufgefallen sein, daß *in den unzählbar verschiednen Gestalten der Menschen gewisse Formen und Verhältnisse nicht nur wiederkommen, sondern auch ausschließend zueinander gehören.* Bei Künstlern ist dies eine ausgemachte Sache, und in den Statuen der Alten siehet man, daß sie diese Proportion oder Symmetrie, wie sie es nannten, nicht etwa nur in die Länge und Breite der Glieder, sondern auch in die harmonische Bildung derselben zur Seele des Ganzen setzten. Die Charaktere ihrer Götter und Göttinnen, ihrer Jünglinge und Helden waren in ihrer ganzen Haltung so bestimmt, daß man sie zum Teil schon aus einzelnen Gliedern kennet, und sich keinem Gebilde ein Arm, eine Brust, eine Schulter geben läßt, die für ein andres gehöret. Der Genius eines einzeln-lebendigen Wesens lebt in jeder dieser Gestalten, die er wie eine Hülle nur durchhaucht und sich im kleinsten Maß der Stellung und Bewegung ähnlich dem Ganzen charakterisieret. Unter den Neuern hat der Polyklet unsres Vaterlandes, *Albrecht Dürer***, das Maß verschiedner Proportionen des menschlichen Körpers sorgfältig untersucht, und jedem Auge wird dabei offenbar, daß die Bildung aller Teile sich mit den Verhältnissen ändre. Wie nun wenn wir *Dürers* Genauigkeit mit dem Seelengefühle der Alten verbänden und die Verschiedenheit menschlicher Hauptformen und Charaktere in ihrem zusammenstimmenden Gebilde studierten? Mich dünkt, die Physiognomik träte damit auf den alten natürlichen Weg, auf den sie ihr Name weiset, nach welchem sie weder eine Etho- noch Technognomik, sondern die Auslegerin der *lebendigen Natur* eines Menschen, gleichsam die Dolmetscherin seines sichtbar gewordenen Genius sein soll. Da sie in diesen Schranken der Analogie des Ganzen, das auch im Antlitz das sprechendste ist, stets treu bleibt, so muß die Pathognomik ihre Schwester, die Physiologie und Semiotik ihre Mithelferin und Freundin werden; denn die Gestalt des Menschen ist doch nur eine Hülle des innern Triebwerks, ein zusammenstimmendes Ganze, wo jeder Buchstab zwar zum Wort gehört, aber nur das ganze Wort einen Sinn gibt. Im gemeinen Leben brauchen und üben wir die Physiognomik also: der geübte Arzt siehet, welchen Krankheiten der Mensch seinem Bau und Gebilde nach unterworfen sein könne, und das physiognomische Auge, selbst der Kinder, bemerkt

* S. *Sömmerring* über die körperliche Verschiedenheit des Mohren vom Europäer. Mainz 1784.
** Albrecht Dürers 4 Bücher von menschlicher Proportion. Nürnberg 1528.

die natürliche Art (φυδις) des Menschen in seinem Gebilde, d. i. die Gestalt, in der sich sein Genius offenbaret.

Ferner. *Sollten sich nicht diese Formen, diese Harmonien zusammentreffender Teile bemerken und als Buchstaben gleichsam in ein Alphabet bringen lassen?* Vollständig werden diese Buchstaben nie werden; denn das ist auch kein Alphabet irgendeiner Sprache; zur Charakteristik der menschlichen Natur aber in ihren Hauptgestalten würde durch ein sorgsames Studium dieser lebendigen Säulenordnungen unsres Geschlechts gewiß ein weites Feld geöffnet. Schränkte man sich dabei nicht auf Europa ein und nähme noch weniger unser gewohntes Ideal zum Muster aller Gesundheit und Schönheit, sondern verfolgte die lebendige Natur überall auf der Erde, in welchen Harmonien zusammenstimmender Teile sie sich hie und da mannigfaltig und immer ganz zeige; ohne Zweifel würden zahlreiche Entdeckungen über den Concentus und die Melodie lebendiger Kräfte im Bau des Menschen der Lohn dieser Bemerkungen werden. Ja, vielleicht würde uns dies Studium des natürlichen Consensus der Formen im menschlichen Körper weiter führen als die so oft und fast immer mit Undank bearbeitete Lehre der Komplexionen und Temperamente. Die scharfsinnigsten Beobachter kamen in dieser nicht weit, weil zu dem Mannigfaltigen, das bezeichnet werden sollte, ihnen ein bestimmtes Alphabet der Bezeichnung fehlte *.

2. So wie nun bei einer solchen *bildlichen Geschichte der Formung und Verartung des Menschengeschlechts* die lebendige Physiologie allenthalben die Fackel vortragen müßte, so würde in ihr auch Schritt vor Schritt die Weisheit der Natur sichtbar, die nicht anders als nach einem Gesetz der tausendfach erstattenden Güte Formen bildet und abändert. Warum z. B. sonderte die schaffende Mutter Gattungen ab? Zu keinem andern Zweck, als daß sie den Typus ihrer Bildung desto vollkommener machen und erhalten könnte. Wir wissen nicht, wie manche unsrer jetzigen Tiergattungen in einem frühern Zustand der Erde näher aneinander gegangen sein mögen; aber das sehen wir, *ihre Grenzen sind jetzt genetisch geschieden.* Im wilden Zustande paaret sich kein Tier mit einer fremden Gattung, und wenn die zwingende Kunst der Menschen oder der üppige Müßiggang, an dem die gemästeten Tiere teilnehmen, auch ihren sonst sichern Trieb verwildern, so läßt doch in ihren unwandelbaren Gesetzen die Natur von der üppigen Kunst sich nicht überwinden. Entweder ist die Vermischung ohne Frucht, oder die erzwungene Bastardart pflanzt sich nur unter den nächsten Gattungen weiter. Ja, bei diesen Bastardarten selbst sehen wir die Abweichung nirgend als an den äußersten Enden des Reichs der Bildung, genau wie wir sie bei der Verartung des Menschengeschlechts beschrieben haben; hätte der innere, wesentliche Typus der Bildung Mißgestalt bekommen müssen, so wäre kein lebendiges Geschöpf subsistent worden. Weder ein Centaur also noch ein Satyr, weder die Scylla noch die Meduse kann nach den innern Gesetzen der schaffenden Natur und des genetischen wesentlichen Typus jeder Gattung sich erzeugen.

3. *Das feinste Mittel endlich, dadurch die Natur Vielartigkeit und Bestandheit der Formen in ihren Gattungen verband, ist die Schöpfung und Paarung zweier Geschlechter.* Wie wunderbar fein und geistig mischen sich die Züge beider Eltern in dem Angesicht und Bau ihrer Kinder, als ob nach verschiedenen Verhältnissen ihre Seele sich in sie gegossen und die tausendfältigen Naturkräfte der Organisation sich unter dieselben verteilt hätten! Daß Krankheiten und Züge der Bildung, daß sogar

* Sehr simplifiziert finde ich diese Lehre in *Mezgers Vermischten Schriften* T. I. Auch *Platner* nebst andern haben darin ihre anerkannten Verdienste.

Neigungen und Dispositionen sich forterben, ist weltbekannt; ja, oft kommen wunderbarerweise die Gestalten lange verstorbener Vorfahren aus dem Strom der Generation wieder. Ebenso unleugbar, obgleich schwer zu erklären, ist der Einfluß mütterlicher Gemüts- und Leibeszustände auf den Ungebornen, dessen Wirkung manches traurige Beispiel lebenslang mit sich träget. – Zwei Ströme des Lebens hat also die Natur zusammengeleitet, um das werdende Geschöpf mit einer ganzen Naturkraft auszustatten, die nach den Zügen beider Eltern jetzt in ihr selbst lebe. Manches versunkne Geschlecht ist durch eine gesunde und fröhliche Mutter wieder emporgehoben; mancher entkräftete Jüngling mußte im Arm seines Weibes erst selbst zum lebendigen Naturgeschöpf erweckt werden. Auch in der genialischen Bildung der Menschheit also ist die Liebe die mächtigste der Göttinnen: sie veredelt Geschlechter und hebt die gesunknen wieder empor, eine Fackel der Gottheit, durch deren Funken das Licht des menschlichen Lebens, hier trüber, dort heller, glänzet. Nichts widerstrebet hingegen dem bildenden Genius der Naturen mehr als jener kalte Haß oder jene widrige Konvenienz, die ärger als Haß ist. Sie zwingt Menschen zusammen, die nicht füreinander gehören und verewigt elende, mit sich selbst disharmonische Geschöpfe. Kein Tier versank je so weit, als in dieser Entartung der Mensch versinket.

V.

Schlußanmerkungen über den Zwist der Genesis und des Klima

Irre ich nicht, so ist mit dem, was bisher wenigstens andeutend gesagt worden, der Anfang einer Grenzlinie zu Übersicht dieses Streits gezogen worden. Niemand z. B. wird verlangen, daß in einem fremden Klima die Rose eine Lilie, der Hund ein Wolf werden soll; denn die Natur hat genaue Grenzen um ihre Gattungen gezogen und läßt ein Geschöpf lieber untergehen, als daß es ihr Gebilde wesentlich verrücke oder verderbe. Daß aber die Rose verarten, daß der Hund etwas Wolfartiges an sich nehmen könne, dies ist der Geschichte gemäß, und auch hier gehet die Verartung nicht anders vor als durch schnelle oder langsame Gewalt auf die gegenwirkenden organischen Kräfte. Beide streitführenden Mächte sind also von großer Wirkung; nur jede wirket auf eigne Art. Das Klima ist ein Chaos von Ursachen, die einander sehr ungleich, also auch langsam und verschiedenartig wirken, bis sie etwa zuletzt in das Innere eindringen und dieses durch Gewohnheit und Genesis selbst ändern; die lebendige Kraft widerstehet lange, stark, einartig und nur ihr selbst gleich; da sie indessen doch nicht unabhängig von äußern Leidenschaften ist, so muß sie sich ihnen auch mit der Zeit bequemen.
Statt eines weitern Zwists im Allgemeinen wünschte ich also lieber eine belehrende Untersuchung im Einzelnen, zu der uns das Feld der Geographie und Geschichte eine große Ernte darbeut. Wir wissen z. E. wenn diese portugiesischen Kolonien nach Afrika, jene spanischen, holländischen, englischen, deutschen nach Ostindien und Amerika gewandert sind, was an einigen derselben die Lebensart der Eingebornen, an andern die fortgesetzte Lebensweise der Europäer für Wirkung gehabt u. f. Hätte man dieses alles genau untersucht, so stiege man zu ältern Übergängen, z. B. der Malaien auf den Inseln, der Araber in Afrika und Ostindien, der Türken in ihren eroberten Ländern, sodann zu den Mongolen, Tatarn und endlich zu dem

Schwarm von Nationen, die in der großen Völkerwanderung Europa überdeckten. Nirgends vergäße man, aus welchem Klima ein Volk kam, welche Lebensart es mitbrachte, welches Land es vor sich fand, mit welchen Völkern es sich vermischte, welche Revolutionen es in seinem neuen Sitz durchlebt hat. Würde dieser untersuchende Kalkul durch die gewissern Jahrhunderte fortgesetzt, so ließen sich vielleicht auch Schlüsse auf jene ältern Völkerzüge machen, die wir nur aus Sagen alter Schriftsteller oder aus Übereinstimmungen der Mythologie und Sprache kennen; denn im Grunde sind alle oder doch die meisten Nationen der Erde früher oder später gewandert. Und so bekämen wir mit einigen Karten zur Anschauung *eine physisch-geographische Geschichte der Abstammung und Verartung unsres Geschlechts* nach Klimaten und Zeiten, die Schritt vor Schritt die wichtigsten Resultate gewähren müßte.

Ohne dem forschenden Geist, der diese Arbeit unternähme, vorzugreifen, setze ich aus der neuern Geschichte einige wenige Erfahrungen her, kleine Exempel meiner vorhergehenden Untersuchung.

1. *Alle zu schnellen, zu raschen Übergänge in ein entgegengesetztes Hemisphär und Klima sind selten einer Nation heilsam worden;* denn die Natur hat nicht vergebens ihre Grenzen zwischen weit entfernten Ländern gezogen. Die Geschichte der Eroberungen sowohl als der Handelsgesellschaften, am meisten aber der Missionen müßte ein trauriges und zum Teil lächerliches Gemälde geben, wenn man diesen Gegenstand mit seinen Folgen auch nur aus eignen Relationen der Übergegangenen unparteiisch hervorholte. Mit grausendem Abscheu lieset man die Nachrichten von manchen europäischen Nationen, wie sie, versunken in die frechste Üppigkeit und den fühllosesten Stolz, an Leib und Seele entarten und selbst zum Genuß und Erbarmen keine Kräfte mehr haben. Aufgeblähete Menschenlarven sind sie denen jedes edle, tätige Vergnügen entgeht, und in deren Adern der vergeltende Tod schleichet. Rechnet man nun noch die Unglückseligen dazu, denen beide Indien haufenweise ihre Grabstätte wurden, lieset man die Geschichte der Krankheiten fremder Weltteile, die die englischen, französischen und holländischen Ärzte beschreiben, und schauet denn in die frommen Missionen, die sich so oft nicht von ihrem Ordenskleide, von ihrer europäischen Lebensweise trennen wollten, welche lehrreichen Resultate, die leider auch zur Geschichte der Menschheit gehören, dringen sich uns auf!

2. *Selbst der europäische Fleiß gesitteter Kolonien in andern Weltteilen vermag nicht immer die Wirkung des Klimas zu ändern.* »In Nord-Amerika«, bemerkt *Kalm**, »kommen die europäischen Geschlechter eher zu reifen Jahren, aber auch eher zum Alter und Tode als in Europa«. »Es ist nichts Seltnes«, sagt er, »kleine Kinder zu sehen, die auf die vorgelegten Fragen bis zur Verwunderung lebhaft und fertig antworten, aber auch die Jahre der Europäer nicht erreichen. Achtzig oder neunzig Jahr sind für einen in Amerika gebornen Europäer ein seltnes Beispiel, da doch die ersten Einwohner oft ein hohes Alter erlebten; auch die in Europa gebornen werden gemeiniglich viel älter als die von europäischen Eltern in Amerika erzeugten. Die Weiber hören früher auf, Kinder zu gebären, einige schon im dreißigsten Jahr; auch bemerkt man bei allen europäischen Kolonien, daß die dort oder hier Gebornen frühe und vor der Zeit ihre Zähne verlieren, da die Amerikaner schöne, weiße und unbeschädigte Zähne bis an ihr Ende behalten.« Mit Unrecht hat man diese Stellen auf die Ungesundheit des alten Amerikas gegen seine eignen Kinder gezogen; nur gegen

* Göttingische Samml. von Reisen. T. 10. 11 hin und wieder.

Fremdlinge wars diese Stiefmutter, die, wie es auch *Kalm* erklärt, mit andrer Konstitution und Lebensweise in seinem Schoß leben.

3. *Man denke nicht, daß die Kunst der Menschen mit stürmender Willkür einen fremden Erdteil sogleich zu einem Europa umschaffen könne*, wenn sie seine Wälder umhauet und seinen Boden kultivieret; denn die ganze lebendige Schöpfung ist im Zusammenhange, und dieser will nur mit Vorsicht geändert werden. Eben der *Kalm* berichtet aus dem Munde alter amerikanischer Schweden, daß durch die schnelle Ausrottung der Wälder und Bebauung des Landes nicht nur das eßbare Gevögel, das sonst in unzähliger Menge auf Wassern und in Wäldern lebte, die Fische, von denen sonst Flüsse und Bäche wimmelten, die Seen, Bäche, Quellen und Ströme, der Regen, das dichte, hohe Gras in den Wäldern u. f. sich sehr vermindert, sondern daß diese Ausrottung auch auf das Lebensalter, die Gesundheit und Jahreszeiten zu wirken scheine. »Die Amerikaner«, sagt er, »die bei Ankunft der Europäer ein Alter von hundert und mehrern Jahren zurückgelegt, erreichen jetzt oft kaum das halbe Alter ihrer Väter; woran nicht bloß der menschentötende Branntwein und ihre veränderte Lebensweise, sondern wahrscheinlich auch der Verlust so vieler wohlriechender Kräuter und kräftigen Pflanzen Schuld sei, die jeden Morgen und Abend einen Geruch gaben, als ob man sich in einem Blumengarten fände. Der Winter sei damals zeitiger, kälter, gesunder und beständiger gewesen; jetzt treffe der Frühling später ein und sei wie die Jahrszeiten überhaupt unbeständiger und abwechselnder.« So erzählt *Kalm*, und wie lokal man die Nachricht einschränke, dürfte sie doch immer zeigen, daß die Natur selbst im besten Werk, das Menschen tun können, dem Anbau eines Landes, zu schnelle, zu gewaltsame Übergänge nicht liebe. Die Schwäche der sogenannten kultivierten Amerikaner in Mexiko, Peru, Paraguay, Brasilien, sollte sie nicht unter andern auch daher kommen, daß man ihnen Land und Lebensart verändert hat, ohne ihnen eine europäische Natur geben zu können oder zu wollen? Alle Nationen, die in den Wäldern und nach der Weise ihrer Väter leben, sind mutig und stark, sie werden alt und grünen wie ihre Bäume; auf dem gebaueten Lande, dem feuchten Schatten entzogen, schwinden sie traurig dahin; Seele und Mut ist in ihren Wäldern geblieben. Man lese z. B. die rührende Geschichte der einsamen blühenden Familie, die *Dobritzhofer* * aus ihrer Wildnis zog: Mutter und Tochter starben bald dahin, und beide riefen in Träumen ihren zurückgebliebenen Sohn und Bruder so lange nach sich, bis er ohne Weh und Krankheit die Augen zuschloß. Nur dadurch wird es begreiflich, wie Nationen, die erst tapfer, munter, herzhaft waren, in kurzer Zeit so weich werden konnten, wie sie die Jesuiten in Paraguay und die Reisenden in Peru schildern, eine Weichheit, die dem Lesenden Schmerz erregt. Für die Folge der Jahrhunderte mag diese Überstrengung der Natur an einigen Orten ihre guten Wirkungen haben **, ob ich gleich, wenn sie allenthalben möglich wäre, auch hieran zweifle: für die ersten Geschlechter aber sowohl der Kultivatoren als der Kultivierten scheint dieses nicht also; denn die Natur ist allenthalben ein lebendiges Ganze und will sanft befolgt und gebessert, nicht aber gewaltsam beherrschet sein. Aus allen Wilden, die man plötzlich ins Gedräng der Hauptstädte Europas brachte, ist nichts worden; von dem glänzenden Turmknopf, auf den man sie setzte, sehnten sie sich wieder in ihre Ebne, und kamen meistens ungeschickt und verderbt zu ihrer

* *Dobritzhofers* Geschichte der Abiponer. T. 1. S. 114.

** S. *Williamsons* Versuch, die Ursachen des veränderten Klimas zu erklären. Berlin. Samml. T. 7.

alten, ihnen nun auch ungenießbaren Lebensweise wieder. Ein gleiches ists mit der gewaltsamen Umbildung der wilden Klimate durch europäische Hände.

O Söhne des Dädalus, ihr Kreisel des Schicksals auf der Erde, wie viele Gaben waren in eurer Hand, auf menschliche und schonende Art den Völkern Glück zu erzeigen; und wie hat eine stolze, trotzige Gewinnsucht euch fast allenthalben auf einen so andern Weg gelenket! Alle Ankömmlinge fremder Länder, die sich mit den Eingebornen zu nationalisieren wußten, genossen nicht nur ihre Liebe und Freundschaft, sondern fanden am Ende auch, daß die klimatische Lebensart derselben so gar unrecht nicht sei; aber wie wenige gab es solcher, wie selten verdiente ein Europäer den Lobspruch der Eingebornen: »Er ist ein vernünftiger Mensch, wie wir sind!« Und ob sich die Natur an jedem Frevel, den man ihr antut, nicht räche? Wo sind die Eroberungen, die Handlungsplätze und Invasionen voriger Zeiten, sobald das ungleichartige Volk ins entfernte, fremde Land, nur raubend oder verwüstend, streifte? Verwehet oder weggezehrt hat sie der stille Hauch des Klimas, und dem Eingebornen ward es leicht, dem wurzellosen Baum den letzten Druck zu geben. Dagegen das stille Gewächs, das sich den Gesetzen der Natur bequemte, nicht nur selbst fortdauert, sondern auch die Samenkörner der Kultur auf einer neuen Erde wohltätig fortbreitet. Das folgende Jahrtausend mag es entscheiden, was unser Genius andern Klimaten, was andre Klimate unserm Genius genutzt oder geschadet haben.

ACHTES BUCH

Wie einem, der von den Wellen des Meers eine Schiffahrt in die Luft tun soll, so ist mir, da ich jetzt nach den Bildungen und Naturkräften der Menschheit auf ihren Geist komme und die veränderlichen Eigenschaften desselben auf unserm weiten Erdrunde aus fremden, mangelhaften und zum Teil unsichern Nachrichten zu erforschen wage. Der Metaphysiker hat es hier leichter. Er setzt einen Begriff der Seele fest und entwickelt aus ihm, was sich entwickeln läßt, wo und in welchen Zuständen es sich auch finde. Dem Philosophen der Geschichte kann keine Abstraktion, sondern Geschichte allein zum Grunde liegen, und er läuft Gefahr, trügliche Resultate zu ziehen, wenn er die zahllosen Fakta nicht wenigstens in einiger Allgemeinheit verbindet. Indessen versuche ich den Weg und kreuze, statt des überfliegenden Schiffes, lieber an den Küsten, d. i. ich halte mich an gewisse oder für gewiß geachtete Fakta, von denen ich meine Mutmaßungen sondre, und überlasse es Glücklichern, sie besser zu ordnen und zu gebrauchen.

I.

Die Sinnlichkeit unsres Geschlechts verändert sich mit Bildungen und Klimaten; überall aber ist ein menschlicher Gebrauch der Sinne das, was zur Humanität führet

Alle Nationen, die kranken Albinos etwa ausgenommen, haben ihre fünf oder sechs menschlichen Sinne; die Unfühlbaren des Diodorus oder die taub- und stummen Völker sind in der neuern Menschengeschichte eine Fabel. Indes, wer auf die Verschiedenheit der äußern Empfindungen auch nur unter uns acht hat und sodenn an die zahllose Menge denkt, die in allen Klimaten der Erde lebet, der wird sich hierbei wie vor einem Weltmeer finden, auf dem sich Wogen in Wogen verlieren. Jeder Mensch hat ein eignes Maß, gleichsam eine eigne Stimmung aller sinnlichen Gefühle zueinander, so daß bei außerordentlichen Fällen oft die wunderbarsten Äußerungen zum Vorschein kommen, wie einem Menschen bei dieser oder bei jener Sache sei. Ärzte und Philosophen haben daher schon ganze Sammlungen von eigentümlich-sonderbaren Empfindungen, d. i. Idiosynkrasien gegeben, die oft so seltsam als unerklärlich sind. Meistens merken wir auf solche nur in Krankheiten und ungewöhnlichen Zufällen; im täglichen Leben bemerken wir sie nicht. Die Sprache hat auch keinen

Ausdruck für sie, weil jeder Mensch doch nur nach seiner Empfindung spricht und verstehet, verschiednen Organisationen also ein gemeinschaftliches Maß ihrer verschiednen Gefühle fehlet. Selbst bei dem klärsten Sinn, dem Gesicht, äußern sich diese Verschiedenheiten nicht nur in der Nähe und Ferne, sondern auch in der Gestalt und Farbe der Dinge; daher manche Maler mit ihren so eigentümlichen Umrissen und fast jeder derselben in seinem Ton der Farben malet. Zur Philosophie der Menschengeschichte gehörets nicht, diesen Ozean auszuschöpfen, sondern durch einige auffallende Verschiedenheiten auf die feinern aufmerksam zu machen, die um uns liegen.

Der allgemeinste und notwendigste Sinn ist das Gefühl; er ist die Grundlage der andern und bei dem Menschen einer seiner größesten organischen Vorzüge.* Er hat uns Bequemlichkeit, Erfindungen und Künste geschenkt und trägt zur Beschaffenheit unsrer Ideen vielleicht mehr bei, als wir vermuten. Aber wie sehr ist dies Organ auch unter den Menschen verschieden, nachdem es die Lebensart, das Klima, die Anwendung und Übung, endlich die genetische Reizbarkeit des Körpers selbst modifizieret. Einigen amerikanischen Völkern z. B. wird eine Unreizbarkeit der Haut zugeschrieben, die sich sogar bei Weibern und in den schmerzhaftesten Operationen merkbar machen soll **; wenn das Faktum wahr ist, dünkt michs sehr erklärlich, sowohl aus Veranlassungen des Körpers als der Seele. Seit Jahrhunderten nämlich boten viele Nationen dieses Weltteils ihren nackten Leib der scharfen Luft und den scharfstechenden Insekten dar und salbten ihn gegen diese zum Teil mit scharfen Salben; auch das Haar nahmen sie sich, das die Weiche der Haut mit befördert. Ein schärferes Mehl, laugenhafte Wurzeln und Kräuter waren ihre Speise und es ist bekannt, in welcher genauen Übereinstimmung die verdauenden Werkzeuge mit der fühlenden Haut stehen, daher in manchen Krankheiten dieser Sinn völlig schwindet. Selbst ihr unmäßiger Genuß der Speisen, nach dem sie ebensowohl den entsetzlichsten Hunger ertragen, scheint von dieser Unempfindlichkeit zu zeugen, die auch ein Symptom vieler ihrer Krankheiten ist ***, und also zum Wohl und Weh ihres Klimas gehört. Die Natur hat sie mit derselben allmählich gegen Übel gewappnet, die sie mit einer größern Empfindlichkeit nicht ertragen könnten, und ihre Kunst ging der Natur nach. Qualen und Schmerzen leidet der Nordamerikaner mit einer heroischen Unfühlbarkeit aus Grundsätzen der Ehre; er ist von Jugend auf dazu gebildet worden, und die Weiber geben den Männern hierin nichts nach. Stoische Apathie also, auch in körperlichen Schmerzen, ward ihnen zur Naturgewohnheit, und ihr minderer Reiz zur Wollust bei übrigens muntern Naturkräften, selbst jene entschlafene Fühllosigkeit, die manche unterjochte Nationen wie in einen wachenden Traum versenkte, scheinen aus dieser Ursache zu folgen. Unmenschen also sinds, die einen Mangel, den die Natur ihren Kindern zum lindernden Trost gab, aus noch größerem Mangel menschlicher Empfindungen teils mißbrauchten, teils schmerzhaft erprobten.

Daß ein Übermaß an Hitze und Kälte das äußere Gefühl versenge oder stumpfe, ist aus Erfahrungen bewiesen. Völker, die auf dem Sande mit bloßen Füßen gehen, bekommen eine Sohle, die das Beschlagen des Eisens erträgt, und man hat Beispiele, daß einige zwanzig Minuten auf glühenden Kohlen aushielten. Ätzende Gifte konnten die Haut verwandeln, daß man die Hand in geschmolznes Blei eintauchen lernte, und die starrende Kälte so wie der Zorn und andre Gemütsbewegungen tragen auch

* S. *Mezger* über die körperlichen Vorzüge des Menschengeschlechts vor Tieren, in seinen Vermischten medizinischen Schriften. T. 3.

** *Robertsons* Geschichte von Amerika. T. 1. S. 562.

*** *Ulloa* T. 1 S. 188.

zur Abstumpfung des Gefühls bei.* Die zarteste Empfindlichkeit dagegen scheint in Erdstrichen und bei einer Lebensweise zu sein, die die sanfteste Spannung der Haut und eine gleichsam melodische Ausbreitung der Nerven des Gefühls fördert. Der Ostinder ist vielleicht das feinste Geschöpf im Genuß sinnlicher Organe. Seine Zunge, die nie mit dem Geschmack gegorner Getränke oder scharfer Speisen entnervt worden, schmeckt den geringsten Nebengeschmack des reinen Wassers, und sein Finger arbeitet nachahmend die niedlichsten Werke, bei denen man das Vorbild vom Nachbilde nicht zu unterscheiden weiß. Heiter und ruhig ist seine Seele, ein zarter Nachklang der Gefühle, die ihn ringsum nur sanft bewegen. So spielen die Wellen um den Schwan; so säuseln die Lüfte um das durchsichtige junge Laub des Frühlings. – Außer dem warmen und sanften Himmelsstrich trägt nichts so sehr zu diesem erhöheten Gefühl bei als Reinheit, Mäßigkeit und Bewegung, drei Tugenden des Lebens, in denen viele Nationen, die wir ungesittet nennen, uns übertreffen, und die insonderheit den Völkern schöner Erdstriche eigen zu sein scheinen. Die Reinigkeit des Mundes, das öftere Baden, Liebe zur Bewegung in freier Luft, selbst das gesunde und wollüstige Reiben und Dehnen des Körpers, das den Römern so bekannt war, als es unter Indern, Persern und manchen Tatarn weit umher noch gewöhnlich ist, befördert den Umlauf der Säfte und erhält den elastischen Ton der Glieder. Die Völker der reichsten Erdstriche leben mäßig; sie haben keinen Begriff, daß ein widernatürliches Reizen der Nerven und eine tägliche Verschlämmung der Säfte das Vergnügen sein könne, dazu ein Mensch erschaffen worden; die Stämme der Brahmanen haben in ihren Vätern von Anfange der Welt her weder Fleisch noch Wein gekostet. Da es nun bei Tieren sichtbar ist, was diese Lebensmittel aufs ganze Empfindungssystem für Macht haben, wieviel stärker muß diese Macht bei der feinsten Blume aller Organisationen, der Menschheit wirken. Mäßigkeit des sinnlichen Genusses ist ohne Zweifel eine kräftigere Methode zur Philosophie der Humanität als tausend gelernte künstliche Abstraktionen. Alle grobfühlenden Völker in einem wilden Zustande oder harten Klima leben gefräßig, weil sie nachher oft hungern müssen; sie essen auch meistens, was ihnen vorkommt. Völker von feinerm Sinne lieben auch feinere Vergnügen. Ihre Mahlzeiten sind einfach, und sie genießen täglich dieselben Speisen; dafür aber wählen sie wollüstige Salben, feine Gerüche, Pracht, Bequemlichkeit, und vor allem ist ihre Blume des Vergnügens die sinnliche Liebe. Wenn bloß von Feinheit des Organs die Rede sein soll, so ist kein Zweifel, wohin sich der Vorzug neige; denn kein gesitteter Europäer wird zwischen dem Fett- und Tranmahle des Grönländers und den Spezereien des Inders wählen. Indessen wäre die Frage, wem wir trotz unsrer Kultur in Worten dem größesten Teil nach näher sein möchten, ob jenem oder diesem? Der Inder setzt seine Glückseligkeit in leidenschaftlose Ruhe, in einen unzerstörbaren Genuß der Heiterkeit und Freude; er atmet Wollust, er schwimmt in einem Meer süßer Träume und erquickender Gerüche; unsre Üppigkeit hingegen, um deren willen wir alle Weltteile beunruhigen und berauben, was will, was suchet sie? Neue und scharfe Gewürze für eine gestumpfte Zunge, fremde Früchte und Speisen, die wir in einem überfüllenden Gemisch oft nicht einmal kosten, berauschende Getränke, die uns Ruhe und Geist rauben: was nur erdacht werden kann, unsre Natur aufregend zu zerstören, ist das tägliche große Ziel unsres Lebens. Dadurch unterscheiden sich Stände, dadurch beglücken sich Nationen. – Beglücken? Weshalb hungert der Arme und muß bei

* Haller Physiol. T. V. p. 16.

stumpfen Sinnen in Mühe und Schweiß das elendste Leben führen? Damit seine Großen und Reichen ohne Geschmack und vielleicht zu ewiger Nahrung ihrer Brutalität täglich auf feinere Art ihre Sinne stumpfen. »Der Europäer ißt alles«, sagt der Inder, und sein feinerer Geruch hat schon vor den Ausdünstungen desselben einen Abscheu. Er kann ihn nach seinen Begriffen nicht anders als in die verworfne Kaste klassifizieren, der, zur tiefsten Verachtung, alles zu essen erlaubt ward. Auch in vielen Ländern der Mohammedaner heißen die Europäer, und nicht bloß aus Religionshaß, unreine Tiere.

Schwerlich hat uns die Natur die Zunge gegeben, daß einige Wärzchen auf ihr das Ziel unsres mühseligen Lebens oder gar des Jammers andrer Unglücklichen würden. Sie überkleidete sie mit einem Gefühl des Wohlgeschmacks, teils, damit sie uns die Pflicht, den wütenden Hunger zu stillen, versüßte und uns mit gefälligern Banden zur beschwerlichen Arbeit zöge; teils aber auch sollte das Gefühl dieses Organs der prüfende Wächter unsrer Gesundheit werden, und den haben an ihm alle üppigen Nationen längst verloren. Das Vieh kennet, was ihm gesund ist, und wählt mit scheuer Vorsicht seine Kräuter; das Giftige und Schädliche berühret es nicht und täuscht sich selten. Menschen, die unter den Tieren lebten, konnten die Nahrungsmittel wie sie unterscheiden; sie verloren dies Kriterium unter den Menschen, wie jene Inder ihren reinen Geruch verloren, da sie ihre einfachen Speisen aufgaben. Völker, die in gesunder Freiheit leben, haben noch viel von diesem sinnlichen Führer. Nie oder selten irren sie sich an Früchten ihres Landes; ja, durch den Geruch spürt der Nordamerikaner sogar seine Feinde aus, und der Antille unterscheidet durch ihn die Fußtritte verschiedner Nationen. So können selbst die sinnlichsten, tierartigen Kräfte des Menschen wachsen, nachdem sie gebauet und geübt werden; der beste Anbau derselben indessen ist Proportion ihrer aller zu einer wahrhaft menschlichen Lebensweise, daß keine herrsche und sich keine verliere. Dies Verhältnis ändert sich mit jedem Lande und Klima. Der Anwohner heißer Gegenden ißt mit wildem Geschmack für uns höchst ekelhafte Speisen; denn seine Natur fordert sie als Arzneien, als rettende Wohltat.*

Gesicht und Gehör endlich sind die edelsten Sinne, zu denen der Mensch schon seiner organischen Anlage nach vorzüglich geschaffen worden; denn bei ihm sind die Werkzeuge dieser Sinne vor allen Tieren kunstreich ausgebildet. Zu welcher Schärfe haben manche Nationen Auge und Ohr gebracht! Der Kalmücke sieht Rauch, wo ihn kein europäisches Auge gewahr wird; der scheue Araber horcht weit umher in seiner stillen Wüste. Wenn nun mit dem Gebrauch dieser scharfen und feinen Sinne sich zugleich eine ungestörte Aufmerksamkeit verbindet, so zeigen es abermals viele Völker, wie weit es auch im kleinsten Werk der Geübte vor dem Ungeübten zu bringen vermöge. Die jagenden Völker kennen jeden Strauch und Baum ihres Landes; die Nordamerikaner verirren sich nie in ihren Wäldern; Hunderte von Meilen suchen sie ihren Feind auf und finden ihre Hütten wieder. Die gesitteten Quaranier, erzählt *Dobritzhofer*, machen mit einer bewundernswürdigen Genauigkeit alles nach, was man ihnen an feiner künstlicher Arbeit vorlegt; aber nach dem Gehör, aus beschreibenden Worten können sie sich wenig denken und nichts erfinden, eine natürliche Folge ihrer Erziehung, in der die Seele nicht durch Worte, sondern durch gegenwärtige, anschaubare Dinge gebildet wurde, da wortgelehrte Menschen oft so viel gehört haben, daß sie, was vor ihnen ist, nicht mehr zu sehen vermögen. Die Seele

* *Wilsons* Beobachtungen über den Einfluß des Klimas. S. 93 u. f.

des freien Natursohnes ist gleichsam zwischen Auge und Ohr geteilet: er kennt mit Genauigkeit die Gegenstände, die er sah; er erzählt mit Genauigkeit die Sagen, die er hörte. Seine Zunge stammelt nicht, so wie sein Pfeil nicht irret; denn wie sollte seine Seele bei dem, was sie genau sah und hörte, irren und stammeln?

Gute Anlage der Natur für ein Wesen, bei dem die erste Sprosse seines Wohlgenusses und Verstandes doch nur aus sinnlichen Empfindungen keimet. Ist unser Körper gesund, sind unsre Sinne geübt und wohlgeordnet, so ist die Grundlage zu einer Heiterkeit und innern Freude gelegt, deren Verlust die spekulierende Vernunft mit Mühe kaum zu ersetzen weiß. Das Fundament der sinnlichen Glückseligkeit des Menschen ist allenthalben, daß er da lebe, wo er lebt, daß er genieße, was ihm vorliegt, und sich, so wenig es sein kann, mit zurück- oder vorwärtsblickenden Sorgen teile. Erhält er sich auf diesem Mittelpunkt fest, so ist er ganz und kräftig; irret er aber, wenn er allein an das Jetzt denken und dasselbe genießen soll, mit seinen Gedanken umher, o wie zerreißet er sich und wird schwach, und lebt oft mühseliger als die zu ihrem Glück enge beschränkten Tiere. Das Auge des unbefangenen Naturmenschen blickt auf die Natur und erquickt sich, ohne es zu wissen, schon an ihrem Gewande; oder es arbeitet in seinem Geschäft, und indem es die Abwechselung der Jahreszeiten genießt, altert es kaum im höchsten Alter. Unzerstreuet von Halbgedanken und unverwirrt von schriftlichen Zügen höret das Ohr ganz, was es höret; es trinkt die Rede in sich, die, wenn sie auf bestimmte Gegenstände weiset, die Seele mehr als eine Reihe tauber Abstraktionen befriedigt. So lebet, so stirbt der Wilde, satt, aber nicht überdrüssig der einfachen Vergnügen, die ihm seine Sinne gaben.

Aber noch ein wohltätiges Geschenk verlieh die Natur unserm Geschlecht, da sie auch den gedankendürftigsten Gliedern desselben die erste Sprosse der feinern Sinnlichkeit, die erquickende Tonkunst nicht versagte. Ehe das Kind sprechen kann, ist es des Gesanges oder wenigstens der ihm zutönenden Reize desselben fähig; auch unter den ungebildeten Völkern ist also auch Musik die erste schöne Kunst, die ihre Seele beweget. Das Gemälde der Natur fürs Auge ist so mannigfaltig-abwechselnd und groß, daß der nachahmende Geschmack lange umhertappen und sich an der Barbarei des Ungeheuren, des Auffallenden versuchen muß, ehe er richtige Proportionen lernet. Aber die Tonkunst, wie einfach und rohe sie sei, sie spricht zu allen menschlichen Herzen und ist nebst dem Tanz das allgemeine Freudenfest der Natur auf der Erde. Schade nur, daß aus zu zärtlichem Geschmack die meisten Reisenden uns diese kindlichen Töne fremder Völker versagen. So unbrauchbar sie dem Tonkünstler sein mögen, so unterrichtend sind sie für den Forscher der Menschheit; denn die Musik einer Nation, auch in ihren unvollkommensten Gängen und Lieblingstönen, zeigt den innern Charakter derselben, d. i. die eigentliche Stimmung ihres empfindenden Organs, tiefer und wahrer, als ihn die längste Beschreibung äußerer Zufälligkeiten zu schildern vermöchte. –

Je mehr ich übrigens der ganzen Sinnlichkeit des Menschen in seinen mancherlei Gegenden und Lebensarten nachspüre; desto mehr finde ich, daß die Natur sich allenthalben als eine gütige Mutter bewiesen habe. Wo ein Organ weniger befriedigt werden konnte, reizte sie es auch minder, und läßt Jahrtausende hindurch es milde schlummern. Wo sie die Werkzeuge verfeinte und öffnete, hat sie auch Mittel umhergelegt, sie bis zur Befriedigung zu vergnügen, so daß die ganze Erde mit jeder zurückgehaltnen oder sich entfaltenden Organisation der Menschheit ihr wie ein harmonisches Saitenspiel zutönet, in dem alle Töne versucht sind, oder werden versucht werden. –

II.

Die Einbildungskraft der Menschen ist allenthalben organisch und klimatisch; allenthalben aber wird sie von der Tradition geleitet

Von einer Sache, die außer dem Kreise unsrer Empfindung liegt, haben wir keinen Begriff; die Geschichte jenes Siamer-Königes, der Eis und Schnee für Undinge ansah, ist in tausend Fällen unsre eigne Geschichte. Jedes eingeborne sinnliche Volk hat sich also mit seinen Begriffen auch in seine Gegend umschränkt; wenn es tut, als ob es Worte verstehe, die ihm von ganz fremden Dingen gesagt werden, so hat man lange Zeit Ursache, an diesem innern Verständnis zu zweifeln.

»Die Grönländer haben es gern«, sagt der ehrliche *Cranz**, »wenn man ihnen etwas von Europa erzählet; sie könnten aber davon nichts begreifen, wenn man es ihnen nicht gleichnisweise deutlich machte. Die Stadt oder das Land z. E. hat so viel Einwohner, daß viele Walfische auf einen Tag kaum zur Nahrung hinreichen würden; man ißt aber keine Walfische, sondern Brot, das wie Gras aus der Erde wächst, auch das Fleisch der Tiere, die Hörner haben, und läßt sich durch große, starke Tiere auf ihrem Rücken tragen oder auf einem hölzernen Gestell ziehen. Da nennen sie denn das Brot Gras, die Ochsen Rentiere und die Pferde große Hunde, bewundern alles und bezeigen Lust, in einem so schönen, fruchtbaren Lande zu wohnen, bis sie hören, daß es da oft donnert und keine Seehunde gibt. – Sie hören auch gern von Gott und göttlichen Dingen, solange man ihnen ihre abergläubigen Fabeln auch gelten läßt.«

Wir wollen nach eben diesem *Cranz*** einen kleinen Katechismus ihrer theologischen Naturlehre machen, wie sie auch bei europäischen Fragen nicht anders als in ihrem Gesichtskreise antworten und denken.

»*Frage.* Wer hat wohl Himmel und Erde und alles, was ihr sehet, geschaffen?

Antwort. Das wissen wir nicht. Den Mann kennen wir nicht. Es muß ein sehr mächtiger Mann sein. Oder es ist wohl immer so gewesen und wird so bleiben.

Frage. Habet ihr auch eine Seele?

Antwort. O ja. Sie kann ab- und zunehmen; unsre Angekoks können sie flicken und reparieren; wenn man sie verloren hat, bringen sie sie wieder, und eine kranke können sie mit einer frischen gesunden Seele von einem Hasen, Rentier, Vogel oder jungen Kinde verwechseln. Wenn wir auf eine weite Reise gegangen sind, so ist oft unsre Seele zu Hause. In der Nacht im Schlafe wandert sie aus dem Leibe; sie geht auf die Jagd, zum Tanz, zum Besuch, und der Leib liegt gesund da.

Frage. Wo bleibt sie denn im Tode?

Antwort. Da geht sie an den glückseligen Ort in der Tiefe des Meers. Daselbst wohnet *Torngarsuk* und seine Mutter; da ist ein beständiger Sommer, schöner Sonnenschein und keine Nacht. Auch gutes Wasser ist da und ein Überfluß an Vögeln, Fischen, Seehunden und Rentieren, die man alle ohne Mühe fangen kann, oder die man gar schon in einem großen Kessel kochend findet.

Frage. Und kommen alle Menschen dahin?

Antwort. Dahin kommen nur die guten Leute, die zur Arbeit getaugt, die große Taten getan, viele Walfische und Seehunde gefangen, viel ausgestanden haben, oder gar im Meere ertrunken, über der Geburt gestorben sind u. f.

* Geschichte von Grönland, S. 225.
** Abschnitt V. VI.

Frage. Wie kommen sie dahin?
Antwort. Nicht leicht. Man muß fünf Tage lang oder länger an einem rauhen Felsen, der schon ganz blutig ist, herunterklettern.
Frage. Sehet ihr aber nicht jene schönen himmlischen Körper? Sollte der Ort unsrer Zukunft nicht vielmehr dort sein?
Antwort. Auch dort ist er, im obersten Himmel, hoch über dem Regenbogen, und die Fahrt dahin ist so leicht und hurtig, daß die Seele noch selbigen Abend bei dem Mond, der ein Grönländer gewesen, in seinem Hause ausruhen und mit den übrigen Seelen Ball spielen und tanzen kann. Dieser Tanz, dieses Ballspiel der Seelen ist jenes Nordlicht.
Frage. Und was tun sie sonst oben?
Antwort. Sie wohnen in Zelten um einen großen See, in welchem Fische und Vögel die Menge sind. Wenn dieser See überfließt, so regnets auf der Erde; sollten einmal seine Dämme durchbrechen, so gäbe es eine allgemeine Sündflut. – Überhaupt aber kommen nur die Untauglichen, Faulen in den Himmel; die Fleißigen gehen zum Grunde der See. Jene Seelen müssen oft hungern, sind mager und kraftlos, können auch wegen der schnellen Umdrehung des Himmels gar keine Ruhe haben. Böse Leute und Hexen kommen dahin; sie werden von Raben geplagt, die sie nicht von den Haaren abhalten können u. f.
Frage. Wie glaubet ihr, daß das menschliche Geschlecht entstanden sei?
Antwort. Der erste Mensch, *Kallak*, kam aus der Erde, und bald hernach die Frau aus seinem Daumen. Einmal gebar eine Grönländerin, und sie gebar *Kablunät*, d. i. die Ausländer und Hunde; daher sind jene wie diese geil und fruchtbar.
Frage. Und wird die Welt ewig dauern?
Antwort. Einmal ist sie schon umgekippt, und alle Menschen sind ertrunken. Der einige Mann, der sich rettete, schlug mit dem Stock auf die Erde; da kam ein Weib hervor, und beide bevölkerten die Erde wieder. Jetzt ruht sie noch auf ihren Stützen, die aber schon vor Alter so morsch sind, daß sie oft krachen; daher sie längst eingefallen wäre, wenn unsre Angekoks nicht immer daran flickten.
Frage. Was haltet ihr aber von jenen schönen Sternen?
Antwort. Sie sind alle ehedem Grönländer oder Tiere gewesen, die durch besondere Zufälle da hinaufgefahren sind und nach Verschiedenheit ihrer Speise blaß oder rot glänzen. Jene, die sich begegnen, sind zwei Weiber, die einander besuchen; dieser schießende Stern ist eine zum Besuch reisende Seele. Dies große Gestirn (der Bär) ist ein Rentier; jene Siebensterne sind Hunde, die einen Bären hetzen; jene (Orions Gürtel) sind Verwilderte, die sich vom Seehundfange nicht nach Hause finden konnten und unter die Sterne kamen. Mond und Sonne sind zwei leibliche Geschwister. Malina, die Schwester, wurde von ihrem Bruder im Finstern verfolgt; sie wollte sich mit der Flucht retten, fuhr in die Höhe und ward zur Sonne. Anninga fuhr ihr nach und ward zum Monde; noch immer läuft der Mond um die jungfräuliche Sonne umher in Hoffnung, sie zu haschen, aber vergebens. Müde und abgezehrt (beim letzten Viertel) fährt er auf den Seehundfang, bleibt einige Tage aus und kommt so fett wieder, wie wir ihn im Vollmond sehen. Er freut sich, wenn Weiber sterben, und die Sonne hat ihre Lust an der Männer Tode.« –
Niemand würde mirs danken, wenn ich fortführe, die Phantasien mehrerer Völker also zu zeichnen. Fände sich jemand, der dies Reich der Einbildungen, den wahren Limbus der Eitelkeit, der unsre Erde umgibt, zu durchreisen Lust hätte, so wünschte ich ihm den ruhigen Bemerkungsgeist, der zuerst frei von allen Hypothesen der

Übereinstimmung und Abstammung allenthalben nur wie auf seinem Ort wäre und auch jede Torheit seiner Mitbrüder lehrreich zu machen wüßte. Was ich auszuzeichnen habe, sind einige allgemeine Wahrnehmungen aus diesem lebendigen Schattenreich phantasierender Völker.

1. *Überall charakterisieren sich in ihm Klimate und Nationen.* Man halte die grönländische mit der indischen, die lappländische mit der japanischen, die peruanische mit der Negermythologie zusammen: eine völlige Geographie der dichtenden Seele. Der Brahmane würde sich kaum ein Bild denken können, wenn man ihm die Voluspa der Isländer vorlese und erklärte; der Isländer fände beim Wedam sich ebenso fremde. Jeder Nation ist ihre Vorstellungsart um so tiefer eingeprägt, weil sie ihr eigen, mit ihrem Himmel und ihrer Erde verwandt, aus ihrer Lebensart entsprossen, von Vätern und Urvätern auf sie vererbt ist. Wobei ein Fremder am meisten staunt, glauben sie am deutlichsten zu begreifen; wobei er lacht, sind sie höchst ernsthaft. Die Inder sagen, daß das Schicksal des Menschen in sein Gehirn geschrieben sei, dessen feine Striche die unlesbaren Lettern aus dem Buch des Verhängnisses darstellten; oft sind die willkürlichsten Nationalbegriffe und Meinungen solche Hirngemälde, eingewebte Züge der Phantasie vom festesten Zusammenhange mit Leib und Seele.

2. Woher dieses? Hat jeder einzelne dieser Menschenherden sich seine Mythologie erfunden, daß er sie etwa wie sein Eigentum liebe? Mitnichten. Er hat nichts in ihr erfunden; *er hat sie geerbt.* Hätte er sie durch eignes Nachdenken zuwege gebracht, so könnte er auch durch eignes Nachdenken vom Schlechtern zum Bessern geführt werden; das ist aber hier der Fall nicht. Als *Dobritzhofer* * es einer ganzen Schar tapfrer und kluger Abiponer vorstellte, wie lächerlich sie sich vor den Drohungen eines Zauberers, der sich in einen Tiger verwandeln wollte und dessen Klauen sie schon an sich zu fühlen meinten, entsetzten: »Ihr erlegt«, sprach er zu ihnen, »täglich im Felde wahre Tiger, ohne euch darüber zu entsetzen; warum erblasset ihr so feige über einen eingebildeten, der nicht da ist?« »Ihr Väter«, sprach ein tapfrer Abipone, »habt von unsern Sachen noch keine echten Begriffe. Die Tiger auf dem Felde fürchten wir nicht, weil wir sie sehen; da erlegen wir sie ohne Mühe. Die künstlichen Tiger aber setzen uns in Angst, eben weil wir sie nicht sehen und also auch nicht zu töten vermögen.« Mich dünkt, hier liegt der Knoten. Wären uns alle Begriffe so klar wie Begriffe des Auges, hätten wir keine andern Einbildungen, als die wir von Gegenständen des Gesichts abgezogen hätten und mit ihnen vergleichen könnten, so wäre die Quelle des Betrugs und Irrtumes, wo nicht verstopft, so doch wenigstens bald erkennbar. Nun aber sind die meisten Phantasien der Völker Töchter des Ohrs und der Erzählung. Neugierig horchte das unwissende Kind den Sagen, die wie Milch der Mutter, wie ein festlicher Wein des väterlichen Geschlechts in seine Seele flossen und sie nährten. Sie schienen ihm, was es sah, zu erklären; dem Jünglinge gaben sie Bericht von der Lebensart seines Stammes und von seiner Väter Ehre; sie weiheten den Mann national und klimatisch in seinen Beruf ein, und so wurden sie auch untrennbar von seinem ganzen Leben. Der Grönländer und Tunguse sieht lebenslang nun wirklich, was er in seiner Kindheit eigentlich nur reden hörte, und so glaubt ers als eine gesehene Wahrheit. Daher die schreckhaften Gebräuche so vieler der entferntesten Völker bei Mond- und Sonnenfinsternissen; daher ihr fürchterlicher Glaube an die Geister der Luft, des Meers und alle Elemente. Wo irgend Bewegung in der Natur ist, wo eine Sache zu leben scheint und sich verändert, ohne

* *Dobritzhofer* Gesch. der Abiponer. T. I., S. 166, 175, 177, 242, 247.

daß das Auge die Gesetze der Veränderung wahrnimmt: da höret das Ohr Stimmen und Rede, die ihm das Rätsel des Gesehenen durchs Nichtgesehene erklären; die Einbildungskraft wird gespannt und auf ihre Weise, d. i. durch Einbildungen befriedigt. Überhaupt ist das Ohr der furchtsamste, der scheueste aller Sinne; es empfindet lebhaft, aber nur dunkel; es kann nicht zusammenhalten, nicht bis zur Klarheit vergleichen, denn seine Gegenstände gehen im betäubenden Strom vorüber. Bestimmt die Seele zu wecken, kann es ohne Beihilfe der andern Sinne, insonderheit des Auges, sie selten bis zur deutlichen Genugtuung belehren.

3. Man siehet daher, *bei welchen Völkern die Einbildungskraft am stärksten gespannt sein müsse.* Bei solchen nämlich, die die Einsamkeit lieben, die wilde Gegenden der Natur, die Wüste, ein felsiges Land, die sturmreiche Küste des Meers, den Fuß feuerspeiender Berge oder andre wunder- und bewegungsvolle Erdstriche bewohnen. Von den ältesten Zeiten an ist die arabische Wüste eine Mutter hoher Einbildungen gewesen, und die solchen nachhingen, waren meistenteils einsame, staunende Menschen. In der Einsamkeit empfing Mahommed seinen Koran: seine erregte Phantasie verzückte ihn in den Himmel und zeigte ihm alle Engel, Seligen und Welten; nie ist seine Seele entflammter, als wenn sie den Blitz der einsamen Nacht, den Tag der großen Wiedervergeltung und andre unermeßliche Gegenstände malet. Wo und wie weit hat sich nicht der Aberglaube der Schamanen verbreitet? Von Grönland und dem dreifachen Lappland an über die ganze nächtliche Küste des Eismeers tief in die Tatarei hinab, nach Amerika hin und fast durch diesen ganzen Weltteil. Überall erscheinen Zauberer und allenthalben sind Schreckbilder der Natur die Welt, in der sie leben. Mehr als drei Vierteile der Erde sind also dieses Glaubens; denn auch in Europa hangen die meisten Nationen finnischen und slawischen Ursprunges noch an den Zaubereien des Naturdienstes, und der Aberglaube der Neger ist nichts als ein nach ihrem Genius und Klima gestalteter Schamanismus. In den Ländern der asiatischen Kultur ist dieser zwar von positiven, künstlichern Religionen und Staatseinrichtungen verdrängt worden: er läßt sich aber blicken, wo er sich blicken lassen darf, in der Einsamkeit und beim Pöbel, bis er auf einigen Inseln des Südmeers wieder in großer Macht herrschet. Der Dienst der Natur hat also die Erde umzogen, und die Phantasien desselben halten sich an jeden klimatischen Gegenstand der Übermacht und des Schreckens, an den die menschliche Notdurft grenzet. In älteren Zeiten war er der Gottesdienst beinah aller Völker der Erde.

4. *Daß die Lebensart und der Genius jedes Volks hierbei mächtig einwirke*, bedarf fast keiner Erwähnung. Der Schäfer siehet die Natur mit andern Augen an als der Fischer und Jäger, und in jedem Erdstrich sind auch diese Gewerbe wiederum wie die Charaktere der Nationen verschieden. Mich wunderte z. B., in der Mythologie der so nördlichen Kamtschadalen eine freche Lüsternheit zu bemerken, die man eher bei einer südlichen Nation suchen sollte; ihr Klima indessen und ihr genetischer Charakter geben auch über diese Anomalie Aufschluß.* Ihr kaltes Land hat feuerspeiende Berge und heiße Quellen; starrende Kälte und kochende Glut sind im Streit daselbst; ihre lüsternen Sitten wie ihre groben mythologischen Possen sind ein natürliches Produkt von beiden. Ein gleiches ists mit jenen Märchen der schwatzhaften, brausenden Neger, die weder Anfang noch Ende haben**; ein gleiches mit der zusammengedrückten, festen Mythologie der Nordamerikaner***; ein gleiches mit der

* S. *Steller*, Krascheninikow u. f.

** S. *Römer*, *Boßmann*, *Müller*, *Oldendorp* u. f.

*** S. *Lafiteau. le Beau*, *Carver*, u. a.

Blumenphantasie der Inder*, die wie sie selbst die wollüstige Ruhe des Paradieses hauchet. Ihre Götter baden in Milch- und Zuckerseen, ihre Göttinnen wohnen auf kühlenden Teichen, im Kelch süßduftender Blumen. Kurz, die Mythologie jedes Volks ist ein Abdruck der eigentlichen Art, wie es die Natur ansah, insonderheit ob es seinem Klima und Genius nach mehr Gutes oder Übel in derselben fand, und wie es sich etwa das eine durch das andre zu erklären suchte. Auch in den wildesten Strichen also und in den mißratensten Zügen ist sie ein philosophischer Versuch der menschlichen Seele, die, ehe sie aufwacht, träumt und gern in ihrer Kindheit bleibet.

5. Gewöhnlich siehet man die Angekoks, die Zauberer, Magier, Schamanen und Priester als die Urheber dieser Verblendungen des Volks an und glaubt, alles erklärt zu haben, wenn man sie Betrüger nennet. An den meisten Orten sind sie es freilich; nie aber vergesse man, daß sie selbst Volk sind, und also auch Betrogene älterer Sagen waren. In der Masse der Einbildungen ihres Stammes wurden sie erzeugt und erzogen; ihre Weihung geschah durch Fasten, Einsamkeit, Anstrengung der Phantasie, durch Abmattung des Leibes und der Seele; daher niemand ein Zauberer ward, bis ihm sein Geist erschien und also in seiner Seele zuerst das Werk vollendet war, das er nachher lebenslang mit wiederholter ähnlicher Anstrengung der Gedanken und Abmattung des Leibes für andre treibet. Die kältesten Reisenden mußten bei manchen Gaukelspielen dieser Art erstaunen, weil sie Erfolge der Einbildungskraft sahen, die sie kaum möglich geglaubt hatten und sich oft nicht zu erklären wußten. Überhaupt ist die Phantasie noch die unerforschteste und vielleicht die unerforschlichste aller menschlichen Seelenkräfte; denn da sie mit dem ganzen Bau des Körpers, insonderheit mit dem Gehirn und den Nerven zusammenhangt, wie so viel wunderbare Krankheiten zeigen, so scheint sie nicht nur das Band und die Grundlage aller feinern Seelenkräfte, sondern auch der Knoten des Zusammenhanges zwischen Geist und Körper zu sein, gleichsam die sprossende Blüte der ganzen sinnlichen Organisation zum weitern Gebrauch der denkenden Kräfte. Notwendig ist sie also auch das Erste, was von Eltern auf Kinder übergeht, wie dies abermals viele widernatürliche Beispiele samt der unanstreitbaren Ähnlichkeit des äußern und innern Organismus auch in den zufälligsten Dingen bewähret. Man hat lange gestritten, ob es angeborne Ideen gebe, und wie man das Wort verstand, finden sie freilich nicht statt; nimmt man es aber für die nächste Anlage zum Empfängnis, zur Verbindung, zur Ausbreitung gewisser Ideen und Bilder, so scheinet ihnen nicht nur nichts entgegen, sondern auch alles für sie. Kann ein Sohn sechs Finger, konnte die Familie des Porcupine-man in England seinen unmenschlichen Auswuchs erben, geht die äußere Bildung des Kopfs und Angesichts oft augenscheinlich über: wie könnte es ohne Wunder geschehen, daß nicht auch die Bildung des Gehirns überginge und sich vielleicht in ihren feinsten organischen Faltungen vererbte? Unter manchen Nationen herrschen Krankheiten der Phantasie, von denen wir keinen Begriff haben; alle Mitbrüder des Kranken schonen sein Übel, weil sie die genetische Disposition dazu in sich fühlen. Unter den tapfern und gesunden Abiponern z. B. herrscht ein periodischer Wahnsinn, von welchem in den Zwischenstunden der Wütende nichts weiß: er ist gesund, wie er gesund war; nur seine Seele, sagen sie, ist nicht bei ihm. Unter mehrern Völkern hat man, diesem Übel Ausbruch zu geben, Traumfeste verordnet, da dem Träumenden alles, was ihm sein Geist befiehlt, zu tun erlaubt ist. Überhaupt sind bei allen phantasiereichen Völkern die Träume wunderbar mächtig; ja, wahrscheinlich waren auch

* *Baldeus*, *Dow*, *Sonnerat*, *Holwell*, u. f.

Träume die ersten Musen, die Mütter der eigentlichen Fiktion und Dichtkunst. Sie brachten die Menschen auf Gestalten und Dinge, die kein Auge gesehen hatte, deren Wunsch aber in der menschlichen Seele lag; denn was z. B. war natürlicher, als daß geliebte Verstorbene dem Hinterlassenen in Träumen erschienen und daß, die so lange wachend mit uns gelebt hatten, jetzt wenigstens als Schatten im Traume mit uns zu leben wünschten. Die Geschichte der Nationen wird zeigen, wie die Vorsehung das Organ der Einbildung, wodurch sie so stark, so rein und natürlich auf Menschen wirken konnte, gebraucht habe; abscheulich aber wars, wenn der Betrug oder der Despotismus es mißbrauchte und sich des ganzen, noch ungebändigten Ozeans menschlicher Phantasien und Träume zu seiner Absicht bediente.

Großer Geist der Erde, mit welchem Blick überschauest du alle Schattengestalten und Träume, die sich auf unsrer runden Kugel jagen! Denn Schatten sind wir und unsre Phantasie dichtet nur Schattenträume. So wenig wir in reiner Luft zu atmen vermögen, so wenig kann sich unsrer zusammengesetzten, aus Staub gebildeten Hülle jetzt noch die reine Vernunft ganz mitteilen. Indessen auch in allen Irrgängen der Einbildungskraft wird das Menschengeschlecht zu ihr erzogen; es hangt an Bildern, weil diese ihm Eindruck von Sachen geben, es sieht und suchet auch im dicksten Nebel Strahlen der Wahrheit. Glücklich und auserwählt ist der Mensch, der in seinem engbeschränkten Leben, so weit er kann, von Phantasie zum Wesen, d. i. aus der Kindheit zum Mann erwächst und auch in dieser Absicht die Geschichte seiner Brüder mit reinem Geist durchwandert. Edle Ausbreitung gibt es der Seele, wenn sie sich aus dem engen Kreise, den Klima und Erziehung um uns gezogen, herauszusetzen wagt und unter andern Nationen wenigstens lernt, was man entbehren möge. Wie manches findet man da entbehrt und entbehrlich, was man lange für wesentlich hielt! Vorstellungen, die wir oft für die allgemeinsten Grundsätze der Menschenvernunft erkannten, verschwinden dort und hier mit dem Klima eines Orts, wie dem Schiffenden das feste Land als Wolke verschwindet. Was diese Nation ihrem Gedankenkreise unentbehrlich hält, daran hat jene nie gedacht, oder hält es gar für schädlich. So irren wir auf der Erde in einem Labyrinth menschlicher Phantasien umher; wo aber der Mittelpunkt des Labyrinths sei, auf den alle Irrgänge wie gebrochne Strahlen zur Sonne zurückführen, das ist die Frage.

III.

Der praktische Verstand des Menschengeschlechts ist allenthalben unter Bedürfnissen der Lebensweise erwachsen; allenthalben aber ist er eine Blüte des Genius der Völker, ein Sohn der Tradition und Gewohnheit

Man ist gewohnt, die Nationen der Erde in Jäger, Fischer, Hirten und Ackerleute abzuteilen und nach dieser Abteilung nicht nur den Rang derselben in der Kultur, sondern auch die Kultur selbst als eine notwendige Folge dieser oder jener Lebensweise zu bestimmen. Vortrefflich, wenn diese Lebensweisen zuerst nur selbst bestimmt wären; sie ändern sich aber beinah mit jedem Erdstrich und verschlingen sich meistens so sehr ineinander, daß die Anwendung der reinen Klassifikation überaus schwer wird. Der Grönländer, der den Walfisch trifft, das Rentier jagt, den Seehund tötet, ist Fischer und Jäger; aber auf ganz andre Weise als der Neger Fische fängt oder der Arauker auf den Wüsteneien der Anden jaget. Der Beduin und der Mongole, der Lappe und Peruaner sind Hirten; wie verschieden aber voneinander, wenn jener Kamele, dieser Pferde, der dritte Rentiere, der vierte Alpakas und Llacmas weidet. Der Ackermann in Whidah und der Japanese sind einander so unähnlich als im Handel der Engländer und Chinese.

Ebensowenig scheint auch das Bedürfnis allein, selbst wenn Kräfte gnug in der Nation da sind, die auf ihre Entwicklung warten, Kultur hervorbringen zu können; denn sobald sich die Trägheit des Menschen mit seinem Mangel abgefunden und beide das Kind hervorgebracht haben, das er Behaglichkeit nennt, verharret der Mensch in seinem Zustande und läßt sich kaum mit Mühe zur Verbesserung treiben. Es kommt also noch auf andre einwirkende Ursachen an, die die Lebensart eines Volks so oder anders bestimmten; hier indessen nehmen wir sie als bestimmt an und untersuchen, was sich in verschiednen derselben für tätige Seelenkräfte äußern.

Menschen, die sich von Wurzeln, Kräutern und Früchten nähren, werden, wenn nicht besondre Triebfedern der Kultur dazu kommen, lange müßig und an Kräften eingeschränkt bleiben. In einem schönen Klima und von einem milden Stamm entsprossen, ist ihre Lebensart milde; denn warum sollten sie streiten, wenn ihnen die reiche Natur alles ohne Mühe darbietet? Mit Künsten und Erfindungen aber reichen sie auch nur an das tägliche Bedürfnis. Die Einwohner der Inseln, die die Natur mit Früchten, insonderheit mit der wohltätigen Brotfrucht nährte und unter einem schönen Himmel mit Rinden und Zweigen kleidete, lebten ein sanftes, glückliches Leben. Die Vögel, sagt die Erzählung, saßen auf den Schultern der Marianen und sangen ungestört; Bogen und Pfeile kannten sie nicht; denn kein wildes Tier forderte sie auf, sich ihrer Haut zu wehren. Auch das Feuer war ihnen fremde; ihr mildes Klima ließ sie ohne dasselbe behaglich leben. Ein ähnlicher Fall wars mit den Einwohnern der Karolinen und andrer glücklichen Inseln des Südmeers; nur daß in einigen die Kultur der Gesellschaft schon höher gestiegen war und aus mancherlei Ursachen mehrere Künste und Gewerbe vereint hatte. Wo das Klima rauher wird, müssen die Menschen auch zu härtern und mehreren Lebensarten ihre Zuflucht nehmen. Der Neuholländer verfolgt sein Känguruh und Opossum, er schießt Vögel, fängt Fische, ißt Yamwurzeln; er hat so viel Lebensarten vereinigt, als die Sphäre seiner rauhen Behaglichkeit fordert, bis diese sich gleichsam ründet und er nach seiner Weise in ihr glücklich lebet. So ists mit den Neukaledoniern und Neuseeländern, die armseligen Feuerländer selbst nicht ausgenommen. Sie hatten Kähne von Baumrinden, Bogen und Pfeile, Korb und Tasche, Feuer und Hütte, Kleider und Hacken, also die Anfänge von allen Künsten, womit die gebildetsten Erdvölker ihre Kultur vollendet haben; nur bei ihnen, unter dem Joch der drückenden Kälte, im ödesten Felsenlande ist alles noch der roheste Anfang geblieben. Die Kalifornier beweisen so viel Verstand, als ihr Land und ihre Lebensart gibt und fordert. So ists mit den Einwohnern auf Labrador und mit allen Menschennationen am dürftigen Rande der Erde. Allenthalben haben sie sich mit dem Mangel versöhnt und leben in ihrer erzwungenen Tätigkeit durch erbliche Gewohnheit glücklich. Was nicht zu ihrer Notdurft gehört, verachten sie; so gelenk der Eskimo auf dem Meer rudert, so hat er das Schwimmen noch nicht gelernet.

Auf dem großen festen Lande unsrer Erdkugel drängen sich Menschen und Tiere mehr zusammen; der Verstand jener ward also durch diese auf mannigfaltigere Weise geübet. Freilich mußten die Bewohner mancher Sümpfe in Amerika auch zu Schlangen und Eidechsen, zum Iguan, Armadill und Alligator ihre Zuflucht nehmen; die meisten Nationen aber wurden Jagdvölker auf edlere Art. Was fehlt einem

Nord- und Südamerikaner an Fähigkeit zum Beruf seines Lebens? Er kennt die Tiere, die er verfolgt, ihre Wohnungen, Haushaltungen und Listen und wappnet sich gegen sie mit Stärke, Verschlagenheit und Übung. Zum Ruhm eines Jägers, wie in Grönland eines Seehundfängers, wird der Knabe erzogen; hievon hört er Gespräche, Lieder, rühmliche Taten, die man ihm auch in Gebärden und begeisternden Tänzen vormalet. Von Kindheit auf lernt er Werkzeuge verfertigen und sie gebrauchen; er spielt mit den Waffen und verachtet die Weiber; denn je enger der Kreis des Lebens und je bestimmter das Werk ist, in dem man Vollkommenheit sucht, desto eher wird diese erhalten. Nichts also störet den strebenden Jüngling in seinem Lauf, vielmehr reizt und ermuntert ihn alles, da er im Auge seines Volks, im Stande und Beruf seiner Väter lebet. Wenn jemand ein Kunstbuch von den Geschicklichkeiten verschiedener Nationen zusammentrüge, so würde er solche auf unserm Erdboden zerstreuet und jede an ihrem Platz blühend finden. Hier wirft sich der Neger in die Brandung, in die sich kein Europäer wagt; dort klettert er auf Bäume, wo ihn unser Auge kaum erreicht. Jener Fischer treibt sein Werk mit einer Kunst, als ob er die Fische beschwüre; dieser Samojede begegnet dem weißen Bär und nimmts mit ihm auf; jenem Neger sind zwei Löwen nicht zu viel, wenn er Stärke und List verbindet. Der Hottentotte geht aufs Nashorn und Flußpferd los; der Bewohner der Kanarieninseln gleitet auf den steilsten Felsen umher, die er wie ein Gems bespringet; die starke, männliche Tibetanerin trägt den Fremden über die ungeheuersten Berge der Erde. Das Geschlecht des Prometheus, das aus den Teilen und Trieben aller Tiere zusammengesetzt ward, hat diese auch allesamt, das eine hie, das andre dort, an Künsten und Geschicklichkeit überwunden, nachdem er diese alle von ihnen gelernet.

Daß die meisten Künste der Menschen von Tieren und der Natur gelernt sind, ist außer Zweifel. Warum kleidet sich der Mariane in Baumhüllen und der Amerikaner und Papu schmückt sich mit Federn? Weil jener mit Bäumen lebt und von ihnen seine Nahrung holt; dem Amerikaner und Papu sind die bunten Vögel seines Landes das Schönste, das er siehet. Der Jäger kleidet sich wie sein Wild und bauet wie sein Biber; andre Völker hangen wie Vögel auf den Bäumen oder machen sich auf der Erde ihre Hütten wie Nester. Der Schnabel des Vogels war dem Menschen das Vorbild zu Spieß und Pfeilen, wie die Gestalt des Fisches zu seinem künstlich schwimmenden Boot. Von der Schlange lernte er die schädliche Kunst, seine Waffen zu vergiften; und die sonderbar weitverbreitete Gewohnheit, den Körper zu malen, war ebenfalls nach dem Vorbilde der Tiere und Vögel. Wie, dachte er, diese sollten so schön geziert, so unterschieden geschmückt sein, und ich müßte mit einförmiger, blasser Farbe umhergehen, da mein Himmel und meine Trägheit keine Decken leidet? Und so fing er an, sich symmetrisch zu sticken und zu malen; selbst bekleidete Nationen wollten dem Ochsen sein Horn, dem Vogel den Kamm, dem Bären den Schwanz nicht gönnen und ahmten sie nach. Dankbar rühmen es die Nordamerikaner, daß ein Vogel ihnen den Mais gebracht; und die meisten klimatischen Arzneien sind offenbar den Tieren abgelernet. Allerdings gehörte zu diesem allen der sinnliche Geist freier Naturmenschen, die, mit diesen Geschöpfen lebend, sich noch nicht so unendlich erhaben über sie glaubten. Den Europäern ward es schwer, in andern Weltteilen nur aufzufinden, was die Eingebornen täglich nützten; nach langen Versuchen mußten sie doch von jenen das Geheimnis erst erzwingen oder erbetteln.

Ungleich weiter aber kam der Mensch dadurch, daß er Tiere zu sich lockte und sie endlich unterjochte; der ungeheure Unterschied nachbarlicher Nationen, die mit oder ohne diese Substituten ihrer Kräfte leben, ist augenscheinlich. Woher kams, daß das entlegne Amerika dem größesten Teil der Alten Welt bei Entdeckung desselben noch so weit nachstand, und die Europäer mit den Einwohnern wie mit einer Herde unbewehrter Schafe umgehen konnten? An körperlichen Kräften lag es nicht allein, wie noch jetzt die Beispiele aller ungezählten Waldnationen zeigen; im Wuchs, in schnellem Lauf, in rascher Gewandtheit übertreffen sie, Mann gegen Mann gerechnet, die meisten der Nationen, die um ihr Land würfeln. An Verstandeskraft, sofern sie für einen einzelnen Menschen gehört, lag es auch nicht; der Amerikaner hatte für sich zu sorgen gewußt und mit Weib und Kindern glücklich gelebet. Also lag es an Kunst, an Waffen, an gemeinsamer Verbindung, am meisten aber an bezähmten Tieren. Hätte der Amerikaner das einzige Pferd gehabt, dessen kriegerische Majestät er zitternd anerkannte; wären die wütenden Hunde sein gewesen, die die Spanier als mitbesoldete Diener der katholischen Majestät auf ihn hetzten, die Eroberung hätte mehr gekostet, und den reitenden Nationen wäre wenigstens der Rückzug auf ihre Berge, in ihre Wüsten und Ebnen offengeblieben. Noch jetzt, erzählen alle Reisenden, mache das Pferd den größesten Unterschied der amerikanischen Völker. Die Reiter in Nord-, insonderheit in Südamerika stehen von den armen Unterjochten in Mexiko und Peru so gewaltig ab, daß man sie kaum für nachbarliche Brüder eines Erdstrichs erkennen sollte. Jene haben sich nicht nur in ihrer Freiheit erhalten, sondern an Körper und Seele sind sie auch mannhaftere Menschen worden, als sie wahrscheinlich bei Entdeckung des Landes waren. Das Roß, das die Unterdrücker ihrer Brüder ihnen als unwissende Werkzeuge des Schicksals zubrachten, kann vielleicht einst der Befreier ihres ganzen Weltteils werden, wie die andern bezähmten Tiere, die man ihnen zuführte, zum Teil schon jetzt für sie Werkzeuge eines bequemern Lebens worden sind und wahrscheinlich einst Hilfsmittel einer eignen westlichen Kultur werden dürften. Wie dies aber allein in den Händen des Schicksals ruhet, so kam es aus seinen Händen und lag in der Natur des Weltteils, daß sie so lange weder Pferd, noch Esel, weder Hund noch Rind, weder Schaf noch Ziege, noch Schwein, noch Katze, noch Kamel kannten. Sie hatten weniger Tiergattungen, weil ihr Land kleiner, von der Alten Welt getrennt und einem großen Teil nach wahrscheinlich später aus dem Schoß des Meers gestiegen war als die andern Weltteile; sie konnten also auch weniger zähmen. Das Alpaka und Lama, die Kamelschafe von Mexiko, Peru und Chile waren die einzigen zähmbaren und bezähmten Geschöpfe; denn auch die Europäer haben mit ihrem Verstande kein andres hinzufügen und weder den Kiki noch Pagi, weder den Tapir noch Ai zum nützlichen Haustier umbilden können.

In der alten Welt dagegen, wieviel sind der bezähmten Tiere! Und wieviel sind sie dem tätigen Verstande des Menschengeschlechts worden! Ohne Kamel und Pferd wäre die arabische und afrikanische Wüste unzugangbar; das Schaf und die Ziege haben der häuslichen Verfassung der Menschen, das Rind und der Esel dem Ackerbau und Handel der Völker aufgeholfen. Im einfachen Zustande lebte das Menschengeschöpf freundlich und gesellig mit diesen Tieren; schonend ging es mit ihnen um und erkannte, was es ihnen zu danken habe. So lebt der Araber und Mongole mit seinem Roß, der Hirt mit seinem Schaf, der Jäger mit seinem Hunde, der Peruaner mit seinem Lama.* Bei einer menschlichen Behandlung gedeihen auch, wie allge-

* Man lese z. B. in *Ulloa* (Nachr. von Amerika, T. I. S. 131) die kindische Freude, mit der der Peruaner eine Lama zu seinem Dienst weihet. Die Lebensarten der anderen Völker mit ihren Tieren sind aus Reisebeschreibungen gnugsam bekannt.

mein bekannt ist, alle Hilfsgeschöpfe der menschlichen Lebensweise besser; sie lernen den Menschen verstehen und ihn lieben; es entwickeln sich bei ihnen Fähigkeiten und Neigungen, von denen weder das wilde, noch das von Menschen unterdrückte Tier weiß, das in feister Dummheit oder in abgenutzter Gestalt selbst die Kräfte und Triebe seiner Gattung verlieret. In einem gewissen Kreise haben sich also Menschen und Tiere zusammengebildet: der praktische Verstand jener hat sich durch diese, die Fähigkeit dieser hat sich durch jene gestärkt und erweitert. Wenn man von den Hunden der Kamtschadalen lieset, so weiß man kaum, wer das vernünftigere Geschöpf sei, ob der Hund oder der Kamtschadale?
In dieser Sphäre nun steht der erste tätige Verstand des Menschen still; ja, allen Nationen, die an sie gewöhnt waren, ists, sie zu verlassen, schwer worden; insonderheit hat sich jede vor der unterjochenden Herrschaft des Ackerbaues gefürchtet. So schöne Wiesenstriche Nordamerika hat, so genau jede Nation ihr Eigentum liebt und beschützt, ja, so sehr manche durch die Europäer den Wert des Geldes, des Branntweins und einiger Bequemlichkeiten kennengelernt haben, so sinds doch nur die Weiber, denen sie die Bearbeitung des Feldes, den Bau des Maises und einiger Gartenfrüchte, sowie die ganze Besorgung der Hütte überlassen; der kriegerische Jäger hat sich nicht entschließen können, ein Gärtner, Hirt oder Ackermann zu werden. Das tätige, freie Leben der Natur geht dem Sogenannt-Wilden über alles; mit Gefahren umringt, weckt es seine Kräfte, seinen Mut, seinen Entschluß und lohnt ihn dafür mit Gesundheit im Leben, in seiner Hütte mit unabhängiger Ruhe, in seinem Stamm mit Ansehen und Ehre. Weiter begehret, weiter bedarf er nichts; und was könnte ihm auch ein andrer Zustand, dessen Bequemlichkeiten er nicht kennet und dessen Beschwerden er nicht mag, für neue Glückseligkeit geben? Man lese so manche unverschönte Rede derer, die wir Wilde nennen; ist nicht gesunder Verstand so wie natürliche Billigkeit in ihnen unverkennbar? Die Form des Menschen ist auch in diesem Zustande, obwohl mit roher Hand und zu wenigen Zwecken, dennoch soweit ausgebildet, als sie hier ausgebildet werden konnte; zur gleichmütigen Zufriedenheit nämlich und nach einer dauerhaften langen Gesundheit zum ruhigen Abschied aus diesem Leben. Der Beduin und Abipone befindet sich in seinem Zustande wohl; jener schauert vorm Leben der Städte, wie der letzte vorm Begräbnis in der Kirche noch nach seinem Tode zurückbebt: seinem Gefühl nach wären sie dort wie hier lebend begraben.
Auch wo der Ackerbau eingeführt ist, hat es Mühe gekostet, die Menschen an Einen Erdkloß zu befestigen und das Mein und Dein einzuführen; manche Völker kleiner kultivierter Negerkönigreiche haben noch bis jetzt keine Begriffe davon, da, wie sie sagen, die Erde ein gemeines Gut ist. Jährlich teilen sie die Äcker unter sich aus und bearbeiten sie mit leichter Mühe; ist die Ernte eingebracht, so gehört der Boden sich selbst wieder. Überhaupt hat keine Lebensart in der Gesinnung der Menschen so viele Veränderungen bewirkt als der Ackerbau auf einem bezirkten Stück Erde. Indem er Hantierungen und Künste, Flecken und Städte hervorbrachte und also Gesetze und Polizei befördern mußte, hat er notwendig auch jenem fürchterlichen Despotismus den Weg geöffnet, der, da er jeden auf seinem Acker zu finden wußte, zuletzt einem jeden vorschrieb, was er auf diesem Stücke Erde allein tun und sein sollte. Der Boden gehörte jetzt nicht mehr dem Menschen, sondern der Mensch dem Boden. Durch den Nichtgebrauch verlor sich auch bald das Gefühl der gebrauchten Kräfte: in Sklaverei und Feigheit versunken, ging der Unterjochte vom arbeitsseligen Mangel zur weichen Üppigkeit über. Daher kommts, daß auf der ganzen Erde der

Zeltbewohner den Bewohner der Hütte wie ein gefesseltes Lasttier, wie eine verkümmerte Abart seines Geschlechts betrachtet. Der herbste Mangel wird jenem eine Lust, solange Selbstbestimmung und Freiheit ihn würzet und lohnet; dagegen alle Leckereien Gift sind, sobald sie die Seele erschlaffen und dem sterblichen Geschöpf den einzigen Genuß seines hinfälligen Lebens, Würde und Freiheit rauben.

Glaube niemand, daß ich einer Lebensart, die die Vorsehung zu einem ihrer vornehmsten Mittel gebraucht hat, die Menschen zur bürgerlichen Gesellschaft zu bereiten, etwas von ihrem Wert rauben wolle; denn auch ich esse Brot der Erde. Nur lasse man auch andern Lebensarten Gerechtigkeit widerfahren, die der Beschaffenheit unsrer Erde nach ebensowohl zu Erzieherinnen der Menschheit bestimmt sind als das Leben der Ackerleute. Überhaupt bauet der kleinste Teil der Erdbewohner den Acker nach unsrer Weise, und die Natur hat ihm sein anderweites Leben selbst angewiesen. Jene zahlreiche Völkerschaften, die von Wurzeln, vom Reis, von Baumfrüchten, von der Jagd des Wassers, der Luft und der Erde leben, die ungezählten Nomaden, wenn sie sich gleich jetzo etwa nachbarliches Brot kaufen oder etwas Getreide bauen, alle Völker, die den Landbau ohne Eigentum oder durch ihre Weiber und Knechte treiben, sind alle noch eigentlich nicht Ackerleute; und welch ein kleiner Teil der Erde bleibt also dieser künstlichen Lebensart übrig? Nun hat die Natur entweder allenthalben ihren Zweck erreicht oder sie erreichte ihn nirgend. Der praktische Verstand der Menschen sollte in allen Varietäten aufblühen und Früchte tragen; darum ward dem vielartigsten Geschlecht eine so vielartige Erde.

IV.

Die Empfindungen und Triebe der Menschen sind allenthalben dem Zustande, worin sie leben, und ihrer Organisation gemäß; allenthalben aber werden sie von Meinungen und von der Gewohnheit regieret

Selbsterhaltung ist das erste, wozu ein Wesen da ist: vom Staubkorn bis zur Sonne strebt jedes Ding, was es ist, zu bleiben; dazu ist den Tieren Instinkt eingeprägt; dazu ist dem Menschen sein Analogon des Instinkts oder der Vernunft gegeben. Gehorchend diesem Gesetz suchet er sich durch den wilden Hunger gezwungen, überall seine Speise: er strebt, ohne daß er weiß warum und wozu, von Kindheit auf nach Übung seiner Kräfte, nach Bewegung. Der Matte ruft den Schlummer nicht, aber der Schlummer kommt und erneuet ihm sein Dasein; dem Kranken hilft, wenn sie kann, die innere Lebenskraft, oder sie verlanget wenigstens und ächzet. Seines Lebens wehret sich der Mensch gegen alles, was ihn anficht, und auch ohne daß ers weiß hat die Natur in ihm und um ihn her Anstalten gemacht, ihn dabei zu unterstützen, zu wahren, zu erhalten.

Es hat Philosophen gegeben, die unser Geschlecht, dieses Triebes der Selbsterhaltung wegen, unter die reißenden Tiere gesetzt und seinen natürlichen Zustand zu einem Stande des Kriegs gemacht haben. Offenbar ist viel Uneigentliches in dieser Behauptung. Freilich, indem der Mensch die Frucht eines Baums bricht, ist er ein Räuber, indem er ein Tier tötet ein Mörder, und wenn er mit seinem Fuß, mit seinem Hauch vielleicht einer zahllosen Menge ungesehener Lebendigen das Leben nimmt, ist er der ärgste Unterdrücker der Erde. Jedermann weiß, wie weit es die zarte indische sowie die übertriebene ägyptische Philosophie zu bringen gesucht hat, damit der

Mensch ein ganz unschädliches Geschöpf werde; aber für die Spekulation vergebens. Ins Chaos der Elemente sehen wir nicht; und wenn wir kein großes Tier verzehren, verschlingen wir eine Menge kleiner Lebendiger im Wasser, in der Luft, der Milch, den Gewächsen.

Von dieser Grübelei also hinweg, stellen wir den Menschen unter seine Brüder und fragen: Ist er von Natur ein Raubtier gegen seinesgleichen, ein ungeselliges Wesen? Seiner Gestalt nach ist er das erste nicht, und seiner Geburt nach das letzte noch minder. Im Schoß der Liebe empfangen und an ihrem Busen gesäuget, wird er von Menschen auferzogen und empfing von ihnen tausend Gutes, das er um sie nicht verdiente. Sofern ist er also wirklich in und zu der Gesellschaft gebildet; ohne sie konnte er weder entstehen noch ein Mensch werden. Wo Ungeselligkeit bei ihm anfängt, ist, wo man seine Natur bedrängt, indem er mit andern Lebendigen kollidieret; hier ist er aber wiederum keine Ausnahme, sondern wirkt nach dem großen Gesetz der Selbsterhaltung in allen Wesen. Lasset uns sehen, was die Natur für Mittel aussann, ihn dennoch auch hier, soviel sie konnte, befriedigend einzuschränken und den Krieg aller gegen alle zu hindern.

1. Da der Mensch das vielfach-künstlichste Geschöpf ist, so findet auch bei keiner Gattung der Lebendigen eine so große Verschiedenheit genetischer Charaktere statt als beim Menschen. Der hinreißende, blinde Instinkt fehlet seinem feinen Gebilde; die Strahlen der Gedanken und Begierden hingegen laufen in seinem Geschlecht wie in keinem andern auseinander. Seiner Natur nach darf also der Mensch weniger mit andern kollidieren, da diese in einer ungeheuren Mannigfaltigkeit von Anlagen, Sinnen und Trieben bei ihm verteilt und gleichsam vereinzelt ist. Was Einem Menschen gleichgültig vorkommt, ziehet den andern; und so hat jedweder eine Welt des Genusses um sich, eine für ihn geschaffene Schöpfung.

2. Diesem divergierenden Geschlecht gab die Natur einen großen Raum, die reiche weite Erde, auf der die verschiedensten Erdstriche und Lebensweisen die Menschen zerstreuen sollten. Hier zog sie Berge, dort Ströme und Wüsten, damit sie die Menschen auseinander brächte; den Jägern gab sie den weiten Wald, den Fischern das weite Meer, den Hirten die weite Ebne. Ihre Schuld ists also nicht, wenn Vögel, betrogen von der Kunst des Vogelstellers, in ein Netz flogen, wo sie einander Speise und Augen weghacken und den Atem verpesten; denn sie setzte den Vogel in die Luft und nicht ins Netz des Voglers. Sehet jene wilden Stämme an, wie unwilde sie unter sich leben! Da neidet keiner den andern, da erwirbt sich und genießt jeder das Seine in Frieden. Es ist gegen die Wahrheit der Geschichte, wenn man den bösartigen, widersinnigen Charakter zusammengedrängter Menschen, wetteifernder Künstler, streitender Politiker, neidiger Gelehrten zu allgemeinen Eigenschaften des menschlichen Geschlechts macht; der größeste Teil der Menschen auf der Erde weiß von diesen ritzenden Stacheln und ihren blutigen Wunden nichts: er lebt in der freien Luft und nicht im verpestenden Hauch der Städte. Wer das Gesetz notwendig macht, weil es sonst Gesetzesverächter gäbe, der setzt voraus, was er erst beweisen sollte. Dränget die Menschen nicht in enge Kerker: so dürft ihr ihnen keine frische Luft zufächeln. Bringet sie nicht in künstliche Raserei: so dürft ihr sie durch keine Gegenkünste binden.

3. Auch die Zeiten, wenn Menschen zusammen sein mußten, verkürzte die Natur, wie sie sie verkürzen konnte. Der Mensch ist einer langen Erziehung bedürftig; aber alsdenn ist er noch schwach: er hat die Art des Kindes, das zürnt und wieder vergißt, das oft unwillig ist, aber keinen langen Groll nähret. Sobald er Mann wird,

wacht ein Trieb in ihm auf und er verläßt das Haus des Vaters. Die Natur wirkte in diesem Triebe; sie stieß ihn aus, damit er sein eigen Nest bereite.

Und mit wem bereitet er dasselbe? Mit einem Geschöpf, das ihm so unähnlich-ähnlich, das ihm in streitbaren Leidenschaften so ungleichartig gemacht ist, als es im Zweck der Vereinigung beider nur irgend geschehen konnte. Des Weibes Natur ist eine andre als des Mannes; sie empfindet anders, sie wirkt anders. Elender, dessen Nebenbuhlerin sein Weib ist, oder die ihn in männlichen Tugenden gar überwindet! Nur durch nachgebende Güte soll sie ihn beherrschen; und so wird der Zankapfel abermals ein Apfel der Liebe. –

Weiter will ich die Geschichte der Vereinzelung des Menschengeschlechts nicht fortsetzen; der Grund ist gelegt, daß mit den verschiednen Häusern und Familien auch neue Gesellschaften, Gesetze, Sitten und sogar Sprachen werden. Was zeigen diese verschiednen, diese unvermeidlichen Dialekte, die sich auf unsrer Erde in unbeschreibbarer Anzahl und oft schon in der kleinsten Entfernung nebeneinander finden? Das zeigen sie, daß es die weitverbreitende Mutter nicht auf Zusammendrängung sondern auf freie Verpflanzung ihrer Kinder anlegte. Kein Baum soll soviel möglich, dem andern die Luft nehmen, damit dieser ein Zwerg bleibe, oder, um einen freien Atemhauch zu genießen, sich zum elenden Krüppel beuge. Eignen Platz soll er finden, damit er durch eignen Trieb wurzelaus in die Höhe steige und eine blühende Krone treibe.

Nicht Krieg also, sondern Friede ist der Naturzustand des unbedrängten menschlichen Geschlechts; denn Krieg ist ein Stand der Not, nicht des ursprünglichen Genusses. In den Händen der Natur ist er (die Menschenfresserei selbst eingerechnet) nie Zweck, sondern hie und da ein hartes, trauriges Mittel, dem die Mutter aller Dinge selbst nicht allenthalben entweichen konnte, das sie aber zum Ersatz dafür auf desto höhere, reichere, vielfachere Zwecke anwandte.

Ehe wir also zum traurigen Haß kommen dürfen, wollen wir von der erfreuenden Liebe reden. Überall auf der Erde ist ihr Reich; nur allenthalben zeigt sie sich unter andern Gestalten.

Sobald die Blume ihren Wuchs erreicht hat, blühet sie; die Zeit der Blüte richtet sich also nach der Periode des Wuchses, und diese nach der sie emportreibenden Sonnenwärme. Die Zeit der früheren oder späteren Menschenblüte hangt gleichfalls vom Klima ab und von allem, was zu ihm gehöret. Sonderbar weit sind auf unsrer kleinen Erde die Zeiten der menschlichen Mannbarkeit nach Lebensarten und Erdstrichen verschieden. Die Perserin heiratet im achten und gebiert im neunten Jahr; unsre alten Deutschen waren dreißigjährige Männinnen, ehe sie an die Liebe dachten.

Jederman siehet, wie sehr diese Unterschiede das ganze Verhältnis der Geschlechter zueinander ändern mußten. Die Morgenländerin ist ein Kind, wenn sie verheiratet wird; sie blühet frühe auf und frühe ab; sie wird von dem erwachsneren Mann also auch wie Kind und Blume behandelt. Da nun jene wärmeren Gegenden die Reize des physischen Triebes in beiden Geschlechtern nicht nur früher, sondern auch lebhafter entwickeln: welcher Schritt war näher, als daß der Mann die Vorzüge seines Geschlechts gar bald mißbrauchte und sich einen Garten dieser vorübergehenden Blumen sammlen wollte? Fürs Menschengeschlecht war dieser Schritt von großer Folge. Nicht nur, daß die Eifersucht des Mannes seine mehreren Weiber in einen Harem schloß, wo ihre Ausbildung mit dem männlichen Geschlecht unmöglich gleich fortgehen konnte; sondern, da die Erziehung des Weibes von Kindheit auf für den Harem und die Gesellschaft mehrerer Weiber eingerichtet, ja das junge Kind oft schon im zweiten Jahr verkauft oder vermählt ward: wie anders, als daß der ganze Umgang des Mannes, die Einrichtung des Hauses, die Erziehung der Kinder, endlich auch die Fruchtbarkeit selbst mit der Zeit an diesem Mißverhältnis teilnehmen mußte? Es ist nämlich gnugsam erwiesen, daß eine zu frühe Heirat des Weibes und ein zu starker Reiz des Mannes weder der Tüchtigkeit der Gestalten noch der Fruchtbarkeit des Geschlechts förderlich sei; ja, die Nachrichten mehrerer Reisenden machen es wahrscheinlich, daß in manchen dieser Gegenden wirklich mehrere Töchter als Söhne geboren werden, welches, wenn die Sache gegründet ist, sowohl eine Folge der Polygamie sein kam, als es wiederum eine fortwirkende Ursache derselben wurde. Und gewiß ist dies nicht der einzige Fall, da die Kunst und die gereizte Üppigkeit der Menschen die Natur aus ihrem Wege geleitet hätte; denn diese hält sonst ein ziemliches Gleichmaß in den Geburten beider Geschlechter. Wie aber das Weib die zarteste Sprosse unsrer Erde und die Liebe das mächtigste Mobil ist, das von jeher in der Schöpfung gewirket, so mußte notwendig die Behandlung derselben auch der erste kritische Scheidepunkt in der Geschichte unsres Geschlechts werden. Allenthalben war das Weib der erste Zankapfel der Begierden und seiner Natur nach gleichsam der erste brüchige Stein im Gebäude der Menschenschöpfung –

Lasset uns z. B. Cook auf seiner letzten Reise begleiten. Wenn auf den Sozitäts- und andern Inseln das weibliche Geschlecht dem Dienst der Kythere eigen zu sein schien, so daß es sich nicht nur selbst um einen Nagel, einen Putz, eine Feder preisgab, sondern auch der Mann um einen kleinen Besitz, der ihn lüstete, sein Weib zu verhandeln bereit war: so ändert sich mit dem Klima und dem Charakter andrer Insulaner offenbar die Szene. Unter Völkern, wo der Mann mit der Streitaxt erschien, war auch das Weib verborgner im Hause: die rauhere Sitte jenes machte auch diese härter, daß weder ihre Häßlichkeit, noch ihre Schönheit den Augen der Welt bloßlag. An keinem Umstande, glaube ich, läßt sich der eigentliche Charakter eines Mannes oder einer Nation so unterscheidend erkennen als an der Behandlung des Weibes. Die meisten Völker, denen ihre Lebensart schwer wird, haben das weibliche Geschlecht zu Haustieren erniedrigt und ihm alle Beschwerlichkeiten der Hütte aufgetragen: durch Eine gefahrvolle, kühne, männliche Unternehmung glaubte der Mann dem Joch aller kleinen Geschäfte entnommen zu sein und überließ diese den Weibern. Daher die große Subalternität dieses Geschlechts unter den meisten Wilden von allerlei Erdstrichen; daher auch die Geringschätzung der Söhne gegen ihre Mütter, sobald sie in die männlichen Jahre treten. Frühe wurden sie zu gefahrvollen Übungen erzogen, also oft an die Vorzüge des Mannes erinnert, und eine Art rauhen Kriegs- oder Arbeitsmutes trat bald an die Stelle zärtlicher Neigung. Von Grönland bis zum Lande der Hottentotten herrscht diese Geringschätzung der Weiber bei allen unkultivierten Nationen, ob sie sich gleich in jedem Volk und Weltteil anders gestaltet. In der Sklaverei sogar ist das Negerweib weit unter dem Neger, und der armseligste Karibe dünkt sich in seinem Hause ein König.

Aber nicht nur die Schwachheit des Weibes scheint es dem Manne untergeordnet zu haben; sondern an den meisten Orten trug auch die größere Reizbarkeit desselben, seine List, ja überhaupt die feinere Beweglichkeit seiner Seele dazu noch ein mehreres bei. Die Morgenländer z. B. begreifen es nicht, wie in Europa, dem Reich der Weiber, ihre ungemessene Freiheit ohne die äußerste Gefahr des Mannes stattfinden oder bestehen könne; bei ihnen, meinen sie, wäre alles voll Unruh, wenn man diese leicht beweglichen, listigen, alles unternehmenden Geschöpfe nicht einschränkte. Von manchen tyrannischen Gebräuchen gibt man keine Ursache an, als daß durch dies oder jenes Betragen die Weiber sich ehemals selbst ein so hartes Gesetz verdient und die Männer ihrer Sicherheit und Ruhe wegen dazu gezwungen hätten. So erklärt man z. B. den unmenschlichen Gebrauch in Indien, das Verbrennen der Weiber mit ihren Männern: das Leben des Mannes, sagt man, sei ohne dieses fürchterliche Gegenmittel ihres eignen, mit ihm aufzuopfernden Lebens nicht sicher gewesen; und beinah ließe sich, wenn man von der verschlagnen Lüsternheit der Weiber in diesen Ländern, von den zauberischen Reizen der Tänzerinnen in Indien, von den Kabalen der Harems unter Türken und Persern lieset, etwas von der Art glauben. Die Männer nämlich waren zu unvermögend, den leichten Zunder, den ihre Üppigkeit zusammenbrachte, vor Funken zu bewahren, aber auch zu schwach und lässig, den unermeßlichen Knäuel zarter weiblicher Fähigkeiten und Anschläge zu bessern Zwecken zu entwickeln; als üppigschwache Barbaren also schafften sie sich auf eine barbarische Art Ruhe und unterdrückten die mit Gewalt, deren List sie mit Verstand nicht zu überwinden vermochten. Man lese, was Morgenländer und Griechen über das Weib gesagt haben, und man wird Materialien finden, sich ihr befremdendes Schicksal in den meisten Gegenden heißer Klimate zu erklären. Freilich lag im Grunde alles wieder an den Männern, deren stumpfe Brutalität das Übel gewiß nicht ausrottete, das sie so ungelenk einschränkte, wie es nicht nur die Geschichte der Kultur, die das Weib durch vernünftige Bildung dem Mann gleichgesetzt hat, sondern auch das Beispiel einiger vernünftigen Völker ohne feinere Kultur zeiget. Der alte Deutsche, auch in seinen rauhen Wäldern, erkannte das Edle im Weibe und genoß an ihm die schönsten Eigenschaften seines Geschlechts, Klugheit, Treue, Mut und Keuschheit; allerdings aber kam ihm auch sein Klima, sein genetischer Charakter, seine ganze Lebensweise hierin zu Hilfe. Er und sein Weib wuchsen wie die Eichen, langsam, unverwüstlich und kräftig; die Reize der Verführung fehlten seinem Lande; Triebe zu Tugenden dagegen gab beiden Geschlechtern sowohl die gewohnte Verfassung als die Not. Tochter Germaniens, fühle den Ruhm deiner Urmütter und eifre ihm nach; unter wenigen Völkern rühmt die Geschichte, was sie von ihnen rühmet; unter wenigen Völkern hat auch der Mann die Tugend des Weibes wie im ältesten Germanien geehret. Sklavinnen sind die Weiber der meisten Nationen, die in solcher Verfassung leben; ratgebende Freundinnen waren deine Mütter, und jede Edle unter ihnen ists noch.

Lasset uns also auf die Tugenden des Weibes kommen, wie sie sich in der Geschichte der Menschheit offenbaren. Auch unter den wildesten Völkern unterscheidet sich das Weib vom Mann durch eine zärtere Gefälligkeit, durch Liebe zum Schmuck und zur Schönheit; auch da noch sind diese Eigenschaften kennbar, wo die Nation mit dem Klima und dem schnödesten Mangel kämpfet. Überall schmückt sich das Weib; wie wenigen Putz es auch hie und da, sich zu schmücken, habe, so bringet im ersten Frühling die lebenreiche Erde wenigstens einige geruchlose Blümchen hervor, Vorboten, was sie in andern Jahreszeiten zu tun vermöchte. – Reinlichkeit ist eine andre Weibertugend, dazu sie ihre Natur zwingt und der Trieb zu gefallen reizet. Die Anstalten, ja die oft übertriebnen Gesetze und Gebräuche, wodurch alle gesunde Nationen die Krankheiten der Weiber absonderten und unschädlich machten, beschämen manche kultivierte Völker. Sie wußten und wissen also auch nichts von einem großen Teil der Schwachheiten, die bei uns sowohl eine Folge als eine neue Ursache jener tiefen Versunkenheit sind, die eine üppige, kranke Weiblichkeit auf eine elende Nachkommenschaft fortbreitet. – Noch eines größern Ruhmes ist die sanfte Duldung, die unverdrossene Geschäftigkeit wert, in der sich ohne den Mißbrauch der Kultur das zarte Geschlecht überall auf der Erde auszeichnet. Mit Gelassenheit trägt es das Joch, das ihm die rohe Übermacht der Männer, ihre Liebe zum Müßiggange und zur Trägheit endlich auch die Ausschweifungen seiner Vorfahren selbst als eine geerbte Sitte auflegten, und bei den armseligsten Völkern finden sich hierin oft die größesten Muster. Es ist nicht Verstellung, wenn in vielen Gegenden die mannbare Tochter zur beschwerlichen Ehe gezwungen werden muß; sie entläuft der Hütte, sie fliehet in die Wüste; mit Tränen nimmt sie ihren Brautkranz, denn es ist die letzte Blüte ihrer vertändelten, freieren Jugend. Die meisten Brautlieder solcher Nationen sind Aufmunterungs-, Trost- und halbe Trauerlieder*, über die wir spotten, weil wir ihre Unschuld und Wahrheit nicht mehr fühlen. Zärtlich nimmt sie Abschied von allem, was ihrer Jugend so lieb war; als eine Verstorbene verläßt sie das Haus ihrer Eltern, verlieret ihren vorigen Namen und wird das Eigentum eines Fremden, der vielleicht ihr Tyrann ist. Das Unschätzbarste, was ein Mensch hat, muß sie ihm aufopfern, Besitz ihrer Person, Freiheit, Willen, ja vielleicht Gesundheit und Leben; und das alles um Reize, die die keusche Jungfrau noch nicht kennet und die ihr vielleicht bald in einem Meer von Ungemächlichkeit verschwinden. Glücklich, daß die Natur das weibliche Herz mit einem unnennbar zarten und starken Gefühl für den persönlichen Wert des Mannes ausgerüstet und geschmückt hat. Durch dies Gefühl erträgt sie auch seine Härtigkeiten; sie schwingt sich in einer süßen Begeisterung so gern zu allem auf, was ihr an ihm edel, groß, tapfer, ungewöhnlich dünket; mit erhebender Teilnehmung hört sie männliche Taten, die ihr, wenn der Abend kommt, die Last des beschwerlichen Tages versüßen und es zum Stolz ihr machen, daß sie, da sie doch einmal zugehören muß, einem solchen Mann gehöre. Die Liebe des Romantischen im weiblichen Charakter ist also eine wohltätige Gabe der Natur, Balsam für sie und belohnende Aufmunterung des Mannes; denn der schönste Kranz des Jünglings war immer die Liebe der Jungfrau.

Endlich die süße Mutterliebe, mit der die Natur dies Geschlecht ausstattete; fast unabhängig ist sie von kalter Vernunft, und weit entfernt von eigennütziger Lohnbegierde. Nicht weil es liebenswürdig ist, liebet die Mutter ihr Kind, sondern weil es ein lebendiger Teil ihres Selbst, das Kind ihres Herzens, der Abdruck ihrer Natur ist. Darum regen sich ihre Eingeweide über seinem Jammer, ihr Herz klopft stärker bei seinem Glück; ihr Blut fließt sanfter, wenn die Mutterbrust, die es trinkt, es gleichsam noch an sie knüpfet. Durch alle unverdorbenen Nationen der Erde geht dieses Muttergefühl; kein Klima, das sonst alles ändert, konnte dies ändern; nur die verderbtesten Verfassungen der Gesellschaft vermochten etwa mit der Zeit das weiche Laster süßer zu machen als jene zarte Qual mütterlicher Liebe. Die Grönländerin säugt ihren Sohn bis ins dritte, vierte Jahr, weil das Klima ihr keine Kinderspeisen darbietet; sie erträgt von ihm alle Unarten des keimenden männlichen Übermuts mit nachsehender Duldung. Mit mehr als Manneskraft ist die Negerin gewaffnet, wenn ein Ungeheuer ihr Kind anfällt; mit staunender Verwunderung lieset man die Beispiele ihrer das Leben verachtenden, mütterlichen Großmut. Wenn endlich der Tod der zärtlichen Mutter, die wir eine Wilde nennen, ihren besten Trost, den Wert und die Sorge ihres Lebens, raubt; man lese bei *Carver*** die Klage der Nadowesserin, die ihren Mann und ihren vierjährigen Sohn verloren hatte; das Gefühl, das in ihr herrschet, ist über alle Beschreibung. – Was fehlet also diesen Nationen an

* S. einige derselben in den *Volksliedern*. T. 1, S. 33; T. 2, S. 96–98, S. 104.

** *Carvers* Reisen, S. 338. u. f.

Empfindungen der wahren weiblichen Humanität, wenn nicht etwa der Mangel und die traurige Not oder ein falscher Punkt der Ehre und eine geerbte rohe Sitte sie hie und da auf Irrwege leiten? Die Keime zum Gefühl alles Großen und Edeln liegen nicht nur allenthalben da; sondern sie sind auch überall ausgebildet, nachdem es die Lebensart, das Klima, die Tradition oder die Eigenheit des Volks erlaubte.

•

Ist dieses, so wird der Mann dem Weibe nicht nachbleiben, und welche denkbare männliche Tugend wäre es, die nicht hie und da auf der Erde den Ort ihrer Blüte gefunden hätte? Der männliche Mut, auf der Erde zu herrschen und sein Leben nicht ohne Tat, aber gnügsam-frei zu genießen, ist wohl die erste Mannestugend; sie hat sich am weitsten und vielartigsten ausgebildet, weil fast allenthalben die Not zu ihr zwang und jeder Erdstrich, jede Sitte sie anders lenkte. Bald also suchte der Mann in Gefahren Ruhm, und der Sieg über dieselbe war das kostbarste Kleinod seines männlichen Lebens. Vom Vater ging diese Neigung auf den Sohn über; die frühe Erziehung beförderte sie, und die Anlage zu ihr ward in wenigen Generationen dem Volk erblich. Dem gebornen Jäger ist die Stimme seines Horns und seiner Hunde, was sie sonst keinem ist: Eindrücke der Kindheit trugen dazu bei; oft sogar geht das Jägergesicht und das Jagdgehirn in die Geschlechter über. So mit allen andern Lebensarten freier, wirkender Völker. Die Lieder jeder Nation sind über die ihr eignen Gefühle, Triebe und Seharten die besten Zeugen; ein wahrer Kommentar ihrer Denk- und Empfindungsweise aus ihrem eignen fröhlichen Munde.* Selbst ihre Gebräuche, Sprichwörter und Klugheitsregeln bezeichnen lange nicht soviel, als jene bezeichnen; noch mehr aber täten es, wenn wir Proben davon hätten, oder vielmehr die Reisenden sie bemerkten, der Nationen charakteristische Träume. Im Traum und im Spiel zeiget sich der Mensch ganz, wie er ist; in jenem aber am meisten.

Die Liebe des Vaters zu seinen Kindern ist die zweite Tugend, die sich beim Mann am besten durch männliche Erziehung äußert. Frühe gewöhnt der Vater den Sohn zu seiner Lebensweise: er lehrt ihn seine Künste, weckt in ihm das Gefühl seines Ruhms und liebet in ihm sich selbst, wenn er alt oder nicht mehr sein wird. Dies Gefühl ist der Grund aller Stammesehre und Stammestugend auf der Erde; es macht die Erziehung zum öffentlichen, zum ewigen Werk; es hat alle Vorzüge und Vorurteile der Menschengeschlechter hinabgeerbet. Daher fast bei allen Stämmen und Völkern die teilnehmende Freude, wenn der Sohn ein Mann wird und sich mit dem Gerät oder den Waffen seines Vaters schmücket; daher die tiefe Trauer des Vaters, wenn er diese seine stolzeste Hoffnung verlieret. Man lese die Klage des Grönländers um seinen Sohn**, man höre die Klagen Ossians um seinen Oskar; und man wird in ihnen Wunden des Vaterherzens, die schönsten Wunden der männlichen Brust bluten sehen. –

Die dankbare Liebe des Sohns zu seinem Vater ist freilich nur eine geringe Wiedervergeltung des Triebes, mit dem der Vater den Sohn liebte; aber auch das ist Naturabsicht. Sobald der Sohn Vater wird, wirkt das Herz auf seine Söhne hinunter: der vollere Strom soll hinab, nicht aufwärts fließen, denn nur also erhält sich die Kette stets wachsender, neuer Geschlechter. Es ist also nicht als Unnatur zu schelten, wenn einige vom Mangel gedrückte Völker das Kind dem abgelebten Vater vorziehen, oder,

* S. die Volkslieder, teils allgemein, teils insonderheit die nordischen Stücke. T. 1, S. 166, 175, 177, 242, 247; T. 2, S. 210, 245.

** Volkslieder. T. 2, S. 128.

wie einige Erzählungen sagen, den Tod der Vergreiseten sogar befördern. Nicht Haß, sondern traurige Not oder gar eine kalte Gutmütigkeit ist diese Beförderung, da sie die Alten nicht nähren, nicht mitnehmen können, und ihnen also lieber mit freundschaftlicher Hand selbst ein qualenloses Ende bereiten als sie den Zähnen der Tiere zurücklassen wollen. Kann nicht im Drange der Not, wehmütig genug, der Freund den Freund töten und ihm, den er nicht erretten kann, damit eine Wohltat erweisen, die er ihm nicht anders erweisen konnte? – Daß aber der Ruhm der Väter in der Seele ihres Stammes unsterblich lebe und wirke, zeigen bei den meisten Völkern ihre Lieder und Kriege, ihre Geschichten und Sagen, am meisten die mit ewiger Hochachtung derselben sich forterbende Lebensweise.

Gemeinschaftliche Gefahren endlich erwecken gemeinschaftlichen Mut; sie knüpfen also das dritte und edelste Band der Männer, die *Freundschaft*. In Lebensarten und Ländern, die gemeinschaftliche Unternehmungen nötig machen, sind auch heroische Seelen vorhanden, die den Bund der Liebe auf Leben und Tod knüpfen. Dergleichen waren jene ewig berühmten Freunde der griechischen Heldenzeit, dergleichen waren jene gepriesenen Scythen, und sind allenthalben noch unter den Völkern, die Jagd, Krieg, Züge in Wäldern und Wüsteneien oder sonst Abenteuer lieben. Der Ackermann kennet nur einen Nachbar, der Handwerker einen Zunftgenossen, den er begünstigt oder neidet, der Wechsler endlich, der Gelehrte, der Fürstendiener – wie entfernter sind sie von jener eigengewählten, tätigen, erprobten Freundschaft, von der eher der Wandrer, der Gefangene, der Sklave weiß, der mit dem andern an einer Kette ächzet. In Zeiten des Bedürfnisses, in Gegenden der Not verbünden sich Seelen; der sterbende Freund ruft den Freund um Rache seines Blutes an und freut sich, ihn hinterm Grabe mit demselben wiederzufinden. Mit unauslöschlicher Flamme brennet dieser, den Schatten seines Freundes zu versöhnen, ihn aus dem Gefängnis zu befreien, ihm beizustehen im Streit und das Glück des Ruhms mit ihm zu teilen. Ein gemeinschaftlicher Stamm kleiner Völker ist nichts als ein also verbündeter Chor von Blutsfreunden, die sich von andern Geschlechtern in Haß oder in Liebe scheiden. So sind die arabischen, so sind manche tatarischen Stämme und die meisten amerikanischen Völker. Die blutigsten Kriege zwischen ihnen, die eine Schande der Menschheit scheinen, entsprangen zuerst aus dem edelsten Gefühl derselben, dem Gefühl der beleidigten Stammesehre oder einer gekränkten Stammesfreundschaft.

Weiterhin und auf die verschiednen Regierungsformen weiblicher oder männlicher Regenten der Erde lasse ich mich jetzt und hier noch nicht ein. Denn da aus den bisher angezeigten Gründen es sich noch nicht erklären läßt, warum Ein Mensch durchs Recht der Geburt über Tausende seiner Brüder herrsche, warum er ihnen ohne Vertrag und Einschränkung nach Willkür gebieten, Tausende derselben ohne Verantwortung in den Tod liefern, die Schätze des Staats ohne Rechenschaft verzehren und gerade dem Armen darüber die bedrückendsten Auflagen tun dürfe; da es sich noch weniger aus den ersten Anlagen der Natur ergibt, warum ein tapfres und kühnes Volk, d. i. tausend edle Männer und Weiber, oft die Füße eines Schwachen küssen und den Zepter anbeten, womit ein Unsinniger sie blutig schlägt, welcher Gott oder Dämon es ihnen eingegeben, eigne Vernunft und Kräfte, ja oft Leben und alle Rechte der Menschheit der Willkür Eines zu überlassen und es sich zur höchsten Wohlfahrt und Freude zu rechnen, daß der Despot einen künftigen Despoten zeuge – da, sage ich, alle diese Dinge dem ersten Anblick nach die verworrensten Rätsel der Menschheit scheinen, und glücklicher- oder unglücklicherweise der größeste Teil der Erde diese Regierungsformen nicht kennet: so können wir sie auch nicht unter die ersten, notwendigen, allgemeinen Naturgesetze der Menschheit rechnen. Mann und Weib, Vater und Sohn, Freund und Feind sind bestimmte Verhältnisse und Namen; aber Führer und König, ein erblicher Gesetzgeber und Richter, ein willkürlicher Gebieter und Staatsverweser für sich und alle seine noch Ungebornen – diese Begriffe wollen eine andre Entwicklung, als wir ihnen hier zu geben vermögen. Gnug, daß wir die Erde bisher als ein Treibhaus natürlicher Sinne und Gaben, Geschicklichkeiten und Künste. Seelenkräfte und Tugenden in ziemlich großer Verschiedenheit derselben bemerkt haben; wiefern sich nun der Mensch dadurch Glückseligkeit zu bauen berechtigt oder fähig sei, ja wo irgend der Maßstab zu ihr liege, dies lasset uns jetzo erwägen.

V.

Die Glückseligkeit der Menschen ist allenthalben ein individuelles Gut, folglich allenthalben klimatisch und organisch, ein Kind der Übung, der Tradition und Gewohnheit

Schon der Name Glückseligkeit deutet an, daß der Mensch keiner reinen Seligkeit fähig sei, noch sich dieselbe erschaffen möge; er selbst ist ein Sohn des Glücks, das ihn hie oder dahin setzte und nach dem Lande, der Zeit, der Organisation, den Umständen, in welchen er lebt, auch die Fähigkeit seines Genusses, die Art und das Maß seiner Freuden und Leiden bestimmt hat. Unsinnig-stolz wäre die Anmaßung, daß die Bewohner aller Weltteile Europäer sein müßten, um glücklich zu leben; denn wären wir selbst, was wir sind, außer Europa worden? Der nun uns hieher setzte, setzte jene dorthin und gab ihnen dasselbe Recht zum Genuß des irdischen Lebens. Da Glückseligkeit ein innerer Zustand ist, so liegt das Maß und die Bestimmung derselben nicht außer, sondern in der Brust eines jeden einzelnen Wesens; ein andres hat so wenig Recht, mich zu seinem Gefühl zu zwingen, als es ja keine Macht hat, mir seine Empfindungsart zu geben und das meine in sein Dasein zu verwandeln. Lasset uns also aus stolzer Trägheit oder aus gewohnter Vermessenheit die Gestalt und das Maß der Glückseligkeit unsres Geschlechts nicht kürzer oder höher setzen, als es der Schöpfer setzte; denn Er wußte allein, wozu der Sterbliche auf unsrer Erde sein sollte.

1. Unsern vielorganischen Körper mit allen seinen Sinnen und Gliedern empfingen wir zum Gebrauch, zur Übung. Ohne diese stocken unsre Lebenssäfte; unsre Organe werden matt; der Körper, ein lebendiger Leichnam, stirbt lange vorher, eh er stirbt; er verwest eines langsamen, elenden, unnatürlichen Todes. Wollte die Natur uns also die erste unentbehrliche Grundlage der Glückseligkeit, Gesundheit gewähren; so mußte sie uns Übung, Mühe und Arbeit verleihn und dadurch dem Menschen sein Wohlsein lieber aufdringen, als daß er dasselbe entbehren sollte. Daher verkaufen, wie die Griechen sagen, die Götter den Sterblichen alles um Arbeit, nicht aus Neid, sondern aus Güte, weil eben in diesem Kampf, in diesem Streben nach der erquickenden Ruhe der größeste Genuß des Wohlseins, das Gefühl wirksamer, strebender Kräfte lieget. Nur in denen Klimaten oder Ständen siechet die Menschheit, wo ein entkräftender Müßiggang, eine üppige Trägheit die Körper lebendig begräbt und sie zu blassen Leichen oder zu Lasten, die sich selbst beschweren, umbildet; in andern und gerade in den härtesten Lebensarten und Ländern blühet der kräftigste Wuchs, die gesundeste, schönste Symmetrie menschlicher Glieder. Gehet die Geschichte der Nationen durch und leset, was *Pagès* z. E. von der Bildung der Chaktas, der Tegas,

vom Charakter der Bissayen, der Inder, der Araber saget*; selbst das drückendste Klima macht wenig Unterschied in der Dauer des Menschenlebens, und eben der Mangel ists, der die fröhlichen Armen zur gesundheitbringenden Arbeit stärket. Auch die Mißbildungen des Leibes, die sich hie oder da auf der Erde als genetischer Charakter oder als ererbte Sitte finden, schaden der Gesundheit weniger als unser künstliche Putz, unsre hundert angestrengten, unnatürlichen Lebensweisen; denn was will ein größerer Ohrlappe der Arakaner, ein ausgerupfter Bart der Ost- und Westindier oder etwa eine durchbohrte Nase zu der eingedrückten, gequälten Brust, zum
künstliche Putz, unsre hundert angestrengten unnatürlichen Lebensweisen; denn was
Gestalten und den zusammengepreßten Eingeweiden so vieler feinen Europäer und Europäerinnen sagen? Lasset uns also die Vorsehung preisen, daß, da Gesundheit der Grund aller unsrer physischen Glückseligkeit ist, sie dies Fundament so weit und breit auf der Erde legte. Die Völker, von denen wir glauben, daß sie sie als Stiefmutter behandelt habe, waren ihr vielleicht die liebsten Kinder; denn wenn sie ihnen kein träges Gastmahl süßer Gifte bereitete, so reichte sie ihnen dafür durch die harten Hände der Arbeit den Kelch der Gesundheit und einer von innen sie erquickenden Lebenswärme. Kinder der Morgenröte blühen sie auf und ab; eine oft gedankenlose Heiterkeit, ein inniges Gefühl ihres Wohlseins ist ihnen Glückseligkeit, Bestimmung und Genuß des Lebens; könnte es auch einen andern, einen sanftern und daurendern geben?

2. Wir rühmen uns unsrer feinen Seelenkräfte; lasset uns aber aus der traurigen Erfahrung lernen, daß nicht jede entwickelte Feinheit Glückseligkeit gewähre, ja, daß manches zu feine Werkzeug eben dadurch untüchtig zum Gebrauch werde. Die Spekulation z. E. kann das Vergnügen nur weniger, müßiger Menschen sein, und auch ihnen ist sie oft, wie der Genuß des Opiums in den Morgenländern, ein entkräftend-verzerrendes, einschläferndes Traumvergnügen. Der wachende, gesunde Gebrauch der Sinne, tätiger Verstand in wirklichen Fällen des Lebens, muntere Aufmerksamkeit mit reger Erinnerung, mit schnellem Entschluß, mit glücklicher Wirkung begleitet; sie allein sind das, was wir Gegenwart des Geistes, innere Lebenskraft nennen, die sich also auch mit dem Gefühl einer gegenwärtigen wirksamen Kraft, mit Glückseligkeit und Freude selbst belohnet. Glaubet es nicht, ihr Menschen, daß eine unzeitige, maßlose Verfeinerung oder Ausbildung Glückseligkeit sei, oder daß die tote Nomenklatur aller Wissenschaften, der seiltänzerische Gebrauch aller Künste einem lebendigen Wesen die Wissenschaft des Lebens gewähren könne; denn Gefühl der Glückseligkeit erwirbt sich nicht durch das Rezept auswendig gelernter Namen oder gelernter Künste. Ein mit Kenntnissen überfülleter Kopf, und wenn es auch goldene Kenntnisse wären, er erdrücket den Leib, verenget die Brust, verdunkelt den Blick und wird dem, der ihn trägt, eine kranke Last des Lebens. Je mehr wir verfeinernd unsre Seelenkräfte teilen, desto mehr ersterben die müßigen Kräfte; auf das Gerüst der Kunst gespannet, verwelken unsre Fähigkeiten und Glieder an diesem prangenden Kreuze. Nur auf dem Gebrauch der ganzen Seele, insonderheit ihrer tätigen Kräfte, ruhet der Segen der Gesundheit; und da lasset uns abermals der Vorsehung danken, daß sie es mit dem Ganzen des Menschengeschlechts nicht zu fein nahm und unsre Erde zu nichts weniger als einem Hörsaal gelehrter Wissenschaften bestimmte. Schonend ließ sie bei den meisten Völkern und Ständen der Menschheit die Seelenkräfte in einem festen Knäuel beisammen und entwickelte

* Voyages de Pagès, p. 17. 18. 26. 52. 54. 140. 141. 156. 167. 188. u. f.

diesen nur, wo es die Not begehrte. Die meisten Nationen der Erde wirken und phantasieren, lieben und hassen, hoffen und fürchten, lachen und weinen wie Kinder; sie genießen also auch wenigstens die Glückseligkeit kindlicher Jugendträume. Wehe dem Armen, der seinen Genuß des Lebens sich erst ergrübelt!

3. Da endlich unser Wohlsein mehr ein stilles Gefühl als ein glänzender Gedanke ist, so sind es allerdings auch weit mehr die Empfindungen des Herzens als die Wirkungen einer tiefsinnigen Vernunft, die uns mit Liebe und Freude am Leben lohnen. Wie gut hat es also die große Mutter gemacht, daß sie die Quelle des Wohlwollens gegen sich und andre, die wahre Humanität unsres Geschlechts, zu der es erschaffen ist, fast unabhängig von Beweggründen und künstlichen Triebfedern in die Brust der Menschen pflanzte. Jedes Lebendige freuet sich seines Lebens; es fragt und grübelt nicht, wozu es da sei; sein Dasein ist ihm Zweck und sein Zweck das Dasein. Kein Wilder mordete sich selbst, sowenig ein Tier sich selbst mordet; er pflanzt sein Geschlecht fort, ohne zu wissen, wozu ers fortpflanze, und unterzieht sich auch unter dem Druck des härtesten Klimas aller Mühe und Arbeit, nur damit er lebe. Dies einfache, tiefe, unersetzliche Gefühl des Daseins also ist Glückseligkeit, ein kleiner Tropfen aus jenem unendlichen Meer des Allseligen, der in allem ist, und sich in allem freuet und fühlet. Daher jene unzerstörbare Heiterkeit und Freude, die mancher Europäer auf den Gesichtern und im Leben fremder Völker bewunderte, weil er sie bei seiner unruhigen Rastlosigkeit in sich nicht fühlte; daher auch jenes offene Wohlwollen, jene zuvorkommende, zwanglose Gefälligkeit aller glücklichen Völker der Erde, die nicht zur Rache oder Verteidigung gezwungen wurden. Nach den Berichten der Unparteiischen ist diese so allgemein ausgebreitet auf der Erde, daß ich sie den Charakter der Menschheit nennen möchte, wenn es nicht leider ebensowohl Charakter dieser zweideutigen Natur wäre, das offne Wohlwollen, die dienstfertige Heiterkeit und Freude in sich und andern einzuschränken, um sich aus Wahn oder aus Vernunft gegen die künftige Not zu waffnen. Ein in sich glückliches Geschöpf, warum sollte es nicht auch andre glückliche neben sich sehen und, wo es kann, zu ihrer Glückseligkeit beitragen? Nur weil wir selbst, mit Mangel umringt, so vielbedürftig sind und es durch unsre Kunst und List noch mehr werden; so verenget sich unser Dasein, und die Wolke des Argwohns, des Kummers, der Mühe und Sorgen umnebelt ein Gesicht, das für die offne, teilnehmende Freude gemacht war. Indes, auch hier hatte die Natur das menschliche Herz in ihrer Hand und formte den fühlbaren Teig auf so mancherlei Arten, daß, wo sie nicht gebend befriedigen konnte, sie wenigstens versagend zu befriedigen suchte. Der Europäer hat keinen Begriff von den heißen Leidenschaften und Phantomen, die in der Brust des Negers glühen, und der Indier keinen Begriff von den unruhigen Begierden, die den Europäer von einem Weltende zum andern jagen. Der Wilde, der nicht auf üppige Weise zärtlich sein kann, ist es desto mehr auf eine gesetzte, ruhige Weise; dagegen, wo die Flamme des Wohlwollens lichte Funken umherwirft, da verglühet sie auch bald und erstirbt in diesen Funken. Kurz, das menschliche Gefühl hat alle Formen erhalten, die auf unsrer Kugel in den verschiednen Klimaten, Zuständen und Organisationen der Menschen nur stattfanden; allenthalben aber liegt Glückseligkeit des Lebens nicht in der wühlenden Menge von Empfindungen und Gedanken, sondern in ihrem Verhältnis zum wirklichen innern Genuß unseres Daseins und dessen, was wir zu unserm Dasein rechnen. Nirgend auf Erden blühet die Rose der Glückseligkeit ohne Dornen; was aber aus diesen Dornen hervorgeht, ist allenthalben und unter allerlei Gestalten die zwar flüchtige, aber schöne Rose einer menschlichen Lebensfreude.

Irre ich nicht, so lassen sich nach diesen einfachen Voraussetzungen, deren Wahrheit jede Brust fühlet, einige Linien ziehen, die wenigstens manche Zweifel und Irrungen über die Bestimmung des Menschengeschlechts abschneiden. Was z. B. könnte es heißen, daß der Mensch, wie wir ihn hier kennen, zu einem unendlichen Wachstum seiner Seelenkräfte, zu einer fortgehenden Ausbreitung seiner Empfindungen und Wirkungen, ja gar, daß er für den Staat als das Ziel seines Geschlechts, und alle Generationen desselben eigentlich nur für die letzte Generation gemacht seien, die auf dem zerfallenen Gerüst der Glückseligkeit aller vorhergehenden throne? Der Anblick unsrer Mitbrüder auf der Erde, ja selbst die Erfahrung jedes einzelnen Menschenlebens widerlegt diesen der schaffenden Vorsehung untergeschobenen Plane. Zu einer ins Unermeßliche wachsenden Fülle der Gedanken und der Empfindungen ist weder unser Haupt, noch unser Herz gebildet, weder unsre Hand gemacht, noch unser Leben berechnet. Blühen nicht unsre schönsten Seelenkräfte ab, wie sie aufblühten? Ja, wechseln nicht mit Jahren und Zuständen sie selbst untereinander und lösen im freundschaftlichen Zwist oder vielmehr in einem kreisenden Reigentanz einander ab? Und wer hätte es nicht erfahren, daß eine grenzenlose Ausbreitung seiner Empfindungen diese nur schwäche und vernichte, indem sie das, was Seil der Liebe sein soll, als eine verteilte Flocke den Lüften gibt, oder mit seiner verbrannten Asche das Auge des andern benebelt? Da wir unmöglich andre mehr oder anders als uns selbst lieben können, denn wir lieben sie nur als Teile unsrer selbst, oder vielmehr uns selbst in ihnen, so ist allerdings die Seele glücklich, die wie ein höherer Geist mit ihrer Wirksamkeit viel umfasset und es in rastloser Wohltätigkeit zu ihr selbst zählet; elend ist aber die andre, deren Gefühl, in Worte verschwemmet, weder sich noch andern tauget. Der Wilde, der sich, der sein Weib und Kind mit ruhiger Freude liebt und für seinen Stamm wie für sein Leben mit beschränkter Wirksamkeit glühet, ist, wie mich dünkt, ein wahreres Wesen als jener gebildete Schatten, der für den Schatten seines ganzen Geschlechts, d. i. für einen Namen, in Liebe entzückt ist. In seiner armen Hütte hat jener für jeden Fremden Raum, den er mit gleichgültiger Gutmütigkeit als seinen Bruder aufnimmt und ihn nicht einmal, wo er her sei, fraget. Das verschwemmte Herz des müßigen Kosmopoliten ist eine Hütte für niemand.

Sehen wir denn nicht, meine Brüder, daß die Natur alles, was sie konnte, getan habe, nicht um uns auszubreiten, sondern um uns einzuschränken und uns eben an den Umriß unsres Lebens zu gewöhnen? Unsre Sinne und Kräfte haben ein Maß; die *Horen* unsrer Tage und Lebensalter geben einander nur wechselnd die Hände, damit die ankommende die verschwundne ablöse. Es ist also ein Trug der Phantasie, wenn der Mann und Greis sich noch zum Jünglinge träumet. Vollends jene Lüsternheit der Seele, die, selbst der Begierde zuvorkommend, sich augenblicks in Ekel verwandelt, ist sie Paradieseslust oder vielmehr Tantalus' Hölle, das ewige Schöpfen der unsinnig gequälten Danaiden? Deine einzige Kunst, o Mensch, hienieden ist also Maß; das Himmelskind Freude, nach dem du verlangest, ist um dich, ist in dir, eine Tochter der Nüchternheit und des stillen Genusses, eine Schwester der Genügsamkeit und der Zufriedenheit mit deinem Dasein im Leben und Tode.

Noch weniger ists begreiflich, wie der Mensch also für den Staat gemacht sein soll, daß aus dessen Einrichtung notwendig seine erste wahre Glückseligkeit keime; denn wie viele Völker auf der Erde wissen von keinem Staat, die dennoch glücklicher sind als mancher gekreuzigte Staatswohltäter. Ich will mich auf keinen Teil des Nutzens oder des Schadens einlassen, den diese künstlichen Anstalten der Gesellschaft mit sich führen; da jede Kunst aber nur Werkzeug ist, und das künstlichste Werkzeug notwendig den vorsichtigsten, feinsten Gebrauch erfordert, so ist offenbar, daß mit der Größe der Staaten und mit der feinern Kunst ihrer Zusammensetzung notwendig auch die Gefahr, einzelne Unglückliche zu schaffen, unermeßlich zunimmt. In großen Staaten müssen Hunderte hungern, damit Einer prasse und schwelge; Zehntausende werden gedrückt und in den Tod gejaget, damit Ein gekrönter Tor oder Weiser seine Phantasie ausführe. Ja endlich, da, wie alle Staatslehrer sagen, jeder wohleingerichtete Staat eine Maschine sein muß, die nur der Gedanke Eines regieret; welche größere Glückseligkeit könnte es gewähren, in dieser Maschine als ein gedankenloses Glied mitzudienen? Oder vielleicht gar wider besser Wissen und Gefühl lebenslang in ihr auf ein Rad Ixions geflochten zu sein, das dem traurig Verdammten keinen Trost läßt, als etwa die letzte Tätigkeit seiner selbstbestimmenden, freien Seele wie ein geliebtes Kind zu ersticken und in der Unempfindlichkeit einer Maschine sein Glück zu finden? – O, wenn wir Menschen sind, so laßt uns der Vorsehung danken, daß sie das allgemeine Ziel der Menschheit nicht dahin setzte. Millionen des Erdballs leben ohne Staaten, und muß nicht ein jeder von uns, auch im künstlichsten Staat, wenn er glücklich sein will, es ebenda anfangen, wo es der Wilde anfängt, nämlich, daß er Gesundheit und Seelenkräfte, das Glück seines Hauses und Herzens, nicht vom Staat, sondern von sich selbst erringe und erhalte? Vater und Mutter, Mann und Weib, Kind und Bruder, Freund und Mensch – das sind Verhältnisse der Natur, durch die wir glücklich werden; was der Staat uns geben kann, sind Kunstwerkzeuge, leider aber kann er uns etwas weit Wesentlicheres, und selbst, rauben.

Gütig also dachte die Vorsehung, da sie den Kunstendzwecken großer Gesellschaften die leichtere Glückseligkeit einzelner Menschen vorzog, und jene kostbaren Staatsmaschinen, soviel sie konnte, den Zeiten ersparte. Wunderbar teilte sie die Völker nicht nur durch Wälder und Berge, durch Meere und Wüsten, durch Ströme und Klimate, sondern insonderheit auch durch Sprachen, Neigungen und Charaktere, nur damit sie dem unterjochenden Despotismus sein Werk erschwerte und nicht alle Weltteile in den Bauch eines hölzernen Pferdes steckte. Keinem Nimrod gelang es bisher, für sich und sein Geschlecht die Bewohner des Weltalls in Ein Gehege zusammenzujagen, und wenn es seit Jahrhunderten der Zweck des verbündeten Europas wäre, die glückaufzwingende Tyrannin aller Erdnationen zu sein, so ist die Glücksgöttin noch weit von ihrem Ziele. Schwach und kindisch wäre die schaffende Mutter gewesen, die die echte und einzige Bestimmung ihrer Kinder, glücklich zu sein, auf die Kunsträder einiger Spätlinge gebauet und von ihren Händen den Zweck der Erdeschöpfung erwartet hätte. Ihr Menschen aller Weltteile, die ihr seit Äonen dahingingt, ihr hättet also nicht gelebt, und etwa nur mit eurer Asche die Erde gedüngt, damit am Ende der Zeit eure Nachkommen durch europäische Kultur glücklich würden; was fehlet einem stolzen Gedanken dieser Art, daß er nicht Beleidigung der Naturmajestät heiße?

Wenn Glückseligkeit auf der Erde anzutreffen ist, so ist sie in jedem fühlenden Wesen; ja, sie muß in ihm durch Natur sein, und auch die helfende Kunst muß zum Genuß in ihm Natur werden. Hier hat nun jeder Mensch das Maß seiner Seligkeit in sich: er trägt die Form an sich, zu der er gebildet worden, und in deren reinem Umriß er allein glücklich werden kann. Eben deswegen hat die Natur alle ihre Menschenformen auf der Erde erschöpft, damit sie für jede derselben in ihrer Zeit und an ihrer Stelle einen Genuß hätte, mit dem sie den Sterblichen durchs Leben hindurch täuschte.

NEUNTES BUCH

I.

So gern der Mensch alles aus sich selbst hervorzubringen wähnet, so sehr hanget er doch in der Entwicklung seiner Fähigkeiten von andern ab

Nicht nur Philosophen haben die menschliche Vernunft als unabhängig von Sinnen und Organen zu einer ihm ursprünglichen, reinen Potenz erhoben; sondern auch der sinnliche Mensch wähnet im Traum seines Lebens, er sei alles, was er ist, durch sich selbst worden. Erklärlich ist dieser Wahn, zumal bei dem sinnlichen Menschen. Das Gefühl der Selbsttätigkeit, das ihm der Schöpfer gegeben hat, regt ihn zu Handlungen auf und belohnt ihn mit dem süßesten Lohn einer selbstvollendeten Handlung. Die Jahre seiner Kindheit sind vergessen; die Keime, die er darin empfing, ja, die er noch täglich empfängt, schlummern in seiner Seele; er siehet und genießt nur den entsproßten Stamm und freut sich seines lebendigen Wuchses, seiner früchtetragenden Zweige. Der Philosoph indessen, der die Genesis und den Umfang eines Menschenlebens in der Erfahrung kennet und ja auch die ganze Kette der Bildung unsres Geschlechts in der Geschichte verfolgen könnte; er müßte, dünkt mich, da ihn alles an Abhängigkeit erinnert, sich aus seiner idealischen Welt, in der er sich allein und allgnugsam fühlet, gar bald in unsre wirkliche zurückfinden.

Sowenig ein Mensch seiner natürlichen Geburt nach aus sich entspringt, sowenig ist er im Gebrauch seiner geistigen Kräfte ein Selbstgeborener. Nicht nur der Keim unsrer innern Anlagen ist genetisch wie unser körperliches Gebilde, sondern auch jede Entwicklung dieses Keimes hängt vom Schicksal ab, das uns hie oder dorthin pflanzte und nach Zeit und Jahren die Hilfsmittel der Bildung um uns legte. Schon das Auge mußte sehen, das Ohr hören lernen; und wie künstlich das vornehmste Mittel unsrer Gedanken, die Sprache, erlangt werde, darf keinem verborgen bleiben. Offenbar hat die Natur auch unsern ganzen Mechanismus samt der Beschaffenheit und Dauer unsrer Lebensalter zu dieser fremden Beihilfe eingerichtet. Das Hirn der Kinder ist weich und hangt noch an der Hirnschale; langsam bildet es seine Streifen aus und wird mit den Jahren erst fester, bis es allmählich sich härtet und keine neuen Eindrücke mehr annimmt. So sind die Glieder, so die Triebe des Kindes; jene sind zart und zur Nachahmung eingerichtet; diese nehmen, was sie sehen und hören, mit wunderbar reger Aufmerksamkeit und innerer Lebenskraft auf. Der Mensch ist also eine künstliche Maschine, zwar mit genetischer Disposition und einer Fülle von Leben begabt; aber die Maschine spielet sich nicht selbst, und auch der fähigste Mensch muß lernen, wie er sie spiele. Die Vernunft ist ein Aggregat von Bemerkungen und Übungen unsrer Seele, eine Summe der Erziehung unsres Geschlechts, die, nach gegebnen fremden Vorbildern, der Erzogne zuletzt als ein fremder Künstler an sich vollendet.

Hier also liegt das Principium zur Geschichte der Menschheit, ohne welches es keine solche Geschichte gäbe. Empfinge der Mensch alles aus sich und entwickelte es abgetrennt von äußern Gegenständen, so wäre zwar eine Geschichte *des* Menschen, aber nicht *der* Menschen, nicht ihres ganzen Geschlechts möglich. Da nun aber unser spezifische Charakter eben darin liegt, daß wir, beinah ohne Instinkt geboren, nur durch eine lebenslange Übung zur Menschheit gebildet werden, und sowohl die Perfektibilität als die Korruptibilität unsres Geschlechts hierauf beruhet: so wird eben damit auch die Geschichte der Menschheit notwendig ein Ganzes, d. i. eine Kette der Geselligkeit und bildenden Tradition vom ersten bis zum letzten Gliede.
Es gibt also eine Erziehung des Menschengeschlechts, eben weil jeder Mensch nur durch Erziehung ein Mensch wird, und das ganze Geschlecht nicht anders als in dieser Kette von Individuen lebet. Freilich, wenn jemand sagte, daß nicht der einzelne Mensch, sondern das Geschlecht erzogen werde, so spräche er für mich unverständlich, da Geschlecht und Gattung nur allgemeine Begriffe sind, außer sofern sie in einzelnen Wesen existieren. Gäbe ich diesem allgemeinen Begriff nun auch alle Vollkommenheiten der Humanität, Kultur und höchsten Aufklärung, die ein idealischer Begriff gestattet, so hätte ich zur wahren Geschiche unsres Geschlechts ebensoviel gesagt, als wenn ich von der Tierheit, der Steinheit, der Metallheit im allgemeinen spräche und sie mit den herrlichsten, aber in einzelnen Individuen einander widersprechenden Attributen auszierte. Auf diesem Wege der *Averroischen* Philosophie, nach der das ganze Menschengeschlecht nur Eine, und zwar eine sehr niedrige Seele besitzet, die sich dem einzelnen Menschen nur teilweise mitteilet, auf ihm soll unsre Philosophie der Geschichte nicht wandern. Schränkte ich aber gegenseits beim Menschen alles auf Individuen ein und leugnete die Kette ihres Zusammenhanges sowohl untereinander als mit dem Ganzen, so wäre mir abermals die Natur des Menschen und seine helle Geschichte entgegen; denn kein einzelner von uns ist durch sich selbst Mensch worden. Das ganze Gebilde der Humanität in ihm hängt durch eine geistige Genesis, die Erziehung, mit seinen Eltern, Lehrern, Freunden, mit allen Umständen im Lauf seines Lebens, also mit seinem Volk und den Vätern desselben, ja endlich mit der ganzen Kette des Geschlechts zusammen, das irgend in einem Gliede eine seiner Seelenkräfte berührte. So werden Völker zuletzt Familien; Familien gehen zu Stammvätern hinauf; der Strom der Geschichte enget sich bis zu seinem Quell, und der ganze Wohnplatz unsrer Erde verwandelt sich endlich in ein Erziehungshaus unsrer Familie, zwar mit vielen Abteilungen, Klassen und Kammern, aber doch nach Einem Typus der Lektionen, der sich mit mancherlei Zusätzen und Verändrungen durch alle Geschlechter vom Urvater heraberbte. Trauen wirs nun dem eingeschränkten Verstande eines Lehrers zu, daß er die Abteilungen seiner Schüler nicht ohne Grund machte, und finden, daß das Menschengeschlecht auf der Erde allenthalben, und zwar den Bedürfnissen seiner Zeit und Wohnung gemäß, eine Art künstlicher Erziehung finde; welcher Verständige, der den Bau unsrer Erde und das Verhältnis der Menschen zu ihm betrachtet, wird nicht vermuten, daß der Vater unsres Geschlechts, der bestimmt hat, wie lange und weit Nationen wohnen sollen, diese Bestimmung auch als Lehrer unsres Geschlechts gemacht haben? Wird, wer ein Schiff betrachtet, eine Absicht des Werkmeisters in ihm leugnen? Und wer das künstliche Gebilde unsrer Natur mit jedem Klima der bewohnbaren Erde vergleicht, wird er dem Gedanken entfliehen können, daß nicht auch in Absicht der geistigen Erziehung die klimatische Diversität der vielartigen Menschen ein Zweck der Erdeschöpfung gewesen? Da aber der Wohnplatz allein noch nicht alles ausmacht,

indem lebendige, uns ähnliche Wesen dazugehören, uns zu unterrichten, zu gewöhnen, zu bilden; mich dünkt, so gibt es eine Erziehung des Menschengeschlechts und eine Philosophie seiner Geschichte so gewiß, so wahr es eine Menschheit, d. i. eine Zusammenwirkung der Individuen gibt, die uns allein zu Menschen machte.

Sofort werden uns auch die Prinzipien dieser Philosophie offenbar, einfach und unverkennbar, wie es die Naturgeschichte des Menschen selbst ist: sie heißen *Tradition und organische Kräfte.* Alle Erziehung kann nur durch Nachahmung und Übung, also durch Übergang des Vorbildes ins Nachbild werden; und wie könnten wir dies besser als Überlieferung nennen? Der Nachahmende aber muß Kräfte haben, das Mitgeteilte oder Mitteilbare aufzunehmen und es wie die Speise, durch die er lebt, in seine Natur zu verwandeln. Von wem er also, was und wieviel er aufnehme, wie ers sich zueigne, nutze und anwende, das kann nur durch seine, des Aufnehmenden, Kräfte bestimmt werden; mithin wird die Erziehung unsres Geschlechts in zwiefachem Sinne genetisch und organisch, genetisch durch die Mitteilung, organisch durch die Aufnahme und Anwendung des Mitgeteilten. Wollen wir diese zweite Genesis des Menschen, die sein ganzes Leben durchgeht, von der Bearbeitung des Ackers *Kultur*, oder vom Bilde des Lichts *Aufklärung* nennen, so stehet uns der Name frei; die Kette der Kultur und Aufklärung reicht aber sodann bis ans Ende der Erde. Auch der Kalifornier und Feuerländer lernte Bogen und Pfeile machen und sie gebrauchen; er hat Sprache und Begriffe, Übungen und Künste, die er lernte, wie wir sie lernen; sofern ward er also wirklich kultiviert und aufgekläret, wiewohl im niedrigsten Grade. Der Unterschied zwischen aufgeklärten und unaufgeklärten, zwischen kultivierten und unkultivierten Völkern ist also nicht spezifisch, sondern nur gradweise. Das Gemälde der Nationen hat hier unendliche Schattierungen, die mit den Räumen und Zeiten wechseln; es kommt also auch bei ihm, wie bei jedem Gemälde, auf den Standpunkt an, in dem man die Gestalten wahrnimmt. Legen wir den Begriff der europäischen Kultur zum Grunde, so findet sich diese allerdings nur in Europa; setzen wir gar noch willkürliche Unterschiede zwischen Kultur und Aufklärung fest, deren keine doch, wenn sie rechter Art ist, ohne die andre sein kann, so entfernen wir uns noch weiter ins Land der Wolken. Bleiben wir aber auf der Erde und sehen im allgemeinsten Umfange das an, was uns die Natur, die den Zweck und Charakter ihres Geschöpfs am besten kennen mußte, als menschliche Bildung selbst vor Augen legt, so ist dies keine andre als *die Tradition einer Erziehung zu irgendeiner Form menschlicher Glückseligkeit und Lebensweise.* Diese ist allgemein wie das Menschengeschlecht, ja unter den Wilden oft am tätigsten, wiewohl nur in einem engern Kreise. Bleibt der Mensch unter Menschen, so kann er dieser bildenden oder mißbildenden Kultur nicht entweichen; Tradition tritt zu ihm und formt seinen Kopf und bildet seine Glieder. Wie jene ist und wie diese sich bilden lassen, so *wird* der Mensch, so ist er gestaltet. Selbst Kinder, die unter die Tiere gerieten, nahmen, wenn sie einige Zeit bei Menschen gelebt hatten, schon menschliche Kultur unter dieselbe, wie die bekannten meisten Exempel beweisen; dagegen ein Kind, das vom ersten Augenblick der Geburt an der Wölfin übergeben würde, der einzige unkultivierte Mensch auf der Erde wäre.

Was folgt aus diesem festen und durch die ganze Geschichte unsres Geschlechts bewährten Gesichtspunkt? *Zuerst* ein Grundsatz, der wie unserm Leben so auch dieser Betrachtung Aufmunterung und Trost gibt, nämlich: ist das Menschengeschlecht nicht durch sich selbst entstanden, ja wird es Anlagen in seiner Natur gewahr, die keine Bewunderung gnugsam preiset, so muß auch die Bildung dieser Anlagen vom

Schöpfer durch Mittel bestimmt sein, die seine weiseste Vatergüte verraten. Ward das leibliche Auge vergebens so schön gebildet? Und findet es nicht sogleich den goldnen Lichtstrahl vor sich, der für dasselbe wie das Auge für den Lichtstrahl erschaffen ist und die Weisheit seiner Anlage vollendet? So ists mit allen Sinnen, mit allen Organen; sie finden ihre Mittel zur Ausbildung, das Medium, zu dem sie geschaffen wurden. Und mit den geistigen Sinnen und Organen, auf deren Gebrauch der Charakter des Menschengeschlechts sowie die Art und das Maß seiner Glückseligkeit beruhet, hier sollte es anders sein? Hier sollte der Schöpfer seine Absicht, mithin die Absicht der ganzen Natur, sofern sie vom Gebrauch menschlicher Kräfte abhangt, verfehlt haben? Unmöglich! Jeder Wahn hierüber muß an uns liegen, die wir dem Schöpfer entweder falsche Zwecke unterschieben, oder, soviel an uns ist, sie vereiteln. Da aber auch diese Vereitlung ihre Grenzen haben muß, und kein Entwurf des Allweisen von einem Geschöpf seiner Gedanken verrückt werden kann: so lasset uns sicher und gewiß sein, daß, was Absicht Gottes auf unsrer Erde mit dem Menschengeschlecht ist, auch in seiner verworrensten Geschichte unverkennbar bleibe. Alle Werke Gottes haben dieses eigen, daß, ob sie gleich alle zu einem unübersehlichen Ganzen gehören, jedes dennoch auch für sich ein Ganzes ist und den göttlichen Charakter seiner Bestimmung an sich träget. So ists mit der Pflanze und mit dem Tier; wäre es mit dem Menschen und seiner Bestimmung anders? Daß Tausende etwa nur für Einen, daß alle vergangenen Geschlechter fürs letzte, daß endlich alle Individuen nur für die Gattung, d. i. für das Bild eines abstrakten Namens hervorgebracht wären? So spielt der Allweise nicht; er dichtet keine abgezognen Schattenträume; in jedem seiner Kinder liebet und fühlt er sich mit dem Vatergefühl, als ob dies Geschöpf das einzige seiner Welt wäre. Alle seine Mittel sind Zwecke, alle seine Zwecke Mittel zu größern Zwecken, in denen der Unendliche allerfüllend sich offenbaret. Was also jeder Mensch ist und sein kann, das muß Zweck des Menschengeschlechts sein; und was ist dies? Humanität und Glückseligkeit auf dieser Stelle, in diesem Grad, als dies und kein andres Glied der Kette von Bildung, die durchs ganze Geschlecht reichet. Wo und wer du geboren bist, o Mensch, da bist du, der du sein solltest; verlaß die Kette nicht, noch setze dich über sie hinaus, sondern schlinge dich an sie! Nur in ihrem Zusammenhange, in dem, was du empfängest und gibst, und also in beidem Fall tätig *wirst*, nur da wohnt für dich Leben und Friede.
Zweitens. So sehr es dem Menschen schmeichelt, daß ihn die Gottheit zu ihrem Gehilfen angenommen und seine Bildung hienieden ihm selbst und seinesgleichen überlassen habe, so zeigt doch eben dies von der Gottheit gewählte Mittel die Unvollkommenheit unsres irdischen Daseins, indem wir eigentlich Menschen noch nicht *sind*, sondern täglich *werden*. Was ists für ein armes Geschöpf, das nichts aus sich selbst hat, das alles durch Vorbild, Lehre, Übung bekommt und wie ein Wachs darnach Gestalten annimmt! Man sehe, wenn man auf seine Vernunft stolz ist, den Spielraum seiner Mitbrüder an auf der weiten Erde, oder höre ihre vieltönige dissonante Geschichte. Welche Unmenschlichkeit gäbe es, zu der sich nicht ein Mensch, eine Nation, ja oft eine Reihe von Nationen gewöhnen konnte, sogar daß ihrer viele und vielleicht die meisten das Fleisch ihrer Mitbrüder fraßen. Welche törichte Einbildung wäre denkbar, die die erbliche Tradition nicht hie und da wirklich geheiligt hätte? Niedriger also kann kein vernünftiges Geschöpf stehen, als der Mensch steht; denn er ist lebenslang nicht nur ein Kind an Vernunft, sondern sogar ein Zögling der Vernunft andrer. In welche Hände er fällt, darnach wird er gestaltet, und ich glaube nicht, daß irgendeine Form der menschlichen Sitte möglich sei, in der nicht

ein Volk oder ein Individuum desselben existiert oder existiert habe. Alle Laster und Greueltaten erschöpfen sich in der Geschichte, bis endlich hie und da eine edlere Form menschlicher Gedanken und Tugenden erscheinet. Nach dem vom Schöpfer erwählten Mittel, daß unser Geschlecht nur durch unser Geschlecht gebildet würde, wars nicht anders möglich; Torheiten mußten sich vererben wie die sparsamen Schätze der Weisheit; der Weg der Menschen ward einem Labyrinth gleich, mit Abwegen auf allen Seiten, wo nur wenige Fußtapfen zum innersten Ziel führen. Glücklich ist der Sterbliche, der dahinging oder -führte, dessen Gedanken, Neigungen und Wünsche, oder auch nur die Strahlen seines stillen Beispiels auf die schönere Humanität seiner Mitbrüder fortgewirkt haben. Nicht anders wirkt Gott auf der Erde als durch erwählte, größere Menschen; Religion und Sprache, Künste und Wissenschaften, ja die Regierungen selbst können sich mit keiner schönern Krone schmücken als mit diesem Palmzweige der sittlichen Fortbildung in menschlichen Seelen. Unser Leib vermodert im Grabe, und unsers Namens Bild ist bald ein Schatten auf der Erde; nur in der Stimme Gottes, d. i. der bildenden Tradition einverleibt, können wir auch mit namenloser Wirkung in den Seelen der Unsern tätig fortleben.

Drittens. Die Philosophie der Geschichte also, die die Kette der Tradition verfolgt, ist eigentlich die wahre Menschengeschichte, ohne welche alle äußeren Weltbegebenheiten nur Wolken sind oder erschreckende Mißgestalten werden. Grausenvoll ist der Anblick, in den Revolutionen der Erde nur Trümmer auf Trümmern zu sehen, ewige Anfänge ohne Ende, Umwälzungen des Schicksals ohne dauernde Absicht! Die Kette der Bildung allein macht aus diesen Trümmern ein Ganzes, in welchem zwar Menschengestalten verschwinden, aber der Menschengeist unsterblich und fortwirkend lebet. Glorreiche Namen, die in der Geschichte der Kultur als Genien des Menschengeschlechts, als glänzende Sterne in der Nacht der Zeiten schimmern! Laß es sein, daß der Verfolg der Äonen manches von ihrem Gebäude zertrümmerte und vieles Gold in den Schlamm der Vergessenheit senkte; die Mühe ihres Menschenlebens war dennoch nicht vergeblich; denn was die Vorsehung von ihrem Werk retten wollte, rettete sie in andern Gestalten. Ganz und ewig kann ohnedies kein Menschendenkmal auf der Erde dauern, da es im Strom der Generationen nur von den Händen der Zeit für die Zeit errichtet war und augenblicklich der Nachwelt verderblich wird, sobald es ihr neues Bestreben unnötig macht oder aufhält. Auch die wandelbare Gestalt und die Unvollkommenheit aller menschlichen Wirkung lag also im Plan des Schöpfers. Torheit mußte erscheinen, damit die Weisheit sie überwinde; zerfallende Brechlichkeit auch der schönsten Werke war von ihrer Materie unzertrennlich, damit auf den Trümmern derselben eine neue bessernde oder bauende Mühe der Menschen stattfände; denn alle sind wir hier nur in einer Werkstätte der Übung. Jeder einzelne muß davon, und da es ihm sodann gleich sein kann, was die Nachwelt mit seinen Werken vornehme, so wäre es einem guten Geist sogar widrig, wenn die folgenden Geschlechter solche mit toter Stupidität anbeten und nichts eigenes unternehmen wollten. Er gönnet ihnen diese neue Mühe; denn was er aus der Welt mitnahm, war seine gestärkte Kraft, die innere reiche Frucht seiner menschlichen Übung.

Goldene Kette der Bildung also, du, die die Erde umschlingt und durch alle Individuen bis zum Thron der Vorsehung reichet, seitdem ich dich ersah und in deinen schönsten Gliedern, den Vater- und Mutter-, den Freundes- und Lehrerempfindungen verfolgte, ist mir die Geschichte nicht mehr, was sie mir sonst schien, ein Greuel der Verwüstung auf einer heiligen Erde. Tausend Schandtaten stehen da, mit häßlichem

Lobe verschleiert; tausend andre stehen in ihrer ganzen Häßlichkeit daneben, um allenthalben doch das sparsame wahre Verdienst wirkender Humanität auszuzeichnen, das auf unsrer Erde immer still und verborgen ging und selten die Folgen kannte, die die Vorsehung aus seinem Leben, wie den Geist aus der Masse hervorzog. Nur unter Stürmen konnte die edle Pflanze erwachsen; nur durch Entgegenstreben gegen falsche Anmaßungen mußte die süße Mühe der Menschen Siegerin werden; ja, oft schien sie unter ihrer reinen Absicht gar zu erliegen. Aber sie erlag nicht. Das Samenkorn aus der Asche des Guten ging in der Zukunft desto schöner hervor, und, mit Blut befeuchtet, stieg es meistens zur unverwelklichen Krone. Das Maschinenwerk der Revolutionen irret mich also nicht mehr; es ist unserm Geschlecht so nötig wie dem Strom seine Wogen, damit er nicht ein stehender Sumpf werde. Immer verjüngt in seinen Gestalten, blüht der Genius der Humanität auf und ziehet palingenetisch in Völkern, Generationen und Geschlechtern weiter.

II.

Das sonderbare Mittel zur Bildung der Menschen ist Sprache

Im Menschen, ja selbst im Affen findet sich ein sonderbarer Trieb der Nachahmung, der keineswegs die Folge einer vernünftigen Überlegung, sondern ein unmittelbares Erzeugnis der organischen Sympathie scheinet. Wie Eine Saite der andern zutönt, und mit der reinern Dichtigkeit und Homogenität aller Körper auch ihre vibrierende Fähigkeit zunimmt, so ist die menschliche Organisation, als die feinste von allen, notwendig auch am meisten dazu gestimmt, den Klang aller andern Wesen nachzuhallen und in sich zu fühlen. Die Geschichte der Krankheiten zeigt, daß nicht nur Affekten und körperliche Wunden, daß selbst der Wahnsinn sich sympathetisch fortbreiten konnte.

Bei Kindern sehen wir also die Wirkungen dieses Konsensus gleichgestimmter Wesen in hohem Grade; ja, eben auch dazu sollte ihr Körper lange Jahre ein leicht zurücktönendes Saitenspiel bleiben. Handlungen und Gebärden, selbst Leidenschaften und Gedanken gehen unvermerkt in sie über, so daß sie auch zu dem, was sie noch nicht üben können, wenigstens gestimmt werden und einem Triebe, der eine Art geistiger Assimilation ist, unwissend folgen. Bei allen Söhnen der Natur, den wilden Völkern, ists nicht anders. Geborne Pantomimen, ahmen sie alles, was ihnen erzählt wird oder was sie ausdrücken wollen, lebhaft nach und zeigen damit in Tänzen, Spielen, Scherz und Gesprächen ihre eigentliche Denkart. Nachahmend nämlich kam ihre Phantasie zu diesen Bildern; in Typen solcher Art bestehet der Schatz ihres Gedächtnisses und ihrer Sprache; daher gehen auch ihre Gedanken so leicht in Handlung und lebendige Tradition über.

Durch alle diese Mimik indessen wäre der Mensch noch nicht zu seinem künstlichen Geschlechtscharakter, der Vernunft gekommen; zu ihr kommt er allein durch Sprache. Lasset uns bei diesem Wunder einer göttlichen Einsetzung verweilen; es ist außer der Genesis lebendiger Wesen vielleicht das größeste der Erdeschöpfung.

Wenn uns jemand ein Rätsel vorlegte, wie Bilder des Auges und alle Empfindungen unsrer verschiedensten Sinne nicht nur in Töne gefaßt, sondern auch diesen Tönen mit inwohnender Kraft so mitgeteilt werden sollen, daß sie Gedanken ausdrücken und Gedanken erregen: ohne Zweifel hielte man dies Problem für den Einfall eines

Wahnsinnigen, der, höchst ungleiche Dinge einander substituierend, die Farbe zum Ton, den Ton zum Gedanken, den Gedanken zum malenden Schall zu machen gedächte. Die Gottheit hat das Problem tätig aufgelöset. Ein Hauch unsres Mundes wird das Gemälde der Welt, der Typus unsrer Gedanken und Gefühle in des andern Seele. Von einem bewegten Lüftchen hangt alles ab, was Menschen je auf der Erde Menschliches dachten, wollten, taten und tun werden; denn alle liefen wir noch in Wäldern umher, wenn nicht dieser göttliche Odem uns angehaucht hätte und wie ein Zauberton auf unsern Lippen schwebte. Die ganze Geschichte der Menschheit also mit allen Schätzen ihrer Tradition und Kultur ist nichts als eine Folge dieses aufgelösten göttlichen Rätsels. Was uns dasselbe noch sonderbarer macht, ist, daß wir selbst nach seiner Auflösung bei täglichem Gebrauch der Rede nicht einmal den Zusammenhang der Werkzeuge dazu begreifen. Gehör und Sprache hangen zusammen; denn bei den Abartungen der Geschöpfe verändern sich ihre Organe offenbar miteinander. Auch sehen wir, daß zu ihrem Konsensus der ganze Körper eingerichtet worden; die innere Art der Zusammenwirkung aber begreifen wir nicht. Daß alle Affekten, insonderheit Schmerz und Freude Töne werden, daß, was unser Ohr hört, auch die Zunge reget, daß Bilder und Empfindungen geistige Merkmale, daß diese Merkmale bedeutende, ja bewegende Sprache sein können – das alles ist ein Konzent so vieler Anlagen, ein freiwilliger Bund gleichsam, den der Schöpfer zwischen den verschiedensten Sinnen und Trieben, Kräften und Gliedern seines Geschöpfs ebenso wunderbar hat errichten wollen, als er Leib und Seele zusammenfügte.
Wie sonderbar, daß ein bewegter Lufthauch das einzige, wenigstens das beste Mittel unsrer Gedanken und Empfindungen sein sollte! Ohne sein unbegreifliches Band mit allen ihm so ungleichen Handlungen unsrer Seele wären diese Handlungen ungeschehen, die feinen Zubereitungen unsres Gehirns müßig, die ganze Anlage unsres Wesens unvollendet geblieben, wie die Beispiele der Menschen, die unter die Tiere gerieten, zeigen. Die Taub- und Stummgebornen, ob sie gleich jahrelang in einer Welt von Gebärden und andern Ideenzeichen lebten, betrugen sich dennoch nur wie Kinder oder wie menschliche Tiere. Nach der Analogie dessen, was sie sahen und nicht verstanden, handelten sie; einer eigentlichen Vernunftverbindung waren sie durch allen Reichtum des Gesichts nicht fähig worden. Ein Volk hat keine Idee, zu der es kein Wort hat: die lebhafteste Anschauung bleibt dunkles Gefühl, bis die Seele ein Merkmal findet und es durchs Wort dem Gedächtnis, der Rückerinnerung, dem Verstande, ja endlich dem Verstande der Menschen, der Tradition einverleibet; eine reine Vernunft ohne Sprache ist auf Erden ein utopisches Land. Mit den Leidenschaften des Herzens, mit allen Neigungen der Gesellschaft ist es nicht anders. Nur die Sprache hat den Menschen menschlich gemacht, indem sie die ungeheure Flut seiner Affekten in Dämme einschloß und ihr durch Worte vernünftige Denkmale setzte. Nicht die Leier Amphions hat Städte errichtet, keine Zauberrute hat Wüsten in Gärten verwandelt; die Sprache hat es getan, sie, die große Gesellerin der Menschen. Durch sie vereinigten sie sich bewillkommend einander und schlossen den Bund der Liebe. Gesetze stiftete sie und verband Geschlechter; nur durch sie ward eine Geschichte der Menschheit in herabgeerbten Formen des Herzens und der Seele möglich. Noch jetzt sehe ich die Helden Homers und fühle Ossians Klagen, obgleich die Schatten der Sänger und ihrer Helden so lange der Erde entflohen sind. Ein bewegter Hauch des Mundes hat sie unsterblich gemacht und bringt ihre Gestalten vor mich; die Stimme der Verstorbenen ist in meinem Ohr; ich höre ihre längst verstummeten Gedanken. Was je der Geist der Menschen aussann, was die

Weisen der Vorzeit dachten, kommt, wenn es mir die Vorsehung gegönnt hat, allein durch Sprache zu mir. Durch sie ist meine denkende Seele an die Seele des ersten und vielleicht des letzten denkenden Menschen geknüpfet; kurz, Sprache ist der Charakter unsrer Vernunft, durch welchen sie allein Gestalt gewinnet und sich fortpflanzet.

Indessen zeigt eine kleine nähere Ansicht, wie unvollkommen dies Mittel unsrer Bildung sei, nicht nur als Werkzeug der Vernunft, sondern auch als Band zwischen Menschen und Menschen betrachtet; so daß man sich beinah kein unwesenhafteres, leichteres, flüchtigeres Gewebe denken kann, als womit der Schöpfer unser Geschlecht verknüpfen wollte. Gütiger Vater, war kein andrer Kalkül unsrer Gedanken, war keine innigere Verbindung menschlicher Geister und Herzen möglich?

1. *Keine Sprache drückt Sachen aus, sondern nur Namen: auch keine menschliche Vernunft also erkennt Sachen, sondern sie hat nur Merkmale von ihnen, die sie mit Worten bezeichnet;* eine demütigende Bemerkung, die der ganzen Geschichte unsres Verstandes enge Grenzen und eine sehr unwesenhafte Gestalt gibt. Alle unsre Metaphysik ist Metaphysik, d. i. ein abgezogenes, geordnetes Namenregister hinter Beobachtungen der Erfahrung. Als Ordnung und Register kann diese Wissenschaft sehr brauchbar sein, und muß gewissermaßen in allen andern unsern künstlichen Verstand leiten; für sich aber und als Natur der Sache betrachtet, gibt sie keinen einzigen vollständigen und wesentlichen Begriff, keine einzige innige Wahrheit. All unsre Wissenschaft rechnet mit abgezognen einzelnen äußern Merkmalen, die das Innere der Existenz keines einzigen Dinges berühren, weil zu dessen Empfindung und Ausdruck wir durchaus kein Organ haben. Keine Kraft in ihrem Wesen kennen wir, können sie auch nie kennen lernen; denn selbst die, die uns belebt, die in uns denket, genießen und fühlen wir zwar, aber wir kennen sie nicht. Keinen Zusammenhang zwischen Ursache und Wirkung verstehen wir also, da wir weder das, was wirkt, noch was gewirkt wird, im Innern einsehen, und vom Sein eines Dinges durchaus keinen Begriff haben. Unsre arme Vernunft ist also nur eine bezeichnende Rechnerin, wie auch in mehreren Sprachen ihr Name saget.

2. Und womit rechnet sie? Etwa mit den Merkmalen selbst, die sie abzog, so unvollkommen und unwesenhaft diese auch sein mögen? Nichts minder! *Diese Merkmale werden abermals in willkürliche, ihnen ganz unwesenhafte Laute verfaßt, mit denen die Seele denket.* Sie rechnet also mit Rechenpfennigen, mit Schällen und Ziffern; denn daß ein wesentlicher Zusammenhang zwischen der Sprache und dem Gedanken, geschweige der Sache selbst sei, wird niemand glauben, der nur zwo Sprachen auf der Erde kennet. Und wieviel mehr als zwo sind ihrer auf der Erde, in denen allen doch die Vernunft rechnet und sich mit dem Schattenspiel einer willkürlichen Zusammenordnung begnüget! Warum dies? Weil sie selbst nur unwesentliche Merkmale besitzet, und es am Ende ihr gleichgültig ist, mit diesen oder jenen Ziffern zu bezeichnen. Trüber Blick auf die Geschichte des Menschengeschlechtes! Irrtümer und Meinungen sind unsrer Natur also unvermeidlich, nicht etwa nur aus Fehlern des Beobachters, sondern der Genesis selbst nach, wie wir zu Begriffen kommen und diese durch Vernunft und Sprache fortpflanzen. Dächten wir Sachen statt abgezogner Merkmale und sprächen die Natur der Dinge aus statt willkürlicher Zeichen: so lebe wohl, Irrtum und Meinung, wir sind im Lande der Wahrheit. Jetzt aber, wie fern sind wir demselben, auch wenn wir dicht an ihm zu stehen glauben, da, was ich von einer Sache weiß, nur ein äußeres abgerissenes Symbol derselben ist, in ein anderes willkürliches Symbol gekleidet. Verstehet mich der andre? Ver-

bindet er mit dem Wort die Idee, die ich damit verband, oder verbindet er gar keine? Er rechnet indessen mit dem Wort weiter und gibt es andern vielleicht gar als eine leere Nußschale. So gings bei allen philosophischen Sekten und Religionen. Der Urheber hatte von dem, was er sprach, wenigstens klaren, obgleich darum noch nicht wahren Begriff; seine Schüler und Nachfolger verstanden ihn auf ihre Weise, d. i. sie belebten mit ihren Ideen seine Worte, und zuletzt tönten nur leere Schälle um das Ohr der Menschen. Lauter Unvollkommenheiten, die in unserm einzigen Mittel der Fortpflanzung menschlicher Gedanken liegen; und doch sind wir mit unsrer Bildung an diese Kette geknüpft; sie ist uns unentweichbar.

Große Folgen liegen hierin für die Geschichte der Menschheit. *Zuerst:* Schwerlich kann unser Geschlecht nach diesem von der Gottheit erwählten Mittel der Bildung für die bloße Spekulation oder für die reine Anschauung gemacht sein; denn beide liegen sehr unvollkommen in unserm Kreise. Nicht für die reine Anschauung, die entweder ein Trug ist, weil kein Mensch das Innere der Sachen siehet, oder die wenigstens, da sie keine Merkmale und Worte zuläßt, ganz unmittelbar bleibet. Kaum vermag der Anschauende den andern auf den Weg zu führen, auf dem er zu seinen unnennbaren Schätzen gelangte, und muß es ihm selbst und seinem Genius überlassen, wie fern auch *er* dieser Anschauung teilhaftig werde. Notwendig wird hiemit eine Pforte zu tausend vergeblichen Qualen des Geistes und zu unzähligen Arten des listigen Betruges eröffnet, wie die Geschichte aller Völker zeiget. Zur Spekulation kann der Mensch ebensowenig geschaffen sein, da sie ihrer Genesis und Mitteilung nach nicht vollkommener ist und nur zu bald die Köpfe der Nachbeter mit tauben Worten erfüllet. Ja, wenn sich diese beiden Extreme, Spekulation und Anschauung gar gesellen wollen, und der metaphysische Schwärmer auf eine wortlose Vernunft voll Anschauungen weiset: armes Menschengeschlecht, so schwebst du gar im Raum der Undinge zwischen kalter Hitze und warmer Kälte. Durch die Sprache hat uns die Gottheit auf einen sicherern, den Mittelweg geführet. Nur Verstandesideen sinds, die wir durch sie erlangen, und die zum Genuß der Natur, zur Anwendung unsrer Kräfte, zum gesunden Gebrauch unsres Lebens, kurz zu Bildung der Humanität in uns gnug sind. Nicht Äther sollen wir atmen, dazu auch unsre Maschine nicht gemacht ist, sondern den gesunden Duft der Erde.

Und, o sollten die Menschen im Gebiet wahrer und nutzbarer Begriffe so weit voneinander entfernt sein, als es die stolze Spekulation wähnet? Die Geschichte der Nationen sowohl als die Natur der Vernunft und Sprache verbietet mir fast, dies zu glauben. Der arme Wilde, der wenige Dinge sah und noch weniger Begriffe zusammenfügte, verfuhr in ihrer Verbindung nicht anders als der erste der Philosophen. Er hat Sprache wie sie, und durch diese seinen Verstand und sein Gedächtnis, seine Phantasie und Zurückerinnerung tausendfach geübet. Ob in einem kleinern oder größern Kreise, dieses tut nichts zur Sache; zu der menschlichen Art nämlich, wie er sie übte. Der Weltweise Europens kann keine einzige Seelenkraft nennen, die ihm eigen sei; ja selbst im Verhältnis der Kräfte und ihrer Übung erstattet die Natur reichlich. Bei manchen Wilden z. B. ist das Gedächtnis, die Einbildungskraft, praktische Klugheit, schneller Entschluß, richtiges Urteil, lebhafter Ausdruck in einer Blüte, die bei der künstlichen Vernunft europäischer Gelehrten selten gedeihet. Diese hingegen rechnen mit Wortbegriffen und Ziffern, freilich unendlich feine und künstliche Kombinationen, an die der Naturmensch nicht denket; eine sitzende Rechenmaschine aber, wäre sie das Urbild aller menschlichen Vollkommenheit, Glückseligkeit und Stärke? Laß es sein, daß jener in Bildern denke, was er abstrakt zu denken noch nicht vermag; selbst wenn er noch keinen entwickelten Gedanken, d. i. kein Wort von Gott hätte und er genösse Gott als den großen Geist der Schöpfung tätig in seinem Leben: o so lebet er dankbar, indem er zufrieden lebet, und wenn er sich in Wortziffern keine unsterbliche Seele erweisen kann und glaubt dieselbe, so geht er mit glücklicherm Mut als mancher zweifelnde Wortweise ins Land der Väter.

Lasset uns also die gütige Vorsehung anbeten, die durch das zwar unvollkommene, aber allgemeine Mittel der Sprache im Innern die Menschen einander gleicher machte, als es ihr Äußeres zeiget. Alle kommen wir zur Vernunft nur durch Sprache, und zur Sprache durch Tradition, durch Glauben ans Wort der Väter. Wie nun der ungelehrigste Sprachschüler der wäre, der vom ersten Gebrauch der Worte Ursache und Rechenschaft forderte, so muß ein ähnlicher Glauben an so schwere Dinge, als die Beobachtung der Natur und die Erfahrung sind, uns mit gesunder Zuversicht durchs ganze Leben leiten. Wer seinen Sinnen nicht traut, ist ein Tor und muß ein leerer Spekulant werden; dagegen, wer sie trauend übt und eben dadurch erforscht und berichtigt, der allein gewinnet einen Schatz der Erfahrung für sein menschliches Leben. Ihm ist sodann die Sprache mit allen ihren Schranken gnug; denn sie sollte den Beobachter nur aufmerksam machen und ihn zum eignen, tätigen Gebrauch seiner Seelenkräfte leiten. Ein feineres Idiom, durchdringend wie der Sonnenstrahl, könnte teils nicht allgemein sein, teils wäre es für die jetzige Sphäre unsrer gröbern Tätigkeit ein wahres Übel. Ein gleiches ists mit der Sprache des Herzens; sie kann wenig sagen, und doch sagt sie gnug; ja, gewissermaßen ist unsre menschliche Sprache mehr für das Herz als für die Vernunft geschaffen. Dem Verstande kann die Gebärde, die Bewegung, die Sache selbst zu Hilfe kommen: die Empfindungen unseres Herzens aber blieben in unserer Brust vergraben, wenn der melodische Strom sie nicht in sanften Wellen zum Herzen des andern hinüberbrächte. Auch darum also hat der Schöpfer die Musik der Töne zum Organ unsrer Bildung gewählt; eine Sprache für die Empfindung, eine Vater- und Mutter-, Kindes- und Freundessprache. Geschöpfe, die sich einander noch nicht innig berühren können, stehen wie hinter Gegittern und flüstern einander zu das Wort der Liebe; bei Wesen, die die Sprache des Lichts oder eines andern Organs sprächen, veränderte sich notwendig die ganze Gestalt und Kette ihrer Bildung.

Zweitens. Der schönste Versuch über die Geschichte und mannigfaltige Charakteristik des menschlichen Verstandes und Herzens wäre also eine *philosophische Vergleichung der Sprachen;* denn in jede derselben ist der Verstand eines Volks und sein Charakter gepräget. Nicht nur die Sprachwerkzeuge ändern sich mit den Regionen, und beinah jeder Nation sind einige Buchstaben und Laute eigen; sondern die Namengebung selbst, sogar in Bezeichnung hörbarer Sachen, ja in den unmittelbaren Äußerungen des Affekts, den Interjektionen, ändert sich überall auf der Erde. Bei Dingen des Anschauens und der kalten Betrachtung wächst diese Verschiedenheit noch mehr, und bei den uneigentlichen Ausdrücken, den Bildern der Rede, endlich beim Bau der Sprache, beim Verhältnis, der Ordnung, dem Konsensus der Glieder zueinander ist sie beinah unermeßlich; noch immer aber also, daß sich der Genius eines Volks nirgend besser als in der Physiognomie seiner Rede offenbaret. Ob z. B. eine Nation viele Namen oder viel Handlung hat, wie es Personen und Zeiten ausdrückt, welche Ordnung der Begriffe es liebet, alledies ist oft in feinen Zügen äußerst charakteristisch. Manche Nation hat für das männliche und weibliche Geschlecht eine eigne Sprache; bei andern unterscheiden sich im bloßen

Wort *Ich* gar die Stände. Tätige Völker haben einen Überfluß von modis der Verben, feinere Nationen eine Menge Beschaffenheiten der Dinge, die sie zu Abstraktionen erhöhten. Der sonderbarste Teil der menschlichen Sprachen endlich ist die Bezeichnung ihrer Empfindungen, die Ausdrücke der Liebe und Hochachtung, der Schmeichelei und der Drohung, in denen sich die Schwachheiten eines Volks oft bis zum Lächerlichen offenbaren.* Warum kann ich noch kein Werk nennen, das den Wunsch *Bacos, Leibniz, Sulzers* u. a. nach einer *allgemeinen Physiognomik der Völker aus ihren Sprachen* nur einigermaßen erfüllet habe? Zahlreiche Beiträge zu demselben gibts in den Sprachbüchern und Reisebeschreibern einzelner Nationen; unendlich schwer und weitläufig dürfte die Arbeit auch nicht werden, wenn man das Nutzlose vorbeiginge, und was sich ins Licht stellen läßt, desto besser gebrauchte. An lehrreicher Anmut würde es keinen Schritt fehlen, weil alle Eigenheiten der Völker in ihrem praktischen Verstande, in ihren Phantasien, Sitten und Lebensweisen wie ein Garten des Menschengeschlechts dem Beobachter zum mannigfaltigsten Gebrauch vorlägen, und am Ende sich die reichste *Architektonik menschlicher Begriffe, die beste Logik und Metaphysik des gesunden Verstandes* daraus ergäbe. Der Kranz ist noch aufgesteckt, und ein andrer *Leibniz* wird ihn zu seiner Zeit finden.

Eine ähnliche Arbeit wäre die Geschichte der Sprache einiger einzelner Völker nach ihren Revolutionen; wobei ich insonderheit die Sprache unsres Vaterlandes für uns zum Beispiel nehme. Denn ob sie gleich nicht wie andre mit fremden Sprachen vermischt worden, so hat sie sich dennoch wesentlich und selbst der Grammatik nach von Otfrids Zeiten her verändert. Die Gegeneinanderstellung verschiedner kultivierter Sprachen mit den verschiednen Revolutionen ihrer Völker würde mit jedem Strich von Licht und Schatten gleichsam ein wandelbares Gemälde der mannigfaltigen Fortbildung des menschlichen Geistes zeigen, der, wie ich glaube, seinen verschiednen Mundarten nach noch in allen seinen Zeitaltern auf der Erde blühet. Da sind Nationen in der Kindheit, der Jugend, dem männlichen und hohen Alter unsres Geschlechts; ja wie manche Völker und Sprachen sind durch Einimpfung andrer oder wie aus der Asche entstanden!

Endlich die Tradition der Traditionen, die *Schrift*. Wenn Sprache das Mittel der *menschlichen* Bildung unsres Geschlechts ist, so ist Schrift das Mittel der *gelehrten* Bildung. Alle Nationen, die außer dem Wege dieser künstlichen Tradition lagen, sind nach unsern Begriffen unkultiviert geblieben; die daran auch nur unvollkommen teilnahmen, erhoben sich zu einer Verewigung der Vernunft und der Gesetze in Schriftzügen. Der Sterbliche, der dies Mittel, den flüchtigen Geist nicht nur in Worte, sondern in Buchstaben zu fesseln, erfand, er wirkte als ein Gott unter den Menschen.**

Aber was bei der Sprache sichtbar war, ist hier noch viel mehr sichtbar, nämlich, daß auch dies Mittel der Verewigung unsrer Gedanken den Geist und die Rede zwar bestimmt, aber auch eingeschränkt und auf mannigfaltige Weise gefesselt habe. Nicht nur, daß mit den Buchstaben allmählich die lebendigen Akzente und Gebärden erloschen, sie, die vorher der Rede so starken Eingang ins Herz verschafft hatten; nicht nur, daß der Dialekte, mithin auch der charakteristischen Idiome einzelner Stämme

* Beispiele von diesen Sätzen zu geben, wäre zu weitläufig; sie gehören nicht in dies Buch und bleiben einem andern Ort aufbehalten.

** Die Geschichte dieser und andrer Erfindungen, sofern sie zum Gemälde der Menschheit gehört, wird der Verfolg geben.

und Völker dadurch weniger ward; auch das Gedächtnis der Menschen und ihre lebendige Geisteskraft schwächte sich bei diesem künstlichen Hilfsmittel vorgezeichneter Gedankenformen. Unter Gelehrsamkeit und Büchern wäre längst erlegen die menschliche Seele, wenn nicht durch mancherlei zerstörende Revolutionen die Vorsehung unserm Geist wiederum Luft schaffte. In Buchstaben gefesselt, schleicht der Verstand zuletzt mühsam einher; unsre besten Gedanken verstummen in toten schriftlichen Zügen. Dies alles indessen hindert nicht, die Tradition der Schrift als die dauerhafteste, stilleste, wirksamste Gottesanstalt anzusehen, dadurch Nationen auf Nationen, Jahrhunderte auf Jahrhunderte wirken, und sich das ganze Menschengeschlecht vielleicht mit der Zeit an Einer Kette brüderlicher Tradition zusammenfindet.

III.

Durch Nachahmung, Vernunft und Sprache sind alle Wissenschaften und Künste des Menschengeschlechts erfunden worden

Sobald der Mensch, durch welchen Gott oder Genius es geschehen sei, auf den Weg gebracht war, eine Sache als Merkmal sich zuzueignen und dem gefundnen Merkmal ein willkürliches Zeichen zu substituieren, d. i. sobald auch in den kleinsten Anfängen Sprache der Vernunft begann, sofort war er auf dem Wege zu allen Wissenschaften und Künsten. Denn was tut die menschliche Vernunft in Erfindung dieser, als bemerken und bezeichnen? Mit der schwersten Kunst, der Sprache, war also gewissermaßen ein Vorbild zu allem gegeben.

Der Mensch z. B., der von den Tieren ein Merkmal der Benennung faßte, hatte damit auch den Grund gelegt, die zähmbaren Tiere zu bezähmen, die nutzbaren sich nutzbar zu machen und überhaupt alles in der Natur für sich zu erobern; denn bei jeder dieser Zueignungen tat er eigentlich nichts, als das Merkmal eines zähmbaren, nützlichen, sich zuzueignenden Wesens bemerken und es durch Sprache oder Probe bezeichnen. Am sanften Schaf z. E. bemerkte er die Milch, die das Lamm sog, die Wolle, die seine Hand wärmte, und suchte das eine wie das andre sich zuzueignen. Am Baum, zu dessen Früchten ihn der Hunger führte, bemerkte er Blätter, mit denen er sich gürten konnte, Holz, das ihn wärmte u. f. So schwang er sich aufs Roß, daß es ihn trage; er hielt es bei sich, daß es ihn abermals trage; er sahe den Tieren, er sahe der Natur ab, wie jene sich schützten und nährten, wie diese ihre Kinder erzog oder vor der Gefahr bewahre. So kam er auf den Weg aller Künste durch nichts als die innere Genesis eines abgesonderten Merkmals und durch Festhaltung desselben in einer Tat oder sonst einem Zeichen, kurz durch Sprache. Durch sie und durch sie allein ward Wahrnehmung, Anerkennung, Zurückerinnerung, Besitznehmung, eine Kette der Gedanken möglich, und so wurden mit der Zeit die Wissenschaften und Künste geboren, Töchter der bezeichnenden Vernunft und einer Nachahmung mit Absicht.

Schon *Baco* hat eine Erfindungskunst gewünscht; da die Theorie derselben aber schwer und doch vielleicht unnütz sein würde, so wäre vielmehr eine *Geschichte der Erfindungen* das lehrreiche Werk, das die Götter und Genien des Menschengeschlechts ihren Nachkommen zum ewigen Muster machte. Allenthalben würde man sehen, wie Schicksal und Zufall diesem Erfinder ein neues Merkmal ins Auge, jenem eine neue Bezeichnung als Werkzeug in die Seele gebracht und meistens durch eine kleine Zusammenrückung zweier lange bekannter Gedanken eine Kunst befördert habe, die nachher auf Jahrtausende wirkte. Oft war diese erfunden und ward vergessen; ihre Theorie lag da, und sie ward nicht gebraucht, bis ein glücklicher Andre das liegende Gold in Umlauf brachte oder mit einem kleinen Hebel aus einem neuen Standpunkt Welten bewegte. Vielleicht ist keine Geschichte, die so augenscheinlich die Regierung eines höhern Schicksals in menschlichen Dingen zeigt, als die Geschichte dessen, worauf unser Geist am stolzesten zu sein pflegt, der Erfindung und Verbesserung der Künste. Immer war das Merkmal und die Materie seiner Bezeichnung längst dagewesen; aber jetzt ward es bemerkt, jetzt ward es bezeichnet. Die Genesis der Kunst wie des Menschen war ein Augenblick des Vergnügens, eine Vermählung zwischen Idee und Zeichen, zwischen Geist und Körper.

Mit Hochachtung geschiehet es, daß ich die Erfindungen des menschlichen Geistes auf dies einfache Principium seiner anerkennenden und bezeichnenden Vernunft zurückführe; denn eben dies ist das wahre Göttliche im Menschen, sein charakteristischer Vorzug. Alle, die eine gelernte Sprache gebrauchen, gehen wie in einem Traum der Vernunft einher; sie denken in der Vernunft andrer und sind nur nachahmend weise; denn ist der, der die Kunst fremder Künstler gebraucht, darum selbst Künstler? Aber der, in dessen Seele sich eigne Gedanken erzeugen und einen Körper sich selbst bilden, er, der nicht mit dem Auge allein, sondern mit dem Geist siehet, und nicht mit der Zunge, sondern mit der Seele bezeichnet, er, dem es gelingt, die Natur in ihrer Schöpfungsstätte zu belauschen, neue Merkmale ihrer Wirkungen auszuspähen und sie durch künstliche Werkzeuge zu einem menschlichen Zweck anzuwenden, er ist der eigentliche Mensch, und, da er selten erscheint, ein Gott unter den Menschen. Er spricht, und Tausende lallen ihm nach; er erschafft, und andre spielen mit dem, was er hervorbrachte; er war ein Mann, und vielleicht sind Jahrhunderte nach ihm wiederum Kinder. Wie selten die Erfinder im menschlichen Geschlecht gewesen, wie träge und lässig man an dem hängt, was man hat, ohne sich um das zu bekümmern, was uns fehlet: in hundert Proben zeigt uns dies der Anblick der Welt und die Geschichte der Völker; ja die Geschichte der Kultur wird es uns selbst gnugsam weisen.

Mit Wissenschaften und Künsten ziehet sich also eine neue Tradition durchs Menschengeschlecht, an deren Kette nur wenigen Glücklichen etwas Neues anzureihen vergönnt war; die andern hangen an ihr wie treufleißige Sklaven und ziehen mechanisch die Kette weiter. Wie dieser Zucker und Mohrentrank durch manche bearbeitende Hand ging, eh er zu mir gelangte, und ich kein andres Verdienst habe, als ihn zu trinken, so ist unsre Vernunft und Lebensweise, unsre Gelehrsamkeit und Kunsterziehung, unsre Kriegs- und Staatsweisheit ein Zusammenfluß fremder Erfindungen und Gedanken, die ohne unser Verdienst aus aller Welt zu uns kamen, und in denen wir uns von Jugend auf baden oder ersäufen.

Eitel ist also der Ruhm so manches europäischen Pöbels, wenn er in dem, was Aufklärung, Kunst und Wissenschaft heißt, sich über alle drei Weltteile setzt und, wie jener Wahnsinnige die Schiffe im Hafen, alle Erfindungen Europas aus keiner Ursache für die seinen hält, als weil er im Zusammenfluß dieser Erfindungen und Traditionen geboren worden. Armseliger, erfandest du etwas von diesen Künsten? Denkst du etwas bei allen deinen eingesogenen Traditionen? Daß du jene brauchen gelernt hast, ist die Arbeit einer Maschine; daß du den Saft der Wissenschaft in dich ziehest, ist das Verdienst des Schwammes, der nun eben auf dieser feuchten Stelle gewachsen ist. Wenn du dem Otahiten ein Kriegsschiff zulenkst und auf den Hebriden eine Kanone donnerst, so bist du wahrlich weder klüger noch geschickter als der Hebride und Otahite, der sein Boot künstlich lenkt und sich dasselbe mit eigner Hand erbaute.

Eben dies wars, was alle Wilden dunkel empfanden, sobald sie die Europäer näher kennen lernten. In der Rüstung ihrer Werkzeuge dünkten sie ihnen unbekannte, höhere Wesen, vor denen sie sich beugten, die sie mit Ehrfurcht grüßten; sobald sie sie verwundbar, sterblich, krankhaft und in sinnlichen Übungen schwächer als sich selbst sahen, fürchteten sie die Kunst und erwürgten den Mann, der nichts weniger als mit seiner Kunst eins war. Auf alle Kultur Europas ist dies anwendbar. Darum, weil die Sprache eines Volks, zumal in Büchern, gescheit und fein ist, darum ist nicht jeder fein und gescheit, der diese Bücher lieset und diese Sprache redet. Wie er sie lieset, wie er sie redet, das wäre die Frage; und auch dann dächte und spräche er immer doch nur nach: er folgt den Gedanken und der Bezeichnungskraft eines andern. Der Wilde, der in seinem engern Kreise eigentümlich denkt und sich in ihm wahrer, bestimmter und nachdrücklicher ausdrückt, er, der in der Sphäre seines wirklichen Lebens Sinne und Glieder, seinen praktischen Verstand und seine wenigen Werkzeuge mit Kunst und Gegenwart des Geistes zu gebrauchen weiß; offenbar ist er, Mensch gegen Mensch gerechnet, gebildeter als jene politische oder gelehrte Maschine, die wie ein Kind auf einem sehr hohen Gerüst steht, das aber leider fremde Hände, ja das oft die ganze Mühe der Vorwelt erbaute. Der Naturmensch dagegen ist ein zwar beschränkter, aber gesunder und tüchtiger Mann auf der Erde. Niemand wirds leugnen, daß Europa das Archiv der Kunst und des aussinnenden menschlichen Verstandes sei; das Schicksal der Zeitenfolge hat in ihm seine Schätze niedergelegt; sie sind in ihm vermehrt worden und werden gebrauchet. Darum aber hat nicht jeder, der sie gebraucht, den Verstand des Erfinders; vielmehr ist dieser einesteils durch den Gebrauch müßig worden; denn wenn ich das Werkzeug eines Fremden habe, so erfinde ich mir schwerlich selbst ein Werkzeug.
Eine weit schwerere Frage ists noch: was Künste und Wissenschaften zur Glückseligkeit der Menschen getan, oder wiefern sie diese vermehrt haben? Und ich glaube, weder mit Ja noch Nein kann diese Frage schlechthin entschieden werden, weil wie allenthalben so auch hier auf den Gebrauch des Erfundenen alles ankommt. Daß feinere und künstlichere Werkzeuge in der Welt sind, und also mit wenigerm mehr getan, mithin manche Menschenmühe geschont und ersparet werden kann, wenn man sie schonen und sparen mag, darüber ist keine Frage. Auch ist es unstreitig, daß mit jeder Kunst und Wissenschaft ein neues Band der Geselligkeit, d. i. jenes gemeinschaftlichen Bedürfnisses geknüpft sei, ohne welches künstliche Menschen nicht mehr leben mögen. Ob aber gegenseitig jedes vermehrte Bedürfnis auch den engen Kreis der menschlichen Glückseligkeit erweitere; ob die Kunst der Natur je etwas wirklich zuzusetzen vermochte; oder ob diese vielmehr durch jene in manchem entübriget und entkräftet werde; ob alle wissenschaftlichen und Künstlergaben nicht auch Neigungen in der menschlichen Brust rege gemacht hätten, bei denen man viel seltner und schwerer zur schönsten Gabe des Menschen, der Zufriedenheit, gelangen kann, weil diese Neigungen mit ihrer inneren Unruh der Zufriedenheit unaufhörlich widerstreben; ja endlich, ob durch den Zusammendrang der Menschen und ihre vermehrte Geselligkeit nicht manche Länder und Städte zu einem Armenhause, zu einem künstlichen Lazarett und Hospital worden sind, in dessen eingeschlossener Luft die blasse Menschheit auch künstlich siechet, und da sie von so vielen unverdienten Almosen der Wissenschaft, Kunst und Staatsverfassung ernährt wird, großenteils auch die Art der Bettler angenommen habe, die sich auf alle Bettlerkünste legen und dafür der Bettler Schicksal erdulden; über dies und so manches andre mehr soll uns die Tochter der Zeit, die helle Geschichte unterweisen.

Boten des Schicksals also, ihr Genien und Erfinder, auf welcher nutzbar-gefährlichen Höhe übtet ihr euren göttlichen Beruf! Ihr erfandet, aber nicht für euch; auch lag es in eurer Macht nicht, zu bestimmen, wie Welt und Nachwelt eure Erfindungen anwenden, was sie an solche reihen, was sie nach Analogie derselben Gegenseitiges oder Neues erfinden würde. Jahrhundertelang lag oft die Perle begraben, und Hähne scharreten darüber hin, bis sie vielleicht ein Unwürdiger fand und in die Krone des Monarchen pflanzte, wo sie nicht immer mit wohltätigem Glanz glänzet. Ihr indessen tatet euer Werk und gabt der Nachwelt Schätze hin, die entweder euer unruhiger Geist aufgrub, oder die euch das waltende Schicksal in die Hand spielte. Dem waltenden Schicksal also überließet ihr auch die Wirkungen und den Nutzen eures Fundes, und dieses tat, was es zu tun für gut fand. In periodischen Revolutionen bildete es entweder Gedanken aus, oder ließ sie untergehen, und wußte immer das Gift mit dem Gegengift, den Nutzen mit dem Schaden zu mischen und zu mildern. Der Erfinder des Pulvers dachte nicht daran, welche Verwüstungen sowohl des politischen als des physischen Reichs menschlicher Kräfte der Funke seines schwarzen Staubes mit sich führte; noch weniger konnte er sehen, was auch wir jetzt kaum zu mutmaßen wagen, wie in dieser Pulvertonne, dem fürchterlichen Thron mancher Despoten, abermals zu einer andern Verfassung der Nachwelt ein wohltätiger Same keime. Denn reinigte das Ungewitter nicht die Luft? Und muß, wenn die Riesen der Erde vertilgt sind, nicht Herkules selbst seine Hand an wohltätigere Werke legen? Der Mann, der die Richtung der Magnetnadel zuerst bemerkte, sah weder das Glück noch das Elend voraus, das dieses Zaubergeschenk, unterstützt von tausend andern Künsten, auf alle Weltteile bringen würde, bis auch hier vielleicht eine neue Katastrophe alte Übel ersetzt oder neue Übel erzeuget. So mit dem Glase, dem Golde, dem Eisen, der Kleidung, der Schreib- und Buchdruckerkunst, der Sternseherei und allen Wissenschaften der künstlichen Regierung. Der wunderbare Zusammenhang, der bei der Entwicklung und periodischen Fortleitung dieser Erfindungen zu herrschen scheint, die sonderbare Art, wie eine die Wirkung der andern einschränkt und mildert: Das alles gehört zur obern Haushaltung Gottes mit unserm Geschlecht, der wahren Philosophie seiner Geschichte.

IV.

Die Regierungen sind festgestellte Ordnungen unter den Menschen, meistens aus ererbter Tradition

Der Naturzustand des Menschen ist der Stand der Gesellschaft; denn in dieser wird er geboren und erzogen und zu ihr führet ihn der aufwachende Trieb seiner schönen Jugend und die süßesten Namen der Menschheit Vater, Kind, Bruder, Schwester, Geliebter, Freund, Versorger sind Bande des Naturrechts, die im Stande jeder ursprünglichen Menschengesellschaft stattfinden. Mit ihnen sind also auch die ersten Regierungen unter den Menschen gegründet: Ordnungen der Familie ohne die unser Geschlecht nicht bestehen kann; Gesetze, die die Natur gab und auch durch sich selbst gnugsam einschränkte. Wir wollen sie *den ersten Grad natürlicher Regierungen* nennen; sie werden immerhin auch der höchste und letzte bleiben.
Hier endigte nun die Natur ihre Grundlage der Gesellschaft und überließ es dem Verstande oder dem Bedürfnis des Menschen, höhere Gebäude darauf zu gründen.

In allen Erdstrichen, wo einzelne Stämme und Geschlechter einander weniger bedürfen, nehmen sie auch weniger teil aneinander; sie dachten also an keine großen politischen Gebäude. Dergleichen sind die Küsten der Fischer, die Weiden der Hirten, die Wälder der Jäger; wo auf ihnen das väterliche und häusliche Regiment aufhört, sind die weiteren Verbindungen der Menschen meistens nur auf Vertrag oder Auftrag gegründet. Eine Jagdnation z. B. geht auf die Jagd; bedarf sie eines Führers, so ist es ein Jagdanführer, zu dem sie den Geschicktsten wählet, dem sie also auch nur aus freier Wahl und zum gemeinschaftlichen Zweck ihres Geschäfts gehorchet. Alle Tiere, die in Herden leben, haben solche Anführer; bei Reisen, Verteidigungen, Anfällen und überhaupt bei jedem gemeinschaftlichen Geschäft einer Menge ist ein solcher König des Spiels nötig. Wir wollen diese Verfassung den *zweiten Grad der natürlichen Regierung* nennen; sie findet bei allen Völkern statt, die bloß ihrem Bedürfnis folgen und, wie wirs nennen, im Stande der Natur leben. Selbst die erwählten Richter eines Volks gehören zu diesem Grad der Regierung; die klügsten und besten nämlich werden zu ihrem Amt als zu einem Geschäft erwählt, und mit dem Geschäft ist auch ihre Herrschaft zu Ende.
Aber wie anders ists mit dem dritten Grade, den Erbregierungen unter den Menschen! Wo hören hier die Gesetze der Natur auf? Oder wo fangen sie an? Daß der billigste und klügste Mann von den Streitenden zum Richter erwählt ward, war Natur der Sache, und wenn er sich als einen solchen bewährt hatte, mochte ers bis in sein graues Alter bleiben. Nun aber stirbt der Alte, und warum ist sein Sohn Richter? Daß ihn der klügste und billigste Vater erzeugt hat, ist kein Grund; denn weder Klugheit noch Billigkeit konnte er ihm einzeugen. Noch weniger wäre der Natur des Geschäfts nach die Nation verbunden, ihn deshalb als solchen anzuerkennen, weil sie seinen Vater einmal aus persönlichen Ursachen zum Richter wählte; denn der Sohn ist nicht die Person des Vaters. Und wenn sie gar für alle ihre noch Ungeborne das Gesetz feststellen wollte, ihn dafür erkennen zu müssen, und im Namen der Vernunft ihrer aller auf ewige Zeiten hin den Vertrag machte, daß jeder Ungeborne dieses Stammes der geborne Richter, Führer und Hirte der Nation, d. i. der tapferste, billigste, klügste des ganzen Volks sein und dafür der Geburt wegen von jedermann erkannt werden müßte: so würde es schwer sein, einen Erbvertrag dieser Art, ich will nicht sagen, mit dem Recht, sondern nur mit der Vernunft zu reimen. Die Natur teilet ihre edelsten Gaben nicht familienweise aus, und das Recht des Blutes, nach welchem ein Ungeborner über den andern Ungebornen, wenn beide einst geboren sein werden, durchs Recht der Geburt zu herrschen das Recht habe, ist für mich eine der dunkelsten Formen der menschlichen Sprache.
Es müssen andre Gründe vorhanden sein, die die Erbregierungen unter den Menschen einführten, und die Geschichte verschweigt uns diese Gründe nicht. Wer hat Deutschland, wer hat dem kultivierten Europa seine Regierungen gegeben? Der Krieg. Horden von Barbaren überfielen den Weltteil; ihre Anführer und Edeln teilten unter sich Länder und Menschen. Daher entsprangen Fürstentümer und Lehen; daher entsprang die Leibeigenschaft unterjochter Völker; die Eroberer waren im Besitz, und was seit der Zeit in diesem Besitz verändert worden, hat abermals Revolution, Krieg, Einverständnis der Mächtigen, immer also das Recht des Stärkern entschieden. Auf diesem königlichen Wege geht die Geschichte fort, und Fakta der Geschichte sind nicht zu leugnen. Was brachte die Welt unter Rom? Griechenland und den Orient unter Alexander? Was hat alle großen Monarchien bis zu Sesostris und der fabelhaften Semiramis hinauf gestiftet und wieder zertrümmert? Der Krieg. Ge-

waltsame Eroberungen vertraten also die Stelle des Rechts, das nachher nur durch Verjährung, oder, wie unsre Staatslehrer sagen, durch den schweigenden Kontrakt Recht ward; der schweigende Kontrakt aber ist in diesem Fall nichts anders, als daß der Stärkere nimmt, was er will, und der Schwächere gibt oder leidet, was er nicht ändern kann. Und so hängt das Recht der erblichen Regierung sowie beinah jedes andern erblichen Besitzes an einer Kette von Tradition, deren ersten Grenzpfahl das Glück oder die Macht einschlug, und die sich hie und da mit Güte und Weisheit, meistens aber wieder nur durch Glück oder Übermacht fortzog. Nachfolger und Erben bekamen, der Stammvater nahm; und daß dem, der hatte, auch immer mehr gegeben ward, damit er die Fülle habe, bedarf keiner weitern Erläuterung; es ist die natürliche Folge des genannten ersten Besitzes der Länder und Menschen.
Man glaube nicht, daß dies etwa nur von Monarchien als von Ungeheuern der Eroberung gelte, die ursprünglichen Reiche aber anders entstanden sein könnten; denn wie in der Welt wären sie anders entstanden? Solange ein Vater über seine Familie herrschte, war er Vater und ließ seine Söhne auch Väter werden, über die er nur durch Rat zu vermögen suchte. Solange mehrere Stämme aus freier Überlegung zu einem bestimmten Geschäft sich Richter und Führer wählten, solange waren diese Amtsführer nur Diener des gemeinen Zweckes, bestimmte Vorsteher der Versammlung; der Name Herr, König, eigenmächtiger, willkürlicher, erblicher Despot war Völkern dieser Verfassung etwas Unerhörtes. Entschlummerte aber die Nation und ließ ihren Vater, Führer und Richter walten, gab sie ihm endlich gar, schlaftrunken dankbar, seiner Verdienste, seiner Macht, seines Reichtums, oder welcher Ursachen wegen es sonst sei, das Erbzepter in die Hand, daß er sie und ihre Kinder wie der Hirt die Schafe weide: welch Verhältnis ließe sich hiebei denken als Schwachheit auf der einen, Übermacht auf der andern Seite, also das Recht des Stärkern. Wenn Nimrod Bestien tötet und nachher Menschen unterjocht, so ist er dort und hier ein Jäger. Der Anführer einer Kolonie oder Horde, dem Menschen wie Tiere folgten, bediente sich über sie gar bald des Menschenrechts über die Tiere. So wars mit denen, die die Nationen kultivierten; solange sie sie kultivierten, waren sie Väter, Erzieher des Volks, Handhaber der Gesetze zum gemeinen Besten; sobald sie eigenmächtige oder gar erbliche Regenten wurden, waren sie die Mächtigern, denen der Schwächere diente. Oft trat ein Fuchs in die Stelle des Löwen, und so war der Fuchs der Mächtigere; denn nicht Gewalt der Waffen allein ist Stärke: Verschlagenheit, List und ein künstlicher Betrug tut in den meisten Fällen mehr als jene. Kurz, der große Unterschied der Menschen an Geistes-, Glücks- und Körpergaben hat nach dem Unterschiede der Gegenden, Lebensarten und Lebensalter Unterjochungen und Despotien auf der Erde gestiftet, die in vielen Ländern einander leider nur abgelöset haben. Kriegerische Bergvölker z. B. überschwemmen die ruhige Ebene: jene hatte das Klima, die Not, der Mangel stark gemacht und tapfer erhalten; sie breiteten sich also als Herren der Erde aus, bis sie selbst in der mildern Gegend von Üppigkeit besiegt und von andern unterjocht wurden. So ist unsre alte Tellus bezwungen, und die Geschichte auf ihr ein trauriges Gemälde von Menschenjagden und Eroberungen worden; fast jede kleine Landesgrenze, jede neue Epoche ist mit Blut der Geopferten und mit Tränen der Unterdrückten ins Buch der Zeiten verzeichnet. Die berühmtesten Namen der Welt sind Würger des Menschengeschlechts, gekrönte oder nach Kronen ringende Henker gewesen, und was noch trauriger ist, so standen oft die edelsten Menschen notgedrungen auf diesem schwarzen Schaugerüst der Unterjochung ihrer Brüder. Woher kommts, daß die Geschichte der Weltreiche mit so

wenig vernünftigen Endresultaten geschrieben worden? Weil ihren größesten und meisten Begebenheiten nach sie mit wenig vernünftigen Endresultaten geführt ist; denn nicht Humanität, sondern Leidenschaften haben sich der Erde bemächtigt und ihre Völker wie wilde Tiere zusammen- und gegeneinandergetrieben. Hätte es der Vorsehung gefallen, uns durch höhere Wesen regieren zu lassen, wie anders wäre die Menschengeschichte; nun aber waren es meistens *Helden*, d. i. ehrsüchtige, mit Gewalt begabte, oder listige und unternehmende Menschen, die den Faden der Begebenheiten und Leidenschaften anspannen und, wie es das Schicksal wollte, ihn fortwebten. Wenn kein Punkt der Weltgeschichte uns die Niedrigkeit unsres Geschlechts zeigte, so wiese es uns die Geschichte der Regierungen desselben, nach welcher unsre Erde ihrem größten Teil nach nicht Erde, sondern Mars oder der kinderfressende Saturn heißen sollte.

Wie nun? Sollen wir die Vorsehung darüber anklagen, daß sie die Erdstriche unsrer Kugel so ungleich schuf und auch unter den Menschen ihre Gaben so ungleich verteilte? Die Klage wäre müßig und ungerecht; denn sie ist der augenscheinlichen Absicht unsres Geschlechts entgegen. Sollte die Erde bewohnbar werden, so mußten Berge auf ihr sein, und auf dem Rücken derselben harte Bergvölker leben. Wenn diese sich nun niedergossen und die üppige Ebne unterjochten, so war die üppige Ebne auch meistens dieser Unterjochung wert; denn warum ließ sie sich unterjochen? Warum erschlaffte sie an den Brüsten der Natur in kindischer Üppigkeit und Torheit? Man kann es als einen Grundsatz der Geschichte annehmen, daß kein Volk unterdrückt wird, als das sich unterdrücken lassen will, das also der Sklaverei wert ist. Nur der Feige ist ein geborner Knecht; nur der Dumme ist von der Natur bestimmt, einem Klügern zu dienen; alsdenn ist ihm auch wohl auf seiner Stelle, und er wäre unglücklich, wenn er befehlen sollte.

Überdem ist die Ungleichheit der Menschen von Natur nicht so groß, als sie durch die Erziehung wird, wie die Beschaffenheit eines und desselben Volks unter seinen mancherlei Regierungsarten zeiget. Das edelste Volk verliert unter dem Joch des Despotismus in kurzer Zeit seinen Adel; das Mark in seinen Gebeinen wird ihm zertreten, und da seine feinsten und schönsten Gaben zur Lüge und zum Betrug, zur kriechenden Sklaverei und Üppigkeit gemißbraucht werden, was Wunder, daß es sich endlich an sein Joch gewöhnet, es küsset und mit Blumen umwindet? So beweinenswert dies Schicksal der Menschen im Leben und in der Geschichte ist, weil es beinah keine Nation gibt, die ohne das Wunder einer völligen Palingenesie aus dem Abgrunde einer gewohnten Sklaverei je wieder aufgestanden wäre; so ist offenbar dies Elend nicht das Werk der Natur, sondern der Menschen. Die Natur leitete das Band der Gesellschaft nur bis auf Familien; weiterhin ließ sie unserm Geschlecht die Freiheit, wie es sich einrichten, wie es das feinste Werk seiner Kunst, den Staat, bauen wollte. Richteten sich die Menschen gut ein, so hatten sie's gut; wählten oder duldeten sie Tyrannei und üble Regierungsformen, so mochten sie ihre Last tragen. Die gute Mutter konnte nichts tun, als sie durch Vernunft, durch Tradition der Geschichte, oder endlich durch das eigne Gefühl des Schmerzes und Elendes lehren. Nur also die innere Entartung des Menschengeschlechts hat den Lastern und Entartungen menschlicher Regierung Raum gegeben; denn teilet sich im unterdrückendsten Despotismus nicht immer der Sklave mit seinem Herrn im Raube, und ist nicht immer der Despot der ärgste Sklave?

Aber auch in der ärgsten Entartung verläßt die unermüdlich gütige Mutter ihre Kinder nicht und weiß ihnen den bittern Trank der Unterdrückung von Menschen wenigstens durch Vergessenheit und Gewohnheit zu lindern. Solange sich die Völker wachsam und in reger Kraft erhalten, oder wo die Natur sie mit dem harten Brot der Arbeit speiset, da finden keine weichen Sultane statt; das rauhe Land, die harte Lebensweise sind ihnen der Freiheit Festung. Wo gegenteils die Völker in ihrem weicheren Schoß entschliefen und das Netz duldeten, das man über sie zog, siehe, da kommt die tröstende Mutter dem Unterdrückten wenigstens durch ihre milderen Gaben zu Hilfe; denn der Despotismus setzt immer eine Art Schwäche, folglich mehrere Bequemlichkeit voraus, die entweder aus Gaben der Natur oder der Kunst entstanden. In den meisten despotisch regierten Ländern nährt und kleidet die Natur den Menschen fast ohne Mühe, daß er sich also mit dem vorüberrasenden Orkan gleichsam nur abfinden darf und nachher, zwar gedankenlos und ohne Würde, dennoch aber nicht ganz ohne Genuß den Atem ihrer Erquickung trinket. Überhaupt ist das Los des Menschen und seine Bestimmung zur irdischen Glückseligkeit weder ans Herrschen, noch ans Dienen geknüpfet. Der Arme kann glücklich, der Sklave in Ketten kann frei sein; der Despot und sein Werkzeug sind meistens und oft in ganzen Geschlechtern die unglücklichsten und unwürdigsten Sklaven.

Da alle Sätze, die ich bisher berührt habe, aus der Geschichte selbst ihre eigentliche Erläuterung nehmen müssen, so bleibt ihre Entwicklung auch dem Faden derselben aufbehalten. Für jetzt seien mir noch einige allgemeine Blicke vergönnet:

1. Ein zwar leichter, aber böser Grundsatz wäre es zur Philosophie der Menschengeschichte: „Der Mensch sei ein Tier, das einen Herren nötig habe und von diesem Herren oder von einer Verbindung derselben das Glück seiner Endbestimmung erwarte.“ Kehre den Satz um: Der Mensch, der einen Herren nötig hat, ist ein Tier; sobald er Mensch wird, hat er keines eigentlichen Herren mehr nötig. Die Natur nämlich hat unserm Geschlecht keinen Herren bezeichnet; nur tierische Laster und Leidenschaften machen uns desselben bedürftig. Das Weib bedarf eines Mannes, und der Mann des Weibes; das unerzogene Kind hat erziehender Eltern, der Kranke des Arztes, der Streitende des Entscheiders, der Haufe Volks eines Anführers nötig: Dies sind Naturverhältnisse, die im Begriff der Sache liegen. Im Begriff des Menschen liegt der Begriff eines ihm nötigen Despoten, der auch Mensch sei, nicht; jener muß erst schwach gedacht werden, damit er eines Beschützers, unmündig, damit er eines Vormundes, wild, damit er eines Bezähmers, abscheulich, damit er eines Strafengels nötig habe. Alle Regierungen der Menschen sind also nur aus Not entstanden, und um dieser fortwährenden Not willen da. So wie es nun ein schlechter Vater ist, der sein Kind erziehet, damit es, lebenslang unmündig, lebenslang eines Erziehers bedürfe; wie es ein böser Arzt ist, der die Krankheit nährt, damit er dem Elenden bis ins Grab hin unentbehrlich werde; so mache man die Anwendung auf die Erzieher des Menschengeschlechts, die Väter des Vaterlandes und ihre Erzognen. Entweder müssen diese durchaus keiner Besserung fähig sein; oder alle die Jahrtausende, seitdem Menschen regiert wurden, müßten es doch merklich gemacht haben, was aus ihnen geworden sei, und zu welchem Zweck jene sie erzogen haben. Der Verfolg dieses Werks wird solche Zwecke sehr deutlich zeigen.

2. Die Natur erzieht Familien; der natürlichste Staat ist also auch Ein Volk mit Einem Nationalcharakter. Jahrtausendelang erhält sich dieser in ihm und kann, wenn seinem mitgebornen Fürsten daran liegt, am natürlichsten ausgebildet werden; denn ein Volk ist sowohl eine Pflanze der Natur als eine Familie, nur jenes mit mehreren Zweigen. Nichts scheint also dem Zweck der Regierungen so offenbar entgegen als die unnatürliche Vergrößerung der Staaten, die wilde Vermischung der Menschen-

gattungen und Nationen unter Einem Zepter. Der Menschenzepter ist viel zu schwach und klein, daß so widersinnige Teile in ihm eingeimpft werden könnten; zusammengeleimt werden sie also in eine brechliche Maschine, die man Staatsmaschine nennet, ohne inneres Leben und Sympathie der Teile gegeneinander. Reiche dieser Art, die dem besten Monarchen den Namen Vater des Vaterlandes so schwer machen, erscheinen in der Geschichte wie jene Symbole der Monarchien im Traumbilde des Propheten, wo sich das Löwenhaupt mit dem Drachenschweif und der Adlersflügel mit dem Bärenfuß zu einem unpatriotischen Staatsgebilde vereinigt. Wie trojanische Rosse rücken solche Maschinen zusammen, sich einander die Unsterblichkeit verbürgend, da doch ohne Nationalcharakter kein Leben in ihnen ist, und für die Zusammengezwungenen nur der Fluch des Schicksals sie zur Unsterblichkeit verdammen könnte; denn eben die Staatskunst, die sie hervorbrachte, ist auch die, die mit Völkern und Menschen als mit leblosen Körpern spielet. Aber die Geschichte zeigt gnugsam, daß diese Werkzeuge des menschlichen Stolzes von Ton sind, und wie aller Ton auf der Erde zerbrechen oder zerfließen.

3. Wie bei allen Verbindungen der Menschen gemeinschaftliche Hilfe und Sicherheit der Hauptzweck ihres Bundes ist, so ist auch dem Staat keine andre als die Naturordnung die beste; daß nämlich auch in ihm jeder das sei, wozu ihn die Natur bestellte. Sobald der Regent in die Stelle des Schöpfers treten und durch Willkür oder Leidenschaft von seinetwegen erschaffen will, was das Geschöpf von Gottes wegen nicht sein sollte, sobald ist dieser dem Himmel gebietende Despotismus aller Unordnung und des unvermeidlichen Mißgeschicks Vater. Da nun alle durch Tradition festgesetzte Stände der Menschen auf gewisse Weise der Natur entgegenarbeiten, die sich mit ihren Gaben an keinen Stand bindet, so ist kein Wunder, daß die meisten Völker, nachdem sie allerlei Regierungsarten durchgangen waren und die Last jeder empfunden hatten, zuletzt verzweifelnd auf die zurückkamen, die sie ganz zu Maschinen machte, auf die despotisch-erbliche Regierung. Sie sprachen wie jener ebräische König, als ihm drei Übel vorgelegt wurden: »Lasset uns lieber in die Hand des Herrn fallen als in die Hand der Menschen«, und gaben sich auf Gnade und Ungnade der Providenz in die Arme, erwartend, wen diese ihnen zum Regenten zusenden würde; denn die Tyrannei der Aristokraten ist eine harte Tyrannei, und das gebietende Volk ist ein wahrer Leviathan. Alle christlichen Regenten nennen sich also *von Gottes Gnaden* und bekennen damit, daß sie nicht durch ihr Verdienst, das vor der Geburt auch gar nicht stattfindet, sondern durch das Gutbefinden der Vorsehung, die sie auf dieser Stelle geboren werden ließ, zur Krone gelangten. Das Verdienst dazu müssen sie sich erst durch eigne Mühe erwerben, mit der sie gleichsam die Providenz zu rechtfertigen haben, daß sie sie ihres hohen Amts würdig erkannte; denn das Amt des Fürsten ist kein geringeres, als Gott zu sein unter den Menschen, ein höherer Genius in einer sterblichen Bildung. Wie Sterne glänzen die wenigen, die diesen auszeichnenden Ruf verstanden, in der unendlich-dunkeln Wolkennacht gewöhnlicher Regenten und erquicken den verlornen Wandrer auf seinem traurigen Gange in der politischen Menschengeschichte.

O, daß ein andrer *Montesquieu* uns den Geist der Gesetze und Regierungen auf unsrer runden Erde nur durch die bekanntesten Jahrhunderte zu kosten gäbe! Nicht nach leeren Namen dreier oder vier Regierungsformen, die doch nirgend und niemals dieselben sind oder bleiben; auch nicht nach witzigen Prinzipien des Staats: denn kein Staat ist auf ein Wortprincipium gebauet, geschweige, daß er dasselbe in allen seinen Ständen und Zeiten unwandelbar erhielte; auch nicht durch zerschnittene

Beispiele aus allen Nationen, Zeiten und Weltgegenden, aus denen in dieser Verwirrung der Genius unsrer Erde selbst kein Ganzes bilden würde: sondern allein durch die philosophische, lebendige Darstellung der bürgerlichen Geschichte, in der, so einförmig sie scheinet, keine Szene zweimal vorkommt, und die das Gemälde der Laster und Tugenden unsres Geschlechts und seiner Regenten, nach Ort und Zeiten immer verändert und immer dasselbe, fürchterlich-lehrreich vollendet.

V.

Religion ist die älteste und heiligste Tradition der Erde

Müde und matt von allen Veränderungen des Erdenrundes nach Gegenden, Zeiten und Völkern, finden wir denn nichts auf demselben, das der gemeinschaftliche Besitz und Vorzug unsres Brudergeschlechts sei? Nichts als die Anlage zur *Vernunft, Humanität und Religion,* der drei Grazien des menschlichen Lebens. Alle Staaten entstanden spät, und noch später entstanden in ihnen Wissenschaften und Künste; aber Familien sind das ewige Werk der Natur, die fortgehende Haushaltung, in der sie den Samen der Humanität dem Menschengeschlecht einpflanzet und selbst erziehet. Sprachen wechseln mit jedem Volk in jedem Klima; in allen Sprachen aber ist ein und dieselbe merkmalsuchende Menschenvernunft kennbar. Religion endlich, so verschieden ihre Hülle sei, auch unter dem ärmsten, rohesten Volke am Rande der Erde finden sich ihre Spuren. Der Grönländer und Kamtschadale, der Feuerländer und Papu hat Äußerungen von ihr, wie seine Sagen oder Gebräuche zeigen; ja, gäbe es unter den Anziken oder den verdrängten Waldmenschen der indischen Inseln irgendein Volk, das ganz ohne Religion wäre, so wäre selbst dieser Mangel von ihrem äußerst verwilderten Zustande Zeuge.

Woher kam nun Religion diesen Völkern? Hat jeder Elende sich seinen Gottesdienst etwa wie eine natürliche Theologie erfunden? Diese Mühseligen erfinden nichts, sie folgen in allem der Tradition ihrer Väter. Auch gab ihnen von außen zu dieser Erfindung nichts Anlaß; denn wenn sie Pfeil und Bogen, Angel und Kleid den Tieren oder der Natur ablernten, welchem Tier, welchem Naturgegenstande sahen sie Religion ab? Von welchem derselben hätten sie Gottesdienst gelernet? *Tradition ist also auch hier die fortpflanzende Mutter, wie ihrer Sprache und wenigen Kultur, so auch ihrer Religion und heiligen Gebräuche.*

Sogleich folget hieraus, daß *sich die religiöse Tradition keines andern Mittels bedienen konnte, als dessen sich die Vernunft und Sprache selbst bediente, der Symbole.* Muß der Gedanke ein Wort werden, wenn er fortgepflanzt sein will, muß jede Einrichtung ein sichtbares Zeichen haben, wenn sie für andre und für die Nachwelt sein soll, wie konnte das Unsichtbare sichtbar oder eine verlebte Geschichte den Nachkommen aufbehalten werden als durch Worte oder Zeichen? Daher ist auch bei den rohesten Völkern die Sprache der Religion immer die älteste, dunkelste Sprache, oft ihren Geweiheten selbst, viel mehr den Fremdlingen unverständlich. Die bedeutenden, heiligen Symbole jedes Volks, so klimatisch und national sie sein mochten, wurden nämlich oft in wenigen Geschlechtern ohne Bedeutung. Kein Wunder; denn jeder Sprache, jedem Institut mit willkürlichen Zeichen müßte es so ergehen, wenn sie nicht durch den lebendigen Gebrauch mit ihren Gegenständen oft zusammengehalten würden, und also im bedeutenden Andenken blieben. Bei der Religion war solche lebendige Zusammenhaltung schwer oder unmöglich; denn das Zeichen betraf entweder eine unsichtbare Idee oder eine vergangene Geschichte.

Es konnte also auch nicht fehlen, daß *die Priester, die ursprünglich Weise der Nation waren, nicht immer ihre Weisen blieben.* Sobald sie nämlich den Sinn des Symbols verloren, waren sie stumme Diener der Abgötterei, oder mußten redende Lügner des Aberglaubens werden. Und sie sinds fast allenthalben reichlich geworden; nicht aus vorzüglicher Betrugsucht, sondern weil es die Sache so mit sich führte. Sowohl in der Sprache als in jeder Wissenschaft, Kunst und Einrichtung waltet dasselbe Schicksal: der Unwissende, der reden oder die Kunst fortsetzen soll, muß verbergen, muß erdichten, muß heucheln; ein falscher Schein tritt an die Stelle der verlornen Wahrheit. Dies ist die *Geschichte aller Geheimnisse* auf der Erde, die anfangs allerdings viel Wissenswürdiges verbargen, zuletzt aber, insonderheit seitdem menschliche Weisheit sich von ihnen getrennt hatte, in elenden Tand ausarteten; und so wurden die Priester derselben bei ihrem leergewordnen Heiligtum zuletzt arme Betrüger.

Wer sie am meisten als solche darstellete, waren die *Regenten* und *Weisen.* Jene nämlich, die ihr hoher Stand, mit aller Macht bekleidet, gar bald auf zwanglose Ungebundenheit führte, hielten es für Pflicht ihres Standes, auch die unsichtbaren höheren Mächte einzuschränken und also die Symbole derselben als Puppenwerk des Pöbels entweder zu dulden oder zu vernichten. Daher der unglückliche Streit zwischen dem Thron und Altar bei allen halbkultivierten Nationen; bis man endlich beide gar zu verbinden suchte und damit das unförmliche Ding eines Altars auf dem Thron oder eines Throns auf dem Altar zur Welt brachte. Notwendig mußten die entarteten Priester bei diesem ungleichen Streit allemal verlieren; denn sichtbare Macht stritt mit dem unsichtbaren Glauben, der Schatten einer alten Tradition sollte mit dem Glanz des goldenen Zepters kämpfen, den ehedem der Priester selbst geheiligt und dem Monarchen in die Hand gegeben hatte. Die Zeiten der Priesterherrschaft gingen also mit der wachsenden Kultur vorüber; der Despot, der ursprünglich seine Krone im Namen Gottes geführt hatte, fand es leichter, sie in seinem eignen Namen zu tragen, und das Volk war jetzt durch Regenten und Weise zu diesem andern Zepter gewöhnet.

Nun ist es *erstens* unleugbar, *daß nur Religion es gewesen sei, die den Völkern allenthalben die erste Kultur und Wissenschaft brachte, ja, daß diese ursprünglich nichts als eine Art religiöser Tradition waren.* Unter allen wilden Völkern ist noch jetzt ihre wenige Kultur und Wissenschaft mit der Religion verbunden. Die Sprache ihrer Religion ist eine erhabnere feierliche Sprache, die nicht nur die heiligen Gebräuche mit Gesang und Tanz begleitet, sondern auch meistens von den Sagen der Urwelt ausgeht, mithin das einzige ist, was diese Völker von alten Nachrichten, dem Gedächtnis der Vorwelt oder einem Schimmer der Wissenschaft übrig haben. Die Zahl und das Bemerken der Tage, der Grund aller Zeitrechnung, war oder ist überall heilig; die Wissenschaft des Himmels und der Natur, wie sie auch sein möge, haben die Magier aller Weltteile sich zugeeignet. Auch die Arznei- und Wahrsagerkunst, die Wissenschaft des Verborgnen und Auslegung der Träume, die Kunst der Charaktere, die Aussöhnung mit den Göttern, die Befriedigung der Verstorbnen, Nachrichten von ihnen – kurz, das ganze dunkle Reich der Fragen und Aufschlüsse, über die der Mensch so gern beruhigt sein möchte, ist in den Händen ihrer Priester, so daß bei vielen Völkerschaften der gemeinschaftliche Gottesdienst und seine Feste beinah das einzige ist, das die unabhängigen Familien zum Schatten eines Ganzen verbindet. Die Geschichte der Kultur wird zeigen, daß dieses bei den gebildetsten

Völkern nicht anders gewesen. Ägypter und alle Morgenländer bis zum Rande der östlichen Welt hinauf, in Europa alle gebildeten Nationen des Altertums, Etrusker, Griechen und Römer empfingen die Wissenschaften aus dem Schoß und unter dem Schleier religiöser Traditionen; so ward ihnen Poesie und Kunst, Musik und Schrift, Geschichte und Arzneikunst, Naturlehre und Metaphysik, Astronomie und Zeitrechnung, selbst die Sitten- und Staatslehre gegeben. Die ältesten Weisen taten nichts als das, was ihnen als Same gegeben war, sondern und zu eignen Gewächsen erziehen; welche Entwicklung sodann mit den Jahrhunderten fortging. Auch wir Nordländer haben unsre Wissenschaften in keinem als dem Gewande der Religion erhalten, und so kann man kühn mit der Geschichte aller Völker sagen: »Der religiösen Tradition in Schrift und Sprache ist die Erde ihre Samenkörner aller höhern Kultur schuldig.«

Zweitens. Die Natur der Sache selbst bestätigt diese historische Behauptung; denn was wars, das den Menschen über die Tiere erhob und auch in der rohesten Ausartung ihn verhinderte, nicht ganz zu ihnen herabzusinken? Man sagt: Vernunft und Sprache. So wie er aber zur Vernunft nicht ohne Sprache kommen konnte, so konnte er zu beiden nicht anders als durch die Bemerkung des Einen im Vielen, mithin durch die Vorstellung des Unsichtbaren im Sichtbaren, durch die Verknüpfung der Ursache mit der Wirkung gelangen. Eine Art religiösen Gefühls unsichtbarer wirkender Kräfte im ganzen Chaos der Wesen, das ihn umgab, mußte also jeder ersten Bildung und Verknüpfung abgezogner Vernunftideen vorausgehen und zum Grunde liegen. Dies ist das Gefühl der Wilden von den Kräften der Natur, auch wenn sie keinen ausgedrückten Begriff von Gott haben; ein lebhaftes und wirksames Gefühl, wie selbst ihre Abgöttereien und ihr Aberglaube zeiget. Bei allen Verstandesbegriffen bloß sichtbarer Dinge handelt der Mensch dem Tier ähnlich; zur ersten Stufe der höhern Vernunft mußte ihn die Vorstellung des Unsichtbaren im Sichtbaren, einer Kraft in der Wirkung heben. Diese Vorstellung ist auch beinah das Einzige, was rohe Nationen von transzendenter Vernunft besitzen und andere Völker nur in mehrere Worte entwickelt haben. Mit der Fortdauer der Seele nach dem Tode wars ein gleiches. Wie der Mensch auch zu ihrem Begriff gekommen sein möge, so ist dieser Begriff als allgemeiner Volksglaube auf der Erde das einzige, das den Menschen im Tode vom Tier unterscheidet. Keine wilde Nation kann sich die Unsterblichkeit einer Menschenseele philosophisch erweisen, sowenig es vielleicht ein Philosoph tun kann; denn auch dieser vermag nur den Glauben an sie, der im menschlichen Herzen liegt, durch Vernunftgründe zu bestärken; allgemein aber ist dieser Glaube auf der Erde. Auch der Kamtschadale hat ihn, wenn er seinen Toten den Tieren hinlegt, auch der Neuholländer hat ihn, wenn er den Leichnam ins Meer senket. Keine Nation verscharret die Ihren, wie man ein Tier verscharrt; jeder Wilde geht sterbend ins Reich der Väter, ins Land der Seelen. Religiöse Tradition hierüber und das innige Gefühl eines Daseins, das eigentlich von keiner Vernichtung weiß, geht also vor der entwickelnden Vernunft voraus; sonst würde diese auf den Begriff der Unsterblichkeit schwerlich gekommen sein oder ihn sehr kraftlos abstrahiert haben. Und so ist der allgemeine Menschenglaube an die Fortdauer unsres Daseins die Pyramide der Religion auf allen Gräbern der Völker.

Endlich die göttlichen Gesetze und Regeln der Humanität, die sich, wenn auch nur in Resten, bei dem wildesten Volk äußern, sollten sie nach Jahrtausenden etwa von der Vernunft ersonnen sein und diesem wandelbaren Gebilde der menschlichen Abstraktion ihre Grundfeste zu danken haben? Ich kanns selbst der Geschichte nach nicht glauben. Wären die Menschen wie Tiere auf die Erde gestreuet, sich die innere Gestalt der Humanität erst selbst zu erfinden, so müßten wir noch Nationen ohne Sprache, ohne Vernunft, ohne Religion und Sitten kennen; denn wie der Mensch gewesen ist, ist er noch auf der Erde. Nun sagt uns aber keine Geschichte, keine Erfahrung, daß irgendwo menschliche Orang-Utans leben; und die Märchen, die der späte Diodor oder der noch spätere Plinius von den unempfindlichen und andern unmenschlichen Menschen erzählen, zeigen sich entweder selbst in ihrem fabelhaften Grunde, oder verdienen wenigstens auf das Zeugnis dieser Schriftsteller noch keinen Glauben. So sind auch gewiß die Sagen übertrieben, die die Dichter, um das Verdienst ihrer Orpheus und Kadmus zu erheben, von den rohen Völkern der Vorwelt geben; denn schon die Zeit, in der diese Dichter lebten, und der Zweck ihrer Beschreibung schließt sie von der Zahl historischer Zeugen aus. Wilder als der Neuseeoder der Feuerländer ist auch, nach der Analogie des Klimas zu rechnen, kein europäisches, geschweige ein griechisches Volk gewesen; und jene inhumanen Nationen haben Humanität, Vernunft und Sprache. Kein Menschenfresser frißt seine Brüder und Kinder; der unmenschliche Gebrauch ist ihnen ein grausames Kriegsrecht zur Erhaltung der Tapferkeit und zum wechselseitigen Schrecken der Feinde. Er ist also nichts mehr und minder als das Werk einer groben politischen Vernunft, die bei jenen Nationen die Humanität in Absicht dieser wenigen Opfer des Vaterlandes so bezwang, wie wir Europäer sie in Absicht anderer Dinge noch jetzt bezwungen haben. Gegen Fremde schämeten sie sich ihrer grausamen Handlung, wie wir Europäer uns doch der Menschenschlachten nicht schämen; ja, gegen jeden Kriegsgefangnen, den dies traurige Los nicht trifft, beweisen sie sich brüderlich und edel. Alle diese Züge also, auch wenn der Hottentott sein lebendiges Kind vergräbt und der Eskimo seinem alten Vater das Alter verkürzet, sind Folgen der traurigen Not, die indes nie das ursprüngliche Gefühl der Humanität widerleget. Viel sonderbarere Greuel hat unter uns die mißgeleitete Vernunft oder die ausgelaßne Üppigkeit erzeuget, Ausschweifungen, an welche die Polygamie der Neger schwerlich reichet. Wie nun deswegen unter uns niemand leugnen wird, daß auch in die Brust des Sodomiten, des Unterdrückers, des Meuchelmörders das Gebilde der Humanität gegraben sei, ob ers gleich durch Leidenschaften und freche Gewohnheit fast unkenntlich machte, so vergönne man mir, nach allem, was ich über die Nationen der Erde gelesen und geprüft habe, diese innere Anlage zur Humanität so allgemein als die menschliche Natur, ja eigentlich für diese Natur selbst anzunehmen. Sie ist älter als die spekulative Vernunft, die durch Bemerkung und Sprache sich erst dem Menschen angebildet hat, ja die in praktischen Fällen kein Richtmaß in sich hätte, wenn sie es nicht von jenem dunklen Gebilde in uns borgte. Sind alle Pflichten des Menschen nur Konventionen, die er als Mittel der Glückseligkeit sich selbst aussann und durch Erfahrung feststellte, so hören sie augenblicks auf, meine Pflichten zu sein, wenn ich mich von ihrem Zweck, der Glückseligkeit, lossage. Der Syllogismus der Vernunft ist nun vollendet. Aber wie kamen sie denn in die Brust dessen, der nie über Glückseligkeit und die Mittel dazu spekulierend dachte? Wie kamen Pflichten der Ehe, der Vater- und Kindesliebe, der Familie und der Gesellschaft in den Geist eines Menschen, ehe er Erfahrungen des Guten und Bösen über jede derselben gesammlet hatte, und also auf tausendfache Art zuerst ein Unmensch hätte sein müssen, ehe er ein Mensch ward? Nein, gütige Gottheit, *dem* mörderischen Ungefähr überließest du dein Geschöpf nicht. Den Tieren gabst du Instinkt, dem Menschen grubest du dein Bild, Religion und Humanität in die Seele; der Umriß der Bildsäule liegt im

dunkeln tiefen Marmor da; nur er kann sich nicht selbst aushauen, ausbilden. Tradition und Lehre, Vernunft und Erfahrung sollten dieses tun, und du ließest es ihm an Mitteln dazu nicht fehlen. Die Regel der Gerechtigkeit, die Grundsätze des Rechts der Gesellschaft, selbst die Monogamie, als die dem Menschen natürlichste Ehe und Liebe, die Zärtlichkeit gegen Kinder, die Pietät gegen Wohltäter und Freunde, selbst die Empfindung des mächtigsten, wohltätigsten Wesens sind Züge dieses Bildes, die hie und da bald unterdrückt, bald ausgebildet sind, allenthalben aber noch die Uranlage des Menschen selbst zeigen, der er sich, sobald er sie wahrnimmt, auch nicht entsagen darf. Das Reich dieser Anlagen und ihrer Ausbildung ist die eigentliche Stadt Gottes auf der Erde, in welcher alle Menschen Bürger sind, nur nach sehr verschiednen Klassen und Stufen. Glücklich ist, wer zur Ausbreitung dieses Reichs der wahren innern Menschenschöpfung beitragen kann; er beneidet keinem Erfinder seine Wissenschaft und keinem Könige seine Krone.
Wer aber ists nun, der uns sage, wo und wie diese aufweckende Tradition der Humanität und Religion auf der Erde entstand und sich mit so manchen Verwandelungen bis an den Rand der Welt fortbreitete, wo sie sich in den dunkelsten Resten verlieret? Wer lehrte den Menschen Sprache, wie noch jetzt jedes Kind dieselbe von andern lernet, und niemand sich seine Vernunft erfindet? Welches waren die ersten Symbole, die der Mensch faßte, so daß eben im Schleier der Kosmogonie und religiöser Sagen die ersten Keime der Kultur unter die Völker kamen? Wo hangt der erste Ring der Kette unsres Geschlechtes und seiner geistig-moralischen Bildung? Lasset uns sehen, was uns darüber die Naturgeschichte der Erde samt der ältesten Tradition sage.

ZEHNTES BUCH

I.

Unsre Erde ist für ihre lebendige Schöpfung eine eigengebildete Erde

Da der Ursprung der Menschengeschichte dem Philosophen sehr im Dunkeln ist und schon in ihren ältesten Zeiten Sonderbarkeiten erscheinen, die der und jener mit seinem System nicht zu fügen wußte, so ist man auf den verzweifelnden Weg geraten, den Knoten zu zerschneiden und nicht nur die Erde als eine Trümmer voriger Bewohnung, sondern auch das Menschengeschlecht als einen überbliebenen, entkommenen Rest anzusehen, der, nachdem der Planet in einem andern Zustande, wie man sagt, seinen jüngsten Tag erlebt hatte, etwa auf Bergen oder in Höhlen sich diesem allgemeinen Gericht entzogen habe. Seine Menschenvernunft, Kunst und Tradition sei ein geretteter Raub der untergegangenen Vorwelt*; daher er teils schon von Anfange her einen Glanz zeige, der sich auf Erfahrungen vieler Jahrtausende gründe, teils auch nie ins Licht gesetzt werden könne, weil durch diese überbliebenen Menschen wie durch einen Isthmus sich die Kultur zweier Welten verwirre und verbinde. Ist diese Meinung wahr, so gibt es allerdings keine reine Philosophie der Menschengeschichte; denn unser Geschlecht selbst und alle seine Künste wären nur ausgeworfene Schlacken einer vorigen Weltverwüstung. Lasset uns sehen, was diese Hypothese, die aus der Erde selbst sowie aus ihrer Menschengeschichte ein unentwirrbares Chaos macht, für Grund habe.

In der Urbildung unsrer Erde hat sie, wie mich dünkt, keinen; denn die ersten scheinbaren Verwüstungen und Revolutionen derselben setzen keine verlebte Menschengeschichte voraus, sondern gehören zu dem schaffenden Kreise selbst, durch welchen unsre Erde erst bewohnbar worden**. Der alte Granit, der innere Kern unsres Planeten, zeigt, soweit wir ihn kennen, keine Spur von untergegangenen organischen Wesen; weder daß er solche in sich enthielte, noch daß seine Bestandteile dieselben voraussetzten. Wahrscheinlich ragte er in seinen höchsten Spitzen über die Wasser der Schöpfung empor, da sich auf denselben keine Spur einer Meerwirkung findet; auf diesen nackten Höhen aber konnte ein menschliches Geschöpf sowenig atmen als

* S. insonderheit den scharfsinnigen *Versuch über den Ursprung der Erkenntnis der Wahrheit und Wissenschaften*, Berlin 1781. Die Hypothese, daß unser Erdball aus den Trümmern einer andern Welt gebildet sei, ist mehreren Naturforschern aus sehr verschiednen Gründen gemein.

** Die Fakta zu den folgenden Behauptungen sind in vielen Büchern der neuern Erdkunde zerstreut, auch zum Teil aus *Buffon* u. a. so bekannt, daß ich mich Satz für Satz mit Zitationen nicht ziere.

sich nähren. Die Luft, die diesen Klumpen umgab, war von Wasser und Feuer noch nicht gesondert; geschwängert mit den mancherlei Materien, die sich erst in vielfältigen Verbindungen und Perioden an die Grundlage der Erde setzten und ihr allgemach Form gaben, konnte sie dem feinsten Erdgeschöpf seinen Lebensatem sowenig erhalten als geben. Wo also zuerst lebendiges Gebilde entstand, war im Wasser; und es entstand mit der Gewalt einer schaffenden Urkraft, die noch nirgend anders wirken konnte und sich also zuerst in der unendlichen Menge von Schalentieren, dem einzigen, was in diesem schwangern Meer leben konnte, organisierte. Bei fortgehender Ausbildung der Erde fanden sie häufig ihren Untergang, und ihre zerstörten Teile wurden die Grundlage zu feinern Organisationen. Je mehr der Urfels vom Wasser befreit und mit Absätzen desselben, d. i. der mit ihm verbundnen Elemente und Organisationen befruchtet wurde, desto mehr eilte die Pflanzenschöpfung der Schöpfung des Wassers nach, und auf jedem entblößten Erdstrich vegetierte, was daselbst vegetieren konnte. Aber auch im Treibhause dieses Reichs konnte noch kein Erdentier leben. Auf Erdhöhen, auf denen jetzt lappländische Kräuter wachsen, findet man versteinte Gewächse des heißesten Erdstrichs, ein offenbares Zeugnis, daß der Dunst auf ihnen damals dies Klima gehabt habe. Geläutert indessen mußte diese Dunstluft schon in großem Grad sein, da sich so viele Massen aus ihr niedergesenkt hatten und die zarte Pflanze vom Licht lebet; daß aber bei diesen Pflanzenabdrücken sich noch nirgend Erdentiere, geschweige denn Menschengebeine finden, zeigt wahrscheinlich, daß solche auf der Erde damals noch nicht vorhanden gewesen, weil weder zu ihrem Gebilde der Stoff, noch zu ihrem Unterhalt Nahrung bereitet war. So gehets durch mancherlei Revolutionen fort, bis endlich in sehr obern Leim- oder Sandschichten erst die Elefanten- und Nashörnergerippe erscheinen; denn was man in tiefern Versteinerungen für Menschengebilde gehalten, ist alles zweifelhaft und von genauern Naturforschern für Gerippe von Seetieren erkläret worden. Auch auf der Erde fing die Natur mit Bildungen des wärmsten Klimas und, wie es scheint, der ungeheuersten Massen an, eben wie sie im Meer mit gepanzerten Schaltieren und großen Ammonshörnern anfing; wenigstens haben sich bei den so zahlreichen Gerippen der Elefanten, die spät zusammengeschwemmt sind und sich hie und da bis auf die Haut erhalten haben, zwar Schlangen, Seetiere und dgl., nie aber Menschenkörper gefunden. Ja, wenn sie auch gefunden wären, sind sie ohnstreitig von einem sehr neuern Datum gegen die alten Gebirge, in denen nichts von dieser Art Lebendigem vorkommt. So spricht das älteste Buch der Erde mit seinen Ton-, Schiefer-, Marmor-, Kalk- und Sandblättern; und was spräche es hiemit für eine Umschaffung der Erde, die ein Menschengeschlecht überlebt hätte, dessen Reste wir wären? Vielmehr ist alles, was sie redet, dafür, daß unsre Erde aus ihrem Chaos von Materien und Kräften unter der belebenden Wärme des schaffenden Geistes sich zu einem eignen und ursprünglichen Ganzen durch eine Reihe zubereitender Revolutionen gebildet habe, bis auch zuletzt die Krone ihrer Schöpfung, das feine und zarte Menschengeschöpf, erscheinen konnte. Die Systeme also, die von zehnfacher Veränderung der Weltgegenden und Pole, von hundertfältiger Umstürzung eines bewohnten und kultivierten Bodens, von Vertreibungen der Menschen aus Gegend in Gegend oder von ihren Grabmälern unter Felsen und Meeren reden, und in der ganzen ältesten Geschichte nur Graus und Entsetzen schildern, sie sind trotz aller unleugbaren Revolutionen der Erde dem Bau derselben entgegen, oder von ihm wenigstens unbegründet. Die Risse und Gänge im alten Gestein oder seine zusammengefallenen Wände sagen nichts von einer vor unsrer

Erde bewohnten Erde; ja, wenn auch die alte Masse durch ein solches Schicksal zusammengeschmolzen wäre, so blieb gewiß kein lebendiger Rest der Urwelt für uns übrig. Die Erde sowohl als die Geschichte der Lebendigen, wie sie jetzt ist, bleibt also für den Forscher ein reines ganzes Problem zur Auflösung. Einem solchen treten wir näher und fragen:

II.

Wo war die Bildungsstätte und der älteste Wohnsitz der Menschen?

Daß er an keinem spät entstandenen Erdrande gewesen sein kann, bedarf keines Erweises, und so treten wir sogleich auf die Höhen der ewigen Urgebirge und der an sie allmählich gelagerten Länder. Entstanden überall Menschen, wie überall Schalentiere entstanden? Gebar das Mondsgebirge den Neger, wie etwa die Anden den Amerikaner, der Ural den Asiaten, die europäischen Alpen den Europäer gebaren? Und hat jedes Hauptgebirge der Welt etwa seinen eignen Strich der Menschheit? Warum, da jeder Weltteil seine eignen Tierarten hat, die anderswo nicht leben können, und also auf und zu ihm geboren sein müssen, sollte er nicht auch seine eigne Menschengattung haben? Und wären die verschiednen Nationalbildungen, Sitten und Charaktere, insonderheit die so unterschiedne Sprachen der Völker nicht davon Erweise? Jedermann meiner Leser weiß, wie blendend diese Gründe von mehrern gelehrten und scharfsinnigen Geschichtsforschern ausgeführt sind, so daß mans zuletzt als die gezwungenste Hypothese ansah, daß die Natur zwar überall Affen und Bären, aber nicht Menschen habe erschaffen können, und also, dem Lauf ihrer andern Wirkungen ganz zuwider, eben ihr zartestes Geschlecht, wenn sie es nur in Einem Paare hervorbrachte, durch diese ihr fremde Sparsamkeit tausendfacher Gefahr bloßstellte. »Schauet noch jetzt«, sagt man, »die vielsamige Natur an, wie sie verschwendet! Wie sie nicht nur Pflanzen und Gewächse, sondern auch Tiere und Menschen in ungezählten Keimen dem Untergange in den Schoß wirft! Und eben auf dem Punkt, da das menschliche Geschlecht zu gründen war, da sollte die gebärende, die in ihrer jungfräulichen Jugend an Samen aller Wesen und Gestalten so reiche Mutter, die, wie der Bau der Erde zeigt, Millionen lebendiger Geschöpfe in einer Revolution aufopfern konnte, um neue Geschlechter zu gebären, sie sollte damals an niedern Wesen sich erschöpft und ihr wildes Labyrinth voll Leben mit zwei schwachen Menschen vollendet haben?« Lasset uns sehen, wiefern auch diese glänzend scheinbare Hypothese dem Gange der Kultur und Geschichte unsres Geschlechts entsprechen, oder nach seiner Bildung, seinem Charakter und Verhältnis zu den andern Lebendigen der Erde bestehen möge.

Zuerst ists offenbar der Natur entgegen, daß sie alles Lebendige in gleicher Anzahl oder auf einmal belebt habe; der Bau der Erde und die innere Beschaffenheit der Geschöpfe selbst macht dies unmöglich. Elefanten und Würmer, Löwen und Infusionstiere sind nicht in gleicher Zahl da; sie konnten auch uranfangs ihrem Wesen nach weder in gleichem Verhältnis, noch auf einmal erschaffen werden. Millionen Muschelgeschöpfe mußten untergehen, ehe auf unserm Erdenfels Gartenbeete zu feinerm Leben wurden; eine Welt von Pflanzen geht jährlich unter, damit sie höheren Wesen das Leben nähre. Wenn man also auch von den Endursachen der Schöpfung ganz abstrahieret, so lag es schon im Stoff der Natur selbst, daß sie aus Vielem ein Eins machen und durch das kreisende Rad der Schöpfung Zahlloses zerstören mußte, damit sie ein Minderes, aber Edleres belebte. So fuhr sie von unten hinauf, und indem sie allenthalben gnug des Samens nachließ, Geschlechter, die sie dauren lassen wollte, zu erhalten, bahnte sie sich den Weg zu auserleseneren feinern, höheren Geschlechtern. Sollte der Mensch die Krone der Schöpfung sein, so konnte er mit dem Fisch oder dem Meerschleim nicht Eine Masse, Einen Tag der Geburt, Einen Ort und Aufenthalt haben. Sein Blut sollte kein Wasser werden; die Lebenswärme der Natur mußte also so weit hinaufgeläutert, so fein essentiiert sein, daß sie Menschenblut rötete. Alle seine Gefäße und Fibern, sein Knochengebäude selbst sollte von dem feinsten Ton gebildet werden, und da die Allmächtige nie ohne zweite Ursachen handelt, so mußte sie sich dazu den Stoff in die Hand gearbeitet haben. Selbst die gröbere Tierschöpfung war sie durchgangen; wie und wann jedes entstehen konnte, entstand es; durch alle Pforten drangen die Kräfte und arbeiteten sich zum Leben. Das Ammonshorn war eher da als der Fisch, die Pflanze ging dem Tier voran, das ohne sie auch nicht leben konnte; der Krokodil und Kaiman schlich eher daher, als der weise Elefant Kräuter las und seinen Rüssel schwenkte. Die fleischfressenden Tiere setzten eine zahlreiche, schon sehr vermehrte Familie derer voraus, von denen sie sich nähren sollten; sie konnten also auch mit diesen nicht auf einmal und in gleicher Anzahl da sein. Der Mensch also, wenn er der Bewohner der Erde und ein Gebieter der Schöpfung sein sollte, mußte sein Reich und Wohnhaus fertig finden; notwendig mußte er also auch spät und in geringerer Anzahl erscheinen als die, so er beherrschen sollte. Hätte die Natur aus dem Stoff ihrer Werkstätte auf Erden etwas Höheres, Feineres und Schöneres, als der Mensch ist, hervorbringen können, warum sollte sie es nicht getan haben? Und daß sie es nicht getan hat, zeigt, daß sie mit dem Menschen die Werkstätte schloß und ihre Gebilde, die sie im Boden des Meers mit dem reichsten Überfluß angefangen hatte, jetzt in der erlesensten Sparsamkeit vollführte. »Gott schuf den Menschen«, sagt die älteste schriftliche Tradition der Völker, »in seinem Gebilde, ein Gleichnis Gottes schuf er in ihm, Einen Mann und Ein Weib; nach dem Unzähligen, das er geschaffen hatte, die kleinste Zahl; da ruhete er und schuf nicht fürder.« Die lebendige Pyramide war hier bei ihrem Gipfel vollendet.

Wo konnte dieser Gipfel nun stattfinden? Wo erzeugte sich die Perle der vollendeten Erde? Notwendig im Mittelpunkt der regsten organischen Kräfte, wo, wenn ich so sagen darf, die Schöpfung am weitesten gediehen, am längsten und feinsten ausgearbeitet war; und wo war dieses als etwa in Asien, wie schon der Bau der Erde mutmaßlich saget. In Asien nämlich hatte unsre Kugel jene große und weite Höhe, die, nie vom Wasser bedeckt, ihren Felsenrücken in die Länge und Breite vielarmig hinzog. Hier also war die meiste Anziehung wirkender Kräfte, hier rieb und kreisete sich der elektrische Strom, hier setzten sich die Materien des fruchtreichen Chaos in größester Fülle nieder. Um diese Gebirge entstand der größeste Weltteil, wie seine Gestalt zeiget; auf und an diesen Gebirgen lebt die größeste Menge aller Arten lebendiger Tierschöpfung, die wahrscheinlich hier schon streiften und ihres Daseins sich freuten, als andre Erdstrecken noch unter dem Wasser lagen und kaum mit Wäldern oder mit nackten Bergspitzen emporblickten. Der Berg, den *Linneus** sich als das Gebirge der Schöpfung gedacht hat, ist in der Natur; nur nicht als Berg, sondern als ein weites Amphitheater, ein Stern von Gebirgen, die ihre Arme in man-

* Linnaei amoenit. academ. Vol. II. p. 439. Oratio de terra habitabili: Die Rede ist häufig übersetzt worden. –

cherlei Klimate verteilen. »Ich muß anmerken«, sagt *Pallas**, »daß alle Tiere, die in den Nord- und Südländern zahm geworden sind, sich in dem gemäßigten Klima der Mitte Asiens wild finden (den Dromedar ausgenommen, dessen beide Arten nicht wohl außerhalb Afrika fortkommen und sich schwer an das Klima von Asien gewöhnen). Der Stammort des wilden Ochsens, des Büffels, des Mufflons, von welchem unsre Schafe kommen, der Bezoartiers und des Steinbocks, aus deren Vermischung die so fruchtbare Rasse unsrer zahmen Ziegen entstanden ist, finden sich in den gebirgigen Ketten, die das mittlere Asien und einen Teil von Europa einnehmen. Das Rentier ist auf den hohen Bergen, die Siberien begrenzen und sein östliches Ende bedecken, häufig, und dient daselbst als Last- und Zugvieh. Auch findet es sich auf der uralischen Kette und hat von da aus die nordischen Länder besetzt. Das Kamel mit zwei Buckeln findet sich wild in den großen Wüsten zwischen Tibet und China. Das wilde Schwein hält sich in den Wäldern und Morästen des ganzen gemäßigten Asiens auf. Die wilde Katze, von der unsre Hauskatze abstammet, ist bekannt genug. Endlich stammt die Hauptrasse unsrer Haushunde zuverlässig vom Schakal her; ob ich dieselbe gleich nicht für ganz unverfälscht halte, sondern glaube, daß sie sich vor undenklicher Zeit mit dem gemeinen Wolf, dem Fuchs und selbst mit der Hyäne vermischt habe, welches die ungemeine Verschiedenheit der Gestalt und Größe der Hunde verursacht hat u. f.« So *Pallas*. Und wem ist der Reichtum Asiens, insonderheit seiner mittägigen Länder, an Naturprodukten unbekannt? Es ist, als ob um diese erhabenste Höhe der Welt sich nicht nur das breitste, sondern auch das reichste Land gesetzt habe, das von Anfange her die meiste organische Wärme in sich gezogen. Die weisesten Elefanten, die klügsten Affen, die lebhaftesten Tiere nährt Asien; ja, vielleicht hat es, seines Verfalls ungeachtet, der genetischen Anlage nach die geistreichsten und erhabensten Menschen.

Wie aber die andern Weltteile? Daß Europa sowohl an Menschen als Tieren meistens aus Asien besetzt sei und wahrscheinlich einem großen Teil nach noch mit Wasser oder mit Wald und Morästen bedeckt gewesen, als das höhere Asien schon kultiviert war, ist sogar aus der Geschichte erweislich. Das innere Afrika kennen wir zwar noch wenig; die Höhe und Gestalt seines mittleren Bergrückens insonderheit ist uns ganz fremde; indessen wird aus mehreren Gründen wahrscheinlich, daß dieser wasserarme und große Strecken hinein niedrige Weltteil mit seinem Erdrücken schwerlich an die Höhe und Breite Asiens reiche. Auch er ist also vielleicht länger bedeckt gewesen, und obwohl der warme Erdgürtel sowohl der Pflanzen- als Tierschöpfung daselbst ein eignes kräftiges Gepräge nicht versagte, so scheinet es doch, daß Afrika und Europa nur wie Kinder sind, an den Schoß der Mutter, Asien, gelehnet. Die meisten Tiere haben diese drei Weltteile gemein, und sind im ganzen nur Ein Weltteil. Amerika endlich, sowohl der Strich seiner steilen, unbewohnbar hohen Gebirge, als deren noch tobende Vulkane und ihnen zu Füßen das niedrige, in großen Strecken meerflache Land, samt der lebendigen Schöpfung desselben, die sich vorzüglich in der Vegetation, den Amphibien, Insekten, Vögeln und dagegen in weniger Gattungen vollkommner und so lebhafter Landtiere freuet, als in denen sich die Alte Welt fühlet; alle diese Gründe, zu denen die junge und rohe Verfassung seiner gesamten Völkerschaften mitgehöret, machen diesen Weltteil schwerlich als den ältestbewohnten kennbar. Vielmehr ist er, gegen die andre Erdhälfte betrachtet, dem

* Bemerkungen über die Berge, in den Beiträgen zur physikalischen Erdbeschreibung (Band 3. S. 250.) und sonst übersetzt.

Naturforscher ein reiches Problem der Verschiedenheit zweier entgegengesetzten Hemisphäre. Schwerlich also dürfte auch das schöne Tal Quito der Geburtsort eines ursprünglichen Menschenpaars gewesen sein, so gern ich ihm und den Mondgebirgen Afrikas die Ehre gönne und niemanden widersprechen mag, der hiezu Beweistümer fände.

Aber gnug der bloßen Mutmaßungen, die ich nicht dazu gemißbraucht wünsche, daß man dem Allmächtigen die Kraft und den Stoff, Menschen wo er will zu schaffen, abspräche. Die Stimme, die allenthalben Meer und Land mit eignen Bewohnern bepflanzte, konnte auch jedem Weltteil seine eingebornen Beherrscher geben, wenn sie es für gut fand. Ließe sich nicht aber in dem bisher entwickelten Charakter der Menschheit die Ursache finden, warum sie es nicht beliebte? Wir sahen, daß die Vernunft und Humanität der Menschen von Erziehung, Sprache und Tradition abhange, und daß unser Geschlecht hierin völlig vom Tier unterschieden sei, das seinen unfehlbaren Instinkt auf die Welt mitbringt. Ist dies, so konnte schon seinem spezifischen Charakter nach der Mensch nicht, Tieren gleich, überall in die wilde Wüste geworfen werden. Der Baum, der allenthalben nur künstlich fortkommen konnte, sollte vielmehr aus Einer Wurzel, an einem Orte wachsen, wo er am besten gedeihen, wo der, der ihn gepflanzt hatte, ihn selbst warten konnte. Das Menschengeschlecht, das zur Humanität bestimmt war, sollte von seinem Ursprunge an ein Brudergeschlecht aus Einem Blut, am Leitbande Einer bildenden Tradition werden, und so entstand das Ganze, wie noch jetzt jede Familie entspringt, Zweige von Einem Stamm, Sprossen aus Einem ursprünglichen Garten. Mich dünkt, jedem, der das Charakteristische unsrer Natur, die Beschaffenheit und Art unsrer Vernunft, die Weise, wie wir zu Begriffen kommen und die Humanität in uns bilden, erwägt, ihm müsse dieser auszeichnende Plan Gottes über unser Geschlecht, der uns auch dem Ursprunge nach vom Tier unterscheidet, als der angemessenste, schönste und würdigste erscheinen. Mit diesem Entwurf wurden wir Lieblinge der Natur, die sie als Früchte ihres reifsten Fleißes, oder wenn man will, als Söhne ihres hohen Alters auf der Stelle hervorbrachte, die sich am besten für diese zarten Spätlinge geziemte. Hier erzog sie solche mit mütterlicher Hand, und hatte um sie gelegt, was vom ersten Anfange an die Bildung ihres künstlichen Menschencharakters erleichtern konnte. So wie nur Eine Menschenvernunft auf der Erde möglich war, und die Natur daher auch nur eine Gattung vernunftfähiger Geschöpfe hervorbrachte, so ließ sie diese Vernunftfähigen auch in Einer Schule der Sprache und Tradition erzogen werden, und übernahm selbst diese Erziehung durch eine Folge von Generationen aus Einem Ursprung.

III.

Der Gang der Kultur und Geschichte gibt historische Beweise, daß das Menschengeschlecht in Asien entstanden sei

Alle Völker Europens, woher sind sie? Aus Asien. Von den meisten wissen wirs gewiß; wir kennen den Ursprung der Lappen, der Finnen, der Germanier und Goten, der Gallier, Slawen, Kelten, Kimbern u. f. Teils aus ihren Sprachen oder Sprachresten, teils aus Nachrichten ihrer alten Sitze können wir sie ziemlich weit ans Schwarze Meer oder in die Tatarei verfolgen, wo zum Teil noch ihre Sprachreste leben. Von der Abkunft anderer Völker wissen wir weniger, weil wir die älteste Geschichte derselben weniger kennen; denn bloß die Unkunde voriger Zeiten macht Autochthonen. Ein seltnes Verdienst um die Menschheit wäre es, wenn der sprachgelehrteste Geschichtforscher der alten und neuen Völker, *Büttner*, uns die Schätze seiner zusammenhaltenden Belesenheit auftäte und, wie ers tun könnte, einer Reihe von Völkern ihren ihnen selbst unbekannten Stammbaum gäbe.*

Die Abkunft der Afrikaner und Amerikaner ist uns freilich dunkler; soweit wir aber den obern Rand des erstgenannten Weltteils kennen und die ältesten Traditionen über ihn zusammenhalten, ist er asiatisch. Weiter hinab müssen wir uns begnügen, in der Negergestalt und Farbe wenigstens nichts Widersprechendes gegen diese Abkunft, vielmehr ein fortgehendes Gemälde klimatischer Nationalbildungen zu finden, wie das sechste Buch dieser Schrift zu zeigen versucht hat. Ein gleiches ists mit dem später bevölkerten Amerika, dessen Bepflanzung aus dem östlichen Asien schon der einförmige Anblick der Völker wahrscheinlich machte.

Mehr als die Bildungen aber sagen uns die Sprachen der Völker; und wo auf der ganzen Welt gibt es die ältest-kultivierten Sprachen? In Asien. Wollt ihr das Wunderding sehen, daß Völker Tausende von Meilen hin in die Länge und Breite lauter einsilbige Sprachen reden: sehet nach Asien. Die Strecke jenseits des Ganges, Tibet und China, Pegu, Ava, Arrakan und Brema, Tonquin, Laos, Koschin-China Kambodscha und Siam sprechen lauter unbiegsam-einsilbige Worte. Wahrscheinlich hat die frühe Regel ihrer Sprachkultur und Schrift sie dabei erhalten; denn in dieser Ecke Asiens sind die ältesten Einrichtungen beinah in allem unverändert geblieben. Wollet ihr Sprachen, deren großer, fast überfließender Reichtum auf sehr wenige Wurzeln zusammengeht, so daß sie mit einer sonderbaren Regelmäßigkeit und dem fast kindischen Kunstwerk, durch eine kleine Veränderung des Stammworts einen neuen Begriff zu sagen, Mannigfaltigkeit und Armut verbinden: so sehet den Umfang Südasiens von Indien bis nach Syrien, Arabien und Äthiopien hin. Die bengalische Sprache hat 700 Wurzeln, gleichsam die Elemente der Vernunft, aus denen sie Zeitwörter, Nennwörter und alle andren Redeteile bildet. Die ebräische und die ihr verwandten Sprachen, so ganz andrer Art sie sind, erregen Erstaunen, wenn man ihren Bau selbst noch in den ältesten Schriften betrachtet. Alle ihre Worte gehen an Wurzeln von drei Buchstaben zusammen, die anfangs vielleicht auch einsilbig waren, nachher aber wahrscheinlich durch das ihnen eigne Buchstabenalphabet frühzeitig in diese Form gebracht wurden und in ihr vermittelst sehr einfacher Zusätze und Biegungen die ganze Sprache bauten. Ein unermeßlicher Reichtum von Begriffen geht z. B. in der fortgebildeten arabischen Sprache an wenige Wurzeln zusammen, so daß das Flickwerk der meisten europäischen Sprachen mit ihren unnützen Hilfsworten und langweiligen Flexionen sich nie mehr verrät, als wenn man sie mit den Sprachen Asiens vergleichet. Daher fallen diese auch, je älter sie sind, dem Europäer zu lernen schwer; denn er muß den nutzlosen Reichtum seiner Zunge aufgeben, und kommt in ihnen wie zu einer fein durchdachten, leise geregelten Hieroglyphik der unsichtbaren Gedankensprache.

Das gewisseste Zeichen der Kultur einer Sprache ist ihre Schrift; je älter, künstlicher, durchdachter diese war, desto mehr ward auch die Sprache gebildet. Nun kann, wenn man nicht etwa die Scythen ausnähme, die auch ein asiatisches Volk waren, keine europäische Nation sich eines selbsterfundenen Alphabets rühmen; sie stehen

* Dieser gelehrte Mann arbeitet mit einem vielumfassenden Plan an einem ähnlichen Werke.

hierin als Barbaren den Negern und Amerikanern zur Seite. Asien allein hatte Schrift. und zwar schon in den ältesten Zeiten. Die erste gebildete Nation Europas, die Griechen, bekamen ihr Alphabet von einem Morgenländer, und daß alle andre Buchstabencharaktere der Europäer abgeleitete oder verdorbne Züge der Griechen sind, zeigen die *Büttnerschen* Tafeln.* Auch der Ägypter älteste Buchstabenschrift auf ihren Mumien ist phönikisch und so wie das koptische Alphabet verdorben-griechisch ist. Unter den Negern und Amerikanern ist an keine selbsterfundene Schrift zu gedenken; denn unter diesen stiegen die Mexikaner über ihre rohen Hieroglyphen und die Peruaner über ihre Knotenstricke nicht auf. Asien dagegen hat die Schrift in Buchstaben und Kunsthieroglyphen gleichsam erschöpfet, so daß man unter seinen Schriftzügen beinah alle Gattungen findet wie die Rede der Menschen gefesselt werden konnte. Die bengalische Sprache hat 50 Buchstaben und 12 Vokale; die sinesische hat aus ihrem Walde von Zügen nicht minder als 112 zu Lautbuchstaben und 36 zu Mitlautern erwählet. So geht es durch die tibetanische, singhalesische, marattische, mandschurische Alphabete, sogar mit verschiednen Richtungen der Zeichen. Einige der asiatischen Schriftarten sind offenbar so alt, daß man bemerkt, wie sich die Sprache selbst mit und zu ihnen gebildet habe; und die einfach schöne Schrift auf den Ruinen von Persepolis verstehen wir noch gar nicht.

Treten wir von dem Werkzeuge der Kultur zur Kultur selbst; wo wäre dieselbe früher entstanden, ja wo hätte sie früher entstehen können als in Asien, von da sie sich auf bekannten Wegen weiter umhergebreitet? Die Herrschaft über die Tiere war dazu einer der ersten Schritte, und sie steigt in diesem Weltteil über alle Revolutionen der Geschichte hinauf. Nicht nur daß, wie wir gesehen haben, dies Urgebirge der Welt die meisten und zähmbarsten Tiere hatte; die Gesellschaft der Menschen hat dieselben auch so frühe gezähmet, daß unsre nutzbarsten Tiergeschlechter, Schaf, Hund und Ziege, gleichsam nur aus dieser Bezähmung entstanden und eigentlich also neue Tiergattungen der asiatischen Kunst sind. Will man sich in den Mittelpunkt der Verteilung gezähmter Tiere stellen, so trete man auf die Höhe von Asien; je entfernter von ihm (im Großen der Natur gerechnet), desto minder gezähmte Tiere. In Asien, bis auf seine Südinseln ist alles voll derselben; in Neuguinea und Neuseeland fand sich nur der Hund und das Schwein, in Neukaledonien der Hund allein, und in dem ganzen weiten Amerika waren das Guaniko und Llacma die einzigen gezähmten Tiere. Auch sind die besten Gattungen derselben in Asien und Afrika von der schönsten, edelsten Art. Der Dschiggetai und das arabische Pferd, der wilde und zahme Esel, der Argali und das Schaf, der wilde Bock und die Angoraziege sind der Stolz ihres Geschlechts; der klügste Elefant ist in Asien von frühen Zeiten an aufs künstlichste gebrauchet, und das Kamel war diesem Weltteil unentbehrlich. In der Schönheit einiger dieser Tiere tritt Afrika zunächst an Asiens Seite; im Gebrauch derselben aber stehets ihm noch jetzt weit nach. Alle seine gezähmten Tiere hat Europa Asien zu danken; was unserm Weltteil eigen ist, sind 15 bis 16 Arten größtenteils Mäuse und Fledermäuse.**

Mit der Kultur der Erde und ihrer Gewächse wars nicht anders, da ein großer Teil von Europa noch in sehr späten Zeiten ein Wald war und seine Einwohner, wenn sie von Vegetabilien leben sollten, wohl nicht anders als mit Wurzeln und wilden

* S. Vergleichungstafeln der Schriftarten verschiedner Völker von *Büttner*. Göttingen, 1771.

** S. Zimmermanns Geographische Geschichte der Menschen. T. 3. S. 183. –

Kräutern, mit Eicheln und Holzäpfeln nähren konnte. In manchen Erdstrichen Asiens, von denen wir reden, wächst das Getreide wild; und der Ackerbau ist in ihm von undenklichem Alter. Die schönsten Früchte der Erde, den Weinstock und die Olive, Zitronen und Feigen, Pomeranzen und alle unser Obst, Kastanien, Mandeln, Nüsse u. f. hat Asien zuerst nach Griechenland und Afrika, sodann fernerhin verpflanzet; einige andre Gewächse hat uns Amerika gegeben, und bei den meisten wissen wir sogar den Ort der Herkunft, sowie die Zeit der Wanderung und Verpflanzung. Also auch diese Geschenke der Natur waren dem Menschengeschlecht nicht anders als durch den Weg der Tradition beschieden. Amerika bauete keinen Wein; auch in Afrika haben ihn nur europäische Hände gepflanzet.

Daß Wissenschaften und Künste zuerst in Asien und seinem Grenzlande Ägypten gepflegt sind, bedarf keiner weitläufigen Erweise; Denkmale und die Geschichte der Völker sagen es, und *Goguets** zeugnisführendes Werk ist in aller Händen. Nützliche und schöne Künste hat dieser Weltteil hie oder da, allenthalben aber nach seinem ausgezeichneten asiatischen Geschmack frühe getrieben, wie die Ruinen Persepolis und der indischen Tempel die Pyramiden Ägyptens und so viele andre Werke, von denen wir Reste oder Sagen haben, beweisen; fast alle reichen sie weit über die europäische Kultur hinaus und haben in Afrika und Amerika nichts ihresgleichen. Die hohe Poesie mehrerer südasiatischen Völker ist weltbekannt**, und je älter hinauf, desto mehr erscheint sie in einer Würde und Einfalt, die durch sich selbst den Namen der göttlichen verdienet. Welcher scharfsinnige Gedanke, ja ich möchte sagen, welche dichterische Hypothese ist in eines späten Abendländers Seele gekommen, zu welcher sich nicht der Keim in eines früheren Morgenländers Ausspruch oder Einkleidung fände, sobald nur irgend der Anlaß dazu in seinem Gesichtskreise lag? Der Handel der Asiaten ist der älteste auf der Erde, und die wichtigsten Erfindungen darin sind die ihre. So auch die Astronomie und Zeitrechnung; wer ist, der auch ohne die mindeste Teilnehmung an *Baillys* Hypothesen nicht über die frühe und weite Verbreitung mancher astronomischer Bemerkungen, Einteilungen und Handgriffe erstaunte, die man den ältesten Völkern Asiens schwerlich ableugnen könnte?*** Es ist, als ob ihre ältesten Weisen, vorzüglich die Weisen des Himmels, Bemerker der stille fortschreitenden Zeit gewesen, wie denn auch noch jetzt im tiefen Verfall mancher Nationen dieser rechnende, zählende Geist unter ihnen seine Wirkung äußert.****
Der Brahmane rechnet ungeheure Summen im Gedächtnis, die Einteilungen der Zeit sind ihm vom kleinsten Maß bis zu großen Himmelsrevolutionen gegenwärtig, und er trügt sich, ohne alle europäischen Hilfsmittel, darin nur wenig. Die Vorwelt hat ihm in Formeln hinterlassen, was er jetzt nur anwendet; denn auch unsre Jahrrechnung ist ja asiatisch, unsre Ziffern und Sternbilder sind ägyptischen oder indischen Ursprungs.

Wenn endlich die Regierungsformen die schwerste Kunst der Kultur sind, wo hat es die ältesten, größesten Monarchien gegeben? Wo haben die Reiche der Welt den festesten Bau gefunden? Seit Jahrtausenden behauptet China noch seine alte Verfassung; und ohngeachtet das unkriegerische Volk von tatarischen Horden mehrmals

* Vom Ursprung der Gesetze, Künste und Wissenschaften. Lemgo 1770. 4. –

** S. Jones Poeseos Asiatic. commentar. edit. Eichhorn. Lips. 1777.

*** S. *Baillys* Gesch. der Sternkunde des Altertums. Leipz. 1777.

**** S. *le Gentils* Reisen in Ebelings Sammlung. T. 2. S. 406. u. f. *Walthers* Doctrina temporum Indica hinter *Bayers* histor. regni Graecor. Bactriani. Petrop. 1738. u. f.

überschwemmt worden, so haben die Besiegten dennoch immer die Sieger bezähmt und sie in die Fesseln ihrer alten Verfassung geschmiedet; welche Regierungsform Europens könnte sich dessen rühmen? Auf den tibetanischen Bergen herrscht die älteste Hierokratie der Erde, und die Kasten der Hindus verraten durch die eingewurzelte Macht, die dem sanftesten Volk seit Jahrtausenden zur Natur geworden ist, ihre uralte Einrichtung. Am Euphrat und Tigris, so wie am Nilstrom und an den medischen Bergen greifen schon in den ältesten Zeiten gebildete kriegerische oder friedliche Monarchien in die Geschichte der westlichen Völker; sogar auf den tatarischen Höhen hat sich die ungebundne Freiheit der Horden mit einem Despotismus der Khane zusammengewebt, der manchen europäischen Regierungsformen die Grundanlage gegeben. Von allen Seiten der Welt, je mehr man sich Asien nahet, desto mehr nahet man festgegründeten Reichen, deren unumschränkte Gewalt seit Jahrtausenden sich in die Denkart der Völker so eingeprägt, daß der König von Siam über eine Nation, die keinen König hätte, als über eine hauptlose Mißgeburt lachte. In Afrika sind die festesten Despotien Asien nahe; je weiter hinab, desto mehr ist die Tyrannei noch im rohen Zustande, bis sie sich endlich unter den Kaffern in den patriarchalischen Hirtenzustand verlieret. Auf dem südlichen Meer, je näher Asien, desto mehr sind Künste, Handwerke, Pracht und der Gemahl der Pracht, der königliche Despotismus in alter Übung; je weiter von ihm entfernt, auf den entlegnen Inseln, in Amerika oder gar am dürren Rande der Südwelt kommt in einem rohern Zustande die einfachere Verfassung des Menschengeschlechts, die Freiheit der Stämme und Familien wieder; so daß einige Geschichtsforscher selbst die beiden Monarchien Amerikas, Mexiko und Peru, aus der Nachbarschaft despotischer Reiche Asiens hergeleitet haben. Der ganze Anblick des Weltteils verrät also, zumal um die Gebirge, die älteste Bewohnung, und die Traditionen dieser Völker mit ihren Zeitrechnungen und Religionen gehen, wie bekannt ist, in die Jahrtausende der Vorwelt. Alle Sagen der Europäer und Afrikaner (bei welchen ich immer Ägypten ausnehme), noch mehr der Amerikaner und der westlichen Südseeinseln, sind nichts als verlorne Bruchstücke junger Märchen gegen jene Riesengebäude alter Kosmogonien in Indien, Tibet, dem alten Chaldäa und selbst dem niedrigern Ägypten: zerstreute Laute der verirreten Echo gegen die Stimme der asiatischen Urwelt, die sich in die Fabel verlieret.
Wie also, wenn wir dieser Stimme nachgingen, und, da die Menschheit kein Mittel der Bildung als die Tradition hat, diese bis zum Urquell zu verfolgen suchten? Freilich ein trüglicher Weg, wie wenn man dem Regenbogen oder der Echo nachliefe; denn sowenig ein Kind, ob es gleich bei seiner Geburt war, dieselbe zu erzählen weiß, sowenig dürfen wir hoffen, daß uns das Menschengeschlecht von seiner Schöpfung und ersten Lehre, von der Erfindung der Sprache und seinem ersten Wohnsitz historisch strenge Nachrichten zu geben vermöge. Indessen erinnert sich doch ein Kind aus seiner späteren Jugend wenigstens einige Züge; und wenn mehrere Kinder, die zusammen erzogen, hernach getrennt wurden, dasselbe oder ein ähnliches erzählen, warum sollte man sie nicht hören? Warum nicht über das, was sie sagen oder zurückträumen, wenigstens nachsinnen wollen, zumal wenn man keine andern Dokumente haben könnte? Und da es der unverkennbare Entwurf der Vorsehung ist, Menschen durch Menschen, d. i. durch eine fortwirkende Tradition zu lehren, so lasset uns nicht zweifeln, daß sie uns auch hierin so viel werde gegönnet haben, als wir zu wissen bedürfen.

IV.

Asiatische Traditionen über die Schöpfung der Erde und den Ursprung des Menschengeschlechtes

Aber wo fangen wir in diesem wüsten Walde an, in dem so viel trügerische Stimmen und Irrlichte hie- und dahin locken und führen? Ich habe nicht Lust, zu der Bibliothek von Träumen, die über diesen Punkt das Menschengedächtnis drückt, nur Eine Silbe hinzuzutun und unterscheide also, soviel ich kann, die Mutmaßung der Völker oder die Hypothesen ihrer Weisen von Tatsachen der Tradition, so wie bei dieser die Grade ihrer Gewißheit und ihre Zeiten. Das letzte Volk Asiens, das sich des höchsten Altertums rühmet, die Chinesen, haben nichts historisch Gewisses, das über das 722. Jahr vor unsrer Zeitrechnung hinausginge. Die Reiche des Fohi und Hoangti sind Mythologie, und was vor Fohi hergeht, das Zeitalter der Geister oder der personifizierten Elemente, wird von den Chinesen selbst als dichtende Allegorie betrachtet. Ihr ältestes Buch*, das 176 Jahre vor Christi Geburt wiedergefunden oder vielmehr aus zwei dem Bücherbrande entronnenen Exemplaren ergänzt ward, enthält weder Kosmogonie, noch der Nation Anfang. Yao regiert schon in demselben mit den Bergen seines Reichs, den Großen; nur Einen Befehl kostet es ihm, so werden Gestirne beobachtet, Wasser abgeleitet, Zeiten geordnet; Opfer und Geschäfte sind alle schon in festgestellter Ordnung. Es bliebe uns also nur die chinesische Metaphysik des großen ersten Y übrig**, wie aus 1. und 2. die 4. und 8. entstanden, wie nach Eröffnung des Himmels Puanku und die drei Hoangs als Wundergestalten regiert haben, bis erst mit dem ersten Stifter der Gesetze, Gin-Hoang, der auf dem Berge Hingma geboren ward und Erd und Wasser in 9 Teile teilte, die menschlichere Geschichte anfinge. Und dennoch geht die Mythologie dieser Art noch viele Geschlechter hinunter, so daß vom Ursprünglichen wohl nichts auf sie zu gründen wäre als etwa, daß sie den Wohnsitz dieser Könige und ihrer Wundergestalten auf die hohen asiatischen Berge setzt, die für heilig gehalten und mit der ganzen ältesten Fabelsage beehrt wurden. Ein großer Berg mitten auf der Erde ist ihnen selbst in den Namen dieser alten Fabelwesen, die sie Könige nennen, sehr gefeiret.

Steigen wir nach Tibet hinauf, so finden wir die Lagerung der Erde rings um einen höchsten Berg in der Mitte noch ausgezeichneter, da sich die ganze Mythologie dieses geistlichen Reichs darauf gründet. Fürchterlich beschreiben sie seine Höhe und Umfang: Ungeheuer und Riesen sind Wächter an seinem Rande, sieben Meere und sieben Goldberge rings um ihn her. Auf seinem Gipfel wohnen die Lahen und in verschiednen niedrigern Stufen andre Wesen. Durch Äonen von Weltaltern sanken jene Beschauer des Himmels immer in gröbere Körper, endlich in die Menschengestalt, in der ein häßliches Affenpaar ihre Eltern waren; auch der Ursprung der Tiere wird aus herabgestoßenen Lahen erkläret.*** Eine harte Mythologie, die die Welt bergab in die Meere bauet, diese mit Ungeheuern umpflanzet und das ganze System der Wesen zuletzt einem Ungeheuer, der ewigen Notwendigkeit in den Rachen gibt. Auch diese entehrende Tradition indessen, die den Menschen vom Affen herleitet, ist

* Le Chou-king, un des livres sacrés des Chinois. Paris 1770.

** S. Recherches sur les temps antérieurs à ceux dont parle le Chou-king p. Prémare vor De Guignes Ausgabe des Schu-king u. f. f.

*** Georgii Alphabet. Tibetan. Rom 1762. p. 181. und sonst hin und wieder.

mit spätern Ausbildungen so verwebet, daß viel dazu gehörte, sie als eine reine Ursage der Vorwelt zu betrachten.

Schätzbar wäre es, wenn wir vom alten Volk der Hindus ihre älteste Tradition besäßen. Außerdem aber, daß die erste Sekte des Brahma von den Anhängern Wischnu und Schiwens längst vertilgt ist, haben wir an dem, was Europäer von ihren Geheimnissen bisher erfuhren, offenbar nur junge Sagen, die entweder Mythologie für das Volk oder auslegende Lehrgebäude ihrer Weisen sind. Auch nach Provinzen gehen sie märchenhaft auseinander, so daß wir, wie auf die eigentliche Sanskritsprache, so auch auf den wahren Wedam der Inder wahrscheinlich noch lange zu warten und dennoch auch in ihm von ihrer ältesten Tradition wenig zu erwarten haben, da sie den ersten Teil desselben selbst für verloren achten. Indessen blickt auch durch manches spätere Märchen ein Goldkorn historischer Ursage hervor. Der Ganges z. B. ist in ganz Indien heilig und fließt unmittelbar von den heiligen Bergen, den Füßen des Weltschöpfers Brahma. In der achten Verwandlung erschien Wischnu als Prassarama; noch bedeckte das Wasser alles Land bis zum Gebirge Gate; er bat den Gott des Meers, daß er ihm Raum verschaffen und das Meer zurückziehen möchte, soweit, wenn er schösse, sein Pfeil reichte. Der Gott versprachs und Prassarama schoß; wie weit der Pfeil flog, ward das Land trocken, die malabarische Küste. Offenbar sagt uns, wie auch *Sonnerat* anmerkt, die Erzählung, daß das Meer einst bis zum Berge Gate gestanden habe, und die malabarische Küste jüngeres Land sei. Andere Sagen indischer Völker erzählen den Ursprung der Erde aus dem Wasser auf andre Weise. Whistnu schwamm auf einem Blatt; der erste Mensch entsprang aus ihm als eine Blume. Auf der Oberfläche der Wasserwogen schwamm ein Ei, das Brahma zur Reife brachte, aus dessen Häuten die Luft und der Himmel ward, wie aus seinem Inhalt Geschöpfe, Tiere und Menschen. Doch man muß diese Sagen im Märchenton der kindlichen Inder selbst lesen.*

Das System Zoroasters** ist offenbar schon ein philosophisches Lehrgebäude, das, wenn es auch mit den Sagen andrer Sekten nicht vermischt wäre, dennoch schwerlich für eine Urtradition gelten könnte; Spuren von dieser indes sind allerdings in ihm kennbar. Der große Berg Albordj in Mitte der Erde erscheinet wieder und streckt sich mit seinen Nebengebirgen rings um sie. Um ihn geht die Sonne; von ihm rinnen die Ströme; Meere und Länder sind von ihm aus verteilet. Die Gestalten der Dinge existieren zuerst in Urbildern, in Keimen, und wie alle Mythologien des höhern Asiens an Ungeheuern der Urwelt reich sind, so hat auch diese den großen Stier Kayamorts, aus dessen Leichnam alle Geschöpfe der Erde wurden. Oben auf diesem Berge ist, wie dort auf dem Berge der Lahen, das Paradies, der Sitz der seligen Geister und verklärten Menschen, so wie der Urquell der Ströme, das Wasser des Lebens. Übrigens ist das Licht, das die Finsternis scheidet, sie zertrennet und überwindet, das die Erde fruchtbar macht und alle Geschöpfe beseligt, offenbar der erste physische Grund des ganzen Lichtsystems der Parsen, welche Eine Idee sie auf gottesdienstliche, moralische und politische Weise tausendfach anwandten.

Je tiefer wir westlich den Berg Asiens hinunterwandern, desto kürzer werden die Zeitalter und Sagen der Urwelt. Man siehet ihnen allen schon eine spätere Abkunft, die Anwendung fremder Traditionen aus höheren Erdstrichen auf niedrigere Länder an. In Lokalbestimmungen werden sie immer unpassender, dafür aber gewinnen

* S. *Sonnerat*, *Baldeus*, *Dow*, *Holwell* u. f.

** Zend-Avesta. Riga 1776 bis 1778.

sie im System selbst an Ründe und Klarheit, weil sich nur hie und da noch ein Bruchstück der alten Fabel und auch dies überall in einem neuern Nationalgewande zeiget. Ich wundre mich daher, wie man auf der einen Seite den Sanchoniathon ganz zu einem Betrüger und auf der andern zum ersten Propheten der Urwelt habe machen können, da ihm zu dieser schon die physische Lage seines Landes den Zugang versagte. Daß der Anfang dieses Alls eine finstre Luft, ein dunkles trübes Chaos gewesen, daß dieses grenzen- und gestaltlos von unendlichen Zeiten her im wüsten Raum geschwebt, bis der webende Geist mit seinen eignen Prinzipien in Liebe verfiel, und aus ihrer Vermischung ein Anfang der Schöpfung wurde – diese Mythologie ist eine so alte und den verschiedensten Völkern gemeine Vorstellungsart gewesen, daß dem Phönizier hiebei wenig zu erdichten übrig blieb. Beinahe jedes Volk Asiens, die Ägypter und Griechen mit eingeschlossen, erzählte die Tradition vom Chaos oder vom bebrüteten Ei auf seine Weise; warum konnten sich nicht also auch in einem phönizischen Tempel geschriebene Traditionen dieser Art finden? Daß die ersten Samen der Geschöpfe in einem Schlamm gelegen, und die ersten mit Verstand begabten Wesen eine Art Wundergestalten, Spiegel des Himmels (Zophasemim) gewesen, die nachher, durch den Knall des Donners erweckt, aufwachten und die mancherlei Geschöpfe aus ihrer Wundergestalt hervorbrachten, ist ebenfalls eine weit herrschende, hier nur verkürzte Sage, die mit andern Ausbildungen über die medischen und tibetanischen Gebirge bis nach Indien und China hinauf und bis nach Phrygien und Thrazien hinabreichet; denn noch in der hesiodischen und orphischen Mythologie finden sich von ihr Reste. Wenn man nun aber vom Winde Kolpias, d. i. der Stimme des Hauches Gottes, und seinem Weibe, der *Nacht*, von ihren Söhnen, dem *Erstgebornen* und dem *Äon*, von ihren Enkeln, *Geschlecht* und *Gattung*, von ihren Urenkeln, *Licht*, *Feuer* und *Flamme*, von ihren Ururenkeln, den *Bergen Cassius*, *Libanus*, *Antilibanus* u. f. lange Genealogien lieset und diesen allegorischen Namen die Erfindungen des Menschengeschlechts zugeschrieben findet: so gehört ein geduldiges Vorurteil dazu, in dieser mißverstandnen Verwirrung alter Sagen, die der Zusammensetzer wahrscheinlich als Namen vor sich fand und aus denen er Personen machte, eine Philosophie der Welt und eine älteste Menschengeschichte zu finden.

Tiefer hinab ins schwarze Ägypten wollen wir uns um Traditionen der Urwelt nicht bemühen. In den Namen ihrer ältesten Götter sind unleugbare Reste einer schwesterlichen Tradition mit den Phöniziern; denn die alte Nacht, der Geist, der Weltschöpfer, der Schlamm, worin die Samen der Dinge lagen, kommen hier wieder. Da aber alles, was wir von der ältesten Mythologie Ägyptens wissen, spät, ungewiß und dunkel, überdem jede mythologische Vorstellungsart dieses Landes ganz klimatisiert ist: so gehört es nicht zu unserm Zweck, unter diesen Götzengestalten oder weiterhin in den Negermärchen nach Sagen der Urwelt zu graben, die zu einer Philosophie der ältesten Menschengeschichte den Grund gäben.

Auch historisch also bleibt uns auf der weiten Erde nichts als die *schriftliche Tradition* übrig, die wir die mosaische zu nennen pflegen. Ohne alles Vorurteil, also auch ohne die mindeste Meinung darüber, welches Ursprunges sie sei, wissen wir, daß sie über 3000 Jahre alt und überhaupt das älteste Buch sei, das unser junges Menschengeschlecht aufweiset. Ihr Anblick soll es uns sagen, was diese kurzen, einfältigen Blätter sein wollen und können, indem wir sie nicht als Geschichte, sondern als Tradition oder als eine alte *Philosophie der Menschengeschichte* ansehen, die ich deswegen auch sogleich von ihrem morgenländischen poetischen Schmuck entkleide.

V.

Älteste Schrifttradition über den Ursprung der Menschengeschichte

Als einst die Schöpfung unsrer Erde und unsres Himmels begann, erzählt diese Sage, *war die Erde zuerst ein wüster, unförmlicher Körper, auf dem ein dunkles Meer flutete, und eine lebendige brütende Kraft bewegte sich auf diesen Wassern.* – Sollte nach allen neuern Erfahrungen der älteste Zustand der Erde angegeben werden, wie ihn ohne den Flug unbeweisbarer Hypothesen der forschende Verstand zu geben vermag, so finden wir genau diese alte Beschreibung wieder. Ein ungeheurer Granitfels, größtenteils mit Wasser bedeckt und über ihm lebenschwangere Naturkräfte: Das ists, was wir wissen; mehr wissen wir nicht. Daß dieser Fels glühend aus der Sonne geschleudert sei, ist ein riesenhafter Gedanke, der aber weder in der Analogie der Natur, noch in der fortgehenden Entwicklung unsrer Erde Grund findet; denn wie kamen Wasser auf diese glühende Masse? Woher kam ihr ihre runde Gestalt? Woher ihr Umschwung und ihre Pole, da im Feuer der Magnet seine Kräfte verlieret? Viel wahrscheinlicher ist, daß dieser wunderbare Urfels durch innere Kräfte sich selbst gebildet, d. i., aus dem schwangern Chaos, daraus unsre Erde werden sollte, verdichtend niedergesetzt habe. Die mosaische Tradition schneidet aber auch dies Chaos ab und schildert sogleich den Felsen; auch jene chaotischen Ungeheuer und Wundergestalten der ältern Tradition gehen damit in den Abgrund. Das Eine, was dies philosophische Stück mit jenen Sagen gemein hat, sind etwa die Elohim, vielleicht den Lahen, den Zophesamim u. f. vergleichbar, hier aber zum Begriff einer wirkenden Einheit geläutert. Sie sind nicht Geschöpfe, sondern der Schöpfer.

Die Schöpfung der Dinge fängt mit dem Licht an; hiedurch trennet sich die alte Nacht, hiedurch scheiden sich die Elemente; und was kennten wir nach ältern und neuern Erfahrungen für ein andres, sowohl scheidendes als belebendes Principium der Natur als das Licht, oder, wenn man will, das Elementarfeuer? Überall ists in die Natur verbreitet, nur nach Verwandtschaft der Körper ungleich verteilet. In beständiger Bewegung und Tätigkeit, durch sich selbst flüssig und geschäftig, ists die Ursache aller Flüssigkeit, Wärme und Bewegung. Selbst das elektrische Principium erscheinet nur als eine Modifikation desselben; und da alles Leben der Natur nur durch Wärme entwickelt wird und sich durch Bewegung des Flüssigen äußert, da nicht nur der Same der Tiere durch eine ausdehnende, reizende, belebende Kraft, dem Licht ähnlich, wirket, sondern man auch bei der Besamung der Pflanzen Licht und Elektrizität bemerkt hat, so wird in dieser alten philosophischen Kosmogonie nichts als das Licht der erste Wirker. Und zwar kein Licht, das aus der Sonne kommt; ein Licht, das aus dem Innern dieser organischen Masse hervorbricht; abermals der Erfahrung gleichförmig. Nicht die Strahlen der Sonne sinds, die allen Geschöpfen das Leben geben und nähren; mit innerer Wärme ist alles geschwängert, auch der Fels und das kalte Eisen hat solche in sich; ja, nur nach dem Maß dieses genetischen Feuers und in seiner feinern Auswirkung durch den mächtigen Kreislauf innerer Bewegung, nur in diesem Maß ist ein Geschöpf lebendig, selbstempfindend und tätig. Hier also ward die erste elementarische Flamme angefacht, die kein speiender Vesuv, kein flammender Erdkörper, sondern die scheidende Kraft, der wärmende, nährende Balsam der Natur war, der alles allmählich in Bewegung setzte. Wie unwahrer und gröber drückt sich die phönizische Tradition aus, die durch Donner und Blitz die

Naturkräfte als schlafende Tiere aufweckt? In diesem feinern System, das gewiß von Zeit zu Zeit die Erfahrung mehr bestätigen wird, ist das Licht der Ausbilder der Schöpfung.

Um aber bei den folgenden Entwicklungen das Mißverständnis der Tagwerke abzusondern, erinnere ich, was jedem der bloße Anblick saget*, daß das ganze System dieser Vorstellung einer sich selbst ausarbeitenden Schöpfung auf einer Gegeneinanderstellung beruhe, vermöge welcher die Abteilungen sich nicht physisch, sondern nur symbolisch sondern. Da nämlich unser Auge die ganze Schöpfung und ihre ineinandergreifende Wirkung nicht auf einmal fassen kann, so mußten Klassen gemacht werden, und die natürlichsten waren, daß der Himmel der Erde, und auf dieser abermals das Meer und die Erde einander entgegengesetzt würden, ob sie gleich in der Natur ein verbundenes Reich wirkender und leidender Wesen bleiben. Dies alte Dokument ist also die erste einfältige *Tafel einer Naturordnung*, der die Benennung der Tagewerke, einem andern Zweck des Verfassers gemäß, nur zum abteilenden *Namengerüst* dienet. Sobald das Licht als Auswirker der Schöpfung da war, so mußte es zu ein und derselben Zeit Himmel und Erde auswirken. Dort läuterte es die Luft, die als ein dünneres Wasser und nach so viel neuern Erfahrungen als das allverbindende Vehikulum der Schöpfung, das sowohl dem Licht als den Kräften der Wasser- und Erdwesen in tausend Verbindungen dienet, durch kein uns bekanntes Principium der Natur als durch das Licht oder das Elementarfeuer geläutert, d.i. zu dieser elastischen Flüssigkeit gebracht werden konnte. Wie aber fand eine Läuterung statt, als daß sich in mancherlei Absätzen und Revolutionen nach und nach alle gröberen Materien senkten, und dadurch Wasser und Erde sowie Wasser und Luft allmählich verschiedne Regionen wurden? Die zweite und dritte Auswirkung gingen also durcheinander, wie sie auch im Symbol der Kosmogonie gegeneinander stehen, Ausgeburten des ersten Principiums, des sondernden Lichts der Schöpfung. Jahrtausende ohne Zweifel haben diese Auswirkungen gedauert, wie die Entstehung der Berge und Erdschichten, die Aushöhlung der Täler bis zum Bett der Ströme unwidersprechlich zeigen. Drei mächtige Wesen wirkten in diesen großen Zeiträumen: Wasser, Luft, Feuer; jene, die absetzten, wegbohrten, niederschlugen, dieses, das in jenen beiden und in der sich gestaltenden Erde selbst allenthalben, wo es nur konnte, organisch wirkte.

Abermals ein großer Blick dieses ältesten Naturforschers, den noch zu unsrer Zeit viele nicht zu fassen vermögen! Die innere Geschichte der Erde zeiget nämlich, daß bei Bildung derselben die organischen Kräfte der Natur allenthalben sogleich wirksam gewesen, und daß, wo sich eine derselben äußern konnte, sie sich alsobald geäußert habe. Die Erde vegetierte, sobald sie zu vegetieren vermochte, obgleich ganze Reiche der Vegetation durch neue Absätze der Luft und des Wassers untergehen mußten. Das Meer wimmelte von Lebendigem, sobald es dazu geläutert gnug war, obgleich durch Überschwemmungen des Meeres Millionen dieser Lebendigen ihr Grab finden und damit andern Organisationen zum Stoff dienen mußten. Auch konnte in jeder Periode dieser auswirkenden Läuterungen noch nicht jedes Lebendige jedes Elements leben; die Gattungen der Geschöpfe folgten einander, wie sie ihrer Natur und ihrem Medium nach wirklich werden konnten. Und siehe da, alles dies faßt unser Naturweise in eine Stimme des Weltschöpfers zusammen, die, wie sie das Licht hervorrief und damit der Luft, sich zu läutern, dem Meer, zu sinken, der

* Älteste Urkunde des Menschengeschlechts. T. 1.

Erde, allmählich hervorzugehen befahl, d. i. lauter wirksame Kräfte des Naturkreises in Bewegung setzte, so auch der Erde, den Wassern, dem Staube befiehlt, *daß jedes derselben organische Wesen nach seiner Art hervorbringe, und sich die Schöpfung also durch eigne, diesen Elementen eingepflanzte organische Kräfte selbst belebe.* So spricht dieser Weise und scheuet den Anblick der Natur nicht, den wir jetzt noch allenthalben gewahr werden, wo organische Kräfte sich ihrem Element gemäß zum Leben ausarbeiten. Nur stellet er, da doch abgeteilt werden mußte, die Reiche der Natur gesondert gegeneinander, wie der Naturkündiger sie sondert, ob er wohl weiß, daß sie nicht abgezäunt voneinander wirken. Die Vegetation geht voraus; und da die neuere Physik bewiesen hat, wie sehr die Pflanzen insonderheit durch das Licht leben, so war bei wenig abgewittertem Felsen, bei wenig hinzugespültem Schlamm unter der mächtigen Wärme der brütenden Schöpfung schon Vegetation möglich. Der fruchtbare Schoß des Meeres folgte mit seinen Geburten und beförderte andre Vegetationen. Die von jenen Untergegangenen und von Licht, Luft und Wasser beschwängerte Erde eilte nach und fuhr fort, gewiß nicht alle Gattungen auf einmal zu gebären; denn sowenig das fleischfressende Tier ohne animalische Speise leben konnte, so gewiß setzte seine Entstehung auch den Untergang animalischer Geschlechter voraus, wie abermals die Naturgeschichte der Erde bezeuget. Seegeschöpfe oder grasfressende Tiere sinds, die man als Niederlagen der ersten Äonen in den tiefern Schichten der Erde findet; fleischfressende Tiere nicht oder selten. So wuchs die Schöpfung in immer feinern Organisationen stufenweise hinan, bis endlich der Mensch dasteht, das feinste Kunstgebilde der Elohim, der Schöpfung vollendende Krone.

Doch ehe wir vor diese Krone treten, lasset uns noch einige Meisterzüge betrachten, die der alte Naturweise in sein Gemälde webte. *Zuerst:* Die Sonne und die Gestirne bringet er nicht als Wirkerinnen in sein ausarbeitendes Rad der Schöpfung. Er macht sie zum Mittelpunkt seines Symbols; denn allerdings erhalten sie unsre Erde und alle organischen Geburten derselben im Lauf, und sind also, wie er sagt, Könige der Zeiten; organische Kräfte selbst aber geben sie nicht und leuchten solche nicht hernieder. Noch jetzt scheint die Sonne, wie sie im Anfange der Schöpfung schien; sie erweckt und organisiert aber keine neuen Geschlechter; denn auch aus der Fäulnis würde die Wärme nicht das kleinste Lebendige entwickeln, wenn die Kraft seiner Schöpfung nicht schon zum nächsten Übergange daselbst bereitläge. Sonne und Gestirne treten also in diesem Naturgemälde auf, sobald sie auftreten können, da nämlich die Luft geläutert und die Erde aufgebauet dasteht; aber nur als Zeugen der Schöpfung, als beherrschende Regenten eines durch sich selbst organischen Kreises. *Zweitens.* Vom Anfange der Erde ist der Mond da; für mich ein schönes Zeugnis dieses alten Naturbildes. Die Meinung derer, die ihn für einen spätern Nachbar der Erde halten und seiner Ankunft alle Unordnungen auf und in derselben zuschreiben, hat für mich keine Überredung. Sie ist ohne allen physischen Erweis, indem jede scheinbare Unordnung unsres Planeten nicht nur ohne diese Hypothese erklärt werden kann, sondern auch durch die bessere Erklärung Unordnung zu sein aufhöret. Offenbar nämlich konnte unsre Erde mit den Elementen, die in der Hülle ihres Werdens lagen, nicht anders als durch Revolutionen, ja auch durch diese kaum anders als in der Nachbarschaft des Mondes gebildet werden. Er ist der Erde zugewogen, wie sie sich selbst und der Sonne zugewogen ist; sowohl die Bewegung des Meeres als die Vegetation ist, nachdem wir wenigstens das Uhrwerk unsrer Himmels- und Erdkräfte kennen, an seinen Kreislauf gebunden.

Drittens. Fein und wahr stellt dieser Naturweise die Geschöpfe der Luft und des Wassers in eine Klasse, und die vergleichende Anatomie hat eine wundernswürdige Ähnlichkeit im innern Bau, insonderheit ihres Gehirns bemerkt, als dem wahren Stufenzeiger der Organisation eines Geschöpfes. Die Verschiedenheit der Ausbildung nämlich ist überall nach dem Medium eingerichtet, für welches die Geschöpfe gemacht sind; bei diesen zwo Klassen also der Luft- und Wassergeschöpfe muß im innern Bau dieselbe Analogie sichtbar werden, die sich zwischen Luft und Wasser findet. Überhaupt bestätigt dies ganze lebendige Rad der Schöpfungsgeschichte, daß, da jedes Element hervorbrachte, was es hervorbringen konnte, und alle Elemente zum Ganzen eines Werks gehören, eigentlich auch nur *Eine organische Bildung auf unserm Planeten habe sichtbar werden können*, die vom Niedrigsten der Lebendigen anfängt und sich beim letzten edelsten Kunstwerk der Elohim vollendet.
Mit Freude und Verwunderung trete ich also vor die reiche Beschreibung der Menschenschöpfung; denn sie ist der Inhalt meines Buchs und glücklicherweise auch dessen Siegel. *Die Elohim ratschlagen miteinander* und drücken dieser Ratschlagung Bild in den werdenden Menschen; Verstand und Überlegung also ist sein auszeichnender Charakter. *Sie bilden ihn zu ihrem Gleichnis*, und alle Morgenländer setzen dies vorzüglich in der aufgerichteten Gestalt des Körpers. *Ihm ward der Charakter eingeprägt, zu herrschen über die Erde;* seiner Gattung also ward der organische Vorzug gegeben, sie allenthalben erfüllen zu können und als das fruchtbarste Geschöpf unter den edlern Tieren in allen Klimaten als Stellverteter der Elohim, als sichtbare Vorsehung, als wirkender Gott zu leben. Siehe da die älteste Philosophie der Menschengeschichte.
Und nun, da das Rad des Werdens bis zur letzten herrschenden Triebfeder vollendet war, *ruhete Elohim und schuf nicht weiter;* ja, er ist auf dem Schauplatz der Schöpfung so verborgen, als ob alles sich selbst hervorgebracht hätte und in notwendigen Generationen ewig also gewesen wäre. Das letzte findet nicht statt, da der Bau der Erde und die aufeinander gegründete Organisation der Geschöpfe gnugsam beweiset, daß alles Irdische als Ein Kunstgebäude einen Anfang genommen und sich vom Niedrigern zum Höheren hinaufgearbeitet habe; wie aber nun das Erste? Warum schloß sich die Werkstätte der Schöpfung, und weder das Meer noch die Erde wallet jetzt von neuen Gattungen lebendiger Wesen auf, so daß die Schöpfungskraft zu ruhen scheinet und nur durch die Organe festgestellter Ordnungen und Geschlechter wirket? Unser Naturweise gibt uns mit dem wirkenden Wesen, das er zur Triebfeder der ganzen Schöpfung macht, auch hierüber physischen Aufschluß. Wenn es das Licht oder Feuerelement war, was die Masse trennte, den Himmel erhob, die Luft elastisch machte und die Erde bis zur Vegetation bereitete: es gestaltete die Samen der Dinge und organisierte sich vom niedrigsten bis zum feinsten Leben hinauf; vollendet war also die Schöpfung, da nach dem Wort des Ewigen, d. i. nach seiner ordnenden Weisheit *diese Lebenskräfte verteilt waren und alle Gestalten angenommen hatten, die sich auf unserm Planeten erhalten konnten und sollten.* Die rege Wärme, mit der der brütende Geist über den Wassern der Schöpfung schwebte, und die sich schon in den unterirdischen frühern Gebilden, ja in ihnen mit einer Fülle und Kraft offenbart, mit der jetzt weder Meer noch Erde etwas hervorzubringen vermögen, diese Urwärme der Schöpfung, sage ich, ohne welche damals sich sowenig etwas organisieren konnte, als sich jetzt ohne genetische Wärme etwas organisieret, sie hatte sich allen Ausgeburten, die wirklich wurden, mitgeteilt und ist noch jetzt die Triebfeder ihres Wesens. Welche unendliche Menge groben Feuers z. B. riß

die Steinmasse unsrer Erde an sich, die noch in ihr schläft oder wirket, wie alle Vulkane, alle brennbaren Mineralien, ja jeder geschlagene kleine Kiesel beweiset! Daß Brennbares in der ganzen Vegetation sei und daß das animalische Leben sich bloß mit der Verarbeitung dieses Feuerstoffs beschäftige, ist durch eine Menge neuerer Versuche und Erfahrungen bewiesen; so daß der ganze lebendige Kreislauf der Schöpfung der zu sein scheint, daß das Flüssige fest und das Feste flüssig, das Feuer entwickelt und wieder gebunden, die lebendigen Kräfte mit Organisationen beschränkt und wieder befreiet werden. Da nun die Masse, die der Ausbildung unsrer Erde bestimmt war, ihre Zahl, ihr Maß, ihr Gewicht hatte, so mußte auch die innere, sie durchwirkende Triebfeder ihren Kreis finden. Die ganze Schöpfung lebt jetzt voneinander; das Rad der Geschöpfe läuft umher, ohne daß es hinzutue; es zerstört und bauet in den genetischen Schranken, in die es der erste schaffende Zeitraum gesetzt hat. Die Natur ist gleichsam durch die Gewalt des Schöpfers vollendete Kunst worden, und die Macht der Elemente in einen Kreislauf bestimmter Organisationen gebunden, aus dem sie nicht weichen kann, weil der bildende Geist sich allem einverleibt hat, dem er sich einverleiben konnte. Daß nun aber ein solches Kunstwerk nicht ewig bestehen könne, daß der Kreislauf, der einen Anfang gehabt hat, notwendig auch ein Ende haben müsse, ist Natur der Sache. Die schöne Schöpfung arbeitet sich zum Chaos, wie sie aus einem Chaos sich herausarbeitete; ihre Formen nützen sich ab; jeder Organismus verfeint sich und altert. Auch der große Organismus der Erde muß also sein Grab finden, aus dem er, wenn seine Zeit kommt, zu einer neuen Gestalt emporsteigt.

VI.

Fortsetzung der ältesten Schrifttradition über den Anfang der Menschengeschichte

Gefallen meinem Leser die reinen Ideen dieser alten Tradition, die ich ohne Hypothese oder Verzierung dahingestellt habe, so lasset uns dieselbe verfolgen, wenn wir zuvor noch auf das Ganze dieses Schöpfungsgemäldes einen Blick geworfen haben. Wodurch zeichnet es sich vor allen Märchen und Traditionen der höheren Asiaten so einzig aus? Durch Zusammenhang, Einfalt und Wahrheit. So manchen Keim der Physik und Geschichte jene enthalten, so liegt alles, wie es durch die Übergabe der ungeschriebenen oder dichtenden Priester- und Volkstradition werden mußte, wild durcheinander, ein fabelhaftes Chaos wie beim Anfange der Weltschöpfung. Dieser Naturweise hat das Chaos überwunden und stellt uns ein Gebäude dar, das in seiner Einfalt und Verbindung der ordnungreichen Natur selbst nachahmet. Wie kam es zu dieser Ordnung und Einfalt? Wir dürfen ihn nur mit den Fabeln andrer Völker vergleichen, so sehen wir den Grund seiner reinern Philosophie der Erd- und Menschengeschichte.

Erstens. Alles für Menschen Unbegreifliche, außer ihrem Gesichtskreis Liegende ließ er weg und hielt sich an das, was wir mit Augen sehen und mit unserm Gedächtnis umfassen können. Welche Frage z. B. hat mehr Streit erreget als die über das Alter der Welt, über die Zeitdauer unsrer Erde und des Menschengeschlechtes? Man hat die asiatischen Völker mit ihren unendlichen Zeitrechnungen für unendlich klug, die Tradition, von der wir reden, für unendlich kindisch gehalten, weil sie, wie man sagt, gegen alle Vernunft, ja gegen das offenbare Zeugnis des Erdbaues mit der Schöpfung wie mit einer Kleinigkeit dahineilet und das Menschengeschlecht so jung machte. Mich dünkt, man tue ihr hierin offenbar Unrecht. Wenn Moses wenigstens der Sammler dieser alten Traditionen war, so konnten ihm, dem gelehrten Ägypter, jene Götter- und Halbgötter-Äonen nicht unbekannt sein, mit denen dieses Volk wie alle Nationen Asiens die Geschichte der Welt anfingen. Warum webte er sie also seinen Nachrichten nicht ein? Warum rückte er, ihnen gleichsam zum Trotz und zur Verachtung, die Weltentstehung in das Symbol des kleinsten Zeitlaufs zusammen? Offenbar, weil er jene abschneiden und als unnütze Fabel aus dem Gedächtnis der Menschen hinwegbringen wollte. Mich dünkt, er handelte hierin weise; denn jenseit der Grenzen unsrer ausgebildeten Erde, d. i. vor Entstehung des Menschengeschlechts und seiner zusammenhangenden Geschichte, gibt es für uns keine Zeitrechnung, die diesen Namen verdiene. Lasset Buffon seinen sechs ersten Epochen der Natur Zahlen geben, wie groß er sie wolle, von 26 000, von 35 000, von 15 000 bis 20 000, von 10 000 Jahren u. f., der menschliche Verstand, der seine Schranken fühlet, lacht über diese Zahlen der Einbildungskraft, gesetzt, daß er auch die Entwicklung der Epochen selbst wahr fände; noch weniger aber wünscht das historische Gedächtnis sich mit ihnen zu beschweren. Nun sind die ältesten ungeheuren Zeitrechnungen der Völker offenbar von dieser Buffonschen Art; sie laufen nämlich in Zeitalter, da die Götter- und Weltkräfte regiert haben, also in die Zeiten der Erdbildung hinüber, wie solche diese Nationen, die ungeheure Zahlen sehr liebten, entweder aus Himmelsrevolutionen oder aus halbverstandnen Symbolen der ältesten Bildertradition zusammensetzten. So hat unter den Ägyptern Vulkan, der Schöpfer der Welt, unendlich lange, sodann die Sonne, Vulkanus Sohn, 30 000, sodann Saturn und die übrigen zwölf Götter 3984 Jahre regiert, ehe die Halbgötter und späterhin die Menschen folgten. Ein gleiches ists mit den höhern asiatischen Schöpfungs- und Zeittraditionen. 3000 Jahre regierte bei den Parsen das himmlische Heer des Lichts ohne Feinde; 3000 folgten, bis die Wundergestalt des Stiers erschien, aus dessen Samen erst die Geschöpfe und am spätesten Meschia und Meschiana, Mann und Weib entstanden. Das erste Zeitalter der Tibetaner, da die Lahen regierten, ist unendlich, das zweite von 80, das dritte von 40, das vierte von 20 Jahrtausenden eines Lebensalters, von denen dies bis zu 10 Jahren hinab- und denn allmählich wieder hinaufsteigen wird zum Zeitalter der 80 000 Jahre. Die Perioden der Inder, voll Verwandlungen der Götter, und der Chineser, voll Verwandlungen ihrer ältesten Könige, steigen noch höher hinauf; Unendlichkeiten, mit denen nichts getan werden konnte, als daß Moses sie wegschnitt, weil sie nach dem Bericht der Traditionen selbst zur Erdschöpfung, nicht aber zu unsrer Menschengeschichte gehören.

Zweitens. Streitet man also, ob die Welt jung oder alt sei, so haben beide recht, die da streiten. Der Fels unsrer Erde ist sehr alt und die Bekleidung desselben hat lange Revolutionen erfordert, über die kein Streit stattfindet. Hier läßt Moses einem jeden Freiheit, Epochen zu dichten, wie er will, und mit den Chaldäern den König *Alorus*, das Licht, *Uranus*, den Himmel, *Gea*, die Erde, *Helios*, die Sonne, u. f. regieren zu lassen, solange man begehret. Er zählet gar keine Epochen dieser Art und hat, um ihnen vorzubeugen, sein ineinandergreifendes, systematisches Gemälde gerade im leichtsten Zyklus einer Erdumwälzung dahingestellet. Je älter aber diese Revolutionen sind und je länger sie daureten, desto jünger muß notwendig das menschliche Geschlecht sein, das nach allen Traditionen und nach der Natur der Sache selbst erst als die letzte Ausgeburt der vollendeten Erde stattfand. Ich danke also jenem Naturweisen für diesen kühnen Abschnitt der alten ungeheuren Fabel; denn

meinem Fassungskreise gnügt die Natur, wie sie da ist, und die Menschheit, wie sie jetzt lebet.
Auch bei der Schöpfung des Menschen wiederholt die Sage*, daß sie geschehen sei, da sie der Natur nach geschehen konnte. »Als auf der Erde«, fährt sie ergänzend fort, »weder Kräuter noch Bäume waren, konnte der Mensch, den die Natur zum Bau derselben bestimmt hatte, noch nicht leben; noch stieg kein Regen nieder, aber Nebel stiegen auf, und aus einer solchen mit Tau befeuchteten Erde ward er gebildet, und mit dem Atem der Lebenskraft zum lebendigen Wesen belebet.« Mich dünkt, die einfache Erzählung sagt alles, was, auch nach allen Erforschungen der Physiologie, Menschen von ihrer Organisation zu wissen vermögen. Im Tode wird unser künstliches Gebäu in Erde, Wasser und Luft aufgelöset, die in ihm jetzt organisch gebunden sind; die innere Ökonomie des animalischen Lebens aber hangt von dem verborgnen Reiz oder Balsam im Element der Luft ab, der den vollkommenern Lauf des Bluts, ja den ganzen innern Zwist der Lebenskräfte unsrer Maschine in Bewegung setzt; und so wird wirklich der Mensch durch den lebendigen Odem zur regsamen Seele. Durch ihn erhält und äußert er die Kraft, Lebenswärme zu verarbeiten und als ein sich bewegendes, empfindendes, denkendes Geschöpf zu handeln. Die älteste Philosophie ist mit den neuesten Erfahrungen hierüber einig.
Ein Garten war der erste Wohnsitz des Menschen, und auch dieser Zug der Tradition ist, wie ihn immer nur die Philosophie ersinnen könnte. Das Gartenleben ist das leichteste für die neugeborne Menschheit; denn jedes andre, zumal der Ackerbau, fordert schon mancherlei Erfahrungen und Künste. Auch zeigt dieser Zug der Tradition, was die ganze Anlage unsrer Natur beweiset, daß der Mensch nicht zur Wildheit, sondern zum sanften Leben geschaffen sei, und also, da der Schöpfer den Zweck seines Geschöpfs am besten kannte, er den Menschen wie alle andre Wesen gleichsam in seinem Element, im Gebiet der Lebensart, für die er gemacht ist, erschaffen habe. Alle Verwilderung der Menschenstämme ist Entartung, zu der sie die Not, das Klima oder eine leidenschaftliche Gewohnheit zwang; wo dieser Zwang aufhöret, lebet der Mensch überall auf der Erde sanfter, wie die Geschichte der Nationen beweiset. Nur das Blut der Tiere hat den Menschen wild gemacht; die Jagd, der Krieg und leider auch manche Bedrängnisse der bürgerlichen Gesellschaft. Die älteste Tradition der frühesten Weltvölker weiß nichts von jenen Waldungeheuern, die als natürliche Unmenschen jahrtausendelang mordend umhergestreift und dadurch ihren ursprünglichen Beruf erfüllet hätten. Erst in entlegnen, rauheren Gegenden, nach weiten Verirrungen der Menschen fangen diese wilden Sagen an, die der spätere Dichter gern ausmalte und denen zuletzt der kompilierende Geschichtschreiber, dem Geschichtschreiber aber der abstrahierende Philosoph folgte. Abstraktionen aber geben so wenig als das Gemälde der Dichter eine wahre Urgeschichte der Menschheit.
Wo lag nun aber der Garten, in den der Schöpfer sein sanftes, wehrloses Geschöpf setzte? Da diese Sage aus dem westlichen Asien ist, so setzt sie ihn ostwärts »höher hinauf gen Morgen, auf eine Erdhöhe, aus der ein Strom brach, der sich von da aus in vier große Hauptströme teilte.«** Unparteiischer kann keine Tradition erzählen; denn da jede alte Nation sich so gern für die erstgeborne und ihr Land für den Geburtsort der Menschheit hielt, so rückt diese hingegen das Urland heit hinauf an den

* 1. Mos. 2, 5–7.
** 1. Mos. 2, 10–14.

höchsten Rücken der bewohnten Erde. Und wo ist diese Höhe der Erde? Wo entspringen die genannten vier Ströme aus Einem Quell oder Strom, wie die Urschrift deutlich saget? In unsrer Erdbeschreibung nirgend, und es ist vergeblich, daß man die Namen der Flüsse tausendfach martere, da ein unparteiischer Blick auf die Weltkarte uns lehrt, daß nirgend auf Erden der Euphrat mit drei andern Strömen aus Einem Quell oder Strom entspringe. Erinnern wir uns aber an die Traditionen aller höhern asiatischen Völker, so treffen wir dies Paradies der höchsten Erdhöhe mit seinem lebendigen Urquell, mit seinen die Welt befruchtenden Strömen in ihnen allen an. Chineser und Tibetaner, Indier und Perser reden von diesem Urberge der Schöpfung, um den die Länder, Meere und Inseln gelagert sind, und von dessen Himmelhöhe der Erde ihre Ströme geschenkt wurden. Ohne Physik ist diese Sage keineswegs; denn ohne Berge konnte unsre Erde kein lebendiges Wasser haben, und daß alle Ströme Asiens von dieser Erdhöhe fließen, zeigt die Karte. Auch gehet die Sage, die wir erklären, alles Fabelhafte der paradiesischen Ströme vorbei und nennet vier der weltbekanntesten, die von den Gebirgen Asiens fließen. Freilich fließen sie nicht aus Einem Strom; dem späten Sammler dieser Traditionen indes mußten sie gnug sein, den Ursitz der Menschen in einer ihm fernen Ostwelt zu bezeichnen.

Und da ist wohl kein Zweifel, daß dieser Ursitz ihm eine Gegend zwischen den indischen Bergen sein sollte. Das gold- und edelsteinreiche Land, das er nennet, ist schwerlich ein anderes als Indien, das von alters her dieser Schätze wegen bekannt war. Der Fluß, der es umströmt, ist der sich krümmende, heilige Ganges*; das ganze Indien erkennt ihn für den Strom des Paradieses. Daß Gihon der Oxus sei, ist unleugbar; die Araber nennen ihn noch also, und Spuren des Landes, das er umfließen soll, sind uns noch in mehreren benachbarten indischen Namen übrig.** Die beiden letzten Ströme endlich, der Tigris und Euphrat, fließen freilich sehr weit westwärts; da aber der Sammler dieser Traditionen am westlichen Ende Asiens lebte, so verloren sich ihm notwendig diese Gegenden schon in die weite Ferne, und es ist möglich, daß der dritte Strom, den er nennet, gar einen östlichern Tigris, den Indus bedeuten sollte.*** Es war nämlich die Gewohnheit aller sich verpflanzenden alten Völker, die Sagen vom Berge der Urwelt den Bergen und Strömen ihres neuen Landes zuzueignen und solche durch eine Lokalmythologie zu nationalisieren, wie von den medischen Gebirgen an bis zum Olympus und Ida gezeigt werden könnte. Nach seiner Lage also konnte der Sammler dieser Traditionen nicht anders, als den weitesten Strich bezeichnen, den ihm die Sage darbot. Der Inder am Paropamisus, der Perser am Imaus, der Iberier am Kaukasus war darunter begriffen, und jeder war im Besitz, sein Paradies an den Teil der Bergstrecke zu legen, den ihm seine Tradition

* Das Wort Pison heißt ein fruchtbar-überschwemmender Strom, und scheint der übersetzte Name von Ganges, daher ihn auch schon eine alte griechische Übersetzung durch Ganges erklärt, und der Araber durch Nil, das umströmte Land aber durch Indien übersetzt hat, welches man sonst nicht zu reimen wußte.

** Kaschgar, Kaschmir, die Kasischen Gebirge, Kaukasus, Kathai u. f.

*** *Hidekel* heißt der dritte Strom, und nach *Otter* heißt der Indus noch jetzt bei den Arabern *Eteck*, bei den alten Indiern *Enider*. Selbst die Endung des Worts scheint indisch: Dewerkel, wie sie ihre Halbgötter nennen, ist der Pluralis von Dewin. Indessen ists wahrscheinlich, daß der Sammler der Tradition ihn für den Tigris nahm, da er ihn ostwärts jenseit Assyrien setzte. Die ferneren Länder lagen ihm zu ferne. Auch der Phrath ist wahrscheinlich ein andrer Fluß gewesen, der hier nur appellative übersetzt oder als der berühmteste östliche Strom genannt ward.

wies. Unsre Sage indes winkt eigentlich auf die älteste der Traditionen; denn sie setzt ihr Paradies über Indien, und gibt die andern Strecken nur zur Zugabe. Wie nun? Wenn ein glückliches Tal wie Kaschmire, beinah im Mittelpunkt dieser Ströme gelegen, ringsum von Bergen ummauert, sowohl wegen seiner gesunden erquickenden Wasser als wegen seiner reichen Fruchtbarkeit und Freiheit von wilden Tieren berühmt, ja noch bis jetzt wegen seines schönen Menschenstammes als das Paradies des Paradieses gepriesen; wenn ein solches der Ursitz unsres Geschlechts gewesen wäre? Doch der Verfolg wird zeigen, daß alle Nachspähungen dieser Art auf unsrer jetzigen Erde vergeblich sind; wir bemerken also die Gegend so unbestimmt, wie sie die Tradition bezeichnet, und folgen dem Faden ihrer Erzählung weiter.

Von allen Wunderdingen und Abenteuergestalten, womit die Sage des gesamten Asiens ihr Paradies der Urwelt reich besetzte, hat diese Tradition nichts als zwei Wunderbäume, eine sprechende Schlange und einen Cherub; die unzählbare Menge der andern sondert der Philosoph ab, und auch jene kleidet er in eine bedeutungsvolle Erzählung. Ein einziger verbotener Baum ist im Paradiese, und dieser Baum trägt in der Überredung der Schlange die Frucht der Götterweisheit, nach der dem Menschen gelüstet. Konnte er nach etwas Höherem gelüsten? Konnte er auch in seinem Fall mehr geadelt werden? Man vergleiche, auch nur als Allegorie betrachtet, die Erzählung mit den Sagen andrer Nationen; sie ist die feinste und schönste, ein symbolisches Bild von dem, was unserm Geschlecht von jeher alles Wohl und Weh brachte. Unser zweideutiges Streben nach Erkenntnissen, die uns nicht ziemen, der lüsterne Gebrauch und Mißbrauch unsrer Freiheit, die unruhige Erweiterung und Übertretung der Schranken, die einem so schwachen Geschöpf, das sich selbst zu bestimmen erst lernen soll, durch moralische Gebote notwendig gesetzt werden mußten; dies ist das feurige Rad, unter dem wir ächzen, und das jetzt doch beinah den Zirkel unsres Lebens ausmacht. Der alte Philosoph der Menschengeschichte wußte dies, wie wirs wissen, und zeigt uns den Knoten davon in einer Kindergeschichte, die fast alle Enden der Menschheit zusammenknüpfet. Auch der Indier erzählt von Riesen, die nach der Speise der Unsterblichkeit gruben; und der Tibetaner spricht von seinen durch eine Missetat herabgesunkenen Lahen; nichts aber, dünkt mich, reicht an die reine Tiefe, an die kindliche Einfalt dieser Sage, die nur soviel Wunderbares behält, als zur Bezeichnung ihrer Zeit und Gegend gehöret. Alle Drachen und Wundergestalten des über die asiatischen Gebirge sich erstreckenden uralten Feenlandes, der Simurgh und Soham, die Lahen, Dewetas, Dschins, Divs und Peris, eine in tausend Erzählungen vom Dschinnistan, Rieghiel, Meru, Albordj u. f. weit verbreitete Mythologie dieses Weltteils, alle diese Abenteuer verschwinden in der ältesten Tradition der Schriftsprache, und nur der Cherub hält Wache an den Pforten des Paradieses.

Dagegen erzählt diese lehrende Geschichte, daß die erstgeschaffenen Menschen mit den unterweisenden Elohim im Umgange gewesen, daß sie unter Anleitung derselben durch Kenntnis der Tiere sich Sprache und herrschende Vernunft erworben, daß, da der Mensch ihnen auch auf eine verbotene Art in Erkenntnis des Bösen gleich werden wollen, er diese mit seinem Schaden erlangt und von nun an einen andern Ort eingenommen, eine neue künstlichere Lebensart angefangen habe; lauter Züge der Tradition, die hinter dem Schleier einer Fabelerzählung mehr menschliche Wahrheit verbergen, als große Lehrgebäude vom Naturzustande der Autochthonen. Sind, wie wir gesehen haben, die Vorzüge des Menschengeschlechts ihm nur als Fähigkeit angeboren, eigentlich aber durch Erziehung, Sprache, Tradition und Kunst erworben und herabgeerbt worden, so gehn die Fäden dieser ihm angebildeten Humanität aus allen Nationen und Weltenden nicht nur in Einen Ursprung zusammen; sondern, wenn das Menschengeschlecht, was es ist, werden sollte, mußten sie sich gleich vom Anfange an künstlich knüpfen. Sowenig ein Kind jahrelang hingeworfen und sich selbst überlassen sein kann, ohne daß es untergehe oder entarte, sowenig konnte das menschliche Geschlecht in seinem ersten keimenden Sproß sich selbst überlassen werden. Menschen, die einmal gewohnt waren, wie Orang-Utans zu leben, werden nie durch sich selbst gegen sich selbst arbeiten und aus einer sprachlosen, verhärteten Tierheit zur Menschheit übergehen lernen. Wollte die Gottheit also, daß der Mensch Vernunft und Vorsicht übte, so mußte sie sich seiner auch mit Vernunft und Vorsicht annehmen. Erziehung, Kunst, Kultur war ihm vom ersten Augenblick seines Daseins an unentbehrlich; und so ist uns der spezifische Charakter der Menschheit selbst für die innere Wahrheit dieser ältesten Philosophie unsrer Geschichte Bürge.*

VII.

Schluß der ältesten Schrifttradition über den Anfang der Menschengeschichte

Das Übrige, was uns diese alte Sage von Namen, Jahren, Erfindung der Künste, Revolutionen u. f. aufbehalten hat, ist in allem die Echo einer Nationalerzählung. Wir wissen nicht, wie der erste Mensch geheißen, noch welche Sprache er geredet habe; denn Adam heißt ein Erdmann, Eva eine Lebendige in der Sprache *dieses* Volks; ihre Namen sind Symbole ihrer Geschichte, und jedes andre Volk nennet sie mit andern bedeutenden Namen. Die Erfindungen, auf die hier Rücksicht genommen wird, sind nur die, die ein Hirten- und Ackervolk des westlichern Asiens betrafen, und auch über sie gibt die Tradition abermals nichts als Namendenkmale. Der daurende Stamm, heißt es, daurete; der Besitzer besaß; um den getrauert ward, der war ermordet; in solchen Worthieroglyphen ziehet sich der Stammbaum zweier Lebensarten, der Hirten und Ackerleute oder Höhlenbewohner hinunter. Die Geschichte der Sethiten und Kainiten ist im Grunde nichts als eine Beurkundung der zwo ältesten Lebensweisen, die die arabische Sprache Beduinen und Kabylen nennt**, und die sich noch jetzt im Orient mit widriger Neigung voneinander scheiden. Die Geschlechtssage eines Hirtenvolks dieser Gegend wollte nichts anders, als diese Kasten bemerken.

Ein gleiches ists mit der sogenannten Sündflut. Denn so gewiß auch nach der Naturgeschichte die bewohnte Erde gewaltsam überschwemmet worden, von welcher Überschwemmung insonderheit Asien unleugbare Spuren trägt: so ist doch, was uns durch diese Sage zukommt, nicht mehr und minder als eine Nationalerzählung. Mit

* Wie nun aber die Elohim sich der Menschen angenommen, d. i. sie gelehrt, gewarnt und unterrichtet haben? Wenn es nicht ebenso kühn ist, hierüber zu fragen, als zu antworten, so soll uns an einem andern Ort die Tradition selbst darüber Aufschluß geben.

** *Kain* heißt bei den Arabern *Kabil*; die Kasten der Kabylen heißen Kabeil; die Beduinen sind auch ihrem Namen nach verirrte Hirten, *Bewohner der Wüste*. Gleichergestalt ists mit den Namen *Kain, Hanoch, Nod, Jabal-Jubal-Tubal-Kain;* für die Kaste und Lebensart bedeutende Namen.

großer Vorsicht rückt der Sammler mehrere Traditionen zusammen* und liefert sogar die Tageschronik, die sein Stamm von dieser fürchterlichen Revolution besaß; auch der Ton der Erzählung ist so ganz in der Denkart dieses Stammes, daß es sie mißbrauchen hieße, wenn man sie aus den Schranken rückte, in denen sie eben ihre Glaubwürdigkeit findet. Wie sich eine Familie *dieses* Volks mit einem reichen Haushalt rettete, so konnten sich unter andern Völkern auch andre Familien gerettet haben, wie die Traditionen derselben beweisen. So rettete sich in Chaldäa Xisuthrus mit seinem Geschlecht und einer Anzahl von Tieren (ohne welche damals die Menschen nicht lebten) fast auf die nämliche Weise, und in Indien war Wischnu selbst das Steuerruder des Schiffs, das die Bekümmerten ans Land brachte. Dergleichen Sagen gibts bei allen alten Völkern dieses Weltteils, bei jedem nach seiner Tradition und Gegend, und so überzeugend sie sind, daß die Überschwemmung, von der sie reden, in Asien allgemein gewesen, so helfen sie uns zugleich auf einmal aus der Enge, in die wir uns unnötig zwangen, wenn wir jeden Umstand einer Familiengeschichte ausschließend für die Geschichte der Welt nahmen und damit dieser Geschichte selbst ihre gegründete Glaubwürdigkeit entzogen.

Nicht anders ists mit der Geschlechtstafel dieser Stämme nach der Überschwemmung; sie hält sich in den Schranken ihrer Völkerkunde und ihres Erdstrichs, über den sie nach Indien, China, die östliche Tatarei u. f. nicht hinausschweifet. Die drei Hauptstämme der Geretteten sind offenbar die Völker jenseit und diesseit des westlichen asiatischen Gebirges, mit einbegriffen die obern Küsten von Afrika und die östlichen von Europa, soweit sie dem Sammler der Tradition bekannt waren.** Er leitet sie ab, so gut er kann, und sucht sie mit seiner Geschlechtstafel zu binden; nicht aber gibt er uns damit eine allgemeine Landkarte der Welt oder eine Genealogie aller Völker. Die vielfache Mühe, die man sich gegeben hat, sämtliche Nationen der Erde nach diesem Stammbaum zu Abkömmlingen der Hebräer und zu Halbbrüdern der Juden zu machen, widerspricht nicht nur der Zeitrechnung und der gesamten Völkergeschichte, sondern dem Standpunkt dieser Erzählung selbst, die sie durch dergleichen Übertreibungen fast ganz um ihren Glauben gebracht hat. Allenthalben am Urgebirge der Welt bilden sich nach der Überschwemmung Völker, Sprachen und Reiche, ohne auf die Gesandtschaft einer Familie aus Chaldäa zu warten, und im östlichen Asien, wo der Ursitz der Menschen und also auch die stärkste Bewohnung der Welt war, sind ja noch jetzt offenbar die ältesten Einrichtungen, die ältesten Gebräuche und Sprachen, von denen dieser westliche Stammbaum eines spätern Volks nichts wußte und wissen konnte. Es ist ebenso fremde, zu fragen, ob der Chinese von Kain oder Abel, d. i. aus einer Troglodyten-, Hirten- oder Ackerkaste abstamme, als wo das amerikanische Faultier im Kasten Noah gehangen habe? Doch dergleichen Erläuterungen darf ich mich hier nicht überlassen; ja, selbst die Untersuchung eines für unsre Geschichte so wichtigen Punkts, als die Ver-

* 1. Mos. 6–8. S. *Eichhorns* Einleitung ins Alte Testament, T. 2 S. 370.

** *Japhet* ist seinem Namen und seinem Segen nach ein *Weitverbreiteter*, dergleichen die Völker nordwärts dem Gebirge ihrer Lebensweise und zum Teil selbst ihrem Namen nach waren. *Sem* faßt Stämme in sich, bei denen der Name, d. i. die alte Tradition der Religion, Schrift und Kultur vorzüglich blieb, die sich daher auch gegen andre, insonderheit die Chamiten, den Vorzug kultivierter Völker anmaßten. *Cham* hat von der Hitze den Namen und gehört in den hitzigen Erdstrich. Mit den drei Söhnen Noah lesen wir also nichts als die drei Weltteile, Europa, Asien, Afrika, sofern sie im Gesichtskreis dieser Tradition lagen.

kürzung der menschlichen Lebensjahre und die genannte große Überschwemmung selbst ist, muß einen andern Ort erwarten. Gnug, der feste Mittelpunkt des größesten Weltteils, das Urgebirge Asiens hat dem Menschengeschlecht den ersten Wohnplatz bereitet und sich in allen Revolutionen der Erde fest erhalten. Mitnichten erst durch die Sündflut aus dem Abgrunde des Meers emporgestiegen, sondern sowohl der Naturgeschichte als der ältesten Tradition zufolge das Urland der Menschheit, ward es der erste große Schauplatz der Völker, dessen lehrreichen Anblick wir jetzt verfolgen.

DRITTER TEIL

Ardua res est, vetustis novitatem dare, novis auctoritatem, obsoletis nitorem, obscuris lucem, fastiditis gratiam, dubiis fidem, omnibus vero naturam et naturae suae omnia. Itaque etiam non assecutis, voluisse abunde pulchrum et magnificum est. *Plin.*

ELFTES BUCH

Südwärts am Fuß der großen asiatischen Gebirge haben sich, soviel uns aus der Geschichte bekannt ist, die ältesten Reiche und Staaten der Welt gebildet; auch gibt uns die Naturgeschichte dieses Weltteils Ursachen an die Hand, warum sie sich nicht sowohl nord- als südwärts bilden konnten. Der dürftige Mensch folgt mit seinem irdischen Dasein so gern der milderen Sonnenwärme; denn diese muß für ihn die Erde decken und die Gewächse zu wohltätigen Früchten reifen. In Nordasien jenseit der Gebirge sind die meisten Striche viel höher und kälter; verschlungener ziehen sich die Bergketten hin und her und trennen die Erdregionen sehr oft durch Schneegipfel, Steppen und Wüsten; wenigere Ströme wässern das Land und ergießen sich endlich in ein Eismeer, dessen wüste Ufer, die Wohnung der Rentiere und weißen Bären, nur späte Bewohner zu sich locken konnten. In diesem hohen, zerschnittenen, steil abhängigen Lande, der Steppen- und Bergregion unsrer Alten Welt, mußten also lange Zeit, und in manchen Strichen vielleicht immer, Sarmaten und Skythen, Mongolen und Tataren, halbwilde Jäger und Nomaden wohnen. Das Bedürfnis und die Gegend machte die Menschen barbarisch; eine einmal gewohnte gedankenlose Lebensart befestigte sich in den abgetrennten oder umherziehenden Stämmen und bildete bei roheren Sitten jenen beinah ewigen Nationalcharakter, der alle nordasiatischen Stämme von den südlichen Völkern so ganz unterscheidet. Wie dieser mittlere Gebirgsstrich eine fortdauernde Arche Noah, ein lebendiger Tiergarten fast aller wilden Gattungen unsres Hemisphärs ist, so mußten seine Anwohner auch lange die Mitgenossen dieser Tiere, ihre milden Hirten oder ihre wilden Bezähmer bleiben.

Nur wo sich südwärts Asien sanfter hinabsenkt, wo die Gebirgsketten mildere Täler umschließen und sie vor den kalten Nordostwinden sichern, hier wars, wo insonderheit Ströme die herabziehenden Kolonien allmählich bis zum Ufer des Meers leiteten, sie in Städte und Länder sammleten, und ein leichteres Klima auch feinere Gedanken und Anordnungen weckte. Zugleich schoß, da die Natur dem Menschen mehr Muße gab und mehrere seiner Triebe angenehm reizte, sein Herz in Leidenschaften und Unarten aus, die unter dem nordischen Druck des Eises und der Not sich nicht in so fröhlichem Unkraut zeigen konnten; mithin wurden mehrere Gesetze und Anstalten zu Einschränkung dieser Triebe nötig. Der Geist ersann und das Herz begehrte; die Leidenschaften der Menschen stürmten wild aneinander und mußten sich endlich selbst beschränken lernen. Da aber, was die Vernunft noch nicht tun kann, der Despotismus tun muß, so entstanden im südlichen Asien jene Gebäude der Polizeien und Religionen, die uns wie Pyramiden und Götzentempel der Alten Welt in ewigen Traditionen dastehn; schätzbare Denkmale für die Geschichte der Menschheit, die uns in jeder Trümmer zeigen, wieviel der Bau der Menschenvernunft unserm Geschlecht gekostet habe.

I.

China

Im östlichen Winkel Asiens unter dem Gebirge liegt ein Land, das an Alter und Kultur sich selbst das erste aller Länder, die Mittelblume der Welt nennet, gewiß aber eins der ältesten und merkwürdigsten ist, China. Kleiner als Europa, rühmet es sich einer größern Anzahl Einwohner, als im Verhältnis dieser volkreiche Weltteil hat; denn es zählet in sich über 25 Millionen und zweimal hunderttausend steuernde Ackerleute, 1572 große und kleine Städte, 1193 Kastelle, 3158 steinerne Brücken, 2796 Tempel, 2606 Klöster, 10 809 alte Gebäude u. f.*; welche alle von den 18 Statthalterschaften, in welche das Reich geteilt ist, samt Bergen und Flüssen, Kriegsleuten und Gelehrten, Produkten und Waren in langen Verzeichnissen jährlich aufgestellt werden. Mehrere Reisende sind darüber einig, daß außer Europa und etwa dem alten Ägypten wohl kein Land soviel an Wege und Ströme, an Brücken und Kanäle, selbst an künstliche Berge und Felsen gewandt habe als China; die nebst der großen Mauer alle doch vom geduldigen Fleiß menschlicher Hände zeugen. Von Kanton bis nahe bei Peking kommt man zu Schiff, und so ist das ganze mit Bergen und Wüsten durchschnittene Reich durch Landstraßen, Kanäle und Ströme mühsam verbunden; Dörfer und Städte schwimmen auf Flüssen, und der innere Handel zwischen den Provinzen ist rege und lebendig. Der Ackerbau ist die Grundsäule ihrer Verfassung; man spricht von blühenden Getreide- und Reisfeldern, von künstlich gewässerten Wüsten, von urbar gemachten wilden Gebirgen; an Gewächsen und Kräutern wird gepflegt und genutzt, was genutzt werden kann, so auch Metalle und Mineralien, außer dem Golde, das sie nicht graben. Tierreich ist das Land, fischreich die Seen und Ströme; der einzige Seidenwurm ernährt viele Tausende fleißiger Menschen. Arbeiten und Gewerbe sind für alle Klassen des Volks und für alle Menschenalter, selbst für Abgelebte, Blinde und Taube. Sanftmut und Biegsamkeit, gefällige Höflichkeit und anständige Gebärden sind das Alphabet, das der Chinese von Kindheit auf lernt und durch sein Leben hin unablässig übet. Ihre Polizei und Gesetzgebung ist Regelmäßigkeit und genau bestimmte Ordnung. Das ganze Staatsgebäude in allen Verhältnissen und Pflichten der Stände gegeneinander ist auf die Ehrerbietung gebauet, die der Sohn dem Vater und alle Untertanen dem Vater des Landes schuldig sind, der sie durch jede ihrer Obrigkeiten wie Kinder schützt und regieret; könnte es einen schönern Grundsatz der Menschenregierung geben? Kein erblicher Adel, nur Adel des Verdienstes soll gelten

* *Leontiews* Auszug aus der Chinesischen Reichsgeographie in *Büschings* histor. und geogr. Magazin. T. 14. S. 411. u. f. In *Herrmanns* Beiträgen zur Physik (Berlin, 1786) T. 1 wird die Größe des Reichs auf 110 Tausend deutsche Quadratmeilen und die Volksmenge auf 104 Millionen 69 Tausend 254, auf eine Familie 9 Personen gerechnet.

in allen Ständen; geprüfte Männer sollen zu Ehrenstellen kommen, und diese Ehrenstellen allein geben Würde. Zu keiner Religion wird der Untertan gezwungen, und kein, die nicht den Staat angreift, wird verfolget; Anhänger der Lehre Konfuzius, des Laotse und Fo, selbst Juden und Jesuiten, sobald sie der Staat aufnimmt, wohnen friedlich nebeneinander. Ihre Gesetzgebung ist auf Sittenlehre, ihre Sittenlehre auf die heiligen Bücher der Vorfahren unabänderlich gebauet; der Kaiser, ihr oberster Priester, der Sohn des Himmels, der Bewahrer der alten Gebräuche, die Seele des Staatskörpers durch alle seine Glieder; könnte man sich, wenn jeder dieser Umstände bewährt, und jeder Grundsatz in lebendiger Ausübung wäre, eine vollkommenere Staatsverfassung denken? Das ganze Reich wäre ein Haus tugendhafter wohlerzogner, fleißiger, sittsamer, glücklicher Kinder und Brüder.
Jedermann kennet die vorteilhaften Gemälde der chinesischen Staatsverfassung, die insonderheit von den Missionaren nach Europa geschickt und daselbst nicht nur von spekulativen Philosophen, sondern von Staatsmännern sogar beinah als politische Ideale bewundert wurden; bis endlich, da der Strom menschlicher Meinungen sich in entgegengesetzten Winkeln fortbricht, der Unglaube erwachte und ihnen weder ihre hohe Kultur, noch selbst ihre sonderbare Eigentümlichkeit zugestehen wollte. Einige dieser europäischen Einwürfe haben das Glück gehabt, in China selbst, obgleich ziemlich chinesisch, beantwortet zu werden*, und da die meisten Grundbücher ihrer Gesetzgebung und Sittenverfassung samt der weitläufigen Geschichte ihres Reichs und einigen gewiß unparteiischen Nachrichten vor uns liegen**, so wäre es übel, wenn sich nicht endlich ein Mittelweg zwischen dem übertriebnen Lobe und Tadel, wahrscheinlich die richtige Straße der Wahrheit auffinden ließe. Die Frage über das chronologische Altertum ihres Reichs können wir dabei völlig an ihren Ort gestellet sein lassen; denn, so wie der Ursprung aller Reiche des Erdbodens mit Dunkel umhüllet ist, so mag es dem Forscher der Menschengeschichte gleichgültig sein, ob dies sonderbare Volk zu seiner Bildung ein paar Jahrtausende mehr oder minder bedurft habe; gnug, wenn es diese Bildung sich selbst gab, und wir sogar in seinem langsamen Gange die Hindernisse wahrnehmen, warum es nicht weiterkommen konnte.
Und diese Hindernisse liegen in seinem Charakter, im Ort seiner Wohnung und in seiner Geschichte uns klar vor Augen. Mongolischer Abkunft ist die Nation, wie ihre Bildung, ihr grober oder verschrobener Geschmack, ja selbst ihre sinnreiche Künstlichkeit und der erste Wohnsitz ihrer Kultur zeiget. Im nördlichen China herrschten ihre ersten Könige; hier wurde der Grund zu dem halbtatarischen Despotismus gelegt, der sich nachher, mit glänzenden Sittensprüchen überzogen, durch mancherlei Revolutionen bis ans Südmeer hinab verbreitet. Eine tatarische Lehnverfassung war Jahrhunderte hin das Band, das die Vasallen an den Herrscher knüpfte, und die vielen Kriege dieser Vasallen gegeneinander, die öftern Umstürze

* Mémoires concernant l'historie, les sciences, les arts, les moeurs, les usages etc. des Chinois. T. II. p. 365. seq.

** Außer den ältern Ausgaben einiger klassischen Bücher der Chinesen vom P. Noel, Couplet, u. f. liefert die Ausgabe des Schuking von *Deguignes*, die historie générale de Chine p. Mailla, die eben angeführten Mémoires concernant les Chinois in 10 Quartbänden, in denen auch einige Originalschriften der Chinesen übersetzt sind u. f. Materialien gnug, sich eine richtige Idee von diesem Volk zu schaffen. Unter den vielen Nachrichten der Missionare ist insonderheit der *P. le Comte* wegen seines gesunden Urteils schätzbar. Nouveaux Mémoires sur l'état présent de la Chine. 3 Vol. 8. Par. 1697.

des Throns durch ihre Hände, ja selbst die ganze Hofhaltung des Kaisers, seine Regentschaft durch Mandarinen, eine uralte Einrichtung, die nicht erst die Dschingis-Khaniden oder Mandschu nach China gebracht haben: alle dies zeigt, welcher Art und welches genetischen Charakters die Nation sei, ein Gepräge, das man bei der Ansicht des Ganzen und seiner Teile bis auf Kleider, Speisen und Gebräuche, häusliche Lebensart, die Gattungen ihrer Künste und ihres Vergnügens schwerlich aus den Augen verlieret. Sowenig nun ein Mensch seinen Genius, d. i. seine angeborne Stammart und Komplexion zu ändern vermag, sowenig konnte auch durch jede künstliche Einrichtung, wenn sie gleich Jahrtausendelang währte, dies nordöstliche Mongolenvolk seine Naturbildung verleugnen. Es ist auf diese Stelle der Erdkugel hingepflanzt, und wie die Magnetnadel in China nicht die europäische Abweichung hat, so konnten aus diesem Menschenstamme in dieser Region auch niemals Griechen und Römer werden. Chinesen waren und blieben sie, ein Volksstamm mit kleinen Augen, einer stumpfen Nase, platter Stirn, wenig Bart, großen Ohren und einem dicken Bauch von der Natur begabet; was diese Organisation hervorbringen konnte, hat sie hervorgebracht; etwas anders kann man von ihr nicht fordern.*

Alle Nachrichten sind darüber einig, daß sich die mongolischen Völkerschaften auf der nordöstlichen Höhe Asiens durch eine Feinheit des Gehörs auszeichnen, die sich bei ihnen ebensowohl erklären läßt, als man sie bei andern Nationen vergebens suchen würde; die Sprache der Chinesen ist von dieser Feinheit des Gehörs Zeuge. Nur ein mongolisches Ohr konnte darauf kommen, aus dreihundertdreißig Silben eine Sprache zu formen, die sich bei jedem Wort durch fünf und mehrere Akzente unterscheiden muß, um nicht statt Herr eine Bestie zu nennen und jeden Augenblick die lächerlichsten Verwirrungen zu sagen; daher ein europäisches Ohr und europäische Sprachorgane sich äußerst schwer oder niemals an diese hervorgezwungene Silbenmusik gewöhnen. Welch ein Mangel von Erfindungskraft im Großen, und welche unselige Feinheit in Kleinigkeiten gehörte dazu, dieser Sprache aus einigen rohen Hieroglyphen die unendliche Menge von achtzigtausend zusammengesetzten Charakteren zu erfinden, in welchen sich nach sechs und mehr Schriftarten die chinesische Nation unter allen Völkern der Erde auszeichnet. Eine mongolische Organisation gehörte dazu, um sich in der Einbildungskraft an Drachen und Ungeheuer, in der Zeichnung an jene sorgsame Kleinfügigkeit unregelmäßiger Gestalten, in den Vergnügungen des Auges an das unförmliche Gemisch ihrer Gärten, in ihren Gebäuden an wüste Größe oder pünktliche Kleinheit, in ihren Aufzügen, Kleidungen und Lustbarkeiten an jene eitle Pracht, an jene Laternenfeste und Feuerwerke, an lange Nägel und zerquetschte Füße, an einen barbarischen Troß von Begleitern, Verbeugungen, Zeremonien, Unterschieden und Höflichkeiten zu gewöhnen. Es herrscht in all diesem so wenig Geschmack an wahrem Naturverhältnis, so wenig Gefühl von innrer Ruhe, Schönheit und Würde, daß immer nur eine verwahrlosete Empfindung auf diesen Gang der politischen Kultur kommen und sich von demselben so durchaus modeln lassen konnte. Wie die Chinesen das Goldpapier und den Firnis, die saubergemalten Züge ihrer krausen Charaktere und das Geklingel schöner Sentenzen unmäßig lieben, so ist auch die Bildung ihres Geistes diesem Goldpapier und diesem Firnis, den Charakteren und dem Schellenklange ihrer Silben durchaus ähnlich. Die Gabe der freien, großen Erfindung in den

* S. oben S. 171.

Wissenschaften scheint ihnen, wie mehreren Nationen dieser Erdecke, die Natur versagt zu haben; dagegen sie ihren kleinen Augen jenen gewandten Geist, jene listige Betriebsamkeit und Feinheit, jenes Kunsttalent der Nachahmung in allem, was ihre Habsucht nützlich findet, mit reicher Hand zuteilte. In ewigem Gange, in ewiger Beschäftigung gehen und kommen sie des Gewinnes und Dienstes wegen, so daß man sie auch in ihrer höchstpolitischen Form immer noch für ziehende Mongolen halten könnte; denn bei allen ihren unzähligen Einteilungen haben sie die Einteilung noch nicht gelernt, Bewerbsamkeit mit Ruhe also zu gatten, daß jede Arbeit einen jeden auf seiner Stelle finde. Ihre Arzneikunst wie ihr Handel ist ein feines, betrügerisches Pulsfühlen, welches ihren ganzen Charakter in seiner sinnlichen Feinheit und erfindungslosen Unwissenheit malet. Das Gepräge des Volks ist eine merkwürdige Eigenheit in der Geschichte, weil es zeigt, was durch hochgetriebne politische Kultur aus einem Mongolenvolk, unvermischt mit andern Nationen, werden oder nicht werden konnte; denn daß die Chinesen in ihrer Erdecke sich wie die Juden von der Vermischung mit andern Völkern frei erhalten haben, zeiget schon ihr eitler Stolz, wenn es sonst nichts zeigte. Einzelne Kenntnisse mögen sie erlangt haben, woher sie wollten; das ganze Gebäude ihrer Sprache und Verfassung, ihrer Einrichtung und Denkart ist ihnen eigen. Wie sie das Einimpfen der Bäume nicht lieben, so stehen auch sie trotz mancher Bekanntschaft mit andern Völkern noch jetzt uneingeimpft da, ein mongolischer Stamm, in einer Erdecke der Welt, zur chinesischen Sklavenkultur verartet.

Alle Kunstbildung der Menschen geschieht durch Erziehung; die Art der chinesischen Erziehung trug nebst ihrem Nationalcharakter mit dazu bei, warum sie das, was sie sind, und nicht mehr wurden. Da nach mongolischer Nomadenart kindlicher Gehorsam zum Grunde aller Tugenden nicht nur in der Familie, sondern jetzt auch im Staate gemacht werden sollte, so mußte freilich daher mit der Zeit jene scheinbare Sittsamkeit, jenes höfliche Zuvorkommen erwachsen, das man als einen Charakterzug der Chinesen auch mit feindlicher Zunge rühmet; allein was gab dieser gute Nomadengrundsatz in einem großen Staat für Folgen? Als in ihm der kindliche Gehorsam keine Grenzen fand, indem man dem erwachsnen Manne, der selbst Kinder und männliche Geschäfte hat, dieselbe Pflicht auflegte, die nur dem unerzognen Kinde gebührte; ja, als man diese Pflicht auch gegen jede Obrigkeit festsetzte, die doch nur im bildlichen Verstande durch Zwang und Not, nicht aber aus süßem Naturtriebe den Namen des Vaters führet: was konnte, was mußte daher anders entstehen, als daß, indem man trotz der Natur ein neues menschliches Herz schaffen wollte, man das wahre Herz der Menschen zur Falschheit gewöhnte? Wenn der erwachsne Mann noch kindlichen Gehorsam bezeugen soll, so muß er die selbstwirksame Kraft aufgeben, die die Natur in seinen Jahren ihm zur Pflicht machte; leere Zeremonien treten an die Stelle der herzlichen Wahrheit, und der Sohn, der gegen seine Mutter, solange der Vater lebte, in kindlicher Ergebenheit hinschwamm, vernachlässigt sie nach seinem Tode, sobald nur das Gesetz sie eine Konkubine heißet. Gleichergestalt ists mit den kindlichen Pflichten gegen die Mandarinen; sie sind kein Werk der Natur, sondern des Befehls; Gebräuche sind sie, und wenn sie gegen die Natur streben, so werden sie entkräftende, falsche Gebräuche. Daher der Zwiespalt der chinesischen Reichs- und Sittenlehre mit ihrer wirklichen Geschichte. Wie oft haben die Kinder des Reichs ihren Vater vom Thron gestoßen, wie oft die Väter gegen ihre Kinder gewütet! Geizige Mandarine lassen Tausende verhungern und werden, wenn ihr Verbrechen vor den höhern Vater kommt, mit

elenden Stockschlägen wie Knaben unwirksam gezüchtigt. Daher der Mangel an männlicher Kraft und Ehre, den man selbst in den Gemälden ihrer Helden und Großen wahrnimmt; die Ehre ist kindliche Pflicht geworden, die Kraft ist in modische Achtsamkeit gegen den Staat verartet; kein edles Roß ist im Dienst, sondern ein gezähmter Maulesel, der in Gebräuchen von Morgen bis zum Abend gar oft die Rolle des Fuchses spielet.
Notwendig mußte diese kindische Gefangenschaft der menschlichen Vernunft, Kraft und Empfindung auf das ganze Gebäude des Staats einen schwächenden Einfluß haben. Wenn einmal die Erziehung nichts als Manier ist, wenn Manieren und Gebräuche alle Verhältnisse des Lebens nicht nur binden, sondern auch überwältigen, welche Summen von Wirksamkeit verliert der Staat! Zumal die edelste Wirksamkeit des menschlichen Herzens und Geistes. Wer erstaunt nicht, wenn er in der chinesischen Geschichte auf den Gang und die Behandlung ihrer Geschäfte merkt, mit wie vielem ein Nichts getan werde! Hier tut ein Kollegium, was nur einer tun muß, damit es recht getan sei; hier wird gefragt, wo die Antwort daliegt; man kommt und gehet, man schiebet auf und weichet aus, nur um das Zeremoniell des kindlichen Staatsrespekts nicht zu verfehlen. Der kriegerische sowohl als der denkende Geist sind fern von einer Nation, die auf warmen Öfen schläft und vom Morgen bis zum Abend warm Wasser trinket. Nur der Regelmäßigkeit im gebahnten Wege, dem Scharfsinn in Beobachtung des Eigennutzes und tausend schlauer Künste, der kindischen Vieltätigkeit ohne den Überblick des Mannes, der sich fragt, ob dies auch nötig zu tun sein, und ob es nicht besser getan werden möge, nur diesen Tugenden ist in China der königliche Weg eröffnet. Der Kaiser selbst ist in dies Joch gespannt; er muß mit gutem Beispiel vorgehn und wie der Flügelmann jede Bewegung übertreiben. Er opfert im Saal seiner Vorfahren nicht nur an Festtagen, sondern soll bei jedem Geschäft, in jedem Augenblick seines Lebens den Vorfahren opfern, und wird mit jedem Lobe und jedem Tadel vielleicht gleich ungerecht bestrafet.*
Kann man sich wundern, daß eine Nation dieser Art nach europäischem Maßstabe in Wissenschaften wenig erfunden, ja, daß sie Jahrtausende hindurch sich auf derselben Stelle erhalten habe? Selbst ihre Moral- und Gesetzbücher gehen immer im Kreise umher und sagen auf hundert Weisen, genau und sorgfältig, mit regelmäßiger Heuchelei von kindlichen Pflichten immer dasselbe. Astronomie und Musik, Poesie und Kriegskunst, Malerei und Architektur sind bei ihnen, wie sie vor Jahrhunderten waren, Kinder ihrer ewigen Gesetze und unabänderlich-kindischen Einrichtung. Das Reich ist eine balsamierte Mumie, mit Hieroglyphen bemalt und mit Seide umwunden; ihr innerer Kreislauf ist wie das Leben der schlafenden Wintertiere. Daher die Absonderung, Behorchung und Verhinderung jedes Fremden; daher der Stolz der Nation, die sich nur mit sich selbst vergleicht und das Auswärtige weder kennet, noch liebet. Es ist ein Winkelvolk auf der Erde, vom Schicksal außer den Zusammendrang der Nationen gesetzt und eben dazu mit Bergen, Wüsten und einem beinah buchtlosen Meer verschanzet. Außer dieser Lage würde es schwerlich geblieben sein, was es ist; denn daß seine Verfassung gegen die Mandschu standgehalten hat, beweiset nichts, als daß sie in sich selbst gegründet war und daß die roheren Überwinder zu ihrer Herrschaft einen solchen Lehnstuhl kindlicher Sklaverei

* Selbst der gepriesene Kaiser Kien-long ward in den Provinzen für den ärgsten Tyrannen gehalten, welches in einem so ungeheuren Reich nach solcher Verfassung jedesmal der Fall sein muß, der Kaiser möge, wie er wolle, denken.

sehr bequem fanden. Sie durften nichts an ihm ändern, sie setzten sich drauf und herrschten. Dagegen die Nation in jedem Gelenk ihrer selbsterbauten Staatsmaschine so sklavisch dienet, als ob es eben zu dieser Sklaverei erfunden wäre.
Alle Nachrichten von der Sprache der Chinesen sind darüber einig, daß sie zur Gestalt dieses Volks in seiner künstlichen Denkart unsäglich viel beigetragen habe; denn ist nicht jede Landessprache das Gefäß, in welchem sich die Ideen des Volks formen, erhalten und mitteilen, zumal wenn eine Nation so stark als diese an ihrer Sprache hängt und von ihr alle Kultur herleitet? Die Sprache der Chinesen ist ein Wörterbuch der Moral, d. i. der Höflichkeit und guten Manieren; nicht nur Provinzen und Städte, sondern selbst Stände und Bücher unterscheiden sich in ihr, so daß der größte Teil ihres gelehrten Fleißes bloß auf ein Werkzeug verwandt wird, ohne daß noch mit dem Werkzeuge irgend etwas ausgerichtet werde. An regelmäßigen Kleinigkeiten hängt in ihr alles; sie sagt mit wenigen Lauten viel, um mit vielen Zügen einen Laut und mit vielen Büchern ein und dasselbe herzumalen. Welch ein unseliger Fleiß gehört zum Pinseln und Druck ihrer Schriften! Eben dieser Fleiß aber ist ihre Lust und Kunst, da sie sich an schönen Schriftzügen mehr als an der zaubervollsten Malerei ergötzen und das einförmige Geklingel ihrer Sittensprüche und Komplimente als eine Summe der Artigkeit und Weisheit lieben. Nur ein so großes Reich und die Arbeitseligkeit des Chinesen gehört dazu, um z. B. von der einzigen Stadt Kai-fong-fu vierzig Bücher in acht großen Bänden zu malen* und diese mühsame Genauigkeit auf jeden Befehl und Lobspruch des Kaisers zu verbreiten. Sein Denkmal über die Auswandrung der Torguts ist ein ungeheures Buch auf Steinen**, und so ist die ganze gelehrte Denkart der Chinesen in künstliche und Staatshieroglyphen vermalet. Unglaublich muß der Unterschied sein, mit dem diese Schriftart allein schon auf die Seele wirkt, die in ihr denket. Sie entnervt die Gedanken zu Bilderzügen und macht die ganze Denkart der Nation zu gemalten oder in die Luft geschriebenen willkürlichen Charakteren.
Mitnichten ist diese Entwicklung der chinesischen Eigenheit eine feindselige Verachtung derselben; denn sie ist Zug für Zug aus den Berichten ihrer wärmsten Verteidiger geschöpft, und könnte mit hundert Proben aus jeder Klasse ihrer Einrichtungen bewiesen werden. Sie ist auch nichts als Natur der Sache, d. i. die Darstellung eines Volks, das sich in einer solchen Organisation und Weltgegend, nach solchen Grundsätzen, mit solchen Hilfsmitteln, unter solchen Umständen im grauen Altertum bildete und wider den gewöhnlichen Lauf des Schicksals unter andern Völkern seine Denkart so lange bewahrte. Wenn das alte Ägypten noch vor uns wäre, so würden wir, ohne von einer gegenseitigen Ableitung träumen zu dürfen, in vielen Stücken eine Ähnlichkeit sehen, die nach gegebnen Traditionen nur die Weltgegend anders modifizierte. So wäre es mit mehreren Völkern, die einst auf einer ähnlichen Stufe der Kultur standen; nur diese sind fortgerückt oder untergegangen und mit andern vermischt worden; das alte China am Rande der Welt ist wie eine Trümmer der Vorzeit in seiner halb-mongolischen Einrichtung stehengeblieben. Schwerlich ist zu beweisen, daß die Grundzüge seiner Kultur von Griechen aus Baktra oder von Tataren aus Balkh hinübergebracht wären; das Gewebe seiner Verfassung ist gewiß einheimisch, und die wenige Einwirkung fremder Völker auf dasselbe leicht zu erkennen und abzusondern. Ich ehre die Kings ihrer vor-

* Mémoir. concernant les Chinois. T. II. p. 375.
** ib. T. I. p. 329.

trefflichen Grundsätze wegen wie ein Chinese, und der Name Konfuzius ist mir ein großer Name, ob ich die Fesseln gleich nicht verkenne, die auch er trug, und die er mit bestem Willen dem abergläubigen Pöbel und der gesamten chinesischen Staatseinrichtung durch seine politische Moral auf ewige Zeiten aufdrang. Durch sie ist dies Volk, wie so manche andere Nation des Erdkreises, mitten in seiner Erziehung gleichsam im Knabenalter stehengeblieben, weil dies mechanische Triebwerk der Sittenlehre den freien Fortgang des Geistes auf immer hemmte, und sich im despotischen Reich kein zweiter Konfuzius fand. Einst, wenn sich entweder der ungeheure Staat teilet, oder wenn aufgeklärtere Kien-longs den väterlichen Entschluß fassen werden, was sie nicht ernähren können, lieber als Kolonien zu versenden, das Joch der Gebräuche zu erleichtern und dagegen eine freiere Selbsttätigkeit des Geistes und Herzens freilich nicht ohne mannigfaltige Gefahr einzuführen, alsdenn, aber auch alsdenn werden Chinesen immer nur Chinesen bleiben, wie Deutsche Deutsche sind, und am östlichen Ende Asiens keine alten Griechen geboren werden. Es ist die offenbare Absicht der Natur, daß alles auf der Erde gedeihe, was auf ihr gedeihen kann, und daß eben diese Verschiedenheit der Erzeugungen den Schöpfer preise. Das Werk der Gesetzgebung und Moral, das als einen Kinderversuch der menschliche Verstand in China gebauet hat, findet sich in solcher Festigkeit nirgend sonst auf der Erde; es bleibe an seinem Ort, ohne daß je in Europa ein abgeschlossenes China voll kindlicher Pietät gegen seine Despoten werde. Immer bleibt dieser Nation der Ruhm ihres Fleißes, ihres sinnlichen Scharfsinns, ihrer feinen Künstlichkeit in tausend nützlichen Dingen. Das Porzellan und die Seide, Pulver und Blei, vielleicht auch den Kompaß, die Buchdruckerkunst, den Brückenbau und die Schiffskunst nebst vielen andern feinen Hantierungen und Künsten kannten sie, ehe Europa solche kannte; nur daß es ihnen fast in allen Künsten am geistigen Fortgange und am Triebe zur Verbesserung fehlet. Daß übrigens China sich unsern europäischen Nationen verschließt und sowohl Holländer als Russen und Jesuiten äußerst einschränket, ist nicht nur mit ihrer ganzen Denkart harmonisch, sondern gewiß auch politisch zu billigen, solange sie das Betragen der Europäer in Ostindien und auf den Inseln, in Nordasien und in ihrem eignen Lande um und neben sich sehen. Taumelnd von tatarischem Stolz, verachten sie den Kaufmann, der sein Land verläßt, und wechseln betrügliche Ware gegen das, was ihnen das Sicherste dünket: sie nehmen sein Silber und geben ihm dafür Millionen Pfunde entkräftenden Tees zum Verderben Europas.

II.

Kotschinchina, Tongking, Laos, Korea, die östliche Tatarei, Japan

Aus der Geschichte der Menschheit ists unleugbar, daß, wo sich irgendein Land zu einem vorzüglichen Grad der Kultur erhob, es auch auf einen Kreis seiner Nachbarn gewirkt habe. Also auch die chinesische Nation, ob sie gleich unkriegerisch und ihre Verfassung sehr in sich gekehrt ist, so hat doch auch sie auf einen großen Bezirk der Länder umher ihren Einfluß verbreitet. Es ist dabei die Frage nicht, ob diese Länder dem Chinesischen Reich unterworfen gewesen, oder unterworfen geblieben; wenn sie an seiner Einrichtung, Sprache, Religion, Wissenschaften, Sitten und Künsten teilnahmen, so sind sie eine Provinz desselben im Gebiet des Geistes.

Kotschinchina ist das Land, das von China am meisten angenommen hat und gewissermaßen seine politische Pflanzstadt gewesen; daher die Ähnlichkeit zwischen beiden Nationen an Temperament und Sitten, an Wissenschaften und Künsten, in der Religion, dem Handel und der politischen Einrichtung. Sein Kaiser ist ein Vasall von China, und die Nationen sind durch den Handel enge verbunden. Man vergleiche dies geschäftige, vernünftige, sanftmütige Volk mit dem nahegelegenen trägen Siam, dem wilden Arrakan u. f., so wird man den Unterschied wahrnehmen. Wie indes kein Abfluß sich über die Quelle erhebt, so ist auch nicht zu erwarten, daß Kotschinchina sein Vorbild übertreffe; die Regierung ist despotischer als dort, seine Religion und Wissenschaften ein schwächerer Nachhall des Mutterlandes.
Ein gleiches ists mit Tongking das den Chinesen noch näher liegt, obgleich wilde Berge es scheiden. Die Nation ist wilder; das Gesittete, was sie an sich hat und welches den Staat erhält, Manufakturen, Handel, Gesetze, Religion, Kenntnisse und Gebräuche sind chinesisch; nur wegen des südlichern Himmelsstrichs und des Charakters der Nation tief unter dem Mutterlande.
Noch schwächer ist der Eindruck, den China auf Laos gemacht hat; denn das Land wurde zu bald von ihm abgerissen und befreundete sich mit den Sitten der Siamesen; Reste indes sind noch kenntlich.
Unter den südlichen Inseln haben die Chinesen insonderheit mit Java Gemeinschaft, ja wahrscheinlich haben sie sich auch in Kolonien darauf gepflanzet. Ihre politische Einrichtung indes hat sich in diesem so viel heißern, ihnen entlegnen Lande nicht anpflanzen können; denn die mühselige Kunst der Chinesen will ein betriebsames Volk und ein mäßigeres Klima. Sie nutzen also die Insel, ohne sie zu bilden.
Mehreren Platz hat die chinesische Einrichtung nordwärts gewonnen, und das Land kann sich rühmen, daß es zur Besänftigung der wilden Völker dieses ungeheuren Erdstrichs mehr beigetragen habe als vielleicht die Europäer in allen Weltteilen. Korea ist durch die Mandschus den Chinesen wirklich unterworfen, und man vergleiche diese einst wilde Nation mit ihren nördlichern Nachbarn. Die Einwohner eines zum Teil so kalten Erdstrichs sind sanft und milde; in ihren Ergötzungen und Trauergebräuchen, in Kleidungen und Häusern, in der Religion und einiger Liebe zur Wissenschaft ahmen sie wenigstens den Chinesen nach, von denen auch ihre Regierung eingerichtet und einige Manufaktur in Gang gebracht worden. In einem noch weitern Umfange haben sie auf die Mongolen gewirket. Nicht nur, daß die Mandschu, die China bezwangen, durch ihren Umgang gesitteter worden sind, daher auch ihre Hauptstadt Schin-yang zu einem Tribunal wie Peking eingerichtet werden mögen; auch die zahlreichen mongolischen Horden, die dem größesten Teil nach unter der Herrschaft von China stehen, sind ohngeachtet ihrer roheren Sitten nicht ganz ohne chinesischen Einfluß geblieben. Ja, wenn bloß der friedliche Schutz dieses Reichs, unter welchen sich auch in der neuesten Zeit die Torguts, 300 000 Menschen stark, begaben, eine Wohltat der Menschen ist, so hat China auf diese weiten Erdstriche billiger als je ein Eroberer gewirket. Mehrmals hat es die Unruhen in Tibet gestillt und in ältern Zeiten bis ans Kaspische Meer seine Hand gebreitet. Die reichen Gräber, die in verschiedenen Strichen der Mongolei und Tatarei gefunden worden, tragen an dem, was sie enthielten, offenbare Denkmale des Verkehrs mit China, und wenn einst in diesen Gegenden kultiviertere Nationen gewohnt haben, so waren sie es wahrscheinlich nicht ohne näheren Umgang mit diesem Volke.
Die Insel indes, an welcher sich die Chinesen den größten Nebenbuhler ihres Fleißes erzogen haben, ist Japan. Die Japaner waren einst Barbaren und ihrem gewalttätigen,

kühnen Charakter nach gewiß harte und strenge Barbaren; durch die Nachbarschaft und den Umgang mit jenem Volk, von dem sie Schrift und Wissenschaften, Manufakturen und Künste lernten, haben sie sich zu einem Staat gebildet, der in manchen Stücken mit China wetteifert oder es gar übertrifft. Zwar ist dem Charaker dieser Nation nach sowohl die Regierung als die Religion härter und grausamer, auch ist an einen Fortgang zu feinern Wissenschaften, wie sie Europa treibt, in Japan sowenig als in China zu denken; wenn aber Kenntnis und Gebrauch des Landes, wenn Fleiß im Ackerbau und in nützlichen Künsten, wenn Handel und Schiffahrt, ja selbst die rohe Pracht und despotische Ordnung ihrer Reichsverfassung unleugbar Stufen der Kultur sind, so hat das stolze Japan diese nur durch die Chinesen erstiegen. Die Annalen dieser Nation nennen noch die Zeit, da die Japaner als Barbaren nach China kamen, und so eigentümlich sich die rauhe Insel gebildet und von China weggebildet hat, so ist doch in allen Hilfsmitteln ihrer Kultur, ja in der Bearbeitung ihrer Künste selbst der chinesische Ursprung kenntlich.
Ob nun dieses Volk auch weiter gedrungen und zur Kultur eines der zwei gesitteten Reiche Amerikas, die beide an dem ihm zugekehrten westlichen Ufer lagen, Einfluß gehabt habe, wird schwerlich entschieden werden. Wäre von dieser Weltseite ein kultiviertes Volk nach Amerika gelangt, so könnte es kaum ein andres gewesen sein als die Chinesen oder die Japaner. Überhaupt ists schade, daß die chinesische Geschichte der Verfassung ihres Landes nach so chinesisch hat bearbeitet werden müssen. Alle Erfindungen schreibt sie ihren Königen zu; sie vergißt die Welt über ihrem Lande, und als eine Geschichte des Reichs ist sie leider so wenig eine unterrichtende Menschengeschichte.

III.

Tibet

Zwischen den großen asiatischen Gebirgen und Wüsteneien hat sich ein geistliches Kaisertum errichtet, das in seiner Art wohl das einzige der Welt ist; es ist das große Gebiet der Lamas. Zwar ist die geistliche und weltliche Macht in kleinen Revolutionen bisweilen getrennt gewesen, zuletzt aber sind beide immer wieder vereinigt worden, so daß hier wie nirgend anders die ganze Verfassung des Landes auf dem kaiserlichen Hohepriestertum ruhet. Der große Lama wird nach der Lehre der Seelenwanderung vom Gott Schaka oder Fo belebt, der bei seinem Tode in den neuen Lama fährt und ihn zum Ebenbilde der Gottheit weihet. In festgesetzten Ordnungen der Heiligkeit zieht sich von ihm die Kette der Lamas herab, und man kann sich in Lehren, Gebräuchen und Einrichtungen kein festgestellteres Priesterregiment denken, als auf dieser Erdhöhe wirklich thronet. Der oberste Besorger weltlicher Geschäfte ist nur Statthalter des obersten Priesters, der den Grundsätzen seiner Religion nach voll göttlicher Ruhe in einem Palasttempel wohnet. Ungeheuer sind die Fabeln der lamaischen Weltschöpfung; grausam die gedroheten Strafen und Büßungen ihrer Sünden, aufs höchste unnatürlich der Zustand, zu welchem ihre Heiligkeit aufstrebt: er ist entkörperte Ruhe, abergläubische Gedankenlosigkeit und Klosterkeuschheit. Und dennoch ist kaum ein Götzendienst so weit als dieser auf der Erde verbreitet; nicht nur Tibet und Tangut, der größte Teil der Mongolen, die Mandschu, Kalkas, Eluthen u. f. verehrten den Lama, und wenn sich in neueren

Zeiten einige von der Anbetung seiner Person losrissen, so ist doch ein Stückwerk von der Religion des Schakas das einzige, was diese Völker von Glauben und Gottesdienst haben. Aber auch südlich zieht sich diese Religion weit hin; die Namen Sommona-Kodom, Schaktscha-Tuba, Sangol-Muni, Schigemuni, Buddha, Fo, Schekia sind alle eins mit Schaka und so geht diese heilige Mönchslehre, wenngleich nicht überall mit der weitläufigen Mythologie der Tibetaner durch Indostan, Ceylon, Siam, Pegu, Tongking bis nach China, Korea und Japan. Selbst in China sind Grundsätze des Fo der eigentliche Volksglaube; dagegen die Grundsätze Konfuzius und Laotse nur Gattungen einer politischen Religion und Philosophie sind unter den obern, d. i. den gelehrten Ständen. Der Regierung daselbst ist jede dieser Religionen gleichgültig; ihre Sorge ist nicht weitergegangen, als daß sie, die Lamas und Bonzen dem Staate unschädlich zu machen, sie von der Herrschaft des Dalai-Lama trennte. Japan vollends ist lange Zeit ein halbes Tibet gewesen; der Dairi war der geistliche Oberherr und der Kubo sein weltlicher Diener, bis dieser die Herrschaft an sich riß und jenen zum bloßen Schatten machte, ein Schicksal, das im Laufe der Dinge liegt und gewiß einmal auch das Los des Lamas sein wird. Nur durch die Lage seines Reichs, durch die Barbarei der mongolischen Stämme, am meisten aber durch die Gnade des Kaisers in China ist er so lange, was er ist, geblieben.

Auf den kalten Bergen in Tibet entstand die lamaische Religion gewiß nicht; sie ist das Erzeugnis warmer Klimate, ein Geschöpf menschlicher Halbseelen, die die Wollust der Gedankenlosigkeit in körperlicher Ruhe über alles lieben. Nach den rauhen tibetanischen Bergen, ja nach China selbst ist sie nur im ersten Jahrhundert der christlichen Zeitrechnung kommen, da sie sich denn in jedem Lande nach des Landes Weise verändert. In Tibet und Japan ward sie hart und strenge, unter den Mongolen ist sie beinah ein unwirksamer Aberglaube worden; dagegen Siam, Indostan und die Länder, die ihnen gleichen, sie als Naturprodukte ihres warmen Klimas aufs mildeste nähren. Bei so verschiedner Gestalt hat sie auch ungleiche Folgen auf jeden Staat gehabt, in dem sie lebte. In Siam, Indostan, Tonking u. f. schläfert sie die Seelen ein, sie macht mitleidig und unkriegerisch, geduldig, sanft und träge. Die Talapoinen streben nicht nach dem Thron; bloße Almosen sinds, um die sie menschliche Sünden büßen. In härtern Ländern, wo das Klima den müßigen Beter nicht so leicht nähret, mußte ihre Einrichtung auch künstlicher werden, und so machte sie endlich den Palast zum Tempel. Sonderbar ist der Unzusammenhang, in welchem die Sachen der Menschen sich nicht nur binden, sondern auch lange erhalten. Befolgte jeder Tibetaner die Gesetze der Lamas, indem er ihren höchsten Tugenden nachstrebte, so wäre kein Tibet mehr. Das Geschlecht der Menschen, die einander nicht berühren, die ihr kaltes Land nicht bauen, die weder Handel noch Geschäfte treiben, hörte auf; verhungert und erfroren lägen sie da, indem sie sich ihren Himmel träumen. Aber zum Glück ist die Natur der Menschen stärker als jeder angenommene Wahn. Der Tibetaner heiratet, ob er gleich damit sündigt; und die geschäftige Tibetanerin, die gar mehr als einen Mann nimmt und fleißiger als die Männer selbst arbeitet, entsagt gerne den höhern Graden des Paradieses, um diese Welt zu erhalten. Wenn eine Religion der Erde ungeheuer und widrig ist, so ists die Religion in Tibet*, und wäre, wie es wohl nicht ganz zu leugnen ist, in ihre härtesten Lehren und Gebräuchen das

* S. Georgii Alphabet. Tibetan. Rom. 1762. Ein Buch voll wüster Gelehrsamkeit, indessen nebst den Nachrichten in *Pallas* Nordischen Beiträgen (Band 4. S. 271 u. f.) und dem Aufsatz in *Schlözers* Briefwechsel, Th. 5., das Hauptbuch, das wir von Tibet haben.

Christentum hinübergeführt worden, so erschiene dies wohl nirgend in ärgerer Gestalt als auf den tibetanischen Bergen. Glücklicherweise aber hat die harte Mönchsreligion den Geist der Nation so wenig als ihr Bedürfnis und Klima ändern mögen. Der hohe Bergbewohner kauft seine Büßungen ab und ist gesund und munter; er ziehet und schlachtet Tiere, ob er gleich die Seelenwanderung glaubt, und erlustigt sich fünfzehn Tage mit der Hochzeit, obgleich seine Priester der Vollkommenheit ehelos leben. So hat sich allenthalben der Wahn der Menschen mit dem Bedürfnis abgefunden; er dung so lange, bis ein leidlicher Vergleich ward. Sollte jede Torheit, die im angenommenen Glauben der Nationen herrscht, auch durchgängig geübt werden, welch ein Unglück! Nun aber werden die meisten geglaubt und nicht befolgt, und dies Mittelding toter Überzeugung heißt eben auf der Erde Glauben. Denke man nicht, daß der Kalmücke nach dem Muster der Vollkommenheit in Tibet lebt, wenn er ein kleines Götzenbild oder den heiligen Kot des Lamas verehret.

Aber nicht nur unschädlich; auch nutzlos sogar ist dieses widerliche Regiment der Lamas nicht gewesen. Ein grobes heidnisches Volk, das sich selbst für die Abkunft eines Affen hielt, ist dadurch unstreitig zu einem gesitteten, ja, in manchen Stücken feinen Volk erhoben, wozu die Nachbarschaft der Chinesen nicht wenig beitrug. Eine Religion, die in Indien entsprang, liebt Reinlichkeit; die Tibetaner dürfen also nicht wie tatarische Steppenvölker leben. Selbst die überhohe Keuschheit, die ihre Lamas preisen, hat der Nation ein Tugendziel aufgesteckt, zu welchem jede Eingezogenheit, Nüchternheit und Mäßigung, die man an beiden Geschlechtern rühmet, wenigstens als ein Teil der Wallfahrt betrachtet werden mag, bei welcher auch die Hälfte mehr ist als das Ganze. Der Glaube einer Seelenwanderung macht mitleidig gegen die lebendige Schöpfung, so daß rohe Berg- und Felsenmenschen vielleicht mit keinem sanftern Zaum als mit diesem Wahn und dem Glauben an lange Büßungen und Höllenstrafen gebändigt werden konnten. Kurz, die tibetanische ist eine Art päpstlicher Religion, wie sie Europa selbst in seinen dunklen Jahrhunderten und sogar ohne jene Ordnung und Sittlichkeit hatte, die man an Tibetanern und Mongolen rühmet. Auch daß diese Religion des Schaka eine Art Gelehrsamkeit und Schriftsprache unter dies Bergvolk und weiterhin selbst unter die Mongolen gebracht hat, ist ein Verdienst für die Menschheit, vielleicht das vorbereitende Hilfsmittel einer Kultur, die auch diesen Gegenden reifet.

Wunderbar langsam ist der Weg der Vorsehung unter den Nationen, und dennoch ist er lautre Naturordnung. Gymnosophisten und Talapoinen, d. i. einsame Beschauer, gab es von den ältesten Zeiten her im Morgenlande; ihr Klima und ihre Natur lud sie zu dieser Lebensart ein. Die Ruhe suchend, flohen sie das Geräusch der Menschen und lebten mit dem wenigen vergnügt, was ihnen die reiche Natur gewährte. Der Morgenländer ist ernst und mäßig, so wie in Speise und Trank, so auch in Worten; gern überläßt er sich dem Fluge der Einbildungskraft, und wohin konnte ihn diese als auf Beschauung der allgemeinen Natur, mithin auf Weltentstehung, auf den Untergang und die Erneuung der Dinge führen? Die Kosmogonie sowohl als die Metempsychose der Morgenländer sind poetische Vorstellungsarten dessen, was ist und wird, wie solches sich ein eingeschränkter menschlicher Verstand und ein mitfühlendes Herz denket. »Ich lebe und genieße kurze Zeit meines Lebens; warum sollte, was neben mir ist, nicht auch seines Daseins genießen und von mir ungekränkt leben?« Daher nun die Sittenlehre der Talapoinen, die insonderheit auf die Nichtigkeit aller Dinge, auf das ewige Umwandeln der Formen der Welt, auf die innere Qual der unersättlichen Begierden eines Menschenherzens und auf das

Vergnügen einer reinen Seele so rührend und aufopfernd dringet. Daher auch die sanften humanen Gebote, die sie zu Verschonung ihrer selbst und andrer Wesen der menschlichen Gesellschaft gaben und in ihren Hymnen und Sprüchen preisen. Aus Griechenland haben sie solche so wenig als ihre Kosmogonie geschöpft; denn beide sind echte Kinder der Phantasie und Empfindungsart ihres Klimas. In ihnen ist alles bis zum höchsten Ziele gespannt, so daß nach der Sittenlehre der Talapoinen auch nur indische Einsiedler leben mögen; dazu ist alles mit so unendlichen Märchen umhüllt, daß, wenn je ein Schaka gelebt hat, er sich schwerlich in einem der Züge erkennen würde, die man dankend und lobend auf ihn häufte. Indessen lernt nicht ein Kind seine erste Weisheit und Sittenlehre durch Märchen? Und sind nicht die meisten dieser Nationen in ihrem sanften Seelenschlaf lebenslang Kinder? Lasset uns also der Vorsehung verzeihen, was nach der Ordnung, die sie fürs Menschengeschlecht wählte, nicht anders als also sein konnte. Sie knüpfte alles an Tradition, und so konnten Menschen einander nicht mehr geben, als sie selbst hatten und wußten. Jedes Ding in der Natur, mithin auch die Philosophie des Buddhas ist gut und böse, nachdem sie gebraucht wird. Sie hat so hohe und schöne Gedanken, als sie auf der andern Seite Betrug und Trägheit erwecken und nähren kann, wie sie es auch reichlich getan hat. In keinem Lande blieb sie ganz dieselbe; allenthalben aber, wo sie ist, stehet sie immer doch eine Stufe über dem rohen Heidentum, die erste Dämmerung einer reinern Sittenlehre, der erste Kindestraum einer weltumfassenden Wahrheit.

IV.

Indostan

Obgleich die Lehre der Brahmanen nichts als ein Zweig der weitverbreiteten Religion ist, die von Tibet bis Japan Sekten oder Regierungen gebildet hat, so verdienet sie doch an ihrem Geburtsort eine besondre Betrachtung, da sie an ihm die sonderbarste und vielleicht dauerndste Regierung der Welt gebildet hat: es ist die Einteilung der indischen Nation in vier oder mehrere Stämme, über welche die Brahmanen als erster Stamm herrschen. Daß sie diese Herrschaft durch leibliche Unterjochung erlangt hätten, ist nicht wahrscheinlich; sie sind nicht der kriegerische Stamm des Volks, der, den König selbst eingeschlossen, nur zunächst auf sie folget; auch gründen sie ihr Ansehen auf keins dergleichen Mittel, selbst in der Sage. Wodurch sie über Menschen herrschen, ist ihr Ursprung, nach welchem sie sich aus dem Haupt Brahmas entsprossen schätzen, so wie die Krieger aus dessen Brust, die andern Stämme aus seinen andern Gliedern. Hierauf sind ihre Gesetze und die ganze Einrichtung der Nation gebauet, nach welcher sie als ein eingeborner Stamm, als Haupt zum Körper der Nation gehören. Abteilungen der Art nach Stämmen sind auch in andern Gegenden die einfachste Einrichtung der menschlichen Gesellschaft gewesen; sie wollte hierin der Natur folgen, welche den Baum in Äste, das Volk in Stämme und Familien abteilet. So war die Einrichtung in Ägypten, selbst wie hier, mit erblichen Handwerkern und Künsten; und daß der Stamm der Weisen und Priester sich zum ersten hinaufsetzte, sehen wir bei weit mehreren Nationen. Mich dünkt, auf dieser Stufe der Kultur ist dies Natur der Sache, da Weisheit über Stärke geht, und in alten Zeiten der Priesterstamm fast alle politische Weisheit sich zueignete. Nur mit der

Verbreitung des Lichts unter alle Stände verliert sich das Ansehen des Priesters, daher sich auch Priester so oft einer allgemeineren Aufklärung widersetzten.
Die indische Geschichte, von der wir leider noch wenig wissen, gibt uns einen deutlichen Wink über die Entstehung der Brahmanen.* Sie macht Brahma, einen weisen und gelehrten Mann, den Erfinder vieler Künste, insonderheit des Schreibens, zum Wesir eines ihrer alten Könige, Krischens, dessen Sohn die Einteilung seines Volks in die vier bekannten Stämme gesetzlich gemacht habe. Den Sohn des Brahmas setzte er der ersten Klasse vor, zu der die Sterndeuter, Ärzte und Priester gehörten; andre vom Adel wurden zu erblichen Statthaltern der Provinz ernannt, von welchen sich die zweite Rangordnung der Inder herleitet. Die dritte Klasse sollte den Ackerbau, die vierte die Künste treiben, und diese Einrichtung ewig dauern. Er erbaute den Philosophen die Stadt Bahar zu ihrer Aufnahme, und da der Sitz seines Reichs, auch die ältesten Schulen der Brahmanen vorzüglich am Ganges waren, so ergibt sich hieraus die Ursache, warum Griechen und Römer so wenig an sie gedenken. Sie kannten nämlich diese tiefen Gegenden Indiens nicht, da Herodot nur die Völker am Indus und auf der Nordseite des Goldhandels beschreibt, Alexander aber nur bis zum Hyphasis gelangte. Kein Wunder also, daß sie zuerst nur allgemein von den Brahmanen, d. i. von den einsamen Weisen, die auf Art der Talapoinen lebten, Nachricht bekamen, späterhin aber auch von den Samanäern und Germanen am Ganges, von der Einteilung des Volks in Klassen, von ihrer Lehre der Seelenwanderung u. f. dunkle Gerüchte hörten. Auch diese zerstückten Sagen indes bestätigen es, daß die Brahmaneneinrichtung alt und dem Lande am Ganges einheimisch sei, welches die sehr alten Denkmale zu Jagrenat**, Bombay und in andern Gegenden der diesseitigen Halbinsel beweisen. Sowohl die Götzen als die ganze Einrichtung dieser Götzentempel sind in der Denkart und Mythologie der Brahmanen, die sich von ihrem heiligen Ganges in Indien umher und weiter hinab verbreitet, auch, je unwissender das Volk war, desto mehr Verehrung empfangen haben. Der heilige Ganges als ihr Geburtsort blieb der vornehmste Sitz ihrer Heiligtümer, ob sie gleich als Brahmanen nicht nur eine religiöse, sondern eigentlich politische Zunft sind, die wie der Orden der Lamas, der Leviten, der ägyptischen Priester u. f. allenthalben zur uralten Reichsverfassung Indiens gehöret.
Sonderbar tief ist die Einwirkung dieses Ordens Jahrtausende hin auf die Gemüter der Menschen gewesen, da nicht nur trotz des so lange getragenen mongolischen Joches ihr Ansehen und ihre Lehre noch unerschüttert stehet, sondern diese auch in Lenkung der Hindus eine Kraft äußert, die schwerlich eine andre Religion in dem Maß erwiesen hat.*** Der Charakter, die Lebensart, die Sitten des Volks bis auf die kleinsten Verrichtungen, ja bis auf die Gedanken und Worte ist ihr Werk; und obgleich viele Stücke der Brahmanen-Religion äußerst drückend und beschwerlich sind, so bleiben sie doch auch den niedrigsten Stämmen wie Naturgesetze Gottes heilig. Nur Missetäter und Verworfne sinds meistens, die eine fremde Religion annehmen, oder es sind arme, verlassene Kinder; auch ist die vornehme Denkart, mit der der Inder mitten in seinem Druck unter einer oft tötenden Dürftigkeit den Europäer ansieht, dem er dienet, Bürge gnug dafür, daß sich sein Volk, solange es

* Dow's hist. of Hindost. Vol. I. p. 10. 11.

** Zend-Avesta p. d'Anquetil Vol. I. p. 81 seq. *Niebuhrs* Reisebeschreibung T. 2. S. 31 u. f.

*** S. hierüber *Dow, Holwell, Sonnerat, Alexander Roß, Mackintosch, die Hallischen Missionsberichte*, die Lettres édifiantes und jede andre Beschreibung der indischen Religion und Völker.

da ist, nie mit einem andern vermischen werde. Ohne Zweifel lag dieser beispiellosen Einwirkung sowohl das Klima als der Charakter der Nation zum Grunde, denn kein Volk übertrifft dies an geduldiger Ruhe und sanfter Folgsamkeit der Seele. Daß der Inder aber in Lehren und Gebräuchen nicht jedem Fremden folget, kommt offenbar daher, daß die Einrichtung der Brahmanen so ganz schon seine Seele, so ganz sein Leben eingenommen hat, um keiner andern mehr Platz zu geben. Daher so viele Gebräuche und Feste, so viel Götter und Märchen, so viel heilige Örter und verdienstliche Werke, damit von Kindheit auf die ganze Einbildungskraft beschäftigt und beinah in jedem Augenblick des Lebens der Inder an das, was er ist, erinnert werde. Alle europäischen Einrichtungen sind gegen diese Seelenbeherrschung nur auf der Oberfläche geblieben, die, wie ich glaube, dauern kann, solange ein Inder sein wird.

Die Frage, ob etwas gut oder übel sei, ist bei allen Einrichtungen der Menschen vielseitig. Ohne Zweifel war die Einrichtung der Brahmanen, als sie gestiftet war, gut; sonst hätte sie weder den Umfang, noch die Tiefe und Dauer gewonnen, in der sie dasteht. Das menschliche Gemüt entledigt sich dessen, was ihm schädlich ist, sobald es kann, und obgleich der Inder mehr zu dulden vermag als irgendein andrer, so würde er doch geradezu nicht Gift lieben. Unleugbar ists also, daß die Brahmanen ihrem Volk eine Sanftmut, Höflichkeit, Mäßigung und Keuschheit angebildet, oder es wenigstens in diesen Tugenden so bestärkt haben, daß die Europäer ihnen dagegen oft als Unreine, Trunkne und Rasende erscheinen. Ungezwungen zierlich sind ihre Gebärden und Sprache, friedlich ihr Umgang, rein ihr Körper, einfach und harmlos ihre Lebensweise. Die Kindheit wird milde erzogen, und doch fehlt es ihnen nicht an Kenntnissen, noch minder an stillem Fleiß und fein nachahmenden Künsten; selbst die niedrigern Stämme lernen lesen, schreiben und rechnen. Da nun die Brahmanen die Erzieher der Jugend sind, so haben sie damit seit Jahrtausenden ein unverkennbares Verdienst um die Menschheit. Man merke in den Hallischen Missionsberichten auf den gesunden Verstand und den gutmütigen Charakter der Brahmanen und Malabaren sowohl in Einwürfen, Fragen und Antworten als in ihrem ganzen Betragen, und man wird sich selten auf der Seite ihrer Bekehrer finden. Die Hauptidee der Brahmanen von Gott ist so groß und schön, ihre Moral so rein und erhaben, ja selbst ihre Märchen, sobald Verstand durchblickt, sind so fein und lieblich, daß ich ihren Erfindern auch im Ungeheuern und Abenteuerlichen nicht ganz den Umsinn zutrauen kann, den wahrscheinlich nur die Zeitfolge im Munde des Pöbels darauf gehäufet. Daß trotz aller mohammedanischen und christlichen Bedrückung der Orden der Brahmanen seine künstliche, schöne Sprache* und mit ihr einige Trümmern von alter Astronomie und Zeitrechnung, von Rechtswissenschaft und Heilkunde erhalten hat, ist auf seiner Stelle nicht ohne Wert**; denn auch die handwerksmäßige Manier, mit der sie diese Kenntnisse treiben, ist gnug zum Kreise ihres Lebens, und was der Vermehrung ihrer Wissenschaft abgeht, ersetzt die Stärke ihrer Dauer und Einwirkung. Übrigens verfolgen die Hindus nicht; sie gönnen jedem seine Religion, Lebensart und Weisheit; warum sollte man ihnen die ihrige nicht gönnen und sie bei den Irrtümern ihrer ererbten Tradition wenigstens für gute Betrogene halten? Gegen alle Sekten des Fos, die Asiens östliche Welt einnehmen, ist diese die Blüte; gelehrter, menschlicher, nützlicher, edler als alle Bonzen, Lamen und Talapoinen.

* S. Halhed's Grammar of the Bengal Language, printed at Hoogly in Bengal. 1778.

** S. le Gentil Voyage dans les mers de l'Inde. P. I. Halhed's Code of Gentoo-Laws u. f.

Dabei ist nicht zu bergen, daß, wie alle menschlichen Verfassungen, auch diese viel Drückendes habe. Des unendlichen Zwanges nicht zu gedenken, den die Verteilung der Lebensarten unter erbliche Stämme notwendig mit sich führt, weil sie alle freie Verbesserung und Vervollkommnung der Künste beinah ganz ausschließt, so ist insonderheit die Verachtung auffallend, mit der sie den niedrigsten der Stämme, die Parias, behandeln. Nicht nur zu den schlechtesten Verrichtungen ist er verdammt und vom Umgange aller andern Stämme auf ewig gesondert, er ist sogar der Menschenrechte und Religion beraubt; denn niemand darf einen Paria berühren, und sein Anblick sogar entweihet den Brahmanen. Ob man gleich mancherlei Ursachen dieser Erniedrigung, unter andern auch diese angegeben, daß die Parias eine unterjochte Nation sein mögen, so ist doch keine derselben durch die Geschichte gnugsam bewähret; wenigstens unterscheiden sie sich von den andern Hindus nicht an Bildung. Also kommt es wie bei so vielen Dingen alter Einrichtung auch hier auf die erste harte Stiftung an, nach der vielleicht sehr Arme oder Missetäter und Verworfne zu einer Erniedrigung bestimmt wurden, der sich die unschuldigen, zahlreichen Nachkommen derselben bis zur Verwunderung willig unterwerfen. Der Fehler hierbei liegt nirgend als in der Einrichtung nach Familien, bei der doch einige auch das niedrigste Los des Lebens tragen mußten, dessen Beschwerden ihnen die angemaßte Reinigkeit der andern Stämme von Zeit zu Zeit noch mehr erschwerte. Was war nun natürlicher, als daß man es zuletzt als Strafe des Himmels ansah, ein Paria geboren zu sein und nach der Lehre der Seelenwanderung durch Verbrechen eines vorigen Lebens diese Geburt vom Schicksal verdient zu haben? Überhaupt hat die Lehre der Seelenwanderung, so groß ihre Hypothese im Kopf des ersten Erfinders gewesen, und so manches Gute sie der Menschlichkeit gebracht haben möge, ihr notwendig auch viel Übel bringen müssen, wie überhaupt jeder Wahn, der über die Menschheit hinausreichet. Indem sie nämlich ein falsches Mitleiden gegen alles Lebendige weckte, verminderte sie zugleich das wahre Mitgefühl mit dem Elende unsres Geschlechts, dessen Unglückliche man als Missetäter unter der Last voriger Verbrechen oder als Geprüfte unter der Hand eines Schicksals glaubte, das ihre Tugend in einem zukünftigen Zustande belohnen werde. Auch an den weichen Hindus hat man daher einen Mangel an Mitgefühl bemerket, der wahrscheinlich die Folge ihrer Organisation, noch mehr aber ihrer tiefen Ergebenheit ans ewige Schicksal ist; ein Glaube, der den Menschen wie in einen Abgrund wirft und seine tätigen Empfindungen abstumpfet. Das Verbrennen der Weiber auf dem Scheiterhaufen der Ehemänner gehört mit unter die barbarischen Folgen dieser Lehre; denn welche Ursachen auch die erste Einführung desselben gehabt habe, da es entweder als Nacheiferung großer Seelen oder als Strafe in den Gang der Gewohnheit gekommen sein mag, so hat unstreitig doch die Lehre der Brahmanen von jener Welt den unnatürlichen Gebrauch veredelt und die armen Schlachtopfer mit Beweggründen des künftigen Zustandes zum Tode begeistert. Freiwillig machte dieser grausame Gebrauch das Leben des Mannes dem Weibe teurer, indem sie auch im Tode untrennbar von ihm ward und ohne Schmach nicht zurückbleiben konnte; war indessen das Opfer des Gewinnes wert, sobald jenes auch nur durch die schweigende Gewohnheit ein zwingendes Gesetz wurde? Endlich übergehe ich bei der Brahmaneneinrichtung den mannigfaltigen Betrug und Aberglauben, der schon dadurch unvermeidlich ward, daß Astronomie und Zeitrechnung, Heilkunst und Religion, durch mündliche Tradition fortgepflanzt, die geheime Wissenschaft Eines Stammes wurden; die verderblichere Folge fürs ganze Land war diese, daß jede Brahmanenherrschaft früher oder

später ein Volk zur Unterjochung reif macht. Der Stamm der Krieger mußte bald unkriegerisch werden, da seine Bestimmung der Religion zuwider und einem edleren Stamm untergeordnet war, der alles Blutvergießen haßte. Glücklich wäre ein so friedfertiges Volk, wenn es, von Überwindern geschieden, auf einer einsamen Insel lebte; aber am Fuß jener Berge, auf welchen menschliche Raubtiere, kriegerische Mongolen wohnen, nahe jener busenreichen Küste, an welcher geizig verschmitzte Europäer landen, arme Hindus, in längerer oder kürzerer Zeit seid ihr mit eurer friedlichen Einrichtung verloren. So gings der indischen Verfassung; sie unterlag in- und auswärtigen Kriegen, bis endlich die europäische Schiffahrt sie unter ein Joch gebracht hat, unter dem sie mit ihrer letzten Kraft duldet.
Harter Lauf des Schicksals der Völker! Und doch ist er nichts als Naturordnung. Im schönsten, fruchtbarsten Strich der Erde mußte der Mensch früh zu feinen Begriffen, zu weiten Einbildungen über die Natur, zu sanften Sitten und einer regelmäßigen Einrichtung gelangen; aber in diesem Erdstrich mußte er sich ebensobald einer mühsamen Tätigkeit entschlagen, mithin eine Beute jedes Räubers werden, der auch dies glückliche Land suchte. Von alten Zeiten her war Handel nach Ostindien ein reicher Handel; das fleißige, gnügsame Volk gab von den Schätzen seines Weltteils zu Meer und zu Lande andern Nationen mancherlei Kostbarkeiten im Überfluß her und blieb seiner Entfernung wegen in ziemlich friedlicher Ruhe, bis endlich Europäer, denen nichts entfernt ist, kamen und sich selbst Königreiche unter ihnen schenkten. Alle Nachrichten und Waren, die sie uns daher zuführen, sind kein Ersatz für die Übel, die sie einem Volk auflegen, das gegen sie nichts verübte. Indessen ist die Kette des Schicksals dahin einmal geknüpft; das Schicksal wird sie auflösen oder weiterführen.

V.

Allgemeine Betrachtungen über die Geschichte dieser Staaten

Wir haben bisher die Staatsverfassungen Asiens betrachtet, die sich nebst dem hohen Alter auch der festesten Dauer rühmen; was haben sie in der Geschichte der Menschheit geleistet? Was lernt an ihnen der Philosoph der Menschengeschichte?
1. Geschichte setzt einen Anfang voraus, Geschichte des Staats und der Kultur einen Beginn derselben; wie dunkel ist dieser bei allen Völkern, die wir bisher betrachtet haben! Wenn meine Stimme hier etwas vermöchte, so würde ich sie anwenden, um jeden scharfsinnig-bescheidenen Forscher der Geschichte zum Studium des Ursprungs der Kultur in Asien nach seinen berühmtesten Reichen und Völkern, jedoch ohne Hypothese, ohne den Despotismus einer Privatmeinung zu ermuntern. Eine genaue Zusammenhaltung sowohl der Nachrichten als Denkmale, die wir von diesen Nationen haben, zumal ihrer Schrift und Sprache, der ältesten Kunstwerke und Mythologie, oder der Grundsätze und Handgriffe, deren sie sich in ihren wenigen Wissenschaften noch jetzt bedienen; dies alles, verglichen mit dem Ort, den sie bewohnen, und dem Umgange, den sie haben konnten, würde gewiß ein Band ihrer Aufklärung entwickeln, wo wahrscheinlich das erste Glied dieser Kultur weder in Selinginsk noch im griechischen Baktra geknüpft wäre. Die fleißigen Versuche eines *Deguignes*, *Bayers*, *Gatterers* u. a., die kühnern Hypothesen *Baillys*, *Paws*, *Delisle* u. f., die nützlichen Bemühungen in Sammlung und Bekanntmachung asiatischer Sprachen und

Schriften sind Vorarbeiten zu einem Gebäude, dessen ersten sichern Grundstein ich gesetzt zu sehen wünschte. Vielleicht wäre er die Trümmer vom Tempel einer Protogäa, die sich uns in so vielen Naturdenkmalen zeiget.

2. Das Wort Zivilisation eines Volks ist schwer auszusprechen, zu denken aber und auszuüben noch schwerer. Daß ein Ankömmling im Lande eine ganze Nation aufkläre, oder ein König die Kultur durch Gesetze befehle, kann nur durch Beihilfe vieler Nebenumstände möglich werden; denn Erziehung, Lehre, bleibendes Vorbild allein bildet. Daher kams denn, daß alle Völker sehr bald auf das Mittel fielen, einen unterrichtenden, erziehenden, aufklärenden Stand in ihren Staatskörper aufzunehmen und solchen den andern Ständen vorzusetzen oder zwischenzuschieben. Lasset dieses die Stufe einer noch sehr unvollkommenen Kultur sein; sie ist indessen für die Kindheit des Menschengeschlechts notwendig; denn wo keine dergleichen Erzieher des Volks waren, da blieb dies ewig in seiner Unwissenheit und Trägheit. Eine Art Brahmanen, Mandarine, Talapoinen, Lamen u. f. war also jeder Nation in ihrer politischen Jugend nötig; ja, wir sehen, daß eben diese Menschengattung allein die Samenkörner der künstlichen Kultur in Asien weit umhergetragen hat. Sind solche da, so kann der Kaiser Yao zu seinen Dienern Hi und Ho sagen:* »Gehet hin und beobachtet die Sterne, bemerkt die Sonne und teilet das Jahr.« Sind Hi und Ho keine Astronomen, so ist sein kaiserlicher Befehl vergeblich.

3. Es ist ein Unterschied zwischen Kultur der Gelehrten und Kultur des Volkes. Der Gelehrte muß Wissenschaften wissen, deren Ausübung ihm zum Nutzen des Staats befohlen ist; er bewahrt solche auf und vertraut sie denen, die zu seinem Stande gehören, nicht dem Volke. Dergleichen sind auch bei uns die höhere Mathematik und viele andre Kenntnisse, die nicht zum gemeinen Gebrauch, also auch nicht fürs Volk dienen. Dies waren die sogenannten geheimen Wissenschaften der alten Staatsverfassungen, die der Priester oder Brahmane nur seinem Stande vorbehielt, weil er auf die Ausübung derselben angenommen war, und jede andre Klasse der Staatsglieder ein andres Geschäft hatte. So ist die Algebra noch jetzt eine geheime Wissenschaft; denn es verstehen sie wenige in Europa, obwohl es Keinem durch Befehle verboten ist, sie verstehen zu lernen. Nun haben wir zwar unnützer- und schädlicherweise, in vielen Stücken den Kreis der gelehrten und Volkskultur verwirrt und diese beinahe bis zum Umfange jener erweitert; die alten Staatseinrichter, die menschlicher dachten, dachten hierin auch klüger. Die Kultur des Volks setzten sie in gute Sitten und nützliche Künste; zu großen Theorien, selbst in der Weltweisheit und Religion, hielten sie das Volk nicht geschaffen, noch solche ihm zuträglich. Daher die alte Lehrart in Allegorien und Märchen, dergleichen die Brahmanen ihren ungelehrten Stämmen noch jetzt vortragen; daher in China der Unterschied in allgemeinen Begriffen beinah nach jeder Klasse des Volks, wie ihn die Regierung festgestellt hat und nicht unweise festhält. Wollen wir also eine ostasiatische Nation mit den unsern in Ansehung der Kultur vergleichen, so ist notwendig zu wissen, wohin jenes Volk die Kultur setze und von welcher Menschenklasse man rede. Hat eine Nation oder eine seiner Klassen gute Sitten und Künste, hat sie die Begriffe und Tugenden, die zu seiner Arbeit und dem gnüglichen Wohlsein ihres Lebens hinreichen, so hat es die Aufklärung, die ihr gnug ist; gesetzt, es wüßte sich auch nicht eine Mondfinsternis zu erklären und erzählte darüber die bekannte Drachengeschichte. Vielleicht erzählte sie ihm sein Lehrer eben deswegen, damit ihm

* Der Anfang des Schukings, p. 6, in *Deguignes* Ausgabe.

über die Sonnen- und Sternenbahnen kein graues Haar wüchse. Unmöglich kann ich mir vorstellen, daß alle Nationen in ihren Individuen dazu auf der Erde sei'n, um einen metaphysischen Begriff von Gott zu haben, als ob sie ohne diese Metaphysik, die zuletzt vielleicht auf einem Wort beruhet, abergläubische, barbarische Unmenschen sein müßten. Ist der Japaner ein kluger, herzhafter, geschickter, nützlicher Mensch, so ist er kultiviert, er möge von seinem Buddha und Amida denken, wie er wolle. Erzählt er euch hierüber Märchen, so erzählet ihm dafür andre Märchen, und ihr seid quitt.

4. Selbst ein ewiger Fortgang in der gelehrten Kultur gehört nicht zur wesentlichen Glückseligkeit eines Staats, wenigstens nicht nach dem Begriff der alten östlichen Reiche. In Europa machen alle Gelehrten Einen eignen Staat aus, der, auf die Vorarbeiten vieler Jahrhunderte gebauet, durch gemeinschaftliche Hilfsmittel und durch die Eifersucht der Reiche gegeneinander künstlich erhalten wird; denn der allgemeinen Natur tut der Gipfel der Wissenschaft, nach dem wir streben, keine Dienste. Ganz Europa ist Ein gelehrtes Reich, das teils durch innern Wetteifer, teils in den neuern Jahrhunderten durch hilfreiche Mittel, die es auf dem ganzen Erdboden suchte, eine idealische Gestalt gewonnen hat, die nur der Gelehrte durchschauet und der Staatsmann nutzet. Wir also können in diesem einmal begonnenen Lauf nicht mehr stehenbleiben; wir haschen dem Zauberbilde einer höchsten Wissenschaft und Allerkenntnis nach, das wir zwar nie erreichen werden, das uns aber immer im Gange erhält, solange die Staatsverfassung Europas dauret. Nicht also ists mit den Reichen, die nie in diesem Konflikt gewesen. Das runde China hinter seinen Bergen ist ein einförmiges verschlossenes Reich; alle Provinzen auch sehr verschiedener Völker, nach den Grundsätzen einer alten Staatsverfassung eingerichtet, sind durchaus nicht im Wetteifer gegeneinander, sondern im tiefsten Gehorsam. Japan ist eine Insel, die, wie das alte Britannien, jedem Fremdlinge feind ist und in ihrer stürmischen See zwischen Felsen wie eine Welt für sich bestehet. So Tibet, mit Gebirgen und barbarischen Völkern umgeben; so die Verfassung der Brahmanen, die jahrhundertelang unter dem Druck ächzet. Wie könnte in diesen Reichen der Keim fortwachsender Wissenschaft schießen, der in Europa durch jede Felsenwand bricht? Wie könnten sie selbst die Früchte dieses Baums von den gefährlichen Händen der Europäer aufnehmen, die ihnen das, was rings um sie ist, politische Sicherheit, ja ihr Land selbst rauben? Also hat sich nach wenigen Versuchen jede Schnecke in ihr Haus gezogen und verachtet auch die schönste Rose, die ihr eine Schlange brächte. Die Wissenschaft ihrer anmaßlichen Gelehrten ist auf ihr Land berechnet, und selbst von den willfährigen Jesuiten nahm China nicht mehr an, als es nicht entbehren zu können glaubte. Käme es in Umstände der Not, so würde es vielleicht mehr annehmen; da aber die meisten Menschen und noch mehr die großen Staatskörper sehr harte, eiserne Tiere sind, denen die Gefahr nahe ankommen müßte, ehe sie ihren alten Gang ändern, so bleibt ohne Wunder und Zeichen alles, wie es ist, ohne daß es deswegen den Nationen an Fähigkeit zur Wissenschaft fehlte. An Triebfedern fehlt es ihnen; denn die uralte Gewohnheit wirkt jeder neuen Triebfeder entgegen. Wie langsam hat Europa selbst seine besten Künste gelernet!

5. Das Dasein eines Reichs kann in sich selbst und gegen andre geschätzet werden; Europa ist in der Notwendigkeit, beiderlei Maßstab zu gebrauchen, die asiatischen Reiche haben nur einen. Keins von diesen Ländern hat andre Welten aufgesucht, um sie als ein Postament seiner Größe zu gebrauchen oder durch ihren Überfluß

sich Gift zu bereiten; jedes nutzet, was es hat, und ist in sich selbst gnüglich. Sogar seine eignen Goldbergwerke hat China untersagt, weil es aus Gefühl seiner Schwäche sie nicht zu nutzen getraute; der auswärtige chinesische Handel ist ganz ohne Unterjochung fremder Völker. Bei dieser kargen Weisheit haben alle diese Länder sich den unleugbaren Vorteil verschafft, ihr Inneres desto mehr nutzen zu müssen, weil sie es weniger durch äußern Handel ersetzen. Wir Europäer dagegen wandeln als Kaufleute oder als Räuber in der ganzen Welt umher und vernachlässigen oft das Unsrige darüber; die britannischen Inseln selbst sind lange nicht wie Japan und China gebauet. Unsre Staatskörper sind also Tiere, die, unersättlich am Fremden, Gutes und Böses, Gewürze und Gift, Kaffee und Tee, Silber und Gold verschlingen und in einem hohen Fieberzustande viel angestrengte Lebhaftigkeit beweisen; jene Länder rechnen nur auf ihren inwendigen Kreislauf. Ein langsames Leben, wie der Murmeltiere, das aber eben deswegen lange gedauret hat und noch lange dauren kann, wenn nicht äußere Umstände das schlafende Tier töten. Nun ists bekannt, daß die Alten in allem auf längere Dauer rechneten, wie in ihren Denkmalen, so auch in ihren Staatsgebäuden; wir wirken lebhaft und gehen vielleicht um so schneller die kurzen Lebensalter durch, die auch uns das Schicksal zumaß.

6. Endlich kommt es bei allen irdischen und menschlichen Dingen auf Ort und Zeit, sowie bei den verschiednen Nationen auf ihren Charakter an, ohne welchen sie nichts vermögen. Läge Ostasien uns zur Seite, es wäre lange nicht mehr, was es war. Wäre Japan nicht die Insel, die es ist, so wäre es nicht, was es ist, worden. Sollten sich diese Reiche allesamt jetzt bilden, so würden sie schwerlich werden, was sie vor drei, vier Jahrtausenden wurden; das ganze Tier, das Erde heißt und auf dessen Rücken wir wohnen, ist jetzt Jahrtausende älter. Wunderbare, seltsame Sache überhaupt ists um das, was genetischer Geist und Charakter eines Volks heißet. Er ist unerklärlich und unauslöschlich, so alt wie die Nation, so alt wie das Land, das sie bewohnte. Der Brahmane gehört zu seinem Weltstrich; kein andrer, glaubt er, ist seiner heiligen Natur wert. So der Siamese und Japaner; allenthalben außer seinem Lande ist er eine unzeitig verpflanzte Staude. Was der Einsiedler Indiens sich an seinem Gott, der Siamese sich an seinem Kaiser denkt, denken wir uns nicht an demselben; was wir für Wirksamkeit und Freiheit des Geistes, für männliche Ehre und Schönheit des Geschlechts schätzen, denken sich jene weit anders. Die Eingeschlossenheit der indischen Weiber wird ihnen nicht unerträglich; der leere Prunk eines Mandarinen wird jedem andern als ihm ein sehr kaltes Schauspiel dünken. So ists mit allen Gewohnheiten der vielgestaltigen menschlichen Form, ja mit allen Erscheinungen auf unsrer runden Erde. Wenn unser Geschlecht bestimmt ist, auf dem ewigen Wege einer Asymptote sich einem Punkt der Vollkommenheit zu nähern, den es nicht kennt und den es mit aller tantalischen Mühe nie erreichet, ihr Chinesen und Japanesen, ihr Lamas und Brahmanen, so seid ihr auf dieser Wallfahrt in einer ziemlich ruhigen Ecke des Fahrzeuges. Ihr laßt euch den unerreichbaren Punkt nicht kümmern, und bleibt, wie ihr vor Jahrtausenden waret.

7. Tröstend ists für den Forscher der Menschheit, wenn er bemerkt, daß die Natur bei allen Übeln, die sie ihrem Menschengeschlecht zuteilte, in keiner Organisation den Balsam vergaß, der ihm seine Wunden wenigstens lindert. Der asiatische Despotismus, diese beschwerliche Last der Menschen, findet nur bei Nationen statt, die ihn tragen wollen, d. i. die seine drückende Schwere minder fühlen. Mit Ergebung erwartet der Inder sein Schicksal, wenn in der ärgsten Hungersnot seinen abgezehr-

ten Körper schon der Hund verfolgt, dem er sinkend zur Speise werden wird; er stützet sich an, damit er stehend sterbe, und geduldig wartend sieht ihm der Hund ins blasse Todesantlitz, eine Resignation, von der wir keinen Begriff haben, und die dennoch oft mit den stärksten Stürmen der Leidenschaft wechselt. Sie ist indessen nebst mancherlei Erleichterungen der Lebensart und des Klimas das mildernde Gegengift gegen so viele Übel jener Staatsverfassungen, die uns unerträglich dünken. Lebten wir dort, so würden wir sie nicht ertragen dürfen, weil wir Sinn und Mut gnug hätten, die böse Verfassung zu ändern, oder wir erschlafften auch und ertrügen die Übel wie jene Inder geduldig. Große Mutter Natur, an welche Kleinigkeiten hast du das Schicksal unsres Geschlechts geknüpfet! Mit der veränderten Form eines menschlichen Kopfs und Gehirns, mit Einer kleinen Veränderung im Bau der Organisation und der Nerven, die das Klima, die Stammesart und die Gewohnheit bewirket, ändert sich auch das Schicksal der Welt, die ganze Summe dessen, was allenthalben auf Erden die Menschheit tue und die Menschheit leide.

ZWÖLFTES BUCH

Wir kommen zu den Ufern des Euphrat und Tigris; aber wie verändert sich in diesem ganzen Erdstrich der Anblick der Geschichte! Babel und Ninive, Ekbatana, Persepolis und Tyrus sind nicht mehr; Völker folgen auf Völker, Reiche auf Reiche, und die meisten derselben haben sich bis auf Namen und ihre einst so hochberühmten Denkmale von der Erde verloren. Es gibt keine Nation mehr, die sich Babylonier, Assyrer, Chaldäer, Meder, Phönizier nenne, oder von ihrer alten politischen Verfassung auszeichnende Spuren an sich trage. Ihre Reiche und Städte sind zerstört, und die Völker schleichen umher unter andern Namen.
Woher dieser Unterschied gegen den tiefgeprägten Charakter der östlichen Reiche? China und Indien sind von den Mongolen mehr als einmal überschwemmet, ja zum Teil Jahrhunderte durch unterjocht gewesen, und doch hat sich weder Peking noch Benares, weder der Brahmane noch Lama von der Erde verloren. Mich dünkt, der Unterschied dieses Schicksals erkläre sich selbst, wenn man auf die verschiedene Lage und Verfassung beider Weltgegenden merket. Im östlichen Asien jenseit des großen Bergrückens der Erde drohete den südlichen Völkern nur ein Feind, die Mongolen. Jahrhundertelang zogen diese auf ihren Steppen oder in ihren Tälern ruhig einher, und wenn sie die nachbarlichen Provinzen überschwemmten, so ging ihre Absicht nicht sowohl aufs Zerstören als aufs Beherrschen und Rauben; daher mehrere Nationen unter mongolischen Regenten ihre Verfassung Jahrtausende hin erhielten. Ganz ein andres Gedränge wimmelnder Völker war zwischen dem Schwarzen und Kaspischen bis ans Mittelländische Meer, und eben der Euphrat und Tigris waren die großen Ableiter dieser ziehenden Völker. Das ganze Vorderasien war frühe mit Nomaden erfüllt, und je mehr blühende Städte, je mehr künstliche Reiche in diesen schönen Gegenden entstanden, desto mehr lockten solche die roheren Völker zum Raube an sich, oder sie wußten ihre wachsende Übermacht selbst nicht anders zu nutzen, als daß sie andre vertilgten. Das einzige Babylon auf seinem schönen Mittelplatze des öst- und westlichen Handels, wie oft ward es erobert und geplündert! Sidon und Tyrus, Jerusalem, Ekbatana und Ninive hatten kein besseres Schicksal, so daß man diesen ganzen Erdstrich als einen Garten der Verwüstung ansehen kann, wo Reiche zerstörten und zerstöret wurden.
Kein Wunder also auch, daß viele namenlos untergingen und fast keine Spur hinter sich ließen; denn was sollte ihnen diese Spur geben? Den meisten Völkern dieses Weltstrichs war eine Sprache gemein, die sich nur in verschiedne Mundarten teilte;

bei ihrem Untergange also verwirreten sich diese Mundarten und flossen endlich in das chaldäisch-syrisch-arabische Gemisch zusammen, das fast ohne ein sonderndes Merkmal der vermengten Völker noch jetzt in diesen Gegenden lebet. Aus Horden waren ihre Staaten entstanden, in Horden kehrten sie zurück, ohne ein dauerhaftes politisches Gepräge. Noch weniger konnten ihnen die gepriesenen Denkmale eines Belus, einer Semiramis u. f. eine Pyramidenewigkeit sichern; denn nur aus Ziegelsteinen waren sie gebaut, die, an der Sonne oder am Feuer getrocknet und mit Erdpech verbunden, leicht zu zerstören waren, wenn sie nicht unter dem stillen Tritte der Zeit sich selbst zerstörten. Unmerklich also verwitterte die despotische Herrlichkeit der Erbauer Ninives und Babels, so daß das einzige, was wir in dieser weltberühmten Gegend zu betrachten finden, der Name ist, den diese verschwundenen Nationen einst in der Reihe der Völker geführt haben. Wir wandern wie auf den Gräbern untergegangner Monarchien umher und sehen die Schattengestalten ihrer ehemaligen Wirkung auf der Erde.
Und wahrlich, diese Wirkung ist so groß gewesen, daß, wenn man Ägypten zu diesem Erdstriche mitrechnet, es außer Griechenland und Rom keine Weltgegend gibt, die insonderheit für Europa und durch dies für alle Nationen der Erde so viel erfunden und vorgearbeitet habe. Man erstaunt über die Menge der Künste und Gewerbe, die man in den Nachrichten der Hebräer schon von den frühesten Zeiten an mehreren kleinen Nomadenvölkern dieser Gegend gemein findet.* Den Ackerbau mit mancherlei Geräten, die Gärtnerei, Fischerei, Jagd, insonderheit die Viehzucht, das Mahlen des Getreides, das Backen des Brots, das Kochen der Speisen, Wein, Öl, zur Kleidung die Bereitung der Wolle und der Tierhäute, das Spinnen, Weben und Nähen, das Färben, Tapetenmachen und Sticken, das Stempeln des Geldes, das Siegelgraben und Steinschneiden, die Bereitung des Glases, die Korallenfischerei, den Bergbau und das Hüttenwesen, mancherlei Kunstarbeiten in Metall, im Modellieren, Zeichnen und Formen, die Bildnerei und Baukunst, Musik und Tanz, die Schreib- und Dichtkunst, Handel mit Maß und Gewicht, an den Küsten Schiffahrt, in den Wissenschaften einige Anfangsgründe der Stern-, Zeiten- und Länderkunde, der Arzneiwissenschaft und Kriegskunst, der Arithmetik, Geometrie und Mechanik, in politischen Einrichtungen Gesetze, Gerichte, Gottesdienst, Kontrakte, Strafen und eine Menge sittlicher Gebräuche; alles dies finden wir bei den Völkern des Vorderasiens so früh im Gange, daß wir die ganze Kultur dieses Erdstrichs für den Rest einer gebildeten Vorwelt ansehen müßten, wenn uns auch keine Tradition darauf brächte. Nur die Völker, die, der Mitte Asiens weit entlegen, in der Irre umherzogen, nur sie sind barbarisch und wilde geworden, daher ihnen auf mancherlei Wegen früher oder später eine zweite Kultur zukommen mußte.

* S. *Goguets* Untersuchungen über den Ursprung der Gesetze, Künste und Wissenschaften, Lemgo 1760, und noch mehr *Gatterers* Kurzer Begriff der Weltgeschichte. T. I. Göttingen 1785.

I.

Babylon, Assyrien, Chaldäa

In der weiten Nomadenstrecke des vorderen Asiens mußten die fruchtbaren und anmutigen Ufer des Euphrat und Tigris gar bald eine Menge weidender Horden zu sich locken, und da sie zwischen Bergen und Wüsteneien wie ein Paradies in die Mitte gelagert sind, solche auch gern an sich behalten. Zwar hat jetzt diese Gegend viel von ihrer Anmut verloren, da sie fast von aller Kultur entblößt und seit Jahrhunderten dem Raube streifender Horden ausgesetzt gewesen; einzelne Striche indessen bestätigen noch das allgemeine Zeugnis der alten Schriftsteller, die sich im Lobe an ihr erschöpfen.* Hier war also das Vaterland der ersten Monarchien unsrer Weltgeschichte und zugleich eine frühe Werkstätte nützlicher Künste.

Bei dem ziehenden Nomadenleben nämlich war nichts natürlicher, als daß es einem ehrgeizigen Scheich in den Sinn kam, die schönen Ufer des Euphrats sich zuzueignen und zu Behauptung derselben mehrere Horden an sich zu fesseln. Die hebräische Nachricht nennt diesen Scheich Nimrod, der durch die Städte Babel, Edessa, Nesibin und Ktesiphon sein Reich gegründet habe; und in der Nähe setzt sich ihm ein andres, das assyrische Reich durch die Städte Resan, Ninive, Adiabene und Kalach entgegen. Die Lage dieser Reiche, nebst ihrer Natur und Entstehung, knüpft den ganzen Faden des Schicksals, der sich nachher bis zu ihrem Untergange entwickelt hat; denn da beide, von verschiednen Volksstämmen gegründet, sich einander zu nahe lagen, was konnte nach dem streifenden Hordengeiste dieser Weltgegend anders folgen, als daß sie einander anfeindeten, mehrmals unter Eine Oberherrschaft gerieten und durch den Zudrang nördlicher Bergvölker sich so und anders zerteilten? Dies ist die kurze Geschichte der Reiche am Euphrat und Tigris, die in so alten Zeiten und bei verstümmelten Nachrichten aus dem Munde mehrerer Völker freilich nicht ohne Verwirrung sein konnte. Worin indes Annalen und Märchen einig sind, ist der Ursprung, der Geist und die Verfassung dieser Reiche. Aus kleinen Anfängen nomadischer Völker waren sie entstanden; der Charakter erobernder Horden blieb ihnen auch immer eigen. Selbst der Despotismus, der in ihnen aufkam, und die mancherlei Kunstweisheit, die insonderheit Babylon berühmt gemacht hat, sind völlig im Geiste des Erdstrichs und des Nationalcharakters seiner Bewohner.

Denn was waren jene ersten Städte, die diese fabelhaften Weltmonarchen gründeten? Große, gesicherte Horden; das feste Lager eines Stammes, der diese fruchtbaren Gegenden genoß und auf die Plünderung andrer auszog. Daher der ungeheure Umfang Babylons so bald nach seiner Anlage dies- und jenseit des Stromes; daher seine ungeheuern Mauern und Türme. Die Mauern waren hohe dicke Wälle aus gebrannter Erde, die ein weitläufiges Heerlager der Nomaden beschützen sollten, die Türme waren Wachttürme; die ganze Stadt, mit Gärten vermischt, war nach Aristoteles Ausdruck ein Peloponnesus. Reichlich verlieh diese Gegend den Stoff zu solcher Nomadenbauart, den Ton nämlich, den man zu Ziegelsteinen gebrauchen, und das Erdpech, womit man jene verkitten lernte. Die Natur erleichterte also den Menschen ihre Arbeit, und da nach Nomadenart die Anlagen einmal gemacht waren, so konnten nach eben dieser Art sie leicht auch bereichert und verschönt werden, wenn nämlich die Horde auszog und raubte.

* S. *Büschings* Erdbeschreibung. T. 5. Abteil. I.

Und was sind jene gerühmten Eroberungen eines Ninus, einer Semiramis u.f. anders als Streifereien, wie solche die Araber, Kurden und Turkmenen noch jetzt treiben? Selbst ihrer Stammesart nach waren die Assyrer streifende Bergvölker, die durch keinen andern Charakter auf die Nachwelt gekommen sind, als daß sie erobert und geplündert haben. Von den frühesten Zeiten an werden insonderheit Araber im Dienst dieser Welteroberer genannt, und man kennet die ewige Lebensart dieses Volkes, die so lange dauren wird, als die arabische Wüste dauret. Späterhin treten Chaldäer auf den Schauplatz, ihrer Stammart und ihren ersten Wohnsitzen nach räuberische Kurden.* Sie haben sich in der Weltgeschichte durch nichts als Verwüstungen ausgezeichnet; denn der Name, der ihnen von Wissenschaften zukam, ist wahrscheinlich nur ein mit dem Königreich Babylonien erbeuteter Ehrenname. Die schöne Gegend also, die diese Ströme umgrenzet, kann man in den ältesten und neuern Zeiten für einen Sammelplatz ziehender Nomaden oder raubender Völker ansehen, die an die hier befestigten Orte ihre Beute zusammentrugen, bis sie dem wollüstigen warmen Himmelsstriche selbst unterlagen und, in Üppigkeit ermattet, andern zum Raube wurden.
Auch die gerühmten Kunstwerke einer Semiramis, ja noch eines Nebukadnezars sagen schwerlich etwas anders. Nach Ägypten hinab gingen die frühesten Züge der Assyrer; mithin wurden die Kunstwerke dieser friedlichen gesitteten Nation wahrscheinlich das erste Vorbild der Verschönerungen Babels. Die gerühmten kolossischen Bildsäulen Belus, die Bildnisse auf den ziegelsteinernen Mauern der großen Stadt scheinen völlig nach ägyptischer Art; und daß die fabelhafte Königin zum Berge Bagisthan hinzog, um seinem Rücken ihr Bildnis aufzuprägen, war gewiß eine ägyptische Nachahmung. Sie wurde nämlich zu diesem Zuge gezwungen, da das südliche Land ihr keine Granitfelsen zu ewigen Denkmalen wie Ägypten darbot. Auch was Nebukadnezar hervorbrachte, waren nichts als Kolossen, Ziegelpaläste und hangende Gärten. Man suchte dem Umfange nach zu übertreffen, was man dem Stoff und der Kunst nach nicht haben konnte, und gab dem schwächern Denkmal wenigstens durch angenehme Gärten einen babylonischen Charakter. Ich bedaure daher den Untergang dieser ungeheuren Tonmassen so gar sehr nicht, denn hohe Werke der Kunst sind sie wahrscheinlich nicht gewesen; was ich wünschte, wäre, daß man in ihren Schutthaufen nach Tafeln chaldäischer Schrift suchte, die sich nach den Zeugnissen mehrerer Reisenden auch gewiß darin finden würden.**
Nicht eigentlich ägyptische, sondern Nomaden- und späterhin Handelskünste sind das Eigentum dieser Gegend gewesen, wie es auch ihre Naturlage wollte. Der Euphrat überschwemmete und mußte daher in Kanälen abgeleitet werden, damit ein größerer Strich Landes von ihm Fruchtbarkeit erhielte; daher die Erfindungen der Räder und Pumpwerke, wenn diese nicht auch von den Ägyptern gelernt waren. Die Gegend in einiger Entfernung dieser Ströme, die einst bewohnt und fruchtbar war, darbet jetzt, weil ihr der Fleiß arbeitender Hände fehlet. Von der Viehzucht war hier zum Ackerbau ein leichter Schritt, da die Natur selbst den stetigen Bewohner dazu einlud. Die schönen Garten- und Feldfrüchte dieser Ufer, die mit freiwilliger, ungeheurer Kraft aus der Erde hervorschießen und die geringe Mühe ihrer Pflege reichlich belohnen, machten, fast ohne daß ers wußte, den Hirten zum Ackermann

* S. *Schlözer* von den Chaldäern, im Repertorium für die morgenländische Literatur. T. 8. S. 113 u. f.

** S. *Della Valle* von den Ruinen bei Ardsche, *Niebuhr* vom Ruinenhaufen bei Helle u. f.

und zum Gärtner. Ein Wald von schönen Dattelbäumen gab ihm statt der unsichern Zelte Stämme zu seiner Wohnung und Früchte zur Speise; die leichtgebrannte Tonerde half diesem Bau auf, so daß sich der Zeltbewohner unvermerkt in einer bessern, obgleich leimernen Wohnung sahe. Eben diese Erde gab ihm Gefäße und mit ihnen hundert Bequemlichkeiten der häuslichen Lebensweise. Man lernte das Brot backen, Speisen zurichten, bis man endlich durch den Handel zu jenen üppigen Gastmahlen und Festen stieg, durch welche in sehr alten Zeiten die Babylonier berühmt waren. Wie man kleine Götzenbilder, Teraphim, in gebrannter Erde schuf, lernte man bald auch kolossische Statuen brennen und formen, von deren Modellen man zu Formen des Metallgusses sehr leicht hinaufstieg. Wie man dem weichen Ton Bilder oder Schriftzüge einprägte, die durchs Feuer befestigt blieben, so lernte man damit unvermerkt, auf gebrannten Ziegelsteinen Kenntnisse der Vorwelt erhalten, und bauete auf die Beobachtungen älterer Zeiten weiter. Selbst die Astronomie war eine glückliche Nomadenerfindung dieser Gegend. Auf ihrer weiten schönen Ebne saß der weidende Hirt und bemerkte in müßiger Ruhe den Auf- und Untergang der glänzenden Sterne seines unendlichen, heitern Horizontes. Er benannte sie, wie er seine Schafe nannte, und schrieb ihre Veränderungen in sein Gedächtnis. Auf den platten Dächern der babyblonischen Häuser, auf welchen man sich nach der Hitze des Tages angenehm erholte, setzte man diese Beobachtungen fort, bis endlich ein eigner, dazu gestifteter Orden sich dieser reizenden und zugleich unentbehrlichen Wissenschaft annahm und die Jahrbücher des Himmels Zeiten hindurch fortsetzte. So lockte die Natur die Menschen selbst zu Kenntnissen und Wissenschaften, daß also auch diese ihre Geschenke so lokale Erzeugnisse sind als irgendein andres Produkt der Erde. Am Fuß des Kaukasus gab sie durch Naphthaquellen den Menschen das Feuer in die Hände, daher sich die Fackel des Prometheus ohne Zweifel aus jenen Gegenden herschreibt; in den angenehmen Dattelwäldern am Euphrat erzog sie mit sanfter Macht den umherziehenden Hirten zum fleißigen Anwohner der Flecken und Städte.

Eine Reihe andrer babylonischer Künste sind daher entsprossen, daß diese Gegend ein Mittelpunkt des Handels der Ost- und Westwelt von alten Zeiten her war und immerhin sein wird. Im mittlern Persien hat sich kein berühmter Staat gebildet, weil kein Fluß ins Meer strömet; aber am Indus, am Ganges und hier am Euphrat und Tigris, welche belebtere Punkte der Erde! Hier war der Persische Meerbusen nahe*, wo eine frühe Niederlage indischer Waren auch Babylon bereicherte und zu einer Mutter des handelnden Fleißes machte. Die babylonische Pracht in Leinwand, Teppichen, Stickereien und andern Gewanden ist bekannt; der Reichtum schuf Üppigkeit; Üppigkeit und Fleiß brachten beide Geschlechter näher zusammen als in andern asiatischen Provinzen, wozu die Regierung einiger Königinnen vielleicht nicht wenig beitrug. Kurz, die Bildung dieses Volks ging so ganz von seiner Lage und Lebensart aus, daß es ein Wunder wäre, wenn sich bei solchen Anlässen an diesem Ort der Welt nichts Merkwürdiges hätte erzeugen sollen. Die Natur hat ihre Lieblingsplätze auf der Erde, die insonderheit an den Ufern der Ströme und an erlesnen Küsten des Meers der Menschen Tätigkeit aufwecken und belohnen. Wie am Nil ein Ägypten, am Ganges ein Indien entstand, so erschuf sich hier ein Ninive und Babel, in spätern Zeiten ein Seleucia und Palmyra. Ja, wenn Alexander zur Erfüllung

* *Eichhorns* Geschichte des ostindischen Handels S. 12. *Gatterers* Einleitung zur synchronistischen Universal-Historie S. 77.

seines Wunsches gelangt wäre, von Babel aus die Welt zu regieren, welch eine andre Gestalt hätte diese reizende Gegend auf lange Jahrhunderte erhalten!

Auch an den Schriftcharakteren nehmen die Assyrer und Babylonier teil; ein Eigentum, das die Nomadenstämme des vordern Asiens von undenklichen Zeiten her unter ihre Vorzüge gerechnet haben. Ich lasse es dahingestellt sein, welchem Volk eigentlich diese herrliche Erfindung gebühre*; gnug aber, alle aramäischen Stämme rühmten sich dieses Geschenkes der Vorwelt und haßten mit einer Art von Religionshaß die Hieroglyphen. Ich kann mich daher nicht überreden, daß die Babylonier Hieroglyphen gebraucht haben; ihre Zeichendeuter deuteten Sterne, Begebenheiten, Zufälle, Traumbilder, geheime Schriftzüge, aber nicht Hieroglyphen. Auch die Schrift des Schicksals, die jenem schwelgenden Belsazar erschien**, bestand in Silbenworten, die nach Art der morgenländischen Schreibkunst ihm in verschlungenen Zügen vorkamen, nicht aber in Bildern. Selbst jene Gemälde, die Semiramis auf ihre Mauern setzte, die syrischen Buchstaben, die sie dem Felsen zu ihrem Bildnis einhauen ließ, bestätigen in den ältesten Zeiten den hieroglyphenfreien Gebrauch der Buchstaben unter diesen Völkern. Durch sie allein war es möglich, daß die Babylonier so frühe schon geschriebene Kontrakte, Jahrbücher ihres Reichs und eine fortgesetzte Reihe von Himmelsbeobachtungen haben konnten; durch sie allein haben sie sich eigentlich dem Andenken der Welt als ein gebildetes Volk eingezeichnet. Zwar sind weder ihre astronomischen Verzeichnisse, noch eine ihrer Schriften auf uns gekommen, ob jene gleich noch dem Aristoteles zugesandt werden konnten; indessen, daß sie dies Volk nur gehabt hat, ist ihm schon rühmlich.

Übrigens muß man sich an der Chaldäerweisheit nicht unsre Weisheit denken. Die Wissenschaften, die Babylon besaß, waren einer abgeschlossenen gelehrten Zunft anvertrauet, die bei dem Verfall der Nation zuletzt eine häßliche Betrügerin wurde. Chaldäer hießen sie wahrscheinlich von der Zeit an, da Chaldäer über Babylon herrschten; denn da seit Belus Zeiten die Zunft der Gelehrten ein Orden des Staats und eine Stiftung der Regenten war, so schmeichelten diese wahrscheinlich ihren Beherrschern damit, daß sie den Namen ihrer Nation trugen. Sie waren Hofphilosophen und sanken als solche auch zu allen Betrügereien und schnöden Künsten der Hofphilosophie hinunter. Wahrscheinlich haben sie in diesen Zeiten ihre alte Wissenschaft so wenig, als das Tribunal in China die seinigen vermehret.

Glücklich und zugleich unglücklich war diese schöne Erdstrecke, da sie einem Bergstrich nahelag, von welchem sich so viel wilde Völker hinabdrängten. Das assyrische und babylonische Reich ward von Chaldäern und Medern, diese wurden von den Persern überwunden, bis zuletzt alles eine unterjochte Wüste war, und sich der Sitz des Reichs in die nordischen Gegenden hinaufzog. Weder im Kriege, noch in der Staatsverfassung haben wir also von diesen Reichen viel zu lernen. Ihre Angriffe waren roh, ihre Eroberungen nur Streifereien, ihre politische Verfassung war jene elende Satrapenregierung, die in den Morgenländern dieser Gegenden fast immer geherrscht hat. Daher denn die unbefestigte Gestalt dieser Monarchien; daher die öftern Empörungen gegen sie und die Zerstörung des Ganzen durch Einnahme einer Stadt, durch einen oder zwei Hauptsiege. Zwar wollte Arbaces schon nach dem ersten Sturz des Reichs eine Art verbündeter Satrapen-Aristokratie aufrichten, aber es gelang ihm nicht, wie überhaupt keiner der medischen und aramäischen Stämme von

* Hiervon an einem andern Orte.

** Daniel 5, 5. 25.

einer andern Regimentsverfassung als der despotischen wußte. Aus dem Nomadenleben waren sie ausgegangen; das Bild des Königes als eines Hausvaters und Scheichs formte also ihre Begriffe und ließ, sobald sie nicht mehr in einzelnen Stämmen lebten, der politischen Freiheit oder der Gemeinherrschaft mehrerer keinen Raum. Wie eine Sonne am Himmel leuchtet, so sollte auch nur ein Regent auf der Erde sein, der sich denn auch bald in die ganze Pracht der Sonne, ja in den Glanz einer irdischen Gottheit hüllte. Alles floß von seiner Gnade her; an seiner Person hing alles; in ihr lebte der Staat, mit ihr ging er meistens unter. Ein Harem war der Hof des Fürsten; er kannte nichts als Silber und Gold, Knechte und Mägde, Länder, die er wie eine Weide besaß, und Menschenherden, die er trieb, wohin er wollte, wenn er sie nicht gar würgte. Eine barbarische Nomadenregierung, ob sie gleich auch in seltnen guten Fürsten wahre Hirten und Väter des Volks gehabt hat.

II.

Meder und Perser

Die Meder sind in der Geschichte der Welt durch Kriegestaten und Üppigkeit bekannt, durch Erfindungen oder eine bessere Einrichtung des Staats haben sie sich nie ausgezeichnet. Ein tapfres reitendes Bergvolk waren sie in einem nördlichen, großenteils rauhen Lande; als solches warfen sie das alte assyrische Reich um, dessen Sultane im Harem träge schlummerten; sie entzogen sich auch bald dem neuen assyrischen Reiche. Ebenso schnell aber gerieten sie durch ihren klugen Dejoces unter eine strenge monarchische Herrschaft, die zuletzt an Pracht und Üppigkeit den Persern selbst vorging. Endlich wurden sie unter dem großen Cyrus mit jener ganzen Flut von Völkern vereinigt, die Persiens Monarchen zu Herren der Welt erhöhte.

Wenn bei einem Fürsten die Geschichte Dichtung zu werden scheint, ist es beim Stifter des persischen Reiches, Cyrus; man möge dies Götterkind, den Eroberer und Gesetzgeber der Völker, von den Hebräern oder Persern, von Herodot oder von Xenophon beschrieben lesen. Ohne Zweifel hat der letztgenannte schöne Geschichtschreiber, der von seinem Lehrer bereits die Idee einer Cyropädie bekam, bei seinen Feldzügen in Asien wahre Nachrichten von ihm gesammlet, die aber, weil Cyrus lange tot war, nach asiatischer Weise von ihm nicht anders als in jenem hohen Ton des Lobes sprechen konnten, den man in allen Beschreibungen dieser Völker von ihren Königen und Helden gewohnt ist. Xenophon ward also dasselbe gegen Cyrus, was Homer gegen Achill und Ulysses ward, bei welchen dem Dichter auch wahre Nachrichten zum Grunde lagen. Für uns ists indessen einerlei, ob einer oder der andre das Wahrere sage; gnug, Cyrus überwand Asien und stiftete ein Reich, das vom Mittelländischen Meere an bis zum Indus reichte. Hat Xenophon von den Sitten der alten Perser, unter denen Cyrus erzogen ward, wahr geredet, so mag der Deutsche sich freuen, daß er mit diesem Volk wahrscheinlich eines verwandten Stammes ist, und jeder seiner Prinzen möge die Cyropädie lesen.

Aber du großer und guter Cyrus, wenn meine Stimme zu deinem Grabmal in Pasagarda gelangen könnte, so würde sie deinen Staub fragen, warum du ein solcher Eroberer wurdest. Bedachtest du im jugendlichen Lauf deiner Siege, wozu dir und deinen Enkeln die unzähligen Völker, die unübersehlichen Länder, die du unter deinen Namen zwangst, nutzen sollten? Konnte dein Geist ihnen allen gegenwärtig sein? Konnte er auf alle folgenden Geschlechter fortlebend wirken? Und wenn dies nicht ist, welche Last legst du deinen Nachkommen auf, einen so zusammengestickten Königspurpur zu tragen! Seine Teile fallen auseinander oder drücken den Tragenden zugrunde. Dies war die Geschichte Persiens unter den Nachfolgern Cyrus. Sein Eroberungsgeist hatte ihnen ein so hohes Ziel vorgesteckt, daß sie ihr Reich erweitern wollten, auch da es nicht mehr zu erweitern war; sie verwüsteten also und rannten allenthalben an, bis sie zuletzt durch die Ehrsucht eines beleidigten Feindes selbst ihr trauriges Ende fanden. Kaum zweihundert Jahre hat das persische Reich gewähret, und es ist zu verwundern, daß es so lange währte; denn seine Wurzel war so klein, seine Äste dagegen waren so groß, daß es notwendig zu Boden stürzen mußte.

Wenn je die Menschlichkeit im Reich der Menschheit Platz gewinnet, so wird man aus ihrer Geschichte zuerst dem tollen Eroberungsgeist entsagen lernen, der in wenigen Generationen notwendig sich selbst verderbet. Ihr treibt Menschen wie eine Herde, ihr bindet sie wie tote Massen zusammen und denkt nicht, daß dennoch ein lebender Geist in ihnen sei, und daß vielleicht das letzte, äußerste Stück des Baues losreiße und euch zerschmettre. Das Reich Eines Volks ist eine Familie, ein wohlgeordnetes Hauswesen; es ruhet auf sich selbst, denn es ist von der Natur gegründet, und stehet und fällt nur mit den Zeiten. Ein zusammengezwungenes Reich von hundert Völkern und hundertzwanzig Provinzen ist ein Ungeheuer, kein Staatskörper.

Ein solches war Persiens Monarchie von Anfange an; sogleich nach Cyrus Zeiten aber fiel sie als ein solches heller ins Auge. Sein ihm so ungleicher Sohn wollte weiter erobern als sein Vater: wie ein Unsinniger ging er auf Ägypten und Äthiopien los, so daß kaum der Hunger der Wüste ihn zurückzutreiben vermochte. Was hatte er und sein Reich davon? Was für Nutzen von ihm hatten die eroberten Länder? Er verwüstete Ägypten, zerstörte die prächtigen thebaischen Tempel und Kunstdenkmale; ein sinnloser Zerstörer! Ermordete Geschlechter ersetzen sich in andern Geschlechtern; dergleichen Werke aber ersetzen sich nie. Noch jetzt liegen sie in ihren Trümmern undurchsucht und beinah unverstanden; jeder Wanderer flucht dem Wahnsinn des Trunkenen, der uns diese Schätze der alten Welt ohne Ursache und Zweck raubte.

Kaum hatte den Kambyses seine eigne Wut gestraft, so fuhr selbst der weisere Darius fort, wo jener es gelassen hatte. Er bekriegte die Skythen und Inder, er plünderte die Thrazier und Mazedonier; mit allem erbeutete er nichts, als daß er in Mazedonien den Funken ausstreute, der einst dem letzten Könige seines Namens die Flamme übers Haupt wehen sollte. Unglücklich zog er gegen die Griechen, noch unglücklicher sein Nachfolger Xerxes, und wenn man nun in diesen despotischen Kriegszügen das Verzeichnis der Schiffe und Völker lieset, die die ganze persische Welt dem tollen Eroberer zollen mußte, wenn man die Blutbäder betrachtet, die bei jeder Empörung ungerecht unterjochter Länder am Euphrat, am Nil, am Indus, am Araxes, am Halys angerichtet wurden, damit nur das, was einmal persisch hieß, auch persisch bliebe; nicht weibische Tränen, wie Xerxes vergoß, da er seine unschuldigen Schlachtschafe übersah, blutige Tränen des Unmuts wird man weinen, daß ein so unsinniges, völkerfeindliches Reich den Namen eines Cyrus an seiner Stirn trage. Hatte ein persischer Verwüster der Welt solche Reiche, Städte und Denkmale, als er zerstörte oder zerstören wollte, Babylon, Thebe, Sidon, Griechenland, Athen gegründet? Konnte er sie gründen?

Es ist ein hartes, aber gutes Gesetz des Schicksals, daß wie alles Übel, so auch jede Übermacht sich selbst verzehre. Persiens Verfall fing mit dem Tode Cyrus an, und ob es sich gleich, insonderheit durch Darius Anstalten, noch ein Jahrhundert hin von außen in seinem Glanz erhielt, so nagte doch in seinem Innern der Wurm, der in jedem despotischen Reich naget. Cyrus teilte seine Herrschaft in Statthalterschaften, die er noch durch sein Ansehen in Schranken erhielt, indem er eine schnelle Kommunikation durch alle Provinzen errichtete und darüber wachte. Darius teilte das Reich, wenigstens seinen Hofstaat, noch genauer ein, und stand auf seiner hohen Stelle als ein gerechter und tätiger Herrscher. Bald aber wurden die großen Könige, die zum despotischen Thron geboren waren, tyrannische Weichlinge; Xerxes, selbst auf seiner schimpflichen Flucht aus Griechenland, da er auf ganz andre Dinge hätte denken sollen, begann schon zu Sardes eine schändliche Liebe. Seine meisten Nachfolger gingen diesem Wege nach, und so waren Bestechungen, Empörungen, Verrätereien, Mordtaten, unglückliche Unternehmungen u. f. beinahe die einzigen Merkwürdigkeiten, welche die spätere Geschichte Persiens darbietet. Der Geist der Edeln war verderbt, und die Unedeln verdarben mit; zuletzt war kein Regent seines Lebens mehr sicher; der Thron wankte auch unter seinen guten Fürsten, bis Alexander nach Asien brach und in wenigen Schlachten dem von innen unbefestigten Reich ein fürchterliches Ende machte. Zum Unglück traf dies Schicksal einen König, der ein besseres Glück verdiente; unschuldig büßte er seiner Vorfahren Sünde und kam durch schändliche Verräterei um. Wenn Eine Geschichte der Welt uns mit großen Buchstaben sagt, daß Ungebundenheit sich selbst verderbe, daß eine grenzen- und fast gesetzlose Gewalt die furchtbarste Schwäche sei und jede weiche Satrapenregierung sowohl für den Regenten als fürs Volk das unheilbarste Gift werde, so sagts die persische Geschichte.

Auf keine andre Nation hat daher auch dieses Reich einen günstigen Einfluß gehabt; denn es zerstörte und bauete nicht; es zwang die Provinzen, diese dem Gürtel der Königin, jene dem Haar oder Halsschmuck derselben einen schimpflichen Tribut zu zollen; es knüpfte sie aber nicht durch bessere Gesetze und Einrichtungen aneinander. Aller Glanz, alle Götterpracht und Götterfurcht dieser Monarchen ist nun dahin; ihre Satrapen und Günstlinge sind wie sie selbst Asche, und die Talente, die sie erpreßten, ruhen vielleicht gleichfalls in der Erde. Selbst die Geschichte derselben ist Fabel, eine Fabel, die sich im Munde der Morgenländer und Griechen fast gar nicht verbindet. Auch die alten persischen Sprachen sind tot, und die einzigen Reste ihrer Herrlichkeit, die Trümmern Persepolis sind nebst ihren schönen Schriftzügen und ihren ungeheuern Bildern bisher unerklärte Ruinen. Das Schicksal hat sich gerächet an diesen Sultanen; wie durch den giftigen Wind Samum sind sie von der Erde verwehet, und wo wie bei den Griechen ihr Andenken lebt, lebet es schimpflich, die Basis einer ruhmreichen, schöneren Größe.

•

Das einzige, was uns die Zeit von Denkmalen des Geistes der Perser gegönnet hätte, wären die Bücher Zoroasters, wenn die Echtheit derselben erwiesen wäre.* Aber als Bücher fügen sie sich so wenig zu manchen andern Nachrichten von der Religion dieses Volkes; sie tragen auch so offenbare Merkmale einer Vermischung mit spätern Meinungen der Brahmanen und Christen an sich, daß man nur den Grund ihres

* Zend-Avesta, ouvrage de Zoroastre, p. Anquetil du Perron. Par. 1771.

Lehrgebäudes für echt anerkennen und solchen sodann leicht an Stelle und Ort bringen mag. Die alten Perser nämlich waren wie alle wilden, insonderheit Bergnationen, Verehrer der lebendigen Weltelemente; da dies Volk aber nicht in seiner Rohheit blieb, sondern durch Siege beinah bis zum höchsten Gipfel der Üppigkeit aufstieg, so war es nach asiatischer Weise notwendig, daß es auch ein durchdachteres System oder Zeremoniell der Religion bekam, welches ihm denn sein Zoroaster oder Zerduscht, unterstützt vom Könige Darius Hystaspes, gab. Offenbar liegt in diesem System das Zeremoniell der persischen Regimentsverfassung zum Grunde: wie die sieben Fürsten um den Thron des Königs stehen, so stehen die sieben Geister vor Gott und verrichten seine Befehle durch alle Welten. Ormuzd, das gute Lichtwesen, hat mit dem Fürsten der Finsternis Ahriman unaufhörlich zu kämpfen, in welchem Kampf ihm alles Gute dienet; ein Staatsbegriff, der selbst durch Personifikationen der Feinde Persiens, die im Zend-Avesta durchgängig als Diener Ahrimans, als böse Geister erscheinen, in sein völliges Licht tritt. Auch alle sittlichen Gebote der Religion sind politisch; sie beziehen sich auf Reinlichkeit des Körpers und Geistes, auf Eintracht in den Familien und wechselseitigen Diensteifer; sie empfehlen den Ackerbau und die Pflanzung nützlicher Bäume, die Ausrottung des Ungeziefers, das auch als ein Heer böser Dämonen in leiblicher Gestalt erscheinet, die Achtsamkeit des Wohlstandes, die frühe Wahl und Fruchtbarkeit der Ehen, die Erziehung der Kinder, die Verehrung des Königs und seiner Diener, die Liebe gegen den Staat, und dies alles auf persische Weise. Kurz, der Grund dieses Systems erscheinet durch sich selbst als eine politische Religion, wie sie zu Darius Zeiten nirgends als in einem Perserreiche hat erdacht und eingeführt werden mögen. Notwendig mußten dabei alte Nationalbegriffe und Meinungen auch des Aberglaubens zum Grunde liegen. Dahin gehört die Verehrung des Feuers, die bei den Naphthaquellen am Kaspischen Meer gewiß ein alter Gottesdienst war, obgleich die Errichtung der Feuertempel nach Zoroasters Weise in vielen Gegenden sich aus spätern Zeiten herschreibt. Dahin gehört so mancher abergläubische Gebrauch zur Reinigung des Körpers und jene ungeheure Furcht vor den Dämonen, die fast bei jedem sinnlichen Gegenstande den Gebeten, Wünschen und Weihungen der Parsen zum Grunde liegt. Alles dies zeigt, auf welcher niedern Stufe der Geisteskultur damals noch das Volk gestanden, dem zugut diese Religion erfunden ward; und dies widerspricht abermals dem Begriff nicht, den wir von den alten Persern haben. Der kleine Teil dieses Systems endlich, der auf allgemeine Begriffe der Natur ausgeht, ist völlig aus der Lehre der Magier geschöpft, welche er nach seiner Weise nur reiniget und veredelt. Er unterwirft beide Prinzipien der Schöpfung, das Licht und Dunkel, einem unendlichen höhern Wesen, das er die grenzenlose Zeit nennet, läßt allenthalben das Böse vom Guten überwunden und zuletzt also verschlungen werden, daß alles sich in ein seliges Lichtreich ende. Von dieser Seite betrachtet, wird Zoroasters Staatsreligion eine Art philosophischer Theodizee, wie sie seine Zeit und die Begriffe, die in ihr herrschten, gewähren konnten.

Zugleich ergibt sich aus diesem Ursprung auch die Ursache, warum diese Religion nicht zu jener Festigkeit einer Brahmanen- oder Lamas-Einrichtung kommen konnte. Das despotische Reich war lange vor ihr eingerichtet, und so war oder wurde sie nur eine Art Mönchsreligion, die ihre Lehren jener Einrichtung bequemte. Ob nun Darius gleich die Magier, die wirklich ein Reichsstand Persiens waren, gewaltsam unterdrückte und dagegen diese Religion, die dem Könige nur geistige Fesseln anlegt, gern einführte, so mußte solche immer doch nur eine Sekte, wenngleich Ein

Jahrhundert hin die herrschende Sekte werden. Weit umher hat sich also der Feuerdienst ausgebreitet, zur Linken über Medien bis nach Kappadozien hin, wo noch zu Strabo Zeiten Feuerkapellen standen, zur Rechten bis an den Indus. Da aber das persische Reich, von innen zerrüttet, unter Alexanders Glück völlig dahinsank, so war es auch mit dieser seiner Staatsreligion am Ende. Ihre sieben Amschaspands dienten nicht mehr, und kein Bild des Ormuzd saß mehr auf dem persischen Throne. Sie hatte also ihre Zeit überlebt und war ein Schattenbild, wie die jüdische Religion außer ihrem Lande. Die Griechen duldeten sie, die Mohammedaner verfolgten sie endlich mit unsäglicher Härte, und so entfloh ihr trauriger Rest in einen Winkel Indiens, wo er wie eine Trümmer der Vorwelt, ohne Ursache und Absicht, seinen alten, nur für Persiens Monarchie bestimmten Glauben und Aberglauben fortsetzt und ihn, vielleicht ohne daß ers selbst weiß, mit Meinungen der Völker, unter welche ihn das Schicksal geworfen, vermehret hat. Eine Vermehrung solcher Art ist Natur der Sache und der Zeiten; denn jede Religion, die aus ihrem ursprünglichen Boden und Kreise herausgerissen ist, muß von der lebendigen Welt Einflüsse annehmen, mit der sie lebet. Übrigens ist der Haufe der Parsen in Indien ein ruhiges, einträchtiges, fleißiges Volk, das, auch als Gesellschaft betrachtet, es manchen andern Religionen zuvortut. Sie unterstützen ihre Armen mit großem Eifer und verbannen jedes übelgesittete, unverbesserliche Mitglied aus ihrer Gemeine.*

III.

Hebräer

Sehr klein erscheinen die Hebräer, wenn man sie unmittelbar nach den Persern betrachtet; klein war ihr Land, arm die Rolle, die sie in und außer demselben auf dem Schauplatz der Welt spielten, auf welchem sie fast nie Eroberer waren. Indessen haben sie durch den Willen des Schicksals und durch eine Reihe von Veranlassungen, deren Ursachen sich leicht ergeben, mehr als irgendeine asiatische Nation auf andre Völker gewirket; ja, gewissermaßen sind sie sowohl durch das Christentum als den Mohammedanismus eine Unterlage des größesten Teils der Weltaufklärung worden.

Ein ausnehmender Unterschied ists schon, daß die Hebräer geschriebene Annalen ihrer Begebenheiten aus Zeiten haben, in denen die meisten jetzt aufgeklärten Nationen noch nicht schreiben konnten, so daß sie diese Nachrichten bis zum Ursprunge der Welt hinaufzuführen wagen. Noch vorteilhafter unterscheiden sich diese dadurch, daß sie nicht aus Hieroglyphen geschöpft oder mit solchen verdunkelt, sondern nur aus Geschlechtsregistern entstanden und mit historischen Sagen oder Liedern verwebt sind, durch welche einfache Gestalt ihr historischer Wert offenbar zunimmt. Endlich bekommen diese Erzählungen ein merkwürdiges Gewicht noch dadurch, daß sie als ein göttlicher Stammesvorzug dieser Nation beinah mit abergläubischer Gewissenhaftigkeit jahrtausendelang erhalten und durch das Christentum Nationen in die Hände geliefert sind, die sie mit einem freiern als Judengeist untersucht und bestritten, erläutert und genutzt haben. Sonderbar ists freilich, daß die Nachrichten andrer Nationen von diesem Volk, insonderheit Manethons des Ägypters, so weit von der eignen Geschichte der Hebräer abgehn; indessen, wenn man die letzte un-

* S. *Niebuhrs* Reisebeschreibung. S. 48 u. f.

parteiisch betrachtet und den Geist ihrer Erzählung sich zu erklären weiß, so verdient sie gewiß mehreren Glauben als die Verleumdungen fremder, verachtender Judenfeinde. Ich schäme mich also nicht, die Geschichte der Hebräer, wie sie solche selbst erzählen, zum Grunde zu legen, wünschte aber dennoch, daß man auch die Sagen ihrer Gegner nicht bloß verachtete, sondern nutzte.
Zufolge also der ältesten Nationalsagen der Hebräer kam ihr Stammvater als Scheich eines Nomadenzuges über den Euphrat und zuletzt nach Palästina. Hier gefiel es ihm, weil er unbehinderten Platz fand, die Lebensart seiner Hirtenvorfahren fortzusetzen und dem Gott seiner Väter nach Stammesart zu dienen. Im dritten Geschlecht zogen seine Nachkommen durch das sonderbare Glück Eines aus ihrer Familie nach Ägypten und setzten daselbst, unvermischt mit den Landeseinwohnern, ihre Hirten-Lebensart fort, bis sie, man weiß nicht genau in welcher Generation, von dem verächtlichen Druck, in dem sie schon als Hirten bei diesem Volk sein mußten, durch ihren künftigen Gesetzgeber befreiet und nach Arabien gerettet wurden. Hier führte nun der große Mann, der größte, den dies Volk gehabt hat, sein Werk aus und gab ihnen eine Verfassung, die zwar auf die Religion und Lebensart ihres Stammes gegründet, mit ägyptischer Staatsweisheit aber so durchflochten war, daß auf der einen Seite das Volk aus einer Nomadenhorde zu einer kultivierten Nation erhoben, auf der andern zugleich von Ägypten völlig weggelenkt werden sollte, damit ihm nie weiter die Lust ankäme, den Boden des schwarzen Landes zu betreten. Wunderbar durchdacht sind alle Gesetze Moses: sie erstrecken sich vom Größesten bis zum Kleinsten, um sich des Geistes seiner Nation in allen Umständen des Lebens zu bemächtigen und, wie Moses so oft sagt, ein ewiges Gesetz zu werden. Auch war diese überdachte Gesetzgebung nicht das Werk eines Augenblicks; der Gesetzgeber tat hinzu, nachdem es die Umstände forderten, und ließ noch vor dem Ausgange seines Lebens die ganze Nation sich zu ihrer künftigen Landesverfassung verpflichten. Vierzig Jahre hielt er strenge auf seine Gebote, ja vielleicht mußte auch deswegen das Volk so lange in der arabischen Wüste weilen, bis nach dem Tode der ersten hartnäckigen Generation ein neues, in diesen Gebräuchen erzogenes Volk sich denselben völlig gemäß im Lande seiner Väter einrichten könnte. Leider aber ward dem patriotischen Mann dieser Wunsch nicht gewähret! Der bejahrte Moses starb an der Grenze des Landes, das er suchte, und als sein Nachfolger dahin eindrang, fehlte es ihm an Ansehen und Nachdruck, den Entwurf des Gesetzgebers ganz zu befolgen. Man setzte die Eroberung nicht so weit fort, als man sollte; man teilte und ruhete zu früh. Die mächtigsten Stämme rissen den größesten Strich zuerst an sich, so daß ihre schwächeren Brüder kaum einen Aufenthalt fanden und Ein Stamm derselben sogar verteilt werden mußte.* Überdem blieben viele kleine Nationen im Lande; Israel behielt also seine bittersten Erbfeinde unter sich, und das Land entbehrte von außen und innen der runden Festigkeit, die ihm seine vorgezeichneten Grenzen allein gewähren konnten. Was mußte aus dieser unvollkommenen Anlage anders als jene Reihe unsicherer Zeiten folgen, die das eingedrungene Volk fast nie zur Ruhe kommen ließen. Die Heerführer, die die Not erweckte, waren meistens nur streifende Sieger, und da das Volk endlich Könige bekam, so hatten diese doch mit ihrem eignen, in Stämme zerteilten Lande so viel zu schaffen, daß der dritte zugleich der letzte König des ganzen, in seinen Teilen nicht zusammenhangenden

* Der Stamm Dan bekam eine Ecke oberhalb und zur Linken des Landes. S. hierüber den Geist der ebräischen Poesie. T. 2.

Reichs war. Fünf Sechsteile des Landes fielen von seinem Nachfolger ab, und was konnte jetzt aus zwei so schwachen Königreichen werden, die in der Nachbarschaft mächtiger Feinde sich selbst unaufhörlich bekriegten? Das Königreich Israel hatte eigentlich keine gesetzmäßige Konstitution; es ging daher fremden Landesgöttern nach, um nur mit seiner Nebenbuhlerin, die den alten rechtmäßigen Landesgott verehrte, nicht zusammenzufließen. Natürlich also, daß nach der Sprache dieses Volkes in Israel kein gottesfürchtiger König war; denn sonst wäre sein Volk nach Jerusalem gewandert, und die abgerissene Regentschaft hätte aufgehöret. Also taumelte man in der unseligsten Nachahmung fremder Sitten und Gebräuche fort, bis der König von Assyrien kam und das kleine Reich wie ein gefundenes Vogelnest raubte. Das andre Königreich, das wenigstens auf der alten Verfassung zweier mächtiger Könige und einer befestigten Hauptstadt ruhte, hielt sich einige Zeit länger, aber auch nur so lange, bis ein stärkerer Überwinder es zu sich reißen wollte. Der Landverwüster Nebukadnezar kam und machte seine schwachen Könige erst zinsbar, sodann nach ihrem Abfall den letzten zum Sklaven; das Land ward verwüstet, die Hauptstadt geschleift, und Juda in eine so schimpfliche Knechtschaft nach Babel geführt, wie Israel nach Medien geführt war. Als Staat betrachtet, kann also kaum ein Volk eine elendere Gestalt darstellen, als dies, die Regierung zweier Könige ausgenommen, in seiner Geschichte darstellt.

Was war davon die Ursache? Mich dünkt, die Folge dieser Erzählung selbst mache sie klar; denn ein Land bei so schlechter Verfassung von innen und außen konnte an diesem Ort der Welt unmöglich gedeihen. Wenn David gleich die Wüste bis zum Euphrat hin durchstreifte und damit nur eine größere Macht gegen seine Nachfolger reizte, konnte er damit seinem Lande die Festigkeit geben, die ihm fehlte, da überdem sein Sitz beinah am südlichen Ende des Reichs lag? Sein Sohn brachte fremde Gemahlinnen, Handel und Üppigkeit ins Land; in ein Land, das wie die verbündete Schweiz nur Hirten und Ackerleute nähren konnte und solche wirklich in der größesten Anzahl zu nähren hatte. Außerdem, da er seinen Handel größtenteils nicht durch seine Nation, sondern durch die unterjochten Edomiter führte, so war seinem Königreich der Luxus schädlich. Überhaupt hat sich seit Moses kein zweiter Gesetzgeber in diesem Volk gefunden, der den vom Anfange an zerrütteten Staat auf eine den Zeiten gemäße Grundverfassung hätte zurückführen mögen. Der gelehrte Stand verfiel bald, die Eiferer fürs Landesgesetz hatten Stimme, aber keinen Arm, die Könige waren meistens Weichlinge oder Geschöpfe der Priester. Die feine Nomokratie also, auf die es Moses angelegt hatte, und eine Art theokratischer Monarchie, wie sie bei allen Völkern dieses Erdstrichs voll Despotismus herrschte: zwei so entgegengesetzte Dinge stritten gegeneinander, und so mußte das Gesetz Moses dem Volk ein Sklavengesetz werden, da es ihm politisch ein Gesetz der Freiheit sein sollte.

Mit dem Lauf der Zeiten ward es zwar anders, aber nicht besser. Als, von Cyrus befreiet, die Juden aus der Gefangenschaft in geringer Anzahl zurückkamen, hatten sie manches andre, nur keine echte politische Verfassung gelernt; wie hätten sie solche auch in Assyrien und Chaldäa lernen mögen? Sie schwankten zwischen dem Fürsten- und Priesterregiment, baueten einen Tempel, als ob sie mit solchem auch Moses und Salomos Zeit zurück hätten; ihre Religiosität ward jetzt Pharisäismus, ihre Gelehrsamkeit ein grübelnder Silbenwitz, der nur an Einem Buche nagte, ihr Patriotismus eine knechtische Anhänglichkeit ans mißverstandne alte Gesetz, so daß sie allen benachbarten Nationen damit verächtlich oder lächerlich wurden. Ihr einziger Trost und ihre Hoffnung war auf alte Weissagungen gebauet, die, ebenso mißverstanden, ihnen die eitelste Weltherrschaft zusichern sollten. So lebten und litten sie Jahrhunderte hin unter den griechischen Syrern, unter Idumäern und Römern, bis endlich durch eine Erbitterung, die in der Geschichte kaum ihresgleichen findet, sowohl das Land als die Hauptstadt unterging auf eine Weise, die den menschenfreundlichen Überwinder selbst schmerzte. Nun wurden sie in alle Länder der römischen Welt zerstreuet, und eben zur Zeit dieser Zerstreuung fing sich eine Wirkung der Juden aufs menschliche Geschlecht an, die man von ihrem engen Lande hinaus sich schwerlich hätte denken mögen; denn weder als ein staatsweises, noch als ein kriegsgelehrtes, am wenigsten aber als ein wissenschaft- und kunsterfindendes Volk hatten sie sich im ganzen Lauf ihrer Geschichte ausgezeichnet.

Kurz nämlich vor dem Untergange des jüdischen Staats war in seiner Mitte das Christentum entstanden, das sich anfangs nicht nur nicht vom Judentum trennte, und also seine heiligen Bücher mitannahm, sondern auch vorzüglich auf diese die göttliche Sendung seines Messias baute. Durchs Christentum kamen also die Bücher der Juden in die Hände aller Nationen, die sich zu seiner Lehre bekannten; mithin haben sie auch, nachdem man sie verstand und gebrauchte, gut oder übel auf alle christlichen Zeitalter gewirket. Gut war ihre Wirkung, da Moses Gesetz in ihnen die Lehre vom einigen Gott, dem Schöpfer der Welt, zum Grunde aller Philosophie und Religion machte, und von diesem Gott in so viel Liedern und Lehren dieser Schriften mit einer Würde und Erhabenheit, mit einer Ergebung und Dankbarkeit sprach, an welche weniges sonst in menschlichen Schriften reichet. Man vergleiche diese Bücher nicht etwa mit dem Schuking der Chinesen oder mit dem Sadder und Zend-Avesta der Perser, sondern selbst mit dem so viel jüngern Koran der Mohammedaner, der doch selbst die Lehren der Juden und Christen genutzt hat: so ist der Vorzug der hebräischen Schriften vor allen alten Religionsbüchern der Völker unverkennbar. Auch war es der menschlichen Wißbegierde angenehm, über das Alter und die Schöpfung der Welt, über den Ursprung des Bösen u. f. aus diesen Büchern so populare Antworten zu erhalten, die jeder verstehen und fassen konnte; die ganze lehrreiche Geschichte des Volks und die reine Sittenlehre mehrerer Bücher in dieser Sammlung zu geschweigen. Die Zeitrechnung der Juden möge sein, wie sie wolle, so hatte man an ihr ein angenommenes, allgemeines Maß und einen Faden, woran man die Begebenheiten der Weltgeschichte reihen konnte. Viel andre Vorteile des Sprachfleißes, der Auslegungskunst und Dialektik ungerechnet, die freilich auch an andern Schriften hätten geübt werden mögen. Durch alles dies haben die Schriften der Hebräer ohnstreitig vorteilhaft in die Geschichte der Menschheit gewirket.

Indessen ists bei allen diesen Vorteilen ebenso unverkennbar, daß die Mißdeutung und der Mißbrauch dieser Schriften dem menschlichen Verstande auch zu mancherlei Nachteil gereichet habe, um so mehr, weil sie mit dem Ansehen der Göttlichkeit auf ihn wirkten. Wie manche törichte Kosmogonie ist aus Moses einfach-erhabner Schöpfungsgeschichte, wie manche harte Lehre und unbefriedigende Hypothese aus seinem Apfel- und Schlangenbiß hervorgesponnen worden! Jahrhundertelang sind die vierzig Tage der Sintflut den Naturforschern der Nagel gewesen, an welchen sie alle ihre Erscheinungen unsrer Erdbildung heften zu müssen glaubten, und ebensolange haben die Geschichtsschreiber des Menschengeschlechts sämtliche Völker der Erde an das Volk Gottes und an das mißverstandene Traumbild eines Propheten von vier Monarchien gefesselt. So manche Geschichte hat man verstümmelt, um sie aus einem hebräischen Namen zu erklären; das ganze Menschen-, Erd- und Sonnensystem wurde verenget, um nur die Sonne des Josua und eine Jahrzahl der Weltdauer zu retten, deren Bestimmung nie der Zweck dieser Schriften sein wollte. Wie manchem großen Mann, selbst einem Newton, hat die jüdische Chronologie und Apokalypse eine Zeit geraubt, die er auf bessere Untersuchungen hätte wenden mögen! Ja, selbst in Absicht der Sittenlehre und politischen Einrichtung hat die Schrift der Hebräer durch Mißverstand und üble Anwendung dem Geist der Nationen, die sich zu ihr bekannten, wirkliche Fesseln angeleget. Indem man die Zeiten und Stufen der Bildung nicht unterschied, glaubte man, an der Unduldsamkeit des jüdischen Religionsgeistes ein Muster vor sich zu haben, nach welchem auch Christen verfahren könnten; man stützte sich auf Stellen des Alten Testaments, um den widersprechenden Entwurf zu rechtfertigen, der das freiwillige, bloß moralische Christentum zu einer jüdischen Staatsreligion machen sollte. Gleichergestalt ists unleugbar, daß die Tempelgebräuche, ja selbst die Kirchensprache der Hebräer auf den Gottesdienst, auf die geistliche Beredsamkeit, Lieder und Litaneien aller christlichen Nationen Einfluß gehabt und ihre Anbetung oft zu einem morgenländischen Idiotismus gebildet haben. Die Gesetze Moses sollten unter jedem Himmelsstrich, auch bei ganz andern Verfassungen der Völker, gelten; daher keine einzige christliche Nation sich ihre Gesetzgebung und Staatsverfassung von Grund aus gebildet. So grenzet das erlesenste Gute durch eine vielfach falsche Anwendung an mancherlei Übel; denn können nicht auch die heiligen Elemente der Natur zur Zerstörung und die wirksamsten Arzneien zu einem schleichenden Gift werden?

Die Nation der Juden selbst ist seit ihrer Zerstreuung den Völkern der Erde durch ihre Gegenwart nützlich und schädlich worden, nachdem man sie gebraucht hat. In den ersten Zeiten sahe man Christen für Juden an und verachtete oder unterdrückte sie gemeinschaftlich, weil auch die Christen viel Vorwürfe des jüdischen Völkerhasses, Stolzes und Aberglaubens auf sich luden. Späterhin, da Christen die Juden selbst unterdrückten, gaben sie ihnen Anlaß, sich durch ihre Bewerbsamkeit und weite Verbreitung fast allenthalben des innern, insonderheit des Geldhandels zu bemächtigen; daher denn die rohern Nationen Europas freiwillige Sklaven ihres Wuchers wurden. Den Wechselhandel haben sie zwar nicht erfunden, aber sehr bald vervollkommnet, weil eben ihre Unsicherheit in den Ländern der Mohammedaner und Christen ihnen diese Erfindung nötig machte. Unleugbar also hat eine so verbreitete Republik kluger Wucherer manche Nation Europas von eigner Betriebsamkeit und Nutzung des Handels lange zurückgehalten, weil diese sich für ein jüdisches Gewerbe zu groß dünkte und von den Kammerknechten der heiligen römischen Welt diese Art vernünftiger und feiner Industrie ebensowenig lernen wollte, als die Spartaner den Ackerbau von ihren Heloten. Sammlete jemand eine Geschichte der Juden aus allen Ländern, in die sie zerstreuet sind, so zeigte sich damit ein Schaustück der Menschheit, das als ein Natur- und politisches Ereignis gleich merkwürdig wäre. Denn kein Volk der Erde hat sich wie dieses verbreitet; kein Volk der Erde hat sich wie dieses in allen Klimaten so kenntlich und rüstig erhalten.

Daß man hieraus aber ja keinen abergläubischen Schluß auf eine Revolution fasse, die durch dies Volk dereinst noch für alle Erdvölker bewirkt werden müßte. Die bewirkt werden sollte, ist wahrscheinlich bewirkt, und zu einer andern zeigt sich weder im Volk selbst, noch in der Analogie der Geschichte die mindeste Anlage. Die Erhaltung der Juden erklärt sich ebenso natürlich als die Erhaltung der Brahmanen, Parsen und Zigeuner.

Übrigens wird niemand einem Volk, das eine so wirksame Triebfeder in den Händen des Schicksals ward, seine großen Anlagen absprechen wollen, die in seiner ganzen Geschichte sich deutlich zeigen. Sinnreich, verschlagen und arbeitsam, wußte es sich jederzeit auch unter dem äußersten Drucke andrer Völker wie in einer Wüste Arabiens mehr als vierzig Jahr zu erhalten. Es fehlte ihm auch nicht an kriegerischem Mut, wie die Zeiten Davids und der Makkabäer, vorzüglich aber der letzte, schreckliche Untergang seines Staats zeigen. In ihrem Lande waren sie einst ein arbeitsames, fleißiges Volk, das, wie die Japaner, seine nackten Berge durch künstliche Terrassen bis auf den Gipfel zu bauen wußte, und in einem engen Bezirk, der an Fruchtbarkeit doch immer nicht das erste Land der Welt war, eine unglaubliche Anzahl Menschen nährte. Zwar ist in Kunstsachen die jüdische Nation, ob sie gleich zwischen Ägyptern und Phöniziern wohnte, immer unerfahren geblieben, da selbst ihren Salomonischen Tempel fremde Arbeiter bauen mußten. Auch sind sie, ob sie gleich eine Zeitlang die Häfen des Roten Meers besaßen und den Küsten der Mittelländischen See so nahe wohnten, in dieser zum Handel der Welt glücklichsten Lage, bei einer Volksmenge, die ihrem Lande zu schwer ward, dennoch nie ein seefahrendes Volk worden. Wie die Ägypter fürchteten sie das Meer und wohnten von jeher lieber unter andern Nationen; ein Zug ihres Nationalcharakters, gegen den schon Moses mit Macht kämpfte. Kurz, es ist ein Volk, das in der Erziehung verdarb, weil es nie zur Reife einer politischen Kultur auf eignem Boden, mithin auch nicht zum wahren Gefühl der Ehre und Freiheit gelangte. In den Wissenschaften, die ihre vortrefflichsten Köpfe trieben, hat sich jederzeit mehr eine gesetzliche Anhänglichkeit und Ordnung als eine fruchtbare Freiheit des Geistes gezeiget, und der Tugenden eines Patrioten hat sie ihr Zustand fast von jeher beraubet. Das Volk Gottes, dem einst der Himmel selbst sein Vaterland schenkte, ist Jahrtausende her, ja fast seit seiner Entstehung eine parasitische Pflanze auf den Stämmen andrer Nationen; ein Geschlecht schlauer Unterhändler beinah auf der ganzen Erde, das trotz aller Unterdrückung nirgend sich nach eigner Ehre und Wohnung, nirgend nach einem Vaterlande sehnet.

IV.

Phönizien und Karthago

Ganz auf eine andre Weise haben sich die Phönizier um die Welt verdient gemacht. Eines der edelsten Werkzeuge der Menschen, das Glas, erfanden sie, und die Geschichte erzählt die zufällige Ursache dieser Erfindung am Flusse Belus. Da sie am Ufer des Meers wohnten, trieben sie die Schiffahrt seit undenklichen Zeiten; denn Semiramis schon ließ ihre Flotte durch Phönizier bauen. Von kleinen Fahrzeugen stiegen sie allmählich zu langen Schiffen hinauf, sie lernten nach Sternen, insonderheit nach dem Gestirn des Bärs, segeln und mußten, angegriffen, zuletzt auch den Seekrieg lernen. Weit umher haben sie das Mittelländische Meer bis über Gibraltar hinaus, ja nach Britannien hin beschiffet und vom Roten Meer hin vielleicht mehr als einmal Afrika umsegelt. Und das taten sie nicht als Eroberer, sondern als Handelsleute und Kolonienstifter. Sie banden die Länder, die das Meer getrennet hatte, durch Verkehr, Sprache und Kunstwaren aneinander und erfanden sinnreich, was zu diesem Verkehr diente. Sie lernten rechnen, Metalle prägen und diese Metalle zu mancherlei Gefäßen und Spielzeug formen. Sie erfanden den Purpur, arbeiteten feine sidonische Leinwand, holten aus Britannien das Zinn und Blei, aus Spanien Silber, aus Preußen den Bernstein, aus Afrika Gold und wechselten dagegen asiatische Waren. Das ganze Mittelländische Meer war also ihr Reich, die Küsten an demselben hie und da mit ihren Pflanzstädten besetzt, und Tartessus in Spanien die berühmte Niederlage ihres Handels zwischen dreien Weltteilen. So wenig oder viel Kenntnisse sie den Europäern mitgeteilt haben mögen, so war das Geschenk der Buchstaben, die die Griechen von ihnen lernten, allein schon aller andern wert.

Wie kam nun dies Volk zu solch einem verdienstreichen Kunstfleiße? War es vielleicht ein so glücklicher Stamm des Urlandes, der an Seelen- und Leibeskräften gleich vorteilhaft von der Natur ausgesteuert worden? Nichts minder. Nach allen Nachrichten, die wir von den Phöniziern haben, waren sie ursprünglich ein verabscheuetes, vielleicht vertriebenes Höhlenvolk, Troglodyten oder Zigeuner dieses Strichs der Erde. An den Ufern des Roten Meers finden wir sie zuerst, wo sie sich in wüsten Erdstrichen wahrscheinlich von der schlechtsten Speise nährten; denn noch als sie sich ans Mittelländische Meer gezogen hatten, behielten sie lange ihre unmenschlichen Sitten, ihre grausame Religion, ja selbst noch ihre Wohnungen in den kanaanitischen Felsen. Jedermann kennt die Beschreibung der alten Einwohner Kanaans, und daß diese nicht übertrieben sei, zeigt nicht nur Hiobs ähnliche Beschreibung der arabischen Troglodyten*, sondern auch die Reste von barbarischem Götzendienst, die sich selbst in Karthago lange Zeit erhielten. Auch die Sitten der phönizischen Seefahrer werden von fremden Nationen nicht gepriesen; sie waren räuberisch, diebisch, wollüstig und treulos, daher punische Treu und Glauben zum brandmalenden Sprichwort ward.

Not und Umstände sind meistens die Triebfedern gewesen, die alles aus den Menschen machten. In den Wüsten am Roten Meer, wo die Phönizier wahrscheinlich auch von Fischen lebten, machte sie der Hunger mit dem Element des Meers bekannt; da sie also an die mittelländischen Ufer kamen, konnten sie sich schon auf ein weiteres Meer wagen. Was hat die Holländer, was hat die meisten seefahrenden Völker gebildet? Die Not, die Lage und der Zufall.** Von allen semitischen Völkern wurden die Phönizier gehaßt und verachtet, da jene diesen asiatischen Erdstrich sich allein zugeteilt glaubten. Den Chamiten als eingedrungenen Fremdlingen blieb also nichts als das dürre Ufer und die See übrig. Daß nun die Phönizier das Mittelländische Meer so inseln- und busenreich fanden, daß sie von Land zu Land, von Ufer zu Ufer allmählich über die Säulen des Herkules hinausgelangen und unter den unkultivierten Völkern Europas eine so reiche Ernte ihres Handels antreffen konnten, war nichts als Lage der Sache, eine glückliche Situation, die die Natur selbst für sie erschaffen hatte. Als zwischen den Pyrenäen und Alpen, dem Apennin und Atlas sich uralters das Becken des Mittelländischen Meers wölbte und seine Landspitzen und Inseln allmählich wie Häfen und Sitze emporstiegen, da schon ward vom ewigen Schicksal der Weg der Kultur Europas gezeichnet. Hingen die drei Weltteile zusammen, so wäre Europa vielleicht ebensowenig als die Tatarei und das innere Afrika, oder gewiß langsamer und auf andern Wegen kultiviert worden. Nur die Mittelländische See hat unsrer Erde ein Phönizien und Griechenland, ein Etrurien

* Hiob 30, 3–8

** *Eichhorn* hat dieses auch von den Gerräern gezeigt. (S. Geschichte des Ostindischen Handels, S. 15. 16.) Überhaupt ist Armut und Bedrängnis die Ursache der meisten Handelsnationen worden, wie auch die Venetianer, die Malaien u. a. zeigen.

und Rom, ein Spanien und Karthago gegeben, und durch die vier ersten dieser Ufer ist alle Kultur Europas worden.
Ebenso glücklich war die Lage Phöniziens landwärts. Das ganze schöne Asien lag hinter ihm mit seinen Waren und Erfindungen, mit dem längst vor ihnen errichteten Landhandel. Sie nutzten also nicht nur fremden Fleiß, sondern auch die reiche Zurüstung der Natur in Begabung dieses Weltteils und die lange Mühe der Vorwelt. Buchstaben, die sie nach Europa brachten, hießen den Europäern phönizisch, obgleich Phönizier wahrscheinlich nicht ihre Erfinder waren. So haben Ägypter, Babylonier und Hindus wahrscheinlich schon vor den Sidoniern die Webekunst getrieben, da in der Alten und Neuen Welt der Redegebrauch bekannt ist, die Ware nicht eben nach dem Ort zu nennen, der sie macht, sondern der sie verhandelt. Wie der Phönizier Baukunst beschaffen gewesen, siehet man an Salomons Tempel, der wohl mit keinem ägyptischen in Vergleich zu stellen ist, da zwei arme Säulen an ihm als Wunderdinge gepriesen werden. Das einzige Denkmal, das vom Bau der Phönizier uns übriggeblieben, sind jene ungeheuren Felshöhlen Phöniziens und Kanaans, die eben auch sowohl ihren Troglodytengeschmack als ihre Abkunft bezeichnen. Das Volk einer ägyptischen Stammart freuete sich ohne Zweifel, in dieser Gegend Berge zu finden, in denen es seine Wohnungen und Grabmäler, seine Vorratshäuser und Tempel anlegen konnte. Die Höhlen stehen noch da; aber ihr Inneres ist verschwunden. Auch die Archive und Büchersammlungen sind nicht mehr, die das phönizische Volk in seinen gebildeten Zeiten hatte; ja selbst die Griechen sind untergegangen, die ihre Geschichte beschrieben.
Vergleichen wir nun diese fleißigen, blühenden Handelsstädte mit den erobernden Staaten am Euphrat, Tigris und Kaukasus: so wird wohl niemand anstehen, wem er für die Geschichte der Menschheit den Vorzug zu geben habe? Der Eroberer erobert für sich; die handelnde Nation dient sich und andern Völkern. Sie macht die Güter, den Fleiß, die Wissenschaften einem Teil des Erdkreises gemein und muß also wider Willen Humanität befördern. Kein Eroberer stört also so sehr den Gang der Natur, als der blühende Handelsstädte zerstöret; denn meistens ziehet ihr Untergang den Verfall des Fleißes und Gewerbes ganzen Ländern und Erdstrichen zu, wenn nicht bald ein nachbarlicher Ort in ihre Stelle eintritt. Glücklich war hierin die phönizische Küste; sie ist durch die Natur ihrer Lage dem Handel Asiens unentbehrlich. Als Nebukadnezar Sidon bedrängte, hob Tyrus sich empor; als Alexander Tyrus zerstörte, blühte Alexandrien auf; ganz entfernte sich aber der Handel von dieser Weltgegend nie. Auch Karthago nutzte die Zerstörung des alten reichen Tyrus, obgleich nicht mit Folgen, die für Europa so ersprießlich sein konnten, als der ältere phönizische Verkehr war; denn die Zeit hierzu war vorüber. Überhaupt hat man die innere Einrichtung der Phönizier als einen der ersten Übergänge von der asiatischen Monarchie zu einer Art von Republik anzusehen, wie sie der Handel fordert. Die despotische Macht der Könige war in ihrem Staat geschwächt, so wie sie auch nach Landeroberungen nie gestrebt haben. In Tyrus regierten eine Zeitlang schon Suffeten, welche Regierungsart in Karthago eine festere Gestalt gewann; mithin sind beide Staaten in unsrer Weltgeschichte die ersten Vorbilder großer Handelsrepubliken, ihre Kolonien das erste Beispiel einer nützlichern und feinern Unterwürfigkeit, als die ein Nebukadnezar und Kambyses bewirkten. Ein großer Schritt in der Kultur der Menschheit. Von jeher weckte der Handel die Industrie: das Meer begrenzte oder bändigte die Eroberer, daß wider Willen sie aus unterjochenden Räubern allgemach zu friedlichen Paziszenten wurden. Gegenseitiges Bedürfnis, in-

sonderheit die schwächere Gewalt der Ankömmlinge auf fernen Küsten gründeten also den ersten billigern Verkehr der Völker. Weit beschämen jene alten Phönizier das unsinnige Betragen der Europäer, als diese in so spätern Zeiten, mit so viel mehreren Waffen der Kunst ausgerüstet, beide Indien entdeckten. Diese machten Sklaven, predigten das Kreuz und rotteten aus; jene eroberten eigentlich nicht. Sie baueten an, sie gründeten Pflanzstädte und weckten den Fleiß der Völker, die nach manchem phönizischen Betruge doch endlich ihre eignen Schätze kennen und gebrauchen lernten. Wird je ein Weltteil dem kunstreichen Europa das danken können, was Griechenland dem rohern Phönizien dankte?

•

Bei weitem hat Karthago nicht die günstige Einwirkung auf Europas Völker gehabt, die Phönizien hatte, und hieran war offenbar die veränderte Zeit, Lage und Einrichtung der Dinge Ursach. Als eine Pflanzstadt von Tyrus hatte es im entfernten Afrika selbst nicht ohne Mühe Wurzel geschlagen, und da es sich seinen weitern Umfang an der Küste hatte erkämpfen müssen, so kam es allmählich in den Geschmack, zu erobern. Dadurch gewann es nun eine Gestalt, die zwar glänzender und künstlicher als sein Mutterstaat war, die aber weder für das menschliche Geschlecht noch für die Republik selbst bessere Folgen hatte. Karthago nämlich war eine Stadt, nicht ein Volk; also konnte es auch keinem Bezirk des Landes eigentliche Vaterlandsliebe und Volkskultur geben. Das Gebiet, das es sich in Afrika erwarb, und in welchem es, nach Strabo, im Anfange des zweiten Punischen Krieges dreihundert Städte zählte, bestand aus Untertanen, über welche die Überwinderin Herrenrecht übte, nicht aber aus eigentlichen Mitgenossen des herrschenden Staates. Die wenig kultivierten Afrikaner strebten auch nicht, es zu werden; denn selbst in den Kriegen gegen Karthago erscheinen sie als widerspenstige Sklaven oder als besoldete Kriegsknechte. Ins innere Afrika hat sich daher wenig menschliche Kultur von Karthago aus verbreitet, weil es diesem Staat, der in einigen Familien aus seinen Mauern hinausherrschte, gar nicht daran lag, Humanität zu verbreiten, sondern Schätze zu sammeln. Der rohe Aberglaube, der bis auf die spätesten Zeiten in Karthago herrschte, die grausamen Todesstrafen, mit denen es seine unglücklichen Heerführer, auch wenn sie an ihrem Verlust unschuldig waren, tyrannisch belegte, ja, das ganze Betragen dieses Volks in fremden Ländern zeigt, wie hart und geizig dieser aristokratische Staat war, der eigentlich nichts als Gewinn und afrikanische Knechtschaft suchte.

Aus der Lage und Verfassung Karthagos läßt sich diese Härte gnugsam erklären. Statt phönizischer Handelssitze, die ihnen zu ungewiß dünkten, baueten sie Festungen auf und wollten sich in ihrer künstlichern Weltlage die Herrschaft der Küsten so versichern, als ob allenthalben Afrika wäre. Da sie dies aber durch unterjochte Barbaren oder durch Mietvölker tun mußten, und großenteils dabei mit Völkern ins Gedränge kamen, die sich nicht mehr als Barbaren behandeln ließen, so konnte dieser Konflikt nichts als Blutvergießen und wilde Feindschaft wirken. Das schöne Sizilien, insonderheit Syrakus ward von ihnen oft und zuerst sehr ungerecht bedränget, da sie es bloß eines Bündnisses mit Xerxes wegen anfielen. Gegen ein griechisches Volk treten sie als die barbarischen Mithelfer eines Barbaren auf, und sie haben sich dieser Rolle auch würdig bewiesen. Selinus, Himera, Agrigent, Sagunt in Spanien, und in Italien manche reiche Provinz ward von ihnen zerstört oder geplündert; ja, im schönen Sizilien allein ist eine Menge Bluts vergossen worden, dessen der ganze herrschsüchtige Handel der Karthager nicht wert war. So sehr Aristoteles die Einrichtung ihrer Republik in politischer Rücksicht rühmet, so wenig Wert hat sie für die Geschichte der Menschheit, da in ihr wenige Familien der Stadt, barbarische, reiche Kaufleute, durch Mietvölker um das Monopolium ihres Gewinns stritten und sich die Beherrschung aller Länder anmaßten, die diesem Gewinn dienen konnten. Ein System der Art nimmt nicht für sich ein; daher, so ungerecht die meisten Kriege der Römer gegen sie waren, und so große Ehrerbietung die Namen Hasdrubal, Hamilkar, Hannibal von uns fordern, so wird man schwerlich ein Karthaginenser sein, wenn man den innern Zustand jener Kaufmannsrepublik erwägt, der diese Helden dienten. Sie wurden von ihr auch gnugsam geplagt und oft mit dem schwärzesten Undank belohnet: denn den Hannibal selbst hätte sein Vaterland, um einige Pfunde Goldes zu ersparen, gewiß an die Römer überliefert, wenn er diesem karthagischen Lohn nicht durch die Flucht zuvorgekommen wäre.

Weit entfernt bin ich, jedem edeln Karthager eins seiner Verdienste zu rauben; denn auch dieser Staat, ob er gleich auf den niedrigen Grund erobernder Gewinnsucht gebauet war, hat große Seelen erzeugt und eine Menge Künste in sich genähret. Von Kriegern ist insonderheit das Geschlecht der Barkas unsterblich, deren Ehrgeiz um so höher aufloderte, als die Eifersucht der Hannos ihre Flamme zu ersticken suchte. Meistens aber ist auch in dem karthagischen Heldengeist eine gewisse Härte merkbar, gegen welche ein Gelon, Timoleon, Scipio u. a. wie freie Menschen gegen Knechte erscheinen. So barbarisch war schon der Heldenmut jener Brüder, die sich für eine ungerechte Grenze ihres Vaterlandes lebendig begraben ließen, und in härteren Fällen, zumal wenn Karthago selbst bedrängt wurde, zeiget sich ihre Tapferkeit meistens nur in wilder Verzweiflung. Indessen ists gewiß, daß insonderheit Hannibal in der feineren Kriegskunst ein Lehrer seiner Erbfeinde, der Römer war, die von ihm die Welt zu erobern lernten. Desgleichen haben auch alle Künste in Karthago geblühet, die irgend dem Handel, dem Schiffbau, dem Seekriege, dem Gewinn dienten, obgleich Karthago selbst im Seekriege gar bald von den Römern übertroffen wurde. Der Ackerbau im reichen Afrika war die vornehmste dienende Kunst ihres Handels, über den sie also als über eine reiche Quelle ihres Gewinns viel raffinierten. Zum Unglück aber sind durch die Barbarei der Römer alle Bücher der Karthaginenser wie ihr Staat untergegangen; wir kennen die Nation nur aus Berichten ihrer Feinde und aus wenigen Trümmern, die uns kaum die Lage der alten berühmten Meereskönigin verraten. Das Hauptmoment Karthagos in der Weltgeschichte war leider sein Verhältnis gegen Rom; die Wölfin, die die Erde bezwingen sollte, mußte sich zuerst im Kampf mit einem afrikanischen Schakal üben, bis sie solchen zuletzt elend vertilgte.

V.

Ägypten

Wir kommen jetzt an das Land, das wegen seines Altertums, wegen seiner Künste und politischen Einrichtung wie ein Rätsel der Urwelt dastehet und auch die Erratungskunst der Forscher reichlich geübt hat, Ägypten. Die gewisseste Nachricht, die wir von ihm haben, geben uns seine Altertümer, jene ungeheuren Pyramiden, Obelisken und Katakomben, jene Trümmer von Kanälen, Städten, Säulen und Tempeln, die mit ihren Bilderschriften noch jetzt das Erstaunen der Reisenden, die Wunder der Alten Welt sind. Welche Menschenmenge, welche Kunst und Verfassung, noch mehr aber welch eine sonderbare Denkart gehörte dazu, diese Felsen auszuhöhlen oder aufeinanderzuhäufen, Tiere nicht nur abzubilden und auszuhauen, sondern auch als Heiligtümer zu begraben, eine Felsenwüste zur Wohnung der Toten umzuschaffen und einen ägyptischen Priestergeist auf so tausendfältige Art im Stein zu verewigen! Alle diese Reliquien stehen oder liegen wie eine heilige Sphinx, wie ein großes Problem da, das Erklärung fordert.

Ein Teil dieser Werke, die zum Nutzen dienen, oder gar der Gegend unentbehrlich sind, erklärt sich von selbst; dergleichen sind die erstaunenswürdige Kanäle, Dämme und Katakomben. Die Kanäle dienten, den Nil auch in die entfernten Teile Ägyptens zu leiten, die jetzt durch den Verfall derselben eine tote Wüste sind. Die Dämme dienten zur Gründung der Städte in dem fruchtbaren Tal, das der Nil überschwemmet und das als das eigentliche Herz Ägyptens den ganzen Umfang des Landes nähret. Auch von den Totengrüften ists wohl unleugbar, daß sie außer den Religionsideen, welche die Ägypter damit verbanden, sehr viel zu der gesunden Luft dieses Reichs beigetragen und Krankheiten vorgebeugt haben, die sonst die Plage nasser und heißer Gegenden zu sein pflegen. Aber wozu das Ungeheure dieser Höhlen? Woher und wozu das Labyrinth, die Obelisken, die Pyramiden? Woher der wunderbare Geschmack, der Sphinxe und Kolossen so mühsam verewigt hat? Sind die Ägypter aus dem Schlamme ihres Nils zur Originalnation der Welt entsprossen? Oder, wenn sie anderswoher kamen, durch welche Veranlassungen und Triebe unterschieden sie sich so ganz von allen Völkern, die rings um sie wohnen?

Daß die Ägypter kein eingebornes Urvolk sind, zeigt, wie mich dünkt, schon die Naturgeschichte ihres Landes: denn nicht nur die alte Tradition, sondern jede vernünftige Geogenie saget es deutlich, daß Oberägypten früher bewohnt gewesen und die niedere Gegend eigentlich nur durch den Kunstfleiß der Menschen aus dem Schlamme des Nils gewonnen sei. Das uralte Ägypten war also auf der thebaischen Höhe, wo auch die Residenz ihrer alten Könige lag; denn wenn die Bepflanzung des Landes auf dem Wege bei Suez geschehen wäre, so bliebe es unerklärlich, warum die uralten Könige Ägyptens die thebaische Wüste zur Wohnung wählten. Folgen wir gegenteils der Anpflanzung Ägyptens, wie sie uns vor Augen daliegt, so ergibt sich mit ihr zugleich die Ursache, warum seine Bewohner auch der Kultur nach ein so ausgezeichnet-sonderbares Volk werden konnten. Keine lieblichen Cirkassier waren sie nämlich, sondern wahrscheinlich ein südasiatisches Volk, das westwärts über das Rote Meer oder gar weiterhin herkam, und sich von Äthiopien aus allmählich über Ägypten verbreitete. Da es also an den Überschwemmungen und Morästen des Nilstroms hier gleichsam die Grenze des Landes fand, was Wunder, daß es sich an diesen Felsen zuerst troglodytisch anbauete, mit der Zeit aber das ganze Ägypten durch seinen Fleiß gewann und mit dem Lande sich selbst kultivierte? Die Nachricht Diodors von ihrer südlichen Herkunft, ohngeachtet er sie mit manchen Fabeln seines Äthiopiens verbindet, ist nicht nur höchst wahrscheinlich, sondern auch der einzige Schlüssel zur Erklärung dieses Volks und seiner wunderbaren Übereinstimmung mit einigen entfernten ostasiatischen Völkern.

Da ich diese Hypothese hier nur sehr unvollständig ausführen könnte, so bleibe sie einem andern Ort; hier nutzen wir nur einige ihrer offenbaren Folgen zum Anblick des Volks in der Menschengeschichte. Ein stilles, fleißiges, gutmütiges Volk waren die Ägypter, welches ihre ganze Einrichtung, ihre Kunst und Religion beweiset.

Kein Tempel, keine Bildsäule Ägyptens hat einen fröhlichen, leichten, griechischen Anblick; von diesem Zweck der Kunst hatten sie weder Begriff, noch auf ihn Absicht. Die Mumien zeigen, daß die Bildung der Ägypter nicht schön war; nachdem sie also die menschliche Gestalt sahen, mußten sie solche bilden. Eingeschlossen in ihr Land, wie in ihre Religion und Verfassung, liebten sie das Fremde nicht; und da sie, ihrem Charakter gemäß, bei ihren Nachbildungen vorzüglich auf Treue und Genauigkeit sahen, da ihre ganze Kunst Handwerk, und zwar das religiöse Handwerk einer Geschlechtszunft war, wie sie denn auch größtenteils auf religiösen Begriffen beruhte: so war dabei durchaus an keine Abweichungen in jenes Land schöner Ideale zu denken, das ohne Naturvorbilder auch eigentlich nur ein Phantom ist.* Dafür gingen sie mehr auf das Feste, Dauerhafte und Riesengroße, oder auf eine Vollendung mit dem genauesten Kunstfleiße. In ihrer felsigen Weltgegend waren ihre Tempel aus dem Begriff ungeheurer Höhlen entstanden; sie mußten also auch in ihrer Bauart eine ungeheure Majestät lieben. Ihre Bildsäulen waren aus Mumien entstanden; sie hatten also auch den zusammengezogenen Stand der Füße und Hände, der durch sich selbst schon für seine Dauer sorget. Höhlen zu unterstützen, Begräbnisse abzusondern, dazu sind Säulen gemacht; und da die Baukunst der Ägypter vom Felsengewölbe ausging, sie aber bei ihren Gebäuden unsre Kunst zu wölben noch nicht verstanden, so ward die Säule, oft auch ein Koloß derselben unentbehrlich. Die Wüste, die um sie war, das Totenreich, das aus Religionsideen um sie schwebte, machte auch ihre Bilder zu Mumiengestalten, bei denen nicht Handlung, sondern ewige Ruhe der Charakter war, auf welchen sie die Kunst stellte.

Über die Pyramiden und Obelisken der Ägypter darf man sich, wie mich dünkt, noch weniger wundern. In allen Teilen der Welt, selbst in Otahiti, werden Pyramiden auf Gräbern errichtet; ein Zeichen nicht sowohl der Seelen-Unsterblichkeit als eines daurenden Andenkens auch nach dem Tode. Offenbar waren sie auf diesen Gräbern aus jenem rohen Steinhaufen entstanden, den man zum Denkmal einer Sache uralters bei mehreren Nationen aufhäufte; der rohe Steinhaufen formt sich selbst, damit er fester liege, zu einer Pyramide. Als die Kunst der Menschen, denen keine Veranlassung zum Denkmal so nahe lag als das Begräbnis eines verehrten Toten, zu diesem allgemeinen Gebrauche hinzutrat: so verwandelte sich der Steinhaufen, der anfangs vielleicht den begrabenen Leichnam auch vor dem Aufscharren wilder Tiere schützen sollte, natürlich in eine Pyramide oder Ehrensäule, mit mehr oder minder Kunst errichtet. Daß nun die Ägypter in diesem Bau andere Völker übertrafen, hatte mit dem dauerhaftern Bau ihrer Tempel und Katakomben einerlei Ursach. Sie besaßen nämlich Steine gnug zu diesen Denkmalen, da das meiste Ägypten eigentlich ein Fels ist; sie hatten auch Hände gnug zum Bau derselben, da in ihrem fruchtbaren und volkreichen Lande der Nil für sie die Erde düngt und der Ackerbau ihnen wenige Mühe kostet. Überdem lebten die alten Ägypter sehr mäßig: Tausende von Menschen, die an diesen Denkmalen jahrhundertelang wie Sklaven arbeiteten, waren so leicht zu unterhalten, daß es nur auf den Willen eines Königes ankam, gedankenlose Massen dieser Art zu errichten. Das Leben einzelner Menschen ward in jenen Zeiten anders als jetzo geschätzt, da ihre Namen nur in Zünften und Landstrichen berechnet wurden. Leichter opferte man damals die nutzlose Mühe vieler Individuen dem Gedanken eines Beherrschers auf, der mit einer solchen Steinmasse sich selbst Unsterblichkeit erwerben und dem Wahn seiner Religion nach die

* Hiervon an einem andern Ort.

abgeschiedene Seele in einem balsamierten Leichnam festhalten wollte; bis mit der Zeit auch diese wie so manche andre nutzlose Kunst zum Wetteifer ward. Ein König ahmte den andern nach oder suchte ihn zu übertreffen, indes das gutmütige Volk seine Lebenstage am Bau dieser Monumente verzehren mußte. So entstanden wahrscheinlich die Pyramiden und Obelisken Ägyptens; nur in den ältesten Zeiten wurden sie gebauet, denn die spätere Zeit und jede Nation, die ein nützlicher Gewerbe treiben lernte, bauete keine Pyramiden mehr. Weit gefehlt also, daß Pyramiden ein Kennzeichen von der Glückseligkeit und wahren Aufklärung des alten Ägyptens sein sollten, sind sie ein unwidersprechliches Denkmal von dem Aberglauben und der Gedankenlosigkeit sowohl der Armen. die da baueten, als der Ehrgeizigen, die den Bau befahlen. Vergebens suchet ihr Geheimnisse unter den Pyramiden oder verborgne Weisheit an den Obelisken: denn wenn die Hieroglyphen der letztern auch entziffert würden, was würde, was könnte man an ihnen anders als etwa eine Chronik verstorbener Begebenheiten oder eine vergötternde Lobschrift ihrer Erbauer lesen? Und dennoch, was sind diese Massen gegen Ein Gebirge, das die Natur baute?

Überhaupt läßt sich aus Hieroglyphen so wenig auf eine tiefe Weisheit der Ägypter schließen, daß sie vielmehr gerade das Gegenteil davon beweisen. Hieroglyphen sind der erste rohe Kindesversuch des menschlichen Verstandes, der Zeichen sucht, um seine Gedanken zu erklären; die rohesten Wilden in Amerika hatten Hieroglyphen, soviel als sie bedurften: denn konnten nicht jene Mexikaner sogar die ihnen unerhörteste Sache, die Ankunft der Spanier, in Hieroglyphen melden? Da aber die Ägypter so lange bei dieser unvollkommenen Schrift blieben und sie Jahrhunderte hin mit ungeheurer Mühe auf Felsen und Wände malten, welche Armut von Ideen, welch einen Stillstand des Verstandes zeigt dieses! Wie enge mußte der Kreis von Kenntnissen einer Nation und ihres weitläufigen gelehrten Ordens sein, der sich Jahrtausende durch an diesen Vögeln und Strichen begnügte! Denn ihr zweiter Hermes, der die Buchstaben erfand, kam sehr spät; auch war er kein Ägypter. Die Buchstabenschrift der Mumien ist nichts als die fremde phönizische Schriftart, vermischt mit hieroglyphischen Zeichen, die man also auch aller Wahrscheinlichkeit nach von handelnden Phöniziern lernte. Die Chinesen selbst sind weiter gegangen als die Ägypter und haben aus ähnlichen Hieroglyphen sich wirkliche Gedankencharaktere erfunden, zu welchen, wie es scheint, diese nie gelangten. Dürfen wir uns also wundern, daß ein so schriftarmes und doch nicht ungeschicktes Volk sich in mechanischen Künsten hervortat? Der Weg zur wissenschaftlichen Literatur war ihnen durch die Hieroglyphen versperret, und so mußte sich ihre Aufmerksamkeit desto mehr auf sinnliche Dinge richten. Das fruchtbare Niltal machte ihnen den Ackerbau leicht; jene periodischen Überschwemmungen, von denen ihre Wohlfahrt abhing, lehrten sie messen und rechnen. Das Jahr und die Jahreszeiten mußten doch endlich einer Nation geläufig werden, deren Leben und Wohlsein von einer einzigen Naturveränderung abhing, die, jährlich wiederholt, ihnen einen ewigen Landkalender machte.

Also auch die Natur- und Himmelsgeschichte, die man an diesem alten Volk rühmt, sie war ein ebenso natürliches Erzeugnis ihrer Erd- und Himmelsgegend. Eingeschlossen zwischen Bergen, Meeren und Wüsten, in einem engen fruchtbaren Tale, wo alles von Einer Naturbegebenheit abhing und auf dieselbe zurückführte, wo Jahreszeiten und Ernte, Krankheiten und Winde, Insekten und Vögel sich nach einer und derselben Revolution, der Überschwemmung des Nils fügten; hier sollte der ernste Ägypter und sein zahlreicher müßiger Priesterorden nicht endlich eine Art von Natur- und Himmelsgeschichte sammlen? Aus allen Weltteilen ists bekannt, daß eingeschlossene sinnliche Völker die reichste lebendigste Kenntnis ihres Landes haben, ob sie solche gleich nicht aus Büchern lernen. Was bei den Ägyptern die Hieroglyphen dazutun konnten, war der Wissenschaft eher schädlich als nützlich. Die lebendige Bemerkung ward mit ihnen nicht nur ein dunkles, sondern auch ein totes Bild, das den Fortgang des Menschenverstandes gewiß nicht förderte, sondern hemmte. Man hat viel darüber geredet, ob die Hieroglyphen Priestergeheimnisse enthalten haben? Mich dünkt, jede Hieroglyphe enthalte ihrer Natur nach ein Geheimnis, und eine Reihe derselben, die eine geschlossene Zunft aufbewahrt, müsse für den großen Haufen notwendig ein Geheimnis werden, gesetzt auch, daß man ihm solche auf Weg und Stegen vorstellte. Er kann sich nicht einweihen lassen, selbige verstehen zu lernen; denn dies ist nicht sein Beruf, und selbst wird er ihre Bedeutung nicht finden. Daher der notwendige Mangel einer verbreiteten Aufklärung in jedem Lande, in jeder Zunft einer sogenannten Hieroglyphen-Weisheit, es mögen Priester oder Nicht-Priester dieselbe lehren. Nicht jedem können und werden sie ihre Symbole entziffern, und was sich nicht durch sich selbst lernen läßt, bewahret sich leider, seiner Natur nach, als Geheimnis. Jede Hieroglyphen-Weisheit neuerer Zeiten ist also ein eigensinniger Riegel gegen alle freiere Aufklärung, weil in den ältern Zeiten selbst Hieroglyphik immer nur die unvollkommenste Schrift war. Unbillig ist die Forderung, etwas durch sich verstehen zu lernen, was auf tausenderlei Art gedeutet werden kann, und tötend die Mühe, die man auf willkürliche Zeichen, als wären sie notwendige ewige Sachen, wendet. Daher ist Ägypten jederzeit ein Kind an Kenntnissen geblieben, weil es ein Kind in Andeutung derselben blieb, und für uns sind diese Kinder-Ideen wahrscheinlich auf immer verloren.

Also auch an der Religion und Staatsweisheit der Ägypter können wir uns schwerlich etwas anders als die Stufe denken, die wir bei mehreren Völkern des hohen Altertums bisher bemerkt haben und bei den Nationen des östlichen Asiens zum Teil noch jetzt bemerken. Wäre es gar wahrscheinlich zu machen, daß mehrere Kenntnisse der Ägypter in ihrem Lande schwerlich erfunden sein möchten, daß sie vielmehr mit solchen, wie mit gegebnen Formeln und Prämissen nur fortgerechnet und sie ihrem Lande bequemt haben, so fiele ihr Kindesalter in allen diesen Wissenschaften noch mehr in die Augen. Daher vielleicht die langen Register ihrer Könige und Weltzeiten; daher ihre vielgedeuteten Geschichten vom Osiris, der Isis, dem Horus, Typhon u. f.; daher ein großer Vorrat ihrer heiligen Sagen. Die Hauptideen ihrer Religion haben sie mit mehreren Ländern des höheren Asiens gemein; hier sind sie nur nach der Naturgeschichte des Landes und dem Charakter des Volks in Hieroglyphen verkleidet. Die Grundzüge ihrer politischen Einrichtung sind andern Völkern auf gleicher Stufe der Kultur nicht fremde, nur daß sie hier im schönen Niltal ein eingeschlossenes Volk sehr ausarbeitete und nach seiner Weise brauchte*. Schwerlich würde Ägypten in den hohen Ruf seiner Weisheit gekommen sein, wenn nicht seine uns nähere Lage, die Trümmern seiner Altertümer, vorzüglich aber die Sagen der Griechen es dahin gebracht hätten.

Und eben diese Lage zeigt auch, welche Stelle es in der Reihe der Völker einnehme. Wenige Nationen sind von ihm entsprossen oder durch dasselbe kultiviert worden, so daß von jenen mir nur die Phönizier, von diesen die Juden und Griechen bekannt

* Die Mutmaßungen hierüber erwarten einen andern Ort.

sind; ins innere Afrika weiß man nicht, wie weit sich ihr Einfluß verbreitet. Armes Ägypten, wie bist du jetzo verändert! Durch eine jahrtausendlange Verzweiflung elend und träge geworden, war es einst arbeitsam und duldend-fleißig. Auf den Wink seiner Pharaonen spann es und webte, trug Steine und grub in den Bergen, trieb Künste und bauete das Land. Geduldig ließ es sich einschließen und zur Arbeit verteilen, war fruchtbar und erzog seine Kinder kärglich, scheuete die Fremden und genoß seines eingeschlossenen Landes. Seitdem es dies Land aufschloß oder Kambyses vielmehr sich selbst den Weg dahin bahnte, wurde es Jahrtausende hin Völkern nach Völkern zur Beute. Perser und Griechen, Römer, Byzantiner, Araber, Fatimiten, Kurden, Mamelucken und Türken plagten dasselbe nacheinander, und noch jetzt ists ein trauriger Tummelplatz arabischer Streifereien und türkischer Grausamkeiten in seiner schönen Weltgegend.

VI.

Weitere Ideen zur Philosophie der Menschengeschichte

Nachdem wir abermals einen großen Strich menschlicher Begebenheiten und Einrichtungen vom Euphrat bis zum Nil, von Persepolis bis Karthago durchwandert haben, so lasset uns niedersitzen und zurückblicken auf unsre Reise.

Was ist das Hauptgesetz, das wir bei allen großen Erscheinungen der Geschichte bemerkten? Mich dünkt dieses: *daß allenthalben auf unsrer Erde werde, was auf ihr werden kann, teils nach Lage und Bedürfnis des Orts, teils nach Umständen und Gelegenheiten der Zeit, teils nach dem angebornen oder sich erzeugenden Charakter der Völker.* Setzet lebendige Menschenkräfte in bestimmte Verhältnisse ihres Orts und Zeitmaßes auf der Erde, und es ereignen sich alle Veränderungen der Menschengeschichte. Hier kristallisieren sich Reiche und Staaten, dort lösen sie sich auf und gewinnen andre Gestalten; hier wird aus einer Nomadenhorde ein Babylon, dort aus einem bedrängten Ufervolk ein Tyrus; hier bildet in Afrika sich ein Ägypten, dort in der Wüste Arabiens ein Judenstaat; und das alles in Einer Weltgegend, in nachbarlicher Nähe gegeneinander. Nur Zeiten, nur Örter und Nationalcharaktere, kurz das ganze Zusammenwirken lebendiger Kräfte in ihrer bestimmtesten Individualität entscheidet, wie über alle Erzeugungen der Natur, so über alle Ereignisse im Menschenreiche. Lasset uns dies herrschende Gesetz der Schöpfung in das Licht stellen, das ihm gebühret.

1. *Lebendige Menschenkräfte sind die Triebfeder der Menschengeschichte;* und da der Mensch seinen Ursprung von und in einem Geschlecht nimmt, so wird hiemit schon seine Bildung, Erziehung und Denkart genetisch. Daher jene sonderbaren Nationalcharaktere, die, den ältesten Völkern so tief eingeprägt, sich in allen ihren Wirkungen auf der Erde unverkennbar zeichnen. Wie eine Quelle von dem Boden, auf dem sie sich sammlete, Bestandteile, Wirkungskräfte und Geschmack annimmt, so entsprang der alter Charakter der Völker aus Geschlechtszügen, der Himmelsgegend, der Lebensart und Erziehung, aus den frühen Geschäften und Taten, die diesem Volk eigen wurden. Tief drangen die Sitten der Väter ein und wurden des Geschlechts inniges Vorbild. Eine Probe davon möge die Denkart der Juden sein, die uns aus ihren Büchern und Beispielen am meisten bekannt ist: im Lande der Väter wie in der Mitte andrer Nationen blieben sie, was sie waren, und sind sogar

in der Vermischung mit andern Völkern einige Geschlechter hinab kenntlich. Mit allen Völkern des Altertums, Ägyptern, Chinesen, Arabern, Hindus u. f. war es und ists ein gleiches. Je eingeschlossener sie lebten, ja oft je mehr sie bedrängt wurden, desto fester ward ihr Charakter, so daß, wenn jede dieser Nationen auf ihrer Stelle geblieben wäre, man die Erde als einen Garten ansehen könnte, wo hier diese, dort jene menschliche Nationalpflanze in ihrer eignen Bildung und Natur blühet, wo hier diese, dort jene Tiergattung, jede nach ihrem Triebe und Charakter ihr Geschäft treibet.

Da aber die Menschen keine festgewurzelten Pflanzen sind: so konnten und mußten sie mit der Zeit, oft durch harte Zufälle des Hungers, Erdbebens, Krieges u. f. ihren Ort verändern, und baueten sich in einer andern Gegend mehr oder minder anders an. Denn wenn sie gleich mit einer Hartnäckigkeit, die fast dem Instinkt der Tiere gleichet, bei den Sitten ihrer Väter blieben und ihre neuen Berge, Flüsse, Städte und Einrichtungen auch sogar mit Namen ihres Urlandes benannten: so war doch bei einer großen Veränderung der Luft und des Bodens ein ewiges Einerlei in allem nicht möglich. Hier also kam das verpflanzte Volk darauf, sich selbst ein Wespennest oder einen Ameishaufen zu bauen nach seiner Weise. Der Bau ward aus Ideen des Urlandes und ihres neuen Landes zusammengesetzt, und meistens heißt diese Einrichtung die jugendliche Blüte der Völker. So richteten sich die vom Roten Meer gewichenen Phönizier an der mittelländischen Küste ein; so wollte Moses die Israeliten einrichten; so ists mit mehreren Völkern Asiens gewesen; denn fast jede Nation der Erde ist früher oder später, länger oder kürzer, wenigstens einmal gewandert. Leicht zu erachten ists, daß es hierbei sehr auf die Zeit ankam, wann diese Wanderung geschah, auf die Umstände, die solche bewirkten, auf die Länge des Weges, die Art von Kultur, mit der das Volk ausging, die Übereinstimmung oder Mißhelligkeit, die es in seinem neuen Lande antraf u. f. Auch bei unvermischten Völkern wird daher die historische Rechnung bloß schon aus geographisch-politischen Gründen so verwickelt, daß es einen hypothesenfreien Geist erfordert, den Faden nicht zu verlieren. Am meisten verliert man ihn, wenn man irgendeinen Stamm der Völker zum Liebling annimmt und, was nicht er ist, verachtet. Der Geschichtsschreiber der Menschheit muß wie der Schöpfer unsres Geschlechts oder wie der Genius der Erde unparteiisch sehen und leidenschaftlos richten. Dem Naturforscher, der zur Kenntnis und Ordnung aller Klassen seiner Reiche gelangen will, ist Rose und Distel, das Stink- und Faultier mit den Elefanten gleich lieb; er untersucht das am meisten, wobei er am meisten lernet. Nun hat die Natur die ganze Erde ihren Menschenkindern gegeben und auf solcher hervorkeimen lassen, was nach Ort, Zeit und Kraft irgend nur hervorkeimen konnte. Alles, was sein kann, ist; alles was werden kann, wird; wo nicht heut, so morgen. Das Jahr der Natur ist lang; die Blüte ihrer Pflanzen ist so vielfach, als diese Gewächse selbst sind und die Elemente, die sie nähren. In Indien, Ägypten, China geschah, was sonst nie und nirgend auf der Erde geschehen wird; also in Kanaan, Griechenland, Rom, Karthago. Das Gesetz der Notwendigkeit und Konvenienz, das aus Kräften, Ort und Zeit zusammengesetzt ist, bringt überall andre Früchte.

2. Wenns also vorzüglich darauf ankommt, *in welche Zeit und Gegend die Entstehung eines Reichs fiel, aus welchen Teilen es bestand, und welche äußere Umstände es umgaben:* so sehen wir, liegt in diesen Zügen auch ein großer Teil von dieses Reiches Schicksal. Eine Monarchie, von Nomaden gebildet, die ihre Lebensart auch politisch fortsetzt, wird schwerlich von einer langen Dauer sein: sie zerstört

und unterjocht, bis sie selbst zerstört wird; die Einnahme der Hauptstadt und oft der Tod eines Königs allein endet ihre ganze Räuberszene. So wars mit Babel und Ninive, mit Persepolis und Ekbatana; so ists in Persien noch. Das Reich der Moguls in Indien hat fast sein Ende gefunden, und das Reich der Türken wird es finden, so lange sie Chaldäer, d. i. fremde Eroberer bleiben und keinen sittlichern Grund ihres Regiments legen. Der Baum möge bis an den Himmel reichen und ganze Weltteile überschatten; hat er keine Wurzeln in der Erde, so vertilgt ihn oft ein Luftstoß. Er fället durch die List eines einzigen treulosen Sklaven oder durch die Axt eines kühnen Satrapen. Die alte und neue asiatische Geschichte ist dieser Revolutionen voll, daher auch die Philosophie der Staaten an ihnen wenig zu lernen findet. Despoten werden vom Thron gestoßen, und Despoten darauf erhöhet: das Reich hängt an der Person des Monarchen, an seinem Zelt, an seiner Krone; wer diese in seiner Gewalt hat, ist der neue Vater des Volks, d. i. der Anführer einer überwiegenden Räuberbande. Ein Nebukadnezar war dem ganzen Vorderasien furchtbar, und unter dem zweiten Erben lag sein unbefestigtes Reich im Staube. Drei Schlachten Alexanders machen dem ungeheuern Perserreich ein völliges Ende.

Ganz anders ists mit Staaten, die, aus ihrer Wurzel erwachsen, auf sich selbst ruhen; sie können überwältigt werden, aber die Nation dauret. So ists mit China; man weiß, was den Überwindern daselbst die Einführung einer bloßen Sitte, des mongolischen Haarscherens für Mühe gekostet habe. So mit den Brahmanen und Israeliten, die bloß ihr Zeremoniengeist von allen Völkern der Erde auf ewig sondert. So widerstand Ägypten lange der Vermischung mit andern Völkern; und wie schwer wards, die Phönizier auszurotten, bloß weil sie an dieser Stelle ein gewurzeltes Volk waren. Wäre es dem Cyrus gelungen, ein Reich wie Yao, Krischna, Moses zu gründen, es lebte noch, obgleich verstümmelt, in allen seinen Gliedern.

Hieraus ergibt sich, warum die alten Staatsverfassungen so sehr auf Bildung der Sitten durch die Erziehung sahen, da von dieser Triebfeder ihre ganze innere Stärke abhing. Neuere Reiche sind auf Geld oder mechanische Staatskünste, jene waren auf die ganze Denkart der Nation von Kindheit auf gebauet; und da es für die Kindheit keine wirksamere Triebfeder als Religion gibt, so waren die meisten alten, insonderheit asiatischen Staaten mehr oder minder theokratisch. Ich weiß, wie sehr man diesen Namen hasse, dem man größtenteils alles Übel zuschreibt, das je die Menschheit gedrückt hat; auch werde ich keinem seiner Mißbräuche das Wort reden. Aber das ist zugleich wahr, daß diese Regierungsform der Kindheit unsres Geschlechts nicht nur angemessen, sondern auch notwendig gewesen, sonst hätte sie sich gewiß nicht so weit erstreckt und so lange erhalten. Von Ägypten bis China, ja beinah in allen Ländern der Erde hat sie geherrschet, so daß Griechenland das erste Land war, das seine Gesetzgebung allmählich von der Religion trennte. Und da eine jede Religion politisch um so viel mehr wirket, je mehr die Gegenstände derselben, ihre Götter und Helden mit allen ihren Taten Einheimische waren: so sehen wir, daß jede alte festgewurzelte Nation sogar ihre Kosmogonie und Mythologie dem Lande zugeeignet hatte, das sie bewohnte. Die einzigen Israeliten zeichnen sich auch darin von allen ihren Nachbarn aus, daß sie weder die Schöpfung der Welt noch des Menschen ihrem Lande zudichten. Ihr Gesetzgeber war ein aufgeklärter Fremdling, der das Land ihres künftigen Besitzes nicht erreichte; ihre Vorfahren hatten anderswo gelebt, ihr Gesetz war außerhalb Landes gegeben. Wahrscheinlich trug dies nachher mit dazu bei, daß die Juden wie beinah keine der alten Nationen sich auch außer ihrem Lande so wohl behalfen. Der Brahmane, der Chinese kann außer seinem

Lande nicht leben; und da der mosaische Jude eigentlich nur ein Geschöpf Palästinas ist, so dürfte es außer Palästina keinen Juden mehr geben.

3. Endlich sehen wir aus dem ganzen Erdstrich, den wir durchwandert haben, *wie hinfällig alles Menschenwerk, ja wie drückend auch die beste Einrichtung in wenigen Geschlechtern werde.* Die Pflanze blühet und blühet ab; eure Väter starben und verwesen; euer Tempel zerfällt; dein Orakelzelt, deine Gesetztafeln sind nicht mehr; das ewige Band der Menschen, die Sprache selbst veraltet; wie, und Eine Menschenverfassung, Eine politische oder Religionseinrichtung, die doch nur auf diese Stücke gebauet sein kann, sie sollte, sie wollte ewig dauern? So würden dem Flügel der Zeit Ketten angelegt und der rollende Erdball zu einer trägen Eisscholle über dem Abgrunde. Wie wäre es uns, wenn wir noch jetzt den König Salomo seine 22 000 Ochsen und 120 000 Schafe an Einem Feste opfern sähen, oder die Königin aus Saba ihn zu einem Gastmahle in Rätseln besuchte? Was würden wir von aller Ägypter-Weisheit sagen, wenn der Ochs Apis und die heilige Katze und der heilige Bock uns im prächtigsten Tempel gezeigt würden? Eben also ists mit den drückenden Gebräuchen der Brahmanen, dem Aberglauben der Parsen, den leeren Anmaßungen der Juden, dem ungereimten Stolz der Chinesen, und was sich sonst irgendwo auf uralte Menscheneinrichtungen vor dreitausend Jahren stützen möge. Zoroasters Lehre möge ein ruhmwürdiger Versuch gewesen sein, die Übel der Welt zu erklären und seine Genossen zu allen Werken des Lichts aufzumuntern; was ist diese Theodizee jetzt auch nur in den Augen eines Mohammedaners? Die Seelenwanderung der Brahmanen möge als ein jugendlicher Traum der menschlichen Einbildungskraft gelten, der unsterbliche Seelen im Kreise der Sichtbarkeit versorgen will und an diesen gutgemeinten Wahn moralische Begriffe knüpfet; was ist sie aber als ein vernunftloses heiliges Gesetz mit ihren tausend Anhängen von Gebräuchen und Satzungen worden? Die Tradition ist eine an sich vortreffliche, unserm Geschlecht unentbehrliche Naturordnung; sobald sie aber sowohl in praktischen Staatsanstalten als im Unterricht alle Denkkraft fesselt, allen Fortgang der Menschenvernunft und Verbesserung nach neuen Umständen und Zeiten hindert: so ist sie das wahre Opium des Geistes sowohl für Staaten als Sekten und einzelne Menschen. Das große Asien, die Mutter aller Aufklärung unsrer bewohnten Erde, hat von diesem süßen Gift viel gekostet und andern zu kosten gegeben. Große Staaten und Sekten in ihm schlafen, wie nach der Fabel der heilige Johannes in seinem Grabe schläft; er atmet sanft, aber seit fast zweitausend Jahren ist er gestorben und harret schlummernd, bis sein Erwecker kommt.

DREIZEHNTES BUCH

Mit dem Bedauern eines Wanderers, der ein Land verlassen muß, ohne daß ers nach seinen Wünschen kennenlernte, verlasse ich Asien. Wie wenig ists, was wir von ihm wissen! Und meistens aus wie späten Zeiten, aus wie unsichern Händen! Das östliche Asien ist uns nur neulich durch religiöse oder politische Parteien bekannt und durch gelehrte Parteien in Europa zum Teil so verwirret worden, daß wir in große Strecken desselben noch wie in ein Fabelland blicken. Im Vorderasien und dem ihm nachbarlichen Ägypten erscheint uns aus der ältern Zeit alles wie eine Trümmer oder wie ein verschwundener Traum; was uns aus Nachrichten bekannt ist, wissen wir nur aus dem Munde flüchtiger Griechen, die für das hohe Altertum dieser Staaten teils zu jung, teils von zu fremder Denkart waren und nur das ergriffen, was zu ihnen gehörte. Die Archive Babylons, Phöniziens und Karthagos sind nicht mehr; Ägypten war abgeblühet, fast ehe Griechen sein Inneres betrachten; also schrumpft alles in wenige, verwelkte Blätter zusammen, die Sagen aus Sagen enthalten, Bruchstücke der Geschichte, ein Traum der Vorwelt.
Bei Griechenland klärt sich der Morgen auf, und wir schiffen ihm froh entgegen. Die Einwohner dieses Landes bekamen in Vergleichung mit andern Nationen frühe Schrift und fanden in den meisten ihrer Verfassungen Triebfedern, ihre Sprache von der Poesie zur Prosa, und in dieser zur Philosophie und Geschichte herabzuführen. Die Philosophie der Geschichte sieht also Griechenland für ihre Geburtsstätte an; sie hat in ihm auch eine schöne Jugend durchlebet. Schon der fabelnde Homer beschreibt die Sitten mehrerer Völker, soweit seine Kenntnis reichte; die Sänger der Argonauten, deren Nachhall übrig ist, erstrecken sich in eine andre, merkwürdige Gegend. Als späterhin die eigentliche Geschichte sich von der Poesie loswand, bereisete Herodot mehrere Länder, und trug mit löblich kindischer Neugierde zusammen, was er sah und hörte. Die spätern Geschichtsschreiber der Griechen, ob sie sich gleich eigentlich auf ihr Land einschränkten, mußten dennoch auch manches von andern Ländern melden, mit denen ihr Volk in Verbindung kam; so erweiterte sich endlich, insonderheit durch Alexanders Züge, allmählich die Welt. Mit Rom, dem die Griechen nicht nur zu Führern in der Geschichte, sondern auch selbst zu Geschichtsschreibern dienten, erweitert sie sich noch mehr, so daß Diodor von Sizilien, ein Grieche, und Trogus, ein Römer, ihre Materialien bereits zu einer Art von Weltgeschichte zusammenzutragen wagten. Wir freuen uns also, daß wir endlich zu einem Volk gelangen, dessen Ursprung zwar auch im Dunkel begraben, dessen erste

Zeiten ungewiß, dessen schönste Werke sowohl der Kunst als der Schrift großenteils auch von der Wut der Völker oder vom Moder der Zeiten vertilgt sind, von dem aber dennoch herrliche Denkmale zu uns reden. Sie reden mit dem philosophischen Geist zu uns, dessen Humanität ich meinem Versuch über sie vergebens einzuhauchen strebe. Ich möchte, wie ein Dichter, den weithinsehenden Apoll und die Töchter des Gedächtnisses, die alles wissenden Musen anrufen; aber der Geist der Forschung sei mein Apoll und die parteilose Wahrheit meine belehrende Muse.

I.

Griechenlands Lage und Bevölkerung

Das dreifache Griechenland, von dem wir reden, ist ein meerumgebenes Busen- und Küstenland oder gar ein Sund von Inseln. Es liegt in einer Weltgegend, in der es aus mehreren Erdstrichen nicht nur Bewohner, sondern auch gar bald Keime der Kultur empfangen konnte; seine Lage also und der Charakter des Volks, der sich durch frühe Unternehmungen und Revolutionen dieser Gegend gemäß bildete, brachte gar bald eine innere Zirkulation der Ideen und eine äußere Wirksamkeit zuwege, die den Nationen des großen festen Weltteils von der Natur versagt war. Endlich die Zeit, in welche die Kultur Griechenlands traf, die Stufe der Bildung, auf der damals nicht nur die umherwohnenden Völker standen, sondern der gesamte Menschengeist lebte; alles dies trug dazu bei, die Griechen zu dem Volk zu machen, das sie einst waren, jetzt nicht mehr sind und nie mehr sein werden. Lasset uns dies schöne Problem der Geschichte näher betrachten; die Data desselben, insonderheit durch den Fleiß deutscher Gelehrten bearbeitet, liegen beinahe bis zur Auflösung vor uns.

Ein eingeschränktes Volk, das fern von der Seeküste und dem Umgange andrer Nationen zwischen Bergen wohnet, ein Volk, das seine Aufklärung nur von Einem Ort her erhielt und, je früher es diese annahm, dieselbe durch eherne Gesetze um so fester machte; eine solche Nation mag viele Eigenheit an Charakter erhalten und sich lange darin bewahren; es fehlt aber viel, daß dieser beschränkte Idiotismus ihr jene nützliche Vielseitigkeit gebe, die nur durch tätige Konkurrenz mit andern Nationen erlangt werden konnte. Beispiele davon sind nebst Ägypten alle asiatischen Länder. Hätte die Kraft, die unsre Erde baute, ihren Bergen und Meeren eine andre Gestalt, und das große Schicksal, das die Grenzen der Völker setzte, ihnen einen andren Ursprung als von den asiatischen Gebirgen gegeben, hätte das östliche Asien früheren Seehandel und ein Mittelländisches Meer bekommen, das es jetzt, seiner Lage nach, nicht hat, der ganze Gang der Kultur wäre verändert. Jetzt ging dieser nach Westen hinab, weil er sich ostwärts weder ausbreiten noch wenden konnte.

Betrachten wir die Geschichte der Inseln und Sundländer, wie und wo sie auch in der Welt liegen, so finden wir, daß, je glücklicher ihre Bepflanzung, je leichter und vielfacher der Kreislauf von Tätigkeit war, der auf ihnen in Gang gesetzt werden konnte, endlich in je eine vorteilhaftere Zeit oder Weltlage die Rolle ihrer Wirksamkeit fiel: desto mehr haben sich solche Inseln- oder Küstenbewohner vor den Geschöpfen des ebnen Landes ausgezeichnet. Trotz aller angebornen Gaben und erworbnen Geschicklichkeiten blieb auf diesem der Hirt ein Hirt, der Jäger ein Jäger; selbst der Ackermann und Künstler waren, wie Pflanzen an, einen engen Boden befestigt. Man vergleiche England mit Deutschland; die Engländer sind Deutsche, ja bis auf die spätesten Zeiten haben Deutsche den Engländern in den größesten Dingen vorgearbeitet. Weil aber jenes Land als eine Insel von frühen Zeiten in manche größere Tätigkeit eines Allgemeingeistes kam, so konnte dieser Geist auf ihr sich besser ausarbeiten und ungestörter zu einer Konsistenz gelangen, die dem bedrängten Mittellande versagt war. Bei den Inseln der Dänen, bei den Küsten Italiens, Spaniens, Frankreichs, nicht minder der Niederlande und Norddeutschlands werden wir ein gleiches Verhältnis gewahr, wenn wir sie mit den innern Gegenden des europäischen Slawen- und Skythenlandes, mit Rußland, Polen, Ungarn vergleichen. In allen Meeren haben die Reisenden gefunden, daß sich auf Inseln, Halbinseln oder Küsten von glücklicher Lage eine Bestrebsamkeit und freiere Kultur erzeugt hatte, die sich unter dem Druck einförmiger, alter Gesetze des festen Landes nicht erzeugen konnte.* Man lese die Beschreibungen der Sozietäts- und Freundschaftsinseln; trotz ihrer Entferung von der ganzen bewohnten Welt haben sie sich bis auf Putz und Üppigkeit zu einer Art von Griechenland gebildet. Selbst in manchen einzelnen Inseln des offnen Meers trafen die ersten Reisenden eine Milde und Gefälligkeit an, die man bei den Nationen des innern Landes vergebens suchte. Allenthalben sehen wir also das große Gesetz der Menschennatur, daß, wo sich Tätigkeit und Ruhe, Geselligkeit und Entfernung, freiwillige Betriebsamkeit und Genuß derselben auf eine schöne Weise gatten, auch ein Kreislauf befördert werde, der dem Geschlecht selbst sowohl als allen ihm nahenden Geschlechten hold ist. Nichts ist der menschlichen Gesundheit schädlicher als Stockung ihrer Säfte; in den despotischen Staaten von alter Einrichtung ist diese Stockung unvermeidlich, daher sie meistens auch, falls sie nicht schnell aufgerieben werden, bei lebendem Leibe ihres langsamen Todes sterben. Wo hingegen durch die Natur des Landes die Staaten sich klein und die Einwohner in der gesunden Regsamkeit erhalten, die ihnen z. B. das geteilte See- und Landleben vorzüglich gibt, da dürfen nur günstige Umstände hinzukommen, und sie werden ein gebildetes, berühmtes Volk werden. So war, anderer Gegenden zu geschweigen, unter den Griechen selbst die Insel Kreta das erste Land, das eine Gesetzgebung zum Muster aller Republiken des festen Landes hervorbrachte; ja, die meisten und berühmtesten von diesen waren Küstenländer. Nicht ohne Ursache haben daher die Alten ihre glücklichen Wohnungen auf Inseln gesetzt, wahrscheinlich weil sie auf ihnen die meisten freien, glücklichen Völker fanden.

Wenden wir dies alles auf Griechenland an, wie natürlich mußte sich sein Volk von den Einwohnern des höheren Gebirges unterscheiden! Durch eine kleine Meerenge war Thrazien von Kleinasien getrennt, und dies nationenreiche, fruchtbare Land längs seiner westlichen Küste durch einen inselvollen Sund mit Griechenland verbunden. Der Hellespont, könnte man sagen, war nur dazu durchbrochen, und das Ägäische Meer mit seinen Inseln zwischengeworfen, damit der Übergang eine leichte Mühe und in dem busenreichen Griechenlande eine beständige Wanderung und Zirkulation würde. Von den ältesten Zeiten an finden wir daher die zahlreichen Völker dieser Küsten auf der See wandernd: Kreter, Lydier, Pelasger, Thrazier, Rhodier, Phrygier, Zyprer, Milesier, Karier, Lesbier, Phocäer, Samier, Spartaner, Naxier, Eretäer und Ägineten folgten schon vor Xerxes Zeiten einander in der Herr-

* Man vergleiche die Malaien und die Einwohner der asiatischen Inseln mit dem festen Lande; selbst Japan halte man gegen China, die Bewohner der Kurilen und Fuchsinseln gegen die Mongolen: Juan-Fernandez, Sokotora, die Oster-, die Byrons-Insel, die Maldiven u. f. f.

schaft des Meeres*, und lange vor diesen Seemächten fanden sich auf demselben Seeräuber, Kolonien, Abenteurer, so daß es beinah kein griechisches Volk gibt, das nicht, oft mehr als einmal, gewandert habe. Von alten Zeiten an ist hier alles in Bewegung, von den Küsten Kleinasiens bis nach Italien, Sizilien, Frankreich; kein europäisches Volk hat einen weitern, schönern Weltstrich als diese Griechen bepflanzet. Nichts anders will man auch, wenn man das schöne Klima der Griechen nennt, sagen. Käme es dabei bloß auf träge Wohnplätze der Fruchtbarkeit in wasserreichen Tälern oder auf Auen überschwemmender Ströme an, wie manches schönere Klima würde sich in den andern drei Weltteilen finden, das doch nie Griechen hervorgebracht hat.** Eine Reihe von Küsten aber, die im Lauf der Kultur für die Betriebsamkeit kleiner Staaten unter einer so günstigen Aura lägen wie diese ionischen, griechischen und großgriechischen Küsten, findet man sonst nirgend auf der Erde.
Wir dürfen daher auch nicht lange fragen, woher dem Lande der Griechen seine ersten Bewohner kamen? Pelasger heißen sie, Ankömmlinge, die sich auch in dieser Entfernung noch als Brüder der Völker jenseit des Meers, d. i. Kleinasiens, erkannten. Es wäre eine grundlose Mühe, alle die Züge herzuzählen, wie über Thrazien oder über den Hellespont und Sund west- und südwärts die Völker dahingesteuret und sich, beschützt von den nordischen Gebirgen, allmählich über Griechenland verbreitet haben. Ein Stamm folgte dem andern; ein Stamm verdrängte den andern; Hellenen brachten den alten Pelasgern neue Kultur, so wie sich mit der Zeit griechische Kolonien wieder an die asiatischen Ufer verpflanzten. Günstig gnug für die Griechen, daß sie eine so schöne Halbinsel des großen festen Landes sich nahe zur Seite hatten, auf welcher die meisten Völker nicht nur Eines Stammes, sondern auch von früher Kultur waren.*** Dadurch bekam nicht nur ihre Sprache jene Originalität und Einheit, die sie als ein Gemisch vieler Zungen nie würde erhalten haben; auch die Nation selbst nahm an dem sittlichen Zustande ihrer benachbarten Stammvölker teil und kam bald mit denselben in mannigfaltige Verhältnisse des Krieges und des Friedens. Kleinasien ist die Mutter Griechenlandes sowohl in seiner Anpflanzung als den Hauptzügen seiner frühesten Bildung; dagegen es auf die Küsten seines Mutterlandes wiederum Kolonien sandte und in ihnen eine zweite schönere Kultur erlebte.
Leider aber, daß uns auch von der asiatischen Halbinsel aus der frühesten Zeit so wenig bekannt ist! Das Reich der Troer kennen wir nur aus Homer; und so hoch er als Dichter seine Landesleute über jene erhebt, so ist doch selbst bei ihm der blühende Zustand des trojanischen Reichs auch in Künsten und sogar in der Pracht unverkennbar. Desgleichen sind die Phrygier ein altes frühgebildetes Volk, dessen Religion und Sagen auf die älteste Mythologie der Griechen unstreitig gewirkt haben. So späterhin die Karier, die sich selbst Brüder der Mysier und Lydier nannten und mit den Pelasgern und Lelegern Eines Stammes waren; sie legten sich frühe auf die Schiffahrt, welche damals Seeräuberei war, da die gesittetern Lydier sogar die Erfindung des geprägten Geldes als eines Mittels der Handlung mit den Phöniziern teilen. Keinem von diesen Völkern also, sowenig als den Mysiern und Thraziern, hat es an früher Kultur gefehlt, und bei einer guten Verpflanzung konnten sie Griechen werden.

* S. *Heyne* Comment. de Castoris epoch. in N. Comment. Soc. Gotting. T. I. II.

** S. *Riedesels* Bemerkungen auf einer Reise nach der Levante. S. 113.

*** S. *Heyne* de origine Graecorum, commentat. Soc. Gotting. 1764.

Der erste Sitz der griechischen Musen war gegen Thrazien zu, nordöstlich. Aus Thrazien kam Orpheus, der den verwilderten Pelasgern zuerst ein menschliches Leben gab und jene Religionsgebräuche einführte, die so weit umher und so lange galten. Die ersten Berge der Musen waren Thessaliens Berge, der Olympus, Helikon, Parnassus, Pindus: hier (sagt der feinste Forscher der griechischen Geschichte*) hier war der älteste Sitz ihrer Religion, Weltweisheit, Musik und Dichtkunst. Hier lebten die ersten griechischen Barden; hier bildeten sich die ersten gesitteten Gesellschaften; die Lyra und Cythara ward hier erfunden und allem, was nachher der Geist der Griechen ausschuf, die erste Gestalt angebildet. In Thessalien und Böotien, die in spätern Zeiten durch Geistesarbeiten sich so wenig hervorgetan haben, ist kein Quell, kein Fluß, kein Hügel, kein Hain, der nicht durch Dichtungen bekannt und in ihnen verewigt wäre. Hier floß der Peneus, hier war das angenehme Tempe, hier wandelte Apoll als Schäfer und die Riesen türmten ihre Berge. Am Fuß des Helikons lernte noch Hesiodus seine Sagen aus dem Munde der Musen; kurz hier hat sich zuerst die griechische Kultur einheimisch gebildet, so wie auch von hier aus durch die Stämme der Hellenen die reinere griechische Sprache in ihren Hauptdialekten ausging.

Notwendig aber entstand mit der Folge der Zeiten auf so verschiednen Küsten und Inseln, bei so manchen Wanderungen und Abenteuern eine Reihe andrer Sagen, die sich ebenfalls durch Dichter im Gebiete der griechischen Muse festsetzten. Beinah jedes kleine Gebiet, jeder berühmte Stamm trug seine Vorfahren oder Nationalgottheiten in dasselbe; und diese Verschiedenheit, die ein undurchschaulicher Wald wäre, wenn wir die griechische Mythologie als eine Dogmatik behandeln müßten, eben sie brachte aus dem Leben und Weben der Stämme auch Leben ins Gebiet der Nationaldenkart. Nur aus so vielartigen Wurzeln und Keimen konnte jener schöne Garten aufblühn, der selbst in der Gesetzgebung mit der Zeit die mannigfaltigsten Früchte brachte. Im vielgeteilten Lande schützte diesen Stamm sein Tal, jenen seine Küste und Insel, und so erwuchs aus der langen jugendlichen Regsamkeit zerstreuter Stämme und Königreiche die große freie Denkart der griechischen Muse. Von keinem Allgemeinherrscher war ihnen Kultur aufgezwungen worden; durch den Klang der Leier bei heiligen Gebräuchen, Spielen und Tänzen, durch selbsterfundene Wissenschaften und Künste, am meisten endlich durch den vielfachen Umgang untereinander und mit andern Völkern nahmen sie freiwillig, jetzt dieser, jetzt jener Strich, Sittlichkeit und Gesetze an; auch im Gange zur Kultur also ein griechisches Freivolk. Daß hiezu, wie in Theben, auch phönizische und, wie in Attika, ägyptische Kolonien beigetragen haben, ist außer Zweifel, obgleich durch diese Völker glücklicherweise weder der Hauptstamm der griechischen Nation, noch ihre Denkart und Sprache gebildet wurde. Ein ägyptisch-kanaanitisches Volk sollten die Griechen, dank ihrer Abstammung, Lebensart und einländischen Muse, nicht werden.

* *Heyne* de Musis: S. Gött. Anzeigen, 1766. S. 275.

II.

Griechenlands Sprache, Mythologie und Dichtkunst

Wir kommen zu Gegenständen, die Jahrtausende schon das Vergnügen des feineren Menschengeschlechts waren und, wie ich hoffe, es immerhin sein werden. Die griechische Sprache ist die gebildetste der Welt, die griechische Mythologie die reichste und schönste auf der Erde, die griechische Dichtkunst endlich vielleicht die vollkommenste ihrer Art, wenn man sie ort- und zeitmäßig betrachtet. Wer gab nun diesen einst rohen Stämmen eine solche Sprache, Poesie und bildliche Weisheit? Der Genius der Natur gab sie ihnen, ihr Land, ihre Lebensart, ihre Zeit, ihr Stammescharakter.

Von rohen Anfängen ging die griechische Sprache aus; aber diese Anfänge enthielten schon Keime zu dem, was aus ihr werden sollte und werden konnte. Sie war kein Hieroglyphen-Machwerk, keine Reihe hervorgestoßener einzelner Silben, wie die Sprachen jenseit der mongolischen Berge. Biegsamere, leichtere Organe brachten unter den Völkern des Kaukasus eine leichtere Modulation hervor, die von der geselligen Liebe zur Tonkunst gar bald in Form gebracht werden konnte. Sanfter wurden die Worte gebunden, die Töne zum Rhythmus geordnet; die Sprache floß in einen volleren Strom, die Bilder derselben in eine angenehme Harmonie; sie stiegen sogar zum Wohllaut eines Tanzes. Und so ward jenes einzige Gepräge der griechischen Sprache, das nicht von stummen Gesetzen erpreßt, das durch Musik und Tanz, durch Gesang und Geschichte, endlich durch den plauderhaften freien Umgang vieler Stämme und Kolonien wie eine lebendige Form der Natur entstanden war. Die nordischen Völker Europas hatten bei ihrer Bildung dies Glück nicht. Da ihnen durch fremde Gesetze und durch eine gesanglose Religion ausländische Sitten gegeben wurden, so verstummete auch ihre Sprache. Die deutsche z. B. hat unstreitig viel von ihrer innern Biegsamkeit, von ihrer bestimmtern Zeichnung in der Flexion der Worte, ja noch mehr von jenem lebendigen Schall verloren, den sie unter günstigern Himmelsstrichen ehedem hatte. Einst war sie eine nahe Schwester der griechischen Sprache, und jetzt, wie fernab von dieser ist sie gebildet. Keine Sprache jenseit des Ganges hat die Biegsamkeit und den sanften Fortfluß der griechischen Mundart, kein aramäischer Dialekt diesseit des Euphrats hatte ihn in seinen alten Gestalten. Nur die griechische Sprache ist wie durch Gesang entstanden: denn Gesang und Dichtkunst und ein früher Gebrauch des freien Lebens hat sie zur Musensprache der Welt gebildet. So selten sich nun jene Umstände der Griechen-Kultur wieder zusammenfinden werden, sowenig das Menschengeschlecht in seine Kindheit zurückgehen und einen Orpheus, Musäus und Linus, oder einen Homerus und Hesiodus mit allem, was sie begleitete, von den Toten zurückführen kann: sowenig ist die Genesis einer griechischen Sprache in unsern Zeiten selbst für diese Gegenden möglich.

Die Mythologie der Griechen floß aus Sagen verschiedener Gegenden zusammen, die Glaube des Volks, Erzählungen der Stämme von ihren Urvätern oder die ersten Versuche denkender Köpfe waren, sich die Wunder der Welt zu erklären und der menschlichen Gesellschaft Gestalt zu geben.* So unecht und neugeformt unsre Hym-

* S. *Heyne* de fontibus et causis errorum in historia mythica; de causis fabularum physicis; de origine et origine et causis fabularum Homericarum; de Theogonia ab Hesiode condita etc.

nen des alten Orpheus sein mögen, so sind sie immer doch Nachbilder von jenen lebendigen Anbetungen und Grüßen an die Natur, die alle Völker auf der ersten Stufe der Bildung lieben. Der rohe Jäger spricht seinen gefürchteten Bär *, der Neger seinen heiligen Fetisch, der parsische Mobed seine Naturgeister und Elemente beinah auf orphische Weise an; nur, wie ist der orphische Naturhymnus bloß und allein schon durch die griechischen Worte und Bilder gereinigt und veredelt! Und wie angenehm-leichter wurde die griechische Mythologie, da sie mit der Zeit auch in den Hymnen selbst die Fesseln bloßer Beiworte abwarf und dafür wie in den homerischen Gesängen Fabeln der Götter erzählte. Auch in den Kosmogonien zog man mit der Zeit die alten, harten Ursagen näher zusammen und sang dafür menschliche Helden und Stammväter, die man dicht an jene und an die Gestalten der Götter knüpfte. Glücklicherweise hatten die alten Theogonien-Erzähler in die Stammtafeln ihrer Götter und Helden so treffende, schöne Allegorien, oft nur mit Einem Wort ihrer holden Sprache gebracht, daß, wenn die späteren Weisen die Bedeutung derselben nur ausspinnen und ihre feinern Ideen daran knüpfen wollten, ein neues schönes Gewebe ward. Daher verließen selbst die epischen Sänger mit der Zeit ihre oft gebrauchten Sagen von Göttererzeugungen, Himmelsstürmern, Taten des Herkules u.f. und sangen dafür menschlichere Gegenstände zum menschlichen Gebrauche.

Vor allen ist unter diesen Homer berühmt, der Vater aller griechischen Dichter und Weisen, die nach ihm lebten. Durch ein glückliches Schicksal wurden seine zerstreueten Gesänge zu rechter Zeit gesammlet und zu einem zwiefachen Ganzen vereint, das wie ein unzerstörbarer Palast der Götter und Helden auch nach Jahrtausenden glänzet. Wie man ein Wunder der Natur zu erklären strebt, so hat man sich Mühe gegeben, das Werden Homers zu erklären **, der doch nichts als ein Kind der Natur war, ein glücklicher Sänger der ionischen Küste. So manche seiner Art mögen untergegangen sein, die ihm teilweise den Ruhm streitig machen könnten, in welchem er jetzt als Einziger lebet. Man hat ihm Tempel gebaut und ihn als einen menschlichen Gott verehret; die größeste Verehrung indes ist die bleibende Wirkung, die er auf seine Nation hatte und noch jetzt auf alle diejenigen hat, die ihn zu schätzen vermögen. Zwar sind die Gegenstände, die er besingt, Kleinigkeiten nach unsrer Weise: seine Götter und Helden mit ihren Sitten und Leidenschaften sind keine andre, als die ihm die Sage seiner und der vergangenen Zeiten darbot; ebenso eingeschränkt ist auch seine Natur- und Erdkenntnis, seine Moral und Staatslehre. Aber die Wahrheit und Weisheit, mit der er alle Gegenstände seiner Welt zu einem lebendigen Ganzen verwebt, der feste Umriß jedes seiner Züge in jeder Person seiner unsterblichen Gemälde, die unangestrengte sanfte Art, in welcher er, frei als ein Gott, alle Charaktere sieht und ihre Laster und Tugenden, ihre Glücks- und Unglücksfälle erzählet, die Musik endlich, die in so abwechselnden großen Gedichten unaufhörlich von seinen Lippen strömt und, jedem Bilde, jedem Klange seiner Worte eingehaucht, mit seinen Gesängen gleich ewig lebet: sie sinds, die in der Geschichte der Menschheit den Homer zum einzigen seiner Art und der Unsterblichkeit würdig machen, wenn etwas auf Erden unsterblich sein kann.

Notwendig hatte Homer auf die Griechen eine andre Wirkung, als er auf uns haben kann, von denen er so oft eine erzwungene kalte Bewunderung oder gar eine kalte

* S. *Georgi* Abbildungen der Völker des russischen Reichs. T. I.

** *Blackwell's* Enquiry into the Life and Writings of Homer. 1736. *Wood's* Essay on the original Genius of Homer. 1769.

Verachtung zum Lohne hat; bei den Griechen nicht also. Ihnen sang er in einer lebendigen Sprache, völlig noch ungebunden von dem, was man in spätern Zeiten Dialekte nannte; er sang ihnen die Taten der Vorfahren mit Patriotismus gegen die Fremden und nannte ihnen dabei Geschlechter, Stämme, Verfassungen und Gegenden, die ihnen teils als ihr Eigentum vor Augen waren, teils in der Erinnerung ihres Ahnenstolzes lebten. Also war ihnen Homer in mehrerem Betracht ein Götterbote des Nationalruhms, ein Quell der vielseitigsten Nationalweisheit. Die spätern Dichter folgten ihm: die tragischen zogen aus ihm Fabeln, die lehrenden Allegorien, Beispiele und Sentenzen; jeder erste Schriftsteller einer neuen Gattung nahm am Kunstgebäude seines Werks zu dem seinigen das Vorbild, also daß Homer gar bald das Panier des griechischen Geschmacks ward und bei schwächern Köpfen die Regel aller menschlichen Weisheit. Auch auf die Dichter der Römer hat er gewirkt, und keine Aeneis würde ohne ihn da sein. Noch mehr hat auch er die neueren Völker Europas aus der Barbarei gezogen: so mancher Jüngling hat an ihm bildende Freude genossen, und der arbeitende sowohl als der betrachtende Mann Regeln des Geschmacks und der Menschenkenntnis aus ihm gezogen. Indessen ists ebenso unleugbar, daß, wie jeder große Mann durch eine übertriebene Bewunderung seiner Gaben Mißbrauch stiftete, auch der gute Homer davon nicht frei gewesen, so daß er sich selbst am meisten wundern würde, wenn er wiedererscheinend sähe, was man zu jeder Zeit aus ihm gemacht hat. Unter den Griechen hielt er die Fabel länger und fester, als sie ohne ihn wahrscheinlich gedauret hätte: Rhapsodisten sangen ihn her, kalte Dichterlinge ahmten ihn nach und der Enthusiasmus für den Homer ward unter den Griechen endlich eine so kahle, süße, zugespitzte Kunst, als ers kaum irgend für einen Dichter unter einem andern Volk gewesen. Die zahllosen Werke der Grammatiker über ihn sind meistens verloren; sonst würden wir auch an ihnen die unselige Mühe sehen, die Gott den spätern Geschlechten der Menschen durch jeden überwiegenden Geist auflegt; denn sind nicht auch in den neuern Zeiten Beispiele gnug von der falschen Bearbeitung und Anwendung Homers vorhanden? Das bleibt indessen immer gewiß, daß ein Geist wie er in den Zeiten, in denen er lebte, und für die Nation, der er gesammlet ward, ein Geschenk der Bildung sei, dessen sich schwerlich ein anderes Volk rühmen könnte. Kein Morgenländer besitzt einen Homer; keinem europäischen Volke ist zur rechten Zeit, in seiner Jugendblüte ein Dichter wie er erschienen. Selbst Ossian war es seinen Schotten nicht, und ob je das Schicksal einen zweiten Glückswurf tun werde, dem Sunde neugriechischer Freundschaftsinseln einen Homer zu geben, der sie so hoch wie sein alter Zwillingsbruder führe, darüber frage man das Schicksal.

Da also einmal die griechische Kultur von Mythologie, Dichtkunst und Musik ausging, so ists nicht zu verwundern, daß der Geschmack daran ein Hauptstrich ihres Charakters geblieben, der auch ihre ernsthaftesten Schriften und Anstalten bezeichnet. Unsern Sitten ists fremde, daß die Griechen von der Musik als dem Hauptstück der Erziehung reden, daß sie solche als ein großes Werkzeug des Staats behandeln und dem Verfall derselben die wichtigsten Folgen zuschreiben. Noch sonderbarer scheinen uns die Lobsprüche, die sie dem Tanz, der Gebärden- und Schauspielkunst als natürlichen Schwestern der Poesie und Weisheit so begeistert und fast entzückt geben. Manche, die diese Lobsprüche lasen, glaubten, daß die Tonkunst der Griechen auch in systematischer Vollkommenheit ein Wunder der Welt gewesen, weil die gerühmten Wirkungen derselben uns so ganz fremde blieben. Daß es aber auf wissenschaftliche Vollkommenheit der Musik bei den Griechen nicht vorzüglich angelegt gewesen sei, zeigt selbst der Gebrauch, den sie von ihr machten. Sie behandelten sie nämlich gar nicht als eine besondre Kunst, sondern ließen sie der Poesie, dem Tanze, der Gebärden- und Schauspielkunst nur dienen. In dieser Verbindung also und im ganzen Gange, den die griechische Kultur nahm, liegt das Hauptmoment der Wirkung ihrer Töne. Die Dichtkunst der Griechen, von der Musik ausgegangen, kam gern auf sie zurück; selbst das hohe Trauerspiel war nur aus dem Chor entstanden, so wie auch das alte Lustspiel, die öffentlichen Ergötzungen, die Züge zur Schlacht und die häuslichen Freuden des Gastmahls bei ihnen selten ohne Musik und Gesang, die meisten Spiele aber nicht ohne Tänze blieben. Nun war hierin zwar, da Griechenland aus vielen Staaten und Völkern bestand, eine Provinz von der andern sehr verschieden; die Zeiten, die mancherlei Stufen der Kultur und des Luxus änderten darin noch mehr; im ganzen aber bliebs allerdings wahr, daß die Griechen auf eine gemeinschaftliche Ausbildung dieser Künste als auf den höchsten Punkt menschlicher Wirkung rechneten und darauf den größesten Wert legten. Es darf wohl gesagt werden, daß weder die Gebärden- noch Schauspielkunst, weder der Tanz, noch die Poesie und Musik bei uns die Dinge sind, die sie bei den Griechen waren. Bei ihnen waren sie nur ein Werk, eine Blüte des menschlichen Geistes, deren rohen Keim wir bei allen wilden Nationen, wenn sie gefälligen leichten Charakters sind und in einem glücklichen Himmelsstrich leben, wahrnehmen. So töricht es nun wäre, sich in dies Zeitalter jugendlichen Leichtsinns zurücksetzen zu wollen, da es einmal vorüber ist, und wie ein lahmer Greis mit Jünglingen zu hüpfen, warum sollte dieser Greis es den Jünglingen verübeln, daß sie munter sind und tanzen? Die Kultur der Griechen traf auf dies Zeitalter jugendlicher Fröhlichkeit, aus deren Künsten sie alles, was sich daraus machen ließ, machten, notwendig also auch damit eine Wirkung erreichten, deren Möglichkeit wir jetzt kaum in Krankheiten und Überspannungen einsehn. Denn ich zweifle, ob es ein größeres Moment der feinern sinnlichen Wirkung aufs menschliche Gemüt gebe, als der ausstudierte höchste Punkt der Verbindung dieser Künste war, zumal bei Gemütern, die, dazu erzogen und gebildet, in einer lebendigen Welt solcher Eindrücke lebten. Lasset uns also, wenn wir selbst nicht Griechen sein können, uns wenigstens freuen, daß es einmal Griechen gegeben, und daß, wie jede Blüte der menschlichen Denkart, so auch diese ihren Ort und ihre Zeit zur schönsten Entwicklung fand.

Aus dem, was bisher gesagt worden, läßt sich vermuten, daß wir manche Gattung der griechischen Komposition, die sich auf eine lebendige Vorstellung durch Musik, Tanz und die Gebärdensprache beziehet, nur als ein Schattenwerk ansehen, mithin auch bei der sorgsamsten Erklärung vielleicht irregehen werden. Äschylus, Sophokles, Aristophanes und Euripides Theater war nicht unser Theater; das eigentliche Drama der Griechen ist unter keinem Volk mehr erschienen, so vortreffliche Stücke auch andre Nationen in dieser Art gearbeitet haben. Ohne Gesang, ohne jene Feierlichkeiten und hohen Begriffe der Griechen von ihren Spielen müssen Pindars Oden uns Ausbrüche der Trunkenheit scheinen, so wie selbst Platons Gespräche, voll Silbenmusik und schöner Komposition in Bildern und Worten, eben in Stellen ihrer künstlichsten Einkleidung sich die meisten Vorwürfe zugezogen haben. Jünglinge müssen daher die Griechen lesen lernen, weil Alte sie selten zu sehen oder ihre Blüte sich zuzueignen geneigt sind. Laß es sein, daß ihre Einbildungskraft oft den Verstand, daß jene feine Sinnlichkeit, in welche sie das Wesen der guten Bildung setzten, zuweilen die Vernunft und Tugend überwogen; wir wollen sie schätzen lernen, ohne selbst Griechen zu werden. An ihrer Einkleidung, am schönen Maß und Umriß ihrer

Gedanken, an der naturvollen Lebhaftigkeit ihrer Empfindungen, endlich an jenem klangvollen Rhythmus ihrer Sprache, der nie und nirgend seinesgleichen gefunden. haben wir immer noch zu lernen.

III.

Künste der Griechen

Ein Volk von dieser Gesinnung mußte auch in allen Künsten des Lebens vom Notwendigen zum Schönen und Wohlgefälligen steigen; die Griechen haben dies in allem, was auf sie traf, fast bis zum höchsten Punkt erreichet. Ihre Religion erforderte Bilder und Tempel, ihre Staatsverfassungen machten Denkmale und öffentliche Gebäude, ihr Klima und ihre Lebensweise, ihre Betriebsamkeit, Üppigkeit, Eitelkeit u. f. machten ihnen mancherlei Werke der Kunst nötig. Der Genius des Schönen gab ihnen also diese Werke an und half sie, einzig in der Menschengeschichte, vollenden; denn da die größesten Wunder dieser Art längst zerstört sind, bewundern und lieben wir noch ihre Trümmer und Scherben.

1. Daß Religion die Kunst der Griechen sehr befördert habe, sehen wir aus den Verzeichnissen ihrer Kunstwerke in Pausanias, Plinius oder irgendeiner der Sammlungen, die von ihren Resten reden; es ist dieser Punkt auch der ganzen Völker- und Menschengeschichte ähnlich. Allenthalben wollte man gern den Gegenstand seiner Anbetung sehen, und wo solches nicht das Gesetz oder die Religion selbst verbot, bestrebte man sich, ihn vorzustellen oder zu bilden. Selbst Negervölker machen sich ihren Gott in einemFetisch gegenwärtig, und von den Griechen weiß man, daß ihre Vorstellung der Götter uralters von einem Stein oder einem bezeichneten Klotz ausging. In dieser Dürftigkeit konnte nun ein so betriebsames Volk nicht bleiben; der Block wurde zu einer Herme oder Statue, und da die Nation in viele kleine Stämme und Völkerschaften geteilt war, so war es natürlich, daß jede ihren Haus- und Stammesgott auch in der Abbildung auszuschmücken suchte. Einige glückliche Versuche der alten Dädalen, wahrscheinlich auch die Ansicht nachbarlicher Kunstwerke erregten Nacheiferung, und so fanden sich bald mehrere Stämme und Städte, die ihren Gott, das größeste Heiligtum ihres Bezirks, in einer leidlichern Gestalt erblickten. Vorzüglich an Bildern der Götter hat sich die älteste Kunst aufgerichtet und gleichsam gehen gelernet*; daher auch alle Völker, denen Abbildungen der Götter versagt waren, in der bildenden Kunst nie eigentlich hoch emporstiegen.

Da aber bei den Griechen ihre Götter durch Gesang und Gedichte eingeführt waren und in herrlichen Gestalten darinnen lebten, was war natürlicher, als daß die bildende Kunst von frühen Zeiten an eine Tochter der Dichtkunst ward, der ihre Mutter jene großen Gestalten gleichsam ins Ohr sang? Von Dichtern mußte der Künstler die Geschichte der Götter, mithin auch die Art ihrer Vorstellung lernen; daher die älteste Kunst selbst die grausendste Abbildung derselben nicht verschmähte, weil sie der Dichter sang.** Mit der Zeit kam man auf gefälligere Vorstellungen, weil die Dichtkunst selbst gefälliger wurde, und so ward Homer ein Vater der schöneren

* S. *Winckelmanns* Gesch. der Kunst. T. I. Kap. I. Heyne Berichtigung und Ergänzung derselben in den Deutschen Schriften der Götting. Societ. T. I. S. 211. u. f.

** S. *Heyne* über den Kasten des Kypselus u. a.

Kunst der Griechen, weil er der Vater ihrer schönern Poesie war. Er gab dem Phidias jene erhabene Idee zu seinem Jupiter, welcher dann die andern Abbildungen dieses Götterkünstlers folgten. Nach den Verwandtschaften der Götter in den Erzählungen ihrer Dichter kamen auch bestimmtere Charaktere oder gar Familienzüge in ihre Bilder, bis endlich die angenommene Dichter-Tradition sich zu einem Kodex der Göttergestalten im ganzen Reich der Kunst formte. Kein Volk des Altertums konnte also die Kunst der Griechen haben, das nicht auch griechische Mythologie und Dichtkunst gehabt hatte, zugleich aber auch auf griechische Weise zu seiner Kultur gelangt war. Ein solches hat es in der Geschichte nicht gegeben, und so stehen die Griechen mit ihrer homerischen Kunst allein da.

Hieraus erkläret sich also die Idealschöpfung der griechischen Kunst, die weder aus einer tiefen Philosophie ihrer Künstler, noch aus einer idealischen Naturbildung der Nation, sondern aus Ursachen entstanden war, die wir bisher entwickelt haben. Ohne Zweifel war es ein glücklicher Umstand, daß die Griechen, im ganzen betrachtet, ein schöngebildetes Volk waren, ob man gleich diese Bildung nicht auf jeden einzelnen Griechen als auf eine idealische Kunstgestalt ausdehnen müßte. Bei ihnen wie allenthalben ließ sich die formenreiche Natur an der tausendfachen Veränderung menschlicher Gestalten nicht hindern, und nach Hippokrates gab es wie allenthalben so auch unter den schönen Griechen mißformende Krankheiten und Übel. Alldies aber auch zugestanden, und selbst jene mancherlei süßen Gelegenheiten mitgerechnet, bei denen der Künstler einen schönen Jüngling zum Apoll, oder eine Phryne und Lais zur Göttin der Anmut erheben konnte; so erkläret sich das angenommene und zur Regel gegebene Götter-Ideal der Künstler damit noch nicht. Ein Kopf des Jupiters könnte in der Menschennatur wahrscheinlich so wenig existieren, als in unsrer wirklichen Welt Homers Jupiter je gelebt hat. Der große anatomische Zeichner, *Camper*, hat deutlich erwiesen*, auf welchen ausgedachten Regeln das griechische Künstler-Ideal in seiner Form beruhe; auf diese Regeln aber konnte nur die Vorstellung der Dichter und der Zweck einer heiligen Verehrung führen. Wollet ihr also ein neues Griechenland in Götterbildern hervorbringen, so gebet einem Volk diesen dichterisch-mythologischen Aberglauben nebst allem, was dazu gehört, in seiner ganzen Natureinfalt wieder. Durchreiset Griechenland und betrachtet seine Tempel, seine Grotten und heiligen Haine: so werdet ihr von dem Gedanken ablassen, einem Volk die Höhe der griechischen Kunst auch nur wünschen zu wollen, das von einer solchen Religion, d. i. von einem so lebhaften Aberglauben, der jede Stadt, jeden Flecken und Winkel mit zugeerbter, heiliger Gegenwart erfüllet hatte, ganz und gar nichts weiß.

2. Alle Heldensagen der Griechen, insonderheit wenn sie Vorfahren des Stammes betrafen, gehören gleichfalls hieher: denn auch sie waren durch die Seele der Dichter gegangen und lebten zum Teil in ewigen Liedern; der Künstler also, der sie bildete, schuf zum Stolz und zur Ahnenfreude des Stammes ihre Geschichten mit einer Art Dichter-Religion nach. Dies bestätigt die älteste Künstlergeschichte und eine Übersicht der griechischen Kunstwerke. Gräber, Schilde, Altäre, heilige Sitze und Tempel waren es, die das Andenken der Vorfahren festhielten, und eben auch sie beschäftigten in mehreren Stämmen von den ältesten Zeiten her den arbeitenden Künstler. Alle streitbaren Völker der Welt bemalten und schmückten ihre Schilde; die Griechen gingen weiter: sie schnitzten oder gossen und bildeten auf sie das Andenken der

* *Campers* kleinere Schriften. S. 18. u. f.

Väter. Daher die frühen Werke Vulkans in sehr alten Dichtern; daher Herkules Schild beim Hesiodus mit Perseus Taten. Nebst Schildern kamen Vorstellungen dieser Art auf Altäre der Helden oder auf andere Familiendenkmale, wie Kypselus Kasten zeigt, dessen Figuren völlig im Geschmack von Hesiodus Schilde waren. Erhobene Werke dieses Inhalts schrieben sich schon von Dädalus Zeiten her, und da viele Tempel der Götter ursprünglich Grabmäler gewesen waren*, so trat in ihnen das Andenken der Vorfahren, der Helden und Götter so nahe zusammen, daß es fast einerlei Verehrung, der Kunst wenigstens einerlei Triebwerk ward. Daher die Vorstellung der alten Heldengeschichte an der Kleidung der Götter, auf Seiten der Throne und Altäre; daher die Ehrenmäler der Verstorbnen oft auf den Märkten der Städte, oder die Hermen und Säulen auf den Gräbern. Setzt man nun noch die unsäglich vielen Kunstwerke hinzu, die als Geschenke von Familien, Stämmen oder Privatpersonen zum Andenken oder als Dankgelübde in die Tempel der Götter kamen und dem angenommenen Gebrauch gemäß oft mit Vorstellungen aus der Stammes- und Heldengeschichte ausgeschmückt waren, welch andres Volk könnte sich einer solchen Triebfeder der mannigfaltigsten Kunst rühmen? Unsre Ahnensäle mit ihren Bildern vergessener Vorfahren sind dagegen nichts; da ganz Griechenland von Sagen und Liedern und heiligen Plätzen seiner Götter- und Heldenahnen voll war. Alles hing an der kühnen Idee, daß Götter mit ihnen verwandte, höhere Menschen, und Helden niedere Götter sei'n; diesen Begriff aber hatten ihre Dichter gebildet.

Zu solchem Familien- und Vaterlandsruhm, der der Kunst aufhalf, rechne ich auch die griechischen Spiele: sie waren Stiftungen und zugleich Gedächtnisfeste ihrer Helden, dabei also gottesdienstliche und sowohl der Kunst als der Dichtkunst äußerst vorteilhafte Gebräuche. Nicht etwa nur, daß Jünglinge, zum Teil nackt, sich in mancherlei Kämpfen und Geschicklichkeiten übten und dabei dem Künstler lebendige Modelle wurden; sondern vielmehr, daß durch diese Übungen ihr Leib einer schönen Nachbildung fähig, und durch diese jugendlichen Siege ihr Geist im tätigen Andenken des Familien-, Väter- und Heldenruhms erhalten ward. Aus Pindar und aus der Geschichte wissen wir, wie hoch die Siege solcher Art im ganzen Griechenlande geschätzt wurden und mit welchem Wetteifer man darnach strebte. Die ganze Stadt des Überwinders wurde damit geehrt; Götter und Helden der Vorzeit stiegen zum Geschlecht des Siegers nieder. Hierauf beruhet die Ökonomie der Oden Pindars; Kunstwerke, die er über den Wert der Bildsäulen erhob. Hierauf beruhete die Ehre des Grabmals oder der Statue, die der Sieger, meistens idealisch, erhalten durfte. Er war durch diese glückliche Nacheiferung der Helden-Vorfahren gleichsam ein Gott geworden und über die Menschen erhoben. Wo sind jetzt dergleichen Spiele mit gleichem Wert und gleichen Folgen möglich?

3. Auch die Staatsverfassungen der Griechen halfen der Kunst auf; nicht sowohl weil sie Freistaaten waren, als weil diese Freistaaten den Künstler zu großen Arbeiten brauchten. Griechenland war in viele Staaten verteilt, und mochten diese von Königen oder von Archonten regiert werden, so fand die Kunst Nahrung. Auch ihre Könige waren Griechen, und alle Kunstbedürfnisse, die aus der Religion oder aus Geschlechtssagen entsprangen, waren ihr Bedürfnis; oft waren sie sogar die obersten Priester. Also von alten Zeiten an zeichnete sich der Schmuck ihrer Paläste durch

* Wie z.B. der Tempel der Pallas zu Larissa Akrisius, der Tempel der Minerva Polias zu Athen Erichthonius, der Thron des Amyklaeus Hyacinths Grabmal war u. f.

Kostbarkeiten ihrer Stammes- oder ihrer Heldenfreunde aus, wie bereits Homer davon erzählet. Allerdings aber gaben die republikanischen Verfassungen, die mit der Zeit überall in Griechenland eingeführet wurden, der Kunst einen weitern Raum. In einem Gemeinwesen waren Gebäude zur Versammlung des Volks, zum öffentlichen Schatz, zu gemeinschaftlichen Übungen und Vergnügungen nötig, und so entstanden z. B. in Athen die prächtigen Gymnasien, Theater und Galerien, das Odeum und Prytaneum, der Pnyx u. f. Da in den griechischen Republiken alles im Namen des Volks oder der Stadt getrieben ward, so war auch nichts zu kostbar, was auf die Schutzgötter derselben oder auf die Herrlichkeit ihres Namens verwandt wurde, dagegen einzelne, selbst die vornehmsten Bürger sich mit schlechteren Häusern begnügten. Dieser Gemeingeist, alles wenigstens dem Scheine nach für das Ganze zu tun, war die Seele der griechischen Staaten, den ohne Zweifel auch *Winckelmann* meinte, wenn er die Freiheit der griechischen Republiken als das goldne Zeitalter der Kunst pries. Pracht und Größe nämlich waren in ihnen nicht so verteilt wie in den neueren Zeiten, sondern flossen in dem zusammen, was den Staat anging. Mit Ruhmesideen dieser Art schmeichelte Perikles dem Volk und tat mehr für die Künste, als zehn atheniensische Könige würden getan haben. Alles, was er bauete, war im großen Geschmack, weil es den Göttern und der ewigen Stadt gehörte; und gewiß würden wenige der griechischen Städte und Inseln solche Gebäude errichtet, solche Kunstwerke befördert haben, wenn sie nicht voneinander getrennte, im Ruhme wetteifernde Freistaaten gewesen wären. Da überdem bei demokratischen Republiken der Führer des Volks dem Volk gefallen mußte, was wählte er lieber als die Gattung des Aufwandes, die nebst dem Wohlgefallen der Schutzgötter auch dem Volk in die Augen fiel und viele Menschen nährte?
Niemand zweifelt daran, daß dieser Aufwand auch Folgen gehabt habe, von welchen die Menschheit gern wegsiehet. Die Härte, mit denen die Athenienser ihre Überwundenen, selbst ihre Kolonien drückten, die Räubereien und Kriege, in welche die Staaten Griechenlands unaufhörlich verflochten waren, die harten Dienste, die selbst ihre Bürger dem Staat tun mußten, und viele andere Dinge mehr, machen die griechischen wohl nicht zu den erwünschtesten Staaten; der öffentlichen Kunst aber mußten selbst diese Beschwerden dienen. Tempel der Götter waren meistens auch dem Feinde heilig; bei einem wechselnden Schicksal aber gingen auch die vom Feinde verwüsteten Tempel aus der Asche desto schöner empor. Vom Siegesraube der Perser ward ein schöneres Athen erbauet, und fast bei allen glücklichen Kriegen ward von dem Teil der Beute, der dem Staat zugehörte, auch einer oder der andern Kunst geopfert. Noch in den spätern Zeiten erhielt Athen, trotz aller Verwüstungen der Römer, immer noch die Herrlichkeit seines Namens durch Statuen und Gebäude: denn mehrere Kaiser, Könige, Helden und reiche Privatpersonen beeiferten sich, eine Stadt zu erhalten und zu verschönern, die sie für die Mutter alles guten Geschmacks erkannten. Daher sehen wir auch unter dem Mazedonischen Reich die Kunst der Griechen nicht ausgestorben, sondern nur wandernd. Auch in fernen Ländern waren die griechischen Könige doch Griechen und liebten griechische Künste. So baueten Alexander und manche seiner Nachfolger in Afrika und Asien prächtige Städte; auch Rom und andre Völker lernten von den Griechen, da die Zeit der Kunst in ihrem Vaterlande dahin war; denn allenthalben war doch nur *eine* griechische Kunst und Baukunst auf der gesamten Erde.
4. Endlich nährte auch das Klima der Griechen die Künste des Schönen, nicht hauptsächlich durch die Gestalt der Menschen, die mehr vom Stamm als vom Himmels-

strich abhängt, sondern durch seine bequeme Lage für die Materialien der Kunst und die Aufstellung ihrer Kunstwerke. Der schöne parische und andre Gattungen Marmors standen in ihrem Lande ihnen zu Gebot; das Elfenbein, das Erz, und was sie sonst zur Kunst bedurften, gab ihnen ein Handel, dem sie wie in der Mitte lagen. Gewissermaßen kam dieser der Geburt ihrer Kunst selbst zuvor, indem sie aus Kleinasien, Phönizien und andern Ländern Kostbarkeiten besitzen konnten, die sie selbst noch nicht zu bearbeiten wußten. Der Keim ihrer Kunstgaben ward also frühe hervorgelockt, vorzüglich auch, weil ihre Nähe mit Kleinasien, ihre Kolonien in Großgriechenland u. f. einen Geschmack an Üppigkeit und Wohlleben bei ihnen erweckten, der der Kunst nicht anders als aufhelfen konnte. Der leichte Charakter der Griechen war weit entfernt, an nutzlose Pyramiden seinen Fleiß zu verschwenden; einzelne Städte und Staaten konnten in diese Wüste des Ungeheuren auch nie geraten. Sie trafen also, wenn man vielleicht den einzigen Kolossus der Insel Rhodos ausnimmt, selbst in ihren größesten Werken das schöne Maß, in welchem Erhabenheit sich mit Anmut begegnet. Dazu gab ihnen nun ihr heiterer Himmel so manchen Anlaß. So manchen unbedeckten Statuen, Altären und Tempeln gab er Raum; insonderheit der schönen Säule, die statt der toten nordischen Mauer in schlanker Anmut unter ihm dastehen konnte, ein Muster des Ebenmaßes, der Richtigkeit und Einfalt.

Vereinigt man alle diese Umstände, so siehet man, wie in Ionien, Griechenland und Sizilien auch der Kunst nach jener leichte, richtige Geist wirken konnte, der bei den Griechen alle Werke des Geschmacks bezeichnet. Durch Regeln allein kann er nicht erlernt werden; er äußert sich aber in beobachteten Regeln, und durfte, so ganz er ursprünglich der Anhauch eines glücklichen Genius war, durch eine fortgesetzte Übung selbst Handwerk werden. Auch der schlechteste griechische Künstler ist seiner Manier nach ein Grieche; wir können ihn übertreffen; die ganze genetische Art der griechischen Kunst aber werden wir nie erreichen; der Genius dieser Zeiten ist vorüber.

IV.

Sitten- und Staatenweisheit der Griechen

Die Sitten der Griechen waren so verschieden, als die Art ihrer Stämme, ihrer Gegenden und Lebensweise nach den Graden ihrer Kultur und einer Reihe von Glücks- und Unglücksfällen war, in welche sie der Zufall setzte. Der Arkadier und Athener, der Ionier und Epirote, der Spartaner und Sybarit waren nach Zeiten, Lage und Lebensweisen einander so unähnlich, daß mir die Kunst mangelt, ein trügerisches Gemälde von ihnen allen im ganzen zu entwerfen, dessen Züge widersprechender auffallen müßten als das Bild jenes athenischen Demus, das Parrhasius malte.* Also bleibet uns nichts übrig als, den Gang zu bemerken, den im ganzen die Sittenbildung der Griechen nahm, und die Art, wie sie sich mit ihrer Staaten-Einrichtung gesellte.

Wie bei allen Völkern der Erde ging ihre älteste Sittenkultur vorzüglich von der

* Pinxit Demon Atheniensium argumento quoque ingenioso: volebat namque varium, iracundum, iniustum, inconstantem, eundem exorabilem, clementem, misericordem, excelsum, gloriosum, humilem, ferocem fugacemque et omnia pariter ostendere. *Plin.* hist. nat. I. 30. c. 5.

Religion aus, und sie hat sich lange in diesem Gleise gehalten. Die gottesdienstlichen Gebräuche, die sich in den verschiedenen Mysterien bis auf sehr politische Zeiten fortpflanzten, jene heiligen Rechte der Gastfreiheit und des Schutzes flehender Unglücklichen, ihre Sicherheit an heiligen Örtern, der Glaube an Furien und Strafen, die auch den unvorsätzlichen Mörder Geschlechter hinab verfolgten und mit dem ungerächten Blut über ein ganzes Land den Fluch brächten, die Gebräuche der Entsündigung und Götter-Versöhnung, die Stimme der Orakel, die Heiligkeit des Eides, des Herdes, der Tempel, Gräber u. f. waren in Gang gebrachte Meinungen und Anstalten, die ein rohes Volk bändigen und halbwilde Menschen allmählich zur Humanität bilden sollten.* Daß sie ihr Geschäft glücklich bewirket, sehen wir, wenn wir die Griechen mit andern Nationen vergleichen: denn es ist unleugbar, daß sie durch diese Anstalten nicht nur bis an die Pforte der Philosophie und politischen Kultur, sondern tief ins Heiligtum derselben geführt wurden. Das einzige Delphische Orakel, wie großen Nutzen hat es in Griechenland gestiftet! So manchen Tyrannen und Bösewicht zeichnete seine Götterstimme aus, indem sie ihm abweisend sein Schicksal sagte; nicht minder hat es viele Unglückliche gerettet, so manchen Ratlosen beraten, manche gute Anstalt mit göttlichem Ansehen bekräftigt, so manches Werk der Kunst oder der Muse, das zu ihm gelangte, bekannt gemacht und Sittensprüche sowohl als Staatsmaximen geheiligt. Die rohen Verse des Orakels haben also mehr gewirkt als die glattesten Gedichte späterer Dichter; ja den größesten Einfluß hatte es dadurch, daß es die hohen Staaten und Rechtsprecher Griechenlands, die Amphiktyonen, in seinen Schutz nahm und ihre Aussprüche gewissermaßen zu Gesetzen der Religion machte. Was in spätern Jahrhunderten als ein einziges Mittel zum ewigen Frieden Europas vorgeschlagen ist, ein Gericht der Amphiktyonen**, war bei den Griechen schon da, und zwar nahe dem Throne des Gottes der Weisheit und Wahrheit, der durch sein Ansehen es heiligen sollte.

Nebst der Religion gehören alle Gebräuche hieher, die, aus Anstalten der Väter erwachsen, ihr Andenken den Nachkommen bewahrten; sie haben auf die Sittenbildung der Griechen fortdaurend gewirket. So z. E. gaben die mancherlei öffentlichen Spiele der griechischen Erziehung eine sehr eigentümliche Richtung, indem sie Leibesübungen zum Hauptstück derselben und die dadurch erlangten Vorzüge zum Augenmerk der ganzen Nation machten. Nie hat ein Zweig schönere Früchte getragen als der kleine Öl-, Efeu- und Fichtenzweig, der die griechischen Sieger kränzte. Er machte die Jünglinge schön, gesund, munter; ihren Gliedern gab er Gelenkigkeit, Ebenmaß und Wohlstand; in ihrer Seele fachte er die ersten Funken der Liebe für den Ruhm, selbst für den Nachruhm an, und prägte ihnen die unzerstörbare Form ein, für ihre Stadt und für ihr Land öffentlich zu leben; was endlich das schätzbarste ist, er gründete in ihrem Gemüt jenen Geschmack für Männerumgang und Männerfreundschaft, der die Griechen ausnehmend unterscheidet. Nicht war das Weib in Griechenland der ganze Kampfpreis des Lebens, auf den es ein Jüngling anlegte; die schönste Helena könnte immer doch nur einen Paris bilden, wenn ihr Genuß oder Besitz das Ziel der ganzen Mannestugend wäre. Das Geschlecht der Weiber, so schöne Muster jeder Tugend es auch in Griechenland hervorgebracht hat, blieb nur ein untergeordneter Zweck des männlichen Lebens; die Gedanken edler

* S. *Heyne* De primorum Graeciae Legumlatorum institutis ad morum mansuetudinem, in opusc. academic. P. I. p. 207.

** S. Oeuvres f. St. Pierre. T. I. und beinah in allen seinen Schriften.

Jünglinge gingen auf etwas Höheres hinaus: das Band der Freundschaft, das sie unter sich oder mit erfahrnen Männern knüpften, zog sie in eine Schule, die ihnen eine Aspasia schwerlich gewähren konnte. Daher in mehreren Staaten die männliche Liebe der Griechen, mit jener Nacheiferung, jenem Unterricht, jener Dauer und Aufopferung begleitet, deren Empfindungen und Folgen wir im Plato beinahe wie den Roman aus einem fremden Planeten lesen. Männliche Herzen banden sich aneinander in Liebe und Freundschaft, oft bis auf den Tod; der Liebhaber verfolgte den Geliebten mit einer Art Eifersucht, die auch den kleinsten Flecken an ihm aufspähete, und der Geliebte scheuete das Auge seines Liebhabers als eine läuternde Flamme der geheimesten Neigungen seiner Seele. Wie uns nun die Freundschaft der Jugend die süßeste, und keine Empfindung daurender ist als die Liebe derer, mit denen wir uns in den schönsten Jahren unsrer erwachenden Kräfte auf *einer* Laufbahn der Vollkommenheit übten: so war den Griechen diese Laufbahn in ihren Gymnasien, bei ihren Geschäften des Krieges und der Staatsverwaltung öffentlich bestimmt, und jene heilige Schar der Liebenden davon die natürliche Folge. Ich bin weit entfernt, die Sittenverderbnisse zu verhehlen, die aus dem Mißbrauch dieser Anstalten, insonderheit wo sich unbekleidete Jünglinge übten, mit der Zeit erwuchsen; allein auch dieser Mißbrauch lag leider im Charakter der Nation, deren warme Einbildungskraft, deren fast wahnsinnige Liebe für alles Schöne, in welches sie den höchsten Genuß der Götter setzten, Unordnungen solcher Art unumgänglich machte. Im Geheimen geübt, würden diese nur desto verderblicher worden sein, wie die Geschichte fast aller Völker des warmen Erdstrichs oder einer üppigen Kultur beweiset. Daher ward der Flamme, die sich im Innern nährte, durch öffentliche rühmliche Zwecke und Anstalten zwar freiere Luft geschafft; sie kam damit aber auch unter die einschränkende Aufsicht der Gesetze, die sie als eine wirksame Triebfeder für den Staat brauchten.

Endlich. Da das dreifache Griechenland beider Weltteile in viele Stämme und Staaten geteilt war, so mußte die Sittenkultur, die sich hie und da erhob, jedem Stamme genetisch, mithin auf so mancherlei Weise politisch werden, daß eben dieser Umstand uns die glücklichen Fortschritte der griechischen Sittenbildung allein schon erkläret. Nur durch die leichtesten Bande einer gemeinschaftlichen Sprache und Religion, der Orakel, der Spiele, des Gerichts der Amphiktyonen u. f. oder durch Abstammung und Kolonien, endlich durch das Andenken alter gemeinschaftlicher Taten, durch Poesie und Nationalruhm waren die griechischen Staaten miteinander verbunden; weiter verband sie kein Despot; denn auch ihre gemeinschaftlichen Gefahren gingen lange Zeit glücklich vorüber. Also kam es darauf an, was aus dem Quell der Kultur jeder Stamm schöpfen, welche Bäche daraus er für sich ableiten wollte. Dies tat jeder nach Umständen seines Bedürfnisses, vorzüglich aber nach der Denkart einiger großen Männer, die ihm die bildende Natur sandte. Schon unter den Königen Griechenlandes gab es edle Söhne der alten Helden, die mit dem Wechsel der Zeit fortgingen und ihren Völkern jetzt durch gute Gesetze so nützlich wurden, wie ihre Väter es durch ruhmvolle Tapferkeit gewesen waren. So hebt sich außer den ersten Kolonien-Stiftern unter gesetzgebenden Königen insonderheit Minos empor, der seine kriegerischen Kretenser, die Bewohner einer Insel voller Gebirge, auch kriegerisch bildete und späterhin Lykurgs Vorbild wurde. Er war der erste, der die Seeräuber bändigte und das Ägäische Meer sicherstellte; der erste allgemeinere Sittenstifter Griechenlands zur See und auf dem Lande. Daß er in guten Einrichtungen mehrere seinesgleichen unter den Königen hatte, zeiget die Geschichte

von Athen, von Syrakus und andern Königreichen. Freilich aber nahm die Regsamkeit der Menschen in der politischen Sittenbildung einen andern Schwung, als aus den meisten griechischen Königreichen Republiken wurden; eine Revolution, die allerdings eine der merkwürdigsten ist in der gesamten Menschengeschichte. Nirgend als in Griechenland war sie möglich, wo eine Menge einzelner Völker das Andenken ihres Ursprunges und Stammes sich auch unter seinen Königen zu erhalten gewußt hatte. Jedes Volk sahe sich als einen einzelnen Staatskörper an, der gleich seinen wandernden Vorfahren sich politisch einrichten dürfe; unter den Willen einer erblichen Königsreihe sei keiner der griechischen Stämme verkauft. Nun war zwar damit noch nicht ausgemacht, daß die neue Regierung auch die bessere wäre; statt des Königes herrschten beinahe allenthalben die Vornehmsten und Mächtigern, so daß in mehreren Städten die Verwirrung größer und der Druck des Volks unleidlich wurde; indessen waren doch damit einmal die Würfel geworfen, daß Menschen, wie aus der Unmündigkeit erwacht, über ihre politische Verfassung selbst nachdenken lernten. Und so war das Zeitalter griechischer Republiken der erste Schritt zur Mündigkeit des menschlichen Geistes in der wichtigen Angelegenheit, wie Menschen von Menschen zu regieren wären. Alle Ausschweifungen und Fehltritte der Regierungsformen Griechenlandes hat man als Versuche der Jugend anzusehen, die meistens nur durch Schaden klug werden lernet.
Bald also taten sich in vielen freigewordenen Stämmen und Kolonien weise Männer hervor, die Vormünder des Volks wurden. Sie sahen, unter welchen Übeln ihr Stamm litt, und sannen auf eine Einrichtung desselben, die auf Gesetze und Sitten des Ganzen erbauet wäre. Natürlich waren also die meisten dieser alten griechischen Weisen Männer in öffentlichen Geschäften, Vorsteher des Volks, Ratgeber der Könige, Heerführer; denn bloß von diesen Edeln konnte die politische Kultur ausgehn, die weiter hinab aufs Volk wirkte. Selbst Lykurg, Drakon, Solon waren aus den ersten Geschlechtern ihrer Stadt, zum Teil selbst obrigkeitliche Personen; die Übel der Aristokratie samt der Unzufriedenheit des Volks waren zu ihrer Zeit aufs höchste gestiegen, daher die bessere Einrichtung, die sie angaben, so großen Eingang gewann. Unsterblich bleibt das Lob dieser Männer, daß sie, vom Zutrauen des Volks unterstützt, für sich und die Ihrigen den Besitz der Oberherrschaft verschmähten und allen ihren Fleiß, alle ihre Menschen- und Volkskenntnis auf ein Gemeinwesen, d. i. auf den Staat als Staat wandten. Wären ihre ersten Versuche in dieser Art auch bei weitem nicht die höchsten und ewigen Muster menschlicher Einrichtungen; sie sollten dieses auch nicht sein; sie gehören nirgend hin, als wo sie eingeführt wurden, ja auch hier mußten sie sich den Sitten des Stammes und seinen eingewurzelten Übeln oft wider Willen bequemen. Lykurg hatte freiere Hand als Solon; er ging aber in zu alte Zeiten zurück und baute einen Staat, als ob die Welt ewig im Heldenalter der rohen Jugend verharren könnte. Er führte seine Gesetze ein, ohne ihre Wirkungen abzuwarten, und für seinen Geist wäre es wohl die empfindlichste Strafe gewesen, durch alle Zeitalter der griechischen Geschichte die Folgen zu sehen, die sie teils durch Mißbrauch, teils durch ihre zu lange Dauer seiner Stadt und bisweilen dem ganzen Griechenlande verursacht haben. Die Gesetze Solons wurden auf einem andern Wege schädlich. Den Geist derselben hatte er selbst überlebet; die übeln Folgen seiner Volksregierung sahe er voraus, und sie sind bis zum letzten Atem Athens den Weisesten und Besten seiner Stadt unverkennbar geblieben.* Das ist aber

* S. Xenophon über die Republik der Athenienser, auch Plato, Aristoteles u. f.

einmal das Schicksal aller menschlichen Einrichtungen, insonderheit der schwersten, über Land und Leute. Zeit und Natur verändern alles; und das Leben der Menschen sollte sich nicht ändern? Mit jedem neuen Geschlecht kommt eine neue Denkart empor, so altväterisch auch die Einrichtung und die Erziehung bleibe. Neue Bedürfnisse und Gefahren, neue Vorteile des Sieges, des Reichtums, der wachsenden Ehre, selbst der mehreren Bevölkerung drängen sich hinzu; und wie kann nun der gestrige Tag der heutige, das alte Gesetz ein ewiges Gesetz bleiben? Es wird beibehalten, aber vielleicht nur zum Schein und leider am meisten in Mißbräuchen, deren Aufopfrung eigennützigen, trägen Menschen zu hart fiele. Dies war der Fall mit Lykurgs, Solons, Romulus, Moses und allen Gesetzen, die ihre Zeit überlebten.
Äußerst rührend ists daher, wenn man die eigne Stimme dieser Gesetzgeber in ihren spätern Jahren höret; sie ist meistens klagend. Denn wenn sie lange lebten, hatten sie sich selbst schon überlebet. So ists die Stimme Moses und auch Solons in den wenigen Fragmenten, die wir von ihm haben; ja, wenn ich die bloßen Sittensprüche ausnehme, haben fast alle Betrachtungen der griechischen Weisen einen traurigen Ton. Sie sahen das wandelbare Schicksal und Glück der Menschen, durch Gesetze der Natur enge beschränkt, durch ihr eignes Verhalten schnöde verwirret und klagten. Sie klagten über die Flüchtigkeit des menschlichen Lebens und seiner blühenden Jugend; dagegen schilderten sie das oftmals arme und kranke, immer aber schwache und nichts geachtete Alter. Sie klagten über der Frechen Glück und des Gutmütigen Leiden; verfehlten aber auch nicht, die echten Waffen dagegen, Klugheit und gesunde Vernunft, Mäßigung der Leidenschaften und stillen Fleiß, Eintracht und freundschaftliche Treue, Standhaftigkeit und eisernen Mut, Ehrfurcht gegen die Götter und Liebe zum Vaterlande den Bürgern ihrer Welt sanftrührend einzuflößen. Selbst in den Resten des neuen griechischen Lustspiels tönt noch diese klagende Stimme der sanften Humanität wieder.*
Trotz also aller bösen, zum Teil auch schrecklichen Folgen, die für Heloten, Pelasger, Kolonien, Ausländer und Feinde mancher Griechenstaat gehabt hat, so können wir doch das hohe Edle jenes Gemeinsinnes nicht verkennen, der in Lacedämon, Athen und Theben, ja gewissermaßen in jedem Staate Griechenlands zu seinen Zeiten lebte. Es ist völlig wahr und gewiß, daß, nicht aus einzelnen Gesetzen eines einzelnen Mannes erwachsen, er auch nicht in jedem Gliede des Staats auf gleiche Weise, zu allen Zeiten gelebet habe; gelebt hat er indes unter den Griechen, wie es selbst noch ihre ungerechten, neidigen Kriege, die härtesten ihrer Bedrückungen und die treulosesten Verräter ihrer Bürgertugend zeigen. Die Grabschrift jener Spartaner, die bei Thermopylä fielen:

> Wanderer, sag's zu Sparta, daß seinen Gesetzen gehorsam
> Wir erschlagen hier liegen

bleibt allemal der Grundsatz der höchsten politischen Tugend, bei dem wir auch zwei Jahrtausende später nur zu bedauren haben, daß er zwar einst auf der Erde der Grundsatz weniger Spartaner über einige harte Patrizier-Gesetze eines engen Landes, noch nie aber das Principium für die reinen Gesetze der gesamten Menschheit hat werden mögen. Der Grundsatz selbst ist der höchste, den Menschen zu ihrer Glückseligkeit und Freiheit ersinnen und ausüben mögen. Ein ähnliches ists mit der Verfassung Athens, obgleich dieselbe auf einen ganz andern Zweck führte. Denn wenn

* Hievon an einem anderen Ort.

die Aufklärung des Volks in Sachen, die zunächst für dasselbe gehören, der Gegenstand einer politischen Einrichtung sein darf, so ist Athen ohnstreitig die aufgeklärteste Stadt in unsrer bekannten Welt gewesen. Weder Paris noch London, weder Rom noch Babylon, noch weniger Memphis, Jerusalem, Peking und Benares werden ihr darüber den Rang anstreiten. Da nun *Patriotismus* und *Aufklärung* die beiden Pole sind, um welche sich alle Sittenkultur der Menschheit beweget: so werden auch Athen und Sparta immer die beiden großen Gedächtnisplätze bleiben, auf welchen sich die Staatskunst der Menschen über diese Zwecke zuerst jugendlich-froh geübt hat. Die andern Staaten der Griechen folgten meistens nur diesen zwei großen Mustern, so daß einigen, die nicht folgen wollten, die Staatsverfassungen Athens und Lacedämons von ihren Überwindern sogar aufgedrungen wurden. Auch siehet die Philosophie der Geschichte nicht sowohl darauf, was auf diesen beiden Erdpunkten in dem kleinen Zeitraum, da sie wirkten, von schwachen Menschen wirklich getan sei, als vielmehr, was aus den Prinzipien ihrer Einrichtung für die gesamte Menschheit folge. Trotz aller Fehler werden die Namen Lykurgs und Solons, Miltiades und Themistokles, Aristides, Cimon, Phocion, Epaminondas, Pelopidas Agesilaus, Agis, Kleomenes, Dion, Timoleon u. f. mit ewigem Ruhme gepriesen; dagegen die ebenso großen Männer Alcibiades, Conon, Pausanias, Lysander als Zerstörer des griechischen Gemeingeistes oder als Verräter ihres Vaterlandes mit Tadel genannt werden. Selbst die bescheidene Tugend Sokrates konnte ohn ein Athen schwerlich zu der Blüte erwachsen, die sie durch einige seiner Schüler wirklich erreicht hat; denn Sokrates war nur ein atheniensischer Bürger, alle seine Weisheit nur atheniensische Bürgerweisheit, die er in häuslichen Gesprächen fortpflanzte. In Absicht der bürgerlichen Aufklärung sind wir dem einzigen Athen also das meiste und schönste aller Zeiten schuldig.

Und so dürfen wir auch, da von praktischen Tugenden wenig geredet werden kann, noch einige Worte jenen Anstalten gönnen, die nur eine atheniensische Volksregierung möglich machte, den Rednern und dem Theater. Redner vor Gericht, zumal in Sachen des Staats und des augenblicklichen Entschlusses, sind gefährliche Triebfedern; auch sind die bösen Folgen derselben offenbar gnug in der atheniensischen Geschichte. Da sie indessen ein Volk voraussetzen, das in jeder öffentlichen Sache, die vorgetragen ward, Kenntnisse hatte oder wenigstens empfangen konnte, so bleibt das atheniensische Volk, aller Parteien ohngeachtet, hierin das einzige unserer Geschichte, an welches auch das römische Volk schwerlich reichet. Der Gegenstand selbst, Feldherrn zu wählen oder zu verdammen, über Krieg und Frieden, über Leben und Tod und jedes öffentliche Geschäft des Staats zu sprechen, war gewiß nicht die Sache eines unruhigen Haufens; durch den Vortrag dieser Geschäfte aber und durch alle Kunst, die man darauf wandte, ward selbst dem wilden Haufen das Ohr geöffnet und ihm jener aufgeklärte, politische Schwätzergeist gegeben, von dem keines der Völker Asiens wußte. Die Beredsamkeit vor den Ohren des Volks hob sich damit zu einer Höhe, die sie außer Griechenland und Rom niemals gehabt hat, die sie auch schwerlich je haben wird und haben kann, bis etwa die Volksrednerei wahre allgemeine Aufklärung werde. Unstreitig ist der Zweck dieser Sache groß, wenngleich in Athen die Mittel dazu dem Zweck unterlagen. Mit dem atheniensischen Theater war es ein gleiches. Es enthielt Spiele fürs Volk, und zwar ihm angemessene, erhabene, geistreiche Spiele; mit Athen ist seine Geschichte vorbei; denn der enge Kreis bestimmter Fabeln, Leidenschaften und Absichten, aufs Volk zu wirken, findet sich kaum mehr in dem vermischten Haufen einer andern Stammesart und Regimentsverfassung wieder. Niemals also messe man die griechische Sittenbildung, weder in ihrer öffentlichen Geschichte, noch in ihren Rednern und theatralischen Dichtern, nach dem Maßstabe einer abstrakten Moral, weil keinem dieser gegebnen Fälle ein solcher Maßstab zum Grunde lieget.* Die Geschichte zeigt, wie die Griechen in jedem Zeitpunkt alles waren, was sie gut und böse nach ihrer Lage sein konnten. Der Redner zeigt, wie er in seinem Handel die Parteien sah und seinem Zweck gemäß schildern mußte. Der theatralische Dichter endlich brachte Gestalten in sein Spiel, wie sie ihm die Vorzeit gab, oder wie er solche seinem Berufe gemäß diesen und keinen andern Zuschauern darstellen wollte. Schlüsse hieraus auf die Sittlichkeit oder Unsittlichkeit des gesamten Volks zu machen, wäre grundlos; daran wird aber niemand zweifeln, daß die Griechen in gewissen Zeitpunkten und Städten, nach dem Kreise von Gegenständen, der ihnen damals vorlag, das geschickteste, leichteste und aufgeklärteste Volk ihrer Welt gewesen. Die Bürger Athens gaben Feldherren, Redner, Sophisten, Richter, Staatsleute und Künstler, nachdem es die Erziehung, Neigung, Wahl oder das Schicksal und der Zufall wollte, und oft waren in einem Griechen mehrere der schönsten Vorzüge eines Guten und Edlen vereinigt.

V.

Wissenschaftliche Übungen der Griechen

Keinem Volk der Erde tut man sein Recht an, wenn man ihm ein fremdes Ideal der Wissenschaft aufdringt; so ists mit vielen Völkern Asiens auch den Griechen gegangen, und man hat sie mit Lobe und Tadel oft unbillig überhäufet. Von keiner spekulativen Dogmatik z. B. über Gott und die menschliche Seele wußten die Griechen; die Untersuchungen hierüber waren freie Privatmeinungen, sobald der Weltweise die gottesdienstlichen Gebräuche seines Landes beobachtete und keine politische Partei ihm im Wege stand. In Rücksicht dieser hat sich der menschliche Geist in Griechenland wie überall seinen Raum erkämpfen müssen, den er sich aber doch zuletzt wirklich erkämpfte.

Von alten Göttersagen und Theogonien ging die griechische Weltweisheit aus, und es ist merkwürdig viel, was der feine Geist dieser Nation hierüber ausspann. Die Dichtungen von der Geburt der Götter, vom Streit der Elemente, von Haß und Liebe der Wesen gegeneinander, sind von ihren verschiedenen Schulen in so verschiedenen Richtungen ausgebildet worden, daß man beinah sagen möchte: sie waren so weit, als wir sind, wenn wir ohne Naturgeschichte Weltentstehungen dichten. Ja, in gewissem Betracht waren sie weiter, weil ihr Sinn freier war, und keine gegebne Hypothese ihnen ein Ziel vorsteckte. Selbst die Zahlen Pythagoras und andrer Philosophen sind kühne Versuche, die Wissenschaft der Dinge mit dem reinsten Begriff der menschlichen Seele, einer deutlich gedachten Größe zu paaren; weil aber sowohl die Naturwissenschaft als die Mathematik damals noch in ihrer Kindheit waren, so kam dieser Versuch zu frühe. Immer aber locket er uns, so wie die Systeme mancher andern griechischen Philosophen eine Art von Verehrung ab, weil diese allesamt, jedes aus seinem Standpunkt, tief durchdacht und von weitem Um-

* S. die Einleitung zu Gillies's Übersetzung der Reden Lysias und Isokrates, nebst andern ähnlichen Schriften, die Griechenland aus Rednern oder Dichtern geschätzt haben.

fange waren; manchem derselben liegen Wahrheiten und Bemerkungen zum Grunde, die wir seitdem, vielleicht nicht zum Vorteil der Wissenschaft, aus den Augen verloren haben.
Daß z. B. keiner der alten Philosophen sich an Gott ein außerweltliches Wesen oder eine höchst-metaphysische Monade dachte, sondern alle bei dem Begriff einer Weltseele stehenblieben, war der Kindheit menschlicher Philosophie völlig angemessen, und wird ihr vielleicht immer angemessen bleiben. Schade ists, daß wir der kühnsten Philosophen Meinung nur aus verstümmelten Nachrichten, nicht aber aus ihren eignen Schriften im Zusammenhange wissen; aber noch mehr schade, daß wir uns ungern in ihre Zeit setzen und sie lieber unsrer Denkart bequemen. Jede Nation hat in allgemeinen Begriffen ihre eigene Sehart, die meistens in den Formen des Ausdrucks, kurz in der Tradition ihren Grund hat; und da bei den Griechen die Philosophie aus Gedichten und Allegorien entstanden war, so gaben diese auch ihren Abstraktionen ein eigentümliches, ihnen nicht undeutliches Gepräge. Selbst noch bei Plato sind seine Allegorien nicht bloße Ziererei; ihre Bilder sind wie klassische Sprüche der Vorzeit, feinere Entwickelungen der alten Dichtertraditionen.
Zur menschlichen und moralischen Philosophie aber neigte sich der Forschungsgeist der Griechen vorzüglich, weil ihre Zeit und Verfassung sie am meisten dieses Weges führte. Naturgeschichte, Physik und Mathematik waren damals noch lange nicht gnug angebauet, und zu unsern neuern Entdeckungen die Werkzeuge noch nicht erfunden. Alles zog sich dagegen auf die Natur und die Sitten der Menschen. Dies war der herrschende Ton der griechischen Dichtkunst, Geschichte und Staatseinrichtung; jeder Bürger mußte seine Mitbürger kennen und bisweilen öffentliche Geschäfte verwalten, denen er sich nicht entziehen konnte; die Leidenschaften und wirkenden Kräfte der Menschen hatten damals ein freieres Spiel; selbst dem müßigen Philosophen schlichen sie nicht unbemerkt vorüber; Menschen zu regieren oder als ein lebendiges Glied der Gesellschaft zu wirken, war der herrschende Zug jeder emporstrebenden griechischen Seele. Kein Wunder also, daß auch die Philosophie des abstrakten Denkers auf Bildung der Sitten oder des Staats hinausging, wie Pythagoras, Plato und selbst Aristoteles dies beweisen. Staaten einzurichten, war ihr bürgerlicher Beruf nicht; nirgend war Pythagoras, wie Lykurgus, Solon oder andre, Obrigkeit und Archon; auch der größeste Teil seiner Philosophie war Spekulation, die sogar bis an den Aberglauben grenzte. Indessen zog seine Schule Männer, die auf die Staaten Großgriechenlandes den größesten Einfluß gehabt haben, und der Bund seiner Jünger wäre, wenn ihm das Schicksal Dauer gegönnt hätte, vielleicht die wirksamste, wenigstens eine sehr reine Triebfeder zur Verbesserung der Welt worden.* Aber auch dieser Schritt des über seine Zeit hocherhabenen Mannes war zu früh: die reichen, sybaritischen Städte Großgriechenlandes nebst ihren Tyrannen begehrten solche Sittenwächter nicht, und die Pythagoräer wurden ermordet.
Es ist ein zwar oft wiederholter, aber, wie mich dünkt, überspannter Lobspruch des menschenfreundlichen Sokrates, daß ers zuerst und vorzüglich gewesen sei, der die Philosophie vom Himmel auf die Erde gerufen und mit dem sittlichen Leben der Menschen befreundet habe; wenigstens gilt der Lobspruch nur die Person Sokrates selbst und den engen Kreis seines Lebens. Lange vor ihm waren Philosophen gewesen, die sittlich und tätig für die Menschen philosophiert hatten, da vom fabel-

* S. in *Meiners* Geschichte der Wissenschaften in Griechenland und Rom, T. I. die Geschichte dieser Gesellschaft.

haften Orpheus an eben dies der bezeichnende Charakter der griechischen Kultur war. Auch Pythagoras hatte durch seine Schule eine viel größere Anlage zur Bildung menschlicher Sitten gemacht, als Sokrates durch alle seine Freunde je hatte machen mögen. Daß dieser die höhere Abstraktion nicht liebte, lag an seinem Stande, am Kreise seiner Kenntnisse, vorzüglich aber an seiner Zeit und Lebensweise. Die Systeme der Einbildungskraft ohne fernere Naturerfahrungen waren erschöpft, und die griechische Weisheit ein gaukelndes Geschwätz der Sophisten worden, daß es also keines großen Schrittes bedurfte, das zu verachten oder beiseit zu legen, was nicht weiter zu übertreffen war. Vor dem schimmernden Geist der Sophisten schützte ihn sein Dämon, seine natürliche Redlichkeit und der bürgerliche Gang seines Lebens. Dieser steckte zugleich seiner Philosophie das eigentliche Ziel der Menschheit vor, das beinah auf alle, mit denen er umging, so schöne Folgen hatte; allerdings gehörte aber zu dieser Wirksamkeit die Zeit, der Ort und der Kreis von Menschen, mit denen Sokrates lebte. Anderswo wäre der bürgerliche Weise ein aufgeklärter tugendhafter Mann gewesen, ohne daß wir vielleicht seinen Namen wüßten; denn keine Erfindung, keine neue Lehre ists, die er, ihm eigen, ins Buch der Zeiten verzeichnet; nur durch seine Methode und Lebensweise, durch die moralische Bildung, die er sich selbst gegeben hatte und andern zu geben suchte, vorzüglich endlich durch die Art seines Todes ward er der Welt ein Muster. Es gehörte viel dazu, ein Sokrates zu sein, vor allem die schöne Gabe, entbehren zu können, und der feine Geschmack an moralischer Schönheit, den er bei sich zu einer Art von Instinkt erhöhet zu haben scheinet; indessen hebe man auch diesen bescheidnen edeln Mann nicht über die Sphäre empor, in welche ihn die Vorsehung selbst stellte. Er hat wenige seiner ganz würdige Schüler gezogen, eben weil seine Weisheit gleichsam nur zum Hausgerät seines eigenen Lebens gehörte und seine vortreffliche Methode im Munde seiner nächsten Schüler gar zu leicht in Spöttereien und Sophismen ausarten konnte, sobald es dem ironisch Fragenden am Geistes- und Herzenscharakter Sokrates fehlte. Auch seine zwei edelsten Jünger Xenophon und Plato vergleiche man unparteiisch: so wird man finden, daß er bei ihnen (wie er selbst den bescheidenen Ausdruck liebte) nur die Hebamme ihrer eignen Geistesgestalt gewesen war; daher er sich auch im Bilde beider so unähnlich siehet. Das Auszeichnende ihrer Schriften rührt offenbar von ihrer eignen Denkart her, und der schönste Dank, den sie ihrem geliebten Lehrer bringen konnten, war der, daß sie sein moralisches Bild aufstellten. Allerdings wäre es sehr zu wünschen gewesen, daß durch Sokrates Schüler sein Geist in alle Gesetze und Staatsverfassungen Griechenlandes fortan eingedrungen wäre; daß dieses aber nicht geschehen sei, bezeugt die griechische Geschichte. Sein Leben traf auf den Punkt der höchsten Kultur Athens, zugleich aber auch der höchsten Anstrengung der griechischen Staaten gegeneinander; beides konnte nichts anders als unglückliche Zeiten und Sitten nach sich ziehen, die nicht gar lange darauf den Untergang der griechischen Freiheit bewirkten. Hiegegen schützte sie keine sokratische Weisheit, die zu rein und fein war, als daß sie das Schicksal der Völker hätte entscheiden mögen. Der Staatsmann und Kriegsführer Xenophon schildert schlechte Staatsverfassungen; er kann sie aber nicht ändern. Plato schuf eine idealische Republik, die nirgend, am wenigsten an Dionysius Hofe Platz fand. Kurz, Sokrates Philosophie hat mehr der Menschheit als Griechenland gedienet, welches ohne Zweifel auch ihr schönerer Ruhm ist.

Ein ganz anderer war Aristoteles Geist, der scharfsinnigste, festeste und trockenste vielleicht, der je den Griffel geführet. Seine Philosophie ist freilich mehr die Philosophie der Schule als des gemeinen Lebens, insonderheit in den Schriften, die wir von ihm haben, und nach der Weise, wie man sie gebrauchte; um so mehr aber hat die reine Vernunft und Wissenschaft durch ihn gewonnen, so daß er in ihrem Gebiet als ein Monarch der Zeiten dasteht. Daß die Scholastiker meistens nur auf seine Metaphysik verfielen, war ihre, nicht Aristoteles Schuld, und doch hat sich auch an solcher die menschliche Vernunft unglaublich geschärfet. Sie reichte barbarischen Nationen Werkzeuge in die Hände, die dunkeln Träume der Phantasie und Tradition zuerst in Spitzfindigkeiten zu verwandeln, bis sie sich damit allmählich selbst zerstörten. Seine bessern Schriften aber, die Naturgeschichte und Physik, die Ethik und Moral, die Politik, Poetik und Redekunst erwarten noch manche glückliche Anwendung. Zu beklagen ists, daß seine historischen Werke untergegangen sind, und daß wir auch seine Naturgeschichte nur im Auszuge haben. Wer indessen den Griechen den Geist reiner Wissenschaft abspricht, möge ihren Aristoteles und Euklides lesen, Schriftsteller, die in ihrer Art nie übertroffen wurden; denn auch das war Platons und Aristoteles Verdienst, daß sie den Geist der Naturwissenschaft und Mathematik erweckten, der über alles Moralisieren hinaus ins Große geht und für alle Zeiten wirket. Mehrere Schüler derselben waren Beförderer der Astronomie, Botanik, Anatomie und andrer Wissenschaften, wie denn Aristoteles selbst bloß mit seiner Naturgeschichte den Grund zu einem Gebäude gelegt hat, an welchem noch Jahrhunderte bauen werden. Zu allem Gewissen der Wissenschaft wie zu allem Schönen der Form ist in Griechenland der Grund gelegt worden; leider aber, daß uns das Schicksal von den Schriften seiner gründlichsten Weisen so wenig gegönnt hat! Was übrig geblieben ist, ist vortrefflich; das Vortrefflichste ging vielleicht unter. Man wird es nicht von mir erwarten, daß ich die einzelnen Wissenschaften der Mathematik, Medizin, Naturwissenschaft und aller schönen Künste durchgehe, um eine Reihe Namen zu nennen, die entweder als Erfinder oder als Vermehrer des Wissenschaftlichen derselben allen künftigen Zeiten zur Grundlage gedient haben. Allgemein ists bekannt, daß Asien und Ägypten uns eigentlich keine wahre Form der Wissenschaft in irgendeiner Kunst oder Lehre gegeben; dem feinen, ordnenden Geist der Griechen haben wir diese allein zu danken. Da nun eine bestimmte Form der Erkenntnis eben das ist, was ihre Vermehrung oder Verbesserung in zukünftigen Zeiten bewirkt, so sind wir den Griechen die Basis beinah aller unserer Wissenschaften schuldig. Mögen sie sich fremde Ideen zugeeignet haben, soviel sie wollen, desto besser für uns: gnug, sie ordneten solche und strebten zur deutlichen Erkenntnis. Die mancherlei griechischen Schulen waren hierin das, was in ihrem Staatswesen die vielen Republiken waren, gemeinschaftlich strebende, miteinander wetteifernde Kräfte; denn ohne diese Verteilung Griechenlandes würde selbst in ihren Wissenschaften nie so viel geschehen sein, als geschehen ist. Die ionische, italische und atheniensische Schule waren, ihrer gemeinschaftlichen Sprache ohngeachtet, durch Länder und Meere voneinander gesondert; jede also konnte für sich selbst wurzeln und, wenn sie verpflanzt oder eingeimpft ward, desto schönere Früchte tragen. Keiner der früheren Weisen wurde vom Staat, selbst nicht von seinen Schülern besoldet; er dachte für sich, er erfand aus Liebe zur Wissenschaft oder aus Liebe zum Ruhm. Die er unterrichtete, waren nicht Kinder, sondern Jünglinge oder Männer, oft Männer, die der wichtigsten Staatsgeschäfte pflegten. Für Jahrmärkte eines gelehrten Handels schrieb man damals noch nicht; man dachte aber desto länger und tiefer: zumal der mäßige Philosoph im schönen griechischen Klima ungehindert von Sorgen denken konnte, da er zu seinem Unterhalt wenig bedurfte.

Indessen können wir nicht umhin, auch hier der Monarchie das Lob widerfahren zu lassen, das ihr gebühret. Keiner der sogenannten Freistaaten Griechenlandes hätte dem Aristoteles zu seiner Naturgeschichte die Beihilfe verschafft, die ihm sein königlicher Schüler verschaffen konnte; noch minder hätten ohne die Anstalten der Ptolemäer Wissenschaften, die Muße oder Kosten fordern, z. B. Mathematik, Astronomie u. f., die Fortschritte getan, die sie in Alexandrien getan haben. Ihren Anlagen sind wir den Euklides, Eratosthenes, Apollonius Pergäus, Ptolemäus u. a. schuldig, Männer, die zu den Wissenschaften den Grund gelegt, auf welchen jetzt nicht nur das Gebäude der Gelehrsamkeit, sondern gewissermaßen unsrer ganzen Weltregierung ruhet. Es hatte also auch seinen Nutzen, daß die Zeit der griechischen Rednerei und Bürgerphilosophie mit den Republiken zu Ende ging: diese hatte ihre Früchte getragen; dem menschlichen Geist aber waren aus griechischen Seelen noch andre Keime der Wissenschaft nötig. Gern verzeihen wir dem ägyptischen Alexandrien seine schlechteren Dichter*; es gab uns dafür gute Beobachter und Rechner. Dichter werden durch sich selbst; Beobachter können durch Fleiß und Übung allein vollkommen werden.

Insonderheit hat die griechische Philosophie über drei Gegenstände vorgearbeitet, die schwerlich irgendwo anders eine so glückliche Werkstatt hätten finden mögen: sie sind Sprache, Kunst und Geschichte. Die Sprache der Griechen hatte sich durch Dichter, Redner und Philosophen so vielseitig, reich und schön gebildet, daß das Werkzeug selbst in spätern Zeiten die Aufmerksamkeit der Betrachter an sich zog, da man es nicht mehr zu so glänzenden Zwecken des öffentlichen Lebens anwenden konnte. Daher die Kunst der Grammatiker, die zum Teil wirkliche Philosophen waren. Zwar hat uns den größesten Teil dieser Schriftsteller die Zeit geraubt, welchen Verlust wir auch allenfalls gegen viel wichtigere Sachen verschmerzen mögen; indessen ist ihre Wirkung deswegen nicht ausgetilgt worden: denn am Studium der griechischen hat sich das Studium der römischen Sprache und überhaupt alle Sprachenphilosophie der Erde angezündet. Auch in die morgenländischen Dialekte des vordern Asiens ist es nur aus ihr gekommen; denn die hebräische, arabische und andere Sprachen hat man nur durch die griechische in Regeln zu bringen gelernet. Gleichermaßen ist an eine Philosophie der Kunst nirgend als in Griechenland gedacht worden, weil durch einen glücklichen Trieb der Natur und durch eine geschmackvolle sichre Gewohnheit Dichter und Künstler selbst eine Philosophie des Schönen ausübten, ehe der Zergliedrer ihre Regeln aufnahm. So mußte sich durch den ungeheuren Wetteifer in Epopöen, Theaterstücken und öffentlichen Reden notwendig mit der Zeit eine Kritik bilden, an welche unsre Kritik schwerlich reichet. Es sind uns zwar auch von ihr außer Aristoteles Schriften nur wenige späte Bruchstücke übriggeblieben, die indes immer noch von dem überfeinen Scharfsinn der griechischen Kunstrichter zeugen. Die Philosophie der Geschichte endlich gehört vorzüglich nach Griechenland heim, weil eigentlich die Griechen allein Geschichte haben. Der Morgenländer hat Stammregister oder Märchen, der Nordländer hat Sagen, andre Nationen Lieder; der Grieche bildete aus Sagen, Liedern, Märchen und Stammregistern mit der Zeit den gesunden Körper einer Erzählung, die in allen Gliedern lebet. Auch hierin ging ihm seine alte Dichtkunst vor, da sich ein Märchen nicht leicht angenehmer erzählen läßt, als es die Epopöe erzählte: die Verteilung der Gegenstände nach Rhapsodien gab zu ähnlichen Absätzen in der Ge-

* S. *Heyne* De Genio saeculi Ptolemaeorum in opusc. acad. P. I. p. 76. seq.

schichte Anlaß, und der lange Hexameter konnte bald den Wohlklang der historischen Prose bilden. Herodot ward also Homers Nachfolger, und die späteren Geschichtschreiber der Republiken nahmen die Farbe derselben, den republikanischen Rednergeist in ihre Erzählung auf. Da nun mit Thucydides und Xenophon die griechische Geschichte aus Athen ausging und die Beschreiber derselben Staatsmänner und Feldherren waren: so mußte ihre Geschichte pragmatisch werden, ohne daß sie ihr eine pragmatische Gestalt zu geben suchten. Die öffentlichen Reden, die Verflechtung der griechischen Angelegenheiten, die lebendige Gestalt der Sachen und ihrer Triebfedern gab ihnen solche Form an, und man kann kühn behaupten, daß ohne die Republiken Griechenlands keine pragmatische Geschichte in der Welt wäre. Je mehr späterhin die Staaten- und Kriegskunst sich entwickelte, desto künstlicher ward auch der pragmatische Geist der Geschichte, bis endlich Polybius sie fast zur Kriegs- und Staaten-Wissenschaft selbst machte. An Vorbildern solcher Art hatten nun die späteren Betrachter zu ihren Anmerkungen reichen Stoff, und die Dionyse konnten sich in den Anfängen der historischen Kunst gewiß reichlicher üben, als ein Chinese, Jude oder selbst ein Römer es tun konnte.

Da wir also die Griechen in jeder Übung des Geistes an dichterischen, rednerischen, philosophischen, wissenschaftlichen, historischen Werken so reich und glücklich finden, Schicksal der Zeiten, warum hast du uns denn so viel von ihnen versagt? Wo sind Homers Amazonia und seine Thebais und Iresione, seine Jamben, sein Margites? Wo sind die vielen verlornen Stücke Archilochus, Simonides, Alcäus, Pindars, die dreiundachtzig Trauerspiele Äschylus, die hundertundachtzehn des Sophokles und die unzähligen andern verlornen Stücke der Tragiker, Komiker, Lyriker, der größesten Weltweisen, der unentbehrlichsten Geschichtschreiber, der merkwürdigsten Mathematiker, Physiker u. f.? Für *eine* Schrift des Demokritus, Aristoteles, Theophrasts, Polybius, Euklides; für *ein* Trauerspiel des Äschylus, Sophokles und so vieler andern; für *ein* Lustspiel Aristophanes, Philemons, Menanders; für *eine* Ode des Alcäus oder der Sappho; für die verlorne Natur- und Staatengeschichte Aristoteles, oder für die fünfunddreißig Bücher Polybius: wer würde nicht gern einen Berg von neuern Schriften, seine eignen zuerst, hingeben, daß die Bäder von Alexandrien ein ganzes Jahr lang davon erwärmt würden? Aber das Schicksal mit eisernem Fuß geht einen andern Gang fort, als daß es auf die Unsterblichkeit einzelner menschlicher Werke in Wissenschaft oder in Kunst rechne. Die gewaltigen Propyläen Athens, alle Tempel der Götter, jene prächtigen Paläste, Mauern, Kolossen, Bildsäulen, Sitze, Wasserleitungen, Straßen, Altäre, die das Altertum für die Ewigkeit schuf, sind durch die Wut der Zerstörer dahin; und einige schwache Gedankenblätter des menschlichen Nachsinnens und Fleißes sollten verschont bleiben? Vielmehr ist zu verwundern, daß wir derselben noch so viel haben, und vielleicht haben wir an ihnen noch zu viel, als daß wir sie alle gebraucht hätten, wie sie zu gebrauchen wären. Lasset uns jetzt zum Aufschluß dessen, was wir bisher einzeln durchgingen, die Geschichte Griechenlands im ganzen betrachten; sie trägt ihre Philosophie Schritt vor Schritt belehrend mit sich.

VI.

Geschichte der Veränderungen Griechenlands

So reich und verflochten die griechische Geschichte an Veränderungen ist, so gehen doch ihre Fäden an wenigen Hauptpunkten zusammen, deren Naturgesetze klar sind. Denn

1. Daß in diesen drei Landesstrecken mit ihren Inseln und Halbinseln viele Stämme und Kolonien zur See und vom höhern Lande hinaus hin und her wandern, sich niederlassen und einander vertreiben, ist allenthalben die Geschichte der Alten Welt bei ähnlichen Meer- und Erdstrichen gewesen. Nur hier war das Wandern lebhafter, weil das volkreiche nordische Gebirge und das große Asien nahe lag, und durch eine Reihe von Zufällen, von denen die Sagen erzählen, der Geist des Abenteuers sehr rege erhalten ward. Dies ist die Geschichte Griechenlandes beinahe von 700 Jahren.

2. Daß unter dieser Stämme Kultur, und zwar von verschiedenen Seiten, in verschiedenen Graden kommen mußte, ist ebensowohl Natur der Sache und des Erdstrichs. Sie breitete sich von Norden hinab, sie kam aus verschiednen Gegenden der nahen gebildeten Völker zu ihnen herüber und setzte sich hie und da sehr verschieden fest. Die überwiegenden Hellenen bringen endlich Einheit ins ganze und geben der griechischen Sprache und Denkart Ton. Nun mußten in Kleinasien, in Klein- und Großgriechenland die Keime dieser gegebenen Kultur sehr ungleich und verschieden treiben; diese Verschiedenheit aber half durch Wetteifer und Verpflanzungen dem griechischen Geist auf: denn es ist in der Naturgeschichte sowohl der Pflanzen als der Tiere bekannt, daß derselbe Same auf demselben Erdstrich nicht ewig gedeihe, aber, zu rechter Zeit verpflanzt, frischere und fröhlichere Früchte trage.

3. Aus ursprünglichen kleinen Monarchien gingen die geteilten Staaten mit der Zeit in Aristokratien, einige in Demokratien über; beide gerieten oft in Gefahr, unter die Willkür *eines* Beherrschers zurückzufallen; jedoch die Demokratien öfter. Abermals der Naturgang der menschlichen Einrichtung in ihrer früheren Jugend. Die Vornehmsten des Stammes glaubten sich dem Willen der Könige entziehen zu dürfen; und da das Volk sich nicht führen konnte, so wurden sie seine Führer. Nachdem nun sein Gewerbe, sein Geist, seine Einrichtung war, blieb es entweder unter diesen Führern, oder es rang so lange, bis es Anteil an der Regierung bekam. Jenes war der Fall in Lacedämon, dies in Athen. Von beidem lag die Ursache in den Umständen und der Verfassung beider Städte. In Sparta wachten die Regenten scharf aufeinander, daß kein Tyrann aufkommen konnte; in Athen ward das Volk mehr als einmal unter die Tyrannei mit oder ohne Namen hineingeschmeichelt. Beide Städte mit allem, was sie hervorgebracht haben, sind so natürliche Produkte ihrer Lage, Zeit, Einrichtung und Umstände, als je eine Natur-Erzeugung sein mochte.

4. Viele Republiken, mehr oder minder durch gemeinschaftliche Geschäfte, Grenzen oder ein anderes Interesse, am meisten aber durch die Krieges- und Ruhmliebe gleichsam an *eine* Rennbahn gestellt, werden bald Ursache zu Zwistigkeiten finden: die mächtigern zuerst, und diese ziehen zu ihrer Partei, wen sie hinzuzuziehen vermögen, bis endlich eine das Übergewicht gewinnet. Dies war der Fall der langen Jugendkriege zwischen den Staaten Griechenlands, insonderheit zwischen Lacedämon, Athen und zuletzt Theben. Die Kriege waren bitter, hart, ja oft grausam, wie allemal Kriege sein werden, in welchen jeder Bürger und Krieger am Ganzen teilnimmt. Meistens entstanden sie über Kleinigkeiten oder über Sachen der Ehre,

wie die Gefechte bei Jugendhändeln zu entstehen pflegen, und, was sonderbar scheinet, es aber nicht ist, jeder überwindende Staat, insonderheit Lacedämon, suchte dem Überwundenen seine Gesetze und Einrichtung aufzuprägen, als ob damit das Zeichen der Niederlage unauslöschlich an ihm bliebe. Denn die Aristokratie ist eine geschworne Feindin der Tyrannei sowohl als der Volksregierung.

5. Indessen waren die Kriege der Griechen, auch als Geschäft betrachtet, nicht bloß Streifereien der Wilden; vielmehr entwickelt sich in ihnen mit der Zeitenfolge bereits der ganze Staats- und Kriegesgeist, der je das Rad der Weltbegebenheiten gelenkt hat.* Auch die Griechen wußten, was Bedürfnisse des Staats, Quellen seiner Macht und seines Reichtums sei'n, die sie sich oft auf rohe Weise zu verschaffen suchten. Auch sie wußten, was Gleichgewicht der Republiken und Stände gegeneinander, was geheime und öffentliche Konföderationen, was Kriegslist, Zuvorkommen, im Stich lassen und dgl. heiße. Sowohl in Kriegs- als Staatssachen haben also die erfahrensten Männer der römischen und neuern Welt von den Griechen gelernet; denn die Art des Krieges möge sich mit den Waffen, der Zeit und der Weltlage ändern; der Geist der Menschen, der da erfindet, überredet, seine Anschläge bedeckt, angreift, vorrückt, sich verteidigt oder zurückziehet, die Schwächen seiner Feinde ausspähet und so oder also seinen Vorteil gebraucht oder mißbrauchet, wird zu allen Zeiten derselbe bleiben.

6. Die Kriege mit den Persern machen die erste große Unterscheidung in der griechischen Geschichte. Sie waren von den asiatischen Kolonien veranlaßt, die dem ungeheuren morgenländischen Eroberungsgeist nicht hatten widerstehen mögen und, an die Freiheit gewohnt, bei der ersten Gelegenheit dies Joch abzuschütteln suchten. Daß die Athenienser ihnen zwanzig Schiffe zu Hilfe sandten, war ein Übermut der Demokratie: denn Kleomenes, der Spartaner, hatte ihnen die Hilfe abgeschlagen, und mit ihren zwanzig Schiffen führten jene dem ganzen Griechenlande den wildesten Krieg zu. Indessen, da er einmal geführt wurde, so war es zwar ein Wunder der Tapferkeit, daß einige kleine Staaten gegen zwei Könige des großen Asiens die herrlichsten Siege davontrugen; es war aber kein Naturwunder. Die Perser waren völlig außer ihrem Mittelpunkt; die Griechen dagegen stritten für Freiheit, Land und Leben. Sie stritten gegen sklavische Barbaren, die an den Eretriern gezeigt hatten, was auch ihnen bevorstünde, und nahmen daher alles zusammen, was menschliche Klugheit und Mut ausrichten konnte. Die Perser unter Xerxes griffen wie Barbaren an: sie kamen mit Ketten in der Hand, um zu binden, und mit Feuer in der Hand, um zu verheeren; dies hieß aber nicht mit Klugheit fechten. Themistokles bediente sich gegen sie bloß des Windes, und freilich ist der widrige Wind auf dem Meere einer ungelenken Flotte ein gefährlicher Gegner. Kurz, der persische Krieg ward mit großer Macht und Wut, aber ohne Verstand geführt, und so mußte er unglücklich enden. Gesetzt, daß auch die Griechen geschlagen und ihr ganzes Land wie Athen verwüstet worden wäre; Griechenland konnten die Perser von der Mitte Asiens her und bei dem innern Zustande ihres Reichs dennoch nie behaupten, da sie Ägypten selbst mit Mühe behaupten konnten. Das Meer war Griechenlands Freundin, wie in anderm Sinn auch das Delphische Orakel sagte.

7. Aber die geschlagenen Perser ließen mit ihrer Beute und Schande den Atheniensern einen Funken zurück, dessen Flamme das ganze Gebäude der griechischen Staats-

* Eine Vergleichung mehrerer Völker hierüber wird aus dem Fortgange der Geschichte erwachsen.

einrichtungen zerstörte. Es war der Ruhm und Reichtum, die Pracht und Eifersucht, kurz, der ganze Übermut, der auf diese Kriege folgte. Bald erschien in Athen das Zeitalter Perikles, das glänzendste, in welchem je ein so kleiner Staat gewesen, und es folgte darauf aus ebenso natürlichen Ursachen der unglückliche Peloponnesische, der doppelte Spartanische Krieg, bis endlich durch eine einzige Schlacht Philippus aus Mazedonien dem ganzen Griechenlande das Netz übers Haupt warf. Sage doch niemand, daß ein ungünstiger Gott das Schicksal der Menschen lenke und neidend es von seiner Höhe zu stürzen trachte; die Menschen selbst sind einander ihre ungünstigen Dämonen. Was konnte aus Griechenland, wie es in diesen Zeiten war, anders als die leichte Beute eines Siegers werden? Und woher konnte dieser Sieger kommen, als aus den mazedonischen Gebirgen? Vor Persien, Ägypten, Phönizien, Rom, Karthago war es sicher; sein Feind aber saß ihm in der Nähe, der es mit ein paar Griffen voll List und Macht erhaschte. Das Orakel war hier abermals klüger als die Griechen; es philippisierte, und im ganzen Vorfall wurde nichts als der allgemeine Satz bestätigt: »daß ein einträchtiges, krieggeübtes Bergvolk, das einer geschwächten, zerteilten, entnervten Nation auf dem Nacken sitzt, notwendig der Sieger derselben sein werde, sobald es die Sache klug und tapfer angreift.« Das tat Philippus und raffte Griechenland auf; denn es war durch sich selbst lange vorher besiegt gewesen. Hier würde nun die Geschichte Griechenlandes endigen, wenn Phillippus ein Barbar wie Sulla oder Alarich gewesen wäre; er war aber selbst ein Grieche, sein größerer Sohn war es auch, und so beginnet eben mit dem Verlust der griechischen Freiheit noch unter dieses Volkes Namen eine Weltszene, die ihresgleichen wenige gehabt hat.

8. Der junge Alexander nämlich, der, kaum zwanzig Jahre alt, im ersten Feuer der Ruhmbegierde auf den Thron kam, führte den Gedanken aus, zu dem sein Vater alles vorbereitet hatte; er ging nach Asien hinüber in des Perser-Monarchen eigene Staaten. Abermals die natürlichste Begebenheit, die sich ereignen konnte. Alle Landzüge der Perser gegen Griechenland waren durch Thrazien und Mazedonien gegangen; der alte Haß gegen sie lebte also bei diesen Völkern noch. Nun war die Schwäche der Perser den Griechen gnugsam bekannt, nicht nur aus jenen alten Schlachten bei Marathon, Platäa u. f., sondern noch in näheren Zeiten aus dem Rückzuge Xenophons mit seinen zehntausend Griechen. Der Mazedonier, der jetzt Gebieter und Oberfeldherr von Griechenland war, wohin sollte er seine Waffen, wo seinen Phalanx hinrichten als gegen die reiche Monarchie, die seit einem Jahrhundert von innen in tiefem Verfall war. Der junge Held lieferte drei Schlachten, und Kleinasien, Syrien, Phönizien, Ägypten, Lybien, Persien, Indien war sein; ja, er hätte bis zum Weltmeer gehen mögen, wenn nicht seine Mazedonier, klüger als er, ihn zum Rückzuge gezwungen hätten. So wenig in alle diesem Glück ein Wunder war, so wenig wars ein neidisches Schicksal, das ihm in Babylon sein Ende machte. Welch ein großer Gedanke zwar, von Babylon aus die Welt zu regieren, eine Welt, die vom Indus bis gen Lybien, ja über Griechenland bis zum Ikarischen Meere reichte! Welch ein Gedanke, diesen Weltstrich zu *einem* Griechenlande an Sprache, Sitten, Künsten, Handel und Pflanzstädten zu machen und in Baktra, Susa, Alexandrien u. f. neue Athene zu gründen! Und siehe, da stirbt der Sieger in der schönsten Blüte seines Lebens; mit ihm stirbt alle diese Hoffnung, eine neuerschaffene griechische Welt! Spräche man also zum Schicksal, so würde dieses uns antworten: »Sei Babel oder Pella die Residenz Alexanders, möge Baktra griechisch oder parthisch reden, nur wenn das Menschenkind seinen Entwurf ausführen will, so sei es mäßig

und trinke sich nicht zu Tode.« Alexander tats, und sein Reich war hin. Kein Wunder, daß er sich selbst erwürgte; vielmehr war es beinah ein Wunder, daß er, der sein Glück längst nicht mehr hatte ertragen können, so lange lebte.

9. Jetzt teilte sich das Reich, d. i. es zersprang eine ungeheure Wasserblase; wo und wann ist es bei ähnlichen Umständen anders gewesen? Alexanders Gebiet war noch von keiner Seite vereinigt, kaum noch in der Seele des Überwinders selbst zu einem Ganzen verknüpfet. Die Pflanzstädte, die er hie und da angelegt hatte, konnten ohne einen Beschützer, wie er war, sich in dieser Jugend nicht decken, geschweige alle die Völker im Zaum halten, denen sie aufgedrungen waren. Da Alexander nun so gut als ohne Erben starb, wie anders, als daß die Raubvögel, die ihm in seinem Fluge siegreich beigestanden hatten, jetzt für sich raubten? Sie zerhackten sich lange untereinander, bis jeder sein Nest fand, eine erworbene Siegesbeute. Mit keinem Staat, der aus so ungeheuren, schnellen Eroberungen entstand und nur auf des Eroberers Seele ruhte, ist es je anders gegangen; die Natur der verschiednen Völker und Gegenden nimmt gar bald ihre Rechte wieder, so daß es nur der Übermacht griechischer Kultur vor barbarischen Völkern zuzuschreiben ist, daß viele zusammengezwungene Erdstriche nicht eher zu ihrer alten Verfassung zurückkehrten. Parthien, Baktra und die Länder jenseit des Euphrats taten es zuerst; denn sie lagen dem Mittelpunkt eines Reichs zu fern, das sich gegen Bergvölker von parthischem Stamm mitnichten schützen konnte. Hätten die Seleukiden, wie Alexander wollte, Babylon, oder ihr eignes Seleucia zu ihrer Wohnung gemacht, vielleicht wären sie ostwärts mächtiger geblieben, aber auch vielleicht desto eher in entkräftende Üppigkeit versunken. Ein gleiches wars mit den asiatischen Provinzen des thrazischen Reiches; sie bedienten sich des Rechts, dessen sich ihre Räuber bedient hatten, und wurden, da die Kriegsgenossen Alexanders weichern Nachfolgern den Thron einräumten, eigne Königreiche. In alle diesem sind die immer wiederkehrenden Naturgesetze der politischen Weltgeschichte unverkennbar.

10. Am längsten dauerten die Reiche, die zunächst um Griechenland lagen; ja, sie hätten länger dauern können, wenn der Zwist zwischen ihnen, vorzüglich aber zwischen den Karthaginensern und Römern nicht auch sie in jenen Ruin gezogen hätte, der von der Monarchin Italiens nach und nach über alle Küsten des Mittelländischen Meeres ausging. Hier trafen nun abgelebte, schwache Reiche in einen zu ungleichen Glückskampf, vor welchem sie eine mäßige Klugheit hätte warnen mögen. Indessen hielt sich in ihnen von griechischer Kultur und Kunst, was sich nach Beschaffenheit der Regenten und Zeiten halten konnte. Die Wissenschaften in Ägypten blüheten als Gelehrsamkeit, weil sie nur als Gelehrsamkeit eingeführt waren; wie Mumien waren sie im Museum oder in der Bibliothek begraben. Die Kunst an den asiatischen Höfen ward üppige Pracht; die Könige zu Pergamus und in Ägypten wetteiferten, Bibliotheken zu sammlen; ein Wetteifer, der der ganzen künftigen Literatur nützlich und schädlich wurde. Man sammlete Bücher und verfälschte sie; ja mit dem Brande des Gesammleten ging nachher eine ganze Welt alter Gelehrsamkeit auf einmal unter. Man siehet, daß sich das Schicksal dieser Dinge nicht anders angenommen habe, als es sich aller Dinge der Welt annimmt, die es dem klugen oder törichten, immer aber natürlichen Verhalten der Menschen überließ. Wenn der Gelehrte um ein verlornes Buch des Altertums weinet, um wieviel wichtigere Dinge müßte man weinen, die alle dem Lauf des Schicksals unabänderlich folgten? Äußerst merkwürdig ist die Geschichte der Nachfolger Alexanders, nicht nur, weil in ihr so viel Ursachen zu dem, was untergegangen oder erhalten ist, liegen, sondern auch als das

traurige Muster von Reichen, die sich auf fremden Erwerb sowohl der Länder als der Wissenschaften, Künste und Kultur gründen.

11. Daß Griechenland in diesem Zustande nie mehr zu seinem alten Glanz gelangen mögen, bedarf wohl keines Erweises; die Zeit dieser Blüte war längst vorüber. Zwar gaben sich manche eitlen Regenten Mühe, der griechischen Freiheit emporzuhelfen; es war aber eine Scheinmühe um eine Freiheit ohne Geist, um einen Körper ohne Seele. An Vergötterung seiner Wohltäter ließ es Athen nie fehlen, und die Kunst sowohl als die Deklamation über Philosophie und Wissenschaften hat sich in diesem Sitz der allgemeinen Kultur Europas, solange es möglich war, erhalten; immer aber wechselten Glücksfälle mit Verwüstungen ab. Die kleinen Staaten untereinander kannten weder Eintracht noch Grundsätze zu ihrer Erhaltung, wenn sie gleich den Ätolischen Bund schlossen und den Achäischen Bund erneuten. Weder Philopömens Klugheit noch Aratus Rechtschaffenheit gaben Griechenland seine alten Zeiten wieder. Wie die Sonne im Niedergange, von den Dünsten des Horizonts umringt, eine größere, romantische Gestalt hat, so hats die Staatskunst Griechenlandes in diesem Zeitpunkt; allein die Strahlen der untergehenden Sonne erwärmen nicht mehr wie am Mittage, und die Staatskunst der sterbenden Griechen blieb unkräftig. Die Römer kamen auf sie, wie schmeichelnde Tyrannen, Entscheider aller Zwistigkeiten des Erdstrichs zu ihrem eigenen Besten; und schwerlich haben Barbaren je ärger verfahren, als Mummius in Korinth, Sulla in Athen, Ämilius in Mazedonien verfuhren. Lange plünderten die Römer, was in Griechenland geplündert werden konnte, bis sie es zuletzt ehrten, wie man eine beraubte, getötete Leiche ehret. Sie besoldeten Schmeichler daselbst und schickten ihre Söhne dahin, um auf den geweiheten Fußtritten alter Weisen unter Schwätzern und Kunstgrüblern zu studieren. Zuletzt kamen Goten, Christen und Türken, die dem Reich der griechischen Götter, das sich lange selbst überlebt hatte, ein völliges Ende machten. Sie sind gefallen, die großen Götter, Jupiter Olympius und Pallas Athene, der delphische Apoll und die argische Juno; ihre Tempel sind Schutt, ihre Bildsäulen Steinhaufen, nach deren Trümmern selbst man jetzo vergeblich spähet.* Verschwunden sind sie von der Erde, so daß man sich jetzt kaum mit Mühe denket, wie ihr Reich einst im Glauben geblühet und bei den scharfsinnigsten Völkern so viele Wunder bewirket habe. Werden, da diese schönsten Idole der menschlichen Einbildungskraft gefallen sind, auch die minder schönen wie sie fallen? Und wem werden sie Platz machen, andern Idolen?

12. Großgriechenland hatte in einem andern Gedränge zuletzt ein gleiches Schicksal. Die blühendsten, volkreichsten Städte im schönsten Klima der Erde, nach Gesetzen Zaleukus, Charondas, Diokles errichtet, und in Kultur, Wissenschaft, Kunst und Handel den meisten Provinzen Griechenlandes zuvoreilend, sie lagen zwar weder den Persern, noch dem Philippus im Wege, erhielten sich also zum Teil auch länger als ihre europäischen und asiatischen Schwestern; indessen kam auch ihre Zeit des Schicksals. Mit Karthago und Rom in mancherlei Kriege verflochten, unterlagen sie endlich und verderbten Rom durch ihre Sitten, wie sie durch Roms Waffen verdarben. Beweinenswert liegen ihre schönen und großen Trümmer da, von Erdbeben und feuerspeienden Bergen, noch mehr aber von der Wut der Menschen traurig verödet.** Die Nymphe Parthenope klagt, Siziliens Ceres sucht ihre Tempel und findet kaum ihre goldenen Saaten wieder.

* S. *Spons, Stuarts, Chandlers, Riedesels* Reisen u. f.

** S. *Riedesels, Houels* Reisen u.a.

VII.

Allgemeine Betrachtungen über die Geschichte Griechenlandes

Wir haben die Geschichte dieses merkwürdigen Erdstrichs von mehreren Seiten betrachtet, weil sie zur Philosophie der Geschichte gewissermaßen ein einziges Datum ist unter allen Völkern der Erde. Nicht nur sind die Griechen von der Zumischung fremder Nationen befreit und in ihrer ganzen Bildung sich eigen geblieben; sondern sie haben auch ihre Perioden so ganz durchlebt und von den kleinsten Anfängen der Bildung die ganze Laufbahn derselben so vollständig durchschritten als sonst kein andres Volk der Geschichte. Entweder sind die Nationen des festen Landes bei den ersten Anfängen der Kultur stehengeblieben und haben solche in Gesetzen und Gebräuchen unnatürlich verewigt; oder sie wurden, ehe sie sich auslebten, eine Beute der Eroberung: die Blume ward abgemähet, ehe sie zum Flor kam. Dagegen genoß Griechenland ganz seiner Zeiten; es bildete an sich aus, was es ausbilden konnte, zu welcher Vollkommenheit ihm abermals das Glück seiner Umstände half. Auf dem festen Lande wäre es gewiß bald die Beute eines Eroberers worden, wie seine asiatischen Brüder; hätten Darius und Xerxes ihre Absichten an ihm erreicht, so wäre keine Zeit des Perikles erschienen. Oder hätte ein Despot über die Griechen geherrschet, er wäre nach dem Geschmack aller Despoten bald selbst ein Eroberer worden und hätte, wie Alexander es tat, mit dem Blut seiner Griechen ferne Flüsse gefärbet. Auswärtige Völker wären in ihr Land gemischt, sie in auswärtigen Ländern sieghaft umhergestreuet worden u. f. Gegen das alles schützte sie nun ihre mäßige Macht, selbst ihr eingeschränkter Handel, der sich nie über die Säulen Herkules und des Glückes hinauswaget. Wie also der Naturlehrer seine Pflanze nur dann vollständig betrachten kann, wenn er sie von ihrem Samen und Keime aus bis zur Blüte und Abblüte kennet: so wäre uns die griechische Geschichte eine solche Pflanze; schade nur, daß nach dem gewohnten Gange dieselbe bisher noch lange nicht wie die römische ist bearbeitet worden. Meines Orts ists jetzo, aus dem, was gesagt worden, einige Gesichtspunkte auszuzeichnen, die aus diesem wichtigen Beitrage für die gesamte Menschengeschichte dem Auge des Betrachters zunächst vorliegen; und da wiederhole ich zuerst den großen Grundsatz:

Erstlich. *Was im Reich der Menschheit nach dem Umfange gegebener National-, Zeit- und Ortumstände geschehen kann, geschiehet in ihm wirklich;* Griechenland gibt hievon die reichsten und schönsten Erweise.

In der physischen Natur zählen wir nie auf Wunder; wir bemerken Gesetze, die wir allenthalben gleich wirksam, unwandelbar und regelmäßig finden; wie, und das Reich der Menschheit mit seinen Kräften, Veränderungen und Leidenschaften sollte sich dieser Naturkette entwinden? Setzet Chinesen nach Griechenland, und es wäre unser Griechenland nie entstanden; setzt unsre Griechen dahin, wohin Darius die gefangenen Eretrier führte: sie werden kein Sparta und Athen bilden. Betrachtet Griechenland jetzt; ihr findet die alten Griechen, ja oft ihr Land nicht mehr. Sprächen sie nicht noch einen Rest ihrer Sprache, sähet ihr nicht noch Trümmer ihrer Denkart, ihrer Kunst, ihrer Städte, oder wenigstens ihrer alten Flüsse und Berge, so müßtet ihr glauben, das alte Griechenland sei euch als eine Insel der Kalypso oder des Alcinous vorgedichtet worden. Wie nun diese neuern Griechen nur durch die Zeitfolge in einer gegebenen Reihe von Ursachen und Wirkungen das worden sind, was sie wurden; nicht minder jene alten, nicht minder jede Nation der Erde. Die ganze Menschengeschichte ist eine reine Naturgeschichte menschlicher Kräfte, Handlungen und Triebe nach Ort und Zeit.

So einfach dieser Grundsatz ist, so aufklärend und nützlich wird er in Behandlung der Geschichte der Völker. Jeder Geschichtforscher ist mit mir einig, daß ein nutzloses Anstaunen und Lernen derselben den Namen der Geschichte nicht verdiene; und ist dies, so muß bei jeder ihrer Erscheinungen wie bei einer Naturbegebenheit der überlegende Verstand mit seiner ganzen Schärfe wirken. Im Erzählen der Geschichte wird dieser also die größeste Wahrheit, im Fassen und Beurteilen den vollständigsten Zusammenhang suchen und nie eine Sache, die ist oder geschieht, durch eine andre, die nicht ist, zu erklären streben. Mit diesem strengen Grundsatz verschwinden alle Ideale, alle Phantome eines Zauberfeldes; überall sucht man rein zu sehen, was da ist, und sobald man dies sah, fällt meistens auch die Ursache in die Augen, warum es nicht anders als also sein konnte. Sobald das Gemüt an der Geschichte sich diese Gewohnheit eigen gemacht hat, hat es den Weg der gesunderen Philosophie gefunden, den es außer der Naturgeschichte und Mathematik schwerlich anderswo finden konnte.

Eben dieser Philosophie zufolge werden wir uns also zuerst und vorzüglich hüten, den Taterscheinungen der Geschichte verborgne einzelne Absichten eines uns unbekannten Entwurfs der Dinge oder gar die magische Einwirkung unsichtbarer Dämonen anzudichten, deren Namen man bei Naturerscheinungen auch nur zu nennen sich nicht getraute. Das Schicksal offenbart seine Absichten durch das, was geschieht und wie es geschiehet; also entwickelt der Betrachter der Geschichte diese Absichten bloß aus dem, was da ist und sich in seinem ganzen Umfange zeiget. Warum waren die aufgeklärten Griechen in der Welt? Weil sie da waren und unter solchen Umständen nicht anders als aufgeklärte Griechen sein konnten. Warum zog Alexander nach Indien? Weil er Philipps Sohn Alexander war und nach den Anstalten seines Vaters, nach den Taten seiner Nation, nach seinem Alter und Charakter, nach seinem Lesen Homers u. f. nichts Besseres zu tun wußte. Legten wir seinem raschen Entschluß verborgne Absichten einer höheren Macht und seinen kühnen Taten eine eigne Glücksgöttin unter, so liefen wir Gefahr, dort seine schwärzesten Unbesonnenheiten zu göttlichen Endzwecken zu machen, hier seinen persönlichen Mut und seine Kriegsklugheit zu schmälern, überall aber der ganzen Begebenheit ihre natürliche Gestalt zu rauben. Wer in der Naturgeschichte den Feenglauben hätte, daß unsichtbare Geister die Rose schminken oder den silbernen Tau in ihren Kelch tröpfeln, wer den Glauben hätte, daß kleine Lichtgeister den Leib des Nachtwurms zu ihrer Hülle nehmen oder auf dem Schweif des Pfauen spielen, der mag ein sinnreicher Dichter sein; nie wird er als Natur- oder als Geschichtforscher glänzen. Geschichte ist die Wissenschaft dessen, was da ist, nicht dessen, was nach geheimen Absichten des Schicksals etwa wohl sein könnte.

Zweitens. *Was von einem Volk gilt, gilt auch von der Verbindung mehrerer Völker untereinander; sie stehen zusammen, wie Zeit und Ort sie band; sie wirken aufeinander, wie der Zusammenhang lebendiger Kräfte es bewirkte.*

Auf die Griechen haben Asiaten und auf sie jene zurückgewirket. Römer, Goten, Türken, Christen übermanneten sie, und Römer, Goten, Christen haben von ihnen mancherlei Mittel der Aufklärung erhalten; wie hangen diese Dinge zusammen? Durch Ort, Zeit und die natürliche Wirkung lebendiger Kräfte. Die Phönizier brachten ihnen Buchstaben; sie hatten aber diese Buchstaben nicht für sie erfunden; sie brachten ihnen solche, weil sie eine Kolonie zu ihnen schickten. So wars mit den

Hellenen und Ägyptern; so mit den Griechen, da sie gen Baktra zogen; so ists mit allen Geschenken der Muse, die wir von ihnen erhielten. Homer sang, aber nicht für uns, nur weil er zu uns kam, haben wir ihn und dürfen von ihm lernen. Hätte ihn uns *ein* Umstand der Zeitenfolge geraubt, wie so viel andre vortreffliche Werke, wer wollte mit der Absicht eines geheimen Schicksals rechten, wenn er die natürlichen Ursachen seines Unterganges vor sich siehet? Man gehe die verlornen und erhaltenen Schriften, die verschwundenen und übriggebliebenen Werke der Kunst samt den Nachrichten über ihre Erhaltung und Zerstörung durch und wage es, die Regel anzuzeigen, nach welcher in einzelnen Fällen das Schicksal erhielt oder zerstörte? Aristoteles ward in *einem* Exemplar unter der Erde, andre Schriften als verworfne Pergamente in Kellern und Kisten, der Spötter Aristophanes unter dem Kopfkissen des H. Chrysostomus erhalten, damit dieser aus ihm predigen lernte; und so sind die verworfensten kleinsten Wege gerade diejenigen gewesen, von denen unsre ganze Aufklärung abhing. Nun ist unsre Aufklärung unstreitig ein großes Ding in der Weltgeschichte: sie hat fast alle Völker in Aufruhr gebracht und legt jetzt mit *Herschel* die Milchstraßen des Himmels wie Strata auseinander. Und dennoch, von welchen kleinen Umständen hing sie ab, die uns das Glas und einige Bücher brachten, so daß wir ohne diese Kleinigkeiten vielleicht noch wie unsre alten Brüder, die unsterblichen Skythen mit Weibern und Kindern auf Wagenhäusern führen! Hätte die Reihe der Begebenheiten es gewollt, daß wir statt griechischer mongolische Buchstaben erhalten sollten, so schrieben wir jetzt mongolisch, und die Erde ging' deshalb mit ihren Jahren und Jahrszeiten ihren großen Gang fort, eine Ernährerin alles dessen, was nach göttlichen Naturgesetzen auf ihr lebet und wirket.

Drittens. *Die Kultur eines Volks ist die Blüte seines Daseins, mit welcher es sich zwar angenehm, aber hinfällig offenbaret.*

Wie der Mensch, der auf die Welt kommt, nichts weiß, er muß, was er wissen will, lernen, so lernt ein rohes Volk durch Übung für sich oder durch Umgang von andern. Nun hat aber jede Art der menschlichen Kenntnisse ihren eignen Kreis, d. i. ihre Natur, Zeit, Stelle und Lebensperiode; die griechische Kultur z. B. erwuchs nach Zeiten, Orten und Gegenständen und sank mit denselben. Einige Künste und die Dichtkunst gingen der Philosophie zuvor; wo die Kunst oder die Rednerei blühte, durfte nicht eben auch die Kriegskunst oder die patriotische Tugend blühen; die Redner Athens bewiesen ihren größesten Enthusiasmus, da es mit dem Staat zu Ende ging und seine Redlichkeit hin war.

Aber das haben alle Gattungen menschlicher Aufklärung gemein, daß jede zu einem Punkt der Vollkommenheit strebet, der, wenn er durch einen Zusammenhang glücklicher Umstände hier oder dort erreicht ist, sich weder ewig erhalten, noch auf der Stelle wiederkommen kann, sondern eine abnehmende Reihe anfängt. Jedes vollkommenste Werk nämlich, sofern man von Menschen Vollkommenheit fordern kann, ist ein Höchstes in seiner Art; hinter ihm sind also bloß Nachahmungen oder unglückliche Bestrebungen, es übertreffen zu wollen, möglich. Als Homer gesungen hatte, war in seiner Gattung kein zweiter Homer denkbar; jener hatte die Blüte des epischen Kranzes gepflückt, und wer auf ihn folgte, mußte sich mit einzelnen Blättern begnügen. Die griechischen Trauerspieldichter wählten sich also eine andre Laufbahn: sie aßen, wie Äschylus sagt, vom Tisch Homers, bereiteten aber für ihr Zeitalter ein anderes Gastmahl. Auch ihre Periode ging vorüber: die Gegenstände des Trauerspiels erschöpften sich und konnten von den Nachfolgern der größesten Dichter nur verändert, d. i. in einer schlechtern Form gegeben werden, weil die

bessere, die höchstschöne Form des griechischen Dramas mit jenen Mustern schon gegeben war. Trotz aller seiner Moral konnte Euripides nicht mehr an Sophokles reichen, geschweige daß er ihn im Wesen seiner Kunst zu übertreffen vermocht hätte, und der kluge Aristophanes wählte daher eine andere Laufbahn. So wars mit allen Gattungen der griechischen Kunst und wird unter allen Völkern also bleiben; ja, daß die Griechen in ihren schönern Zeiten dieses Naturgesetz einsahen und ein Höchstes durch ein noch Höheres nicht zu überstreben suchten, das eben machte ihren Geschmack so sicher und die Ausbildung desselben so mannigfaltig. Als Phidias seinen allmächtigen Jupiter erschaffen hatte, war kein höherer Jupiter möglich; wohl aber konnte das Ideal desselben auch auf andere Götter seines Geschlechts angewandt werden, und so erschuf man jedem Gott seinen Charakter: die ganze Provinz der Kunst ward bepflanzet.
Arm und klein wäre es also, wenn wir unsre Liebe zu irgendeinem Gegenstande menschlicher Kultur der allwaltenden Vorsehung als Regel vorzeichnen wollten, um dem Augenblick, in welchem er allein Platz gewinnen konnte, eine unnatürliche Ewigkeit zu geben. Es hieße diese Bitte nichts anders, als das Wesen der Zeit zu vernichten und die ganze Natur der Endlichkeit zu zerstören. Unsere Jugend kommt nicht wieder, mithin auch nie die Wirkung unsrer Seelenkräfte, wie sie dann und dort war. Eben daß die Blume erschien, zeigt, daß sie verblühen werde; von der Wurzel aus hat sie die Kräfte der Pflanze in sich gezogen, und wenn sie stirbt, stirbt die Pflanze ihr nach. Unglücklich wäre es gewesen, wenn die Zeit, die einen Perikles und Sokrates hervorbrachte, nur *ein* Moment länger hätte dauern sollen, als ihr die Kette der Umstände Dauer bestimmte; es war für Athen ein gefährlicher, unerträglicher Zeitpunkt. Ebenso eingeschränkt wäre es, wenn die Mythologie Homers in den Gemütern der Menschen ewig dauern, die Götter der Griechen ewig herrschen, ihre Demosthene ewig donnern sollen u. f. Jede Pflanze der Natur muß verblühen; aber die verblühete Pflanze streut ihren Samen weiter, und dadurch erneuet sich die lebendige Schöpfung. Shakespear war kein Sophokles, Milton kein Homer, Bolingbroke kein Perikles; sie waren aber das in ihrer Art und auf ihrer Stelle, was jene in der ihrigen waren. Jeder strebe also auf seinem Platz, zu sein, was er in der Folge der Dinge sein kann; dies soll er auch sein, und ein andres ist für ihn nicht möglich.
Viertens. *Die Gesundheit und Dauer eines Staats beruhet nicht auf dem Punkt seiner höchsten Kultur, sondern auf einem weisen oder glücklichen Gleichgewicht seiner lebendig wirkenden Kräfte. Je tiefer bei diesem lebendigen Streben sein Schwerpunkt liegt, desto fester und daurender ist er.*
Worauf rechneten jene alten Einrichter der Staaten? Weder auf träge Ruhe, noch auf ein äußerstes der Bewegung, wohl aber auf Ordnung und eine richtige Verteilung der nie schlafenden, immer erweckten Kräfte. Das Principium dieser Weisen war eine der Natur abgelernte echte Menschen-Weisheit. Jedesmal, da ein Staat auf seine Spitze gestellt ward, gesetzt, daß es auch vom glänzendsten Mann unter dem blendendsten Vorwande geschehen wäre, geriet er in Gefahr des Unterganges und kam zu seiner vorigen Gestalt nur durch eine glückliche Gewalt wieder. So stand Griechenland gegen die Perser auf einer fürchterlichen Spitze; so strebten Athen, Lacedämon und Theben zuletzt mit äußerster Anstrengung gegeneinander, welches dem ganzen Griechenlande den Verlust der Freiheit zuzog. Gleichergestalt stellte Alexander mit seinen glänzenden Siegen das ganze Gebäude seines Staats auf eine Kegelspitze; er starb, der Kegel fiel und zerschellte. Wie gefährlich Alcibiades und Perikles für Athen gewesen, beweiset ihre Geschichte; ob es gleich ebenso wahr ist,

daß Zeitpunkte dieser Art, zumal wenn sie bald und glücklich ausgehen, seltene Wirkungen zum Vorschein bringen und unglaubliche Kräfte regen. Alles Glänzende Griechenlandes ist durch die rege Wirksamkeit vieler Staaten und lebendiger Kräfte, alles Daurende und Gesunde seines Geschmacks und seiner Verfassung dagegen ist nur durch ein weises, glückliches Gleichgewicht seiner strebenden Kräfte bewirkt worden. Jedesmal war das Glück seiner Einrichtungen um so daurender und edler, je mehr es sich auf Humanität, d. i. auf Vernunft und Billigkeit stützte. Hier nun böte sich uns ein weites Feld der Betrachtungen über die Verfassung Griechenlands dar, was es mit seinen Erfindungen und Anstalten sowohl für die Glückseligkeit seiner Bürger, als für die gesamte Menschheit geleistet habe. Hiezu aber ists noch zu früh. Wir müssen erst mehrere Zeitverbindungen und Völker durchschauen, ehe wir hierüber zu sichern Resultaten schreiten.

VIERZEHNTES BUCH

Wir nähern uns der Küste, die den meisten bisher betrachteten Staaten ihren oft schrecklichen Untergang gebracht hat: denn von Rom aus ergoß sich wie eine wachsende Flut das Verderben über die Staaten Großgriechenlandes, über Griechenland selbst und über alle Reiche, die von den Trümmern des Throns Alexanders erbauet waren. Rom zerstörte Karthago, Korinth, Jerusalem und viel' andre blühende Städte der griechischen und asiatischen Welt; so wie es auch in Europa jeder mittäglichen Kultur, an welche seine Waffen reichten, insonderheit seiner Nachbarin Etrurien und dem mutvollen Numantia ein trauriges Ende gemacht hat. Es ruhete nicht, bis es vom westlichen Meer bis zum Euphrat, vom Rhein bis zum Atlas eine Welt von Völkern beherrschte; zuletzt aber auch über die vom Schicksal ihm bezeichnete Linie hinausbrach und nicht nur durch den tapfern Widerstand nördlicher oder Bergvölker sein Ziel, sondern auch durch innere Üppigkeit und Zwietracht, durch den grausamen Stolz seiner Beherrscher, durch die fürchterliche Soldatenregierung, endlich durch die Wut roher Völker, die wie Wogen des Meers hinanstürzten, sein unglückliches Ende fand. Nie ist das Schicksal der Völker länger und mächtiger an *eine* Stadt geknüpft gewesen als unter der römischen Weltbeherrschung; und wie sich bei derselben auf einer Seite alle Stärke des menschlichen Muts und Entschlusses, mehr aber noch viel kriegerische und politische Weisheit entwickelt hat: so sind auch auf der andern Seite in diesem großen Spiel Härtigkeiten und Laster erschienen, vor denen die menschliche Natur zurückschaudern wird, solange sie *einen* Punkt ihrer Rechte fühlet. Wunderbarerweise ist dies Rom der steile, fürchterliche Übergang zur ganzen Kultur Europas worden, indem sich in seinen Trümmern nicht nur die geplünderten Schätze aller Weisheit und Kunst einiger alten Staaten in traurigen Resten gerettet haben, sondern auch durch eine sonderbare Verwandlung die Sprache Roms das Werkzeug ward, durch welches man alle jene Schätze der ältern Welt brauchen lernet. Noch jetzt wird uns von Jugend auf die lateinische Sprache das Mittel einer gelehrteren Bildung, und wir, die wir so wenig römischen Sinnes und Geistes haben, sind bestimmt, römische Weltverwüster eher kennenzulernen als die sanftern Sitten milderer Völker oder die Grundsätze der Glückseligkeit unsrer Staaten. Marius und Sulla, Cäsar und Oktavius sind unsre frühere Bekannten als die Weisheit Sokrates oder die Einrichtungen unsrer Väter. Auch hat die römische Geschichte, weil an ihrer Sprache die Kultur Europas hing, sowohl politische als gelehrte Erläuterungen erhalten, deren sich fast keine Geschichte der Welt rühmen darf: denn die größesten Geister, die über Geschichte dachten, dachten über sie und entwickelten über römischen Grundsätzen und Taten ihre eignen Gedanken. Wir gehen also auf dem blutbetrieften Boden der römischen Pracht zugleich wie in einem Heiligtum klassischer Gelehrsamkeit und alter überbliebner Kunstwerke umher, wo uns bei jedem Schritt ein neuer Gegenstand an versunkne Schätze einer alten, nie wiederkehrenden Weltherrlichkeit erinnert. Die Fasces der Überwinder, die einst unschuldige Nationen züchtigten, betrachten wir als Sprößlinge einer hochherrlichen Kultur, die durch traurige Zufälle auch unter uns gepflanzt worden. Ehe wir aber die Welt-Überwinderin selbst kennenlernen, müssen wir zuvor der Humanität ein Opfer bringen und wenigstens den Blick des Bedaurens auf ein nachbarliches Volk werfen, das zur früheren Bildung Roms das meiste beitrug, leider aber auch seinen Eroberungen zu nahe lag und ein trauriges Ende erlebte.

I.

Etrusker und Lateiner

Schon ihrer Lage nach war die hervorgestreckte Halbinsel Italien einer Menge verschiedener Ankömmlinge und Bewohner fähig. Da sie im obern Teil mit dem großen festen Lande zusammenhängt, das von Spanien und Gallien aus über Illyrien hin sich bis zum Schwarzen Meer, der großen Wegscheide der Völker verbreitet und längst dem Meer hin gerade den Küsten Illyriens und Griechenlandes gegenüberliegt: so wars unvermeidlich, daß nicht in jenen Zeiten uralter Völkerwanderungen auch verschiedne Stämme verschiedner Nationen längsab dahin gelangen mußten. Oberhalb waren einige von ihnen iberischen, andre gallischen Stammes; hinunterwärts wohnten Ausonier, deren höheren Ursprung man nicht weiß, und da sich mit den meisten dieser Völker Pelasger und späterhin Griechen, ja vielleicht selbst Trojaner, und jene aus verschiednen Gegenden zu verschiednen Zeiten vermischt haben, so kann man schon dieser merkwürdigen Ankömmlinge wegen Italien als ein Treibhaus ansehn, in welchem früher oder später etwas Merkwürdiges hervorsprießen mußte. Viele dieser Völker kamen nämlich nicht ungebildet hieher: die pelasgischen Stämme hatten ihre Buchstaben, ihre Religion und Fabel; manche Iberier, die dem phönizischen Handel nahe gewohnt hatten, vielleicht auch; es kam also nur darauf an, auf welcher Stelle und in welcher Weise die einländische Blüte sich hervortun würde.

Sie sproßte bei den Etruskern auf, die, woher sie auch gewesen sein mögen, eins der frühesten und eigentümlichsten Völker im Geschmack und in der Kultur wurden. Auf Eroberungen ging nicht ihr Sinn; aber auf Anlagen, Einrichtungen, Handel, Kunst und Schiffahrt, zu welcher ihnen die Küsten dieses Landes sehr bequem waren. Fast in ganz Italien bis nach Kampanien hin haben sie Pflanzstädte angelegt, Künste eingeführt und Handel getrieben, so daß eine Reihe der berühmtesten Städte dieses Landes ihnen ihren Ursprung verdanket.* Ihre bürgerliche Einrichtung, in welcher sie den Römern selbst zum Vorbilde dienten, hebt sich hoch über die Verfassung der Barbaren empor und hat zugleich so ganz das Gepräge eines europäischen Geistes,

* S. Demster. Etrur. Regal. cum observat. Buonaroti et paralipom. Passerii. Florent. 1723. 1767.

daß sie gewiß von keinem asiatischen oder afrikanischen Volk entlehnt sein konnte. Nahe noch vor den Zeiten ihres Unterganges war Etrurien eine Gemeinrepublik von zwölf Stämmen, nach Grundsätzen vereinigt, die in Griechenland selbst weit später und nur durch die äußerste Not erzwungen wurden. Kein einzelner Staat durfte ohne Teilnehmung des gesamten Ganzen Krieg anfangen oder Frieden schließen; der Krieg selbst war von ihnen schon zu einer Kunst gemacht, da sie zu Zeichen des Angriffes, des Abzuges, des Marsches, des Fechtens in geschlossenen Gliedern die Kriegstrompete, die leichten Spieße, das Pilum u. f. erfunden hatten oder gebrauchten. Mit dem feierlichen Recht der Herolde, das sie einführten, beobachteten sie eine Art Krieges- und Völkerrechts; wie denn auch die Augurien und mehrere Gebräuche ihrer Religion, die uns bloß Aberglaube dünken, offenbar zugleich Werkzeuge ihrer Staatseinrichtung waren, durch welche sie in Italien als das erste Volk erscheinen, das die Religion kunstmäßig mit dem Staat zu verbinden suchte. In alle diesem hat Rom fast alles von ihnen gelernt, und wenn Einrichtungen solcher Art unleugbar zur Festigkeit und Größe der römischen Macht beitrugen, so sind die Römer den Etruskern hierin das meiste schuldig. Auch die Schiffahrt trieb dieses Volk frühe schon als wirkliche Kunst und herrschte in Kolonien oder durch Handel längs der italienischen Küste. Sie verstanden die Befestigungs- und Baukunst; die Toskanische Säule, älter als selbst die Dorische der Griechen, hat von ihnen den Namen und ist von keinem fremden Volk entlehnet. Sie liebten das Wettrennen auf Wagen, Theaterspiele, die Musik, ja auch die Dichtkunst, und hatten, wie ihre Kunstdenkmale zeigen, die pelasgische Fabel sich sehr eigen zugebildet. Jene Trümmern und Scherben ihrer Kunst, die uns meistens nur das rettende Totenreich aufbewahrt hat, zeigen, daß sie von den rohesten Anfängen ausgegangen sind und auch nachher in der Bekanntschaft mehrerer Völker, selbst der Griechen, ihrer eigentümlichen Denkart treu zu bleiben wußten. Sie haben wirklich einen eignen Stil der Kunst*, und haben diesen wie den Gebrauch ihrer Religionssagen bis über das Ende ihrer Freiheit behauptet.** So scheinen sie auch in guten bürgerlichen Gesetzen für beide Geschlechter, in Anstalten für den Acker- und Weinbau, für die innere Sicherheit des Handels, für die Aufnahme der Fremden u. f. den Rechten der Menschheit näher gekommen zu sein, als selbst späterhin manche griechischen Republiken kamen; und da ihr Alphabet der nähere Typus aller europäischen Alphabete geworden ist, so dürfen wir Etrurien als die zweite Pflanzstätte der Kultur unsres Weltteils ansehen. Um so mehr ists zu bedauren, daß wir von den Bestrebungen dieses kunstreichen, gesitteten Volks so wenige Denkmale und Nachrichten haben: denn selbst die nähere Geschichte ihres Unterganges hat uns ein feindlicher Zufall geraubet.

Woher nun diese etruskische Blüte? Woher, daß sie nicht zur griechischen Schönheit stieg und vor dem Gipfel ihrer Vollkommenheit verblühte? Sowenig wir von den Etruskern wissen, so sehen wir doch auch bei ihnen das große Naturwerk in Bildung der Nationen, das sich nach innern Kräften und äußern Verbindungen mit Ort und Zeit gleichsam selbst umschreibet. Ein europäisches Volk waren sie, schon weiter entfernt vom altbewohnten Asien, jener Mutter der früheren Bildung. Auch

* S. *Winckelmanns* Geschichte der Kunst T. I. Kap. 3.

** S. *Heyne* De fabularum religionumque Graecarum ab Etrusca arte frequentatarum natura et causis; de reliquiis patriae religionis in artis Etruscae monumentis; Etrusca Antiquitas a commentitiis interpretamentis liberata; Artis Etruscae monimenta ad genera et tempora sua revocata in N. Commentariis Soc. Gotting. T. III. seq.

die pelasgischen Stämme kamen als halb verwilderte Wanderer an diese oder jene italienische Küste, da Griechenland hingegen dem Zusammenstrom gebildeter Nationen wie im Mittelpunkt lag. Hier drängeten sich mehrere Völker zusammen, so daß auch die etruskische Sprache ein Gemisch mehrerer Sprachen scheinet*; dem vielbewohnten Italien war also die Blüte der Bildung aus *einem* reinen Keime versagt. Schon daß der Apennin voll roher Bergvölker mitten durch Italien streichet, ließ jene Einförmigkeit eines Reiches oder Nationalgeschmacks nicht zu, auf welche sich doch allein die feste Dauer einer allgemeinen Landeskultur gründet. Auch in spätern Zeiten hat kein Land den Römern mehr Mühe gekostet als Italien selbst, und sobald ihre Herrschaft dahin war, ging es abermals in seinen natürlichen Zustand der mannigfaltigsten Teilung über. Die Lage seiner Länder und Gebirge und Küsten, so wie auch der verschiedne Stammescharakter seiner Bewohner machte diese Teilung natürlich; denn noch jetzt, da die politische Gewalt alles unter *ein* Haupt zu bringen oder an *eine* Kette zu reihen sucht, ist unter allen Ländern Europas Italien das vielgeteilteste Land geblieben. Auch die Etrusker also wurden bald von mehreren Völkern bedränget, und da sie mehr ein handelndes als ein kriegerisches Volk waren, so mußte selbst ihre gebildetere Kriegskunst beinahe jedem neuen Anfall wilderer Nationen weichen. Durch die Gallier verloren sie ihre Plätze in Oberitalien und wurden ins eigentliche Etrurien eingeschränkt; späterhin gingen ihre Pflanzstädte in Kampanien an die Samniten über. Als ein kunstliebendes, handelndes Volk mußten sie roheren Nationen gar bald unterliegen; denn Künste sowohl als der Handel führen Üppigkeit mit sich, von der ihre Kolonien an den schönsten Küsten Italiens nicht frei waren. Endlich gerieten die Römer über sie, denen sie unglücklicherweise zu nahe lagen, denen also auch trotz alles rühmlichen Widerstandes weder ihre Kultur noch ihr Staatenbund ewig widerstehen mochte. Durch jene waren sie zum Teil schon ermattet, indes Rom noch ein hartes kriegerisches Volk war; ihre Staatenverbündung konnte ihnen auch wenig Nutzen schaffen, da die Römer sie zu trennen wußten und mit einzelnen Staaten fochten. Einzeln also bezwangen sie dieselbe, nicht ohne vieljährige Mühe, da von der andern Seite auch die Gallier oft in Etrurien streiften. Das bedrängte Volk, von zwei mächtigen Feinden begrenzet, erlag also dem, der seine Unterjochung mit dem festesten Plan fortsetzte; und dies waren die Römer. Seit der Aufnahme des stolzen Tarquins in Etrurien und seit dem Glück des Porsennas sahen sie diesen Staat als ihren gefährlichsten Nachbar an: denn Demütigungen, wie Rom vom Porsenna erfahren hatte, konnte es nie vergeben. Daher es kein Wunder war, wenn einem rohen Volk ein beinah erschlafftes, einem kriegerischen ein handelndes, einer festvereinigten Stadt ein uneiniges Staatenbündnis zuletzt unterliegen mußte. Wenn Rom nicht zerstören sollte, so mußte es frühe zerstört werden; und da solches der gute Porsenna nicht tat, so ward sein Land endlich des verschonten Feindes Beute.

Daß also die Etrusker auch in ihrem Kunststil nie völlige Griechen worden sind, erklärt sich aus der Lage und Zeit, in welcher sie blühten. Ihre Dichterfabel war bloß die ältere, schwere griechische Fabel, in welche sie dennoch bis zur Bewunderung Leben und Bewegung brachten; die Gegenstände, die sie in der Kunst ausdrückten, scheinen auf wenige gottesdienstliche oder bürgerliche Feierlichkeiten eingeschränkt gewesen zu sein, deren Schlüssel wir im einzelnen beinah ganz verloren haben. Überdem kennen wir dies Volk fast nur aus Leichenbegängnissen, Särgen

* S. Passerii Paralipom. ad Demster. etc.

und Totentöpfen. Die schönste Zeit der griechischen Kunst, die durch den Sieg der Perser bewirkt ward, erlebte die Freiheit der Etrusker nicht, und für sich selbst hatte ihnen ihre Lage dergleichen Anlässe zum höheren Aufschwunge des Geistes und Ruhms versaget. Also müssen wir sie wie eine frühgereifte Frucht betrachten, die in einer Ecke des Gartens nicht ganz zur Süßigkeit ihrer Mitschwestern, die sich des milderen Glanzes der Sonnenwärme erfreun, gelangen konnte. Das Schicksal hatte den Ufern des Arnos eine spätere Zeit vorbehalten, in der sie reifere und schönere Früchte brächten.

•

Vorjetzt waren die sumpfigen Ufer der Tiber zu dem Wirkungskreise bestimmt, der sich über drei Weltteile erstrecken sollte, und auch dazu schreiben sich die Anlagen lange noch vor der Entstehung Roms aus ältern Zeitumständen her. In dieser Gegend nämlich wars, wo der Sage nach Evander, ja Herkules selbst mit seinen Griechen, Äneas mit seinen Trojanern gelandet hatte; hier im Mittelpunkt Italiens war Pallantium erbaut, das Reich der Lateiner mit Alba Longa errichtet; hier war also eine Niederlage früherer Kultur, so daß einige sogar ein Rom vor Rom angenommen und die neue Stadt auf Trümmern einer älteren zu finden vermeinet haben. Das letzte ist ohne Grund, da Rom wahrscheinlich eine Kolonie von Alba Longa unter der Anführung zweier glücklicher Abenteurer war; denn unter andern Umständen würde man diese traurige Gegend schwerlich gewählt haben. Lasset uns indessen sehen, was eben in ihr Rom gleich von Anfange an vor und um sich hatte, um, sobald es den Brüsten der Wölfin entkam, sich zum Kampf und zum Raube zu üben.

Lauter kleine Völker wohnten rings um dasselbe; daher es bald in den Fall kam, nicht nur seinen Unterhalt, sondern selbst seinen Platz sich zu erstreiten. Die frühen Fehden mit den Cäninensern, Crustuminern, Antemnaten, den Sabinern, Camerinern, Fidenaten, Vejentern u. f. sind bekannt; sie machten das kaum entstandene Rom, das auf der Grenze der verschiedensten Völker gebauet war, von Anfange an gleichsam zu einem stehenden Feldlager und gewöhnten den Feldherren sowohl als den Senat, die Ritter und das Volk zu Triumphaufzügen über beraubte Völker. Diese Triumphaufzüge, die Rom von den benachbarten Etruskern annahm, wurden dem länderarmen, dürftigen, aber volkreichen und kriegerischen Staat die große Lockspeise zu auswärtigen Befehdungen und Streifereien. Vergebens bauete der friedliche Numa den Tempel des Janus und der Göttin Fides; vergebens stellte er Grenzgötter auf und feierte Grenzfeste. Nur in seinen Lebzeiten dauerte diese friedliche Einrichtung: denn das durch die dreißigjährigen Siege seines ersten Beherrschers zum Raube gewöhnte Rom glaubte, auch seinen Jupiter nicht besser ehren zu können, als wenn es ihm Beute brächte. Ein neuer Kriegsgeist folgte dem billigen Gesetzgeber, und Tullius Hostilius bekriegte schon die Mutter seiner Stadt selbst, Alba Longa. Er schleifte sie und versetzte die Albaner nach Rom; so bezwangen er und seine Nachfolger die Fidenaten, Sabiner, zuletzt alle lateinischen Städte und gingen auf die Etrusker. Alles das wäre von selbst unterblieben, wenn Rom an einem andern Ort gebauet oder von einem mächtigen Nachbar früh unterdrückt worden wäre. Jetzt drang es als eine lateinische Stadt sich gar bald dem Bunde der lateinischen Städte zum Oberhaupt auf und verschlang zuletzt die Lateiner; es mischte sich mit den Sabinern, bis es auch sie unterjochte; es lernte von den Etruskern, bis es sie unter sich brachte, und so nahm es Besitz von seiner dreifachen Grenze.

Allerdings ward zu diesen frühen Unternehmungen der Charakter solcher Könige erfordert, als Rom hatte, insonderheit der Charakter ihres ersten Königs. Dieser, den auch ohne Fabel die Milch einer Wölfin genährt hatte, offenbar war er ein mutiger, kluger, kühner Abenteurer, wie es auch seine ersten Gesetze und Einrichtungen sagen. Schon Numa milderte einige derselben, ein deutliches Kennzeichen, daß es nicht in der Zeit, sondern in der Person lag, die solche Gesetze gegeben. Denn wie roh der Heldengeist der frühern Römer überhaupt gewesen, zeigt so manche Geschichte eines Horatius Cocles, Junius Brutus, Mucius Scävola, das Betragen einer Tullia, Tarquins u. f. Glücklich wars also für diesen räuberischen Staat, daß in der Reihe seiner Könige rohe Tapferkeit sich mit politischer Klugheit, beide aber mit patriotischen Großmut mischten; glücklich, daß auf den Romulus ein Numa, auf diesen ein Tullius, Ankus, nach solchen abermals ein Tarquin und auf ihn Servius folgte, den nur persönliche Verdienste vom Stande eines Sklaven bis zum Throne hinaufführen konnten. Glücklich endlich, daß diese Könige, von so verschiednen Eigenschaften, lange regierten, daß also jeder derselben Zeit hatte, die Zugabe seines Geistes in Rom zu sichern; bis endlich ein frecher Tarquinius kam, und die festgegründete Stadt sich eine andre Regierungsform wählte. Eine auserlesene, immer verjüngte Reihe von Kriegsmännern und rohen Patrioten trat jetzo auf, die auch ihre Triumphe jährlich zu verjüngen und ihren Patriotismus auf tausendfache Art zu wenden und zu stählen suchten. Wollte man einen politischen Roman erfinden, wie ein Rom etwa habe entstehen mögen, so wird man schwerlich glücklichere Umstände erdenken, als hier die Geschichte oder die Fabel uns wirklich gibt.* Rhea Sylvia und das Schicksal ihrer Söhne, der Raub der Sabinerinnen und die Vergötterung des Quirinus, jedes Abenteuer von roher Gestalt in Kriegen und Siegen, zuletzt ein Tarquin und eine Lukrezia, ein Junius Brutus, Poplicola, Mucius Scävola u. f. gehören dazu, um in der Anlage Roms selbst schon eine ganze Reihe künftiger Erfolge zu malen. Über keine Geschichte ist daher leichter zu philosophieren gewesen als über die römische Geschichte, weil der politische Geist ihrer Geschichtschreiber uns im Lauf der Begebenheiten und Taten die Kette der Ursachen und Wirkungen selbst vorführet.

II.

Roms Einrichtungen zu einem herrschenden Staats- und Kriegsgebäude

Romulus zählte sein Volk und teilte es in Zünfte, Kurien und Zenturien; er überschlug die Äcker und verteilte sie dem Gottesdienste, dem Staat und dem Volke. Das Volk sonderte er in Edle und Bürger; aus jenen schuf er den Senat und verband mit den ersten Ämtern des Staats auch die Heiligkeit priesterlicher Gebräuche. Ein Trupp von Rittern wurde gewählt, die in den spätern Zeiten eine Art Mittelstandes zwischen dem Senat und Volk ausmachten, so wie auch diese beiden Hauptstände durch Patrone und Klienten näher miteinander verknüpft wurden. Von den Etruskern nahm Romulus die Liktors mit Stäben und Beil; ein furchtbares Zeichen der

* *Montesquieu*, in seiner schönen Schrift: Sur la grandeur et sur la décadence des Romains, hat sie beinah schon zu einem politischen Roman erhoben. Vor ihm hatten *Macchiavell*, *Paruta* und viel andre scharfsinnigen Italiener sich in politischen Betrachtungen über sie geübet.

Obergewalt, welches künftig jede höchste Obrigkeit in ihrem Kreise von Geschäften, nicht ohne Unterschiede, mit sich führte. Er schloß fremde Götter aus, um Rom seinen eignen Schutzgott zu sichern; er führte die Augurien und andre Wahrsagungen ein, die Religion des Volks mit den Geschäften des Krieges und Staats innig verwebend. Er bestimmte das Verhältnis des Weibes zum Manne, des Vaters zu seinen Kindern, richtete die Stadt ein, feierte Triumphe, ward endlich erschlagen und als ein Gott angebetet. Siehe da die einfachen Punkte, um welche sich nachher das Rad der römischen Begebenheiten unaufhörlich wälzet. Denn wenn nun mit der Zeit die Klassen des Volks vermehrt, verändert oder einander entgegengesetzt werden; wenn bittre Streitigkeiten entstehen, was für die Klassen oder Zünfte des Volks und für welche derselben es zuerst gehöre? Wenn Unruhen über die wachsende Schuldenlast der Bürger und die Bedrückungen der Reichen sich erheben, also auch so manche Vorschläge zur Erleichterung des Volks durch Zunftmeister, Verteilung der Äcker, oder die Rechtspflege durch einen mittlern, den Ritterstand getan werden, wenn Streitigkeiten über die Grenzen des Senats, der Patrizier und Plebejer bald diese, bald jene Form annehmen, bis beide Stände sich untereinander verlieren; so sehen wir in alle diesem nichts als notwendige Zufälle einer roh zusammengesetzten, lebendigen Maschine, wie der römische Staat innerhalb der Mauern einer Stadt sein mußte. Ein gleiches ists mit den Vermehrungen obrigkeitlicher Würden, da die Zahl der Bürger, der Siege, der eroberten Länder und die Bedürfnisse des Staats wuchsen; ein gleiches mit den Einschränkungen und Vermehrungen der Triumphe, der Spiele, des Aufwandes, der männlichen und väterlichen Gewalt nach den verschiedenen Zeitaltern der Sitten und Denkart; lauter Schattierungen jener alten Stadteinrichtung, die Romulus zwar nicht erfand, sie aber mit so fester Hand hinstellte, daß sie bis unter die Gewalt der Kaiser, ja fast bis auf den heutigen Tag der Grund der römischen Verfassung bleiben konnte. Sie heißt: S. P. Q. R.*; vier Zauberworte, die die Welt unterjocht, zerstört und Rom zuletzt selbst durch einander unglücklich gemacht haben. Lasset uns einige Hauptmomente der römischen Verfassung bemerken, aus denen das Schicksal Roms, wie der Baum aus seinen Wurzeln, entsprossen zu sein scheinet.

1. *Der römische Senat wie das römische Volk waren von frühen Zeiten an Krieger; Rom von seinem höchsten bis im Notfall zum niedrigsten Gliede war ein Kriegsstaat.* Der Senat ratschlagte; er gab aber auch in seinen Patriziern Feldherren und Gesandte; der wohlhabende Bürger von seinem siebzehnten bis zum sechsundvierzigsten oder gar fünfzigsten Jahr mußte zu Felde dienen. Wer nicht zehn Kriegszüge getan hatte, war keiner obrigkeitlichen Stelle würdig. Daher also der Staatsgeist der Römer im Felde, ihr Kriegsgeist im Staat. Ihre Beratschlagungen waren über Sachen, die sie kannten, ihre Entschlüsse wurden Taten. Der römische Gesandte prägte Königen Ehrfurcht ein; denn er konnte zugleich Heere führen und im Senat sowohl als im Felde das Schicksal über Königreiche entscheiden. Das Volk der obern Zenturien war keine rohe Masse des Pöbels; es bestand aus kriegs-, länder-, geschäfterfahrnen, begüterten Männern. Die ärmern Zenturien galten mit ihren Stimmen auch minder und wurden in den bessern Zeiten Roms des Krieges nicht einmal fähig geachtet.

2. *Dieser Bestimmung ging die römische Erziehung insonderheit in den edlen Geschlechtern entgegen.* Man lernte ratschlagen, reden, seine Stimme geben oder das

* Der Römische Senat und das Römische Volk.

Volk lenken; man ging früh in den Krieg und bahnte sich den Weg zu Triumphen oder Ehrengeschenken und Staatsämtern. Daher der so eigne Charakter der römischen Geschichte und Beredsamkeit, selbst ihrer Rechtsgelehrsamkeit und Religion, Philosophie und Sprache; alle hauchen einen Staats- und Tatengeist, einen männlichen, kühnen Mut mit Verschlagenheit und Bürger-Urbanität verbunden. Es läßt sich beinah kein größerer Unterschied denken, als wenn man eine chinesische oder jüdische und römische Geschichte oder Beredsamkeit miteinander vergleichet. Auch vom Geiste der Griechen, Sparta selbst nicht ausgenommen, ist der römische Geist verschieden, weil er bei diesem Volk gleichsam auf einer härtern Natur, auf älterer Gewohnheit, auf festern Grundsätzen ruhet. Der römische Senat starb nicht aus; seine Schlüsse, seine Maximen und der von Romulus her geerbte Römer-Charakter war ewig.

3. *Die römischen Feldherren waren oft Konsuln, deren Amt- und Feldherrnwürde gewöhnlich nur ein Jahr dauerte:* sie mußten also eilen, um im Triumph zurückzukehren, und der Nachfolger eilte seines Vorfahren Götter-Ehre nach. Daher der unglaubliche Fortgang und die Vervielfältigung der römischen Kriege; einer entstand aus dem andern, wie einer den andern trieb. Man sparete sich sogar Gelegenheiten auf, um künftige Feldzüge zu beginnen, wenn der jetzige vollendet wäre, und wucherte mit denselben wie mit einem Kapital der Beute, des Glücks und der Ehre. Daher das Interesse, das die Römer so gern an fremden Völkern nahmen, denen sie sich als Bundes- und Schutzverwandten oder als Schiedsrichter, gewiß nicht aus Menschenliebe, aufdrängten. Ihre Bundesfreundschaft ward Vormundschaft, ihr Rat Befehl, ihre Entscheidung Krieg oder Herrschaft. Nie hat es einen kältern Stolz und zuletzt eine schamlosere Kühnheit des befehlenden Aufdringens gegeben, als diese Römer bewiesen haben; sie glaubten, die Welt sei die ihre, und darum ward sie's.

4. *Auch der römische Soldat nahm an den Ehren und am Lohne des Feldherren teil.* In den ersten Zeiten der Bürgertugend Roms diente man um keinen Sold; nachher ward er sparsam erteilt; mit den Eroberungen aber und der Emporhebung des Volks durch seine Tribunen wuchsen Sold, Lohn und Beute. Oft wurden die Äcker der Überwundenen unter die Soldaten verteilt, und es ist bekannt, daß die meisten und ältesten Streitigkeiten der römischen Republik über die Austeilung der Äcker unter das Volk entstanden. Späterhin bei auswärtigen Eroberungen nahm der Soldat teil an der Beute, und durch Ehre sowohl als durch reiche Geschenke am Triumph seines Feldherren selbst teil. Es gab Bürger-, Mauer-, Schiffskronen, und L. Dentatus konnte sich rühmen, »daß, da er hundertundzwanzig Treffen beigewohnt, achtmal im Zweikampf gesiegt, vorn am Leibe fünfundvierzig Wunden und hinten keine erhalten, er dem Feinde fünfunddreißigmal die Waffen abgezogen und mit achtzehn unbeschlagenen Spießen, mit fünfundzwanzig Pferdezieraten, mit dreiundachtzig Ketten, hundertundsechzig Armringen, mit sechsundzwanzig Kronen, nämlich vierzehn Bürger-, acht goldenen, drei Mauer- und einer Errettungskrone, außerdem mit barem Gelde, zehn Gefangenen und zwanzig Ochsen beschenkt sei.« Weil überdies der Ehrenpunkt unsrer stehenden Armeen, in denen niemand zurück dienet und nach dem Alter des Dienstes ein jeder fortrückt, in den längsten Zeiten des römischen Staats nicht stattfand, sondern der Feldherr sich seine Tribunen und diese ihre Unterbefehlshaber beim Anfange des Krieges selbst wählten: so ward notwendig damit eine freiere Konkurrenz zu Ehrenstellen und Geschäften des Krieges eröffnet, auch ein engerer Zusammenhang zwischen dem Feldherrn, den Befehls-

habern und der Armee errichtet. Das ganze Heer war ein zu diesem Feldzuge erlesener Körper, in dessen kleinstem Gliede der Feldherr durch die Vertreter seiner Stelle als Seele lebte. Je mehr mit der Zeitfolge in Rom die Mauer durchbrochen ward, die im Anfange der Republik Patrizier und Volk schied, desto mehr ward auch das Kriegsglück und die Tapferkeit im Kriege für alle Stände der Weg zu Ehrenstellen, Reichtümern und der Macht im Staate; so daß in den spätern Zeiten die ersten Allgewaltigen Roms Marius und Sulla aus dem Volk waren, und zuletzt gar die schlechtsten Menschen zu den höchsten Würden stiegen. Ohnstreitig war dies das Verderben Roms, so wie im Anfange der Republik der Patrizierstolz seine Stütze gewesen war, und nur allmählich der drückende Hochmut des vornehmen Standes die Ursache aller folgenden innern Zerrüttungen wurde. Ein Gleichgewicht zwischen Senat und Volk, zwischen Patriziern und Plebejern zu treffen, war der immerwährende Streitpunkt der Verfassung Roms, wo das Übergewicht bald auf der einen, bald auf der andern Seite endlich dem Freistaat ein Ende machte.

5. *Der größeste Teil der gepriesenen Römertugend ist uns ohne die enge, harte Verfassung ihres Staats unerklärlich;* jene fiel weg, sobald diese wegfiel. Die Konsuln traten in die Stelle der Könige und wurden nach den ältesten Beispielen gleichsam gedrungen, eine mehr königliche, eine römische Seele zu beweisen; alle Obrigkeiten, insonderheit die Zensorn nahmen an diesem Geiste teil. Man erstaunt über die strenge Unparteilichkeit, über die uneigennützige Großmut, über das geschäftvolle bürgerliche Leben der alten Römer vom Anbruch des Tages an, ja noch vor Anbruch desselben bis in die späte Dämmerung. Kein Staat der Welt hat es vielleicht in dieser ernsten Geschäftigkeit, in dieser bürgerlichen Härte so weit als Rom gebracht, in welchem sich alles nahe zusammendrängte. Der Adel ihrer Geschlechter, der sich auch durch Geschlechtsnamen glorreich auszeichnete, die immer erneuete Gefahr von außen und das unaufhörlich kämpfende Gegengewicht zwischen dem Volk und den Edlen von innen; wiederum das Band zwischen beiden durch Klientelen und Patronate, das gemeinschaftliche Drängen aneinander auf Märkten, in Häusern, in politischen Tempeln, die nahen und doch genau abgeteilten Grenzen zwischen dem, was dem Rat und dem Volk gehörte, ihr enges häusliches Leben, die Erziehung der Jugend im Anblick dieser Dinge von Kindheit auf, alles trug dazu bei, das römische Volk zum stolzesten, ersten Volk der Welt zu bilden. Ihr Adel war nicht wie bei andern Völkern ein träger Landgüter- oder Namenadel; es war ein stolzer Familien-, ein Bürger- und Römergeist in den ersten Geschlechtern, auf welchen das Vaterland als auf seine stärkste Stütze rechnete: in fortgesetzter Wirksamkeit, im daurenden Zusammenhange desselben ewigen Staates erbte es von Vätern auf Kinder und Enkel hinunter. Ich bin gewiß, daß in den gefährlichsten Zeiten kein Römer einen Begriff davon gehabt habe, wie Rom untergehen könne: sie wirkten für ihre Stadt, als sei ihr von den Göttern die Ewigkeit beschieden, und als ob sie Werkzeuge dieser Götter zur ewigen Erhaltung derselben wären. Nur als das ungeheure Glück den Mut der Römer zum Übermut machte, da sagte schon Scipio beim Untergange Karthagos jene Verse Homers, die auch seinem Vaterlande das Schicksal Trojas weissagten.

6. *Die Art, wie die Religion mit dem Staat in Rom verwebt war, trug allerdings zu seiner bürgerlich-kriegerischen Größe bei.* Da sie vom Anbeginn der Stadt und in den tapfersten Zeiten der Republik in den Händen der angesehensten Familien, der Staats- und Kriegsmänner selbst war, so daß auch noch die Kaiser sich ihrer Würden nicht schämten, so bewahrte sie sich in ihren Gebräuchen vor jener wahren

Pest aller Landesreligionen, der Verachtung, die der Senat auf alle Weise von ihr abzuhalten strebte. Der staatskluge Polybius schrieb also einen Teil der Römertugenden, vornehmlich ihre unbestechliche Treue und Wahrheit der Religion zu, die er Aberglauben nannte; und wirklich sind die Römer bis in die späten Zeiten ihres Verfalls diesem Aberglauben so ergeben gewesen, daß auch einige Feldherren vom wildesten Gemüt sich die Gebärde eines Umganges mit den Göttern gaben und durch ihre Begeisterung wie durch ihren Beistand nicht nur über die Gemüter des Volkes und Heers, sondern selbst über das Glück und den Zufall Macht zu haben glaubten. Mit allen Staats- und Kriegshandlungen war Religion verbunden, also daß jene durch diese geweihet wurden; daher die edlen Geschlechter für den Besitz der Religionswürden als für ihr heiligstes Vorrecht gegen das Volk kämpften. Man schreibt dieses gemeiniglich bloß ihrer Staatsklugheit zu, weil sie durch die Auspizien und Aruspizien als durch einen künstlichen Religionsbetrug den Lauf der Begebenheiten in ihrer Hand hatten; aber wiewohl ich nicht leugne, daß diese auch also gebraucht worden, so war dies die ganze Sache nicht. Die Religion der Väter und Götter Roms war dem allgemeinen Glauben nach die Stütze ihres Glücks, das Unterpfand ihres Vorzuges vor andern Völkern und das geweihete Heiligtum ihres in der Welt einzigen Staates. Wie sie nun im Anfange keine fremden Götter aufnahmen, ob sie wohl die Götter jedes fremden Landes schoneten, so sollte auch ihren Göttern der alte Dienst, durch den sie Römer geworden waren, bleiben. Hierin etwas verändern, hieß die Grundsäule des Staats verrücken; daher auch in Anordnung der Religionsgebräuche der Senat und das Volk sich das Recht der Majestät vorbehielten, das alle Meutereien oder Spitzfindigkeiten eines abgetrennten Priesterstandes ausschloß. Staats- und Kriegesreligion war die Religion der Römer, die sie zwar nicht vor ungerechten Feldzügen bewahrte, diese Feldzüge aber wenigstens unter dem Schein der Gerechtigkeit durch Gebräuche der Fezialen und Auspizien dem Auge der Götter unterwarf und sich von ihrem Beistande nicht ausschloß. Gleichergestalt war es späterhin wirkliche Staatskunst der Römer, daß sie wider ihre alten Grundsätze auch fremden Göttern bei sich Platz gaben und solche zu sich lockten. Hier wankte schon ihr Staat, wie es nach so ungeheuren Eroberungen nicht anders sein konnte; aber auch jetzt schützte sie diese politische Duldung vor dem Verfolgungsgeist fremder Gottesdienste, der nur unter den Kaisern aufkam und auch von diesen nicht aus Haß oder Liebe zur spekulativen Wahrheit, sondern aus Staatsursachen hie und da geübt wurde. Im ganzen kümmerte sich Rom um keine Religion, als sofern sie den Staat anging: sie waren hierin nicht Menschen und Philosophen, sondern Bürger, Krieger und Überwinder.

7. Was soll ich von der *römischen Kriegskunst* sagen, die allerdings damals die vollkommenste ihrer Art war, weil sie den Soldaten und Bürger, den Feldherrn und Staatsmann vereinigte und immer wachsam, immer gelenk und neu von jedem Feinde lernte? Der rohe Grund derselben war gleich alt mit ihrer Stadt, so daß die Bürgerschaft, die Romulus musterte, auch ihre erste Legion war; allein sie schämeten sich nicht, mit der Zeit die alte Stellung ihres Heers zu ändern, den alten Phalanx beweglicher zu machen, und warfen durch diese Beweglichkeit bald selbst die geübte Mazedonische Schlachtordnung, das damalige Muster der Kriegskunst, über den Haufen. Statt ihrer alten lateinischen Rüstung nahmen sie von den Etruskern und Samnitern an Waffen an, was ihnen diente: sie lernten von Hannibal Ordnung der Märsche, dessen langer Aufenthalt in Italien ihnen die schwerste Kriegsübung war, die sie je gehabt haben. Jeder große Feldherr, unter welchen

die Scipionen, Marius, Sulla, Pompejus, Cäsar waren, dachten über ihr lebenslanges Kriegswerk als über eine Kunst nach, und da sie solche gegen die verschiedensten, auch durch Verzweiflung, Mut und Stärke sehr tapfern Völker zu üben hatten, kamen sie notwendig in jedem Teile ihrer Wissenschaft weit. Nicht aber in den Waffen, in der Schlachtordnung und im Lager bestand der Römer ganze Stärke, sondern vielmehr in dem unerschrockenen Kriegsgeist ihrer Feldherren und in der geübten Stärke des Kriegers, der Hunger, Durst und Gefahren ertragen konnte, der seiner Waffen sich als seiner Glieder bediente und, den Anfall der Spieße aushaltend, mit dem kurzen römischen Schwert in der Hand das Herz des Feindes mitten im Phalanx selbst suchte. Dies kurze Römerschwert, mit Römermut geführt, hat die Welt erobert. Es war römische Kriegsart, die mehr angriff, als sich verteidigte, minder belagerte, als schlug, und immer den geradesten, kürzesten Weg ging zum Sieg und zum Ruhme. Ihr dienten jene ehernen Grundsätze der Republik, denen alle Welt weichen mußte: *»nie nachzulassen, bis der Feind im Staube lag, und daher immer nur mit einem Feinde zu schlagen; nie Frieden anzunehmen im Unglück, wenn auch der Friede mehr als der Sieg brächte, sondern fest zu stehen und desto trotziger zu sein gegen den glücklichen Sieger; großmütig und mit der Larve der Uneigennützigkeit anzufangen, als ob man nur Leidende zu schützen, nur Bundesverwandte zu gewinnen suchte, bis man zeitig gnug den Bundesgenossen befehlen, die Beschützten unterdrücken und über Freund und Feind als Sieger triumphieren konnte.«* Diese und ähnliche Maximen römischer Insolenz, oder, wenn man will, felsenfester, kluger Großmut machten eine Welt von Ländern zu ihren Provinzen und werden es immer tun, wenn ähnliche Zeiten mit einem ähnlichen Volk wiederkämen. Lasset uns jetzt das blutige Feld betreten, das die Weltüberwinder durchschritten, und zugleich sehen, was sie auf demselben zurückgelassen haben.

III.

Eroberungen der Römer

Als Rom seine Heldenbahn antrat, war Italien mit einer Menge kleiner Völker bedeckt, deren jedes nach eignen Gesetzen und seinem Stammescharakter in mehrerem oder minderm Grade der Aufklärung, aber lebendig, fleißig, fruchtbar lebte. Man erstaunt über die Menge Menschen, die jeder kleine Staat, selbst in rauhen Gegenden der Berge, den Römern entgegenstellen konnte; Menschen, die sich doch alle genährt hatten und nährten. Mitnichten war die Kultur Italiens in Etrurien eingeschlossen; jedes kleine Volk, die Gallier selbst nicht ganz ausgenommen, nahm daran teil; das Land ward gebauet, rohe Künste, der Handel und die Kriegskunst wurden nach der Weise, wie sie die Zeit gab, getrieben; auch an guten obgleich wenigen Gesetzen, selbst an der so natürlichen Regel des Gleichgewichts mehrerer Staaten fehlte es keinem Volke. Von Stolz oder Not gedrungen und von mancherlei Umständen begünstigt, führten die Römer mit ihnen fünf Jahrhunderte hin schwere, blutige Kriege, so daß ihnen die andre Welt, die sie unterjochten, nicht so ein saurer Erwerb war als die kleinen Striche der Völker, die sie jetzt hier, jetzt dort allmählich unter sich brachten. Und was war der Erfolg dieser Mühe? Zerstörung und Verheerung. Ich rechne die Menschen nicht, die von beiden Seiten erschlagen wurden, und durch deren Niederlage ganze Nationen, wie die Etrusker und Samniter, zugrunde gingen;

die Aufhebung ihrer Gemeinheiten samt der Zerstörung ihrer Städte war das größere Unglück, das diesem Lande geschah, weil es bis in die fernste Nachwelt reichte. Mochten diese Völker nach Rom verpflanzt, oder ihre traurigen Reste ihm als Bundesgenossen zugezählt oder sie gar als Untertanen behandelt und von Kolonien beschränkt werden: nimmer kam ihnen ihre erste Kraft wieder. Einmal an das eherne Joch Roms geknüpft, mußten sie als Bundesgenossen oder Untertanen Jahrhunderte durch ihr Blut für Rom vergießen, nicht zu ihrem, sondern zu Roms Vorteil und Ruhme. Einmal an das Joch Roms geknüpft, kamen sie ohngeachtet aller Freiheiten, die man diesem und jenem Volk gewährte, zuletzt doch dahin, daß jedermann nur in Rom Glück, Ansehen, Recht, Reichtum suchte: so daß die große Stadt in wenigen Jahrhunderten das Grab Italiens wurde. Früher oder später galten Roms Gesetze allenthalben, die Sitten der Römer wurden Italiens Sitten, ihr tolles Ziel der Weltbeherrschung lockte alle diese Völker, sich zu ihm zu drängen und endlich in römischer Üppigkeit zu ersterben. Dagegen halfen zuletzt keine Weigerungen, keine Einschränkungen und Verbote; denn der Lauf der Natur, einmal von seinem Wege abgeleitet, läßt sich durch keine spätere Willkür menschlicher Gesetze ändern. So ward Italien von Rom allmählich ausgesogen, entnervt und entvölkert, daß zuletzt rohe Barbaren nötig waren, ihm neue Menschen, neue Gesetze, Sitten und Mut wiederzugeben. Aber was hin war, kam damit nicht wieder; Alba und Cameria, das reiche Veji und die meisten etrurischen, lateinischen, samnitischen, apulischen Städte waren nicht mehr; auch durch dünnere Kolonien, auf ihrer Asche gepflanzet, hat keine derselben ihr altes Ansehn, ihre zahlreiche Bevölkerung, ihren künstlerischen Fleiß, ihre Gesetze und Sitten je wieder erhalten. So wars mit allen blühenden Republiken Großgriechenlandes: Tarent und Kroton, Sybaris und Kumä, Lokri und Thurium, Rhegium und Messana, Syrakusä, Katana, Naxus, Megara sind nicht mehr, und manche derselben erlagen in hartem Unglück. Mitten unter deinen Zirkeln wardst du erschlagen, du weiser, großer Archimedes, und es war kein Wunder, daß späterhin deine Landsleute dein Grab nicht wußten; dein Vaterland selbst war mit dir begraben; denn daß die Stadt verschont ward, half dem Vaterlande nicht auf. Unglaublich ist der Nachteil, den Roms Beherrschung an dieser Ecke der Welt den Wissenschaften und Künsten, der Kultur des Landes und der Menschen zufügte. Durch Kriege und Statthalter ging das schöne Sizilien, das schöne Unteritalien durch so manche Verheerungen, am meisten durch seine Nachbarschaft mit Rom zugrunde, da beide Länder zuletzt nur die ausgeteilten Landgüter und Wollustsitze der Römer, mithin die nächsten Gegenstände ihrer Erpressungen waren. Ein gleiches war schon zu des älteren Gracchus Zeiten das einst so blühende etruskische Land geworden, eine fruchtbare Einöde, von Sklaven bewohnt, von Römern ausgesogen. Und welcher schönen Gegend der Welt ists anders ergangen, sobald römische Hände zu ihr reichten?

Als Rom Italien unterjocht hatte, fingen seine Händel mit Karthago an; und mich dünkt, auf eine Weise, der sich auch der entschlossenste Römerfreund schämet. Die Art, wie sie, um in Sizilien Fuß zu gewinnen, den Mamertinern beistanden, die Art, wie sie Sardinien und Korsika wegnahmen, als eben Karthago von seinen Mietvölkern bedrängt ward, die Art endlich, wie der weise Senat ratschlagte, »ob ein Karthago auf Erden geduldet werden sollte«, nicht anders als ob von einem Krautkopf, den man selbst gepflanzt hatte, die Rede wäre; alles dies und hundert Härten dieser Art machen bei jeder Klugheit und Tapferkeit die römische zu einer Dämonengeschichte. Sei es Scipio selbst, der einem Karthago, das den Römern kaum mehr schaden kann, das mit teurem Tribut selbst Hilfe von ihnen erflehet und ihnen auf ihr Versprechen jetzt Waffen, Schiffe, Zeughäuser und dreihundert vornehme Geiseln in die Hände liefert; sei es Scipio oder ein Gott, der ihm in solcher Lage den kalten, stolzen Antrag seiner Zerstörung als ein Senatuskonsult mitbringet; es bleibt ein schwarzer, dämonischer Antrag, dessen sich gewiß der edle Überbringer selbst schämte. »Karthago ist eingenommen«, schrieb er nach Rom zurück, als ob er mit diesem Ausdruck seine unrühmliche Tat selbst bedecken wollte; denn nie haben doch die Römer ein solches Karthago der Welt veranlasset oder gegeben. Auch ein Feind dieses Staats, der alle Schwächen und Laster desselben kennet, sieht mit Erbitterung seinen Untergang an und ehrt die Karthager wenigstens jetzt, da sie als entwaffnete, betrogne Republikaner auf ihren Gräbern streiten und für ihre Gräber sterben. Warum war es dir versagt, du einziger, großer Hannibal, dem Ruin deines Vaterlandes zuvorzukommen und nach dem Siege bei Cannä geradezu auf die Wolfshöhle deines Erbfeindes zu eilen? Die schwächere Nachwelt, die nie über die Pyrenäen und Alpen ging, tadelt dich darüber, unaufmerksam, mit welchen Völkern du strittest, und in welchem Zustande sie nach den schrecklichen Winterschlachten im obern und mittlern Italien sein mußten. Sie tadelt dich aus dem Munde deiner Feinde über den Mangel deiner Kriegszucht, da es fast unbegreiflich bleibt, wie du dein Mietsgesindel so lange zusammenhalten und ihm nach solchen Märschen und Taten nur in den Gefilden Kampaniens nicht länger widerstehen mochtest. Immer wird der Name dieses tapfern Römerfeindes mit Ruhm genannt werden, dessen Auslieferung sie mehr als einmal wie die Übergabe eines Geschützes herrschsüchtig verlangten. Nicht das Schicksal, sondern der meuterische Geiz seines Vaterlandes gönnte ihm nicht, die Siege, die er, nicht Karthago, gegen die Römer gewann, zu vollenden, und so mußte er allerdings nur ein Mittel werden, seine rohen Feinde die Kriegskunst zu lehren, wie sie von seinen Landsleuten die ganze Schiffskunst lernten. In beidem hat uns das Schicksal die fürchterliche Warnung gegeben, »in seinen Ratschlüssen nie auf halbem Wege stehenzubleiben, weil man sonst gewiß, was man verhindern wollte, befördert.« Gnug, mit Karthago fiel ein Staat, den die Römer nie zu ersetzen vermochten. Der Handel wich aus diesen Meeren, und Seeräuber vertraten bald seine Stelle, wie sie solche noch immer vertreten. Das kornreiche Afrika war unter römischen Kolonien nicht, was es unter Karthago so lange gewesen war; es ward eine Brotkammer des römischen Pöbels, ein Fanggarten wilder Tiere zu seiner Ergötzung und ein Magazin der Sklaven. Traurig liegen die Ufer und Ebnen des schönsten Landes noch jetzo da, denen die Römer zuerst ihre inländische Kultur raubten. Auch jeder Buchstabe punischer Schriften ist uns entgangen; Aemilian schenkte sie den Enkeln des Masinissa, ein Feind Karthagos dem andern.

Wohin sich von Karthago aus mein Blick wendet, siehet er Zerstörungen vor sich; denn allenthalben ließen diese Welteroberer gleiche Spuren. Wäre es den Römern Ernst gewesen, Befreier Griechenlandes zu sein, unter welchem großmütigen Namen sie sich dieser kindisch gewordnen Nation bei den Isthmischen Spielen ankündigen ließen, wie anders hätten sie gewaltet! Nun aber, wenn Paulus Aemilius siebenzig epirotische Städte plündern und hundertfünfzigtausend Menschen als Sklaven verkaufen läßt, um nur sein Heer zu belohnen, wenn Metellus und Silanus Mazedonien, Mummius Korinth, Sulla Athen und Delphi verwüsten und plündern, wie kaum Städte in der Welt geplündert sind; wenn dieser Ruin sich forthin auch auf die griechischen Inseln erstreckt, und Rhodus, Zypern, Kreta kein besseres Schicksal

haben, als Griechenland hatte, nämlich eine Kasse des Tributs und ein Plünderungsort für die Triumphe der Römer zu werden, wenn der letzte König Mazedoniens, mit seinen Söhnen im Triumph aufgeführt, im elendesten Kerker verschmachtet, und sein dem Tode entronnener Sohn als ein kunstreicher Drechsler und Schreiber fernerhin in Rom lebet; wenn die letzten Glimmer der griechischen Freiheit, der Ätolische und Achäische Bund zerstört und endlich alles, alles zur römischen Provinz oder zum Schlachtfelde wird, auf welchem sich die plündernden, verwüstenden Heere der Triumvirs zuletzt selbst erschlagen; o Griechenland, welchen Ausgang gewähret dir deine Beschützerin, deine Schülerin, die Welterzieherin Roma! Was uns von dir übriggeblieben ist, sind Trümmer, welche die Barbaren als Beute des Triumphs mit sich führten, damit auf ihrem eignen Aschenhaufen einst alles unterginge, was je die Menschheit Künstliches erfunden.
Von Griechenland aus segeln wir zur asiatischen und afrikanischen Küste. Kleinasien, Syrien, Pontus, Armenien, Ägypten waren die Königreiche, in welche sich die Römer bald als Erben, bald als Vormünder, Schiedsrichter und Friedensstifter eindrängten, aus welchen sie aber auch zum Lohn ihrer Dienste das letzte Gift ihrer eignen Staatsverfassung geholet haben. Die großen Kriegstaten des asiatischen Scipios, des Marius, Sulla, Lucullս, Pompejus sind jedermann bekannt, welcher letzte allein in *einem* Triumph über fünfzehn eroberte Königreiche, achthundert eingenommene Städte und tausend bezwungene Festungen triumphieren konnte. Das Gold und Silber, das er im Gepränge zeigte, betrug zwanzigtausend Talente.* Die Einkünfte des Staats vermehrte er auf den dritten Teil, zwölftausend Talente, und sein ganzes Heer war so bereichert, daß der geringste Soldat von ihm über zweihundert Taler Triumphgeschenk erhalten konnte, außer allem, was er schon als Beute mit sich führte; welch ein Räuber! Auf diesem Wege ging Crassus fort, der aus Jerusalem allein zehntausend Talente raubte, und wer fernerhin nach Orient zog, kam, wenn er wiederkam, mit Gold und Üppigkeit beladen wieder. Dagegen, was haben die Römer den Morgenländern gegeben? Weder Gesetze, noch Frieden, weder Einrichtung, noch Volk, noch Künste. Sie haben Länder verheert, Bibliotheken verbrannt, Altäre, Tempel, Städte verwüstet. Ein Teil der alexandrinischen Bibliothek ging schon durch Julius Cäsar in Flammen unter, und den größten Teil der pergamenischen hatte Antonius der Kleopatra geschenkt, damit einmal beide auf *einer* Stelle untergehen könnten. So machen die Römer, die der Welt Licht bringen wollen, allenthalben zuerst verwüstende Nacht; Schätze von Golde und Kunstwerken werden erpreßt; Weltteile und Äonen alter Gedanken sinken in den Abgrund; die Charaktere der Völker stehen ausgelöscht da, und die Provinzen unter einer Reihe der abscheulichsten Kaiser werden ausgesogen, beraubt, gemißhandelt.
Fast noch bedaurender wende ich mich westwärts zu den verheerten Nationen in Spanien, Gallien und wohin weiter die Hände der Römer reichten. Dort waren die Länder, die sie unterjochten, meistens schon verblühete Blüten; hier wurden durch sie noch unreife, aber volle Knospen in ihrem ersten Jugendwuchse so beschädigt, daß von manchen kaum noch ihre Stammesart und Gattung erkennbar geblieben. Spanien war, ehe die Römer hinkamen, ein wohlgebautes, an den meisten Orten fruchtbares, reiches und glückliches Land. Der Handel desselben war beträchtlich und auch die Kultur einiger Nationen nicht verachtenswert, wie es nicht nur die Turdetanier am Bätis, die mit den Phöniziern und Karthagern am längsten bekannt

* 22,440,000 Taler.

waren, sondern auch die Keltiberier mitten im Lande beweisen. Das tapfre Numantia widerstand den Römern mehr als irgendein andrer Ort der Erde; zwanzig Jahre ertrug es den Krieg, schlug ein römisches Heer nach dem andern und wehrte sich zuletzt gegen die ganze Kriegskunst des Scipios mit einer Tapferkeit, bei deren traurigem Ausgang jeden Leser schaudert. Und was suchten die Verwüster hier im innern Lande, bei Nationen, die sie nie gereizt, die kaum ihren Namen gehört hatten? Gold- und Silberbergwerke. Spanien war ihnen das, was den Spaniern jetzt Amerika sein muß, ein Ort zum Raube. So plünderten Lucullus, Galba u. f. gegen Treu und Glauben; der Senat selbst macht zwei Friedensschlüsse ungültig, die seine bedrängten Feldherrn mit den Numantinern geschlossen hatten. Grausam liefert er diesen die Feldherren selbst aus, wird aber auch an Edelmut gegen die ausgelieferten Unglücklichen von ihnen überwunden. Und jetzt tritt Scipio mit aller Macht vor Numantia, schließet sie ein, läßt vierhundert jungen Männern, den einzigen, die dieser Unrecht leidenden Stadt zu Hilfe kommen wollen, den rechten Arm abhauen, hört auf die rührende Bitte nicht, da mitten im Hunger ein bedrängtes Volk sein Erbarmen und seine Gerechtigkeit anfleht; er vollführt den Untergang dieser Unglücklichen als ein wahrer Romer. Als ein wahrer Römer handelte Tiberius Gracchus, wenn er in dem einzigen Lande der Keltiberier dreihundert Städte, wären es auch nur Flecken und Schlösser gewesen, verwüstete. Daher der unauslöschliche Haß der Spanier gegen die Römer; daher die tapfern Taten des Viriatus und des Sertorius, die beide auf unwürdige Art fielen und gewiß viele römische Feldherren an Klugheit und Kriegesmut übertrafen, daher jene fast nie bezwungenen Bergvölker der Pyrenäen, die den Römern zum Trotz ihre Wildheit beibehielten, solange sie konnten. Unglückliches Goldland Iberien, fast unbekannt bist du mit deiner Kultur und deinen Nationen ins Reich der Schatten gesunken, in welchem dich schon Homer unter dem Glanz der Abendsonne als ein Reich der Unterirdischen malet.

Von Gallien ist wenig zu sagen, da wir die Eroberung desselben nur nach den Kriegsnachrichten seines Überwinders selbst kennen. Zehn Jahre lang kostete es dem Cäsar unglaubliche Mühe und alle Kräfte seiner großen Seele. Wiewohl er edelmütiger war als irgendein Römer, so konnte er doch das Schicksal seiner römischen Bestimmung nicht ändern und sammlete das traurige Lob, »daß er außer den Bürgerkriegen in fünfzig offnen Feldschlachten gestritten und elfhundertzweiundneunzig Menschen in Treffen erschlagen habe«; die meisten darunter waren gallische Seelen. Wo sind die vielen lebhaften und tapfern Völker dieses großen Landes? Wo war ihr Geist und Mut, ihre Anzahl und Stärke, da nach Jahrhunderten wilde Völker über sie fielen und sie wie römische Sklaven unter sich teilten? Selbst der Name dieses Hauptvolks der Erde, seine so eigne Religion, Kultur und Sprache, ist in allem, was römische Provinz war, vertilget. Ihr großen edlen Seelen, Scipionen und Cäsar, was dachtet, was fühltet ihr, da ihr als abgeschiedene Geister von eurem Sternenhimmel auf Rom, die Räuberhöhle, und auf euer vollführtes Mörderhandwerk hinuntersahet? Wie unrein mußte euch eure Ehre, wie blutig euer Lorbeer, wie niedrig und menschenfeindlich eure Würgekunst dünken! Rom ist nicht mehr, und auch bei seinem Leben mußte es jedem edlen Mann seine Empfindung sagen, daß Fluch und Verderben sich mit allen diesen ungeheuren, ehrsüchtigen Siegen auf sein Vaterland häufte.

IV.

Roms Verfall

Das Gesetz der Wiedervergeltung ist eine ewige Naturordnung. Wie bei einer Waage keine Schale niedergedrückt werden kann, ohne daß die andre höher steige, so wird auch kein politisches Gleichgewicht gehoben, kein Frevel gegen die Rechte der Völker und der gesamten Menschheit verübt, ohne daß sich derselbe räche und das gehäufte Übermaß selbst sich einen desto schrecklichern Sturz bewirke. Wenn *eine* Geschichte uns diese Naturwahrheit zeigt, so ists die römische Geschichte; man erweitere aber seinen Blick und fessle ihn nicht auf eine einzelne Ursache des römischen Verderbens. Hätten die Römer auch Asien und Griechenland nie gesehen, und gegen andre, ärmere Länder nach ihrer Weise verfahren, ohne Zweifel wäre ihr Sturz zu andrer Zeit, unter andern Umständen, dennoch aber unvermeidlich gewesen. Der Keim der Verwesung lag im Innern des Gewächses, der Wurm nagte an seiner Wurzel, an seinem Herzen; und so mußte auch der riesenhafte Baum endlich sinken.
1. Im Innern der Verfassung Roms lag ein Zwiespalt, der, wenn er nicht gehoben ward, den Untergang desselben früher oder später bewirken mußte; es war *die Einrichtung des Staats selbst, die unbilligen oder unsichern Grenzen zwischen dem Rat, der Ritterschaft und den Bürgern.* Unmöglich hatte Romulus alle künftigen Fälle seiner Stadt voraussehen können, als er diese Einteilung machte; er schuf sie nach seinen Umständen und nach seinem Bedürfnis; da dies sich änderte, fand schon er den Tod durch die, denen sein Ansehen zu lästig wurde. Keiner von seinen Nachfolgern hatte Herz oder Bedürfnis, das zu tun, was Romulus nicht getan hatte; sie überwogen die Gegenpartei mit ihrer Person und lenkten in einem mit Gefahren umgebnen, rohen Staat beide Teile. Servius musterte das Volk und gab das meiste Gewicht den Reichsten in die Hände. Unter den ersten Konsuln drängten die Gefahren zu sehr; es leuchteten auch zu große, starke, verdiente Männer unter den Patriziern hervor, als daß das rohere Volk nicht hätte folgen müssen. Bald aber änderten sich die Umstände und der Druck der Edlen ward unerträglich. Die Schuldenlast ging den Bürgern über ihr Haupt; sie nahmen zu wenig an der Gesetzgebung, zu wenig am Siege teil, den sie doch selbst erfechten mußten, und so entwich das Volk auf den heiligen Berg, so entstanden Streitigkeiten, die die Ernennung der Tribunen nicht heben, sondern nur vervielfältigen konnte, die sich also auch durch die ganze Geschichte Roms fortweben. Daher der lange, so oft verjüngte Streit über Austeilung der Äcker, über Teilnehmung des Volks an obrigkeitlichen, konsularischen, gottesdienstlichen Würden; bei welchen Streitigkeiten jede Partei für ihr Eignes stritt und niemand das Ganze unparteiisch einrichten mochte. Bis unter die Triumvirate hat dieser Zwist gedauret; ja die Triumvirate selbst waren nur dessen Folgen. Da diese nun der ganzen römischen Verfassung ein Ende machten und jener Zwist beinahe so alt wie die Republik war, so siehet man, daß es keine äußere, sondern eine innere Ursache war, die vom Anfange an am Keim des Staats nagte. Sonderbar scheint es daher, wenn man die römische Staatsverfassung als die vollkommenste schildert; sie, die eine der unvollkommensten auf der Welt, aus rohen Zeitumständen entstanden, nachher nie mit einem Blick aufs Ganze verbessert, sondern immer nur parteiisch so und anders geformt war. Der einzige Cäsar hätte sie ganz bessern mögen; es war aber zu spät, und die Dolchstiche, die ihn töteten, kamen jedem Entwurf einer bessern Einrichtung zuvor.

2. Es liegt ein Widerspruch in dem Grundsatz: Rom, die Königin der Nationen, Rom, die Beherrscherin der Welt: denn *Rom war nur eine Stadt und ihre Einrichtung eine Stadteinrichtung.* Zwar trug es allerdings zur hartnäckigen Bekriegung der Völker, mithin zu seinen langen Siegen bei, daß Roms Kriegsentschlüsse die Entschlüsse eines unsterblichen Senats, nicht eines sterblichen Monarchen waren, weil sich der Geist seiner weltverderblichen Maximen in einem Kollegium notwendig mehr als in einer wandelbaren Reihe von Beherrschern erhalten mußte. Ja, da Senat und Volk fast immer in Spannung gegeneinander standen, und jener bald dem unruhigen Haufen, bald einem unruhigen Kopf Kriege schaffen und auswärts zu tun geben mußte, damit inwendig die Ruhe gesichert bliebe, so trug auch diese daurende Spannung allerdings zur fortgesetzten Weltstörung viel bei. Endlich, da der Senat selbst zu seiner Aufrechthaltung oft nicht nur Siege oder Siegsgerüchte, sondern selbst harte drohende Gefahren nötig hatte, und jeder kühne Patrizier, der durchs Volk wirken wollte, Geschenke, Spiele, Namen, Triumphe bedurfte, welches alles ihm allein oder vorzüglich der Krieg gewähren konnte: freilich, so gehörte diese vielgeteilte, unruhige Stadtregierung dazu, die Welt in Unruhe zu setzen und sie Jahrhunderte darin zu erhalten; denn kein geordneter, mit sich selbst friedlicher Staat hätte um seiner eignen Glückseligkeit willen der Erde dies schreckliche Schauspiel gegeben. Ein andres ists aber, Eroberungen machen und sie erhalten; Siege erfechten und sie zum Nutzen des Staats gebrauchen. Das letzte hat Rom seiner innern Einrichtung wegen nie gekonnt; und auch das erste vermochte es nur durch Mittel, die der Verfassung einer Stadt völlig entgegen waren. Schon die ersten Könige, die auf Eroberungen ausgingen, waren genötigt, einige überwundene Städte und Völker in die Mauern Roms zu nehmen, damit der schwache Baum Wurzel und Stamm erhielt, der so ungeheure Äste treiben wollte; die Zahl der Einwohner Roms wuchs also schrecklich. Nachher schloß die Stadt Bündnisse und die Bundesverwandten zogen mit ihr zu Felde; sie nahmen also an ihren Siegen und Eroberungen teil und waren Römer, wenn sie gleich noch nicht römische Bürger oder Einwohner der Stadt waren. Bald also entglommen jene heftigen Streitigkeiten. daß auch den Bundesgenossen das Bürgerrecht Roms zukomme; eine unvermeidliche Forderung, die in der Natur der Sache selbst lag. Aus ihr entstand der erste bürgerliche Krieg, der Italien dreihunderttausend seiner Jünglinge kostete und Rom, das sogar seine Freigelassenen bewaffnen mußte, an die Grenzen des Unterganges brachte; denn es war ein Krieg zwischen Haupt und Gliedern, der nicht anders als damit endigen konnte, daß künftig auch die Glieder zu diesem unförmlichen Haupt gehören sollten. Nun war ganz Italien Rom, und es verbreitete sich zur großen Verwirrung der Welt immer weiter. Ich will nicht daran denken, was diese Romanisierung für gerichtliche Unordnung in alle Städte Italiens brachte, und nur das Übel bemerken, das fortan aus allen Gegenden und Enden in Rom selbst zusammenfloß. Wenn vorher schon alles nach dieser Stadt drängte, und die Tafeln des Census so wenig reingehalten werden konnten, daß es sogar einen Konsul gab, der kein römischer Bürger war, wie denn jetzt, da das Haupt der Welt ein Gedränge aus ganz Italien, mithin das ungeheuerste Haupt war, das je die Erde getragen? Gleich nach des Sullas Tode waren die Herren der Erde vierhundertfünfzigtausend Mann stark; bei der Aufnahme der Bundesgenossen stieg ihre Zahl ungleich höher, und zu Cäsars Zeiten fanden sich dreihundertzwanzigtausend, die bei öffentlichen Austeilungen Korn begehrten. Man denke sich diesen ungestümen und einem großen Teil nach müßigen Haufen bei Stimmversammlungen, in Begleitung seiner

Patrone und derer, die sich um Ehrenämter bewarben, so wird man begreifen, wie durch Geschenke, Spiele, Prachtaufzüge, Schmeicheleien, am meisten endlich durch Soldatengewalt die Meutereien in Rom gestiftet, die Blutbäder angerichtet, die Triumvirate gegründet werden konnten, die jene stolze Beherrscherin der Welt endlich zur Sklavin ihrer selbst machten. Wo war nun das Ansehen des Senats, einer Zahl von vier- bis sechshundert Personen gegen diese zahllose Menge, die Herrenrecht verlangte und in gewaltigen Heeren bald diesem, bald jenem zu Gebot stand? Welche arme Gestalt spielte der Gott Senat, wie ihn die schmeichlerischen Griechen nannten, gegen Marius und Sulla, Pompejus und Cäsar, Antonius und Oktavius, die Kaiser-Wütriche noch ungerechnet! Der Vater des Vaterlandes Cicero erscheint in armer Gestalt, wenn ihn auch nur ein Clodius angreift; seine besten Ratschläge gelten wenig, nicht nur gegen das, was Pompejus, Cäsar, Antonius u. a. wirklich taten, sondern was selbst ein Catilina beinah zustande gebracht hätte. Nicht von den Gewürzen Asiens, nicht von der Weichlichkeit Lukulls entsprang dieses Mißverhältnis; sondern von der Grundverfassung Roms, da es als eine Stadt das Haupt der Welt sein wollte.*

3. Aber *es gab nicht nur Senat und Volk in Rom, sondern auch Sklaven, und zwar deren eine um so größere Menge, je mehr die Römer Herren der Welt wurden.* Durch Sklaven bearbeiteten sie ihre weitläufigen, reichen Äcker in Italien, Sizilien, Griechenland u. f.; eine Menge Sklaven war ihr häuslicher Reichtum, und der Handel mit ihnen, ja die Abrichtung derselben war ein großes Gewerbe Roms, dessen sich auch Cato nicht schämte. Längst waren nun die Zeiten vorüber, da der Herr mit seinem Knecht fast brüderlich umging und Romulus das Gesetz geben konnte, daß ein Vater seinen eignen Sohn dreimal zum Knecht verkaufen dürfe; die Sklaven der Weltüberwinder waren aus allen Gegenden der Erde zusammengetrieben, und wurden von gütigen Herren gelinde, von unbarmherzigen oft als Tiere behandelt. Ein Wunder wäre es gewesen, wenn aus diesem ungeheuren Haufen unterdrückter Menschen den Römern kein Schaden hätte zuwachsen sollen; denn wie jede böse Einrichtung, so mußte auch diese notwendig sich selbst rächen und strafen. Mitnichten war diese Rache allein jener blutige Sklavenkrieg, den Spartacus mit Feldherrnmut und Klugheit drei Jahre lang gegen die Römer führte: von 74 stieg sein Anhang bis zu 70000 Mann; er schlug verschiedene Feldherren, selbst zween Konsuln, und es wurden viel Greuel verübet. Der größere Schaden war der, der durch die Lieblinge ihrer Herren, die Freigelassenen entstand, durch welche Rom zuletzt im eigentlichen Verstande eine Sklavin der Sklaven wurde. Schon zu Sullas Zeiten fing dieses Übel an, und unter den Kaisern mehrete es sich so schrecklich, daß ich nicht imstande bin, die Unordnungen und Greuel zu schildern, die durch Freigelassene und Lieblingsknechte entstanden. Geschichte und Satiren der Römer sind davon voll; kein wildes Volk auf der Erde kennet dergleichen. So ward Rom durch Rom gestraft; die Unterdrücker der Welt wurden der verruchtesten Sklaven demütige Knechte.

4. Endlich kam allerdings *der Luxus* dazu, dem Rom zu seinem Unglück so bequem lag, als ihm zu seinen Welteroberungen allerdings auch seine Lage geholfen hatte. Wie aus einem Mittelpunkt beherrschte es das Mittelländische Meer, mithin die

* Über das Gute, das von der Simplizität der alten Römer und von der Ausbildung des römischen Volks gesagt werden kann, lese man *Meierotto* zeugnisreiche Schrift *Über die Sitten und Lebensart der Römer* (T. I. Berlin 1776), und im zweiten Teil dagegen die Geschichte des Luxus sowohl bei dem Volk als bei den Edeln.

reichsten Küsten dreier Weltteile; ja, über Alexandrien zog es durch ansehnliche Flotten die Kostbarkeiten Äthiopiens und des äußersten Indiens an sich. Meine Worte reichen nicht hin, jene rohe Verschwendung und Üppigkeit zu schildern, die seit der Eroberung Asiens in Gastmahlen und Spielen, in Leckerbissen und Kleidern, in Gebäuden und Hausgerät nicht nur in Rom selbst, sondern in allem, was zu ihm gehörte, herrschte.* Man trauet seinen Augen nicht, wenn man die Beschreibungen dieser Dinge, den hohen Preis ausländischer Kostbarkeiten, und mit der Verschwendung darin zugleich die Schuldenlast der großen Römer, welches zuletzt Freigelassene und Sklaven waren, lieset. Notwendig zog dieser Aufwand die bitterste Armut nach sich; ja, er war an sich schon eine elende Armut. Jene Goldquellen, die jahrhundertelang in Rom aus allen Provinzen zusammenflossen, mußten endlich versiegen, und da der ganze Handel der Römer ihnen im höchsten Grad nachteilig war, indem sie Überfluß kauften und Geld hingaben, so ists nicht zu verwundern, daß Indien allein ihnen jährlich eine ungeheure Summe fraß. Dabei verwilderte das Land: der Ackerbau ward nicht mehr wie einst von den alten Römern und ihren Zeitgenossen in Italien getrieben; die Künste Roms gingen auf das Entbehrliche, nicht auf das Nützliche, auf ungeheure Pracht und Aufwand in Triumphbogen, Bädern, Grabmälern, Theatern, Amphitheatern u. f.; Wundergebäude, die freilich allein diese Plünderer der Welt aufführen konnten. In keiner nützlichen Kunst, in keinem Nahrungszweige der menschlichen Gesellschaft hat je ein Römer etwas erfunden; geschweige, daß er damit andern Nationen hätte dienen und von ihnen gerechten und bleibenden Vorteil ziehen mögen. Bald also verarmte das Reich, das Geld wurde schlecht und schon im dritten Jahrhunderte unsrer Zeitrechnung bekam ein Feldherr nach diesem schlechtern Gelde kaum das zur Belohnung, was zu den Zeiten Augusts für den gemeinen Soldaten zu gering war. Lauter natürliche Folgen des Laufs der Dinge, die, auch bloß als Handel und Gewerb berechnet, nicht anders als also folgen konnten. Zugleich nahm aus eben diesen verderblichen Ursachen das menschliche Geschlecht ab, nicht nur an Anzahl, sondern auch an Größe, Wuchs und innern Lebenskräften. Eben das Rom und Italien, das die volkreichsten, blühendsten Länder der Welt, Sizilien, Griechenland, Spanien, Asien, Afrika und Ägypten zu einer halben Einöde gemacht hatte, zog durch seine Gesetze und Kriege, noch mehr aber durch seine verderbte, müßige Lebensart, durch seine ausschweifenden Laster, durch die Verstoßung der Weiber, Härte gegen die Sklaven und späterhin durch die Tyrannei gegen die edelsten Menschen sich selbst den natürlich-unnatürlichsten Tod zu. Jahrhunderte hin liegt das kranke Rom in schrecklichen Zuckungen auf seinem Siechbette; das Siechbett ist über eine ganze Welt ausgebreitet, von der es sich seine süßen Gifte erpreßt hat; sie kann ihm jetzt nicht anders helfen, als daß sie seinen Tod befördere. Barbaren kommen herzu, nordische Riesen, denen die entnervten Römer wie Zwerge erscheinen; sie verwüsten Rom und geben dem ermatteten Italien neue Kräfte. Ein fürchterlich-gütiger Erweis, daß alle Ausschweifung in der Natur sich selbst räche und verzehre! Dem Luxus der Morgenländer haben wir es Dank, daß die Welt früher von einem Leichnam befreit ward, der durch Siege in andern Weltgegenden zwar auch, wahrscheinlich aber nicht so bald und so schrecklich in die Verwesung gegangen wäre.

* S. außer Petronius, Plinius, Juvenal und andern häufigen Stellen der Alten von neueren Sammlungen *Meierotto* T. 2. über die Sitten und Lebensart der Römer, *Meiners* Geschichte des Verfalls der Römer u. f.

5. Jetzt sollte ich alles zusammenfassen und die große Ordnung der Natur entwickeln, wie auch ohne Luxus, ohne Pöbel, Senat und Sklaven *der Kriegesgeist Roms allein sich zuletzt selbst verderben und das Schwert in seine Eingeweide kehren mußte, das er so oft auf unschuldige Städte und Nationen gezuckt hatte*; hierüber aber spricht statt meiner die laute Geschichte. Was sollten die Legionen, die, ungesättigt vom Raube, nichts mehr zu rauben fanden, vielmehr an den parthischen und deutschen Grenzen das Ende ihres Ruhms sahen; was sollten sie tun, als zurückkehrend ihre Mutter selbst würgen? Schon zu Marius und Sullas Zeiten fing dies schreckliche Schauspiel an; anhängend ihrem Feldherrn oder von ihm bezahlt, rächten die wiederkommenden Heere ihren Feldherrn an seiner Gegenpartei mitten im Vaterlande, und Rom floß von Blut über. Dies Schauspiel dauerte fort. Indem Pompejus und Cäsar in dem Lande, wo einst die Musen gesungen und Apollo als Schäfer geweidet, teuer gemietete Heere gegeneinander führten, ward in dieser Ferne von Römern, die gegen Römer fochten, das Schicksal ihrer Mutterstadt entschieden. So ging es bei dem grausamen Vergleich des Triumvirs zu Modena, der in *einem* Verzeichnis dreihundert Ratsglieder und zweitausend Ritter der Acht und dem Tode preisgab, und zweihunderttausend Talente meistens aus Rom und von den Weibern selbst erpreßte. So nach der Schlacht bei Philippi, in welcher Brutus fiel; so vor dem Kriege gegen den zweiten Pompejus, den edleren Sohn eines großen Vaters; so nach der Schlacht bei Actium u. f. Vergebens, daß der schwache, grausame August den friedsamen Gütigen spielte; das Reich war durchs Schwert gewonnen, es mußte durchs Schwert verteidigt werden oder durch dasselbe fallen. Wenn es den Römern jetzt zu schlummern gefiel, so wollten deshalb nicht auch die beleidigten oder rege gemachten Nationen schlummern; sie forderten Rache und gaben Wiedervergeltung, als ihre Zeit kam. Im Römischen Reich war und blieb der Kaiser immer nur oberster Feldherr, und als viele derselben ihre Pflicht vergaßen, wurden sie vom Heer daran fürchterlich erinnert. Es setzte und würgte Kaiser, bis endlich der Oberste der Leibwache sich zum Großwesir aufdrang und den Senat zur elenden Puppe machte. Bald bestand auch dieser nur aus Soldaten; aus Soldaten, die mit der Zeit so schwach wurden, daß sie weder im Kriege, noch im Rate taugten. Das Reich zerfiel; Gegenkaiser jagten und plagten einander; die Völker drangen hinan, und man mußte Feinde ins Heer nehmen, die andere Feinde lockten. So wurden die Provinzen zerrissen und verwüstet; das stolze ewige Rom ging endlich im Sturz unter, von seinen eignen Befehlshabern verlassen und verraten. Ein fürchterliches Denkmal, wie jede Eroberungswut großer und kleiner Reiche, insonderheit wie der despotische Soldatengeist nach gerechten Naturgesetzen ende. Fester und größer ist nie ein Kriegsstaat gewesen, als es der Staat der Römer war; keine Leiche aber ist auch je schrecklicher zu Grabe getragen worden als Jahrhunderte durch diese in der römischen Geschichte, so daß es hinter Pompejus und Cäsar keinen Eroberer und unter kultivierten Völkern kein Soldatenregiment mehr geben sollte.

Großes Schicksal! Ist die Geschichte der Römer uns dazu geblieben, ja einem Teil der Welt mit dem Schwert aufgedrungen worden, damit wir dies lernen sollten? Und doch lernen wir an ihr entweder nur Worte, oder sie hat, unrecht verstanden, neue Römer gebildet, deren doch keiner seinem Vorbilde je gleichkam. Nur einmal standen jene alten Römer auf der Schaubühne und spielten, meistens als Privatpersonen, das fürchterlich-große Spiel, dessen Wiederholung wir der Menschheit nie wünschen mögen. Lasset uns indessen sehen, was im Lauf der Dinge auch dies Trauerspiel für Glanz und große Seiten gehabt habe.

V.

Charakter, Wissenschaften und Künste der Römer

Nach dem, was bisher gesagt worden, fordert es auch die Pflicht, jene edlen Seelen zu nennen und zu rühmen, die in dem harten Stande, auf welchen sie das Schicksal gestellt hatte, sich dem, was sie Vaterland nannten, mit Mut aufopferten und in ihrem kurzen Leben Dinge bewirkten, die fast ans höchste Ziel menschlicher Kräfte reichen. Ich sollte dem Gange der Geschichte zufolge einen Junius Brutus und Poplicola, Mucius Scävola und Coriolan, eine Valeria und Veturia, die dreihundert Fabier und Cincinnatus, Camillus und Decius, Fabricius und Regulus, Marcellus und Fabius, die Scipionen und Catonen, Cornelia und ihre unglücklichen Söhne, ja, wenn es auf Kriegestaten allein ankommt, auch Marius und Sulla, Pompejus und Cäsar, und wenn gute Absichten und Bemühungen Lob verdienen den Marcus Brutus, Cicero, Agrippa, Drusus, Germanicus nach ihrem Verdienst nennen und rühmen. Auch unter den Kaisern sollte ich die Freude des Menschengeschlechts Titus, den gerechten und guten Nerva, den glücklichen Trajan, den unermudeteten Hadrian, die guten Antoninen, den unverdrossenen Severus, den männlichen Aurelian u. f. starke Pfeiler eines sinkenden Baues loben. Da aber diese Männer mehr als selbst die Griechen jedermann bekannt sind, so sei es mir vergönnt, vom Charakter der Römer in ihren besten Zeiten bloß allgemein zu reden, und auch diesen Charakter lediglich als Folge ihrer Zeitumstände zu betrachten.

Wenn Unparteilichkeit und fester Entschluß, wenn unermüdete Tätigkeit in Worten und Werken und ein gesetzter rascher Gang zum Ziel des Sieges oder der Ehre, wenn jener kalte, kühne Mut, der durch Gefahren nicht geschreckt, durch Unglück nicht gebeugt, durchs Glück nicht übermütig wird, einen Namen haben soll, so müßte er den Namen eines Römischen Mutes haben. Mehrere Glieder dieses Staats, selbst aus niederm Stande, haben ihn so glänzend erwiesen, daß wir zumal in der Jugend, da uns die Römer meistens nur von ihrer edlen Seite erscheinen, dergleichen Gestalten der Alten Welt als hingewichene große Schatten verehren. Wie Riesen schreiten ihre Feldherren von einem Weltteil zum andern und tragen das Schicksal der Völker in ihrer festen leichten Hand. Ihr Fuß stößt Thronen vorübergehend um; *eins* ihrer Worte bestimmt das Leben oder den Tod von Myriaden. Gefährliche Höhe, auf welcher sie standen! Zu kostbares Spiel mit Kronen und Millionen an Menschen und Golde!

Und auf dieser Höhe gehen sie einfach wie Römer einher, verachtend den Pomp königlicher Barbaren; der Helm ihre Krone, ihre Zierde der Brustharnisch.

Und wenn ich sie auf diesem Gipfel der Macht und des Reichtums in ihrer männlichen Beredsamkeit höre, in ihren häuslichen oder patriotischen Tugenden unermüdet wirksam sehe; wenn im Gewühl der Schlachten oder im Getümmel des Marktes die Stirn Cäsars immer heiter bleibt, und auch gegen Feinde seine Brust mit verschonender Großmut schläget; große Seele bei allen deinen leichtsinnigen Lastern, wenn du nicht wert warest, Monarch der Römer zu werden, so war es niemand. Doch Cäsar war mehr als dies; er war Cäsar. Der höchste Thron der Erde schmückte sich mit seinem persönlichen Namen; o, hätte er sich auch mit seiner großen Seele schmücken können, daß Jahrtausende hin ihn der gütige, muntre, umfassende Geist Cäsars hätte beleben mögen.

Aber gegen ihm über stehet sein Freund Brutus mit gezucktem Dolch. Guter Brutus, bei Sarden und Philippen erschien dir dein böser Genius nicht zuerst; er war dir längst vorher unter dem Bilde des Vaterlandes erschienen, dem du mit einer weichern Seele, als deines rohen Vorfahren war, die heiligern Rechte der Menschheit und Freundschaft aufopfertest. Du konntest deine erzwungene Tat nicht nutzen, da dir Cäsars Geist und Sullas Pöbelwut fehlte, und wurdest also genötigt, das Rom, das kein Rom mehr war, den wilden Ratschlägen eines Antonius und Oktavius zu überlassen, von denen jener alle römische Pracht einer ägyptischen Buhlerin zu Füßen legte, und dieser nachher aus dem Gemach einer Livia mit scheinheiliger Ruhe die müde-gequälte Welt beherrschte. Nichts blieb dir übrig als dein eigner Stahl, eine traurige und doch notwendige Zuflucht der Unglücklichen unter einem römischen Schicksal.

Woher entsprang dieser große Charakter der Römer? Er entsprang aus ihrer Erziehung, oft sogar aus dem Namen der Person und des Geschlechts, aus ihren Geschäften, aus dem Zusammendrange des Rats, des Volks und aller Völker im Mittelpunkt der Weltherrschaft; ja, endlich aus der glücklich-unglücklichen Notwendigkeit selbst, in der sich die Römer fanden. Daher teilte er sich auch allem mit, was an der römischen Größe teilnahm, nicht nur den edeln Geschlechtern, sondern auch dem Volk, und Männern sowohl als den Weibern. Die Tochter Scipios und Catos, die Gattin Brutus, der Gracchen Mutter und Schwester konnten ihrem Geschlecht nicht unwürdig handeln; ja, oft übertrafen edle Römerinnen die Männer selbst an Klugheit und Würde. So war Terentia heldenmütiger als Cicero, Veturia edler als Coriolan, Paulina stärker als Seneca u. f. In keinem morgenländischen Harem, in keinem Gynäceum der Griechen konnten bei aller Anlage der Natur weibliche Tugenden hervorsprossen wie im öffentlichen und häuslichen Leben der Römer; freilich aber auch in verdorbenen Zeiten weibliche Laster, vor denen die Menschheit schaudert. Schon nach Überwindung der Lateiner wurden hundertundsiebenzig römische Gemahlinnen eins, ihre Männer mit Gift hinzurichten, und tranken, als sie entdeckt waren, ihre bereitete Arznei wie Helden. Was unter den Kaisern die Weiber in Rom vermochten und ausübten, ist unsäglich. Der stärkste Schatten grenzt ans stärkste Licht; eine Stiefmutter Livia und die treue Antonia-Drusus, eine Plancina und Agrippina-Germanicus, eine Messalina und Octavia stehen dicht aneinander.

•

Wollen wir den Wert der Römer auch in der *Wissenschaft* schätzen, so müssen wir von ihrem Charakter ausgehn und keine Griechenkünste von ihnen fordern. Ihre Sprache war der äolische Dialekt, beinah mit allen Sprachen Italiens vermischt; sie hat sich aus dieser rohen Gestalt langsam hervorgearbeitet, und dennoch trotz aller Bearbeitung hat sie zur Leichtigkeit, Klarheit und Schönheit der griechischen Sprache nie völlig gelangen mögen. Kurz, ernst und würdig ist sie, die Sprache der Gesetzgeber und Beherrscher der Welt; in allem ein Bild vom Geiste der Römer. Da diese mit den Griechen erst spät bekannt wurden, nachdem sie durch die lateinische, etruskische und eigne Kultur lange Zeit schon ihren Charakter und Staat gebildet hatten, so lernten sie auch ihre natürliche Beredsamkeit durch die Kunst der Griechen erst spät verschönern. Wir wollen also über die ersten dramatischen und poetischen Übungen, die zu Ausbildung ihrer Sprache unstreitig viel beitrugen, wegsehn und von dem reden, was bei ihnen tiefere Wurzel faßte. Es war dieses *Gesetzgebung*, *Beredsamkeit* und *Geschichte;* Blüten des Verstandes, die ihre Ge-

schäfte selbst hervortrieben, und in welchen sich am meisten ihre römische Seele zeiget.
Aber zu beklagen ists, daß auch hier uns das Schicksal wenig gegönnet hat, indem die, deren Eroberungsgeist uns so viele Schriften andrer Völker raubte, die Arbeiten ihres eignen Geistes gleichfalls der zerstörenden Zukunft überlassen mußten. Denn ohne von ihren alten Priesterannalen und den heroischen Geschichten Ennius, Nävius, oder dem Versuch eines Fabius Pictor zu reden, wo sind die Geschichten eines Cincius, Cato, Libo, Posthumis, Piso, Cassius Hemina, Servilians, Fannius, Sempronius, Cälius, Antipater, Asellio, Gellius, Lucinius u. f.? Wo ist das Leben Ämilius Scaurus, Rutilius Rufus, Lutatius Catulus, Sulla, Augustus, Agrippa, Tiberius, einer Agrippina-Germanicus, selbst eines Claudius, Trajanus u. f., von ihnen selbst beschrieben? Unzählbar andrer Geschichtbücher der wichtigsten Männer des Staats in Roms wichtigsten Zeiten, eines Hortensius, Atticus, Sisenna, Lutatius, Tubero, Luccejus, Balbus, Brutus, Tiro, eines Valerius Messala, Cremutius Cordus, Domitius Corbulo, Cluvius Rufus, auch der vielen verlornen Schriften Cornelius Nepos, Sallustius, Livius, Trogus, Plinius u. f. nicht zu gedenken. Ich setze die Namen derselben her, um einige Neuere, welche sich hoch hinauf über die Römer setzen, auch nur durch diese Namen zu widerlegen: denn welche neuere Nation hat in ihren Regenten, Feldherrn und ersten Geschäftsmännern in einer so kurzen Zeit, bei so wichtigen Veränderungen und eignen Taten derselben so viele und große Geschichtschreiber gehabt als diese barbarisch genannten Römer? Nach den wenigen Bruchstücken und Proben eines Cornelius, Cäsar, Livius u. f. hatte die römische Geschichte zwar nicht jene Anmut und süße Schönheit der griechischen Historie, dafür aber gewiß eine römische Würde und in Sallust, Tacitus u. a. viel philosophische und politische Klugheit. Wo große Dinge getan werden, wird auch groß gedacht und geschrieben; in der Sklaverei verstummet der Mund, wie die spätere römische Geschichte selbst zeiget. Und leider ist der größeste Teil der römischen Geschichtschreiber aus Roms freien oder halbfreien Zeiten ganz verloren. Ein unersetzlicher Verlust; denn nur einmal lebten solche Männer, nur einmal schrieben sie ihre eigne Geschichte.
Der römischen Geschichte ging die Beredsamkeit als Schwester und beiden ihre Mutter, die Staats- und Kriegskunst zur Seite; daher auch mehrere der größesten Römer in jeder dieser Wissenschaften nicht nur Kenntnisse hatten, sondern auch schrieben. Unbillig ist der Tadel, den man den griechischen und römischen Geschichtschreibern darüber macht, daß sie ihren Begebenheiten so oft Staats- und Kriegsreden einmischten: denn da in der Republik durch öffentliche Reden alles gelenkt wurde, hatte der Geschichtschreiber kein natürlicher Band, durch welches er Begebenheiten binden, vielseitig darstellen und pragmatisch erklären konnte, als eben diese Reden; sie waren ein weit schöneres Mittel des pragmatischen Vortrages, als wenn der spätere Tacitus und seine Brüder, von Not gezwungen, ihre eigenen Gedanken einförmig zwischenwebten. Indessen ist auch Tacitus mit seinem Reflexionsgeist oft unbillig beurteilt worden; denn in seinen Schilderungen sowohl als im gehässigen Ton derselben ist er an Geist und Herz ein Römer. Ihm wars unmöglich, Begebenheiten zu erzählen, ohne daß er die Ursachen derselben entwickle und das Verabscheuungswürdige mit schwarzen Farben male. Seine Geschichte ächzet nach Freiheit und in ihrem dunkel-verschlossenen Ton beklagt sie den Verlust derselben weit bitterer, als sie's mit Worten tun könnte. Nur der Zeiten der Freiheit, d. i. offener Handlungen im Staat und im Kriege, erfreut sich die Bered-

samkeit und Geschichte; mit jenen sind beide dahin: sie borgen im Müßiggange des Staats auch müßige Betrachtungen und Worte.

In Absicht der Beredsamkeit indessen dürfen wir den Verlust nicht minder großer Redner als Geschichtschreiber weniger beklagen; der einzige Cicero ersetzet uns viele. In seinen Schriften von der Redekunst gibt er uns wenigstens die Charaktere seiner großen Vorgänger und Zeitgenossen; seine Reden selbst aber können uns jetzt statt Cato's, Antonius, Hortensius, Cäsars u. a. dienen. Glänzend ist das Schicksal dieses Mannes, glänzender nach seinem Tode, als es im Leben war. Nicht nur die römische Beredsamkeit in Lehre und Mustern, sondern auch den größesten Teil der griechischen Philosophie hat er gerettet, da ohne seine beneidenswerten Einkleidungen die Lehren mancher Schulen uns wenig mehr als dem Namen nach bekannt wären. Seine Beredsamkeit übertrifft die Donner des Demosthenes nicht nur an Licht und philosophischer Klarheit, sondern auch an Urbanität und wahrerem Patriotismus. Er beinahe allein hat die reinere lateinische Sprache Europen wiedergegeben, ein Werkzeug, das dem menschlichen Geist bei manchen Mißbräuchen unstreitig große Vorteile gebracht hat. Ruhe also sanft, du vielgeschäftiger, vielgeplagter Mann, Vater des Vaterlandes aller lateinischen Schulen in Europa. Deine Schwachheiten hast du gnug gebüßet in deinem Leben; nach deinem Tode erfreuet man sich deines gelehrten, schönen, rechtschaffenen, edeldenkenden Geistes und lernt aus deinen Schriften und Briefen dich, wo nicht verehren, so doch hochschätzen und dankbar lieben.*

•

Die *Poesie* der Römer war nur eine ausländische Blume, die in Latium zwar schön fortgeblühet und hie und da eine feinere Farbe gewonnen hat, eigentlich aber keine neuen eignen Fruchtkeime erzeugen konnte. Schon die Etrusker hatten durch ihre saliarischen und Leichengedichte, durch ihre fescenninischen, atellanischen und szenischen Spiele die roheren Krieger zur Dichtkunst vorbereitet; mit den Eroberungen Tarents und andrer großgriechischen Städte wurden auch griechische Dichter erobert, die durch die feineren Musen ihrer Muttersprache den Überwindern Griechenlandes ihre rohe Mundart gefälliger zu machen suchten. Wir kennen das Verdienst dieser ältesten römischen Dichter nur aus einigen Versen und Fragmenten, erstaunen aber über die Menge Trauer- und Lustspiele, die wir von ihnen nicht nur aus alten, sondern zum Teil auch aus den besten Zeiten genannt finden. Die Zeit hat sie vertilgt, und ich glaube, daß, gegen die Griechen gerechnet, der Verlust an ihnen nicht so groß sei, da ein Teil derselben griechische Gegenstände und wahrscheinlich auch griechische Sitten nachahmte. Das römische Volk erfreuete sich an Possen und Pantomimen, an circensischen oder gar an blutigen Fechterspielen viel zu sehr, als daß es fürs Theater ein griechisches Ohr und eine griechische Seele haben konnte. Als eine Sklavin war die szenische Muse bei den Römern eingeführt, und sie ist bei ihnen immer auch eine Sklavin geblieben, wobei ich indes den Verlust der hundertunddreißig Stücke des Plautus und die untergegangene Schiffsladung von hundertundacht Lustspielen des Trenz, sowie die Gedichte Ennius, eines Mannes von starker Seele, insonderheit seinen Scipio und seine Lehrgedichte sehr bedaure; denn im

* Man lese über diesen oft verkannten Mann *Middletons* Leben Cicero (übersetzt Altona 1757. 3 Teile), ein vortreffliches Werk nicht nur über die Schriften dieses Römers, sondern auch über seine ganze Zeitgeschichte.

einzigen Terenz hätten wir nach Cäsars Ausdruck wenigstens den halben Menander wieder. Dank also dem Cicero auch dafür, daß er uns den Lukrez, einen Dichter von römischer Seele, und dem Augustus, daß er uns den halben Homer in der Aeneis seines Maros erhalten. Dank dem Cornutus, daß er von seinem edlen Schüler Persius auch einige seiner Lehrlingsstücke uns nicht mißgönnte; und auch euch, ihr Mönche, sei Dank, daß ihr, um Latein zu lernen, uns den Terenz, Horaz, Boethius, vor allen andern aber euren Virgil als einen rechtgläubigen Dichter aufbewahrtet. Der einzig unbefleckte Lorbeer in Augusts Krone ists, daß er den Wissenschaften Raum gab und die Musen liebte.

Freudiger wende ich mich von den römischen Dichtern zu den *Philosophen;* manche waren oft beides, und zwar Philosophen von Herz und Seele. In Rom erfand man keine Systeme; aber man übte sie aus und führte sie in das Recht, in die Staatsverfassung, ins tätige Leben. Nie wird ein Lehrdichter feuriger und stärker schreiben, als Lukrez schrieb: denn er glaubte seine Lehre; nie ist seit Plato die Akademie desselben reizender verjüngt worden als in Ciceros schönen Gesprächen. So hat die stoische Philosophie nicht nur in der römischen Rechtsgelehrsamkeit ein großes Gebiet eingenommen und die Handlungen der Menschen daselbst strenge geregelt, sondern auch in den Schriften Senecas, in den vortrefflichen Betrachtungen Mark Aurels, in den Regeln Epiktets u. f. eine praktische Festigkeit und Schönheit erhalten, zu der die Lehrsätze mehrerer Schulen offenbar beigetragen haben. Übung und Not in mancherlei harten Zeitumständen des römischen Staats stärkten die Gemüter der Menschen und stähleten sie; man suchte, woran man sich halten könnte, und brauchte das, was der Grieche ausgedacht hatte, nicht als einen müßigen Schmuck, sondern als Waffe, als Rüstung. Große Dinge hat die stoische Philosophie im Geist und Herzen der Römer bewirkt, und zwar nicht zur Welteroberung, sondern zu Beförderung der Gerechtigkeit, der Billigkeit und zum innern Trost unschuldig gedrückter Menschen. Denn auch die Römer waren Menschen, und als eine schuldlose Nachkommenschaft durch das Laster ihrer Vorfahren litt, suchten sie Stärkung, woher sie konnten; was sie selbst nicht erfunden hatten, eigneten sie sich desto fester zu.

Die Geschichte der römischen *Gelehrsamkeit* endlich ist für uns eine Trümmer von Trümmern, da uns größtenteils die Sammlungen ihrer Literatur sowohl als die Quellen fehlen, aus welchen jene Sammlungen geschöpft waren. Welche Mühe wäre uns erspart, welch Licht über das Altertum angezündet, wenn die Schriften Varros oder die zweitausend Bücher, aus denen Plinius zusammenschrieb, zu uns gekommen wären! Freilich würde ein Aristoteles aus der den Römern bekannten Welt anders als Plinius gesammlet haben; aber noch ist sein Buch ein Schatz, der bei aller Unkunde in einzelnen Fächern sowohl den Fleiß als die römische Seele seines Sammlers zeiget. So auch die Geschichte der Rechtsgelehrsamkeit dieses Volkes; sie ist die Geschichte eines großen Scharfsinnes und Fleißes, der nirgend als im römischen Staat also geübt und so lange fortgesetzt werden konnte; an dem, was die Zeitfolge daraus gemacht und daran gereihet hat, sind die Rechtslehrer des alten Roms unschuldig. Kurz, so mangelhaft die römische Literatur gegen die griechische beinah in jeder Gattung erscheinet: so lag es doch nicht in den Zeitumständen allein, sondern in ihrer römischen Natur selbst, daß sie Jahrtausende hin die stolze Gesetzgeberin aller Nationen werden konnte. Die Folge dieses Werks wird solches zeigen, wenn wir aus der Asche Roms ein neues Rom in sehr veränderter Gestalt, aber dennoch voll Eroberungsgeist werden aufleben sehen.

Zuletzt habe ich von der *Kunst* der Römer zu reden, in welcher sie sich für Welt und Nachwelt als jene Herren der Erde erwiesen, denen die Materialien und Hände aller überwundenen Völker zu Gebot standen. Von Anfang an war ein Geist in ihnen, die Herrlichkeit ihrer Siege durch Ruhmeszeichen, die Herrlichkeit ihrer Stadt durch Denkmale einer prächtigen Dauer zu bezeichnen; so daß sie schon sehr frühe an nichts Geringeres als an eine Ewigkeit ihres stolzen Daseins dachten. Die Tempel, die Romulus und Numa bauten, die Plätze, die sie ihren öffentlichen Versammlungen anwiesen, gingen alle schon auf Siege und eine mächtige Volksregierung hinaus, bis bald darauf Ancus und Tarquinius die Grundfesten jener Bauart legten, die zuletzt beinah zum Unermeßlichen emporstieg. Der etruskische König bauete die Mauer Roms von gehauenen Steinen; er führte, sein Volk zu tränken und die Stadt zu reinigen, jene ungeheure Wasserleitung, die noch jetzt in ihren Ruinen ein Wunder der Welt ist: denn dem neueren Rom fehlte es, sie nur aufzuräumen oder in Dauer zu erhalten, an Kräften. Eben desselben Geistes waren seine Galerien, seine Tempel, seine Gerichtssäle und jener ungeheure Circus, der, bloß für Ergötzungen des Volks errichtet, noch jetzt in seinen Trümmern Ehrfurcht fordert. Auf diesem Wege gingen die Könige, insonderheit der stolze Tarquin, nachher die Konsuln und Aedilen, späterhin die Welteroberer und Diktatoren, am meisten Julius Cäsar fort, und die Kaiser folgten. So kamen nach und nach jene Tore und Türme, jene Theater und Amphitheater, Cirken und Stadien, Triumphbogen und Ehrensäulen, jene prächtigen Grabmale und Grabgewölbe, Landstraßen und Wasserleitungen, Paläste und Bäder zustande, die nicht nur in Rom und Italien, sondern häufig auch in andern Provinzen ewige Fußtapfen dieser Herren der Welt sind. Fast erliegt das Auge, manche dieser Denkmale nur noch in ihren Trümmern zu sehen, und die Seele ermattet, das ungeheure Bild zu fassen, das in großen Formen der Festigkeit und Pracht sich der anordnende Künstler dachte. Noch kleiner aber werden wir, wenn wir uns die Zwecke dieser Gebäude, das Leben und Weben in und zwischen denselben, endlich das Volk gedenken, denen sie geweihet waren, und die oft einzelnen Privatpersonen, die sie ihm weihten. Da fühlt die Seele, nur *ein* Rom sei je in der Welt gewesen, und vom hölzernen Amphitheater des Curios an bis zum Coliseum des Vespasians, vom Tempel des Jupiter Stators bis zum Pantheon des Agrippas oder dem Friedenstempel, vom ersten Triumphtor eines einziehenden Siegers bis zu den Siegesbogen und Ehrensäulen Augustus, Titus, Trajans, Severus u. f., samt jeder Trümmer von Denkmalen ihres öffentlichen und häuslichen Lebens habe *ein* Genius gewaltet. Der Geist der Völkerfreiheit und Menschenfreundschaft war dieser Genius nicht; denn wenn man die ungeheure Mühe jener arbeitenden Menschen bedenkt, die diese Marmor- und Steinfelsen oft aus fernen Landen herbeischaffen und als überwundene Sklaven errichten mußten; wenn man die Kosten überschlägt, die solche Ungeheuer der Kunst vom Schweiß und Blute geplünderter, ausgesogner Provinzen erforderten; ja endlich, wenn wir den grausamen, stolzen und wilden Geschmack überlegen, den durch jene blutigen Fechterspiele, durch jene unmenschlichen Tierkämpfe, jene barbarischen Triumphaufzüge u. f. die meisten dieser Denkmale nährten, die Wollüste der Bäder und Paläste noch ungerechnet: so wird man glauben müssen, ein gegen das Menschengeschlecht feindseliger Dämon habe Rom gegründet, um allen Irdischen die Spuren seiner dämonischen übermenschlichen Herrlichkeit zu zeigen. Man lese über diesen Gegenstand des ältern Plinius und jedes edlen Römers eigene Klagen; man folge den Erpressungen und Kriegen nach, durch welche die Künste Etruriens, Griechenlandes und Ägyptens nach Rom kamen: so wird man den Steinhaufen der römischen Pracht vielleicht als die höchste Summe menschlicher Gewalt und Größe anstaunen, aber auch als eine Tyrannen- und Mördergrube des Menschengeschlechts verabscheuen lernen. Die Regeln der Kunst indessen bleiben, was sie sind; und obgleich die Römer selbst in ihr eigentlich nichts erfanden, ja zuletzt das anderswo Erfundene barbarisch gnug zusammensetzten, so bezeichnen sie sich dennoch auch in diesem zusammenraffenden, auftürmenden Geschmack als die großen Herren der Erde.

Excudent alii spirantia mollius aera:
Credo equidem; vivos ducent de marmore vultus:
Orabunt causas melius, coelique meatus
Describent radio et surgentia sidera dicent:
Tu regere imperio populos, Romane, memento:
Hae tibi erunt artes, pacisque imponere morem,
Parcere subjectis et debellare superbos.

[Andere gießen die Erz' als atmende weicher geründet,
Glaub ich wohl; sie entziehn seelvollere Bildung dem Marmor;
Fertiger kämpft vor dem Richter ihr Wort, und die Bahnen des Himmels
zeichnet genauer ihr Stab, und verkündiget Sternen den Aufgang:
Du sollst, Römer, beherrschen des Erdreichs Völker mit Obmacht
(dies sind Künste für dich!) und Zucht anordnen des Friedens,
Mild dem Ergebenen sein, und die Übermütigen vernichten.]

Gern wollten wir den Römern alle von ihnen verachtete Griechenkünste, die doch selbst von ihnen zur Pracht oder zum Nutzen gebraucht wurden, ja sogar die Erweiterung der edelsten Wissenschaften, der Astronomie, Zeitenkunde u. f. erlassen und lieber zu den Örtern wallfahrten, wo diese Blüten des menschlichen Verstandes auf ihrem eignen Boden blühten: wenn sie dieselbe nur an Ort und Stelle gelassen und jene Regierungskunst der Völker, die sie sich als ihren Vorzug zuschrieben, menschenfreundlicher geübt hätten. Dies aber konnten sie nicht, da ihre Weisheit nur der Übermacht diente und den vermeinten Stolz der Völker nichts als ein größerer Stolz beugte.

VI.

Allgemeine Betrachtungen über das Schicksal Roms und seine Geschichte

Es ist ein alter Übungsplatz der politischen Philosophie gewesen, zu untersuchen, was mehr zur Größe Roms beigetragen habe, ob seine Tapferkeit oder sein Glück? Schon Plutarch und mehrere sowohl griechische als römische Schriftsteller haben darüber ihre Meinungen gesagt und in neuern Zeiten hat fast jeder über die Geschichte nachdenkende Geist dies Problem behandelt. Plutarch, bei allem, was er der römischen Tapferkeit zugestehen muß, läßt das Glück den Ausschlag geben und hat sich in dieser Untersuchung wie in seinen andern Schriften zwar als den blumenreichen, angenehmen Griechen, nicht aber eben als einen Geist bewiesen, der seinen Gegenstand vollendet. Die meisten Römer dagegen schrieben ihrer Tapferkeit alles zu, und die Philosophen späterer Zeiten ersannen sich einen Plan der Klugheit, auf welchen vom ersten Grundstein an die römische Macht bis zu ihrer größesten Erweiterung angelegt worden. Offenbar zeigt die Geschichte, daß keins dieser Systeme ausschließend, daß, genau verbunden, sie aber alle wahr sind. Tapferkeit, Glück und Klugheit mußten zusammentreten, um das auszurichten, was ausgerichtet ward, und von Romulus Zeiten an sehen wir diese drei Göttinen für Rom im Bunde. Wollen wir also nach Art der Alten die ganze Zusammenfügung lebendiger Ursachen und Wirkungen Natur oder Glück nennen: so gehörte sowohl die Tapferkeit, selbst auch die grausame Härte, als die Klugheit und Arglist der Römer mit zu diesem alles-lenkenden Glücke. Die Betrachtung wird immer unvollkommen bleiben, wenn man an einer dieser Eigenschaften ausschließend hänget und bei den Vortrefflichkeiten der Römer ihre Fehler und Laster, bei dem innern Charakter ihrer Taten die äußern begleitenden Umstände, endlich bei ihrem festen und großen Kriegsverstande den Zufall vergißt, den eben jener oft so glücklich nützte. Die Gänse, die das Kapitol retteten, waren ebensowohl die Schutzgötter Roms als der Mut des Camillus, das Zögern des Fabius oder ihr Jupiter Stator. In der Naturwelt gehört alles zusammen, was zusammen und ineinander wirkt, pflanzend, erhaltend oder zerstörend; in der Naturwelt der Geschichte nicht minder.

Es ist eine angenehme Übung der Gedanken, sich hie und da zu fragen, was aus Rom bei veränderten Umständen geworden wäre, z. B. wenn es anderswo gelegen, frühzeitig nach Veji versetzt, das Kapitol von Brennus erstiegen, Italien von Alexander bekriegt, die Stadt von Hannibal erobert, oder der Rat, den er dem Antiochus gab, befolgt wäre. Gleichergestalt lässet sich fragen, wa statt des Augustus ein Cäsar, statt des Tibers ein Germanicus regiert hätte, welche Verfassung der Welt ohne das eindringende Christentum entstanden wäre u. f. Jede dieser Untersuchungen führet uns auf eine so genaue Zusammenkettung der Umstände, daß man Rom zuletzt nach der Weise jener Morgenländer als ein Lebendiges betrachten lernt, das nicht anders als unter solchen Umständen am Ufer der Tiber wie aus dem Meer aufsteigen, allmählich den Streit mit allen Völkern seines Weltraums zu Lande und Wasser lernen, sie unterjochen und zertreten, endlich die Grenzen seines Ruhms und den Ursprung seiner Verwesung in sich selbst finden können, als den es wirklich gefunden hat. Bei dieser Betrachtung verschwindet alle sinnlose Willkür auch aus der Geschichte. In ihr sowohl als in jeder Erzeugung der Naturreiche ist alles oder nichts Zufall, alles oder nichts Willkür. Jedes Phänomenon der Geschichte wird eine Naturerzeugung und für den Menschen fast die betrachtenswürdigste von allen, weil dabei so viel von ihm abhangt und er selbst bei dem, was außer seinen Kräften in der großen Übermacht der Zeitumstände liegt, bei jenem unterdrückten Griechenlande, Karthago und Numantia, bei jenem ermordeten Sertorius, Spartakus und Viriatus, beim untergesunknen zweiten Pompejus, Drusus, Germanicus, Britannicus u. f. obwohl in bittern Schalen den nutzbarsten Kern findet. Die einzige philosophische Art, eine Geschichte anzuschauen, ist diese; alle denkenden Geister haben sie auch unwissend geübet.

Nichts stände dieser parteilosen Betrachtung mehr entgegen, als wenn man selbst der blutigen römischen Geschichte einen eingeschränkten, geheimen Plan der Vorsehung unterschieben wollte; wie wenn Rom z. B. vorzüglich deshalb zu seiner Höhe gestiegen sei, damit es Redner und Dichter erzeugen, damit es das Römische Recht und die lateinische Sprache bis an die Grenzen seines Reichs ausbreiten und alle Landstraßen ebnen möchte, die christliche Religion einzuführen. Jedermann weiß, welche ungeheuren Übel Rom und die Welt umher drückten, eh solche Dichter und Redner aufkommen konnten; wie teuer z. B. Sizilien des Ciceros Rede gegen den Verres, wie teuer Rom und ihm selbst seine Reden gegen Catilina, seine Angriffe auf den Antonius gewesen u. f. Damit eine Perle gerettet würde, mußte also ein Schiff untergehen und tausend Lebendige kamen um, bloß damit auf ihrer Asche einige Blumen wüchsen, die auch der Wind zerstäubet. Um eine Aeneis des Virgils, um die ruhige Muse eines Horaz und seine urbanen Briefe zu erkaufen, mußten Ströme von Römerblut vorher vergossen, zahllose Völker und Reiche unterdrückt werden; waren diese schönen Früchte eines erpreßten goldnen Alters solches Aufwandes wert? Mit dem Römischen Rechte ists nicht anders: denn wem ist unbekannt, welche Drangsale die Völker dadurch erlitten, wie manche menschlichere Einrichtung der verschiedensten Länder dadurch zerstört worden? Fremde Völker wurden nach Sitten gerichtet, die sie nicht kannten; sie wurden mit Lastern und ihren Strafen vertraut, von welchen sie nie gehört hatten; ja endlich der ganze Gang dieser Gesetzgebung, der sich nur zur Verfassung Roms schickte, hat er nicht nach tausend Unterdrückungen den Charakter aller überwundenen Nationen so verlöscht, so verderbet, daß statt des eigentümlichen Gepräges derselben zuletzt allenthalben nur der römische Adler erscheint, der nach ausgehackten Augen und verzehrten Eingeweiden traurige Leichname von Provinzen mit schwachen Flügeln deckte? Auch die lateinische Sprache gewann nichts durch die überwundnen Völker, und diese gewannen nichts durch jene. Sie ward verderbt und zuletzt ein romanisches Gemisch, nicht nur in den Provinzen, sondern in Rom selbst. Die schönere griechische Sprache verlor auch durch sie ihre reine Schönheit, und jene Mundarten so vieler Völker, die ihnen und uns weit nützlicher als eine verdorbne römische Sprache wären, gingen bis aufs kleinste Überbleibsel unter. Die christliche Religion endlich, so ausnehmend ich die Wohltaten verehre, die sie dem Menschengeschlecht gebracht hat, so entfernt bin ich, zu glauben, daß auch nur ein Wegstein in Rom ursprünglich ihretwegen von Menschen erhoben worden. Für sie hat Romulus seine Stadt nicht errichtet, Pompejus und Crassus sind nicht für sie durch Judäa gezogen, noch weniger sind alle jene römischen Einrichtungen Europens und Asiens gemacht, damit ihr allenthalben der Weg bereitet würde. Rom nahm die christliche Religion nicht anders auf, als es den Gottesdienst der Isis und jeden verworfnen Aberglauben der östlichen Welt aufnahm; ja, es wäre Gottes unwürdig, sich einzubilden, daß die Vorsehung für ihr schönstes Werk, die Fortpflanzung der Wahrheit und Tugend keine andern Werkzeuge gewußt habe als die tyrannischen, blutigen Hände der Römer. Die christliche Religion hob sich durch eigne Kräfte, wie durch eigne Kräfte das römische Reich wuchs, und wenn beide sich zuletzt gatteten, so gewann weder die eine dadurch, noch das andre. Ein römisch-christlicher Bastard entsprang, von welchem manche wünschen, daß er nie entstanden wäre.

Die Philosophie der Endzwecke hat der Naturgeschichte keinen Vorteil gebracht, sondern ihre Liebhaber vielmehr statt der Untersuchung mit scheinbarem Wahn befriedigt; wieviel mehr die tausendzweckige, ineinandergreifende Menschengeschichte!

Wir haben also auch der Meinung zu entsagen, als ob in der Fortsetzung der Zeitalter die Römer dazu gewesen sein, um, wie in einem menschlichen Gemälde, über den Griechen ein vollkommneres Glied in der Kette der Kultur zu bilden. In dem, worin die Griechen vortrefflich waren, haben die Römer sie nie übertreffen mögen; was gegenteils sie Eignes besaßen, hatten sie von den Griechen nicht gelernet. Genutzt haben sie alle Völker, mit denen sie bekannt wurden, bis auf Indier und Troglodyten; sie nutzten sie aber als Römer, und oft ists die Frage, ob zu ihrem Vorteil oder Schaden? Sowenig nun alle andren Nationen der Römer wegen da waren, oder Jahrhunderte vorher ihre Einrichtungen für Römer machten: sowenig dürfen solches die Griechen getan haben. Athen sowohl als die italienischen Pflanzstädte gaben Gesetze für sich, nicht für sie; und wenn kein Athen gewesen wäre, so hätte Rom zu den Skythen um seine Gesetztafeln senden mögen. Auch waren in vielem Betracht die griechischen Gesetze vollkommner als die römischen, und die Mängel der letzten verbreiteten sich auf einen viel größeren Weltstrich. Wo sie etwa menschlicher wurden, waren sie es nach römischer Weise, weil es unnatürlich gewesen wäre, wenn die Überwinder so vieler gebildeten Nationen nicht auch wenigstens den Schein der Menschlichkeit hätten lernen sollen, mit dem sie oft die Völker betrogen.

Also bliebe nichts übrig, als daß die Vorsehung den römischen Staat und die lateinische Sprache als eine Brücke aufgestellt habe, auf welcher von den Schätzen der Vorwelt auch etwas zu uns gelangen möchte. Die Brücke wäre die schlechtste, die gewählt werden konnte; denn eben ihre Errichtung hat uns das meiste geraubet. Die Römer zerstörten und wurden zerstört; Zerstörer aber sind keine Erhalter der Welt. Sie wiegelten alle Völker auf, bis sie zuletzt die Beute derselben wurden, und die Vorsehung tat ihrethalben kein Wunder. Lasset uns also auch diese wie jede andre Naturerscheinung, deren Ursachen und Folgen man frei erforschen will, ohne untergeschobnen Plan betrachten. Die Römer waren und wurden, was sie werden konnten; alles ging unter, oder erhielt sich an ihnen, was untergehen oder sich erhalten mochte. Die Zeiten rollen fort und mit ihnen das Kind der Zeiten, die vielgestaltige Menschheit. Alles hat auf der Erde geblüht, was blühen konnte; jedes zu seiner Zeit und in seinem Kreise; es ist abgeblüht und wird wieder blühen, wenn seine Zeit kommt. Das Werk der Vorsehung geht nach allgemeinen großen Gesetzen in seinem ewigen Gange fort; welcher Betrachtung wir uns jetzt mit bescheidenem Schritt nähern.

FÜNFZEHNTES BUCH

»Vorübergehend ist also alles in der Geschichte; die Aufschrift ihres Tempels heißt Nichtigkeit und Verwesung. Wir treten den Staub unsrer Vorfahren und wandeln auf dem eingesunknen Schutt zerstörter Menschenverfassungen und Königreiche. Wie Schatten gingen uns Ägypten, Persien, Griechenland, Rom vorüber; wie Schatten steigen sie aus den Gräbern hervor und zeigen sich in der Geschichte.
Und wenn irgendein Staatsgebäude sich selbst überlebte, wer wünscht ihm nicht einen ruhigen Hingang? Wer fühlt nicht Schauder, wenn er im Kreise lebendig wirkender Wesen auf Totengewölbe alter Einrichtungen stößt, die den Lebendigen Licht und Wohnung rauben? Und wie bald, wenn der Nachfolger diese Katakomben hinwegräumt, werden auch seine Einrichtungen dem Nachfolger gleiche Grabgewölbe dünken und von ihm unter die Erde gesandt werden?
Die Ursache dieser Vergänglichkeit aller irdischen Dinge liegt in ihrem Wesen, in dem Ort, den sie bewohnen, in dem ganzen Gesetz, das unsre Natur bindet. Der Leib der Menschen ist eine zerbrechliche, immer verneuete Hülle, die endlich sich nicht mehr erneuen kann; ihr Geist aber wirkt auf Erden nur in und mit dem Leibe. Wir dünken uns selbständig und hangen von allem in der Natur ab; in eine Kette wandelbarer Dinge verflochten, müssen auch wir den Gesetzen ihres Kreislaufs folgen, die keine andren sind als Entstehen, Sein und Verschwinden. Ein loser Faden knüpft das Geschlecht der Menschen, der jeden Augenblick reißt, um von neuem geknüpft zu werden. Der kluggewordene Greis geht unter die Erde, damit sein Nachfolger ebenfalls wie ein Kind beginne, die Werke seines Vorgängers vielleicht als ein Tor zerstöre und dem Nachfolger dieselbe nichtige Mühe überlasse, mit der auch er sein Leben verzehret. So ketten sich Tage, so ketten Geschlechter und Reiche sich aneinander. Die Sonne geht unter, damit Nacht werde und Menschen sich über eine neue Morgenröte freuen mögen.
Und wenn bei diesem allen nur noch einiger Fortgang merklich wäre, wo zeigt dieser sich aber in der Geschichte? Allenthalben siehet man in ihr Zerstörung, ohne wahrzunehmen, daß das Erneuete besser als das Zerstörte werde. Die Nationen blühen auf und ab; in eine abgeblühete Nation kommt keine junge, geschweige eine schönere Blüte wieder. Die Kultur rückt fort, sie wird aber damit nicht vollkommener; am neuen Ort werden neue Fähigkeiten entwickelt; die alten des alten Orts gingen unwiederbringlich unter. Waren die Römer weiser und glücklicher, als es die Griechen waren? Und sind wirs mehr als beide?

Die Natur des Menschen bleibt immer dieselbe; im zehntausendsten Jahr der Welt wird er mit Leidenschaften geboren, wie er im zweiten derselben mit Leidenschaften geboren ward, und durchläuft den Gang seiner Torheit zu einer späten, unvollkommenen, nutzlosen Weisheit. Wir gehen in einem Labyrinth umher, in welchem unser Leben nur eine Spanne abschneidet, daher es uns fast gleichgültig sein kann, ob der Irrweg Entwurf und Ausgang habe.
Trauriges Schicksal des Menschengeschlechts, das mit allen seinen Bemühungen an Ixions Rad, an Sisyphus Stein gefesselt und zu einem tantalischen Sehnen verdammt ist. Wir müssen wollen, wir müssen streben, ohne daß wir je die Frucht unsrer Mühe vollendet sähen oder aus der ganzen Geschichte ein Resultat menschlicher Bestrebungen lernten. Stehet ein Volk allein da, so nutzt sich sein Gepräge unter der Hand der Zeit ab; kommt es mit andern ins Gedränge, so wird es in den schmelzenden Tiegel geworfen, in welchem sich die Gestalt desselben gleichfalls verlieret. So bauen wir aufs Eis, so schreiben wir in die Welle des Meers; die Welle verrauscht, das Eis zerschmilzt, und hin ist unser Palast wie unsre Gedanken.
Wozu also die unselige Mühe, die Gott dem Menschengeschlecht in seinem kurzen Leben zum Tagwerk gab? Wozu die Last, unter der sich jeder zum Grabe hinabarbeitet? Und niemand wurde gefragt, ob er sie über sich nehme, ob er auf dieser Stelle, zu dieser Zeit, in diesem Kreise geboren sein wollte! Ja, da das meiste Übel der Menschen von ihnen selbst, von ihrer schlechten Verfassung und Regierung, vom Trotz der Unterdrücker und von einer beinah unvermeidlichen Schwachheit der Beherrscher und der Beherrschten herrühret, welch ein Schicksal wars, das den Menschen unter das Joch seines eignen Geschlechts, unter die schwache oder tolle Willkür seiner Brüder verkaufte? Man rechne die Zeitalter des Glückes und Unglücks der Völker, ihrer guten und bösen Regenten, ja auch bei den besten derselben die Summe ihrer Weisheit und Torheit, ihrer Vernunft und Leidenschaft zusammen: welche ungeheure Negative wird man zusammenzählen! Betrachte die Despoten Asiens, Afrikas, ja beinahe der ganzen Erdrunde; siehe jene Ungeheuer auf dem römischen Thron, unter denen Jahrhunderte hin eine Welt litt; zähle die Verwirrungen und Kriege, die Unterdrückungen und leidenschaftlichen Tumulte zusammen und bemerke überall den Ausgang. Ein Brutus sinkt und Antonius triumphieret; Germanicus geht unter, und Tiberius, Caligula, Nero herrschen; Aristides wird verbannt; Konfuzius fliehet umher; Sokrates, Phocion, Seneca sterben. Freilich ist hier allenthalben der Satz kenntlich: Was ist, das ist; was werden kann, wird; was untergehen kann, geht unter; aber ein trauriges Anerkenntnis, das uns allenthalben nichts als den zweiten Satz predigt, daß auf unsrer Erde wilde Macht und ihre Schwester, die boshafte List siege.«
So zweifelt und verzweifelt der Mensch, allerdings nach vielen scheinbaren Erfahrungen der Geschichte, ja gewissermaßen hat diese traurige Klage die ganze Oberfläche der Weltbegebenheiten für sich; daher mir mehrere bekannt sind, die auf dem wüsten Ozean der Menschengeschichte den Gott zu verlieren glaubten, den sie auf dem festen Lande der Naturforschung in jedem Grashalm und Staubkorn mit Geistesaugen sahen und mit vollem Herzen verehrten. Im Tempel der Weltschöpfung erschien ihnen alles voll Allmacht und gütiger Weisheit; auf dem Markt menschlicher Handlungen hingegen, zu welchem doch auch unsre Lebenszeit berechnet worden, sahen sie nichts als einen Kampfplatz sinnloser Leidenschaften, wilder Kräfte, zerstörender Künste ohne eine fortgehende gütige Absicht. Die Geschichte ward ihnen wie ein Spinnengewebe im Winkel des Weltbaus, das in seinen ver-

schlungenen Fäden zwar des verdorreten Raubes gnug, nirgend aber einmal seinen traurigen Mittelpunkt, die webende Spinne selbst zeiget.
Ist indessen ein Gott in der Natur, so ist er auch in der Geschichte: denn auch der Mensch ist ein Teil der Schöpfung und muß in seinen wildesten Ausschweifungen und Leidenschaften Gesetze befolgen, die nicht minder schön und vortrefflich sind als jene, nach welchen sich alle Himmels- und Erdkörper bewegen. Da ich nun überzeugt bin, daß, was der Mensch wissen muß, er auch wissen könne und dürfe, so gehe ich aus dem Gewühl der Szenen, die wir bisher durchwandert haben, zuversichtlich und frei den hohen und schönen Naturgesetzen entgegen, denen auch sie folgen.

I.

Humanität ist der Zweck der Menschennatur, und Gott hat unserm Geschlecht mit diesem Zweck sein eigenes Schicksal in die Hände gegeben

Der Zweck einer Sache, die nicht bloß ein totes Mittel ist, muß in ihr selbst liegen. Wären wir dazu geschaffen, um, wie der Magnet sich nach Norden kehrt, einen Punkt der Vollkommenheit, der außer uns ist und den wir nie erreichen könnten, mit ewig vergeblicher Mühe nachzustreben: so würden wir als blinde Maschinen nicht nur uns, sondern selbst das Wesen bedauern dürfen, das uns zu einem tantalischen Schicksal verdammte, indem es unser Geschlecht bloß zu seiner, einer schadenfrohen, ungöttlichen Augenweide schuf. Wollten wir auch zu seiner Entschuldigung sagen, daß durch diese leeren Bemühungen, die nie zum Ziele reichen, doch etwas Gutes befördert und unsere Natur in einer ewigen Regsamkeit erhalten würde: so bliebe es immer doch ein unvollkommenes, grausames Wesen, das diese Entschuldigung verdiente; denn in der Regsamkeit, die keinen Zweck erreicht, liegt kein Gutes, und es hätte uns, ohnmächtig oder boshaft, durch Vorhaltung eines solchen Traums von Absicht seiner selbst unwürdig getäuschet. Glücklicherweise aber wird dieser Wahn von der Natur der Dinge uns nicht gelehret; betrachten wir die Menschheit, wie wir sie kennen, nach den Gesetzen, die in ihr liegen: so kennen wir nichts Höheres als Humanität im Menschen; denn selbst wenn wir uns Engel oder Götter denken, denken wir sie uns nur als idealische, höhere Menschen.
Zu diesem offenbaren Zweck, sahen wir*, ist unsre Natur organisieret; zu ihm sind unsre feineren Sinne und Triebe, unsre Vernunft und Freiheit, unsre zarte und daurende Gesundheit, unsre Sprache, Kunst und Religion uns gegeben. In allen Zuständen und Gesellschaften hat der Mensch durchaus nichts anders im Sinn haben, nichts anders anbauen können als Humanität, wie er sich dieselbe auch dachte. Ihr zugut sind die Anordnungen unsrer Geschlechter und Lebensalter von der Natur gemacht, daß unsre Kindheit länger daure und nur mit Hilfe der Erziehung eine Art Humanität lerne. Ihr zugut sind auf der weiten Erde alle Lebensarten der Menschen eingerichtet, alle Gattungen der Gesellschaft eingeführt worden. Jäger oder Fischer, Hirt oder Ackermann und Bürger, in jedem Zustande lernte der Mensch Nahrungsmittel unterscheiden, Wohnungen für sich und die Seinigen errichten; er lernte für seine beiden Geschlechter Kleidungen zum Schmuck erhöhen und sein

* Ideen, T. I. B. 4

Hauswesen ordnen. Er erfand mancherlei Gesetze und Regierungsformen, die alle zum Zweck haben wollten, daß jeder, unbefehdet vom andern, seine Kräfte üben und einen schönern, freieren Genuß des Lebens sich erwerben könnte. Hiezu ward das Eigentum gesichert, und Arbeit, Kunst, Handel, Umgang zwischen mehreren Menschen erleichtert; es wurden Strafen für die Verbrecher, Belohnungen für die Vortrefflichen erfunden, auch tausend sittliche Gebräuche der verschiednen Stände im öffentlichen und häuslichen Leben, selbst in der Religion angeordnet. Hiezu endlich wurden Kriege geführt, Verträge geschlossen, allmählich eine Art Kriegs- und Völkerrecht nebst mancherlei Bündnissen der Gastfreundschaft und des Handels errichtet, damit auch außer den Grenzen seines Vaterlandes der Mensch geschont und geehrt würde. Was also in der Geschichte je Gutes getan ward, ist für die Humanität getan worden; was in ihr Törichtes, Lasterhaftes und Abscheuliches in Schwang kam, ward gegen die Humanität verübet, so daß der Mensch sich durchaus keinen andern Zweck aller seiner Erdanstalten denken kann, als der in ihm selbst, d. i. in der schwachen und starken, niedrigen und edlen Natur liegt, die ihm sein Gott anschuf. Wenn wir nun in der ganzen Schöpfung jede Sache nur durch das, was sie ist und wie sie wirkt, kennen: so ist uns der Zweck des Menschengeschlechts auf der Erde durch seine Natur und Geschichte wie durch die helleste Demonstration gegeben.

Lasset uns auf den Erdstrich zurückblicken, den wir bisher durchwandert haben. In allen Einrichtungen der Völker von China bis Rom, in allen Mannigfaltigkeiten ihrer Verfassung, so wie in jeder ihrer Erfindungen des Krieges und Friedens, selbst bei allen Greueln und Fehlern der Nationen blieb das Hauptgesetz der Natur kenntlich: »Der Mensch sei Mensch! Er bilde sich seinen Zustand nach dem, was er für das Beste erkennet.« Hiezu bemächtigten sich die Völker ihres Landes und richteten sich ein, wie sie konnten. Aus dem Weibe und dem Staat, aus Sklaven, Kleidern und Häusern, aus Ergötzungen und Speisen, aus Wissenschaft und Kunst ist hie und da auf der Erde alles gemacht worden, was man zu seinem oder des Ganzen Besten daraus machen zu können glaubte. Überall also finden wir die Menschheit im Besitz und Gebrauch des Rechtes, sich zu einer Art von Humanität zu bilden, nachdem sie solche erkannte. Irrten sie oder blieben auf dem halben Wege einer ererbten Tradition stehen, so litten sie die Folgen ihres Irrtums und büßeten ihre eigne Schuld. Die Gottheit hatte ihnen in nichts die Hände gebunden als durch das, was sie waren, durch Zeit, Ort und die ihnen einwohnenden Kräfte. Sie kam ihnen bei ihren Fehlern auch nirgend durch Wunder zu Hilfe, sondern ließ diese Fehler wirken, damit Menschen solche selbst bessern lernten.

So einfach dieses Naturgesetz ist, so würdig ist es Gottes, so zusammenstimmend und fruchtbar an Folgen für das Geschlecht der Menschen. Sollte dies sein, was es ist, und werden, was es werden könnte, so mußte es eine selbstwirksame Natur und einen Kreis freier Tätigkeit um sich her erhalten, in welchem es kein ihm unnatürliches Wunder störte. Alle tote Materie, alle Geschlechter der Lebendigen, die der Instinkt führet, sind seit der Schöpfung geblieben, was sie waren; den Menschen machte Gott zu einem Gott auf Erden, er legte das Principium eigner Wirksamkeit in ihn und setzte solches durch innere und äußere Bedürfnisse seiner Natur von Anfange an in Bewegung. Der Mensch konnte nicht leben und sich erhalten, wenn er nicht Vernunft brauchen lernte; sobald er diese brauchte, war ihm freilich die Pforte zu tausend Irrtümern und Fehlversuchen, eben aber auch und selbst durch diese Irrtümer und Fehlversuche der Weg zum bessern Gebrauch der Vernunft eröffnet. Je schneller er seine Fehler erkennen lernt, mit je rüstigerer Kraft er darauf

geht, sie zu bessern, desto weiter kommt er, desto mehr bildet sich seine Humanität; und er muß sie ausbilden oder Jahrhunderte durch unter der Last eigner Schulden ächzen.
Wir sehen also auch, daß sich die Natur zur Errichtung dieses Gesetzes einen so weiten Raum erkor, als ihr der Wohnplatz unsres Geschlechts vergönnte; sie organisierte den Menschen so vielfach, als auf unserer Erde ein Menschengeschlecht sich organisieren konnte. Nahe an den Affen stellete sie den Neger hin, und von der Negervernunft an bis zum Gehirn der feinsten Menschenbildung ließ sie ihr großes Problem der Humanität von allen Völkern aller Zeiten auflösen. Das Notwendige, zu welchem der Trieb und das Bedürfnis führet, konnte beinah keine Nation der Erde verfehlen; zur feinern Ausbildung des Zustandes der Menschheit gab es auch feinere Völker sanfterer Klimate. Wie nun alles Wohlgeordnete und Schöne in der Mitte zweier Extreme liegt, so mußte auch die schönere Form der Vernunft und Humanität in diesem gemäßigtern Mittelstrich ihren Platz finden. Und sie hat ihn nach dem Naturgesetz dieser allgemeinen Konvenienz reichlich gefunden. Denn ob man gleich fast alle asiatischen Nationen von jener Trägheit nicht freisprechen kann, die bei guten Anordnungen zu frühe stehenblieb und eine ererbte Form für unableglich und heilig schätzte, so muß man sie doch entschuldigen, wenn man den ungeheuren Strich ihres festen Landes und die Zufälle bedenkt, denen sie insonderheit von dem Gebirg her ausgesetzt waren. Im Ganzen bleiben ihre ersten frühen Anstalten zur Bildung der Humanität, eine jede nach Zeit und Ort betrachtet, lobenswert, und noch weniger sind die Fortschritte zu verkennen, die die Völker an den Küsten des Mittelländischen Meeres in ihrer größern Regsamkeit gemacht haben. Sie schüttelten das Joch des Despotismus alter Regierungsformen und Traditionen ab und bewiesen damit das große, gütige Gesetz des Menschenschicksals: »daß, was ein Volk oder ein gesamtes Menschengeschlecht zu seinem eignen Besten mit Überlegung wolle und mit Kraft ausführe, das sei ihm auch von der Natur vergönnet, die weder Despoten noch Traditionen, sondern die beste Form der Humanität ihnen zum Ziel setzte.«
Wunderbar schön versöhnt uns der Grundsatz dieses göttlichen Naturgesetzes nicht nur mit der Gestalt unsres Geschlechts auf der weiten Erde, sondern auch mit den Veränderungen desselben durch alle Zeiten hinunter. Allenthalben ist die Menschheit das, was sie aus sich machen konnte, was sie zu werden Lust und Kraft hatte. War sie mit ihrem Zustande zufrieden oder waren in der großen Saat der Zeiten die Mittel zu ihrer Verbesserung noch nicht gereift, so blieb sie Jahrhunderte hin, was sie war, und ward nichts anders. Gebrauchte sie sich aber der Waffen, die ihr Gott zum Gebrauch gegeben hatte, ihres Verstandes, ihrer Macht und aller der Gelegenheiten, die ihr ein günstiger Wind zuführte, so stieg sie künstlich höher, so bildete sie sich tapfer aus. Tat sie es nicht, so zeigt schon diese Trägheit, daß sie ihr Unglück minder fühlte; denn jedes lebhafte Gefühl des Unrechts, mit Verstande und Macht begleitet, muß eine rettende Macht werden. Mitnichten gründete sich z. B. der lange Gehorsam unter dem Despotismus auf die Übermacht des Despoten; die gutwillige, zutrauende Schwachheit der Unterjochten, späterhin ihre duldende Trägheit war seine einzige und größeste Stütze. Denn Dulden ist freilich leichter, als mit Nachdruck bessern; daher brauchten so viele Völker des Rechts nicht, das ihnen Gott durch die Göttergabe ihrer Vernunft gegeben.
Kein Zweifel aber, daß überhaupt, was auf der Erde noch nicht geschehen ist, künftig geschehen werde; denn unverjährbar sind die Rechte der Menschheit, und die Kräfte,

die Gott in sie legte, unaustilgbar. Wir erstaunen darüber, wie weit Griechen und Römer es in ihrem Kreise von Gegenständen in wenigen Jahrhunderten brachten; denn wenn auch der Zweck ihrer Wirkung nicht immer der reinste war, so beweisen sie doch, daß sie ihn zu erreichen vermochten. Ihr Vorbild glänzt in der Geschichte und muntert jeden ihresgleichen, unter gleichem und größerm Schutz des Schicksals, zu ähnlichen und bessern Bestrebungen auf. Die ganze Geschichte der Völker wird uns in diesem Betracht eine Schule des Wettlaufs zur Erreichung des schönsten Kranzes der Humanität und Menschenwürde. So viele glorreiche alte Nationen erreichten ein schlechteres Ziel; warum sollten wir nicht ein reineres, edleres erreichen? Sie waren Menschen, wie wir sind; ihr Beruf zur besten Gestalt der Humanität ist der unsrige, nach unsern Zeitumständen, nach unserm Gewissen, nach unsern Pflichten. Was jene ohne Wunder tun konnten, können und dürfen auch wir tun: die Gottheit hilft uns nur durch unsern Fleiß, durch unsern Verstand, durch unsre Kräfte. Als sie die Erde und alle vernunftlosen Geschöpfe derselben geschaffen hatte, formte sie den Menschen und sprach zu ihm: »Sei mein Bild, ein Gott auf Erden! Herrsche und walte! Was du aus deiner Natur Edles und Vortreffliches zu schaffen vermagst, bringe hervor; ich darf dir nicht durch Wunder beistehn, da ich dein menschliches Schicksal in deine menschliche Hand legte; aber alle meine heiligen, ewigen Gesetze der Natur werden dir helfen.«
Lasset uns einige dieser Naturgesetze erwägen, die auch nach den Zeugnissen der Geschichte dem Gange der Humanität in unserm Geschlecht aufgeholfen haben, und, so wahr sie Naturgesetze Gottes sind, ihm aufhelfen werden.

II.

Alle zerstörenden Kräfte in der Natur müssen den erhaltenden Kräften mit der Zeitenfolge nicht nur unterliegen, sondern auch selbst zuletzt zur Ausbildung des Ganzen dienen

Erstes Beispiel. Als einst im Unermeßlichen der Werkstoff künftiger Welten ausgebreitet schwamm, gefiel es dem Schöpfer dieser Welten, die Materie sich bilden zu lassen nach den ihnen anerschaffenen inneren Kräften. Zum Mittelpunkt des Ganzen, der Sonne, floß nieder, was nirgend eigne Bahn finden konnte, oder was sie auf ihrem mächtigen Thron mit überwiegenden Kräften an sich zog. Was einen andern Mittelpunkt der Anziehung fand, ballte sich gleichartig zu ihm und ging entweder in Ellipsen um seinen großen Brennpunkt, oder flog in Parabeln und Hyperbeln hinweg und kam nie wieder. So reinigte sich der Äther, so ward aus einem schwimmenden, zusammenfließenden Chaos ein harmonisches Weltsystem, nach welchem Erden und Kometen in regelmäßigen Bahnen Äonen durch um ihre Sonne umhergehn: ewige Beweise des Naturgesetzes, daß *vermittelst eingepflanzter göttlicher Kräfte aus dem Zustande der Verwirrung Ordnung werde.* Solange dies einfache große Gesetz aller gegeneinander gewogenen und abgezählten Kräfte dauret, stehet der Weltbau fest; denn er ist auf eine Eigenschaft und Regel der Gottheit gegründet.
Zweites Beispiel. Gleichergestalt als unsre Erde aus einer unförmlichen Masse sich zum Planeten formte, stritten und kämpften auf ihr ihre Elemente, bis jedes seine Stelle fand, so daß nach mancher wilden Verwirrung der harmonisch geordneten

Kugel jetzt alles dienet. Land und Wasser, Feuer und Luft, Jahreszeiten und Klimate, Winde und Ströme, die Witterung und was zu ihr gehöret: Alles ist *einem* großen Gesetz ihrer Gestalt und Masse, ihres Schwunges und ihrer Sonnenentfernung unterworfen und wird nach solchem harmonisch geregelt. Jene unzähligen Vulkane auf der Oberfläche unsrer Erde flammen nicht mehr, die einst flammten; der Ozean siedet nicht mehr von jenen Vitriolgüssen und andern Materien, die einst den Boden unsres festen Landes bedeckten. Millionen Geschöpfe gingen unter, die untergehen mußten; was sich erhalten konnte, blieb und steht jetzt Jahrtausende her in großer harmonischer Ordnung. Wilde und zahme, fleisch- und grasfressende Tiere, Insekten, Vögel, Fische, Menschen und gegeneinander geordnet und unter diesen allen Mann und Weib, Geburt und Tod, Dauer und Lebensalter, Not und Freude, Bedürfnisse und Vergnügen. Und alle dies nicht etwa nach der Willkür einer täglich geänderten, unerklärlichen Fügung, sondern nach offenbaren Naturgesetzen, die im Bau der Geschöpfe, d. i. *im Verhältnis aller organischen Kräfte lagen, die sich auf unserm Planeten beseelten und erhielten.* Solange das Naturgesetz dieses Baues und Verhältnisses dauert, wird auch seine Folge dauern; harmonische Ordnung nämlich zwischen dem belebten und unbelebten Teil unsrer Schöpfung, die, wie das Innere der Erde zeigt, nur durch den Untergang von Millionen bewirkt werden konnte.

Wie? Und im menschlichen Leben sollte nicht eben dies Gesetz walten, das, innern Naturkräften gemäß, aus dem Chaos Ordnung schafft und Regelmäßigkeit bringt in die Verwirrung der Menschen? Kein Zweifel, wir tragen dies Principium in uns, und es muß und wird seiner Art gemäß wirken. Alle Irrtümer des Menschen sind ein Nebel der Wahrheit; alle Leidenschaften seiner Brust sind wildere Triebe einer Kraft, die sich selbst noch nicht kennet, die ihrer Natur nach aber nicht anders als aufs Bessere wirket. Auch die Stürme des Meers, oft zertrümmernd und verwüstend, sind Kinder einer harmonischen Weltordnung und müssen derselben wie die säuselnden Zephyrs dienen. Gelänge es mir, einige Bemerkungen ins Licht zu setzen, die diese erfreuliche Wahrheit uns vergewissern!

1. Wie die Stürme des Meeres seltner sind als seine regelmäßigen Winde, so ists auch im Menschengeschlecht eine gütige Naturordnung, *daß weit weniger Zerstörer als Erhalter in ihm geboren werden.*

Im Reich der Tiere ist es ein göttliches Gesetz, daß weniger Löwen und Tiger als Schafe und Tauben möglich und wirklich sind; in der Geschichte ists eine ebenso gütige Ordnung, daß der Nebukadnezars und Kambyses, der Alexanders und Sullas, der Attilas und Dschingis-Khane eine weit geringere Anzahl ist als der sanftern Feldherren oder der stillen friedlichen Monarchen. Zu jenen gehören entweder sehr unregelmäßige Leidenschaften und Mißanlagen der Natur, durch welche sie der Erde statt freundlicher Sterne wie flammende Meteore erscheinen; oder es treten meistens sonderbare Umstände der Erziehung, seltne Gelegenheiten einer frühen Gewohnheit, endlich gar harte Bedürfnisse der feindseligen, politischen Not hinzu, um die sogenannten Geißeln Gottes gegen das Menschengeschlecht in Schwung zu bringen und darin zu erhalten. Wenn also zwar die Natur unsertwegen freilich nicht von ihrem Gange ablassen wird, unter den zahllosen Formen und Komplexionen, die sie hervorbringt, auch dann und wann Menschen von wilden Leidenschaften, Geister zum Zerstören und nicht zum Erhalten ans Licht der Welt zu senden: so steht es eben ja auch in der Gewalt der Menschen, diesen Wölfen und Tigern ihre Herde nicht anzuvertrauen, sondern sie vielmehr durch Gesetze der Humanität selbst zu zähmen. Es gibt keine Auerochsen mehr in Europa, die sonst allenthalben ihr waldigtes Gebiet hatten; auch die Menge der afrikanischen Ungeheuer, die Rom zu seinen Kampfspielen brauchte, ward ihm zuletzt schwer zu erjagen. Je mehr die Kultur der Länder zunimmt, desto enger wird die Wüste, desto seltner ihre wilden Bewohner. Gleichergestalt hat auch in unserm Geschlecht die zunehmende Kultur der Menschen schon diese natürliche Wirkung, daß sie mit der tierischen Stärke des Körpers auch die Anlage zu wilden Leidenschaften schwächt und ein zärteres menschliches Gewächs bildet. Nun sind bei diesem allerdings auch Unregelmäßigkeiten möglich, die oft um so verderblicher wüten, weil sie sich auf eine kindische Schwäche gründen, wie die Beispiele so vieler morgenländischen und römischen Despoten zeigen; allein da ein verwöhntes Kind immer doch eher zu bändigen ist als ein blutdürstiger Tiger, so hat uns die Natur mit ihrer mildernden Ordnung zugleich den Weg gezeigt, wie auch wir durch wachsenden Fleiß das Regellose regeln, das unersättlich Wilde zähmen sollen und zähmen dürfen. Gibt es keine Gegenden voll Drachen mehr, gegen welche jene Riesen der Vorzeit ausziehen müßten: gegen Menschen selbst haben wir keine zerstörenden Herkuleskräfte nötig. Helden von dieser Sinnesart mögen auf dem Kaukasus oder in Afrika ihr blutiges Spiel treiben und den Minotaurus suchen, den sie erlegen; die Gesellschaft, in welcher sie leben, hat das ungezweifelte Recht, alle flammenspeienden Stiere Geryons selbst zu bekämpfen. Sie leidet, wenn sie sich ihnen gutwillig zum Raube hingibt, durch ihre eigne Schuld, wie es die eigne Schuld der Völker war, daß sie sich gegen das verwüstende Rom nicht mit aller Macht einer gemeinschaftlichen Verbindung zur Freiheit der Welt verknüpften.

2. *Der Verfolg der Geschichte zeigt, daß mit dem Wachstum wahrer Humanität auch der zerstörenden Dämonen des Menschengeschlechts wirklich weniger geworden sei; und zwar nach innern Naturgesetzen einer sich aufklärenden Vernunft und Staatskunst.*

Je mehr die Vernunft unter den Menschen zunimmt, desto mehr muß mans von Jugend auf einsehen lernen, daß es eine schönere Größe gibt als die menschenfeindliche Tyrannengröße, daß es besser und selbst schwerer sei, ein Land zu bauen, als es zu verwüsten, Städte einzurichten, als solche zu zerstören. Die fleißigen Ägypter, die sinnreichen Griechen, die handelnden Phönizier haben in der Geschichte nicht nur eine schönere Gestalt, sondern sie genossen auch während ihres Daseins ein viel angenehmeres und nützlicheres Leben als die zerstörenden Perser, die erobernden Römer, die geizigen Karthaginenser. Das Andenken jener blühet noch in Ruhm, und ihre Wirkung auf Erden ist mit wachsender Kraft unsterblich; dagegen die Verwüster mit ihrer dämonischen Übermacht nichts anders erreichten, als daß sie auf dem Schutthaufen ihrer Beute ein üppiges, elendes Volk wurden und zuletzt selbst den Giftbecher einer ärgern Vergeltung tranken. Dies war der Fall der Assyrer, Babylonier, Perser, Römer; selbst den Griechen hat ihre innere Uneinigkeit, sowie in manchen Provinzen und Städten ihre Üppigkeit mehr als das Schwert der Feinde geschadet. Da nun diese Grundsätze eine Naturordnung sind, die sich nicht etwa nur durch einige Fälle der Geschichte als durch zufällige Exempel beweiset, sondern die auf sich selbst, d. i. auf der Natur der Unterdrückung und einer überstrengten Macht oder auf den Folgen des Sieges, der Üppigkeit und dem Hochmut wie auf Gesetzen eines gestörten Gleichgewichts ruhet und mit dem Lauf der Dinge ihren gleich ewigen Gang hält: warum sollte man zweifeln müssen, daß diese Naturgesetze nicht auch, wie jede andre, erkannt und, je kräftiger sie eingesehen werden,

mit der unfehlbaren Gewalt einer Naturwahrheit wirken sollten? Was sich zur mathematischen Gewißheit und auf einen politischen Kalkül bringen läßt, muß später oder früher als Wahrheit erkannt werden; denn an Euklides Sätzen oder am Einmaleins hat noch niemand gezweifelt.
Selbst unsre kurze Geschichte beweist es daher schon klar, daß mit der wachsenden wahren Aufklärung der Völker die menschenfeindlichen, sinnlosen Zerstörungen derselben sich glücklich vermindert haben. Seit Roms Untergang ist in Europa kein kultiviertes Reich mehr entstanden, das seine ganze Einrichtung auf Kriege und Eroberungen gebauet hätte; denn die verheerenden Nationen der mittlern Zeiten waren rohe, wilde Völker. Je mehr aber auch sie Kultur empfingen und ihr Eigentum liebgewinnen lernten, desto mehr drang sich ihnen unvermerkt, ja oft wider ihren Willen, der schönere, ruhige Geist des Kunstfleißes, des Ackerbaues, des Handels und der Wissenschaft auf. Man lernte nutzen, ohne zu vernichten, weil das Vernichtete sich nicht mehr nutzen läßt, und so ward mit der Zeit, gleichsam durch die Natur der Sache selbst ein friedliches Gleichgewicht zwischen den Völkern, weil nach Jahrhunderten wilder Befehdung es endlich alle einsehen lernten, daß der Zweck, den jeder wünschte, sich nicht anders erreichen ließe, als daß sie gemeinschaftlich dazu beitrügen. Selbst der Gegenstand des scheinbar größesten Eigennutzes, der Handel, hat keinen andern als diesen Weg nehmen mögen, weil er Ordnung der Natur ist, gegen welche alle Leidenschaften und Vorurteile am Ende nichts vermögen. Jede handelnde Nation Europas beklaget es jetzt, und wird es künftig noch mehr beklagen, was sie einst des Aberglaubens oder des Neides wegen sinnlos zerstörte. Je mehr die Vernunft zunimmt, desto mehr muß die erobernde eine handelnde Schiffahrt werden, die auf gegenseitiger Gerechtigkeit und Schonung, auf einem fortgehenden Wetteifer in übertreffendem Kunstfleiße, kurz auf Humanität und ihren ewigen Gesetzen ruhet.
Inniges Vergnügen fühlt unsre Seele, wenn sie den Balsam, der in den Naturgesetzen der Menschheit liegt, nicht nur empfindet, sondern ihn auch kraft seiner Natur sich unter den Menschen wider ihren Willen ausbreiten und Raum schaffen siehet. Das Vermögen zu fehlen konnte ihnen die Gottheit selbst nicht nehmen; sie legte es aber in die Natur des menschlichen Fehlers, daß er früher oder später sich als solchen zeigen und dem rechnenden Geschöpf offenbar werden mußte. Kein kluger Regent Europas verwaltet seine Provinzen mehr wie der Perserkönig, ja wie selbst die Römer solche verwalteten; wenn nicht aus Menschenliebe, so aus besserer Einsicht der Sache, da mit den Jahrhunderten sich der politische Kalkül gewisser, leichter, klarer gemacht hat. Nur ein Unsinniger würde zu unserer Zeit ägyptische Pyramiden bauen, und jeder der ähnliche Nutzlosigkeiten aufführt, wird von aller vernünftigen Welt für sinnlos gehalten, wenn nicht aus Völkerliebe, so aus sparender Berechnung. Blutige Fechterspiele, grausame Tierkämpfe dulden wir nicht mehr; alle diese wilden Jugendübungen ist das Menschengeschlecht durchgangen und hat endlich einsehen gelernt, daß ihre tolle Lust der Mühe nicht wert sei. Gleichergestalt bedürfen wir des Drucks armer Römersklaven oder spartanischer Heloten nicht mehr, da unsre Verfassung durch freie Geschöpfe das leichter zu erreichen weiß, was jene alten Verfassungen durch menschliche Tiere gefährlicher und selbst kostbarer erreichten; ja, es muß eine Zeit kommen, da wir auf unsern unmenschlichen Negerhandel ebenso bedaurend zurücksehen werden als auf die alten Römersklaven oder auf die spartanischen Heloten, wenn nicht aus Menschenliebe, so aus Berechnung. Kurz, wir haben die Gottheit zu preisen, daß sie uns bei unsrer fehlbaren schwachen Natur

Vernunft gab, einen ewigen Lichtstrahl aus ihrer Sonne, dessen Wesen es ist, die Nacht zu vertreiben und die Gestalten der Dinge, wie sie sind, zu zeigen.

3. *Der Fortgang der Künste und Erfindungen selbst gibt dem Menschengeschlecht wachsende Mittel in die Hand, das einzuschränken oder unschädlich zu machen, was die Natur selbst nicht auszutilgen vermochte.*

Es müssen Stürme auf dem Meer sein, und die Mutter der Dinge selbst konnte sie dem Menschengeschlecht zugut nicht wegräumen; was gab sie aber ihrem Menschengeschlecht dagegen? Die Schiffskunst. Eben dieser Stürme wegen erfand der Mensch die tausendfach künstliche Gestalt seines Schiffes, und so entkommt er nicht nur dem Sturme, sondern weiß ihm auch Vorteile abzugewinnen und segelt auf seinen Flügeln.

Verschlagen auf dem Meer, konnte der Irrende keine Tyndariden anrufen, die ihm erschienen und rechten Weges ihn leiteten; er erfand sich also selbst seinen Führer, den Kompaß, und suchte am Himmel seine Tyndariden, die Sonne, den Mond und die Gestirne. Mit dieser Kunst ausgerüstet wagt er sich auf den uferlosen Ozean, bis zu seiner höchsten Höhe, bis zu seiner tiefsten Tiefe.

Das verwüstende Element des Feuers konnte die Natur dem Menschen nicht nehmen, wenn sie ihm nicht zugleich die Menschheit selbst rauben wollte; was gab sie ihm also mittelst des Feuers? Tausendfache Künste; Künste, dies fressende Gift nicht nur unschädlich zu machen und einzuschränken, sondern es selbst zum mannigfaltigsten Vorteil zu gebrauchen.

Nicht anders ists mit den wütenden Leidenschaften der Menschen, diesen Stürmen auf dem Meer, diesem verwüstenden Feuerelemente. Eben durch sie und an ihnen hat unser Geschlecht seine Vernunft geschärft und tausend Mittel, Regeln und Künste erfunden, sie nicht nur einzuschränken, sondern selbst zum Besten zu lenken, wie die ganze Geschichte zeiget. Ein leidenschaftloses Menschengeschlecht hätte auch seine Vernunft nie ausgebildet; es läge noch irgend in einer Troglodytenhöhle.

Der menschenfressende Krieg z. B. war jahrhundertelang ein rohes Räuberhandwerk. Lange übten sich die Menschen darin voll wilder Leidenschaften; denn solange es in ihm auf persönliche Stärke, List und Verschlagenheit ankam, konnten bei sehr rühmlichen Eigenschaften nicht anders als zugleich sehr gefährliche Mord- und Raubtugenden genährt werden, wie es die Kriege der alten, mittleren und selbst einiger neuen Zeiten reichlich erweisen. An diesem verderblichen Handwerk aber ward gleichsam wider Willen der Menschen die Kriegskunst erfunden; denn die Erfinder sahen nicht ein, daß damit der Grund des Krieges selbst untergraben würde. Je mehr der Streit eine durchdachte Kunst ward, je mehr insonderheit mancherlei mechanische Erfindungen zu ihm traten, desto mehr ward die Leidenschaft einzelner Personen und ihre wilde Stärke unnütz. Als ein totes Geschütz wurden sie jetzt alle dem Gedanken *eines* Feldherrn, der Anordnung weniger Befehlshaber unterworfen, und zuletzt blieb es nur den Landesherren erlaubt, dies gefährliche, kostbare Spiel zu spielen, da in alten Zeiten alle kriegerischen Völker beinahe stets in den Waffen waren. Proben davon sahen wir nicht nur bei mehreren asiatischen Nationen, sondern auch bei den Griechen und Römern. Viele Jahrhunderte durch waren sie fast unverrückt im Schlachtfelde: der Volskische Krieg dauerte 106, der Samnitische 71 Jahre; zehn Jahre ward die Stadt Veji wie ein zweites Troja belagert, und unter den Griechen ist der 28jährige verderbliche Peloponnesische Krieg bekannt genug. Da nun bei allen Kriegen der Tod im Treffen das geringste Übel ist, hingegen die Verheerungen und Krankheiten, die ein ziehendes Heer begleiten oder die eine eingeschlossene Stadt drücken, samt der räuberischen Unordnung, die sodann in allen Gewerben und Ständen herrscht, das größere Übel sind, das ein leidenschaftlicher Krieg in tausend schrecklichen Gestalten mit sich führet: so mögen wirs den Griechen und Römern, vorzüglich aber dem Erfinder des Pulvers und den Künstlern des Geschützes danken, daß sie das wildeste Handwerk zu einer Kunst und neuerlich gar zur höchsten Ehrenkunst gekrönter Häupter gemacht haben. Seitdem Könige in eigner Person mit ebenso leidenschaft- als zahllosen Heeren dies Ehrenspiel treiben, so sind wir, bloß der Ehre des Feldherrn wegen, vor Belagerungen, die 10, oder vor Kriegen, die 71 Jahre dauren, sicher, zumal die letzten auch der großen Heere wegen sich selbst aufheben. Also hat nach einem unabänderlichen Gesetz der Natur das Übel selbst etwas Gutes erzeuget, indem die Kriegskunst den Krieg einem Teile nach vertilgt hat. Auch die Räubereien und Verwüstungen haben sich durch sie, nicht eben aus Menschenfreundschaft, sondern der Ehre des Feldherrn wegen, vermindert. Das Recht des Krieges und das Betragen gegen die Gefangenen ist ungleich milder worden, als es selbst bei den Griechen war; an die öffentliche Sicherheit nicht zu gedenken, die bloß in kriegerischen Staaten zuerst aufkam. Das ganze Römische Reich z. B. war auf seinen Straßen sicher, solang es der gewaffnete Adler mit seinen Flügeln deckte; dagegen in Asien und Afrika, selbst in Griechenland einem Fremdlinge das Reisen gefährlich ward, weil es diesen Ländern an einem sichernden Allgemeingeist fehlte. So verwandelt sich das Gift in Arznei, sobald es Kunst wird: einzelne Geschlechter gingen unter, das unsterbliche Ganze aber überlebt die Schmerzen der verschwindenden Teile und lernt am Übel selbst Gutes.

Was von der Kriegskunst galt, muß von der Staatskunst noch mehr gelten; nur ist sie eine schwerere Kunst, weil sich in ihr das Wohl des ganzen Volkes vereinet. Auch der amerikanische Wilde hat seine Staatskunst; aber wie eingeschränkt ist sie, da sie zwar einzelnen Geschlechtern Vorteil bringt, das ganze Volk aber vor dem Untergange nicht sichert. Mehrere kleine Nationen haben sich untereinander aufgerieben; andere sind so dünne geworden, daß im bösen Konflikt mit den Blattern, dem Branntwein und der Habsucht der Europäer manche derselben wahrscheinlich noch ein gleiches Schicksal erwartet. Je mehr in Asien und in Europa die Verfassung eines Staats Kunst ward, desto fester stehet er in sich, desto genauer ward er mit andern zusammengegründet, so daß einer ohne den andern selbst nicht zu fallen vermag. So steht China, so stehet Japan; alte Gebäude, tief unter sich selbst gegründet. Künstlicher schon waren die Verfassungen Griechenlandes, dessen vornehmste Republiken jahrhundertelang um ein politisches Gleichgewicht kämpften. Gemeinschaftliche Gefahren vereinigten sie, und wäre die Vereinigung vollkommen gewesen, so hätte das rüstige Volk dem Philippus und den Römern so glorreich widerstehen mögen, wie es einst dem Darius und Xerxes obgesiegt hatte. Nur die schlechte Staatskunst aller benachbarten Völker war Roms Vorteil; geteilt wurden sie angegriffen, geteilt überwunden. Ein gleiches Schicksal hatte Rom, da seine Staats- und Kriegskunst verfiel; ein gleiches Schicksal Judäa und Ägypten. Kein Volk kann untergehen, dessen Staat wohl bestellt ist; gesetzt, daß es auch überwunden wird, wie mit allen seinen Fehlern selbst China bezeuget.

Noch augenscheinlicher wird der Nutzen einer durchdachten Kunst, wenn von der innern Haushaltung eines Landes, von seinem Handel, seiner Rechtspflege, seinen Wissenschaften und Gewerben die Rede ist; in allen diesen Stücken ist offenbar, daß die höhere Kunst zugleich der höhere Vorteil sei. Ein wahrer Kaufmann betrügt nicht, weil Betrug nie bereichert; sowenig als ein wahrer Gelehrter mit falscher Wissenschaft großtut, oder ein Rechtsgelehrter, der den Namen verdient, wissentlich je ungerecht sein wird, weil alle diese sich damit nicht zu Meistern, sondern zu Lehrlingen ihrer Kunst bekennten. Ebenso gewiß muß eine Zeit kommen, da auch der Staats-Unvernünftige sich seiner Unvernunft schämet und es nicht minder lächerlich und ungereimt wird, ein tyrannischer Despot zu sein, als es in allen Zeiten für abscheulich gehalten worden; sobald man nämlich klar wie der Tag einsieht, daß jede Staats-Unvernunft mit einem falschen Einmaleins rechne, und daß, wenn sie sich damit auch die größesten Summen errechnete, sie hiemit durchaus keinen Vorteil gewinne. Dazu ist nun die Geschichte geschrieben, und es werden sich im Verfolg derselben die Beweise dieses Satzes klar zeigen. Alle Fehler der Regierungen haben vorausgehen und sich gleichsam erschöpfen müssen, damit nach allen Unordnungen der Mensch endlich lerne, daß die Wohlfahrt seines Geschlechts nicht auf Willkür, sondern auf einem ihm wesentlichen Naturgesetz, der Vernunft und Billigkeit ruhe. Wir gehen jetzt der Entwicklung desselben entgegen, und die innere Kraft der Wahrheit möge ihrem Vortrage selbst Licht und Überzeugung geben.

III.

Das Menschengeschlecht ist bestimmt, mancherlei Stufen der Kultur in mancherlei Veränderungen zu durchgehen; auf Vernunft und Billigkeit aber ist der daurende Zustand seiner Wohlfahrt wesentlich und allein gegründet.

Erstes Naturgesetz. In der mathematischen Naturlehre ists erwiesen, *daß zum Beharrungszustande eines Dinges jederzeit eine Art Vollkommenheit, ein Maximum oder Minimum erfordert werde, das aus der Wirkungsweise der Kräfte dieses Dinges folget.* So könnte z. B. unsre Erde nicht dauren, wenn der Mittelpunkt ihrer Schwere nicht am tiefsten Ort läge und alle Kräfte auf und von demselben in harmonischem Gleichgewicht wirkten. Jedes bestehende Dasein trägt also nach diesem schönen Naturgesetz seine physische Wahrheit, Güte und Notwendigkeit als den Kern seines Bestehens in sich.

Zweites Naturgesetz. Gleichergestalt ists erwiesen, *daß alle Vollkommenheit und Schönheit zusammengesetzter, eingeschränkter Dinge oder ihrer Systeme auf einem solchen Maximum ruhe.* Das Ähnliche nämlich und das Verschiedene, das Einfache in den Mitteln und das Vielfältige in den Wirkungen, die leichteste Anwendung der Kräfte zur Erreichung des gewissesten oder fruchtbarsten Zweckes bilden eine Art Ebenmaßes und harmonischer Proportion, die von der Natur allenthalben bei den Gesetzen ihrer Bewegung, in der Form ihrer Geschöpfe, beim Größesten und Kleinsten beobachtet ist, und von der Kunst des Menschen, so weit seine Kräfte reichen, nachgeahmt wird. Mehrere Regeln schränken hierbei einander ein, so daß, was nach der einen größer wird, nach der andern abnimmt, bis das zusammengesetzte Ganze seine sparsam-schönste Form und mit derselben innern Bestand, Güte und Wahrheit gewinnet. Ein vortreffliches Gesetz, das Unordnung und Willkür aus der Natur verbannet und uns auch in jedem veränderlichen eingeschränkten Teil der Weltordnung eine Regel der höchsten Schönheit zeiget.

Drittes Naturgesetz. Ebensowohl ists erwiesen, daß, *wenn ein Wesen oder ein System derselben aus diesem Beharrungszustande seiner Wahrheit, Güte und Schönheit verrückt worden, es sich demselben durch innere Kraft, entweder in Schwin-*

gungen oder in einer Asymptote wieder nähere, weil außer diesem Zustande es keinen Bestand findet. Je lebendiger und vielartiger die Kräfte sind, desto weniger ist der unvermerkte gerade Gang der Asymptote möglich, desto heftiger werden die Schwingungen und Oszillationen, bis das gestörte Dasein das Gleichgewicht seiner Kräfte oder ihrer harmonischen Bewegung, mithin den ihm wesentlichen Beharrungszustand erreichet.

Da nun die Menschheit sowohl im Ganzen als in ihren einzelnen Individuen, Gesellschaften und Nationen ein daurendes Natursystem der vielfachsten lebendigen Kräfte ist: so lasset uns sehen, worin der Bestand desselben liege, auf welchem Punkt sich seine höchste Schönheit, Wahrheit und Güte vereine, und welchen Weg es nehme, um sich bei einer jeden Verrückung, deren uns die Geschichte und Erfahrung so viele darbietet, seinem Beharrungszustande wiederum zu nähern.

1. Die Menschheit ist ein so reicher Entwurf von Anlagen und Kräften, daß, weil alles in der Natur auf der bestimmtesten Individualität ruhet, auch ihre großen und vielen Anlagen nicht anders als *unter Millionen verteilt* auf unserm Planeten erscheinen konnten. Alles wird geboren, was auf ihm geboren werden kann, und erhält sich, wenn es nach Gesetzen der Natur seinen Beharrungszustand findet. Jeder einzelne Mensch trägt also, wie in der Gestalt seines Körpers, so auch in den Anlagen seiner Seele, das Ebenmaß, zu welchem er gebildet ist und sich selbst ausbilden soll, in sich. Es geht durch alle Arten und Formen menschlicher Existenz von der kränklichsten Unförmlichkeit, die sich kaum lebend erhalten konnte, bis zur schönsten Gestalt eines griechischen Gottmenschen, von der leidenschaftlichsten Hitze eines Negergehirns bis zur Anlage der schönsten Weisheit. Durch Fehler und Verirrungen, durch Erziehung, Not und Übung sucht jeder Sterbliche dies Ebenmaß seiner Kräfte, weil in solchem allein der vollste Genuß seines Daseins lieget; nur wenige Glückliche aber erreichen es auf die reinste, schönste Weise.

2. Da der einzelne Mensch für sich sehr unvollkommen bestehen kann, so bildet sich mit jeder Gesellschaft *ein höheres Maximum zusammenwirkender Kräfte.* In wilder Verwirrung laufen diese so lange gegeneinander, bis nach unfehlbaren Gesetzen der Natur die widrigen Regeln einander einschränken und eine Art Gleichgewicht und Harmonie der Bewegung werde. So modifizieren sich die Nationen nach Ort, Zeit und ihrem innern Charakter; jede trägt das Ebenmaß ihrer Vollkommenheit, unvergleichbar mit andern, in sich. Je reiner und schöner nun das Maximum war, auf welches ein Volk traf, auf je nützlichere Gegenstände es seine Übung schönerer Kräfte anlegte, je genauer und fester endlich das Band der Vereinigung war, das alle Glieder des Staats in ihrem Innersten knüpfte und sie auf diese guten Zwecke lenkte, desto bestehender war die Nation in sich, desto edler glänzt ihr Bild in der Menschengeschichte. Der Gang, den wir bisher durch einige Völker genommen, zeigte, wie verschieden nach Ort, Zeit und Umständen das Ziel war, auf welches sie ihre Bestrebungen richteten. Bei den Chinesen wars eine feine politische Moral, bei den Indiern eine Art abgezogener Reinheit, stiller Arbeitsamkeit und Duldung, bei den Phöniziern der Geist der Schiffahrt und des handelnden Fleißes. Die Kultur der Griechen, insonderheit Athens, ging auf ein Maximum des Sinnlichschönen, sowohl in der Kunst als den Sitten, in Wissenschaften und in der politischen Einrichtung. In Sparta und Rom bestrebte man sich nach der Tugend eines vaterländischen oder Heldenpatriotismus, in beiden auf eine sehr verschiedene Weise. Da in diesem allen das meiste von Ort und Zeit abhangt, so sind in den auszeichnendsten Zügen des Nationalruhms die alten Völker einander beinahe unvergleichbar.

3. Indessen sehen wir bei allen *ein Prinzipium* wirken, nämlich *eine Menschenvernunft*, die aus Vielem Eins, aus der Unordnung Ordnung, aus einer Mannigfaltigkeit von Kräften und Absichten ein Ganzes mit Ebenmaß und daurender Schönheit hervorzubringen sich bestrebet. Von jenen unförmlichen Kunstfelsen, womit der Chinese seine Gärten verschönt, bis zur ägyptischen Pyramide oder zum griechischen Ideal ist allenthalben Plan und Absicht eines nachsinnenden Verstandes, obwohl in sehr verschiednen Graden, merkbar. Je feiner nun dieser Verstand überlegte, je näher er dem Punkt kam, der ein Höchstes seiner Art enthält und keine Abweichung zur Rechten oder zur Linken verstattet, desto mehr wurden seine Werke Muster; denn sie enthalten ewige Regeln für den Menschenverstand aller Zeiten. So lässet sich z. B. über eine ägyptische Pyramide oder über mehrere griechische und römische Kunstwerke nichts Höheres denken. Sie sind rein aufgelöste Probleme des menschlichen Verstandes in dieser Art, bei welchen keine willkürliche Dichtung, daß das Problem etwa auch nicht aufgelöset sei oder besser aufgelöset werden könne, stattfindet; denn der reine Begriff dessen, was sie sein sollten, ist in ihnen auf die leichteste, reichste, schönste Art erschöpfet. Jede Verirrung von ihnen wäre Fehler, und wenn dieser auf tausendfache Art wiederholt und vervielfältigt würde, so müßte man immer doch zu jenem Ziel zurückkehren, das ein Höchstes seiner Art und nur *ein* Punkt ist.

4. Es ziehet sich demnach *eine Kette der Kultur* in sehr abspringenden krummen Linien durch alle gebildeten Nationen, die wir bisher betrachtet haben und weiterhin betrachten werden. In jeder derselben bezeichnet sie zu- und abnehmende Größen und hat Maxima allerlei Art. Manche von diesen schließen einander aus oder schränken einander ein, bis zuletzt dennoch ein Ebenmaß im Ganzen stattfindet, so daß es der trüglichste Schluß wäre, wenn man von *einer* Vollkommenheit einer Nation auf jede andre schließen wollte. Weil Athen z. B. schöne Redner hatte, durfte es deshalb nicht auch die beste Regierungsform haben, und weil China so vortrefflich moralisieret, ist sein Staat noch kein Muster der Staaten. Die Regierungsform beziehet sich auf ein ganz andres Maximum, als ein schöner Sittenspruch oder eine pathetische Rede, obwohl zuletzt alle Dinge bei einer Nation, wenn auch nur ausschließend und einschränkend, sich in einen Zusammenhang finden. Kein andres Maximum als das vollkommenste Band der Verbindung macht die glücklichsten Staaten, gesetzt, das Volk müßte auch mancherlei blendende Eigenschaften dabei entbehren.

5. Auch bei einer und derselben Nation darf und kann *nicht jedes Maximum ihrer schönen Mühe* ewig dauren; denn es ist nur *ein* Punkt in der Linie der Zeiten. Unablässig rückte diese weiter, und von je mehreren Umständen die schöne Wirkung abhing, desto mehr ist sie dem Hingange und der Vergänglichkeit unterworfen. Glücklich, wenn ihre Muster alsdann zur Regel anderer Zeitalter bleiben; denn die nächstfolgenden stehen ihnen gemeiniglich zu nah, und sanken vielleicht sogar eben deshalb, weil sie solche übertreffen wollten. Eben bei dem regsamsten Volk gehet es oft in der schnellesten Abnahme vom siedenden bis zum Gefrierpunkt hinunter.

Die Geschichte einzelner Wissenschaften und Nationen hat diese Maxima zu berechnen, und ich wünschte, daß wir nur über die berühmtesten Völker in den bekanntesten Zeiten eine solche Geschichte besäßen; jetzt reden wir nur von der Menschengeschichte überhaupt und vom Beharrungsstande derselben in jeder Form, unter jedem Klima. Dieser ist nichts als *Humanität, d. i. Vernunft und Billigkeit in allen Klassen, in allen Geschäften der Menschen.* Und zwar ist er dies nicht

durch die Willkür eines Beherrschers oder durch die überredende Macht der Tradition, sondern durch Naturgesetze, auf welchen das Wesen des Menschengeschlechts ruhet. Auch seine verdorbensten Einrichtungen rufen uns zu: »Hätten sich unter uns nicht noch Schimmer von Vernunft und Billigkeit erhalten, so wären wir längst nicht mehr, ja wir wären nie entstanden.« Da von diesem Punkt das ganze Gewebe der Menschengeschichte ausgeht, so müssen wir unsern Blick sorgfältig darauf richten.
Zuerst. Was ists, das wir bei allen menschlichen Werken schätzen und wonach wir fragen? Vernunft, Plan und Absicht. Fehlt diese, so ist nichts Menschliches getan; es ist eine blinde Macht bewiesen. Wohin unser Verstand im weiten Felde der Geschichte schweift, suchet er nur sich und findet sich selbst wieder. Je mehr er bei allen seinen Unternehmungen auf reine Wahrheit und Menschengüte traf, desto daurender, nützlicher und schöner wurden seine Werke, desto mehr begegnen sich in ihren Regeln die Geister und Herzen aller Völker in allen Zeiten. Was reiner Verstand und billige Moral ist, darüber sind Sokrates und Konfuzius, Zoroaster, Plato und Cicero einig: trotz ihrer tausendfachen Unterschiede haben sie alle auf *einen* Punkt gewirkt, auf dem unser ganzes Geschlecht ruhet. Wie nun der Wanderer kein süßeres Vergnügen hat, als wenn er allenthalben, auch wo ers nicht vermutete, Spuren eines ihm ähnlichen, denkenden, empfindenden Genius gewahr wird: so entzückend ist uns in der Geschichte unsres Geschlechts die Echo aller Zeiten und Völker, die in den edelsten Seelen nichts als Menschengüte und Menschenwahrheit tönet. Wie meine Vernunft den Zusammenhang der Dinge sucht, und mein Herz sich freuet, wenn sie solchen gewahr wird, so hat ihn jeder Rechtschaffene gesucht und ihn im Gesichtspunkt seiner Lage nur vielleicht anders als ich gesehen, nur anders als ich bezeichnet. Wo er irrte, irrete er für sich und mich, indem er mich vor einem ähnlichen Fehler warnet. Wo er mich zurechtweiset, belehrt, erquickt, ermuntert, da ist er mein Bruder, Teilnehmer an derselben Weltseele, der *einen* Menschenvernunft, der *einen* Menschenwahrheit.
Zweitens. Wie in der ganzen Geschichte es keinen fröhlichern Anblick gibt, als einen verständigen, guten Mann zu finden, der ein solcher, trotz aller Veränderungen des Glückes, in jedem seiner Lebensalter, in jedem seiner Werke bleibt, so wird unser Bedauren tausendfach erregt, wenn wir auch bei großen und guten Menschen Verirrungen ihrer Vernunft wahrnehmen, die nach Gesetzen der Natur ihnen nicht anders als übeln Lohn bringen konnten. Nur zu häufig findet man diese gefallenen Engel in der Menschengeschichte und beklagt die Schwachheit der Form, die unsrer Menschenvernunft zum Werkzeug dienet. Wie wenig kann ein Sterblicher ertragen, ohne niedergebeugt, wie wenig Außerordentlichem begegnen, ohne von seinem Wege abgelenkt zu werden! Diesem war eine kleine Ehre, der Schimmer eines Glückes oder ein unerwarteter Umstand im Leben schon Irrlichtes genug, ihn in Sümpfe und Abgründe zu führen; Jener konnte sich selbst nicht fassen, er überspannte sich und sank ohnmächtig nieder. Ein mitleidiges Gefühl bemächtigt sich unser, wenn wir dergleichen Unglücklich-Glückliche jetzt auf der Wegscheide ihres Schicksals sehen und bemerken, daß sie, um fernerhin vernünftig, billig und glücklich sein zu können, den Mangel der Kraft selbst in sich fühlen. Die ergreifende Furie ist hinter ihnen und stürzt sie wider Willen über die Linie der Mäßigung hinweg; jetzt sind sie in der Hand derselben und büßen zeitlebens vielleicht die Folgen einer kleinen Unvernunft und Torheit. Oder wenn sie das Glück zu sehr erhob, und sie sich jetzt auf der höchsten Stufe desselben fühlen, was stehet ihrem ahnenden Geist bevor als der Wankelmut dieser treulosen Göttin, mithin selbst aus der

Saat ihrer glücklichen Unternehmungen ein keimendes Unglück? Vergebens wendest du dein Antlitz, mitleidiger Cäsar, da dir das Haupt deines erschlagenen Feindes Pompejus gebracht wird, und bauest der Nemesis einen Tempel. Du bist über die Grenze des Glückes wie über den Rubikon hinaus; die Göttin ist hinter dir, und dein blutiger Leib wird an der Bildsäule desselben Pompejus zu Boden sinken. Nicht anders ists mit der Einrichtung ganzer Länder, weil sie immer doch nur von der Vernunft oder Unvernunft einiger wenigen abhangen, die ihre Gebieter sind oder heißen. Die schönste Anlage, die auf Jahrhunderte hin der Menschheit die nützlichsten Früchte versprach, wird oft durch den Unverstand eines Einzigen zerrüttet, der, statt Äste zu beugen, den Baum fället. Wie einzelne Menschen, so konnten auch ganze Reiche am wenigsten ihr Glück ertragen; es mochten Monarchen und Despoten, oder Senat und Volk sie regieren. Das Volk und der Despot verstehen am wenigsten der Schicksalsgöttin warnenden Wink: vom Schall des Namens und vom Glanz eines eitlen Ruhms geblendet, stürzen sie hinaus über die Grenzen der Humanität und Klugheit, bis sie zu spät die Folgen ihrer Unvernunft wahrnehmen. Dies war das Schicksal Roms, Athens und mehrerer Völker; gleichergestalt das Schicksal Alexanders und der meisten Eroberer, die die Welt beunruhiget haben; denn Ungerechtigkeit verderbet alle Länder und Unverstand alle Geschäfte der Menschen. Sie sind die Furien des Schicksals; das Unglück ist nur ihre jüngere Schwester, die dritte Gespielin eines fürchterlichen Bundes.

Großer Vater der Menschen, welche leichte und schwere Lektion gabst du deinem Geschlecht auf Erden zu seinem ganzen Tagewerk auf! Nur Vernunft und Billigkeit sollen sie lernen; üben sie dieselbe, so kommt von Schritt zu Schritt Licht in ihre Seele, Güte in ihr Herz, Vollkommenheit in ihren Staat, Glückseligkeit in ihr Leben. Mit diesen Gaben beschenkt und solche treu anwendend, kann der Neger seine Gesellschaft einrichten wie der Grieche, der Troglodyt wie der Chinese. Die Erfahrung wird jeden weiterführen, und die Vernunft sowohl als die Billigkeit seinen Geschäften Bestand, Schönheit und Ebenmaß geben. Verlässet er sie aber, die wesentlichen Führerinnen seines Lebens, was ists, das seinem Glück Dauer geben und ihn den Rachgöttinnen der Inhumanität entziehen möge?

Drittens. Zugleich ergibt sichs, daß, wo in der Menschheit das Ebenmaß der Vernunft und Humanität gestört worden, die Rückkehr zu demselben selten anders als durch gewaltsame Schwingungen von einem Äußersten zum andern geschehen werde. Eine Leidenschaft hob das Gleichgewicht der Vernunft auf, eine andre stürmt ihr entgegen, und so gehen in der Geschichte oft Jahre und Jahrhunderte hin, bis wiederum ruhige Tage werden. So hob Alexander das Gleichgewicht eines großen Weltstrichs auf, und lange noch nach seinem Tode stürmten die Winde. So nahm Rom der Welt auf mehr als ein Jahrtausend den Frieden, und eine halbe Welt wilder Völker ward zur langsamen Wiederherstellung des Gleichgewichts erfordert. An den ruhigen Gang einer Asymptote war bei diesen Länder- und Völkererschütterungen gewiß nicht zu denken. Überhaupt zeigt der ganze Gang der Kultur auf unsrer Erde mit seinen abgerissenen Ecken, mit seinen aus- und einspringenden Winkeln fast nie einen sanften Strom, sondern vielmehr den Sturz eines Waldwassers von den Gebirgen; dazu machen ihn insonderheit die Leidenschaften der Menschen. Offenbar ist es auch, daß die ganze Zusammenordnung unsres Geschlechts auf dergleichen wechselnde Schwingungen eingerichtet und berechnet worden. Wie unser Gang ein beständiges Fallen ist zur Rechten und zur Linken, und dennoch kommen wir mit jedem Schritt weiter: so ist der Fortschritt der Kultur in Menschengeschlechtern und ganzen Völkern. Einzeln versuchen wir oft beiderlei Extreme, bis wir zur ruhigen Mitte gelangen, wie der Pendel zu beiden Seiten hinausschlägt. In steter Abwechselung erneuen sich die Geschlechter, und trotz aller Linearvorschriften der Tradition schreibt der Sohn dennoch auf seine Weise weiter. Beflissentlich unterschied sich Aristoteles von Plato, Epikur von Zeno, bis die ruhigere Nachwelt endlich beide Extreme unparteiisch nutzen konnte. So gehet wie in der Maschine unsres Körpers durch einen notwendigen Antagonismus das Werk der Zeiten zum Besten des Menschengeschlechts fort und erhält desselben daurende Gesundheit. In welchen Abweichungen und Winkeln aber auch der Strom der Menschenvernunft sich fortwinden und brechen möge, er entsprang aus dem ewigen Strome der Wahrheit, und kann sich kraft seiner Natur auf seinem Wege nie verlieren. Wer aus ihm schöpfet, schöpft Dauer und Leben.

Übrigens beruhet sowohl die Vernunft als die Billigkeit auf *ein und demselben Naturgesetz*, aus welchem auch der Bestand unsres Wesens folget. Die Vernunft mißt und vergleicht den Zusammenhang der Dinge, daß sie solche zum daurenden Ebenmaß ordne. Die Billigkeit ist nichts als ein moralisches Ebenmaß der Vernunft, die Formel des Gleichgewichts gegeneinanderstrebender Kräfte, auf dessen Harmonie der ganze Weltbau ruhet. Ein und dasselbe Gesetz also erstrecket sich von der Sonne und von allen Sonnen bis zur kleinsten menschlichen Handlung; was alle Wesen und ihre Systeme erhält, ist nur eins: *Verhältnis ihrer Kräfte zur periodischen Ruhe und Ordnung.*

IV.

Nach Gesetzen ihrer innern Natur muß mit der Zeitenfolge auch die Vernunft und Billigkeit unter den Menschen mehr Platz gewinnen und eine daurendere Humanität befördern.

Alle Zweifel und Klagen der Menschen über die Verwirrung und den wenig merklichen Fortgang des Guten in der Geschichte rühret daher, daß der traurige Wanderer auf eine zu kleine Strecke seines Weges siehet. Erweiterte er seinen Blick und vergliche nur die Zeitalter, die wir aus der Geschichte genauer kennen, unparteiisch miteinander, dränge er überdem in die Natur des Menschen und erwägte, was Vernunft und Wahrheit sei, so würde er am Fortgange derselben sowenig als an der gewissesten Naturwahrheit zweifeln. Jahrtausende durch hielt man unsre Sonne und alle Fixsterne für stillstehend; ein glückliches Fernrohr läßt uns jetzt an ihrem Fortrücken nicht mehr zweifeln. So wird einst eine genauere Zusammenhaltung der Perioden in der Geschichte unseres Geschlechts uns diese hoffnungsvolle Wahrheit nicht nur obenhin zeigen, sondern es werden sich auch, trotz aller scheinbaren Unordnung, die Gesetze berechnen lassen, nach welchen kraft der Natur des Menschen dieser Fortgang geschiehet. Am Rande der alten Geschichte, auf dem ich jetzt wie in der Mitte stehe, zeichne ich vorläufig nur einige allgemeine Grundsätze aus, die uns im Verfolg unsres Weges zu Leitsternen dienen werden.

Erstens. *Die Zeiten ketten sich kraft ihrer Natur aneinander; mithin auch das Kind der Zeiten, die Menschenreihe, mit allen ihren Wirkungen und Produktionen.*

Durch keinen Trugschluß können wirs leugnen, daß unsre Erde in Jahrtausenden älter geworden sei, und daß diese Wandrerin um die Sonne seit ihrem Ursprunge sich sehr verändert habe. In ihren Eingeweiden sehen wir, wie sie einst beschaffen gewesen, und dürfen nur um uns blicken, wie wir sie jetzt beschaffen finden. Der Ozean brauset nicht mehr, ruhig ist er in sein Bette gesunken; die umherschweifenden Ströme haben ihre Ufer gefunden, und die Vegetation sowohl als die organischen Geschöpfe haben in ihren Geschlechtern eine fortwirkende Reihe von Jahren zurückgeleget. Wie nun seit der Erschaffung unsrer Erde kein Sonnenstrahl auf ihr verlorengegangen ist, so ist auch kein abgefallenes Blatt eines Baums, kein verflogener Same eines Gewächses, kein Leichnam eines modernden Tiers, noch weniger *eine* Handlung eines lebendigen Wesens ohne Wirkung geblieben. Die Vegetation z. B. hat zugenommen und sich, soweit sie konnte, verbreitet; jedes der lebendigen Geschlechter ist in den Schranken, die ihm die Natur durch andre Lebendige setzte, fortgewachsen, und sowohl der Fleiß des Menschen als selbst der Unsinn seiner Verwüstungen ist ein regsames Werkzeug in den Händen der Zeit worden. Auf dem Schutt seiner zerstörten Städte blühen neue Gefilde; die Elemente streueten den Staub der Vergessenheit darüber, und bald kamen neue Geschlechter, die von und über den alten Trümmern bauten. Die Allmacht selbst kann es nicht ändern, daß Folge nicht Folge sei; sie kann die Erde nicht herstellen zu dem, was sie vor Jahrtausenden war, so daß diese Jahrtausende mit allen ihren Wirkungen nicht dagewesen sein sollten.

Im Fortgange der Zeiten liegt also ein Fortgang des Menschengeschlechts, sofern dies auch in die Reihe der Erde- und Zeitkinder gehöret. Erschiene jetzt der Vater der Menschen und sähe sein Geschlecht, wie würde er staunen! Sein Körper war für eine junge Erde gebildet, und nach der damaligen Beschaffenheit der Elemente mußte sein Bau, seine Gedankenreihe und Lebensweise sein; mit sechs und mehr Jahrtausenden hat sich gar manches hierin verändert. Amerika ist in vielen Strichen jetzt schon nicht mehr, was es bei seiner Entdeckung war; in ein paar Jahrtausenden wird man seine alte Geschichte wie einen Roman lesen. So lesen wir die Geschichte der Eroberung Trojas und suchen ihre Stelle, geschweige das Grab des Achilles oder den gottgleichen Helden selbst vergebens. Es wäre zur Menschengeschichte ein schöner Beitrag, wenn man mit unterscheidender Genauigkeit alle Nachrichten der Alten von ihrer Gestalt und Größe, von ihren Nahrungsmitteln und dem Maß ihrer Speisen, von ihren täglichen Beschäftigungen und Arten des Vergnügens, von ihrer Denkart über Liebe und Ehe, über Leidenschaften und Tugend, über den Gebrauch des Lebens und das Dasein nach diesem Leben ort- und zeitgemäß sammlete. Gewiß würde auch schon in diesen kurzen Zeiträumen ein Fortgang des Geschlechts bemerkbar, der ebensowohl die Bestandheit der ewig jungen Natur als die fortwirkenden Veränderungen unsrer alten Mutter Erde zeigte. Diese pflegt der Menschheit nicht allein; sie trägt alle ihre Kinder auf *einem* Schoß, in denselben Mutterarmen; wenn eins sich verändert, müssen sie sich alle verändern.

Daß dieser Zeitenfortgang auch auf die Denkart des Menschengeschlechts Einfluß gehabt habe, ist unleugbar. Man erfinde, man singe jetzt eine Iliade; man schreibe wie Äschylus, Sophokles und Plato; es ist unmöglich. Der einfache Kindersinn, die unbefangene Art, die Welt anzusehen, kurz, die griechische Jugendzeit ist vorüber. Ein gleiches ists mit Hebräern und Römern; dagegen wissen und kennen wir eine Reihe Dinge, die weder Hebräer noch Römer kannten. Ein Tag hat den andern, ein Jahrhundert das andre gelehrt: die Tradition ist reicher worden; die Muse der Zeiten, die Geschichte selbst spricht mit hundert Stimmen, singt aus hundert Flöten. Möge in dem ungeheuren Schneeball, den uns die Zeiten zugewälzt haben, soviel

Unrat, soviel Verwirrung sein, als da will; selbst diese Verwirrung ist ein Kind der Jahrhunderte, die nur auf dem unermüdlichen Fortwälzen einer und derselben Sache entstehen konnte. Jede Wiederkehr also in die alten Zeiten, selbst das berühmte platonische Jahr ist Dichtung, es ist dem Begriff der Welt und Zeit nach unmöglich. Wir schwimmen weiter; nie aber kehrt der Strom zu seiner Quelle zurück, als ob er nie entronnen wäre.

Zweitens. *Noch augenscheinlicher macht die Wohnung der Menschen den Fortgang unsres Geschlechts kennbar.*

Wo sind die Zeiten, da die Völker wie Troglodyten hie und da in ihren Höhlen hinter ihren Mauern saßen, und jeder Fremdling ein Feind war? Da half, bloß und allein mit der Zeitenfolge, keine Höhle, keine Mauer; die Menschen mußten sich einander kennenlernen: denn sie sind allesamt nur *ein* Geschlecht auf *einem* nicht großen Planeten. Traurig gnug, daß sie sich einander fast allenthalben zuerst als Feinde kennenlernten und einander wie Wölfe anstaunten; aber auch dies war Naturordnung. Der Schwache fürchtete sich vor dem Stärkern, der Betrogne vor dem Betrüger, der Vertriebne vor dem, der ihn abermals vertreiben könnte, das unerfahrne Kind endlich vor jedem Fremden. Diese jugendliche Furcht indes und alles, wozu sie mißbraucht wurde, konnte den Gang der Natur nicht ändern: das Band der Vereinigung zwischen mehreren Nationen ward geknüpft, wenngleich durch die Roheit der Menschen zuerst auf harte Weise. Die wachsende Vernunft kann den Knoten brechen; sie kann aber das Band nicht lösen, noch weniger alle die Entdeckungen ungeschehen machen, die jetzt einmal geschehen sind. Moses und Orpheus, Homers und Herodots, Strabo und Plinius Erdgeschichte, was sind sie gegen die unsre? Was ist der Handel der Phönizier, Griechen und Römer gegen Europas Handel? Und so ist uns mit dem, was bisher geschehen ist, auch der Faden des Labyrinths in die Hand gegeben, was künftig geschehen werde. Der Mensch, solange er Mensch ist, wird nicht ablassen, seinen Planeten zu durchwandern, bis dieser ihm ganz bekannt sei; weder die Stürme des Meers, noch Schiffbrüche, noch jene ungeheuren Eisberge und Gefahren der Nord- und Südwelt werden ihn davon abhalten, da sie ihn bisher von den schwersten ersten Versuchen selbst in Zeiten einer sehr mangelhaften Schiffahrt nicht haben abhalten mögen. Der Funke zu allen diesen Unternehmungen liegt in seiner Brust, in der Menschennatur. Neugierde und die unersättliche Begierde nach Gewinn, nach Ruhm, nach Entdeckungen und größerer Stärke, selbst neue Bedürfnisse und Unzufriedenheiten, die im Lauf der Dinge, wie sie jetzt sind, unwidertreiblich liegen, werden ihn dazu aufmuntern, und die Gefahrenbesieger der vorigen Zeit, berühmte glückliche Vorbilder, werden ihn noch mehr beflügeln. Der Wille der Vorsehung wird also durch gute und böse Triebfedern befördert werden, bis der Mensch sein ganzes Geschlecht kenne und darauf wirke. Ihm ist die Erde gegeben und er wird nicht nachlassen, bis sie, wenigstens dem Verstande und dem Nutzen nach, ganz sein sei. Schämen wir uns nicht jetzt schon, daß uns der halbe Teil unsres Planeten, als ob er die abgekehrte Seite des Mondes wäre, so lange unbekannt geblieben?

Drittens. *Alle bisherige Tätigkeit des menschlichen Geistes ist kraft ihrer innern Natur auf nichts anders als auf Mittel hinausgegangen, die Humanität und Kultur unsres Geschlechts tiefer zu gründen und weiter zu verbreiten.*

Welch ein ungeheurer Fortgang ists von der ersten Flöße, die das Wasser bedeckte, zu einem europäischen Schiff! Weder der Erfinder jener, noch die zahlreichen Erfinder der mancherlei Künste und Wissenschaften, die zur Schiffahrt gehören,

dachten daran, was aus der Zusammensetzung ihrer Entdeckungen werden würde; jeder folgte seinem Triebe der Not oder der Neugierde, und nur in der Natur des menschlichen Verstandes, des Zusammenhanges aller Dinge lags, daß kein Versuch, keine Entdeckung vergebens sein konnte. Wie das Wunder einer andern Welt staunten jene Insulaner, die nie ein europäisches Schiff gesehen hatten, dies Ungeheuer an und verwunderten sich noch mehr, da sie bemerkten, daß Menschen wie sie es nach Gefallen über die wilde Meerestiefe lenkten. Hätte ihr Anstaunen zu einer vernünftigen Überlegung jedes großen Zwecks und jedes kleinen Mittels in dieser schwimmenden Kunstwelt werden können, wie höher wäre ihre Bewunderung des menschlichen Verstandes gestiegen! Wohin reichen anjetzt nicht bloß durch dies eine Werkzeug die Hände der Europäer? Wohin werden sie künftig nicht reichen?
Und wie diese Kunst, so hat das Menschengeschlecht in wenigen Jahren ungeheuer viel Künste erfunden, die über Luft, Wasser, Himmel und Erde seine Macht ausbreiten. Ja, wenn wir bedenken, daß nur wenige Nationen in diesem Konflikt der Geistestätigkeit waren, indes der größeste Teil der andern über alten Gewohnheiten schlummerte; wenn wir erwägen, daß fast alle Erfindungen unsres Geschlechts in sehr junge Zeiten fallen, und beinah keine Spur, keine Trümmer eines alten Gebäudes oder einer alten Einrichtung vorhanden ist, die nicht an unsre junge Geschichte geknüpft sei: welche Aussicht gibt uns diese historisch erwiesene Regsamkeit des menschlichen Geistes in das Unendliche künftiger Zeiten! In den wenigen Jahrhunderten, in welchen Griechenland blühete, in den wenigen Jahrhunderten unsrer neuen Kultur, wie vieles ist in dem kleinsten Teil der Welt, in Europa, und auch beinah in dessen kleinstem Teile ausgedacht, erfunden, getan, geordnet und für künftige Zeiten aufbewahrt worden! Wie eine fruchtbare Saat sproßten die Wissenschaften und Künste haufenweise hervor, und eine nährte, eine begeisterte und erweckte die andre. Wie, wenn eine Saite berührt wird, nicht nur alles, was Ton hat, ihr zutönet, sondern auch bis ins Unvernehmbare hin alle ihre harmonischen Töne dem angeklungenen Laut nachtönen; so erfand, so schuf der menschliche Geist, wenn *eine* harmonische Stelle seines Innern berührt ward. Sobald er auf *eine* neue Zusammenstimmung traf, konnten in einer Schöpfung, wo alles zusammenhängt, nicht anders als zahlreiche neue Verbindungen ihr folgen.
Aber, wird man sagen, wie sind alle diese Künste und Erfindungen angewandt worden? Hat sich dadurch die praktische Vernunft und Billigkeit, mithin die wahre Kultur und Glückseligkeit des Menschengeschlechts erhöhet? Ich berufe mich auf das, was ich kurz vorher über den Gang der Unordnungen im ganzen Reich der Schöpfung gesagt habe, daß es nach einem innern Naturgesetz ohne Ordnung keine Dauer erhalten könne, nach welcher doch alle Dinge wesentlich streben. Das scharfe Messer in der Hand des Kindes verletzt dasselbe; deshalb ist aber die Kunst, die dies Messer erfand und schärfte, eine der unentbehrlichsten Künste. Nicht alle, die ein solches Werkzeug brauchen, sind Kinder, und auch das Kind wird durch seinen Schmerz den bessern Gebrauch lernen. Künstliche Übermacht in der Hand des Despoten, fremder Luxus unter einem Volk ohne ordnende Gesetze sind dergleichen tötende Werkzeuge; der Schaden selbst aber macht die Menschen klüger, und früh oder spät muß die Kunst, die sowohl den Luxus als den Despotismus schuf, beide selbst zuerst in ihre Schranken zwingen und sodann in ein wirkliches Gute verwandeln. Jede ungeschickte Pflugschar reibet sich durch den langen Gebrauch selbst ab; unbehilfliche, neue Räder und Triebwerke gewinnen bloß durch den Umlauf die bequemere, künstliche Epizykloide. So arbeitet sich auch in den Kräften des Men-

schen der übertreibende Mißbrauch mit der Zeit zum guten Gebrauch um; durch Extreme und Schwankungen zu beiden Seiten wird notwendig zuletzt die schöne Mitte eines dauernden Wohlstandes in einer regelmäßigen Bewegung. Nur was im Menschenreiche geschehen soll, muß durch Menschen bewirkt werden; wir leiden solange unter unsrer eignen Schuld, bis wir, ohne Wunder der Gottheit, den bessern Gebrauch unsrer Kräfte selbst lernen.

Also haben wir auch nicht zu zweifeln, daß jede gute Tätigkeit des menschlichen Verstandes notwendig einmal die Humanität befördern müsse und befördern werde. Seitdem der Ackerbau in Gang kam, hörte das Menschen- und Eichelnfressen auf; der Mensch fand, daß er von den süßen Gaben der Ceres humaner, besser, anständiger leben könne als vom Fleisch seiner Brüder oder von Eicheln, und ward durch die Gesetze weiserer Menschen gezwungen, also zu leben. Seitdem man Häuser und Städte bauen lernte, wohnte man nicht mehr in Höhlen; unter Gesetzen eines Gemeinwesens schlug man den armen Fremdling nicht mehr tot. So brachte der Handel die Völker näher aneinander; und je mehr er in seinem Vorteil allgemein verstanden wird, desto mehr müssen sich notwendig jene Mordtaten, Unterdrückungen und Betrugsarten vermindern, die immer nur Zeichen des Unverstandes im Handel waren. Durch jeden Zuwachs nützlicher Künste ist das Eigentum der Menschen gesichert, ihre Mühe erleichtert, ihre Wirksamkeit verbreitet; mithin notwendig der Grund zu einer weitern Kultur und Humanität gelegt worden. Welche Mühe z. B. ward durch die einzige Erfindung der Buchdruckerkunst abgetan! Welch ein größerer Umlauf der menschlichen Gedanken, Künste und Wissenschaften durch sie befördert! Wage es jetzt ein europäischer Kang-Ti und wolle die Literatur dieses Weltteils ausrotten; es ist ihm schlechterdings nicht möglich. Hätten Phönizier und Karthaginenser, Griechen und Römer diese Kunst gehabt, der Untergang ihrer Literatur wäre ihren Verwüstern nicht so leicht, ja beinahe unmöglich worden. Lasset wilde Völker auf Europa stürmen, sie werden unsre Kriegskunst nicht bestehen, und kein Attila wird mehr vom Schwarzen und Kaspischen Meer her bis an die Katalaunischen Felder reichen. Lasset Pfaffen, Weichlinge, Schwärmer und Tyrannen aufstehen, so viel da wollen; die Nacht der mittleren Jahrhunderte bringen sie nie mehr wieder. Wie nun kein größerer Nutzen einer menschlichen und göttlichen Kunst denkbar ist, als wenn sie uns Licht und Ordnung nicht nur gibt, sondern es ihrer Natur nach auch verbreitet und sichert: so lasset uns dem Schöpfer danken, daß er unserm Geschlecht den *Verstand* und diesem die *Kunst* wesentlich gemacht hat. In ihnen besitzen wir das Geheimnis und Mittel einer sichernden Weltordnung.

Auch darüber dürfen wir nicht sorgen, daß manche trefflich ersonnene Theorie, die Moral selbst nicht ausgenommen, in unserm Geschlecht so lange Zeit nur Theorie bleibe. Das Kind lernt viel, was nur der Mann anwenden kann; deswegen aber hat es solches nicht umsonst gelernet. Unbedachtsam vergaß der Jüngling, woran er sich einst mühsam erinnern wird, oder er muß es gar zum zweitenmal lernen. Bei dem immer erneueten Menschengeschlecht ist also keine aufbewahrte, ja sogar keine erfundene Wahrheit ganz vergeblich; spätere Zeitumstände machen nötig, was man jetzt versäumt, und in der Unendlichkeit der Dinge muß jeder Fall zum Vorschein kommen, der auf irgendeine Weise das Menschengeschlecht übet. Wie wir uns nun bei der Schöpfung die *Macht*, die das Chaos schuf, zuerst und sodann in ihm ordnende *Weisheit* und harmonische *Güte* gedenken: so entwickelt die Naturordnung des Menschengeschlechts zuerst rohe Kräfte; die Unordnung selbst muß sie der Bahn des Verstandes zuführen, und je mehr dieser sein Werk ausarbeitet, desto mehr siehet er, daß Güte allein dem Werk Dauer, Vollkommenheit und Schönheit gewähre.

V.

Es waltet eine weise Güte im Schicksal der Menschen, daher es keine schönere Würde, kein dauerhafteres und reineres Glück gibt, als im Rat derselben zu wirken.

Dem sinnlichen Betrachter der Geschichte, der in ihr Gott verlor und an der Vorsehung zu zweifeln anfing, geschah dies Unglück nur daher, weil er die Geschichte zu flach ansah, oder von der Vorsehung keinen rechten Begriff hatte. Denn wenn er diese für ein Gespenst hält, das ihm auf allen Straßen begegnen und den Lauf menschlicher Handlungen unaufhörlich unterbrechen soll, um nur diesen oder jenen partikularen Endzweck seiner Phantasie und Willkür zu erreichen, so gestehe ich, daß die Geschichte das Grab einer solchen Vorsehung sei; gewiß aber ein Grab zum Besten der Wahrheit. Denn was wäre es für eine Vorsehung, die jeder zum Poltergeist in der Ordnung der Dinge, zum Bundsgenossen seiner eingeschränkten Absicht, zum Schutzverwandten seiner kleinfügigen Torheit gebrauchen könnte; so daß das Ganze zuletzt ohne einen Herren bliebe? Der Gott, den ich in der Geschichte suche, muß derselbe sein, der er in der Natur ist: denn der Mensch ist nur ein kleiner Teil des Ganzen, und seine Geschichte ist wie die Geschichte des Wurms mit dem Gewebe, das er bewohnt, innig verwebet. Auch in ihr müssen also Naturgesetze gelten, die im Wesen der Sache liegen und deren sich die Gottheit so wenig überheben mag, daß sie ja eben in ihnen, die sie selbst gegründet, sich in ihrer hohen Macht mit einer unwandelbaren, weisen und gütigen Schönheit offenbaret. Alles, was auf der Erde geschehen kann, muß auf ihr geschehen, sobald es nach Regeln geschieht, die ihre Vollkommenheit in ihnen selbst tragen. Lasset uns diese Regeln, die wir bisher entwickelt haben, sofern sie die Menschengeschichte betreffen, wiederholen; sie führen alle das Gepräge einer weisen Güte, einer hohen Schönheit, ja der innern Notwendigkeit selbst mit sich.

1. Auf unsrer Erde belebte sich alles, was sich auf ihr beleben konnte: denn jede Organisation trägt in ihrem Wesen eine Verbindung mannigfaltiger Kräfte, die sich einander beschränken und in dieser Beschränkung ein Maximum zur Dauer gewinnen konnten, in sich. Gewannen sie dies nicht, so trennten sich die Kräfte und verbanden sich anders.

2. Unter diesen Organisationen stieg auch der Mensch hervor, die Krone der Erdenschöpfung. Zahllose Kräfte verbanden sich in ihm und gewannen ein Maximum, den Verstand, so wie ihre Materie, der menschliche Körper, nach Gesetzen der schönsten Symmetrie und Ordnung, den Schwerpunkt. Im Charakter des Menschen war also zugleich der Grund seiner Dauer und Glückseligkeit, das Gepräge seiner Bestimmung und der ganze Lauf seines Erdenschicksals gegeben.

3. Vernunft heißt dieser Charakter der Menschheit: denn er vernimmt die Sprache Gottes in der Schöpfung, d. i. er sucht die Regel der Ordnung, nach welcher die Dinge zusammenhangend auf ihr Wesen gegründet sind. Sein innerstes Gesetz ist also Erkenntnis der Existenz und Wahrheit, Zusammenhang der Geschöpfe nach ihren Beziehungen und Eigenschaften. Er ist ein Bild der Gottheit, denn er erforschet die Gesetze der Natur, die Gedanken, nach denen der Schöpfer sie verband,

und die er ihnen wesentlich machte. Die Vernunft kann also ebensowenig willkürlich handeln, als die Gottheit selbst willkürlich dachte.
4. Vom nächsten Bedürfnis fing der Mensch an, die Kräfte der Natur zu erkennen und zu prüfen. Sein Zweck dabei ging nicht weiter als auf sein Wohlsein, d. i. auf einen gleichmäßigen Gebrauch seiner eignen Kräfte in Ruhe und Übung. Er kam mit andern Wesen in ein Verhältnis, und auch jetzt ward sein eignes Dasein das Maß dieser Verhältnisse. Die Regel der Billigkeit drang sich ihm auf; denn sie ist nichts als die praktische Vernunft, das Maß der Wirkung und Gegenwirkung zum gemeinschaftlichen Bestande gleichartiger Wesen.
5. Auf dies Principium ist die menschliche Natur gebauet, so daß kein Individuum eines andern oder der Nachkommenschaft wegen da zu sein glauben darf. Befolget der Niedrigste in der Reihe der Menschen das Gesetz der Vernunft und Billigkeit, das in ihm liegt, so hat er Konsistenz, d. i. er genießet Wohlsein und Dauer, er ist vernünftig, billig, glücklich. Dies ist er nicht vermöge der Willkür andrer Geschöpfe oder des Schöpfers, sondern nach den Gesetzen einer allgemeinen, in sich selbst gegründeten Naturordnung. Weichet er von der Regel des Rechts, so muß sein strafender Fehler selbst ihm Unordnung zeigen und ihn veranlassen, zur Vernunft und zur Billigkeit als den Gesetzen seines Daseins und Glücks zurückzukehren.
6. Da seine Natur aus sehr verschiedenen Elementen zusammengesetzt ist, so tut er dieses selten auf dem kürzesten Wege; er schwankt zwischen zwei Extremen, bis er sich selbst gleichsam mit seinem Dasein abfindet und einen Punkt der leidlichen Mitte erreicht, in welchem er sein Wohlsein glaubet. Irrt er hiebei, so geschiehet es nicht ohne sein geheimes Bewußtsein, und er muß die Folgen seiner Schuld tragen. Er trägt sie aber nur bis zu einem gewissen Grad, da sich entweder das Schicksal durch seine eigenen Bemühungen zum Bessern wendet, oder sein Dasein weiterhin keinen innern Bestand findet. Einen wohltätigern Nutzen konnte die höchste Weisheit dem physischen Schmerz und dem moralischen Übel nicht geben; denn kein höherer ist denkbar.
7. Hätte auch nur ein einziger Mensch die Erde betreten, so wäre an ihm der Zweck des menschlichen Daseins erfüllt gewesen, wie man ihn bei so manchen einzelnen Menschen und Nationen für erfüllt achten muß, die durch Ort- und Zeitbestimmungen von der Kette des ganzen Geschlechts getrennet wurden. Da aber alles, was auf der Erde leben kann, solange sie selbst in ihrem Beharrungsstande bleibt, fortdauret: so hatte auch das Menschengeschlecht, wie alle Geschlechte der Lebenden, Kräfte der Fortpflanzung in sich, die dem Ganzen gemäß ihre Proportion und Ordnung finden konnten und gefunden haben. Mithin vererbte sich das Wesen der Menschheit, die Vernunft und ihr Organ, die Tradition, auf eine Reihe von Geschlechtern hinunter. Allmählich ward die Erde erfüllt, und der Mensch ward alles, was er in solchem und keinem andern Zeitraum auf der Erde werden konnte.
8. Die Fortpflanzung der Geschlechter und Traditionen knüpfte also auch die menschliche Vernunft aneinander: nicht, als ob sie in jedem Einzelnen nur ein Bruch des Ganzen wäre, eines Ganzen, das in *einem* Subjekt nirgend existieret, folglich auch nicht der Zweck des Schöpfers sein konnte, sondern weil es die Anlage und Kette des ganzen Geschlechts so mit sich führte. Wie sich die Menschen fortpflanzen, pflanzen die Tiere sich auch fort, ohne daß eine allgemeine Tiervernunft aus ihren Geschlechtern werde; aber weil Vernunft allein den Beharrungsstand der Menschheit bildet, mußte sie sich als Charakter des Geschlechts fortpflanzen; denn ohne sie war das Geschlecht nicht mehr.

9. Im Ganzen des Geschlechts hatte sie kein andres Schicksal, als was sie bei den einzelnen Gliedern desselben hatte; denn das Ganze bestehet nur in einzelnen Gliedern. Sie ward von wilden Leidenschaften der Menschen, die in Verbindung mit andern noch stürmischer wurden, oft gestört, jahrhundertelang von ihrem Wege abgelenkt und blieb wie unter der Asche schlummernd. Gegen alle diese Unordnungen wandte die Vorsehung kein andres Mittel an, als welches sie jedem einzelnen gewähret, nämlich daß auf den Fehler das Übel folge, und jede Trägheit, Torheit, Bosheit, Unvernunft und Unbilligkeit sich selbst strafe. Nur weil in diesen Zuständen das Geschlecht haufenweise erscheint: so müssen auch Kinder die Schuld der Eltern, Völker die Unvernunft ihrer Führer, Nachkommen die Trägheit ihrer Vorfahren büßen, und wenn sie das Übel nicht verbessern wollen oder können, können sie Zeitalter hin darunter leiden.

10. Jedem einzelnen Gliede wird also die Wohlfahrt des Ganzen sein eigenes Beste: denn wer unter den Übeln desselben leidet, hat auch das Recht und die Pflicht auf sich, diese Übel von sich abzuhalten und sie für seine Brüder zu mindern. Auf Regenten und Staaten hat die Natur nicht gerechnet; sondern auf das Wohlsein der Menschen in ihren Reichen. Jene büßen ihre Frevel und Unvernunft langsamer, als sie der einzelne büßet, weil sie sich immer nur mit dem Ganzen berechnen, in welchem das Elend jedes Armen lange unterdrückt wird; zuletzt aber büßet es der Staat und sie mit desto gefährlicherm Sturze. In alle diesem zeigen sich die Gesetze der Wiedervergeltung nicht anders als die Gesetze der Bewegung bei dem Stoß des kleinsten physischen Körpers, und der höchste Regent Europas bleibt den Naturgesetzen des Menschengeschlechts sowohl unterworfen als der Geringste seines Volkes. Sein Stand verband ihn bloß, ein Haushalter dieser Naturgesetze zu sein und bei seiner Macht, die er nur durch andre Menschen hat, auch für andre Menschen ein weiser und gütiger Menschengott zu werden.

11. In der allgemeinen Geschichte also wie im Leben verwahrloseter einzelner Menschen erschöpfen sich alle Torheiten und Laster unsres Geschlechts, bis sie endlich durch Not gezwungen werden, Vernunft und Billigkeit zu lernen. Was irgend geschehen kann, geschieht, und bringt hervor, was es seiner Natur nach hervorbringen konnte. Dies Naturgesetz hindert keine, auch nicht die ausschweifendste Macht an ihrer Wirkung; es hat aber alle Dinge in die Regel beschränkt, daß eine gegenseitige Wirkung die andre aufhebe, und zuletzt nur das Ersprießliche daurend bleibe. Das Böse, das andre verderbt, muß sich entweder unter die Ordnung schmiegen, oder selbst verderben. Der Vernünftige und Tugendhafte also ist im Reich Gottes allenthalben glücklich; denn sowenig die Vernunft äußern Lohn begehret, sowenig verlangt ihn auch die innere Tugend. Mißlingt ihr Werk von außen, so hat nicht sie sondern ihr Zeitalter davon den Schaden; und doch kann es die Unvernunft und Zwietracht der Menschen nicht immer verhindern: es wird gelingen, wenn seine Zeit kommt.

12. Indessen gehet die menschliche Vernunft im Ganzen des Geschlechts ihren Gang fort; sie sinnet aus, wenn sie auch noch nicht anwenden kann; sie erfindet, wenn böse Hände auch lange Zeit ihre Erfindung mißbrauchen. Der Mißbrauch wird sich selbst strafen und die Unordnung eben durch den unermüdeten Eifer einer immer wachsenden Vernunft mit der Zeit Ordnung werden. Indem sie Leidenschaften bekämpfet, stärkt und läutert sie sich selbst; indem sie hier gedruckt wird, fliehet sie dorthin und erweitert den Kreis ihrer Herrschaft über die Erde. Es ist keine Schwärmerei, zu hoffen, daß, wo irgend Menschen wohnen, einst auch vernünftige, billige

und glückliche Menschen wohnen werden; glücklich, nicht nur durch ihre eigene, sondern durch die gemeinschaftliche Vernunft ihres ganzen Brudergeschlechtes.

•

Ich beuge mich vor diesem hohen Entwurf der allgemeinen Naturweisheit über das Ganze meines Geschlechts, um so williger, da ich sehe, daß er der Plan der gesamten Natur ist. Die Regel, die Weltsysteme erhält und jeden Kristall, jedes Würmchen, jede Schneeflocke bildet, bildete und erhält auch mein Geschlecht; sie machte seine eigne Natur zum Grunde der Dauer und Fortwirkung desselben, solange Menschen sein werden. Alle Werke Gottes haben ihren Bestand in sich und ihren schönen Zusammenhang mit sich; denn sie beruhen alle in ihren gewissen Schranken auf dem Gleichgewicht widerstrebender Kräfte durch eine innere Macht, die diese zur Ordnung lenkte. Mit diesem Leitfaden durchwandre ich das Labyrinth der Geschichte und sehe allenthalben harmonische göttliche Ordnung; denn was irgend geschehen kann, geschieht; was wirken kann, wirket. Vernunft aber und Billigkeit allein dauren, da Unsinn und Torheit sich und die Erde verwüsten.

Wenn ich also, nach jener Fabel, einen Brutus, den Dolch in der Hand, unter dem Sternenhimmel bei Philippi sagen höre: »O Tugend, ich glaubte, daß du etwas seist; jetzt sehe ich, daß du ein Traum bist«, so verkenne ich den ruhigen Weisen in dieser letzten Klage. Besaß er wahre Tugend, so hatte sich diese wie seine Vernunft immer bei ihm belohnet, und mußte ihn auch diesen Augenblick lohnen. War seine Tugend aber bloß Römer-Patriotismus, was Wunder, daß der Schwächere dem Starken, der Träge dem Rüstigern weichen mußte? Auch der Sieg des Antonius samt allen seinen Folgen gehörte zur Ordnung der Welt und zu Roms Naturschicksal.

Gleichergestalt, wenn unter uns der Tugendhafte so oft klagt, daß sein Werk mißlinge, daß rohe Gewalt und Unterdrückung auf Erden herrsche, und das Menschengeschlecht nur der Unvernunft und den Leidenschaften zur Beute gegeben zu sein scheine: so trete der Genius seiner Vernunft zu ihm, und frage ihn freundlich, ob seine Tugend auch rechter Art und mit dem Verstande, mit der Tätigkeit verbunden sei, die allein den Namen der Tugend verdienet? Freilich gelingt nicht jedes Werk allenthalben; darum aber mache, daß es gelinge, und befördre seine Zeit, seinen Ort und jene innre Dauer desselben, in welcher das wahrhaft Gute allein dauret. Rohe Kräfte können nur durch die Vernunft geregelt werden; es gehört aber eine wirkliche Gegenmacht, d. i. Klugheit, Ernst und die ganze Kraft der Güte dazu, sie in Ordnung zu setzen und mit heilsamer Gewalt darin zu erhalten.

Ein schöner Traum ists vom zukünftigen Leben, da man sich im freundschaftlichen Genuß aller der Weisen und Guten denkt, die je für die Menschheit wirkten und mit dem süßen Lohn vollendeter Mühe das höhere Land betraten; gewissermaßen aber eröffnet uns schon die Geschichte diese ergötzende Lauben des Gesprächs und Umgang mit den Verständigen und Rechtschaffenen so vieler Zeiten. Hier stehet Plato vor mir; dort höre ich Sokrates freundliche Fragen und teile sein letztes Schicksal. Wenn Mark Antonin im Verborgenen mit seinem Herzen spricht, redet er auch mit dem meinigen, und der arme Epiktet gibt Befehle, mächtiger als ein König. Der gequälte Tullius, der unglückliche Boethius sprechen zu mir, mir vertrauend die Umstände ihres Lebens, den Gram und den Trost ihrer Seele. Wie weit und wie enge ist das menschliche Herz! Wie einerlei und wiederkommend sind alle seine Leiden und Wünsche, seine Schwachheiten und Fehler, sein Genuß und seine Hoffnung! Tausendfach ist das Problem der Humanität rings um mich aufgelöset, und allenthalben ist das Resultat der Menschenbemühungen dasselbe: »Auf Verstand und Rechtschaffenheit ruhe das Wesen unsres Geschlechts, sein Zweck und sein Schicksal:« Keinen edlern Gebrauch der Menschengeschichte gibts als diesen: er führt uns gleichsam in den Rat des Schicksals und lehrt uns in unsrer nichtigen Gestalt nach ewigen Naturgesetzen Gottes handeln. Indem er uns die Fehler und Folgen jeder Unvernunft zeigt, so weiset er uns in jenem großen Zusammenhange, in welchem Vernunft und Güte zwar lange mit wilden Kräften kämpfen, immer aber doch ihrer Natur nach Ordnung schaffen und auf der Bahn des Sieges bleiben, endlich auch unsern kleinen und ruhigen Kreis an.

Mühsam haben wir bisher das dunklere Feld alter Nationen durchwandert; freudig gehen wir jetzt dem näheren Tage entgegen und sehen, was aus dieser Saat des Altertums für eine Ernte nachfolgender Zeiten keime. Rom hatte das Gleichgewicht der Völker gehoben; unter ihm verblutete eine Welt; was wird aus diesem gestörten Gleichgewicht für ein neuer Zustand und aus der Asche so vieler Nationen für ein neues Geschöpf hervorgehn?

VIERTER TEIL

Tantae molis erat, Germanas condere gentes

SECHZEHNTES BUCH

Da wir jetzt zu den Völkern der nördlichen Alten Welt kommen, die einesteils unsre Vorfahren sind, von welchen wir Sitten und Verfassungen empfangen haben, so halte ichs für unnot, zuerst eine Vorbitte zum Besten der Wahrheit einzulegen. Denn was hülfe es, von Asiaten und Afrikanern schreiben zu dürfen, wenn man seine Meinung über Völker und Zeiten verhüllen müßte, die uns so viel näher angehn als alles, was jenseit der Alpen und des Taurus längst im Staube lieget? Die Geschichte will Wahrheit, und eine Philosophie zur Geschichte der Menschheit wenigstens unparteiische Wahrheitsliebe.

Schon die Natur hat diesen Strich der Erde durch eine Felsenwand unterschieden, die unter dem Namen des Mustag, Altai, Kitzigtag, Ural, Kaukasus, Taurus, Hämus und fernerhin der Karpaten, Riesen-, Alpengebirge und Pyrenäen bekannt ist. Nordwärts derselben, unter einem so andern Himmel, auf einem so andern Boden, mußten die Bewohner desselben notwendig auch eine Gestalt und Lebensweise annehmen, die jenen südlichen Völkern fremd war; denn auf der ganzen Erde hat die Natur durch nichts so daurende Unterschiede gemacht als durch die Gebirge. Hier sitzt sie auf ihrem ewigen Thron, sendet Ströme und Witterung aus, und verteilet so wie das Klima, so auch die Neigungen, oft auch das Schicksal der Nationen. Wenn wir also hören werden, daß Völker jenseit dieser Gebirge an jenen Salz- und Sandseen der ungeheuren Tatarei oder in den Wäldern und Wüsten des nordischen Europa jahrhunderte- oder jahrtausendelang wohnhaft, auch in die schönsten Gefilde des römischen und griechischen Reichs eine wandalisch-gotisch-skythisch-tatarische Lebensweise brachten, deren Merkmale Europa noch jetzt in manchem an sich trägt: so wollen wir uns darüber weder wundern, noch uns einen falschen Schein der Kultur anlügen, sondern wie Rinaldo in den Spiegel der Wahrheit sehen, unsre Gestalt darin anerkennen; und wenn wir den klingenden Schmuck der Barbarei unsrer Väter hie und da noch an uns tragen sollten, ihn mit echter Kultur und Humanität, der einzigen wahren Zierde unsres Geschlechts, edel vertauschen.

Ehe wir also zu jenem Gebäude treten, das unter dem Namen der *Europäischen Republik* berühmt und durch seine Wirkungen auf die ganze Erde merkwürdig oder furchtbar geworden, so lasset uns zuerst die Völker kennenlernen, die zu dem Bau dieses großen Riesentempels tätig oder leidend beitrugen. Freilich reicht das Buch unsrer nordischen Geschichte nicht weit: bei den berühmtesten Völkern erstrecket es sich nur bis auf die Römer, und sowenig ein Mensch die Annalen seiner Geburt und Kindheit weiß, sowenig wissen es diese, zumal barbarische und verdrängte Nationen. Die Reste der ältesten werden wir meistens nur noch in Gebirgen oder an den Ecken des Landes, in unzugangbaren oder rauhen Gegenden antreffen, wo kaum noch ihre alte Sprache und einige überbliebne alte Sitten ihren Ursprung bezeichnen; indes ihre Überwinder allenthalben den breiten, schönern Erdstrich eingenommen haben, und, falls sie nicht auch von andern verdrängt wurden, ihn durch das Kriegsrecht ihrer Väter noch besitzen und auf mehr oder minder tatarische Weise, oder durch eine langsam erworbene Gerechtigkeit und Klugheit billiger regieren. Gehabt euch also wohl, ihr mildern Gegenden jenseit der Gebirge, Indien und Asien, Griechenland und ihr italischen Küsten; wenn wir die meisten von euch wiedersehen, ists unter einer andern Gestalt, als *nordische Überwinder*.

I.

Vasken, Galen und Kymren

Von allen den zahlreichen Völkerschaften, die einst die spanische Halbinsel bewohnten, sind aus der ältesten Zeit allein die Vasken übrig, die, um das pyrenäische Gebirge in Spanien und Frankreich noch jetzo wohnhaft, ihre alte Sprache, eine der ältesten der Welt, erhalten haben. Wahrscheinlich erstreckte sich dieselbe einst über den größesten Teil von Spanien, wie es noch, aller Veränderungen ungeachtet, viele Namen der Städte und Flüsse dieses Landes zeigen.* Selbst unser Name *Silber* soll aus ihr sein, der Name des Metalles, das nebst dem Eisen in Europa und aller Welt die meisten Revolutionen in Gang gebracht hat; denn der Sage nach war Spanien das erste europäische Land, das seine Bergwerke baute, da es den frühesten Handelsnationen dieser Weltgegend, den Phöniziern und Karthaginensern nahe und bequem lag; es war ihnen das erste Peru. Die Völker selbst, die unter dem Namen der Vasken und Kantabrer sehr bekannt sind, haben sich in der alten Geschichte als ein schnelles, leichtes, tapfres, freiheitliebendes Volk gezeiget. Sie begleiteten den Hannibal nach Italien, und sind in den römischen Dichtern ein furchtbarer Name; sie, nebst den spanischen Kelten, waren es, die den Römern die Unterjochung dieses Landes am schwersten machten, also daß Augustus über sie zuerst und vielleicht auch nur dem Scheine nach triumphierte; denn was nicht dienen wollte, zog sich in die Gebirge. Als die Wandalen, Alanen, Sueven, Goten und andre teutonische Völker ihren wilden Durchzug durch die Pyrenäen nahmen, und einige derselben in ihrer Nachbarschaft Reiche stifteten, waren sie noch das tapfre, unruhige Volk, das unter den Römern seinen Mut nicht verloren hatte; und als Karl der Große auf seinem Rückzuge vom Siege über die spanischen Sarazenen durch ihr Land zog, waren eben noch sie es, die durch einen listigen Angriff jene in den alten Romanen so berühmte Niederlage bei Ronceval veranlaßten, in welcher der große Roland blieb. Späterhin machten in Spanien und Aquitanien sie den Franken zu schaffen, wie sie es den Sueven und Goten getan hatten; auch bei Wiedereroberung des Landes aus den Händen der Sarazenen blieben sie nicht müßig, ja sie erhielten selbst in den Jahrhunderten der tiefsten barbarischen Mönchsunterdrückung ihren Cha-

* S. Investigaziones historicas de las Antiquedades de Navarra por *Moret*, Pamplona 1665. L. I. *Oihenarti* Notita utriusque Vasconiae Par. 1683. L. I. Insonderheit *Larramendi* diccionario trilingue de las perfecciones de el Bascuence. P. II.

rakter. Als nach der langen Nacht eine Morgenröte der Wissenschaft für Europa aufging, brach sie durch die fröhliche Dichtkunst der Provenzalen in ihrer Nachbarschaft, zum Teil in denen von ihnen bewohnten Ländern hervor, die auch in spätern Zeiten Frankreich viele fröhliche und aufgeklärte Geister gegeben haben. Zu wünschen wäre es, daß wir die Sprache, die Sitten und die Geschichte dieses raschen und frohen Volks mehr kenneten, und daß, wie Mac Pherson unter den Galen, ein zweiter Larramendi unter ihnen etwa auch nach Resten ihres alten Vaskischen Nationalgeistes forschte.* Vielleicht hat sich die Sage jener berühmten Rolandsschlacht, die durch den fabelhaften Erzbischof Turpin in einer Mönchsepopöe zu so vielen Romanen und Heldengedichten des Mittelalters Anlaß gegeben, auch unter ihnen erhalten; wo nicht, so war doch ihr Land wenigstens die Pforte vor Troja, die mit Abenteuern, die daselbst geschehen sein sollten, lange Zeit die Phantasie der europäischen Völker füllte.

Die *Galen*, die unter dem Namen der Gallier und Kelten ein bekannteres und berühmteres Volk sind, als die Vasken waren, hatten am Ende mit ihnen einerlei Schicksal. In Spanien besaßen sie einen weiten und schönen Erdstrich, auf welchem sie den Römern mit Ruhm widerstanden; in Gallien, welches von ihnen den Namen hat, haben Sie dem Cäsar eine zehnjährige, und in Britannien seinen Nachfolgern eine noch längere, zuletzt nutzlose Mühe gekostet, da die Römer endlich diese Insel selbst aufgeben mußten. Außerdem war Helvetien, der obere Teil von Italien, der untere Teil von Deutschland längs der Donau bis nach Pannonien und Illyrikum zu, wenn auch nicht allenthalben in dichten Reihen, mit Stämmen und Kolonien aus ihrem Schoße besetzt; und in den ältern Zeiten waren unter allen Nationen sie der Römer furchtbarste Feinde. Ihr Brennus legte Rom in die Asche und machte der künftigen Weltbeherrscherin beinah ein völliges Ende. Ein Zug von ihnen drang bis in Thrazien, Griechenland und Kleinasien ein, wo sie unter dem Namen der Galater mehr als einmal furchtbar geworden. Wo sie indessen ihren Stamm am dauerhaftesten und gewiß nicht ganz ohne Kultur angebauet haben, war in Gallien und den britannischen Inseln. Hier hatten sie ihre merkwürdige Druiden-Religion und in Britannien ihren Oberdruiden; hier hatten sie jene merkwürdige Verfassung eingerichtet, von welcher in Britannien, Irland und auf den Inseln noch so viele, zum Teil ungeheure Steingebäude und Steinhaufen zeugen; Denkmale, die wie die Pyramiden wahrscheinlich noch Jahrtausende überdauern und vielleicht immer ein Rätsel bleiben werden. Eine Art Staats- und Kriegseinrichtung war ihnen eigen, die zuletzt den Römern erlag, weil die Uneinigkeit ihrer gallischen Fürsten sie selbst ins Verderben stürzte; auch waren sie nicht ohne Naturkenntnisse und Künste, so viele derselben ihrem Zustande gemäß schienen; am wenigsten endlich ohne das, was bei allen Barbaren die Seele des Volks ist, ohne Gesänge und Lieder. Im Munde ihrer Barden waren diese vorzüglich der Tapferkeit geweihet und sangen die Taten ihrer Väter.** Gegen einen Cäsar und sein mit aller römischen Kriegskunst ausge-

* *Larramendi* in seiner angeführten weitläufigen Abhandlung von der Vollkommenheit der vaskischen Sprache konnte § 18-20 an so etwas nicht denken. Daß er in seiner Arte del Bascuence dessen auch nichts erwähnt habe, ist aus *Dieze*, Geschichte der Spanischen Dichtkunst S. 111 u. f. zu ersehen; und vielleicht ist das ganze Andenken daran verloren.

** Außer dem, was in älteren Schriften, z. B. in *Pelletier*, *Pezron*, *Martin*, *Picard* u. f. über die Kelten gesammelt und geträumt ist, und was unter Engländern, Schotten und Iren *Barrington*, *Cordiners*, *Henry Jones*, *MacPherson*, *Maitland*, *Lhuyd*, *Owen*, *Shaw*, *Valency*, *Whitacker* u. f. über den Ursprung und die Verfassung der alten Einwohner Bri-

rüstetes Heer erscheinen sie freilich als halbe Wilde; mit andern nordischen Völkern, auch mit mehreren deutschen Stämmen verglichen, erscheinen sie nicht also, da sie diese offenbar an Gewandtheit und Leichtigkeit des Charakters, wohl auch an Kunstfleiß, Kultur und politischer Einrichtung übertrafen; denn wie der deutsche Charakter noch jetzt in manchen Grundzügen dem ähnlich ist, den Tacitus schildert, so ist auch schon im alten Gallier, trotz alles dessen was die Zeiten verändert haben, der jüngere Gallier kenntlich. Notwendig aber waren die so weit verbreiteten verschiedenen Nationen dieses Volksstammes nach Ländern, Zeiten, Umständen und wechselnden Stufen der Bildung sehr verschieden, so daß der Gale an der Küste des Hoch- oder Irlandes mit einem gallischen oder keltiberischen Volk, das die Nachbarschaft gebildeter Nationen oder Städte lange genossen hatte, wohl wenig gemein haben konnte.

Das Schicksal der Galen in ihrem großen Erdstrich endigte traurig. Den frühesten Nachrichten nach, die wir von ihnen haben, hatten sie sowohl dies- als jenseit der Meerenge die Belgen oder Kymren zur Seite, die ihnen allenthalben nachzudringen scheinen. Dies- und jenseit wurden zuerst die Römer, sodann mehrere teutonische Nationen ihre Überwinder, von denen wir sie oft auf eine sehr gewaltsame Art unterdrückt, entkräftet, oder gar ausgerottet und verdrängt sehen werden, so daß wir anjetzt die galische Sprache nur an den äußersten Enden ihrer Besitztümer, in Irland, den Hebriden und dem nackten schottischen Hochlande wiederfinden. Goten, Franken, Burgunder, Alemannen, Sachsen, Normänner und andre deutsche Völker haben in mancherlei Vermischungen ihre andern Länder besetzt, ihre Sprache vertrieben und ihren Namen verschlungen.

Indessen gelang es doch der Unterdrückung nicht, auch den innern Charakter dieses Volks in lebendigen Denkmalen ganz von der Erde zu vertilgen; sanft wie ein Harfenton entschlüpfte ihr eine zärtlich-traurige Stimme aus den Gräbern, die Stimme Ossians, des Sohnes Fingal, und einiger seiner Genossen. Sie bringt uns, wie in einem Zauberspiegel, nicht nur Gemälde alter Taten und Sitten vor Augen; sondern die ganze Denk- und Empfindungsweise eines Volkes auf dieser Stufe der Kultur, in solchen Gegenden, bei solchen Sitten tönet uns durch sie in Herz und Seele. Ossian und seine Genossen sagen uns mehr vom innern Zustande der alten Galen, als ein Geschichtschreiber uns sagen könnte, und werden uns gleichsam rührende Prediger der Humanität, wie solche auch in den einfachsten Verbindungen der menschlichen Gesellschaft lebet. Zarte Bande ziehen sich auch dort von Herz zu Herzen; und jede ihrer Saiten tönt Wehmut. Was Homer den Griechen ward, hätte ein galischer Ossian den Seinigen werden können, wenn die Galen Griechen und Ossian Homer gewesen wäre. Da dieser aber nur, als die letzte Stimme eines verdrängeten Volks, zwischen Nebelbergen in einer Wüste singt und wie eine Flamme über Gräbern der Väter hervorglänzt, wenn jener, in Jonien geboren, unter einem werdenden Volk vieler blühenden Stämme und Inseln, im Glanz seiner Morgenröte, unter einem so andern Himmel, in einer so andern Sprache das schildert, was er entschieden, hell und offen vor sich erblickte und andre Geister nachher so vielfach anwandten: so sucht man freilich in den kaledonischen Bergen einen griechischen Homer an un-

tanniens gesagt haben, dürfen wir ein deutsches Werk anführen, das hinter ihnen allen kritisch zu nennen ist, *Sprengels* Geschichte von Großbritannien (Fortsetz. der allgem. Weltgeschichte T. 47.), deren Anfang über die Galen und Kymren eine Menge alter Irrtümer stille berichtigt. Auch von den überbliebnen Denkmalen der Briten gibt es seiner Gewohnheit nach mit kurzen Worten eine sicherführende Nachricht.

rechtem Orte. Töne indessen fort, du Nebelharfe Ossians; glücklich in allen Zeiten ist, wer deinen sanften Tönen gehorchet.*
Die *Kymren* sind ihrem Namen nach Bergbewohner, und wenn sie mit den Belgen *ein* Volk sind, so treffen wir sie, von den Alpen an, die westlichen Ufer des Rheins bis zu seinem Ausfluß hinunter, ja vielleicht einst bis zur cimbrischen Halbinsel, die uralters wahrscheinlich ein größeres Land war. Von deutschen Stämmen, die hart an ihnen saßen, wurden sie teilweise über das Meer gedrängt, so daß sie in Britannien die Galen einengten, die öst- und südlichen Küsten dieses Landes bald innehatten, und da ihre Stämme dies- und jenseit des Meers zusammenhingen, sie auch in manchen Künsten erfahrner als die Galen waren, in dieser Lage nichts so bequem als die Seeräuberei treiben konnten. Sie scheinen ein wilderes Volk gewesen zu sein als die Galen, das auch unter den Römern an Sittlichkeit wenig zunahm, und als diese das Land verließen in einen so hilflosen Zustand der Barbarei und Ausschweifung versank, daß es bald die Römer, bald zu eignem Schaden die Sachsen als Hilfsvölker ins Land rufen mußte. Sehr übel erging es ihnen unter diesen deutschen Helfern. In Horden kamen diese herüber und verwüsteten bald mit Feuer und Schwert; weder Menschen noch Anlagen wurden verschonet; das Land ward zur Einöde, und wir finden endlich die armen Kymren an die westliche Ecke Englands, in die Gebirge von Wales, in die Ecke von Cornwallis verdrängt oder nach Bretagne geflüchtet oder vertilget. Nichts gleicht dem Haß, den die Kymren gegen ihre treulosen Freunde, die Sachsen, hatten und viele Jahrhunderte durch, auch nachdem sie in ihre nackten Gebirge eingeschlossen waren, lebhaft nährten. Lange erhielten sie sich unabhängig, im völligen Charakter ihrer Sprache. Regierungsart und Sitten, von denen wir im Regulativ des Hofstaats ihrer Könige und ihrer Beamten noch eine merkwürdige Beschreibung haben**; indessen kam auch die Zeit *ihres* Endes. Wales ward überwunden und mit England vereinigt; nur die Sprache der Kymren erhielt und erhält sich noch, sowohl hier als in Bretagne. Sie erhält sich noch, aber in unsichern Resten; und es ist gut, daß ihr Charakter in Büchern aufgenommen worden***, weil unausbleiblich sowohl sie als alle Sprachen dergleichen verdrängeter Völker ihr Ende erreichen werden, und mit dieser in Bretagne dies wohl zuerst geschehen dürfte. Nach dem allgemeinen Lauf der Dinge erlöschen die Charaktere der Völker allmählich; ihr Gepräge nützt sich ab, und sie werden in den Tiegel der Zeit geworfen, in welchem sie zur toten Masse hinabsinken, oder zu einer neuen Ausprägung sich läutern.

* Es scheinet sonderbar, daß da zwo Nationen, Schotten und Iren, um die Eigentumsehre Fingals und Ossians streiten, keine derselben durch Herausgabe der schönsten Gesänge des letztern *mit ihrer ursprünglichen Gesangweise*, die noch Herkommens sein soll, sich rechtfertigt. Schwerlich könnte diese erdichtet werden, und der Bau der Lieder selbst in der *Urschrift*, mit einem Glossarium und gehörigen Anmerkungen versehen, rechtfertigte nicht bloß, sondern er würde über Sprache, Musik und Dichtkunst der Galen mehr als ihr Aristoteles, *Blair*, belehren. Nicht nur für die eingebornen Liebhaber dieser Gedichte müßte eine *galische Anthologie* dieser Art eine Art klassischen Werks sein, durch welches sich das Schönste der Sprache aufs längste erhielte; sondern auch für Ausländer würde sich vieles daraus ergeben, und immerhin bliebe ein Buch solcher Art der *Geschichte der Menschheit* wichtig.

** *Sprengels* Geschichte von Großbritannien S. 379-92.

*** In *Borlase*, *Bullet*, *Loyd*, *Rostrenen*, *le Brigant*, der Bibelübersetzung u. f. Die poetischen Sagen indessen vom Könige Artus und seinem Gefolge sind in ihrer Ursprünglichkeit noch wenig durchsucht worden.

Das Denkwürdigste, was uns von den Kymren übriggeblieben und wodurch wunderbar auf die Einbildungskraft der Menschen gewirkt worden, ist ihr König Artus mit seinen Rittern der runden Tafel. Natürlich kam die Sage von ihm sehr spät in Bücher, und nur nach den Kreuzzügen bekam sie ihren Schmuck der Romandichtung; ursprünglich aber gehört sie den Kymren zu: denn in Cornwallis herrschte König Artus; dort und in Wales tragen in der Volkssage hundert Orte noch von ihm den Namen. In Bretagne, der Kolonie der Kymren, ward, vom romantischen Fabelgeist der Normannen belebt, das Märchen wahrscheinlich zuerst ausgebildet, und breitete sich sodann mit zahllosen Erweiterungen über England, Frankreich, Italien, Spanien, Deutschland, ja späterhin in die gebildete Dichtkunst. Märchen aus dem Morgenlande kamen dazu, Legenden mußten alles heiligen und segnen; so kam dann das schöne Gefolge von Rittern, Riesen, dem Zauberer Merlin (auch einem Walliser), von Feen, Drachen und Abenteurern zusammen, an welchem sich jahrhundertelang Ritter und Frauen vergnügten. Es wäre umsonst, genau zu fragen, wenn König Artus gelebt habe; aber den Grund, die Geschichte und Wirkungen dieser Sagen und Dichtungen durch alle Nationen und Jahrhunderte, in denen sie geblühet, zu untersuchen und als ein Phänomenon der Menschheit ins Licht zu stellen, dies wäre, nach den schönen Vorarbeiten dazu, ein ruhmwürdiges Abenteuer, so angenehm als belehrend.*

II.

Finnen, Letten und Preußen

Der finnische Völkerstamm (der aber diesen Namen sowenig als ein Zweig desselben den Namen der Lappen kennet, indem sie sich selbst *Suomi* nennen) erstreckt sich noch jetzt im äußersten Norden von Europa und an den Küsten der Ostsee bis nach Asien hinein; in frühern Zeiten hat er sich gewiß tiefer hinab- und weiter hinverbreitet. Außer den Lappen und Finnen gehören in Europa die Ingern, Esten und Liwen zu ihm; weiterhin sind die Syranen, Permier, Wogulen, Wotjaken, Tscheremissen, Mordwinen, die kondischen Ostjaken u. f. seine Verwandte, so wie auch die Ungarn oder Madjaren desselben Völkerstammes sind, wenn man ihre Sprachen vergleichet.** Es ist ungewiß, wie weit hinab die Lappen und Finnen einst in Norwegen

* *Thomas Whartons* Abhandlung über den Ursprung der romanhaften Dichtung in Europa, vor seiner Geschichte der englischen Poesie und in *Eschenburgs* Britisch. Museum B. 3-5 übersetzt, hat auch hierzu nützliche Kollektaneen; da sie aber offenbar einem falschen System folget, so müßte wohl das Ganze eine andre Gestalt annehmen. In *Percels* sowohl als in der neuern großen Bibliothèque des Romans, in den Anmerkungen der Engländer über ihren *Chaucer*, *Spenser*, *Shakespeare*, u. f. in ihren Archäologien, in *Du-Fresne* u. a. Anmerkungen zu mehreren alten Geschichtsschreibern sind Materialien und Data genug; eine kleine Geschichte von *Sprengel* würde dies Chaos in Ordnung bringen und gewiß in einem lehrreichen Licht zeigen.

** S. *Büttners* Vergleichungstabellen der Schriftarten, *Gatterers* Einleitung zur Universalhistorie, *Schlözers* Allgemeine Nordische Geschichte u. f. Das letzte Buch (T. 31. der fortgesetzten Allgemeinen Weltgeschichte) ist eine schätzbare Sammlung eigner und fremder Untersuchungen über die Stämme und alte Geschichte der nordischen Völker, die den Wunsch nach mehreren Zusammenstellungen solcher Art von Arbeiten eines *Ihre*, *Suhm*, *Lagerbring* u. a. erreget.

und Schweden gewohnt haben; das aber ist sicher, daß sie von den skandischen Deutschen immer höher hinauf bis an den nordischen Rand getrieben sind, den sie noch jetzt innehaben. An der Ostsee und am Weißen Meer scheinen ihre Stämme am lebendigsten gewesen zu sein, wo sie nebst einigem Tauschhandel auch Seeräuberei trieben; in Permien oder Biarmeland hatte ihr Götze Jumala einen barbarisch prächtigen Tempel; hier gingen also auch vorzüglich die nordisch-deutschen Abenteurer hin, zu tauschen, zu plündern und Tribut zu fordern. Nirgend indes hat dieser Volksstamm zur Reife einer selbständigen Kultur kommen können, woran wohl nicht seine Fähigkeit, sondern seine üble Lage schuld ist. Sie waren keine Krieger wie die Deutschen; denn auch noch jetzt nach so langen Jahrhunderten der Unterdrückung zeigen alle Volkssagen und Lieder der Lappen, Finnen und Esten, daß sie ein sanftes Volk sind. Da nun außerdem ihre Stämme meistens ohne Verbindung, und viele derselben ohne politische Verfassung lebten, so konnte beim Herandringen der Völker wohl nichts anders geschehen, als was geschehen ist, nämlich, daß die Lappen an den Nordpol hinaufgedrängt, die Finnen, Ingern, Esten u. f. sklavisch unterjocht, die Liven aber fast ganz ausgerottet wurden. Das Schicksal der Völker an der Ostsee macht überhaupt ein trauriges Blatt in der Geschichte der Menschheit.

Das einzige Volk, das aus diesem Stamm sich unter die Eroberer gedrängt hat, sind die Ungarn oder Madjaren. Wahrscheinlich saßen sie zuerst im Lande der Baschkiren zwischen der Wolga und dem Jaik; dann stifteten sie ein ungrisches Königreich zwischen dem Schwarzen Meer und der Wolga, das sich zerteilte. Jetzt kamen sie unter die Chazaren, wurden von den Petschenegern geteilt, da sie denn teils an der persischen Grenze das madjarische Reich gründeten, teils in sieben Horden nach Europa gingen und mit den Bulgaren wütende Kriege führten. Von diesen weiterhin gedrängt, rief Kaiser Arnulf sie gegen die Mähren; jetzt stürzten sie aus Pannonien in Mähren, Bayern, Oberitalien und verwüsteten greulich; mit Feuer und Schwert streiften sie in Thüringen, Sachsen, Franken, Hessen, Schwaben, Elsaß bis nach Frankreich und abermals in Italien hinein, zogen vom deutschen Kaiser einen schimpflichen Tribut, bis endlich teils durch die Pest, teils durch die fürchterlichsten Niederlagen ihrer Heere in Sachsen, Schwaben, Westfalen das Deutsche Reich vor ihnen sichergestellt, und ihr Ungarn selbst sogar zu einem apostolischen Reich ward. Da sind sie jetzt unter Slawen, Deutschen, Wlachen und andern Völkern der geringere Teil der Landeseinwohner, und nach Jahrhunderten wird man vielleicht ihre Sprache kaum finden.

Die *Litauer*, *Kuren* und *Letten* an der Ostsee sind von ungewissem Ursprunge; aller Wahrscheinlichkeit nach indessen auch dahin gedrängt, bis sie nicht weiter gedrängt werden konnten. Ungeachtet der Mischung ihrer Sprache mit andern hat sie doch einen eignen Charakter und ist wahrscheinlich die Tochter einer uralten Mutter, die vielleicht aus fernen Gegenden her ist. Zwischen den deutschen, slawischen und finnischen Völkern konnte sich der friedliche lettische Stamm nirgend weit ausbreiten, noch weniger verfeinern, und ward zuletzt nur wie seine Nachbarn, die *Preußen*, am meisten durch die Gewalttätigkeiten merkwürdig, die allen diesen Küstenbewohnern teils von den neubekehrten Polen, teils vom Deutschen Orden und denen, die ihm zu Hilfe kamen, widerfuhren.* Die Menschheit schaudert vor

* Vom preußischen Volk wäre eine kurze Geschichte aus *Hartknochs*, *Prätorius*, *Lilienthals* u. a. nützlichen Vorarbeiten und Sammlungen zu wünschen, und vielleicht ist sie, mir unbekannt, schon erschienen. Ohne Aufmunterung hat dieser kleine Erdwinkel für seine und benachbarter Völker Geschichte viel getan; der einzige Name *Bayer* ist statt vieler. In-

dem Blut, das hier vergossen ward in langen wilden Kriegen, bis die alten Preußen fast gänzlich ausgerottet, Kuren und Letten hingegen in eine Knechtschaft gebracht wurden, unter deren Joch sie noch jetzt schmachten. Vielleicht verfließen Jahrhunderte, ehe es von ihnen genommen wird, und man zum Ersatz der Abscheulichkeiten, mit welchen man diesen ruhigen Völkern ihr Land und ihre Freiheit raubte, sie aus Menschlichkeit zum Genuß und eignen Gebrauch einer bessern Freiheit neu bildet.

Lange gnug hat sich unser Blick bei verdrängten oder unterjochten und ausgerotteten Völkern verweilet; lasset uns jetzt die sehen, die sie verdrängten und unterjochten.

III.

Deutsche Völker

Wir treten zu dem Völkerstamm, der durch seine Größe und Leibesstärke, durch seinen unternehmenden, kühnen und ausdaurenden Kriegsmut, durch seinen dienenden Heldengeist, Anführern, wohin es sei, im Heer zu folgen und die bezwungenen Länder als Beute unter sich zu teilen, mithin durch seine weiten Eroberungen und die Verfassung, die allenthalben umher nach deutscher Art errichtet ward, zum Wohl und Weh dieses Weltteils mehr als alle andren Völker beigetragen. Vom Schwarzen Meer an durch ganz Europa sind die Waffen der Deutschen furchtbar worden; von der Wolga bis zur Ostsee reichte einst ein gotisches Reich; in Thrazien, Mösien, Pannonien, Italien, Gallien, Spanien, selbst in Afrika hatten zu verschiedenen Zeiten verschiedene deutsche Völker Sitze und stifteten Reiche; sie waren es, die die Römer, Sarazenen, Galen, Kymren, Lappen, Finnen, Esten, Slawen, Kuren, Preußen und sich untereinander selbst verdrängten, die alle heutigen Königreiche in Europa gestiftet, ihre Stände eingeführt, ihre Gesetze gegründet haben. Mehr als einmal haben sie Rom eingenommen, besiegt und geplündert, Konstantinopel mehrmals belagert und selbst in ihm geherrschet, zu Jerusalem ein christliches Königreich gestiftet; und noch jetzt regieren sie teils durch die Fürsten, die sie allen Thronen Europas gegeben, teils durch diese von ihnen errichteten Throne selbst, als Besitzer, oder im Gewerb und Handel, mehr oder minder alle vier Weltteile der Erde. Da nun keine Wirkung ohne Ursache ist, so muß auch diese ungeheure Folge von Wirkungen ihre Ursache haben.

1. *Nicht wohl liegt diese im Charakter der Nation allein; ihre sowohl physische als politische Lage, ja eine Menge von Umständen, die bei keinem andern nördlichen Volk also zusammentraf, hat zum Lauf ihrer Taten mitgewirket.* Ihr großer, starker und schöner Körperbau, ihre fürchterlich-blauen Augen wurden von einem Geist der Treue und Enthaltsamkeit beseelt, die sie ihren Obern gehorsam, kühn im Angriff, ausdaurend in Gefahren, mithin andern Völkern, zumal den ausgearteten Römern zum Schutz und Trutz sehr wohlgefällig oder furchtbar machten. Frühe haben Deutsche im römischen Heer gedient, und zur Leibwache der Kaiser waren sie die

sonderheit verdient die alte preußische Verfassung am Ufer der Weichsel, die einen Widewut als Stifter nennet, und unter einem Oberdruiden, der Kriwe hieß, samt dem ganzen Stamme des Volks noch Untersuchung. In der Geschichte Livlands sind *Arndt*, *Hupel* u. a. geschätzte Namen.

auserlesensten Menschen; ja als das bedrängte Reich sich selbst nicht helfen konnte, waren es deutsche Heere, die für Sold gegen jeden, selbst gegen ihre Brüder fochten. Durch diese Söldnerei, die jahrhundertelang fortgesetzt wurde, bekamen viele ihre Völker nicht nur eine Kriegswissenschaft und Kriegszucht, die andern Barbaren fremd bleiben mußte; sondern sie kamen auch durch das Beispiel der Römer und durch die Bekanntschaft mit ihrer Schwäche allmählich in den Geschmack eigner Eroberungen und Völkerzüge. Hatte dieses jetzt so ausgeartete Rom einst Völker unterjocht und sich zur Herrscherin der Welt aufgeworfen, warum sollten sie es nicht tun, ohne deren Hände jenes nichts Kräftiges mehr vermochte? Der erste Stoß auf die römischen Länder kam also, wenn wir die ältern Einbrüche der Teutonen und Kymren absondern, und von den unternehmenden Männern Ariovist, Marbud und Hermann zu rechnen anfangen, von Grenzvölkern oder von Anführern her, die der Kriegsart dieses Reichs kundig und in seinen Heeren oft selbst gebraucht waren, mithin die Schwäche sowohl Roms als späterhin Konstantinopels gnugsam kannten. Einige derselben waren sogar eben damals römische Hilfsvölker, als sie es besser fanden, was sie gerettet hatten, sich selbst zu bewahren. Wie nun die Nachbarschaft eines schwachen Reichen und eines starken Dürftigen, der jenem unentbehrlich ist, diesem notwendig die Überlegenheit und Herrschaft einräumet, so hatten auch hier die Römer den Deutschen, die im Mittelpunkt Europas gerade vor ihnen saßen, und die sie bald aus Not in ihren Staat oder in ihre Heere nahmen, das Heft selbst in die Hände gegeben.

2. *Der lange Widerstand, den mehrere Völker unsres Deutschlandes gegen die Römer zu tun hatten, stärkte in ihnen notwendig ihre Kräfte und ihren Haß gegen einen Erbfeind, der sich der Triumphe über sie mehr als andrer Siege rühmte.* Sowohl am Rhein als an der Donau waren die Römer den Deutschen gefährlich; so gern diese ihnen gegen die Gallier und andren Völker gedient hatten, so wollten sie ihnen als Selbstüberwundene nicht dienen. Daher nun die langen Kriege von Augustus an, die, je schwächer das Reich der Römer ward, immer mehr in Einbruch und Plünderung ausarteten und nicht anders als mit seinem Untergange enden konnten. Der *Markomannische* und *Schwäbische Bund*, den mehrere Völker gegen die Römer schlossen, der *Heerbann*, in welchem alle, auch die entlegenern deutschen Stämme standen, der jeden Mann zum *Wehren*, d. i. zum Mitstreiter machte, diese und mehrere Einrichtungen gaben der ganzen Nation sowohl den Namen als die Verfassung der *Germanen* oder *Alemannen*, d. i. verbundener Kriegsvölker; wilde Vorspiele eines Systems, das nach Jahrhunderten auf alle Nationen Europas verbreitet werden sollte.*

3. *Bei solch einer stehenden Kriegsverfassung mußte es den Deutschen notwendig an manchen andern Tugenden fehlen, die sie ihrer Hauptneigung oder ihrem Hauptbedürfnis, dem Kriege, nicht ungern aufopferten.* Den Ackerbau trieben sie ebenso fleißig nicht und beugten sogar in manchen Stämmen durch eine jährlich neue Verteilung der Äcker dem Vergnügen vor, das jemand an dem eignen Besitz und einer bessern Kultur des Landes finden könnte. Einige, insonderheit östliche Stämme

* Eine ausführliche Schilderung der deutschen Verfassungen, die nach Zeiten, Stämmen und Gegenden sehr verschieden waren, wäre hier ohne Zweck, da, was sich von ihnen in die Geschichte der Völker gepflanzt hat, sich zeitig gnug zeigen wird. Nach den zahlreichsten Erläuterungen des Tacitus hat *Möser* von derselben, seiner Gegend zufolge, eine Beschreibung gegeben, die in ihrer schönen Zusammenstimmung beinah ein idealisches System und doch in einzelnen Stücken sehr wahr scheinet. *Mösers Osnabrückische Geschichte* T. 1., seine *Patriotische Phantasien* hin und wieder.

waren und blieben lange tatarische Jagd- und Hirtenvölker. Die rohe Idee von Gemeinweiden und einem Gesamteigentum war die Lieblingsidee dieser Nomaden, die sie auch in die Einrichtung ihrer eroberten Länder und Reiche brachten. Deutschland blieb also lange ein Wald voll Wiesen, Moräste und Sümpfe, wo der Ur und das Elend, jetzt ausgerottete deutsche Heldentiere, neben den deutschen Menschenhelden wohnten; Wissenschaften kannten sie nicht, und die wenigen ihnen unentbehrlichen Künste verrichteten Weiber und größtenteils geraubte Knechte. Völkern dieser Art mußte es angenehm sein, von Rache, Dürftigkeit, Langeweile, Gesellschaft oder von einer andern Aufforderung getrieben, ihre öden Wälder zu verlassen, bessere Gegenden zu suchen oder um Sold zu dienen. Daher waren mehrere Stämme in einer ewigen Unruhe, mit und gegeneinander entweder im Bunde oder im Kriege. Keine Völker (wenige Stämme ruhiger Landesanwohner ausgenommen) sind so oft hin und her gezogen als diese; und wenn ein Stamm aufbrach, schlugen sich im Zuge meistenteils mehrere an ihn, also daß aus dem Haufen ein Heer ward. Viele deutsche Völker, Wandalen, Sueven u. a., haben vom Umherschweifen, Wandeln, den Namen; so gings zu Lande, so ging's zur See. Ein ziemlich tatarisches Leben.

In der ältesten Geschichte der Deutschen hüte man sich also, sich irgend an einen Lieblingsplatz unsrer neuen Verfassung mit Vorliebe zu heften; die alten Deutschen gehören in diese nicht; sie folgten einem andern Strome der Völker. Westwärts drangen sie auf Belgen und Galen, bis sie in der Mitte andrer Stämme eingeschlossen saßen; östlich gingen sie bis zur Ostsee, und wenn sie auf ihr nicht rauben oder fortschwimmen konnten, an den sandigen Küsten aber auch keinen Unterhalt fanden, so wandten sie sich natürlicherweise bei dem ersten Anlaß südlich in leergelassene Länder. Daher, daß mehrere der Nationen, die ins Römische Reich zogen, zuerst an der Ostsee gewohnet haben; es waren aber gerade nur die wilderen Völker, deren Wohnung daselbst keine Veranlassung zum Sturz dieses Reichs war. Weit entfernter lag diese in der *asiatischen Mongolei;* denn dort wurden die westlichen Hunnen von den Iguren und andern Völkern gedrängt; sie gingen über die Wolga, trafen auf die Alanen am Don, trafen auf das große Reich der Goten am Schwarzen Meere; und jetzt gerieten lauter südliche deutsche Völker, West- und Ostgoten, Wandalen, Alanen, Sueven in Bewegung, denen die Hunnen folgten. Mit den Sachsen, Franken, Burgundern und Herulern hatte es wieder andre Bewandtnis; die letztgenannten standen als Helden, die ihr Blut verkauften, längst in römischem Solde.

Auch hüte man sich, allen diesen Völkern gleiche Sitten oder eine gleiche Kultur zuzueignen; das Gegenteil davon zeigt ihr verschiedenes Betragen gegen die überwundnen Nationen. Anders verfuhren die wilden Sachsen in Britannien, die streifenden Alanen und Sueven in Spanien, als die Ostgoten in Italien, oder in Gallien die Burgunder. Die Stämme, die lange an den römischen Grenzen neben ihren Kolonien und Handelsplätzen, west- oder südlich, gewohnt hatten, waren milder und bildsamer, als die aus den nordischen Wäldern oder von öden Küsten herkamen; daher es z. B. anmaßend sein würde, wenn jede Horde der Deutschen sich die Mythologie der skandischen Goten zueignen wollte. Wohin waren diese Goten nicht gekommen und auf wie mancherlei Wegen hat sich diese Mythologie späterhin nicht verfeinert? Dem tapfern Urdeutschen bleibt vielleicht nichts als sein *Theut* oder *Tuisto*, *Mann*, *Hertha* und *Wodan*, d. i. ein Vater, ein Held, die Erde und ein Feldherr.

Indessen dürfen wir uns doch wenigstens brüderlich jenes entfernten Schatzes der *deutschen Fabellehre* freuen, der sich am Ende der bewohnten Welt, in Island, erhalten oder zusammengefunden und durch die Sagen der Normänner und christ-

lichen Gelehrten augenscheinlich bereichert hat, ich meine der nordischen Edda. Als eine Sammlung von Urkunden der Sprache und Denkart eines deutschen Volksstammes ist sie allerdings auch uns höchst merkwürdig. Die Mythologie dieser Nordländer mit der griechischen zu vergleichen, kann lehrreich oder unnütz werden, nachdem man die Untersuchung anstellt; sehr vergeblich wäre es aber, einen Homer oder Ossian unter diesen Skalden zu erwarten. Bringet die Erde allenthalben einerlei Früchte hervor? Und sind die edelsten Früchte dieser Art nicht Folgen eines lange zubereiteten, seltnen Zustandes der Völker und Zeiten? Lasset uns also in diesen Gedichten und Sagen schätzen, was wir in ihnen finden, einen eignen Geist roher, kühner Dichtung, starker, reiner und treuer Gefühle, samt einem nur zu künstlichen Gebrauch des Kerns unsrer Sprache; und Dank sei jeder aufbewahrenden, jeder mitteilenden Hand, die zum allgemeinern oder bessern Gebrauch dieser Nationalschätze beiträgt. Unter den Namen derer, die in früheren und neueren Zeiten ruhmwürdig dazu beitrugen*, nenne ich in unseren Zeiten auch für die Geschichte der Menschheit den Namen *Suhm* mit Dank und Ehre. Er ist es, der uns von Island her dies schöne Nordlicht in neuem Glanze hervorschimmern läßt; er selbst und andre suchen es auch in den Horizont unsrer Kenntnisse zum richtigern Gebrauch einzuführen. Leider können wir Deutsche von unsern alten Sprachschätzen nicht viel aufzeigen**; die Lieder unsrer Barden sind verloren; der alte Eichbaum unsrer Heldensprache prangt, außer wenigen, nur mit sehr junger Blüte.
Als die deutschen Völker das Christentum angenommen hatten, fochten sie dafür wie für ihre Könige und ihren Adel; welche echte Degentreue denn außer ihren eignen Völkern, den Alemannen, Thüringern, Bayern und Sachsen, die armen Slawen, Preußen, Kuren, Liven und Esten reichlich erfahren haben. Zum Ruhme gereicht es ihnen, daß sie auch gegen die später eindringenden Barbaren als eine lebendige Mauer standen, an der sich die tolle Wut der Hunnen, Ungarn, Mongolen und Türken zerschellte. Sie also sinds, die den größesten Teil von Europa nicht nur erobert, bepflanzt und nach ihrer Weise eingerichtet, sondern auch beschützt und beschirmt haben; sonst hätte auch das in ihm nicht aufkommen können, was aufgekommen ist. Ihr Stand unter den andern Völkern, ihr Kriegesbund und Stammescharakter sind also die Grundfesten der Kultur, Freiheit und Sicherheit Europas geworden; ob sie nicht auch durch ihre politische Lage an dem langsamen Fortgange dieser Kultur mit eine Ursache sein müssen, davon wird ein unbescholtener Zeuge, die Geschichte, Bericht geben.

IV.

Slawische Völker

Die slawischen Völker nehmen auf der Erde einen größern Raum ein als in der Geschichte, unter andern Ursachen auch deswegen, weil sie entfernter von den Römern lebten. Wir kennen sie zuerst am Don, späterhin an der Donau, dort unter Goten, hier unter Hunnen und Bulgaren, mit denen sie oft das römische Reich sehr be-

* *Sämund, Snorro, Resenius, Worm, Torfäus, Stephanius, Bartholin, Keisler, Ihre, Göranson, Thorkelin, Erichsen*, die *Magnäi, Anchersen, Eggers* u. f.

** In *Schilters* Thesauro ist außer wenigem, das sonst hie und da zu finden, unser Reichtum beisammen, und nicht sehr beträchtlich.

unruhigten, meistens nur als mitgezogene, helfende oder dienende Völker. Trotz ihrer Taten hie und da waren sie nie ein unternehmendes Kriegs- und Abenteuervolk wie die Deutschen; vielmehr rückten sie diesen stille nach und besetzten ihre leergelassenen Plätze und Länder, bis sie endlich den ungeheuren Strich innehatten, der vom Don zur Elbe, von der Ostsee bis zum Adriatischen Meer reichet. Von Lüneburg an über Mecklenburg, Pommern, Brandenburg, Sachsen, die Lausitz, Böhmen, Mähren, Schlesien, Polen, Rußland erstreckten sich ihre Wohnungen diesseit der Karpatischen Gebirge; und jenseit derselben, wo sie frühe schon in der Walachein und Moldau saßen, breiteten sie sich, durch mancherlei Zufälle unterstützt, immer weiter und weiter aus, bis sie der Kaiser Heraklius auch in Dalmatien aufnahm, und nach und nach die Königreiche Slawonien, Bosnien, Servien, Dalmatien von ihnen gegründet wurden. In Pannonien wurden sie ebenso zahlreich, von Friaul aus bezogen sie auch die südöstliche Ecke Deutschlands, also daß ihr Gebiet sich mit Steiermark, Kärnten, Krain festschloß; der ungeheuerste Erdstrich, den in Europa *eine* Nation größtenteils noch jetzt bewohnet. Allenthalben ließen sie sich nieder, um das von andern Völkern verlassene Land zu besitzen, es als Kolonisten, als Hirten oder Ackerleute zu bauen und zu nutzen; mithin war nach allen vorhergegangenen Verheerungen, Durch- und Auszügen ihre geräuschlose, fleißige Gegenwart den Ländern ersprießlich. Sie liebten die Landwirtschaft, einen Vorrat von Herden und Getreide, auch mancherlei häusliche Künste, und eröffneten allenthalben mit den Erzeugnissen ihres Landes und Fleißes einen nützlichen Handel. Längs der Ostsee von Lübeck an hatten sie Seestädte erbauet, unter welchen Vineta auf der Insel Rügen das slawische Amsterdam war; so pflogen sie auch mit den Preußen, Kuren und Letten Gemeinschaft, wie die Sprache dieser Völker zeiget. Am Dnjepr hatte sie Kiew, am Wolchow Nowgorod gebauet, welche bald blühende Handelsstädte wurden, indem sie das Schwarze Meer mit der Ostsee vereinigten und die Produkte der Morgenwelt dem nörd- und westlichen Europa zuführten. In Deutschland trieben sie den Bergbau, verstanden das Schmelzen und Gießen der Metalle, bereiteten das Salz, verfertigten Leinwand, braueten Met, pflanzten Fruchtbäume und führeten nach ihrer Art ein fröhliches, musikalisches Leben. Sie waren mildtätig, bis zur Verschwendung gastfrei, Liebhaber der ländlichen Freiheit, aber unterwürfig und gehorsam, des Raubens und Plünderns Feinde. Alles das half ihnen nicht gegen die Unterdrückung; ja es trug zu derselben bei. Denn da sie sich nie um die Oberherrschaft der Welt bewarben, keine kriegssüchtige erbliche Fürsten unter sich hatten, und lieber steuerpflichtig wurden, wenn sie ihr Land nur mit Ruhe bewohnen konnten, so haben sich mehrere Nationen, am meisten aber die vom deutschen Stamme, an ihnen hart versündigt.

Schon unter Karl dem Großen gingen jene Unterdrückungskriege an, die offenbar Handelsvorteile zur Ursache hatten, ob sie gleich die christliche Religion zum Vorwande gebrauchten: denn den heldenmäßigen Franken mußte es freilich bequem sein, eine fleißige, den Landbau und Handel treibende Nation als Knechte zu behandeln, statt selbst diese Künste zu lernen und zu treiben. Was die Franken angefangen hatten, vollführten die Sachsen; in ganzen Provinzen wurden die Slawen ausgerottet oder zu Leibeigenen gemacht, und ihre Ländereien unter Bischöfe und Edelleute verteilet. Ihren Handel auf der Ostsee zerstörten nordische Germanen; ihr Vineta nahm durch die Dänen ein trauriges Ende, und ihre Reste in Deutschland sind dem ähnlich, was die Spanier aus den Peruanern machten. Ist es ein Wunder, daß nach Jahrhunderten der Unterjochung und der tiefsten Erbitterung dieser

Nation gegen ihre christlichen Herren und Räuber ihr weicher Charakter zur arglistigen, grausamen Knechtsträgheit herabgesunken wäre? Und dennoch ist allenthalben, zumal in Ländern, wo sie einiger Freiheit genießen, ihr altes Gepräge noch kennbar. Unglücklich ist das Volk dadurch worden, daß es bei seiner Liebe zur Ruhe und zum häuslichen Fleiß sich keine daurende Kriegsverfassung geben konnte, ob es ihm wohl an Tapferkeit in einem hitzigen Widerstande nicht gefehlt hat. Unglücklich, daß seine Lage unter den Erdvölkern es auf einer Seite den Deutschen so nahe brachte, und auf der andern seinen Rücken allen Anfällen östlicher Tataren frei ließ, unter welchen, sogar unter den Mongolen, es viel gelitten, viel geduldet. Das Rad der ändernden Zeit drehet sich indes unaufhaltsam; und da diese Nationen größtenteils den schönsten Erdstrich Europas bewohnen, wenn er ganz bebauet und der Handel daraus eröffnet würde; da es auch wohl nicht anders zu denken ist, als daß in Europa die Gesetzgebung und Politik statt des kriegerischen Geistes immer mehr den stillen Fleiß und den ruhigen Verkehr der Völker untereinander befördern müssen und befördern werden: so werdet auch ihr so tief versunkene, einst fleißige und glückliche Völker, endlich einmal von eurem langen trägen Schlaf ermuntert, von euren Sklavenketten befreiet, eure schönen Gegenden vom Adriatischen Meer bis zum Karpatischen Gebirge, von Don bis zur Mulda als Eigentum nutzen und eure alten Feste des ruhigen Fleißes und Handels auf ihnen feiern dürfen.
Da wir aus mehreren Gegenden schöne und nutzbare Beiträge zur Geschichte dieses Volks haben*, so ist zu wünschen, daß auch aus andern ihre Lücken ergänzt, die immer mehr verschwindenden Reste ihrer Gebräuche, Lieder und Sagen gesammlet und endlich eine *Geschichte dieses Völkerstammes im ganzen* gegeben würde, wie sie das Gemälde der Menschheit fordert.

V.

Fremde Völker in Europa

Alle bisher betrachteten Nationen können wir, die einzigen Ungarn ausgenommen, als alte europäische Stammvölker ansehen, die seit undenklichen Zeiten dahin gehören. Denn ob sie gleich einst auch in Asien mögen gesessen haben, wie die Verwandtschaft mehrerer Sprachen vermuten läßt, so liegt doch diese Untersuchung samt dem Wege, den sie aus der Arche Noah genommen haben, jenseit unsrer Geschichte.
Außer ihnen aber gibts noch eine Reihe fremder Völker, die in Europa entweder einst ihre Rolle gespielt und zum Glück oder Unglück desselben beigetragen haben, oder solche noch jetzo spielen.
Dahin gehören die *Hunnen*, die unter Attila einst eine so große Strecke der Länder durchzogen, überwunden und verwüstet haben; nach aller Wahrscheinlichkeit und nach Ammians Beschreibung ein Volk mongolischen Stammes. Hätte der große Attila sich nicht von Rom hinwegbitten lassen und die Hauptstadt der Welt zur Hauptstadt seines Reiches gemacht, wie schrecklich anders wäre die ganze europäische Geschichte! Nun gingen seine geschlagenen Völker in ihre Steppen zurück und ließen uns, gottlob kein *heiliges Römisch-Kalmückisches Kaisertum* in Europa.

* *Frisch, Popowitsch, Müller, Jordan, Stritter, Gerken, Möhsen, Anton, Dobner, Taube, Fortis, Sulzer, Rossignoli, Dobrowski, Voigt, Pelzel* u. ff.

Nach den Hunnen haben die *Bulgarn* einst eine fürchterliche Rolle im östlichen Europa gespielt, bis sie, so wie die Ungarn, zur Annahme der christlichen Religion gebändigt wurden und sich zuletzt gar in die Sprache der Slawen verloren. Auch das neue Reich zerfiel, das sie mit den Wlachen vom Berge Hämus stifteten; sie sanken in die vermischte große Masse der Völker des dacisch-illyrisch-thrazischen Erdstrichs, und ohne unterscheidenden Volkscharakter führt nur noch eine Provinz des türkischen Reichs ihren Namen.
Viele andren Völker übergehen wir, Chazaren, Avaren, Petschenegen u. f., die dem morgenländischen, zum Teil auch westlichen römischen Reich, auch Goten, Slawen und andern Völkern gnug zu schaffen gemacht hatten, endlich aber ohne eine daurende Stiftung ihres Namens entweder nach Asien zurückgingen oder in die Masse der Völker versanken.
Noch weniger dürfen wir uns auf jene Reste der alten Illyrier, Thrazier und Mazedonier, die Albanier, Wlachen, Arnauten einlassen. Sie sind keine Fremdlinge, sondern ein alteuropäischer Völkerstamm; einst waren sie Hauptnationen, jetzt sind sie untereinandergeworfene Trümmer mehrerer Völker und Sprachen.
Ganz fremde sind für uns auch jene zweiten Hunnen, die unter Dschingis-Khan und seinen Nachfolgern Europa verwüsteten. Der erste Eroberer drang unaufhaltsam bis an den Dnjepr, änderte plötzlich seine Gedanken und ging zurück, sein Nachfolger kam mit Feuer und Schwert bis in Deutschland, ward aber auch zurückgetrieben. Dschingis-Khans Enkel unterjochte Rußland, das anderthalbhundert Jahre den Mongolen steuerbar blieb; endlich warf es das Joch ab und ging in der Folge selbst diesen Völkern gebietend entgegen. Mehr als einmal sind jene räuberischen Wölfe der asiatischen Erdhöhe, die Mongolen, Verwüster der Welt worden; Europa aber zu ihrer Steppe zu machen, hat ihnen nie geglückt. Sie haben es auch nie gewollt, sondern begehrten nur Beute.
Also sprechen wir bloß von den Völkern, die als Besitzer und Mitwohner sich in unserm Weltteil eine längere oder kürzere Dauer erwarben; und diese sind
1. Die *Araber* zuerst. Nicht nur hat dieses Volk dem morgenländischen Kaisertum in dreien Teilen der Welt den ersten großen Hauptstoß gegeben; sondern da sie Spanien 770 Jahre teilweise besessen, außerdem auch in Sizilien, Sardinien, Korsika und Neapel ganz oder zum Teil lange geherrschet haben und meistens nur stückweise diese Besitzungen verloren, so blieben allenthalben in der Sprache und Denkart, in Anlagen und Einrichtungen Spuren von ihnen zurück, die teils noch unausgetilgt sind, teils auf den Geist ihrer damaligen Nachbarn und Mitwohner sehr gewirkt haben. An mehreren Orten zündete sich bei ihnen die Fackel der Wissenschaft für das damals barbarische Europa an, und auch bei den Kreuzzügen ward die Bekanntschaft mit ihren morgenländischen Brüdern unserm Weltteil ersprießlich. Ja, da viele derselben in den von ihnen bewohnten Ländern zum Christentum übergetreten sind, so sind sie dadurch, in Spanien, Sizilien und sonst, Europa selbst einverleibet worden.
2. Die *Türken*, ein Volk aus Turkestan, ist trotz seines mehr als dreihundertjährigen Aufenthalts in Europa diesem Weltteil noch immer fremde. Sie haben das morgenländische Reich, das über tausend Jahre sich selbst und der Erde zur Last war, geendet und ohne Wissen und Willen die Künste dadurch westwärts nach Europa getrieben. Durch ihre Anfälle auf die europäischen Mächte haben sie dieselbe jahrhundertelang in Tapferkeit wachend erhalten und jeder fremden Alleinherrschaft in ihren Gegenden vorgebeuget; ein geringes Gute gegen das ungleich größere

Übel, daß sie die schönsten Länder Europas zu einer Wüste und die einst sinnreichsten griechischen Völker zu treulosen Sklaven, zu liederlichen Barbaren gemacht haben. Wie viele Werke der Kunst sind durch diese Unwissenden zerstört worden! Wie vieles ist durch sie untergegangen, das nie wiederhergestellt werden kann! Ihr Reich ist ein großes Gefängnis für alle Europäer, die darin leben; es wird untergehen, wenn seine Zeit kommt. Denn was sollen Fremdlinge, die noch nach Jahrtausenden asiatische Barbaren sein wollen, was sollen sie in Europa?

3. Die *Juden* betrachten wir hier nur als die parasitische Pflanze, die sich beinah allen europäischen Nationen angehängt und mehr oder minder von ihrem Saft an sich gezogen hat. Nach dem Untergange des alten Roms waren ihrer vergleichungsweise nur noch wenige in Europa; durch die Verfolgungen der Araber kamen sie in großen Haufen herüber und haben sich selbst nationenweise verteilet. Daß sie den Aussatz in unsern Weltteil gebracht, ist unwahrscheinlich; ein ärgerer Aussatz wars, daß sie in allen barbarischen Jahrhunderten als Wechsler, Unterhändler und Reichsknechte niederträchtige Werkzeuge des Wuchers wurden und gegen eignen Gewinn die barbarisch stolze Unwissenheit der Europäer im Handel dadurch stärkten. Grausam ging man oft mit ihnen um und erpreßte tyrannisch, was sie durch Geiz und Betrug, oder durch Fleiß, Klugheit und Ordnung erworben hatten; indem sie aber solcher Begegnungen gewohnt waren und selbst darauf rechnen mußten, so überlisteten und erpreßten sie desto mehr. Indessen waren sie der damaligen Zeit und sind noch jetzt manchen Ländern unentbehrlich; wie denn auch nicht zu leugnen ist, daß durch sie die hebräische Literatur erhalten, in den dunkeln Zeiten die von den Arabern erlangte Wissenschaft, Arzneikunde und Weltweisheit auch durch sie fortgepflanzt und sonst manches Gute geschafft worden, wozu sich kein andrer als ein Jude gebrauchen ließ. Es wird eine Zeit kommen, da man in Europa nicht mehr fragen wird, wer Jude oder Christ sei; denn auch der Jude wird nach europäischen Gesetzen leben und zum Besten des Staats beitragen. Nur eine barbarische Verfassung hat ihn daran hindern oder seine Fähigkeit schädlich machen mögen.

4. Ich übergehe die *Armenier*, die ich in unserm Weltteil nur als Reisende betrachte, sehe aber dagegen ein zahlreiches, fremdes, heidnisches, unterirdisches Volk fast in allen Ländern Europas, die *Zigeuner*. Wie kommt es hierher? Wie kommen die sieben- bis achtmal hunderttausend Köpfe hierher, die ihr neuester Geschichtschreiber zählet?* Eine verworfne indische Kaste, die von allem, was sich göttlich, anständig und bürgerlich nennet, ihrer Geburt nach entfernt ist und dieser erniedrigenden Bestimmung noch nach Jahrhunderten treu bleibt, wozu taugte sie in Europa, als zur militärischen Zucht, die doch alles aufs schnellste disziplinieret?

VI.

Allgemeine Betrachtungen und Folgen

So ungefähr erscheint das Gemälde der Völkerschaften Europas; welch eine bunte Zusammensetzung, die noch verworrener wird, wenn man sie die Zeiten, auch nur die wir kennen, hinabbegleitet. So wars in Japan, China, Indien nicht; so ists in keinem durch seine Lage oder Verfassung eingeschlossenen Lande. Und hat doch

* *Grellmann* histor. Versuch über die Zigeuner 87. *Rüdigers* Zuwachs zur Sprachenkunde 82.

Europa über den Alpen kein großes Meer, so daß man glauben sollte, daß die Völker hier wie Mauern nebeneinander hätten stehen mögen. Ein kleiner Blick auf die Beschaffenheit und Lage des Weltteils, so wie auf den Charakter und die Ereignisse der Nationen gibt darüber andern Aufschluß.

1. Siehe dort ostwärts zur Rechten die *ungeheure Erdhöhe, die die asiatische Tatarei heißt*, und wenn du die Verwirrungen der mittlern europäischen Geschichte liesest, so magst du wie Tristram seufzen: »Daher stammt unser Unglück!« Ich darf nicht untersuchen, ob alle nordischen Europäer und wie lange sie dort gewohnt haben; denn einst war das ganze Nordeuropa nicht besser als Sibirien und die Mongolei, jene Mutter der Horden; dort und hier war nomadischen Völkern das träge Umherziehen und die Khan-Regierung unter tatarischen Magnaten erblich und eigen. Da nun überdem das Europa über den Alpen offenbar eine *herabgesenkte Fläche* ist, die von jener völkerreichen tatarischen Höhe westwärts bis ans Meer reicht, auf welche also, wenn dort barbarische Horden andre Horden drängten, die westlichen herabstürzen und andre forttreiben mußten, so war damit ein langer tatarischer Zustand in Europa gleichsam geographisch gegeben. Dieser unangenehme Anblick nun erfüllt über ein Jahrtausend hin die europäische Geschichte, in welcher Reiche und Völker nie zur Ruhe kommen, weil sie entweder selbst des Wanderns gewohnt waren oder weil andre Nationen auf sie drängten. Da es also unleugbar ist, daß in der Alten Welt das große asiatische Gebirge mit seinen Fortgängen in Europa das Klima und den Charakter der Nord- und Südwelt wunderbar scheide, so lasset nordwärts der Alpen uns über unser Vaterland in Europa wenigstens dadurch trösten, daß wir in Sitten und Verfassungen nur zur verlängerten europäischen, und nicht gar zur ursprünglichen asiatischen Tatarei gehören.

2. Europa ist, zumal in Vergleichung mit dem nördlichen Asien, *ein milderes Land voll Ströme, Küsten, Krümmen und Buchten;* schon dadurch entschied sich das Schicksal seiner Völker vor jenen auf eine vorteilhafte Weise. Am See bei Asow sowohl als am Schwarzen Meere waren sie den griechischen Pflanzstädten und dem reichsten Handel der damaligen Welt nahe; alle Nationen, die hier verweilten oder gar Reiche stifteten, kamen in die Bekanntschaft mehrerer Völker, ja gar zu einiger Kunde der Wissenschafen und Künste. Insonderheit aber ward die Ostsee den Nordeuropäern das, was dem südlichen Europa das Mittelländische Meer war. Die preußische Küste war durch den Bernsteinhandel schon Griechen und Römern bekannt worden; alle Nationen, die an derselben wohnten, welchen Stammes sie waren, blieben nicht ohne einiges Kommerz, das sich bald mit dem Handel des Schwarzen Meers verband und sogar bis zum Weißen Meer erstreckte; mithin ward zwischen Südasien und dem östlichen Europa, zwischen dem asiatischen und europäischen Norden eine Art Völkergemeinschaft geknüpft, an der auch sehr unkultivierte Nationen teilnahmen.* An der skandinavischen Küste und in der Nordsee wimmelte bald alles von Handelsleuten, Seeräubern, Reisenden und Abenteurern, die sich in alle Meere, an die Küsten und Länder aller europäischen Völker gewagt und die wunderbarsten Dinge ausgeführt haben. Die Belgen knüpften Gallien und Britannien zusammen, und auch das Mittelländische Meer blieb von Zügen der Barbaren nicht verschont: sie wallfahrteten nach Rom, sie dienten und handelten in Konstantinopel. Durch welches alles dann, weil die lange Völkerwanderung zu Lande

* In *Fischers* Geschichte des deutschen Handels T. I. sind hierüber sehr brauchbare Kollektaneen gesammelt.

dazukam, endlich in diesem kleinen Weltteil die Anlage zu einem großen *Nationenverein* gemacht ist, zu dem ohne ihr Wissen schon die Römer durch ihre Eroberungen vorgearbeitet hatten, und der schwerlich anderswo als hier zustande kommen konnte. In keinem Weltteil haben sich die Völker so vermischt wie in Europa; in keinem haben sie so stark und oft ihre Wohnplätze und mit denselben ihre Lebensart und Sitten verändert. In vielen Ländern würde es jetzo den Einwohnern, zumal einzelnen Familien und Menschen schwer sein, zu sagen, welches Geschlechtes und Volkes sie sind, ob sie von Goten, Mauren, Juden, Karthagern, Römern, ob sie von Galen, Kymren, Burgundern, Franken, Normannen, Sachsen, Slawen, Finnen, Illyriern herstammen, und wie sich in der Reihe ihrer Vorfahren das Blut gemischet habe. Durch hundert Ursachen hat sich im Verfolg der Jahrhunderte die alte Stammesbildung mehrerer europäischen Nationen gemildert und verändert, ohne welche Verschmelzung der *Allgemeingeist Europas* schwerlich hätte erweckt werden mögen.
3. Daß wir *die ältesten Bewohner dieses Weltteils jetzt nur in die Gebirge oder an die äußersten Küsten und Ecken desselben verdrängt finden*, ist eine Naturbegebenheit, die in allen Weltgegenden, bis zu den Inseln des asiatischen Meers, Beispiele findet. In mehreren derselben bewohnte ein eigner, meistens roherer Völkerstamm die Gebirge, wahrscheinlich die ältern Einwohner des Landes, die jüngern und kühnern Ankömmlingen hatten weichen müssen; wie konnte es in Europa anders sein, wo sich die Völker mehr als irgendwo anders drängeten und forttrieben? Die Reihen derselben gehen indes an wenige Hauptnamen zusammen, und was sonderbar ist, auch in verschiednen Gegenden finden wir dieselben Völker, die einander gefolgt zu sein scheinen, meistens beieinander. So zogen die Kymren den Galen, die Deutschen ihnen beiden, die Slawen den Deutschen nach und besetzten ihre Länder. Wie die Erdlagen in unserm Boden, so folgen in unserm Weltteil Völkerlagen aufeinander, zwar oft durcheinandergeworfen, in ihrer Urlage indessen noch kenntlich. Die Forscher ihrer Sitten und Sprachen haben die Zeit zu benutzen, in der sie sich noch unterscheiden, denn alles neigt sich in Europa zur allmählichen Auslöschung der Nationalcharaktere. Nur hüte sich der Geschichtschreiber der Menschheit hierbei, daß er keinen Völkerstamm ausschließend zu seinem Lieblinge wähle und dadurch Stämme verkleinere, denen die Lage ihrer Umstände Glück und Ruhm versagte. Auch von den Slawen hat der Deutsche gelernt; der Kymr und Lette hätte vielleicht ein Grieche werden können, wenn er zwischen den Völkern anders gestellet gewesen wäre. Wir können sehr zufrieden sein, daß Völker von so starker, schöner, edler Bildung, von so keuschen Sitten, biederm Verstande und redlicher Gemütsart als die Deutschen waren, nicht etwa Hunnen oder Bulgarn die römische Welt besetzten; sie aber deswegen für das erwählt Gottesvolk in Europa zu halten, dem seines angebornen Adels wegen die Welt gehörte, und dem dieses Vorzugs halber andre Völker zur Knechtschaft bestimmt waren, dies wäre der unedle Stolz eines Barbaren. Der Barbar beherrscht; der gebildete Überwinder bildet.
4. *Von selbst hat sich kein Volk in Europa zur Kultur erhoben;* jedes vielmehr hat seine alten rohen Sitten so lange beizubehalten gestrebet, als es irgend tun konnte, wozu denn das dürftige, rauhe Klima und die Notwendigkeit einer wilden Kriegsverfassung viel beitrug. Kein europäisches Volk z. B. hat eigene Buchstaben gehabt oder sich selbst erfunden; sowohl die spanischen als nordischen Runen stammen von der Schrift andrer Völker; die ganze Kultur des nörd-, öst- und westlichen Europa ist ein Gewächs aus römisch-griechisch-arabischem Samen. Lange Zeiten brauchte dies Gewächs, ehe es auf diesem härtern Boden nur gedeihen und endlich

eigne, anfangs sehr saure Früchte bringen konnte; ja auch hiezu war ein sonderbares Vehikel, *eine fremde Religion* nötig, um das, was die Römer durch Eroberung nicht hatten tun können, *durch eine geistliche Eroberung* zu vollführen. Vor allen Dingen müssen wir also dies neue Mittel der Bildung betrachten, das keinen geringern Zweck hatte, als alle Völker zu *einem* Volk, für diese und eine zukünftige Welt glücklich, zu bilden, und das nirgend kräftiger als in Europa wirkte,

Das Zeichen ward jetzt prächtig aufgerichtet,
Das aller Welt zu Trost und Hoffnung steht,
Zu dem viel tausend Geister sich verpflichtet,
Zu dem viel tausend Herzen warm gefleht,
Das die Gewalt des bittern Tods vernichtet,
Das in so mancher Siegesfahne weht;
Ein Schaur durchdringt des wilden Kriegers Glieder;
Er sieht das *Kreuz*, und legt die Waffen nieder.

SIEBZEHNTES BUCH

Siebenzig Jahre vor dem Untergange des jüdischen Staats ward in ihm ein Mann geboren, der sowohl in dem Gedankenreich der Menschen als in ihren Sitten und Verfassungen eine unerwartete Revolution bewirkt hat, *Jesus.* Arm geboren, ob er wohl vom alten Königshause seines Volks abstammte, und im rohesten Teil seines Landes, fern von der gelehrten Weisheit seiner äußerst verfallnen Nation erzogen, lebte er die größeste Zeit seines kurzen Lebens unbemerkt, bis er, durch eine himmlische Erscheinung am Jordan eingeweihet, zwölf Menschen seines Standes als Schüler zu sich zog, mit ihnen einen Teil Judäas durchreisete und sie bald darauf selbst als Boten eines herannahenden neuen Reichs umhersandte. Das Reich, das er ankündigte, nannte er das Reich Gottes, ein himmlisches Reich, zu welchem nur auserwählte Menschen gelangen könnten, zu welchem er also auch nicht mit Auflegung äußerlicher Pflichten und Gebräuche, desto mehr aber mit einer Aufforderung zu reinen Geistes- und Gemütstugenden einlud. Die *echteste Humanität* ist in den wenigen Reden enthalten, die wir von ihm haben; Humanität ists, was er im Leben bewies und durch seinen Tod bekräftigte; wie er sich denn selbst mit einem Lieblingsnamen den *Menschensohn* nannte. Daß er in seiner Nation, insonderheit unter den Armen und Gedrückten viele Anhänger fand, aber auch von denen, die das Volk scheinheilig drückten, bald aus dem Wege geräumt ward, so daß wir die Zeit, in welcher er sich öffentlich zeigte, kaum bestimmt angeben können, beides war die natürliche Folge der Situation, in welcher er lebte.

Was war nun dies *Reich der Himmel*, dessen Ankunft Jesus verkündigte, zu wünschen empfahl und selbst zu bewirken strebte? Daß es keine weltliche Hoheit gewesen, zeigt jede seiner Reden und Taten, bis zu dem letzten klaren Bekenntnis, das er vor seinem Richter ablegte. Als ein geistiger Erretter seines Geschlechts wollte er *Menschen Gottes* bilden, die, unter welchen Gesetzen es auch wäre, aus reinen Grundsätzen andrer Wohl beförderten und selbst duldend im Reich der Wahrheit und Güte als Könige herrschten. Daß eine Absicht dieser Art der einzige Zweck der Vorsehung mit unserm Geschlecht sein könne, zu welchem auch, je reiner sie denken und streben, alle Weisen und Guten der Erde mitwirken müssen und mitwirken werden, dieses ist durch sich selbst klar: denn was hätte der Mensch für ein andres Ideal seiner Vollkommenheit und Glückseligkeit auf Erden, wenn es nicht diese allgemein wirkende reine Humanität wäre?

Verehrend beuge ich mich vor deiner edlen Gestalt, du Haupt und Stifter eines

Reichs von so großen Zwecken, von so daurendem Umfange, von so einfachen, lebendigen Grundsätzen, von so wirksamen Triebfedern, daß ihm die Sphäre dieses Erdelebens selbst zu enge schien. Nirgend finde ich in der Geschichte eine Revolution, die in kurzer Zeit so stille veranlaßt, durch schwache Werkzeuge auf eine so sonderbare Art zu einer noch unabsehlichen Wirkung allenthalben auf der Erde angepflanzt und in Gutem und Bösem bebauet worden ist, als die sich unter dem Namen nicht *deiner Religion*, d. i. deines lebendigen Entwurfs zum Wohl der Menschen, sondern größtenteils einer *Religion an dich*, d. i. einer gedankenlosen Anbetung deiner Person und deines Kreuzes den Völkern mitgeteilt hat. Dein heller Geist sahe dies selbst voraus; und es wäre Entweihung deines Namens, wenn man ihn bei jedem trüben Abfluß deiner reinen Quelle zu nennen wagte. Wir wollen ihn, soweit es sein kann, nicht nennen; vor der ganzen Geschichte, die von dir abstammt, stehe deine stille Gestalt allein.

I.

Ursprung des Christentums, samt den Grundsätzen, die in ihm lagen

So sonderbar es scheinet, daß eine Revolution, die mehr als *einen* Weltteil der Erde betraf, aus dem verachteten Judäa hervorgegangen, so finden sich doch bei näherer Ansicht hiezu historische Gründe. Die Revolution nämlich, die von hier ausging, war geistig; und so verächtlich Griechen und Römer von den Juden denken mochten, so blieb es ihnen doch eigen, daß sie vor andern Völkern Asiens und Europens aus alter Zeit Schriften besaßen, auf welche ihre Verfassung gebauet war und an welchen sich, dieser Konstitution zufolge, eine besondre Art Wissenschaft und Literatur ausbilden mußte. Weder Griechen noch Römer besaßen einen solchen Kodex religiöser und politischer Einrichtung, der, mit ältern geschriebenen Geschlechtsurkunden verknüpft, einem eignen zahlreichen Stamm anvertrauet war und von ihm mit abergläubischer Verehrung aufbehalten wurde. Notwendig erzeugte sich aus diesem verjährten Buchstaben mit der Zeitfolge eine Art feineren Sinnes, zu welchem die Juden bei ihrer öftern Zerstreuung unter andre Völker gewöhnt wurden. Im Kanon ihrer heiligen Schriften fanden sich Lieder, moralische Sprüche und erhabne Reden, die, zu verschiedenen Zeiten nach den verschiedensten Anlässen geschrieben, in *eine* Sammlung zusammenwuchsen, welche man bald als ein fortgehendes System betrachtete und aus ihr einen Hauptsinn zog. Die Propheten dieser Nation, die als konstituierte Wächter des Landesgesetzes, jeder im Umkreise seiner Denkart, bald lehrend und ermunternd, bald warnend oder tröstend, immer aber patriotisch hoffend dem Volk ein Gemälde hingestellt hatten, wie es sein sollte und wie es nicht war, hatten mit diesen Früchten ihres Geistes und Herzens der Nachwelt mancherlei Samenkörner zu neuen Ideen nachgelassen, die jeder nach seiner Art erziehen konnte. Aus allen hatte sich nach und nach das System von Hoffnungen eines Königes gebildet, der sein verfallenes, dienstbares Volk retten, ihm, mehr als seine alten größesten Könige, goldene Zeiten verschaffen und eine neue Einrichtung der Dinge beginnen sollte. Nach der Sprache der Propheten waren diese Aussichten theokratisch; mit gesammleten Kennzeichen eines Messias wurden sie zum lebhaften Ideal ausgebildet und als Brief und Siegel der Nation betrachtet. In Judäa hielt das wachsende Elend des Volkes diese Bilder fest; in andern Ländern, z. B. in Ägypten, wo seit dem Verfall der Monarchie Alexanders viele Juden wohnhaft waren, bildeten sich diese Ideen mehr nach griechischer Weise aus: apokryphische Bücher, die jene Weissagungen neu darstelleten, gingen umher; und jetzt war die Zeit da, die diesen Träumereien auf ihrem Gipfel ein Ende machen sollte. Es erschien ein Mann aus dem Volk, dessen Geist über Hirngespinste irdischer Hoheit erhaben, alle Hoffnungen, Wünsche und Weissagungen der Propheten zur Anlage eines idealischen Reichs vereinigte, das nichts weniger als ein jüdisches Himmelreich sein sollte. Selbst den nahen Umsturz seiner Nation sahe er in diesem höhern Plan voraus und weissagte ihrem prächtigen Tempel, ihrem ganzen, zum Aberglauben gewordnen Gottesdienst ein schnelles trauriges Ende. Unter alle Völker sollte das Reich Gottes kommen, und das Volk, das solches eigentümlich zu besitzen glaubte, ward von ihm als ein verlebter Leichnam betrachtet.

Welche umfassende Stärke der Seele dazu gehört habe, im damaligen Judäa etwas der Art anzuerkennen und vorzutragen, ist aus der unfreundlichen Aufnahme sichtbar, die diese Lehre bei den Obern und Weisen des Volks fand; man sahe sie als einen Aufruhr gegen Gott und Moses, als ein Verbrechen der beleidigten Nation an, deren gesamte Hoffnungen sie unpatriotisch zerstörte. Auch den Aposteln war der Exjudaismus des Christentums die schwerste Lehre; und sie den christlichen Juden, selbst außerhalb Judäa, begreiflich zu machen, hatte der gelehrteste der Apostel, Paulus, alle Deutungen jüdischer Dialektik nötig. Gut, daß die Vorsehung selbst den Ausschlag gab, und daß mit dem Untergange Judäas die alten Mauern gestürzt wurden, durch welche sich mit unverweichlicher Härte dies sogenannte einzige Volk Gottes von allen Völkern der Erde schied. Die Zeit der einzelnen National gottesdienste voll Stolzes und Aberglaubens war vorüber; denn so notwendig dergleichen Einrichtungen in ältern Zeiten gewesen sein mochten, als jede Nation, in einem engen Familienkreise erzogen, gleich einer vollen Traube auf ihrer eignen Staude wuchs, so war doch, seit Jahrhunderten schon, in diesem Erdstrich fast alle menschliche Bemühung dahin gegangen, durch Kriege, Handel, Künste, Wissenschaften und Umgang die Völker zu knüpfen und die Früchte eines jeden zu einem gemeinsamen Trank zu keltern. Vorurteile der Nationalreligionen standen dieser Vereinigung am meisten im Wege; da nun beim allgemeinen Duldungsgeist der Römer in ihrem weiten Reich und bei der allenthalben verbreiteten eklektischen Philosophie (dieser sonderbaren Vermischung aller Schulen und Sekten) jetzt noch ein *Volksglaube* hervortrat der alle Völker zu *einem* Volk machte und gerade aus der hartsinnigen Nation kam, welche sich sonst für die erste und die einzige unter allen Nationen gehalten hatte: so war dies allerdings ein großer, zugleich auch ein gefährlicher Schritt in der Geschichte der Menschheit, je nachdem er getan wurde. Er machte alle Völker zu Brüdern, indem er sie *einen* Gott und Heiland kennen lehrte; er konnte sie aber auch zu Sklaven machen, sobald er ihnen diese Religion als Joch und Kette aufdrang. Die Schlüssel des Himmelreichs für diese und jene Welt konnten in den Händen andrer Nationen ein gefährlicherer Pharisäismus werden, als sie es in den Händen der Juden je gewesen waren.

Am meisten trug zur schnellen und starken Wurzelung des Christentums ein Glaube bei, der sich vom Stifter der Religion selbst herschrieb; es war die Meinung von seiner *baldigen Rückkunft und der Offenbarung seines Reichs auf Erden.* Jesus hatte mit diesem Glauben vor seinem Richter gestanden und ihn in den letzten Tagen seines Lebens oft wiederholt; an ihn hielten sich seine Bekenner und hofften auf die Erscheinung seines Reiches. Geistige Christen dachten sich daran ein geistiges, fleischliche ein fleischliches Reich; und da die hochgespannte Einbildungskraft jener Gegenden und Zeiten nicht eben übersinnlich idealisierte, so entstanden jüdisch-christliche Apokalypsen voll von mancherlei Weissagungen, Kennzeichen und Träumen. Erst sollte der Antichrist gestürzt werden, und als Christus wiederzukommen säumte, sollte jener sich erst offenbaren, sodann zunehmen und in seinen Greueln aufs höchste wachsen, bis die Errettung einbräche und der Wiederkommende sein Volk erquickte. Es ist nicht zu leugnen, daß Hoffnungen dieser Art zu mancher Verfolgung der ersten Christen Anlaß geben mußten; denn der Weltbeherrscherin Rom konnte es unmöglich gleichgültig sein, daß dergleichen Meinungen von ihrem nahen Untergange, von ihrer antichristlich-abscheulichen oder verachtenswerten Gestalt geglaubt wurden. Bald also wurden solche Propheten als unpatriotische Vaterlandes- und Weltverächter, ja als des allgemeinen Menschenhasses überführte Verbrecher betrachtet; und mancher, der den Wiederkommenden nicht erwarten konnte, lief selbst dem Märtyrertum entgegen. Indessen ists ebenso gewiß, daß diese Hoffnung eines nahen Reiches Christi im Himmel oder auf Erden die Gemüter stark aneinander band und von der Welt abschloß. Sie verachteten diese als eine, die im argen liegt, und sahen, was ihnen so nahe war, schon vor und um sich. Dies stärkte ihren Mut, das zu überwinden, was niemand sonst überwinden konnte, den Geist der Zeit, die Macht der Verfolger, den Spott der Ungläubigen; sie weilten als Fremdlinge hier und lebten da, wohin ihr Führer vorangegangen war und von dannen er sich bald offenbaren würde.

•

Außer den angeführten Hauptmomenten der Geschichte scheinet es nötig, einige nähere Züge zu bemerken, die zum Bau der Christenheit nicht weniges beitrugen.

1. *Die menschenfreundliche Denkart Christi* hatte brüderliche Eintracht und Verzeihung, tätige Hilfe gegen die Notleidenden und Armen, kurz jede Pflicht der Menschheit zum gemeinschaftlichen Bande seiner Anhänger gemacht, so daß das Christentum demnach ein *echter Bund der Freundschaft und Bruderliebe* sein sollte. Es ist kein Zweifel, daß diese Triebfeder der Humanität zur Aufnahme und Ausbreitung desselben, wie allezeit, so insonderheit anfangs viel beigetragen habe. Arme und Notleidende, Gedrückte, Knechte und Sklaven, Zöllner und Sünder schlugen sich zu ihm; daher die ersten Gemeinen des Christentums von den Heiden Versammlungen der Bettler genannt wurden. Da nun die neue Religion den Unterschied der Stände nach der damaligen Weltverfassung weder aufheben konnte noch wollte, so blieb ihr nichts als die christliche Milde begüterter Seelen übrig, mit allem dem Unkraut, was auf diesem guten Acker mitsproßte. Reiche Witwen vermochten mit ihren Geschenken bald so viel, daß sich ein Haufen von Bettlern zu ihnen hielt und bei gegebnem Anlaß auch wohl die Ruhe ganzer Gemeinen störte. Es konnte nicht fehlen, daß auf der einen Seite Almosen als die wahren Schätze des Himmelreichs angepriesen, auf der andern gesucht wurden; und in beiden Fällen wich bei niedrigen Schmeicheleien nicht nur jener edle Stolz, der Sohn unabhängiger Würde und eines eignen, nützlichen Fleißes, sondern auch oft Unparteilichkeit und Wahrheit. Märtyrer bekamen die Almosenkasse der Gemeine zu ihrem Gemeingut; Schenkungen an die Gemeine wurden zum Geist des Christentums erhoben, und die Sittenlehre desselben durch die übertriebenen Lobsprüche dieser Guttaten verderbet. Ob nun wohl die Not der Zeiten auch hiebei manches entschuldigt, so bleibt es dennoch gewiß, daß, wenn man die menschliche Gesellschaft nur als ein großes

Hospital und das Christentum als die gemeine Almosenkasse desselben betrachtet, in Ansehung der Moral und Politik zuletzt ein sehr böser Zustand daraus erwachse.

2. *Das Christentum sollte eine Gemeine sein, die ohne weltlichen Arm von Vorstehern und Lehrern regiert würde.* Als Hirten sollten diese der Herde vorstehen, ihre Streitigkeiten schlichten, ihre Fehler mit Ernst und Liebe bessern und sie durch Rat, Ansehen, Lehre und Beispiel zum Himmel führen. Ein edles Amt, wenn es würdig verwaltet wird und verwaltet zu werden Raum hat; denn es zerknickt den Stachel der Gesetze, rottet aus die Dornen der Streitigkeiten und Rechte und vereinigt den Seelsorger, Richter und Vater. Wie aber, wenn in der Zeitfolge die Hirten ihre menschliche Herde als wahre Schafe behandelten, oder sie gar als lastbare Tiere zu Disteln führten? Oder wenn statt der Hirten rechtmäßig berufene Wölfe unter die Herde kamen? Unmündige Folgsamkeit ward also gar bald eine christliche Tugend; es ward eine christliche Tugend, den Gebrauch seiner Vernunft aufzugeben und statt eigner Überzeugung dem Ansehen einer fremden Meinung zu folgen, da ja der Bischof an der Stelle eines Apostels Botschafter, Zeuge, Lehrer, Ausleger, Richter und Entscheider ward. Nichts ward jetzt so hoch angerechnet als das Glauben, das geduldige Folgen; eigne Meinungen wurden halsstarrige Ketzereien, und diese sonderten ab vom Reich Gottes und der Kirche. Bischöfe und ihre Diener mischten sich, der Lehre Christi zuwider, in Familienzwiste, in bürgerliche Händel; bald gerieten sie in Streit untereinander, wer über den andern richten solle. Daher das Drängen nach vorzüglichen Bischofsstellen und die allmähliche Erweiterung ihrer Rechte; daher endlich der endlose Zwist zwischen dem geraden und krummen Stabe, dem rechten und linken Arm, der Krone und Mitra. So gewiß es nun ist, daß in den Zeiten der Tyrannei gerechte und fromme Schiedsrichter der Menschheit, die das Unglück hatte, ohne politische Konstitution zu leben, eine unentbehrliche Hilfe gewesen: so ist auch in der Geschichte kaum ein größeres Ärgernis denkbar als der lange Streit zwischen dem geist- und weltlichen Arm, über welchem ein Jahrtausend hin Europa zu keiner Konsistenz kommen konnte. Hier war das Salz dumm; dort wollte es zu scharf salzen.

3. *Das Christentum hatte eine Bekenntnisformel, mit welcher man zu ihm bei der Taufe eintrat;* so einfach diese war, so sind mit der Zeit aus den drei unschuldigen Worten, *Vater, Sohn und Geist,* so viele Unruhen, Verfolgungen und Ärgernisse hervorgegangen, als schwerlich aus drei andern Worten der menschlichen Sprache. Je mehr man vom Institut des Christentums, als von einer tätigen, zum Wohl der Menschen gestifteten Anstalt, abkam, desto mehr spekulierte man jenseits der Grenzen des menschlichen Verstandes; man fand Geheimnisse und machte endlich den ganzen Unterricht der christlichen Lehre zum Geheimnis. Nachdem die Bücher des Neuen Testaments als Kanon in die Kirche eingeführt wurden, bewies man aus ihnen, ja gar aus Büchern der jüdischen Verfassung, die man selten in der Ursprache lesen konnte und von deren erstem Sinn man längst abgekommen war, was sich schwerlich aus ihnen beweisen ließ. Damit häuften sich Ketzereien und Systeme, denen zu entkommen man das schlimmste Mittel wählte, *Kirchenversammlungen und Synoden.* Wie viele derselben sind eine Schande des Christentums und des gesunden Verstandes! Stolz und Unduldsamkeit riefen sie zusammen, Zwietracht, Parteilichkeit, Grobheit und Bübereien herrschten auf denselben, und zuletzt waren es Übermacht, Willkür, Trotz, Kuppelei, Betrug oder ein Zufall, die unter dem Namen des H. Geistes für die ganze Kirche, ja für Zeit und Ewigkeit entschieden. Bald fühlte sich niemand geschickter, Glaubenslehren zu bestimmen, als die christianisierten Kaiser,

denen Konstantin das angeborne Erbrecht nachließ, über Vater, Sohn und Geist, über ὁμοούσιος und *ὁμοιούσιος*, über eine oder zwei Naturen Christi, über Maria die Gottesgebärerin, den erschaffenen oder unerschaffenen Glanz bei der Taufe Christi Symbole und Kanons anzubefehlen. Ewig werden diese Anmaßungen, samt den Folgen, die daraus erwuchsen, eine Schande des Throns zu Konstantinopel und aller der Throne bleiben, die ihm hierin nachfolgten; denn mit ihrer unwissenden Macht unterstützten und verewigten sie Verfolgungen, Spaltungen und Unruhen, die weder dem Geist, noch der Moralität der Menschen aufhalfen, vielmehr Kirche, Staat und ihre Thronen selbst untergruben. Die Geschichte des ersten christlichen Reichs, des Kaisertums zu Konstantinopel, ist ein so trauriger Schauplatz niedriger Verrätereien und abscheulicher Greueltaten, daß sie bis zu ihrem schrecklichen Ausgange als ein warnendes Vorbild aller christlich-polemischen Regierungen dasteht.

4. *Das Christentum bekam heilige Schriften, die, einesteils aus gelegentlichen Sendschreiben, andernteils, wenige ausgenommen, aus mündlichen Erzählungen erwachsen,* mit der Zeit zum Richtmaß des Glaubens, bald aber auch zum Panier aller streitenden Parteien gemacht und auf jede ersinnliche Weise gemißbraucht wurden. Entweder bewies jede Partei daraus, was sie erweisen wollte; oder man scheuete sich nicht, sie zu verstümmeln und im Namen der Apostel falsche Evangelien, Briefe und Offenbarungen mit frecher Stirn unterzuschieben. *Der fromme Betrug*, der in Sachen dieser Art abscheulicher als Meineid ist, weil er ganze Reihen von Geschlechtern und Zeiten ins Unermeßliche hin belüget, war bald keine Sünde mehr, sondern zur Ehre Gottes und zum Heil der Seelen ein Verdienst. Daher die vielen untergeschobenen Schriften der Apostel und Kirchenväter; daher die zahlreichen Erdichtungen von Wundern, Märtyrern, Schenkungen, Konstitutionen und Dekreten, deren Unsicherheit durch alle Jahrhunderte der ältern und mittlern Christengeschichte fast bis zur Reformation hinauf wie ein Dieb in der Nacht fortschleichet. Nachdem einmal das böse Principium angenommen war, daß man zum Nutzen der Kirche Untreue begehen, Lügen erfinden, Dichtungen schreiben dürfe, so war der historische Glaube verletzt; Zunge, Feder, Gedächtnis und Einbildungskraft der Menschen hatten ihre Regel und Richtschnur verloren, so daß statt der griechischen und punischen Treue wohl mit mehrerem Rechte die *christliche Glaubwürdigkeit* genannt werden möchte. Und um so unangenehmer fällt dieses ins Auge, da die Epoche des Christentums sich einem Zeitalter der trefflichsten Geschichtsschreiber Griechenlandes und Roms anschließt, hinter welchen in der christlichen Ära sich auf einmal lange Jahrhunderte hin die wahre Geschichte beinahe ganz verlieret. Schnell sinkt sie zur Bischofs-, Kirchen- und Mönchschronik hinunter, weil man nicht mehr für die Würdigsten der Menschheit, nicht mehr für Welt und Staat, sondern für die Kirche, oder gar für Orden, Kloster und Sekte schrieb, und, da man sich ans Predigen gewöhnt hatte, und das Volk dem Bischofe alles glauben mußte, man auch schreibend die ganze Welt für ein glaubendes Volk, für eine christliche Herde ansah.

5. *Das Christentum hatte nur zwei sehr einfache und zweckmäßige heilige Gebräuche*, weil es mit ihm nach seines Stifters Absicht auf nichts weniger als auf einen Zeremoniendienst angesehen sein sollte. Bald aber mischte sich, nach Verschiedenheit der Länder, Provinzen und Zeiten, das After-Christentum dergestalt mit jüdisch- und heidnischen Gebräuchen, daß z. B. die Taufe der Unschuldigen zur Teufelbeschwörung und das Gedächtnismahl eines scheidenden Freundes zur Schaffung eines Gottes, zum unblutigen Opfer, zum sündenvergebenden Mirakel, zum Reisegeld in die andre Welt gemacht ward. Unglückseligerweise trafen die christlichen

Jahrhunderte mit Unwissenheit, Barbarei und der wahren Epoche des übeln Geschmacks zusammen, also daß auch in seine Gebräuche, in den Bau seiner Kirchen, in die Einrichtung seiner Feste, Satzungen und Prachtanstalten, in seine Gesänge, Gebete und Formeln wenig wahres Großes und Edles kommen konnte. Von Land zu Lande, von einem zum anderen Weltteil wälzten sich diese Zeremonien fort; was ursprünglich einer alten Gewohnheit wegen noch einigen Lokalsinn gehabt hatte, verlor denselben in fremden Gegenden und Zeiten; so ward der christliche Liturgiengeist ein seltsames Gemisch von jüdisch-ägyptisch-griechisch-römisch-barbarischen Gebräuchen, in denen oft das Ernsthafteste langweilig oder gar lächerlich sein mußte. Eine *Geschichte des christlichen Geschmacks* in Festen, Tempeln, Formeln, Einweihungen und Komposition der Schriften, mit philosophischem Auge betrachtet, würde das bunteste Gemälde werden, das über eine Sache, die keine Zeremonien haben sollte, je die Welt sah. Und da dieser christliche Geschmack sich mit der Zeit in Gerichts- und Staatsgebräuche, in die häusliche Einrichtung, in Schauspiele, Romane, Tänze, Lieder, Wettkämpfe, Wappen, Schlachten, Sieges- und andere Lustbarkeiten gemischt hat: so muß man bekennen, daß der menschliche Geist damit eine unglaublich schiefe Form erhalten, und daß das Kreuz, das über die Nationen errichtet war, sich auch den Stirnen derselben sonderbar eingeprägt habe. Die pisciculi christiani schwammen jahrhundertelang in einem trüben Elemente.

6. *Christus lebte ehelos, und seine Mutter war eine Jungfrau; so heiter und fröhlich er war, liebte er zuweilen die Einsamkeit und tat stille Gebete.* Der Geist der Morgenländer, am meisten der Ägypter, der ohnedem zu Anschauungen, Absonderungen und einer heiligen Trägheit geneigt war, übertrieb die Ideen von Heiligkeit des ehelosen Lebens insonderheit im Priesterstande, vom Gottgefälligen der Jungfrauschaft, der Einsamkeit und des beschauenden Lebens dermaßen, daß, da schon vorher, insonderheit in Ägypten, Esseer, Therapeuten und andre Sonderlinge geschwärmet hatten, nunmehr durchs Christentum der Geist der Einsiedeleien, der Gelübde, des Fastens, Büßens, Betens, endlich des Klosterlebens in volle Gärung kam. In andern Ländern nahm er zwar andre Gestalt an, und nachdem er eingerichtet war brachte er Nutzen oder Schaden; im ganzen aber ist das überwiegende Schädliche dieser Lebensweise, sobald sie ein unwiderrufliches Gesetz, ein knechtisches Joch oder ein politisches Netz wird, sowohl für das Ganze der Gesellschaft als für einzelne Glieder derselben unverkennbar. Von China nach Tibet an bis nach Irland, Mexiko und Peru sind Klöster der Bonzen, Lamas und Talapione, sowie nach ihren Klassen und Arten aller christlichen Mönche und Nonnen Kerker der Religion und des Staats, Werkstätten der Grausamkeit, des Lasters und der Unterdrückung oder gar abscheulicher Lüste und Bubenstücke gewesen. Und ob wir zwar keinem geistlichen Orden das Verdienst rauben wollen, das er um den Bau der Erde oder um Menschen und Wissenschaft gehabt hat, so dürfen wir auch nie unser Ohr vor den geheimen Seufzern und Klagen verschließen, die aus diesen dunkeln, der Menschheit entrissenen Gewölben tönen; noch wollen wir unser Auge abkehren, um die leeren Träume überirdischer Beschaulichkeit oder die Kabalen des wütenden Möncheifers durch alle Jahrhunderte in einer Gestalt zu erblicken, die gewiß für keine erleuchtete Zeit gehöret. Dem Christentum sind sie ganz fremde: denn Christus war kein Mönch, Maria keine Nonne; der älteste Apostel führte sein Weib mit sich, und von überirdischer Beschaulichkeit wissen weder Christus noch die Apostel.

7. Endlich hat *das Christentum, indem es ein Reich der Himmel auf Erden gründen wollte* und die Menschen von der Vergänglichkeit des Irdischen überzeugte, zwar

zu jeder Zeit jene reinen und stillen Seelen gebildet, die das Auge der Welt nicht suchten und vor Gott ihr Gutes taten; leider aber hat es auch durch einen argen Mißbrauch den falschen Enthusiasmus genährt, der fast von seinem Anfange an unsinnige Märtyrer und Propheten in reicher Zahl erzeugte. Ein Reich der Himmel wollten sie auf die Erde bringen, ohne daß sie wußten, wie oder wo es stünde. Sie widerstrebten der Obrigkeit, lösten das Band der Ordnung auf, ohne der Welt eine bessere geben zu können; und unter der Hülle des christlichen Eifers versteckte sich pöbelhafter Stolz, kriechende Anmaßung, schändliche Lust, dumme Torheit. Wie betrogene Juden ihren falschen Messien anhingen, rotteten hier die Christen sich unter kühne Betrüger, dort schmeichelten sie den schlechtesten Seelen tyrannischer, üppiger Regenten, als ob diese das Reich Gottes auf die Erde brächten, wenn sie ihnen Kirchen bauten oder Schenkungen verehrten. So schmeichelte man schon dem schwachen Konstantin, und diese mystische Sprache prophetischer Schwärmerei hat sich Umständen und Zeiten nach auf Männer und Weiber verbreitet. Der Parakletus ist oft erschienen; liebetrunkenen Schwärmern hat der Geist oft durch Weiber geredet. Was in der christlichen Welt Chiliasten und Wiedertäufer, Donatisten, Montanisten, Priscillianisten, Circumcellionen u. f. für Unruhe und Unheil angerichtet; wie andere mit glühender Phantasie Wissenschaften verachtet oder verheert, Denkmale und Künste, Einrichtungen und Menschen ausgerottet und zerstört; wie ein augenscheinlicher Betrug oder gar ein lächerlicher Zufall zuweilen ganze Länder in Aufruhr gesetzt und z. B. das geglaubte Ende der Welt Europa nach Asien gejagt hat: das alles zeigt die Geschichte. Indessen wollen wir auch dem reineren christlichen Enthusiasmus sein Lob nicht versagen; er hat, wenn er aufs Gute traf, in kurzer Zeit für viele Jahrhunderte mehr ausgerichtet, als eine philosophische Kälte und Gleichgültigkeit je ausrichten könnte. Die Blätter des Truges fallen ab; aber die Frucht gedeihet. Die Flamme der Zeit verzehrte Stroh und Stoppeln; das wahre Gold konnte sie nur läutern.

So manches von diesem als einen schändlichen Mißbrauch der besten Sache ich mit traurigem Gemüt niedergeschrieben habe, so gehen wir dennoch der Fortpflanzung des Christentums in seinen verschiedenen Erdstrichen und Weltteilen beherzt entgegen; denn wie die Arznei in Gift verwandelt wurde, kann auch das Gift zur Arznei werden, und eine in ihrem Ursprunge reine und gute Sache muß am Ende doch triumphieren.

II.

Fortpflanzung des Christentums in den Morgenländern

In Judäa wuchs das Christentum unter dem Druck hervor und hat in ihm, solange der jüdische Staat währte, seine gedrückte Gestalt behalten. Die *Nazaräer* und *Ebioniten*, wahrscheinlich die Reste des ersten christlichen Anhanges, waren ein dürftiger Haufen, der längst ausgegangen ist und jetzt nur noch seiner Meinung wegen, daß Christus ein bloßer Mensch, der Sohn Josephs und der Maria gewesen, unter den Ketzern stehet. Zu wünschen wäre es, daß ihr Evangelium nicht auch untergegangen wäre; in ihm hätten wir vielleicht die früheste, obwohl eine unreine Sammlung der nächsten Landestraditionen vom Leben Christi. Ebenso wären jene alten Bücher, die die *Sabäer oder Johannischristen* besaßen, vielleicht nicht unmerkwürdig; denn ob wir gleich von dieser aus Juden und Christen gemischten fabelnden Sekte nichts weniger als eine reine Aufklärung uralter Zeiten erwarten dürfen, so ist doch bei Sachen dieser Art oft auch die Fabel erläuternd.*

Wodurch die Kirche zu Jerusalem auf andre Gemeinen am meisten wirkte, war das *Ansehen der Apostel;* denn da Jakobus, der Bruder Jesu, ein vernünftiger und würdiger Mann, ihr eine Reihe von Jahren vorstand, so ist wohl kein Zweifel, daß ihre Form auch andern Gemeinen ein Vorbild worden. Also ein jüdisches Vorbild, und weil beinah jede Stadt und jedes Land der ältesten Christenheit von einem Apostel bekehrt sein wollte, so entstanden allenthalben Nachbilder der Kirche zu Jerusalem, apostolische Gemeinen. Der Bischof, der von einem Apostel mit dem Geist gesalbt war, trat an seine Stelle, mithin auch in sein Ansehen; die Geisteskräfte, die er empfangen hatte, teilte er mit und ward gar bald eine Art Hohepriester, eine Mittelperson zwischen Gott und Menschen. Wie das erste Konzilium zu Jerusalem im Namen des Heiligen Geistes gesprochen hatte, so sprachen andere Konzilien ihm nach, und in mehreren asiatischen Provinzen erschrickt man über die früh erworbene geistliche Macht der Bischöfe. Das Ansehen der Apostel also, das auf die Bischöfe leibhaft überging, mache die älteste Einrichtung der Kirche aristokratisch; und in dieser Verfassung lag schon der Keim zur künftigen Hierarchie und zum Papsttum. Was man von der reinen Jungfräulichkeit der Kirche in den drei ersten Jahrhunderten sagt, ist übertrieben oder erdichtet.

Man kennet in den ersten Zeiten des Christentums eine sogenannte *morgenländische Philosophie*, die sich weit umhergebreitet hat, näher betrachtet aber nichts als ein Aufschößling der eklektischen, neuplatonischen Weisheit ist, wie ihn diese Gegenden und Zeiten hervorbringen konnten. Er schlang sich dem Juden- und Christentum an, ist aber aus ihm nicht entsprossen, hat ihm auch keine Früchte getragen. Vom Anfange des Christentums belegte man die Gnostiker mit dem Ketzernamen, weil man keine Vernünftler unter sich dulden wollte, und mehrere derselben wären unbekannt geblieben, wenn sie nicht auf der Ketzerrolle ständen. Es wäre zu wünschen, daß dadurch auch ihre Schriften erhalten wären, die uns über den Kanon des Neuen Testaments nicht unwillkommen sein dürften; jetzt siehet man bei den aufbehaltenen einzelnen Meinungen dieser zahlreichen Sekte nur einen rohen Versuch, morgenländisch-platonische Dichtungen über die Natur Gottes und die Schöpfung der Welt dem Juden- und Christentum anzufügen und eine metaphysische Theologie meistens in allegorischen Namen samt einer Theodizee und philosophischen Moral daraus zu bilden. Da die Geschichte der Menschheit keine Ketzernamen kennt, so ist jeder dieser verunglückten Versuche ihr schätzbar und merkwürdig, ob es gleich für die Geschichte des Christentums gut ist, daß Träume dieser Art nie das herrschende System der Kirche wurden. Nach so vieler Mühe, die man sich kirchlich über diese Sekten gegeben, wäre eine rein philosophische Untersuchung, woher sie ihre Ideen genommen, was sie mit solchen gemeint, und welche Früchte diese gebracht haben, für die Geschichte des menschlichen Verstandes nicht unnützlich.**

Weiter hinauf ist die *Lehre des Manes* gedrungen, der keinen kleinern Zweck hatte, als ein vollkommenes Christentum zu stiften. Er scheiterte; und seine ausgebreiteten

* Die neueste und gewisseste Nachricht von dieser Sekte ist in *Norbergs* Comment. de relig. et lingua Sabaeorum 1780. Sie sollte nebst *Walchs* u. a. Abhandlungen nach Art älterer Sammlungen zusammen gedruckt werden.

** Nach *Beausobre*, *Mosheim*, *Brucker*, *Walch*, *Jablonski*, *Semler* u. a. können wir jetzt diese Sachen heller und freier betrachten.

Anhänger wurden zu allen Zeiten, an allen Orten dergestalt verfolget, daß der Name Manichäer, insonderheit seitdem Augustinus die Feder gegen sie geführt hatte, fortan der schrecklichste Name eines Ketzers blieb. Wir schaudern jetzt vor diesem kirchlichen Verfolgungsgeist und bemerken, daß mehrere dieser schwärmenden Häresiarchen unternehmende denkende Köpfe waren, die den kühnen Versuch machten, nicht nur Religion, Metaphysik, Sitten- und Naturlehre zu vereinigen, sondern sie auch zum Zweck einer wirklichen Gesellschaft, eines philosophisch-politischen Religionsordens zu verbinden. Einige derselben liebten die Wissenschaft und sind zu beklagen, daß sie nach ihrer Lage keine genauere Kenntnisse haben konnten; die katholische Partei indes wäre selbst zum stehenden Pfuhl geworden, wenn diese wilden Winde sie nicht in Regung gesetzt und wenigstens zur Verteidigung ihrer buchstäblichen Tradition gezwungen hätten. Die Zeit einer reinen Vernunft und einer politischen Sittenverbesserung aus derselben war noch nicht da, und für Manes Kirchengemeinschaft war weder in Persien noch Armenien, auch späterhin weder unter den Bulgaren noch Albigensern eine Stelle.

Bis nach Indien, Tibet und China drangen die christlichen Sekten, obwohl für uns noch auf dunklen Wegen*, der Stoß indessen, der in den ersten Jahrhunderten der christlichen Zeitrechnung auf die entferntesten Gegenden Asiens geschah, ist in ihrer Geschichte selbst merklich. Die Lehre des Buddha oder Fo, die aus Baktra hinuntergestiegen sein soll, bekam in diesen Zeiten ein neues Leben. Sie drang bis nach Ceylon hinab, bis nach Tibet und China hinauf; indische Bücher dieser Art wurden ins Chinesische übersetzt, und die große Sekte der Bonzen kam zustande. Ohne dem Christentum alle Greuel der Bonzen oder das ganze Klostersystem der Lamas und Talepoinen zuzuschreiben, scheint es der Tropfen gewesen zu sein, der von Ägypten bis China alle ältern Träume der Völker neu in Gärung brachte und sie mehr oder weniger in Formen schied. In manche Fabel von Buddha, Krischnu u. f. scheinen christliche Begriffe gekommen zu sein, auf indische Art verkleidet; und der große Lama auf den Gebirgen, der vielleicht erst im fünfzehnten Jahrhundert entstanden, ist mit seiner persönlichen Heiligkeit, mit seinen harten Lehren, mit seinen Glocken und Priesterorden vielleicht ein weitläufiger Vetter des Lama an der Tiber; nur daß bei jenem der Manichäismus und Nestorianismus auf asiatische, so wie bei diesem die rechtgläubige Christenreligion auf römische Ideen und Gebräuche gepfropft ist. Schwerlich aber werden sich die beiden Vettern anerkennen, sowenig sie einander besuchen werden.

Heller wird der Blick auf die gelehrteren *Nestorianer*, die insonderheit vom fünften Jahrhundert an sich tief in Asien verbreitet und mancherlei Gutes bewirkt haben.** Fast vom Anfange der christlichen Zeitrechnung blühete die Schule zu Edessa als ein Sitz der syrischen Gelehrsamkeit. König Abgarus, den man mit Christo selbst in einen Briefwechsel gebracht hat, ließ, als er seine Residenz von Nesibis dahin

* Es wäre zu wünschen, daß aus den Schriften der Académie des Inscriptions die Abhandlungen von *Deguignes* so gesammlet übersetzt würden, wie man die von *Caylus*, *St. Palaye* und andern gesammlet hat. Mich dünkt dies das leichteste Mittel, Merkwürdigkeiten aus dem Wuste des Gemeinen hervorzuziehen und die Entdeckungen einzelner Männer ebensowohl nutzbar zu machen, als mit sich selbst zu vereinigen.

** *Pfeiffers* Auszug aus *Assemanni Orientalischer Bibliothek* (Erlangen 1776) ist ein nutzbares Werk für diese fast unbekannte Gegend der Geschichte; eine eigne *Geschichte des christlichen Orients*, insonderheit des Nestorianismus im Zusammenhange wäre noch zu wünschen.

verlegte, die Büchersammlungen, die in den Tempeln lagen, nach Edessa bringen; nach Edessa reisete in dieser Zeit, wer gelehrt werden wollte, aus allen Ländern umher, weil außer der christlichen Theologie auch über die freien Künste in griechisch- und syrischer Sprache Unterricht gegeben wurde, so daß Edessa vielleicht die erste christliche Universität in der Welt ist. Vierhundert Jahre blühete sie, bis durch die Streitigkeiten über Nestorius Lehre, zu welcher sich diese Schule schlug, ihre Lehrer vertrieben und die Hörsäle derselben gar niedergerissen wurden. Dadurch aber breitete sich die syrische Literatur nicht nur in Mesopotamien, Palästina, Syrien und Phönizien umher; sie ging auch nach Persien, wo sie mit Ehren aufgenommen ward, und wo endlich gar ein nestorianischer Papst entstand, der über die Christenheit in diesem Reich, späterhin auch über die in Arabien, Indien, der Mongolei und China herrschte. Ob er der berühmte *Priester Johannes* (Pres-Tadschani, der Priester der Welt) sei, von dem in den mittlern Zeiten viel gefabelt worden, und ob durch eine seltsame Vermischung der Lehren endlich der große Lama aus ihm entstanden, lassen wir unentschieden.* Gnug, in Persien wurden die beliebten Nestorianer von den Königen als Leibärzte, Gesandten und Minister gebraucht; die Schriften des Christentums wurden ins Persische übersetzt, und die syrische ward die gelehrte Sprache des Landes. Als Mohammeds Reich emporkam, insonderheit unter seinen Nachfolgern, den Ommiaden, bekleideten Nestorianer die höchsten Ehrenstellen, wurden Statthalter der eroberten Provinzen, und seit die Kalifen zu Bagdad saßen, auch da sie ihre Residenz nach Samaraja verlegen mußten, war der Patriarch der Nestorianer ihnen zur Seite. Unter Al-Mamon, der seine Nation gelehrt kultivierte und auf der Akademie zu Bagdad Ärzte und Astronomen, Philosophen, Physiker, Mathematiker, Geographen und Annalisten bestellte, waren die Syrer der Araber Mitlehrer und Lehrer. Wetteifernd übersetzten beide die Schriften der Griechen, deren viele schon in der syrischen Sprache waren, ins Arabische; und wenn nachher aus dem Arabischen das Licht der Wissenschaften dem dunkeln Europa aufging, so haben an ihrem Ort die christlichen Syrer dazu ursprünglich mitgeholfen. Ihre Sprache, die unter den morgenländischen Dialekten dieses Weltstrichs zuerst Vokalen bekommen hatte, die sich auch der ältesten und schönsten Übersetzung des Neuen Testaments rühmen kann, ist gleichsam die Brücke der griechischen Wissenschaften für Asien und durch die Araber für Europa worden. Weit und breit gingen damals unter so günstigen Umständen nestorianische Missionen aus, die andre christliche Sekten zu unterdrücken oder zu entfernen wußten. Auch noch unter den Dschingiskaniden galten sie viel; ihr Patriarch begleitete den Khan oft auf seinen Zügen, und so drang ihre Lehre unter die Mongolen, Igurier und andere tatarische Völker. In Samarkand saß ein Metropolit, in Kaschgar und andern Städten Bischöfe; ja wenn das berühmte christliche Monument in China echt wäre, so fände man auf ihm eine ganze Chronik der Einwanderungen der Priester aus Tatsin. Nimmt man noch hinzu, daß ohne vorhergehendes und einwirkendes Christentum die ganze mohammedanische Religion, wie sie ist, nicht entstanden wäre, so zeigt sich in ihm ohn' allen Streit ein Ferment, das mehr oder minder, früher oder später, die Denkart des ganzen Süd-, zum Teil auch Nordasiens in Bewegung gesetzt hat.

Niemand indessen erwarte aus dieser Bewegung eine neue eigne Blüte des Men-

* *Fischer* in der Einleitung zu seiner Sibirischen Geschichte (§ .38. u. f.) hat diese Meinung sehr glaubhaft gemacht. Andre sind für den *Ung-Khan*, den Khan der Keraiten. S. *Kochs* Table des révolutions T. I. p. 265.

schengeistes, wie wir sie etwa bei Griechen und Römern fanden. Die Nestorianer, die soviel bewirkten, waren kein Volk, kein selbstgewachsner Stamm in einer mütterlichen Erde; sie waren Christen, sie waren Mönche. Ihre Sprache konnten sie lehren; was aber in ihr schreiben? Liturgien, Auslegungen der Schrift, klösterliche Erbauungsbücher, Predigten, Streitschriften, Chroniken und geistlose Verse. Daher in der syrisch-christlichen Literatur kein Funke jener Dichtergabe, die aus der Seele flammet und Herzen erwärmet; eine elende Künstelei, Namenregister, Predigten, Chroniken zu versifizieren, ist ihre Dichtkunst. In keine der Wissenschaften, die sie bearbeitet, haben sie Erfindungsgeist gebracht, keine derselben mit Eigentümlichkeit behandelt. Ein trauriger Erweis, wie wenig der asketisch-polemische Mönchsgeist bei aller politischen Klugheit leiste. In allen Weltteilen hat er sich in dieser unfruchtbaren Gestalt gezeiget, und herrscht noch auf den tibetanischen Bergen, wo man bei aller gesetzlichen Pfaffenordnung auch keine Spur eines freien erfindenden Genius antrifft. Was aus dem Kloster kommt, gehöret auch meistens nur für Klöster.
Bei einzelnen Provinzen des christlichen Asiens darf die Geschichte also nur kurz verweilen. Nach Armenien kam das Christentum früher und hat der alten merkwürdigen Sprache eigne Buchstaben, mit diesen auch eine doppelte und dreifache Übersetzung der Schrift und eine armenische Geschichte gegeben. Weder aber Minsrob mit seinen Buchstaben, noch sein Schüler, Moses aus Chorene*, mit seiner Geschichte, konntem ihrem Volk eine Literatur oder Nationalverfassung geben. Von jeher lag Armenien an der Wegscheide der Völker; wie es ehemals unter Persern, Griechen, Römern gewesen war, kam es jetzt unter Araber, Türken, Tataren, Kurden. Noch jetzt treiben die Einwohner ihre alte Kunst, den Handel; ein wissenschaftliches oder Staatsgebäude hat, mit und ohne Christentum, in dieser Gegend nie errichtet werden mögen.
Noch elender ists mit dem christlichen Georgien. Kirchen und Klöster, Patriarchen, Bischöfe und Mönche sind da; die Weiber sind schön, die Männer herzhaft; und doch verkaufen Eltern die Kinder, der Mann sein Weib, der Fürst seine Untertanen, der Andächtige allenfalls seinen Priester. Ein seltenes Christentum unter diesem muntern und treulosen Raubgesindel.
Auch ins Arabische ist das Evangelium frühe übersetzt worden, und mehrere christliche Sekten haben sich Mühe um dies schöne Land gegeben. Juden und Christen lagen darin oft verfolgend gegeneinander; aus beiden Teilen, ob sie gleich zuweilen selbst Könige hervorbrachten, ist nie etwas Merkwürdiges worden. Alles sank unter Mohammed; und jetzt gibts in Arabien zwar ganze Judenstämme, aber keine Christengemeinen. Drei Religionen, Abkömmlinge voneinander, bewachen mit gegenseitigem Haß untereinander das Heiligtum ihrer Geburtsstätte, die arabische Wüste.**
Wollen wir nun mit einem allgemeinen Blick ein Resultat der Wirkungen erfassen, die das Christentum seinen asiatischen Provinzen gebracht hat, so werden wir uns zuvörderst über den Gesichtspunkt des Vorteils vergleichen müssen, den irgendeine und diese Religion einem Weltteil bringen konnte.
1. Auf ein *irdisches Himmelreich*, d. i. auf eine vollkommnere Einrichtung der Dinge zum Besten der Völker mag das Christentum im stillen gewirkt haben; die Blüte der

* *Whistons* Vorrede zu Mosis Chorenensis hist. Armen. 1736. *Schröder* thesaur. ling. Armen. diss. p. 62.

** *Bruces* Reisen nach *Abessinien* geben eine merkwürdige Geschichte des Christentums dieser Gegenden; ob fürs Ganze sich daraus neue Resultate ergeben, wird die Zeit lehren.

Wirkung aber, ein vollkommener Staat, ist durch dasselbe nirgend zum Vorschein gekommen, weder in Asien, noch in Europa. Syrer und Araber, Armenier und Perser, Juden und Grusiner sind, was sie waren, geblieben; und keine Staatsverfassung jener Gegenden kann sich eine Tochter des Christentums zu sein rühmen, es sei denn, daß man Einsiedelei und Mönchsdienst oder die Hierarchie jeder Art mit ihren rastlosen Wirkungen für das Ideal eines Christenstaats nehmen wollte. Patriarchen und Bischöfe senden Missionen umher, um ihre Sekte, ihren Sprengel, ihre Gewalt auszubreiten; sie suchen die Gunst der Fürsten, um Einfluß in die Geschäfte oder um Klöster und Gemeinen zu erhalten; eine Partei strebt gegen die andre und sorgt, daß sie die herrschende werde; so jagen Juden und Christen, Nestorianer und Monophysiten einander umher, und keiner Partei darf es einfallen, auf das Beste einer Stadt oder eines Erdstrichs rein und frei zu wirken. Die Klerisei der Morgenländer, die immer etwas Mönchartiges hatte, wollte Gott dienen und nicht den Menschen.

2. Um auf Menschen zu wirken, hatte man drei Wege: *Lehre*, *Ansehen und gottesdienstliche Gebräuche*. Lehre ist allerdings das reinste und wirksamste Mittel, sobald sie von rechter Art war. Unterricht der Jungen und Alten, wenn er die wesentlichen Beziehungen und Pflichten der Menschheit betraf, konnte nicht anders als eine Anzahl nutzbarer Kenntnisse in Gang bringen oder im Gange erhalten; der Ruhm und Vorzug, solche auch dem geringen Volk klärer gemacht zu haben, bleibet dem Christentum in vielen Gegenden ausschließend eigen. Durch Fragen, Predigten, Lieder, Glaubensbekenntnisse und Gebete wurden Kenntnisse von Gott und der Moral unter die Völker verbreitet; durch Übersetzung und Erklärung der heiligen Schriften kam Schrift und Literatur unter dieselbe; und wo die Nationen noch so kindisch waren, daß sie nur Fabeln fassen mochten, da erneuerte sich wenigstens eine heilige Fabel. Offenbar aber kam hiebei alles darauf an, ob der Mann, der lehren sollte, lehren konnte, und was es war, das er lehrte. Auf beide Fragen wird die Antwort nach Personen, Völkern, Zeiten und Weltgegenden so verschieden, daß man am Ende sich nur an das halten muß, was er lehren sollte; woran sich denn auch die herrschende Kirche hielt. Sie fürchtete die Untüchtigkeit und Kühnheit vieler ihrer Lehrer, faßte sich also kurz und blieb in einem engen Kreise. Dabei lief sie nun freilich auch Gefahr, daß der Inhalt ihrer Lehre sich sehr bald erschöpfte und wiederholte, daß in wenigen Geschlechtern die ererbte Religion fast allen Glanz ihrer Neuheit verlor und der gedankenlose Lehrer auf seinem alten Bekenntnis sanft einschlief. Und so war meistens auch nur der erste Stoß christlicher Missionen recht lebendig; bald geschah es, daß jede matte Welle eine mattere trieb und alle zuletzt in die stille Oberfläche des Herkommens eines alten Christengebrauches sanft sich verloren. Durch Gebräuche suchte man nämlich das zu ersetzen, was der Seele des Gebrauchs, der Lehre, abging; und so fand sich das Zeremonienwesen ein, das endlich zu einer geistlosen Puppe geriet, die in alter Pracht unberührbar und unbeweglich dastand. Für Lehrer und Zuhörer war die Puppe zur Bequemlichkeit erdacht; denn beide konnten dabei etwas denken, wenn sie denken wollten; wo nicht, so ging doch, wie man sagte, das Vehikulum der Religion nicht verloren. Und da vom Anfange an die Kirche sehr auf Einheit hielt, so waren zur gedankenlosen Einheit Formeln, die die Herde am wenigstens zerstreuen mochten, allerdings das beste. Von allem diesen sind die Kirchen Asiens die vollesten Erweise: sie sind noch, was sie vor fast zwei Jahrtausenden wurden, entschlafne seelenlose Körper; selbst Ketzerei ist in ihnen ausgestorben; denn auch zu Ketzereien ist keine Kraft mehr da.

Vielleicht aber kann das *Ansehen der Priester* ersetzen, was der entschlafnen Lehre oder der erstorbnen Bewegung abgeht? Einigermaßen, aber nie ganz. Allerdings hat das Alter einer geheiligten Person den sanften Schimmer väterlicher Erfahrung, reifer Klugheit und einer leidenschaftlosen Ruhe der Seele vor und um sich; daher so manche Reisende der Ehrerbietung gedenken, die sie vor bejahrten Patriarchen, Priestern und Bischöfen des Morgenlandes fühlten. Eine edle Einfalt in Gebärden, in der Kleidung, dem Betragen, der Lebensweise trug dazu bei; und mancher ehrwürdige Einsiedler, wenn er der Welt seine Lehre, seine Warnung, seinen Trost nicht versagte, kann mehr Gutes gestiftet haben als hundert geschwätzige Müßiggänger im Tumult der Gassen und Märkte. Indessen ist auch das edelste Ansehen eines Mannes nur *Lehre*, ein Beispiel, auf Erfahrung und Einsicht gegründet; treten Kurzsichtigkeit und Vorurteile an die Stelle der Wahrheit, so ist das Ansehen der ehrwürdigsten Person gefährlich und schädlich.

3. Da alles Leben der Menschen sich auf die *Geschäftigkeit einer gemeinsamen Gesellschaft* beziehet, so ist offenbar, daß auch im Christentum früher oder später alles absterben mußte oder absterben wird, was sich davon ausschließt. Jede tote Hand ist tot; sie wird abgelöset, sobald der lebendige Körper sein Leben und ihre unnütze Bürde fühlet. Solange in Asien die Missionen in Wirksamkeit waren, teilten sie Leben aus und empfingen Leben; als die weltliche Macht der Araber, Tataren, Türken sie davon ausschloß, verbreiteten sie sich nicht weiter. Ihre Klöster und Bischofssitze stehen als Trümmern andrer Zeiten traurio und beschränkt da; viele werden nur der Geschenke, Abgaben und Knechtsdienste wegen geduldet.

4. Da das Christentum vorzüglich durch Lehre wirket, so kommt allerdings vieles auf die *Sprache* an, in welcher es gelehret wird, und auf die in derselben bereits enthaltene Kultur, der es sich rechtgläubig anschließt. Mit einer gebildeten oder allgemeinen Sprache pflanzet es sich sodann nicht nur fort, sondern es erhält auch durch sie eine eigne Kultur und Achtung; sobald es dagegen, als ein heiliger Dialekt göttlichen Ursprunges, hinter andern lebendigen Sprachen zurückbleibt, oder gar in die engen Grenzen einer abgeschlossenen, rauhen Vätermundart wie in ein wüstes Schloß verbannt wird, so muß es in diesem wüsten Schlosse mit der Zeit sein Leben als ein armer Tyrann oder als ein unwissender Gefangner kümmerlich fortziehen. Als in Asien die griechische und nachher die syrische Sprache von der siegenden arabischen verdrängt ward, kamen auch die Kenntnisse, die in jenen lagen, außer Umlauf; nur als Liturgien, als Bekenntnisse, als eine Mönchstheologie durften sie sich fortpflanzen. Sehr trüglich ist also die Behauptung, wenn man alles das dem Inhalt einer Religion zuschreibt, was eigentlich nur den Hilfsmitteln gehört, durch welche sie wirkte. Sehet jene Thomaschristen in Indien, jene Georgier, Armenier, Abessinier und Kopten an; was sind sie? Was sind sie durch ihr Christentum worden? Kopten und Abessinier besitzen Bibliotheken alter, ihnen selbst unverständlicher Bücher, die in den Händen der Europäer vielleicht nutzbar wären; jene brauchen sie nicht und können sie nicht brauchen. Ihr Christentum ist zum elendesten Aberglauben hinabgesunken.

5. Also muß ich auch hier der *griechischen Sprache* das Lob geben, das ihr in der Geschichte der Menschheit so vorzüglich gebühret; durch sie ist nämlich alle das Licht aufgegangen, mit welchem auch das Christentum unsern Weltteil beleuchtet oder überschimmert hat. Wäre durch Alexanders Eroberungen, durch die Reiche seiner Nachfolger und fernerhin durch das römische Besitztum diese Sprache nicht so weit verbreitet, so lange erhalten worden, schwerlich wäre in Asien irgend eine

Aufklärung durchs Christentum entstanden; denn eben an der griechischen Sprache haben Rechtgläubige und Ketzer auf unmittelbare oder mittelbare Weise ihr Licht oder Irrlicht angezündet. Auch in die armenische, syrische und arabische Sprache kam aus ihr der Funke der Erleuchtung; und wären überhaupt die ersten Schriften des Christentums nicht griechisch, sondern im damaligen Judendialekt verfasset worden, hätte das Evangelium nicht griechisch gepredigt und fortgebreitet werden können: wahrscheinlich wäre der Strom, der sich jetzt über Nationen ergoß, nahe an seiner Quelle erstorben. Die Christen wären worden, was die Ebioniten waren und etwa die Johannesjünger oder Thomaschristen noch sind, ein armer verachteter Haufen, ohne alle Wirkung auf den Geist der Nationen. Lasset uns also von diesen östlichen Geburtsländern hinweg dem Schauplatz entgegengehen, auf dem es seine erste größere Rolle spielte.

III.

Fortgang des Christentums in den griechischen Ländern

Wir bemerkten, daß der *Hellenismus*, d. i. eine freiere, schon mit Begriffen andrer Völker gemischte Denkart der Juden, der Entstehung des Christentums den Weg gebahnet habe; das entstandene Christentum also ging weit auf diesem Wege fort, und in kurzer Zeit waren große Erdstriche, wo griechische Juden waren, erfüllet von der neuen Botschaft. In einer griechischen Stadt entstand der Name der Christen, in der griechischen Sprache wurden die ersten Schriften des Christentums am weitesten lautbar; denn beinahe von Indien an bis zum Atlantischen Meer, von Lybien bis gen Thule, war mehr oder minder diese Sprache verbreitet. Unglücklicher- und glücklicherweise lag Judäa insonderheit eine Provinz nahe, die zu der ersten Form des Christianismus viel beitrug, Ägypten. Wenn Jerusalem die Wiege desselben war, so ward Alexandrien seine Schule.

Seit der Ptolemäer Zeiten waren in Ägypten des Handels wegen eine Menge Juden, die sich daselbst gar ein eignes Judäa erschaffen wollten, einen Tempel bauten, ihre heiligen Schriften nach und nach griechisch übersetzten und mit neuen Schriften vermehrten. Gleicherweise waren seit Ptolemäus Philadelphus Zeiten in Alexandrien für die Wissenschaften blühende Anstalten, die sich, selbst Athen nicht ausgenommen, sonst nirgend fanden. Vierzehntausend Schüler hatten eine geraume Zeit daselbst durch öffentliche Wohltat Unterhalt und Wohnung; hier war das berühmte Museum, hier die ungeheure Bibliothek, hier der Ruhm alter Dichter und gelehrter Männer in allen Arten; hier also im Mittelpunkt des Welthandels war die große Schule der Völker. Eben durch die Zusammenkunft derselben und durch eine nach und nach geschehene Vermischung der Denkarten aller Nationen im griechischen und römischen Reich war die sogenannte *neuplatonische Philosophie* und überhaupt jener sonderbare *Synkretismus* entstanden, der die Grundsätze aller Parteien zu vereinigen suchte und in weniger Zeit Indien, Persien, Judäa, Äthiopien, Ägypten, Griechenland, Rom und die Barbaren in ihren Vorstellungsarten zusammenrückte. Wunderbar herrschte dieser Geist fast allenthalben im römischen Reiche, weil allenthalben Philosophen aufkamen, die die Ideen ihres Gebürtslandes in die große Masse der Begriffe trugen; in Alexandrien aber kam es zur Blüte. Und nun sank auch der Tropfen des Christentums in dieses Meer und zog an sich, was er mit sich organisieren zu können vermeinte. Schon in den Schriften Johannes und Paulus werden platonische Ideen dem Christentum assimilieret; die ältesten Kirchenväter, wenn sie sich auf Philosophie einließen, konnten der allgemein angenommenen Vorstellungsarten nicht entbehren, und einige derselben finden z. B. ihren Logos längst vor dem Christentum in allen Seelen der Weisen. Vielleicht wäre es kein Unglück gewesen, wenn das System des Christentums geblieben wäre, was es nach den Vorstellungen eines Justinus, Klemens von Alexandrien und andrer sein sollte, eine freie Philosophie, die Tugend und Wahrheitliebe zu keiner Zeit, unter keinem Volke verdammte und von den einengenden Wortformeln, die späterhin als Gesetze galten, noch gar nichts wußte. Gewiß sind die früheren Kirchenväter, die in Alexandrien gebildet wurden, nicht die schlechtsten; der einzige Origenes hat mehr getan als zehntausend Bischöfe und Patriarchen; denn ohne den gelehrten kritischen Fleiß, den er auf die Urkunden des Christentums wandte, wäre dies in Ansehung seiner Entstehung beinahe ganz unter die unklassischen Märchen geraten. Auch auf einige seiner Schüler ging sein Geist über, und mehrere Kirchenväter aus der alexandrinischen Schule dachte und stritten wenigstens doch gewandter und feiner als so manche andren unwissenden und fanatischen Köpfe.

Indessen war freilich in anderm Betracht sowohl Ägypten als die damalige Modephilosophie überhaupt fürs Christentum auch eine verderbliche Schule; denn eben an diese fremden platonischen Ideen, an denen man mit griechischer Spitzfindigkeit subtilisierte, hing sich alles, was nachher fast zwei Jahrtausende lang Streitigkeiten, Zank, Aufruhr, Verfolgung, Zerrüttungen ganzer Länder erregt hat, und überhaupt dem Christentum eine ihm so fremde, die *sophistische* Gestalt gegeben. Aus dem Wort Logos entstanden Ketzereien und Gewalttätigkeiten, vor denen noch jetzt der Logos in uns, die gesunde Vernunft schaudert. Nur in der griechischen Sprache konnten manche dieser Zänkereien geführt werden, der sie auch auf ewig hätten eigen bleiben und nie zu allgemeinen Lehrformeln aller Sprachen erhoben werden sollen. Da ist auch keine Wahrheit, keine Erkenntnis, die dem menschlichen Wissen einen Zuwachs, dem Verstande eine neue Kraft, dem menschlichen Willen eine edle Triebfeder gegeben hätte; vielmehr kann man die ganze Polemik der Christen, die sie gegen Arianer, Photinianer, Mazedonianer, Nestorianer, Eutychianer, Monophysiten, Tritheiten, Monotheliten u. f. geführt haben geradezu vertilgen, ohne daß das Christentum oder unsre Vernunft den mindesten Schaden erhielte. Eben von ihnen allen und von ihrer Wirkung, jenen groben Dekreten so mancher Hof- und Räuberkonzilien, hat man wegsehen und sie sämtlich vergessen müssen, um nur abermals wieder zu einem reinen ersten Anblick der christlichen Urschriften und zu ihrer offnen, einfachen Auslegung gelangen zu können; ja noch hindern und quälen sie hier, da und dort viele furchtsame oder gar um ihretwillen verfolgte Seelen. Der ganze spekulative Kram dieser Sekten ist jener lernäischen Schlange oder den Kettenringen eines Wurmes ähnlich, der im kleinsten Gliede wieder wächst und, unzeitig abgerissen, den Tod gewähret. In der Geschichte füllt dies unnütze, menschenfeindliche Gewebe viele Jahrhunderte. Ströme Blutes sind darüber vergossen; unzählige, oft die würdigsten Menschen, durch die unwissendsten Bösewichter um Gut und Ehre, um Freunde, Wohnung und Ruhe, um Gesundheit und Leben gebracht worden. Selbst die treuherzigen Barbaren, Burgunder, Goten, Longobarden, Franken und Sachsen haben an diesen Mordspielen für oder gegen Arianer, Bogomilen, Katharer, Albigenser, Waldenser u. f. in frommer Rechtgläubigkeit mit eifrigem Ketzerernst Anteil genommen und als streitende Völker für die echte Taufformel ihre Klinge nicht vergebens geführet; eine wahre strei-

tende Kirche. Vielleicht gibt es kein öderes Feld der Literatur als die Geschichte dieser christlichen Wort- und Schwertübung, die dem menschlichen Verstande seine eigne Denkkraft, den Urkunden des Christentums ihre klare Ansicht, der bürgerlichen Verfassung ihre Grundsätze und Maßregeln dergestalt geraubt hatte, daß wir zuletzt andern Barbaren und Sarazenen danken müssen, daß sie durch wilde Einbrüche die Schande der menschlichen Vernunft zerstörten. Dank sei allen den Männern*, die uns die Triebfedern solcher Streitigkeiten, die Athanase, Cyrille, Theophile, die Konstantine und Irenen in ihrer wahren Gestalt zeigen: denn solange man im Christentum den Namen der Kirchenväter und ihrer Konzilien noch mit Sklavenfurcht nennet, ist man weder der Schrift, noch seines eignen Verstandes mächtig.
Auch die christliche Sittenlehre fand in Ägypten und in andern Gegenden des griechischen Reichs keinen bessern Boden; durch einen fürchterlichen Mißbrauch erschuf sie daselbst jenes grobe Heer der Zönobiten und Mönche, das sich nicht etwa nur an Entzückungen in der thebanischen Wüste begnügte, sondern als eine gemietete Kriegsschar oft Länder durchzog, Bischofswahlen und Konzilien störte und den H. Geist derselben Aussprüche zu tun zwang, wie ihr unheiliger Geist es wünschte. Ich ehre die Einsamkeit, jene nachdenkende Schwester, oft auch die Gesetzgeberin der Gesellschaft, sie, die Erfahrungen und Leidenschaften des geschäftigen Lebens in Grundsätze und in Nahrungssaft verwandelt. Auch jener tröstenden Einsamkeit gebührt Mitleid, die, des Joches und der Verfolgung andrer Menschen müde, in sich selbst Erholung und Himmel findet. Gewiß waren viele der ersten Christen Einsame der letzten Art, die von der Tyrannei des großen militärischen Reichs oder vom Greuel der Städte in die Wüste getrieben wurden, wo bei wenigen Bedürfnissen ein milder Himmel sie freundlich aufnahm. Desto verächtlicher aber sei uns jene stolze, eigensinnige Absonderung, die, das tätige Leben verabscheuend, in Beschauung oder in Büßungen ein Verdienst setzt, sich mit Phantomen nährt und, statt Leidenschaften zu ertöten, die wildeste Leidenschaft, einen eigensinnigen, ungemessenen Stolz in sich auffacht. Leider ward der Christianismus hiezu ein blendender Vorwand, seitdem man Ratschläge desselben, die nur für wenige sein sollten, zu allgemeinen Gesetzen machte oder gar zu Bedingungen des Himmelreichs erhob, und Christum in der Wüste suchte. Da sollten Menschen den Himmel finden, die Bürger der Erde zu sein verschmähten und damit die schätzbarsten Gaben unsres Geschlechts, Vernunft, Sitten, Fähigkeiten, Eltern-, Freundes-, Gatten- und Kindesliebe aufgaben. Verwünscht seien die Lobsprüche die man aus mißverstandener Schrift dem ehelosen, müßigen, beschauenden Leben oft so unvorsichtig und reichlich gab; verwünscht die falschen Eindrücke, die man mit schwärmerischer Beredsamkeit der Jugend einprägte und dadurch auf viele Zeiten hin den Menschenverstand verschob und lähmte. Woher kommts, daß in den Schriften der Kirchenväter sich so wenig reine Moral und oft das Beste mit dem Schlechtesten, das Gold mit Unrat vermischt findet?** Woher, daß man in diesen Zeiten auch von den vortrefflichsten Männern, die noch so viel griechische Schrift-

* Nach den ältern Bemühungen der Reformatoren, sodann eines *Calixtus*, *Dalläus*, *du Pin*, *le Clerc*, *Mosheim* u. a. wird für die freiere Ansicht der christlichen Kirchengeschichte der Name *Semler* immer ein hochachtenswerter Name bleiben. Auf ihn ist *Spittler* in einem durchschauenden lichteren Vortrage gefolgt, andre werden ihm folgen und jede Periode der christlichen Kirchengeschichte in ihrem rechten Licht zeigen.

** *Barbeyrac*, *le Clerc*, *Thomasius*, *Semler* u. a. haben dies gezeiget; und *Röslers* Bibliothek der Kirchenväter kann es jedem sehr popular zeigen.

steller zu ihrem Gebot hatten, kein Buch nennen kann, das ohne alle Rücksicht auf Komposition und Vortrag bloß in der Moral und im durchgehenden Geiste des Werks einer Schrift der sokratischen Schule an die Seite zu setzen wäre? Woher, daß selbst die ausgesuchten Sprüche der Väter so viel Übertriebenes und Mönchisches an sich haben, wenn man sie mit der Moral der Griechen vergleichet? Durch die neue Philosophie war das Hirn der Menschen verrückt, daß sie, statt auf der Erde zu leben, in Lüften des Himmels wandeln lernten; und wie es keine größere Krankheit geben kann als diese, so ists wahrlich ein beweinenswerter Schaden, wenn sie durch Lehre, Ansehen und Institute fortgepflanzt und die lautern Quellen der Moral auf Jahrhunderte hin dadurch trübe gemacht wurden.

Als endlich das Christentum erhöhet und ihm in der Kaiserfahne der Namen gegeben ward, der noch jetzt als die herrschende römisch-kaiserliche Religion über allen Namen der Erde wehet, auf einmal wurde da die Unlauterkeit offenbar, die Staats- und Kirchensachen so seltsam vermischte, daß beinah keinem menschlichen Dinge mehr sein rechter Gesichtspunkt blieb. Indem man Duldsamkeit predigte, wurden die, die lange gelitten hatten, selbst unduldend; indem man Pflichten gegen den Staat mit reinen Beziehungen der Menschen gegen Gott verwirrte und, ohne es zu wissen, eine halbjüdische Mönchsreligion zur Grundlage eines byzantinisch-christlichen Reichs machte, wie anders, als daß sich das wahre Verhältnis zwischen Verbrechen und Strafen, zwischen Pflicht und Befugnis, ja endlich zwischen den Ständen der Reichsverfassung selbst schnöde verlieren mußte. Der geistliche Stand ward in den Staat eingeführt, nicht wie er bei den Römern gewesen war, unmittelbar mitwirkend zum Staate; ein Mönchs- und Bettelstand ward er, dem zugut hundert Verfügungen gemacht wurden, die andern Ständen zur Last fielen, sich einander selbst aufhoben und zehnfach geändert werden mußten, damit nur noch eine Form des Staats bliebe. Dem großen und schwachen Konstantin sind wir ohne sein Wissen jenes zweiköpfige Ungeheuer schuldig, das unter dem Namen der welt- und geistlichen Macht sich selbst und andre Völker neckte oder untertrat und nach zwei Jahrtausenden sich noch jetzo kaum über den Gedanken ruhig vereint hat, wozu Religion und wozu Regierung unter den Menschen dasei. Ihm sind wir jene fromme Kaiserwillkür in den Gesetzen und mit ihr jene christfürstlich-unkaiserliche Nachgiebigkeit schuldig, die in kurzem der fürchterlichste Despotismus werden mußte.* Daher die Laster und Grausamkeiten in der abscheulichen byzantinischen Geschichte; daher der feile Weihrauch an die schlechtesten christlichen Kaiser; daher die unselige Verwirrung, die geist- und weltlichen Dinge, Ketzer und Rechtgläubige, Barbaren und Römer, Feldherrn und Verschnittene, Weiber und Priester, Patriarchen und Kaiser in eine gärende Mischung brachte. Das Reich hatte sein Principium, das schwankende Schiff hatte Mast und Steuer verloren; wer ans Ruder kommen konnte, ruderte, bis ihn ein andrer fortdrängte. Ihr alten Römer, Sextus, Cato, Cicero, Brutus, Titus und ihr Antonine, was hättet ihr zu diesem neuen Rom, dem Kaiserhofe zu Konstantinopel, von seiner Gründung an bis zu seinem Untergange gesaget?

Auch die Beredsamkeit also, die in diesem kaiserlich-christlichen Rom aufsprießen

* Über den Zeitraum von Konstantins Bekehrung an bis zum Untergange des Weströmischen Reichs ist die *Geschichte der Veränderungen in der Regierung, den Gesetzen und dem menschlichen Geist* von einem ungenannten französischen Schriftsteller scharfsinnig und mit Fleiß bearbeitet worden. Die Übersetzung ist zu Leipzig 1784 erschienen.

konnte, war jener alten Griechen- und Römerberedsamkeit mitnichten zu vergleichen. Hier sprachen freilich göttliche Männer, Patriarchen, Bischöfe, Priester; aber zu wem und worüber sprachen sie? Und was konnte, was sollte ihre beste Beredsamkeit fruchten? Einem unsinnigen, verderbten, zügellosen Haufen sollten sie das Reich Gottes, die feinen Aussprüche eines moralischen Mannes erklären, der in seiner Zeit schon allein dastand und in diesen Haufen gewiß nicht gehörte. Viel reizender wars für diesen, wenn der geistliche Redner sich auf die Schandtaten des Hofes, in die Kabalen der Ketzer, Bischöfe, Priester und Mönche, oder auf die rohen Üppigkeiten der Schauplätze, Spiele, Lustbarkeiten und Weibertrachten einließ. Wie beklage ich dich, du goldner Mund, Chrysostomus, daß deine überströmende Rednergabe nicht in bessere Zeiten fiel! Aus der Einsamkeit tratest du hervor, in der du deine schönsten Tage durchlebt hattest; in der glänzenden Hauptstadt wurden dir trübere Tage. Dein Hirteneifer war von seiner Flur verirret; du erlagst den Stürmen der Hof- und Priesterkabale und mußtest, vertrieben und wiederhergestellt, endlich doch im Elende sterben. So ergings mehreren Rechtschaffenen an diesem wollüstigen Hofe; und das Traurigste war, daß ihr Eifer selbst von Fehlern nicht frei blieb. Denn wie der, der unter ansteckenden Krankheiten in einer verpesteten Luft lebet, wenn er sich auch vor Beulen bewahret, wenigstens ein blasses Gesicht und kranke Glieder davonträgt, so lagen auch hier zu viele Gefahren und Verführungen um beiderlei Stände, als daß eine gewöhnliche Vorsicht ihnen hätte entweichen mögen. Um so rühmlicher sind die wenigen Namen, die als Feldherrn und Kaiser, oder als Bischöfe, Patriarchen und Staatsleute auch an diesem schwefelig-dunklen Himmel wie zerstreuete Sterne glänzen; aber auch ihre Gestalten entzieht uns der Nebel.
Betrachten wir endlich den Geschmack in Wissenschaften, Sitten und Künsten, der sich von diesem ersten und größesten Christenreiche verbreitet hat, so können wir ihn nicht anders als barbarisch-prächtig und elend nennen. Seitdem zu Theodosius Zeiten im römischen Senat vorm Antlitz der Siegesgöttin Jupiter und Christus um den Besitz des römischen Reichs stritten, und Jupiter seine Sache verlor, gingen die Denkmale des alten großen Geschmacks, die Tempel und Säulen der Götter in aller Welt allmählich oder gewaltsam unter; und je christlicher ein Land war, desto eifriger zerstörte es alle Überbleibsel des Dienstes der alten Dämonen. Der Zweck und Ursprung der christlichen Kirchen verbot die Einrichtung der alten Götzentempel; also wurden Gerichts- und Versammlungsplätze, Basiliken, ihr Vorbild, und obgleich in den ältesten derselben aus Konstantins Zeiten allerdings noch eine edle Einfalt merklich ist, weil sie teils aus heidnischen Resten zusammengetragen, teils mitten unter den größesten Denkmalen errichtet wurden, so ist auch diese Einfalt dennoch schon christlich. Geschmacklos sind ihre dort und hier geraubten Säulen zusammengesetzt, und das Wunder der christlichen Kunst in Konstantinopel, die prächtige Sophienkirche, war mit barbarischem Schmuck überladen. So viele Schätze des Altertums in diesem Babel zusammengehäuft wurden, so wenig konnte griechische Kunst oder Dichtkunst daselbst gedeihen. Man erschrickt vor dem Hofstaat, der noch im zehnten Jahrhundert den Kaiser in Kriegs- und Friedenszeiten, zu Hause und zum Gottesdienst begleiten mußte, wie ein purpurgeborner Sklave desselben ihn selbst beschreibt* ,und wundert sich, daß ein Reich von dieser Art nicht viel früher gefallen sei, als es fiel. Dem mißgebrauchten Christentum allein kann hieran die Schuld nicht beigemessen werden; denn vom ersten Anfange an war

* Constantin. Porphyrogenn. Lib. II. de cerimon. aulae Byzantin. Lips. 1751.

Byzanz zu einem glänzend-üppigen Bettlerstaat eingerichtet. Mit ihm war kein Rom entstanden, das, unter Bedrückungen, Streit und Gefahr erzogen, zur Hauptstadt der Welt sich selbst machte; auf Kosten Roms und der Provinzen ward die neue Stadt gegründet und sogleich mit einem Pöbel beladen, der unter Heuchelei und Müßiggange, unter Titeln und Schmeicheleien von kaiserlicher Milde und Gnade, das ist, vom Mark des Reichs lebte. Am Busen der Wollust lag die neue Stadt, zwischen allen Weltteilen in der schönsten Gegend. Aus Asien, Persien, Indien, Ägypten kamen ihr alle Waren jener üppigen Pracht, mit welchen sie sich und die nordwestliche Welt versorgte. Ihr Hafen war voll von Schiffen aller Nationen; und noch in spätern Zeiten, als schon die Araber dem griechischen Reich Ägypten und Asien genommen hatten, zog sich der Handel der Welt über das Schwarze und Kaspische Meer, um die alte Wollüstige zu versorgen. Alexandrien, Smyrna, Antiochien, das busenvolle Griechenland mit seinen Anlagen, Städten und Künsten, das inselvolle Mittelländische Meer, vor allem aber der leichte Charakter der griechischen Nation, alles trug bei, den Sitz des christlichen Kaisers zum Sammelplatz von Lastern und Torheiten zu machen; und was ehemals dem alten Griechenlande zum Besten gedient hatte, gereichte ihm jetzt zum Ärgsten.

Deshalb aber wollen wir diesem Reich auch den kleinsten Nutzen nicht absprechen, den es in seiner Beschaffenheit und Lage der Welt gebracht hat. Lange war es ein Damm, obgleich ein schwacher Damm gegen die Barbaren, deren mehrere in seiner Nachbarschaft oder gar in seinem Dienst und Handel ihre Roheit abgelegt und einen Geschmack für Sitten und Künste empfangen haben. Der beste König der Goten, Theodorich z. B., war in Konstantinopel erzogen; was er Italien Gutes tat, haben wir jenem östlichen Reiche mit zu verdanken. Mehr als *einem* barbarischen Volk hat Konstantinopel den Samen der Kultur, Schrift und das Christentum gegeben; so bildete der Bischof Ulfilas für seine Goten am Schwarzen Meer das griechische Alphabet um und übersetzte das Neue Testament in ihre Sprache; Russen, Bulgaren, und andre slawischen Völker haben von Konstantinopel aus Schrift, Christentum und Sitten auf eine viel mildere Weise bekommen als ihre westlichen Mitbrüder von den Franken und Sachsen. Die Sammlung der römischen Gesetze, die auf Justinians Befehl geschah, so mangelhaft und zerstückt sie sei, so mancher Mißbrauch auch von ihr gemacht worden, bleibt ein unsterbliches Denkmal des alten echten Römergeistes, eine Logik des tätigen Verstandes und eine prüfende Norm jeder besseren Gesetzgebung. Daß sich in diesem Reich, obwohl in schlechter Anwendung, die griechische Sprache und Literatur so lange erhielt, bis das westliche Europa fähig ward, sie aus den Händen konstantinopolitanischer Flüchtlinge zu empfangen, ist für die ganze gebildete Welt eine Wohltat. Daß Pilgrime und Kreuzfahrer der mittlern Zeiten auf ihrem Wege zum Heiligen Grabe ein Konstantinopel fanden, wo sie zum Ersatz mancher erwiesenen Untreue wenigstens mit neuen Eindrücken von Pracht, Kultur und Lebensweise in ihre Höhlen, Schlösser und Klöster zurückkehrten, bereitete dem westlichen Europa mindstens von fern eine andre Zeit vor. Venetianer und Genueser haben in Alexandrien und Konstantinopel ihren größeren Handel gelernt, wie sie denn auch größtenteils durch Trümmer dieses Kaisertums zu ihrem Reichtum gelanget sind und von dort aus manches Nützliche nach Europa gebracht haben. Der Seidenbau ist uns aus Persien durch Konstantinopel zugekommen; und wie manches hat der Heilige Stuhl zu Rom, wie manches hat Europa als ein Gegengewicht gegen diesen Stuhl dem morgenländischen Reich zu danken!

Endlich versank dies stolze, reiche und prächtige Babel; mit allen Herrlichkeiten und Schätzen ging es im Sturm an seine wilden Überwinder über. Längst hatte es seine Provinzen nicht zu schützen vermocht; schon im fünften Jahrhundert war das ganze Griechenland Alarichs Beute geworden. Von Zeit zu Zeit dringen ost-, west-, nord- und südwärts Barbaren immer näher hinan; und in der Stadt wüten rottenweise oft ärgere Barbaren. Tempel werden gestürmt, Bilder und Bibliotheken werden verbrannt; allenthalben wird das Reich verkauft und verraten, da es für seine treuesten Diener keinen Lohn hat, als ihnen die Augen auszustechen, Ohren und Nase abzuschneiden, oder sie gar lebendig zu begraben; denn Grausamkeit und Wollust, Schmeichelei und der frechste Stolz, Meutereien und Treulosigkeit herrschten auf diesem Thron, allesamt mit christlicher Rechtgläubigkeit geschminket. Seine Geschichte voll langsamen Todes ist ein schrecklich warnendes Beispiel für jede Kastraten-, Pfaffen- und Weiberregierung, trotz alles Kaiserstolzes und Reichtums, trotz alles Pomps in Wissenschaften und Künsten. Da liegen nun seine Trümmern: das scharfsinnigste Volk der Erde, die Griechen, sind das verächtlichste Volk worden, betrügerisch, unwissend, abergläubig, elende Pfaffen- und Mönchsknechte, kaum je mehr des alten Griechengeistes fähig. So hat das erste und prächtigste *Staatschristentum geendet*; nie komme seine Erscheinung wieder*.

IV.

Fortgang des Christentums in den lateinischen Provinzen

1. Rom war die Hauptstadt der Welt; aus Rom ergingen die Befehle entweder zu Duldung oder zu Unterdrückung der Christen; notwendig mußte auf diesen Mittelpunkt der Macht und Hoheit eine Hauptwirkung des gesamten Christentums sehr frühe streben.

Die Duldung der Römer gegen alle Religionen überwundener Völker ist über allen Widerspruch erhoben; ohne dieselbe und ohne den ganzen Zustand der damaligen römischen Verfassung würde das Christentum sich nie so schnell und allgemein ausgebreitet haben. Es entstand in der Ferne, unter einem Volk, das man verachtete und zum Sprichwort des Aberglaubens gemacht hatte: in Rom regierten böse, tolle und schwache Kaiser, also, daß es dem Staat an einer herrschenden Übersicht des Ganzen fehlte. Lange wurden die Christen nur unter dem Namen der Juden begriffen, deren in Rom wie in allen römischen Provinzen eine große Anzahl war. Wahrscheinlich war es auch der Haß der Juden selbst, der die ausgestoßenen Christen den Römern zuerst kenntlich machte, und sodann lag es in der römischen Denkart, daß man sie als Abtrünnige von ihrer väterlichen Religion entweder für Atheisten oder ihrer

* Mit teilnehmender Freude können wir hier den dritten klassischen Geschichtsschreiber der Engländer nennen, der mit *Hume* und *Robertson* wetteifert und den zweiten vielleicht übertrifft: *Gibbons* History of the decline and fall of the Roman empire. Ein ausgearbeitetes Meisterwerk, dem es indessen doch, vielleicht aus einem Fehler der Materie, an jenem hinreißenden Interesse zu fehlen scheint, das z.B. die historischen Schriften *Humes* einflößen. Das Geschrei aber, das man in England gegen dies gelehrte, wirklich philosophische Werk erhoben hat, als ob es dem Christentum feind sei, scheint mir unbillig; denn *Gibbon* urteilt über das Christentum, wie über andre Gegenstände seiner Geschichte, sehr milde.

geheimen Zusammenkünfte wegen für Ägypter ansah, die sich gleich andern Eingeweiheten mit Aberglauben und Greueln befleckten. Man betrachtete sie als einen verworfenen Haufen, den Nero die Schuld seiner Mordbrenner-Tollheit am ersten tragen lassen durfte; das Mitleid, das man ihnen über diese erlittene äußerste Ungerechtigkeit schenkte, scheint nur die Barmherzigkeit gewesen zu sein, die man einem ungerecht gequälten Sklaven schenket. Weiter untersuchte man ihre Lehre nicht und ließ sie sich fortpflanzen, wie sich im Römerreich alles fortpflanzen konnte.
Als die Grundsätze ihres Gottesdienstes und Glaubens mehr ans Licht traten, fiel es den Römern, die nur an eine politische Religion gewöhnt waren, vor allem hart auf, daß diese Unglücklichen die Götter ihres Staats als höllische Dämonen zu schmähen und den Dienst, den man den Beschützern des Reiches leistete, für eine Schule der Teufel zu erklären wagten. Es fiel ihnen hart auf, daß sie den Bildsäulen der Kaiser eine Ehrerbietung, die ihnen selbst Ehre sein sollte, entzogen und sich von allem, was Pflicht oder Dienst des Vaterlandes war, entfernten. Natürlich wurden sie also für Feinde desselben gehalten, des Hasses und Abscheues andrer Menschen würdig. Nachdem die Kaiser gesinnet waren, und neue Gerüchte sie entweder besänftigten oder aufbrachten, nachdem wurden Befehle für oder gegen die Christen gegeben; Befehle, die in jeder Provinz nach den Gesinnungen der Statthalter oder nach ihrem eignen Betragen mehr oder minder befolgt wurden. Eine Verfolgung indessen, wie man in spätern Zeiten z. B. gegen die Sachsen, Albigenser, Waldenser, Hugenotten, Preußen und Liven vornahm, ist gegen sie nie ergangen; Religionskriege der Art lagen nicht in der römischen Denkweise. Es wurden also die ersten dreihundert Jahre des Christentums während der Verfolgungen, die man in ihnen zählet, die Triumphzeit der Märtyrer des christlichen Glaubens.
Nichts ist edler, als, seiner Überzeugung treu, sie durch Unschuld der Sitten und Biederkeit des Charakters bis zum letzten Atem zu bewähren; auch haben die Christen, wo sie als verständige, gute Menschen dergleichen Unschuld und Festigkeit zeigten, sich dadurch mehr Anhänger erworben als durch Erzählungen von Wundergaben und Wundergeschichten. Mehrere ihrer Verfolger staunten ihren Mut an, selbst wenn sie nicht begriffen, warum sie sich der Gefahr aussetzten, also verfolgt zu werden. Überdem nur das, was ein Mensch herzhaft will, erreicht er; und worauf eine Anzahl Menschen lebend und sterbend beharret, das kann schwerlich unterdrückt werden. Ihr Eifer zündet an, ihr Beispiel, selbst wenn es nicht erleuchten kann, wärmet. Gewiß ist also die Kirche der Standhaftigkeit ihrer Bekenner jene tiefe Gründung eines Baues schuldig, der mit ungeheurer Erweiterung Jahrtausende überdauren konnte; weiche Sitten, nachgebende Grundsätze würden von Anfange an alles haben zerfließen lassen, wie ein schalenloser Saft zerfließt.
Indessen kommt es in einzelnen Fällen doch auch darauf an, wofür ein Mensch streite und sterbe. Ists für seine innere Überzeugung, für einen Bund der Wahrheit und Treue, dessen Lohn bis über das Grab reichet; ists für das Zeugnis einer unentbehrlich wichtigen Geschichte, die man selbst erlebt hat, deren uns anvertraute Wahrheit ohne uns untergehen würde, wohlan! da stirbt der Märtyrer wie ein Held, seine Überzeugung labt ihn in Schmerzen und Qualen, und der offene Himmel ist vor ihm. So konnten jene Augenzeugen der ersten Begebenheiten des Christentums, leiden, wenn sie sich in dem notwendigen Fall sahen, die Wahrheit derselben mit ihrem Tode zu besiegeln. Ihre Verleugnung wäre eine Absagung selbsterfahrner Geschichte gewesen, und, wenn es nötig ist, opfert ein Rechtschaffener auch dieser sich selbst auf. Solche eigentlichen Bekenner und Märtyrer aber konnte nur das älteste

Christentum und auch dieses ihrer nicht ungeheuer viele haben, von deren Ausgange aus der Welt so wie von ihrem Leben wir wenig oder nichts wissen.

Anders wars mit den Zeugen, die Jahrhunderte später oder Hunderte von Meilen entfernt zeugten, denen die Geschichte des Christentums nur als Gerücht, als Tradition oder als eine geschriebene Nachricht zukam; für urkundliche Zeugen können diese nicht gelten, indem sie nur ein fremdes Zeugnis oder vielmehr nur ihren Glauben an dasselbe mit Blute besiegeln. Da dies nun mit allen bekehrten Christen außer Judäa der Fall war, so muß man sich wundern, daß eben in den entferntesten, den lateinischen Provinzen, so ungemein viel auf das Blutzeugnis dieser Zeugen, mithin auf eine Tradition, die sie fernher hatten und schwerlich prüfen konnten, gebauet wurde. Selbst nachdem am Ende des ersten Jahrhunderts die im Orient aufgesetzten Schriften in diese entfernteren Gegenden gekommen waren, verstand nicht jeder sie in der Ursprache und mußte sich abermals auf das Zeugnis seines Lehrers mit Anführungen einer Übersetzung begnügen. Und wieweit seltner beziehen sich die abendländischen Lehrer überhaupt auf die Schrift, da die morgenländischen, selbst auf ihren Konzilien, mehr nach gesammleten Meinungen voriger Kirchenväter als aus der Schrift entschieden! Tradition also und Glaube, für den man gestorben sei, ward bald das vorzüglichste und siegende Argument des Christentums; je ärmer, entfernter und unwissender die Gemeine war, desto mehr mußte ihr eine solche Tradition, das Wort ihres Bischofs und Lehrers, das Bekenntnis der Blutzeugen, als ein Zeugnis der Kirche, gleichsam aufs Wort gelten.

Und doch läßt sich bei dem Ursprunge des Christentums kaum eine andre Weise der Fortpflanzung als diese gedenken; denn auf eine Geschichte war es gebauet und eine Geschichte will Erzählung, Überlieferung, Glauben. Sie geht von Munde zu Munde, bis sie, in Schriften aufgenommen, gleichfalls eine festgestellte, fixierte Tradition wird, und jetzt erst kann sie von mehreren geprüft oder nach mehreren Traditionen verglichen werden. Nun aber sind auch meistens die Augenzeugen nicht mehr am Leben; wohl also, wenn sie der Sage nach das von ihnen gepflanzte Zeugnis mit ihrem Tode bekräftigt haben; hier beruhigt sich der menschliche Glaube.

Und so bauete man zuversichtvoll die ersten christlichen Altäre *auf Gräber*. An Gräbern kam man zusammen; sie wurden in den Katakomben selbst Altäre, über welchen man das Abendmahl genoß, das christliche Bekenntnis ablegte und demselben wie der Begrabene treu zu sein angelobte. Über Gräbern wurden die ersten Kirchen erbauet, oder die Leichname der Märtyrer wurden unter die erbaueten Altäre gebracht, bis zuletzt auch nur mit einem Gebein derselben der Altar geweihet werden mußte. In Zeremonie und Formel ging nun über, was einst Ursprung der Sache, Entstehung und Besiegelung eines *Bundes christlicher Bekenner* gewesen war. Auch die Taufe, bei der ein Symbolum des Bekenntnisses abgelegt wurde, feierte man über den Bekenner Gräbern, bis späterhin die Baptisterien über ihnen erbauet, oder Gläubige zum Zeichen, daß sie auf ihr Taufbekenntnis gestorben seien, unter ihnen begraben wurden. Eins entstand aus dem andern, und fast die ganze Form und Gestalt der abendländischen Kirchengebräuche kam von diesem *Bekenntnis* und *Gräberdienst* her.*

Allerdings fand sich viel Rührendes bei diesem Bunde der Treue und des Gehorsams über den Gräbern. Wenn, wie Plinius sagt, die Christen vor Tage zusammenkamen,

* S. Ciampini, Aringhii, Binghams u. a. hieher gehörige Werke. Eine Geschichte dieser Dinge aus dem Anblick der ältesten Kirchen und Denkmale selbst gezogen und durchaus mit der Kirchengeschichte verbunden würde dies alles im hellesten Licht zeigen.

ihrem Christus als einem Gott Loblieder zu singen, und sich mit dem Sakrament, wie mit einem Eidschwur zur Reinheit der Sitten und zu Ausübung moralischer Pflichten zu verbinden, so mußte das stille Grab ihres Bruders ihnen ein redendes Symbol der Beständigkeit bis zum Tode, ja eine Grundfeste ihres Glaubens an jene Auferstehung werden, zu welcher ihr Herr und Lehrer, auch als Märtyrer, zuerst gelangt war. Das irdische Leben mußte ihnen vorübergehend, der Tod als eine Nachfolge seines Todes rühmlich und angenehm, ein zukünftiges Leben fast sichrer als das gegenwärtige dünken; und Überzeugungen dieser Art sind allerdings der Geist der ältesten christlichen Schriften. Indessen konnte es auch nicht fehlen, daß durch solche Anstalten die Liebe zum Märtyrertum unzeitig erweckt wurde, indem man, satt des vorübergehenden irdischen Lebens, nach der Blut- und Feuertaufe als nach der Heldenkrone Christi oft mit nutzlosem Eifer lief. Es konnte nicht fehlen, daß den Gebeinen der Begrabenen mit der Zeit eine fast göttliche Ehre angetan ward, und sie zu Entsühnungen, Heilungen und andern Wunderwerken abergläubisch mißgebraucht wurden. Es konnte endlich am wenigsten fehlen, daß diese Schar christlicher Helden in kurzem den ganzen Kirchenhimmel bezog, und so wie ihre Leichname ins Schiff der Kirche mit Anbetung gebracht waren, auch ihre Seelen alle anderen Wohltäter der Menschen aus ihren Sitzen vertrieben, womit dann eine neue *christliche Mythologie* anfing. Welche Mythologie? Die wir auf den Altären sehen, von der wir in den Legenden lesen.

2. Da im Christentum alles auf Bekenntnis, dies Bekenntnis aber auf einem Symbol, und dies Symbol auf Tradition beruhete, so waren zu Erhaltung der Aufsicht und Ordnung entweder Wundergaben oder eine strenge *Kirchenzucht* vor allem nötig. Mit dieser Einrichtung stieg das *Ansehen der Bischöfe*, und um die Einheit des Glaubens, d. i. den Zusammenhang mehrerer Gemeinen zu erhalten, bedurfte man der *Konzilien* und *Synoden*. Ward man auf diesen nicht einig, oder fanden sie in andern Gegenden Widerspruch, so nahm man angesehene Bischöfe als *Schiedsrichter* zu *Hilfe*, und am Ende konnte es nicht fehlen, daß nicht unter mehreren dieser apostolischen Aristokraten *ein Hauptaristokrat* sich allmählich hervorhob. Wer sollte dies sein, wer konnte es werden? Der Bischof zu Jerusalem war zu entfernt und arm; seine Stadt hatte große Unfälle erlitten; sein Sprengel ward von andern auch apostolischen Bischöfen zu sehr eingeengt; er saß auf seinem Golgatha gleichsam außer dem Kreise der Weltherrschaft. Die Bischöfe von Antiochien, Alexandrien, Rom, endlich auch von Konstantinopel traten hervor, und es war Lage der Sache, daß der zu Rom über sie alle, auch über seinen eifrigsten Mitkämpfer, den konstantinopolitanischen siegte. Dieser saß nämlich dem Throm der Kaiser zu nahe, die ihn nach Gefallen erheben und erniedrigen konnten, mithin durfte er nichts als ihr prächtiger Hofbischof werden. Dagegen verbanden sich, seitdem die Kaiser Rom verlassen und sich an die Grenze Europas verpflanzt hatten, tausend Umstände, die dieser alten Hauptstadt der Welt das Primat der Kirche gaben. An die Verehrung des Namens Rom waren die Völker seit Jahrhunderten gewöhnet, und in Rom bildete man sich ein, daß auf ihren sieben Hügeln ein ewiger Geist der Weltbeherrschung schwebe. Hier hatten, den Kirchenregistern nach, so viele Märtyrer gezeuget und die größesten Apostel, Petrus und Paulus ihre Kronen empfangen. Früh also erzeugte sich die Sage vom *Bischoftum Petri* in dieser alten apostolischen Kirche, und das unverrückte Zeugnis seiner Nachfolger wußte man bald zu erweisen. Da diesem Apostel nun namentlich die Schlüssel des Himmelreichs übergeben und auf sein Bekenntnis der unzerstörliche Felsenbau der Kirche gegründet war, wie natür-

lich, daß Rom an die Stelle Antiochiens oder Jerusalems trat und als Mutterkirche der herrschenden Christenheit betrachtet zu werden Anstalt machte. Frühe genoß der römische Bischof vor andern gelehrtern und mächtigern selbst auf Konzilien Ehre und Vorsitz; man nahm ihn in Streitigkeiten als einen friedlichen Schiedsrichter an, und was lange eine freigewählte Ratserholung gewesen war, ward mit der Zeit als Appellation, seine belehrende Stimme als Entscheidung betrachtet. Die Lage Roms im Mittelpunkt der römischen Welt gewährte ihrem Bischofe west-, süd- und nordwärts einen weiten Raum zu Ratschlägen und Einrichtungen, zumal der griechische Kaiserthron zu ferne stand, auch bald zu schwach war, als daß er ihn außerordentlich drücken konnte. Die schönen Provinzen des Römischen Reichs, Italien mit seinen Inseln, Afrika, Spanien, Gallien und ein Teil von Deutschland, in welche das Christentum frühe gekommen war, lagen ihm als ein rat- und hilfsbedürftiger Garten umher; höher hinauf standen die Barbaren, deren rauhere Gegenden bald zu einem urbaren Lande der Christenheit gemacht werden sollten. Allenthalben war hier bei schwächerer Konkurrenz mehr zu tun und zu gewinnen als in denen mit alten Bischoftümern übersäten östlichen Provinzen, die durch Spekulationen, Widersprüche und Streitigkeiten, bald auch durch die wollüstige Tyrannei der Kaiser, endlich durch die Einbrüche der mohammedanischen Araber und noch wilderer Völker eine zerstörte lechzende Aue wurden. Die barbarische Gutherzigkeit der Europär kam ihm weit mehr zustatten als die Treulosigkeit der feinern Griechen oder die Schwärmerei der Asiaten. Das dort brausende Christentum, das hie und da ein hitziges Fieber des menschlichen Verstandes zu sein schien, kühlte sich also in einem gemäßigtern Erdstrich durch seine Satzungen und Rezepte ab, ohne welche wahrscheinlich auch hier alles in den kraftlosen Zustand gesunken wäre, den wir nach tollen Anstrengungen zuletzt im Orient bemerkten.

Gewiß hat der Bischof zu Rom für die christliche Welt viel getan; er hat, dem Namen seiner Stadt getreu, nicht nur durch Bekehrungen eine Welt erobert, sondern sie auch durch Gesetze, Sitten und Gebräuche länger, stärker und inniger als das alte Rom die seine regieret. Gelehrt hat der römische Stuhl nie sein wollen; er überließ dies Vorrecht andern, z. B. dem alexandrinischen, mailändischen, selbst dem hipponesischen Bischofstuhle, und wer sonst dessen begehrte; aber auch die gelehrtesten Stühle unter sich zu bringen und nicht durch Philosophie, sondern durch Staatsklugheit, Tradition, kirchliches Recht und Gebräuche die Welt zu regieren, das war sein Werk, und mußte es sein, da er selbst nur auf Gebräuchen und der Tradition ruhte. Von Rom aus sind also jene vielen Zeremonien der abendländischen Kirche ausgegangen, welche die Feier der Feste, die Einteilung der Priester, die Anordnung der Sakramente, Gebete und Opfer für die Toten; oder Altäre, Kelche, Lichter, Fasten, die Anbetung der Mutter Gottes, den ehelosen Stand der Priester und Mönche, die Anrufung der Heiligen, den Dienst der Bilder, Prozessionen, Seelmessen, Glocken, die Kanonisation, Transsubstantiation, die Anbetung der Hostie u. f. betrafen; Gebräuche, die teils aus ältern Veranlassungen, oft aus schwärmenden Vorstellungsarten des Orients entstanden, teils in abendländischen, am meisten in römischen Lokalumständen gleichsam gegeben waren und dem großen Kirchenritual nur nach und nach einverleibet wurden.* Solche Waffen eroberten jetzo die Welt; es waren

* Ich zweifle, daß sich ohne eine genaue Kenntnis Roms, auch seinem Lokal und dem Charakter des Volkes nach, eine bis zur Evidenz treue Geschichte dieser Anstalten und Gebräuche schreiben lasse; oft sucht man unter der Erde, was in Rom der Anblick selbst zeiget.

die alles eröffnenden Schlüssel des Himmel- und Erdenreiches. Vor ihnen beugten sich die Völker, die übrigens Schwerter nicht scheuten; römische Gebräuche taugten mehr für sie als jene morgenländischen Spekulationen. Freilich sind diese kirchlichen Gesetze ein schrecklicher Gegensatz gegen die altrömische Staatskunst; indessen gingen sie doch am Ende darauf hinaus, den schweren Zepter in einen sanftern Hirtenstab und das barbarische Herkommen heidnischer Nationen mehr und mehr in ein milderes Christenrecht zu verwandeln. Der mühsam emporgekommene Oberhirte zu Rom mußte sich wider Willen des Abendlandes mehr annehmen, als einer seiner Mitbrüder in Ost und Westen es tun konnte; und wenn die Ausbreitung des Christentums an sich ein Verdienst ist, so hat er sich dieses in hohem Grade erworben. England und der größeste Teil von Deuschland, die nordischen Königreiche, Polen, Ungarn sind durch seine Gesandtschaften und Anstalten christliche Reiche; ja daß Europa nicht von Hunnen, Sarazenen, Tataren, Türken, Mongolen vielleicht auf immer verschlungen worden, ist mit andern auch sein Werk. Wenn alle christlichen Kaiser-, Königs-, Fürsten-, Grafen- und Ritterstämme ihre Verdienste vorzeigen sollten, durch welche sie ehemals zur Herrschaft der Völker gelangten, so darf der dreigekrönte große Lama in Rom, auf den Schultern unkriegerischer Priester getragen, sie alle mit dem heiligen Kreuz segnen und sagen: »Ohne mich wäret ihr nicht, was ihr seid, worden.« Auch das gerettete Altertum ist sein Werk, und Rom ist wert, daß es ein stiller Tempel dieser geretteten Schätze bleibe.

3. *Im Abendlande hat sich also die Kirche so lokal gebildet wie im Orient.* Auch hier war ein lateinisches Ägypten, das christliche Afrika, in welchem wie dort manche afrikanischen Lehren entstanden. Die harten Ausdrücke, die Tertullian von der Genugtuung, Cyprian von der Buße der Gefallenen, Augustin von der Gnade und dem Willen des Menschen brauchte, flossen ins System der Kirche, und obgleich der Bischof zu Rom in seinen Anordnungen gewöhnlich den gemäßigten Weg ging, so fehlte es ihm dennoch bald an Gelehrsamkeit, bald an Ansehen, um auf dem ganzen Ozean der Lehre das Schiff der Kirche zu steuern. Von Augustin und Hieronymus ward z. B. dem gelehrten, frommen Pelagius viel zu hart begegnet; der erste stritt gegen die Manichäer mit einem nur feinern Manichäismus, und was bei dem außerordentlichen Mann oft Feuer des Streits und der Einbildungskraft war, ging in zu heftiger Flamme in das System der Kirche über. Ruhet indessen auch ihr wohl, ihr großen Streiter für das, was ihr Einheit des Glaubens nanntet. Euer mühsames Geschäft ist vollendet; und vielleicht habt ihr schon zu lange und stark auf die ganze Reihe christlicher Zeiten hinab gewirket.

Noch muß ich des einen und ersten Ordens erwähnen, der in Okzident eingeführt ward, der Benediktiner; ohngeachtet aller Versuche, das morgenländische Mönchleben dem Abendlande einheimisch zu machen, widerstand zu gutem Glücke Europas das Klima, bis endlich, unter Begünstigung Roms, dieser gemäßigtere Orden zu Monte Cassino aufkam. Er nährte und kleidete besser als jene im fastenden, heißen Orient tun durften; dabei legte seine Regel, die ursprünglich von einem Laien für Laien gemacht war, auch die Arbeit auf; und durch diese insonderheit ist er manchem wüsten und wilden Strich in Europa nützlich worden. Wieviel schöne Gegenden in allen Ländern besitzen Benediktiner, die sie zum Teil urbar gemacht haben. Auch in allen Gattungen der Literatur taten sie, was mönchischer Fleiß tun konnte; einzelne Männer haben eine Bibliothek geschrieben und ganze Kongregationen es sich zur Pflicht gemacht, durch Erläuterung und Herausgabe zahlreicher Werke insonderheit des Mittelalters auch literarische Wüsteneien urbar zu machen und zu lichten.

Welchen großen und reichen Anblick gibt diese Aussicht über die Geschichte der uns ähnlichen und unähnlichen Wesen! Sie scheidet die Reiche der Natur und die Klassen der Geschöpfe nach ihren Elementen und verbindet sie miteinander; auch in dem entferntsten wird der weitgezogene Radius aus einem und demselben Mittelpunkt sichtbar. Aus Luft und Wasser, aus Höhen und Tiefen sehe ich gleichsam die Tiere zum Menschen kommen, wie sie dort zum Urvater unsers Geschlechts kamen und Schritt vor Schritt sich seiner Gestalt nähern. Der Vogel fliegt in der Luft; jede Abweichung seiner Form vom Bau der Landtiere läßt sich aus seinem Element erklären; sobald er auch nur in einer häßlichen Mittelgattung die Erde berührt, wird er (wie in den Fledermäusen und Vampyrs) dem Gerippe der Menschen ähnlich. Der Fisch schwimmt im Waser; noch sind seine Füße und Hände in Floßfedern und einen Schwanz verwachsen: er hat noch wenig Artikulation der Glieder. Sobald er die Erde berührt, wickelt er wie der Manati wenigstens die Vorderfüße los, und das Weib bekommt Brüste. Der Seebär und Seelöwe hat seine vier Füße schon kenntlich, ob er gleich die hintersten noch nicht gebrauchen kann und die fünf Zehen derselben noch als Lappen von Floßfedern nach sich ziehet; er kriecht indes, wie er kann, leise heran, um sich am Strahl der Sonne zu wärmen, und ist schon einen kleinen Tritt über die Dumpfheit des unförmlichen Seehundes erhoben. So gehet's aus dem Staube der Würmer, aus den Kalkhäusern der Muscheltiere, aus den Gespinsten der Insekten allmählich in mehr gegliederte, höhere Organisationen. Durch die Amphibien gehet's zu den Landtieren hinauf und unter diesen ist selbst bei dem abscheulichen Unau mit seinen drei Fingern und zwei Vorderbrüsten schon das nähere Analogon unsrer Gestalt sichtbar. Nun spielet die Natur und übet sich rings um den Menschen im größesten Mancherlei der Anlagen und Organisationen. Sie verteilte die Lebensarten und Triebe, bildete die Geschlechter einander feindlich; indes alle diese Scheinwidersprüche zu *einem* Ziel führen. Es ist also anatomisch und physiologisch wahr, daß durch die ganze belebte Schöpfung unsrer Erde das Analogon *Einer Organisation* herrsche; nur also, daß, je entfernter vom Menschen, je mehr das Element des Lebens der Geschöpfe von ihm absteht, die sich immer gleiche Natur auch in ihren Organisationen das Hauptbild verlassen mußte. Je näher ihm, desto mehr zog sie Klassen und Radien zusammen, um in seinem, dem heiligen Mittelpunkt der Erdeschöpfung, was sie kann, zu vereinen. Freue dich deines Standes, o Mensch, und studiere dich, edles Mittelgeschöpf, in allem, was um dich lebet!

ACHTZEHNTES BUCH

Wie wenn eine Flut, die Sammlung gewaltiger Bergströme, in einem höheren Tal lange zurückgehalten oder mit schwachen Dämmen hie oder dahin geleitet, endlich unaufhaltsam losbricht und die niedrigen Gefilde überströmet: Wellen folgen auf Wellen, Ströme auf Ströme, bis alles ein helles Meer wird, das, langsam überwältiget, überall Spuren der Verwüstung, zuletzt aber auch blühende Auen nachläßt, die es mit Fruchtbarkeit belebte: so erfolgte, so wirkte die berühmte Wanderung der nordischen Völker in die Provinzen des Römischen Reichs. Lange waren jene Nationen bekriegt, zurückgehalten, als Bundes- oder Mietvölker hie oder dahin geleitet, oft hintergangen und gemißbraucht; endlich nahmen sie sich selbst Recht, forderten Besitztum oder erbeuteten es und verdrängeten zum Teil selbst einander. Wir dürfen uns also nicht sowohl um rechtliche Ansprüche bekümmern, die jedes dieser Völker auf das ihm angewiesene und eroberte Lande hatte*, sondern nur den Gebrauch bemerken, den es von dem Lande machte, und die neue Einrichtung, die damit Europa gewann. Allenthalben geschah eine neue Einimpfung der Völker; was hat sie für die Menschheit für Sprossen und Früchte getragen?

I.

Reiche der Westgoten, Sueven, Alanen und Wandalen

Von zweien treulosen Staatsministern des morgen- und abendländischen Kaisertums, dem Ruffin und Stiliko, wurden die Westgoten ins Reich gerufen, dort Thrazien und Griechenland, hier Italien zu verwüsten. Alarich belagerte Rom, und weil ihm Honorius sein gegebnes Wort nicht hielt, ward es zweimal erobert und zuletzt geplündert. Mit Raube beladen zog der westgotische König bis zur sizilischen Meerenge hinab und hatte die Eroberung Afrikas, der Kornkammer von Italien, im Sinne,

* Eine genaue Schilderung dieser Völkerwanderungen und Aufbrüche mit ihren oft veränderten Grenzen gibt im kurzen Anblick *Gatterers Abriß der Universalhistorie*, Göttingen 1773. S. 449. u. f. Ausführlicher ist *Mascous Geschichte der Deutschen*, Leipzig, 1727, 1737. *Krause* Geschichte der wichtigsten Begebenheiten des heutigen Europas u. a.

als der Tod den Lauf seiner Siege unterbrach; der tapfre Räuber ward mit vielen Kostbarkeiten mitten in einem Strome begraben. Seinen Nachfolger Adolf (Ataulf) wies der Kaiser, um ihn aus Italien zu entfernen, nach Gallien und Spanien gegen die dort eingebrochenen Wandalen, Alanen und Sueven; hier gründete er, abermals hintergangen und zuletzt mit des Kaisers Theodosius Tochter Placidia vermählt, das erste westgotische Reich. Die schönen Städte Narbonne, Toulouse, Bordeaux waren sein, und einige seiner Nachfolger erstreckten ihr Gebiet in Gallien weiter. Weil ihnen aber hier die Franken zu nahe, auch den arianischen Goten die katholischen Bischöfe des Landes feindlich und treulos waren, so wandten sich ihre Waffen siegreicher über die Pyrenäen, und nach langen Kriegen mit Alanen, Sueven und Wandalen, auch nach völliger Verdrängung der Römer aus dieser Weltgegend besaßen sie endlich die schöne Halbinsel Spaniens und Lusitaniens nebst einem Teil des südlichen Galliens und der afrikanischen Küste.

Vom Reich der Sueven in Spanien während seiner 178 Jahre haben wir nichts zu sagen; nach einer Reihe von Plünderungen und Unglücksfällen ists namenlos untergegangen und ins spanisch-gotische Reich versunken. Merkwürdiger machten sich die Westgoten, sobald sie in diese Gegenden gelangten. Schon in Gallien, als die Residenz ihrer Könige noch zu Toulouse war, ließ Erich ein Gesetzbuch verfassen*, und sein Nachfolger Alarich aus Gesetzen und Schriften römischer Rechtsgelehrten einen Kodex zusammentragen, der bereits vor Justinian gleichsam das erste barbarische Corpus juris ward.** Es hat unter mehrern deutschen Völkern, Burgundern, Angeln Franken und Langobarden, als ein Auszug der römischen Gesetze gegolten, und auch uns einen Teil des theodosischen Gesetzbuchs gerettet, obgleich die Goten selbst lieber bei ihren eigenen Gesetzen und Rechten blieben. Jenseit der Pyrenäen kamen sie in ein Land, das unter den Römern eine blühende Provinz gewesen war, voll Städte, voll Einrichtungen und Handels. Als in Rom alles schon der Üppigkeit unterlag, hatte Spanien der Hauptstadt der Welt noch eine Reihe berühmter Männer gegeben***, die in ihren Schriften schon damals etwas vom spanischen Charakter zeigen. Andernteils war auch das Christentum frühe nach Spanien gekommen, und da der Geist dieses Volks durch die seltsame Vermischung vieler Nationen in seinem abgesonderten Erdstrich zum Außerordentlichen und Abenteuerlichen sehr geneigt war, hatte er an Wundergeschichten und Büßungen, an Enthaltsamkeit und Einsiedelei, an Orthodoxie, am Märtyrertum und einer Kirchenpracht über heiligen Gräbern so viel Geschmack gefunden, daß Spanien auch seiner Lage nach gar bald ein wahrer Christen-Palast ward. Von hier aus hatte man bald den Bischof zu Rom, bald den zu Hippo, Alexandrien und Jerusalem fragen oder belehren können; man konnte die Ketzer sogar außer Landes aufsuchen und bis gen Palästina verfolgen. Von jeher also waren die Spanier erklärte Ketzerfeinde und haben den Priscillianisten, Manichäern, Arianern, Juden, dem Pelagius, Nestorius u. a. ihre Rechtgläubigkeit hart erwiesen. Die frühe Hierarchie der Bischöfe dieser apostolischen Halbinsel, ihre öfteren und strengen Konzilien gaben dem römischen Stuhl selbst ein Vorbild, und wenn das Fränkische Reich diesem Oberhirten späterhin mit dem weltlichen Arm aufhalf, so hatte Spanien ihm früher mit dem geistlichen Arm ge-

* Pithoei codex legum Wisigothor. Par. 1579.

** Schultings Jurisprud. Ante-Justinian. p. 683. Gothofredi proleg. Codex Theodos. c. 6. 7.

*** Lucan, Mela, Columella, die beiden Seneca, Quintilian, Martial, Florus u. a. sind Spanier. S. Velasquez Geschichte der spanischen Dichtkunst, Götting. 1769. S. 3. u. f.

holfen. In ein solches Reich voll alter Kultur und festgestellter Kirchenverfassung rückten die Goten, treuherzige Arianer, die dem Joch der katholischen Bischöfe schwerlich zu widerstehen vermochten. Zwar hielten sie lange ihren Nacken aufrecht; sie wappneten sich sowohl mit Güte als mit Verfolgung und strebten nach der Vereinigung beider Kirchen. Vergebens; denn nie gab die herrschende römisch-katholische Kirche nach, und zuletzt wurden auf mehreren Konzilien zu Toledo die Arianer so hart verdammet, als ob nie ein spanischer König dieser Sekte ergeben gewesen wäre. Nachdem König Leovigild, der letzte von gotischer Kraft, dahin war, und Reccard, sein Sohn, sich der katholischen Kirche bequemte, sogleich bekommen auch die Gesetze des Reichs, in der Versammlung der Bischöfe gegeben, den Bischofs- und Mönchscharakter. Körperliche Strafen, sonst verabscheuet von den Deutschen, fangen an, in ihnen zu herrschen; noch mehr aber wird ein Geist des Ketzergerichts in ihnen sichtbar, lange vorher, ehe man den Namen einer Inquisition kannte.*
Unvollkommen also und zwangvoll ward die Einrichtung der Goten in diesem schönen Lande, wo sie, umschlossen von Bergen und Meeren, sich zu einem daurenden, herrlichen Reich hätten bilden können, wenn sie dazu Verstand und Mut gehabt und sich weder dem Klima noch der Kirche zu Knechten gemacht hätten. Nun aber war jener Strom längst entkräftet, der unter Alarich einst Griechenland und Italien durchbrauste; Adolfs Geist, der Rom zu vernichten schwur, damit er eine neue Gotenstadt als das Haupt der Welt auf ihre Trümmern baute, war schon gebändigt, da er sich nach einem Winkel des Reichs hatte verweisen lassen und mit einer Placidia das Hochzeitsbette bestieg. Langsam ging die Eroberung fort, weil deutsche von deutschen Völkern sich die Provinzen mit Blut erkaufen mußten; und als nach ebenso langem Kampf mit der Kirche die Bischöfe und die Großen des Reichs, zwei so widrige Extreme, endlich zusammentrafen, war es um die Gründung eines festen gotischen Reichs in Spanien geschehen. Statt daß vorher die Könige dieses Volks von der Nation gewählt waren, machten die Bischöfe die Würde eines Königs erblich und seine Person göttlich. Aus Kirchenversammlungen wurden Reichstäge, die Bischöfe des Reichs ersten Stände. In Pracht und Weichheit verloren die Großen des Palasts ihre Treue; die einst tapfern Krieger, unter welche das Land verteilt war, auf ihren reichen Wohnsitzen den Mut; die Könige bei ihren auf Religion gegründeten Vorzügen Sitten und Tugend. Unbefestiget lag also das Reich dem Feinde da, woher er auch kommen mochte; und als er aus Afrika kam, ging ein solches Schrecken vor ihm her, daß nach *einer* glücklichen Schlacht die schwärmenden Araber in zweien Jahren den größesten und schönsten Teil von Spanien besaßen. Mehrere Bischöfe wurden treulos; die üppigen Großen unterwarfen sich oder flohen und fielen. Das Reich, das ohne innere Verfassung auf dem persönlichen Mut und Diensteifer seiner Goten beruhen sollte, war wehrlos, sobald dieser Mut und diese Treue dahin waren. Mögen immerhin die Kirchenzucht und der Ritus aus den spanischen Konzilien viel zu lernen haben; für die Landeseinrichtung war Toledo von jeher ein Grab, und ist es lange geblieben.**

* Die Schlüsse der Kirchenversammlungen sind, außer den größeren Sammlungen der España Sagrada u. f., schon in *Ferreras* Geschichte von Spanien zu finden. Die westgotischen Gesetze sind außer dem *Pithöus* in *Lindenbrogs* cod. leg. antiqu. und sonst enthalten.

** Die eigne Untersuchung eines Schweden über die *Ursachen des baldigen Verfalles dieses Reichs* ist mir nicht zu Gesicht gekommen. *Iserhielm* de regno Westro-Gothorum in Hispania, Upsala 1705, enthält akademische Deklamationen.

Denn als nun jener tapfre Rest geschlagener und betrogener Goten aus seinen Gebirgen wieder hervorging und in sieben- bis achthundert Jahren durch 3700 Schlachten kaum wiedergewann, was ihm zwei Jahre und eine Hauptschlacht geraubt hatten, wie anders, als daß der sonderbar gemischte Christen- und Gotengeist jetzt nur als der Schatten aus einem Grabe erscheinen konnte? Altchristen eroberten jetzt von heidnischen Sarazenen ihr so lange entheiligtes Land; jede Kirche, die sie aufs neue weihen durften, ward ihnen eine teure Siegesbeute. Bischoftümer und Klöster wurden also ohne Zahl erneuet, gestiftet, als ein Kranz der Christen- und Ritterehre angelobet; und weil die Eroberung langsam fortging, so hatte man Zeit, zu weihen und anzugeloben. Dazu traf die Wiedereroberung größtenteils in die blühendsten Zeiten des Ritter- und Papsttumes. Einige Reiche, die man den Mauren entrissen hatte, ließ sich der König vom Papst zum Lehen auftragen, damit er in ihnen als ein echter Sohn der alten Kirche herrschte. Allenthalben wurden die Bischöfe seine Mitregenten, und die christlichen Ritter, die das Reich mit ihm erobert hatten, Grandes y ricos hombres, ein hoher Adel, der mit seinem Könige das neue Christenreich teilte. Wie unter jenen alten Rechtgläubigen Juden und Arianer ausgetrieben waren, so galts jetzo Juden und Mauren, so daß das schöne unter mehreren Völkern einst blühende Land nach und nach eine anmutige Wüste wurde. Noch jetzt stehen überall die Säulen dieser alt- und neugotischen Christenstaatsverfassung in Spanien da; die Zeit hat manches zwischen sie gesetzt, ohne den Riß und Grund des Gebäudes ändern zu können. Zwar thront der katholische König nicht mehr neben dem Bischofsthrone in Toledo, und die heilige Inquisition ist seit ihrer Entstehung mehr ein Werkzeug des Despotismus als der blinden Andacht gewesen; dagegen aber sind in diesem abgeschlossenen romantischen Lande der Schwärmerei so viele und so dauerhafte Ritterschlösser errichtet, daß die Gebeine des heil. Jacobus zu Compostell fast sichrer als die Gebeine des heil. Petrus zu Rom zu ruhen scheinen. Über ein halbhundert Erz- und Bischöfe, über dreitausend meistens reiche Klöster genießen die Opfer eines Reiches, das seine Rechtgläubigkeit mit Feuer, Schwert, Betrug und großen Hunden auch in zwei andre Weltteile verbreitet hat; im spanischen Amerika allein thronen fast ebensoviel Erz- und Bischöfe in aller Herrlichkeit der Kirche. In Geisteswerken der Spanier fangen dicht hinter den Römern christliche Poeten, Streiter und kanonische Richter an, auf welche Schrifterklärer und Legendenschreiber in solcher Anzahl folgen, daß selbst ihre Lust- und Possenspiele, ihre Tänze und Stiergefechte sich nicht ohne Christentum behelfen mögen. Das bischöflich-gotische Recht hat sich mit dem römisch-kanonischen Rechte innig verschlungen, aller Scharfsinn der Nation ist darüber in Subtilitäten abgewetzt worden, so daß auch hier eine Wüste daliegt, die statt der Früchte Dornen träget.* Obwohl endlich von jenen hohen Hof- und Kronbeamten, die bei den Goten wie bei den andern deutschen Völkern zuerst nichts als persönliche Ämter waren, nachher aber als Reichswürden ein halbes Jahrtausend hin das Mark des Landes an sich gesogen haben, zum Teil nur noch der Schatten da ist, indem die königliche Gewalt sich hier mit dem Papst zu setzen, dort den Stolz der Großen zu demütigen und die Macht derselben einzuschränken gewußt hat: so wird doch, weil widrige Prinzipien dieser Art dem Staat einmal zum Grunde liegen

* Der spanischen Kommentatoren sowohl über das römische Recht als über die Siette Partidas, die Leyes de Toro, die Autos y acuerdos del Concejo Real ist ein zahlreiches Heer; der Scharfsinn der Nation ist in ihnen erschöpfet.

und in den Charakter der Nation selbst verwebt sind, das schöne Land noch lange vielleicht ein milderes europäisches Afrika, ein gotisch-mauritanscher Christenstaat bleiben.

Von den Westgoten aus Spanien verdränget, waren die *Wandalen* mit dem Rest der Alanen nach Afrika gegangen, wo sie das erste christliche Raubnest stifteten, reicher und mächtiger, als in der Folge eines ihrer mohammedanischen Nachfolger gewesen. *Geiserich*, ihr König, einer der tapfersten Barbaren, die die Erde sah, nahm mit einer mäßigen Schar in wenigen Jahren die ganze schöne afrikanische Küste von der Meerenge bis zur lybischen Wüste ein und schuf sich eine Seemacht, mit der ein halbes Jahrhundert lang dieser numidische Löwe alle Küsten des Mittelländischen Meers von Griechenland und Illyrien an, über die Säulen Herkules hinaus bis nach Galizien beraubte, die balearischen Inseln, Sardinien, einen Teil Siziliens sich zueignete, und Rom, die Hauptstadt der Welt, zehn Tage lang so langsam und rein ausplünderte, daß er mit dem goldnen Dache Jupiters, mit der alten Beute des jüdischen Tempels, mit unermeßlichen Schätzen an Kunstwerken und Kostbarkeiten, die ihm nur zum Teil das Meer raubte, mit einer Menge Gefangener, die er kaum irgend zu lassen wußte, mit einer geraubten Kaiserin und ihren beiden Töchtern glücklich und wohl in seinem Karthago ankam. Die älteste Kaisertochter, Eudoxia, vermählte er seinem Sohne; die andre mit ihrer Mutter schickte er zurück, und war übrigens ein so kluges, mutiges Ungeheuer, daß er wert war, ein Freund und Bundesgenoß des großen Attila zu sein, der von der Lena in Asien an bis über den Rhein hin die Welt eroberte, besteuerte und schreckte. Billig gegen seine Unterworfenen, strenge in Sitten, enthaltsam, mäßig, nur im Verdacht oder im Zorn grausam, und immer tätig, immer wachsam und glücklich lebte Geiserich sein langes Leben aus und hinterließ seinen beiden Söhnen ein blühendes Reich, in welchem die Schätze des Okzidents gesammlet waren. Sein letzter Wille gründete des Reichs ganzes Schicksal. Demzufolge sollte stets der Älteste seines gesamten Geschlechts regieren, weil dieser es mit der größesten Erfahrung tun könnte, und eben damit war der ewige Zank- und Mordapfel unter seine Abkömmlinge geworfen. Kein Ältester seiner Familie war fortan des Lebens sicher, indem jeder Jüngere der Älteste sein wollte; so mordeten Brüder und Vettern einander; jeder fürchtete oder neidete den andern; und da der Geist des Stifters in keinem seiner Nachkommen war, so versanken seine Wandalen in alle Üppigkeit und Träge des afrikanischen Erdstrichs. Ihr bleibendes Kriegslager, in welchem sich alter Mut erhalten sollte, ward ein Lager des Spiels und der Wollust, und kaum nach ebenso vieler Zeit, als Geiserich selbst regieret hatte, ging das ganze Reich in *einem* Feldzuge unter. Der achte König, Gelimer, ward mit allen erbeuteten Schätzen zu Konstantinopel in einem barbarischen Prachttriumph aufgeführet und starb als ein Landmann; seine gefangenen Wandalen wurden an die persische Grenze in Schlösser verlegt, und der Rest der Nation verlor sich; wie ein Zauberschloß voll Goldes und Silbers verschwand dies sonderbare Reich, von dem man etwa noch Münzen in der afrikanischen Erde antrifft. Die jüdischen Tempelgeräte, die Geiserich aus Rom geraubt hatte, wurden in Konstantinopel zum drittenmal im Triumph getragen; sie kamen nach Jerusalem zurück als Geschenk an eine Christenkirche, und sind wahrscheinlich nachher, mit einem arabischen Spruch bezeichnet, als Münzen in alle Welt geflogen. So wandern die Heiligtümer; Reiche verschwinden; es wechseln Völker und Zeiten. Sehr wichtig wäre es gewesen, wenn sich in Afrika dies Wandalische Reich hätte erhalten können; ein großer Teil der europäischen, asiatischen und afrikanischen Geschichte, ja der ganze Weg europäischer Kultur wäre dadurch verändert. Jetzt ist das Andenken dieses Volks kaum noch im Namen einer spanischen Provinz kenntlich.*

II.

Reiche der Ostgoten und Langobarden

Ehe wir diese betrachten, müssen wir einem Meteor am Himmel Europas, der Geißel Gottes, dem Schrecken der Welt, dem *Hunnenkönig Attila* einen Blick der Aufmerksamkeit schenken. Schon bemerkten wir, wie eigentlich der Aufbruch der Hunnen in der Tatarei alle deutschen Völker in die letzte große Bewegung gesetzt habe, die dem Römischen Reich ein Ende machte; unter Attila war die Macht der Hunnen in Europa in ihrer furchtbarsten Größe. Ihm waren die Kaiser von Orient tributbar; er verachtete sie als Sklaven ihrer Knechte, ließ jährlich sich 2100 Pfund Goldes zollen und ging in einem leinenen Kleide. Goten, Gepiden, Alanen, Heruler, Akaziren, Thüringer und Slawen dieneten ihm; er wohnete im nördlichen Pannonien in einem Flecken, von einer Wüste umgeben, in einem hölzernen Hause.** Seine Gefährten und Gäste tranken aus goldnem Gerät; er trank aus einem hölzernen Becher, trug kein Gold, kein Edelgestein an sich, auch nicht an seinem Schwert, noch am Zügel seines Pferdes. Billig und gerecht, gegen Unterworfene äußerst gütig, aber mißtrauisch gegen seine Feinde und stolz gegen die stolzen Römer, brach er, wahrscheinlich vom Wandalenkönige Geiserich angeregt, mit einem Heer von fünf- bis siebenmalhunderttausend Menschen aller Nationen plötzlich auf, wandte sich westwärts, durchflog Deutschland, ging über den Rhein, zerstörte bis in die Mitte Galliens; alles zitterte vor ihm, bis endlich aus allen westlichen Völkern ein Heer sich gegen ihn sammlete und anrückte. Kriegsklug zog Attila sich auf die Katalaunische Ebne zurück, wo sein Rückweg frei war; Römer, Goten, Läter, Armoriker, Breonen, Burgunder, Sachsen, Alanen und Franken standen gegen ihn; er selbst ordnete die Schlacht. Das Treffen war blutig, der König der Westgoten blieb, Mengen fielen und Kleinigkeiten entschieden. Unverfolgt zog Attila über den Rhein zurück und ging im folgenden Jahr frisch über die Alpen, da er Italien durchstreifte, Aquileja zerstörte, Mailand plünderte, Pavia verbrannte und, um dem ganzen Römerreich ein Ende zu machen, auf Rom losging. Hier kam ihm Leo, der römische Bischof, flehend entgegen und erbat die Rettung der Stadt; dieser reisete auch gen Mantua zu ihm ins Lager und bat Italien von ihm los. Der Hunnenkönig zog zurück über die Alpen und war eben im Begriff, jene in Gallien verlorne Schlacht zu rächen, als er vom Tode übereilt ward. Mit lauten Klagen begruben ihn seine Hunnen; mit ihm sank ihre furchtbare Macht. Sein Sohn Ellak starb bald ihm nach, das Reich zerfiel, der

* Mannerts Geschichte der Vandalen, Leipz. 1785, ist ein nicht unwürdiger Jugendversuch dieses Mannes, der sich durch seine *Geographie der Griechen und Römer* ein bleibendes Denkmal stiftet.

** Die Züge von des Attila Person sind meistens aus Priscus Gesandtschaft an ihn, aus denen man denn nicht eben zuverlässig auf sein ganzes Leben schließen mag. Mancherlei Erläuterungen hiezu und zu den Sitten der Völker sind von *F. C. J. Fischer* bei Gelegenheit des von ihm gefundenen Gedichts De prima expeditione Attilae, Lips. 1780, sowohl in den Anmerkungen dazu als in der Schrift: *Sitten und Gebräuche der Europäer im 5. und 6. Jahrhundert*, Frankf. 1784 gesammlet.

Rest seines Volks ging nach Asien zurück oder verlor sich. Er ist der König *Etzel*, den Gedichte mehrerer deutscher Völker nennen, der Held, vor dessen Tafel die Dichter mehrerer Nationen ihrer Vorfahren Taten sangen; desgleichen ist er das Ungeheuer, dem man auf Münzen und in Gemälden Hörner andichtete, ja dessen ganzes Volk man zu einer Waldteufel- und Alraunenbrut machte. Glücklich tat Leo, was keine Heere tun konnten, und hat Europa von einer kalmückischen Dienstbarkeit befreiet; denn ein mongolisches Volk war Attilas Heer, an Bildung, Lebensweise und Sitten kenntlich.

Auch des Reichs der *Heruler* müssen wir erwähnen, weil es dem ganzen westlichen Kaisertum ein Ende machte. Längst waren diese mit andern deutschen Völkern im römischen Solde gewesen, und da sie bei wachsender Not des Reichs nicht mehr bezahlt werden konnten, bezahlten sie sich selbst; ein dritter Teil des Landes ward ihnen in Italien zum Anbau gegeben, und ein glücklicher Abenteurer, Odoaker, Anführer Skirren, Rugen und Heruler, ward Italiens erster König. Er bekam den letzten Kaiser Romulus in seine Hände, und da ihn dessen Jugend und Gestalt zum Mitleiden bewegten, schickte er ihn mit einem Jahrgelde auf eine Villa Lucullis in Kampanien. Siebenzehn Jahre hat Odoaker Italien bis nach Sizilien hinab nicht unwürdig, obwohl unter den größesten Landplagen verwaltet, bis die Beute eines so schönen Besitzes den König der Ostgoten, Theoderich, reizte. Die junge Held ließ sich Italien vom Hofe zu Konstantinopel zum Königreich anweisen, überwand den Odoaker, und da dieser einen demütigenden Vergleich nicht halten wollte, ward er ermordet. So begann der *Ostgoten* Herrschaft.

Theoderich ist der Stifter dieses Reiches, den die Volkssage unter dem Namen Dietrich von Bern kennet, ein wohlgebildeter und wohlgesinneter Mann, der als Geisel in Konstantinopel erzogen war und dem morgenländischen Reich viel Dienste getan hatte. Dort war er schon mit der Würde eines Patricius und Konsuls geschmückt; ihm zur Ehre war eine Bildsäule vor dem kaiserlichen Palast errichtet; Italien aber ward das Feld seines schöneren Ruhms, einer gerechten und friedlichen Regierung. Seit Mark Antonins Zeiten war dieser Teil der römischen Welt nicht weiser und gütiger beherrscht worden, als er über Italien und Illyrikum, einen Teil von Deutschland und Gallien, ja als Vormund auch über Spanien herrschte und zwischen Westgoten und Franken lange den Zügel hielt. Ohngeachtet seines Triumphes zu Rom maßte er sich den Kaisertitel nicht an und war mit dem Namen *Flavius* zufrieden; aber alle kaiserliche Macht übte er aus, ernährte das römische Volk, gab der Stadt ihre alten Spiele wieder, und da er ein Arianer war, sandte er den Bischof zu Rom selbst in der Sache des Arianismus als seinen Gesandten nach Konstantinopel. Solange er regierte, war Friede unter den Barbaren; denn das Westgotische, Fränkische, Wandalische, Thüring'sche Reich waren durch Bündnisse oder Blutsfreundschaft mit ihm vereinigt. Italien erholte sich unter ihm, indem er dem Ackerbau und den Künsten aufhalf, und jedem Volk blieben seine Gesetze und Rechte. Er unterhielt und ehrte die Denkmale des Altertums, bauete, obwohl nicht ganz mehr im Römergeschmack, prächtige Gebäude, von welchen vielleicht der Name der gotischen Baukunst herrühret, und seine Hofhaltung ward von allen Barbaren verehret. Sogar ein schwacher Schimmer der Wissenschaften ging unter ihm auf; die Namen seiner ersten Staatsdiener, eines Cassiodor, Boethius, Symmachus sind noch bis jetzt hochgeschätzte Namen; obgleich die beiden letzten auf einen Verdacht, daß sie die Freiheit Roms wiederherstellen wollten, ein unglückliches Ende fanden. Vielleicht war der Verdacht dem alten Könige verzeihlich, da er nur einen jungen Enkel zur Nachfolge vor sich sah und, was seinem Reich zur daurenden Festigkeit fehlte, wohl kannte. Es wäre zu wünschen gewesen, daß dies Reich der Goten bestanden und statt Karls des Großen ein Theoderich die Verfassung Europas in geist- und weltlichen Dingen hätte bestimmen mögen.

Nun aber starb der große König nach 34 Jahren einer klugen und tätigen Regierung, und sogleich brachen die Übel aus, die in der Staatsverfassung aller deutschen Völker lagen. Die edle Vormünderin des jungen Adelrichs, Amalaswinde, ward von den Großen des Reichs in der Erziehung desselben gehindert, und als sie nach seinem Tode den abscheulichen Theodat zum Reichsgehilfen annahm, der sie mit dem Tode belohnte, so war die Fahne des Aufruhrs unter den Goten gepflanzet. Mehrere Große wollten regieren; der habsüchtige Justinian mischt sich in ihre Streitigkeiten, und Belisar, sein Feldherr, setzt unter dem Vorwande, Italien zu befreien, über das Meer. Die unter sich uneinigen Goten werden eingeenget und betrogen, die Residenz ihrer Könige, Ravenna, hinterlistig eingenommen, und Belisar zieht mit Theodorichs Schätzen und einem gefangenen Könige nach Hause. Bald beginnet der Krieg aufs neue: der tapfre König der Goten, Totilas, erobert Rom zweimal, schonet aber desselben und lässet es mit niedergerissenen Mauern offen liegen. Ein zweiter Theoderich war dieser Totilas, der während der elf Jahre seiner Regierung den treulosen Griechen viel zu tun gab. Nachdem er im Treffen geblieben und sein Hut mit dem blutigen Kleide dem eitlen Justinian zu Füßen gelegt war, gings mit dem Reich der Goten zu Ende, wiewohl sie sich bis auf die letzten 7000 Mann tapfer hielten. Empörend ist die Geschichte dieses Krieges, indem auf der einen Seite tapfre Gerechtigkeit, auf der andern griechischer Betrug, Geiz und jede Niederträchtigkeit der Italiener kämpfen, so daß es zuletzt einem Verschnittenen, dem Narses gelang, das Reich auszurottten, das Theoderich zum Wohl Italiens gepflanzt hatte, und dagegen zu Italiens langem Weh das hinterlistige schwache Exarchat, die Wurzel so vieler Unordnungen und Übel einzuführen. Auch hier wie in Spanien war leider die Religion und die innere Verfassung des gotischen Staats der Grund zu seinem Verderben. Die Goten waren Arianer geblieben, die der römische Stuhl ihm so nahe, ja als seine Oberherren unmöglich dulden konnte; durch alle Mittel und Wege, wenn auch von Konstantinopel her und mit eigner Gefahr, ward also ihr Fall befördert. Zudem hatte sich der Charakter der Goten mit dem Charakter der Italiener noch nicht gemischt; sie wurden als Fremdlinge und Eroberer angesehen, und ihnen die treulosen Griechen vorgezogen, von denen auch schon in diesem Befreiungskriege Italien unsäglich litt, und noch mehr gelitten hätte, wenn ihm nicht, wider seinen Willen, die Langobarden zu Hilfe gekommen wären. Die Goten zerstreuten sich, und ihr letzter Rest ging über die Alpen.

Die *Langobarden* verdienen es, daß der obere Teil Italiens ihren Namen trägt, da er den bessern Namen der Goten nicht tragen konnte. Gegen diese rief Justinian sie aus ihrem Pannonien hervor, und sie setzten sich zuletzt selbst in den Besitz der Beute. Alboin, ein Fürst, dessen Namen mehrere deutsche Nationen priesen, kam über die Alpen und führte von mehreren Stämmen ein Heer von Weibern, Kindern, Vieh und Hausrat mit sich, um das der Goten beraubte Land nicht zu verwüsten, sondern zu bewohnen. Er besetzte die Lombardei und ward in Mailand von seinen Langobarden, auf einem Kriegesschilde erhoben, zum Könige Italiens ausgerufen, endete aber bald sein Leben. Von seiner Gemahlin Rosemunde war sein Mörder bestellt, sie vermählt sich mit dem Mörder und muß entweichen. Der von den Langobarden erwählte König ist stolz, grausam; die Großen der Nation werden also einig,

keinen König zu wählen und das Reich unter sich zu teilen: so entstehen sechsunddreißig Herzoge, und hiemit war die erste lombardisch-deutsche Verfassung in Italien gegründet. Denn als die Nation, vom Bedürfnis gezwungen, sich wieder Könige wählte, so tat dennoch jeder mächtige Lehnsträger meistens nur das, was er tun wollte; selbst die Wahl derselben ward oft dem Könige entrissen, und es kam zuletzt auf das unsichere Ansehen seiner Person an, ob er seine Vasallen zu lenken und zu gebrauchen wüßte. So entstanden die Herzoge von Friaul, Spoleto, Benevent, denen bald andre nachfolgeten; denn das Land war voller Städte, in welchen hier ein Herzog, dort ein Graf sein Wesen treiben konnte. Dadurch ward aber das Reich der Langobarden entkräftet, und wäre leichter als das Reich der Goten wegzufegen gewesen, wenn Konstantinopel einen Justinian, Belisar und Narses gehabt hätte; indes sie jetzt auch in ihrem kraftlosen Zustande den Rest des Exarchats zerstören konnten. Allein mit diesem Schritte war auch ihr Fall bereitet. Der Bischof zu Rom, der in Italien keine als eine schwache, zerteilte Regierung wünschte, sahe die Langobarden sich zu nahe und mächtig; da er nun von Konstantinopel aus keinen Beistand hoffen konnte, zog Stephanus über das Gebirge, schmeichelte dem Usurpator des Fränkischen Reichs, Pippin, mit der Ehre, ein Beschützer der Kirche werden zu können, salbte ihn zu einem rechtmäßigen Könige der Franken und ließ sich dafür noch vor dem erobernden Feldzuge selbst die fünf Städte und das den Langobarden zu entnehmende Exarchat schenken. Der Sohn Pippins, Karl der Große, vollendete seines Vaters Werk, erdrückte mit seiner überwiegenden Macht das langobardische Reich und ward dafür vom Heiligen Vater zum Patrizius von Rom, zum Schutzherrn der Kirche, ja endlich wie durch eine Eingebung des Geistes zum römischen Kaiser ausgerufen und gekrönet. Was dieser Ausruf für ganz Europa veranlaßt habe, wird die Folge zeigen; für Italien ging durch diesen herrlichen Fischzug Petri jenseit der Alpen das ihm nimmer ersetzte langobardische Reich unter. In den zwei Jahrhunderten seiner Dauer hatte es für die Bevölkerung des verwüsteten und erschöpften Landes gesorgt; es hatte durch deutsche Rechtlichkeit und Ordnung Sicherheit und Wohlstand verbreitet; wobei jedem freigestellt blieb, nach langobardischen oder eignen Gesetzen zu leben. Der Langobarden Rechtsgang war kurz, förmlich und bindend; lange noch galten ihre Gesetze, als schon ihr Reich gestürzt war. Auch Karl, der Unterdrücker desselben, ließ sie gelten und fügte die seinen nur an. In mehreren Strichen Italiens sind sie nebst dem römischen das gemeine Gesetz geblieben und haben Verehrer und Erklärer gefunden, auch da späterhin auf Befehl der Kaiser das Justinianische Recht emporkam.
Dem allem ohngeachtet ist nicht zu leugnen, daß insonderheit die Lehnverfassung der Langobarden, der mehrere Nationen Europas folgten, diesem Weltteil unselige Folgen gebracht habe. Dem Bischofe Roms konnte es angenehm sein, daß bei einer zerteilten Macht des Staats eigenmächtige Vasallen nur durch schwache Bande an ihre Oberherren geknüpft waren: denn nach der alten Regel »Teile und herrsche!« mochte man sodann aus jeder Unordnung Vorteil ziehen. Herzoge, Grafen und Barone konnte man gegen ihre Lehnverleiher aufregen und durch Vergebung der Sünde bei rohen Lehns- und Kriegsmännern für die Kirche viel gewinnen. Dem Adel ist die Lehnverfassung seine alte Stütze, ja die Leiter gewesen, auf welcher Beamte zu Erbeigentümern, und, wenn die Ohnmacht der Anarchie es wollte, zur Landeshoheit selbst hinaufstiegen. Für Italien mochte dies alles weniger schädlich sein, da in diesem längst kultivierten Lande Städte, Künste, Gewerbe und Handel in Nachbarschaft mit den Griechen, Asiaten und Afrikanern nie ganz vernichtet werden konnten, und der noch unausgetilgte Römercharakter sich nie ganz unterdrücken ließ;

obwohl auch in Italien die Lehnzerteilung der Zunder unsäglicher Unruhen, ja eine Hauptursache mit gewesen, warum seit den Zeiten der Römer das schöne Land nie zur Konsistenz eines festen Zustandes gelangen konnte. In andern Ländern werden wir die Anwendung des langobardischen förmlichen Lehnrechtes, zu welchem in allen Verfassungen deutscher Völker ähnliche Keime lagen, weit verderblicher finden. Seit Karl der Große die Lombardei in sein Besitztum zog und als Erbteil unter seine Söhne brachte seitdem unglücklicherweise auch der römische Kaisertitel nach Deutschland kam, und dies arme Land, das nie zu einer Hauptbesinnung kommen konnte, mit Italien in das gefährliche Band zahlreicher und verschiedner Lehnverknüpfungen zog: seitdem ward, ehe noch ein Kaiser das geschriebene langobardische Recht anempfahl und dem Justinianischen Recht beifügte, in mehreren Ländern die ihm zum Grunde liegende Verfassung allen an Städten und Künsten armen Gegenden gewiß nicht zum Besten errichtet. Aus Unwissenheit und Vorurteil der Zeiten galt endlich das langobardische für das allgemeine kaiserliche Lehnrecht; und so lebt dies Volk noch jetzt in Gewohnheiten, die eigentlich nur aus seiner Asche zu Gesetzen gesammlet wurden.*

Auch auf den Zustand der Kirche ging vieles von dieser Verfassung über. Zuerst zwar waren die Langobarden wie die Goten Arianer; als aber Gregor der Große die Königin Theodolinde, diese Muse ihres Volks, zur rechtgläubigen Kirche zu ziehen wußte, so zeigte sich der Glaube der Neubekehrten auch bald eifrig in guten Werken. Könige, Herzoge, Grafen und Barone wetteiferten miteinander, Klöster zu bauen und die Kirchen mit ansehnlichen Patrimonien zu beschenken; die Kirche zu Rom hatte dergleichen von Sizilien aus bis in den kottischen Alpen. Denn wenn die weltlichen Herren sich ihre Lehngüter erwarben, warum sollten die geistlichen Herren nicht ein gleiches tun, da sie für eine ewige Nachkommenschaft zu sorgen hatten? Mit ihrem Patrimonium bekam jede Kirche einen Heiligen zu ihrem Schutzwächter, und mit diesen Patronen als Vorbittern bei Gott hatte man sich unendlich abzufinden. Ihre Bilder und Reliquien, ihre Feste und Gebete bewirkten Wunder; diese Wunder bewirkten neue Geschenke, so daß bei fortgesetzter gegenseitiger Erkenntlichkeit der Heiligen von einem Teil, der Lehnbesitzer, ihrer Weiber und Kinder auf der andern Seite, die Rechnung nie aufhören konnte. Die Lehnverfassung selbst ging gewissermaßen in die Kirche über. Denn wie der Herzog vor dem Grafen Vorzüge hatte, so wollte auch der Bischof, der jenem zur Seite saß, vor dem Bischofe eines Grafen Vorrechte haben; das weltliche Herzogtum schlug sich also zu einem erzbischöflichen Sprengel, die Bischöfe untergeordneter Städte zu Suffraganeen eines geistlichen Herzogs zusammen. Die reichgewordenen Äbte als geistliche Barone suchten der Gerichtsbarkeit ihrer Bischöfe zu entkommen und unmittelbar zu werden. Der Bischof zu Rom, der auf diese Weise ein geistlicher Kaiser oder König ward, verlieh diese Unmittelbarkeit gern und arbeitete den Grundsätzen vor, die nachher der falsche Isidor für die gesamte christkatholische Kirche öffentlich aufstellte. Die vielen Festtage, Andachten, Messen und Ämter erforderten eine Menge geistlicher Diener; die erlangten Schätze und Kleider der Kirche, die im Geschmack der Barbaren waren, wollten ihren Schatzbewahrer, die Patrimonien ihre Rectores haben; welches alles zuletzt auf einen geist- und weltlichen Schutzherren, d. i. auf

* Außer denen, die die Geschichte der Rechte allgemein und einzeln bearbeitet haben, ist *Giannone Geschichte von Neapel* für die gesamten Gesetze der Völker, die Italien beherrscht haben, sehr brauchbar. Ein vortreffliches Werk in seiner Art.

einen Papst und Kaiser hinauslief, also daß Staat und Kirche eine wetteifernde Lehnverfassung wurden. Der Fall des langobardischen Reichs ward die Geburt des Papstes und mit ihm eines neuen Kaisers, der damit der ganzen Verfassung Europas eine neue Gestalt gab. Denn nicht Eroberungen allein verändern die Welt, sondern viel mehr noch heute Ansichten der Dinge, Ordnungen, Gesetze und Rechte.

III.

Reiche der Alemannen, Burgunder und Franken

Die *Alemannen* waren eins der roheren deutschen Völker; zuerst Räuber der römischen Grenzen, Verwüster ihrer Schlösser und Städte. Als das Römische Reich fiel, bemächtigten sie sich des östlichen Teils von Gallien und hatten an ihm mit ihren alten Besitzungen ein schönes Land inne, dem sie auch eine schöne Verfassung hätten geben mögen. Die Alemannen haben sie ihm nie gegeben, denn die Macht der Franken überwältigte sie; ihr König fiel in der Schlacht, sein Volk unterwarf sich und ward unterjocht oder zerstreuet, bis unter fränkischer Hoheit sie einen Herzog, bald auch das Christentum, endlich auch geschriebene Gesetze bekamen. Noch sind diese übrig und zeigen den einfachen, rohen Charakter des Volkes. Unter den letzten Merowingern wurde ihm auch sein Herzog genommen, und es verlor sich in der Masse der fränkischen Völker. Wenn Alemannen die Stammväter der deutschen Schweiz sind, so ist ihnen zu danken, daß sie die Wälder dieser Berge zum zweitenmal gelichtet und allgemach wieder mit Hütten, Flecken, Burgen, Türmen, Kirchen, Klöstern und Städten geziert haben. Da wollen wir denn auch ihrer Bekehrer, des H. Columbans und seiner Gefährten nicht vergessen, deren einer, St. Gall, durch Gründung seines Klosters ein für ganz Europa wohltätiger Name ward. Die Erhaltung mehrerer klassischen Schriftsteller haben wir dem Institut dieser irländischen Mönche zu danken, deren Einsiedelei mitten unter barbarischen Völkern wo nicht ein Sitz der Gelehrsamkeit, so doch eine Quelle der Sittenverbesserung ward und wie ein Stern in diesen dunkeln Gegenden glänzet.*

Die *Burgunder* wurden ein sanfteres Volk, seitdem sie mit den Römern im Bunde standen. Sie ließen sich von ihnen in Burge verlegen, waren auch dem Ackerbau, den Künsten und Handwerken nicht unhold. Als ihnen die Römer eine Provinz in Gallien einräumten, hielten sie sich friedlich, pflegten des Feld- und Weinbaues, lichteten die Wälder und hätten in ihrer schönen Lage, die zuletzt bis zur Provence und zum Genfer See reichte, wahrscheinlich ein blühendes Reich gestiftet, wenn ihnen nordwärts die stolzen und räuberischen Franken dazu Raum gegönnet hätten. Nun aber war jene Chlothilde, die Frankreich den christlichen Glauben brachte, zum Unglück eine burgundische Prinzessin, die, um einige Freveltaten ihres Hauses zu rächen, dasselbe mit ihrem väterlichen Reiche selbst stürzte. Kaum hundert Jahre hatte dies gedauret, aus welcher Zeit uns die Gesetze der Burgunder nebst einigen Schlüssen ihrer Kirchenversammlungen noch übrig sind; vorzüglich aber haben sie

* Was von den Reichen und Völkern, die wir durchgehen, nur irgend die Schweiz berührt, findet in *Johann Müllers Geschichte der Schweiz*, Leipz. 1786 u. f., Erläuterung oder ein einsichtsvolles Urteil; so daß ich dies Buch eine Bibliothek voll historischen Verstandes nennen möchte. Eine Geschichte der Entstehung Europas, von diesem Schriftsteller geschrieben, würde wahrscheinlich das erste und einzige Werk dieser Art werden.

durch Anbau des Landes am Genfer See und in den gallischen Provinzen ihren Namen verewigt. Sie machten diese Gegenden zu einem früheren Paradiese, als andre noch in wüster Wildnis lagen. Gundebald, ihr Gesetzgeber, ließ das zerstörte Genf wiederherstellen, dessen Mauern über tausend Jahre eine Stadt beschirmet, die mehr als große Erdstrecken auf Europa gewirkt hat. In denen von ihnen angebaueten Gegenden hat mehr als einmal sich der menschliche Geist entflammet und seine Phantasie geschärfet. Auch unter den Franken behielten die Burgunder ihre alte Verfassung; daher beim Verfall der Karlinger sie die ersten waren, die sich einen eigenen König wählten. Über zweihundert Jahre daurete dieser neue Staat und ward andern Völkern, sich auch einzeln einzurichten, ein nicht unheilsames Vorbild.

Es ist Zeit, von dem Reiche zu reden, das so vielen andern ein Ende gemacht hat, dem Reiche der *Franken*. Nach manchen vorhergegangenen Versuchen gelang es ihnen endlich, mit einem geringen Anfange in Gallien jenen Staat zu gründen, der zuerst die Alemannen besiegte, dann die Westgoten allgemach bis nach Spanien drängte, die Briten in Armorika bezwang, das Reich der Burgunder unter sich brachte und den Staat der Thüringer grausam zerstörte. Als der verfallende Königsstamm Merwichs und Chlodwigs tapfere Großhofmeister (Majores domus) bekam, schlug Karl Martell die Araber zurück und brachte die Friesen unter sich; und als die Majores domus Könige worden, stand bald der große Karl auf, der das Reich der Langobarden zerstörte, Spanien bis zum Ebro samt Mallorca und Minorca, das südliche Deutschland bis in Pannonien hinein, das nördliche bis an die Elbe und Eider bezwang, aus Rom den Kaisertitel an sein Land zog und auch die Grenzvölker seines Reichs, Hunnen und Slawen, in Furcht und Gehorsam erhielt. Ein mächtiges Reich, mächtiger als seit der Römer Zeiten eins gewesen war, und in seinem Wachstum wie in seinem Verfall für ganz Europa gleich merkwürdig! *Wie kam das Reich der Franken unter allen seinen Mitgenossen zu dieser vorzüglichen Wirkung?*

1. *Das Land der Franken hatte eine sicherere Lage als irgendein andrer Besitz ihrer wandernden Brüder.* Denn nicht nur war, als sie nach Gallien rückten, das Römische Reich schon gestürzt, sondern auch die tapfersten ihrer vorangegangenen Mitbrüder waren entweder zerstreuet oder versorget. Über die entkräfteten Gallier ward ihnen der Sieg leicht; diese nahmen, von vielem Unglück ermattet, willig das Joch auf sich, und der letzte Rest der Römer war wie ein Schatten zu verscheuchen. Da Chlodwig nun mit tyrannischer Hand seinem neuen Besitz ringsum Platz schaffte, und kein Leben eines gefährlichen Nachbars ihm heilig war, so hatte er bald Gesicht und Rücken frei, und sein Frankreich ward wie eine Insel von Bergen, Strömen, dem Meer und Wüsteneien unterdrückter Völker umgeben. Nachdem Alemannen und Thüringer überwunden waren, saßen hinter ihnen keine Nationen, die Lust zu wandern hatten; den Sachsen und Friesen wußten sie ihre Lust dazu bald auf eine grimmige Art zu benehmen. Von Rom und Konstantinopel lag das Reich der Franken gleichfalls glücklich entfernt. Denn hätten sie in Italien ihre Rolle zu spielen gehabt, wahrlich, die schlechten Sitten ihrer Könige, die Treulosigkeit ihrer Großen, die nachlässige Verfassung des Reichs, ehe die Majores domus aufstanden, alles dies verbürgte ihnen kein besseres Schicksal, als würdigere Nationen, Goten und Langobarden, darin gehabt haben.

2. *Chlodwig war der erste rechtgläubige König unter den Barbaren;* dies half ihm mehr als alle Tugend. In welchen Kreis der Heiligen trat der erstgeborne Sohn der Kirche hiemit ein! In eine Versammlung, deren Wirkung sich über das ganze westliche Christen-Europa erstreckte. Gallien und das römische Germanien war voll von

Bischöfen; längs dem Rhein hinab und an der Donau saßen sie in zierlicher Ordnung: Mainz, Trier, Köln, Besançon, Worms, Speyer, Straßburg, Kostnitz, Metz; Toul, Verdun, Tongern, Lorch, Trident, Brixen, Basel, Chur u. f., alte Sitze des Chistentums, dienten dem rechtgläubigen Könige als eine Vormauer gegen Ketzer und Heiden. In Gallien waren auf dem ersten Konzilium, das Chlodwig hielt, 32 Bischöfe und unter ihnen 5 Metropolitane; ein geschlossener geistlicher Staatskörper, durch welchen er viel vermochte. Durch sie ward das arianische Reich der Burgunder den Franken zuteil; an sie hielten sich die Majores domus; der Bischof zu Mainz, Bonifatius, krönte den Usurpator zum Könige der Franken, und schon zu Karl Martells Zeiten ward über das römische Patriziat, mithin über die Schutzherrschaft der Kirche gehandelt. Auch kann man diesen Vormündern der christlichen Kirche nicht aufrücken, daß sie ihrem Mündel nicht treu und hold gewesen wären. Die verwüsteten Bischofsstädte stelleten sie wieder her, hielten ihre Diözesen aufrecht, zogen die Bischöfe mit zu den Reichstägen, und in Deutschland ist auf Kosten der Nation den fränkischen Königen die Kirche viel schuldig. Die Erz- und Bischöfe zu Salzburg, Würzburg, Eichstätt, Augsburg, Freising, Regensburg, Passau, Osnabrück, Bremen, Hamburg, Halberstadt, Minden, Verden, Paderborn; Hildesheim; Münster, die Abteien Fulda, Hirschfeld, Kempten, Corvey, Ellwangen, St. Emeran u. f. haben sich durch sie gelagert; ihnen haben diese geistliche Herren ihren Sitz auf den Reichstägen nebst Land und Leuten zu danken. Der König von Frankreich ist der Kirche erstgeborner Sohn; der deutsche Kaiser, sein jüngerer Stiefbruder, hat die Schutzherrschaft der Kirche von ihm nur geerbet.

3. *Unter solchen Umständen konnte sich in Gallien die erste Reichsverfassung eines deutschen Volkes auszeichnender entwickeln als in Italien, Spanien oder in Deutschland selbst.* Der erste Schritt zu einer ringsum beherrschenden Monarchie war durch Chlodwig getan, und sein Vorbild ward stille Reichsregel. Trotz der öftern Teilung des Reichs, trotz der innern Zerrüttungen desselben durch Untaten im Königshause und die Zügellosigkeit der Großen, zerfiel es doch nicht; denn es lag der Kirche daran, den Staat als Monarchie zu erhalten. Tapfre und kluge Kronbeamte traten an die Stelle ohnmächtiger Könige, die Eroberungen gingen fort, und man ließ lieber Chlodwigs Stamm ausgehn, als einen der ganzen römischen Christenheit unentbehrlichen Staat sinken. Denn da die Verfassung deutscher Völker allenthalben eigentlich nur auf Persönlichkeit der Könige und Kronbeamten ruhete, und in diesem Reich zwischen Arabern und Heiden darauf besonders ruhen mußte, so vereinigte sich alles, ihnen in diesem Grenzreiche den Damm entgegenzusetzen, den glücklicherweise das Haus Pippins von Heristall machte. Ihm und seinen tapfern Nachkommen haben wirs zu danken, daß den Eroberungen der Araber sowohl als dem Fortdrange der nörd- und östlichen Völker ein Ziel gesteckt war, daß diesseit der Alpen wenigstens ein Schimmer der Wissenschaft sich erhalten und in Europa endlich ein politisches System deutscher Art errichtet worden ist, an welches sich mit Güte oder Gewalt andre Völker zuletzt knüpfen mußten. Da Karl der Große der Gipfel dieser um ganz Europa verdienten Sprosse ist, so möge sein Bild uns statt aller dastehn.*

* In der neuesten Geschichte der Regierung Karls des Großen von *Hegewisch* (Hamburg 1791) glaube ich dieselbe Ansicht seiner Gesinnungen zu finden, die ich hier gezeichnet hatte. Die ganze scharfsinnige Schrift ist ein Kommentar dessen, was hier nur als Resultat stehen durfte.

Karl der Große stammte von Kronbeamten ab; sein Vater war nur ein gewordner König. Unmöglich also konnte er andre Gedanken haben, als die ihm das Haus seiner Väter und die Verfassung seines Reichs angab. Diese Verfassung bildete er aus, weil er in ihr erzogen war und sie für die beste hielt; denn jeder Baum erwächst aus seiner Erde. Wie ein Franke ging Karl gekleidet, und war auch in seiner Seele ein Franke; die Verfassung seines Volkes also können wir gewiß nicht würdiger kennenlernen, als wie er sie behandelte und ansah. Er berief Reichstage und wirkte auf denselben, was er wollte, gab für den Staat die heilsamsten Gesetze und Kapitulare, aber mit Zustimmung des Reichs. Jeden Stand desselben ehrete er nach seiner Weise und ließ, solange es sein konnte, auch überwundenen Nationen ihre Gesetze. Sie alle wollte er in *einen* Körper zusammenbringen und hatte Geist genug, den Körper zu beleben. Gefährliche Herzoge ließ er ausgehen und setzte dafür beamtete Grafen, die er nebst den Bischöfen durch Kommissare (Missos) visitieren ließ und auf alle Weise dem Despotismus plündernder Satrapen, übermütiger Großen und fauler Mönche entgegenstrebte. Auf den Landgütern seiner Krone war er kein Kaiser, sondern ein Hauswirt, der auch in seinem gesamten Reiche gern ein solcher sein wollte, um jedes träge Glied zur Ordnung und zum Fleiße zu beleben; aber freilich stand ihm die Barbarei seines Zeitalters, wie insonderheit der fränkische Kirchen- und Kriegsgeist hiebei oft im Wege. Er hielt aufs Recht, wie kaum einer der Sterblichen getan hat, das ausgenommen, wo Kirchen- und Staatsinteresse ihn selbst zu Gewalttätigkeit und Unrecht verlockten. Er liebte Tätigkeit und Treue in seinem Dienst, und würde unhold blicken, wenn er wiedererscheinend seine Puppe der trägesten Titularverfassung vortragen sähe. Aber das Schicksal waltet. Aus Kronbeamten war der Stamm seiner Vorfahren emporgesproßt; Beamte schlechterer Art haben nach seinem Tode sein Diadem, sein Reich, ja die ganze Mühe seines Geistes und Lebens unwürdig zerstöret. Die Nachwelt hat von ihm geerbt, was er, sofern ers konnte, zu unterdrücken oder zu bessern suchte, Vasallen, Stände und ein barbarisches Gepränge des fränkischen Staatsschmuckes. Er machte Würden zu Ämtern; hinter ihm wurden bald wieder die Ämter zu trägeren Würden.

Auch die Begierde nach Eroberungen hatte Karl von seinen Vorfahren geerbet; denn da diese gegen Friesen, Alemannen, Araber und Langobarden entscheidend glücklich gewesen waren, und es beinahe von Chlodwig an Staatsmaxime ward, das eroberte Reich durch Unterdrückung der Nachbarn sicherzustellen: so ging er mit Riesenschritten auf dieser Bahn fort. Persönliche Veranlassungen wurden der Grund zu Kriegen, deren einer aus dem andern erfolgte und die den größten Teil seiner fast halbhundertjährigen Regierung einnehmen. Diesen fränkischen Kriegsgeist fühlten Langobarden, Araber, Bayern, Ungarn, Slawen, insonderheit aber die Sachsen, gegen welche er sich in einem dreiunddreißigjährigen Kriege zuletzt sehr gewaltsame Mittel erlaubte. Er kam dadurch sofern zum Zweck, daß er in seinem Reich die erste feste Monarchie für ganz Europa gründete; denn was auch späterhin Normannen, Slawen und Ungarn seinen Nachfolgern für Mühe gemacht, wie sehr auch durch Teilungen und innere Zerrüttung das große Reich geschwächt, zerstückt und beunruhigt werden mochte, so war doch allen fernern tatarischen Völkerwanderungen bis zur Elbe und nach Pannonien hin eine Grenze gesetzt. Sein errichtetes Frankenreich, an welchem ehemals schon Hunnen und Araber gescheitert waren, ward dazu ein unbezwinglicher Eckstein.

Auch in seiner Religion und Liebe zu den Wissenschaften war Karl ein Franke. Von Chlodwig an war aus politischen Ursachen die Religiosität des Katholizismus den

Königen erblich gewesen, und seitdem die Stammväter Karls das Heft in Händen hatten, traten sie hierin um so mehr an die Stelle der Könige, da bloß die Kirche ihnen auf den Thron half und der römische Bischof selbst sie förmlich dazu weihete. Als ein zwölfjähriges Kind hatte Karl den Heil. Vater in seines Vaters Hause gesehen und von ihm die Salbung zu seinem künftigen Reich empfangen; längst war das Bekehrungswerk Deutschlands unter dem Schutz, oft auch mit freigebiger Unterstützung der fränkischen Beherrscher getrieben worden, weil westwärts ihnen das Christentum allerdings das stärkste Bollwerk gegen die heidnischen Barbaren war; wie anders, als daß Karl jetzt auch nordwärts auf diesem Wege fortging und die Sachsen zuletzt mit dem Schwert bekehrte? Von der Verfassung, die er dadurch unter ihnen zerstörte, hatte er als ein rechtgläubiger Franke keinen Begriff; er trieb das fromme Werk der Kirche zur Sicherung seines Reichs, und gegen Papst und Bischöfe das verdienstvolle, galante Werk seiner Väter. Seine Nachfolger, zumal als das Hauptreich der Welt nach Deutschland kam, gingen seiner Spur nach, und so wurden Slawen, Wenden, Polen, Preußen, Liven und Esten dergestalt bekehret, daß keins dieser getauften Völker fernere Einbrüche ins Heilige Deutsche Reich wagte. Sähe indes der heilige und selige Carolus (wie ihn auf ewige Zeiten die Goldne Bulle nennet), was aus seinen der Religion und Wissenschaft wegen errichteten Stiftungen, aus seinen reichen Bischoftümern, Domkirchen, Kanonikaten und Klosterschulen geworden ist, heiliger und seliger Carolus, mit deinem fränkischen Schwert und Zepter würdest du manchen derselben unfreundlich begegnen.

4. Endlich ist nicht zu leugnen, daß der *Bischof zu Rom auf dies alles das Siegel drückte und dem Fränkischen Reich gleichsam die Krone aufsetzte.* Von Chlodwig an war er demselben Freund gewesen; zu Pippin hatte er seine Zuflucht genommen und empfing von ihm zum Geschenk die ganze Beute der damals eroberten langobardischen Länder. Zu Karl nahm er abermals seine Zuflucht; und da dieser ihn sieghaft in Rom einsetzte, so gab er ihm dafür in jener berühmten Christnacht ein neues Geschenk, die römische Kaiserkrone. Karl schien erschrocken und beschämt; der freudige Zuruf des Volkes indes machte ihm die neue Ehre gefällig, und da solche nach dem Begriff aller europäischen Völker die höchste Würde der Welt war, wer empfing sie würdiger als dieser Franke? Er, der größeste Monarch des Abendlandes, in Frankreich, Italien, Deutschland und Spanien König, des Christentums Beschützer und Verbreiter, des römischen Stuhls echter Schirmvogt, von allen Königen Europas, selbst vom Kalifen zu Bagdad geehret. Bald also verglich er sich mit dem Kaiser zu Konstantinopel, hieß Römischer Kaiser, ob er gleich in Aachen wohnte oder in seinem großen Reich umherzog; er hatte die Krone verdient, und o, wäre sie mit ihm, wenigstens für Deutschland, begraben!

Denn sobald er dahin war, was sollte sie jetzt auf dem Haupte des guten und schwachen Ludwigs? Oder als dieser sein Reich unzeitig und gezwungen teilte, wie drükkend war sie auf jedes seiner Nachfolger Haupte! Das Reich zerfällt, die gereizten Nachbarn, Normannen, Slawen, Hunnen regen sich und verwüsten das Land; das Faustrecht reißet ein; die Reichsversammlungen gehen in Abgang. Brüder führen mit Brüdern, Väter mit Söhnen die unwürdigsten Kriege, und die Geistlichkeit nebst dem Bischofe von Rom werden ihre unwürdigen Richter. Bischöfe gedeihen zu Fürsten; die Streiferei der Barbaren jagt alles unter die Gewalt derer, die in Schlössern wohnen. In Deutschland, Frankreich und Italien richten sich Statthalter und Beamte zu Landesherren empor; Anarchie, Betrug, Grausamkeit und Zwietracht herrschen. Achtundachtzig Jahre nach Karls Kaiserkrönung erlischt sein rechtmäßiges

Geschlecht in tiefstem Jammer, und seine letzte unechte Kaisersprosse erstirbt noch nicht hundert Jahre nach seinem Tode. Nur ein Mann wie er konnte ein Reich von so ungeheurer Ausbreitung, von so künstlicher Verfassung, aus so widrigen Teilen zusammengesetzt und mit solchen Ansprüchen begabt, verwalten; sobald die Seele aus diesem Riesenkörper gewichen war, trennete sich der Körper und ward auf Jahrhunderte hin ein verwesender Leichnam.

Ruhe also wohl, großer König, zu groß für deine Nachfolger auf lange Zeiten. Ein Jahrtausend ist verflossen, und noch sind der Rhein und die Donau nicht zusammengegraben, wo du, rüstiger Mann, zu einem kleinen Zwecke schon Hand ans Werk legtest. Für Erziehung und Wissenschaften stiftetest du in deiner barbarischen Zeit Institute; die Folgezeit hat sie gemißbraucht und mißbrauchet sie noch. Göttliche Gesetze sind deine Kapitulare gegen so manche Reichssatzungen späterer Zeiten. Du sammletest die Barden der Vorwelt; dein Sohn Ludwig verachtete und verkaufte sie; er vernichtete damit ihr Andenken auf ewig. Du liebtest die deutsche Sprache und bildetest sie selbst aus, wie du es tun konntest; sammletest Gelehrte um dich aus den fernsten Ländern; Alcuin, dein Philosoph, Angilbert, der Homer deiner Akademie bei Hofe, und der vortreffliche Eginhart, dein Schreiber, waren dir wert; nichts war dir mehr als Unwissenheit, satte Barbarei und träger Stolz zuwider. Vielleicht erscheinst du im Jahr 1800 wieder und änderst die Maschine, die im Jahr 800 begann; bis dahin wollen wir deine Reliquien ehren, deine Stiftungen gesetzmäßig mißbrauchen und dabei deine altfränkische Arbeitsamkeit verachten. Großer Karl, dein unmittelbar nach dir zerfallenes Reich ist dein Grabmal; Frankreich, Deutschland und die Lombardei sind seine Trümmern.

IV.

Reiche der Sachsen, Normannen und Dänen

Die Geschichte der deutschen Völker mitten im festen Lande hat etwas Einförmiges und Unbehilfliches an sich. Wir kommen jetzt zu den deutschen Seenationen, deren Anfälle schneller, deren Verwüstungen grausamer, deren Besitztümer ungewisser waren: dafür werden wir aber auch, wie unter Meeresstürmen, Männer vom höchsten Mut, Unternehmungen der glücklichsten Art und Reiche erblicken, deren Genius noch jetzt frische Meeresluft atmet.

Schon in der Mitte des fünften Jahrhunderts zogen von der nördlichen Küste Deutschlands die Angelsachsen, die zur See und zu Lande lange das Kriegs- und Räuberhandwerk getrieben hatten, den Briten zu Hilfe. Hengist und Horsa (Hengst und Stute) waren ihre Anführer; und da sie mit den Feinden der Briten, den Pikten und Kaledoniern ein leichtes Spiel hatten und ihnen das Land gefiel, zogen sie mehrere ihrer Brüder hinüber; sie ruheten auch nicht, bis nach 150 Jahren voll der wildesten Kriege und der abscheulichsten Verwüstung Britannien bis an die Ecken des Landes, Cornwallis und Wales ausgenommen, das ihrige war. Nie ist den Kymren, die in diese Länder gedrängt wurden, das gelungen, was den Westgoten in Spanien gelang, aus ihren Gebirgen hervorzugehn und ihr altes Land zu erobern; denn die Sachsen, ein wildes Volk, wurden als katholische Christen in ihrem geraubten Besitztum gar bald gesichert und gefirmelt.

Nicht lange nämlich nach Anrichtung des ersten sächsischen Königreichs Kent hatte die Tochter eines rechtgläubigen Königes zu Paris ihren heidnischen Gemahl Ethelbert (Adelbert) zum Christentum bereitet, und der Mönch Augustin führte solches mit dem silbernen Kreuz in der Hand feierlich in England ein. Gregor der Große, damals auf dem römischen Stuhl, der vor Begierde brannte, das Christentum, insonderheit durch Gemahlinnen mit allen Thronen zu vermählen, sandte ihn dahin, entschied seine Gewissensfragen und machte ihn zum ersten Erzbischof dieser glücklichen Insel, die vom Könige Ina an dem heil. Petrus seinen evangelischen Zinsgroschen reichlich ersetzt hat. Kaum ist ein andres Land in Europa mit so vielen Klöstern und Stiftungen bedeckt worden als England, und doch ist aus ihnen für die Literatur weniger geschehen, als man erwarten möchte. Das Christentum dieser Gegenden nämlich sprossete nicht wie in Spanien, Frankreich, Italien, ja selbst in Irland aus der Wurzel einer altapostolischen Kirche; neurömische Ankömmlinge waren es, die den rohen Sachsen das Evangelium in einer neueren Gestalt brachten. Desto mehr Verdienst hatten diese englische Mönche nachher in auswärtigen Bekehrungen und würden solche auch, wenigstens in Klosternachrichten, zur Geschichte ihres Landes haben, wenn diese den Verwüstungen der Dänen entronnen wären.

Sieben Königreiche sächsischer Barbaren, die auf einer mäßig großen Halbinsel in ungleichen Grenzen neben- und miteinander heidnisch und christlich kämpfen, sind kein erfreulicher Anblick. Und doch dauerte mehr als 300 Jahre dieser chaotische Zustand, aus welchem nur hie und da Stiftungen und Satzungen der Kirche oder die Anfänge einer geschriebenen Gesetzgebung, wie z. B. Adelberts und Inas, hervorschimmern. Endlich kamen unter König Egbert die sieben Königreiche zusammen; und mehr als ein Fürst derselben würde Mut und Kraft gehabt haben, ihre Verfassung blühend zu machen, hätten nicht die Streifereien der Normänner und Dänen, die mit neuer Raubbegierde auf die See gejagt waren, sowohl an Frankreichs als Englands Küsten über zwei Jahrhunderte lang alles daurende Gute gehindert. Unsäglich ist der Schaden, der durch sie gestiftet, unaussprechlich die Greuel, die durch sie verübet wurden; und wenn sich Karl an den Sachsen, wenn sich die Angeln an den Briten und Kymren grausam vergangen hatten, so ist das Unrecht, das sie diesen Völkern taten, an ihren Nachkommen so lange gerächet worden, bis gleichsam die ganze Wut des kriegerischen Nordens erschöpft war. Wie aber eben im heftigsten Sturme der Not sich die größesten Seelen zeigen: so ging England unter andern sein *Alfred* auf, ein Muster der Könige in einem bedrängten Zeitraum, ein Sternbild in der Geschichte der Menschheit.

Vom Papst Leo IV. schon als Kind zum Könige gesalbet, war er unerzogen geblieben, bis die Begierde, sächsische Heldenlieder lesen zu können, seinen Fleiß dergestalt erweckte, daß er von ihnen zum Lesen lateinischer Schriftsteller fortschritt; unter denen er noch ruhig wohnte, als im 22. Jahr ihn der Tod seines Bruders zum Thron und zu allen Gefahren rief, die je einen Thron umringt haben. Die Dänen hatten das Land inne, und als sie das Glück und den Mut des jungen Königes merkten, nahmen sie in vermehrten Anfällen ihre Kräfte dergestalt zusammen, daß Alfred, der ihnen in einem Jahr acht Treffen geliefert, der sie mehrmals den Frieden auf heilige Reliquien hatte beschwören lassen, und als Überwinder ebenso gütig und gerecht, wie vorsichtig und tapfer in der Schlacht war, sich dennoch endlich dahin gebracht sah, daß er in Bauernkleidern seine Sicherheit suchen mußte und dem Weibe eines Kuhhirten unbekannt diente. Doch auch jetzt verließ ihn sein Mut nicht;

mit wenigen Anhängern bauete er sich in der Mitte eines Sumpfs eine Wohnung, die er die Insel der Edeln nannte und die jetzt sein Königreich war. Über ein Jahr lang lag er hier, ebensowenig müßig als entkräftet. Wie aus einem unsichtbaren Schloß tat er Ausfälle auf die Feinde und nährte sich und die Seinen von ihrer Beute, bis einer seiner Treuen in einem Gefecht mit ihnen den Zauberraben erbeutet hatte, die Fahne, die er als das Zeichen seines Glücks ansah. Als Harfenspieler gekleidet, ging er jetzt ins Lager der Dänen und bezauberte sie mit seinem lustigen Gesange; man führte ihn in das Zelt des Prinzen, wo er allenthalben ihre tiefe Sicherheit und räuberische Verschwendung sah. Jetzt kehrte er zurück, tat durch geheime Boten seinen Freunden kund, daß er lebe, und lud sie an die Ecke eines Waldes zur Versammlung ein. Es kam ein kleines Heer zusammen, das ihn mit Freudengeschrei empfing; und schnell rückte er mit demselben auf die sorglosen, jetzt erschrockenen Dänen, schlug sie, schloß sie ein und machte aus Kriegsgefangenen seine Bundsgenossen und Kolonisten im verödeten Northumberlande und Ostangeln. Ihr König ward getauft, von Alfred zum Sohne angenommen, und der erste Schimmer von Ruhe gleich darauf gewandt, daß er Platz gegen andere Feinde gewinnen möchte, die in zahlreichen Schwärmen das Land aussogen. Unglaublich schnell brachte Alfred den zerrütteten Staat in Ordnung, stellete die zerstörten Städte wieder her, schuf sich eine Macht zu Lande, bald auch zur See, so daß in weniger Zeit 120 Schiffe die Küsten umher bewachten. Beim ersten Gerücht eines Überfalls eilte er hilfreich herbei; und das ganze Land glich im Augenblick der Not einem Heerlager, wo jedweder seinen Platz wußte. So vereitelte er bis ans Ende seines Lebens jede räuberische Mühe des Feindes und gab dem Staat eine Land- und Seemacht, Wissenschaften und Künste, Städte, Gesetze und Ordnung. Er schrieb Bücher und ward der Lehrer der Nation, die er beschützte. Ebenso groß in seinem häuslichen als öffentlichen Leben teilte er die Stunden des Tages wie die Geschäfte und Einkünfte ein, und behielt ebensoviel Raum zur Erholung als zur königlichen Milde. Hundert Jahre nach Karl dem Großen war er in einem glücklicherweise beschränkteren Kreise vielleicht größer als er; und obgleich unter seinen Nachfolgern die Streifereien der Dänen, nicht minder aber die Unruhen der Geistlichkeit mancherlei Unheil verursachten, weil unter ihnen im ganzen kein zweiter Alfred aufstand: so hat es England doch, bei der guten Grundlage seiner Einrichtung von frühen Zeiten, an trefflichen Königen nicht gefehlet; selbst die Anfälle ihrer Seefeinde hielten sie munter und gerüstet. Adelstan, Edgar, Edmund Eisenseite gehören unter dieselbe; und nur der Untreue der Großen wars zuzuschreiben, daß England unter dem letzten den Dänen lehnpflichtig ward. Knut der Große ward zwar als König erkannt, aber nur zwei Nachfolger hatte dieser nordische Sieger. England machte sich los, und es war vielleicht zu dessen Unglück, daß dem friedfertigen Eduard die Dänen Ruhe ließen. Er sammlete Gesetze, ließ andre regieren; die Sitten der Normänner kamen von der französischen Küste nach England hinüber, und Wilhelm der Eroberer ersah seine Zeit. Eine einzige Schlacht hob ihn auf den Thron und gab dem Lande eine neue Verfassung. Wir müssen also die Normänner näher kennenlernen; denn ihren Sitten ist nicht nur England, sondern ein großer Teil von Europa den Glanz seines Rittergeistes schuldig.

Schon in den frühesten Zeiten waren nördliche deutsche Stämme, Sachsen, Friesen und Franken auf der See rege; Dänen, Norweger und Skandinavier taten sich unter mancherlei Namen noch kühner hervor. Angelsachsen und Jüten gingen nach Britannien über; und als von den fränkischen Königen, am meisten von Karl dem

Großen die Eroberung nordwärts verbreitet ward, warfen sich immer mehr kühne Haufen aufs Meer, bis zuletzt die Normänner ein so furchtbarer Name zur See wurden, als es zu Lande jene verbündeten Krieger, Markomannen, Franken, Alemannen u. a. kaum gewesen waren. Ich müßte hundert berühmte Abenteurer nennen, wenn ich aus den nordischen Gedichten und Sagen ihre gepriesenen Seehelden aufzählen wollte. Die Namen derer indessen, die durch Entdeckung der Länder oder durch Anlagen zu Reichen sich ausgezeichnet, sind nicht zu übergehen; und man erstaunet über die weite Fläche, auf welche sie sich umhergeworfen haben. Dort stehet ostwärts Rorik (Roderich) mit seinen Brüdern, die in Nowgorod ein Reich stifteten und dadurch zum Staate Rußlands den Grund legten; Oskold und Diar, die in Kiew einen Staat gründeten, der sich mit jenem zu Nowgorod vereinte; Ragnwald, der sich zu Polotzk an der Düna niederließ, der Stammvater der litauischen Großherzoge. Nordwärts ward Naddod im Sturm nach Island geworfen und entdeckte diese Insel, die bald ein Zufluchtsort der edelsten Stämme aus Norwegen (gewiß des reinsten Adels in Europa), eine Erhalterin und Vermehrerin der nordischen Lieder und Sagen, ja über dreihundert Jahre lang der Sitz einer schönen, nicht unkultivierten Freiheit gewesen. Westlich waren von den Normännern die Färöer, Orkneys, die Schettlandischen und westlichen Inseln oft besucht, zum Teil bevölkert, und auf mehreren derselben haben nordische Jarle (Grafen) lange regieret, so daß auch in ihren äußersten Ecken die verdrängten Galen vor deutschen Völkern nicht sicher waren. In Irland ließen sie sich schon zu Karls des Großen Zeiten nieder, wo Dublin dem Olof, Waterford dem Sitrik, Limerick dem Ywar zuteil ward. In England waren sie unter dem Namen der Dänen furchtbar; nicht nur Northumberland haben sie, untermischt mit sächsischen Grafen, 200 Jahre lang teils eigenmächtig, teils lehnpflichtig besessen, sondern das ganze England war ihnen unter Knut, Harold und Hardyknut unterworfen. Die französischen Küsten beunruhigten sie seit dem sechsten Jahrhundert, und die böse Ahnung Karls des Großen, daß seinem Lande durch sie viele Gefahr bevorstehe, traf bald nach seinem Tode fast zu reichlich ein. Unsäglich sind die Verwüstungen, die sie nicht etwa nur am Meere, sondern, die Ströme hinauf, mitten in Frankreich und Deutschland ausgeübt haben, so daß die meisten Anlagen und Städte, die teils noch von den Römern, teils von Karl herrührten, durch sie ein trauriges Ende nahmen; bis endlich Rolf, in der Taufe Robert genannt, der erste Herzog der Normandie und der Stammvater mehr als eines Königgeschlechtes ward. Von ihm stammte Wilhelm der Eroberer ab, der England eine neue Verfassung brachte; durch Folgen seiner Anlage wurden England und Frankreich in einen vierhundertjährigen Krieg verwickelt, der beide Nationen auf eine sonderbare Weise an- und durcheinander übte. Jene Normänner, die mit fast unglaublichem Glück und Mut den Arabern Apulien, Kalabrien, Sizilien, ja auf eine Zeit Jerusalem und Antiochien abdrangen, waren Abenteurer aus dem von Rolf gestifteten Herzogtume, und die Nachkommen Tankreds, die zuletzt Siziliens und Apuliens Krone trugen, stammeten von ihm her. Wenn alle kühnen Taten erzählt werden sollten, die auf Pilgrimschaften und Wallfahrten, im Dienst zu Konstantinopel und auf Reisen, fast in allen Ländern und Meeren, bis nach Grönland und Amerika hin, von den Normännern begonnen sind, würde die Erzählung selbst ein Roman scheinen. Wir bemerken also zu unserm Zweck nur die Hauptfolge derselben aus *ihrem Charakter.*

So rauh die Bewohner der nordischen Küsten, ihrem Klima und Boden, ihrer Einrichtung und Lebensweise nach, lange bleiben mußten: so lag doch in ihnen, vorzüglich bei ihrem Seeleben, ein Keim, der in mildern Gegenden bald sehr blühende Sprossen treiben konnte. Tapferkeit und Leibesstärke, Gewandtheit und Fertigkeit in allen Künsten, die man späterhin die ritterlichen nannte, ein großes Gefühl für Ehre und edle Abkunft, samt der bekannten nordischen Hochachtung fürs weibliche Geschlecht als den Preis des tapfersten, schönsten und edelsten Mannes, waren Eigenschaften, die den nordischen Seeräuber im Süden sehr beliebt machen mußten. Auf dem festen Lande greifen die Gesetze um sich; jede rohe Selbsttätigkeit muß unter ihnen entweder selbst zum Gesetz werden, oder als eine tote Kraft ersterben; auf dem wilden Element des Meeres, wohin die Oberherrschaft eines Landköniges nicht reichet, da erfrischet sich der Geist. Er schweift nach Krieg oder nach Beute umher, die jener Jüngling seiner daheimgelassenen Braut, dieser Mann seinem Weib und Kindern als Zeichen seines Werts nach Hause bringen wollte; ein Dritter sucht im fernen Lande selbst eine bleibende Beute. Nichtswürdigkeit war das Hauptlaster, das in Norden, hier mit Verachtung, dort mit Qualen der Hölle gestraft wird; dagegen Tapferkeit und Ehre, Freundschaft bis auf den Tod und ein Rittersinn gegen die Weiber die Tugenden waren, die beim Zusammentreffen mehrerer Zeitumstände zu der sogenannten Galanterie des Mittelalters viel beitrugen. Da Normänner sich in einer französischen Provinz niederließen, und Rolf, ihr Anführer, sich mit der Tochter des Königes vermählte; da viele seiner Waffenbrüder diesem Beispiele folgten und sich mit dem edelsten Blut des Landes mischten; da ward der Hof der Normandie gar bald der glänzendste Hof des Westlandes. Als Christen konnten sie, mitten unter christlichen Nationen, die Seeräuberei nicht ferner treiben; aber ihre nachziehenden Brüder durften sie aufnehmen und kultivieren, also daß diese Küste in ihrer schönen Lage ein Mittelpunkt und Veredlungsort der seefahrenden Normänner ward. Da nun, von den Dänen verdrungen, die angelsächsische Königsfamilie zu ihnen floh, und Eduard der Bekenner, bei ihnen erzogen, den Normännern zu Englands Thron selbst Hoffnung machte; als Wilhelm der Eroberer durch eine einzige Schlacht dies Königreich gewann und fortan die größesten Stellen desselben in beiden Ständen mit Normännern besetzte; da ward in kurzem normännische Sitte und Sprache auch Englands feinere Sitte und Hofsprache. Was diese einst rohen Überwinder in Frankreich gelernt und mit ihrer Natur gemischt hatten, ging bis auf eine harte Lehnverfassung und Forstgerechtigkeit nach Britannien über. Und wiewohl in der Zukunft viele Gesetze des Eroberers abgeschaffet, und die alten milderen angelsächsischen zurückgerufen wurden, so konnte dennoch der mit den normannischen Geschlechtern der Nation eingepflanzte Geist aus Sprache und Sitten nicht mehr verbannt werden; auch in der englischen grünet daher ein eingeimpfter Sprößling der lateinischen Sprache. Schwerlich wäre die britische Nation geworden, was sie vor andern ward, wenn sie auf ihrem alten Hefen ruhig geblieben wäre; jetzt beunruhigten sie lange die Dänen; Normänner pflanzten sich ihr ein und zogen sie über das Meer hin zu langen Kriegen in Frankreich. Da ward ihre Gewandtheit geübt: aus Überwundenen wurden Überwinder, und endlich kam nach so mancher Revolution ein Staatsgebäude zum Vorschein, das aus der angelsächsischen Klosterhaushaltung wahrscheinlich nie entstanden wäre. Ein Edmund oder Edgar hätte dem Papst Hildebrand nicht widerstanden, wie Wilhelm ihm widerstand, und in den Kreuzzügen hätten die englischen mit den französischen Rittern nicht wetteifern mögen, wenn durch die Normänner ihre Nation nicht gleichsam von innen aufgeregt und durch mancherlei Umstände auch gewaltsam wäre gebildet worden. Einimpfungen der Völker zu rechter Zeit scheinen dem Fortgange der Menschheit so unentbehrlich, als den Früchten der Erde die Verpflanzung oder dem wilden Baum seine Veredlung. Auf einer und derselben Stelle erstirbt zuletzt das Beste. Nicht so lange und glücklich besaßen die Normänner Neapel und Sizilien, deren Erwerb ein wahrer Roman ist von persönlicher Tapferkeit und Abenteurertugend. Auf Wallfahrten nach Jerusalem lernten sie das schöne Land kennen, und vierzig bis hundert Mann legten durch Ritterhilfe gegen Bedrängte den Grund zu allem weitern Besitz. Rainolf ward der erste Graf zu Aversa, und drei der tapfern Söhne Tankreds, die auch auf gutes Glück hinübergekommen waren, erwarben sich nach vielen Taten gegen die Araber den Ritterdank, daß sie Grafen, nachher Herzoge zu Apulien und Kalabrien wurden. Mehrere Söhne Tankreds, Wilhelm mit dem eisernen Arm, Drogo, Humfried folgten; Robert Guiscard und Roger entrissen den Arabern Sizilien, und Robert belieh seinen Bruder mit dem erworbnen schönen Königreiche. Roberts Sohn Boemund fand im Orient sein Glück; und als ihm sein Vater dahin folgte, ward Roger der erste König *beider* Sizilien, mit geist- und weltlicher Macht versehen. Unter ihm und seinen Nachfolgern trieben die Wissenschaften an dieser Ecke Europens einige junge Knospen; die Schule zu Salerno hob sich, gleichsam in Mitte der Araber und der Mönche zu Cassino; Rechtsgelehrsamkeit, Arzneikunst und Weltweisheit zeigten nach einem langen Winter in Europa hier wieder Blätter und Zweige. Tapfer hielten sich die normannischen Fürsten in ihrer gefährlichen Nähe am päpstlichen Stuhl; mit zween Heiligen Vätern schlossen sie Frieden, als diese in ihrer Gewalt waren, und übertrafen hiebei an Klugheit und Wachsamkeit die meisten deutschen Kaiser. Schade, daß sie mit diesen sich je verschwägert und ihnen dadurch das Recht zur Folge gegeben hatten; und noch mehr schade, daß die Absichten Friedrichs, des letzten schwäbischen Kaisers, die er in diesen Gegenden auszuführen gedachte, so grausam vereitelt wurden. Beide Königreiche blieben fortan ein wildes Spiel der Nationen, eine Beute fremder Eroberer und Statthalter, am meisten eines Adels, der noch jetzt alle bessere Einrichtung dieser einst so blühenden Länder hindert.

V.

Nordische Reiche und Deutschland

Die bis zum achten Jahrhundert dunkle Geschichte der nordischen Reiche hat vor den Geschichten der meisten europäischen Länder den Vorzug, daß ihr eine Mythologie mit Liedern und Sagen zum Grunde liegt, die ihre Philosophie sein kann. Denn in ihr lernen wir den Geist des Volks kennen, die Begriffe desselben von Göttern und Menschen, die Richtung seiner Neigungen und Leidenschaften in Liebe und Haß, in Erwartungen dies- und jenseit des Grabes; eine Philosophie der Geschichte, wie sie uns außer der Edda nur die griechische Mythologie gewähret. Und da die nordischen Reiche, sobald der finnische Stamm hinaufgedrängt oder unterwürfig gemacht war, von keinen fremden Völkern feindlich besucht wurden – denn welche Nation hätte nach dem großen Zuge in die mittäglichen Gegenden diese Weltgegend besuchen wollen? –, so wird ihre Geschichte auch vor andern einfach und natürlich. Wo die Notdurft gebietet, lebet man lange derselben gemäß; und so blieben Nordens deutsche Völker länger als andre ihrer Mitbrüder im Zustande der Eigengehörigkeit und Freiheit. Berge und Wüsten schieden die Stämme untereinander, Seen und

Flüsse, Wälder, Wiesen und Felder, samt dem fischreichen Meere, nähreten sie, und was im Lande nicht Unterhalt fand, warf sich auf die See und suchte anderweit Nahrung und Beute. Wie in einer nördlichen Schweiz also hat sich in diesen Gegenden die Einfalt deutscher Ursitten lange erhalten, und wird sich erhalten, wenn solche in Deutschland selbst nur noch eine alte Sage sein wird.

Als mit der Zeit auch hier wie allenthalben die Freien unter Edle kamen, als mehrere Edle Land- und Wustenkönige wurden, als aus vielen kleinen Königen endlich ein großer König entsprang, da waren Dänemarks, Norwegens und Skandiens Küsten abermals glücklich, daß, wer nicht dienen wollte, ein andres Land suchen mochte; und so wurden, wie wir gesehen, alle Meere umher lange Zeit das Feld ziehender Abenteurer, denen der Raub, wie ein Herings- oder Walfischfang, ein erlaubtes, örtliches Gewerbe schien. Endlich mischten sich auch die Könige in dies Familiengewerbe; sie eroberten einander oder ihren Nachbarn die Länder; ihre auswärtigen Eroberungen gingen aber meistens bald verloren. Am grausamsten litten darunter die Küsten der Ostsee; nach unsäglichen Plünderungen haben die Dänen nicht geruhet, bis sie dem Handel der Slawen und ihren reichen Seestädten Vineta und Julin ein trauriges Ende machten, wie sie denn auch über die Preußen, Kuren, Liven und Esten lange vor den sächsischen Horden das Eroberungs- und Brandschatzungsrecht übten.

Einem solchen Leben und Weben der Nordländer trat nichts so sehr in den Weg als das Christentum, mit welchem Odins Heldenreligion ganz aufhören sollte. Schon Karl der Große war bemüht, die Dänen wie die Sachsen zu taufen, bis es seinem Sohn Ludwig gelang, an einem kleinen Könige aus Jütland zu Mainz die Probe zu machen. Die Landsleute desselben aber nahmen es übel auf und übeten sich noch lange mit Raub und Brand an den christlichen Küsten; denn das Beispiel der Sachsen, die das Christentum zu fränkischen Sklaven gemacht hatte, war ihnen zu nahe vor Augen. Tiefgewurzelt war der Haß dieser Völker gegen das Christentum, und Kettil der Unchrist ging lieber drei Jahre vor seinem Tode lebendig in seinen Grabhügel, um nur nicht zur Taufe gezwungen zu werden. Was sollten auch diesen Völkern auf ihren nordischen Inseln oder Bergen jene Glaubensartikel und kanonischen Lehrsätze eines hierarchischen Systems, das alle Sagen ihrer Vorfahren umwarf, die Sitten ihres Stammes untergrub, und sie bei ihres Landes Armut zu zollenden Sklaven eines geistlichen Hofes im fernen Italien machte? Ihrer Sprache und Denkart war Odins Religion so einverleibt, daß, solange noch eine Spur des Andenkens von ihm blieb, kein Christentum aufkommen konnte; daher die Mönchsreligion gegen Sagen, Lieder, Gebräuche, Tempel und Denkmale des Heidentums unversöhnlich war, weil an diesem allen der Geist des Volkes hing und dagegen ihre Gebräuche und Legenden verschmähte. Das Verbot der Arbeit am Sonntage, Büßungen und Fasten, die verbotenen Grade der Ehe, die Mönchsgelübde, der ganze ihnen verächtliche Priesterorden wollte den Nordländern nicht in den Sinn, daß also die heiligen Männer, ihre Bekehrer, ja ihre neubekehrten Könige selbst viel zu leiden hatten, oder gar verjagt und erschlagen wurden, ehe das fromme Werk gelingen konnte. Wie aber Rom jede Nation mit dem Netz zu fangen wußte, das für sie gehörte, so wurden auch diese Barbaren unter der unablässigen Bemühung ihrer angelsächsischen und fränkischen Bekehrer am meisten durch das Gepränge des neuen Gottesdienstes, den Chorgesang, den Weihrauch, die Lichter, Tempel, Hochaltäre, Glocken und Prozessionen gleichsam in einen Taumel gebracht; und da sie an Geister und Zaubereien innig glaubten, so wurden sie samt Häusern,

Kirchen, Kirchhöfen und allem Geräte durch die Kraft des Kreuzes vom Heidentum dergestalt entzaubert und zum Christentum bezaubert, daß der Dämon eines doppelten Aberglaubens in sie kehrte. Einige ihrer Bekehrer waren indes, der heil. *Ansgarius* vor allen andern, wirklich verdiente Männer und für das Wohl der Menschheit Helden auf ihre Weise.

•

Endlich kommen wir zum sogenannten Vaterlande der deutschen Völker, das jetzt ihr trauriger Rest war, Deutschland. Nicht nur hatte ein fremder Volksstamm, Slawen, die Hälfte desselben eingenommen, nachdem so viele Völkerschaften daraus gewandert waren; sondern auch in seiner übrigen deutschen Hälfte war es nach vielen Verwüstungen eine fränkische Provinz geworden, die jenem großen Reich als eine Überwundene diente. Friesen, Alemannen, Thüringer und zuletzt die Sachsen waren zur Unterwürfigkeit und zum Christentum gezwungen, so daß z. B. die Sachsen, wenn sie *Kerstene* (Christen) wurden und das große Wodansbild verfluchten, zugleich auch ihre Besitztümer und Rechte in den Willen des heiligmächtigen König Karls übergeben, um Leben und Freiheit fußfällig bitten und versprechen mußten, an dem dreieinigen Gott und an dem heiligmächtigen König Karl zu halten. Notwendig ward durch diese Bindung eigener und freier Völker an den fränkischen Thron aller Geist ihrer ursprünglichen Einrichtung gehemmet; viele derselben wurden mißtrauend oder hart behandelt, die Einwohner ganzer Striche Landes in die Ferne geführet; keine der übergebliebenen Nationen gewann Zeit und Raum zu einer eigentümlichen Bildung. Sofort nach des Riesen Tode, der dies gewaltsam zusammengetriebene Reich allein mit seinen Armen erhielt, ward unser Deutschland mit oft veränderten Grenzen bald diesem, bald jenem schwachen Karolinger zuteil; und da es an den nie aufhörenden Kriegen und Streitigkeiten des ganzen unglücklichen Geschlechts Anteil nehmen mußte, was konnte aus ihm, was aus seiner innern Verfassung werden? Unglücklicherweise machte es die nörd- und östliche Grenze des fränkischen Reichs, mithin der gesamten römisch-katholischen Christenheit aus, an welcher allenthalben gereizte, wilde Völker voll unversöhnlichen Hasses saßen, die dies Land zum ersten Opfer ihrer Rache machten. Wie von der einen Seite die Normänner bis nach Trier drangen und einen der Nation schimpflichen Frieden erlangten, so rief auf der andern Seite, um das Mährische Reich der Slawen zu zerstören, Arnulf die wilden Ungarn ins Land, welches er ihnen damit zu langen schrecklichen Verwüstungen aufschloß. Die Slawen endlich wurden als Erbfeinde der Deutschen betrachtet, und waren jahrhundertelang das Spiel ihrer tapfern Kriegsübung.

Noch mehr wurden dem abgetrenneten Deutschland die Mittel lästig, die unter den Franken zur Hoheit und Sicherung ihres Reichs gemacht waren. Es erbte alle jene Erz- und Bischoftümer, Abteien und Kapitel, die an der Grenze des Reichs ehemals zur Bekehrung der Heiden dienen sollten; jene Hofämter und Kanzler in Gegenden, die jetzt nicht mehr zum Reiche gehörten; jene Herzoge und Markgrafen, die als Beamte des Reichs zum Schutz der Grenzen bestimmet gewesen waren und gegen Dänen, Wenden, Polen, Slawen und Ungarn noch lange vermehrt wurden. Das glänzendste und entbehrlichste Kleinod von allen endlich war für Deutschland die römische Kaiserkrone; sie allein hat diesem Lande vielleicht mehr Schaden gebracht als alle Züge der Tataren, Ungarn und Türken. Der erste Karolinger, den Deutschland erhielt, Ludwig, war kein Römischer Kaiser, und während des geteilten

Frankenreiches haben Päpste mit diesem Titel so arg gespielet, daß sie ihn diesem und jenem Fürsten in Italien, ja gar einem Grafen der Provence schenkten, der mit geblendeten Augen starb. Arnulf, ein unechter Nachkomme Karls, geizte nach diesem Titel, den indes sein Sohn abermals nicht erlangte; so wie ihn auch die zwei ersten Könige aus deutschem Blut, Konrad und Heinrich, nicht begehrten. Gefährlicherweise nahm Otto, der mit Karls Krone zu Aachen gekrönt war, sich diesen großen Franken zum Vorbilde; und da ein Abenteuer, die schöne Witwe Adelheid aus dem Turm zu retten, ihm das Königreich Italien verschaffte, und ihm dadurch freilich der Weg nach Rom offen war, so folgten nun Ansprüche auf Ansprüche, Kriege auf Kriege, von der Lombardei bis nach Kalabrien und Sizilien hinab, wo allenthalben für die Ehre seines Kaisers deutsches Blut vergossen, der Deutsche vom Italiener betrogen, deutsche Kaiser und Kaiserinnen in Rom mißhandelt, Italien von deutscher Tyrannei besudelt, Deutschland von Italien aus seinem Kreise gerückt, mit Geist und Kraft über die Alpen gezogen, in seiner Verfassung von Rom abhängig, mit sich selber uneins, sich selbst und andern schädlich gemacht ward, ohne daß die Nation von dieser blendenden Ehre Vorteil gezogen hätte. Sic Vos non Vobis war immer ihr bescheidener Wahlspruch.
Desto mehr Ehre gebührt der deutschen Nation, daß sie eben unter diesen gefährlichen Umständen, in welche sie die Verbindung der Dinge setzte, als eine Schutzwehr und Vormauer des Christentums zur Freiheit und Sicherheit des ganzen Europas dastand. *Heinrich* der Vogler schuf aus ihr diese Vormauer, und *Otto* der Große wußte sie zu gebrauchen; aber auch dann folgte die treue willige Nation ihrem Beherrscher, wenn beim allgemeinen Chaos ihrer Verfassung dieser selbst nicht wußte, welchen Weg er sie führe. Als gegen die Räubereien der Stände der Kaiser selbst sein Volk nicht schützen konnte, schloß sich ein Teil der Nation in Städte und erkaufte sich von ihren Räubern selbst das sichere Geleit eines Handels, ohne welchen das Land noch lange eine Tatarei geblieben wäre. So entstand im unfriedsamen Staate aus eignen Kräften der Nation ein friedsamer nützlicher Staat, durch Gewerbe, Bündnisse, Gilden verbunden; so hoben Gewerke sich aus dem drückenden Joch der Leibeigenschaft empor und gingen durch deutschen Fleiß und Treue zum Teil in Künste über, mit denen man andre Nationen beschenkte. Was diese ausbildeten, haben meistens Deutsche zuerst versucht, obgleich unter dem Druck der Not und Armut sie selten mit der Freude belohnt wurden, ihre Kunst im Vaterlande angewandt und blühend zu sehen. Haufenweise zogen sie stets in fremde Länder und wurden nord-, west- und ostwärts in mehreren mechanischen Erfindungen die Lehrmeister andrer Nationen; sie wären es auch in den Wissenschaften geworden, wenn die Verfassung ihres Staats nicht alle Institute derselben, die in den Händen der Klerisei waren, zu politischen Rädern der verwirrten Maschine gemacht und sie damit den Wissenschaften großenteils entrissen hätte. Die Klöster Corvey, Fulda u. a. haben für die Fortübung der Wissenschaften mehr getan als große Strecken andrer Länder, und in allen Verirrungen dieser Jahrhunderte bleibt der unzerstörlich treue, biedre Sinn des deutschen Stammes unverkennbar.
Dem Manne blieb die deutsche Frau nicht nach; häusliche Wirksamkeit, Keuschheit, Treue und Ehre sind ein unterscheidender Zug des weiblichen Geschlechts in allen deutschen Stämmen und Völkern gewesen. Der älteste Kunstfleiß dieser Völker war in den Händen der Weiber: sie webeten und wirketen, hatten Aufsicht über das arbeitende Gesinde, und standen auch in den obersten Ständen der häus-

lichen Regierung vor. Selbst am Hofe des Kaisers hatte die Gemahlin ihr großes Hauswesen, zu welchem oft ein ansehnlicher Teil seiner Einkünfte gehörte; und nicht zum Schaden des Landes hat sich in manchem Fürstenhause diese Einrichtung lange erhalten. Selbst die römische Religion, die den Wert des Weibes sehr herabgesetzt hat, vermochte hierbei weniger in diesen als in den wärmeren Ländern. Die Frauenklöster in Deutschland wurden nie die Gräber der Keuschheit in solchem Grade als jenseit des Rheins oder der Pyrenäen und Alpen; vielmehr waren auch sie Werkstätten des deutschen Kunstfleißes in mehreren Arten. Nie hat sich die Galanterie der Rittersitten in Deuschland zu der feinen Lüsternheit ausgebildet wie in wärmern, wollüstigern Gegenden; denn schon das Klima gebot eine größere Eingeschlossenheit in Häuser und Mauern, da andre Nationen ihren Geschäften und Vergnügungen unter freiem Himmel nachgehen konnten.
Endlich kann sich Deutschland, sobald es ein eignes Reich ward, großer, wenigstens arbeitsamer und wohlwollender Kaiser rühmen, unter welchen *Heinrich*, *Otto* und die beiden *Friedrichs* wie Säulen dastehn. Was hätten diese Männer in einem bestimmteren, festeren Kreise tun mögen!
Lasset uns jetzt nach dem, was einzeln angeführt worden, einen allgemeinen Blick auf die Einrichtung der deutschen Völker tur, in allen ihrer erworbenen Ländern und Reichen. Welches waren ihre Grundsätze? Und was sind dieser Grundsätze Folgen?

VI.

Allgemeine Betrachtung über die Einrichtung der deutschen Reiche in Europa

Wenn Einrichtungen der Gesellschaft das größeste Kunstwerk des menschlichen Geistes und Fleißes sind, indem sie jedesmal auf der ganzen Lage der Dinge nach Ort, Zeit und Umständen beruhen, mithin der Erfolg vieler Erfahrungen und einer steten Wachsamkeit sein müssen: so läßt sich mutmaßen, daß eine Einrichtung der Deutschen, wie sie am Schwarzen Meer oder in den nordischen Wäldern war, ganz andre Folgen haben mußte, wenn sie unter gebildete oder durch Üppigkeit und eine abergläubische Religion mißgebildete Völker rückte. Diese zu überwinden war leichter, als sie oder sich selbst in ihrer Mitte wohl zu regieren. Daher denn gar bald die gestifteten deutschen Reiche entweder untergingen oder in sich selbst dermaßen zerfielen, daß ihre lange folgende Geschichte nur das Flickwerk einer verfehlten Einrichtung blieb.
1. *Jede Eroberung der deutschen Völker ging auf ein Gesamteigentum aus.* Die Nation stand für *einen* Mann; der Erwerb gehörte derselben durch das barbarische Recht des Krieges und sollte dermaßen unter sie verteilt werden, daß alles noch ein Gemeingut bliebe; wie war dies möglich? Hirtenvölker auf ihren Steppen, Jäger in ihren Wäldern, ein Kriegsheer bei seiner Beute, Fischer bei ihrem gemeinschaftlichen Zuge können unter sich teilen und ein Ganzes bleiben; bei einer erobernden Nation, die sich in einem weiten Gebiete niederlässet, wird dieses weit schwerer. Jeder Wehrsmann auf seinem neuerworbenen Gute ward jetzt ein Landeigentümer; er blieb dem Staate zum Heerzuge und zu andern Pflichten verbunden; in kurzer Zeit aber erstirbt sein Gemeingeist, die Versammlungen der Nation werden von ihm nicht besucht; auch des Aufgebots zum Kriege, das ihm zur Last ward, sucht er sich gegen Übernehmung andrer Pflichten zu entladen. So wars z. B. unter den

Franken: das Märzfeld ward von der freien Gemeine bald versäumet; mithin blieben die Entschlüsse desselben dem Könige und seinen Dienern anheimgestellt, und der Heerbann selbst konnte nur mit wachsamer Mühe im Gange erhalten werden. Notwendig also kamen die Freien mit der Zeit dadurch tief herunter, daß sie den allezeit fertigen Rittern ihre Wehrdienste mit guter Entschädigung auftrugen: und so verlor sich der Stamm der Nation wie ein zerteilter, verbreiteter Strom in kraftloser Tragheit. Ward nun in diesem Zeitraum der ersten Erschlaffung ein dermaßen errichtetes Reich mächtig angegriffen, was Wunder, daß es erlag? Was Wunder, daß auch ohne äußern Feind auf diesem trägen Wege die besten Rechte und Besitztümer der Freien in andre sie vertretende Hände kamen? Die Verfassung des Ganzen war zum Kriege oder zu einer Lebensart eingerichtet, bei welcher alles in Bewegung bleiben sollte, nicht aber zu einem zerstreuten, fleißig-ruhigen Leben.

2. *Mit jedem erobernden Könige war ein Trupp Edeln ins Land gekommen, die als seine Gefährten und Treuen, als seine Knechte und Leute aus denen ihm zukommenden Ländereien beteilt wurden.* Zuerst geschahe dies nur lebenslänglich; mit der Zeit wurden die ihnen zum Unterhalt angewiesenen Güter erblich; der Landesherr gab so lange, bis er nichts mehr zu geben hatte und selbst verarmte. Bei den meisten Verfassungen dieser Art haben also die Vasallen den Lehnsherren, die Knechte den Gebieter dergestalt ausgezehret, daß, wenn der Staat lange daurete, dem König selbst von seinen nutzbaren Gerechtigkeiten nichts übrig blieb, und er zuletzt als der Ärmste des Landes dastand. Wenn nun, wie wir gesehen, dem Gange der Dinge nach bei langen kriegerischen Zeitläuften die Edeln notwendig auch den Stamm der Nation, die freie Gemeine, sofern diese sich nicht selbst zu Edeln erhob, allgemach zugrunde richten mußten: so siehet man, wie das löbliche, damals unentbehrliche *Ritterhandwerk* so hoch emporkommen konnte. Von kriegerischen Horden waren die Reiche erobert; wer sich am längsten in dieser Übung erhielt, gewann so lange, bis mit Faust und Schwert nichts zu gewinnen mehr da war. Zuletzt hatte der Landesherr nichts, weil er alles verliehen hatte; die freie Gemeine hatte nichts, weil die Freien entweder verarmt oder selbst Edle geworden und alles andre Knecht war.

3. *Da die Könige im Gesamteigentum ihres Volks umherziehen oder vielmehr allenthalben gegenwärtig sein sollten und dies nicht konnten, so wurden Statthalter, Herzoge und Grafen unentbehrlich.* Und weil nach der deutschen Verfassung die gesetzgebende, gerichtliche und ausübende Macht noch nicht verteilt waren, so blieb es beinah unvermeidlich, daß nicht mit der Zeit unter schwachen Königen die Statthalter großer Städte oder entfernter Provinzen selbst Landesherren oder Satrapen wurden. Ihr Distrikt enthielt, wie ein Stück der gotischen Baukunst, alles im Kleinen, was das Reich im Großen hatte; und sobald sie sich nach Lage der Sache mit ihren Ständen einverstanden, war, obgleich noch abhängig vom Staat, das kleine Reich fertig. So zerfielen die Lombardei und das Fränkische Reich, kaum wurden sie noch am seidnen Faden eines königlichen Namens zusammengehalten; so wäre es mit dem Gotischen und dem Wandalischen Reich worden, hätten sie länger gedauret. Um diese Bruchstücke, wo jeder Teil ein Ganzes sein wollte, wieder zusammenzubringen, haben alle Reiche deutscher Verfassung in Europa ein halbes Jahrtausend hin arbeiten müssen, und einigen derselben hat es noch nicht gelingen mögen, ihre eignen Glieder wiederzufinden. In der Verfassung selbst liegt der Samen dieser Absonderung; sie ist ein Polyp, bei welchem in jedem abgesonderten Teile ein Ganzes lebet.

4. *Weil bei diesem Gesamtkörper alles auf Persönlichkeit beruhete, so stellete das Haupt desselben, der König, ob er gleich nichts weniger als unumschränkt war, mit seiner Person sowohl als mit seinem Hauswesen die Nation vor. Mithin ging seine Gesamtwürde, die bloß eine Staatsfiktion sein sollte, auch auf seine Trabanten, Diener und Knechte über.* Liebesdienste, die man dem Könige erwies, wurden als die ersten Staatsdienste betrachtet, weil die, die um ihn waren, Kapellan, Stallmeister und Truchseß oft bei Ratschlägen, Gerichten und sonst seine Helfer und Diener sein mußten. So natürlich dies in der rohen Einfalt damaliger Zeiten war, so unnatürlich wards, als diese Kapellane und Truchsesse wirklich repräsentierende Gestalten des Reichs, erste Glieder des Staats oder gar auf Ewigkeiten der Ewigkeiten erbliche Würden sein sollten; und dennoch ist ein barbarischer Prachtaufzug dieser Art, der zwar in das Tafelzelt eines tatarischen Khans, nicht aber in den Palast eines Vaters, Vorstehers und Richters der Nation gehörte, die Grundverfassung jedes germanischen Reichs in Europa. Die alte Staatsfiktion wurde zur nackten Wahrheit: das ganze Reich ward in die Tafel, den Stall und die Küche des Königes verwandelt. Eine sonderbare Verwandlung! Was Knecht und Vasall war, mochte immerhin durch diese glänzenden Oberknechte vorgestellt werden; nicht aber der Körper der Nation, der in keinem seiner freien Glieder des Königs Knecht, sondern sein Mitgenoß und Mitstreiter gewesen war und sich von keinem seiner Hausgenossen vorstellen lassen durfte. Nirgend ist diese tatarische Reichsverfassung mehr gediehen und prächtiger emporgekommen als auf dem fränkischen Boden, von da sie durch die Normannen nach England und Sizilien, mit der Kaiserkrone nach Deutschland, von dannen in die nordischen Reiche, und aus Burgund endlich in höchster Pracht nach Spanien hinübergepflanzt worden ist, wo sie dann allenthalben nach Ort und Zeit neue Blüten getragen. Von einer solchen Staatsdichtung, das Hauswesen des Regenten zur Gestalt und Summe des Reichs zu machen, wußten weder Griechen noch Römer, weder Alexander noch Augustus; am Jaik aber oder am Jenisseistrom ist sie einheimisch, daher auch nicht unbedeutend die Zobel und Hermeline ihr Sinnbild und Wappenschmuck geworden.

5. In Europa hätte diese Verfassung schwerlich so festen Platz gewinnen oder behalten mögen, wenn nicht, wie wir gesehen, diese Barbarei bereits eine andre vor sich gefunden hätte, mit der sie sich freundlich vermählte, die *Barbarei des römischen Papsttums.* Denn weil die Klerisei damals den ganzen Rest der Wissenschaften besaß, ohne welche auch die Barbaren in diesen Ländern nicht sein konnten: so blieb diesen, die sich selbst Wissenschaften zu erwerben nicht begehrten, nur *ein* Mittel übrig, sie gleichsam mitzuerobern, wenn sie die Bischöfe unter sich aufnähmen. Es geschah. Und da diese mit den Edlen Reichsstände, mit den Dienern des Hofes Hofdiener wurden; da wie diese auch sie sich Benefizien, Gerechtigkeiten und Länder verleihen ließen und aus mehreren Ursachen den Laien in vielem zuvorkamen: so war ja keine Staatsverfassung dem Papsttum holder und werter als diese. Wie nun einerseits nicht zu leugnen ist, daß zur Milderung der Sitten und sonstiger Ordnung die geistlichen Reichsstände viel beigetragen haben, so ward auf der andern Seite durch Einführung einer doppelten Gerichtsbarkeit, ja eines unabhängigen Staats im Staate der letzte in allen seinen Grundsätzen wankend. Keine zwei Dinge konnten einander an sich fremder sein als das römische Papsttum und der Geist deutscher Sitten; jenes untergrub diese unaufhörlich, wie es sich gegenteils vieles aus ihnen zueignete und zuletzt alles zu *einem* deutsch-römischen Chaos machte. Wofür allen deutschen Völkern lange geschaudert hatte, das ward ihnen

am Ende über alles lieb; ihre eignen Grundsätze ließen sie gegen sich selbst gebrauchen. Die Güter der Kirche, dem Staat entrissen, wurden in ganz Europa *ein* Gemeingut, für welches der Bischof zu Rom kräftiger als irgendein Fürst für seinen Staat waltete und wachte. Eine Verfassung voll Widerspruchs und unseliger Zwiste.

6. *Weder Krieger noch Mönche nähren ein Land;* und da bei dieser Einrichtung für den erwerbenden Stand so wenig gesorgt war, daß vielmehr alles in ihr dahin ging, Bischöfen und Edeln die ganze Welt leibeigen zu machen: so siehet man, daß damit dem Staat seine lebendigste Triebfeder, *der Fleiß der Menschen, ihr wirksamer freier Erfindungsgeist* auf lange geraubt war. Der Wehrsmann hielt sich zu groß, die Äcker zu bauen, und sank herab; der Edle und das Kloster wollte Leibeigene haben, und die Leibeigenschaft hat nie etwas Gutes gefördert. Solange man Land und Güter nicht als einen nutzbaren, in allen Teilen und Produkten organischen Körper, sondern als ein unteilbares totes Besitztum betrachtete, das der Krone oder der Kirche oder dem Stammhalter eines edlen Geschlechts in der Qualität eines liegenden Grundes, zu welchem Knechte gehören, zustünde, solange war der rechte Gebrauch dieses Landes samt der wahren Schätzung menschlicher Kräfte unsäglich behindert. Der größeste Teil der Länder ward eine dürftige Almende, an deren Erdschollen Menschen wie Tiere klebten, mit dem harten Gesetz, nie davon losgetrennt werden zu können. Handwerke und Künste gingen desselben Weges. Von Weibern und Knechten getrieben, blieben sie lange auch im Großen eine Hantierung der Knechte; und als Klöster, die ihre Nutzbarkeit aus der römischen Welt kannten, sie an ihre Klostermauern zogen, als Kaiser ihnen Privilegien städtischer Zünfte gaben, war dennoch der Gang der Sache damit nicht verändert. Wie können Künste sich heben, wo der Ackerbau daniederliegt? Wo die erste Quelle des Reichtums, der unabhängige, gewinnbringende Fleiß der Menschen, und mit ihm alle Bäche des Handels und freien Gewerbes versiegt, wo nur der Pfaffe und Krieger gebietende, reiche, besitzführende Herren waren? Dem Geist der Zeiten gemäß konnten also auch die Künste anders nicht als Gemeinwesen (Universitates), in Form der Zünfte eingeführt werden; eine rauhe Hülle, die damals der Sicherheit halben nötig, zugleich aber auch eine Fessel war, daß keine Wirksamkeit des menschlichen Geistes sich unzunftmäßig regen mochte. Solchen Verfassungen sind wirs schuldig, daß in Ländern, die seit Jahrhunderten bebauet wurden, noch unfruchtbare Gemeinplätze, daß in festgesetzten Zünften, Orden und Brüderschaften noch jene alten Vorurteile und Irrtümer übrig sind, die sie treu aufbewahrt haben. Der Geist der Menschen modelte sich nach einem Handwerksleisten und kroch gleichsam in eine privilegierte Gemeinlade.

7. Aus allem erhellet, daß die Idee der deutschen Völkerverfassung, so natürlich und edel sie an sich war, auf große, zumal eroberte, lange Zeit kultivierte oder gar römisch-christliche Reiche angewandt, nichts anders als ein *kühner Versuch* sein konnte, dem viele Mißbräuche bevorstanden; sie mußte von mehrern Völkern voll gesunden Verstandes in der nörd- und südlichen Welt lange geübt, mannigfaltig geprüft und ausgebildet werden, ehe sie zu einiger Bestandheit kommen konnte. In kleinen Munizipalitäten, beim Gerichtshandel, und allenthalben, wo lebendige Gegenwart gilt, zeigt sie sich unstreitig als die beste. Die altdeutschen Grundsätze, daß jedermann von seinesgleichen gerichtet werde, daß der Vorsitzer des Gerichts von den Beisitzern das Recht nur schöpfe, daß jedes Verbrechen nur als ein Bruch der Gemeine seine Gnugtuung erwarte, und nicht aus Buchstaben, sondern aus lebendiger Ansicht der Sache beurteilt werden müsse: diese samt einer Reihe andrer

Gerichts-, Zunft- und andrer Gebräuche, sind Zeugen vom hellen und billigen Geist der Deutschen. Auch in Rücksicht des Staats waren die Grundsätze vom Gesamteigentum, der Gesamtwehr und gemeinen Freiheit der Nation groß und edel; da sie aber auch Männer erforderten, die alle Glieder zusammenzuhalten, zwischen allen ein Verhältnis zu treffen, und das Ganze mit *einem* Blick zu beleben wüßten, und diese Männer nicht nach dem Erstgeburtsrecht geboren werden: so erfolgte, was mehr oder minder allenthalben erfolgt ist, die Glieder der Nation löseten sich auf in wilden Kräften; sie unterdrückten das Unbewehrte und ersetzten den Mangel des Verstandes und Fleißes durch lange tatarische Unordnung. Indessen ist in der Geschichte der Welt die Gemeinverfassung germanischer Völker gleichsam die feste Hülse gewesen, in welcher sich die überbliebene Kultur vorm Sturm der Zeiten schützte, der Gemeingeist Europas entwickelte und zu einer Wirkung auf alle Weltgegenden unsrer Erde langsam und verborgen reifte. Zuvörderst kamen hohe Phantome, eine geistliche und eine andre Monarchie zum Vorschein, die aber ganz andre Zwecke beförderten, als wozu sie gestiftet worden.

NEUNZEHNTES BUCH

Kaum ist je eine Namenanspielung von größern Folgen gewesen, als die dem heil. Petrus gemacht ward, daß auf den Felsen seiner Aussage eine unerschütterliche Kirche gebauet, und ihm die Schlüssel des Himmelreichs anvertrauet werden sollten. Der Bischof, der, wie man glaubte, auf Petrus Stuhl nahe seinem Grabe saß, wußte diesen Namen auf sich zu deuten; und als er bei zusammentreffenden Umständen nicht nur das Primat der größesten christlichen Kirche, sondern auch das Recht geistlicher Vorschriften und Befehle, die Macht, Konzilien zu berufen und auf ihnen zu entscheiden, Glaubenslehren festzusetzen und zu umzäunen, unläßliche Sünden zu erlassen, Freiheiten zu erteilen, die sonst niemand erteilen könnte, kurz, die Macht Gottes auf Erden bekam: so stieg er von dieser geistlichen Monarchie gar bald zu ihrer Folge, der weltlich-geistlichen über. Wie einst den Bischöfen, so entkräftete er jetzt die Gewalt den Oberherren der Länder. Er verlieh eine abendländische Kaiserkrone, deren Erkenntnis er sich selbst entzog. Bannflüche und Interdikte waren in seiner gefürchteten Hand, mit welcher er Reiche aufrichtete und verschenkte, Könige geißelte und lossprach, Ländern den Gottesdienst nahm, Untertanen und Vasallen von ihren Pflichten entband, seiner gesamten Geistlichkeit Weiber und Kinder nahm und überhaupt ein System gründete, das eine Reihe von Jahrhunderten zwar hat erschüttern, aber noch nicht hat vernichten mögen. Eine Erscheinung dieser Art fordert Aufmerksamkeit; und da wohl keinem Regenten der Welt die Emporbringung seiner Macht so schwer geworden ist, als dem römischen Bischofe die seinige, so verdienet sie wenigstens, daß man von ihr wie von jeder andern Staatsverfassung ohne Groll und Bitterkeit rede.*

* Obgleich seit *Sarpi, Puffendorf* u. a. einzelne Stücke der päpstlichen Geschichte vortrefflich behandelt sind, so dünkt mich, fehle es doch noch an einer durchaus unparteilichen, *pragmatischen Geschichte des Papsttums.* Der Verfasser der *Reformationsgeschichte* könnte seinem Werk, nach Vollendung desselben, hierdurch eine seltene Vollkommenheit geben.

I.

Römische Hierarchie

Man ist gewohnt, dem, was ein Gebäude geworden ist, schon vor seiner Entstehung einen Entwurf des Baues zum Grunde zu legen; selten aber trifft dies bei den politischen Bauwerken ein, die nur die Zeiten vollführt haben. Bei Roms geistlicher Größe wäre selbst zu zweifeln, ob sie je erreicht worden wäre, wenn man mit unverwandtem Blick auf sie gearbeitet hätte. Auf dem Stuhle zu Rom saßen Bischöfe von so mancherlei Art wie auf jedem andern Throne; und auch für die fähigsten Werkzeuge gabs unglückliche Zeiten. Diese unglücklichen Zeiten aber und die Fehler der Vorgänger sowohl als der Feinde selbst zu nutzen, das war die Staatskunst dieses Stuhles, durch welche er zur Festigkeit und Hoheit gelangte. Lasset uns aus vielen nur einige Umstände der Geschichte samt den Grundsätzen betrachten, auf welche sich Roms Größe stützte.

Das meiste sagt der Name Rom selbst; die alte Königin der Welt, das Haupt und die Krone der Völker, hauchte auch ihrem Bischofe den Geist ein, das Haupt der Völker auf *seine* Weise zu werden. Alle Sagen von Petrus Bischof- und Märtyrertum wären zu Antiochien oder Jerusalem nicht von der politischen Wirkung gewesen, wie sie in der blühenden Kirche des alten ewigen Roms wurden; denn wieviel fand der Bischof dieser ehrwürdigen Stadt, das ihn fast ohne seinen Willen emporheben mußte! Der unaustilgbare Stolz des römischen Volks, dem so manche Kaiser hatten weichen müssen, trug ihn auf seinen Schultern und gab ihm, dem Hirten des ersten Volks der Erde, den Gedanken ein, in dieser hohen Schule der Wissenschaft und Staatskunst, zu welcher man auch noch in den christlichen Zeiten, um Roms Gesetze zu lernen, wallfahrtete, sie selbst zu lernen, und gleich den alten Römern durch Satzungen und Rechte die Welt zu regieren. Die Pracht des heidnischen Gottesdienstes stand vor seinen Augen da; und da dieser in der römischen Staatsverfassung mit der obrigkeitlichen Pracht verknüpft gewesen war, so erwartete das Volk auch in seinem christlichen Bischofe den alten Pontifex maximus, Haruspex und Augur. An Triumphe, Feste und Staatsgebräuche gewöhnt, sahe es gern, daß aus Gräbern und Katakomben das Christentum in Tempel einzog, die der römischen Größe würdig waren; und so ward durch Anordnungen, Feste und Gebräuche Rom zum zweitenmal das Haupt der Völker.

Frühe äußerte Rom seine gesetzgebende Klugheit dadurch, daß es auf *Einheit der Kirche, auf Reinheit der Lehre, auf Rechtgläubigkeit und Katholizismus* drang, auf den die Kirche gebauet werden mußte. Schon im zweiten Jahrhundert wagete es Viktor, die Christen in Asien nicht für seine Brüder zu erkennen, wenn sie das Osterfest nicht zu *einer* Zeit mit ihm feiern wollten; ja die erste Spaltung der Juden- und Heidenchristen ist wahrscheinlich von Rom aus beigelegt worden: Paulus und Petrus liegen in ihm friedlich begraben.* Dieser Geist einer allgemeinen Lehre erhielt sich auf dem römischen Stuhl; und obgleich einige Päpste sich vom Vorwurf der Ketzerei kaum haben rein erhalten mögen, so wußten jedesmal ihre Nachfolger einzulenken und traten zurück ans Steuer der rechtgläubigen Kirche. Nie hat sich Rom vor Ketzereien gebückt, sooft diese es auch mächtig drängten; morgenländische Kaiser, Ost- und Westgoten, Burgunder und Langobarden waren

* Hievon an einem andern Orte.

Arianer; einige derselben beherrschten Rom, Rom aber blieb katholisch. Ohne Nachsicht schnitt es zuletzt sich ab von der griechischen Kirche, ob diese gleich eine halbe Welt war. Notwendig mußte diese Grundlage einer unerschütterten Reinigkeit und Allgemeinheit der Lehre, die auf Schrift und Tradition zu ruhen vorgab, bei günstigen Umständen einen geistlichen Richterthron über sich gewinnen und tragen.

Solche günstigen Umstände kamen. Nachdem der Kaiser Italien verlassen, als das Reich geteilt, von Barbaren überschwemmt, Rom mehrmals erobert und geplündert ward: da hatte mehr als einmal sein Bischof Gelegenheit, auch sein Erretter zu werden. Er ward der verlassenen Königstadt Vater; und die Barbaren, die die Herrlichkeit Roms verehreten, scheueten desselben obersten Priester. Attila zog zurück; Geiserich gab nach; ergrimmte langobardische Könige warfen sich, noch ehe er Roms Herr war, vor ihm nieder. Lange wußte er zwischen Barbaren und Griechen die Mitte zu halten; er wußte zu teilen, damit er einst regiere. Und als die teilende Staatskunst nicht mehr gelang, da hatte er sein katholisches Frankreich zur Hilfe sich schon zubereitet; er zog über das Gebirge, erhielt von seinem Befreier mehr, als er gesucht hatte, seine Bischofsstadt mit allen Städten des Exarchats. Endlich ward Karl der Große römischer Kaiser, und nun hieß es: Ein Rom, Ein Kaiser, Ein Papst!, drei unzertrennliche Namen, die fortan das Wohl und das Übel der Völker wurden. Unerhört ists, was sich der römische Bischof schon gegen den Sohn seines Wohltäters erlaubte; noch mehreres wartete auf seine späteren Nachfolger. Er schlichtete zwischen den Kaisern, gebot ihnen, entsetzete sie und stieß die Krone von ihrem Haupt, die er ihnen gegeben zu haben glaubte. Die gutmütigen Deutschen, die 350 Jahre lang dieses Kleinodes halber nach Rom zogen und ihm das Blut ihrer Nation willig aufopferten, sie waren es, die den Übermut der Päpste zu seiner schrecklichsten Höhe erhuben. Ohne einen deutschen Kaiser und die traurige Verfassung seines Reichs wäre nie ein Hildebrand entstanden; und noch jetzt ist Deutschland seiner Verfassung wegen ein Ruhekissen der römischen Krone.

Wie das heidnische Rom seinen Eroberungen bequem lag, so war das christliche Rom den seinigen wohlgelegen. Von der Nord- und Ostsee, vom Schwarzen Meer und der Wolga kamen zahllose Völker, die der Bischof zu Rom mit dem rechtgläubigen Kreuz doch endlich bezeichnen mußte, wenn sie in dieser rechtgläubigen Gegend friedlich wohnen sollten; und die nicht selbst kamen, suchte er auf. Gebete und Weihrauch sandte er den Nationen, wofür sie ihm Gold und Silber weiheten, und seine zahlreichen Diener mit Äckern, Wäldern und Auen begabten. Die schönste Gabe aber, die sie ihm darbrachten, war ihr unbefangenes rohes Herz, das mehr sündigte, als es Sünden kannte, und von ihm Sündenregister empfing, damit es den Ablaß derselben empfangen möchte. Hier kamen die Schlüssel Petrus in Übung, und sie erklungen nie ohne Belohnung. Welch ein schönes Erbteil der Geistlichen waren die Länder der Goten, Alemannen, Franken, Angeln, Sachsen, Dänen, Schweden, Slawen, Polen, Ungarn und Preußen! Je später diese Völker ins Himmelreich traten, desto teurer mußten sie den Eintritt, oft mit Land und Freiheit, bezahlen. Je nördlicher oder östlicher, desto langsamer war die Bekehrung, desto ansehnlicher ihr Dank; je schwerer ein Volk ans Glauben ging, desto fester lernte es glauben. Nach Grönland hinauf, zur Düna und zum Dnjepr gen Osten, westlich bis zu jedem äußersten Vorgebirge reichte endlich des römischen Bischofs Hürde.

Der Bekehrer der Deutschen, Winfried oder Bonifazius, hat dem Ansehen des Papstes über Bischöfe, die außer seiner Diözese saßen, mehr emporgeholfen, als es irgendein Kaiser hätte tun mögen. Als Bischof im Lande der Ungläubigen hatte er dem Papst einen Eid der Treue geschworen, der nachher durch Überredung und Forderungen auch auf andre Bischöfe überging und endlich in allen katholischen Reichen zum Gesetz ward. Mit den öftern Teilungen der Länder unter den Karlingern wurden auch die Diözesen der Bischöfe zerrissen, und der Papst bekam reiche Gelegenheit, in ihren Sprengeln zu wirken. Die Sammlung der Dekrete des falschen Isidors endlich, die in diesen karlingischen Zeiten, wahrscheinlich zwischen dem Fränkischen und Deutschen Reich, zuerst öffentlich erschien, und, da man sie aus Unachtsamkeit, List und Unwissenheit gelten ließ, alle eingerissene jüngere Mißbräuche auf einmal mit dem ältesten Ansehen feststellte; dies einzige Buch diente dem Papst mehr als zehn Kaiserdiplome: denn überhaupt waren Unwissenheit und Aberglaube, mit denen die ganze Abendwelt überdeckt war, das weite und tiefe Meer, in welchem Petrus Netz fischte.

Am meisten zeigt sich die Staatsklugheit der römischen Bischöfe darin, daß sie die widerwärtigsten Umstände ihnen zu dienen zwangen. Lange waren sie von den morgenländischen, oft wurden sie auch von den abendländischen Kaisern gedrückt; und doch mußte ihnen Konstantinopel zuerst den Rang eines allgemeinen Bischofs zugestehn, Deutschland endlich die Investitur der geistlichen Reichsstände doch überlassen. Die griechische Kirche trennte sich, auch zum Vorteil des Papstes, der in ihr nie zu dem Ansehen hätte kommen können, nach welchem er im Okzident strebte; jetzt schloß er die seinige desto fester an sich. Mohammed erschien, die Araber bemächtigten sich eines großen Teils des südlichen Europas; sie streiften selbst nahe an Rom und versuchten Landung; auch diese Übel wurden dem Papst ersprießlich, der sowohl die Schwäche der griechischen Kaiser, als die Gefahr, mit der Europa bedrohet ward, sehr wohl zu gebrauchen wußte, sich selbst als Retter Italiens ins Feld wagte und fortan das Christentum gegen alle Ungläubigen zum Feldpanier machte. Eine fürchterliche Art der Kriege, zu denen er mit Bann und Interdikt zwingen konnte, und in denen er nicht etwa nur Herold, sondern oft auch Schatzmeister und Feldherr ward. Das Glück der Normänner gegen die Araber nutzte er gleichfalls; er belieh sie mit Ländern, die ihm nicht gehörten, und gewann durch sie den Rücken frei, um vor sich hinzuwirken. So wahr ists, daß der am weitsten kommt, der anfangs selbst nicht weiß, wie weit er kommen werde, dafür aber jeden Umstand, den ihm die Zeit gewähret, nach festen Maßregeln gebrauchet.

•

Lasset uns einige dieser Maßregeln, die der römische Hof zu seinem Vorteil befolgt hat, ohne Liebe und Haß auszeichnen.

1. *Roms Herrschaft beruhte auf Glauben*, auf einem Glauben, der zeitlich und ewig das Wohl menschlicher Seelen befördern sollte. Zu diesem System gehörte alles, was menschliche Seelen leiten kann; und dies alles brachte Rom in seine Hände. Von Mutterleibe an bis ins Grab, ja bis jenseit desselben im Fegefeuer war der Mensch in der Gewalt der Kirche, der er sich nicht entziehen konnte, ohne rettungslos unglücklich zu werden; sie formte seinen Kopf, sie beunruhigte und beruhigte sein Herz; durch die Beicht hatte sie den Schlüssel zu seinen Geheimnissen, zu seinem Gewissen, zu allem, was er um und an sich trägt, in Händen. Lebenslang blieb der Gläubige unter ihrer Zucht unmündig, und im Artikel des Todes band sie ihn mit siebenfachen Banden, um den Reuigen und Freigebigen desto freigebiger zu lösen. Das geschah Königen und Bettlern, Rittern und Mönchen, Männern und Weibern;

weder seines Verstandes, noch seines Gewissens mächtig, mußte jedermann geleitet werden, und an Leitern konnte es ihm nie fehlen. Da nun der Mensch ein träges Geschöpf ist, und wenn er einmal an eine christliche Seelenpflege gewöhnt ward, derselben schwerlich wieder entbehren mag, vielmehr seinen Nachkommen dies sanfte Joch als das Polster eines Kranken anempfiehlet: so war die Herrschaft der Kirche damit im Innersten der Menschen gegründet. Mit dem Verstande und dem Gewissen des Gläubigen hatte sie alles in ihrer Gewalt; es war eine Kleinigkeit, daß, wenn sie ihm sein Geistliches säete, sie etwa sein Leibliches ernte; hingegeben wie er war, hatte sie ihn bei Leibesleben im Innersten längst geerbet.

2. *Diesen Glauben zu leiten, bediente sich die Kirche nicht etwa des Größesten, des Wichtigsten, sondern des Faßlichsten, des Kleinsten,* weil sie wohl wußte, welch ein weniges die Andacht der Menschen vergnüge. Ein Kreuz, ein Marienbild mit dem Kinde, eine Messe, ein Rosenkranz taten zu ihrem Zwecke mehr, als viel feine Spekulationen würden getan haben; und auch diesen Hausrat verwaltete sie mit dem sparsamsten Fleiße. Wo eine Messe hinreichte, bedurfte es des Abendmahls nicht; wo eine stille Messe gnug war, bedurfte es keiner lauten; wo man verwandeltes Brot aß, war der verwandelte Wein zu entbehren. Mit einer solchen Ökonomie gewann die Kirche Raum zu unzähligen Freiheiten und unkostbaren Geschenken; denn auch der sparsamste Ökonom könnte gefragt werden, ob er aus Wasser, Brot, Wein, aus einigen Glas- oder Holzperlen, ein wenig Wolle, Salbe und dem Kreuz ein mehreres zu machen wissen, als daraus die Kirche gemacht hat. So auch mit Formularen, Gebeten, Zeremonien. Nie wollte sie vergebens erfunden und angeordnet haben: alte Formeln blieben, obwohl für die neuere Zeit neue gehörten; die andächtige Nachkommenschaft sollte und wollte wie ihre Vorfahren selig werden. Noch weniger nahm die Kirche je einen ihrer begangenen Fehler zurück; gar zu augenscheinlich begangen, ward er jederzeit nur auf die verblümtste Weise vernichtet; sonst blieb alles, wie es war, und ward nach gegebenen Veranlassungen nicht verbessert, sondern vermehret. Ehe auf diesem bedächtlichen Wege der Himmel voll Heiliger war, war die Kirche voll Reichtümer und Wunder; und auch bei den Wundern ihrer Heiligen hat sich die Erfindungskraft der Erzähler nicht bemühet. Alles wiederholt sich und bauet auf den großen Grundsatz der Popularität, des Faßlichsten, des Gemeinsten, weil eben bei der mindesten Glaubwürdigkeit das oft und dreist Wiederkommende selbst Glauben gebietet und zuletzt Glauben findet.

3. Mit dem Grundsatz des Kleinsten wußte die römische Staatskunst *das Feinste und Gröbste* dergestalt zu verbinden, daß sie in beiden schwerlich zu übertreffen sein möchte. Niemand konnte demütiger, schmeichelnder und flehender sein, als in Zeiten der Not oder gegen Willfährige und Gutherzige die Päpste waren: bald spricht St. Petrus durch sie, bald der zärtlichste Vater; niemand aber kann auch offner und stärker, gröber und härter als sie schreiben und handeln, sobald es not war. Nie disputierten sie, sondern sie dekretieren; eine schlaue Kühnheit, die ihren Weg verfolgt, sie mag flehen und bitten, oder fordern, drohen, trotzen und strafen, bezeichnet die Bullensprache des Romanismus fast ohne ihresgleichen. Daher der eigene Ton der Kirchengesetze, Briefe und Dekrete mittlerer Zeiten, der von der Würde der altrömischen Gesetzgebung sich sonderbar unterscheidet; der Knecht Christi ist gewöhnt, zu Laien oder zu Untergebnen zu sprechen, immer seiner Sache gewiß, nie sein Wort zurücknehmend. Dieser heilige Despotismus, mit väterlicher Würde geschmückt, hat mehr ausgerichtet als jene leere Höflichkeit nichtiger Staats-

ränke, denen niemand trauet. Er wußte, was er wollte und wie er Gehorsam zu fordern habe.

4. *Auf keinen einzelnen Gegenstand der bürgerlichen Gesellschaft ließ sich die römische Staatskunst mit Vorliebe ein; sie war um ihr selbst willen da*, brauchte alles, was ihr diente, konnte alles vernichten, was ihr entgegenstand; denn nur an ihr selbst lag ihr. Ein geistlicher Staat, der auf Kosten aller christlichen Staaten lebte, konnte freilich nicht umhin, jetzt auch den Wissenschaften, jetzt der Sittlichkeit und Ordnung, jetzt dem Ackerbau, Künsten, dem Handel nützlich zu werden, wenn es sein Zweck wollte; daß aber dem eigentlichen Papismus es nie an reiner Aufklärung, an Fortschritten zu einer bessern Staatsordnung samt allem, was dazugehört, gelegen gewesen sei, erweiset die ganze mittlere Geschichte. Der beste Keim konnte zertreten werden, sobald er gefährlich ward; auch der gelehrtere Papst mußte seine Einsichten verbergen oder bequemen, sobald sie dem ewigen Interesse des römischen Stuhls zu weit aus dem Wege lagen. Dagegen, was dies Interesse nährte, Künste, Zinsen, Aufruhr erregende Munizipalstädte, geschenkte Äcker und Länder, das ward zur größern Ehre Gottes gepflegt und verwaltet. Bei aller Bewegung war die Kirche der stillstehende Mittelpunkt des Universums.

5. *Zu diesem Zweck durfte der römischen Staatsherrschaft alles dienen, was ihr nützte:* Krieg und Schwert, Flamme und Gefängnis, erdichtete Schriften, Meineid auf eine geteilte Hostie, Inquisitionsgerichte und Interdikte, Schimpf und Elend, zeitliches und ewiges Unglück. Um ein Land gegen seinen Landesherren aufzubringen, konnten ihm alle Mittel der Seligkeit, außer in der Todesstunde, genommen werden; über Gottes- und Menschengebote, über Völker- und Menschenrechte wurde mit den Schlüsseln Petrus gewaltet.

6. *Und da dies Gebäude allen Pforten der Hölle überlegen sein sollte*, da dies System kanonischer Einrichtungen, die Macht der Schlüssel zu binden und zu lösen, die zauberische Gewalt heiliger Zeichen, die Gabe des Geistes, der sich von Petrus an auf seine Nachfolger und ihre Geweiheten fortpflanzet, nichts als Ewigkeit predigt: wer könnte sich ein tiefer eingreifendes Reich gedenken? Seel- und leibeigen gehöret ihm der Stand der Priester; mit geschornem Haupt und unwiderruflichem Gelübde werden sie seine Diener auf ewig. Unauflöslich ist das Band, das Kirche und Priester knüpft; genommen wird ihm Kind, Weib, Väter und Erbe; abgeschnitten vom fruchtbaren Baum des menschlichen Geschlechts, wird er dem perennierend dürren Baum der Kirche eingeimpfet; seine Ehre fortan nur ihre Ehre, ihr Nutzen der seine; keine Änderung der Gedanken, keine Reue ist möglich, bis der Tod seine Knechtschaft endet. Dafür aber zeigte diesen Leibeignen die Kirche auch ein weites Feld der Belohnung, eine hohe Stufenleiter, reiche, weitgebietende Knechte, die Herren aller Freien und Großen der Erde zu werden. Den Ehrgeizigen reizte sie mit Ehre, den Andächtigen mit Andacht, und hatte für jeden, was ihn locket und belohnet. Auch hat diese Gesetzgebung das Eigene, daß, solange ein Rest von ihr da ist, sie ganz da sei, und mit jeder einzelnen Maxime alle befolgt werden müssen: denn es ist Petrus Fels, auf welchem man mit seinem unvergänglichen Netze fischet, es ist das unzuzerstückende Gewand, das im Spiel der Kriegsleute selbst nur *einem* zuteil werden konnte.

7. Und wer war in Rom, an der Spitze seines heiligen Kollegiums, dieser Eine? Nie ein wimmerndes Kind, dem man etwa an seiner Wiege den Eid der Treue schwur und damit allen Phantasien seines Lebens Huldigung gelobte; nie ein spielender Knabe, bei dem man sich durch Begünstigung seiner Jugendtorheiten einschmei-

chelte, um nachher der verzärtelnde Liebling seiner Laune zu werden; ein Mann oder Greis ward erwählet, der, meistens in Geschäften der Kirche schon geübt, das Feld kannte, auf welchem er Arbeiter bestellen sollte. Oder er war mit den Fürsten seiner Zeit nahe verwandt, und ward in kritischen Zeiten gerade nur zu der Verlegenheit gewählt, die er abtun sollte. Nur wenige Jahre hatte er zu leben und für keine Nachkommenschaft rechtmäßig etwas zu erbeuten; wenn er aber auch dieses tat, so wars im großen Ganzen des christlichen Pontifikats selten wert der Rede. Das Interesse des römischen Stuhls war fortgehend; der erfahrne Greis ward nur eingeschoben, damit er zu dem, was geschehen war, auch seinen Namen dazutun könnte. Manche Päpste erlagen der Bürde; andre rechtserfahrne, staatskluge, kühne und standhafte Männer verrichteten in wenigen Jahren mehr als schwache Regierungen in einem halben Jahrhunderte tun konnten. Eine lange Reihe von Namen müßte hier stehen, wenn auch nur die vornehmsten würdigen und großen Päpste genannt werden sollten, bei deren vielen man es bedauert, daß sie zu keinem andern Zweck arbeiten konnten. Der wollüstigen Weichlinge sind auf dem römischen Stuhl weit weniger als auf den Thronen weltlicher Regenten; und bei manchen derselben sind ihre Fehler nur auffallend, weil sie Fehler der Päpste waren.

II.

Wirkung der Hierarchie auf Europa

Vor allem muß man des Guten erwähnen, das unter jeder Hülle das Christentum seiner Natur nach bringen mußte. Mitleidig gegen Arme und Bedrängte, nahm es bei den wilden Verheerungen der Barbaren sie unter seinen Schutz; viele Bischöfe in Gallien, Spanien, Italien und Deutschland haben dies wie Heilige erwiesen. Ihre Wohnungen und die Tempel wurden eine Zuflucht der Bedrängten; sie kauften Sklaven los, befreieten die Geraubten und steureten dem abscheulichen Menschenhandel der Barbaren, wo sie wußten und konnten. Diese Ehre der Milde und Großmut gegen den unterdrückten Teil des Menschengeschlechts kann man dem Christentum, seinen Grundsätzen nach, nicht rauben; von seinen ersten Zeiten an arbeitete es zur Rettung der Menschen, wie schon mehrere selbst unpolitische Gesetze der morgenländischen Kaiser zeigen. Da in der abendländischen Kirche man dieser Wohltat noch minder entbehren konnte, so sprechen viele Dekrete der Bischöfe in Spanien, Gallien und Deutschland dafür, auch ohne Zutun des Papstes.
Daß in den Zeiten der allgemeinen Unsicherheit Tempel und Klöster die heiligen Freistätten auch des stillen Fleißes und Handels, des Ackerbaues, der Künste und des Gewerbes gewesen, ist gleichfalls unleugbar. Geistliche stifteten Jahrmärkte, die ihnen zur Ehre noch jetzo Messen heißen, und befriedigten sie, wenn selbst der Kaiser- und Königsbann sie nicht sicherstellen konnte, mit dem Gottesfrieden. Künstler und Gewerke zogen sich an Klostermauern und suchten vor dem leibeigen machenden Adel Zuflucht. Mönche trieben den vernachlässigten Ackerbau durch ihre und anderer Hände; sie verfertigten, was sie im Kloster bedurften, oder gaben wenigstens einem klösterlichen Kunstfleiß sparsamen Lohn und Raum. In Klöster retteten sich die übergebliebenen alten Schriftsteller, die hie und da abgeschrieben, der Nachwelt aufbewahrt wurden. Durch Hilfe des Gottesdienstes endlich erhielt sich, wie sie auch war, mit der lateinischen Sprache ein schwaches Band, das einst

zur Literatur der Alten zurück- und von ihnen bessere Weisheit herleiten sollte. In solche Zeiten gehören Klostermauern, die auch den Pilgrimen Sicherheit und Schutz, Bequemlichkeit, Kost und Aufenthalt gewährten. Durch Reisen dieser Art sind die Länder zuerst friedlich verknüpfet worden; denn ein Pilgerstab schützte, wo kaum ein Schwert schützen konnte. Auch hat sich an ihnen die Kunde fremder Länder samt Sagen, Erzählungen, Romanen und Dichtungen in der rohesten Kindheit gebildet.

Alles dies ist wahr und unleugbar; da vieles davon aber auch ohne den römischen Bischof geschehen konnte, so lasset uns sehen, was dessen geistliche Oberherrschaft eigentlich Europa für Nutzen gebracht habe.

1. *Die Bekehrung vieler heidnischen Völker.* Aber wie wurden sie bekehret? Oft durch Feuer und Schwert, durch Femgerichte und ausrottende Kriege. Sage man nicht, daß der römische Bischof solche nicht veranstaltet habe; er genehmigte sie, genoß ihre Früchte und ahmte, wenn ers tun konnte, sie selbst nach. Daher jene Ketzergerichte, zu denen Psalmen gesungen wurden, jene bekehrenden Kreuzzüge, in deren Beute sich Papst und Fürsten, Orden, Prälaten, Domherrn und Priester teilten. Was nicht umkam, ward leibeigen gemacht, und ist es großenteils noch; so hat sich das christliche Europa gegründet; so wurden Königreiche gestiftet und vom Papst geweihet, ja späterhin das Kreuz Christi als Mordzeichen in alle Weltteile getragen. Amerika raucht noch vom Blut seiner Erschlagnen, und die in Europa zu Knechten gemachten Völker verwünschen noch ihre Bekehrer. Und ihr zahllosen Opfer der Inquisition im südlichen Frankreich, in Spanien und in andern Weltteilen, eure Asche ist verflogen, eure Gebeine sind vermodert; aber die Geschichte der an euch verübten Greuel bleibt eine ewige Anklägerin der in euch beleidigten Menschheit.

2. Man eignet der Hierarchie das Verdienst zu, die *Völker Europas zu einer Christenrepublik verbunden zu haben;* worin hätte diese bestanden? Daß alle Nationen vor *einem* Kreuz knieten und einerlei Messe anhörten, wäre etwas, aber nicht viel. Daß in geistlichen Sachen sie alle von Rom aus regiert werden sollten, war ihnen selbst nicht ersprießlich; denn der Tribut, der dahin ging, und das unzählbare Heer von Mönchen und Geistlichen, Nuntien und Legaten drückte die Länder. Zwischen den europäischen Mächten war damals weniger Friede als je, nebst andern Ursachen auch des falschen Staatssystems halben, das eben der Papst in Europa festhielt. Der heidnischen Seeräuberei war durchs Christentum gewehret; mächtige Christennationen aber rieben sich hart aneinander, und jede derselben war innerlich voll Verwirrung, von einem geist- und weltlichen Raubgeist belebet. Eben diese Doppelherrschaft, ein päpstlicher Staat in allen Staaten, machte, daß kein Reich auf seine Prinzipien kommen konnte, an die man nur dachte, seitdem man von der Oberherrschaft des Papstes frei war. Als christliche Republik hat sich Europa also nur gegen die Ungläubigen gezeigt, und auch da selten zu seiner Ehre: denn kaum dem epischen Dichter sind die Kreuzzüge ruhmwürdige Taten.

3. Es wird der Hierarchie zum Ruhm angerechnet, *daß sie dem Despotismus der Fürsten und des Adels eine Gegenmacht gewesen und dem niedern Stande emporgeholfen habe.* So wahr dieses an sich ist, so muß es dennoch mit großer Einschränkung gesagt werden. Der ursprünglichen Verfassung deutscher Völker war der Despotismus eigentlich so ganz zuwider, daß sich eher behaupten ließe, die Könige haben ihn von den Bischöfen gelernt, wenn diese Seelenkrankheit gelernt werden dürfte. Bischöfe nämlich brachten aus ihrer mißbrauchten Schrift, aus Rom und

ihrem eigenen Stande morgenländische oder klösterliche Begriffe von blinder Unterwerfung unter den Willen des Oberherren in die Gesetze der Völker und in seine Erziehung; sie warens, die das Amt des Regenten zur trägen Würde machten und seine Person mit dem Salböl göttlicher Rechte zu Befugnissen des Eigendünkels weihten. Fast immer waren Geistliche die, deren sich die Könige zur Gründung ihrer despotischen Macht bedienten; wenn sie mit Geschenken und Vorzügen abgefunden waren, so durften andre wohl aufgeopfert werden. Denn überhaupt, waren es nicht die Bischöfe, die in Erweiterung ihrer Macht und Vorzüge den Laienfürsten vorangingen oder ihnen eifersüchtig nachfolgten? Heiligten nicht eben sie die widerrechtliche Beute? Der Papst endlich als Oberrichter der Könige und der Despot der Despoten entschied nach göttlichem Rechte. Er erlaubte zur Zeit der karlingischen, fränkischen und schwäbischen Kaiser sich Anmaßungen, die ein Laie sich nur mit allgemeiner Mißbilligung hätte erlauben mögen, und das einzige Leben Kaiser Friedrichs des Zweiten aus dem schwäbischen Hause, von seiner Minderjährigkeit an unter der Vormundschaft des rechtsgelehrtesten Papstes bis zu seinem und seines Enkels Konradins Tode, mag die Summe dessen sein, was vom oberrichtlichen Amt der Päpste über die Fürsten Europas gesagt werden kann. Unvertilgbar klebt das Blut dieses Hauses am Apostolischen Stuhle. Welch eine fürchterliche Höhe, Oberrichter der Christenheit zu sein über alle europäischen Könige und Länder! Gregor VII., wahrlich kein gemeiner Mann, Innozenz III., Bonifatius VIII. sind davon redende Beweise.

4. *Die großen Institute der Hierarchie in allen katholischen Ländern* sind unverkennbar; und vielleicht wären die Wissenschaften längst verarmt, wenn sie nicht von den überbliebenen Brosamen dieser alten Heiligentafel noch spärlich ernährt würden. Indessen hüte man sich auch hier für Irrung am Geist voriger Zeiten. Keines Benediktiners Hauptabsicht war der Ackerbau, sondern die Mönchsandacht. Er hörte auf zu arbeiten, sobald er nicht mehr arbeiten durfte; und wie viele Summen von dem, was er erwarb, gingen nach Rom, oder wohin sie nicht sollten! Auf die nützlichen Benediktiner sind eine Reihe andrer Orden gefolgt, die zwar der Hierarchie zuträglich, dagegen aber Wissenschaften und Künsten, dem Staat und der Menschheit äußerst zur Last waren, vorzüglich die Bettelmönche. Alle sie, nebst den Nonnen jeder Art (die Brüder und Schwestern der Barmherzigkeit vielleicht allein ausgenommen), gehören einzig nur in jene harten, dunklen, barbarischen Zeiten. Wer würde heutzutage ein Kloster nach der Regel Benedikts stiften, damit die Erde gebauet, oder eine Domkirche gründen, damit Jahrmarkt in ihr gehalten werde? Wer würde von Mönchen die Theorie des Handels, vom Bischof zu Rom das System der besten Staatswirtschaft, oder vom gewöhnlichen Scholaster eines Hochstifts die beste Einrichtung der Schulen lernen wollen? Damals indessen war alles, was der Wissenschaft, Sittlichkeit, Ordnung und Milde auch nur in seinen Nebenzwecken diente, von unschätzbarem Wert.

Daß man indes die erzwungenen Gelübde der Enthaltsamkeit, des Müßigganges und der klösterlichen Armut zu keiner Zeit und unter keiner Religionspartei dahin rechne! Dem Päpstlichen Stuhl waren sie zu seiner Oberherrschaft unentbehrlich: er mußte die Knechte der Kirche von der lebendigen Welt losreißen, damit sie seinem Staat ganz lebten; der Menschheit aber waren sie nie angemessen, noch ersprießlich. Lasset ehelos bleiben, betteln und Psalmen singen, lasset sich geißeln und Rosenkränze beten, wer kann und mag; daß aber Zünfte dieser Art unter öffentlichem Schutz, ja unter dem Siegel der Heiligkeit und eines überströmenden Verewigen Einkommen begünstigt werden; wer ist, der dies zu loben oder zu billigen vermöchte? Gregor den Siebenten kümmerten die Liebeseufzer der kranken Nonnen, die verstohlnen Wege der Ordensbrüder, die stummen und lauten Sünden der Geistlichen, die durch sie gekränkten Ehen, die gesammleten Güter der toten Hand, der genährte Ehrgeiz des abgesonderten heiligen Standes und jede andre Verwirrung nicht, die daraus erwachsen mußte; im Buche der Geschichte aber liegen die Folgen davon klar am Tage.

5. Also wollen wir auch von den *Wallfahrten* heiliger Müßiggänger nicht viel rühmen; wo sie nicht auf eine versteckte Weise dem Handel oder der Kundschaft unmittelbar dienten, haben sie zur Länder- und Völkerkenntnis nur sehr zufällig und unvollkommen beigetragen. Allerdings war es eine große Bequemlichkeit, unter einem heiligen Pilgerkleide allenthalben Sicherheit, in wohltätigen Klöstern Speise und Ruhe, Reisegefährten auf allen Wegen, und zuletzt im Schatten eines Tempels oder heiligen Haines den Trost und Ablaß zu finden, dessen man begehrte. Führet man aber den süßen Wahn zur ernsten Wahrheit zurück, so siehet man in heiligen Pilgerkleidern oft Missetäter ziehen, die grobe Verbrechen durch eine leichte Wallfahrt versöhnen wollen, irre Andächtige, die Haus und Hof verlassen oder verschenken, die den ersten Pflichten ihres Standes oder der Menschheit entsagen, um nachher lebenslang verdorbene Menschen, halbe Wahnsinnige, anmaßende oder ausschweifende Toren zu bleiben. Das Leben der Pilger war selten ein heiliges Leben; und der Aufwand, den sie noch jetzt an den Hauptorten ihrer Wanderschaft einigen Königreichen kosten, ist ein wahrer Raub ihrer Länder. Ein einziges schon, daß diese andächtige Krankheit, nach Jerusalem zu wallfahrten, unter andern auch die Kreuzzüge hervorgebracht, mehrere geistliche Orden veranlasset und Europa elend entvölkert hat, dies allein zeuget schon gegen dieselbe; und wenn Missionen sich hinter sie versteckten, so hatten diese gewiß kein reines Gute zum Endzweck.

6. *Das Band* endlich, dadurch alle römisch-katholischen Länder unleugbar vereint wurden, *die lateinische Mönchssprache*, hatte auch manche Knoten. Nicht nur wurden die Muttersprachen der Völker, die Europa besaßen, und mit ihnen die Völker selbst in Roheit erhalten; sondern es kam unter andern auch hiedurch insonderheit das Volk um seinen letzten Anteil an öffentlichen Verhandlungen, weil es kein Latein konnte. Mit der Landessprache ward jedesmal ein großer Teil des Nationalcharakters aus den Geschäften der Nation verdrängt; wogegen sich mit der lateinischen Mönchssprache auch jener fromme Mönchsgeist einschlich, der zu gelegener Zeit zu schmeicheln, zu erschleichen, wohl auch zu verfälschen wußte. Daß die Akten sämtlicher Nationen Europas, ihre Gesetze, Schlüsse, Vermächtnisse, Kauf- und Lehninstrumente, endlich auch die Landesgeschichte so viele Jahrhunderte hindurch latein geschrieben wurden, dies konnte zwar der Geistlichkeit als dem gelehrten Stande sehr nützlich, den Nationen selbst aber nicht anders als schädlich sein. Nur durch die Kultur der vaterländischen Sprache kann sich ein Volk aus der Barbarei heben; und Europa blieb auch deshalb so lange barbarisch, weil sich dem natürlichen Organ seiner Bewohner fast ein Jahrtausend hin eine fremde Sprache vordrang, ihnen selbst die Reste ihrer Denkmale nahm, und auf so lange Zeit einen vaterländischen Kodex der Gesetze, eine eigentümliche Verfassung und Nationalgeschichte ihnen ganz unmöglich machte. Die einzige russische Geschichte ist auf Denkmale in der Landessprache gebauet, eben weil ihr Staat der Hierarchie des römischen Papstes fremde geblieben war, dessen Gesandten Wladimir nicht annahm. In allen andern Ländern Europas hat die Mönchssprache alles verdrängt, was sie

hat verdrängen mögen, und ist nur als eine Notsprache, oder als der schmale Übergang zu loben, auf welchem sich die Literatur des Altertums für eine bessere Zeit retten konnte.
Ungern habe ich diese Einschränkung des Lobes der mittleren Zeiten niedergeschrieben. Ich fühle ganz den Wert, den viele Institute der Hierarchie noch für uns haben, sehe die Not, in welcher sie damals errichtet wurden, und weile gern in der schauerlichen Dämmerung ihrer ehrwürdigen Anstalten und Gebäude. Als eine grobe Hülle der Überlieferung, die den Sturm der Barbaren bestehen sollte, ist sie unschätzbar, und zeugt ebensowohl von Kraft als Überlegung derer, die das Gute in sie legten; nur einen bleibenden positiven Wert für alle Zeiten mag sie sich schwerlich erwerben. Wenn die Frucht reif ist, zerspringt die Schale.

III.

Weltliche Schirmvogteien der Kirche

Ursprünglich waren die Könige deutscher Stämme und Völker erwählte Feldherren, die Vorsteher der Nation, die obersten Richter. Als Bischöfe sie salbten, wurden sie Könige nach göttlichem Recht, Schirmvögte der Kirche ihres Landes; als der Papst den römischen Kaiser krönte, bestellte er ihn gleichsam sich zum Koadjutor: er die Sonne, der Kaiser der Mond, die übrigen Könige Gestirne am Himmel der christkatholischen Kirche. Dies System, das im Dunkel angelegt war, ging nur in der Dämmerung hervor, es ward aber sehr bald lautbar. Schon der Sohn Karls des Großen legte auf das Geheiß der Bischöfe seine Krone nieder und wollte sie nicht anders als auf ihr neues Geheiß wieder annehmen; unter seinen Nachfolgern ward der Vertrag mehrmals wiederholet, daß die Könige ihre geist- und weltlichen Stände in Geschäften der Kirche und des Staats als Mitgehilfen ansehen sollten. Der falsche Isidor endlich machte die Grundsätze allgemein, daß vermöge der Gewalt der Schlüssel der Papst berechtigt sei, Fürsten und Könige mit dem Bann zu belegen und ihrer Regierung unfähig zu erklären. Insonderheit maßte der Papst sich viel Recht an über die römische Kaiserkrone, und man gestand es ihm zu. Heinrich von Sachsen nannte sich nur einen König von Deutschland, bis ihn der Papst zur römischen Kaiserkrone einlud; Otto und seine Nachfolger bis zu Friedrich dem Zweiten empfingen sie von ihm und glaubten, damit einen Vorrang oder gar eine Art Oberherrschaft über alle Könige der Christenheit empfangen zu haben. Sie, denen ihr Deutsches Reich zu verwalten oft schwer ward, empfanden es übel, wenn ohne ihre Beleihung dem griechischen Reiche etwas entnommen wurde; sie bekriegten die Heiden und setzten Bischöfe in derselben Ländern. Wie der Papst einen christlichen König in Ungarn schuf, so ward der erste christliche Fürst in Polen ein Lehnträger des Deutschen Reichs, und viele Kriege wurden fortan dieser Lehnabhängigkeit wegen geführet. Kaiser Heinrich II. empfing vom Papst den goldenen Reichsapfel als ein Sinnbild, daß ihm die Welt zugehöre; und Friedrich II. ward in den Bann getan, weil er den ihm aufgedrungenen Kreuzzug aufschob. Ein Konzilium entsetzte ihn: vom Papst ward der Kaiserthron ledig erklärt und so tief heruntergebracht, daß ihn kein auswärtiger Fürst annehmen wollte. Die christliche Sonne hat also ihren Mond

durch Legaten, Bullen und Interdikte regierte. Kein katholisches Reich ist in Europa, das nicht dieselben Begriffe von seinem Könige als einem Schirmvogt der Kirche unter der Oberherrschaft des Papstes gehabt hätte; ja geraume Zeit war dies das allgemeine Staatsrecht Europas*.

Alle inneren Anstalten der Reiche konnten also nicht anders als in diesem Begriffe sein; denn die Kirche war nicht im Staat, sondern der Staat in der Kirche.

1. Da allenthalben Geist- und Weltliche die Stände des Reichs waren, so mußten die wichtigsten Staats-, Ritter- und Lehngebräuche gleichsam mit dem Siegel der Kirche bezeichnet werden. An Festen hielten die Könige ihren großen Hof; in Tempeln geschah ihre Krönung; ihr Schwur war aufs Evangelium und die Reliquien, ihre Kleidung ein geweiheter Schmuck, ihre Krone und ihr Schwert heilig. Sie selbst wurden ihrer Würde wegen als Diener der Kirche betrachtet und genossen Vorzüge des geistlichen Standes. Mehr oder weniger waren alle feierlichen Staatshandlungen mit Messe und Religion verbunden. Der erste Degen, den der Knappe bekam, war auf dem Altar geweihet, und als mit der Zeit die Ritterwürde in die Feierlichkeit eines Ordens trat, so waren ein Dritteil derselben Religionsgebräuche. Andacht verband sich im Orden mit Ehre und Liebe; denn für die Christenheit wie für die gekränkte Tugend und Unschuld das Schwert zu führen, war der angebliche Zweck aller Ritterorden. Längst waren Christus und die Apostel, die Mutter Gottes und andre Heilige Schutzpatrone der Christenheit, aller Stände und Ämter, einzelner Zünfte, Kirchen, Abteien, Schlösser und Geschlechter gewesen; bald wurden ihre Bilder Heereszeichen, Fahnen, Siegel; ihre Namen das Feldgeschrei, die Losung. Man griff bei Verlesung des Evangeliums ans Schwert, und ging zur Schlacht mit einem Kyrie Eleison. Alle Gebräuche in dieser Denkart bereiteten jene Kriege wider Ketzer, Heiden und Ungläubige dermaßen vor, daß zu rechter Zeit nur ein großer Aufruf mit heiligen Zeichen und Versprechungen erschallen durfte, so zog Europa gegen Sarazenen, Albigenser, Slawen, Preußen und Polen. Sogar der Ritter und Mönch konnten sich zur sonderbaren Gestalt geistlicher Ritterorden vereinigen: denn in einzelnen Fällen hatten Bischöfe, Äbte, ja Päpste selbst den Bischofsstab mit dem Schwert verwechselt.

Ein kurzes Beispiel dieser Sitten gibt uns die eben erwähnte Stiftung des Königreichs Ungarn durch die Hand des Papstes. Lange hatten Kaiser und Reich geratschlaget, wie die wilden, so oft geschlagenen Ungarn zur Ruhe zu bringen wären; die Taufe war dazu das einzige Mittel; und als dieses nach vieler Mühe gelang, da ein im Christentum erzogener König, der heilige Stephan, selbst das Werk der Bekehrung trieb, da ward ihm eine apostolische Krone gesandt (die wahrscheinlich ein avarischer Raub war); er empfing die heilige Lanze (eine ungarische Streitkolbe) und das Stephansschwert, gegen alle Weltseiten die Kirche zu schützen und zu verbreiten, den Reichsapfel, die bischöflichen Handschuhe, das Kreuz. Er ward zum Legat des Papstes erklärt und versäumte nicht, in Rom ein Chorherrenstift, zu Konstantinopel ein Mönchskloster, zu Ravenna und Jerusalem Hospitäler, Herbergen und Stifter anzulegen, den Zug der Pilgrime durch sein Land zu leiten, Priester,

* *Leibniz* hat in mehreren Schriften diese Idee berühret und nahm sie bei Gelegenheit noch in sein historisches System auf. *Pütters* Geschichte der Entwicklung der deutschen Staatsverfassung gibt einen feinen Leitfaden von ihr, den in älteren Zeiten alle Statisten über Vorzüge oder Ansprüche des Deutschen Reichs nach ihrer Weise geführt haben.

Bischöfe, Mönche aus Griechenland, Böhmen, Bayern, Sachsen, Österreich und Venedig kommen zu lassen, das Erzstift Gran samt einer Reihe andrer Bischofssitze und Klöster zu errichten, und die Bischöfe, die auch zu Felde ziehen mußten, als Stände seines Reichs einzuführen. Er gab ein Gesetz, dessen geistlicher Teil aus abendländischen, besonders fränkischen Kapitularen und mainzischen Kirchenschlüssen genommen war, und hinterließ es als Grundgesetz des neuen Christenreiches. Dies war der Geist der Zeiten; Ungarns ganze Verfassung, das Verhältnis und Schicksal seiner Bewohner ward darauf gegründet; und mit kleinen Veränderungen nach Ort und Zeiten war es in Polen, Neapel und Sizilien, in Dänemark und Schweden nicht anders. Alles schwamm im Meer der Kirche: ein Bord des Schiffes war die Lehnherrschaft, das andre die bischöfliche Gewalt, König oder Kaiser das Segel, der Papst saß am Steuerruder und lenkte.

2. In allen Reichen war die *Gerichtsbarkeit* erzkatholisch. Den Dekreten der Päpste und Kirchenversammlungen mußten Statuten und Sitten der Völker weichen; ja selbst noch als das Römische Recht in Gang kam, ging das kanonische Recht ihm vor. Es ist nicht zu leugnen, daß durch alles dieses manche rohe Schärfe den Völkern abgerieben worden sei; denn indem die Religion sich herabließ, selbst die gerichtlichen Zweikämpfe zu weihen, oder durch Gottesurteile zu ersetzen, schränkte sie solche ein und brachte den Aberglauben wenigstens in eine unschädlichere Regel*. Äbte und Bischöfe waren die Gottes- und Friedensrichter auf Erden, Geistliche meistens Schreiber in Gerichten, die Verfasser der Gesetze, Ordnungen und Kapitulare, oft auch in den wichtigsten Fällen Staatsgesandte. Das gerichtliche Ansehen, das sie bei den nordischen Heiden gehabt hatten, war auch ins Christentum übergegangen, bis sie erst spät durch die Doktoren der Rechte von diesen Stühlen verdränget wurden. Mönche und Beichtväter waren oft das Orakel der Fürsten, und der heilige Bernhard ward in der bösen Sache der Kreuzzüge das Orakel Europas.

3. Die wenige *Arzneikunst* der mittlern Zeiten, wenn sie nicht von Juden oder Arabern getrieben ward, war in dem Gewahrsam des Priesterstandes, daher sie auch wie bei den nordischen Heiden mit Aberglauben durchwebt war. Der Teufel und das Kreuz, Heiligtümer und Wortformeln spielten darin ihre große Rolle; denn die wahre Naturkenntnis war bis auf wenige Traditionen verschwunden aus Europa. Daher so manche Krankheiten, die unter dem Namen des Aussatzes, der Pest, des Schwarzen Todes, des St. Veitstanzes mit ansteckender Wut ganze Länder durchzogen; niemand tat ihnen Einhalt, weil niemand sie kannte und die rechten Mittel dagegen anwandte. Unreinlichkeit in Kleidern, Mangel des Leinenzeuges, enge Wohnungen, selbst die vom Aberglauben benebelte Phantasie konnte sie nicht anders als befördern. Das wäre eine wahre Schirmvogtei gewesen, wenn ganz Europa unter dem Geheiß des Kaisers, des Papsts und der Kirche sich gegen den Einbruch solcher Seuchen, als wahrer Teufelswerke, vereinigt und weder Blattern noch Pest und Aussatz in ihre Länder gelassen hätten; man ließ sie aber kommen, wüten und toben, bis das Gift sich selbst verzehrte. Die wenigen Anstalten, die man dagegen

* Den guten Einfluß der geistlichen Herrschaft zu Befriedigung der damals so unfriedlichen Welt, sowie zum Anbau des Landes hat meines Wissens niemand kernvoller und pragmatischer gezeigt, als *Johannes Müller* in seiner Schweizergeschichte. Diese Seite ist nie zu verkennen, wenn sie gleich nur eine Seite ist.

machte, ist man indes auch der Kirche schuldig; man trieb als Werk der Barmherzigkeit, was man als Kunst noch nicht zu treiben wußte.*

4. Die *Wissenschaften* waren nicht sowohl im Staat als in der Kirche. Was diese wollte, ward gelehrt und allenfalls geschrieben; aus Mönchsschulen ging alles aus; eine Mönchsdenkart herrscht also auch in den wenigen Produkten des Geistes, die damals erschienen. Selbst die Geschichte ward nicht für den Staat, sondern für die Kirche geschrieben, weil außer den Geistlichen äußerst wenige lasen; daher auch die besten Schriftsteller des Mittelalters Spuren des Pfaffentums an sich tragen. Legenden und Romane, das einzige, was der Witz der Menschen damals ersann, dreheten sich in einem engen Kreise, denn wenige Schriften der Alten waren in einigem Gebrauch; man konnte also wenig Ideen vergleichen und die Vorstellungsarten, die das damalige Christentum gab, waren im großen bald erschöpfet. Eine poetische Mythologie gewährte dies ohnedem nicht; einige Züge aus der alten Geschichte und Fabel von Rom und Troja mit den Begebenheiten näherer Zeitalter vermischt, webten den ganzen rohen Teppich der mittleren Dichtkunst. Auch als diese in die Volkssprache überzugehen anfing, begann man von geistlichen Dingen, die auf eine seltsame Weise mit Helden- und Ritterfabeln vermengt wurden. Übrigens kümmerten weder Papst noch Kaiser** sich um die Literatur, als ein Mittel der Aufklärung betrachtet; die einzige Rechtswissenschaft ausgenommen, die beiden in ihren Anmaßungen unentbehrlich ward. Ein Papst wie Gerbert, der die Wissenschaften als Kenner liebte, war ein seltener Phönix; der Ballast der Klosterwissenschaften fuhr im Schiff der Kirche.

5. So hielt sich auch von den *Künsten* nur das wenige fest, ohne welches Kirchen, Schlösser und Türme nicht sein konnten. Die sogenannte gotische Baukunst hängt mit dem Geist der Zeiten, mit der Religion und Lebensweise, mit dem Bedürfnis und Klima ihrer Zeitgenossen dergestalt zusammen, daß sie sich völlig so eigentümlich und periodisch als das Pfaffen- und Rittertum, oder als die Hierarchie und Lehnherrschaft ausgebildet. Von kleinern Künsten erhielt und vervollkommnete sich, was zum Waffenschmuck der Ritter, zum Putz und Gebrauch der Kirchen, Kastelle und Klöster gehörte; ihre Produkte waren eingelegte Arbeit und Schnitzwerk, gemalte Fenster und Buchstaben, Bilder der Heiligen, Teppiche, Reliquienkästchen, Monstranzen, Becher und Kelche. Von diesen Dingen, die Kirchenmusik und das Jagdhorn nicht ausgenommen, fing in Europa die Wiedergeburt der Künste, wie so ganz anders als einst in Griechenland, an!***

6. Auch *Gewerb und Handel* bekamen von dem alles umfangenden Kirchen- und Lehnwesen in Europa ihren tiefeingreifenden Umriß. Die edelste Schirmvogtei der Kaiser und Könige wars ohne Zweifel, daß sie der Gewalt des Raubes Städte und

* Die Geschichte der Blattern, der Pest, des Aussatzes u. f. ist aus den Schriften mehrerer geschickten Ärzte bekannt, die auch Vorschläge zu Ausrottung dieser Übel getan und zum Teil bewirkt haben. In *Möhsens* Geschichte der Wissenschaften in der Mark Brandenburg sind über die Arzneikunst und die Heilungsanstalten mittlerer Zeiten gute Nachrichten und Bemerkungen zu finden.

** Die einzelnen Ausnahmen von dieser traurigen Wahrheit werden im folgenden Buch angedeutet werden; hier ist nur vom Geist der Zeit die Rede.

*** Eine *Geschichte der Künste des mittleren Alters*, insonderheit der sogenannten *gotischen Baukunst* in ihren verschiednen Perioden müßte ein lesenswürdiges Werk sein; eine Auswahl allgemein merkwürdiger Abhandlungen aus der *Britischen Gesellschaft der Altertümer* dürfte als Vorarbeit dazu dienen.

dem Joch des Leibeigentums Künstler und Gewerke entzogen, daß sie den freien Fleiß und Handel durch Gerechtigkeiten, Zollfreiheit, den Marktfrieden und sichere Geleite beschützet und befördert, das barbarische Strandrecht zu vertilgen und andre drückende Lasten dem nützlichen Einwohner der Städte und des Landes zu entnehmen gesucht haben; wozu allerdings auch die Kirche ruhmwürdig beigetragen.* Der kühne Gedanke Friedrichs des Zweiten indes, in seinen Städten alle Zünfte und Brüderschaften abzuschaffen, ging wie mehrere, die dieser rüstige Geist hatte, über sein Zeitalter hinaus. Noch waren verbündete Körper nötig, bei denen wie im Ritter- und Klosterwesen viele für Einen standen und auch bei den geringsten Gewerken den Lehrling durch Dienstgrade so emporführten, wie in seinem Orden der Klosterbruder und Kriegsmann emporstieg. Ähnliche Feierlichkeiten begleiteten dort wie hier jeden höheren Schritt, ja auch in den Handel ging der Geist der Gesellschaften und Gilden über. Die größesten Vereine desselben, die Hansa selbst, ist aus Brüderschaften der Kaufleute entstanden, die zuerst wie Pilgrime zogen; Not und Gefahr zur See und zu Lande trieben die Verbindung höher und weiter, bis endlich unter der Schirmvogtei der europäischen Christenheit eine so weit verbreitete *Handelsrepublik* entstand, wie sonst keine in der Welt gewesen. Gleiche Zünfte wurden späterhin auch die Universitäten; gotische Einrichtungen, die zwar weder Morgenländer, noch Griechen und Römer gekannt hatten, die aber als Kloster- und Ritterinstitute ihren Zeiten unentbehrlich und zur Festhaltung der Wissenschaften für alle Zeiten nützlich waren. Auch gründete sich im mittleren Alter ein eignes *Stadtwesen*, das von den Munizipien der Römer sehr verschieden, auf Freiheit und Sicherheit nach deutschen Grundsätzen gebauet war und, wo es irgend sein konnte, Fleiß, Kunst und Nahrung hervorbrachte. Es trägt die Spuren seines bedrängten Ursprunges zwischen dem Adel, der Geistlichkeit und dem Fürsten allenthalben an sich, hat aber zur Kultur Europas mächtig gewirket. Kurz, was unter dem gedruckten Gewölbe der Hierarchie, Lehnherrschaft und Schirmvogtei entstehen konnte, ist entstanden; dem festen Gebäude gotischer Bauart schien nur eins zu fehlen, Licht. Lasset uns sehen, auf wie sonderbaren Wegen ihm dieses zukam.

IV.

Reiche der Araber

Die arabische Halbinsel ist einer der ausgezeichneten Erdstriche, der seiner Nation einen eignen Charakter zu geben von der Natur selbst bestimmt scheinet. Jene große Wüste zwischen Ägypten und Syrien, von Aleppo bis zum Euphrat gab wie eine südliche Tatarei dem Räuber- und Hirtenleben vorzüglich Raum und ist von den ältesten Zeiten mit Stämmen ziehender Araber besetzt gewesen. Die Lebensart dieses Volks, dem die Städte Kerker schienen, sein Stolz auf einen alten eingebornen Ursprung, auf seinen Gott, seine reiche und dichterische Sprache, sein edles Pferd,

* *Fischers* Geschichte des deutschen Handels ist als eine Sammlung merkwürdiger Untersuchungen bereits angeführt; mit ihr und mehreren Schriften der neueren Zeit sammlet sich Stoff zu einer andern *allgemeinen Geschichte der Handlung und Schiffahrt*, als die (Breslau 1754) erschienen ist, oder auch *Anderson* in seiner schätzbaren Geschichte des Handels liefern konnte. Eine *Geschichte der Künste*, *Handwerke*, *Zünfte*, *der Städte* und des *Stadtrechts der mittleren Zeiten* wäre auch zu wünschen.

auf Schwert und Bogen in seiner Hand, nebst allem, was es sonst als Heiligtum zu besitzen glaubte, dies alles schien den Arabern eine Rolle vorzubereiten, die sie auch, da ihre Zeit kam, weit anders als jene nördlichen Tataren in dreien Weltteilen gespielet haben.

Schon in den Zeiten der Unwissenheit, wie sie ihre ältere Geschichte nennen, hatten sie sich oberhalb ihrer Halbinsel verbreitet, in Irak und Syrien kleine Reiche angeleget; Stämme von ihnen wohnten in Ägypten; die Abessinier stammten von ihnen her; die ganze afrikanische Wüste schien ihr Erbteil. Vom großen Asien war ihre Halbinsel durch die Wüste getrennet und damit den häufigen Zügen der Eroberer der Weg zu ihr versagt; sie blieben frei und stolz auf ihre Abkunft, auf den Adel ihrer Geschlechter, auf ihre unbezwungene Tapferkeit und ihre unvermischte Sprache. Dabei waren sie dem Mittelpunkt des süd- und östlichen Handels, mithin der Kunde aller Nationen nahe, die diesen Handel trieben, an dem sie denn auch nach der glücklichen Lage ihres Landes selbst Anteil nehmen konnten und mußten. Frühe also entstand hier eine geistige Kultur, die am Altai oder Ural nicht entstehen konnte; die Sprache der Araber bildete sich zu einem Scharfsinn bildlicher Reden und Weisheitssprüche lange vorher, ehe sie solche zu schreiben wußten. Auf ihrem Sinai hatten die Hebräer ihr Gesetz empfangen und fast immer unter ihnen gewohnet; sobald Christen entstanden und sich untereinander verfolgten, wandten sich auch christliche Sekten zu ihnen. Wie anders also, als daß aus der Mischung jüdischer, christlicher und eigner Stammesideen unter einem solchen Volk, in einer solchen Sprache zu rechter Zeit eine neue Blüte erscheinen, und, wenn sie hervortrat, von der Erdspitze zwischen drei Weltteilen durch Handel, Kriege, Züge und Schriften die größeste Ausbreitung gewinnen mochte? Die duftende Staude des arabischen Ruhms, aus so dürrem Boden entsprossen, ist also ein sehr natürliches Wunder, sobald nur der Mann erschien, der sie zur Blüte zu bringen wußte.

Im Anfange des siebenten Jahrhunderts erschien dieser Mann, eine sonderbare Mischung alles dessen, was Nation, Stamm, Zeit und Gegend gewähren konnte, Kaufmann, Prophet, Redner, Dichter, Held und Gesetzgeber, alles nach arabischer Weise. Aus dem edelsten Stamm in Arabien, dem Bewahrer der reinesten Mundart und des alten Nationalheiligtums, der Kaaba, war Mohammed entsprossen*, ein Knabe von schöner Bildung, nicht reich, aber im Hause eines angesehenen Mannes erzogen. Schon in seiner Jugend genoß er die Ehre, im Namen der ganzen Nation den heiligen schwarzen Stein wieder an seine Stelle zu legen; er kam in Umstände, die ihm bei seinen Handelsreisen eine frühe Kenntnis andrer Völker und Religionen, nachher auch ein anständiges Vermögen verschafften. Lobsprüche, die man ihm als einem außerordentlichen Jünglinge erteilt hatte, die Würde seines Stammes und Geschlechtes, sein eignes frühes Geschäft bei der Kaaba selbst hatten sich ihm ohne Zweifel in die Seele gegraben; die Eindrücke, die er vom Zustande der Christenheit empfangen hatte, fügeten sich dazu; der Berg Sinai, gekrönt mit hundert Sagen aus der alten Geschichte, stand vor ihm; der Glaube an eine göttliche Begeisterung und Sendung war allen diesen Religionen gemein, der Denkart seines Volks einheimisch, seinem eignen Charakter schmeichelhaft; wahrscheinlich wirkte dies alles während

* Außer *Sales* Einleitung zum Koran, *Gagniers* Leben Mohammeds und andern Schriftstellern, die aus arabischen Quellen geschöpft haben, gibt *Brequigni* in seiner *Abhandlung über Mohammed*, die auch einzeln übersetzt ist, gute Aufschlüsse über seine Situation und Sendung.

der fünfzehn Jahre, in welchen er ein anschauliches Leben führte, so tief auf seine Seele, daß er *sich*, den Koreschiten, *sich*, den ausgezeichneten Mann, erwählt glaubte, die Religion seiner Väter in Lehren und Pflichten wiederherzustellen und sich als einen Knecht Gottes zu offenbaren. Nicht etwa nur der Traum seiner himmlischen Reise, sein Leben und der Koran selbst zeigen, wie glühend seine Phantasie gewesen, und daß es zum Wahn seines Prophetenberufs keines künstlich abgeredeten Betruges bedurft habe. Nicht als ein aufbrausender Jüngling trat Mohammed auf, sondern im vierzigsten Jahr seines Alters; zuerst als Prophet seines Hauses, der sich nur wenigen offenbarte, in dreien Jahren kaum sechs Anhänger gewann, und als er bei jenem berühmten Gastmahl Alis vierzig Männern seines Stammes seinen Beruf kundtat, fortan freilich auch alles übernahm, was Widerspruch der Ungläubigen gegen einen Propheten mit sich führet. Mit Recht zählen seine Anhänger ihre Jahre von seiner Flucht nach Yatreb (Medina); in Mekka wäre entweder sein Entwurf oder er selbst vernichtet worden.

Wenn also der Haß gegen Greuel des Götzendienstes, die er in seinem Stamme sah und auch im Christentum zu finden glaubte, nebst einer hohen Begeisterung für die Lehre von *einem* Gott und die Weise, ihm durch Reinigung, Andacht und Guttätigkeit zu dienen, der Grund seines Prophetenberufs gewesen zu sein scheinen: so waren verderbte Traditionen des Juden- und Christentums, die poetische Denkart seiner Nation, die Mundart seines Stammes und seine persönlichen Gaben gleichsam die Fittiche, die ihn über und außer sich selbst forttrugen. Sein Koran, dies sonderbare Gemisch von Dichtkunst, Beredsamkeit, Unwissenheit, Klugheit und Anmaßung, ist ein Spiegel seiner Seele, der seine Gaben und Mängel, seine Neigungen und Fehler, den Selbstbetrug und die Notbehelfe, mit denen er sich und andre täuschte, klärer als irgendein anderer Koran eines Propheten zeiget. Bei veranlassenden Umständen, oder wenn er aus einer beschauenden Entzückung zu sich kam, sagte er ihn in einzelnen Stücken her, ohne dabei an ein schriftliches System zu denken; es waren Ergießungen seiner Phantasie, oder ermunternde, strafende Prophetenreden, die er zu andrer Zeit als etwas, das über seine Kräfte ging, als eine göttliche, ihm nur verliehene Gabe selbst anstaunte. Daher forderte er, wie alle mit sich getäuschten starken Gemüter, Glauben, den er zuletzt auch von seinen bittersten Feinden zu erpressen wußte. Kaum war er Herr von Arabien, so sandte er schon an alle benachbarten Reiche, Persien, Äthiopien, Yemen, ja den griechischen Kaiser selbst, Apostel seiner Lehre, weil er diese, so national sie war, als die Religion aller Völker ansah. Die harten Worte, die ihm bei der Rückkunft dieser Gesandten, als er die Weigerung der Könige hörte, entfielen, nebst jener berühmten Stelle des Korans im Kapitel der Buße*, waren seinen Nachfolgern Grundes gnug, das auszuführen, was dem Propheten selbst sein früher Tod untersagte, die Bekehrung der Völker. Leider ging ihnen auch hierin das Christentum vor, das unter allen Religionen zuerst seinen Glauben, als die notwendige Bedingung zur Seligkeit, fremden Völkern aufdrang; nur der Araber bekehrte nicht durch Schleichhandel, Weiber und Mönche, sondern, wie es dem Mann der Wüste geziemte, mit dem Schwert in der Hand und mit der fordernden Stimme: »Tribut oder Glaube!«

* »Streitet wider die, die weder an Gott, noch an den Tag des Gerichts glauben, und das nicht für sträflich halten, was Gott und sein Apostel verboten hat. Auch wider Juden und Christen streitet so lange, bis sie sich bequemen, Tribut zu bezahlen und sich zu unterwerfen.«

Wie der brennende Wind aus der Wüste, verbreitete sich nach Mohammeds Tode der Krieg über Babylonien, Syrien, Persien, Ägypten. Die Araber gingen zur Schlacht wie zum Dienst Gottes, mit Sprüchen aus dem Koran und mit Hoffnungen des Paradieses bewaffnet; auch fehlte es ihnen nicht an persönlicher Tugend. Denn wie die ersten Kalifen aus dem Hause Mohammeds (ihren blinden Eifer ausgeschlossen) gerechte, mäßige, vorzügliche Männer waren, so wurden auch die Heere von tapferen, klugen Feldherren angeführt, wie Khaled, Amru, Abu-Obeidah und viel andre waren. Sie fanden die Reiche der Perser und Griechen so schlecht bestellt, die Sekten der Christen gegeneinander so feindlich, Untreue, Wollust, Eigennutz, Verräterei, Pracht, Stolz, Grausamkeit und Unterdrückung allenthalben so herrschend, daß man in der schrecklichen Geschichte dieser Kriege die Fabel von einer Löwenherde zu lesen glaubt, die in die Hürden der Schafe und Böcke, in Meiereien voll fetter Rinder, prächtiger Pfauen und wehrloser Hämmel einbricht. Ein verächtliches Menschengeschlecht waren dem größesten Teil nach diese entarteten Völker, wert, fortan auf Eseln zu reiten, weil sie Kriegsrosse zu bändigen nicht verstanden; unwert des Kreuzes auf ihren Kirchen, weil sie es nicht zu beschützen vermochten. Wie manche Herrlichkeit der Patriarchen, Priester und Mönche ging in diesen weiten reichen Gegenden jetzt auf einmal zu Grabe!

Damit gingen zugleich, wie durch ein Erdbeben, die Reste jener alten griechischen Kultur und Römerhoheit zugrunde, die auch das Christentum nicht hatte vertilgen mögen. Die ältesten Städte der Welt und in ihnen unsägliche Schätze fielen in die Hände tapferer Räuber, die im Anfange kaum Geldes Wert kannten. Vor allem ist das Schicksal zu beklagen, das die Denkmale der Wissenschaften traf. Johann der Grammatiker erbat sich die Bibliothek zu Alexandrien, an welche Amru der Überwinder nicht einmal dachte; (was wollte der Tor mit dem Geschenke?) der Kalif Omar ward gefragt, und antwortete in jenem berühmten Vernunftschluß, der immerhin der Kalifen-Vernunftschluß genannt zu werden verdienet*; und die Bücher wurden vertilget. Über tausend warme Bäder wurden sechs Monate lang damit erhitzt; und so gingen die köstlichen Gedanken, die unentbehrlichsten Nachrichten, die mühsamsten Lehrgebäude der Alten Welt, mit allem, was davon in Jahrtausenden abhing, durch die törichte Bitte eines Grammatikers und durch die fromme Einfalt eines Kalifen verloren. Gern hätten die Araber diesen Schatz wiedergehabt, als sie hundert Jahre später ihn zu schätzen wußten.

Fast vom Tode Mohammeds an taten sich Zwistigkeiten hervor, die nach dem Tode Osmans, des dritten Kalifs, den Eroberungen der Araber bald hätten Einhalt tun können, wenn nicht der lange verdrängte, tapfre, redliche Ali und sein Sohn Hasan dem Hause der Ommijaden Platz gemacht hätten. Mit Moawiyah trat dies jetzt auf den Hohepriesterstuhl, auf dem es sich neunzig Jahre erblich erhalten. Damaskus ward der Sitz der Kalifen; die Araber wurden bald eine Seemacht, und unter der erblichen Regierung kam statt der vorigen Einfalt Pracht an ihren Hof. Zwar rückte in Syrien, Mesopotamien, Kleinasien und Afrika die Eroberung noch fort; mehr als einmal belagerte man, obwohl vergebens, Konstantinopel; unter Al-Walid ward Turkestan eingenommen, ja man drang bis in Indien ein, Tarik und Musa eroberten

* »Was in den Büchern, deren du gedenkst, enthalten ist, ist entweder dem gemäß, was im Buche Gottes, dem Koran auch stehet, oder es ist solchem zuwider. Wenn es demselben gemäß ist, so ist der Koran ohne sie zulänglich; wo nicht, so ist es billig, daß die Bücher vertilget werden.«

Spanien mit unmäßigem Glücke, und der letzte hatte den ungeheuren Plan, durch Frankreich, Deutschland, Ungarn, über Konstantinopel hin ein größeres Reich zu stiften, als die Römer in vielen Jahrhunderten zusammengebracht hatten. Wie sehr ward aber dieser Plan vereitelt! Alle Einbrüche der Araber in Frankreich mißlangen; sie verloren selbst in Spanien bei nie gestilletem Aufruhr eine Provinz nach der andern. Für Konstantinopel war die Zeit der Eroberung noch lange nicht da; vielmehr regten sich unter einigen Ommijaden schon türkische Völker, um einst Überwinder der Araber selbst zu werden. Überhaupt war der erste reißende Strom ihres Kriegsglückes mit den dreißig Jahren ihres ersten Enthusiasmus, da das Haus Mohammeds auf dem Stuhl saß, vorüber; unter den erblichen Ommijaden ging die Eroberung bei vielen innern Trennungen nur mit langsamern, oft eingehaltenen Schritten fort.

Das Haus der Abbasiden folgte, die ihren Sitz sogleich von Damaskus entfernten, und deren zweiter Kalif Al-Mansur im Mittelpunkt seiner Staaten Bagdad sich zur Residenz erbaute. Jetzt war der Hof der Kalifen im größesten Glanz; auch Wissenschaften und Künste kamen an denselben, in Betracht welcher die Namen Al-Raschid und Al-Mamon immer berühmt sein werden; indessen wars nicht etwa nur um fernere Eroberungen, sondern um den Zusammenhalt der Monarchie selbst unter diesem Stamme geschehen. Schon unter dem zweiten Abbasiden, Al-Mansur, stiftete Abderahman, der verdrängte Ommijade, ein besondres, unabhängiges Kalifat in Spanien, das fast 300 Jahre gedauert hat, nachher in zehn Königreiche zerfiel, die unter mehreren arabischen Stämmen auf einige Zeit teilweise unter sich, mit dem Kalifat zu Bagdad aber nie mehr vereinigt wurden. An der Westküste der afrikanischen Barbarei (Mogreb) rissen die Edrisier, ein Zweig der Nachkommen Alis, ein Reich ab, wo sie den Grund zur Stadt Fez legten. Unter Harun Al-Raschid machte sich sein Statthalter in Afrika zu Kairwan (Cyrene) unabhängig; der Sohn desselben eroberte Sizilien; seine Nachfolger, die Aglabiten, verlegten ihre Residenz nach Tunis, wo sie die große Wasserleitung angelegt hatten; ihr Reich dauerte über hundert Jahre. In Ägypten waren die Bestrebungen der Statthalter nach Unabhängigkeit anfangs unsicher, bis ein Stamm der Fatimiten die Edrisier und Aglabiten verschlang und ein drittes Kalifat gründete, das von Fez über Tunis, Sizilien, Ägypten bis nach Asien reichte. Jetzt waren also drei Kalifate, zu Bagdad, Kahirah und Cordova. Doch auch das Reich der Fatimiten ging unter; Kurden und Zeiriten teilten sich in dasselbe, und der tapfere Saladin (Selah-eddin), Großwesir des Kalifen, entsetzte seinen Herren und gründete das Reich der Kurden in Ägypten, das nachher in die Hände der Leibgarde (Mamelucken, Sklaven) fiel, denen es die Osmanen endlich abjagten. So gings in allen Provinzen. In Afrika spielten Zeiriten, Morabethen, Muahedier, in Arabien, Persien, Syrien Dynastien aus allen Stämmen und Völkern ihre Rollen, bis die Türken (Seldschucken, Kurden, Arabeken, Turkmannen, Mamelucken u. f.) alles innehatten, und Bagdad selbst im Sturm an die Mongolen überging. Der Neffe des letzten Kalifen zu Bagdad floh nach Ägypten, wo ihm die Mamelucken seinen leeren Kalifentitel ließen, bis bei der Eroberung des Landes durch die Osmanen der siebzehnte dieser entthronten Fürsten nach Konstantinopel geführt, aber nach Ägypten zurückgesandt ward, um daselbst die ganze Reihe dieser arabischen Kaiserpäpste aufs traurigste zu enden. Das glänzende Reich der Araber hat sich in das Türkische, Persische, Mongolische Reich verloren; Teile davon kamen unter die Herrschaft der Christen oder wurden unabhängig; und so lebt der größeste Teil seiner Völker noch fort in ewigen Revolutionen.

Die Ursachen sowohl des schnellen Verfalls dieser ungeheuren Monarchie, als der Revolutionen, die sie unaufhörlich zerrissen und stürzten, lagen in der Sache selbst, *im Ursprunge und in der Verfassung des Reiches.*

1. *Durch Tugenden des Enthusiasmus war die arabische Macht entstanden; nur durch eben diese Tugenden konnte sie erhalten werden*, durch Tapferkeit nämlich und Treue gegen das Gesetz, durch Tugenden der Wüste. Wären ihre Kalifen in Mekka, Kufa oder Medina bei der harten Lebensart ihrer vier ersten großen Vorfahren geblieben, und hätten das Zaubermittel in Händen gehabt, alle Statthalter und Feldherren mit eben diesen strengen Banden an ihren Beruf zu fesseln: welche Macht hätte diesem Volk schaden mögen? Nun aber, da der Besitz so vieler schönen Länder bei einem weitverbreiteten Handel Reichtum, Pracht und Üppigkeit einführte, und der erbliche Thron der Kalifen in Damaskus, noch mehr aber in Bagdad einen Glanz bekam, als ob man ein Märchen der Tausendundeinen Nacht läse; so wiederholte sich auch hier die tausendmal auf der Erde gespielte Szene, nämlich, daß Üppigkeit Erschlaffung hervorbringe, und am Ende dem rohen Starken der verfeinte Schwache unterliege. Der erste Abbaside nahm einen Großwesir an, dessen Ansehen unter seinen Nachfolgern zur gefürchteten Gewalt eines Emirs-al-Omrah (des Emirs der Emire) ward und den Kalifen selbst despotisierte. Da die meisten dieser Wesire Türken waren, und dies Volk die Leibwache des Kalifen ausmachte, so saß im Herzen der Monarchie das Übel, das bald den ganzen Körper überwältigen konnte. Die Länder der Araber lagen längs der Erdhöhe, auf welcher diese streitbaren Völker, Kurden, Türken, Mongolen, Berbern wie Raubtiere wachten, und da sie großenteils selbst unwillig unter der Herrschaft der Araber standen, ihrer Rache zu rechter Zeit nicht verfehlten. Hier geschah also, was dem Römischen Reich geschah; aus Wesiren und Söldnern wurden Gebieter und Despoten.

2. *Daß bei den Arabern die Revolution schneller als bei den Römern geschah, entsprang aus der Verfassung ihres Reiches.* Diese war kalifisch, das ist im höchsten Grade despotisch: Papst und Kaiser waren im Kalifen auf die strengste Weise verbunden. Das unbedingte Schicksal, an welches man glaubte, das Wort des Propheten, das im Koran Gehorsam gebot, forderte auch Ergebung ins Wort seines Nachfolgers, ins Wort der Statthalter desselben; mithin ging dieser Seelendespotismus in die Verwaltung des ganzen Reichs über. Wie leicht war nun, zumal in den entfernten Provinzen des weitverbreiteten Reichs, der Übergang vom Despotismus in eines andern zur Allgewalt in eigenem Namen! Daher fast allenthalben die Statthalter eigenmächtige Herren wurden, und die feinste Regierungskunst der Kalifen nur darin bestand, ihre Statthalter geschickt zu verteilen, abzurufen oder zu verwechseln. Als Mamun z. B. seinem tapfern Feldherrn Taher in Chorasan zuviel Gewalt einräumte, gab er ihm damit die Zügel der Selbstherrschaft in die Hand; die Länder jenseit des Gihon wurden vom Stuhl des Kalifen getrennt und den Türken der Weg ins Innere des Reichs gebahnet. So gings in allen Statthalterschaften, bis das weite Reich einem Sunde losgerissener Inseln glich, die kaum noch durch Sprache und Religion zusammenhingen, in sich selbst aber und gegen andre in höchster Unruhe waren. Sieben- bis achthundert Jahre wechselten diese Inselreiche mit oft veränderten Grenzen, bis die meisten, nie aber alle, unter die Gewalt der Osmanen kamen. Das Reich der Araber hatte keine Konstitution, das größeste Unglück für den Despoten sowohl als für seine Sklaven. Die Konstitution mohammedanischer Reiche ist Ergebung in den Willen Gottes und seiner Statthalter, *Islamismus.*

3. *Die Regierung des Arabischen Reichs war an einen Stamm, eigentlich auch nur an ein Geschlecht dieses Stammes, die Familie Mohammeds geknüpfet;* und da gleich anfangs der rechtmäßige Erbe Ali übergangen, lange vom Kalifat zurückgehalten und mit seinem Geschlecht schnell davon verdränget wurde: so entstand nicht nur die ungeheure Trennung zwischen Ommijaden und Aliden, die nach einem vollen Jahrtausende mit aller Bitterkeit eines Religionshasses zwischen Türken und Persern noch jetzt fortdauret, sondern auch an jenen blutigen Empörungen fast in allen Provinzen hatten bald Ommijaden, bald Aliden teil. In entfernten Ländern standen Betrüger auf, die sich als Mohammeds Verwandte durch Scheinheiligkeit oder mit dem Schwert in der Hand den Völkern aufdrangen; ja da Mohammed als Prophet das Reich gegründet hatte, so wagte es hier dieser, dort jener Begeisterte, wie er im Namen Gottes zu reden. Schon der Prophet selbst hatte davon Beispiele erlebet; Afrika und Ägypten aber waren der eigentliche Schauplatz solcher Verrückten und Betrüger.* Man sollte die Greuel der Schwärmerei und blinden Leichtgläubigkeit in der Religion Mohammeds erschöpft glauben, wenn man sie leider nicht auch in anderen Religionen wiederkommen sähe; der Despotismus des *Alten vom Berge* indes ist nirgend übertroffen worden. Dieser König eines eignen Staats geübter, ja geborner Meuchelmörder durfte zu jedem seiner Untertanen sprechen: »Gehe hin und morde!« Dieser tats, wenn auch mit Verlust seines Lebens; und jahrhundertelang hat sich der Assassinen-Staat erhalten.

V.

Wirkung der arabischen Reiche

Schnell wie die Ausbreitung und Zerteilung des Kalifenreichs war auch die Blüte desselben, zu welcher auf einem kältern Boden ein Jahrtausend vielleicht kaum hinreichend gewesen wäre. Die wärmere Naturkraft, mit welcher das morgenländische Gewächs zur Blüte eilet, zeigt sich auch in der Geschichte dieses Volkes.

1. *Das ungeheure Reich des Handels der Araber* war eine Wirkung auf die Welt, die nicht nur aus der Lage ihrer Länder, sondern auch aus ihrem Nationalcharakter hervorging, also auch ihre Besitztümer überlebt hat, und eines Teils noch jetzo dauert. Der Stamm Koreisch, aus welchem Mohammed entsprossen war, ja der Prophet selbst waren Geleiter ziehender Karawanen, und das heilige Mekka von alters her der Mittelpunkt eines großen Völkerverkehrs gewesen. Der Meerbusen zwischen Arabien und Persien, der Euphrat und die Häfen am Roten Meer waren bekannte Straßen oder Niederlagen der indischen Waren von alten Zeiten; daher vieles arabisch hieß, was aus Indien kam, und Arabien selbst Indien genannt ward. Frühe hatte dies tätige Volk mit seinen Stämmen die östliche afrikanische Küste besetzt, und war unter den Römern schon ein Werkzeug des indischen Handels gewesen. Da nun der weite Strich Landes zwischen Euphrat und Nil, ja vom Indus, Ganges und Oxus bis zum Atlantischen Meer, den Pyrenäen, dem Niger und in Kolonien bis zum Lande der Kaffern hin sein war: so konnte es auf eine Zeit das größeste Handelsvolk der Welt werden. Dadurch litt Konstantinopel und Alexan-

* *Schlözers* Geschichte von Nordafrika, *Cardonne* Geschichte der Araber in Afrika und Spanien, u. a.

drien ward zum Dorfe; dagegen hatte Omar am Zusammenfluß des Tigris und Euphrats Balsora gebauet, die eine Zeit hin alle Waren der östlichen Welt empfing und verteilte. Unter den Ommijaden war Damaskus die Residenz; eine alte große Handelsniederlage, ein natürlicher Mittelpunkt der Karawanen in seiner paradiesischen Lage, ein Mittelpunkt des Reichtums und Kunstfleißes. Schon unter Moawija wurde in Afrika die Stadt Kairwan, späterhin Kahira gebauet, dahin sich dann über Suez der Handel der Welt zog.* Im innern Afrika hatten sich die Araber des Gold und Gummihandels bemächtigt, die Goldbergwerke von Sofala entdeckt, die Staaten Tombut, Telmasen, Darah gegründet, an der östlichen Küste ansehnliche Kolonien und Handelsstädte, ja Anlagen bis in Madagaskar gepflanzet. Seitdem unter Walid Indien bis zum Ganges und Turkestan erobert war, band sich mit der westlichen die äußerste Ostwelt; nach China hatten sie frühe, teils in Karawanen, teils nach Kanfu (Kanton) über das Meer gehandelt. Aus diesem Reiche brachten sie den Branntwein, den die von ihnen zuerst bearbeitete Chemie nachher so ungeheuer vermehrte; zum Glück für Europa verbreitete es sich nebst dem schädlichen Tee und dem Kaffee, einem arabischen Getränke, in unserm Weltteil einige Jahrhunderte später. Auch die Kenntnis des Porzellans, vielleicht auch des Schießpulvers kam aus China durch sie nach Europa. Auf der Küste von Malabar waren sie herrschend; sie besuchten die Maldivischen Inseln, machten Niederlagen auf Malakka und lehrten die Malaien schreiben. Späterhin hatten sie auch auf die Molukken Kolonien und ihre Religion gepflanzet, so daß vor Ankunft der Portugiesen in diesen Gewässern der ostindische Handel ganz in ihren Händen war, und ohne Zwischenkunft der Europäer süd- und östlich von ihnen wäre verfolgt worden. Eben die Kriege mit ihnen und der christliche Eifer, sie auch in Afrika zu finden, leitete die Portugiesen zu jenen großen Entdeckungen auf der See, die dem ganzen Europa eine andre Gestalt gaben.

2. *Religion und Sprache* der Araber machten eine andre große Wirkung auf Völker dreier Weltteile. Indem sie nämlich bei ihren weiten Eroberungen allenthalben den Islamismus oder tributbare Unterwerfung predigten, breitete sich Mohammeds Religion bis zum Indus und Gihon, westlich bis gen Fez und Marokko, nördlich über den Kaukasus und Imaus, südlich bis zum Senegal und zum Lande der Kaffern, auf die beiden Halbinseln und den ostindischen Archipelagus aus, und hat sich zahlreichere Anhänger als das Christentum selbst erobert. Nun ist in Absicht der Meinungen, die diese Religion lehret, nicht zu leugnen, daß sie die heidnischen Völker, die sich zu ihr bekannten, über den groben Götzendienst der Naturwesen, der himmlischen Gestirne und irdischer Menschen erhoben, und sie zu eifrigen Anbetern eines Gottes, des Schöpfers, Regierers und Richters der Welt mit täglicher Andacht, mit Werken der Barmherzigkeit, Reinheit des Körpers und Ergebung in seinen Willen gemacht hat. Durch das Verbot des Weines hat sie der Völlerei und dem Zank zuvorkommen, durch das Verbot unreiner Speisen Gesundheit und Mäßigkeit befördern wollen; desgleichen hat sie den Wucher, das gewinnsüchtige Spiel, auch mancherlei Aberglauben untersagt, und mehrere Völker aus einem rohen oder verdorbenen Zustande auf einen mittlern Grad der Kultur gehoben; daher auch der Moslem (Muselman) den Pöbel der Christen in seinen groben Ausschweifungen, insonderheit in seiner unreinen Lebensweise tief verachtet. Die Religion Mohammeds

* S. *Sprengels* Geschichte der Entdeckungen, wo in jedem Abschnitt mit wenigem viel gesagt ist; und die schon angeführten Geschichten des Handels.

prägt den Menschen eine Ruhe der Seele, eine Einheit des Charakters auf, die freilich ebenso gefährlich als nützlich sein kann, an sich aber schätzbar und hochachtenswürdig bleibet; dagegen die Vielweiberei, die sie erlaubet, das Verbot aller Untersuchungen über den Koran, und der Despotismus, den sie im Geist- und Weltlichen feststellt, schwerlich anders als böse Folgen nach sich ziehen mögen.*

Wie aber auch diese Religion sei, so ward sie durch eine Sprache fortgepflanzt, die die reinste Mundart Arabiens, der Stolz und die Freude des ganzen Volks war; kein Wunder also, daß die andern Dialekte damit in den Schatten gedrängt wurden und die Sprache des Korans das siegende Panier der arabischen Weltherrschaft ward. Vorteilhaft ist einer weitverbreiteten blühenden Nation ein solches gemeinschaftliches Ziel der Rede- und Schreibart. Wenn die germanischen Überwinder Europas ein klassisches Buch ihrer Sprache wie die Araber den Koran gehabt hätten, nie wäre die lateinische eine Oberherrin ihrer Sprache geworden, auch hätten sich viele ihrer Stämme nicht so ganz in der Irre verloren. Nun aber konnte diesen weder Ulfila noch Kaedmon oder Otfrid werden, was Mohammeds Koran noch jetzt allen seinen Anhängern ist, ein Unterpfand ihrer alten echten Mundart, durch welches sie zu den echtesten Denkmalen ihres Stammes aufsteigen und auf der ganzen Erde ein Volk bleiben. Den Arabern galt ihre Sprache als ihr edelstes Erbteil, und noch jetzt knüpft sie in mehreren Dialekten ein Band des Verkehrs und Handels zwischen so vielen Völkern der Ost- und Südwelt, als nie eine andre Sprache geknüpft hat. Nach der griechischen ist sie vielleicht auch am meisten dieser Allgemeinherrschaft würdig, da wenigstens die lingua franca jener Gegenden gegen sie als ein dürftiger Bettlermantel erscheinet.

3. In dieser reichen und schönen Sprache bildeten sich *Wissenschaften* aus, die seitdem Al-Mansor, Harun Al-Raschid und Mamon sie weckten, von Bagdad, dem Sitz der Abbasiden, nord-, öst-, am meisten aber westlich ausgingen und geraume Zeit im weiten Reich der Araber blühten. Eine Reihe Städte, Balsora, Kufa, Samarkand, Rosette, Kahira, Tunis, Fez, Marokko, Cordova u. f. waren berühmte Schulen, deren Wissenschaften sich auch den Persern, Indern, einigen tatarischen Ländern, ja gar den Chinesen mitgeteilt haben und bis auf die Malaien hinab das Mittel worden sind, wodurch Asien und Afrika zu einiger neueren Kultur gelangte. Dichtkunst und Philosophie, Geographie und Geschichte, Grammatik, Mathematik, Chemie, Arzneikunde sind von den Arabern getrieben worden, und in den meisten derselben haben sie als Erfinder und Verbreiter, mithin als wohltätige Eroberer auf den Geist der Völker gewirket.

Die *Dichtkunst* war ihr altes Erbteil, eine Tochter nicht der Kalifengunst, sondern der Freiheit. Lange vor Mohammed hatte sie geblühet; denn der Geist der Nation war poetisch, und tausend Dinge erweckten diesen Geist. Ihr Land, ihre Lebensweise, ihre Wallfahrten nach Mekka, die dichterischen Wettkämpfe zu Okhad, die Ehre, die ein neuaufstehender Dichter von seinem Stamme erhielt, der Stolz der Nation auf ihre Sprache, auf ihre Sagen, ihre Neigung zu Abenteuern, zur Liebe, zum Ruhm; selbst ihre Einsamkeit, ihre Rachsucht, ihr wanderndes Leben, alles dies munterte sie zur Poesie auf, und ihre Muse hat sich durch prächtige Bilder, durch stolze und große Empfindungen, durch scharfsinnige Sprüche und etwas Unermeßliches im Lobe und Tadel ihrer besungenen Gegenstände ausgezeichnet. Wie abgerissene, gen Himmel strebende Felsen stehen ihre Gesinnungen da; der schwei-

* In *Michaelis* Orientalischer Bibliothek T. 8. S. 33. u. f. sind hierüber gute Bemerkungen.

gende Araber spricht mit der Flamme des Worts wie mit dem Blitz seines Schwertes, mit Pfeilen des Scharfsinns wie seines Köchers und Bogens. Sein Pegasus ist sein edles Roß, oft unansehnlich, aber verständig, treu und unermüdlich. Die Poesie der Perser dagegen, die, wie ihre Sprache, von der arabischen abstammet, hat sich dem Lande und Charakter der Nation gemäß wollüstiger, sanfter und fröhlicher zu einer Tochter des irdischen Paradieses gebildet. Und obwohl keine von beiden die griechischen Kunstformen der Epopäe, Ode, Idylle, am minsten des Dramas kennet, keine von beiden auch, nachdem sie diese kennengelernt, solche hat nachahmen wollen oder dürfen: so hat sich doch eben deshalb die eigne Dichtergabe der Perser und Araber nur desto kenntlicher ausgebildet und verschönet. Kein Volk kann sich rühmen, so viele leidenschaftliche Beförderer der Poesie gehabt zu haben, als die Araber in ihren schönen Zeiten; in Asien breiteten sie diese Leidenschaft selbst auf tatarische, in Spanien auf christliche Fürsten und Edle aus. Die gaya ciencia der limosinischen oder Provenzal-Dichtkunst ist diesen von ihren Feinden, den nachbarlichen Arabern, gleichsam aufgedrungen und aufgesungen worden; und so bekam allmählich, aber sehr rauh und langsam, Europa wieder ein Ohr für die feinere lebendige Dichtkunst.

Vorzüglich bildete sich unter dem morgenländischen Himmel der fabelhafteste Teil der Dichtkunst aus, das *Märchen.* Eine alte ungeschriebene Stammessage wird mit der Zeit schon ein Märchen; und wenn die Einbildung des Volks, das solche erzählet, fürs Übertriebene, Unbegreifliche, Hohe und Wunderbare gestimmt ist, so wird auch das Gemeine zur Seltenheit, das Unbekannte zum Außerordentlichen erhoben, dem dann zu seiner Ergötzung und Belehrung der müßige Morgenländer im Zelt oder auf der Wallfahrt und im Kreise der Gesellschaft sein Ohr willig leihet. Schon zu Mohammeds Zeit kam ein persischer Kaufmann mit angenehmen Erzählungen unter die Araber, von denen der Prophet befürchtete, daß sie die Märchen seines Korans übertreffen möchten; wie in der Tat die angenehmsten Dichtungen der orientalischen Phantasie persischen Ursprunges zu sein scheinen. Die fröhliche Geschwätzigkeit und Prachtliebe der Perser gaben ihren alten Sagen mit der Zeit eine eigne romantische Heldenform, die durch Geschöpfe der Einbildungskraft, meistens von Tieren des ihnen nahen Gebirges genommen, sehr erhöht ward. So entstand jenes Feenland, das Reich der Peri und Neri (für welche die Araber kaum einen Namen hatten), das auch in die Romane der mittleren Zeiten Europas reichlich kam. Von den Arabern wurden diese Märchen in sehr später Zeit zusammengereihet, da denn insonderheit die glänzende Regierung ihres Kalifen Harun al-Raschid die Szene der Begebenheiten, und diese Form für Europa ein neues Muster ward, die zarte Wahrheit hinter das Fabelgewand unglaublicher Begebenheiten zu verbergen und die feinsten Lehren der Klugheit im Ton der bloßen Zeitkürzung zu sagen.

Vom Märchen wenden wir uns zu seiner Schwester, der *Philosophie* der Araber, die sich nach Art der Morgenländer eigentlich über dem Koran gebildet, und durch den übersetzten Aristoteles nur eine wissenschaftliche Form erlangt hat. Da der reine Begriff von *einem* Gott der Grund der ganzen Religion Mohammeds war, so läßt sich schwerlich eine Spekulation denken, die nicht mit diesem Begriff von den Arabern verbunden, aus ihr hergeleitet und in metaphysische Anschauung, auch in hohe Lobsprüche, Sentenzen und Maximen wäre gebracht worden. Die Synthese der metaphysischen Dichtung haben sie beinahe erschöpft und mit einer erhabnen Mystik der Moral vermählet. Es entstanden Sekten unter ihnen, die im Streit gegeneinander schon eine feine Kritik der reinen Vernunft übten, ja der Scholastik mittlerer Zeiten kaum etwas übrigließen als eine Verfeinerung der gegebenen Begriffe nach europäischen, christlichen Lehren. Die ersten Schüler dieser theologischen Metaphysik waren die Juden; späterhin kam sie auf die neuerrichteten christlichen Universitäten, auf welchen sich Aristoteles zuerst ganz nach arabischer, nicht nach griechischer Sehart zeigte und die Spekulation, Polemik und Sprache der Schule sehr gewetzt und verfeint hat. Der ungelehrte Mohammed teilt also mit dem gelehrtesten griechischen Denker die Ehre, der ganzen Metaphysik neuerer Zeiten ihre Richtung gegeben zu haben; und da mehrere arabische Philosophen zugleich Dichter waren, so ist in den mittleren Zeiten auch bei den Christen die Mystik der Scholastik stets zur Seite gegangen; denn beider Grenzen verlieren sich ineinander.

Die *Grammatik* ward von den Arabern als ein Ruhm ihres Stammes getrieben, so daß man aus Stolz über die Reinheit und Schönheit der Sprache alle Worte und Formen derselben aufzählte, und schon in frühen Zeiten jener Gelehrte gar sechzig Kamele mit Wörterbüchern beladen konnte. Auch in dieser Wissenschaft wurden die Juden der Araber erste Schüler. Ihrer alten viel einfachern Sprache suchten sie eine Grammatik nach arabischer Weise anzukünsteln, die bis auf die neuesten Zeiten auch unter den Christen in Übung blieb; dagegen man eben auch von der arabischen Sprache in unsern Zeiten ein lebendiges Vorbild genommen hat, zum natürlichen Verstande der hebräischen Dichtkunst zurückzukehren, was Bild ist, als Bild zu betrachten, und tausend Götzenbilder einer falschen jüdischen Auslegungskunst hinwegzutun von der Erde.

Im Vortrage der *Geschichte* sind die Araber nie so glücklich gewesen als Griechen und Römer, weil ihnen Freistaaten, mithin die Übung einer pragmatischen Zergliederung öffentlicher Taten und Begebenheiten fehlte. Sie konnten nichts als trockne, kurze Chroniken schreiben, oder liefen bei einzelnen Lebensbeschreibungen Gefahr, in dichterisches Lob ihres Helden und ungerechten Tadel seiner Feinde auszuschweifen. Der gleichmütige, historische Stil hat sich bei ihnen nicht gebildet; ihre Geschichten sind Poesie oder mit Poesie durchwebet; dagegen ihre Chroniken und Erdbeschreibungen von Ländern, die sie kennen konnten und wir bis jetzt noch nicht kennengelernt haben, vom innern Afrika z. B., für uns noch nutzbar sind.*

Die entschiedensten Verdienste der Araber endlich betreffen die Mathematik, Chemie und Arzneikunde, in welchen Wissenschaften sie mit eignen Vermehrungen derselben die Lehrer Europas wurden. Unter Al-Mamon schon wurde auf der Ebne Sanjar bei Bagdad ein Grad der Erde gemessen; in der Sternkunde, ob sie gleich dem Aberglauben sehr dienen mußte, wurden von den Arabern Himmelskarten, astronomische Tafeln und mancherlei Werkzeuge mit vielem Fleiß gefertigt und verbessert, wozu ihnen in ihrem weiten Reich das schöne Klima und der reine Himmel dienten. Die Astronomie wurde auf die Erdkunde angewandt; sie machten Landkarten und gaben eine statistische Übersicht mancher Länder lange vorher, ehe daran in Europa gedacht ward. Durch die Astronomie bestimmten sie die Zeitrechnung und nutzten die Kenntnis des Sternenlaufs bei der Schiffahrt; viele Kunstwörter jener Wissenschaft sind arabisch, und überhaupt steht der Name dieses Volks

* Die meisten dieser Nachrichten liegen indes noch ungenutzt oder verborgen. Deutsche Gelehrte haben Fleiß und Kenntnisse, aber keine Unterstützung, sie herauszugeben, wie es sein sollte; in andern Ländern bei reichen Instituten und Legaten zu dieser Absicht schlafen die Gelehrten. Unser *Reiske* ist ein Märtyrer seines arabisch-griechischen Eifers geworden; sanft ruhe seine Asche! In langer Zeit aber kommt uns seine verschmähete Gelehrsamkeit gewiß nicht wieder.

unter den Sternen mit dauerndern Charakteren geschrieben, als es irgend auf der Erde geschehen konnte. Unzählbar sind die Bücher ihres mathematischen, insonderheit astronomischen Kunstfleißes; die meisten derselben liegen noch unbekannt und ungebraucht da; eine ungeheure Menge hat der Krieg, die Flamme, oder Unachtsamkeit und Barbarei zerstöret. Bis in die Tatarei und die mongolischen Länder, ja bis ins abgeschlossene China drangen durch sie die edelsten Wissenschaften des menschlichen Geistes; in Samarkand sind astronomische Tafeln verfaßt und Zeitepochen bestimmt worden, die uns noch jetzo dienen. Die Zeichen unsrer Rechenkunst, die Ziffern, haben wir durch die Araber erhalten; die Algebra und Chemie führen von ihnen den Namen. Sie sind die Väter dieser Wissenschaft, durch welche das menschliche Geschlecht einen neuen Schlüssel zu den Geheimnissen der Natur, nicht nur für die Arzneikunst, sondern für alle Teile der Physik auf Jahrhunderte hin erlangt hat. Da sie, ihr zugut, die Botanik minder trieben, und die Anatomie ihres Gesetzes halben nicht treiben durften: so haben sie durch Chemie auf die Arzneimittel und auf die Bezeichnung der Krankheiten und Temperamente durch eine fast abergläubische Beobachtung der Äußerungen und Zeichen derselben desto mächtiger gewirket. Was ihnen Aristoteles in der Philosophie, Euklides und Ptolemäus in der Mathematik waren, wurden Galenus und Dioskorides in der Arzneikunst; obwohl nicht zu leugnen ist, daß hinter den Griechen die Araber nicht nur Bewahrer, Fortpflanzer und Vermehrer, sondern freilich auch hie und da Verfälscher der unentbehrlichsten Wissenschaften unsres Geschlechts wurden. Der morgenländische Geschmack, in welchem sie von ihnen getrieben waren, hing auch in Europa den Wissenschaften eine lange Zeit an und konnte nur mit Mühe von ihnen gesondert werden. Auch in einigen Künsten, z. B. der Baukunst, ist vieles von dem, was wir gotischen Geschmack nennen, eigentlich arabischer Geschmack, der sich nach den Gebäuden, die diese rohen Eroberer in den griechischen Provinzen fanden, in ihrer eignen Weise bildete, mit ihnen nach Spanien herüberkam und von da weiterhin sich fortpflanzte.

4. Endlich sollten wir noch von dem glänzenden und romantischen *Rittergeist* reden, den ohne Zweifel auch sie zu dem europäischen Abenteuergeist mischten; es wird sich dieser aber bald selbst zeigen.

VI.

Allgemeine Betrachtung

Sehen wir zurück auf die Gestalt, die unser Weltteil durch die Wanderungen und Bekehrungen der Völker, durch Kriege und Hierarchie erlangt hatte, so werden wir eines kraftvollen, aber unbehilflichen Körpers, eines Riesen gewahr, dem nur sein Auge fehlte. Volkes gnug war in diesem westlichen Ende der Alten Welt; die von Üppigkeit entkräfteten Länder der Römer waren mit starken Körpern von einem gesunden Mute besetzt und hatten sich reich bevölkert.* Denn in den ersten Zeiten des neuen Besitzes dieser Gegenden, ehe noch der Unterschied der Stände zu einem

* Die starken Körper unsrer Vorfahren sind sowohl aus der Geschichte als aus ihren Gräbern und Rüstungen bekannt; ohne sie kann man sich auch die alte und mittlere Geschichte Europas schwerlich denken. Es waren wenig Gedanken in der tapfren und edlen Masse, und das Wenige bewegte sich langsam, aber kraftvoll.

erblich unterdrückenden Ansehn gelangte, war der rohen Gnügsamkeit dieser ungebildeten Völker mitten unter andern Nationen, die zu ihrer Bequemlichkeit lange gebauet und vorgearbeitet hatten, die eroberte römische Welt ein wahres Paradies. Sie achteten der Zerstörungen nicht, die ihre Züge veranlaßt und damit das Menschengeschlecht mehr als ein Jahrtausend zurückgesetzt hatten; denn man fühlt nicht den Verlust eines unbekannten Gutes, und für den sinnlichen Menschen war der westliche Teil dieser Nordwelt auch mit dem schwächsten Rest seines Anbaues doch in jedem Betracht mehr als sein altes Sarmatien, Skythien oder die fernere östliche Hunnenwelt. In den Verheerungen, die seit der christlichen Epoche entstanden, in den Kriegen, die diese Völker unter sich erregten, in den neuen Seuchen und Krankheiten, die Europa trafen, litt freilich das Menschengeschlecht in diesem Erdstrich; doch aber erlag es endlich durch nichts so sehr als durch die despotische Lehnherrschaft. Europa ward voller Menschen, aber voll leibeigner Knechte; die Sklaverei, die diese drückte, war um so härter, da sie eine christliche, durch politische Gesetze und das blinde Herkommen in Regeln gebrachte, durch Schrift bestätigte, an die Erdscholle gebundene Sklaverei war. Die Luft machte eigen; wer nicht durch Beträge entbunden oder durch seine Geburt ein Despot war, trat in den angeblich natürlichen Zustand der Zugehörigkeit oder der Knechtschaft.

Von Rom aus war dagegen keine Hilfe zu erwarten; seine Diener selbst hatten sich mit andern in die Herrschaft Europas geteilet, und Rom selbst gründete sich auf eine Menge geistlicher Sklaven. Was Kaiser und Könige frei machten, mußte, wie in den Ritterbüchern den Riesen und Lindwürmen, durch Freiheitbriefe entrissen werden; dieser Weg war also auch lang und beschwerlich. Die Kenntnisse, die das abendländische Christentum hatte, waren ausgespendet und in Nutz verwandelt. Seine Popularität war eine elende Wortliturgie; die böse patristische Rhetorik war in Klöstern, Kirchen und Gemeinen ein zauberischer Seelendespotismus geworden, den der gemeine Haufen mit Geißel und Strick, ja büßend mit dem Heu im Munde auf Knien verehrte. Wissenschaften und Künste waren dahin; denn unter den Gebeinen der Märtyrer, dem Geläut der Glocken und Orgeln, dem Dampf des Weihrauchs und der Fegefeuergebete wohnen keine Musen. Die Hierarchie hatte mit ihren Blitzen das freie Denken erstickt, mit ihrem Joch jede edlere Betriebsamkeit gelähmet. Den Duldenden wurde Belohnung in einer andern Welt gepredigt; die Unterdrücker waren gegen Vermächtnisse ihrer Lossprechung in der Todesstunde sicher: das Reich Gottes auf Erden war verpachtet.

Außerhalb der römischen Kirche war in Europa kein Heil. Denn an die verdrängten Völker, die an den Ecken der Welt in kläglichem Zustande saßen, nicht zu gedenken, konnte man weder vom griechischen Kaisertum, noch weniger von dem einzigen Reich, das sich östlich in Europa außerhalb dem Gebiet des römischen Papstes und Kaisers zu bilden angefangen hatte, etwas erwarten.* Also blieb dem westlichen Teile nichts übrig, als er selbst, oder die einzige südliche Nation, bei welcher eine neue Sprosse der Aufklärung blühte, die Mohammedaner. Mit ihnen kam Europa bald und lange und an seinen empfindlichsten Teilen ins Gedränge; in Spanien dauerte der Konflikt sogar bis auf die Zeit der völligen Aufhellung Europas. Was war der Kampfpreis? Und wem ist der Sieg geworden? Die neuerregte Tätigkeit der Menschen war ohne Zweifel der beste Preis des Sieges.

* Dieses Reich ist Rußland. Von den Zeiten seiner Stiftung an nahm es einen andern und eignen Weg als die westlichen Reiche Europas; mit diesen tritt es nur spät auf den Schauplatz.

ZWANZIGSTES BUCH

Wenn man die Kreuzzüge, die Europa nach dem Orient tat, mit Recht als die Epoche einer großen Veränderung in unserm Weltteil ansiehet, so hüte man sich, sie auch als die einzige und erste Quelle derselben zu betrachten. Sie waren nichts als eine tolle Begebenheit, die Europa einige Millionen Menschen kostete, und in den Zurückkehrenden größtenteils nicht aufgeklärte, sondern losgebundene, freche und üppige Menschen zurückbrachte. Das Gute, das zu ihrer Zeit geschah, kam meistens von Nebenursachen her, die in dieser Epoche ein freieres Spiel gewannen, und doch auch in manchem Betracht ein sehr gefährliches Gute erzeugten. Überdem steht keine Weltbegebenheit allein da; in vorhergehenden Ursachen, im Geist der Zeiten und Völker gegründet, ist sie nur als das Zifferblatt zu betrachten, dessen Zeiger von innern Uhrgewichten geregt wird. Wir fahren also fort, das Triebwerk Europas im ganzen zu bemerken, wie jedes Rad in ihm zu einem allgemeinen Zweck mitwirkte.

I.

Handelsgeist in Europa

Vergebens hatte die Natur diesen kleinen Weltteil nicht mit soviel Küsten und Buchten begrenzet, nicht mit soviel schiffbaren Strömen und Meeren durchzogen; von den ältesten Zeiten an waren auf diesen die anwohnenden Völker rege. Was den südlichen Europäern das Mittelländische Meer gewesen war, ward den Nordländern die Ostsee, ein früher Übungsplatz der Schiffahrt und des Verkehrs der Völker. Außer den Galen und Kymren sahen wir Friesen, Sachsen, insonderheit Normänner alle west- und nördlichen Meere, ja auch die Mittelländische See durchstreifen und mancherlei Böses und Gutes bewirken. Von gehöhlten Kielen stiegen sie zu großen Schiffen, wußten die hohe See zu halten und sich aller Winde zu bedienen, so daß noch jetzt in allen europäischen Sprachen die Striche des Kompasses und viele Benennungen des Seewesens deutsche Namen sind. Insonderheit war der Bernstein das kostbare Spielzeug, das Griechen, Römer und Araber an sich zog und die Nordwelt der Südwelt bekannt machte. Durch Schiffe aus Massilien (Marseille) ward er über den Ozean, landwärts über Karnunt zum Adriatischen, auf dem Dnjepr zum Schwarzen Meere in unglaublicher Menge geführet; vor allen andern blieb der Weg zum Schwarzen Meer die Straße des Völkerverkehrs zwischen der Nord-, Süd- und Ostwelt.* Am Ausflusse des Dons und Dnjeprs waren zwei große Handelsplätze, Asow (Tanais, Asgard) und Olbia (Borysthenes, Alfheim) die Niederlagen der Waren, die aus der Tatarei, Indien, China, Byzanz, Ägypten, meistens durch Tauschhandel ins nördliche Europa gingen; auch als der bequemere Weg über das Mittelländische Meer besucht ward, über die Zeit der Kreuzzüge hinaus, blieb dieser nordöstliche Handel gangbar. Seitdem die Slawen einen großen Teil der baltischen Küste besaßen, wurden von ihnen längs derselben blühende Handelsstädte errichtet; die deutschen Völker auf den Inseln und der gegenseitigen Küste wetteiferten mit ihnen und ließen nicht eher ab, als bis des Gewinnes und Christentums willen dieser Handel der Slawen zerstört war. Jetzt suchten sie in ihre Stelle zu treten, und es kam allmählich, längst vor dem eigentlichen Hanseatischen Bunde, eine Art von Seerepublik, ein *Verein handelnder Städte* zustande, der späterhin sich zur großen Hansa aufschwang. Wie es in Norden zu den Zeiten des Raubes Seekönige gegeben hatte, so erzeugte sich jetzt ein weitverbreiteter, aus vielen Gliedern zusammengesetzter Handelsstaat, auf echte Grundsätze der Sicherheit und Gemeinhilfe gebauet, wahrscheinlich ein Vorbild des künftigen Zustandes aller handelnden europäischen Völker. An mehr als einer nördlichen Seeküste, vorzüglich aber und am frühesten in Flandern, das mit deutschen Kolonisten besetzt war, blüheten Fleiß und nutzbare Gewerbe.

Freilich aber war die innere Verfassung dieses Weltteils dem aufstrebenden Fleiße seiner Bewohner nicht die bequemste, indem nicht nur die Verwüstungen der Seeräuber fast an allen Küsten oft den besten Anlagen ein trauriges Ende machten, sondern auch zu Lande der Kriegesgeist, der noch in den Völkern tobte, und die aus ihm entstandene Lehnverfassung ihm tausend Hindernisse entgegenlegte. In den ersten Zeiten, nachdem sich die Barbaren in die Länder Europas geteilt hatten, als noch eine mehrere Gleichheit unter den Gliedern der Nationen, auch eine mildere Behandlung der alten Einwohner bestand, da fehlte dem allgemeinen Fleiße nichts als Aufmunterung, die ihm auch, wenn mehrere Theoderichs, Karl und Alfrede gelebt hätten, nicht entgangen wäre. Als aber alles unter das Joch der Leibeigenschaft geriet, und ein erblicher Stand sich zu seiner Völlerei und Pracht des Schweißes und Fleißes seiner Untersassen anmaßete, sich selbst aber jedes nützlichen Gewerbes schämte; als jede kunstfleißige Seele erst durch Gnadenbriefe oder Zins von Dämons Gewalt erlöset werden mußte, um ihre Kunst nur treiben zu dürfen: da lag freilich alles in harten Banden. Einsehende Regenten taten, was sie konnten: sie stifteten Städte und begnadeten sie; sie nahmen Künstler und Handwerker unter ihren Schutz, zogen Kaufleute, ja selbst die hebräischen Wucherer unter ihre Gerichtsbarkeit, erließen jenen die Zölle, gaben diesen oft schädliche Handelsfreiheiten, weil sie des jüdischen Geldes bedurften; bei dem allen aber konnte unter vorgenannten Umständen auf dem festen Lande Europas noch kein freier Gebrauch oder Umlauf des menschlichen Fleißes zustande kommen. Alles war abgeschlossen, zerstückt, bedrängt; und nichts war also natürlicher, als daß die südliche Behendigkeit und Wohlgelegenheit der nordischen Emsigkeit auf eine Zeit vortrat. Nur aber auf eine Zeit: denn alles, was Venedig, Genua, Pisa, Amalfi getan haben, ist inner-

* In *Fischers Geschichte des deutschen Handels* T. 1 ist hierüber viel zusammengestellt und gesammlet.

halb dem Mittelländischen Meer geblieben; den nordischen Seefahrern gehörte der Ozean und mit dem Ozean die Welt.

•

Venedig war in seinen Lagunen wie Rom entstanden. Zuerst der Zufluchtsort derer, die bei den Streifereien der Barbaren auf unzugängliche, arme Inseln sich retteten und, wie sie konnten, nährten; sodann, mit dem alten Hafen von Padua vereinigt, verband es seine Flecken und Inseln, gewann eine Regierungsform und stieg von dem elenden Fisch- und Salzhandel, mit welchem es angefangen hatte, auf einige Jahrhunderte zur ersten Handelsstadt Europas, zum Vorratshause der Waren für alle umliegenden Länder, zum Besitztum mehrerer Königreiche und noch jetzt zur Ehre des ältesten, nie eroberten Freistaates empor. Es erweiset durch seine Geschichte, was mehrere Handelsstaaten erwiesen haben, daß man von Nichts zu Allem kommen und sich auch vor dem nahesten Ruin sichern könne, solange man unablässigen Fleiß mit Klugheit verbindet. Spät wagte es sich aus seinen Morästen hervor und suchte, wie ein scheues Tier des Schlammes, am Strande des Meers einen kleinen Erdstrich, tat sodann einige Schritte weiter, und stand, um die Gunst des reichsten Kaisertums bemüht, seinen schwachen Exarchen zu Ravenna bei. Dafür erhielt es denn, was es gewünscht hatte, die ansehnlichsten Freiheiten in diesem Reiche, bei welchem damals der Haupthandel der Welt war. Sobald die Araber um sich griffen und mit Syrien, Ägypten, ja fast allen Küsten des Mittelländischen Meers auch den Handel derselben sich zueigneten, stand zwar Venedig ihren Angriffen aufs Adriatische Meer kühn und glücklich entgegen, ließ sich aber auch zu rechter Zeit mit ihnen in Verträge ein, und ward durch solche mit ungemeßnem Vorteil die Verhändlerin alles morgenländischen Reichtums. Über Venedig kamen also Gewürze, Seide, alle östlichen Waren der Üppigkeit in so reichem Maße nach Europa, daß beinahe die ganze Lombardei die Niederlage derselben, und nebst den Juden die Venezianer und Lombarden die Unterhändler der gesamten Abendwelt wurden. Der nutzbarere Handel der Nordländer litt damit auf eine Zeitlang; und nun faßte, von den Ungarn und Arabern gedrängt, das reiche Venedig auch einen Fuß auf dem festen Lande. Indem sie es weder mit den griechischen Kaisern noch mit den Arabern verdarben, wußten sie Konstantinopel, Aleppo und Alexandrien zu nutzen und setzten mit fürchtendem Eifer sich den Handelsanlagen der Normänner so lange entgegen, bis auch diese in ihren Händen waren. Eben die Waren der Üppigkeit, die sie und ihre Nebenbuhlerinnen aus Orient brachten, der Reichtum, den sie dadurch erwarben, nebst den Sagen der Pilgrime von der Herrlichkeit der Morgenländer, fachten einen größern Neid in den Gemütern der Europäer über die Besitzungen der Mohammedaner an als das Grab Christi; und als die Kreuzzüge ausbrachen, war niemand, der so vielen Vorteil davon zog, als eben diese italienischen Handelsstädte. Viele Heere schifften sie über, führten ihnen Lebensmittel zu und gewannen damit nicht nur unsägliche Summen, sondern auch in den neueroberten Ländern neue Freiheiten, Handelsplätze und Besitztümer. Vor allen andern war Venedig glücklich; denn da es ihm gelang, mit einem Heer von Kreuzfahrern Konstantinopel einzunehmen und ein lateinisches Kaisertum in demselben zu errichten, teilte es sich mit seinen Bundesgenossen in den Raub so vorteilhaft, daß diese wenig und das Wenige auf eine unsichere, kurze Zeit, sie aber alles, was ihnen zum Handel diente, die Küsten und Inseln Griechenlandes bekamen. Lange haben sie sich in diesem Besitz erhalten und ihn noch ansehnlich vermehret; allen Gefahren, die ihnen Nebenbuhler und Feinde legten, wußten sie glücklich oder vorsichtig zu entweichen, bis eine neue Ordnung der Dinge, die Fahrt der Portugiesen um Afrika und der Einbruch des Türkischen Reichs in Europa, sie in ihr Adriatisches Meer einschränkte. Ein großer Teil der Beute des griechischen Reichs, der Kreuzfahrten und des morgenländischen Handels ist in ihre Lagunen zusammengeführt; die Früchte davon in Gutem und Bösen sind über Italien, Frankreich und Deutschland, zumal den südlichen Teil desselben verbreitet worden. Sie waren die Holländer ihrer Zeit, und haben sich außer ihrem Handelsfleiße, außer mehreren Gewerben und Künsten am meisten durch ihre daurende Regierungsform ins Buch der Menschheit eingezeichnet.*

Früher als Venedig gelangte *Genua* zu großem Handel und eine Zeit lang zur Herrschaft des Mittelländischen Meeres. Es nahm an dem griechischen, nachher an dem arabischen Handel teil, und da ihm daran gelegen war, das Mittelländische Meer sicher zu halten, so hatte es sich nicht nur der Insel Korsika, sondern auch mit Hilfe einiger christlich-spanischen Fürsten mehrerer Plätze in Afrika bemächtigt, und gebot den Seeräubern Friede. Bei den Kreuzzügen war es sehr wirksam; die Genueser unterstützten die Heere mit ihrer Flotte, halfen bei dem ersten Zuge, Antiochien, Tripolis, Cäsarea, Jerusalem miterobern, so daß sie, außer einer rühmlichen Dankschrift über dem Altar in der Kapelle des Heiligen Grabes, mit ausgezeichneten Freiheiten in Palästina und Syrien belohnt wurden. Im Handel mit Ägypten waren sie Nebenbuhler der Venezianer; vorzüglich aber herrscheten sie auf dem Schwarzen Meer, wo sie die große Handelsstadt Kaffa, den Versammlungsort der Waren, die aus der Ostwelt den Weg zu Lande genommen hatten, besaßen, und in Armenien ja bis tief in die Tatarei ihre Niederlagen und Handelsverkehr hatten. Lange beschützten sie Kaffa nebst den Inseln des Archipelagus, die sie besaßen, bis die Türken Konstantinopel erobert hatten und ihnen das Schwarze Meer, sodann auch den Archipelagus schlossen. Mit Venedig führten sie lange und blutige Kriege; mehrmals brachten sie diese Republik dem Verderben nahe, und Pisa haben sie gar zugrunde gerichtet; bis endlich es den Venezianern gelang, die genuesische Macht zu Chiozza einzuschließen und den Fall ihrer Größe zu vollenden.

Amalfi, Pisa und mehrere Städte des festen Landes in Italien nahmen mit Genua und Venedig am morgenländisch-arabischen Handel teil. Florenz machte sich unabhängig und vereinte Fiesole mit sich; Amalfi durfte in allen Staaten des ägyptischen Kalifen frei handeln; vorzüglich aber waren Amalfi, Pisa und Genua die Seemächte des Mittelländischen Meeres. Die Küsten von Frankreich und Spanien suchten am Handel der Levante auch teilzunehmen, und die Pilger aus beiden Ländern zogen, nicht minder des Gewinnes als der Andacht wegen, dahin. Dies war die Lage des südlichen Europas gegen die Besitzungen der Araber; den Küsten Italiens insonderheit lagen sie wie ein Garten voll Spezereien, wie ein Feenland voll Reichtümer vor Augen. Die italienischen Städte, die bei den Kreuzzügen mitzogen, suchten nicht den Leichnam des Herren, sondern die Gewürze und Schätze an seinem Grabe. Die Bank zu Tyrus war ihr Gelobtes Land, und was sie irgend vornahmen, lag auf ihrem ordentlichen, seit Jahrhunderten betretenen Handelswege.

* Mit *Le-Brets* Geschichte von Venedig haben wir einen Auszug des Merkwürdigsten, das über die Geschichte dieses Staats geschrieben worden, wie es keine andre Sprache hat. Was diese Meeresstadt in der Geschichte Europens für die Kirche, die Literatur und sonst gewesen, wird die Folge zeigen.

So vergänglich nun das Glück war, das dieser fremde Reichtum seinen Gewinnern bringen konnte, so war er doch zur ersten Blüte der italienischen Kultur vielleicht unentbehrlich. Durch ihn lernte man eine weichere, bequemere Lebensart kennen, und konnte sich, statt der groben, wenigstens durch eine feinere Pracht unterscheiden. Die vielen großen Städte Italiens, die an ihre abwesenden schwachen Oberherren jenseit der Alpen nur durch schwache Bande geknüpft waren, und alle nach der Unabhängigkeit strebten, gewannen über den rohen Bewohner der Burg oder des Raubschlosses dadurch mehr als eine Übermacht; denn entweder zogen sie ihn durch Bande der Üppigkeit und des vermehrten, gemeinschaftlichen Wohllebens in ihre Mauern, und machten ihn zum friedlichen Mitbürger, oder sie bekamen durch ihre vermehrte Volksmenge bald Kraft gnug, seine Burg zu zerstören und ihn zu einer friedlichen Nachbarschaft zu zwingen. Der aufkeimende Luxus erweckte Fleiß, nicht nur in Manufakturen und Künsten, sondern auch im Landbau: die Lombardei, Florenz, Bologna, Ferrara, die neapolitanischen und sizilischen Küsten wurden in der Nachbarschaft reicher, großer und fleißiger Städte wohlangebauete, blühende Felder; die Lombardei war ein Garten, als ein großer Teil von Europa noch Weide und Wald war. Denn da diese volkreichen Städte vom Lande ernähret werden mußten, und der Landeigentümer bei dem erhöheten Preise der Lebensmittel, die er zuführte, mehr gewinnen konnte so mußte er es zu gewinnen suchen, wenn er im Gange der neuen Üppigkeit mitleben wollte. So weckte eine Tätigkeit die andre und hielt sie in Übung; notwendig kam mit diesem neuen Lauf der Dinge auch Ordnung, Freiheit des Privateigentums und eine gesetzmäßige Einrichtung mehr empor. Man mußte sparen lernen, damit man vertun könne; die Erfindung der Menschen schärfte sich, indem einer dem andern den Preis abgewinnen wollte; jeder einst sich selbst gelassene Haushälter ward jetzt gewissermaßen selbst Kaufmann. Es war also nichts als Natur der Sache, daß das schöne Italien mit einem Teil des Reichtums der Araber, der durch seine Hände ging, auch zuerst die Blüte einer neuen Kultur zeigte.

Freilich aber wars nur eine flüchtige Blüte. Der Handel verbreitete sich und nahm einen andern Weg, Republiken verfielen, üppige Städte wurden übermütig und mit sich selbst uneins; das ganze Land ward mit Parteien erfüllet, unter welchen unternehmende Männer und einzelne mächtige Familien sich hoch emporschwangen. Krieg, Unterdrückung kam hinzu; und da durch Üppigkeit und Künste der Kriegsgeist, ja Redlichkeit und Treue verbannt waren, wurde eine Stadt, ein Gebiet nach dem andern die Beute auswärtiger oder innerlicher Tyrannen; die Austeilerin dieses süßen Giftes, Venedig selbst, konnte sich nur durch die strengsten Maßregeln vor dem Untergange bewahren. Indessen darf jede Triebfeder menschlicher Dinge des Rechts genießen, das ihr gehöret. Zum Glück für Europa war diese Üppigkeit damals nichts weniger als allgemein, und sein größester Teil mußte dem baren Gewinn der Lombarden nur dienen; dem entgegen regete sich noch mächtig ein anderer, der Rittergeist, uneigennützig und nur für den Gewinn der Ehre alles unternehmend. Lasset uns sehen, aus welchen Keimen diese Blüte entsprosset sei, was sie genähret und was sie, den Handelsgeist einschränkend, für Früchte getragen habe.

II.

Rittergeist in Europa

Alle deutschen Stämme, die Europa überzogen, waren Kriegsleute, und da die Reiterei der beschwerlichste Teil des Kriegsdienstes war, so konnte es nicht fehlen, daß diese nicht zu einer reichen Entschädigung ihrer Reiterübungen gelangte. Bald gab es eine *Reiterzunft*, die ihren Beruf ordnungsgemäß lernte, und da diese das Gefolge der Anführer, Herzoge oder Könige ward, so entstand natürlich an ihrem Hoflager eine Art Kriegsschule, in der die Knappen ihre Lehrjahre aushalten, vielleicht auch nach solchen als gelernte Reiter auf Abenteuer als auf ihr Handwerk ausziehen mußten, und wenn sie sich in diesen wohl gehalten hatten, entweder als Altgesellen mit Meisterrecht fernerhin dienen, oder selbst als Reitermeister andre Knappen in die Lehre nehmen konnten. Schwerlich hat das ganze Ritterwesen einen andern Ursprung als diesen. Die deutschen Völker, die alles zunftmäßig behandelten, mußten es vorzüglich bei der Kunst tun, die sie allein verstanden; und eben weil dies ihre einzige und Hauptkunst war, so legten sie ihr alle Ehre bei, die sie als Unwissende andern nicht zuerkennen konnten. Alle Gesetze und Regeln des Rittertums sind in diesem Ursprunge enthalten.*

Dies Reitergefolge nämlich war *Dienst;* mithin war Angelobung der Treue sowohl beim Knappen als Ritter die erste Pflicht, die er seinem Herrn leistete. Roß- und Streitübungen waren die Schule desselben, aus welchen nachher, nebst andern sogenannten Ritterdiensten, Kampfspiele und Turniere entstanden. Bei Hofe mußte der junge Reiterknabe um die Person des Herren und der Frau sein und Hofdienste leisten; daher die Pflichten der Höflichkeit gegen Herren und Damen, die er zunftmäßig lernte. Und da er außer Roß und Waffen noch etwas Religion und Frauenhuld gebrauchte, so lernte er jene nach einem kurzen Brevier und bewarb sich um diese nach Sitten und Kräften. Hiemit war das Rittertum eingerichtet, das aus einem blinden Glauben an die Religion, aus einer blinden Treue gegen seinen Herren, sofern dieser nur nichts Zunftwidriges begehrte, aus Höflichkeit im Dienst und aus Artigkeit gegen die Frauen bestand; außer welchen Tugenden des Ritters Kopf und Herz von Begriffen und Pflichten frei bleiben durfte. Die niedern Stände waren nicht seinesgleichen; was der Gelehrte, der Künstler und Werkmann lernte, durfte er als dienender und ausgelernter Reiter verachten.

Offenbar ists, daß dies Kriegshandwerk zu einer frechen Barbarei ausarten mußte, sobald es in ein erbliches Recht überging, und der gestrenge, feste Ritter von der Wiege an ein edelgeborner Junker war; einsehenden Fürsten, die ein dergleichen müßiges Gefolg an ihren Höfen nährten, lag also selbst daran, diesen Beruf einigermaßen zu kultivieren, ihm einige Ideen aufzupfropfen und zur Sicherheit ihres eigenen Hofes, Geschlechts und Landes die edlen Buben Sitte zu lehren. Daher kamen die härteren Gesetze, mit welchen jede Niederträchtigkeit bei ihnen verpönt ward; daher die edleren Pflichten des Schutzes der Unterdrückten, der Beschirmung

* S. *Mösers* Osnabrückische Geschichte T. 1. Beim Folgenden führe ich statt einer Menge, die vom Ritterwesen geschrieben, den einzigen Curne de Ste. Palaye an, dessen Abhandlungen unter dem Titel: »Das Ritterwesen des Mittelalters« von *D. Klüber* auch deutsch übersetzt sind. Das meiste des Originals geht nur auf die französischen Ritter; die Geschichte des Rittertums in ganz Europa ist meines Wissens noch ungeschrieben.

jungfräulicher Unschuld, des Edelmuts gegen Feinde u. f., durch welche man ihren Gewalttätigkeiten zuvorkommen, ihren harten und rohen Sinn mildern wollte. Auf treue Gemüter machten diese Ordensregeln, die ihnen von Jugend auf eingeprägt wurden, einen festen Eindruck; man erstaunt vor der Biederkeit und Treue, die jene edlen Ritter in Worten und Werken fast mechanisch äußern. Biegsamkeit des Charakters, Vielseitigkeit der Ansicht einer Sache, Fülle der Gedanken ist nicht ihr Fehler; daher auch die Sprache des Mittelalters so zeremonienreich, fest und förmlich dahertritt, daß sie sich in einem ehernen Panzer um zwei oder drei Gedanken gleichsam selbst ritterlich zu bewegen scheinet.
Von zweien Enden der Erde trafen Ursachen zusammen, die dieser Rittergestalt mehr Leben und Beweglichkeit gaben; Spanien, Frankreich, England und Italien, am meisten aber Frankreich, wurden das Feld dieser feinern Ritterbildung.

•

1. Den *Arabern* ist ihrem Stammes- und Landescharakter nach von jeher ein irrendes Rittertum, mit zarter Liebe gemischt, gleichsam erbeigentümlich gewesen. Sie suchten Abenteuer, bestanden Zweikämpfe, rächten jeden Flecken einer Beschimpfung ihrer selbst oder ihres Stammes mit dem Blute des Feindes. An eine harte Lebensart und geringe Kleidung gewöhnt, hielten sie ihr Roß, ihr Schwert und die Ehre ihres Geschlechts über alles teuer. Da sie nun auf den Wanderungen ihrer Gezelte zugleich Abenteuer der Liebe suchten und sodann Klagen über die Entfernung der Geliebten in der von ihnen so hochgeachteten Sprache der Dichtkunst aushauchten: so ward es bald zur regelmäßigen Form ihrer Gesänge, den Propheten, sich selbst, den Ruhm ihres Stammes und den Preis ihrer Schönen zu besingen, wobei sie an sanfte Übergänge eben nicht dachten. Bei ihren Eroberungen waren die Zelte der Weiber mit ihnen; die beherztesten feuerten sie an in ihren Gefechten; diesen also legten sie auch die Beute ihres Sieges zu Füßen; und weil von Mohammed an die Weiber in die Bildung des arabischen Reichs vielen Einfluß gehabt hatten, und der Morgenländer im Frieden kein anderes Vergnügen als Spiele der Kurzweil oder Zeitvertreib mit Weibern kennet, so wurden in Spanien zur Zeit der Araber ritterliche Feste in Gegenwart der Damen, z. B. das Schießen mit dem Wurfrohr nach dem Ringe innerhalb der Schranken, und andre Wettkämpfe mit vielem Glanz und Aufwande gefeiert. Die Schönen munterten den Kämpfer auf und belohnten ihn mit Kleinod, Schärpe oder einem Kleidungsstück von ihrer Hand gewirket; denn ihnen zur Ehre wurden diese Lustbarkeiten gefeiert, und das Bild der Dame des Siegers hing vor allen Augen, mit den Bildern der von ihm besiegten Ritter umhänget, da. Farben, Devisen und Kleider bezeichneten die Banden der Kämpfenden, Lieder besangen diese Feste, und der Dank der Liebe war der schönste Gewinn des Siegers. Offenbar sind also von Arabern die feinern Gebräuche des Rittertums nach Europa gebracht worden; was bei den schwergerüsteten Nordhelden Handwerkssitte ward oder bloße Dichtung blieb, war bei jenen Natur, leichtes Spiel, fröhliche Übung.*
In Spanien also, wo jahrhundertelang Goten und Araber nebeneinander wohnten, kam dieser leichtere Rittergeist zuerst unter die Christen. Hier kommen nicht nur die ältesten christlichen Orden zum Vorschein, die gegen Mauren, oder zum Geleit der Pilger nach Kompostell, oder endlich zur Freude und Lust aufgerichtet wurden;

* S. Reiske zum Thograi, Pococke zum Abulfaradsch, Sale, Jones, Okley, Cardonne u. ff.

sondern es hat auch der Rittergeist sich dem Charakter der Spanier so tief eingepräget, daß völlig nach arabischer Weise selbst die irrenden und die Ritter der Liebe bei ihnen nicht bloße Geschöpfe der Einbildungskraft waren. Die Romanzen, d. i. historische Lieder insonderheit ihrer Ritter- und Liebesbegebenheiten (vielleicht auch der Roman, der älteste Amadis z. B.), sind Gewächse ihrer Sprache und Denkart, in welcher noch in einer späten Zeit Cervantes den Stoff zu seinem unvergleichlichen Nationalroman, Don Quijote de la Mancha fand. Vorzüglich aber hat sich sowohl hier als in Sizilien, den beiden Gegenden, die die Araber am längsten besaßen, ihr Einfluß in die *fröhliche Dichtkunst* gezeiget.*

In jenem Erdstrich nämlich, den bis zum Ebro Karl der Große den Arabern abgewann und mit Limosinern, d. i. mit Einwohnern aus Südfrankreich, besetzte, bildete sich mit der Zeit dies- und jenseit der Pyrenäen in arabischer Nachbarschaft die erste Poesie neuerer Muttersprachen Europas, die *provenzual- oder limosinische Dichtkunst.* Tenzonen, Sonette, Idyllen, Villanescas, Sirventes, Madrigale, Kanzonen und andre Formen, die man zu sinnreichen Fragen, Gesprächen und Einkleidungen über die Liebe erfand, gaben, da alles in Europa Hof- und Meisterrecht haben mußte, zu einem sonderbaren Tribunal, *dem Hof der Liebe* (Corte de Amor) Anlaß, an welchem Ritter und Damen, Könige und Fürsten als Richter und Parteien Anteil nahmen. Vor ihm bildete sich die gaya ciencia, die Wissenschaft der Troubadouren, die zuerst eine Liebhaberei des höchsten Adels war, und nur mit der Zeit, nach europäischer Weise als eine Hoflustbarkeit betrachtet, in die Hände der Contadores, Truanes und Bufones, d. i. der Märchenerzähler, Possenreißer und Hofnarren geriet, wo sie sich selbst verächtlich machte. In ihren ersten blühenden Zeiten hatte die Dichtkunst der Provenzalen eine sanftharmonische, rührende und reizende Anmut, die den Geist und das Herz verfeinte, Sprache und Sitten bildete, ja überhaupt die Mutter aller neuern europäischen Dichtkunst ward. Über Languedoc, Provence, Barcelona, Arragonien, Valencia, Murcia, Mallorca, Minorca hatte sich die limosinische Sprache verbreitet; in diesen schönen vom Meer gekühlten Ländern stieg der erste Hauch seufzender oder fröhlicher Liebe auf. Die spanische, französische und italienische Poesie sind ihre Töchter. Petrarca hat von ihr gelernt und mit ihr gewetteifert: unsre Minnesinger sind ein später und härterer Nachklang derselben, ob sie gleich unstreitig zum Zartesten unsrer Sprache gehören. Aus Italien und Frankreich nämlich hatte der allgemein verbreitete Rittergeist einige dieser Blüten auch über die Alpen nach Schwaben, Österreich, Thüringen mit hinübergewehet; einige Kaiser aus dem staufischen Hause und Landgraf Hermann von Thüringen hatten daran Vergnügen gefunden, und mehrere deutsche Fürsten, die man sonst nicht kennen würde, haben ihre Namen durch einige Gesänge in dieser Manier fortgebreitet. Indessen verartete diese Kunst bald und ging, wie in Frankreich zum losen Handwerk herumziehender Jongleurs, so in Deutschland zur Meistersängerei über. In Sprachen, die wie die provenzalische selbst aus der lateinischen entstanden waren und romanische hießen, konnte sie besser wurzeln und hat von Spanien aus über Frankreich und Italien bis nach Sizilien hin weit lebhaftere Früchte getragen. In Sizilien auf ehemals arabischem Boden erstand wie in Spanien die erste italienische Dichtkunst.

2. Was die Araber von Süden anfingen, dazu trugen von Norden aus die *Nor-*

* S. *Velasquez* Spanische Dichtkunst, und alle, die über Provenzalen, Minnesinger u. f. geschrieben haben.

männer in Frankreich, England und Italien noch mächtiger bei. Als ihr romantischer Charakter, ihre Liebe zu Abenteuern, Heldensagen und Ritterübungen, ihre nordische Hochachtung gegen die Frauen mit dem feineren Rittertum der Araber zusammentraf, so gewann solches damit für Europa Ausbreitung und Haltung. Jetzt kamen die Sagen, die man Romane nennet und deren Grund längst vor den Kreuzzügen da war, mehr in Gang; denn von jeher hatten alle deutschen Völker das Lob ihrer Helden gepriesen; diese Gesänge und Dichtungen hatten sich auch in den Jahrhunderten der tiefsten Dunkelheit an den Höfen der Großen, ja selbst in Klöstern erhalten; ja, je mehr die echte Geschichte verschwand, desto mehr hatten sich die Köpfe der Menschen zur geistlichen Legende oder zur Romansage geformet. Von den ersten Jahrhunderten des Christentums an findet man daher diese Übung der menschlichen Einbildungskraft mehr als jede andre im Gange, zuerst auf griechisch-afrikanische, mit der Zeit auf nordisch-europäische Weise; Mönche, Bischöfe und Heilige hatten sich ihrer nicht geschämet; ja es mußten Bibel und wahre Geschichte selbst Roman werden, wenn man sie anhören sollte. So entstand der Prozeß Belials mit Christo; so die allegorischen und mystischen Einkleidungen aller Tugenden und Pflichten; so die geistlich-theatralischen Moralitäten und Possenspiele. Bei diesem allgemeinen Geschmack des Zeitalters, der aus Unwissenheit, Aberglauben und einer aufgeregten Phantasie entsprang, waren *Sagen* und *Märchen* (contes et fabliaux) die einzige Nahrung des Geistes der Menschen, und dem Ritterstande waren Heldensagen die liebsten. In Frankreich, dem Mittelpunkt dieser Kultur, wählte man natürlicherweise die ihm eigentümlichsten Gegenstände nach beiden Richtungen, die hier zusammentrafen. Der Zug Karls des Großen gegen die Sarazenen, mit allen Abenteuern, die in den Pyrenäen geschehen sein sollten, war die eine Richtung; was sich im Laufe der Normänner, in Bretagne, an alten Sagen von König Artus vorfand, war die andre. In jenen brachte man aus der späteren französischen Verfassung die zwölf Pairs nebst aller Herrlichkeit, die man von Karl und seinen Rittern, samt aller Wildheit, die man von den sarazenischen Heiden zu sagen hatte. Ogier der Däne, Huon von Bordeaux, die Aimonskinder, viele Sagen der Pilgrimschaften und Kreuzzüge kamen mit in seine Geschichte; allemal aber waren die interessantesten Personen und Begebenheiten aus der limosinischen Gegend, Guyenne, Languedoc, Provence und dem Teile von Spanien, wo die provenzalische Dichtkunst blühte. Die zweite Richtung der Sagen, von Artus und seinem Hofe, ging über das Meer hin nach Cornwallis, oder vielmehr in ein utopisches Land, in welchem man sich eine eigne Gattung des Wunderbaren erlaubte. Der Spiegel der Ritterschaft ward in diesen Romanen hell polieret; in den verschiednen Stufen und Charakteren der Mitgenossen an der runden Tafel wurden die Fehler und Tugenden dieses Hofstaats sehr klar gezeichnet; wozu in einer so alten Zeit und unbeschränkten Welt, als die Artusromane zum Gebiet hatten, viel Raum war. Endlich entstand aus beiden eine dritte Gattung der Romane, von welcher keine französische und spanische Provinz ausgeschlossen blieb. Poitou, Champagne, die Normandie, der Ardennerwald, Flandern, ja Mainz, Kastilien, Algarbien gaben Ritter und Szenen zum Schauplatz her; denn die Unwissenheit des Zeitalters und die Gestalt, in welcher damals die Geschichte des Altertums erschien, erlaubte, ja gebot diese Mischung aller Zeiten und Länder. Troja und Griechenland, Jerusalem und Trapezunt, was man in neuen Gerüchten hörte, oder von alten wußte, floß zur Blume der Ritterschaft zusammen, und vor allem ward die Abstammung von Troja ein Geschlechtsruhm, von welchem alle Reiche und Völker in Europa mit ihren Königen und größesten Rittern überzeugt waren. Mit den Normännern ging das Romanwesen nach England und Sizilien über; beide Gegenden gaben ihm neue Helden und neuen Stoff; nirgend indes ists so glücklich als in Frankreich gediehen. Durch die Zusammenkunft vieler Ursachen hatte sich Lebensart, Sprache, Poesie, ja gar die Moral und Religion der Menschen diesem Geschmack gleichsam zugebildet.* Denn wenn wir aus dem Gebiet der Fabel ins Land der Geschichte treten, in welchem Reich Europas hat sich die Blüte der Ritterschaft schöner als in Frankreich gezeiget? Seitdem mit dem Verfall der Karlinger soviel Höfe kleiner Potentaten, der Herzoge, Grafen und Barone zu Macht und in Glanz kamen, als beinahe Provinzen, Schlösser und Burgen waren: seitdem ward jedes Residenz- und Ritterschloß auch eine Schule der Ritterehre. Die Lebhaftigkeit der Nation, die Kämpfe, denen sie gegen Araber und Normänner jahrhundertelang ausgesetzt gewesen waren, der Ruhm, den ihre Vorfahren dadurch erlangt, der blühende Wohlstand, zu welchem mehrere Häuser sich aufgeschwungen hatten, ihre Vermischung mit den Normännern selbst, am meisten aber etwas Eignes im Charakter der Nation, das sich von den Galliern an durch ihre ganze Geschichte offenbaret, dies alles brachte jene Sprachseligkeit, jene muntere Schnellkraft, leichte Gefälligkeit und glänzende Anmut ins Ritterwesen, die man außer der französischen bei andern Nationen spät, selten oder gar nicht findet. Wieviel französische Ritter müßten genannt werden, die durch Gesinnungen und Taten, in Kriegs- und Friedenszeiten, die ganze Geschichte hindurch, bis unter den Despotismus der Könige hin, sich so tapfer, artig und edel erzeigten, daß ihren Geschlechtern damit ein ewiger Ruhm bleibet! Als der Ruf der Kreuzzüge erschallte, waren französische Ritter die Blume der ganzen Ritterschaft Europas; französische Geschlechter stiegen auf den Thron von Jerusalem und Konstantinopel; die Gesetze des neuen Staats wurden französisch gegeben. Mit Wilhelm dem Eroberer stieg diese Sprache und ihre Kultur auch auf den britischen Thron; beide Nationen wurden Nebenbuhler der Rittertugend, die sie sowohl in Palästina als in Frankreich wetteifernd erwiesen, bis England seinen Nachbarn den eitlen Glanz überließ und sich eine nützlichere, die bürgerliche Laufbahn wählte. Der Macht des Papstes hat Frankreich zuerst, und zwar auf die leichteste Weise, gleichsam mit Anmut Trotz geboten; selbst der heilige Ludwig war nichts weniger als ein Sklave des Papstes. England, Deutschland und andre Länder haben tapferere Könige gehabt als Frankreich; aber die Staatsklugheit ist aus Italien zuerst dorthin übergegangen und hat sich, selbst wo sie schädlich war, wenigstens mit Anstand gebärdet. Auch den Instituten für die Gelehrsamkeit, den obrigkeitlichen Würden und Rechtsstühlen, hat dieser Geist sich mitgeteilt, anfangs zum Nutzen, nachher zum Schaden. Kein Wunder also, daß die französische Nation die eitelste von Europa worden ist; fast von Entstehung ihrer Monarchie an hat sie Europa vorgeleuchtet und in den wichtigsten Veränderungen den Ton gegeben. Als alle Nationen wie zu einem großen Karussell in Palästina zusammentrafen, wurden die deutschen mit den französischen Rittern verbunden, um durch die Verbindung mit diesen ihr deutsches Ungestüm (furor teutonicus) abzulegen. Auch das neue Kostüm, das auf den Kreuzzügen durch Wappen und andre Unterschiede für ganz Europa entstand, ist größestenteils französischen Ursprungs.

Jetzt sollten wir von den drei oder vier geistlichen Ritterorden reden, die, in Palä-

* Von diesen Richtungen und Ingredienzien der Romane des Mittelalters an einem andern Orte.

stina gestiftet, zu soviel Ehre und Reichtum gelanget sind; allein die Helden- und Staatsaktion, auf welcher sie dazu gelangten, mit ihren fünf oder sieben Akten liegt vor uns; also hinan zu ihr.

III.

Kreuzzüge und ihre Folgen

Lange hatten Pilger und Päpste die Not der Christen zu Jerusalem geklaget; man hatte das Ende der Welt verkündiget, und Gregor VII. glaubte schon 50 000 Mann bereit zu haben, die zum Heiligen Grabe ziehen würden, wenn er ihr Anführer wäre. Endlich gelangs einem Pikarden, Peter dem Einsiedler, in Verständnis mit Simeon, dem Patriarchen zu Jerusalem, den Papst Urban II. zu bereden, daß er zum Werk schritt. Es wurden zwei Konzilien zusammengerufen, und auf dem letzten hielt der Papst eine Rede, hinter welcher das Volk wie wütend ausrief: »Gott will es! Gott will es!« Heere von Menschen wurden also mit einem roten Kreuz auf der rechten Schulter bezeichnet; in der ganzen römischen Christenheit ward die Kreuzfahrt gepredigt und den heiligen Kriegern mancherlei Freiheit erteilt. Ohne Einwilligung ihrer Lehnherren durften sie Ländereien veräußern oder verpfänden (den Geistlichen ward dies Privilegium in Ansehung ihrer Benefizien auf drei Jahre verliehen); sowohl der Person als den Gütern nach traten alle Kreuzfahrer unter den Schutz und die Gerichtsbarkeit der Kirche und genossen geistliche Rechte; sie waren während des Heiligen Krieges von allen Steuern und Gaben, von allen Rechtsansprüchen wegen gemachter Schulden und von den Zinsen derselben frei und erhielten einen vollkommenen Ablaß. Eine unglaubliche Anzahl andächtiger, wilder, leichtsinniger, unruhiger, ausschweifender, schwärmender und betrogner Menschen aus allen Ständen und Klassen, sogar in beiden Geschlechtern, versammleten sich; die Heere wurden gemustert, und Peter der Einsiedler zog barfuß und mit einer langen Kapuze geziert einer Schar von 300 000 Menschen voran. Da er sie nicht einhalten konnte, plünderten sie, wohin sie kamen; Ungarn und Bulgaren traten zusammen und jagten sie in die Wälder, also daß er mit einem Rest von 30 000 in den traurigsten Umständen vor Konstantinopel ankam. Gottschalk, ein Priester, folgte mit 15 000, ein Graf Emich mit 200 000 Mann nach. Mit einem Blutbade der Juden fingen diese ihren heiligen Feldzug an, deren sie in einigen Städten am Rhein 12 000 erschlugen; sie wurden in Ungarn entweder niedergemacht oder ersäufet. Die erste liederliche Schar des Eremiten, mit Italienern verstärkt, ward nach Asien hinübergeschafft, sie geriet in Hungersnot und wäre von den Türken ganz aufgerieben worden, wenn nicht Gottfried von Bouillon mit seinem regelmäßigen Heer und der Blüte der Ritterschaft von Europa vor Konstantinopel endlich angekommen wäre. Bei Chalkedon ward das Heer gemustert und fand sich 500 000 Mann zu Fuß, 130 000 Mann an Reiterei stark; unter unglaublichen Gefahren und Beschwerden ward Nicäa, Tarsus, Alexandrien, Edessa, Antiochien, endlich Jerusalem eingenommen und *Gottfried von Bouillon* einmütig zum Könige erwählet. Balduin, sein Bruder, war Graf zu Edessa, Boemund, Prinz von Tarent, war Fürst von Antiochien geworden; Raimund, Graf zu Toulouse, ward Graf zu Tripoli; und außer ihnen taten sich in diesem Feldzuge alle die Helden hervor, die Tassos unsterbliches Gedicht rühmet. Indessen folgten bald Unfälle auf Unfälle; das kleine Reich hatte sich gegen unzählbare Schwärme der Türken von Osten, der Araber von Ägypten her zu schützen, und tats zuerst mit unglaublicher Tapferkeit und Kühnheit. Allein die alten Helden starben; das Königreich Jerusalem kam unter eine Vormundschaft; die Fürsten und Ritter wurden uneinig untereinander: in Ägypten entstand eine neue Macht der Mamelucken, mit welcher der tapfre und edle Saladin die treulosen, verderbten Christen immer mehr einengte, endlich Jerusalem einnahm und das kleine Schattenkönigreich, ehe es sein hundertjähriges Jubeljahr feiern konnte, ganz aufhob.

Alle Kriegszüge, es zu erhalten oder wiederzuerobern, waren fortan umsonst; die kleinen Fürstentümer waren seinem Untergange vorhergegangen oder folgten ihm nach. Edessa war nur fünfzig Jahre in christlichen Händen, und der ungeheure *zweite Kreuzzug*, der von Kaiser Konrad III. und Ludwig VII., Könige in Frankreich, auf das Feldgeschrei des heiligen Bernhards mit 200 000 Mann gemacht wurde, rettete es nicht.

In einem *dritten Kreuzzuge* gingen gegen Saladin drei tapfre Mächte, Kaiser Friedrich I., König Philipp August von Frankreich und Richard Löwenherz von England zu Felde; der erste ertrank im Strom, und sein Sohn starb; die beiden andern, eifersüchtig gegeneinander und insonderheit der Franke auf den Briten neidisch, konnten nichts als Akre wiedererobern. Uneingedenk seines gegebnen Worts kehrte Philipp August zurück, und Richard Löwenherz, der Saladins Macht allein nicht widerstehen konnte, mußte unwillig ihm folgen. Ja er hatte, da er durch Deutschland als Pilger reisete, das Unglück, vom Herzog Leopold von Österreich wegen einer bei Akre ihm vermeintlich erwiesenen Beschimpfung angehalten, dem Kaiser Heinrich VI. unedel ausgeliefert und von diesem noch unedler vier Jahre in strenger Gefangenschaft gehalten zu werden, bis er sich, da über dies unritterliche Verfahren alle Welt murrete, mit 100 000 Mark Silbers loskaufen konnte.

Der *vierte Feldzug*, der von Franzosen, Deutschen und Venezianern unter dem Grafen Montferrat unternommen ward, kam gar nicht nach Palästina; ihn leiteten die eigennützigen, rachsüchtigen Venezianer. Sie nahmen Zara ein und schiffeten vor Konstantinopel; die Kaiserstadt ward belagert, zweimal erobert und geplündert; der Kaiser flieht, Balduin, Graf von Flandern, wird zu Konstantinopel ein lateinischer Kaiser; Beute und Reich werden geteilt, und den reichsten Teil dieses Raubes am Adriatischen, Schwarzen und Griechischen Meere erhalten die Venezianer. Der Anführer des Zuges wird König von Kandia, welche Insel er seinen habsüchtigen Bundsgenossen auch verkaufte; statt der Länder jenseit des Bosporus wird er König zu Thessalonich. Es entsteht ein Fürstentum Achaja, ein Herzogtum Athen für französische Barone; reiche Edle aus Venedig erwerben sich ein Herzogtum Naxos, Negropont; es wird ein Pfalzgraf von Zante und Cephalonia; das griechische Kaisertum geht wie ein schlechter Raub an die Meistbietenden über. Dagegen errichten Abkömmlinge des griechischen Kaiserstammes ein Kaisertum zu Nicäa, ein Herzogtum Trapezunt, das sich in der Folge auch Kaisertum nennet, eine Despotie, nachher auch Kaisertum genannt, in Epirus. Da den neuen lateinischen Kaisern zu Konstantinopel so wenig übriggeblieben war, so konnte sich dies schwache und gehassete Reich kaum fünfzig Jahre erhalten; die Kaiser von Nicäa bemächtigten sich der alten griechischen Kaiserstadt wieder, und zuletzt kamen alle diese durch Abenteuer erworbenen Besitztümer in die Hände der Türken.

Der *fünfte Kreuzzug*, von Ungarn und Deutschen geführt, war gar unkräftig. Drei Könige, von Ungarn, Zypern und ein Titelkönig von Jerusalem, mit den Groß-

meistern der Ritterorden, hatten den Berg Tabor umringt, die Feinde eingeschlossen, den Sieg in Händen; Zwietracht und Eifersucht aber entrissen ihnen diesen Vorteil, und die Kreuzfahrer gingen unmutig zurück.
Kaiser Friedrich II. schickt auf unablässiges Treiben des päpstlichen Hofes eine Flotte nach Palästina; ein vorteilhafter Waffenstillstand ist im Werk; der päpstliche Legat vereitelte ihn; und als der Kaiser selbst, äußerst gezwungen, den Feldzug übernahm, verhindert der Papst selbst durch einen unvernünftigen Bann und durch eigne treulose Angriffe auf die Staaten des abwesenden Kaisers in Europa allen guten Fortgang. Es wird ein Waffenstillstand mit dem Sultan zu Bagdad geschlossen, Palästina und Jerusalem dem Kaiser eingeräumt; das heilige Grab aber bleibt als ein Freihafen für alle Pilger in den Händen der Sarazenen.
Doch auch dieser geteilte Besitz von Jerusalem dauert kaum fünfzehn Jahre, und der heilige Ludwig mit seinem *siebenten, dem unglücklichsten Zuge*, konnte ihn nicht wiederherstellen. Er selbst mit seinem ganzen Heer gerät in Ägypten den Feinden in die Hände; er muß sich teuer loskaufen, und endet auf einem zweiten ebenso unnützen und unglücklichen Zuge gegen die Mauren vor Tunis sein Leben. Sein trauriges Beispiel erstickte endlich den unsinnigen Trieb zu Religionsfeldzügen nach Palästina, und die letzten christlichen Örter daselbst, Tyrus, Akre, Antiochien, Tripoli gingen nach und nach an die Mamelucken über. So endete diese Raserei, die dem christlichen Europa unsäglich viel Geld und Menschen gekostet hatte; welches waren ihre Erfolge?*
Man ist gewohnt, den Kreuzzügen so viele gute Wirkungen zuzuschreiben, daß man dieser Meinung zufolge unserm Weltteil alle halbe Jahrtausende ein dergleichen Fieber, das seine Kräfte rüttelt und aufregt, wünschen müßte; eine nähere Ansicht zeigt aber, daß die meisten angegebnen Erfolge nicht von den Kreuzzügen, am wenigsten von ihnen allein herstammen, sondern daß unter den vielen Antrieben, die damals Europa gewann, sie höchstens ein beschleunigender, im ganzen aber widriger Mit- oder Nebenstoß gewesen, den die Vernunft der Europäer wohl hätte entbehren mögen. Überhaupt ist's nur ein Bild der Phantasie, wenn man aus sieben getrennten Feldzügen, die in zweihundert Jahren aus sehr verschiednen Ländern und Beweggründen unternommen wurden, bloß des gemeinschaftlichen Namens wegen eine Hauptquelle von Begebenheiten dichtet.
1. Der *Handel*, sahen wir, war den Europäern in die arabischen Staaten vor den Kreuzzügen eröffnet, und es stand ihnen frei, solchen auf eine anständigere Weise zu nutzen und zu verbreiten, als es durch Räuberfeldzüge geschehen konnte. Bei diesen gewannen die Überfahrer, Geldnegocianten und Lieferanten; sie gewannen aber alles von den Christen, gegen deren Vermögen sie eigentlich die Kreuzfahrer waren. Was dem griechischen Reich entrissen ward, war ein schändlicher Kaufmannsraub, der dazu diente, daß durch die äußerste Schwächung dieses Reichs den immer näher andringenden Türkenhorden dereinst ein leichter Spiel mit Konstantinopel gemacht werden sollte. Daß Türken in Europa sind, und daß sie sich daselbst so weit umherbreiten konnten, hatte der Löwe des heiligen Markus in Venedig schon durch den vierten Kreuzzug vorbereitet. Zwar halfen die Genuesen einem Geschlecht griechischer Kaiser wieder auf den Thron; allein es war der Thron eines

* Die von mehreren gelehrten Gesellschaften veranlaßten Abhandlungen und Preisschriften über die Wirkungen der Kreuzzüge sind mir nicht zu Gesicht gekommen; daher ich meine Meinung ohne Beziehung auf dieselbe vortrage.

geschwächten, zerstückten Reiches, den nachher die Türken leicht überwältigen mochten, da denn Venezianer sowohl als Genueser ihre besten Besitzungen im Mittelländischen und am Schwarzen Meer, ja endlich fast allen ihren Handel dahin auch verloren.

2. Das *Rittertum* ist nicht durch die Kreuzzüge, sondern die Kreuzzüge sind durch das Rittertum entstanden; beim ersten Feldzuge schon erschien die Blume der französischen und normannischen Ritter in Palästina. Vielmehr haben die Kreuzzüge beigetragen, ihm seine eigentümliche Blüte zu rauben und wahre Waffenritter in bloße Wappenritter zu verwandeln. In Palästina nämlich kroch mancher unter den Helm, der ihn in Europa nicht tragen durfte; er brachte Wappen und Adel zurück, die jetzt auf sein Geschlecht übergingen und damit einen neuen Stand, den Wappen- und mit der Zeit auch den Briefadel in Lauf brachten. Da die Zahl der alten Dynasten, des wahren Ritteradels, vermindert war, so suchte dieser zu Besitzungen und erblichen Vorzügen gleich ihnen zu gelangen; sorgfältig zählte er seine Ahnen, erwarb sich Würden und Vorzüge, so daß in einigen Geschlechtern er wieder der alte Adel hieß, ob er gleich mit jenen Dynasten, die gegen ihn Fürsten waren, mitnichten zu einer Klasse gehöret. In Palästina konnte, was Waffen trug, Ritter werden; die ersten Kreuzzüge waren ein großes Erlaßjahr für Europa. Bald kam dieser neue dienende Kriegsadel der wachsenden Monarchie sehr zustatten, die ihn gegen die übriggebliebenen hohen Vasallen klüglich zu gebrauchen wußte. So reiben Leidenschaften einander, und der Schein den Schein auf; durch den dienenden Kriegs- und Hofadel ging endlich das alte Rittertum gar zugrunde.

3. Daß die in Palästina gestifteten *geistlichen Ritterorden* Europa zu keinem Vorteil gewesen, ist durch sich selbst klar. Sie zehren noch von dem Kapital, das einst dem Heiligen Grabe, einem für uns ganz untergegangenen Zwecke, geweihet ward. Die Hospitaliter sollten ankommende Pilgrime beherbergen, Kranke verpflegen, Aussätzige bedienen; dies sind die hohen Johanniter-Ritter unsrer Zeit. Als ein Edelmann aus dem Delphinat, Raimund du Puy, Waffengelübde unter sie brachte, trennte sich der Lazarusorden von ihnen und blieb bei der ersten Stiftung. Die Tempelherren waren regulierte Chorherren, lebten zehn Jahre selbst von Almosen und beschützten die Pilger des Heiligen Grabes, bis auch nach vergrößerten Gütern ihre Statuten verändert wurden, und der Ritter den Waffenträger, der Orden dienende Brüder hinter sich bekam. Der Deutsche Orden endlich war für Kranke und Verwundete gestiftet, die auf dem Felde umherlagen; Kleidung, Wasser und Brot war ihre Belohnung, bis auch sie im nutzvollen Dienst gegen die Ungläubigen reich und mächtig wurden. In Palästina haben alle diese Orden viel Tapferkeit und viel Stolz, auch wohl Untreue und Verrat bewiesen; mit Palästina aber hätte ihre Geschichte zu Ende sein mögen. Als die Johanniter dies Land verlassen mußten, als sie Cypern und Rhodos verloren und Karl V. ihnen mit dem Felsen Malta ein Geschenk machte: wie sonderbar war der Auftrag, ewige Kreuzritter auch außerhalb Palästina zu bleiben und dafür Besitztümer in Reichen zu genießen, die weder die Türken bekriegen, noch die Pilgrime zum heiligen Grabe geleiten mögen. Den Lazarusorden nahm Ludwig VII. in Frankreich auf und wollte in zu seinem Beruf, der Aufsicht der Kranken, zurückführen; mehr als *ein* Papst wollte ihn aufheben; die Könige von Frankreich schützten ihn, und Ludwig XIV. vereinte ihn mit mehrern geringen Orden. Er gedachte hierin anders als sein Vorfahr Philipp der Schöne, der aus Geiz und Rache die Tempelherren grausam ausrottete und sich von ihren Gütern zueignete, was ihm auf keine Weise zustand. Die deutschen Ritter

endlich, die, von einem Herzoge in Masowien gegen die heidnischen Preußen zu Hilfe gerufen, von einem deutschen Kaiser alles das zum Geschenk erhielten, was sie daselbst erobern würden, und was ihm, dem deutschen Kaiser, selbst nicht gehörte, sie eroberten Preußen, vereinigten sich mit den Schwertbrüdern in Livland, erhielten Estland von einem Könige, der es auch nicht zu erhalten wußte, und so herrschten sie zuletzt von der Weichsel bis zur Düna und Newa in ritterlicher Üppigkeit und Ausschweifung. Die alte preußische Nation ward vertilget, Litauer und Samojiten, Kuren, Letten und Esten wie Herden dem deutschen Adel verteilet. Nach langen Kriegen mit den Polen verloren sie zuerst das halbe, sodann das ganze Preußen, endlich auch Liv- und Kurland; sie ließen in diesen Gegenden nichts als den Ruhm nach, daß schwerlich ein erobertes Land stolzer und unterdrückender verwaltet worden, als sie diese Küsten verwaltet haben, die, von einigen Seestädten kultiviert, gewiß andre Länder geworden wären. Überhaupt gehören alle drei angeführte Orden nicht nach Europa, sondern nach Palästina. Da sind sie gestiftet, dahin in ihren Stiftungen gewiesen. Dort sollten sie gegen Ungläubige streiten, in Hospitälern dienen, das Heilige Grab hüten, Aussätzige pflegen, Pilger geleiten. Mit dieser Absicht sind auch ihre Orden erloschen; ihre Güter gehören christlichen Werken, vorzüglich Armen und Kranken.

4. Wie der neue Wappenadel einzig und allein von der wachsenden Monarchie in Europa seine Bestimmung erhielt, so schreibt sich die *Freiheit der Städte*, der Ursprung der Gemeinheiten, endlich auch die Entlassung des Landmannes in unserm Weltteil von ganz andern Ursachen her als diese tollen Kreuzzüge gaben. Daß im ersten Fieberanfall derselben allen liederlichen Haushältern und Schuldnern ein Verzug zugestanden, Lehnsmänner und Leibeigne ihrer Pflichten, Steuernde ihrer Steuer, Zinsende ihrer Zinsen entlassen wurden, das gründete noch nicht die Rechte der Freiheit Europas. Längst waren Städte errichtet, längst wurden älteren Städten ihre Rechte bestätigt und erweitert; und wenn sich dem wachsenden Fleiß und Handel dieser Städte auch die Freiheit des Landmannes früher oder später mit anschloß, wenn selbst das Anstreben zur Unabhängigkeit solcher Munizipalitäten in dem Gange der sich aufrichtenden Monarchie notwendig begriffen war: so dürfen wir nicht in Palästina suchen, was uns im Strom der Veränderungen Europas nach hellen Veranlassungen zuschwimmt. Auf einer heiligen Narrheit beruht schwerlich das dauerhafte System Europas.

5. Auch *Künste und Wissenschaften* wurden von den eigentlichen Kreuzfahrern auf keine Weise befördert. Die liederlichen Heere, die zuerst nach Palästina zogen, hatten keinen Begriff derselben und konnten ihn weder in den Vorstädten von Konstantinopel noch in Asien von Türken und Mamelucken erhalten. Bei den späteren Feldzügen darf man nur die geringe Zeit bedenken, in welcher die Heere dort waren, die Drangsale, unter welchen sie diese wenige Zeit oft nur an den Grenzen des Landes zubrachten, um dem glänzenden Traum mitgebrachter großer Entdeckungen zu entsagen. Die Pendeluhr, die Kaiser Friedrich II. von Meledin zum Geschenk erhielt, brachte noch keine Gnomonik, die griechischen Paläste, die die Kreuzfahrer in Konstantinopel anstauneten, noch keine bessere Baukunst nach Europa. Einige Kreuzfahrer, insonderheit Friedrich I. und II., wirkten zur Aufklärung mit; jener aber tat es, ehe er das Morgenland sah, und diesem war nach seinem kurzen Aufenthalt daselbst diese Reise nur ein neuer Antrieb, in seiner längst erwiesenen Regierungsart fortzuwirken. Keiner der geistlichen Ritterorden hat Aufklärung nach Europa gebracht oder dieselbe befördert.

Es schränket sich also, was hiebei für die Kreuzzüge gesagt werden kann, auf wenige Veranlassungen ein, die zu andern schon vorhandenen trafen und sonach diese wider ihren Willen mit befördern mußten.

1. Die Menge reicher Vasallen und Ritter, die in den ersten Feldzügen nach dem Heiligen Lande zogen und einem großen Teil nach nicht wiederkamen, veranlaßte, daß ihre Güter verkauft wurden oder mit andern zusammenfielen. Dies nutzte, wer es nutzen konnte, die Lehnherren, die Kirche, die schon vorhandenen Städte, jeder nach seiner Weise; der Lauf der Dinge zu Befestigung der königlichen Macht durch die Errichtung eines Mittelstandes ward dadurch zwar nicht angefangen, aber befördert und beschleunigt.

2. Man lernte Länder, Völker, Religionen und Verfassungen kennen, die man sonst nicht kannte; der enge Gesichtskreis erweiterte sich; man bekam neue Ideen, neue Triebe. Jetzt bekümmerte man sich um Dinge, die man sonst würde vernachlässigt haben, brauchte besser, was man in Europa längst besaß, und da man die Welt weiter fand, als man geglaubt hatte, so ward man auch nach der Kenntnis des Entfernten neugierig. Die gewaltigen Eroberungen, die Dschingis-Khan im nörd- und östlichen Asien machte, zogen die Blicke am meisten nach der Tatarei hin, in welche Marco Polo, der Venezianer, Rubruquis, der Franzose und Johann de Plano Carpino, ein Italiener, in ganz verschiedenen Absichten reiseten; der erste des Handels, der zweite einer königlichen Neugierde, der dritte, vom Papst geschickt, der Bekehrung dieser Völker wegen. Notwendig also hangen auch diese Reisen mit den Kreuzzügen nicht zusammen; denn vor- und nachher ist man gereiset. Der Orient selbst ist uns durch diese Züge weniger bekannt worden, als man hätte wünschen mögen; die Nachrichten der Morgenländer über ihn auch in dem Zeitpunkt, da Syrien von Christen wimmelte, bleiben uns noch unentbehrlich.

3. Endlich lernte auf diesem heiligen Tummelplatz Europa sich untereinander selbst kennen, obgleich nicht auf die ersprießlichste Weise. Könige und Fürsten brachten von dieser näheren Bekanntschaft meistens einen unaustilgbaren Haß gegeneinander nach Hause; insonderheit empfingen die Kriege zwischen England und Frankreich dadurch neue Nahrung. Der böse Versuch, daß eine Christenrepublik gegen Ungläubige vereint streiten könne und möge, berechtigte zu solchen Kriegen auch in Europa und hat sie nachher in andre Weltteile verbreitet. Unleugbar ist's indessen, daß, indem die europäischen Nachbarn ihre gegenseitige Stärke und Schwäche näher sahen, damit im Dunkeln eine allgemeinere Staatskunde und ein neues System der Verhältnisse in Kriegs- und Friedenszeiten gegründet ward. Nach Reichtum, Handel, Bequemlichkeit und Üppigkeit war jedermann lüstern, weil ein rohes Gemüt diese in der Fremde leicht liebgewinnet und an andern beneidet. Die wenigsten, die aus Orient zurückkamen, konnten sich fortan in die europäische Weise finden; selbst ihren Heldenmut ließen viele dort zurück, ahmten das Morgenland im Abendlande ungeschickt nach, oder sehnten sich wieder nach Abenteuern und Reisen. Überhaupt kann eine Begebenheit nur soviel wirkliches und bleibendes Gute hervorbringen, als Vernunft in ihr liegt.

Unglücklich wäre es für Europa gewesen, wenn zu eben der Zeit, da seine zahlreiche Mannschaft in einem Winkel Syriens um das Heilige Grab stritt, die Eroberung Dschingis-Khans sich früher und mit mehrerer Kraft nach Westen gewandt hätte. Wie Rußland und Polen wäre unser Weltteil vielleicht ein Raub der Mongolen geworden, und seine Nationen hätten sodann mit Pilgerstäben in der Hand als Bettler ausziehen mögen, um am Heiligen Grabe zu beten. Lasset uns also, von dieser wilden Schwärmerei hinweg, nach Europa zurücksehen, wie sich in ihm nach einem durcheinandergreifenden Lauf der Dinge die sittliche und politische Vernunft der Menschen allmählich aufhellet und bildet.

IV.

Kultur der Vernunft in Europa

In den frühesten Zeiten des Christentums bemerken wir zahlreiche Sekten, die durch eine sogenannte *morgenländische Philosophie* das System der Religion erklären, anwenden und läutern wollten; sie wurden als Ketzer unterdrückt und verfolget. Am tiefsten schien die *Lehre des Manes* einzugreifen, die mit der alten persischen Philosophie nach Zoroasters (Zerduscht) Weise zugleich ein Institut sittlicher Einrichtung verband und als eine tätige Erzieherin ihrer Gemeinen wirken wollte. Sie ward noch mehr verfolgt als theoretische Ketzereien und rettete sich ostwärts in die tibetanischen, westlich in die armenischen Gebirge, hie und da auch in europäische Länder, wo sie allenthalben ihr asiatisches Schicksal vorfand. Längst glaubte man sie unterdrückt, bis sie in den dunkelsten Zeiten aus einer Gegend, aus welcher man's am wenigsten vermutete, wie auf ein gegebnes Zeichen hervorbrach und auf einmal in Italien, Spanien, Frankreich, den Niederlanden, der Schweiz und Deutschland einen entsetzlichen Aufruhr machte. Aus der *Bulgarei* kam sie hervor, einer barbarischen Provinz, um welche sich die griechische und römische Kirche lange gezankt hatte; da war unsichtbar ihr Oberhaupt, das, anders als der römische Papst, Christo in Armut ähnlich zu sein vorgab. Geheime Missionen gingen in alle Länder und zogen den gemeinen Mann, insonderheit fleißige Handwerker und das unterdrückte Landvolk, aber auch reiche Leute, Grafen und Edle, besonders die Frauen, mit einer Macht an sich, die auch der ärgsten Verfolgung und dem Tode trotzte. Ihre stille Lehre, die lauter menschliche Tugenden, insonderheit Fleiß, Keuschheit und Eingezogenheit predigte, und sich ein Ziel der Vollkommenheit vorsteckte, zu welchem die Gemeine mit strengen Unterschieden geführt werden sollte, war das lauteste Feldgeschrei gegen die herrschenden Greuel der Kirche. Besonders griff sie die Sitten der Geistlichen, ihre Reichtümer, Herrschsucht und Ausgelassenheit an, verwarf die abergläubischen Lehren und Gebräuche, deren unmoralische Zauberkraft sie leugnete, und statt aller derselben einen einfachen Segen durch Auflegung der Hände und einen Bund der Glieder unter ihren Vorstehern, den Vollkommenen, anerkannte. Die Verwandlung des Brots, Kreuz, Messe, Fegefeuer, die Fürbitte der Heiligen, die einwohnenden Vorzüge der römischen Priesterschaft waren ihnen Menschensatzungen und Gedichte; über den Inhalt der Schrift, insonderheit des Alten Testaments urteilten sie sehr frei, und führeten alles auf Armut, Reinheit des Gemütes und Körpers, auf stillen Fleiß, Sanftmut und Gutherzigkeit zurück, daher sie auch in mehreren Sekten bons hommes, *gute Leute* genannt wurden. Bei den ältesten derselben ist der morgenländische Manichäismus unverkennbar; sie gingen vom Streit des Lichtes und der Finsternis aus, hielten die Materie für den Ursprung der Sünde und hatten insonderheit über die sinnliche Wollust harte Begriffe; nach und nach läuterte sich ihr System. Aus Manichäern, die man auch Katharer (Ketzer) Patarener, Publikaner, Passagieri, und nach Lokalumständen in jedem Lande anders nannte, formten einzelne Lehrer, insonderheit Heinrich und Peter de Bruis unanstößigere Parteien, bis die Waldenser endlich fast alles das lehrten und mit großem Mut behaupteten, womit einige Jahrhunderte später der Protestantismus auftrat; die früheren Sekten hingegen scheinen den Wiedertäufern, Mennoniten, Böhmisten und andern Parteien der neuen Zeit ähnlich. Alle breiteten sich mit so stiller Kraft, mit so überredendem Nachdruck aus, daß in ganzen Provinzen das Ansehen des geistlichen Standes äußerst fiel, zumal dieser ihnen auch im Disputieren nicht widerstehen konnte. Insonderheit waren die Gegenden der *provenzalischen Sprache* der Garten ihrer Blüte; sie übersetzten das Neue Testament (ein damals unerhörtes Unternehmen) in diese Sprache, gaben ihre *Regeln der Vollkommenheit* in provenzalischen Versen und wurden seit Einführung des römischen Christentums die ersten *Erzieher und Bildner des Volks in seiner Landessprache.**

Dafür aber verfolgte man sie auch, wie man wußte und konnte. Schon im Anfange des elften Jahrhunderts wurden in der Mitte von Frankreich, zu Orleans, Manichäer, unter ihnen selbst der Beichtvater der Königin, verbrannt; sie wollten nicht widerrufen und starben auf ihr Bekenntnis. Nicht gelinder verfuhr man mit ihnen in allen Ländern, wo die Geistlichkeit Macht üben konnte, z. B. in Italien und Süddeutschland; im südlichen Frankreich und in den Niederlanden, wo die Obrigkeit sie als fleißige Leute schützte, leben sie lange ruhig, bis endlich nach mehreren Disputationen und gehaltenen Konzilien, als der Zorn der Geistlichen aufs höchste gebracht war, das Inquisitionsgericht gegen sie erkannt ward, und weil ihr Beschützer, Graf Raimund von Toulouse, ein wahrer Märtyrer für die gute Sache der Menschheit, sie nicht verlassen wollte, jener fürchterliche Kreuzzug mit einem Sturme von Grausamkeiten auf sie losbrach. Die wider sie gestifteten Ketzerprediger, die Dominikaner, waren ihre abscheulichen Richter; Simon von Montfort, der Anführer des Kreuzzuges, der härteste Unmensch, den die Erde kannte; und aus diesem Winkel des südlichen Frankreichs, wo die armen bons hommes zwei Jahrhunderte lang verborgen gewesen waren, zog sich das Blutgericht gegen alle Ketzer nach Spanien, Italien und in die meisten christkatholischen Länder. Daher die Verwirrung der verschiedensten Sekten der mittleren Zeit, weil sie diesem Blutgericht und dem Verfolgungsgeist der Klerisei alle gleich galten; daher aber auch ihre Standhaftigkeit und stille Verbreitung, also daß nach drei- bis fünfhundert Jahren die Reformation der Protestanten in allen Ländern noch denselben Samen fand und ihn nur neu belebte. Wiclef in England wirkte auf die Lollarden, wie Huß auf seine Böhmen wirkte; denn Böhmen, das mit den Bulgaren eine Sprache hatte, war längst mit Sekten dieser frommen Art erfüllet gewesen. Der einmal gepflanzte Keim der Wahrheit und des entschiednen Hasses gegen Aberglauben, Menschendienst und das übermütige, ungeistliche Klerikat der Kirche war nicht mehr zu zertreten; die Franziskaner und andre Orden, die als ein Bild der Armut und Nachahmung Christi jenen Sekten entgegengestellt sie stürzen und aufwiegen sollten, erreichten selbst beim Volke diesen Zweck so wenig, daß sie ihm vielmehr ein neues Ärgernis wurden. Also ging auch hier der zukünftige Sturz der größesten Tyrannin, der Hier-

* Unter den Schriften über diese Sekten, die die Kirchengeschichte vollständig anführet, erwähne ich nur eines in seinem Wert ziemlich unerkannten Buchs, *J. C. Füßli Neue und unparteiische Ketzer- und Kirchenhistorie der mittleren Zeit*, drei Teile 8., in welchem sehr nutzbare Kollektaneen zu finden sind.

archie, vom ärmsten Anfange, der Einfalt und Herzlichkeit, aus; zwar nicht ohne Vorurteile und Irrtümer, jedoch sprachen diese einfältigen bons hommes in manchem freier, als nachher selbst manche der Reformatoren tun mochten.

Was einenteils der gesunde Menschenverstand tat, ward auf der andern Seite von der *spekulierenden Vernunft* zwar langsamer und feiner, doch aber nicht unwirksam befördert. In den Klosterschulen lernte man über des H. Augustinus und Aristoteles Dialektik disputieren und gewöhnte sich, diese Kunst als ein gelehrtes Turnier- und Ritterspiel zu treiben. Unbillig ist der Tadel, den man auf diese Disputierfreiheit als auf eine gar unnütze Übung der mittleren Zeiten wirft; denn eben damals war diese Freiheit unschätzbar. Disputierend konnte manches in Zweifel gezogen, durch Gründe oder Gegengründe gesichtet werden, zu dessen positiver oder praktischer Bezweifelung die Zeit noch lange nicht da war. Fing nicht die Reformation selbst noch damit an, daß man sich hinter Disputiergesetze zog und mit ihrer Freiheit schützte? Als aus den Klosterschulen nun gar Universitäten, d. i. mit päpst- und kaiserlicher Freiheit begabte Kampf- und Ritterplätze wurden, da war ein weites Feld eröffnet, die Sprache, die Geistesgegenwart, den Witz und Scharfsinn gelehrter Streiter zu üben und zu schärfen. Da ist kein Artikel der Theologie, keine Materie der Metaphysik, die nicht die subtilsten Fragen, Zwiste und Unterscheidungen veranlaßt hätte und mit der Zeit zum feinsten Gewebe ausgesponnen wäre. Dies Spinnengewebe hatte seiner Natur nach weniger Bestandheit als jener grobe Bau positiver Traditionen, an welche man blindlings glauben sollte; es konnte, von der menschlichen Vernunft gewebt, als ihr eigenes Werk von ihr auch aufgelöset und zerstöret werden. Dank also jedem feinen Disputiergeist der mittleren Zeiten, und jedem Regenten, der die gelehrten Schlösser dieser Gespinste schuf! Wenn mancher der Disputanten aus Neid oder seiner Unvorsichtigkeit wegen verfolgt, oder gar nach seinem Tode aus dem geweihten Boden ausgegraben wurde, so ging doch die Kunst im ganzen fort und hat die Sprachvernunft der Europäer sehr geschärfet.

Wie das südliche Frankreich der erste daurende Schauplatz einer aufstrebenden Volksreligion war, so ward sein nördlicher Teil, zumal in der berühmten Pariser Schule, der *Ritterplatz der Spekulation und Scholastik*. Paschasius und Ratramnus hatten hier gelebt, Scotus Erigena in Frankreich Aufenthalt und Gunst gefunden, Lanfranc und Berengar, Anselm, Abälard, Petrus Lombardus, Thomas von Aquino, Bonaventura, Occam, Duns Scotus, die Morgensterne und Sonnen der scholastischen Philosophie lehrten in Frankreich entweder zeitlebens oder in ihren besten Jahren; und aus allen Ländern flog alles nach Paris, diese höchste Weisheit des damaligen Zeitalters zu lernen. Wer sich in ihr berühmt gemacht hatte, gelangte zu Ehrenstellen im Staat und in der Kirche: denn auch von Staatsangelegenheiten war die Scholastik so wenig ausgeschlossen, daß jener Occam, der Philipp den Schönen und Ludwig von Bayern gegen die Päpste verteidigte, zum Kaiser sagen konnte: »Beschütze du mich mit dem Schwert; mit der Feder will ich dich schützen.« Daß sich die französische Sprache vor andern zu einer philosophischen Präzision gebildet, kommt unter andern auch davon her, daß in ihrem Vaterlande so lange und viel, so leicht und fein disputiert worden ist; denn die lateinische Sprache war mit ihr verwandt, und die Bildung abstrakter Begriffe ging leicht in sie über.

Daß die *Übersetzung der Schriften des Aristoteles* zur feinen Scholastik mehr als alles beitrug, ist schon aus dem Ansehen klar, das sich dieser griechische Weltweise in allen Schulen Europas ein halbes Jahrtausend hin zu erhalten wußte; die Ursache aber, weswegen man mit so heftiger Neigung auf diese Schriften fiel und sie meistens von den Arabern entlehnte, liegt nicht in den Kreuzzügen, sondern im Triebe des Jahrhunderts und in dessen Denkart. Der früheste Reiz, den die Wissenschaft der Araber für Europa hatte, waren ihre mathematischen Kunstwerke, samt den Geheimnissen, die man bei ihnen zur Erhaltung und Verlängerung des Lebens, zum Gewinn unermeßlicher Reichtümer, ja zur Kenntnis des waltenden Schicksals selbst zu finden hoffte. Man suchte den Stein der Weisen, das Elixier der Unsterblichkeit; in den Sternen las man zukünftige Dinge, und die mathematischen Werkzeuge selbst schienen Zauberinstrumente. So ging man als Kind dem Wunderbaren nach, um einst statt seiner das Wahre zu finden, und unternahm dazu die beschwerlichsten Reisen. Schon im elften Jahrhundert hatte Konstantin, der Afrikaner, von Karthago aus 39 Jahre lang den Orient durchstreift, um die Geheimnisse der Araber in Babylonien, Indien, Ägypten zu sammlen; er kam zuletzt nach Europa und übersetzte als Mönch zu Monte Cassino aus dem Griechischen und Arabischen viele insonderheit zur Arzneikunst dienende Schriften. Sie kamen, so schlecht die Übersetzung sein mochte, in vieler Hände, und durch die arabische Kunst hob sich zu Salerno die erste Schule der Arzneiwissenschaft mächtig empor. Aus Frankreich und England gingen die Wißbegierigen nach Spanien, um den Unterricht der berühmtesten arabischen Lehrer selbst zu genießen; sie kamen zurück, wurden für Zauberer angesehen, wie sie sich denn auch selbst mancher geheimen Künste als Zaubereien rühmten. Dadurch gelangten Mathematik, Chemie, Arzneikunde teils in Schriften, teils in Entdeckungen und Proben der Ausübung auf die berühmtesten Schulen Europas. Ohne Araber wäre kein Gerbert, kein Albertus Magnus, Arnold von Villa Nova, kein Roger Baco, Raimund Lull u. a. entstanden; entweder hatten sie in Spanien von ihnen selbst oder aus ihren Schriften gelernet. Selbst Kaiser Friedrich II., der zur Übersetzung arabischer Schriften und zum Aufleben jeder Wissenschaft unermüdlich beitrug, liebte diese nicht ohne Aberglauben. Jahrhundertelang erhielt sich teils die Neigung zu reisen, teils die Sage von Reisen nach Spanien, Afrika und dem Orient, wo von stillen Weisen die herrlichsten Geheimnisse der Natur zu erlernen wären; manche geheime Orden, große Zünfte fahrender Scholastiker sind daraus entstanden; ja die ganze Gestalt der philosophischen und mathematischen Wissenschaften bis über das Jahrhundert der Reformation hinaus verrät diesen arabischen Ursprung.

Kein Wunder, daß sich an eine solche Philosophie die *Mystik* anschloß, die sich selbst an ihr zu einem der feinsten Systeme beschaulicher Vollkommenheit gebildet. Schon in der ersten christlichen Kirche war aus der neuplatonischen Philosophie in mehrere Sekten Mystik gegangen; durch die Übersetzung des falschen Dionysius Areopagita kam sie an den Okzident in die Klöster, manche Sekten der Manichäer nahmen an ihr teil, und sie gelangte endlich, mit und ohne Scholastik, unter Mönchen und Nonnen zu einer Gestalt, in welcher sich bald die spitzfindigste Grübelei der Vernunft, bald die zarteste Feinheit des liebenden Herzens offenbarte. Auch sie hat ihr Gutes bewirkt, indem sie die Gemüter vom bloßen Zeremoniendienst abzog, sie zur Einkehr in sich selbst gewöhnte und mit geistiger Speise erquickte. Einsamen, der Welt entnommenen, schmachtenden Seelen gab sie außer dieser Welt Trost und Übung, wie sie denn auch durch eine Art geistlichen Romans die Empfindungen selbst verfeinte. Sie war eine Vorläuferin der Metaphysik des Herzens, wie die Scholastik eine Vorarbeiterin der Vernunft war, und beide hielten einander die Waage. Glücklich, daß die Zeiten beinahe vorbei sind, in welchen dies Opium Arznei war und leider sein mußte.*

Die *Wissenschaft der Rechte* endlich, diese praktische Philosophie des Gefühls der Billigkeit und des gesunden Verstandes, hat, da sie mit neuem Licht zu scheinen anfing, mehr als Mystik und Spekulation zum Wohl Europas beigetragen und die Rechte der Gesellschaft fester gegründet. In Zeiten ehrlicher Einfalt bedarf man vieler geschriebenen Gesetze nicht, und die rohen deutschen Völker sträubeten sich mit Recht gegen die Spitzfindigkeit römischer Sachführer; in Ländern andrer polizierten, zum Teil verdorbenen Völker wurden ihnen nicht nur eigne geschriebene Gesetze, sondern bald auch ein Auszug des Römischen Rechts unentbehrlich. Und da dieser gegen eine fortgehende, mit jedem Jahrhundert wachsende päpstliche Gesetzgebung zuletzt nicht hinreichte, so war es gut, daß man auch das ganze Corpus der Römischen Rechte hervorzog, damit sich der Verstand und das Urteil erklärender und tätiger Männer an ihnen übte. Nicht ohne Ursach empfahlen die Kaiser dies Studium ihren zumal italienischen hohen Schulen; denn ihnen ward's eine Rüstkammer gegen den Papst; auch hatten alle entstehenden Freistädte dasselbe Interesse, es gegen Papst, Kaiser und ihre kleinen Tyrannen zu gebrauchen. Unglaublich also vermehrete sich die Zahl der Rechtsgelehrten; sie waren als gelehrte Ritter, als Verfechter der Freiheit und des Eigentums der Völker an Höfen, in Städten und auf Lehrstühlen im höchsten Ansehen, und das vielbesuchte Bologna ward durch sie die *gelehrte Stadt*. Was Frankreich in der Scholastik war, ward Italien durch Emporbringung der Rechte; das altrömische und das kanonische Recht wetteiferten miteinander; mehrere Päpste selbst waren die rechtsgelehrtesten Männer. Schade, daß die Erweckung dieser Wissenschaft noch auf Zeiten traf, in welchen man die Quellen unrein fand und den Geist des alten römischen Volks nur durch einen trüben Nebel entdeckte. Schade, daß die grübelnde Scholastik sich auch dieser praktischen Wissenschaft anmaßte und die Aussprüche der verständigsten Männer zu einem verfänglichen Wortgespinst machte. Schade endlich, daß man ein Hilfsstudium, eine Übung der Urteilskraft nach dem Muster der größesten Verstandesmänner des Altertums, zur positiven Norm, zu einer Bibel der Gesetze in allen, auch den neuesten und unbestimmtesten Fällen annahm. Damit ward jener Geist der Schikane eingeführt, der den Charakter fast aller europäischen Nationalgesetzgebungen mit der Zeit beinahe ausgelöscht hätte. Barbarische Büchergelehrsamkeit trat in die Stelle lebendiger Sachkenntnis, der Rechtsgang ward ein Labyrinth von Förmlichkeiten und Wortgrübeleien; statt eines edeln Richtersinnes ward der Scharfsinn der Menschen zu Kunstgriffen geschärfet, die Sprache des Rechts und der Gesetze fremde und verwirret gemacht, ja endlich mit der siegenden Gewalt der Oberherren ein falsches Regentenrecht über alles begünstigt. Die Folgen davon haben auf lange Zeiten gewirket.

Traurig wird der Anblick, wenn man den Zustand des in Europa wiedererwachenden Geistes mit einigen ältern Zeiten und Völkern vergleichet. Aus einer rohen und dumpfen Barbarei, unter dem Druck geist- und weltlicher Herrschaft geht alles Gute furchtsam hervor; hier wird das beste Samenkorn auf hartem Wege zertreten oder von Raubvögeln geholet; dort darf es sich unter Dornen nur mühsam emporarbeiten, und erstickt oder verdorret, weil ihm der wohltätige Boden alter Einfalt

* Nach allem, was Poiret, Arnold u. a. geschrieben, fehlt uns noch eine Geschichte der Mystik zumal der mittleren Zeit, in reinem philosophischen Sinne geschrieben.

und Güte fehlet. Die erste Volksreligion kommt unter verfolgten, zum Teil schwärmenden Ketzern, die Philosophie auf Hörsälen streitender Dialektiker, die nützlichsten Wissenschaften als Zauberei und Aberglaube, die Lenkung menschlicher Empfindungen als Mystik, eine bessere Staatsverfassung als ein abgetragener, geflickter Mantel einer längst verlebten, ganz ungleichartigen Gesetzgebung zum Vorschein; hiedurch soll Europa sich aus dem verworrensten Zustande hervorheben und neu bilden. Was indessen dem Boden der Kultur an lockerer Tiefe, den Hilfsmitteln und Werkzeugen an Brauchbarkeit, der Luft an Heiterkeit und Freiheit entging, ersetzt vielleicht der Umfang des Gefildes, das bearbeitet, der Wert der Pflanze, die erzogen werden sollte. Kein Athen oder Sparta, Europa soll hier gebildet werden; nicht zur Kalokagathie eines griechischen Weisen oder Künstlers, sondern zu einer Humanität und Vernunft, die mit der Zeit den Erdball umfaßte. Lasset uns sehen, was dazu für Veranstaltungen gemacht, was für Entdeckungen ins Dunkel der Zeiten hingestreuet wurden, damit sie die Folgezeit reifte.

V.

Anstalten und Entdeckungen in Europa

1. Die *Städte* sind in Europa gleichsam stehende Heerlager der Kultur, Werkstätten des Fleißes und der Anfang einer bessern Staatshaushaltung geworden, ohne welche dies Land noch jetzt eine Wüste wäre. In allen Ländern des römischen Gebiets erhielt sich in und mit ihnen ein Teil der römischen Künste, hier mehr, dort minder; in Gegenden, die Rom nicht besessen hatte, wurden sie Vormauern gegen den Andrang neuer Barbaren, Freistätten der Menschen, des Handels, der Künste und Gewerke. Ewiger Dank den Regenten, die sie errichteten, begabten und schirmten; denn mit ihnen gründeten sich Verfassungen, die dem ersten Hauch eines Gemeingeistes Raum gaben; es schufen sich aristokratisch-demokratische Körper, deren Glieder gegen- und übereinander wachten, sich oft befeindeten und bekämpften, eben dadurch aber gemeinschaftliche Sicherheit, wetteifernden Fleiß und ein fortgehendes Streben nicht anders als befördern konnten. Innerhalb der Mauer einer Stadt war auf einen kleinen Raum alles zusammengedrängt, was nach damaliger Zeit Erfindung, Arbeitsamkeit, Bürgerfreiheit, Haushaltung, Polizei und Ordnung wecken und gestalten konnte; die Gesetze mancher Städte sind Muster bürgerlicher Weisheit. Edle sowohl als Gemeine genossen durch sie des ersten Namens gemeinschaftlicher Freiheit, des *Bürgerrechtes.* In Italien entstanden Republiken, die durch ihren Handel weiter langten, als Athen und Sparta je gelangt hatten; diesseit der Alpen gingen nicht nur einzelne Städte durch Fleiß und Handel hervor, sondern es knüpften sich auch Bündnisse derselben, ja zuletzt ein Handelsstaat zusammen, der über das Schwarze, Mittelländische, Atlantische Meer, über die Nord- und Ostsee reichte. In Deutschland und den Niederlanden, in den nordischen Reichen, Polen, Preußen, Ruß- und Livland lagen diese Städte, deren Fürstin Lübeck war, und die größesten Handelsörter in England, Frankreich, Portugal, Spanien und Italien gesellten sich zu ihnen; vielleicht der wirksamste Bund, der je in der Welt gewesen. Er hat Europa mehr zu einem Gemeinwesen gemacht, als alle Kreuzfahrten und römische Gebräuche; denn über Religions- und Nationalunterschiede ging er hinaus und gründete die Verbindung der Staaten auf gegenseitigen Nutzen,

auf wetteifernden Fleiß, auf Redlichkeit und Ordnung. Städte haben vollführt, was Regenten, Priester und Edle nicht vollführen konnten und mochten: sie schufen ein *gemeinschaftlich wirkendes Europa.*

2. Die *Zünfte* in den Städten, so lästig sie oft der Obrigkeit, ja der wachsenden Kunst wurden, waren als kleine Gemeinwesen, als verbündete Körper, wo jeder für alle, alle für jeden standen, zu Erhaltung redlichen Gewerbes, zu besserer Bearbeitung der Künste, endlich zur Schätzung und Ehre des Künstlers selbst damals unentbehrlich. Durch sie ist Europa die Verarbeiterin aller Erzeugnisse der Welt worden, und hat sich dadurch als der kleinste und ärmste Weltteil die Übermacht über alle Weltteile erworben. Seinem Fleiß ist es Europa schuldig, daß aus Wolle und Flachs, aus Hanf und Seide, aus Haaren und Häuten, aus Leim und Erden, aus Steinen, Metallen, Pflanzen, Säften und Farben, aus Asche, Salzen, Lumpen und Unrat Wunderdinge hervorgebracht sind, die wiederum als Mittel zu anderen Wunderdingen dienten und dienen werden. Ist die Geschichte der Erfindungen das größeste Lob des menschlichen Geistes: so sind Zünfte und Gilden die Schulen derselben gewesen, indem durch Vereinzelung der Künste und regelmäßige Ordnung des Erlernens, selbst durch den Wetteifer mehrerer gegeneinander, und durch die liebe Armut Dinge hervorgebracht sind, die die Gunst der Regenten und des Staats kaum kannte, selten beförderte oder belohnte, fast nimmer aber erweckte. Im Schatten eines friedlichen Stadtregiments gingen sie durch Zucht und Ordnung hervor; die sinnreichsten Künste entstanden aus Handarbeiten, aus Gewerken, deren Gewand sie, zumal diesseit der Alpen, nicht zu ihrem Schaden lange Zeit an sich getragen haben. Lasset uns also auch jene Förmlichkeiten und Lehrstaffeln jeder solchen praktischen Ordnung nicht verlachen oder bemitleiden; an ihnen erhielt sich das Wesen der Kunst und die Gemeinehre der Künstler. Der Mönch und Ritter bedorfte der Lehrgrade weit minder als der tätige Arbeiter, bei welchem die ganze Genossenschaft gleichsam den Wert seiner Arbeit verbürgte; denn allem, was Kunst ist, steht nichts so sehr als Pfuscherei, Mangel des Gefühls an Meisterehre entgegen; mit diesem geht die Kunst selbst zu Grunde.

Ehrwürdig seien uns also die Meisterwerke der mittleren Zeit, die vom Verdienst der Städte um alles, was Kunst und Gewerbe ist, zeugen. Die gotische Baukunst wäre nie zu ihrer Blüte gelanget, wenn nicht Republiken und reiche Handelsstädte mit Domkirchen und Rathäusern so gewetteifert hätten, wie einst die Städte der Griechen mit Bildsäulen und Tempeln. In jeder derselben bemerken wir, woher ihr Geschmack Muster nahm und wohin sich damals ihr Verkehr wandte; Venedig und Pisa haben in ihren ältesten Gebäuden eine andre Bauart als Florenz oder Mailand. Die Städte diesseit des Gebirges folgeten diesen oder andern Mustern; im ganzen aber wird die bessere gotische Baukunst am meisten aus der Verfassung der Städte und dem Geist der Zeiten erklärbar. Denn wie Menschen denken und leben, so bauen und wohnen sie; auch auswärts gesehene Muster können sie nur nach ihrer Art anwenden, da jeder Vogel nach Gestalt und Lebensweise sein Nest bauet. An Klöstern und Ritterkastellen wäre die kühnste und zierlichste gotische Baukunst nie geworden; sie ist das Prachteigentum der öffentlichen Gemeine. Desgleichen tragen die schätzbarsten Kunstwerke der mittlern Zeit in Metallen, Elfenbein oder auf Glas, Holz, in Teppichen und Kleidern, das Ehrenschild der Geschlechter, der Gemeinheiten und Städte, weshalb sie auch meistens dauernden Wert in sich haben, und sind mit Recht ein unveräußerliches Besitztum der Städte und Geschlechter. So schrieb der Bürgerfleiß auch Chroniken auf, in welchen freilich dem Schreibenden sein Haus, sein Geschlecht, seine Zunft und Stadt die ganze Welt ist; desto inniger aber nimmt er mit Geist und Herz an ihnen Anteil, und wohl den Ländern, deren Geschichte aus vielen dergleichen und nicht aus Mönchs-Chroniken hervorgeht. Auch die römische Rechtsgelehrsamkeit ist zuerst durch die Ratgeber der Städte kräftig und weise beschränkt worden; sonst würde sie die besten Statuten und Rechte der Völker zuletzt verdränget haben.

3. Die *Universitäten* waren gelehrte Städte und Zünfte; sie wurden mit allen Rechten derselben als Gemeinwesen eingeführt und teilen die Verdienste mit ihnen. Nicht als Schulen, sondern als politische Körper schwächten sie den rohen Stolz des Adels, unterstützten die Sache der Regenten gegen die Anmaßungen des Papstes und öffneten statt des ausschließenden Klerus einem eignen gelehrten Stande zu Staatsverdiensten und Ritterehren den Weg. Nie sind vielleicht Gelehrte mehr geachtet worden als in den Zeiten, da die Dämmerung der Wissenschaften anbrach; man sahe den unentbehrlichen Wert eines Gutes, das man so lange verachtet hatte, und indem eine Partei das Licht scheuete, nahm die andre an der aufgehenden Morgenröte desto mehr Anteil. Universitäten waren Festungen und Bollwerke der Wissenschaft gegen die streitende Barbarei des Kirchendespotismus; einen halb unerkannten Schatz bewahreten sie wenigstens für bessere Zeiten. Nach Theoderich, Karl dem Großen und Alfred wollen wir also vorzüglich die Asche Kaiser Friedrichs des Zweiten ehren, der, bei zehn andern Verdiensten, auch Universitäten in jenen Gang brachte, in welchem sie sich zeither, lange nach dem Muster der parisischen Schule, fortgebildet haben. Auch in diesen Anstalten ist Deutschland gleichsam der Mittelpunkt von Europa geworden; in ihm gewannen die Rüstkammern und Vorratshäuser der Wissenschaften nicht nur die festeste Gestalt, sondern auch den größesten innern Reichtum.

4. Endlich nennen wir nur einige Entdeckungen, die, in Ausübung gebracht, die mächtigsten Anstalten für die Zukunft wurden. Die *Magnetnadel*, eine Leiterin der Schiffahrt, kam wahrscheinlich durch die Araber nach Europa, und durch die Amalfitaner bei ihrem frühen Handelsverkehr mit jenen zuerst in Gebrauch; mit ihr war den Europäern gleichsam die Welt gegeben. Frühe schon wagten sich die Genuesen das Atlantische Meer hinunter; nachher besaßen die Portugiesen nicht vergeblich die westlichsten Küsten der Alten Welt. Sie suchten und fanden den Weg um Afrika und veränderten damit den ganzen indischen Handel, bis ein andrer Genuese die zweite Halbkugel entdeckte und damit alle Verhältnisse unsres Weltteils umformte. Das kleine Werkzeug dieser Entdeckungen kam mit dem Anbruch der Wissenschaften nach Europa.

Das *Glas*, eine frühe Ware der Asiaten, die man einst mit Gold aufwog, ist in den Händen der Europäer mehr als Gold geworden. War es Salvino oder ein andrer, der die erste Brille schliff, er begann damit ein Werkzeug, das einst Millionen himmlischer Welten entdecken, die Zeit und Schiffahrt ordnen, ja überhaupt die größeste Wissenschaft befördern sollte, deren sich der menschliche Geist rühmet. Über die Eigenschaften des Lichts und beinahe jedes Naturreiches sann schon Roger Baco, der Franziskanermönch, in seiner Zelle wunderbare Dinge aus, die ihm in seinem Orden mit Haß und Gefängnis belohnt, in hellern Zeiten aber von andern glücklicher verfolgt wurden. Der erste Morgenstrahl des Lichts in der Seele dieses bewundernswürdigen Mannes zeigte ihm eine neue Welt am Himmel und auf Erden.

Das *Schießpulver*, ein mörderisches und dennoch im ganzen wohltätiges Werkzeug, kam auch durch die Araber, entweder schon im Gebrauch oder wenigstens in Schriften, nach Europa. Hie und da scheint es aus diesen von mehreren erfunden zu sein, und ward nur langsam angewandt; denn es änderte die ganze Art des Krieges. Unglaublich viel hängt im neuen Zustande von Europa von dieser Erfindung ab, die den Rittergeist mehr als alle Konzilien besiegt, die Gewalt der Regenten mehr als alle Volksversammlungen befördert, dem blinden Metzeln persönlich erbitterter Heere gesteuret und der Kriegeart, die sie hervorbrachte, auch selbst Schranken gesetzt hat. Sie und andre chemische Erfindungen, vor allen des mörderischen Branntweins, der durch die Araber als Arznei nach Europa kam und sich als Gift nachher auf die weite Erde verbreitet hat, machen in der Geschichte unsres Geschlechts Epochen.

Ebenso das *Papier aus Lumpen* bereitet und die *Vorspiele der Buchdruckerei* in Spielkarten und andern Abdrücken unbeweglicher Charaktere. Zu jenem gaben wahrscheinlich die Araber mit dem Baumwollen- und Seidenpapier, das sie aus Asien brachten, Anlaß; die letztgenannte Kunst ging in langsamen Schritten von einem Versuche zum andern fort, bis aus Holzschnitten die Kupferstecher- und Buchdruckerkunst mit der größesten Wirkung für unsern ganzen Weltteil wurden. Die *Rechnungsziffern* der Araber, die *musikalischen Noten*, die Guido von Arezzo erfand, die *Uhren*, die gleichfalls aus Asien kamen, die *Ölmalerei*, eine alte deutsche Erfindung, und was sonst hie und da an nützlichen Werkzeugen noch vor dem Anbruch der Wissenschaften ausgedacht oder angenommen und nachgeahmt worden, ward im großen Treibhause des europäischen Kunstfleißes fast immer ein Samenkorn neuer Dinge und Begebenheiten für die Zukunft.

VI.

Schlußanmerkung

Wie kam also Europa zu seiner Kultur und zu dem Range, der ihm damit vor andern Völkern gebühret? Ort, Zeit, Bedürfnis, die Lage der Umstände, der Strom der Begebenheiten drängte es dahin; vor allem aber verschaffte ihm diesen Rang ein Resultat vieler *gemeinschaftlichen Bemühungen, sein eigner Kunstfleiß*.

1. Wäre Europa reich wie Indien, undurchschnitten wie die Tatarei, heiß wie Afrika, abgetrennt wie Amerika gewesen, es wäre, was in ihm geworden ist, nicht entstanden. Jetzt half ihm auch in der tiefsten Barbarei seine Weltlage wieder zum Licht; am meisten aber nutzten ihm seine Ströme und Meere. Nehmet den Dnjepr, den Don und die Düna, das Schwarze, Mittelländische, Adriatische und Atlantische Meer, die Nord- und Ostsee mit ihren Küsten, Inseln und Strömen hinweg, und der große Handelsverein, durch welchen Europa in seine bessere Tätigkeit gesetzt ward, wäre nicht erfolget. Jetzt umfasseten die beiden großen und reichen Weltteile Asien und Afrika diese ihre ärmere, kleinere Schwester; sie sandten ihre Waren und Erfindungen von den äußersten Grenzen der Welt, aus Gegenden der frühesten, längsten Kultur zu und schärften damit ihren Kunstfleiß, ihre eigne Erfindung. Das Klima in Europa, die Reste der alten Griechen- und Römerwelt kamen dem allen zu Hilfe; mithin ist auf *Tätigkeit und Erfindung*, auf *Wissenschaften* und ein *gemeinschaftliches, wetteiferndes Bestreben* die Herrlichkeit Europas gegründet.

2. Der *Druck der römischen Hierarchie* war vielleicht ein notwendiges Joch, eine unentbehrliche Fessel für die rohen Völker des Mittelalters; ohne sie wäre Europa

wahrscheinlich ein Raub der Despoten, ein Schauplatz ewiger Zwietracht, oder gar eine mongolische Wüste geworden. Als Gegengewicht verdienet sie also ihr Lob; als erste und fortdaurende Triebfeder hätte sie Europa in einen tibetanischen Kirchenstaat verwandelt. Jetzt brachten Druck und Gegendruck eine Wirkung hervor, an welche keine der beiden Parteien dachte; Bedürfnis, Not und Gefahr trieben zwischen beiden einen dritten Stand hervor, der gleichsam das warme Blut dieses großen wirkenden Körpers sein muß, oder der Körper geht in Verwesung. Dies ist *der Stand der Wissenschaft, der nützlichen Tätigkeit, des wetteifernden Kunstfleißes;* durch ihn ging dem Ritter- und Pfaffentum die Epoche ihrer Unentbehrlichkeit notwendig, aber nur allmählich zu Ende.

3. Welcher Art die neue Kultur Europas sein konnte, ist aus dem Vorhergehenden auch sichtbar. Nur eine Kultur der Menschen, wie sie waren und sein wollten, eine Kultur durch Betriebsamkeit, Wissenschaften und Künste. Wer dieser nicht bedurfte, wer sie verachtete oder mißbrauchte, blieb, wer er war; an eine durch Erziehung, Gesetze und Konstitution der Länder allgemein durchgreifende Bildung aller Stände und Völker war damals noch nicht zu gedenken, und wenn wird daran zu gedenken sein? Indessen geht die Vernunft und die verstärkte gemeinschaftliche Tätigkeit der Menschen ihren unaufhaltbaren Gang fort, und siehets eben als ein gutes Zeichen an, wenn auch das Beste nicht zu früh reifet.